LE PRINCE
DES MARÉES

PAT CONROY

LE PRINCE
DES MARÉES

Traduit de l'américain
par Françoise Cartano

belfond
12, avenue d'Italie
75013 Paris

Titre original :
THE PRINCE OF TIDES,
publié par Houghton Mifflin, Boston.

Si vous souhaitez recevoir notre catalogue
et être tenu au courant de nos publications,
envoyez vos nom et adresse, en citant ce livre,
aux Éditions Belfond,
12, avenue d'Italie, 75013 Paris.
Et, pour le Canada,
à Vivendi Universal Publishing Services,
1050, bd René-Lévesque-Est,
Bureau 100,
Montréal, Québec, H2L 2L6.

ISBN 2-7144-3823-7
© Pat Conroy, 1986.
© Presses de la Renaissance 1988 pour la traduction française.
© Belfond 2002 pour la présente édition.

Ce livre est dédié avec amour et gratitude :

à ma femme, Lenore Gurewitz Conroy,
toujours fidèle au poste ;
à mes enfants, Jessica, Melissa,
Megan et Susannah, quatre Conroy ;
à Gregory et Emily Fleischer ;
à mes frères et sœurs,
Carol, Michael, Kathleen, James,
Timothy et Thomas ;
à mon père,
le colonel Donald Conroy de l'USMC (en retraite)
toujours grand, toujours Santini ;
et à la mémoire de ma mère, Peg,
la femme extraordinaire qui bâtit
et inspira cette maison.

Prologue

Ma blessure a nom géographie. Elle est aussi mon ancrage, mon port d'attache.

J'ai grandi lentement, à l'ombre des marées et marécages du comté de Colleton. J'avais les bras hâlés et robustes après les longues journées de travail sur le crevettier, dans la chaleur incandescente de Caroline du Sud. Parce que j'étais un Wingo, j'ai travaillé dès que j'ai su marcher ; à cinq ans, je savais pêcher le crabe mou. J'avais sept ans lorsque j'ai tué mon premier chevreuil, et à neuf ans, je mettais régulièrement de la viande dans les assiettes de la table familiale. J'étais né sur une île marine de Caroline, j'y avais été élevé, et je portais, imprimé sur mes épaules et sur mon dos, l'or sombre du soleil des basses terres. Enfant, je me plaisais à naviguer sur les bras de mer, menant un petit bateau entre les bancs de sable où, à marée basse, de paisibles colonies d'huîtres apparaissaient sur fond de vase brune. Je connaissais tous les pêcheurs par leur nom, et eux me connaissaient aussi, et ils me saluaient d'un coup de corne au passage, lorsqu'ils m'apercevaient en train de pêcher dans le fleuve.

À l'âge de dix ans, j'ai tué un aigle chauve, pour le plaisir, pour l'originalité de la performance, et malgré la stupéfiante, la divine beauté de son vol solitaire au-dessus des légions de menu fretin. Ce fut la première et unique fois que je tuai une chose que je n'avais encore jamais vue. Après m'avoir battu pour avoir enfreint la loi et parce que je venais de tirer sur le dernier aigle du comté de Colleton, mon père m'obligea à faire un feu, à plumer l'oiseau, à le cuire, puis à le manger, malgré les larmes qui roulaient sur mes joues. Ensuite il me livra au shérif Benson qui me laissa enfermé pendant plus d'une heure dans une cellule. Avec les plumes de l'oiseau, mon père confectionna une vague coiffure d'Indien que je dus porter à l'école. Il croyait à l'expiation des péchés. Ces plumes, je les ai gardées sur la tête plusieurs semaines, jusqu'au moment où elles ont commencé à se décomposer, l'une après l'autre. Elles balisaient mon passage dans les couloirs de l'école, comme si j'étais un ange pourrissant, à jamais discrédité.

« Ne tue jamais ce qui est rare, avait dit mon père.

— Heureusement que je n'ai pas tué un éléphant, lui avais-je répliqué.

— Ça t'aurait fait un sacré morceau à digérer », avait-il répondu.

Mon père n'autorisait pas les crimes contre la terre. J'ai continué de chasser, mais désormais les aigles n'ont rien à craindre de moi.

Ce fut ma mère qui m'inculqua l'esprit sudiste dans ce qu'il a de plus intime et de plus délicat. Elle croyait que les fleurs et les animaux faisaient des rêves. Lorsque nous étions petits, le soir, avant de nous coucher, de sa voix de conteuse ma mère nous révélait que, dans leurs rêves, les saumons voient des cols de montagne et des museaux d'ours bruns penchés sur l'onde claire des torrents. Les vipères, disait-elle, rêvent de planter leurs crochets dans les tibias des chasseurs. Dans leur sommeil, les orfraies s'entendent crier et voient leur double plonger lentement, au profond, pour attraper les harengs. Les cauchemars de l'hermine sont peuplés des rudes battements d'ailes des chouettes, et l'immobilité nocturne de l'orignal subit le souffle qui annonce l'approche des loups gris.

Mais de ses rêves à elle nous n'avons jamais rien su, car ma mère nous tenait à l'écart de sa vie intérieure. Nous savions que les abeilles rêvaient de roses, les roses des pâles mains des fleuristes, tandis que les araignées rêvaient des sphinx qui se prendraient dans leurs toiles argentées. Enfants, nous étions les dépositaires de ses éblouissantes vêpres de l'imagination, mais nous ignorions que les mamans rêvent aussi.

Chaque jour, elle nous emmenait dans la forêt ou le jardin, et elle inventait un nom aux animaux comme aux fleurs que nous croisions en chemin. Une uranie devenait ainsi un « pattes-noires à sourire d'orchidée », un champ de jonquilles au mois d'avril se transformait en « ronde des petites baratteuses de beurre ». Par son attention aux choses, maman était capable de faire d'une simple promenade autour de l'île un véritable périple d'explorateur. Ses yeux furent pour nous les clés qui nous permettaient d'accéder au palais de la nature sauvage.

Ma famille vivait dans le splendide isolement d'une petite maison blanche, construite en partie par mon grand-père, sur l'île Melrose. La maison donnait sur le chenal et l'on apercevait, vers le bas, au bord du fleuve, la ville de Colleton avec ses blanches demeures posées sur les marais, comme les pièces d'un échiquier. L'île Melrose était un bout de terre en forme de losange, cinq cents hectares entièrement cernés par des cours d'eau salée, grands ou petits. Le paysage insulaire où j'ai grandi formait un archipel semi-tropical et fertile qui doucement préparait l'océan à la monumentale surprise du continent à venir. Melrose n'était que l'une des soixante îles marines du comté de Colleton. La frontière est de ce comté était constituée par une barrière de six îles façonnées par leur affrontement quotidien à l'Atlantique. Les autres îles marines, comme Melrose, dévorées par de vastes étendues marécageuses, constituaient de verts sanctuaires où venaient frayer, la saison venue, des crevettes brunes et blanches. Et quand elles arrivaient, mon père et d'autres avec lui étaient à l'affût, dans leurs jolis petits bateaux.

À l'âge de huit ans, j'ai aidé mon père à construire le petit pont de bois qui relia nos existences à une étroite chaussée menant, à travers les marais, jusqu'à l'île Sainte-Anne, beaucoup plus grande et elle-même rattachée à la ville de Colleton par un long pont basculant en acier, qui enjambait le fleuve. Au volant de son pick-up, mon père mettait cinq minutes pour aller de chez nous au pont de bois, et il lui en fallait dix de plus pour être en ville, à Colleton.

Avant le pont, c'est-à-dire avant 1953, ma mère nous conduisait à l'école de Colleton en bateau. Par tous les temps, elle nous faisait traverser le fleuve chaque matin, et chaque après-midi elle nous attendait au quai municipal. Ce moyen de gagner Colleton devait rester toujours le plus rapide, et aucun camion, jamais, ne ferait mieux que le Boston Whaler. Ces années où elle nous accompagnait à l'école en bateau firent de ma mère un pilote hors pair de ce genre d'embarcation, encore que, une fois le pont construit, elle ne remit pratiquement plus le pied à bord. Ce pont, qui fut pour nous un simple moyen d'accès à notre ville, relia ma mère au monde qui existait par-delà l'île Melrose, un monde incroyablement riche de promesses.

Melrose constituait l'unique patrimoine notable du côté de la famille de mon père, un clan placé sous le signe de la passion, mais aussi de la malchance, et dont le déclin fut, après la guerre de Sécession, rapide, certain, et sans doute inéluctable. Mon arrière-arrière-grand-père, Winston Shadrach Wingo, avait commandé, sous l'autorité supérieure du général de Beauregard, une unité du régiment d'artillerie qui tira sur Fort Sumter. Il mourut misérable, dans un hospice de soldats confédérés, à Charleston, et il refusa, jusque sur son lit de mort, d'adresser la parole à un seul Yankee, mâle ou femelle. Il avait gagné l'île Melrose au jeu du « fer à cheval », vers la fin de sa vie, et cette île, en friche et infestée par la malaria, fut transmise de Wingo en Wingo, sur trois générations de la dynastie déclinante, jusqu'à échoir à mon père, par défaut. En effet, mon grand-père s'était lassé de ce titre de propriété, et mon père fut le seul Wingo prêt à payer l'impôt fédéral et celui de l'État pour empêcher le gouvernement de mettre la main sur l'île. Ce qui n'empêcha pas cette partie de « fer à cheval » de revêtir une dimension mythique dans notre histoire familiale où serait honorée à jamais la mémoire de Winston Shadrach Wingo, premier athlète reconnu de la famille.

Je ne sais pas, en revanche, quand mon père et ma mère entamèrent la longue guerre d'usure qui les opposait. La plupart de leurs escarmouches ressemblaient à des parties de *ringolevio*, et l'âme de leurs enfants faisait office de drapeaux perdus ou saccagés au cours de leurs campagnes de harcèlement. Ni l'un ni l'autre ne se souciait des dégâts éventuels quand ils s'affrontaient par-dessus cette chose fragile et encore mal définie qu'est la vie d'un enfant. Pourtant, je persiste à croire que l'un et l'autre nous aimaient profondément, mais, et il en va ainsi chez beaucoup de parents, cet amour devait se révéler la plus mortellement dangereuse de leurs qualités. Ils étaient remarquables à tant d'égards que l'étendue de leurs bienfaits parvenait presque à compenser les ravages qu'ils occasionnaient avec une parfaite désinvolture.

J'étais le fils d'une mère belle et parlant beau, dont j'ai désiré le contact charnel bien des années encore après qu'elle eut cessé de se sentir obligée de me toucher. Mais je lui rendrai grâce le reste de mes jours pour m'avoir enseigné la recherche de la beauté de la nature, sous toutes ses formes et tous ses modes fabuleux. C'est ma mère qui m'a appris à aimer les lanternes des pêcheurs, la nuit, dans l'obscurité étoilée, ainsi que les vols de pélicans bruns qui écument la crête des brisants, au petit matin. C'est elle encore qui m'a fait apprécier la frappe impeccable des dollars de sable, la silhouette en relief des carrelets enfouis sous le sable où ils sculptaient d'étranges camées, l'épave échouée près du pont de Colleton, toute vibrante du commerce des loutres. Elle voyait le monde par le prisme éblouissant d'une imagination authentique. Lila Wingo allait s'emparer du matériau brut que représente une fille, et elle en ferait une poétesse doublée d'une psychotique. Avec ses fils, elle devait user de méthodes plus douces et les effets seraient plus longs à évaluer. Elle sut préserver pour moi les apparences multiples et variées de ma vie d'enfant, telle une galerie de portraits et natures mortes embellis par le passage des ans. Elle règne en souveraine dans l'exquise imagerie d'un fils béat de dévotion, pourtant je ne peux lui pardonner de ne m'avoir rien dit du rêve qui la nourrissait du temps de mon enfance, ce rêve qui allait provoquer la ruine de ma famille et la mort de l'un d'entre nous.

Enfant d'une femme très belle, j'étais aussi fils de pêcheur, amoureux des bateaux, de leurs formes. J'ai grandi au bord d'un fleuve, avec l'odeur des vastes marais salants pour dominer mon sommeil. Pendant l'été, mon frère, ma sœur et moi travaillions comme matelots sur le bateau de pêche de mon père. Rien ne me réjouissait autant que le spectacle de la flotte de ces crevettiers, sortant avant le lever du soleil pour être au rendez-vous des bancs compacts de crevettes qui traversaient à toute allure une marée encore sous la douceur de la lune, aux premières lueurs de l'aube. Mon père buvait son café noir à la barre de son bateau, et il écoutait les voix rocailleuses des autres capitaines se tenant mutuellement compagnie. Ses vêtements sentaient la crevette et rien n'y faisait, ni l'eau, ni le savon, ni les mains maternelles. Quand il travaillait dur, son odeur se modifiait, la sueur venait se mêler aux effluves de poisson, donnant une senteur différente, merveilleuse. Lorsque, petit, j'étais à côté de lui, j'enfouissais mon nez dans sa chemise et mon père avait la bonne odeur chaude et riche d'un arpent de terre. Si Henry Wingo n'avait pas été un homme violent, je crois qu'il aurait fait un père merveilleux.

Par une belle nuit d'été, alors que nous étions tout petits et que l'air humide collait comme de la mousse sur les basses terres, mon frère, ma sœur et moi ne trouvions pas le sommeil. Savannah et moi avions un rhume d'été, Luke était couvert de plaques de chaleur, et nous avons marché tous les quatre jusqu'au fleuve, puis jusqu'au quai.

« J'ai une surprise pour vous, mes chéris », dit notre mère tandis que nous regardions un marsouin filer vers l'Atlantique, dans les eaux métalliques et immobiles. Assis à l'extrémité d'un dock flottant, nous étirions les jambes pour toucher l'eau de nos pieds nus.

« Il y a quelque chose que je voudrais vous montrer. Une chose qui vous aidera à dormir. Regardez par là-bas, les enfants », dit-elle en pointant le doigt vers l'horizon, en direction de l'est.

L'obscurité envahissait cette longue soirée en terre du Sud et, tout à coup, à l'endroit précis désigné par son index, la lune pointa un front d'un or éclatant, juste au-dessus de nuages filigranés, ivres de lumière, posés sur un horizon dûment voilé. Derrière nous, le soleil déclinait, se retirant dans une harmonieuse simultanéité, et un duel d'ors embrasa le fleuve. Or flambant neuf de la lune ascendante, stupéfiante, or terni du soleil couchant qui s'éteignait lentement au gré de sa longue chute vers l'ouest... Éternel manège de la suite des jours dans les marais de Caroline, choc de la mort en direct d'une journée achevée, sous les yeux des enfants, jusqu'à complète disparition du soleil qui laissait derrière lui, en guise d'ultime signature, une guirlande de lingots tendue entre les faîtes des chênes d'eau. La lune alors fit une ascension rapide, tel un oiseau surgi de l'eau, des arbres, des îles, et elle s'éleva à la verticale – couleur d'or d'abord, puis jaune, puis jaune pâle, argent pâle, vif argent, avant d'atteindre à une sorte de miracle immaculé, au-delà de l'argent, une couleur qui n'appartient qu'aux nuits du Sud.

Nous, les enfants, nous restions muets devant cette lune jaillie des eaux à l'appel de notre mère. Quand la lune eut atteint toute l'intensité de son argent, ma sœur Savannah, du haut de ses trois ans, s'écria bien fort, pour notre mère, pour Luke et pour moi, pour le fleuve et pour la lune : « Oh, Maman, encore ! » Moi, je tenais mon premier souvenir.

Nos années de formation s'écoulèrent ainsi, dans l'émerveillement suscité par la jolie dame qui déclamait les rêves des aigrettes et des hérons, celle qui était capable de faire surgir des lunes, d'envoyer des soleils se perdre à l'ouest pour en convoquer d'autres, tout neufs, le matin suivant, venus des fins fonds de l'Atlantique, loin, très loin derrière les brisants. La science n'offrait guère d'intérêt aux yeux de Lila Wingo qui vouait en revanche une passion à la nature.

Pour décrire notre enfance dans les basses terres de Caroline du Sud, il me faudrait vous emmener dans les marais, un jour de printemps, arracher le grand héron bleu à ses occupations silencieuses, disperser les poules d'eau en pataugeant dans la boue jusqu'aux genoux, vous ouvrir une huître de mon canif et vous la faire gober directement à la coquille en disant : « Tenez. Ce goût-là. Ce goût-là, c'est toute la saveur de mon enfance. » Je dirais : « Inspirez fort », et vous avaleriez cet air dont la saveur serait inscrite dans votre mémoire pour le reste de vos jours, arôme exquis et sensuel, impudent et fécond des marais, parfums du Sud caniculaire, du lait frais, du sperme et du vin répandus, avec, toujours, un relent d'eau de mer. Mon âme se repaît comme l'agneau de la beauté des terres baignées d'eau de mer.

J'ai le patriotisme d'une géographie singulière sur la planète ; je parle de mon pays religieusement ; je suis fier de ses paysages. Dans le trafic des grandes villes, je circule avec prudence, toujours en alerte, toujours sur le qui-vive, parce que mon cœur appartient aux terres des marais. L'enfant qui vit en moi porte encore le souvenir des jours où il levait avant l'aube des nasses de crabes dans le Colleton, des jours où il modelait sa vie sur le fleuve, mi-enfant, mi-sacristain des marées.

Un jour que Savannah, Luke et moi prenions le soleil sur une plage déserte, près de Colleton, Savannah nous cria tout à coup de regarder vers la mer. Elle hurlait et montrait du doigt un banc de baleines émergeant de la mer en troupeau désordonné ; elles déferlaient autour de nous, partout, et bientôt quarante cétacés sombres et tannés comme du vieux cuir se trouvèrent échoués et condamnés sur la plage.

Des heures durant nous avons fait la navette entre les mammifères en train de mourir, nous leur avons parlé en criant des mots de gosses pour les convaincre de vite rejoindre la mer. Nous étions si petits, et elles étaient si belles. De loin, elles avaient l'air de chaussures de géant, toutes noires. Nous leur murmurions des choses, tout bas, nous ôtions le sable de leurs évents, nous les aspergions d'eau de mer et nous les suppliions de vivre, pour nous. Elles étaient venues de la mer, splendides et mystérieuses, et nous trois, jeunes enfants, nous leur avons parlé, de mammifère à mammifère, égrenant les cantiques tristes et incrédules de gamins étrangers à la mort volontaire. Nous avons passé toute la journée auprès d'elles, nous avons tenté de les remettre à l'eau en les tirant par leurs grandes nageoires, jusqu'au moment où l'épuisement et le silence s'installèrent, en même temps que l'obscurité. Alors nous sommes restés à leur côté, et elles ont commencé à mourir, l'une après l'autre. Nous caressions les grosses têtes, en priant, tandis que l'âme des baleines quittait les gigantesques corps noirs et s'éloignait dans la nuit, telles des frégates, pour rejoindre la haute mer et plonger vers la lumière du monde.

Plus tard, lorsque nous évoquions notre enfance, elle tenait à la fois de l'élégie et du cauchemar. Au moment où elle écrivit les livres qui la rendirent célèbre, ma sœur eut à répondre à des questions de journalistes intéressés par son enfance, et elle s'enfonçait alors dans son siège, puis elle repoussait une mèche de cheveux en arrière, devenait très sérieuse et disait : « Quand j'étais petite, avec mes frères, nous marchions sur le dos des baleines et des dauphins. » Il n'y eut évidemment jamais de dauphins, sauf pour ma sœur. C'est ainsi qu'elle avait choisi de se rappeler son enfance, ainsi qu'elle avait choisi de la célébrer, ainsi qu'elle avait choisi de l'exprimer.

Pourtant, les cauchemars n'ont pas de magie. Il m'a toujours été difficile d'affronter la vérité de mon enfance, parce qu'il faut un certain engagement personnel pour explorer les traits et caractéristiques d'une histoire que je préférerais oublier. Pendant des années, j'ai réussi à échapper à la démonologie de mon enfance ; c'était un choix simple et délibéré de ma part, celui de la paix qu'offre la douce chiromancie de l'oubli, refuge des ténèbres froides et majestueuses de l'inconscient. Mais un seul coup de fil devait suffire à me faire réintégrer l'histoire de ma famille, et les échecs de ma propre vie d'adulte.

J'aimerais ne pas avoir d'histoire à raconter. Pendant de longues années, j'ai fait comme si mon enfance n'avait pas existé. Il me fallait la tenir bridée, bien haut serrée contre ma poitrine. Je ne pouvais pas la laisser s'exprimer. Je suivais le redoutable exemple de ma mère. Avoir ou ne pas avoir de mémoire relève d'un choix personnel, et j'avais choisi de ne pas avoir de mémoire. Parce que j'avais besoin d'aimer mon père et ma mère dans toute leur monstrueuse et imparfaite humanité, je ne pouvais pas me permettre de les interpeller directement pour les crimes qu'ils avaient commis contre nous trois. Je ne pouvais les tenir comptables, ni les accuser de forfaits commis involontairement. Eux aussi, ils avaient leur histoire – une histoire dont je me souvenais avec tendresse et douleur à la fois, une histoire qui me faisait leur pardonner leurs fautes envers leurs propres enfants. À l'intérieur d'une famille, il n'est pas de crime inaccessible au pardon.

Dans un hôpital psychiatrique de New York, j'étais venu rendre visite à Savannah, après sa deuxième tentative de suicide. Je me suis penché pour l'embrasser sur les deux joues, à la mode européenne. Puis plongeant mon regard dans ses deux yeux épuisés, je lui ai récité la litanie de questions que je lui posais chaque fois que nous nous retrouvions après une longue séparation.

« À quoi ressemblait votre vie de famille, Savannah ? dis-je, comme si je menais une interview.

— Hiroshima, murmura-t-elle.

— Et à quoi ressemble-t-elle depuis que vous avez quitté le doux cocon protecteur d'une famille unie et enrichissante ?

— Nagasaki, dit-elle avec un sourire amer.

— Vous êtes poète, Savannah, dis-je en la regardant. Pourriez-vous comparer votre famille à un navire ?

— Le *Titanic*.

— Quel est le titre du poème que vous avez écrit en l'honneur de votre famille, Savannah ?

— "L'Histoire d'Auschwitz". »

Et de rire ensemble.

« Nous arrivons à la question essentielle, dis-je en me penchant pour lui chuchoter doucement à l'oreille. Quelle est la personne que vous aimez plus que tout au monde ? »

La tête de Savannah s'est dressée sur l'oreiller, et la conviction illuminait ses yeux bleus, tandis qu'elle articulait entre ses lèvres pâles et gercées :

« J'adore mon frère Tom Wingo. Mon jumeau. Et qui mon frère aime-t-il plus que tout au monde ? »

Je lui ai répondu en lui tenant la main :

« Je suis comme toi, c'est Tom Wingo que j'aime le plus au monde.

— Attention à ce que tu réponds, crétin », dit-elle faiblement.

Je l'ai regardée dans les yeux, j'ai pris sa tête entre mes mains, et d'une voix brisée, tandis que les larmes roulaient sur mes joues, j'ai failli m'effondrer en murmurant :

« J'adore ma sœur, la grande Savannah Wingo, de Colleton, Caroline du Sud.

— Serre-moi, Tom. Serre-moi fort. »

Tels étaient les mots de passe de notre vie.

Ce siècle n'a pas été facile à vivre. J'ai fait mon entrée en scène en pleine guerre mondiale, à l'aube terrifiante de l'ère atomique. J'ai grandi en Caroline du Sud où je suis devenu un homme, un Blanc sudiste, et je vivais avec brio la haine que j'avais consciencieusement appris à nourrir contre les Noirs lorsque le mouvement en faveur des droits civiques m'est tombé dessus sans crier gare, au détour d'une barricade, me démontrant à la fois mon ignominie et mon erreur. Comme j'étais un garçon réfléchi, sensible et épris de justice, j'ai fait mon possible pour me réformer et jouer un petit rôle insignifiant dans ce mouvement, ce dont je me suis empressé de tirer un orgueil plus qu'excessif. Puis je me suis retrouvé à l'université où je suivais la préparation militaire du ROTC* composé exclusivement de jeunes mâles de race blanche, et je me suis fait cracher dessus par des militants pacifistes que mon uniforme dérangeait. J'ai fini par rejoindre les rangs de ces manifestants, mais je n'ai jamais craché sur quiconque ne partageait pas mes opinions. Je pensais passer tranquillement le cap de la trentaine, en brave contemplatif à l'humanisme irréfutable, lorsque le mouvement de libération de la femme m'a coincé au détour d'une avenue et, une fois de plus, je me suis retrouvé du mauvais côté de la barricade. Apparemment, j'incarne tout ce que le XXᵉ siècle compte de turpitudes.

C'est ma sœur qui m'a contraint à affronter mon siècle, et c'est grâce à elle que j'ai fini par me libérer suffisamment pour pouvoir regarder la réalité des jours vécus au bord du fleuve. Je vivais depuis trop longtemps à la surface de la vie, et elle m'a entraîné doucement dans les eaux profondes où toutes les épaves, tous les squelettes, toutes les coques noires attendaient mon inspection hésitante.

La vérité, la voici : il s'est passé des choses dans ma famille. Des choses extraordinaires. Je connais des familles qui vivent des destinées entières sans que rien d'intéressant leur arrive jamais. Ces familles, je les ai toujours enviées. Les Wingo forment une famille que le destin a mille fois éprouvée et laissée sans défense, humiliée, déshonorée. Mais ma famille avait aussi certaines forces à jeter dans la bagarre, et ce sont ces forces-là qui ont permis à la plupart des Wingo de survivre à l'attaque des Furies. À moins que vous ne croyiez Savannah ; pour elle, il est clair qu'aucun Wingo n'a survécu.

Je vous raconterai mon histoire.

Il n'y manquera rien.

Je vous le jure.

---

* *Reserve Officers' Training Corps* : Corps d'Entraînement des Officiers de Réserve. (N.d.T.)

1

Il était cinq heures de l'après-midi, heure locale, lorsque le téléphone sonna dans ma maison de l'île Sullivans, en Caroline du Sud. Ma femme Sallie et moi venions juste de nous asseoir pour prendre un verre sur la véranda qui dominait le port de Charleston et l'Atlantique. Sallie rentra pour répondre au téléphone et je criai :

« Je ne suis là pour personne.

— C'est ta mère, dit Sallie en revenant.

— Dis-lui que je suis mort, suppliai-je. Je t'en prie, dis-lui que je suis mort la semaine dernière et que tu n'as pas encore trouvé le temps de l'appeler.

— Écoute, va lui parler. Elle dit que c'est urgent.

— Avec elle, c'est toujours urgent. Il n'y a jamais urgence quand elle dit que c'est urgent.

— Je crois que cette fois il y a urgence, elle pleure.

— Quand Maman pleure, c'est normal. Je ne me souviens pas d'un seul jour où elle n'ait pleuré.

— Elle attend, Tom. »

Comme je me levais pour aller au téléphone, ma femme dit :

« Sois gentil, Tom. Tu n'es jamais très gentil quand tu parles à ta mère.

— Sallie, ma mère, je la déteste, expliquai-je. Pourquoi faut-il que tu t'évertues à me gâcher les petits plaisirs que j'ai dans la vie ?

— Écoute mon conseil, sois très gentil.

— Si elle m'annonce qu'elle arrive ce soir, je demande le divorce. Sallie, je n'ai rien contre toi, mais c'est toi qui me forces à répondre au téléphone... Allô, Maman chérie, dis-je d'un ton enjoué dans le récepteur, tout en sachant que mon allégresse simulée ne trompait jamais ma mère...

— J'ai une mauvaise nouvelle, dit ma mère.

— Depuis quand est-ce que, dans cette famille, on a autre chose à annoncer que des mauvaises nouvelles, Maman ?

— Là, c'est une très mauvaise nouvelle. Une nouvelle tragique.

— J'ai hâte de l'apprendre.

— Je ne veux pas te le dire au téléphone. Est-ce que je peux venir ?

— Si tu veux venir, tu viens.

— Je ne veux venir que si toi, tu veux que je vienne.

17

— C'est toi qui as dit que tu voulais venir. Moi je n'ai pas dit que je voulais que tu viennes...

— Pourquoi faut-il que tu me fasses du mal à un moment pareil ?

— Maman, je ne sais toujours pas ce qu'il a, ce moment. Tu n'as pas dit ce qui n'allait pas. Je ne cherche pas à te faire de mal. Viens à la maison, nous pourrons nous montrer un peu les crocs, pour changer. »

Je raccrochai et hurlai à pleins poumons :

« C'est le divorce ! »

En attendant ma mère, je regardai mes trois filles ramasser des coquillages sur la plage devant la maison. Elles avaient dix, neuf et sept ans. Deux brunettes séparées par une blonde, et j'étais toujours surpris par leur âge, leur taille et leur beauté. Tandis qu'elles mûrissaient au soleil, je prenais la mesure de ma propre décrépitude. On croyait aisément à la naissance des déesses en regardant le vent jouer dans leurs cheveux, tandis que leurs petites mains brunes faisaient de jolis gestes synchronisés pour repousser les mèches devant leurs yeux, et que leur rire allait se perdre sur une déferlante. Jennifer appela les deux autres pour leur montrer la conque qu'elle tenait haut dans la lumière. Je me levai et allai jusqu'à la balustrade où je vis qu'un voisin s'était arrêté pour parler aux petites filles.

« M. Brighton, dis-je, voulez-vous vérifier que les petites ne sont pas encore une fois en train de fumer de l'herbe sur la plage ? »

Les filles levèrent les yeux et, saluant M. Brighton d'un geste de la main, s'élancèrent à travers dunes et ajoncs pour rentrer à la maison. Elles déposèrent leur collection de coquillages sur la table où était posé mon verre.

« Pa, dit l'aînée, Jennifer, il faut toujours que tu nous fasses honte devant les gens.

— On a trouvé un conque, Pa, couina Chandler, la benjamine. Il est vivant.

— *Elle* est vivante, dis-je en retournant le coquillage. On va pouvoir la manger pour le dîner.

— Oh, super, Pa ! dit Lucy. Quel festin ! Une conque !

— Non, dit la petite dernière. Je vais la ramener à la plage et la mettre dans l'eau. Réfléchis un peu à la peur qu'il doit avoir, ce conque, en t'entendant dire que tu veux le manger.

— Chandler, dit Jennifer, tu es ridicule. Comme si les conques parlaient anglais...

— Qu'est-ce que tu en sais, Jennifer ? intervint Lucy. Madame Je-sais-tout, tu n'es pas la reine du monde.

— Exact, dis-je. Tu n'es pas la reine du monde.

— Si seulement j'avais eu des frères, dit Jennifer.

— Et nous, on regrette bien de ne pas avoir eu un grand frère, riposta Lucy, dans un charmant accès de fureur blonde.

— Tu vas la tuer, cette vilaine conque, Pa ? demanda Jennifer.

— Chandler sera furieuse.

— Non, je vais la remettre sur la plage. Je ne supporte pas que

18

Jennifer me traite d'assassin. Allez, tout le monde sur les genoux de Papa ! »

Un peu à contrecœur, les trois fillettes installèrent leur joli postérieur sur mes cuisses et mes genoux, et j'embrassai successivement le creux de la gorge et la nuque de chacune.

« C'est la dernière année qu'on peut faire ça, les filles, vous devenez énormes.

— Énormes ? Je grandis peut-être mais je ne deviens pas énorme, ça non, Pa, rectifia Jennifer.

— Appelle-moi Papa.

— Y a que les bébés qui disent "papa".

— Alors moi aussi j'arrête de dire "papa", dit Chandler.

— J'aime qu'on m'appelle Papa. Ça me donne l'impression d'être un papa adoré. Écoutez, les filles, j'ai une question à vous poser et il faut que vous me répondiez très franchement. N'essayez pas de ménager les sentiments de Papa, dites-lui seulement ce que vous pensez du fond du cœur. »

Jennifer roula des yeux, et dit :

« Oh non, Pa, pas ce jeu. Pas encore... »

Je dis :

« Qui est l'être humain le plus fabuleux que vous ayez rencontré sur cette terre ?

— Maman, répondit vivement Lucy en souriant à son père.

— C'est presque ça, dis-je. Voyons, on recommence. Pensons à la personne la plus fantastique, la plus merveilleuse que vous connaissiez personnellement. La réponse devrait vous venir tout de suite...

— C'est toi ! cria Chandler.

— Le petit ange. Mon ange pur et blanc comme la neige. Et maligne en plus. Qu'est-ce que tu veux, Chandler ? De l'argent ? Des bijoux ? Des fourrures ? Un carnet d'actions et d'obligations ? Demande ce que tu veux, ma chérie, et ton papa adoré ira te le décrocher.

— Je ne veux pas que tu tues la conque.

— Tuer la conque ! Je vais lui payer des études, à cette conque, et lui faire une situation dans les affaires.

— Pa, dit Jennifer, on est trop grandes maintenant pour que tu nous taquines comme ça. Tu commences à nous faire honte devant nos amis.

— Qui, par exemple ?

— Johnny.

— Ce jeune crétin à la vue basse ? Ce moulin à paroles plein de boutons ?

— C'est mon fiancé, précisa fièrement Jennifer.

— C'est un raseur, Jennifer, approuva Lucy.

— Il est toujours mieux que le nabot qui te sert de fiancé, riposta Jennifer.

— Je vous ai mises en garde à propos des garçons, les filles. Tous des petits vicieux à l'esprit mal tourné, des gens répugnants et brutaux, qui font des choses sales, comme arroser les plates-bandes et se curer le nez.

— Tu as bien été un petit garçon, toi, dit Lucy.

— Ah ! Vous imaginez Pa en petit garçon ? dit Jennifer. Quelle rigolade !

— Moi j'étais différent, j'étais un prince. Un rayon de lune. Mais je ne vais pas m'immiscer dans ta vie sentimentale, Jennifer. Tu me connais, je ne serai jamais un de ces pères tyranniques qui trouvent toujours à redire contre les garçons que leurs filles ramènent à la maison. Je ne veux pas me mêler de ça. C'est votre vie, c'est à vous de décider. Vous pourrez épouser qui bon vous semblera, les filles, dès que vous aurez fini vos études de médecine.

— Je ne veux pas étudier la médecine, dit Lucy. Est-ce que tu sais que Maman est obligée de toucher le derrière des gens avec ses doigts ? Moi je veux être poète, comme Savannah.

— Parfait, mariage après publication de ton premier recueil de poèmes. Je suis prêt au compromis. Je ne suis pas intraitable, moi.

— Je peux me marier quand ça me chante, dit Lucy, têtue. Je n'aurai pas besoin de ta permission. Je serai une femme adulte.

— Bravo, Lucy, dis-je. N'écoute pas un mot de ce que disent tes parents. C'est la seule règle de vie que je tienne à vous inculquer définitivement.

— Tu ne parles pas pour de vrai, c'est pour rire, Papa, dit Chandler en appuyant sa tête en dessous de mon menton. Je veux dire Pa, rectifia-t-elle spontanément.

— Rappelez-vous bien ce que je vous ai dit. Moi, personne ne m'a prévenu de ce genre de truc quand j'étais petit, dis-je sérieusement, mais les parents ont été mis sur terre dans le seul but de rendre leurs enfants malheureux. C'est une des principales lois voulues par Dieu. Alors écoutez-moi bien. Votre tâche à vous, c'est de faire croire à Maman et à moi que vous faites et que vous pensez tout ce qu'on a envie que vous fassiez et pensiez. Mais en fait, ce n'est pas vrai. Vous avez des opinions personnelles et vous partez en missions secrètes. Parce que Maman et moi, on vous bousille.

— Comment ça, vous nous bousillez ? demanda Jennifer.

— Il nous fait honte devant nos amis, risqua Lucy.

— Non. Mais je sais qu'on vous bousille un petit peu chaque jour. Si nous savions comment, nous arrêterions tout de suite. Nous ne recommencerions jamais plus, parce que nous vous adorons. Mais nous, les parents, on ne peut pas s'empêcher. C'est notre rôle de vous détruire. Vous comprenez ?

— Non, dirent-elles avec un ensemble touchant.

— Parfait, dis-je en avalant une gorgée de mon verre. Vous n'êtes pas censées nous comprendre. Pour vous, nous sommes l'ennemi. Vous devez mener la guérilla contre nous.

— Nous ne sommes pas des gorilles, se raidit Lucy. Nous sommes des petites filles. »

Sallie revint sur la véranda en robe légère, blanc cassé, et sandales assorties. Ses longues jambes étaient bronzées et ravissantes.

« Ai-je interrompu le petit cours complet du Dr Spock ? dit-elle en souriant aux enfants.

— Pa nous a traitées de gorilles, expliqua Chandler en s'arrachant de mes genoux pour leur préférer ceux de sa mère.

— J'ai fait un peu de ménage à cause de ta mère, dit Sallie en allumant une cigarette.

— Tu vas attraper le cancer si tu continues de fumer autant, Maman, dit Jennifer. Tu t'empoisonnes le sang. On a appris ça à l'école.

— Alors fini l'école, tu n'y vas plus, dit Sallie en soufflant la fumée.

— Pourquoi fallait-il que tu fasses le ménage ? demandai-je.

— Parce que j'ai horreur de la façon dont elle regarde ma maison quand elle vient en visite. On dirait toujours qu'elle veut vacciner les enfants contre le typhus quand elle voit le bazar dans la cuisine.

— Elle est seulement jalouse parce que tu es docteur en médecine, et qu'elle s'est retirée de la course en classe de quatrième, après un "bien" en orthographe comme seul trophée. Alors tu n'es pas obligée de tout nettoyer chaque fois qu'elle vient ici semer la vérole. Il suffit de brûler les meubles et désinfecter après son départ.

— Tu es un peu dur avec ta mère, Tom. Elle essaye de devenir une bonne mère, à sa façon », dit Sallie en inspectant les cheveux de Chandler.

Jennifer dit : « Pourquoi tu n'aimes pas grand-mère, Pa ?

— Qui dit que je n'aime pas grand-mère ? »

Lucy ajouta : « Ben oui, Pa, pourquoi tu brailles toujours "j'suis pas là" quand elle appelle au téléphone ?

— Simple mesure d'autodéfense, mon chou. Tu sais comment les poissons-boules se gonflent en situation de danger ? Eh bien c'est pareil quand grand-mère appelle. Je me gonfle et je crie que je ne suis pas là. Ça marcherait super-bien, sauf que Maman me trahit à chaque fois.

— Pourquoi tu ne veux pas qu'elle sache que tu es là, Papa ? demanda Chandler.

— Parce que je serais obligé de lui parler. Et quand je lui parle, ça me rappelle le temps où j'étais enfant et mon enfance, je l'ai détestée. J'aurais préféré être un poisson-boule. »

Lucy demanda : « Est-ce qu'on criera "je ne suis pas là", lorsque tu téléphoneras chez nous quand on sera grandes, nous trois ?

— Bien sûr, dis-je avec une véhémence qui dépassa mon intention, parce qu'à ce moment-là, je serai toujours en train de vous donner des remords en disant : "Pourquoi est-ce que je ne te vois plus jamais, chérie ?", ou bien : "Est-ce que j'ai fait quelque chose de mal, mon trésor ?" ou : "C'était mon anniversaire jeudi", ou : "On me fait une transplantation cardiaque mardi, mais je suis sûr que tu t'en fiches", ou : "Si tu pouvais au moins faire un saut pour donner un coup de chiffon sur le poumon d'acier." Quand vous aurez grandi et que vous me quitterez, les filles, mon seul devoir en ce bas monde sera de vous coller des remords. Je ferai de mon mieux pour vous gâcher la vie.

21

— Pa croit tout savoir, dit Lucy à Sallie, et les deux têtes froides de la famille d'opiner de conserve.

— Qu'est-ce que c'est ? Des critiques venant de mes propres enfants ? Ma chair et mon sang trouvant à redire à mon caractère ? Je supporte tout sauf les critiques, Lucy.

— Tous nos copains trouvent que Papa est fou, Maman, ajouta Jennifer. Toi, tu te conduis comme une maman normale. Papa, il ne fait rien comme les autres papas.

— Nous y voilà. L'instant redouté où mes enfants se retournent contre moi pour m'arracher les tripes est arrivé. Si nous étions en Russie, elles me dénonceraient aux autorités communistes et je me retrouverais en Sibérie, à me geler le cul dans une mine de sel.

— Maman, il a dit un gros mot, dit Lucy.

— Je sais, chérie, j'ai entendu.

— L'herbe, enchaînai-je rapidement, l'herbe a besoin d'être coupée.

— L'herbe a toujours besoin d'être coupée quand il dit ce mot, expliqua Jennifer.

— En cet instant précis, ma mère est en train de traverser le pont de Shem Creek. Pas un oiseau ne chante sur la planète lorsque ma mère est en route.

— Fais un petit effort pour être gentil, Tom, dit Sallie en prenant sa voix professionnelle et exaspérante. Ne marche pas à ses provocations. »

Je grognai en avalant une grande gorgée.

« Bon Dieu, je me demande ce qu'elle veut. Elle ne vient ici que lorsqu'elle a trouvé un petit truc pour me gâcher l'existence. C'est un fin stratège dans l'art d'empoisonner la vie des gens. Elle pourrait faire des séminaires sur ce thème. Elle a dit qu'elle avait une mauvaise nouvelle. Dans ma famille, les mauvaises nouvelles sont toujours macabres, bibliques, tout droit tirées du Livre de Job.

— Reconnais au moins que ta mère cherche la réconciliation.

— Je reconnais. Elle essaye, dis-je avec lassitude. Je la préférais quand elle n'essayait pas, quand elle était un monstre sans vergogne.

— Qu'est-ce qu'on mange ce soir, Tom ? demanda Sallie, changeant de sujet. Ça sent très bon.

— C'est du pain frais. J'ai attrapé des carrelets dans les rochers tôt ce matin, alors je les ai farcis au crabe et aux crevettes. Il y a aussi une salade d'épinards crus et des courgettes sautées à l'échalote.

— Formidable, dit-elle. Je ne devrais pas boire ça. Je suis de garde ce soir.

— Moi j'aimerais mieux du poulet frit, dit Lucy. Si on allait au Colonel Sanders ?

— D'abord pourquoi est-ce que tu fais la cuisine, Papa ? demanda soudain Jennifer. Ça fait rire M. Brighton quand il raconte que tu prépares à dîner pour Maman.

— Ouais, ajouta Lucy, il dit que c'est parce que Maman gagne deux fois plus que toi.

— L'infâme salaud, siffla Sallie entre ses dents serrées.

— C'est inexact, dis-je. Je prépare à dîner parce que Maman gagne quatre ou cinq fois plus d'argent que moi.

— Rappelez-vous ceci, les enfants : c'est votre père qui a payé mes études en médecine. Alors ne recommence pas à être désagréable de cette façon avec ton père, Lucy. »

Et Sallie d'insister encore :

« Vous n'êtes pas obligées de répéter tout ce que dit M. Brighton. Votre père et moi nous essayons de partager les corvées de la maison.

— Toutes les autres mamans que je connais font la cuisine chez elles, dit Jennifer avec audace, vu la dureté qui s'était installée dans les yeux gris de Sallie, sauf toi.

— Je t'avais prévenue, Sallie, dis-je en observant les cheveux de Jennifer. Quand on élève des enfants dans le Sud, on fabrique des Sudistes. Et Dieu a rangé les Sudistes dans la catégorie des imbéciles.

— Nous sommes des Sudistes, mais nous ne sommes pas des imbéciles, dit Sallie.

— Aberration de l'histoire, chérie. Il s'en produit une ou deux par génération.

— Les filles, montez faire votre toilette. Lila ne va pas tarder.

— Pourquoi est-ce qu'elle n'aime pas qu'on l'appelle grand-mère ? demanda Lucy.

— Parce que ça la fait se sentir vieille. Allez, filez à présent », dit Sallie en dirigeant les enfants vers l'intérieur de la maison.

À son retour, Sallie se pencha pour poser un long baiser sur mon front.

« Je suis désolée pour ce qu'a dit Lucy. C'est fou ce qu'elle est conformiste, cette gosse.

— Ça ne me dérange pas, Sallie. Je te le jure. Tu sais bien que je m'épanouis dans les rôles de martyr, j'adore m'apitoyer sur mon propre sort. Ce pauvre idiot de Tom Wingo qui astique l'argenterie pendant que sa femme découvre un traitement contre le cancer. Tom Wingo, le pauvre diable qui réussit si bien les soufflés, avec une femme qui se fait cent mille dollars par an. Nous savions bien que les choses se passeraient ainsi, Sallie. Nous en avons parlé.

— N'empêche que cette situation ne me plaît pas du tout. Je me méfie du macho qui sommeille en toi. Je sais que ça doit faire mal. Et puis je traîne une putain de culpabilité à l'idée que les filles ne comprennent pas pourquoi elles ne me trouvent pas à la maison, en maman-gâteau-lait-chaud, quand elles arrivent de l'école.

— Mais elles sont fières d'avoir une maman docteur.

— Apparemment elles le sont moins de ta situation de prof et d'entraîneur sportif, Tom.

— Ex-prof, ex-entraîneur, Sallie. Passé révolu, Sallie. J'ai été viré, tu te rappelles ? Moi non plus, Sallie, je n'en suis pas fier. Alors on ne peut pas leur en vouloir. Bon Dieu, c'est la voiture de ma mère que j'entends s'arrêter dans l'allée ? Vite, je voudrais trois Valium, s'il vous plaît docteur !

— C'est moi qui les ai avalés, Tom. N'oublie pas, je vais devoir subir le tour d'inspection de ta mère dans la maison avant qu'elle ne s'intéresse à toi, dit Sallie.

— L'alcool est inefficace, dis-je en gémissant. Pourquoi est-ce que l'alcool ne me rend pas insensible au moment où j'en ai tant besoin ? Dois-je retenir Maman à dîner ?

— Bien sûr, mais tu sais qu'elle n'acceptera pas.

— Génial, dans ces conditions, je l'invite.

— Sois gentil avec ta mère, Tom, dit Sallie. Elle a l'air terriblement triste et fait ce qu'elle peut pour redevenir ton amie.

— Amitié et maternité ne sont pas compatibles.

— Crois-tu que nos filles pensent la même chose ?

— Non, nos filles se contentent de détester leur père. Tu as remarqué qu'elles en ont déjà marre de mon humour alors que l'aînée n'a que dix ans ? Il faut que je me fabrique d'autres manies.

— Moi j'aime bien tes manies, Tom. Je les trouve drôles. C'est même elles qui m'ont fait t'épouser. Je savais que nous passerions pas mal de temps à rigoler.

— Merci, docteur. Bon, voilà Maman. Tu peux m'attacher de l'ail autour du cou et m'apporter un crucifix ?

— Chut, Tom, elle va t'entendre. »

Ma mère fit son apparition sur le pas de la porte, impeccablement mise et vêtue, tandis que son parfum envahissait la véranda, plusieurs secondes avant qu'elle-même n'y mît le pied. Ma mère se baladait toujours comme si elle était attendue dans les appartements privés d'une reine. Elle avait la distinction d'un yacht – pureté de ligne, efficacité, gros budget. Elle avait toujours été beaucoup trop jolie pour être ma mère et il fut un temps où l'on me prenait pour son mari. Je ne saurais vous dire à quel point ma mère adora cette période.

« Vous voilà ! dit ma mère. Comment allez-vous, mes enfants ? »

Elle nous embrassa tous les deux, pleine d'entrain, mais la mauvaise nouvelle pesait lourd au fond de ses yeux.

« Vous êtes un peu plus belle chaque fois que je vous vois, Sallie. Tu n'es pas de cet avis, Tom ?

— Certainement, Maman. Et toi aussi », répondis-je en étouffant un grognement. Ma mère était capable de me faire sortir des inepties à jet continu.

« Oh, merci Tom ! C'est très aimable à toi de parler ainsi à ta vieille mère.

— Ma vieille mère a la plus jolie silhouette de l'État de Caroline du Sud, répliquai-je, enregistrant ainsi ma seconde niaiserie servie du tac au tac.

— Oh, c'est que je me donne beaucoup de mal pour obtenir ce résultat. Tu peux me croire. La gent masculine ignore ce que nous, les femmes, nous endurons pour garder cette silhouette juvénile, n'est-ce pas, Sallie ?

— Absolument.

— Tu as encore grossi, Tom, remarqua joyeusement ma mère.

— Vous autres femmes ignorez le mal que se donne la gent masculine pour se transformer en gros tas de graisse.

— Euh, je ne disais pas ça comme une critique, Tom, dit ma mère d'une voix outrée et solennelle. Si tu es susceptible à ce point, je n'en parlerai plus. Les kilos en plus te vont très bien. Tu es toujours mieux quand tu as le visage plein. Mais je ne suis pas venue me disputer avec toi aujourd'hui. J'ai une très mauvaise nouvelle. Est-ce que je peux m'asseoir ?

— Bien sûr, Lila. Qu'est-ce que je vous sers ? demanda Sallie.

— Gin tonic, chérie. Avec une goutte de citron vert si vous en avez. Où sont les petites, Tom ? Je ne veux pas que les filles entendent.

— En haut, dis-je en contemplant le coucher de soleil, dans l'attente.

— Savannah a encore tenté de se tuer.

— Mon Dieu, dit Sallie qui s'immobilisa devant le pas de la porte. Quand ?

— La semaine dernière, apparemment. Ils ne sont pas sûrs. Elle était dans le coma quand on l'a retrouvée. Elle en est sortie, mais...

— Mais quoi ? murmurai-je.

— Mais elle est dans une de ces crises imbéciles où elle sombre quand elle veut qu'on s'occupe d'elle.

— On appelle ça un état de psychose transitoire, Maman.

— C'est elle qui se dit psychotique, répliqua sèchement ma mère. Elle n'est pas une véritable psychotique, tu peux me croire... »

Sans me laisser le temps de répondre, Sallie s'interposa en posant une question :

« Où est-elle, Lila ?

— Dans un hôpital psychiatrique, à New York. Le Bellevue, ou un nom comme ça. Je l'ai noté à la maison. Un médecin a téléphoné. Une femme médecin, comme vous Sallie, sauf qu'elle est psychiatre. Je suis certaine qu'elle était incapable de faire de la vraie médecine, mais chacun voit midi à sa porte, comme je dis toujours.

— J'ai failli faire psychiatrie, dit Sallie.

— Eh bien, il est tout à fait réjouissant de voir que des jeunes femmes réussissent dans toutes les professions. Moi je n'ai pas eu ce genre d'occasion quand j'étais enfant. Bref, toujours est-il que cette femme a téléphoné pour m'apprendre la tragique nouvelle.

— Comment s'y est-elle prise, Maman ? » dis-je en tentant de garder mon sang-froid. J'étais sur la mauvaise pente, je le sentais.

« Elle s'est encore une fois tailladé les poignets, Tom, dit ma mère qui se mit à pleurer. Pourquoi faut-il qu'elle me fasse des choses pareilles ? Comme si je n'avais pas assez souffert !

— Ce sont ses poignets à elle qu'elle a taillés, Maman.

— Je vous apporte un verre, Lila », dit Sallie en se dirigeant vers l'intérieur de la maison.

Ma mère sécha ses larmes dans un mouchoir qu'elle sortit de son sac. Puis elle dit :

« Elle est juive, je crois, cette femme médecin. Elle a un de ces noms impossibles. Aaron la connaît peut-être.

— Aaron est de Caroline du Sud, Maman. Ce n'est pas parce qu'il est juif qu'il connaît tous les Juifs d'Amérique.

— Mais il saurait se renseigner sur elle. Histoire de voir si c'est quelqu'un de fiable. On est très unis dans la famille Aaron.

— Si elle est juive, alors il ne fait pas de doute que la famille Aaron doit avoir un dossier sur elle.

— Tu n'es pas obligé de manier le sarcasme, Tom. Que penses-tu que je ressente ? Que penses-tu que je ressente quand mes enfants commettent sur eux-mêmes de telles monstruosités ? J'éprouve un terrible sentiment d'échec. Tu n'imagines pas la façon dont les gens du beau monde me regardent quand ils apprennent qui je suis.

— Est-ce que tu vas à New York ?

— Cela m'est parfaitement impossible, Tom. Ça tombe vraiment très mal pour moi. Nous donnons un dîner samedi soir, qui est prévu depuis des mois. Sans parler des frais. Je suis certaine qu'elle est en de bonnes mains et que nous ne pouvons rien faire de plus.

— Être là, c'est beaucoup, Maman. C'est une chose que tu n'as jamais comprise.

— J'ai dit à la psychiatre que tu risquais d'y aller, dit ma mère, à la fois hésitante et pleine d'espoir.

— Évidemment que j'irai.

— Tu n'as pas de travail en ce moment et c'est facile pour toi de t'organiser.

— Mon travail consiste à chercher du travail.

— Je crois que tu aurais dû prendre cet emploi de courtier d'assurances. Je le pense sincèrement, bien que tu n'aies certes pas sollicité mon conseil.

— Comment es-tu au courant ?

— Sallie me l'a dit.

— Ah bon ?

— Elle est contrariée à ton sujet. Comme nous tous. On ne peut pas lui demander de t'entretenir jusqu'à la fin des jours.

— Est-ce qu'elle t'a dit cela aussi ?

— Non. Je me contente de te dire ce que je sais. Tu dois voir les choses en face. Jamais tu ne pourras te remettre à enseigner ou faire l'entraîneur tant que tu vivras en Caroline du Sud. Il faut que tu repartes de zéro et que tu redémarres au bas de l'échelle, que tu fasses tes preuves devant un employeur prêt à te donner ta chance.

— Tu parles comme si je n'avais jamais eu d'emploi de ma vie, Maman », dis-je. J'étais las, désireux de fuir le regard de ma mère, j'avais envie que le soleil se couche plus vite, j'avais besoin d'obscurité.

« Ça fait un bout de temps que tu es sans emploi, insista Maman. Et aucune femme n'a de respect pour un homme qui ne contribue pas à faire bouillir la marmite. Je parle en connaissance de cause. Sallie est un amour, mais elle ne va tout de même pas gagner tout l'argent pendant que tu restes à te morfondre sur cette véranda.

— J'ai répondu à soixante-dix offres d'emploi, Maman.

— Mon mari peut te trouver un boulot. Il a proposé de te mettre le pied à l'étrier.

— Tu sais bien que je ne peux pas accepter d'aide de ton mari. Tu pourrais au moins comprendre ça.

— Je ne comprends pas du tout, répliqua ma mère en élevant sensiblement le ton. Pourquoi serais-je censée comprendre ? Il voit toute la famille qui souffre sous prétexte que tu n'arrives pas à bouger ton gros popotin pour trouver du boulot. Il fait cela pour Sallie et les petites, pas pour t'aider, toi. Il n'a pas envie qu'elles souffrent davantage qu'elles n'ont déjà enduré. Il est disposé à te donner un coup de main, bien qu'il sache à quel point tu le détestes.

— Je suis bien aise qu'il sache à quel point je le déteste », dis-je.

Sallie était de retour sur la véranda avec un verre pour ma mère et un autre pour moi. J'aurais voulu balancer ce qu'il y avait dedans et bouffer le verre.

« Tom était justement en train d'expliquer combien il me déteste, moi et tout ce que je représente.

— Inexact. J'ai seulement dit que je déteste ton mari, et je ne faisais que répondre à une énorme provocation. C'est toi qui as soulevé le sujet.

— J'ai soulevé le sujet de ton chômage. Ça fait plus d'un an que ça dure, Tom, et c'est plus de temps qu'il n'en faut à quelqu'un ayant tes compétences pour trouver un boulot, n'importe lequel. Tu ne trouves pas gênant, pour Sallie, d'avoir à entretenir un homme adulte doté d'une paire de bras et d'une paire de jambes ?

— Ça suffit, Lila, se fâcha Sallie. Vous n'avez pas le droit de blesser Tom en vous servant de moi.

— Je cherche à aider Tom. Vous ne le voyez pas, Sallie ?

— Non, pas de cette façon. Surtout pas de cette façon, jamais. Ce n'est pas la bonne méthode, Lila.

— Il faut que je parte à New York demain, Sallie, dis-je.

— Bien sûr, répondit-elle.

— Tu lui transmettras mon bonjour, Tom, n'est-ce pas ?

— Mais oui, Maman.

— Je sais qu'elle est montée contre moi, comme toi, pleurnicha-t-elle.

— Nous ne sommes pas contre toi, Maman.

— Oh si ! Tu crois que je ne sens pas votre mépris pour moi ? Tu crois que je ne sais pas à quel point vous m'en voulez d'avoir finalement trouvé le bonheur ? Vous adoriez ça quand j'étais malheureuse avec votre père.

— Nous n'adorions pas du tout, Maman. Nous avons vécu une enfance abominable, qui nous a gentiment mis sur les rails d'une vie adulte abominable.

— Assez, je vous en prie, cria Sallie, cessez de vous déchirer l'un l'autre !

— Je sais ce que c'est d'être mariée à un Wingo, Sallie. Je sais par quoi vous passez.

— Maman, il faut que tu viennes plus souvent, j'ai savouré quelques instants de vrai bonheur avant ton arrivée. »

Sallie se fit impérative :

« J'exige que cela cesse, et que cela cesse immédiatement. Nous devons réfléchir à ce que nous pouvons faire pour aider Savannah.

— J'ai fait tout ce que je pouvais faire pour Savannah, dit Maman. Quoi qu'elle fasse, ce sera toujours ma faute.

— Savannah est malade, dit doucement Sallie. Vous le savez bien, Lila. »

Ma mère s'illumina à ces paroles, fit passer son verre dans sa main gauche et se pencha en avant pour parler à Sallie :

« Vous êtes du métier, Sallie, dit-elle. Savez-vous que j'ai lu beaucoup de choses sur les psychoses, ces derniers temps ? Les sommités en la matière ont découvert qu'il s'agissait d'un déséquilibre chimique qui n'a absolument rien à voir ni avec l'hérédité ni avec l'environnement.

— Il y a un sacré paquet de déséquilibres chimiques dans la famille, Maman, dis-je, incapable de dominer ma colère.

— Certains docteurs pensent que c'est un manque de sel.

— J'ai entendu parler de cela, en effet, concéda gentiment Sallie.

— Le sel ! m'écriai-je. Je vais porter une grande salière à Savannah et la laisser piocher dedans à la petite cuillère. Si c'est seulement de sel dont elle a besoin, je vais la coller à un régime qui fera d'elle un sosie de la femme de Loth.

— Je ne fais que répéter ce que disent les autorités en la matière. Si tu as envie de te moquer de ta mère, à ta guise, Tom. J'imagine que je fais une cible facile, moi, une vieille femme qui a sacrifié les plus belles années de sa vie à ses enfants.

— Maman, pourquoi tu ne montes pas une entreprise de conserverie de mauvaise conscience ? Tu vendrais ça comme des petits pains à tous les parents américains qui ne maîtrisent pas encore l'art subtil de donner à leurs mômes la sensation permanente d'être les rois des salauds. Tu serais bien placée pour décrocher le brevet.

— Et peut-être que de cette façon tu finirais par trouver un emploi, mon fils, jeta-t-elle froidement en se levant de son fauteuil. Téléphone-moi, s'il te plaît, quand tu auras vu Savannah. Tu peux appeler en PCV.

— Si vous restiez dîner, Lila ? Vous n'avez même pas vu les enfants, dit Sallie.

— Je viendrai quand Tom sera à New York. J'ai envie d'emmener les petites à Pawley Island pour une quinzaine. Si vous n'y voyez pas d'inconvénient, bien sûr.

— Ce serait formidable.

— Au revoir, mon fils, dit ma mère. Prends bien soin de ta sœur.

— Au revoir, Maman », répondis-je en me levant pour l'embrasser sur la joue. C'est ce que j'ai toujours fait.

28

Après dîner, Sallie et moi aidâmes les filles à se mettre au lit. Puis nous allâmes faire un tour sur la plage. Nous prîmes la direction du phare, marchant pieds nus dans les vagues, au-delà du Fort Moultrie. Sallie me prit la main, et moi, troublé et affolé, je me rendis compte que je n'avais pas touché Sallie depuis bien longtemps, que jamais je ne la sollicitais, ni comme amant, ni comme ami, ni comme égal. Il y avait des lustres que mon corps ne s'était pas éprouvé comme instrument d'amour ou de passion ; l'hiver avait été d'un sérieux tétanisant, marqué par l'étiolement et la mort de toutes les illusions et de tous les rêves brûlants de mes jeunes années, et je n'avais pas à ce jour trouvé la force intérieure de rêver d'autres rêves ; j'étais encore bien trop investi dans le deuil des anciens, inquiet de savoir comment j'allais survivre sans eux. J'étais certain d'arriver à les remplacer d'une façon ou d'une autre, mais je doutais de pouvoir recréer leur lustre chatoyant, leur empreinte éblouissante. C'est pourquoi, depuis des mois, je n'avais plus satisfait les désirs de mon épouse, je ne la caressais plus, je ne la touchais plus jusqu'à l'embraser et la faire bouger comme une chatte entre mes mains ; je ne réagissais plus à la pression de sa jambe contre la mienne, au contact de sa main sur ma cuisse dans la solitude de nos nuits sans sommeil. Mon corps me trahissait toujours lorsque j'avais l'esprit en déroute, l'âme en souffrance. Sallie s'approcha de moi, et ensemble nous nous livrâmes au vent d'été tandis que les vagues se brisaient à nos pieds. Orion arpentait les cieux au-dessus de nos têtes, ceinturé et armé, dans la nuit sans lune semée d'étoiles.

Sallie pressa ma main :

« Tom, parle-moi. Dis-moi tout ce que tu as dans la tête. Tu te mures à nouveau dans ton silence. J'ai l'impression que tu m'es totalement inaccessible.

— J'essaye de comprendre comment je m'y suis pris pour gâcher ma vie, dis-je à Orion. Je veux connaître le moment exact où il fut entendu que je mènerais une vie de malheur absolu dans lequel j'engloutirais tous ceux que j'aime.

— Tu as une bonne raison de te battre – un motif valable. On dirait que tu baisses les bras, Tom. Ton passé nous fait très mal.

— Tiens, la Grande Ourse, dis-je en pointant un doigt sans enthousiasme.

— J'en ai rien à foutre de la Grande Ourse, dit Sallie. Je ne te parle pas de la Grande Ourse et je ne veux pas que tu changes de sujet. D'ailleurs tu ne sais même pas détourner une conversation.

— Pourquoi faut-il que la moindre parole prononcée par ma mère, la moindre syllabe, le plus petit phonème mensonger me mette hors de moi ? Pourquoi suis-je incapable de faire comme si elle n'était pas là, Sallie ? Pourquoi est-ce que je ne me soûle pas tout simplement la gueule quand elle débarque ? Si seulement je m'abstenais de réagir, elle ne pourrait pas m'atteindre. Je sais qu'elle m'aime du plus profond de son cœur. Mais nous restons là à nous dire des choses qui blessent, mutilent, détruisent. Quand elle repart, nous avons tous les deux les mains tachées de sang. Elle pleure et je bois ; puis elle boit. Tu tentes de t'interposer, mais nous t'ignorons dans un accord touchant et nous t'en voulons de seulement essayer d'intervenir. Comme si nous étions les protagonistes d'une sorte de drame monstrueux de la passion où nous nous relayons en permanence pour nous crucifier réciproquement. Et ce n'est ni sa faute ni la mienne.

— Elle a seulement envie que tu trouves un boulot et que tu sois heureux, dit Sallie.

— Moi aussi, c'est ce que je veux. Ce que je cherche désespérément. La vérité, c'est que j'ai toutes les peines du monde à trouver quelqu'un qui veuille m'engager. Il y a des dizaines de lettres dont je ne t'ai pas parlé. Toutes très polies. Toutes disant la même chose. Toutes humiliantes au-delà du supportable.

— Tu aurais pu prendre le boulot dans les assurances.

— Oui, j'aurais pu. Mais ce n'était pas un boulot, Sallie. J'aurais été au recouvrement, le type qui déboule dans les taudis d'Edisto Island pour piquer trois sous à de pauvres Noirs ayant contracté une assurance pour être enterrés dignement. »

Sallie serra ma main et dit :

« Au moins, ç'aurait été un début, Tom. Ç'aurait été mieux que de traîner à la maison à découper des recettes de cuisine. Tu aurais fait quelque chose pour t'en sortir. »

Blessé, je répondis :

« J'ai réfléchi. Je n'ai pas perdu mon temps.

— Je ne dis pas ça pour te critiquer, Tom. Pas du tout, mais…

— Chaque fois que tu prononces cette formule rituelle, Sallie, l'interrompis-je, c'est que tu vas proférer une critique meurtrière, mais je t'en prie, vas-y. Après Maman, je suis capable d'encaisser une charge de cavalerie de Huns montés sur des éléphants.

— Non, je ne te critique pas. J'essaye de te prouver mon amour. Tu passes ton temps à gémir sur toi-même, à couper les cheveux en quatre et sombrer dans l'amertume depuis ce qui est arrivé à Luke. Il faut que tu oublies tout cela et que tu repartes, que tu reprennes les choses où tu les as laissées. Ta vie n'est pas terminée, Tom. Une partie de ta vie l'est. À toi de trouver ce que sera la suivante. »

Nous marchâmes plusieurs minutes en silence, dans cette solitude troublante qui parfois s'installe chez les couples au moment le plus incongru. Ce n'était pas pour moi une sensation nouvelle ; j'avais un talent illimité pour faire des êtres chers qui m'aimaient le plus tendrement de parfaits étrangers.

Je tentai désespérément de refaire le chemin qui me séparait de Sallie, de rétablir le contact.

« Je ne comprends pas pourquoi j'en arrive à me haïr plus que n'importe quel être au monde. C'est un mystère pour moi. Quand bien même j'aurais eu deux monstres pour père et mère, j'aurais dû sortir de l'épreuve avec au moins un vague respect pour le survivant que je suis, à défaut de mieux. J'aurais dû au minimum en tirer une certaine honnêteté, alors que je suis le champion absolu de la mauvaise foi. Je ne sais jamais exactement ce que je pense des choses. Il y a toujours un secret caché qui m'échappe.

— Tu n'as pas besoin de connaître la vérité absolue. Personne n'a besoin de ça. Il te suffit d'en savoir assez pour mettre un pied devant l'autre.

— Non, Sallie, dis-je en m'arrêtant brutalement dans l'eau pour la tourner face à moi, avant de poser mes mains sur ses épaules. C'est ce que je faisais avant. J'allais mon petit bonhomme de chemin avec ma part de vérité, et je me suis fait doubler. Quittons la Caroline du Sud, partons d'ici. Jamais plus je ne retrouverai de boulot dans ce pays. Le nom de Wingo y est trop connu et de trop de monde ; et les gens n'aiment pas ce qu'il évoque. »

Sallie baissa les paupières et cacha mes mains dans les siennes. Mais elle me regarda droit dans les yeux pour me dire :

« Je ne veux pas quitter Charleston, Tom. J'ai un boulot formidable, j'adore notre maison, j'adore nos amis. Pourquoi veux-tu jeter même ce qui est bon ?

— Parce que pour moi ces choses ont cessé d'être bonnes, parce que j'ai cessé d'y croire, cessé de croire que j'avais un avenir ici.

— Mais moi je crois au mien.

— Et tu fais bouillir la marmite, dis-je, gêné par l'amertume, la mâle arrogance qui perçaient dans cette remarque.

— C'est toi qui mets ça sur le tapis, Tom, pas moi.

— Excuse-moi. Je suis sincèrement désolé. Je n'ai pas envie d'aller à New York. Je n'ai même pas envie de voir Savannah. Je suis furieux, fou furieux contre elle parce qu'elle a fait une nouvelle tentative de suicide. J'enrage parce qu'elle est folle et qu'on lui permet d'être folle autant que ça l'arrange. Je lui envie sa folie. Mais je sais qu'elle compte sur ma présence quand elle commence à se tailler en tranches. C'est un vieux refrain, je le connais par cœur.

— Alors n'y va pas, dit Sallie en reprenant une fois encore ses distances.

— Mais il faut que j'y aille, tu le sais. C'est le seul rôle que je suis capable d'assumer correctement. Le héros toujours prêt. Le chevalier servant. Galaad sans emploi. C'est la tare mortelle de tous les Wingo, ça. À part Maman. Elle donne des dîners prévus plusieurs mois à l'avance et n'a pas le loisir de se laisser distraire par les tentatives de suicide de ses enfants.

— Tellement de choses sont la faute de tes parents, Tom. Où commence ta responsabilité propre ? À quel moment ta vie devient-elle ton affaire à toi ? À partir de quand acceptes-tu d'endosser l'appréciation positive ou négative de tes actes ?

— Je ne sais pas, Sallie. Je ne m'y retrouve pas. Je n'arrive pas à reconstituer le puzzle. Je ne comprends rien à tout ça. »

Elle se détourna de moi et reprit sa marche sur la plage, avec quelques pas d'avance sur moi.

« Ça nous fait du mal, Tom.

— Je sais », admis-je en tentant de la rattraper. Je pris sa main et la serrai fort, mais ne sentis aucune réponse de sa part. « J'en suis le premier surpris, mais je ne suis pas un bon mari. Après avoir été convaincu que je ferais un mari fabuleux. Plein de charme, de sensibilité, tendre et prêt à satisfaire le moindre désir de ma femme. Je suis désolé, Sallie. Cela fait un bon bout de temps que je ne suis pas très gentil avec toi, et j'en souffre énormément. J'ai envie de m'amender. Je suis trop froid, trop renfermé. Je te jure d'être mieux dès que nous aurons quitté ce pays.

— Je ne quitterai pas ce pays, dit-elle sur un ton sans réplique. Je suis parfaitement heureuse de vivre ici. C'est chez moi, j'y ai mes racines.

— Tu te rends compte de ce que tu dis, Sallie ?

— Je dis que ce qui fait ton bonheur à toi ne fait pas nécessairement le mien. Que moi aussi je réfléchis beaucoup en ce moment. Que j'essaye de comprendre, de faire le point. Le point sur ce qui se passe entre nous. Apparemment, ça ne marche plus très fort.

— Sallie, le moment est mal choisi pour dire cela !

— Rien n'est plus pareil entre nous depuis l'histoire de Luke, dit-elle.

— Rien n'est plus pareil nulle part, dis-je.

— Il y a une chose que tu as oublié de faire, à propos de Luke, Tom, dit-elle.

— Quoi donc ? dis-je.

— Tu n'as pas pleuré », répondit Sallie.

Mon regard balaya la plage jusqu'au phare. Puis il revint se poser sur les lumières de James Island, après avoir traversé le port.

Sallie poursuivit :

« Ta tristesse ne connaît aucune limite. Elle est impénétrable. Tu m'as totalement exclue de ta vie.

— Ça t'ennuierait de changer de sujet ? » demandai-je avec une pointe de méchanceté dans la voix.

Sallie répondit :

« Le sujet, c'est nous. Toute la question est de savoir si tu as ou non cessé de m'aimer, Tom.

— Je viens juste d'apprendre que ma sœur a tenté de se tuer », dis-je en haussant le ton.

Elle répliqua fermement :

« Non, tu viens d'apprendre que ta femme ne pense pas que tu l'aimes encore.

— Que veux-tu me faire dire ? » demandai-je, mais je sentais bien son insistance, le besoin où elle était de toucher en moi un point inaccessible.

C'est au bord des larmes qu'elle me dit :

« Les mots sont faciles à trouver. Essaye ceux-ci : Sallie, je t'aime, et je ne pourrais imaginer vivre un seul jour séparé de toi. »

Mais dans ses yeux, dans sa voix, quelque chose essayait de faire passer un message beaucoup plus sombre, et je dis :

« Il y a autre chose. »

Elle se mit à pleurer doucement et sa voix exprimait autant le désespoir que la trahison.

« Pas quelque chose, Tom, quelqu'un.

— Bon Dieu, hurlai-je à l'intention des lumières de l'île de Palms. Savannah pour commencer, et ça maintenant ! »

Mais derrière mon dos, Sallie ajouta :

« C'est la première fois depuis des mois entiers que tu daignes seulement m'accorder un regard. Il faut que j'annonce que j'ai un amant pour que mon foutu mari s'avise que je suis vivante.

— Bon Dieu, Sallie, je t'en prie, non, balbutiai-je en reculant de quelques pas titubants.

— Je te l'aurais dit le moment venu. Je suis très malheureuse d'avoir à le dire maintenant. Mais tu t'en vas demain.

— Je ne peux plus. Je ne veux pas m'en aller comme ça.

— Je veux que tu partes, Tom. J'ai besoin de faire le point pour savoir s'il s'agit de quelque chose de sérieux pour moi. De réel ou pas. Si ça se trouve, je cherche seulement à te faire du mal. Je ne suis pas certaine.

— Puis-je savoir de qui il s'agit ?

— Non, pas encore.

— Je te promets de ne rien faire d'intempestif ou de barbare. Jusqu'à mon retour de New York, au moins. Je voudrais savoir.

— C'est le Dr Cleveland.

— Oh non ! hurlai-je. Pas ce connard pontifiant et insupportable. Pour l'amour du ciel, Sallie, il roule à moto et fume une putain de pipe en écume.

— Il est toujours mieux que la supporter à la noix avec laquelle tu t'es envoyé en l'air, répondit-elle rageusement.

— J'étais sûr que tu dirais ça. Je savais que cette allumeuse débile avec ses gros nichons me poursuivrait jusqu'à la fin de mes jours. Je suis désolé de cette histoire, Sallie. Sincèrement désolé. J'ai été idiot. Idiot, idiot.

— Ça m'a fait beaucoup plus de mal que tu ne le sauras jamais.

— Je t'ai demandé pardon, Sallie. Je te demande encore pardon. C'est ma faute et Dieu sait que j'en ai souffert. Même que je t'ai promis à deux genoux de ne jamais recommencer.

— Tu es libéré de cette promesse, Tom. Le Dr Cleveland est amoureux de moi, lui aussi.

— Eh bien, bravo pour le *docteur* Cleveland. Le *docteur* a-t-il mis au courant Mme Cleveland, ce triste et bovin pilier de notre société ?

— Non, pas encore. Il attend le moment opportun. Nous désirons tous les deux être bien certains. Nous ne voulons blesser personne inutilement.

— Quelle grandeur d'âme ! Je voudrais te poser une question. Sallie, quand ton petit "bip-bip" se déclenche le soir, et que tu es appelée pour l'une de tes innombrables urgences, t'arrive-t-il parfois de prendre le volant pour aller inspecter les pipes du bon docteur ?

— Tu es dégoûtant, Tom, et tu le sais.

— Je veux savoir si tous les deux vous détournez le "bip-bip" magique, symbole sacré et détestable du toubib américain comme parfait connard.

— Oui ! me cria-t-elle dans la figure. Il m'est arrivé de faire ça. Quand on ne pouvait pas faire autrement. Et je recommencerais volontiers si je n'avais pas d'autres solutions. »

J'éprouvai une irrésistible envie de la frapper. Le fantôme d'un père violent faisait parler la voix du sang, la soif de pouvoir me titillait le cœur ; mes poings se crispèrent, et je luttai un moment de toutes mes forces contre l'homme que, par naissance, j'avais acquis le droit d'être. Je réussis à me contrôler et renvoyai mon père à son exil. Je desserrai les poings. Et je soupirai avant de lancer :

« Est-ce parce que je deviens gros, Sallie ? Je t'en prie, dis-moi que c'est pour ça. Ou parce que je perds mes cheveux ? Parce que je t'ai dit que j'ai une petite queue, peut-être ? Tu sais, je suis un des rares mâles américains qui soit prêt à admettre que son zizi est petit. Si je t'ai raconté ça, c'est seulement parce que tu étais toujours morte de honte d'avoir des petits seins.

— Ils ne sont pas si petits, mes seins.

— Mon pauvre pénis non plus, malgré les calomnies. »

Le rire de Sallie me surprit. Il y avait une part de pureté dans cet humour qu'elle était incapable de contrôler, même dans les circonstances les plus graves de sa vie. Son rire était intimement lié à sa générosité naturelle, il ne se laissait pas dompter.

« Tu vois, tout espoir n'est pas perdu, Sallie. Tu me trouves encore marrant. Or je sais avec certitude que la dernière fois que Cleveland a ri remonte à l'élection de Woodrow Wilson à la présidence.

— Il n'a jamais que onze ans de plus que nous.

— Hum ! Ça fait une génération. Je déteste les vieux qui roulent à moto. Et je hais les jeunes qui roulent à moto. »

Sallie renifla, sur la défensive :

« C'est un aficionado. Il ne collectionne que les motos britanniques.

— Je t'en prie, épargne-moi les détails. Ne me dis pas que tu me quittes pour un mec qui collectionne les pipes en écume et les motos de marque anglaise. Je me sentirais mieux si tu me quittais pour un tambour dans un cirque ou un nain monocycliste.

— Je n'ai pas dit que je te quittais, Tom. J'ai dit que j'y songeais. J'ai rencontré quelqu'un qui me trouve merveilleuse.

— Tu es merveilleuse, geignis-je.

— Arrêtons la discussion pour ce soir, Tom. J'ai eu suffisamment de mal à te mettre au courant, loin de moi l'envie d'ajouter encore à tes problèmes.

« — Ouaf ! m'esclaffai-je avec amertume et tout en expédiant un coup de pied dans une vague. Mais c'est sans importance, ma chère ! »

Nous ne parlâmes plus d'un bon moment. Puis Sallie dit : « Je vais rentrer à la maison, souhaiter bonne nuit aux filles. Tu veux venir ?

— Je rentrerai les embrasser plus tard. Je vais rester dehors encore un petit peu. J'ai besoin de réfléchir à tout ça. »

Sallie me dit d'une voix tendre : « Je ne sais pas ce qui s'est passé. Je ne sais pas ce qui est arrivé au battant que j'ai épousé.

— Si, tu sais, dis-je. Luke, voilà ce qui est arrivé ! »

Tout à coup elle m'étreignit fougueusement et m'embrassa sur la gorge mais, drapé de triomphale vertu, j'incarnais à la fois le zélateur et la lie de l'ego masculin ; avec la patriarcale rectitude du mâle bafoué, je fus incapable de lui rendre son baiser, ni de tirer le moindre profit de cet instant de grâce. Sallie ne fut point embrassée et rebroussa chemin dans le sable, en direction de notre maison.

Je me mis à dévaler la plage en courant. À foulées contrôlées et patientes d'abord, mais je ne tardai pas à forcer l'allure, me défoncer jusqu'à sprinter, me mettre en nage et chercher mon souffle. Si j'arrivais à meurtrir le corps, je ne verrais pas l'âme partir en morceaux.

Tandis que je courais, je méditai sur le triste déclin de la chair. M'acharnant à accélérer le rythme, je me souvins que je fus jadis le quarterback* le plus rapide de Caroline du Sud. Blond et vif, je surgissais des lignes arrière face à la défense adverse qui trépignait de plaisir, et puis je bifurquais brusquement pour pénétrer dans le vacarme stupéfiant des foules, avant de baisser la tête pour m'éblouir de gestes instinctifs, gentiment mais solidement enfouis tout au fond de moi. Mais je ne pleurais jamais à l'époque où je disputais des matches pour l'équipe du lycée. À présent j'étais lancé dans une course lourde et désespérée pour fuir l'épouse qui avait pris un amant parce que je l'avais déçue comme amant, fuir une sœur trop prompte à manier les lames de rasoir, fuir une mère qui ne comprenait rien à la terrible histoire des mères et des fils. Je fuyais cette histoire, pensais-je, cette tranche amère et monstrueuse d'américanité qu'était l'échec de ma vie, ou peut-être bien que je me précipitais dans une nouvelle période de la même histoire. Je ralentis le rythme, en sueur, épuisé. Je me mis à marcher vers la maison.

---

* Le quarterback joue un rôle prépondérant pendant les attaques dont il est le principal stratège. Ses qualités de leader en font le capitaine de l'équipe de football américain. (N.d.T.)

2

Haïr New York correctement est une forme d'art. Jusqu'à présent j'ai toujours été un contempteur poids plume ; répertorier l'infinité de façons dont la ville de New York m'agresse requiert trop d'énergie et d'endurance. S'il fallait que j'en dresse la liste complète, je noircirais autant de feuilles qu'il y a de pages jaunes dans l'annuaire de Manhattan, et encore s'agirait-il tout juste d'un prologue. Chaque fois que je me soumets aux rebuffades et outrages de cette ville pleine de morgue, chaque fois que je pars à la dérive parmi les foules prodigieuses, la sensation profonde et débilitante de n'être pas à ma place s'empare de moi, détruisant toutes les cellules codées de ma singularité durement conquise. La ville profane mon âme d'un graffiti sacrilège et indélébile. Il y a trop de trop. À chaque visite, je me retrouve sur une jetée, à regarder couler l'Hudson majestueux, le dos tourné aux bruits de la ville, et je sais ce que ne sait aucun des New-Yorkais que j'ai pu rencontrer : que cette île fut jadis entourée de marais et d'estuaires profonds, extraordinaires, que sous les avenues de pierre gît toute une civilisation de salins. Je n'aime pas les villes qui déshonorent leurs propres marais.

Ma sœur, Savannah, compense comme il se doit mon mépris par son allégeance personnelle, héroïque autant que perverse, à New York. Même les coupe-jarrets, drogués, pochards et autres clochardes, ces âmes blessées et boiteuses embarquées pour un périple sans joie au milieu de la foule grouillante, constituent pour elle une part essentielle du charme ineffable de la ville. Ce sont ces pauvres oiseaux de paradis, mutilés, consumés et traînant par les rues obscures, qui définissent à ses yeux les limites extrêmes de la ville. Elle trouve une beauté à ces extrêmes. Elle porte au cœur une indestructible fidélité à tous ces vétérans estropiés qui survivent à New York, en marge, sans loi ni espoir, mais avec un certain talent pour la magie noire. Pour elle, ils sont le théâtre de la ville. Elle les a inclus dans sa poésie ; elle a même appris un peu de cette magie noire dont elle connaît bien le domaine dévasté.

Savannah a su qu'elle voulait être New-Yorkaise bien avant de savoir qu'elle voulait écrire de la poésie. Elle était de ces Sudistes conscients, à un âge très précoce, que le Sud pour eux ne serait jamais davantage qu'une prison au doux parfum, gérée par un collectif familial, affectueux mais perfide.

À quinze ans, elle reçut comme cadeau de Noël de ma grand-mère un abonnement au *New Yorker*. Chaque semaine elle guettait avec fébrilité l'arrivée de son exemplaire, après quoi elle ne bougeait plus de plusieurs heures, riant et pouffant sur les dessins humoristiques. Notre frère, Luke, et moi nous plongions ensuite dans la contemplation incrédule des mêmes dessins, avec l'espoir d'en voir le comique nous sauter aux yeux. Des choses qui faisaient hurler de rire et se taper les cuisses à New York restaient incompréhensibles pour moi, à Colleton, Caroline du Sud. Elles étaient impénétrables, relevant d'un humour de type cunéiforme et, lorsque je demandais à Savannah ce qu'il y avait de tellement irrésistible, elle poussait un profond soupir et me balayait d'une phrase assassine empruntée à un numéro précédent. Avec une sœur comme Savannah, qui se prenait pour une *knickerbocker** en exil, coupée de sa ville natale par l'humiliation d'une naissance en Caroline du Sud, je détestai New York avant même d'en avoir traversé les fleuves glorieux.

Savannah quitta la Caroline du Sud et fila vers New York City dès qu'elle en eut terminé avec le lycée de Colleton. Elle le fit contre le vœu de nos parents, mais elle n'avait sollicité ni leur permission ni leur approbation. Elle avait une vie à mener, des projets précis pour cette vie, et elle n'attendait pas après les conseils de vagues pêcheurs de crevettes ou épouses de pêcheurs de crevettes ayant choisi de vivre en bordure d'un bras de mer, en Caroline du Sud. D'instinct, elle savait qu'elle était citadine et qu'elle avait appris tout ce qu'elle souhaitait ou devait connaître d'une bourgade. Avec New York, elle avait choisi une ville qui demanderait une vie entière de vigilance et d'étude, une ville à la mesure de ses talents.

Dès le premier jour, elle avait adoré sans restriction : le bouillonnement, la lutte constante, le flot indomptable d'idées et d'humanité, l'enchantement et la majesté de l'effort pour maîtriser et apprivoiser cette ville fabuleuse en quelque chose de personnel et permissif. Elle se prit d'affection pour la ville, pour ce qu'elle était. Elle se mit à archiver et collectionner d'authentiques expériences new-yorkaises. Tout ce qui venait de New York, tout ce qui portait le label, l'estampille de Manhattan, se voyait adopté par Savannah avec la ferveur d'une catéchumène. Dès le premier jour elle fut lyrique dans sa défense de la grandeur essentielle de New York qu'elle tenait pour indéniable et indiscutable. Je persistai à la nier et la discuter avec ardeur :

« Tu n'as jamais vécu ici. Tu n'as pas le droit d'avoir une opinion, lança gaiement Savannah la première fois que je vins lui rendre visite à New York, avec Luke.

— Je n'ai jamais vécu à Pékin non plus, répliquai-je, mais je parie que cette ville grouille de petits bonshommes à la peau jaune.

— Ce doit être l'épuisement provoqué par toutes ces voitures, Savannah, intervint Luke en contemplant la circulation sur les ponts à l'heure de pointe. Ça bouffe les cellules du cerveau. Une fois qu'on n'a plus de cellules dans le cerveau, on se met à aimer cette merde.

---

* Un *knickerbocker* est censé être un descendant des premiers colons flamands établis à New York. *(N.d.T.)*

— Pas de jugement trop hâtif, bande de demeurés. Une fois qu'on attrape le virus de New York, alors plus rien ne soutient la comparaison. Sentez un peu l'énergie de cette ville. Vous n'avez qu'à fermer les yeux et vous laisser prendre par elle. »

Luke et moi fermâmes les yeux.

« Ce n'est pas de l'énergie, dit Luke, c'est du bruit.

— Du bruit pour toi, répondit-elle en souriant, de l'énergie pour moi. »

Au début elle gagna sa vie en travaillant comme serveuse dans un restaurant végétarien de la partie ouest de Greenwich Village. Elle s'inscrivit par ailleurs à la New York School, où elle choisit les disciplines qui l'intéressaient à l'exclusion des autres. Elle habitait Grove Street, près de Sheridan Square, dans un appartement à loyer modéré qu'elle avait installé de façon charmante. Là, elle s'affronta seule aux mystères et subtilités de la langue, et se mit à écrire des poèmes qui la rendirent célèbre à l'intérieur d'un cercle restreint, alors qu'elle n'avait pas encore vingt-cinq ans. Mes parents l'avaient mise au train du Nord à regret, et avec des prophéties apocalyptiques, confiant à leurs fils, en privé, que Savannah ne tiendrait jamais un mois dans la grande ville. Mais elle s'était adaptée aux rythmes de New York : « Vivre à New York c'est se retrouver dans un dessin du *New Yorker* », écrivit-elle dans sa première lettre, et toute la famille consulta de vieux numéros du journal préféré de Savannah pour tenter de se faire une vague idée de ce à quoi pouvait ressembler sa vie, en traduisant les plaisanteries à usage interne des huit millions de personnes concernées. De ces dessins humoristiques, nous conclûmes que les New-Yorkais devaient tenir beaucoup de propos intelligents mais sibyllins dans les petits dîners qui les réunissaient. Mon père, ignorant délibérément les dessins, étudia les publicités et interrogea la famille à voix haute : « C'est qui, ces gens, de toute façon ? »

Lorsque le premier recueil de poèmes de Savannah fut publié par Random House, en 1972, Luke et moi prîmes la voiture pour monter à New York assister aux réceptions et lectures qui accompagnèrent la sortie du livre. Savannah et moi nous installâmes près des plantes vertes suspendues à côté de son joli bureau, et elle me signa un exemplaire de *The Shrimper's Daughter* (« La Fille du Pêcheur de Crevettes ») pendant que Luke cherchait une place où garer la voiture en toute sécurité pour la nuit. Elle ouvrit à la page de garde et observa mon visage tandis que je lisais : « À mon frère, Tom Wingo, sans l'amour et la confiance de qui cette traversée n'aurait eu aucun sens. En hommage à mon fabuleux jumeau. » Les larmes me vinrent aux yeux à la lecture de cette dédicace et je me demandai comment, de notre enfance, pouvait naître une quelconque poésie.

« Un quarterback ne pleure pas, dit-elle en m'étreignant.

— Moi, je suis un quarterback qui pleure », répondis-je.

Elle me montra ensuite le dernier numéro du *New Yorker*, daté du

38

7 mars 1972, qui reproduisait en page trente-sept le poème-titre de son livre. Nous sanglotions tous les deux à chaudes larmes quand Luke nous rejoignit dans l'appartement. Alors ce fut au tour de Luke de pleurer. Il ouvrit la fenêtre, grimpa prestement sur l'escalier de secours et cria à tous les passants de Grove Street : « Ma petite sœur est dans le *New Yorker*, bande d'enfoirés de Yankees. »

Ce soir-là, nous assistâmes à la première lecture importante qui eut lieu en l'église anglicane déconsacrée de ce quartier du Village. La soirée était organisée avec le soutien des Femmes unies pour l'Écrasement définitif du Pénis, ou l'un de ces groupes fractionnels et maniaques autour desquels avait gravité Savannah. Les premières et plus chères amies de Savannah, au Village, appartenaient à un groupe d'études féministes et elles apprenaient toutes Virginia Woolf par cœur, arboraient des ceintures noires, faisaient de la musculation pour marquer leur différence et passaient les week-ends de vacances à faire du nettoyage par le vide dans les bars à marins. « Vise le gabarit. Attention aux placages », murmura Luke comme nous approchions de l'église mal éclairée quand il découvrit la phalange menaçante de ces fières guerrières déployées dans le long vestibule où elles contrôlaient les tickets. Par leur allure, elles donnaient l'impression de passer leur temps à traduire Sapho et boire du sang de mouches. Mais nous vivions alors une curieuse époque dans l'histoire des sexes et Savannah nous avait seriné, à Luke et à moi, de ne pas circuler en gros sabots parmi les Chemises brunes à gros bras des mouvements de libération de la femme. Elle-même était en pleine phase de militantisme politique, et il y avait des moments où ses deux malabars sudistes de frères lui étaient une gêne. Elle nous peaufina une allure androgyne et anodine, et nous pratiquions avec brio le profil bas et obséquieux dès que nous nous trouvions au contact de ses amies les plus agressives. Au sein de ce groupe terrifiant, nous feignions une non-pénissité que nous pensions de nature à diminuer l'angoisse de Savannah lorsque nous étions amenés à côtoyer ses amies. « Toutes ont été abîmées par des *mâles*, avait expliqué Savannah. Des pères et des frères notamment. Vous ne comprenez pas l'horreur d'être femme en Amérique. »

À juger d'après l'allure des contrôleuses de tickets, ça devait être effectivement horrible. Mais il s'agissait là de réflexions privées, que nous avions appris à ne jamais formuler à voix haute en présence de Savannah, prompte à nous invectiver si nous semblions imperméables à sa nouvelle philosophie, ou d'une virilité trop primaire dans nos pronunciamientos. Notre identité de mâles filtrait inconsciemment dans l'univers de Savannah et nous troublait grandement, parce qu'à l'époque nous étions trop obtus et trop innocents pour percevoir la nature du problème de notre sœur par rapport au monde des hommes.

Comme nous entrions dans l'église, Luke eut l'étourderie coupable de s'effacer pour céder le passage à une charmante érudite. Jeunes mâles sudistes, nous avions subi la vaccination au sérum onctueux d'une politesse instinctive, et il aurait à l'époque été impensable – pour l'un comme pour l'autre – de ne pas nous effacer devant une dame. La dame en question réagissait à des sérums différents. Avec une surprenante promptitude, elle agrippa Luke à la gorge d'une main, avant de lui planter deux ongles joliment acérés sous les orbites.

« Amuse-toi encore à ce petit jeu de merde, connard, et je t'arrache les yeux », dit-elle.

Luke répondit calmement avec tout le respect dû à ces doigts menaçants :

« Je vous jure bien, madame, de ne plus jamais tenir une seule porte à une seule dame de New York.

— Femme, connard, siffla la femme. Femme, et pas dame.

— Femme », rectifia Luke, et après l'avoir relâché, la femme fit une entrée triomphante dans l'église.

En se frottant la gorge, Luke la regarda disparaître dans la foule. Il dit tout bas :

« J'suis pas près d'ouvrir la porte à un putain d'ours sauvage dans cette ville, Tom. On n'a pas dû la prévenir que j'étais un vétéran du Vietnam.

— Elle avait pas l'air d'en avoir grand-chose à foutre, vieux.

— On aura tout de même appris une chose, Tom. Quand une porte s'ouvre, faut foncer et passer. C'est comme ça qu'on fait à New York. »

L'église était presque pleine quand Savannah sortit du vestibule. Elle fut présentée par un mâle hautain et barbu vêtu d'un poncho, d'un béret et de sandales à lanières de cuir. D'après le programme, il s'agissait d'une figure marquante de la New York School et il dispensait un cours intitulé *Poésie, révolution et orgasme* à Hunter College. Je le détestai d'emblée, mais changeai d'avis instantanément après la présentation très sensible et généreuse qu'il fit de Savannah. Il évoqua les origines de Savannah : son enfance sur l'île, son père, capitaine d'un crevettier, sa mère, beauté fatale, le tigre familial, le grand-père qui taillait les cheveux et vendait des bibles au porte-à-porte, la grand-mère qui fréquentait le cimetière de Colleton et déclamait des soliloques aux défunts de la famille. Puis il fit l'éloge de son œuvre : le lyrisme passionné de ses hymnes à la nature, sa virtuosité technique, sa célébration de l'âme féminine. Et il était stupéfiant, conclut-il, de découvrir tout cela chez une femme qui avait passé la quasi-totalité de sa vie sur une île côtière du Sud américain. Sur quoi il céda la place à Savannah.

Les applaudissements furent polis et mesurés, à l'exception d'un seul hurlement sauvage, foudroyant, et accompagné d'un martèlement de pieds sur le sol. C'était Luke, naturellement, quand il vit sa petite sœur se dresser telle une flamme en cette église, blonde, timide, éthérée, les cheveux strictement brossés en arrière mais tombant en vagues luxuriantes sur ses épaules.

J'ai toujours adoré la voix de ma sœur. Elle est claire, légère, ignore les saisons, semblable aux cloches tintant sur une ville verte, ou à la neige tombant sur des racines d'orchidées. Elle articulait chaque mot avec soin, comme on déguste un fruit. Les mots de ses poèmes constituaient le plus intime et le plus parfumé des vergers.

Pourtant, au début, je ne l'entendais pas et la sentais sensible à la présence du public, intimidée par lui. Mais lentement elle fut saisie par le langage, son langage, ses poèmes, et sa voix se haussa, se posa, prit de l'assurance. Et alors Savannah Wingo capta ce public, ce public du West Village, new-yorkais et cultivé, blasé, durci par la ville, et elle l'emporta dans la tornade. Je connaissais tous ses poèmes par cœur et mes lèvres bougeaient à l'unisson des siennes. Je racontais les histoires de notre vie comme elle les racontait et je sentis le pouvoir magique de la poésie subjuguer la foule tandis que la voix de Savannah montait vers le chœur, montait vers les créneaux brillants de l'Empire State Building, vers les étoiles au-dessus de l'Hudson, avant de nous ramener tous vers les basses terres de Caroline du Sud où cette sœur merveilleuse naquit au chagrin et à la tristesse, où tous ces poèmes, rassemblés en fragments et images, dans l'obscurité se formèrent en éclats de corail et attendirent l'annonciation du poète, attendirent ce soir et le souffle collectif de cette assemblée pendant qu'elle partageait les poèmes du cœur en faisant simultanément chanter et saigner le langage.

À mi-lecture, Savannah leva les yeux et observa le public. Elle nous repéra Luke et moi, assis au quinzième rang, remarquables avec nos pardessus et nos cravates. Elle sourit avec un petit signe de reconnaissance et Luke cria :

« Hé ! Savannah, formidable, mon chou ! » Ce qui amusa le public.

« Mes deux frères, Luke et Tom, sont venus de Caroline du Sud en voiture pour assister à cette lecture, et j'aimerais leur dédier le prochain poème. »

La femme qui avait menacé d'arracher les yeux de Luke à l'entrée était assise dans l'anonymat du banc immédiatement devant nous, à gauche. Nous la reconnûmes lorsque Savannah nous fit lever pour que le public nous voie bien. Il y eut quelques applaudissements, polis et mesurés. Luke dressa la main au-dessus de sa tête et salua la foule avant de se pencher vers la femme, pour lui dire :

« Tu me prenais pour un zéro, hein, tas de merde ? »

Je le tirai par la veste pour le faire rasseoir, non sans le mettre en garde : « Fais gaffe à tes yeux quand tu insultes cette bonne femme, sinon on n'aura plus qu'à aller t'acheter un chien d'aveugle. »

Puis ce fut de nouveau la voix de Savannah. Elle lut pendant plus d'une heure, et il y avait toujours une histoire. Une petite fille était née de pauvres gens de Caroline du Sud, elle avait grandi, brune et pieds nus, en bordure des marais, à Colleton, elle avait appris à mesurer le passage des saisons par la migration des crevettes, des oiseaux sauvages et la récolte des tomates, elle avait accepté la lumière de sa superbe et indicible singularité, et cette lumière, elle l'avait cultivée ; elle s'était voulue différente, et elle avait senti s'éveiller en elle le langage, tandis qu'elle entendait l'ululement des chouettes dans l'avant-toit de la grange, ainsi que la complainte des bouées dans le chenal. Ce fut ensuite la contre-attaque du monde qui toujours contre-attaque, et l'enfant, sombre et démunie, entreprit de lutter contre toute la sauvagerie, la cruauté de ce monde. Dans ses derniers poèmes, Savannah évoquait ses dépressions, ses amours, sa folie. Elle en parlait avec stupeur, respect, et une poignante tristesse. Mais même ses démons, elle les investissait d'une beauté extasiée et leur offrait la consécration de sa digne attention. Point de gargouilles dans son œuvre, mais des anges profanés pleurant leur déchéance. Tout cela était neuf pour New York mais ne l'était ni pour moi ni pour Luke. Nous avions été les témoins de cette création. Dans notre maison au bord du fleuve, nous avions vu grandir un poète.

Comme je l'écoutais lire son dernier poème, je songeai à un rêve que je faisais autrefois. Savannah et moi, dans le ventre maternel, flottant côte à côte dans cette mer intérieure, les cœurs se formant ensemble, les doigts mobiles, la patiente coloration des quatre yeux aveugles devenant bleus dans l'obscurité, les cheveux blonds et souples comme de l'herbe sous-marine, les cerveaux à demi terminés, conscients de la présence de l'autre et cherchant le réconfort de cette communion sans nom, surgie entre nous avant même notre naissance. Dans cette vie avant la vie, dans le ventre sans souffle et la sécurité muette du système sanguin, je rêvais qu'une chose extraordinaire nous arrivait, que survenait un instant de divine illumination n'appartenant qu'aux jumeaux, un éclair de reconnaissance tandis que, nous tournant l'un vers l'autre dans un mouvement de rotation qui durait plusieurs semaines, elle disait « bonjour, Tom », et moi, qui devais m'habituer aux miracles et croire définitivement à la magie, je m'écriais « bonjour Savannah », puis, dans un bonheur transcendantal, nous attendions notre naissance pour que puisse commencer le dialogue d'une vie entière. Je connus la lumière de ma sœur dans l'obscurité première. Ce que j'ignorais alors, c'est la part d'obscurité qu'elle porterait en elle tout au long du voyage. Je crois aux liens des jumeaux, à l'attache parfaite, surhumaine, entre les jumeaux.

Quand Savannah se tut, il y eut un tonnerre d'applaudissements du public qui se leva pour l'acclamer plusieurs minutes. Je dus avoir la réaction rapide pour empêcher Luke de se ruer jusqu'au chœur de l'église et porter Savannah sur ses épaules tout au long de la nef. Il se contenta de quelques hurlements sauvages à écorcher les oreilles, pour saluer le succès de sa sœur. Moi, fidèle à mon rôle de sentimental de la famille, je me penchai entre les bancs pour relacer ma chaussure et essuyer les larmes sur ma cravate.

Plus tard, nous ne regrettâmes jamais d'avoir été présents à cette soirée printanière où Savannah fit ses débuts triomphaux dans la jungle du petit monde poétique new-yorkais. L'essentiel du charme merveilleux de New York est contenu dans cette soirée et, après avoir dîné à la Coach House, nous veillâmes tard, à regarder la lune franchir la ligne d'horizon, gonflés par le triomphe de Savannah, à discuter et boire avec ses amis, transportés par la facilité de tout cela, stupéfaits qu'une gamine de Caroline du Sud fût porteuse d'un message capable d'illuminer le cœur de ces gens nés dans la pierre.

Si j'étais parti le lendemain, peut-être bien que j'aurais fini par aimer cette ville. Mais nous nous attardâmes, Luke et moi, et Savannah voulut nous montrer pourquoi elle aimait ce lieu, pourquoi jamais plus elle ne pourrait rentrer avec nous à la maison. Nous allâmes donc faire les courses aux grands magasins Macy's, nous assistâmes à un match de base-ball avec les Yankees, nous fîmes le tour de l'île dans un bateau de la Circle Line, et nous pique-niquâmes au sommet de l'Empire State Building. Elle nous initia à la perfection de tous les plaisirs incontestables de la vie new-yorkaise. Mais New York recelait d'autres aspects, sombres et imprévisibles, que la marche forcée qu'elle nous infligea dans tout Manhattan ne prenait pas en considération.

Ce fut dans la partie ouest de la 12e Avenue, à l'intérieur du Village, que nous rencontrâmes une version plus perfide mais tout aussi irréfutable de la vie. De l'extrémité de la rue, nous regardions, au loin, une vieille femme descendre en clopinant les marches de sa maison en grès brun ; elle s'arrêtait à chaque marche pour attendre un vieux caniche décrépit, à peine ambulatoire. Une imperturbable dignité émanait de cette lente descente simultanée de la vieille dame et de son chien. Le caniche et elle se fondaient dans une même couleur d'ensemble et leur démarche respective révélait qu'ils avaient vieilli en harmonie, développant la même claudication généreuse. Lorsqu'elle atteignit le trottoir, elle ne vit pas l'homme qui surgit soudain derrière elle et nous n'eûmes pas le temps de crier pour la mettre en garde. Il fut rapide, professionnel, il savait exactement ce qu'il voulait. Il arracha les deux boucles d'or qu'elle portait aux oreilles, la forçant à s'agenouiller, puis déchirant les lobes percés tandis qu'elle culbutait lourdement sur le pavé. Il agrippa ensuite la chaîne en or qu'elle avait autour du cou et tira très violemment jusqu'à ce qu'elle casse. La femme se mit à crier et saigner des oreilles. D'un coup de poing en pleine figure, il fit cesser le hurlement. Et il s'éloignait déjà avec une nonchalance étudiée, sans hâte, très calme. Sauf qu'il avait commis une sérieuse erreur tactique. Sa ligne de fuite l'amenait en droite ligne vers les frères Wingo de Caroline du Sud.

Notre éducation sudiste comportait bien des horreurs, mais nous étions unanimes dans la façon de traiter les jeunes gens qui mutilaient les oreilles de vieilles dames à caniche. Celui-ci traversa la rue et se mit à courir quand il nous vit faire mine de le contrer, et entendit Savannah s'époumoner dans un sifflet de police. Rapide et efficace, Luke lui barra la route, tandis que je me chargeais de lui couper sa retraite. Derrière moi, quelqu'un cassa une bouteille. L'agresseur sortit un couteau, j'entendis le petit déclic du cran d'arrêt et vis briller la lame alors que j'approchais.

« Je vais te saigner, enculé ! » cria l'agresseur en se retournant pour me foncer dessus, le couteau brandi vers moi. Je me figeai net au milieu de la chaussée, défis ma ceinture d'un seul geste et l'enroulai autour de mon poignet jusqu'à ne laisser que trente centimètres de cuir, plus la boucle. Il voulut faire porter la lame contre ma gorge, mais je reculai et maniai la ceinture. La boucle l'atteignit à la pommette qui s'ouvrit juste au-dessous de l'œil. Il cria, lâcha le couteau, eut le temps de me jeter un regard avant d'être plaqué par la charge latérale d'un arrière défensif, qui s'abattit sur la colonne vertébrale de l'agresseur pour lui aplatir le visage contre le capot d'une Thunderbird. Luke tenait les cheveux du type d'une main et lui martelait le crâne de coups de poing de l'autre, lui brisant le nez contre la carrosserie de la voiture, cabossée sous le choc. Puis nous fûmes absorbés dans la foule hurlante des voisins et des membres du comité d'autodéfense local qui molestaient l'homme, non sans faire connaître leur envie de l'écharper avant l'arrivée de la police. Savannah avait placé une bouteille de Coca-Cola cassée contre la veine jugulaire du voyou et nous entendions les sirènes des voitures de police dans le lointain. La vieille dame, secourue par des voisins, pleurait doucement sur son perron, tandis que son caniche léchait ses oreilles sanguinolentes.

« Tu parles d'une ville formidable, Savannah, dit Luke en secouant encore un coup son prisonnier. Une putain de ville, oui.

— La même chose peut arriver n'importe où, dit Savannah sur la défensive. Il n'empêche que c'est la ville la plus fabuleuse de l'histoire du monde. »

Mais New York n'en finit jamais de mettre à l'épreuve ses chantres autant que ses citoyens. À chaque coin de rue, mille facettes de l'infinie variété de cette ville donnent à voir divers aspects du hideux ou du sublime. C'est une ville qui abrite trop d'histoires et trop d'étrangers. Tout au long de cette semaine mémorable, Savannah et moi ne pûmes empêcher Luke de venir en aide à tous les ivrognes qu'il croisait. Luke était constitutionnellement incapable d'ignorer ces pauvres inconnus imbibés qu'il découvrait vautrés dans les pas de porte, empestant le vomi et le vin. Il les remettait à la verticale, les nettoyait un peu et les sermonnait pour qu'ils prennent davantage soin de leur corps, avant de leur glisser un dollar dans la poche, finançant ainsi, lui signala Savannah, leur prochaine bouteille de vin quand le soleil les éveillerait et qu'ils découvriraient le dollar miraculeux.

« Ils sont parfaitement heureux, expliquait Savannah. C'est un policier qui me l'a dit la première fois que j'ai voulu secourir un de ces types. »

Mais Luke ne se laissa pas décourager et continua de venir en aide à tous les poivrots que nous croisions, jusqu'au jour où, dans un petit square de la 7e Avenue, il tomba sur un très jeune adolescent, affalé sur un banc de bois, qui demeura sans la moindre réaction à ses soins affables. Lorsque Luke le bougea, nous constatâmes tous les trois que la rigidité cadavérique avait fait son œuvre depuis plusieurs heures. Il avait une seringue hypodermique dans sa poche ainsi qu'un permis de conduire le désignant comme habitant Raleigh, Caroline du Nord.

« Pour être heureux, il est heureux, Savannah », dit Luke lorsque les ambulanciers emportèrent le gamin.

Ce garçon hanta Luke à cause de son origine sudiste, et il trouva anormal qu'un Sudiste pût s'épanouir entre l'Hudson et l'East River, après avoir grandi dans les contrées plus douces et plus indulgentes du Sud. Il fallait qu'un Sudiste eût changé de façon radicale pour devenir New-Yorkais, se disait Luke. Il exposa cette théorie de conception récente devant Savannah et moi, autour de croissants et de café français, un matin.

« C'est comme si une truite tentait de se transformer en tramway, Savannah, dit Luke en pointant sur elle son croissant. Ce n'est pas dans l'ordre naturel des choses. Tu verras. Tu peux toujours te prétendre New-Yorkaise, tu restes Sudiste jusqu'à la moelle, Savannah. Ça ne part jamais.

— Mon frère, le philosophe réac, dit Savannah en se resservant du café.

— Ça m'est égal d'être réac, dit Luke. Le seul problème avec les réacs, c'est qu'ils détestent les négros et la planète presque entière. Moi je ne déteste personne. Sauf les New-Yorkais. Je suis en train d'apprendre à détester ces huit millions de jean-foutre qui laissent des mômes crever tout seuls sur un banc, et des vieillards pourrir sur le pas de leur porte. Je ne comprends pas ce genre de choses.

— Ils ne te plaisent pas, mes amis, Luke ?

— Si, ils sont bien, Savannah. J'ai dit bien, attention, pas formidables. Je tiens à être tout à fait franc. Je vois bien la façon dont ils nous regardent, Tom et moi. Oui, ils ont eu l'air sincèrement surpris que nous sachions parler, nous qui débarquions de Caroline et tout le tremblement. L'espèce de canasson qui t'a présentée le soir de la lecture, il riait chaque fois que j'ouvrais la bouche.

— Il a adoré ton accent du Sud. Il me l'a dit après. Il se serait cru au cinéma.

— Zéro pour le cinéma. C'est à Luke Wingo qu'il parlait et j'ai bien vu que ce type n'a jamais attrapé un poisson de sa vie, si ce n'est emballé et congelé par Findus.

— C'est un poète et un intellectuel, Luke, dit Savannah, un peu exaspérée. C'est pas son boulot d'attraper des poissons.

— C'est pas son boulot non plus de se moquer de ceux qui le font. Qu'est-ce qu'il a, ce type, de toute façon ? Il a une drôle de façon de bouger les mains.

— Il est homosexuel, Luke. Comme pas mal de mes amis.

— Sans rigoler ? dit Luke après un silence gêné. C'est un type qui fait ça avec d'autres mecs ?

— Exactement.

— Pourquoi tu ne m'as pas prévenu, Savannah ? dit Luke, tout excité. Voilà qui le rend beaucoup plus intéressant. J'ai entendu dire qu'il y avait beaucoup de mecs comme lui dans le coin, mais je ne pensais pas que j'aurais l'occasion d'en rencontrer un. J'aimerais lui poser quelques questions, tu sais, des questions d'ordre scientifique. Il y a des trucs que je n'ai jamais compris là-dedans, et il aurait pu éclairer ma lanterne.

— Tu peux remercier Dieu, gémis-je, de ne pas l'avoir prévenu, Savannah.

— Luke, c'est une affaire intime, dit Savannah.

— Intime ! Il n'en a rien à foutre de l'intimité.

— Qu'en sais-tu, Luke ?

— Tu n'as qu'à regarder où il habite. New York. Quelqu'un qui tient à son intimité ne vivrait jamais dans cette putain de ville.

— C'est là que tu fais erreur, Luke. Quand on tient vraiment à son intimité, on finit toujours par venir habiter New York. Ici, tu peux enfiler des orangs-outans ou des perruches, tout le monde s'en fout.

— Eh bien, le jour où j'envisagerai de me farcir des perruches ou un orang-outan, je t'appelle pour que tu m'aides à trouver un appartement, sœurette. Parce que t'as raison, je ne rencontrerais pas un franc succès par chez nous, à Colleton. Tout ce que je veux, c'est que tu te rappelles tes origines, Savannah. Je n'ai pas envie que tu deviennes comme ces gens.

— Mes origines, Luke, je les déteste. C'est la raison pour laquelle je suis venue à New York, pour échapper à tout ce qui constitue mon passé. J'ai détesté jusqu'au moindre détail de mon enfance. J'aime New York précisément parce que rien ne m'y rappelle Colleton. Rien, absolument rien de ce que je vois ne me rappelle mon enfance.

— Est-ce que Luke et moi nous te rappelons ton enfance ? demandai-je, tout à coup blessé.

— Vous me rappelez la seule bonne chose de mon enfance, répondit-elle avec chaleur.

— Alors allons nous soûler la gueule et casser une croûte à la mode de chez nous.

— Ça ne change rien au passé, répondit-elle. Qu'est-ce que vous en faites, vous, du passé ? Pourquoi ne vous a-t-il pas blessés comme il m'a blessée moi ?

— Je n'y pense pas, Savannah, dis-je. Je fais comme si rien n'était arrivé.

— C'est terminé, mon chou. Ce passé, nous y avons survécu. De toute façon, nous sommes adultes, maintenant, et nous avons un avenir devant nous dont nous devons nous occuper, dit Luke.

— Tant que je n'aurai pas résolu mon passé, l'idée de réfléchir à mon avenir me sera insupportable. Luke, Tom, ce passé, il m'a bousillée. Je vois des choses. J'entends des choses. Tout le temps. Ça, je ne l'écris pas dans mes poèmes. Je vois un psychiatre depuis le jour de mon arrivée à New York.

— Quel genre de choses vois-tu et entends-tu ? demandai-je.

— Je te raconterai avant que tu repartes. Promis. Je n'ai pas envie d'en parler maintenant.

— C'est à force de bouffer toute cette merde, dit Luke dont le mépris pour la ville se porta sur le croissant en train de rassir. Ton organisme n'est pas habitué, c'est tout. Moi, j'ai eu la diarrhée tout le temps que j'ai passé au Vietnam, à force d'avaler leur bouffe chinetoque.

— Ferme-la un peu, Luke, dis-je. Elle parle de maladie mentale. Pas de diarrhée.

— Qu'est-ce qui te dit que la maladie mentale n'est pas une forme de diarrhée du cerveau, monsieur Je-sais-tout ? Quelque chose ne tourne pas rond et le corps a mille façons différentes de te faire savoir qu'il y a un truc qui ne va pas. Un corps, ça existe, il faut savoir l'écouter. »

Après notre dernière soirée à New York, je fus éveillé au beau milieu de la nuit par une voix qui venait de la chambre de Savannah. Luke et moi dormions par terre dans la salle de séjour, un lampadaire de la rue éclairait la pièce, la lumière filtrait doucement à travers le brouillard. En écoutant, j'entendis la voix de ma sœur, terrorisée, surréelle, s'adresser une fois de plus à ceux qui se cachaient. Je me levai, approchai de sa porte, toquai doucement. En l'absence de réponse, j'ouvris et entrai.

Savannah était assise sur le lit, en train d'apostropher quelque chose d'invisible sur le mur opposé. Elle ne parut pas me voir, même lorsque je m'inscrivis dans son champ visuel. Ses lèvres tremblaient, la salive lui coulait de la bouche et je l'écoutai parler.

« Non. Je refuse de faire ce que vous dites. Pas même pour vous. Surtout pas pour vous. Pas maintenant. Laissez-moi, je vous prie. Ne revenez pas. Plus jamais. Tenez-vous hors de ma maison. Je ne vous laisserai plus pénétrer chez moi. Il y a du travail à faire et je ne peux pas travailler avec votre voix dans ma maison. »

Je me dirigeai vers elle et lui touchai l'épaule :

« Savannah, dis-je, qu'est-ce qui se passe ?

— Ils sont encore revenus, Tom. Ils reviennent toujours.

— Qui est revenu ? dis-je en me couchant dans le lit à côté d'elle et en lui essuyant la bouche avec le drap.

— Ceux qui veulent me faire du mal. Je les vois, Tom. Tu ne les vois pas ?

— Où sont-ils, ma douce ?

— Près du mur. Et là, à côté de la fenêtre. Je les vois très distinctement, tous. Tom, tu me parais irréel. Mais eux, ils ont l'air très réels. Est-ce que tu les entends ? Est-ce que tu les entends me hurler après ? Ça va encore être dur, Tom. Très, très dur. Il faut que je me batte pour les chasser. Et ils restent tellement longtemps. Ils me font du mal. Ils refusent de partir. Ils refusent d'écouter.

— Qui sont-ils, Savannah ? Dis-moi qui ils sont.

— Là. » Elle désigna le mur. « Ils pendent du mur. Tu ne les vois pas, hein ?

— Ce n'est qu'un mur, Savannah. Il n'y a rien d'autre, ma douce. Tu as encore des hallucinations, c'est tout. Ce n'est pas vrai. Je te le promets.

— C'est vrai, réel. Affreusement réel. Plus réel que toi ou moi. Ils me parlent. Ils me hurlent après. Des horreurs. Des monstruosités.

— À quoi ressemblent-ils ? Dis-moi comment ils sont, que je puisse t'aider.

— Là. » Elle pointa le doigt et tout son corps tremblait quand elle s'appuya contre moi. « Des anges, ils ont été lynchés. Ils pendent de ce mur. Des douzaines, ils sont. Qui hurlent. Avec du sang qui leur coule des organes sexuels. Contre moi, ils hurlent. Parle-moi, Tom. Je t'en prie, parle-moi, Tom. Et fais-les taire.

— Je suis en train de te parler, Savannah. Écoute-moi. Ils n'existent pas, sauf dans ta tête. Ils ne sont pas là, ni dans cette pièce, ni dans ce monde. Ils ne vivent qu'en toi. Il faut que tu te répètes ça. Il faut que tu y croies, et que tu puisses les affronter. Je sais. Rappelle-toi, j'ai déjà assisté à cela. Tu peux les chasser. Il faut seulement de la patience. Du temps.

— Que s'est-il passé ce jour-là à la maison, Tom ?

— N'y pense pas, Savannah. Il ne s'est rien passé. C'est encore une fois ton imagination.

— Ils sont ici, Tom. Près de la porte. Ils défont leurs ceintures, ils crient. Ils ont des crânes en guise de visages. Ils crient. Et le tigre, qui crie lui aussi. Je ne supporte pas ce cri. Dis-moi que je vois des choses, encore une fois, Tom. J'ai besoin d'entendre le son de ta voix. Ils crient, ils gémissent, ils crient.

— Quand as-tu commencé à entendre ces choses, Savannah ? dis-je, inquiet. Avant, tu les voyais seulement. Tu es sûre de les avoir entendues ?

— Les chiens sont là-bas. Les chiens noirs. Noirs et maigres. Avec des voix humaines. Quand les chiens noirs arrivent, les autres font silence. Les anges se taisent. Le tigre se fait respectueux. Quand ils approchent, c'est le pire. Ils vont me faire mal, Tom.

— Rien ne va te faire mal, Savannah. Je suis là. Je ne laisserai rien ni personne te faire du mal. Le premier qui t'approche, je le tue. Je suis assez fort pour les tuer, et je le ferai. Promis. Tu m'entends ? Je regrette bien que ça tombe sur toi, ma douce. Si tu savais comme je regrette. Je voudrais que ça m'arrive à moi. Si ça m'arrivait à moi, je débarrasserais cette pièce des tigres, des chiens et des anges. Je détruirais tout ça et nous n'aurions plus rien à craindre, ni l'un ni l'autre.

— Tu ne sais pas ce que c'est, Tom, de subir la présence de ces choses. Il me faut tellement de temps pour les chasser. C'est un dur, dur combat. Et ils reviennent toujours pour me faire du mal.

— Explique-moi, s'il te plaît, explique-les-moi, ce qu'ils sont, d'où ils viennent. Je ne peux pas t'aider si je ne comprends pas, Savannah. Je n'ai jamais eu d'hallucinations. Est-ce qu'ils ressemblent à des rêves, ou des cauchemars ?

— En pire. Infiniment pire, Tom. Mais semblables, par certains côtés. Sauf que tu es éveillé, tu le sais, comme tu sais qu'ils viennent parce que tu es malade, vulnérable et que tu n'as pas le pouvoir de les chasser. Ils viennent quand ils flairent ta faiblesse. Quand ils sentent que tu as envie de mourir, et tu es obligé de te battre, mais tu es sans force. Ils sont trop nombreux. Des milliers. Impossibles à compter. J'essaye de cacher. Surtout à Luke et à toi. J'essaie de faire comme si de rien n'était. Ils sont arrivés ce soir. Quand nous marchions dans le brouillard. J'ai vu les anges pendus à chaque lampadaire. Silencieux au début, mais plus nous allions, plus ils se mettaient à gémir et se multiplier ; à la fin il y en avait un de pendu, sanguinolent, à chaque fenêtre. Ils viennent toujours me faire mal. Depuis des semaines je les sentais arriver. Je n'aurais jamais dû faire cette lecture, c'était trop. Pas de forces à dépenser. Pas la force de les combattre.

— Moi j'ai la force. Assez pour les affronter. Tu n'as qu'à me dire comment. Dis-moi comment je peux t'aider. Je ne les vois pas, je ne les entends pas. Pour moi ils n'ont pas de réalité et je ne comprends pas pourquoi ils en ont tant pour toi.

— Ils se moquent de moi parce que je te parle, Tom. Ils rient. Tous. Le doberman est en train de dire : "Il ne peut rien pour toi. Personne ne peut rien. Personne ne peut t'aider à nous échapper. Personne sur terre. Nous sommes intouchables. Personne ne croit à notre réalité parce que nous n'appartenons qu'à toi. Nous sommes encore une fois venus pour toi. Et nous reviendrons. Toujours et encore. Jusqu'à ce que tu nous suives. Nous voulons que tu nous rejoignes."

— Ne les écoute pas, Savannah. C'est ta maladie qui parle. Il n'y a rien de vrai. C'est comme ça que la blessure refait surface. Par ces images terrifiantes. Mais je suis là. Tu m'entends. Tu sens ma présence. Touche ma main. Elle est réelle, elle. C'est moi, Savannah. La voix de quelqu'un qui t'aime. »

Elle se tourna vers moi, la sueur ruisselant sur son visage, les yeux inconsolables, blessés.

« Non, Tom, je ne peux pas me fier à ta voix.

— Pourquoi ? dis-je.

— Parce qu'ils utilisent toutes les voix. Tu te rappelles la première fois que je me suis ouvert les veines ?

— Bien sûr.

— Ce jour-là, ils ont utilisé des voix. Les chiens noirs sont arrivés. Plein la pièce. Ils brillaient dans l'obscurité. Ils me menaçaient de leurs crocs hideux. Tous, sauf un. Le gentil. Celui qui avait une bonne gueule. Il m'a parlé, mais pas avec sa voix. J'aime sa voix, mais pas cette fois-là.

— La voix de qui, Savannah ? Je ne comprends rien à ce que tu racontes.

— Le chien gentil a parlé et il a dit : "Nous désirons que tu te tues, Savannah. Pour le bien de ta famille. Parce que tu nous aimes." Il a d'abord parlé avec la voix de Maman.

— Mais ce n'était pas Maman.

— J'ai crié "non !". Puis j'ai su que c'était un piège. Ensuite j'ai entendu Papa me dire de me tuer. Sa voix était douce et charmeuse. Mais le pire n'était pas encore arrivé. Le chien gentil s'est penché tout près de mon oreille et de ma gorge. Et il a pris la plus douce de toutes les voix. "Tue-toi. S'il te plaît, tue-toi, pour que la famille ne souffre plus. Si tu nous aimes, prends le rasoir, Savannah. Je t'aiderai. Je vais t'aider." C'est là que je me suis tailladé les poignets la première fois, Tom. Personne n'était au courant de ces voix à l'époque. Je ne savais pas comment dire à qui que ce soit à Colleton que je voyais et entendais des choses.

— Tu ne tenteras rien contre toi, Savannah. Tu ne les écouteras pas cette fois-ci, hein ?

— Non, mais j'ai besoin d'être seule pour combattre. Ils vont rester longtemps, mais je sais mieux me battre contre eux. Je te promets. Retourne dormir. Excuse-moi de t'avoir éveillé.

— Non, je vais rester jusqu'à ce qu'ils partent.

— Je dois les combattre seule, Tom. C'est l'unique façon. Je sais au moins cela à présent. Je t'en prie, va dormir. Je me sens mieux maintenant que je t'ai tout raconté. Merci d'être venu dans la chambre. J'avais envie que tu le fasses.

— Je voudrais pouvoir faire quelque chose. Je ne sais pas me battre contre des choses auxquelles je ne crois pas et que je n'entends pas.

— Moi je sais, dit-elle. Il faut bien. Bonne nuit, Tom. Je t'adore. »

Je l'embrassai en la serrant contre moi. J'essuyai la sueur de son visage à l'aide de mes mains avant de l'embrasser encore une fois.

En sortant de la chambre, je me tournai et la vis adossée contre ses coussins, affrontant seule la sinistre population de la chambre.

« Savannah, la voix, la dernière, celle qui t'a demandé de te tuer, C'était la voix de qui ? Tu ne m'as pas dit. »

Elle me regarda, moi, son frère, son jumeau.

« C'était la plus douce et la plus abominable de toutes. Tom, ils ont pris ta voix. La voix que j'aime le plus. »

À mon retour dans la salle de séjour, Luke était éveillé et écoutait. Assis contre le mur, il fumait une cigarette, le regard fixé sur la porte de Savannah. Il me fit signe et je vins m'asseoir à côté de lui.

« J'ai tout entendu, Tom, murmura-t-il en soufflant des ronds de fumée sur les plantes vertes, à l'autre bout de la pièce. Elle est dingo.

— Elle surmonte ça petit à petit, répliquai-je à voix basse, irrité par sa terminologie.

— Pourquoi est-ce qu'elle ne te croit pas, tout bêtement, quand tu lui dis qu'il n'y a rien ?

— Parce qu'il y a quelque chose, Luke. Tout le problème est là.

— Il n'y a rien du tout. Encore des conneries de psy, ça. Je crois qu'elle s'y complaît.

— Toi, tu sors d'une conversation avec Maman.

— Ça me flanque la trouille de la voir dans cet état. J'ai envie de prendre mes jambes à mon cou. De la fuir. Elle devient une autre, une inconnue, quand elle commence à parler aux murs. Et puis elle incrimine la famille. Papa, Maman. Putain, si c'étaient de tels salauds, pourquoi on n'en voit pas aussi, nous, des chiens sur le mur ? Pourquoi est-ce qu'on n'a pas des séquelles, comme elle ?

— Comment sais-tu que nous n'en avons pas, Luke ?

— Toi et moi, on n'est pas fous, Tom. On est normaux. Surtout moi. Tu fais un peu dans le vague à l'âme de temps en temps, moi je crois que c'est parce que tu aimes lire. Les gens qui aiment lire sont toujours un peu barjots. Demain, on n'a qu'à la tirer de là et la ramener à Colleton. Je la ferai travailler sur le bateau. L'air salé lui nettoiera la tête. Le boulot aussi. C'est dur d'être zinzin quand tu te casses le cul à cavaler après les crevettes. Tu n'as pas le temps. Savannah est la preuve vivante qu'écrire de la poésie et lire des bouquins, ça démolit le cerveau.

— Et toi tu es la preuve vivante que pêcher la crevette c'est pas mieux pour le ciboulot, murmurai-je rageusement. Notre sœur est malade, Luke. C'est comme si elle avait le cancer du cerveau, ou un truc du même genre. Est-ce que tu comprends mieux, comme ça ? Sa maladie à elle n'est pas moins mortelle.

— Pas la peine de te fâcher contre moi, Tom. Je t'en prie. J'essaye de comprendre à ma façon, qui n'est pas la bonne, je sais. Mais je serais plus rassuré si elle était près de nous. Elle pourrait vivre avec moi, et moi je pourrais l'aider. J'en suis sincèrement persuadé.

— Elle a fait allusion à cette journée sur l'île.

— Je l'ai entendue. Tu aurais dû lui dire qu'elle n'avait jamais existé, cette journée.

— Sauf qu'elle a existé.

— Maman nous a dit qu'elle n'avait jamais existé.

— Maman disait aussi que Papa ne nous battait jamais, que nous descendions de l'aristocratie sudiste. Elle nous a raconté un million de choses qui n'étaient pas vraies, Luke.

— Je n'ai pas beaucoup de souvenirs de cette journée. »
J'appuyai sur l'épaule de mon frère pour l'attirer vers moi et lui murmurer brutalement dans l'oreille :
« Je me souviens de tout, Luke. Je me souviens en détail de chaque instant de cette journée comme je me souviens de chaque détail de toute notre enfance. Je suis un sale menteur quand je prétends le contraire.

— Tu as juré de ne jamais en parler. Nous avons tous juré. Il y a des choses qu'il vaut mieux oublier. Je ne veux pas me rappeler ce qui est arrivé. Je ne veux pas en parler et je ne veux pas que tu en parles à Savannah. Ça ne l'aidera pas et je sais qu'elle ne se souvient de rien.

— D'accord, dis-je. Mais ne fais pas comme si elle n'avait jamais existé, cette journée, parce que ça, ça me rend fou. On a trop souvent fait comme si dans notre famille, Luke. On a voulu cacher beaucoup trop de choses. Je crois que nous allons tous payer au prix fort notre incapacité à affronter la vérité.

— Et tu crois que c'est ce qu'elle est en train de faire, Savannah, là-dedans ? dit Luke en désignant la porte du doigt. Quand elle parle aux anges et aux chiens ? Quand elle débloque à plein tube ? Quand elle prend pension à l'asile ? C'est ça que tu appelles affronter la vérité ?

— Non. Je crois seulement que la vérité passe et l'éclabousse sans arrêt. Je ne pense pas qu'elle l'ait affrontée mieux que nous, mais je ne pense pas non plus qu'elle disposait d'un pouvoir de négation aussi efficace que le nôtre.

— Elle est folle parce qu'elle écrit.

— Elle est folle à cause de ce sur quoi elle doit écrire. Elle écrit sur

51

la vie d'une gamine élevée en Caroline du Sud, sur ce qu'elle connaît le mieux au monde. Tu voudrais qu'elle écrive sur quoi – les adolescents zoulous, la jeunesse esquimaude droguée ?

— Elle devrait écrire sur des sujets qui ne la blessent pas, qui ne déchaînent pas les chiens.

— Elle est obligée d'écrire sur ces sujets-là, Luke. Ils sont la source de la poésie. Sans eux, il n'y a pas de poésie.

— Ça me terrorise, Tom. Un jour, elle va se tuer.

— Elle est plus forte qu'on ne croit. Et elle a beaucoup de poèmes à écrire. C'est ce qui la maintiendra en vie. Il n'y a pas assez de chiens dans sa tête pour lui ôter l'envie d'écrire. On devrait dormir. Nous avons une longue route à faire, demain.

— On ne peut pas la laisser dans cet état.

— Il faut la laisser. C'est l'état de sa vie la plupart du temps, Luke.

— Je tiens à ce que tu saches une chose, Tom. Je veux que tu écoutes, et que tu écoutes bien. Je ne comprends pas ce qui va mal chez Savannah. Ce n'est pas le genre de truc que je comprends. Mais je l'aime exactement autant que toi.

— Je sais, Luke. Et elle le sait aussi. »

Néanmoins je ne devais plus dormir de cette dernière et mémorable nuit dans la ville de New York. En revanche, je méditai la façon dont nous avions tous atteint ce moment de notre histoire, avec les bénédictions et les chagrins que chacun de nous transportait avec lui depuis l'île de notre enfance, et le rôle indiscutable et immuable joué par chacun dans le mélodrame grotesque de notre famille. Depuis sa plus tendre enfance, Savannah avait été désignée pour porter le poids de la psychose accumulée dans la famille. Sa lumineuse sensibilité la livrait à la violence et au ressentiment de toute la maison et nous faisions d'elle le réservoir où s'accumulait l'amertume d'une chronique à l'acide. Je le voyais, à présent : par un processus de sélection artificiel mais fatal, un membre de la famille est élu pour être le cinglé, et toute la névrose, toute la fureur, toute la souffrance déplacées s'incrustent comme de la poussière sur les parties saillantes de ce psychisme trop tendre et trop vulnérable. La folie attaque les regards les plus doux et larde les flancs les plus tendres. Quand Savannah fut-elle choisie pour être la folle ? me demandai-je. Quand la décision fut-elle prise, le fut-elle par acclamations et avais-je, moi, son jumeau, applaudi à ce choix ? Avais-je joué un rôle dans la suspension d'anges ensanglantés sur les murs de sa chambre, et pouvais-je contribuer à couper la corde qui les tenait ?

Je tentai de réfléchir à nos rôles respectifs. Luke s'était vu offrir celui de la force et de la simplicité. Il avait supporté le terrible fardeau d'être l'enfant le moins intellectuel. Sa liberté et son sens obstiné de la justice étaient devenus son image de marque. Parce qu'il n'était pas doué à l'école, et parce qu'il était l'aîné, il fut l'objet des soudaines fureurs de mon père, il fut le berger blessé qui mettait son troupeau en sécurité avant de se tourner pour affronter seul l'orage de la colère paternelle. Il était difficile d'évaluer le dommage causé à Luke ou de faire le compte exact du malheur dû à sa place au sein de la famille. À cause de sa force gigantesque, il y avait quelque chose d'indestructible dans sa présence. Il avait l'âme d'une forteresse et des yeux qui scrutaient le monde par de trop longues meurtrières. Ses esprits, ses philosophies, il ne les parlait qu'à travers son corps. Ses blessures étaient toutes intérieures et je me demandais s'il aurait un jour à faire le compte de ses plaies. Je savais qu'il ne comprendrait jamais la guerre que notre sœur menait contre le passé, ni la longue marche de ses inimitables démons intimes pendant les heures de veille et je ne croyais pas davantage Savannah capable d'apprécier l'ampleur du dilemme de Luke : les responsabilités et devoirs destructeurs d'une force privée d'expression verbale. Luke agissait au gré des impulsions du cœur ; la poésie en lui était sans parole. Luke n'était ni poète ni psychotique. C'était un homme d'action, car tel fut le cadeau que lui fit la famille, pour la simple raison qu'il était le premier-né.

Et moi ? Qu'étais-je devenu, insomniaque et ébloui par les séraphins monstrueux se pavanant sous les yeux de ma sœur ? Quel était mon rôle et recelait-il des éléments de grandeur ou de ruine ? Ma vocation au sein de la famille était la normalité. J'étais l'enfant équilibré, réquisitionné pour ses qualités de meneur, son sang-froid sous la mitraille, sa stabilité. « Solide comme le roc », disait ma mère quand elle me décrivait à ses amis, et je trouvais sa description parfaite. J'étais poli, intelligent, apprécié de tous et religieux. J'étais le pays neutre, la Suisse familiale. Symbole de vertu, je rendais hommage à la figure d'enfant irréprochable que mes parents avaient toujours désirée. Respectueux des règles de politesse, j'étais entré dans l'âge adulte, timide et désireux de plaire. Et pendant que ma sœur hurlait et se débattait contre les chiens noirs de son monde souterrain, tandis que mon frère dormait comme un bébé, je veillais dans la nuit, sachant que je venais de passer une semaine importante de ma vie. J'étais marié depuis six ans et j'avais assis ma carrière de professeur et de coach, je vivais ma vie de médiocre.

3

Neuf ans s'étaient écoulés depuis cette première visite à New York pour assister à la triomphale lecture de Savannah dans Greenwich Village. Trois années entières que Savannah et moi, jadis jumeaux inséparables, n'avions pas échangé une seule parole. Je ne pouvais prononcer son nom sans avoir mal. Je pouvais à peine évoquer les cinq dernières années sans me désagréger en mille morceaux. La mémoire était devenue à la fois moteur et gage de cauchemar, tandis qu'en taxi je traversais une nouvelle fois le pont de la 59ᵉ Rue et débarquais à Manhattan en héraut du roi, requis par coutume pour recoller les morceaux de ma sœur brisée.

Le psychiatre de Savannah était une certaine Dr Lowenstein qui travaillait dans un élégant immeuble de grès brun des rues soixante-dix et quelque, côté Est. Sa salle d'attente n'était que tweed et cuir. Les cendriers étaient assez lourds pour occire un écureuil. Sur deux murs opposés étaient accrochés deux tableaux modernes et criards, à vous rendre schizophrène. On aurait dit des taches d'encre de Rorschach mises à germer dans un champ de lis. J'observai celui qui se trouvait derrière la secrétaire-réceptionniste avant d'ouvrir la bouche :

« Quelqu'un a vraiment donné de l'argent pour ce truc ? demandai-je à la femme de race noire, digne et plutôt pincée, qui se trouvait assise derrière le bureau.

— Trois mille dollars. Le marchand de tableaux a dit au Dr Lowenstein que c'était un vrai cadeau, dit-elle d'un ton glacial, sans lever les yeux.

— À votre avis, l'artiste, il s'est enfoncé un doigt au fond de la gorge pour dégobiller sur la toile ou bien il a utilisé de la peinture ?

— Vous avez rendez-vous ? demanda-t-elle.

— Oui m'dame. Je suis censé voir le toubib à trois heures.

— T. Wingo, dit-elle en vérifiant son carnet de rendez-vous avant d'observer mon visage. Vous avez l'intention de passer la nuit ici ? Nous ne faisons pas hôtel.

— Je n'ai pas eu le temps de passer poser ma valise chez ma sœur. Vous ne voyez pas d'inconvénient à ce que je la laisse ici pendant que je vois le toubib, n'est-ce pas ?

— D'où êtes-vous ? » me demanda-t-elle.

L'espace d'un instant je fus sur le point de mentir en répondant que je venais de Sausalito, en Californie. Vous êtes adopté instantanément quand vous annoncez que vous êtes de Californie, alors que chacun prend un regard consterné et dégoûté quand vous avouez venir du Sud. J'ai connu des Noirs pris d'une violente envie de me tailler en pièces dès qu'ils m'entendaient articuler les mots « Colleton, Caroline du Sud » avec l'accent sudiste. Je voyais s'inscrire dans leur regard qu'en débarrassant la planète de ce seul petit Blanc minable à l'œil torve, ils vengeraient leurs ancêtres arrachés à leur brousse natale il y avait plusieurs siècles et livrés ensuite, ballots enchaînés et ensanglantés, dans un port du Sud. Nat Turner est vivant dans le regard de tous les Noirs modernes.

« De Caroline du Sud, dis-je.

— Excusez-moi, je suis navrée », dit-elle avec un sourire, mais sans lever les yeux.

La musique de Bach emplit la pièce, elle pénétra dans mes oreilles. Les fleurs étaient fraîchement coupées, sur le meuble au bout de la pièce ; des iris pourpres, disposés avec goût, qui se penchaient vers moi comme des têtes d'oiseau, petites et délicates. Je fermai les yeux et tentai de me laisser calmer par la musique, de céder à sa séduction. Mon rythme cardiaque en fut ralenti. J'eus une sensation de roses sous les yeux. J'avais un léger mal de tête et ouvris les paupières en me demandant si j'avais de l'aspirine dans ma valise. Il y avait quelques livres sur le meuble et je me levai pour aller y jeter un œil tandis que le concerto de Bach s'achevait et que Vivaldi emplissait la pièce. Les livres étaient bien choisis, soignés, et certains portaient la signature de leur auteur. Les dédicaces étaient personnelles et je me rendis compte que beaucoup de ces écrivains s'étaient assis dans ce salon d'attente, tremblant devant la vision effrayante et innommée que l'artiste a du monde. Sur l'étagère supérieure, je repérai le second recueil de poésies de Savannah, *Le Prince des Marées*. Je l'ouvris à la page de garde et faillis pleurer en lisant ces mots. Mais il était bon de sentir monter ces larmes. Elles étaient la preuve qu'à l'intérieur de moi, au plus profond, où était scellée ma blessure corrompue, dans l'écorce amère et vulgaire de ma virilité, j'étais toujours en vie. Ma virilité ! Comme je détestais être un homme, avec ses responsabilités implacables, son compte de force sans faille, son goût stupide de la bravade. J'avais en horreur la force, le devoir, la permanence. Et j'appréhendais tant de voir mon amour de sœur avec ses poignets abîmés, les tuyaux lui sortant du nez et les flacons de glucose suspendus au-dessus de son lit comme des embryons de verre. Mais j'avais une conscience très claire de mon rôle à présent, je connaissais la tyrannie et le piège de l'état mâle, et j'irais vers ma sœur tel un rempart de force, un roi végétal parcourant les champs de notre terre partagée, les mains étincelantes de force pastorale, confiant dans la roue du temps qui passe, je chanterais sa régénérescence et lui apporterais le réconfort de mon discours de prof avec de bonnes nouvelles du roi des saisons.

La force était mon talent à moi ; c'était aussi mon cinéma, et je suis certain que c'est ce qui finira par me tuer.

J'ouvris le livre à la page du premier poème. Je le lus à voix haute, accompagné par les violons, les iris et Vivaldi, m'efforçant de capter le ton et l'esprit des inflexions de Savannah, la révérence tangible qu'elle portait au lutrin quand elle lisait son œuvre personnelle.

> *Je flambe d'une magie profonde et triste*
> *Et fleure le jouir comme un héron en feu ;*
> *De tous les mots je fais des châteaux*
> *Que je prendrai d'assaut avec une armée de vent.*
>
> *Ce que je cherche est absent du butin.*
> *Mes armées sont vaillantes et bien entraînées.*
> *Ce poète se fiera à ses bataillons*
> *Pour donner à ses mots le tranchant de la lame.*
>
> *À l'aube j'exigerai la beauté,*
> *Pour gage de leur efficacité.*
> *Et le soir j'implorerai leur pardon*
> *En leur tranchant la gorge au pied des monts.*
>
> *Mes bâtiments progressent à travers langage,*
> *Les destroyers embrasent les hautes mers.*
> *J'adoucis l'île pour y mouiller.*
> *Avec des mots, j'enrôle une armée de l'ombre,*
> *Mes poèmes sont ma guerre avec ce monde.*
>
> *Je flambe d'une magie profonde venue du Sud.*
> *Les bombardiers s'ébranlent à midi.*
> > *Cris et chagrin peuplent les demeures*
> > *Et la lune est un héron en feu.*

Je revins à la dédicace et lus :

L'homme se demande mais Dieu décide
Quand tuer le Prince des Marées.

Quand je levai les yeux, le Dr Lowenstein m'observait de la porte de son cabinet. Elle était coûteusement vêtue et mince. Elle avait des yeux sombres, sans maquillage. Au milieu des ombres de cette pièce où se mouraient les doux échos de Vivaldi, elle était d'une beauté époustouflante – une de ces femmes à l'incorruptible port de lionne au sein de la décadence new-yorkaise. Grande, brune, elle paraissait passée au vernis de l'éducation et du bon goût.

« Qui est le Prince des Marées ? demanda-t-elle sans se présenter.

— Pourquoi ne posez-vous pas la question à Savannah ?

— Je le ferai quand elle sera en état de me parler. Ce qui risque de demander un certain temps, dit-elle en lissant sa veste. Excusez-moi, je suis le Dr Lowenstein. Vous devez être Tom.

— Oui madame, dis-je en me levant pour la suivre dans son cabinet.

— Je vous offre un café, Tom ?

— Oui madame, volontiers, dis-je nerveusement.

— Pourquoi me servez-vous du "madame" ? Je crois que nous avons exactement le même âge.

— La bonne éducation de chez nous. Et la nervosité.

— Pourquoi êtes-vous nerveux ? Vous mettez quelque chose dans votre café ?

— Du lait et du sucre. Je suis nerveux chaque fois que ma sœur se taille les poignets. Une petite manie que j'ai.

— Avez-vous déjà eu l'occasion de rencontrer un psychiatre ? » interrogea-t-elle en rapportant deux tasses de café d'un cagibi situé à côté de son bureau. Elle avait la démarche gracieuse et assurée.

« Oui. Je pense avoir rencontré tous les docteurs de Savannah, à un moment ou à un autre.

— A-t-elle jamais tenté de se suicider auparavant ?

— Oui. Elle a fait deux autres brillantes et heureuses tentatives.

— Pourquoi dites-vous "brillantes et heureuses" ?

— Je faisais dans le cynisme. Excusez-moi. Il s'agit d'une habitude de famille à laquelle j'ai succombé.

— Savannah est-elle cynique ?

— Non. Elle a échappé à cet aspect de l'horreur familiale.

— Vous semblez le regretter.

— Elle essaye de se tuer à la place, docteur. Je préférerais de loin qu'elle donne dans le cynisme. Comment va Savannah ? Où est-elle ? Quand pourrai-je la voir ? Et pourquoi me posez-vous ces questions ? Vous ne m'avez rien dit de son état.

— Le café est-il bon, Tom ? demanda-t-elle avec un total sang-froid.

— Oui, fabuleux. Mais pour Savannah…

— Je vais vous demander un peu de patience, Tom. Nous allons en venir à Savannah dans un instant, dit le docteur d'une voix condescendante façonnée par une panoplie de diplômes trop fournie. J'ai un certain nombre de questions à vous poser sur les antécédents de Savannah. Si nous voulons lui venir en aide. Et je ne doute pas que nous décidions de lui venir en aide, n'est-ce pas ?

— Pas si vous continuez à me parler sur ce ton d'insupportable supériorité, docteur, comme si j'étais un chimpanzé mal léché à qui vous auriez juré d'apprendre la dactylo. Et pas avant que vous m'ayez dit où se trouve ma foutue frangine », dis-je en m'asseyant sur mes deux mains pour faire cesser leur tremblement manifeste. Le café se mêlait à la migraine, tandis que le fond musical m'écorchait les oreilles à croire que l'on me griffait le tympan à l'aide d'un clou.

Le Dr Lowenstein, blindée contre l'hostilité sous toutes ses formes, me regarda avec sérénité.

« D'accord, Tom. Je vais vous dire ce que je sais de Savannah. Ensuite, est-ce que vous m'aiderez ?

— Je ne sais pas ce que vous voulez.

— Je veux connaître sa vie, tout ce que vous en savez. Je veux entendre les histoires de son enfance. J'ai besoin de savoir où les symptômes ont commencé à se manifester, quand elle a présenté les premiers signes de sa maladie. Vous étiez au courant de sa maladie mentale, n'est-ce pas, Tom ?

— Oui, bien sûr, répondis-je. La moitié de ses poèmes parlent de sa folie. Elle écrit sur sa folie comme Hemingway écrivait sur la chasse au lion. C'est la démence de son art. J'en ai marre de la folie de Savannah. Ras le bol du syndrome Sylvia Plath. La dernière fois qu'elle s'est tailladé la couenne, je lui ai dit que je voulais qu'elle fasse le boulot jusqu'au bout la prochaine fois. Qu'elle avale le canon d'un fusil de chasse et se fasse sauter la cervelle. Mais non. Elle a un faible pour les lames de rasoir. Vous comprenez ? Je ne supporte pas la vue de ces cicatrices, docteur. Je ne supporte pas de la voir allongée dans un lit, avec des tuyaux qui lui sortent du nez. Je suis un frère affectionné, mais je ne sais pas quoi dire après qu'elle s'est tranchée dans le vif comme si elle dépeçait un chevreuil. C'est pas mon rayon, docteur. Et pour le moment, pas un seul psy, pas un seul de ces putains de psy – et il y en a eu des tas – n'a été capable d'aider Savannah à calmer les démons qui la torturent. Saurez-vous le faire, madame ? Dites-moi, saurez-vous le faire ? »

Elle but une gorgée de son café ; son calme naturel me rendait furieux autant qu'il imposait une parenthèse impudente à mon absence de sang-froid. Elle posa la tasse sur la soucoupe, à l'intérieur de la rainure circulaire où elle se replaça avec un tintement gracieux.

« Vous reprendrez une seconde tasse de café, Tom ? demanda-t-elle.

— Non.

— Je ne sais pas si je saurai aider votre sœur, dit le Dr Lowenstein en fixant une fois de plus sur moi son regard professionnel. La tentative de suicide remonte à une semaine. À présent, ses jours ne sont plus directement en danger. Elle a failli mourir la première nuit, au Bellevue Hospital*, mais l'interne de garde aux urgences a fait un excellent travail, m'a-t-on dit. Elle était dans le coma la première fois que je l'ai vue, et nous ne savions pas si elle survivrait. Quand elle en est sortie, elle s'est mise à crier et délirer. Des propos incohérents mais, comme vous imaginez, d'une qualité hautement poétique et référentielle. Je les ai enregistrés et peut-être en tirerons-nous quelques clés pour élucider sa crise récente. Mais il y a eu un changement. Elle a cessé de parler. J'ai appelé une personne de mes connaissances qui a obtenu le numéro de téléphone de votre mère, par le voisin de palier de Savannah. J'ai envoyé

---

* Grand hôpital psychiatrique de New York. (N.d.T.)

un télégramme à votre père, mais il n'a pas réagi. Pourquoi n'a-t-il pas répondu, à votre avis ?

— Parce que vous vivez à New York. Parce que vous êtes une femme. Parce que vous êtes juive. Parce que vous êtes psy. En plus, il est mort de peur chaque fois que Savannah fait une nouvelle dépression.

— Et sa façon de résoudre le problème est de refuser de répondre à un appel au secours ?

— Si Savannah appelait au secours, il volerait à son chevet s'il en avait la possibilité. Pour lui le monde se divise en trois catégories : les Wingo, les cons, et les Wingo cons. Savannah est une Wingo.

— Et moi je suis dans les cons, dit-elle sans émotion.

— Vous avez tout compris, répondis-je en souriant. Soit dit en passant, mon père était dans l'impossibilité de recevoir votre lettre.

— Est-ce qu'on déteste les Juifs dans votre famille ?

— Ma famille déteste tout le monde. Rien à voir avec vous.

— Est-ce qu'on utilisait le mot *négro* dans votre famille quand vous étiez petit ?

— Bien sûr, docteur, dis-je en me demandant ce que cette question avait à voir avec Savannah. J'ai vécu mon enfance en Caroline du Sud.

— Mais il devait bien se trouver quelques êtres cultivés et éclairés pour refuser l'usage de ce mot odieux, dit le docteur.

— Pas chez les Wingo. Sauf ma mère. Elle prétendait que seuls les petits Blancs de bas étage utilisaient ce mot. Elle mettait son point d'honneur à dire *Nègre* avec une majuscule. À son avis, cela la situait en haut de l'échelle humaniste.

— Utilisez-vous le mot *négro* aujourd'hui, Tom ? » demanda-t-elle.

J'observai son joli visage pour voir si elle plaisantait, mais il s'agissait d'une consultation et le docteur, d'un sérieux parfait, n'avait guère le temps de se laisser distraire par des concessions à l'humour.

« J'utilise ce mot exclusivement en présence de Yankees méprisants comme vous, docteur. Et quand je commence, je ne peux plus m'arrêter. Négro. Négro. Négro. Négro. Négro.

— Vous avez terminé ? dit-elle, et je fus ravi d'avoir choqué sa sensibilité capitonnée.

— Tout à fait.

— Je n'autorise pas l'usage de ce mot dans ce cabinet.

— Négro. Négro. Négro. Négro. Négro. Négro », répliquai-je.

Elle se contrôla, non sans effort, et parla d'une voix tendue, louvoyante :

« Je n'ai pas voulu exprimer le moindre mépris à votre égard, Tom. Si vous pensez le contraire, je vous prie d'accepter mes excuses. J'étais seulement un peu surprise d'apprendre que la famille du poète Savannah Wingo utilisait ce mot. Il est difficile de l'imaginer venant d'une famille raciste.

— Si elle est ce qu'elle est aujourd'hui, c'est parce que sa famille était raciste. Elle a réagi contre sa famille. Elle a commencé à écrire pour clamer son scandale d'être née dans une telle famille.

— Et vous, ça vous rend malade d'être né dans cette famille ?

— Je serais malade quelle que soit la famille dans laquelle je serais né. Mais j'aurais choisi les Rockefeller ou les Carnegie si j'avais eu le choix. Être né Wingo, ça ne facilite pas vraiment les choses.

— Développez, s'il vous plaît.

— Je crois que la vie est difficile pour tous les êtres humains. Elle est particulièrement douloureuse quand on est un Wingo. Cela dit, bien sûr, je n'ai jamais été autre chose qu'un Wingo et cette appréciation n'est que théorique.

— Quelle religion pratiquait-on dans votre famille ? interrogea le docteur.

— Catholique, hélas. La religion catholique romaine.

— Pourquoi dites-vous "hélas" ? Il n'y a rien d'épouvantable à être catholique.

— Vous n'imaginez pas à quel point il est bizarre d'être élevé dans la religion catholique quand on vit dans le Sud profond.

— J'ai une petite idée, répondit-elle. Vous n'imaginez pas à quel point il est bizarre d'être élevé dans la religion juive n'importe où dans le monde.

— J'ai lu Philip Roth, dis-je.

— Et alors ? répondit-elle, avec une réelle teinte d'hostilité dans la voix.

— Oh rien. Je faisais seulement une timide tentative pour établir entre nous un lien fragile.

— Philip Roth méprise à la fois les juifs et les femmes, et il n'est pas besoin d'être juif ni d'appartenir au sexe féminin pour s'en rendre compte, dit-elle sur un ton définitif, signifiant que le chapitre était clos.

— Savannah pense la même chose, dis-je en souriant au souvenir de la véhémence et du dogmatisme de Savannah sur ce même sujet.

— Et votre opinion à vous, Tom ?

— Vous voulez vraiment la connaître ?

— Oui, j'y tiens beaucoup.

— Eh bien, avec tout le respect que je vous dois, je pense que, sur ce chapitre, Savannah autant que vous ne racontez que des conneries, répondis-je.

— Avec tout le respect que je vous dois, que nous importe l'opinion d'un Sudiste blanc de sexe masculin ? »

Je me penchai en avant pour murmurer :

« C'est que, docteur, quand je ne suis ni en train de bouffer des racines ou des baies sauvages, ni en train d'enculer des mules, ni en train de massacrer des cochons au fond d'une porcherie, je suis quelqu'un de très intelligent. »

Elle contempla ses ongles en souriant. Dans le silence, la musique en sourdine parut envahir la pièce, chaque note brillante et claire, telle une valse traversant un lac.

« Dans la poésie de votre sœur, Tom – nouvelle tentative du Dr Lowenstein –, êtes-vous le frère pêcheur de crevettes ou le coach ? »

Je savais que cette femme ne serait pas un mince adversaire pour moi. J'admis :

« Le coach.

— Pourquoi avez-vous baissé d'un ton ? Avez-vous honte d'être coach ?

— J'ai honte de l'opinion que les autres ont des coaches. En particulier à New York. En particulier chez les psy. En particulier UNE psy.

— Et quelle est, selon vous, mon opinion sur les coaches en général ? demanda-t-elle en ayant retrouvé un contrôle parfait.

— Combien connaissez-vous de coaches en particulier ?

— Aucun, dit-elle avec un sourire. Apparemment je n'en croise guère dans mon entourage.

— Si vous en rencontriez un, vous ne l'admettriez pas dans votre entourage.

— C'est probablement vrai, Tom. Qui fréquentez-vous en Caroline du Sud ?

— D'autres coaches, c'est tout », dis-je avec l'impression d'être un peu à l'étroit, coincé dans cette pièce qui fleurait bon. Je percevais l'odeur de son parfum sans pouvoir en retrouver le nom. « On traîne ensemble, on lit la rubrique sportive, on dispute des parties de bras de fer, on se remonte mutuellement le moral.

— Vous êtes un personnage très énigmatique, Tom. Je ne peux rien faire pour votre sœur si vous ne répondez à mes questions que par des plaisanteries ou des devinettes. J'ai besoin de votre confiance. Est-ce que vous comprenez ?

— Je ne vous connais pas, madame. Je ne parle déjà pas facilement de ma vie privée avec les gens que j'aime, encore moins avec quelqu'un que je connais seulement depuis une demi-heure.

— Vous semblez attacher beaucoup trop d'importance au fossé culturel qui nous sépare.

— Disons que je perçois votre mépris à mon égard », dis-je en fermant les paupières. La migraine tissait autour de mes yeux un filet de douleur à l'état pur.

« Du mépris ? dit-elle, incrédule, en écarquillant les yeux. Quand bien même j'aurais en horreur tout ce que vous représentez, je n'éprouverais pas de mépris pour vous. Vous m'êtes nécessaire pour venir en aide à votre sœur, si vous le voulez bien. J'ai une très bonne connaissance de son œuvre, mais j'ai aussi besoin de connaître les détails de sa vie afin que, au moment où elle retrouvera sa lucidité, je puisse tenter de rompre le cycle destructeur dans lequel elle semble être engagée depuis aussi longtemps que chacun se souvienne. Si je parviens à trouver quelques clés dans ses antécédents, peut-être pourrai-je l'aider à inventer des stratégies de survie qui lui permettront de poursuivre son œuvre de création artistique en faisant l'économie des effets ravageurs.

— Ah, cette fois, j'y suis, dis-je en me levant avant de me mettre à arpenter la pièce, désorienté et de plus en plus hors de ma peau, rendu ivre par tous ces pastels. C'est vous qui êtes l'héroïne de ce drame de la fin du XXᵉ siècle. La thérapeute sensible et dévouée qui sauve la poétesse féministe pour la postérité, celle qui pose ses mains manucurées et salvatrices sur les blessures béantes de l'artiste et, par la vertu des saintes paroles de Sigmund Freud, la retient au bord de l'abîme. La doctoresse figurera en note, brève mais révérée, en bas de page de l'histoire littéraire. »

Je serrai ma tête à deux mains et entrepris de me masser les tempes du bout des doigts.

« Vous avez la migraine, Tom ? interrogea-t-elle.

— Une migraine terrible, docteur. Auriez-vous un petit peu de morphine dans le coin ?

— Non, mais j'ai de l'aspirine. Pourquoi n'avez-vous rien dit ?

— On a mauvaise conscience à se plaindre d'une migraine quand on a une sœur qui vient de s'ouvrir les veines. »

Elle était allée jusqu'à son bureau et avait fait tomber trois aspirines dans la paume de sa main. Elle me servit une autre tasse de café, et j'avalai l'aspirine.

« Désirez-vous vous étendre sur le divan ?

— Non, quelle horreur ! J'avais une peur bleue que vous me fassiez allonger sur le divan quand je suis arrivé ici, cet après-midi. Comme on voit au cinéma.

— J'essaye de ne pas faire exactement comme on voit au cinéma. Sans vouloir vous choquer, Tom, la première fois que je l'ai vue, elle était en train de se couvrir de ses propres excréments.

— Je ne suis pas choqué.

— Pourquoi ?

— Je l'ai déjà vue se couvrir de merde. Ça choque la première fois. Éventuellement la deuxième. Ensuite on s'habitue et cela devient une composante du décor.

— Où l'avez-vous vue la première fois ?

— À San Francisco. Elle faisait une tournée de lectures. Elle s'est retrouvée dans un authentique asile de fous. L'endroit le plus sinistre que j'aie jamais vu. J'étais incapable de dire si se tartiner de merde relevait de l'expression de la haine de soi ou d'une façon personnelle de repeindre sa chambre.

— Vous faites de l'humour sur la psychose de votre sœur. Vous êtes vraiment quelqu'un de bizarre !

— C'est la manière sudiste, docteur.

— La manière sudiste ? dit-elle.

— L'immortelle expression chère à ma mère. Nous rions quand la douleur se fait trop forte. Nous rions quand la pitié de l'humaine condition devient trop pitoyable. Nous rions quand il n'y a rien d'autre à faire.

— Quand pleurez-vous ?

— Après avoir ri, docteur. Toujours. Toujours après avoir ri.

— Je vous retrouve à l'hôpital. Sept heures, ça vous va ?

— Très bien. Je suis navré d'avoir dit certaines des choses que j'ai dites aujourd'hui, docteur. Merci de ne pas m'avoir flanqué à la porte de votre cabinet.

— Au revoir. Merci d'être venu », dit-elle avant d'ajouter sur un ton taquin : « Monsieur le coach ! »

Dans les hôpitaux psychiatriques, aussi éclairés et humanistes soient-ils, les clés sont les insignes manifestes du pouvoir, les astérisques métalliques accréditant la liberté et la mobilité. La marche des filles de salle et des infirmières est accompagnée par l'aliénante cacophonie du tintement d'un trousseau de clés contre une cuisse, ponctuation du passage de ceux qui sont libres. Quand on se trouve en situation d'écouter ces clés sans en posséder aucune, on approche au plus près la compréhension de cette terreur blanche qui scelle le bannissement de tout commerce avec l'humanité. J'appris le secret des clés de l'un des poèmes de ma sœur, écrit d'une traite après son premier internement. Elle voyait dans les clés un talisman, le chiffre de son dilemme, de la guerre non déclarée qu'elle livrait contre elle-même. Chaque fois qu'elle était malade, elle s'éveillait au bruit réducteur des clés.

Ce soir-là, lorsque le Dr Lowenstein m'emmena la voir, Savannah était recroquevillée dans un coin, les bras serrés autour des genoux, la tête tournée pour ne pas voir la porte, et appuyée contre le mur. La chambre sentait le mélange d'excréments et d'ammoniaque, bouquet à la fois corrompu et familier qui avilit chaque heure de la longue journée des malades mentaux, parfum essentiel qui définit l'hôpital psychiatrique, façon américaine. Elle ne bougea pas ni ne leva les yeux à notre entrée dans la pièce. Et je sus que cette crise était une crise grave.

Le Dr Lowenstein approcha de Savannah et lui toucha doucement l'épaule. « Savannah, j'ai une surprise pour vous. Je vous ai amené votre frère Tom, qui vient vous voir. »

Ma sœur ne fit pas un geste. Son esprit avait été retranché de sa chair. Il y avait une immobilité minérale dans sa tranquillité, une divinité immaculée dans le noir général de sa catatonie. La catatonie m'est toujours apparue comme la version sublime de la psychose. Le vœu de silence procède d'une certaine intégrité et le renoncement au mouvement a quelque chose de sacré. C'est la forme la plus paisible du drame humain de l'âme brisée, une répétition solennelle et en costume de la mort. J'avais déjà vu ma sœur ne pas bouger et j'affrontai cette fois la situation en vétéran de son incurable silence. La première fois je m'étais écroulé, le visage caché derrière mes mains. À présent, je me souvenais d'une chose qu'elle m'avait dite : tout au fond de son immobilité et de sa solitude, son esprit se reconstituait ; dans ces contrées inaccessibles, il extrayait les richesses souterraines cachées dans les recoins les plus impénétrables de son cerveau. Et puis, avait-elle ajouté, elle ne risquait pas de se faire mal quand elle ne bougeait pas, elle ne pouvait que se laver, se préparer en vue du jour où elle accéderait de nouveau à la lumière. Ce jour-là, j'avais bien l'intention d'être présent.

Je pris Savannah par les épaules, l'embrassai dans le cou et m'assis à côté d'elle. Je la serrai étroitement et enfouis mon visage dans ses cheveux. J'évitai de regarder les bandages de ses poignets.

« Salut, Savannah. Comment vas-tu, ma douce ? dis-je à voix basse. Tout ira bien maintenant que le petit frère est là. Je suis désolé que tu ailles mal, mais je ne bougerai pas d'ici tant que tu n'auras pas récupéré. J'ai vu Papa l'autre jour, il te passe le bonjour. Non, ne t'en fais pas, il n'a pas changé. C'est toujours un connard. Maman n'a pas pu venir te voir cette fois parce qu'elle avait sa gaine à laver. Sallie et les gosses vont bien. Jennifer commence à avoir des seins. L'autre soir, elle est venue me trouver au sortir de son bain, elle a baissé la serviette et m'a dit : "T'as vu, Papa, les bosses", avant de s'enfuir dans le couloir en gloussant et piaillant, avec moi qui la poursuivais d'un air lubrique. La Caroline du Sud n'a guère changé. C'est toujours le centre culturel de ce foutu monde. Même l'île Sullivans se lance dans le culturel. Ils ont inauguré un nouveau restaurant à grillades l'autre jour, sur la nationale. Je n'ai toujours pas trouvé de boulot mais j'ai beaucoup cherché. Je sais que c'est un point qui t'inquiète. J'ai vu grand-mère Wingo à l'hospice de Charleston, l'autre soir. C'était son anniversaire. Elle m'a pris pour l'évêque de Charleston en 1920, et elle a cru que j'essayais de la séduire. Et puis j'ai vu... »

Pendant trente minutes j'ai parlé à ma sœur, jusqu'au moment où le Dr Lowenstein interrompit mon monologue en me touchant l'épaule pour me faire signe que l'heure de notre départ avait sonné. Je me levai. Puis je soulevai Savannah dans mes bras et la transportai à son lit. Elle avait maigri, ses joues étaient sombres et creuses. Ses yeux n'enregistraient rien : deux turquoises inertes dans un champ blanc cassé. Elle se recroquevilla en position fœtale quand je la posai sur son lit. Je sortis une brosse de ma poche et me mis à lisser ses cheveux humides et emmêlés. Je brossai vigoureusement pour faire ressortir un peu de leur or, jusqu'au moment où leur lustre et leur brillant superbe embrasèrent son dos. Puis je lui chantai une chanson de notre enfance.

> *Ramenez-moi au pays où j'ai vu le jour*
> *Au doux soleil du Sud, ramenez-moi chez moi*
> *Où le chant des oiseaux sauvages berce mon sommeil*
> *Oh, pourquoi donc suis-je allée courir le monde ?*

Je suis resté penché en silence au-dessus d'elle un instant, puis j'ai dit : « Je reviendrai te voir demain, Savannah. Je sais que tu m'entends, alors rappelle-toi ceci : ce chemin, nous l'avons déjà parcouru. Et tu en sortiras. Il faut du temps. Après nous irons chanter et danser, et puis je te sortirai un paquet de conneries sur New York et tu me bourreras le bras de coups de poing en me traitant de péquenot. Je suis là, ma douce. Et je vais rester le temps qu'il faudra. »

J'embrassai ma jumelle sur les lèvres et tirai le drap sur elle.

Une fois dehors, dans l'air de ce printemps finissant, le Dr Lowenstein me demanda si j'avais mangé, et je me rappelai que non. Elle proposa un restaurant français, La Petite Marmite, qu'elle connaissait bien et appréciait. Je songeai immédiatement à l'addition, réflexe conditionné du petit prof de Caroline du Sud, humilié par des années de salaire de coolie... Ma situation de chômeur, je l'avais oubliée. Les enseignants américains ont tous des réflexes de pauvres ; nous avons un faible pour les congrès et foires du livre tous frais payés, avec hébergement gratuit et festins de poulet caoutchouteux, vinaigrette douceâtre et petits pois innommables.

« Est-ce cher, docteur ? Il m'est arrivé de payer des notes de restaurant, dans cette ville, où j'avais l'impression de financer les études du fils du cuistot en lycée privé.

— Je crois que c'est très raisonnable pour New York.

— Attendez-moi un instant. J'appelle ma banque pour voir s'ils m'accordent un découvert.

— L'addition est pour moi, monsieur le coach.

— Vu que je suis un homme complètement libéré, j'accepte, docteur. »

Le maître d'hôtel accueillit le Dr Lowenstein avec une courtoisie entendue qui la désignait immédiatement comme une habituée de l'endroit. Il nous conduisit à une table en coin. Le couple d'à côté se susurrait des gémissements passionnés. Ils se tenaient la main, l'œil noyé d'orgasme et de lueur de bougies, et il était visible qu'ils avaient envie de culbuter sur la nappe blanche immaculée afin de copuler tranquillement dans la béarnaise. Le docteur commanda une bouteille de mâcon blanc avant de jeter un rapide coup d'œil au menu relié de cuir.

« Je peux prendre un hors-d'œuvre ? demandai-je.

— Bien sûr, vous choisissez ce que vous voulez.

— Je peux prendre tous les hors-d'œuvre ?

— Non, je tiens à ce que vous fassiez un repas équilibré.

— Vous êtes bien juive.

— Comme vous dites », sourit-elle. Puis, reprenant son sérieux, elle demanda : « Qu'avez-vous pensé de Savannah ?

— C'est pire que ça n'a jamais été. Mais je me sens beaucoup mieux.

— Je ne comprends pas.

— Je trouve beaucoup plus pénible de la voir hurler et se débattre dans des hallucinations qu'elle ne contrôle pas. Quand elle est dans cet état, c'est presque comme si elle se reposait, comme si elle reconstituait ses forces et se préparait à renaître au monde. Elle va émerger d'ici un mois ou deux, docteur, je vous le promets.

— Vous êtes capable de faire ce genre de prédiction ?

— Pas vraiment, mais c'est le schéma que je connais.

— Pourquoi êtes-vous sans travail en ce moment ?

— Je me suis fait virer.

— Puis-je demander pourquoi ?

— C'est un chapitre à l'intérieur d'une longue histoire, dis-je, et dans l'immédiat, non, vous ne pouvez pas demander pourquoi. »

Le sommelier apporta la bouteille et versa un peu de vin dans le verre du Dr Lowenstein. Elle le huma, le goûta, approuva. J'adore les menues mises en scène attachées au repas, l'élégance des rituels. Je goûtai le vin avec plaisir et le sentis envahir mon corps pour entamer le siège d'une longue nuit contre la migraine. Je savais que j'avais tort de boire, mais j'en avais envie. J'étais censé raconter mon histoire à cette femme afin d'aider ma sœur. Sauf que je venais de choisir une stratégie différente : j'allais lui raconter mon histoire, pour me sauver de moi-même.

« J'ai une migraine qui arrive, docteur. Je suis sans travail et je n'ai aucune perspective de trouver un emploi. Ma femme, qui est médecin, a une liaison avec un cardiologue. Elle envisage de me quitter. Je hais mon père et ma mère, mais dans cinq minutes, je vous raconterai qu'en fait je ne pensais pas ce que je disais et que je les aime de tout mon cœur. Mon frère Luke est une tragédie familiale. Vous avez entendu le nom de Luke sans avoir peut-être encore fait le lien avec Savannah. Vous ai-je signalé que mon père est en prison ? C'est pour cela qu'il n'a pas répondu à votre télégramme. L'histoire des Wingo est une histoire faite d'humour, de grotesque et de tragédie. Avec une prédominance de la tragédie. Vous verrez que la folie de Savannah était la seule réponse naturelle à apporter à notre vie de famille. C'est la mienne qui fut contre nature.

— Quelle fut votre réponse ?

— J'ai fait comme si rien ne s'était passé. J'ai hérité de ma mère le don de nier la réalité et j'en use beaucoup. Ma sœur m'appelle le Professeur de Dessouvenir. Je crois pourtant me souvenir de beaucoup plus de choses qu'elle.

— Et aujourd'hui ?

— Aujourd'hui je suis en train de m'écrouler. Ce qui n'a jamais été le rôle auquel on me destinait. Ma famille m'a toujours collé l'image d'un monument de force, l'homme au sifflet, le gentil entraîneur sportif. J'ai toujours été premier secrétaire et spectateur-vedette du mélodrame familial.

— Vous n'en faites pas un peu trop, Tom ?

— Si. D'ailleurs j'arrête tout de suite. Je vais être charmant. »

Tandis que nous passions notre commande, elle me raconta sa vie et parut s'adoucir à la lumière des chandelles. Elle mangea des crabes mous aux amandes et je lui racontai comment on attrapait les crabes dans le Colleton. Moi, j'avais choisi du saumon au velouté de fenouil et elle me parla des pêcheurs de saumon qu'elle avait vus en Écosse. On nous apporta une autre bouteille de vin et une salade de champignons tellement fraîche qu'on croyait mordre dans une forêt. La vinaigrette était agrémentée de feuilles de basilic. Je n'avais plus mal à la tête, mais je sentais la migraine monter dans la colonne vertébrale, martelant lentement sa puissance oubliée, comme un train roulant dans les montagnes. Pour le dessert, j'avais choisi des framboises à la crème.

Lorsque son sorbet arriva, elle se remit à m'interroger sur Savannah.

« Le mot *Callanwolde* fait-il sens pour vous, Tom ? demanda-t-elle.

— Plutôt, pourquoi ?

— C'est une des choses que Savannah répétait sans cesse la première fois qu'elle a repris conscience. Une des choses qu'elle hurlait. »

Elle me tendit au-dessus de la table un papier qu'elle me pria de lire.

« Je vous ai dit que j'avais enregistré tous les propos de Savannah au cours des premiers jours. Je pensais qu'ils risquaient de se révéler utiles quand elle serait assez bien pour reprendre la thérapie. J'ai extrait ce paragraphe à partir d'une douzaine d'heures de charabia. »

Je me servis du vin et lus :

« *Chapeau bas pour le Prince des Marées. Chiens de mon anniversaire. Venez vivre dans la maison blanche, les marais ne sont jamais sûrs. Aucun rapport entre le chien noir et les tigres. Papa, l'appareil photo. Papa, l'appareil photo. Les chiens errent en meute. Trois hommes arrivent sur la route. Callanwolde. Callanwolde. Au sortir des bois de Callanwolde et en montant vers la maison de Rosedale Road. Chapeau bas pour le Prince des Marées. La bouche du frère n'est pas sûre. Le marais n'est jamais sûr. Courent les crevettes, courent les crevettes, courent les chiens. Allez, allez. Le géant et le Coca-Cola. Amenez le tigre à la porte de derrière. Swinguez un coup pour les phoques. Une racine pour les défunts au chant du coq. Tu entends quelqu'un, Maman ? Les tombes se remettent à parler. Il y a quelqu'un dehors ? Quelqu'un de joli, Maman. Snow, la neige volée au fleuve, quelqu'un de plus joli que moi, Maman. Combien d'anges sont tombés du ventre, nés à la laideur, un jour de printemps ? Où se trouve le fruit, et grand-père est croix. Arrêtez le bateau. S'il vous plaît, arrêtez le bateau. Je vais être avec vous pendant très longtemps. Vous faire mal. Promis, je vous ferai mal. Mal à l'homme-tigre. Mal à l'homme-tigre. Je tuerai l'homme-tigre. Arrêtez le bateau. Où est Agnes Day ?* »

Quand j'eus terminé de lire, je dis : « Bordel de merde ! »

Le Dr Lowenstein reprit la feuille qu'elle plia soigneusement.

« Se trouve-t-il quoi que ce soit là-dedans qui fasse sens pour vous ?

— Beaucoup de choses. Tout semble avoir un sens.

— Qu'est-ce que ça veut dire ?

— Elle est en train de hurler son autobiographie... À vous... À quiconque écoute... À elle-même.

— Son autobiographie ? Accepteriez-vous de rester à New York pour me raconter tout ce que vous savez ?

— Du début à la fin, docteur. Aussi longtemps que vous aurez besoin de moi.

— On commence demain à cinq heures ?

— Parfait, dis-je. J'ai un certain nombre de choses horribles à vous dire.

— Merci de bien vouloir aider Savannah, Tom, dit-elle.

— Non », répondis-je. Et à la limite de l'étouffement je dis : « *Moi.* M'aider *moi.* »

Il était minuit passé lorsque j'entrai dans l'appartement de ma sœur, dans Grove Street. Sheridan Square avait une langueur surréaliste de nuit sans lune, traversée par les citoyens sans caste de la ville après minuit. Chaque nuit, leurs chemins se croisaient, sans que soit échangé un signe de reconnaissance. Toujours ils évoluaient sous la lumière criarde de la rue, selon un cérémonial de nostalgie étonnée. Leurs visages avaient le lustre d'un équinoxe tout intérieur qui dépassait la compréhension d'étrangers. Ces marcheurs de la nuit qui ignoraient la peur, je les avais étudiés un à un comme ils passaient à côté de moi, sans me voir. J'essayais de singer leur expression éthérée, détachée, originale. Mais pour l'imitation mon visage était plutôt nul. Ces gens-là savaient marcher dans une grande ville, moi pas. Barbare, touriste, en pénétrant dans le vestibule de l'immeuble de Savannah, je sentis l'odeur de la mer, le vieux parfum familier de la côte Est qui s'engouffrait en rugissant dans les avenues.

L'ascenseur antédiluvien, qui avait la taille et la forme d'un cercueil, grinça poussivement pour atteindre le sixième étage. Je posai mon bagage sur le sol de marbre et essayai douze clés avant de trouver les quatre qui ouvraient les énormes verrous protégeant ma sœur du monde extérieur.

Sans fermer la porte derrière moi, je pénétrai dans la chambre de Savannah et jetai mes valises sur le lit. Je voulus allumer une lampe de chevet, mais l'ampoule était morte. Dans l'obscurité, je cherchai à tâtons l'interrupteur mural et bousculai un vase en cristal taillé qui se brisa par terre, puis j'entendis une voix m'interpeller depuis le vestibule. « Halte, on ne bouge plus, connard ! Je suis champion de tir, le revolver est chargé et j'adore me faire un petit carton peinard sur les criminels.

— C'est moi, Eddie, criai-je de la chambre. Je t'en prie, c'est moi, Tom.

— Tom ? » s'étonna Eddie Detreville, perplexe. Et il se mit à me faire la leçon. « Tom, il ne faut jamais entrer par effraction chez qui que ce soit, à New York, sans prévenir.

— Je ne suis pas entré par effraction, Eddie. J'ai un trousseau de clés.

— Ça, mon chou, ça n'est pas franchement original. Savannah distribue les trousseaux de clés comme des petits pains.

— Pourquoi est-ce que tu ne m'as pas prévenu pour Savannah, Eddie ? demandai-je, cette question m'effleurant pour la première fois.

— Écoute, Tom, ne t'en prends pas à moi. Je n'y suis pour rien. J'ai des consignes très strictes m'interdisant de prévenir sa famille sous quelque prétexte que ce soit, sauf en cas de décès. Ce n'est pas l'envie qui m'a manqué, tu sais. C'est moi qui ai trouvé Savannah. Je l'ai entendue tomber dans la salle de bain. Elle était partie depuis des mois. Des mois, tu entends ? Je ne savais même pas qu'elle était revenue. J'ai cru qu'on était en train de l'assassiner. Je suis arrivé en tremblant dans cet appartement, avec mon revolver chargé, et je l'ai trouvée qui saignait sur le carrelage de la salle de bain. C'était une vraie boucherie, et j'ai failli tourner de l'œil, comme tu imagines. J'en ai encore la tremblote rien que d'y penser.

— C'est toi qui l'as trouvée ? Je ne savais pas.

— C'était un vrai chantier. J'ai mis plusieurs jours à laver le sang. On se serait cru dans un abattoir, là-dedans.

— Tu lui as sauvé la vie, dis-je à Eddie qui se tenait dans le clair-obscur du palier chichement éclairé.

— Oui, moi aussi j'aime voir les choses sous cet angle héroïque.

— Tu peux cesser de pointer ce revolver sur moi, Eddie ? dis-je.

— Oh oui. Excuse-moi, Tom, dit-il en baissant son arme. J'ai été cambriolé deux fois cette année.

— Pourquoi tu ne mets pas un verrou à ta porte ?

— Des verrous, ma porte en compte plus que la tête de Shirley Temple ne compte de boucles, mon chou. Ces types sont des acrobates et des rois de la voltige. Il y en a un qui a sauté depuis l'issue de secours de l'immeuble d'à côté pour atterrir sur mon climatiseur. J'ai passé tous mes bords de fenêtre à la graisse, mais il s'agit de voleurs professionnels. Des vrais pros. Je ne te parle pas de ma prime d'assurance. Une somme astronomique. Comment vas-tu, Tom ? Je ne t'ai même pas dit bonjour correctement. »

Je revins vers le pas de la porte pour donner l'accolade à Eddie Detreville. Il m'embrassa sur la joue et je lui rendis son baiser avant d'entrer avec lui dans la salle de séjour. Il alluma une lampe et je me laissai choir lourdement dans un fauteuil rembourré. La lumière me brûla les yeux et pénétra dans mon cerveau avec une formidable cruauté à haute tension.

« Où est Andrew ? demandai-je les yeux fermés.

— Il m'a quitté pour un petit jeune, Tom. Après m'avoir traité de vieux pédé. De vieux pédé sur le retour. Ça n'a pas été très agréable, mais il appelle une fois de temps en temps et il semble que nous puissions redevenir bons amis. Savannah a été un ange quand c'est arrivé. J'avais pratiquement installé mes quartiers ici.

— Je suis désolé », dis-je en ouvrant les yeux. La lumière me donnait l'impression d'avoir pris un verre d'acide sur la rétine. « J'aimais bien Andrew ; vous alliez bien ensemble, tous les deux. Aucun autre charmant jeune homme dans le paysage ?

— Hélas ! Pas un seul. À moins que je ne parvienne à te convaincre de sauter la barrière le temps que tu es là. Si tu ne te cramponnes plus à la protestation ridicule que tu es irrémédiablement hétéro ?

— Je suis devenu un élément neutre, dis-je. J'ai renoncé au sexe. Je fais dans le larmoiement éploré, maintenant. Je pleure sur mon sort.

— Je vais te servir un verre, dit-il. Avant d'entamer mon lent manège de séduction.

— Léger, Eddie. La migraine arrive.

— Tu as vu Savannah ?

— Ouais. J'avais l'impression de parler à une plante verte.

— Elle a été complètement à côté de ses pompes un bon moment. Tu n'as pas idée. La cage aux folles.

— Tu as des comprimés contre la douleur ? J'ai oublié les miens à la maison.

— Des comprimés ? répondit-il. Tout ce que tu veux. J'ai des anti-douleurs, des antidéprimes, des trucs pour dormir, des trucs pour se réveiller, des remontants, des redescendants, toute la panoplie, quoi. Tu n'as qu'à demander, le Dr Eddie est là pour te servir. Mon armoire à pharmacie ressemble à la caverne d'Ali Baba. Mais il n'est pas bon de boire et de se droguer en même temps.

— Comme si j'avais l'habitude de faire ce qui est bon pour moi !

— Tu as une très sale tête, Tom. Je ne t'ai encore jamais vu dans un état pareil. Tu n'es même plus mignon. Enfin, presque plus.

— C'est comme ça que tu commences ton lent manège de séduction ? dis-je en souriant. Pas étonnant que tu sois seul.

— Je ne disais pas ça comme une critique, répliqua-t-il en servant un verre au bar installé à côté du bureau de Savannah. Pfuit ! Monsieur le Susceptible. Au fait, tu ne m'as pas dit comment tu me trouvais. »

Il m'apporta un cognac. Je l'observai pendant qu'il traversait la pièce. Eddie Detreville était élégant, raffiné, plus tout jeune. Il avait les tempes argentées et, dans ses cheveux bruns impeccablement peignés, parais-saient des zones grises. Son visage était celui d'un roi las de régner. Il avait la peau douce, à peine fatiguée du côté de la bouche et des yeux. Le blanc de ses yeux était strié de veinules rouges. Avec un impercep-tible jaunissement, comme s'il vous regardait à travers un linge décoloré.

« Je te l'ai déjà dit, Eddie, et je vais te le répéter encore. Tu es l'un des hommes les plus beaux de la planète.

— Tu me dis cela parce que j'ai cherché le compliment sans ver-gogne. Mais je ne me repens pas.

— Tu es beau à croquer, dis-je.

— Tiens tiens, voilà qui pourrait peut-être s'arranger.

— Ce n'est pas dans ce sens que je l'entendais, Eddie.

— Des promesses, toujours des promesses. Enfin, tu me trouves vrai-ment bien ? Je n'ai pas trop vieilli, si ?

— Tu me poses cette question chaque fois que je te vois, Eddie.

— C'est important chaque fois que je te vois. Vu que tu ne me vois que rarement, tu es en situation idéale pour juger de ma détérioration. Je suis tombé sur des vieilles photos de moi, l'autre jour, Tom, et j'en ai pleuré. J'étais très beau. Jeune homme, j'étais d'une beauté parfaite. Aujourd'hui, je n'allume plus jamais dans la salle de bain pour me raser. Je ne supporte pas d'étudier mon visage dans la glace. C'est vraiment trop triste. J'ai recommencé à hanter les bars, Tom. L'autre soir, j'ai abordé un jeune type. Un môme adorable. Je voulais lui offrir un verre. Il m'a dit : "Ça ne va pas la tête, pépé ?" J'en suis resté assommé.

— Il ne sait pas ce qu'il perd, Eddie, dis-je.

— Je redoute le vieillissement beaucoup plus encore que la mort.

Mais assez parlé de moi. Tu comptes rester combien de temps à New York cette fois, Tom ?

— Je ne sais pas, Eddie. La psy de Savannah veut que je lui raconte toutes les merdes de la saga familiale pour reconstituer le puzzle. Moi, je me contenterais volontiers de lui dire que maman est zinzin, papa est zinzin, les Wingo sont zinzins, ergo, Savannah est zinzin, CQFD.

— Depuis combien de temps est-ce que tu n'as pas parlé à Savannah, ou eu de ses nouvelles, Tom ?

— Ça fait plus de trois ans, dis-je, gêné par la longueur de ce silence. Elle dit que je lui rappelle trop Luke.

— Tom, il faut que je te dise quelque chose. Je ne crois pas que Savannah va sortir du trou, cette fois. Je crois que son fardeau est devenu trop lourd pour elle. Qu'elle est épuisée. Fatiguée de se battre contre lui.

— Ne dis pas ça, Eddie. Tu peux dire tout ce que tu veux, mais je ne veux plus jamais t'entendre répéter ça.

— Pardonne-moi, Tom. C'est quelque chose que je sens depuis longtemps.

— Tu peux sentir à ton aise, Eddie, mais s'il te plaît, ne le dis pas.

— Je suis un idiot. Je rétracte chaque syllabe. Je me charge de tout pour le dîner de demain soir.

— Avec plaisir. Si je vais bien demain matin. »

Après le départ d'Eddie, je passai l'appartement au peigne fin en attendant que la migraine eût traversé mon cerveau comme la grande ombre d'une éclipse de lune. Il s'en fallait encore de deux heures, mais je sentais la zone de tension s'installer à la base même du crâne. Tant qu'elle n'aurait pas atteint la tempe gauche, elle resterait supportable. Je pris le premier comprimé que j'avalai avec la dernière gorgée de cognac. Mes yeux se posèrent sur la photo que Savannah avait accrochée sur le mur, au-dessus de son bureau. Mon père l'avait prise sur le pont de son crevettier, au début de notre dernière année de collège. Luke et moi sourions à l'objectif, et nous tenons tous les deux Savannah par l'épaule. Savannah rit et pose sur Luke un regard affectueux, exempt de toute complication. Nous sommes tous les trois bronzés, jeunes et, oui, beaux. Derrière nous, après le quai, après le marais, petite et à peine visible, ma mère fait signe à mon père devant notre maisonnette blanche. Si l'un de nous avait su ce que cette année allait apporter, nous n'aurions pas arboré un tel sourire. Mais la photo arrêtait le temps, et ces trois petits Wingo souriants resteraient pour toujours sur ce bateau, unis par un lien d'amour fragile, mais impérissable.

Je sortis mon portefeuille de la poche arrière de mon pantalon pour en extraire le lambeau, plié en quatre, de la lettre que Savannah m'avait écrite après mon premier poste d'entraîneur de football. Je regardai cette fillette riant sur la photo, et je me demandai à quel moment précis je l'avais perdue ; quand l'avais-je laissée tomber trop loin de moi ? Quand avais-je trahi la petite fille en train de rire, pour la livrer au monde ? La photo m'écorcha le cœur et je me mis à lire la lettre à haute voix :

Mon petit prof,

Je réfléchissais à ce que tu peux enseigner à tes élèves, Tom. Quel langage peux-tu utiliser pour l'amour de gamins que ta voix fait évoluer sur une herbe que tu as tondue toi-même. Lorsque je vous ai vus, ton équipe et toi, gagner le premier jeu, toute la magie du sport est montée vers moi, de sa voix d'argent, comme des sifflets. Il n'est pas de mots pour dire ta beauté tandis que tu passais des messages urgents aux quarterbacks, que tu donnais le signal de la remise en jeu, que tu arpentais le terrain sous un éclairage oblique artificiel, et avec l'adoration de ta sœur qui t'aime d'aimer à ce point le sport, d'aimer cette démesure douce et irréelle et tous les gamins et tous les jeux du monde.

Pourtant il est des choses que seules les sœurs peuvent enseigner aux profs de leur vie. Apprends-leur ceci, Tom, et apprends-le-leur très bien : apprends-leur à conjuguer les verbes paisibles de la gentillesse, apprends-leur à se dépasser. Pousse-les à l'excellence, conduis-les à la courtoisie, entraîne-les au profond de toi, aide-les à se hisser jusqu'à l'âge adulte, mais en douceur, comme un ange organise les nuages. Laisse ton esprit circuler librement en eux comme il circule en moi.

J'ai pleuré hier soir en entendant ta voix au-dessus de la foule. Je t'entendais encourager le plaqueur maladroit, remuer l'arrière un peu lent, j'entendais la musique de tes compliments aimables. Mais Tom, mon frère, lion blessé à la crinière d'or, enseigne-leur ce que tu possèdes le mieux. Il n'est ni poème, ni lettre capable de transmettre ton ineffable talent auprès des jeunes garçons. Je veux qu'ils tiennent de toi l'art d'être le plus gentil et le plus parfait des frères.

Savannah.

Après avoir achevé ma lecture, je contemplai de nouveau la photo, avant de ranger soigneusement la lettre dans mon portefeuille.

Dans la chambre, je changeai l'ampoule de la lampe de chevet et balayai les éclats de verre du vase brisé. Je me déshabillai rapidement et jetai mes vêtements sur la chaise, à côté du lit. Je tirai les couvertures et grimpai entre les draps. Je fermai les yeux, puis je les rouvris.

Et la douleur s'abattit alors sur moi. Comme un pilier de feu, derrière mes yeux. Et elle frappa dur, abruptement.

Rien ne bougeait. Je refermai les yeux et, étendu dans le noir, je fis le serment de changer de vie.

4

À l'enfance il n'est pas de verdict, seulement des conséquences et le fret brillant de la mémoire. Je parle à présent des jours écrasés de soleil et vécus dans le profond de mon passé. Je tiens davantage du fabuliste que de l'historien, mais j'essaierai de vous communiquer l'insoluble terreur inédite de la jeunesse. Je trahis l'intégrité de l'histoire de ma famille en la traitant constamment, même dans sa tristesse, comme du roman. Cette histoire n'a rien de romanesque ; elle n'est qu'une histoire.

Commençons par un seul fait : les chiens de l'île aboient et leurs aboiements se répondent.

C'est la nuit. Mon grand-père les écoute et n'aime pas ce qu'il entend. Dans cette mélodie canine est contenue toute la solitude élégiaque de mon morceau d'univers. Les chiens de l'île ont peur. Il est dix heures du soir, le 4 octobre 1944. La marée est montante et la mer ne sera pas haute avant une heure quarante-neuf minutes, le lendemain matin.

Ma sœur est née dans la maison blanche au bord du fleuve.

Ma mère est encore à un mois de son terme, mais cela n'a plus guère d'importance à présent. Sarah Jenkins, quatre-vingt-cinq ans, noire, et sage-femme depuis soixante ans, est penchée au-dessus de ma mère pendant que naît Savannah. Au même instant, le Dr Bannister, seul médecin de Colleton, est en train de mourir à Charleston.

Sarah Jenkins s'occupe de Savannah, lorsqu'elle remarque ma tête qui fait son apparition inattendue. Je suis arrivé sans crier gare, comme un remords.

Un ouragan s'approche de l'île Melrose. Mon grand-père consolide les carreaux avec du papier-cache adhésif. Il vérifie tout et regarde le berceau où Luke est endormi. Il écoute une fois encore le concert d'aboiements mais il ne les entend plus qu'à peine, à cause du vent. L'électricité a été coupée une heure plus tôt, et je suis mis au monde à la lueur de la bougie.

Sarah Jenkins nous fait une grande toilette et s'occupe de notre mère. La naissance a été chaotique, difficile, et elle craint d'éventuelles complications. Née esclave dans une cabane, derrière la plantation Barnwell, elle est la dernière esclave survivant dans le comté de Colleton. Elle a un visage tanné et luisant ; elle est couleur *café au lait*.

« Oh, Sarah, dit mon grand-père en tenant Savannah levée dans la lumière de la lanterne. Un bon signe. C'est la première fille qui soit née chez les Wingo depuis trois générations.

— La maman, elle va pas bien.

— Tu peux l'aider ?

— Moi, je fais tout ce que je peux. Vous savez bien. Elle a besoin du docteur maintenant.

— Le vent se lève à nouveau, Sarah.

— Il a fait juste pareil à la tempête de 93. Et c'était une tempête très méchante. Qu'elle a tué plein de pauvres gens.

— Tu n'as pas peur ?

— Faut bien mourir de quelque chose, dit-elle.

— C'est très gentil d'être venue, Sarah.

— J'aime bien être avec mes filles quand elles sont prêtes à accoucher. Blanches ou noires, c'est pareil. Elles sont toutes mes filles à ce moment-là. Il y a mille enfants à moi qui se promènent dans ces îles.

— Tu te rappelles ma naissance à moi ? interrogea mon grand-père.

— Vous étiez un petit braillard.

— Des jumeaux, dit mon grand-père. Qu'est-ce que ça veut dire ?

— C'est signe de chance, répondit la femme noire en s'en retournant vers ma mère. Dieu qui sourit deux fois plus fort à un monde troublé. »

Dans la forêt, à l'extérieur de la maison, le vent se mit à s'acharner sur les arbres, et les pluies ravinaient la terre qu'elles déchiraient de leurs mains puissantes et nouvelles. Les vagues commencèrent à venir se briser par-dessus le dock. Les serpents quittaient leurs nids pour se réfugier dans les hautes branches des arbres, sentant venir le déluge. Un palmier nain déraciné dévalait la route qui montait à la maison, semblable à un homme roulant sur lui-même en une série de tonneaux. Pas un oiseau ne chantait sur l'île. Jusqu'aux insectes qui s'étaient mis aux abris.

Mon grand-père pénétra dans la chambre où il trouva ma mère presque endormie, épuisée, en compagnie de Sarah Jenkins qui lui essuyait le visage avec un linge.

« Beau travail que vous avez fait ce soir, ma petite Lila. Beau travail.

— Merci, Papa, répondit-elle. Et cette tempête ?

— Elle n'a pas l'air bien méchante, mentit-il. Vous n'avez qu'à dormir un peu et me laisser m'occuper d'elle. »

Il retourna dans la salle de séjour. De sa poche-revolver il sortit un télégramme que ma mère avait reçu deux jours plus tôt du ministère de la Guerre. L'avion de mon père avait été abattu pendant un raid aérien sur l'Allemagne et mon père était porté disparu. Présumé mort au champ d'honneur. Il versa des larmes amères sur son fils tué, puis se rappela qu'il avait des responsabilités et que des jumeaux étaient un signe de chance.

Il se rendit dans la cuisine et entreprit de faire du café pour lui et Sarah. Quand la cafetière fut prête, il porta une tasse à la femme noire. Il sentit alors la pression du vent contre la maison, le bourdonnement sourd des fenêtres, comme si les vitres chantaient au moment du danger. L'eau avait encore monté et atteignait presque le niveau du dock alors que la marée continuait de pousser vers l'intérieur des terres, avec une virulence accentuée par le vent. Un nid d'orfraie, arraché à la cime d'un arbre mort, fit une traversée fulgurante du jardin, roulant sur lui-même comme un chapeau de femme avant d'être emporté aussi vite par le fleuve sur lequel il vogua à contre-courant.

Mon grand-père prit la bible blanche qu'il avait offerte à mes parents en cadeau de mariage, et il l'ouvrit aux pages de papier glacé qui séparaient le Nouveau Testament de l'Ancien. Ma mère avait choisi deux prénoms, un prénom de garçon et un prénom de fille. Il sortit un stylo-plume et, sous le nom de Luke, il inscrivit celui de Savannah Constance Wingo. Le mien fut consigné en dessous : Thomas Catlett Wingo.

La tempête devait être baptisée Bethsabée par les Noirs des basses terres, et elle tuerait deux cent soixante-dix personnes le long de la côte de Caroline du Sud. Mon grand-père regarda sa montre. Il était presque onze heures. Il prit les pages du Livre de Job et lut pendant une heure. Il pensait à son fils et à sa femme. Ma grand-mère l'avait quitté pendant la Grande Dépression. Par moments, au fond de son cœur, mon grand-père nourrissait de la rancœur contre le Seigneur. Il lut l'histoire de Job et fut réconforté. Puis il pleura encore la perte de son fils unique.

Il se leva pour aller regarder le fleuve, dehors. Il y avait une lumière surréelle, un éclairage hors du temps qui imprimait depuis le début sa marque sinistre sur la tempête, pourtant il ne voyait plus le fleuve maintenant. Il enfila ses bottes, son ciré, et mit son chapeau. Puis il décrocha une des lanternes de la cuisine et jeta un dernier coup d'œil à ma mère, à Sarah, ainsi qu'à chacun des bébés. Et il sortit dans la tourmente.

La porte faillit être arrachée de ses gonds quand il l'ouvrit. Il lui fallut donner toute sa force pour la refermer. Il se courba pour affronter le vent et traversa le jardin d'un pas chancelant pour aller vers le fleuve. Une brindille lui heurta le front, tranchante comme une lame. D'une main il se protégea les yeux et il écouta le bruit des arbres se cassant en deux le long du fleuve. À vingt-cinq mètres du fleuve, il pataugeait déjà dans l'eau jusqu'en haut des mollets. Inquiet, aveuglé par la pluie, il se mit à genoux et goûta cette eau. Du sel.

Il pria le Dieu d'Abraham, le Dieu qui fendit les eaux de la mer Rouge, le Dieu qui noya le monde sous le Déluge ; il demanda la force.

Il se laissa porter par le vent qui le ramena à la maison. Quand il atteignit la porte de devant, il ne put jamais l'ouvrir ; le vent l'avait scellée dans le mur ; il courut vers la porte de derrière et fut jeté au sol par une branche arrachée au chêne qui poussait à côté de la fenêtre de la chambre de mes parents. Il se releva, groggy et saignant du choc reçu derrière la tête, et il rampa sur les coudes et les genoux jusqu'à la porte. La tempête pesait sur lui aussi lourdement qu'une montagne. Il ouvrit la porte et l'eau s'engouffra dans la cuisine. Il resta un moment assommé sur le carrelage. Mais le niveau des eaux montait. Il lava le sang de son crâne à l'évier. Sous la lumière inhumaine de la lanterne, il se dirigea vers la chambre de ma mère. Gigantesque et sinistre, son ombre le suivait.

Sarah Jenkins était endormie sur une chaise à côté du lit de ma mère. Il la secoua pour l'éveiller en douceur.

« Le fleuve, murmura-t-il à voix basse. Il déborde, Sarah. »

En Allemagne, près de la ville de Dissan, exactement au même moment, mon père se tenait caché dans une galerie au-dessus du chœur et regardait un prêtre catholique dire la messe. Mon père avait la moitié gauche du visage paralysé, son bras droit était engourdi et lui démangeait, et il avait la vue brouillée par son propre sang. Il observait le prêtre qui était en train de dire une messe basse en latin que mon père, dans sa candeur et sa souffrance, confondit avec de l'allemand. En étudiant les gestes de ce prêtre, la façon qu'il avait de fléchir le genou devant le crucifix, l'expression de son visage quand il se retourna pour bénir les trois vieilles femmes, tordues et pliées en deux, venues assister à cette messe du matin en pleine guerre, sa manière de lever haut le calice, mon père essayait de se faire un jugement sur le caractère de l'homme. Est-il le genre d'homme susceptible de m'aider ? songeait mon père. J'ai tué des gens de son peuple sous mes bombes, mais que pense de Hitler un homme de Dieu ? Et que ferait cet homme de Dieu si je lui demandais de m'aider ? Mon père n'était jamais entré dans une église catholique de toute sa vie. Il n'avait jamais bien connu de catholique. Il n'avait jamais vu un prêtre.

« *Agnus Dei qui tollis peccata mundi* », entendit-il, et ces paroles prononcées par le prêtre le frappèrent par leur beauté alors même qu'elles n'avaient pour lui aucun sens.

« *Agnus Dei* ». Il entendit encore une fois ces mots.

Mon père baissa le revolver qu'il tenait pointé sur les vêtements sacerdotaux du prêtre et il regarda les trois femmes avancer vers l'autel pour recevoir la communion. Il crut voir le prêtre sourire successivement à chacune de ces trois femmes, mais sans en avoir vraiment la certitude. Sa tête le faisait souffrir. Jamais auparavant il n'avait subi pareille souffrance et jamais il n'avait imaginé que l'on pût souffrir à ce point. Avant que cette messe fût achevée, mon père perdit connaissance et il s'écroula, la tête contre la rampe de pierre et le corps coincé entre le mur et l'orgue.

Le prêtre s'appelait le père Günter Kraus ; natif de Munich, il était âgé de soixante ans, et ses cheveux blancs, son nez pointu ainsi que son visage nerveux lui donnaient une étrange allure inquisitoriale. Un brave homme au visage malveillant. Le choix de sa vocation était en partie le résultat de ce qu'il considérait comme son irréparable laideur.

Il avait été autrefois le pasteur de la troisième paroisse par l'importance de Munich, mais il s'était querellé avec l'évêque à propos de la collaboration de ce dernier avec les nazis. L'évêque avait exilé le père Kraus dans la campagne bavaroise, pour son bien. Plusieurs de ses collègues, plus courageux que lui, avaient caché des familles de Juifs et étaient morts à Dachau. Une fois, il avait chassé une famille de Juifs qui étaient venus chercher refuge dans son église. C'était un péché qu'à son avis aucun Dieu, aussi clément fût-il, ne pourrait jamais pardonner. Mon père n'était pas venu frapper à la porte de l'église d'un homme courageux. Mais cette église était celle d'un homme bon.

Après la messe, le père Kraus raccompagna les trois femmes à la porte de l'église et resta bavarder dix minutes avec elles sur les marches. L'enfant de chœur éteignit les cierges, vida les burettes, puis il rangea son aube et son surplis dans le petit placard à côté de la penderie du prêtre. Ce fut lui qui remarqua le carreau cassé dans le cabinet de toilette. Il ne remarqua pas les gouttes de sang sur le carrelage, à côté du lavabo. Quand il quitta l'église, l'enfant de chœur avertit le prêtre, qui se trouvait encore à la porte de l'église, du carreau cassé.

Dans le lointain, le prêtre voyait les sommets enneigés des Alpes bavaroises briller sous le soleil. Les Alliés avaient bombardé quatre villes allemandes la nuit précédente.

Il ferma à clé la porte de l'église, vérifia le niveau de l'eau bénite dans les bénitiers, et se dirigea vers un petit autel où il alluma un cierge devant une statue de marbre représentant l'Enfant de Prague. Il dit une prière pour la paix. La première goutte de sang tomba sur son aube blanche où elle laissa une tache rouge vif. La suivante s'écrasa sur ses deux mains jointes pour la prière. Il leva la tête et une goutte de sang l'atteignit au visage.

Lorsque mon père reprit conscience, il vit le prêtre debout au-dessus de lui, qui l'observait et tentait d'arriver à une décision.

« *Buenos dias, señor* », dit mon père au prêtre allemand.

Le prêtre ne fit aucune réponse et mon père observa le tremblement de ses mains.

« *Bonjour, monsieur*, dit mon père dans une nouvelle tentative, en français cette fois.

— Anglais ? demanda le prêtre.

— Américain.

— Vous ne pouvez pas rester ici.

— Apparemment, il n'y a pas grand-chose que nous puissions y faire, ni l'un ni l'autre. On dirait que nous sommes condamnés à faire équipe, vous et moi.

— Lentement. Mon anglais *ist nicht gut*.

— J'ai besoin de votre aide. Tous les chleuhs du coin vont être à mes trousses quand ils auront trouvé mon avion.

— Je ne peux pas vous aider.

— Pourquoi ?

— J'ai peur.

— Peur, dit mon père. Moi j'ai eu peur toute la nuit. Vous êtes nazi ?

— Non, je suis prêtre. Je dois vous signaler aux autorités. Non que j'en aie envie, mais cela vaudrait mieux. Pour moi. Pour vous. Pour tout le monde. Ils sauront arrêter votre hémorragie. »

Mon père leva son revolver et le pointa sur le prêtre.

« Mauvaise tempête, dit Sarah Jenkins en se levant. Exactement comme en 93.

— Il faut aller à la grange et monter en haut, dit mon grand-père.

— Mauvais pour les bébés. Mauvais pour la maman.

— Impossible de faire autrement, Sarah, dit-il. Je vais commencer par vous.

— Qu'est-ce que vous racontez ? Sarah est vieille, mais elle n'est pas morte. Je vais vous aider à porter les bébés, Amos », dit-elle. Sarah s'arrogeait le droit d'appeler les hommes, même les Blancs, par leur prénom, dès lors qu'elle les avait mis au monde.

Mon grand-père me souleva de mon berceau pour me placer, encore endormi, dans les bras de Sarah. Elle enroula son châle autour de ses épaules et me serra très fort contre son sein. Il déposa ensuite Savannah et Luke sur une couverture de coton, les couvrit, et enveloppa le tout dans son ciré jaune.

Ouvrant la porte de derrière, ils se lancèrent dans la tourmente hurlante et ruisselante et ils coururent vers la grange. Les rafales, qui soufflaient à plus de trois cents kilomètres à l'heure, mugissaient alentour, noires et démoniaques. Sarah perdit l'équilibre, ou bien elle fut soulevée par une bourrasque, et elle se trouva propulsée en travers du jardin, avec son châle qui se gonflait autour d'elle comme une voile. Elle me protégea quand elle fut plaquée sur le mur d'un appentis.

Luttant contre le vent, mon grand-père alla la rejoindre et l'attrapa en lui passant un bras autour de la taille, mais il lui fit mal en voulant la remettre debout. Il dut la tenir un moment en équilibre sur ses jambes et ils demeurèrent là, tous les deux, couverts de boue et trempés jusqu'aux os ; puis ils reprirent à grand mal le chemin de la grange, chargés de trois bébés hurlants. Une fois encore, il dut lutter contre le vent qui maintenait la porte plaquée en position fermée. Lorsqu'il réussit à vaincre cette résistance, la porte alla se fendre contre le mur extérieur de la grange.

Une fois à l'intérieur, il grimpa l'échelle qui disparaissait dans l'obscurité au-dessus d'eux. Il déposa Luke et ma sœur, l'un à côté de l'autre, sur une meule de foin odorant. Il percevait la panique des animaux dans la grange. Quittant le grenier à foin, il redescendit nous chercher, Sarah et moi.

« Sarah a très mal, dit-elle. Elle peut pas grimper là-haut. »

Il souleva la femme noire dans ses bras. Elle était aussi frêle qu'un petit enfant et gémit pendant qu'il lui faisait monter l'échelle, en me laissant sur le sol de la grange. Le vent s'engouffrait par la porte béante. Il installa Sarah contre une balle de foin. Elle attrapa Luke et Savannah qu'elle essaya de sécher, mais les couvertures ainsi que ses vêtements étaient complètement trempés. Alors elle dégrafa son corsage et les serra contre ses deux seins nus, et elle laissa sa propre chaleur pénétrer leur petit corps.

Lorsque mon grand-père réapparut dans l'obscurité en me tenant dans ses bras, elle m'installa entre les deux autres. Mon grand-père se hâta de redescendre l'échelle pour aller retrouver le cœur de la tourmente. Il n'avait pas la moindre idée de la façon dont il allait s'y prendre pour amener ma mère en haut de la grange.

Lorsqu'il entra dans la maison, il vit l'eau filtrer par la porte de devant. Il scruta l'obscurité extérieure et le spectacle qui s'offrit à sa vue devait rester à jamais gravé dans sa mémoire. Le fleuve, sauvage et magistral, coulait, avec puissance et vitesse, contre notre maison. Une barque, arrachée à ses amarres, fut soulevée dans le vent et, comme dans un rêve, il la regarda fendre les ténèbres, illuminée par l'étrange lumière des ouragans, il leva la main comme pour l'arrêter, et il ferma les yeux quand elle alla se fracasser contre la table de la salle à manger, à l'autre bout de la pièce, après avoir brisé les vitres de la fenêtre. Un éclat de verre vint se ficher dans son bras. Il se précipita vers la chambre de ma mère et il pria en chemin.

Le prêtre fut pris d'un tremblement violent quand il vit le revolver. Il ferma les yeux, joignit les mains contre sa poitrine et bénit mon père en latin. Mon père baissa son revolver. Le prêtre ouvrit les yeux.

« Je ne peux pas descendre un homme qui porte cet habit, *padre*, dit faiblement mon père.

— Êtes-vous gravement blessé ? » demanda le prêtre.

Et mon père de rire, avant de dire : « Gravement.

— Venez. Plus tard, je vous signalerai aux autorités. »

Le père Kraus aida mon père à se mettre sur ses pieds et, prenant sur lui le poids du blessé, il l'emmena à la porte, près du vestibule, qui conduisait au clocher dominant le village. Ils empruntèrent l'escalier étroit et le sang de mon père tacha chaque marche de cette difficile ascension. Lorsqu'ils atteignirent la petite pièce, en haut de l'escalier, le prêtre installa mon père sur le plancher. Il ôta ses habits maculés de sang et les roula en boule pour en faire un oreiller qu'il plaça sous la tête de mon père. Puis il retira son aube qu'il déchira en lanières dont il se servit pour bander la tête de mon père.

« Vous avez perdu beaucoup de sang, dit le prêtre. Il faut que j'aille chercher de l'eau pour nettoyer vos plaies. »

Mon père leva les yeux pour regarder le prêtre et dit :

« *Gesundheit.* » Ayant prononcé l'un des rares mots d'allemand qu'il connût, mon père sombra de nouveau dans l'inconscience.

Cette nuit là, quand mon père se réveilla, le prêtre était penché au-dessus de lui, en train de lui administrer les derniers sacrements. Le prêtre savait que la température du pilote blessé avait grimpé en flèche et que ses blessures étaient sérieuses. Mon père ne voyait rien de son œil gauche, mais il sentit la douceur des mains du prêtre lui appliquant les huiles de l'extrême-onction.

« Pourquoi ? dit mon père.

— Je crois que vous êtes en train de mourir, dit le prêtre. Je vais entendre votre confession. Êtes-vous catholique ?

— Baptiste.

— Ah, vous avez déjà été baptisé, donc. Mais je n'étais pas certain. Je vous ai baptisé il y a un instant.

— Merci. J'ai été baptisé dans le Colleton.

— *Ach.* C'est un fleuve.

— J'ai été baptisé dans un bout du fleuve seulement.

— Je vous baptise une seconde fois.

— Ça ne peut pas faire de mal.

— J'ai apporté à manger. Vous pouvez avaler ? »

Des années plus tard, mon père décrivait avec un émerveillement intact le goût de ce pain noir des Allemands, celui du précieux morceau de beurre étalé sur la tranche de pain et le vin rouge que le prêtre lui fit boire à la bouteille. Le pain dans sa bouche, le beurre, le vin, disait-il à ses enfants, et nous en retrouvions tous les trois le goût en même temps que lui, le vin coulait comme du velours dans nos bouches, le pain, qui sentait bon le terroir, fondait doucement sur nos langues, le beurre s'accrochait à nos palais, le prêtre tenait nos mains dans les siennes qui gardaient l'odeur des huiles de la mort, ces mains douces et veinées que la peur faisait trembler. Dehors, dans l'obscurité, une patrouille allemande avait trouvé l'épave de l'avion et la population fut avertie qu'un pilote américain blessé circulait parmi eux. Il y aurait une récompense pour sa capture et quiconque serait pris à le secourir se verrait exécuté sur-le-champ.

« Ils sont à votre recherche, dit le prêtre à mon père quand le repas fut terminé. Ils sont venus au village aujourd'hui.

— Sont-ils venus à l'église ?

— Oui. Je leur ai dit que si je tombais sur vous, je vous tuerais de mes propres mains. Ça les a amusés, de la part d'un prêtre. Ils vont revenir... j'en suis sûr... Pour vous chercher.

— Je partirai dès que je serai en état.

— J'aurais voulu que vous ne soyez jamais venu.

— Je ne l'ai pas fait exprès. Mon avion a été descendu.

— Ha ! dit le prêtre. Alors c'est Dieu qui vous a envoyé ici.

— Non, monsieur. Je crois que c'est les nazis.

— J'ai prié Dieu pour vous, aujourd'hui.

— Merci.

— Je l'ai prié de vous faire mourir, expliqua le prêtre. Puis j'ai eu honte. Et j'ai prié pour que vous viviez. Un prêtre ne devrait prier que pour donner la vie. C'est un péché très grave. Je vous demande votre pardon.

— *Gesundheit* », dit mon père en souhaitant ardemment que le prêtre éternue pour lui permettre d'utiliser le mot à bon escient. Puis il demanda au prêtre : « Où avez-vous appris à parler anglais ?

— À Berlin, au séminaire. J'aime beaucoup le cinéma américain. Les films de cow-boys, oui.

— Je suis un cow-boy », dit mon père.

« Pourquoi est-ce que tu lui as menti, Papa ? interrogeait Luke, toujours troublé par cet épisode du récit qui nous fut maintes et maintes fois conté au cours de notre enfance. Cet homme sympathique, il est mort de frousse, et toi tu te fais passer pour un cow-boy.

— Écoute, Luke, répondait mon père qui évaluait ses actes à la lumière de son histoire personnelle, ça m'est venu comme ça. Je suis à demi aveugle, à demi mort, et tous les Allemands du coin sont à mes trousses. J'ai en face de moi ce prêtre complètement paniqué qui se trouve aimer les cow-boys. Alors mon sang ne fait qu'un tour. Je lui offre un cow-boy en chair et en os à nourrir. Il veut du Tom Mix. Je lui sers du Tom Mix. »

« Vous venez de Californie, non ? demanda le prêtre.

— De Caroline du Sud.

— C'est dans l'Ouest, ça, non ?

— Oui. »

En laissant mon père dans sa cachette en haut du clocher, le prêtre dit : « Dormez maintenant. Je m'appelle Günter Kraus.

— Henry Wingo, Günter. »

Le prêtre bénit mon père en latin ; mon père crut qu'il parlait en allemand.

Mon père dormit, tandis que les soldats fouillaient l'obscurité pour le retrouver.

Il s'éveilla quand sonna le sanctus dans la lumière stupéfiante du mois d'octobre. Il écouta la voix de Günter Kraus en train de réciter d'anciennes et charmantes prières. Son petit déjeuner était posé sur un plateau, à côté de lui. Il y avait un petit mot sur le plateau. « Portez-vous bien, disait-il. Mangez tout votre petit déjeuner. Cela vous donnera des forces. On a capturé un pilote américain la nuit dernière, près de Stassen. Je crois que vous êtes sauvé. Prions Dieu qu'il en soit ainsi. Votre ami, père Günter Kraus. »

Mon grand-père secoua doucement ma mère.

« Lila, ma belle, je suis vraiment désolé de vous réveiller.

— Les bébés, dit ma mère d'une voix rêveuse. Mes bébés, ils vont bien ?

— Ils sont parfaits, ma belle. Ils ont de bons poumons. De sacrés bons poumons.

— La tempête ?

— Il faut que je vous fasse déménager, ma belle. Le fleuve a débordé.

— Les bébés, s'écria-t-elle.

— Ne vous faites pas de souci. Sarah et moi, on les a mis en sécurité dans la grange.

— Papa, vous avez sorti mes petits dans cette tempête ?

— Il faut y aller, Lila.

— Je suis trop fatiguée, Papa. Laissez-moi dormir.

— Je vais vous porter. Je ne veux pas vous faire de mal, je sais que vous êtes tout endolorie. Vous avez bien travaillé, ce soir, ma belle. Deux beaux petits Wingo. Ils sont superbes.

— Henry est mort, Papa. Henry ne les connaîtra jamais, dit-elle en se mettant à pleurer.

— Aidez-moi, Lila. Aidez-moi du mieux que vous pouvez.

— Henry est mort, Papa. Les enfants n'auront pas de père.

— Ils n'auront pas de mère non plus, si vous ne vous levez pas de ce lit, dit mon grand-père. Il est présumé mort. Présumé mort, ça n'est pas la même chose que mort. Henry est un fils du fleuve, et ces gars-là, on ne les tue pas comme ça. »

Il glissa les mains sous son dos et la sortit de son lit. En la portant dans ses bras, et en lui faisant mal à chaque pas, il lui fit traverser la pièce. Au moment de franchir la porte de derrière, il avait de l'eau jusqu'aux genoux. Entre le vent et le courant de l'eau, il faillit être jeté à terre.

Il avança lentement, résolument, assurant chaque pas avant de mettre un pied devant l'autre. La pluie lui battait cruellement le visage. Il songea à Joseph conduisant Marie et l'Enfant Jésus en Égypte, pour fuir la persécution d'Hérode. Joseph était fort, se disait mon grand-père tandis qu'il luttait contre la crue des eaux, et il avait foi en Dieu. Mais il n'était pas plus fort qu'Amos Wingo, et il n'était pas un homme, ni une femme, vivant sur cette planète, qui possédât, pour le soutenir, un amour de Dieu aussi simple et aussi stupéfiant que le sien. Ma mère, qui s'accrochait à lui comme un petit enfant, se mit à gémir quand il entama l'ascension de l'échelle en la tenant d'un seul bras. Il lui faisait très mal, à présent. Lorsqu'ils rejoignirent Sarah et les petits, la couverture dans laquelle il l'avait enroulée était pleine de sang.

Il fallut plus d'une heure pour stopper l'hémorragie de ma mère, et de toute sa vie, il ne comprit jamais rien à la nature de cette hémorragie, ni au rôle qu'il joua, s'il en joua aucun, dans son arrêt. Il avait arraché sa chemise pour la tasser en tampon entre ses jambes, mais à chaque battement du cœur de ma mère, le sang suintait entre ses doigts. Derrière lui, Sarah s'occupait du mieux qu'elle pouvait des trois bébés qui braillaient, et le moindre geste lui arrachait un cri de souffrance.

Ma mère faiblissait progressivement sous ses yeux et il était certain qu'elle était en train de mourir, mais il ne pouvait même pas donner de réalité consciente à cette certitude tant son attention était mobilisée par la montée incontrôlable des eaux à l'intérieur de la grange. En dessous de lui, il entendait la terreur des animaux et le hurlement démoniaque et cataclysmique du vent qui s'engouffrait dans le bâtiment. Il sentait la tension du moindre clou dans la grange, comme si le bois, soudainement animé, s'était mis à enfler tandis que l'eau courait dans ses veines et ses racines, mortes depuis bien longtemps. Dans le grenier, il percevait le frémissement qui animait chaque grain. La mule se mit à botter contre la porte de l'écurie quand l'eau l'atteignit, pendant qu'Amos comprimait la chemise jadis blanche contre ma mère, appuyant de toute sa force pour contenir le terrible flot meurtrier, parce qu'il ne savait pas quoi faire d'autre. Il vit le petit bateau, qu'il avait garé après l'avoir sorti du fleuve, monter et dériver vers le fond de la grange.

Deux heures du matin, la marée est censée descendre maintenant, songea-t-il. Il ne comprenait pas pourquoi l'eau ne refluait pas. La marée faisait partie des constantes immuables de la vie au bord du fleuve, et la raison pour laquelle elle avait choisi ce moment précis pour se trahir, et trahir la famille, lui demeurait impénétrable. Dehors, les vents prodigieux dévastaient les arbres de l'île dans un assaut mené à plus de trois cents kilomètres-heure. Des chênes étaient déracinés du sol comme des bougies qu'une main d'enfant arracherait au gâteau d'anniversaire. De jeunes arbres voltigeaient dans les airs comme des feuilles. Ah, se dit mon grand-père en écoutant le vent s'engouffrer par la porte de la grange, comme un train dans un petit tunnel, c'est le vent qui retient la marée. Il savait que cette tempête annulait même l'attraction de la lune, et que toutes les lois diurnes devenaient caduques face à l'horreur et à la majesté de l'ouragan.

L'eau ne peut pas refluer, pensa-t-il. Elle monte malgré elle.

Il relâcha la pression qu'il exerçait sur sa chemise et faillit pleurer quand il vit que l'hémorragie s'était arrêtée. Ma mère, en état de choc, gisait inconsciente dans son propre sang. Sarah et les petits reposaient, silencieux et épuisés. Mon grand-père fouilla le grenier et trouva une bâche, couverte d'huile et de paille, qu'il étendit sur ma mère. Il rajouta de la paille.

Descendant l'échelle, il plongea dans l'eau et nagea jusqu'à l'étable dont il força la porte pour libérer les animaux. Il attacha son bateau à l'échelle. Dans le désordre de la fuite du bétail, il faillit se faire encorner par une vache qui lui passa par-dessus le corps dans sa hâte désespérée de quitter la grange en nageant.

Quand il remonta au grenier, il trouva les bébés rangés comme du bois de stère, un peu pâles, sur la poitrine de Sarah qui les tenait entre ses bras noirs. Il se pencha pour vérifier que ma mère était vivante. Elle respirait encore, malgré la faiblesse de son pouls.

Il s'écroula, épuisé et vaincu, et il écouta la voix de la tempête, son gémissement qui prenait à ses oreilles des accents presque humains. Il songea à son fils, Henry, calciné et recroquevillé sous la sculpture métallique d'un avion abattu. Il imagina l'âme de son fils, libérée de ce corps, tout de muscles et d'impatience, flottant comme un jeune veau, poussée par le souffle de Dieu vers un paradis de lumière et de repos.

« J'ai assez donné, Seigneur, dit mon grand-père pour le vent, je ne donnerai rien de plus. »

À bout de forces, il lutta contre l'envie de dormir, et cette lutte lui apporta le sommeil.

Il s'éveilla avec le soleil et le chant des oiseaux. Il regarda vers le bas et vit le bateau, immobile sur le sol boueux de la grange. Je m'éveillai en pleurant. Les yeux de ma mère s'ouvrirent au son de mes pleurs et son lait coula, par un réflexe de sympathie.

Sarah Jenkins était morte et mon grand-père dut lui écarter les bras pour libérer les trois enfants blancs qu'elle avait aidé à sauver. Ma première nuit sur terre était achevée.

Pendant trois semaines, mon père vécut dans le clocher de l'église et il écouta la vie d'un village allemand telle qu'elle se déroulait au-dessous de lui. Chaque soir, le prêtre venait le voir ; il refaisait ses pansements, lui apprenait l'allemand et lui apportait des nouvelles de la guerre. Le prêtre arrivait avec des saucisses, des miches de pain, de grandes marmites de choucroute épicée, des bouteilles de vin, et la meilleure bière que mon père eût jamais goûtée. Ses premiers jours furent très durs, à cause de la douleur. Mais le prêtre le soigna de ses mains à la fois gauches et douces, au cours d'une longue et difficile nuit où mon père crut bien mourir. Après cette nuit-là, il commença de recouvrer des forces.

Au début, parce qu'il avait peur, le prêtre ne venait que la nuit. Il était hanté par l'image de nazis enfonçant sa porte à coups de botte, et il savait bien que le visage innocent de mon père, avec ses taches de rousseur, était capable de donner vie à cette image. La présence de mon père avait créé un cauchemar moral pour le prêtre, dont la force de caractère se voyait mise à rude épreuve. Il avait le sentiment d'avoir été doté d'une âme de lapin en des temps qui requéraient un tempérament de lion. Il le dit à mon père après qu'ils eurent passé une semaine ensemble. L'arrivée de ce dernier l'avait obligé à laisser le prêtre prendre en lui le pas sur l'homme.

Avec la guérison de mon père, les visites nocturnes du prêtre s'allongèrent. Pour lui, les nuits avaient toujours été une expérience pénible. Par moments, la solitude de sa vocation lui devenait insupportable, et il enviait les amitiés faciles et sans complication qu'il pouvait observer entre certains hommes, dans le village.

Arrivé après le coucher du soleil, souvent le prêtre ne quittait pas le chevet de mon père avant que minuit fût passé depuis longtemps. Günter Kraus avait trouvé l'ami idéal : captif, blessé, toujours disponible.

« Pourquoi êtes-vous devenu prêtre ? demanda un soir mon père.

— La Première Guerre mondiale. J'étais dans les tranchées, en France. J'ai juré à Dieu que s'il me laissait la vie sauve, je me ferais prêtre. Voilà.

— Vous n'avez jamais eu envie de fonder une famille, d'avoir une femme ?

— Je suis très laid, répondit simplement le prêtre. Quand j'étais jeune, je ne pouvais même pas adresser la parole à une jeune femme.

— J'ai un fils. Il s'appelle Luke.

— Bien. C'est très bien, ça... Je me suis souvent demandé à quoi aurait ressemblé un fils de moi. Il m'arrive de rêver parfois des fils et des filles que je n'aurai jamais.

— Avez-vous jamais aimé une femme ? demanda mon père.

— Une fois, répondit le prêtre. À Munich. J'ai aimé une très jolie

84

femme dont le mari était banquier. Gentille. Elle m'aimait beaucoup, je crois. Mais comme on aime un ami. Elle avait des tas de problèmes, c'était une femme très bien pourtant. Elle est venue me demander conseil. Alors je l'ai conseillée. Et puis je me suis mis à l'aimer. Une chose que je sentais à l'intérieur de moi. Je crois qu'elle m'aimait aussi, mais d'amitié. Je lui ai dit qu'on ne doit pas quitter son mari, c'est la volonté de Dieu. Il la battait. Elle l'a quitté pour retourner dans la maison de sa mère, à Hambourg. Elle m'a embrassé sur la joue le jour où elle est venue me dire au revoir. J'ai souvent pensé à partir à Hambourg. Je me disais que je l'aimais plus, elle, que je n'aimais Dieu. Mais je n'ai rien fait.

— Pourquoi vous n'êtes pas allé à Hambourg frapper à sa porte, tout simplement ?

— Parce que je craignais Dieu.

— Écoutez, Günter, dit mon père, il comprendrait. S'il a voulu que cette femme soit belle à vos yeux, ce n'est pas sans raison. Il a dû passer beaucoup de temps à la faire. Elle avait un joli corps ?

— Je vous en prie, dit le prêtre. Je suis prêtre. Je ne remarque pas ces choses-là.

— Oh, bien sûr.

— Son âme était belle. J'espère la retrouver dans la vie après la vie.

— Je suis content que vous n'ayez pas suivi cette femme à Hambourg, Günter.

— Vous pensez que c'était un péché ?

— Non, mais vous ne vous seriez pas trouvé ici, dans cette église, quand j'avais besoin de vous.

— *Ach* ! Pourquoi a-t-il fallu que vous choisissiez mon église ? Ça, je m'en serais passé.

— Bah, en tout cas, vous l'avez sauvé, le vieux cow-boy, dit mon père en tournant la tête sur l'oreiller pour regarder le prêtre droit dans les yeux. Je tiens à ce que vous veniez me voir quand la guerre sera finie.

— *Ach* ! Cette guerre ne finira jamais. Hitler est fou. Chaque jour je prie Dieu qu'il fasse de Hitler un homme bon. Dieu n'entend pas mes prières.

— Faut pas espérer que la merde se mette à sentir la rose.

— Je ne comprends pas.

— Un proverbe de chez nous.

— Je prie très fort. Mais Hitler reste Hitler. »

C'était la pleine lune sur l'Allemagne la nuit où mon père quitta le clocher. La sensibilité était lentement revenue dans son bras gauche, bien que son visage restât encore partiellement paralysé. Le prêtre lui avait apporté des vêtements pour la route. Ils prirent leur dernier repas ensemble, et mon père, ému et reconnaissant, chercha des paroles de remerciement pour le vieil homme, mais les mots se dérobaient et ils dînèrent dans un silence presque total.

Après le repas, mon père étudia l'itinéraire que le prêtre avait préparé pour son évasion, en indiquant les endroits où il était le plus susceptible de croiser une patrouille nazie, ainsi que le point précis où il pourrait passer en Suisse.

« Je vous ai apporté une houe, Henry, dit le prêtre.

— Pour quoi faire ?

— Si quelqu'un vous voit, il vous prendra pour un paysan. Vous pourrez dormir dans des granges quand vous serez fatigué. Cachez-vous bien, Henry. Je vous ai mis des provisions dans ce sac, mais elles ne dureront pas longtemps. C'est l'heure de partir maintenant, Henry.

— Vous avez été tellement bon pour moi, dit mon père, pris d'une immense bouffée d'amour pour cet homme.

— Vous aviez besoin d'aide, Henry.

— Mais rien ne vous obligeait à m'aider. Vous l'avez fait. Je ne sais comment vous remercier.

— Je suis heureux que vous soyez venu. Vous m'avez donné l'occasion d'être un prêtre. La première fois que Dieu m'a mis à l'épreuve, je n'ai pas agi comme un prêtre.

— Quelle première fois ?

— Bien avant vous, une famille est venue me trouver. Des Juifs. Je connaissais bien le père. C'était un brave homme, un commerçant de la ville voisine. Il avait trois enfants. Rien que des filles. Une femme gentille, très grosse. Il est venu chez moi, un soir, et il a dit : "Père, cachez-nous contre les nazis." J'ai refusé de cacher ces Juifs. C'était déjà très mal. Mais ma peur était tellement grande que je les ai dénoncés. J'ai essayé de faire pénitence pour la famille Fischer. J'ai demandé à Dieu de faire quelque chose pour laver mes mains du sang des Fischer. Mais non, même Dieu n'a pas ce pouvoir. Même Dieu ne peut pardonner cela. Je ne peux pas échapper au regard de la famille Fischer. Il est sur moi pendant que je dis la messe. Ils se moquent de ma vocation. Ils savent toute la vérité sur Günter Kraus. Si je n'avais pas dénoncé les Fischer, je ne vous aurais pas gardé, Henry. Mais je ne pouvais pas supporter d'être poursuivi par une autre paire d'yeux. Tant de choses me font peur. Tant de choses me font peur.

— Je suis désolé pour les Fischer, Günter. Cela veut dire que je leur suis redevable à eux aussi. Après la guerre, je reviendrai vous voir. Et nous irons tous les deux à Munich boire de la bière et courir les femmes.

— *Ach* ! Je suis prêtre. Je ne cours pas les femmes. Je prierai Dieu qu'il vous rende sain et sauf à votre famille, Henry. Je prierai pour vous chaque jour. Vous resterez toujours dans mon cœur. Vous me manquerez, Henry Wingo. Il faut que vous partiez, maintenant. Il est tard.

— Avant cela, père, je veux faire une chose.

— Oui, Henry ?

— À la fin de l'Agnus Dei, pendant la messe. Vous voyez quand je veux dire ? Je vous entends le réciter chaque matin à ces trois femmes

86

qui viennent à l'église. Après la cloche, vous leur faites manger quelque chose. Je l'ai vu le premier matin.

— C'est l'eucharistie, Henry. Je leur fais manger le corps et le sang du Christ.

— Je veux que vous en fassiez autant avec moi avant que je parte.

— Non, Henry, ce n'est pas possible, dit le prêtre. Il faut que vous soyez catholique pour que je vous donne la communion.

— Eh bien je vais me faire catholique, dit mon père sans se laisser décourager. Faites-moi catholique tout de suite. Peut-être que ça me portera chance.

— Ce n'est pas si facile, Henry. Il faut étudier longtemps. Il y a beaucoup de choses à apprendre avant de devenir catholique.

— J'apprendrai plus tard, Günter, Je vous le promets. Je n'ai pas le temps maintenant. C'est la guerre. Écoutez, vous m'avez baptisé, vous m'avez donné l'extrême-onction. Une petite communion ne va pas me faire de mal, que diable !

— Ce n'est pas régulier, dit le prêtre en se frottant songeusement le menton de la main. Mais rien n'est régulier. D'abord, il faut que je vous entende en confession.

— D'accord. C'est quoi ? demanda mon père.

— Il faut que vous me disiez tous vos péchés. Tout ce que vous avez fait de mal depuis votre enfance.

— Je ne peux pas, il y en a trop.

— Alors dites-moi que vous regrettez vos péchés et cela suffira. »

Le père Kraus se mit à dire les prières de l'absolution. Mon père fut absous de tout péché et la lune brillait, immaculée, comme une âme blanchie, les enveloppant dans sa lumière sous la grosse cloche qui dominait Dissan.

Ils descendirent les marches qui menaient à l'intérieur de l'église. Le prêtre avança jusqu'à l'autel, ouvrit le tabernacle avec une petite clé, et il sortit un calice d'or. Il fit une génuflexion devant le crucifix. L'effigie brutalement crucifiée du Christ posa son regard sur la silhouette de mon père, agenouillé dans la froide obscurité de cette église de pierre, en train de prier pour sa propre délivrance. Le prêtre se retourna et lui fit face.

« Henry, vous êtes catholique, désormais, dit le prêtre.

— J'essayerai d'être un bon catholique, Günter.

— Vous devrez élever vos enfants dans la religion catholique, dit-il.

— Ce sera fait, dit mon père. C'est le corps et le sang de Jésus ?

— Je dois la bénir.

— Il faut lui faire l'Agnus Dei ? » demanda mon père.

Le prêtre bénit l'hostie dans une langue morte, puis il se tourna vers le dernier en date des catholiques romains de ce monde et changea à jamais l'histoire de ma famille.

Le prêtre s'agenouilla à côté de mon père et ils prièrent ensemble, le prêtre et le guerrier, transfigurés par le clair de lune, par la guerre, par la destinée, par les cris et les secrets pressants, mystérieux et ineffables d'âmes tournées sur elles-mêmes.

Quand il se releva, mon père se tourna vers Günter Kraus et il étreignit le prêtre en le serrant très fort dans ses bras.

« Merci, Günter, dit-il. Merci beaucoup.

— J'aimerais que les Fischer puissent m'en dire autant, Henry. Je suis redevenu un prêtre.

— Je vous retrouverai après la guerre.

— Je serai content. Très content, je serai. »

Mon père hésita, puis ramassa sa houe et son sac. Il s'arrêta et étreignit encore une fois le prêtre.

Günter plongea son regard dans les yeux de mon père et dit :

« Pendant trois semaines, Dieu a envoyé un fils habiter ma maison. Vous me manquerez, Henry Wingo. Vous me manquerez. »

Et Henry Wingo s'éclipsa par la porte de côté du vestibule, et il fut sous le clair de lune et dans la campagne allemande. Il regarda en arrière et salua de la main le prêtre resté sur le pas de la porte. Le prêtre le bénissait. Mon père s'éloigna, sans péché et consacré, et il entama sa première étape vers la Suisse.

Deux semaines durant, mon père parcourut les collines de Bavière, suivant les eaux claires du Lech, se guidant en étudiant la position des étoiles et notant du mieux qu'il pouvait sa progression sur la carte que lui avait fournie le père Kraus. Il était ébahi qu'au-dessus de l'Allemagne les étoiles fussent les mêmes que celles qui brillaient dans le ciel de Colleton. La nuit, il pouvait regarder en l'air et se croire chez lui ; il se sentait un lien étroit, fraternel, avec le paysage de lumière qui brillait au-dessus de sa tête.

Pendant le jour, il dormait en haut des granges, ou bien en chien de fusil dans les forêts. Les chiens devinrent sa torture quand il passait discrètement à proximité de fermes, le soir. Il en tua deux en une seule nuit, avec la lame de sa houe, et il lava leur sang à l'eau claire d'un torrent. Le terrain s'élevait au fur et à mesure qu'il avançait. Un jour, en s'éveillant pendant la journée, il vit distinctement les Alpes devant lui et se demanda comment un étranger pourrait jamais trouver les bonnes vallées et les passages négligés par les patrouilles, qui le mèneraient à la sécurité. Homme du Sud, il n'était pas habitué à la neige ; habitant des basses terres, il ne savait rien des secrets de la montagne. Il apprit en cours de route. Il était résolu et prudent.

Une femme de fermier le surprit un jour endormi dans sa grange. Elle était enceinte et avait des cheveux très noirs, encadrant un joli visage qui lui rappela ma mère. Elle cria et courut chercher son mari. Mon père s'enfuit à travers les champs de blé et de maïs, et il se terra le reste de la journée au fond d'une grotte, à côté d'un torrent jailli des montagnes. À partir de ce jour, il se défia des fermes et de tout ce qui avait allure humaine. Désormais il ne s'en approcherait que pour y glaner de la nourriture. Il trayait les vaches quand il faisait nuit noire et buvait le lait chaud à même le seau, il volait des œufs qu'il gobait crus, il pillait les potagers et les vergers. Il ne vivait que dans les ténèbres, et la lumière du jour l'agaçait. La marche avait fait de lui un animal nocturne. Mais quand il atteignit les montagnes, il devint trop périlleux et hasardeux de marcher la nuit.

Incidemment, il découvrit que, de fait, sa houe le protégeait en lui donnant une authenticité. Un fermier, qui labourait un champ en altitude, aperçut un jour mon père cheminant sur un sentier, juste après le lever du soleil. De loin, ce fermier le salua d'un geste de la main. Mon père lui retourna fraternellement son salut. Cela lui donna un peu d'audace, et il se mit à courir des sentiers mal connus et peu fréquentés, en pleine lumière diurne. Un jour, il se laissa surprendre par un important convoi transportant plusieurs centaines de soldats allemands dans des camions découverts qui le dépassèrent à vive allure. Il salua joyeusement ces soldats, avec un large sourire. Et ils furent plusieurs, peut-être mus par l'envie, à lui rendre son salut. La houe lui donnait le droit d'être là. Par son travail, il produisait la nourriture qui entretenait la machine de guerre allemande. Pour un peu, il se serait pris à y croire lui-même. Après avoir contourné la ville allemande d'Oberammergau, il traversa sans être vu la frontière autrichienne, pourtant bien gardée.

Ce fut seulement quand il arriva en haute montagne qu'il connut le désespoir. Une semaine durant, il grimpa de plus en plus haut. Les fermes disparurent. Il luttait dans un paysage superbe et cauchemardesque, entre des précipices et des parois rocheuses vertigineuses. Il se retrouva là où ne pousse plus un arbre, perdu et désorienté. La carte était devenue inutile ; les étoiles perdaient toute signification. Il découvrit la perfidie de la montagne, avec ses cols et ses chemins qui ne mènent nulle part. Il escalada un sommet pour découvrir qu'il était impossible de descendre par l'autre versant. Il dut rebrousser chemin pour se lancer dans l'ascension d'un autre pic. Chaque montagne était différente, chacune recelait ses propres surprises et ses propres aberrations. Il voyait de la neige pour la première fois de sa vie. Il mangea de la neige. Il mangea des insectes et des larves ; la nuit, il se recouvrait de branches de sapin pour ne pas mourir de froid. Comment un homme peut-il mourir de froid au mois d'octobre ? se demandait l'homme de Caroline. Il passa deux jours pleins en Suisse avant de descendre, à demi mort, jusqu'à un village suisse nommé Klosters. Il croyait se rendre aux Autrichiens. Il descendit de la montagne et pénétra dans la bourgade, les mains levées en l'air, écoutant les villageois perplexes lui parler en allemand. Ce soir-là, il dîna à la table du maire de Klosters.

Trois jours plus tard, ma mère recevait un télégramme de mon père disant qu'il était sain et sauf, et qu'il s'était converti au catholicisme romain.

Mon père rejoignit son escadrille et passa le reste de la guerre en missions au-dessus du territoire allemand. Quand il lâchait ses bombes sur les villes plongées dans l'obscurité où elles explosaient à grand feu juste au-dessous de lui, il murmurait : « Fischer. Fischer. Fischer. Fischer », tandis que l'atteignaient les échos de la déflagration. « Fischer » devint le cri de guerre de mon père lorsqu'il piquait vers la terre, semant la mort et le feu dans son sillage, car il était un pilote doué de talents surnaturels et éblouissants.

Après la guerre, lorsque mon père s'engagea dans les forces d'occupation, il retourna à Dissan pour remercier Günter Kraus et lui dire qu'il n'y avait pas de cow-boys en Caroline du Sud. Mais Dissan avait un nouveau prêtre, un jeune blanc-bec au visage chevalin qui entraîna mon père derrière l'église pour lui montrer la tombe du père Kraus. Deux mois après que l'avion de mon père avait été abattu, deux pilotes britanniques avaient quitté leur appareil en catastrophe et sauté en parachute dans le secteur de Dissan. Au cours des recherches qui s'ensuivirent, les Allemands découvrirent l'uniforme ensanglanté que le prêtre avait conservé comme un souvenir très cher du passage de mon père. Sous la torture, le prêtre avoua qu'il avait effectivement caché un pilote américain, avant de l'aider à gagner la Suisse. Ils pendirent Günter Kraus en haut du clocher et laissèrent son corps se balancer là, au bout d'une corde, pour servir de leçon à tous les villageois. Dans son testament, le prêtre léguait tous ses biens, pour maigres qu'ils fussent, à une femme vivant à Hambourg. Tout cela était fort triste et bien étrange, dit le jeune prêtre. Au demeurant, Günter Kraus n'avait jamais été un très bon prêtre. Ce n'était un secret pour personne dans le village.

Mon père alluma un cierge devant la statue de l'Enfant de Prague, à l'endroit précis où son sang était un jour tombé sur le prêtre qui allait le sauver. Il pria pour le repos de l'âme de Günter Kraus et pour les âmes de la famille Fischer. Puis il se releva, les yeux pleins de larmes, et gifla le jeune prêtre à pleine volée avant de lui conseiller de toujours parler de Günter Kraus avec respect. Le jeune prêtre s'enfuit précipitamment de l'église. Mon père prit la statue de l'Enfant de Prague et sortit à son tour, en l'emportant sous son bras. Il était catholique à présent, et il savait que les catholiques gardent les reliques de leurs saints.

La guerre de mon père était terminée.

Chaque année, le jour de mon anniversaire, ma mère nous emmenait, Savannah, Luke et moi, à l'intérieur du pays, pour une visite au petit cimetière mal entretenu, réservé aux Noirs, où était enterrée Sarah Jenkins. L'histoire de Sarah Jenkins nous fut contée et racontée jusqu'à ce que je la connusse par cœur. Le même jour, mon père faisait déposer des roses sur la tombe de Günter Kraus. Ces deux figures héroïques étaient pour nous aussi mythiques et immémoriales que l'eût jamais pu être aucun César. Plus tard, cependant, je devais me demander si leur courage et leur sacrifice, le choix mortel et généreux qu'ils avaient fait, et qui avait scellé leur propre perte pour assurer la survie de la dynastie des Wingo, ne relevaient pas d'une quelconque et obscène plaisanterie dont toute la saveur ne se révélerait qu'au fil des ans.

Lorsque nous fûmes en âge, nous les trois enfants Wingo, nous achetâmes une pierre tombale pour Sarah Jenkins. Un an avant d'épouser Sallie, je fis un court voyage en Europe et me rendis sur la tombe de Günter Kraus. Rien en Europe, ni les peintures du Louvre, ni l'austère beauté du Forum romain, ne me procura la moitié de l'émotion que je ressentis en voyant ce nom gravé dans la pierre grise sous laquelle il reposait. Je visitai le clocher où s'était caché mon père. J'allai voir Klosters, où il avait séjourné en descendant de ses montagnes. Je dînai dans la maison du maire. J'essayai de revivre toute cette histoire. Du moins le croyais-je. Mon père ne m'avait pas tout raconté. Il y avait une partie qu'il laissait dans l'ombre.

Lorsque je lui racontai cette partie de mon histoire familiale, au cours de la séance qui suivit, le Dr Lowenstein m'écouta sans m'interrompre.

« Quelle partie avait-il laissée dans l'ombre ? me demanda le Dr Lowenstein.

— Il omettait un tout petit détail insignifiant, dis-je. Je vous ai parlé, n'est-ce pas, de cette fermière enceinte qui l'avait découvert, tandis qu'il dormait dans sa grange ?

— Celle qui avait un joli visage qui lui rappela votre mère ? répondit-elle.

— Je vous ai bien dit qu'elle avait crié et couru chercher son mari, dis-je. Jusque-là, tout était vrai, mais ensuite mon père ne s'est pas enfui et il n'a pas été se cacher au fond d'une grotte près du torrent. Il a attrapé la jolie fermière et l'a proprement étranglée, dans sa grange. Comme il était pilote, il n'avait jamais eu l'occasion de voir le visage des gens qu'il tuait. Le visage de cette Allemande se trouvait à une douzaine de centimètres du sien pendant qu'il lui écrasait la trachée-artère, et elle agonisa sous ses yeux avant de mourir.

— Quand avez-vous appris cet épisode, Tom ? demanda-t-elle.

— Il me l'a raconté la nuit où ma mère l'a quitté, dis-je. Je crois qu'il avait besoin de m'expliquer, et de s'expliquer à lui-même, ce qui avait fait de lui un père redoutable. La fermière allemande était à la fois son secret et sa honte. Nous sommes une famille aux secrets bien gardés, mais tous finissent presque par nous tuer.

— L'histoire est fascinante, mais je ne suis pas certaine qu'elle m'apprenne grand-chose sur Savannah.

— Les bandes, leur transcription, dis-je. Elle en parle dans les bandes.

— Comment, Tom ? demanda-t-elle. Où cela ? Il n'y avait rien, ni sur l'Allemagne ni sur la tempête. Rien non plus sur la sage-femme, ni sur le prêtre.

— Si, elle en parle. Ou du moins je pense qu'elle en parle. Elle nommait une femme, Agnes Day. Je viens de vous parler de cette Agnes Day. Son origine. Je vous ai dit d'où sortait cette Agnes Day.

— Je suis désolé, Tom. Vous faites erreur, dit le Dr Lowenstein, le front ridé par la perplexité.

— Quand nous étions petits, docteur, nous avons entendu cette histoire mille et une fois. Elle était devenue pour nous comme une histoire qu'on raconte aux enfants avant qu'ils ne s'endorment. Nous ne nous lassions pas de l'entendre. Comment il était, le père Kraus ? Il avait une barbe ? Où elle habitait, Sarah Jenkins ? Ils avaient combien d'enfants, les Fischer ? En fait, nous le voyions en train de dire la messe, le père Kraus, du moins en étions-nous persuadés. Mais nous opérions certains mélanges dans cette histoire, quand nous étions petits. Sarah Jenkins se retrouvait dans le clocher où elle portait à manger à mon père. Ou bien le père Kraus portait ma mère dans ses bras pour lui faire traverser les eaux du fleuve en crue. Vous savez comment les enfants transforment les histoires. Comment à force de confusions, ils en font des histoires différentes.

— Mais qui est Agnes Day ?

— Une erreur. Savannah en est l'auteur. Luke et moi n'avons fait que la reprendre après elle. C'est cette erreur que Savannah hurle à longueur de bande. *Agnes Day*, les premiers mots que mon père entendit dans l'église, prononcés par le prêtre.

— Je ne m'en souviens pas, Tom.

— *Agnus Dei*. Dans la galerie au-dessus du chœur. Savannah croyait qu'Agnes Day était le nom de cette femme dont le prêtre fut amoureux, à Hambourg, et qu'il l'aimait au point de crier son nom même pendant qu'il célébrait la messe.

— Merveilleux, dit le Dr Lowenstein. C'est simplement merveilleux. »

5

Après la première semaine, toutes ces journées d'un été new-yorkais finirent par prendre forme et caractère – des journées vouées à l'intros- pection et la confession, des journées passées à débiter la déprimante chronique de ma famille placée sous le sceau de l'irréparable chagrin, à l'intention de la jolie psychiatre de Savannah dont c'était le métier de réparer les dégâts subis par l'un des membres de cette famille.

L'histoire avançait à pas lents, et au fur et à mesure de son déroule- ment, je me mis à sentir les premiers titillements d'une force intérieure naissante. Je passai les tout premiers jours à inventorier les bandes qui donnaient la mesure pétrifiante de l'effondrement mental de ma sœur. Elle parlait par fragments heurtés et douloureux. Je notais par écrit ses cris pour les étudier, et chaque jour m'apportait la surprise d'un sou- venir précis et vivace que j'avais oublié, volontairement ou pas. Chacune de ses expressions, aussi étrange et surréelle fût-elle, avait son fonde- ment dans la réalité, et un souvenir en amenait un autre qui en amenait lui-même un nouveau, au point que ces petites géométries complexes de l'illumination menaçaient ma tête d'implosion. Certains jours, j'avais grand-peine à patienter jusqu'à mon rendez-vous de cinq heures avec le Dr Lowenstein.

Mais pour moi, les chemins de l'inconscient se mirent à traverser aussi bien des champs de fruits sauvages que des vignobles bien ordonnés. Je tentais de censurer ce qui était banal ou superflu, pourtant je savais bien que de grandes vérités se tenaient cachées sous les trèfles, les herbes fines et la menthe sauvage. Glaneur du passé troublé de ma sœur, je ne voulais rien laisser de côté, mais je souhaitais ne pas manquer la rose unique qui contiendrait peut-être l'image du tigre, lorsque je la décou- vrirais, épanouie sur le treillage.

Mon ennemi était l'indétermination, tandis que je traînais entre les livres et les plantes vertes, dans la salle de séjour de ma sœur. La tâche que je m'étais assignée cet été-là était relativement simple : il s'agissait de s'embarquer pour une grande croisière autour du moi. J'allais analyser les heurs et malheurs qui présidèrent à la création d'un être médiocre, toujours sur la défensive. J'évoluais avec lenteur au fil de ces journées. Le passage du temps me traversait avec aménité, tandis que je prenais bonne note du cycle décrit par le soleil au-dessus de Manhattan. J'essayais de me placer au confluent des choses, d'étudier mes propres satellites intérieurs avec autant d'impartialité qu'un astronome observant les douze lunes accrochées à la masse nacrée de Jupiter.

Je me mis à aimer le silence des petits matins. C'est dans ce calme que je commençai de tenir un journal où je consignais de solennelles remarques dans la calligraphie convenue de l'enseignement public, les caractères s'étant rétrécis au fil des ans, en écho de mon propre déclin. Au début, je me concentrais exclusivement sur ce qui intéressait de façon essentielle l'histoire de Savannah, mais je revenais constamment à moi, incapable de raconter l'histoire autrement que de mon point de vue propre. Je n'avais nul droit d'interpréter le monde à travers ses yeux à elle, ce qui m'aurait du reste privé de toute crédibilité. Le mieux que je pouvais faire pour ma sœur était donc de raconter mon histoire à moi, avec un maximum de sincérité. J'avais vécu une vie singulièrement dépourvue de courage, une vie passive bien que toujours attentive, une vie dévorée par les aires de terreur. J'apportais cependant une force à la tâche entreprise par le fait que j'avais été présent à chacune ou presque des circonstances signifiantes de la vie de Savannah. Ma voix aurait la pureté de son d'un témoignage et j'en userais pour offrir un chant purificateur.

Une mission me tenait ici, une tâche à accomplir. Je voulais expliquer pourquoi ma sœur, ma jumelle, s'ouvrait les veines, pourquoi elle avait des visions abominables, pourquoi elle était hantée par une enfance à ce point conflictuelle et dévalorisante qu'elle avait peu de chances de jamais pouvoir se réconcilier avec son passé. Et tandis que j'essayais de faire sauter les digues contenant la mémoire, j'enregistrais le désastre sous lequel furent noyées les rues restées sèches, dans mon imagination, de la seule ville que j'aimai jamais. Je racontais au Dr Lowenstein la disparition de Colleton, et comment la mort d'une ville laissait dans la mémoire des miroitements opaques et des blancs insondables. Si je trouvais le courage de dire tout, en parlant sans anticipation, en fredonnant les mélodies de ces noirs cantiques qui nous expédièrent résolument vers les rendez-vous fixés par une destinée implacable, je saurais expliquer la guerre poignante que livrait ma sœur à ce monde.

Mais il fallait d'abord un temps de ressourcement, celui de maîtriser une approche nouvelle de l'autoanalyse. J'avais abandonné près de trente-sept ans à l'image que j'avais de moi. J'étais tombé dans le piège que je m'étais tendu à moi-même en acceptant au pied de la lettre la définition de moi conçue par mes parents. Ils m'avaient défini très tôt, inventé comme un mot inscrit dans des hiéroglyphes mystérieux, et j'avais passé ma vie à me conformer à cette trompeuse invention. Mes parents avaient réussi à me rendre étranger à moi-même. Ils avaient fait de moi l'image exacte de ce dont ils avaient besoin à l'époque, et parce qu'il y avait dans ma nature une part essentiellement complaisante et orthodoxe, je les avais laissés me pétrir et me mouler aux linéaments bien lisses de leur incomparable enfant. Je m'inscrivis dans le cadre de leur vision. Ils sifflaient et je dansais comme un toutou dans leur petit jardin. Ils voulaient un garçon bien élevé, et j'étais un festival permanent

94

des bonnes manières perpétuées par la tradition sudiste. Ils désiraient un jumeau équilibré, un roc de solidité mentale qui servirait de contrepoids dans la structure familiale, après qu'ils eurent compris que Savannah serait toujours leur honte secrète, leur crime irrémissible. Ils réussirent à faire de moi un être non seulement normal, mais ennuyeux. Pourtant leur cadeau le plus inique, ils ne surent même pas qu'ils me l'offraient. Je recherchais leur approbation, leurs compliments, leur amour pour moi, un amour pur et sans complication, un amour que je n'avais toujours pas renoncé à obtenir, des années après avoir compris qu'ils étaient incapables de me le donner. Aimer ses enfants, c'est s'aimer soi, et il s'agissait là d'une grâce surérogatoire, déniée à mes parents, par naissance autant que par les circonstances. J'avais besoin de renouer avec une chose que j'avais perdue. Et quelque part, j'avais perdu le contact avec l'homme qui existait potentiellement en moi. J'avais besoin d'accomplir une réconciliation avec cet homme à naître, besoin de l'amener en douceur à sa maturité.

Toujours et encore je songeais à Sallie et à nos enfants. J'avais épousé la première femme que j'eusse jamais embrassée. Je pensais l'avoir épousée parce qu'elle était jolie, douée d'un solide bon sens et d'un sacré toupet, différente en tout point de ma mère. J'avais épousé une belle fille, gentille, et avec brio, talent, au mépris de tout instinct de conservation, j'avais réussi au fil des années, à force d'indifférence, de froideur et de trahison, à la façonner à l'exacte image de ma mère. À cause d'une défaillance endémique de mon identité masculine, j'étais simplement incapable d'avoir épouses ou maîtresses. Il me fallait de suaves ennemies susurrant de sanglantes berceuses dans la chambre d'enfants, des meurtrières en robe printanière me traquant l'arme au poing pour me débusquer de mes clochers. Pour me sentir bien, il fallait que je perçoive une désapprobation à mon égard. Quelque effort que je fisse pour me hisser à la hauteur des ambitions qu'elles nourrissaient pour moi, je ne pouvais jamais prétendre à une réussite parfaite, et c'est ainsi que je m'habituai à ce climat d'inévitable échec. Je détestais ma mère, et pour me venger d'elle, je donnai son rôle à ma femme. De Sallie, j'avais fait une subtile version, plus rusée, de ma propre mère. Comme ma mère, ma femme avait fini par me regarder avec un soupçon de honte et une déception patente. La configuration et la teneur de ma faiblesse détermineraient la rage de leur résurrection ; mon échec forgerait leur force, leur épanouissement, leur délivrance.

Je détestais aussi mon père, mais j'exprimais cette haine avec éloquence en imitant sa vie, en devenant chaque jour un peu plus inefficace, en ratifiant toutes les sombres prophéties prononcées par ma mère à son sujet autant qu'au mien. Je pensais avoir réussi à ne pas devenir un violent, or même cette certitude s'effondra : ma violence à moi était souterraine, elle ne se voyait pas. C'était mon silence, mes longs moments de repli, dont j'avais fait une arme dangereuse. Ma méchanceté se manifestait dans l'effroyable hiver des yeux bleus. Mon regard meurtri était capable de faire surgir une ère glaciaire dans l'après-midi le plus doux et le plus ensoleillé. J'allais bientôt avoir trente-sept ans et, avec une certaine science plus un rien de talent inné, j'avais trouvé le moyen de vivre une vie parfaitement insignifiante, mais qui saurait d'imperceptible et inévitable façon détruire celle des êtres vivant dans mon entourage.

Je comptais donc sur la surprise de cet été de liberté comme sur une ultime chance de prendre ma pleine mesure d'homme adulte, un interlude mouvementé avant de m'aventurer dans les ornières et les cérémoniaux de la maturité déclinante. Je désirais, par un acte de volonté consciente, en faire un temps d'évaluation et, si la fortune le voulait bien, un temps pour soigner et reconstituer un moral en berne.

Par le cheminement du souvenir, j'allais essayer de me guérir, de rassembler les forces qu'il me faudrait déployer pour servir de guide au Dr Lowenstein par les déclivités et versants du passé.

Je m'éveillais habituellement aux premières lueurs du jour et, après avoir consigné négligemment les rêves de la nuit, je me levais, prenais une douche et m'habillais. Puis j'avalais le jus d'une orange fraîchement pressée, ce premier picotement citrique et purificateur me mettant la langue en joie. Je descendais ensuite par l'escalier de derrière et émergeais dans Grove Street. À Sheridan Square, j'achetais un exemplaire du *New York Times* à un vendeur inquiétant par son anonymat. Il était représentatif de toute une sous-espèce de New-Yorkais qui accomplissent des tâches ingrates mais essentielles, sous des apparences aussi neutres que des jetons de téléphone. En remontant vers Bleecker Street, je prenais deux croissants dans une pâtisserie française tenue par une insouciante *Madame* de Lyon. Sur le chemin du retour à l'appartement, je mangeais l'un des croissants. Il s'agissait de croissants remarquables, légers et tièdes comme des oiseaux, et ils s'émiettaient en feuilles croustillantes alors même qu'ils retenaient encore un peu de la chaleur des fourneaux. Mes mains sentaient le bon pain tandis que je m'installais dans le fauteuil de la salle de séjour pour ouvrir le journal à la page des sports. J'étais l'esclave depuis toujours de la page Sports dont je mémorisais les longues colonnes de statistiques. À cause de son obsession hiératique des chiffres, la saison du base-ball était ma préférée, qui plaçait chaque jour dans le cadre noble et lumineux de la numérologie des listes de scores.

Le journal terminé et éparpillé autour de moi, j'affrontais l'horreur des matins d'été. Mon thème était la défaite.

Le thermostat de la climatisation du Dr Lowenstein était toujours réglé trop bas. Je quittais des rues torrides et moites, souillé de sueur et de poussière, et j'avais toujours un frisson involontaire en pénétrant dans ces locaux bien aménagés où régnait un faux climat hors de saison. Dans l'antichambre où était installée la secrétaire, Mme Barber, il faisait un degré ou deux de plus que dans le froid quasi arctique du salon d'attente. Le soleil de cinq heures partageait le visage de Mme Barber en deux plans symétriques chaque fois que j'arrivais pour mes soliloques quotidiens avec le Dr Lowenstein.

Elle leva les yeux en me voyant entrer pour une de mes séances.

« Oh, M. Wingo, dit-elle en vérifiant son cahier de rendez-vous. Il y a un changement d'horaire aujourd'hui. Le Dr Lowenstein espère que vous n'y verrez pas d'inconvénient.

— Qu'est-ce qui se passe ?

— Une urgence. Une de ses amies a appelé, toute bouleversée. Le Dr Lowenstein a pensé que vous pourriez attendre par ici et qu'ensuite vous iriez prendre un verre quelque part tous les deux.

— Ouais, dis-je. Avec plaisir. Si je peux m'installer dans le salon d'attente, j'essayerai de me recycler avec les vieux numéros de ces revues chicos.

— Je lui dirai », dit Mme Barber. Puis, posant sur moi un regard gentil et maternel, elle demanda : « Ça marche comme vous voulez, mister Caroline ?

— Pas vraiment, Mme Barber, dis-je d'une voix qui trembla de la candeur inattendue de ma réponse.

— Vous êtes d'humeur bien badine et joyeuse pour quelqu'un qui ne va pas fort, dit-elle.

— Ça vous trompe, n'est-ce pas ?

— Non, dit-elle. Ça ne me trompe pas une minute. Il y a un moment que je fraye avec des gens qui ne vont pas bien. C'est dans les yeux que ça se voit. Si je peux faire quelque chose pour vous, n'importe quoi, vous me sonnez.

— Mme Barber, voulez-vous vous lever une seconde ? demandai-je, soudain submergé par une bouffée d'amour immense et insupportable pour cette inconnue.

— Pourquoi, mon petit lapin ?

— J'ai envie de tomber à genoux et de vous baiser les pieds, les genoux, le cul. C'est un réflexe que j'ai, ces derniers temps, dès que quelqu'un me témoigne la moindre gentillesse.

— Vous êtes contrarié pour votre sœur, voilà tout.

— Non, non, non. Pas du tout, dis-je. Elle n'est qu'une façade derrière laquelle je m'abrite. Chaque fois que je m'écroule complètement, je me sers d'elle comme prétexte et comme justification. Je la rends responsable de toute la tristesse qui m'assaille, et je fais ça de façon minable et lâche.

— Tenez, dit-elle en dégrafant son sac, non sans jeter un regard furtif en direction du couloir menant au cabinet du Dr Lowenstein. Chaque fois que j'ai une secousse avec mon mari ou que je me tracasse pour mes enfants, je m'adresse au Dr Jack pour me remonter un peu. »

Elle extirpa une demi-bouteille de Jack Daniel's de son sac et me servit une petite rasade dans un gobelet de carton qu'elle prit dans le petit frigo à boissons.

« Le Dr Jack fait les visites à domicile et il guérit les petits bobos. »

J'avalai le bourbon cul sec et sa flamme brune me réchauffa le cœur.

« Merci, Mme Barber.

— Ne dites pas au Dr Lowenstein ce que je vous ai donné, mister Caroline.

— Motus et bouche cousue, promis-je. Au fait comment vont les pingouins ?

— Quels pingouins ? demanda-t-elle avec méfiance.

— Il fait tellement froid, là-dedans, que j'ai pensé que le docteur devait faire un élevage de pingouins, à moins que sa clientèle ne soit composée en majorité d'Esquimaux maniaco-dépressifs.

— Allez-vous-en, maintenant, mister Caroline, dit Mme Barber en me congédiant brutalement d'un geste de la main. Le Dr Lowenstein aime qu'il fasse frais en été et chaud en hiver. Je suis obligée de mettre des pulls tout l'été, et je vous jure que j'aurais souvent envie de me balader en bikini dans cette pièce dès qu'il commence à y avoir des congères sur les trottoirs, en février.

— Mais est-ce qu'il lui arrive souvent de guérir des gens fous pour les voir mourir de pneumonie ?

— Allez », ordonna-t-elle avant de reprendre son travail de dactylographie.

Je frissonnais encore en pénétrant dans le sanctuaire réfrigéré où les patients attendaient d'être appelés par le Dr Lowenstein.

Je pris une pile d'*Architectural Digest* sur une table basse et je commençai à les feuilleter négligemment, en riant à l'idée que des êtres humains pouvaient vivre, souffrir, jouer dans ces pièces voluptueuses. Une sensibilité excessive, trop mûrie, sous-tendait la création de chacune des maisons que j'étudiai. Je m'intéressai à la bibliothèque d'un architecte italien, d'une telle exubérance et d'un tel rococo qu'il était visible qu'aucun des livres n'avait jamais été lu dans ces fauteuils de cuir rutilant, disposés avec un art consommé et à intervalles harmonieux le long des murs de la pièce. Même les livres étaient devenus des meubles. Le décorateur avait pillé des fenêtres dans des propriétés démantelées, récupéré des boiseries dans des châteaux abandonnés. Rien n'était original. Tout résultait d'une vue de l'esprit, d'amalgames réalisés à partir de butins raflés dans les ventes aux enchères – la touche personnelle le cédant aux charmes majestueux de la débauche esthétique.

« Où sont la boîte du chat, le parc du petit, les corbeilles à papier, les cendriers ? fis-je à haute voix en tournant les pages où se trouvaient des photos d'un château de la Loire restauré. Où sont les Kleenex et le papier-toilette et le Doliprane et les brosses à dents à côté du lavabo ? »

Dialoguer avec journaux et revues comptait parmi mes passe-temps favoris : j'y voyais une saine gymnastique pour l'équilibre mental. Je n'entendis point, ni ne vis, la femme entrer dans le salon d'attente et s'installer dans un fauteuil près de la porte.

Elle se tenait droite sur son siège, presque incorporelle dans son immobilité, malheureuse et épuisée. Elle faisait partie de ces beautés classiques qui m'inspiraient une terreur muette. L'excès de beauté est une chose qui peut exister chez la femme, et il constitue souvent un handicap aussi lourd que la laideur, et beaucoup plus dangereux. Il faut beaucoup de chance et d'intégrité pour survivre au don d'une beauté parfaite dont le caractère éphémère est la trahison la plus sournoise.

Elle pleurait sans larmes et, à l'entendre, donnait l'impression d'être en train de s'étrangler. Elle avait le visage tordu par l'effort qu'elle faisait pour dominer son chagrin, comme l'une de ces Madones vaincues et lasses couvant de leur amour leur fils brisé, dans les pietà que l'on peut voir partout en Europe.

Bien que je fusse dans la même pièce en train de marmonner contre des photos, elle ne me regarda pas et continua d'ignorer ma présence.

Tiens, une New-Yorkaise, me dis-je intérieurement. Aucune des ébauches de conversation et autres menues politesses pour lever la gêne de cette rencontre de hasard.

Je me replongeai dans les pages de l'*Architectural Digest* en gardant pour moi mes remarques. Pendant plusieurs minutes, je lus en silence. Lorsque j'entendis de nouveau ses sanglots, il y avait des larmes cette fois.

Avec circonspection, j'étudiai les stratégies d'approche. Devrais-je l'ignorer et m'occuper de mes affaires ? Je repoussai ce type d'attitude, trop antinomique de ma curiosité et de mon tempérament altruiste. Devrais-je témoigner un intérêt tout professionnel ou bien lui demander carrément ce qui n'allait pas et si je pouvais faire quelque chose pour la soulager ?

Parce qu'elle était belle, elle allait penser que je lui faisais des avances, quoi que je fasse ou dise. C'était à la fois la vérité et le danger des belles dames en détresse, et je ne souhaitais pas ajouter à son tourment. Par conséquent, me dis-je, autant opter pour l'attaque directe en lui avouant d'entrée de jeu que j'étais impuissant, que j'étais un castrat chantant dans une chorale de jeunes Turcs, un homosexuel fiancé à un docker, que je désirais l'aider, et que je ne supportais pas de la voir malheureuse à ce point.

Mais je ne dis rien. Je ne sais pas comment on manifeste son intérêt pour les gens, à New York. Je suis un étranger ici, je ne suis pas familier des us et coutumes qui gouvernent le comportement des humains en ces glorieuses vallées de verre. Je décide de lui raconter ça. Autrement, me dis-je, elle pensera que je suis pareil au commun de tous ces fous, que je n'éprouve pour elle rien de plus que lorsque je croise un poivrot en train de vomir sur le quai du métro. J'ai la conviction absolue que si elle était vilaine, ou laide ou simplement mignonne, sans plus, je lui parlerais immédiatement, je lui tendrais un mouchoir, je lui proposerais une pizza pour la réconforter, je lui offrirais un Martini, je lui enverrais des fleurs, une carte de chez Hallmark, ou même j'irais casser la figure au mari qui la maltraite. Mais je suis ébloui par son infinie beauté qui me laisse sans voix. Toutes les femmes qu'il m'avait été donné de croiser dans ma vie et qui parcouraient ce monde en étant reconnues pour leur physique extraordinaire avaient reçu, en même temps que les louanges, les clés d'une insupportable solitude. C'était le corollaire de cette beauté, le prix qu'elles devaient payer pour elle.

Je posai ma revue sur la table, et sans la regarder je dis :

« Excusez-moi, madame. Je me présente, Tom Wingo, de Caroline du Sud. Puis-je faire quoi que ce soit pour vous ? Je suis tellement malheureux de vous voir dans cet état. »

Pas de réponse. Elle hocha la tête d'un air irrité et se mit à pleurer encore plus fort. Le son de ma voix semblait la contrarier.

« Je suis désolé, dis-je piteusement. Je pourrais peut-être aller vous chercher un verre d'eau ?

— Je suis venue ici, hoqueta-t-elle entre deux sanglots, pour voir une psy, pas pour me faire consoler par un de ses malades dont je n'ai rien à foutre.

— Ah ! Il y a un léger malentendu, madame. Je ne suis pas un malade du Dr Lowenstein.

— Alors qu'est-ce que vous foutez dans ce salon d'attente ? Ce n'est pas un arrêt d'autobus. » Sur quoi elle fouilla dans son sac à main et j'entendis un cliquetis de clés. « Pourriez-vous aller me chercher un Kleenex, je vous prie ? Apparemment, j'ai oublié les miens. »

Je filai vers la porte, soulagé de me rendre utile et ravi de ne pas avoir à expliquer par quel miracle je me retrouvais largué dans ce cabinet. Mme Barber me tendit un Kleenex en murmurant : « Elle est dans un sale état, mister Caroline. »

De retour dans le salon, je lui tendis le mouchoir en papier. Elle me remercia et se moucha. Que des femmes superbes eussent à se moucher m'a toujours frappé comme une contingence d'une parfaite incongruité et je trouvais même obscène qu'elles aussi fussent soumises à des fonctions physiques malséantes. Elle sécha ses larmes, ce que faisant elle barbouilla son rimmel qui coula en dessinant de petits triangles violets sur ses joues. Après avoir extirpé un poudrier de son sac Gucci, elle retoucha son maquillage d'une main experte.

« Merci, dit-elle en retrouvant son calme. Je vous prie d'excuser mon attitude désagréable. Je vis une période très difficile.

— Un homme ? interrogeai-je.

— Peut-il s'agir d'autre chose que d'un homme ? dit-elle d'une voix amère et affligée.

— Vous voulez que j'aille lui casser la gueule ? demandai-je en prenant le dernier numéro du *New Yorker*.

— Bien sûr que non, répondit-elle, agacée. Je l'aime énormément.

— Je disais ça comme ça, dis-je. C'est ce que faisait mon frère avec ma sœur et moi. Si quelqu'un nous cherchait des histoires à l'école, Luke proposait simplement : "Tu veux que j'aille lui casser la gueule ?" Nous n'acceptions jamais, mais cela nous faisait toujours beaucoup de bien. »

Elle me sourit, mais son sourire se fondit en une touchante grimace. Que cette grimace ne fît que mettre davantage en valeur la grâce de ses pommettes donne la mesure de sa beauté.

« Je vois le même psy depuis plus de quatre ans, dit-elle en s'essuyant encore une fois les yeux, et je ne suis pas seulement sûre qu'il me plaît, ce salaud.

— Vous devez avoir une sacrée assurance maladie, dis-je. La mienne ne prend pas en charge les maladies mentales. Elle ne couvre d'ailleurs pas non plus les maladies physiques.

— Je ne suis pas une malade mentale, protesta-t-elle en se trémoussant sur son siège. J'ai simplement un tempérament très névrotique et je tombe toujours amoureuse de sales cons.

— Les sales cons sont largement représentés sur cette planète. J'ai essayé de me livrer à une estimation arithmétique et je pense qu'ils constituent environ soixante-treize pour cent de la population, avec un nombre en progression constante.

— Dans quelle catégorie vous placez-vous vous-même ? demanda-t-elle.

— Moi ? Je fais partie des sales cons. Je suis membre de naissance de cette confrérie. Les seuls avantages de cette appartenance étant qu'il n'y a pas de droits d'inscription et que cela me situe dans une confortable majorité. »

Son rire fut discordant, artificiel.

« Que faites-vous dans la vie ? demanda-t-elle.

— J'enseigne le football dans un lycée, je suis coach, si vous préférez. Enfin, j'étais, rectifiai-je, honteux et bien conscient de la totale incrédulité que trahissait sa réaction.

— Non, dit-elle. Je veux dire sérieusement.

— Je suis avocat », répliquai-je, car je désirais en finir aussi vite que possible avec l'humiliation de cet interrogatoire. J'avais toujours aimé l'admiration instantanée que j'attirais sur ma personne dès que j'avouais à des étrangers faire partie d'une corporation multinationale particulièrement vorace et agressive.

« Vous n'avez pas l'air d'un avocat, dit-elle avec un regard soupçonneux pour mon pantalon kaki et ma chemisette Lacoste fanée, à laquelle le petit crocodile ne tenait plus que par un fil. Vous n'en avez pas non plus la tenue vestimentaire. Où avez-vous fait vos études ?

— À Harvard, répondis-je en toute modestie. Écoutez, je pourrais vous raconter les joies des études de droit, mais cela ne servirait qu'à vous ennuyer. Les affres du rôle de rédacteur en chef de la *Revue de Droit*. Ma déception de sortir seulement second de ma promotion.

— Je suis désolée d'être arrivée ici en larmes, dit-elle en ramenant la conversation sur elle-même.

— Ce n'est rien, répondis-je, ravi de m'être tiré de cette épreuve probatoire.

— J'ai cru que vous essayiez de me faire des avances. C'est pour cela que je me suis montrée aussi grossière.

— Je ne sais pas faire des avances aux gens.

— Vous êtes pourtant marié, observa-t-elle en regardant mon alliance. Vous avez bien dû faire des avances à celle qui est devenue votre femme.

— Non madame. Elle m'a coincé dans une galerie commerciale et m'a défait la braguette avec les dents. C'est comme ça que j'ai su qu'elle voulait sortir avec moi. J'étais timide avec les filles du temps de ma jeunesse.

— Je suis seulement une amie du Dr Lowenstein, dit-elle en repoussant une mèche de sa somptueuse chevelure blonde de devant ses yeux d'un geste de main détaché, indifférent. Je ne suis pas une de ses clientes. Mon foutu psy n'est pas en ville, le salaud. Le Dr Lowenstein accepte de me recevoir à son cabinet en cas d'urgence.

— C'est aimable de sa part.

— C'est un être merveilleux. Elle a son lot de problèmes personnels comme tout un chacun, mais vous êtes en d'excellentes mains. Oh, merde, la journée a été sacrément dure.

— Qu'est-ce qui vous arrive ? » demandai-je.

Elle me regarda bizarrement et dit avec froideur, mais sans agressivité délibérée, je crois :

« Écoutez, le jour où je déciderai de rédiger mon testament, monsieur, il se peut que je vous passe un coup de fil. Mais pour ce qui concerne mes problèmes personnels, je m'adresse à des professionnels.

— Je vous prie de m'excuser, dis-je. Soyez néanmoins assurée que je ne cherchais pas à m'immiscer. »

Elle se remit à pleurer et cacha son visage entre ses mains.

Le Dr Lowenstein sortit de son cabinet et dit :

« Entrez, Monique, je vous prie. »

Lorsque Monique fut passée dans son bureau, le Dr Lowenstein me souffla rapidement :

« J'espère que vous n'êtes pas fâché, Tom. Il s'agit d'une amie en détresse. Je vous offre un verre tout de suite après.

— Avec plaisir, docteur. »

Pour ma sœur et moi, enfants de la tourmente, jumeaux de Bethsabée, la vie commença donc à Colleton. Nous ne quittâmes pas le comté de Colleton des six premières années de notre vie ; des années pour moi immémoriales, perdues dans les boucles et les strates d'un passé envahi par la prodigalité sans limites des images d'une île en mer de Caroline. Voici le souvenir que ma mère garda de ces premières années : ses enfants prenaient très au sérieux la tâche consistant à grandir, et elle ne nous lâcha pas un instant tandis que nous faisions nos premiers pas, articulions ces premières paroles malformées que nous chantions au fleuve, nous aspergions mutuellement avec des tuyaux d'arrosage, sur les pelouses qui fleuraient bon l'été, sur les pelouses où nous gambadions.

Pendant que s'écoulait le temps, d'un solstice à un autre solstice clément, en ces zones occultées de ma prime enfance, je jouais sous la majesté éperdue du regard bleu de ma mère. Sous les yeux maternels, je me sentais comme observé par des fleurs. J'avais l'impression qu'elle n'était jamais rassasiée de nous ; tout ce que nous disions ou pensions lui procurait du plaisir. Le son de son rire suivait nos ébats, pieds nus dans l'herbe verte. Comme elle le disait elle-même, elle faisait partie de ces femmes qui adoraient les bébés et les petits enfants. En six années enchantées et baignées de soleil, elle jeta tout son cœur dans les devoirs évolutifs et sans pareils de la maternité. Elle n'eut pas la vie facile en ces temps-là, et elle jugea opportun de n'en rappeler les souffrances qu'une seule fois par jour pendant le reste de notre vie commune. Mais nous étions des enfants blonds et pleins de vie, ne demandant qu'à nous amuser et nous tourner vers les secrets des forêts et la vision stupéfiante qu'elle avait de l'univers. Nous ignorions alors qu'elle était la plus malheureuse des femmes. Comme nous ignorions qu'elle ne nous pardonnerait jamais tout à fait d'avoir grandi. Encore le fait de grandir n'était-il qu'une vétille à côté de notre véritable et impardonnable crime : celui d'être nés. Ma mère ne serait pas un cas facile à expédier. Nous étions nés dans une maison de souffrance, de drame et de complication. Nous étions des Sudistes typiques. En chaque Sudiste, sous le vernis du cliché se trouve un autre cliché beaucoup plus profondément enfoui. Mais quand il s'agit d'un enfant, même un cliché est investi d'un pouvoir gigantesque.

Mon père rentrait presque toujours après la tombée du jour. J'étais généralement au lit quand j'entendais ses pas sur la véranda. Je me mis à l'associer à l'obscurité. La voix de ma mère était modifiée et perdait sa musique lorsqu'il arrivait. Elle devenait une autre femme à l'instant où il ouvrait la porte, et tout l'environnement de la maison était transformé. J'entendais leurs voix qui susurraient doucement, pendant le dîner tardif qu'ils prenaient ensemble, attentifs à ne point nous éveiller alors qu'ils discutaient des événements de la journée.

Un jour j'entendis ma mère pleurer et mon père qui la battait, mais le lendemain matin, je la vis lui poser un baiser sur les lèvres comme il partait travailler dans la nuit.

Certains jours, ma mère ne nous parlait pas du tout, elle restait assise sur la véranda, le regard fixé sur le fleuve, sur la ville de Colleton, les yeux voilés d'une résignation et d'une torpeur mélancolique que même nos cris ne parvenaient pas à chasser. Son silence nous faisait peur. Elle passait la main dans nos cheveux d'un air absent. Des larmes coulaient de ses yeux sans que l'expression de son visage fût jamais changée. Nous apprîmes à nous morfondre en silence lorsque ces crises la prenaient, formant autour d'elle un cercle blond et protecteur. Nous ne pouvions pas l'atteindre, elle refusait de partager sa douleur. Ce que ma mère présentait au monde et à ses proches était une sorte d'essence blanche, inexpugnable, une façade filigranée et rebrodée qui ne constituait que la part la plus petite et la moins définitive d'elle-même. Elle avait toujours été un petit peu plus que la somme des différentes parts d'elle-même, parce que certaines de ces parts, elle ne les livrait pas. J'ai passé une vie entière à observer ma mère, et je ne suis toujours pas expert en la matière. Par certains côtés, elle fut pour moi la mère idéale ; par d'autres, elle fut l'incarnation parfaite de l'apocalypse.

J'ai essayé de comprendre les femmes, et cette obsession s'est soldée pour moi par la rage et le ridicule. Le gouffre qui nous sépare est trop vaste, océanique et perfide. Une véritable chaîne montagneuse fait rempart entre les sexes, sans qu'existe aucune race de sherpas exotiques pour traduire les énigmes de ces pentes mortelles qui nous séparent. Pour avoir échoué à connaître ma mère, je me suis vu refuser le don de connaître les autres femmes qui croiseraient ma route.

Lorsque ma mère était triste ou bien avait le cœur gros, je m'en rendais responsable, j'avais l'impression d'avoir commis un acte impardonnable. Une certaine dose de culpabilité est le lot commun des mâles sudistes ; nos vies ne sont jamais qu'une tentative monumentale et détournée pour nous excuser auprès de nos mères des piètres époux que constituent nos pères. Aucun fils ne peut supporter longtemps le poids et l'amplitude de la passion de substitution que lui voue sa propre mère. Peu de jeunes garçons pourtant savent résister à l'innocente séduction des avances maternelles. Il y a tant de douceur interdite à devenir l'amant chaste et clandestin de la femme de son père, tant de triomphe à être le démon rival à qui échoit cet amour insupportablement tendre des femmes fragiles, dans les coins d'ombre de la maison du père. Et il n'est rien de plus érotique au monde qu'un jeune garçon amoureux de la peau et du galbe maternels. C'est le plaisir exquis et proscrit par excellence. C'est aussi le plus naturel et le plus ravageur.

Ma mère était originaire des montagnes du nord de la Géorgie. Les montagnards sont des reclus ; les insulaires sont citoyens du monde. Un insulaire accueille l'étranger avec chaleur ; un montagnard commence par se demander ce qu'il est venu faire. Le visage de ma mère, à la beauté éthérée et au sourire perpétuel, était une fenêtre sur le monde, mais d'une fenêtre il n'avait que l'apparence. Elle excellait à faire surgir les biographies minces et mutilées des étrangers, mais possédait également l'art de ne pas révéler le moindre fait significatif ou repérable la concernant, elle. Mon père et elle étaient mal assortis. Leur vie commune fut une guerre de trente ans. Les seuls prisonniers qu'ils réussirent à faire furent des enfants. Mais il y eut maints traités et trêves, maintes négociations et maints armistices signés avant que nous fussions en mesure d'évaluer le carnage de cette guerre. Telle fut notre vie, notre destinée, notre enfance. Nous la vécûmes au mieux, l'île était belle et douce.

Et puis nous en fûmes subitement arrachés, et de la période qui suivit je garde un souvenir presque sans faille.

En août 1950, mon père eut la surprise et le grand déplaisir d'être rappelé sous les drapeaux, avec un ordre de route pour aller servir en Corée. Ma mère décida qu'il n'était pas prudent pour une femme de vivre seule avec trois enfants en bas âge sur l'île de Colleton, et elle accepta l'invitation de ma grand-mère à venir passer l'année à Atlanta où elle vivait, dans une maison de Rosedale Road. J'ignorais jusqu'à ce jour que j'avais une grand-mère. Mes parents n'avaient jamais cité son nom. Elle surgit dans nos vies et sa mystérieuse incarnation fut aussi un cadeau.

Ayant dit adieu au grand-père Wingo de Colleton et fermé la petite maison blanche, nous prîmes la route pour Atlanta et la seule année de vie citadine de notre enfance. Arrivés à Rosedale Road, j'embrassai pour la première fois la mère de mon père, tandis qu'elle nous guidait dans l'allée étroite menant à sa maison. Elle vivait avec un homme qui s'appelait Papa John Stanopolous. Elle avait abandonné mon grand-père et son fils au plein de la Grande Dépression et était partie chercher du travail à Atlanta. Pendant un an, elle travailla au rayon lingerie des grands magasins Rich et envoya la moitié de son salaire à sa famille restée à Colleton. Quand son divorce fut prononcé, elle épousa Papa John dans la semaine qui suivit leur rencontre au rayon lingerie où il s'était égaré. Elle lui raconta qu'elle n'avait jamais été mariée. J'ouvris des oreilles stupéfaites lorsque mon père nous présenta à Papa John comme les cousins de ma grand-mère. L'histoire évoluerait au fil des années, mais elle évoluerait lentement. Nos parents n'étaient pas partisans d'en dire trop à leurs enfants ; ils n'allaient donc pas au-delà de ce qu'ils estimaient indispensable de porter à notre connaissance. À l'époque de notre arrivée à Rosedale Road, nous avions déjà appris à tenir notre langue et garder nos réflexions pour nous. Mon père me présenta à ma grand-mère, Tolitha Stanopolous, et m'ordonna de l'appeler Cousine Tolitha. En garçon obéissant, j'obtempérai précisément à l'ordre reçu. Lorsque je demandai une explication à ma mère, ce soir-là, elle me répondit que cela ne me regardait pas et qu'elle m'expliquerait quand je serais plus grand.

Au moment de notre arrivée, Papa John était en train de se remettre de la première d'une série de crises cardiaques qui devaient finir par l'emporter. Il avait la mine longue et hagarde et un nez fabuleusement protubérant qui faisait comme un auvent de pierre au milieu de son visage. Son crâne chauve était royal et doux. Il n'avait pas d'enfants et nous voua un amour passionné dès l'instant où nous pénétrâmes dans cette pièce où il allait mourir. Il ne se lassait jamais de nous embrasser. Il aimait la saveur, l'odeur et le bruit des enfants. Il appelait mon père Cousin Henry.

La maison était construite sur une hauteur, dans un lotissement de jolies maisons sans prétention, d'architecture comparable. Elle était située dans un quartier d'Atlanta connu sous le nom de Virginia-Highlands, mais ma grand-mère tenait à dire qu'elle habitait Druid Hills, ce qui faisait beaucoup plus chic comme adresse mais se trouvait sensiblement plus à l'est. Ces maisons étaient en brique rouge sombre, une couleur de sang séché qui donnait à toute la partie nord-est de la ville une sorte de patine sinistre et rouillée. Celle de ma grand-mère était tout en clochetons et toits pentus. Depuis la rue, elle donnait une impression de confort doublé d'un rien de méchanceté. À l'intérieur, elle se perdait un peu en méandres. Bien que petites et propices à la claustrophobie, les pièces étaient nombreuses, toutes bizarres de forme, avec des coins, niches, décrochements et autres cachettes à faire peur. C'était une maison à nourrir les cauchemars enfantins.

En dessous de cette maison se trouvait une cave infâme et inachevée, tellement hideuse et effrayante que même ma mère ne s'y risquait pas après la tombée du jour. Deux murs de béton suintant de moisissure et d'eau de pluie le disputaient à deux autres murs de terre rouge de Géorgie, taillés à même la montagne, nus et laids.

La maison était presque occultée de la rue par quatre chênes immenses dont les branches dessinaient au-dessus de la maison une sorte de parasol sombre. Ces arbres étaient tellement grands et denses que la maison était à peine mouillée durant les orages. Mais les arbres étaient en harmonie tant avec la ville qu'avec l'environnement. Atlanta est un lieu où l'on construisit une ville en laissant la forêt intacte. Opossums et ratons laveurs venaient gratter à la porte de derrière, le soir, et Maman leur donnait de la guimauve. Au printemps l'air se chargeait du vert parfum des pelouses fraîchement tondues et, lorsque l'on descendait entre les cornouillers vers Stillwood Avenue, on avait au-dessus de la tête un firmament blanc comme un ciel de lit de noces.

C'était une époque où, à part le fait que j'étais un enfant, je ne savais rien. Mais une année peut être longue et instructive, et l'année passée à Atlanta marqua le début de ma citoyenneté au monde. Au cours de la première semaine que nous vécûmes dans sa maison, ma grand-mère nous coinça tous les trois tandis que nous franchissions la porte de derrière, avec de la corde, un seau et deux cous de poulet pour aller pêcher le crabe. Nous avions bien l'intention de trouver la mer, ou le fleuve remonté par la marée. Dans nos petites têtes d'enfants, il était inconcevable que, parmi tous les plaisirs d'Atlanta, la pêche au crabe fût impossible. Nous étions incapables d'imaginer, de seulement entrevoir un monde sans îles, une rue qui ne mènerait pas à la mer. Mais la rue dont nous garderions à jamais souvenir – celle que nous tentions d'effacer de notre mémoire par le plaisir simple d'aller pêcher le crabe dans une ville dépourvue d'océan –, c'était la rue qui menait au pied de Stone Mountain.

Le samedi avant son départ pour la Corée, mon père nous emmena en voiture et nous quittâmes Atlanta avant l'aube ; après avoir garé la voiture, il nous entraîna sur le chemin pédestre qui montait au sommet de Stone Mountain où nous regardâmes le soleil se lever dans le ciel de l'est. C'était la première montagne que nous eussions jamais vue, à plus forte raison gravie. Debout sur la crête de granite, avec la lumière qui nous arrivait de Géorgie, nous avions l'impression d'avoir le monde entier couché à nos pieds. Loin, très loin, nous voyions le modeste horizon d'Atlanta se dessiner dans le soleil. Sur le flanc de la montagne, les effigies à demi achevées de Robert E. Lee, Jefferson Davis et Stonewall Jackson étaient sculptées dans le roc, et ces cavaliers sans corps caracolaient dans le granite en une chevauchée intemporelle.

Ma mère avait préparé un pique-nique et elle étala une nappe blanche au sommet du plus grand morceau de granite visible au monde. C'était un jour clair et sans vent, et la nappe adhéra comme un timbre-poste contre le rocher. Nous, les enfants, nous chahutions gentiment avec notre père sur cette montagne que nous avions pour nous seuls. Ce fut au sommet de Stone Mountain que j'eus un premier aperçu de la véritable nature du caractère de mon père et de la façon dont mon enfance en serait affectée. Ce jour-là, j'eus la révélation soudaine et aiguë des dangers courus par notre famille.

« Pourquoi est-ce que tu dois retourner faire des guerres, Papa ? » demanda Savannah à mon père qui était couché à plat dos, la tête contre la pierre et le regard perdu dans le ciel bleu. Les veines de ses avant-bras semblaient courir sur ses muscles comme les rouleaux de corde sur le pont d'un bateau.

« Ça, j'aimerais bien le savoir, mon ange », dit-il en la soulevant dans les airs.

Avec un regard panoramique sur les environs, Luke dit :

« Je veux retourner à Colleton. Y a pas de crevettes ici.

— Je ne serai parti qu'un an. Ensuite, on retournera à Colleton. »

Ma mère sortit un festin de sandwiches au jambon, d'œufs à la diable et de salade de pommes de terre, mais elle eut la surprise de voir une colonie de fourmis avancer en rangs serrés vers la nourriture.

« Mes bébés vont me manquer, dit mon père en la regardant. Je t'écrirai toutes les semaines et je mettrai des millions de baisers dans chacune de mes lettres. Mais pas pour vous, les garçons. Vous n'en avez rien à faire des baisers, vous, n'est-ce pas ?

— Non, Papa, répondîmes-nous simultanément, Luke et moi.

— Vous les garçons, je vous élève pour que vous soyez des durs. Exactement ! Je ne veux pas que mes fils deviennent des jolis cœurs, ditil en nous flanquant une taloche sans douceur derrière le crâne. Dites-moi que vous ne vous laisserez pas transformer en jolis cœurs par votre mère, pendant mon absence. Elle est trop tendre avec vous. Ne la laissez pas vous mettre des fanfreluches pour aller prendre le thé avec elle. Je veux que vous me promettiez une chose. Que pas un jour ne passera sans que vous ayez flanqué une raclée à un gars d'Atlanta, un chacun. Je n'ai pas envie de trouver des gars de la ville qui se donnent des grands airs quand je reviendrai de Corée. D'accord ? N'oubliez pas, vous êtes des gars de la campagne, et les gars de la campagne, c'est toujours des durs.

— Non, dit ma mère avec une fermeté tranquille. Mes fils ne seront pas des brutes. Ils seront les garçons les plus adorables qu'on ait jamais vus. Si tu veux un dur, Henry, tu en as un là. » Ma mère désigna Savannah.

« Ouais, Papa, applaudit Savannah. Moi je suis un vrai dur. Je bats Tom quand je veux. Et j'arrive presque à battre Luke quand il se sert d'une seule main.

— Non, tu es une fille, toi. Les filles, ça doit être mignon. Je ne veux pas que tu te battes. Je veux que tu sois tout sucre tout miel, l'amour chéri de ton papa.

— Je n'ai pas envie d'être tout sucre tout miel, dit Savannah.

— Toi ? dis-je. Tu en es loin. »

Savannah, plus rapide et plus forte que moi, m'expédia un grand coup de poing dans l'estomac. Je me mis à pleurer et courus me réfugier dans les bras de ma mère qui m'ouvrit son aile protectrice.

« Savannah, tu cesses t'embêter Tom. Tu es toujours après lui, gronda ma mère.

— T'as vu ? dit Savannah en se tournant pour défier mon père. Je suis une dure, je sais me battre.

— Tom, tu me fais honte, fils, dit mon père dont le regard passa au-dessus de Savannah, sans la voir, pour ne s'intéresser qu'à moi. Pleurer parce qu'une petite fille te tape. Quel scandale ! Un garçon ne pleure pas. Jamais. Sous aucun prétexte.

— Il est sensible, Henry, dit ma mère en me caressant les cheveux. Doucement.

— Comme ça, il est sensible, ironisa mon père. Dans ce cas je ne voudrais pas dire quoi que ce soit qui risque de choquer cette âme sensible. Mais tu ne verrais jamais Luke pleurer comme un petit bébé pour une raison pareille. J'ai corrigé Luke au ceinturon sans lui voir jamais verser une larme. Lui, c'est un homme depuis le jour de sa naissance. Tom, arrive ici et bats-toi avec ta sœur. Donne-lui une bonne leçon.

— Il n'a pas intérêt ou je recommence, dit Savannah, mais j'entendais au son de sa voix qu'elle regrettait bien ce qu'elle avait déclenché.

— Non, Henry, dit ma mère. Ce n'est pas la bonne méthode.

— Toi, Lila, tu t'occupes de la fille, gronda mon père. Je me charge de l'éducation des garçons. Viens ici, Tom. »

Je quittai les bras maternels et parcourus les cinq mètres de Stone Mountain qui me parurent interminables. Je fis face à mon père.

« Arrête de pleurer, bébé », ordonna-t-il, et je ne fis que pleurer de plus belle.

« Non, Henry, dit ma mère.

— Tu ferais bien d'arrêter de pleurer ou je vais te donner des raisons de pleurer, moi.

— Je ne peux pas, dis-je entre deux sanglots.

— C'est ma faute, Papa », cria Savannah.

Mon père me gifla à toute volée, m'envoyant à terre.

« Je t'ai dit d'arrêter de pleurer, fillette », dit-il en me dominant de toute sa hauteur.

J'avais le visage paralysé et en feu à l'endroit où il m'avait frappé. Je tentai de l'enfouir dans la montagne et me mis à beugler.

« Je t'interdis de lever la main encore une fois sur lui, Henry, entendis-je dire ma mère.

— Les conneries de bonne femme, Lila, je m'en fous, dit-il en se tournant vers elle. Tu n'es qu'une femme, une gonzesse, alors tu la boucles quand je corrige un de mes fils. Je n'interviens pas dans tes affaires avec Savannah parce que je me soucie comme d'une guigne de la façon dont tu l'élèves. Mais l'éducation d'un garçon, c'est important. Il n'y a rien de pire sur terre qu'un garçon qui n'a pas été éduqué proprement. »

Levant les yeux, je vis mon père secouer ma mère dont les yeux étaient au bord des larmes, sous l'humiliation. Jamais je n'ai aimé quiconque autant que je l'ai aimée, elle, en cet instant. Je regardai mon père, qui me tournait le dos, et je sentis se former la haine dans l'un des sombres replis de l'âme, j'éprouvai le hurlement de sa naissance avec une extase noire et interdite.

« Lâche Maman », dit Luke.

Mon père, nous tous, nous tournâmes au son de la voix de Luke et le vîmes qui brandissait un petit couteau de cuisine trouvé dans le panier à pique-nique.

« Non, Luke chéri, ce n'est rien, dit ma mère.

— Ce n'est pas rien, dit Luke dont les yeux étincelaient de colère. Lâche Maman, et ne bats plus mon frère. »

Mon père fixa son fils et se mit à rire. Je me levai et courus me réfugier à nouveau dans les bras de ma mère tandis que le rire de mon père me poursuivait à travers la montagne. Ce rire moqueur et méprisant, je devais le fuir le restant de mes jours, le fuir, lui, toujours, et fuir vers des lieux de douceur et d'effusion.

« Qu'est-ce que tu as l'intention de faire avec ce couteau, fils ? dit mon père à Luke en tournant autour de lui.

— Arrête, Luke, arrête, hurla Savannah. Il va te faire mal.

— Non, Luke, supplia ma mère. Papa ne m'a fait aucun mal. C'était pour rire.

— Ben oui, Luke. Je voulais seulement rigoler, dit mon père.

— Tu ne rigolais pas du tout, dit Luke. Tu es méchant.

— Donne-moi ce couteau, ordonna mon père. Avant que je ne te mette le cul en sang à coups de ceinturon.

— Non, dit Luke. Pourquoi est-ce que tu es méchant ? Pourquoi tu tiens à faire du mal à Maman ? Pourquoi tu veux battre un gentil petit garçon comme Tom ?

— Jette le couteau, Luke », implora ma mère qui m'abandonna pour aller s'interposer entre mon père et Luke.

Mon père la repoussa rudement et dit :

« Je n'ai pas besoin d'une bonne femme pour me protéger d'un môme de sept ans.

— C'est lui que je protégeais contre toi, hurla ma mère, et son hurlement porta par-delà la montagne, jusque dans la forêt en contrebas.

— Je peux te reprendre ce couteau, Luke, dit mon père en s'accroupissant pour amorcer un mouvement d'approche en direction de son fils.

— Je sais que tu peux, dit Luke, le couteau luisant dans sa main. Mais c'est seulement parce que je suis petit. »

Mon père plongea et saisit le poignet de Luke qu'il tordit jusqu'à ce que le couteau tombât sur la pierre. Puis, lentement, mon père retira son ceinturon et se mit à fouetter les jambes et le cul de Luke dans un geste brutal et cinglant de ses grands bras à poils roux. Ma mère, Savannah et moi nous blottîmes les uns contre les autres, pleurant, terrorisés, malheureux. Luke oublia la montagne pour regarder vers Atlanta, il endura la correction, la sauvagerie, l'humiliation, et il ne versa pas une larme.

La honte et la fatigue, cela seulement arrêta le bras de mon père. Il replaça sa ceinture dans les coulants de son pantalon et contempla le décor du pique-nique gâché de son dernier jour en Amérique.

Luke le regarda et, avec l'inexpugnable dignité qui devait le caractériser sa vie entière, il dit d'une voix tremblante et enfantine :

« J'espère que tu mourras en Corée. Je vais prier pour que tu meures. »

Mon père défit de nouveau la boucle de son ceinturon qu'il commença de sortir, mais il se ravisa. Il regarda Luke. Il nous regarda tous successivement.

« Eh bien ! dit-il. Qu'est-ce que c'est que toutes ces jérémiades ? Personne ne peut avoir le sens de l'humour dans cette famille ? »

Luke lui tourna le dos, et nous vîmes le sang sur le fond de son pantalon.

Le lendemain, mon père partit pour la Corée et disparut un an dans une nouvelle guerre. Il nous éveilla tous les trois de bon matin. Il posa un baiser brutal sur nos trois joues. Ce fut la dernière fois que mon père m'embrassa jamais. Luke fut incapable de marcher pendant une semaine. Mais je pus arpenter sans père les trottoirs d'Atlanta, heureux comme un pape qu'il fût parti.

Le soir, dans le secret de murmures défendus, je priais pour que son avion fût abattu. Mes prières fleurissaient comme des tirs antiaériens dans le profond sommeil des enfants. En rêve, je le voyais surgir du ciel en flammes, il avait perdu le contrôle, il mourait. Il ne s'agissait pas de cauchemars. Tels étaient les doux rêves de bonheur d'un enfant de six ans qui avait subitement compris qu'il était né dans la maison de son ennemi.

J'ai souvent gravi les flancs de Stone Mountain depuis ce jour. Toujours m'attendait au sommet un petit garçon de six ans qui redoutait l'approche de son père. Ce petit garçon, cet homme inachevé, il vit dans la mémoire de la montagne. Quand je grimpe, je découvre les brèches invisibles dans le granite où j'entendis jadis mon père me traiter de fillette. Je n'oublierai jamais les paroles de mon père ce jour-là, ni la douleur sur mon visage après qu'il m'eut giflé, ni la vue du sang sur le pantalon de mon frère. Je ne comprenais pas, mais je savais au moins que je voulais prendre modèle sur ma mère. De ce jour-là, je répudiai la part de moi qui me venait de lui, de ce jour-là je détestai être né mâle.

En septembre, ce fut la rentrée des classes. Savannah et moi commençâmes l'école ensemble, avec ma mère et ma grand-mère pour nous accompagner jusqu'à l'arrêt d'autobus de Briarcliff Road. Luke entrait en seconde année et se vit confier la charge de veiller à ce que nous fussions à l'école à l'heure et sans problème. Nous avions tous les trois un petit billet agrafé à nos chemisettes de coton blanc. Sur le mien était écrit : « Bonjour, je m'appelle Tom Wingo et c'est mon premier jour d'école. Si vous me trouvez et que je suis perdu, veuillez téléphoner à ma mère, Lila, au numéro suivant : BR3-7929. Elle est très inquiète. Merci. »

Nous avions des paniers de déjeuner et des mocassins noir et blanc flambant neufs. L'institutrice du cours préparatoire était une religieuse, petite et timide, à la stature enfantine, qui fit de notre accès au monde inquiétant du savoir humain une expérience aussi douce et enrichissante que pouvait l'être un acte d'amour. Pour le premier jour, ma mère fit le trajet en bus avec nous et elle nous expliqua que nous allions apprendre à lire et à écrire, que nous nous embarquions dans la première grande aventure de l'esprit.

Je ne pleurai pas jusqu'au moment où elle me laissa dans la cour de récréation et tenta de s'éclipser discrètement, sans rien dire, jusqu'à l'instant où, levant les yeux, je la vis sur le trottoir de Courtland Avenue, en train de regarder la sœur qui faisait mettre en rang les petits du préparatoire. Aussitôt je cherchai Luke que je vis disparaître avec les autres du cours élémentaire, par une autre porte.

Quand je me mis à pleurer, Savannah en fit autant et dans un même élan, nous sortîmes de cette rangée d'enfants brutalement privés de leur mère pour courir vers la nôtre, avec notre panier à déjeuner qui nous battait les cuisses et les genoux. Elle se précipita à notre rencontre et s'agenouilla pour nous recevoir dans ses bras. Nous pleurions tous les trois et je me cramponnais à elle avec toute la rage du désespoir d'être abandonné, je ne voulais plus jamais être arraché de ses bras.

Sœur Immaculata s'approcha par-derrière et, après un clin d'œil à ma mère, nous emmena tous les trois à l'intérieur de sa classe où une bonne moitié des écoliers réclamaient leur mère à cor et à cri. Ces mères, qui faisaient figure de géantes tandis qu'elles circulaient entre les rangées de bureaux miniatures, se consolaient mutuellement tout en s'arrachant à l'étreinte de leurs petits, agrippés à leurs bas de nylon. Une souffrance poignante et un terrible chagrin s'exprimaient dans cette prière. Le désarroi et le passage des jours se lisaient dans le regard de ces femmes douces. Elles se retirèrent une à une.

La sœur nous montra, à Savannah et à moi, le livre de lecture que nous utiliserions pendant l'année, elle nous présenta Dick et Jane comme s'il s'agissait de nouveaux voisins, et nous installa dans un coin spécial pour compter les oranges et les pommes qui seraient distribuées aux enfants de la classe pour le déjeuner. Ma mère nous jeta un dernier regard depuis la porte avant de disparaître sans se faire remarquer. Sœur Immaculata, dont les douces mains blanches effleuraient nos cheveux et nos visages, put se lancer dans l'invention d'une nouvelle maison, loin de l'autre, dans sa salle de classe. À la fin de la journée, Savannah avait assimilé l'alphabet par cœur. Je savais le mien jusqu'à la lettre D. Savannah chanta l'abécédaire devant toute la classe et Sœur Immaculata, touchée par la grâce magique des bons maîtres méconnus, venait de livrer à un poète les clés de la langue anglaise. Dans le premier recueil de Savannah, le poème *Immaculata* évoquait cette femme frêle et nerveuse, entravée dans la noire étoffe de son ordre, celle grâce à qui la salle de classe ressemblait à un morceau de paradis épargné. Bien des années plus tard, alors que Sœur Immaculata était en train de mourir au Mercy Hospital d'Atlanta, Savannah fit le trajet en avion depuis New York pour venir lui lire ce poème et, le dernier jour de la vie d'Immaculata, Savannah était là pour lui tenir la main.

Je ne pleurai plus ce jour-là, jusqu'au moment où je trouvai un petit billet laissé par ma mère dans mon panier à déjeuner. Sœur Immaculata me le lut. Il disait : « Je suis très fière de toi, Tom. Je t'aime beaucoup et tu me manques. Maman. » C'est tout. Il n'y avait rien de plus à dire et je pleurai dans les bras de cette bonne religieuse. Et je priai pour que la guerre de Corée durât toujours.

Dans la maison de Rosedale Road, Papa John Stanopolous était couché dans la chambre de derrière où il prenait son temps pour mourir. Ma mère exigeait de nous un silence complet quand nous étions à l'intérieur de la maison et nous apprîmes à parler bas, à rire sans bruit, à jouer aussi tranquillement que des insectes lorsque nous circulions dans le dédale des pièces qui menaient à la porte de Papa John.

Chaque jour, quand nous rentrions de l'école, nous mangions des gâteaux secs et nous buvions du lait dans la cuisine en racontant ce que nous avions appris dans la journée. Savannah paraissait toujours avoir acquis deux fois plus de connaissances que Luke ou moi. Luke faisait généralement le récit de la dernière atrocité en date commise au nom de l'éducation catholique par la redoutable sœur Irene, et ma mère fronçait les sourcils, troublée et contrariée par les messages de détresse de Luke. Elle nous emmenait ensuite sagement dans la chambre du fond et nous autorisait à tenir compagnie à Papa John pendant une demi-heure.

Papa John était couché, la tête surélevée par trois oreillers douillets, et il faisait toujours sombre dans sa chambre. Son visage se matérialisait doucement dans la pénombre, et les stores vénitiens à demi tirés divisaient la pièce en chevrons symétriques de lumière. Il régnait là une odeur de médicaments et de cigare.

Il avait la chair pâle et blafarde, la poitrine imberbe et blanche comme le dos d'un cochon. Des livres et des journaux étaient éparpillés sur la table de chevet, à côté de lui. Il se penchait et allumait la lampe à notre arrivée. Nous grimpions sur son lit pour couvrir son cou et ses joues de baisers, sous l'œil vigilant de ma mère et de ma grand-mère qui nous faisaient signe de faire doucement. Elles assuraient une garde attentive et douce. Mais Papa John, l'œil vif et brillant comme un retriever, les congédiait d'un geste de la main. Il riait de nous voir ramper par-dessus lui sur le lit et nous faisait des chatouilles sous les bras avec l'auvent héroïque qui lui tenait lieu de nez.

« Soyez gentils avec Papa John, les enfants, intervenait ma mère depuis le couloir. Il sort d'une crise cardiaque.

— Laissez-les faire, ces gosses, Lila, disait-il en nous cajolant.

112

— Montre-nous la pièce de cinq cents que tu as dans le nez, Papa John », réclamait Savannah.

Avec une dextérité ostentatoire doublée de quelques paroles magiques prononcées en grec, il extrayait d'une seule main la pièce de son nez et la tendait à Savannah.

« Est-ce qu'il y a d'autres pièces là-dedans, Papa John ? criait Luke en allant regarder au fond des sombres mais vastes narines.

— Je ne sais pas, Luke, disait tristement Papa John. Je me suis mouché tout à l'heure et il y a eu des tas de pièces qui ont roulé un peu partout dans la chambre. Mais regarde un peu par ici. Je sens quelque chose de drôle dans les oreilles. »

Nous inspections ses grandes oreilles pleines de poils sans rien trouver. Il répétait la formule grecque, faisait des grands moulinets de la main, criait « Presto », puis il extirpait de derrière les deux lobes charnus deux pièces de cinq cents qu'il déposait sur nos mains impatientes.

Le soir, avant d'aller nous coucher, ma mère nous permettait de retourner dans la chambre de Papa John. Tout frais sortis de la baignoire, propres comme des sous neufs, nous nous installions autour de ses oreillers comme trois satellites rutilants autour d'une nouvelle lune. À tour de rôle, nous avions le droit de lui allumer le cigare interdit par le médecin. Puis Papa John s'adossait, le visage nimbé de fumée odorante, pour nous raconter une histoire.

« Je peux leur raconter la fois où j'ai été fait prisonnier par deux cents Turcs, Tolitha ? demandait-il à ma grand-mère qui restait près de la porte.

— Non, il ne faut pas leur faire peur à l'heure d'aller se coucher, répondait ma grand-mère.

— S'il te plaît, raconte-nous les deux cents trucs, insistait Luke.

— Turcs, rectifiait Papa John.

— Ils ne vont pas fermer l'œil de la nuit si vous leur racontez cette histoire, Papa John, disait ma mère.

— Maman, s'il te plaît, disait Savannah. C'est si nous n'avons pas l'histoire des Turcs que nous n'allons pas fermer l'œil. »

Chaque soir, cet homme maigre et ratatiné nous entraînait autour du globe dans d'improbables et miraculeux périples où il affrontait des Turcs perfides qui l'attaquaient en hordes innombrables et hostiles, et chaque soir il inventait de nouvelles ruses ingénieuses pour les repousser et retrouver la sécurité des draps blancs où il se mourait lentement, douloureusement, sans l'appui ni l'intercession des soldats d'Agamemnon – une mort sans honneur, assiégé non pas par des Turcs mais par trois enfants, tandis qu'il s'affaiblissait quotidiennement au point que ces histoires devinrent aussi importantes et essentielles dans sa vie que dans la nôtre. Son imagination enflammait cette chambre d'un ultime et tremblant feu d'artifice. Papa John n'avait jamais eu d'enfants à lui et ces histoires jaillissaient de lui en torrents impétueux.

Derrière nous, spectatrices attentives, se trouvaient ma mère et ma grand-mère. J'ignorais qui était Papa John, d'où il venait et en quoi nous avions des liens avec lui, nous les enfants à qui personne ne fournissait aucune explication à ce sujet. Nous avions laissé mon grand-père à Colleton et nous avions tous pleuré en le quittant. Mon père et ma mère nous avaient donné comme consigne formelle d'appeler notre grand-mère par son prénom et de ne jamais révéler, sous aucun prétexte, qu'elle était la mère de mon père. Papa John était peut-être un conteur de talent, mais ma grand-mère n'avait rien à lui envier.

À l'heure du coucher, nous avions une histoire de plus. Puis ma mère nous faisait sortir de sa chambre, elle nous emmenait dans le couloir mal éclairé, nous passions devant la porte qui menait à l'abominable cave, et nous montions l'escalier en pas de vis pour rejoindre la grande chambre du haut qui constituait notre domaine à nous, les enfants. Si le vent soufflait, les branches des chênes parasols grattaient contre les vitres. Il y avait trois lits installés côte à côte. Savannah dormait dans celui du milieu, flanquée de ses deux frères. Une petite lampe de chevet constituait l'unique éclairage de la pièce. Nous projetions de gigantesques ombres surhumaines sur les murs pentus de cette chambre mansardée.

Une fois par semaine, mon père écrivait et ma mère nous lisait ses lettres juste avant que nous nous endormions. Il écrivait dans un style sec et militaire qui ressemblait à un compte rendu de la journée. Il nous racontait chacune de ses missions comme s'il parlait d'une course qu'il avait faite pour aller acheter du pain ou faire un plein d'essence. « J'étais en vol de reconnaissance avec Bill Lundi. On regardait un détachement de biffins à nous en train d'escalader une montagne quand je remarque un truc bizarre qui se passe juste au-dessus d'eux. Je fais un appel radio à Bill et je lui dis : "Ho, Bill, tu vois ce que je vois ?" Je jette un œil et je vois Bill qui se crève la vue pour regarder. Sûr qu'il a vu, le vieux Bill. À mi-pente à peu près de la montagne, il y a environ trois cents soldats de l'armée régulière nord-coréenne qui attendent pour prendre nos petits gars en embuscade. Alors moi j'attrape ma radio et je fais un appel aux pioupious d'en bas pour leur dire : "Hé, les gars, vous feriez bien de faire une petite pause dans votre balade en montagne. – Pourquoi ? me demande le mec. – Parce que vous êtes en train de foncer tout droit dans les bras de la moitié de la Corée du Nord", je lui dis. Il pige le message. Ensuite, avec Bill, on décide de faire une petite descente, histoire de gâcher l'après-midi des autres coings. J'y vais en premier et je leur balance un coup de napalm sur la tête. Ça fait son effet. J'en compte une trentaine qui essayent de balayer les flammes de leur corps comme on brosse des peluches sur son manteau. Sauf que ça ne marche pas vraiment. Alors Bill leur lâche quelques joyaux et on déclenche une sacrée valse. J'appelle la base et toute une escadrille décolle pour venir nous prêter main-forte. Nous avons passé trois jours à pourchasser ce régiment. Le plein, la chasse, le plein, la chasse et on recommence. Finalement, on repère ce qui reste des troupes au moment où ils passent le Nagdong. À découvert, ils sont. Le fleuve était tout rouge après. On a bien rigolé, mais ça ne nous avance pas d'un poil. Ils se reproduisent comme des lapins dans le coin, alors ils ont de quoi voir venir. Dis aux enfants que je les aime beaucoup. Dis-leur de prier pour leur vieux père et de veiller sur leur maman. »

« Qui est Papa John ? demanda un beau soir Savannah à ma mère.

— C'est le mari de Tolitha. Tu le sais bien, répondit-elle.

— Oui, mais il est quoi pour nous ? Notre grand-père ?

— Non. Grand-père Amos habite à Colleton. Tu le sais aussi.

— Mais Tolitha est bien notre grand-mère, non ?

— Quand nous sommes ici, c'est votre cousine. Elle ne veut pas que Papa John sache que vous êtes ses petits-enfants.

— Mais elle est quand même la mère de Papa, dis ?

— Lorsque nous sommes dans cette maison, elle est la cousine de votre père. Ne me demande pas de t'expliquer. C'est trop compliqué. Je n'y comprends rien moi-même.

— Pourquoi est-ce qu'elle n'est plus mariée avec grand-père Wingo ?

— Cela fait des années qu'ils ne sont plus mariés. Tu comprendras plus tard. Ne pose pas toutes ces questions. Ça ne te regarde pas. Et puis Papa John vous traite comme si vous étiez ses petits-enfants, non ?

— Oui, Maman, dit Luke. Mais est-ce que c'est ton père à toi ? Où ils sont ton papa et ta maman ?

— Ils sont morts longtemps avant que vous soyez nés.

— Ils s'appelaient comment ? demandai-je.

— Thomas et Helen Trent, répondit-elle.

— Ils étaient comment ? demanda Savannah.

— Très beaux. On aurait dit un prince et une princesse. Tout le monde le disait.

— Ils étaient riches ?

— Ils étaient très riches avant la Grande Dépression. La Dépression les a lessivés.

— Est-ce que tu as des photos d'eux ?

— Non. Elles ont toutes été brûlées dans l'incendie qui a détruit leur maison.

— C'est là qu'ils sont morts ?

— Oui. Ce fut un incendie terrible », dit ma mère sans émotion, le visage tendu et inquiet. Ma mère si belle. Ma mère qui mentait si bien.

En tant qu'enfants, nous avions une seule corvée ménagère. Dans la cave, sur plusieurs rangées de bocaux poussiéreux, Papa John avait sa collection de veuves noires qu'il vendait à des professeurs de biologie, des entomologistes, des zoos et des collectionneurs privés un peu partout dans le pays. Un passe-temps. On nous confia la charge de veiller sur ces petites araignées venimeuses, hiératiques comme des camées dans leur bocal. Deux fois par semaine, Luke, Savannah et moi descendions dans les ténèbres moites, nous allumions l'unique ampoule électrique qui pendait nue au bout d'un fil, et nous donnions à manger à ces arachnides muets dont n'importe quel sujet, selon un Papa John particulièrement loquace, « pouvait nous assurer une mort instantanée ». Nous qui avions l'habitude d'aller nourrir les poules depuis que nous étions capables de tenir sur nos jambes, il nous fallait, pour effectuer ces descentes-là, une dose de courage et un sens du devoir qu'aucun poulet n'avait jamais eu à susciter en nous. Quand approchait l'heure du repas, nous avions rendez-vous dans la chambre de Papa John pour écouter ses instructions précises, et nous descendions ensuite l'escalier de bois pour affronter ce minuscule cheptel satanique qui nous observait silencieusement, comme si nous étions des mouches.

Le samedi, nous montions les bocaux à Papa John qui les passait en revue et essuyait la poussière avec un chiffon de fil. Il inspectait chaque araignée avec attention. Il nous posait des questions précises sur leurs habitudes alimentaires. Il comptait les poches d'œufs en forme de poire et notait ses commentaires dans un petit carnet chaque fois qu'il constatait une nouvelle portée d'araignées. Prudemment, il sortait une araignée qu'il laissait cavaler sur une assiette pour la retourner à l'aide d'une pince à épiler dès qu'elle approchait du bord. Il désignait le sablier rouge délicatement tatoué sur l'abdomen des femelles et disait : « Voilà. C'est ça que tu cherches. Ce sablier signifie : "Je tue." »

— Pourquoi est-ce que vous collectionnez les veuves noires, Papa John ? questionna un jour Savannah. Pourquoi pas des poissons rouges, ou des timbres, ou quelque chose de joli ?

— Parce que j'étais marchand de chaussures, mon chou, répondit-il. Et comme marchand de chaussures, j'étais plutôt bon, si tu veux savoir. Mais vendre des chaussures est l'activité la plus banale du monde. J'avais envie de faire quelque chose que personne d'autre ne faisait dans mon entourage. Une chose vraiment originale. Alors je suis devenu un marchand de chaussures qui élève des veuves noires dans sa cave. L'envie de me faire remarquer, quoi.

— Est-ce qu'elles mangent vraiment leurs maris ? demanda Luke.

— Ce sont des femmes très sévères, répondit Papa John. Elles dévorent leurs maris tout de suite après l'accouplement.

— Est-ce qu'elles peuvent vraiment nous tuer ? demandai-je.

— Je pense qu'elles sont capables de tuer un enfant sans problème, dit-il. Mais je ne suis tout de même pas sûr qu'elles puissent tuer une grande personne. Le type qui m'a fait démarrer dans ce truc s'était fait piquer une fois ou deux. Il racontait qu'il avait été malade à en mourir. Cela dit, il avait toujours bon pied bon œil.

— Comment est-ce qu'il s'était fait piquer ? demandai-je.

— Les veuves noires sont plutôt craintives sauf quand elles défendent leurs œufs. Lui aimait les laisser courir sur son bras », dit Papa John en souriant.

Savannah intervint : « Ça me dégoûte rien que d'y penser.

— Pourtant, elles étaient drôlement jolies, ses araignées », dit Papa John en observant ses petites bêtes.

L'élevage des veuves noires nous fit acquérir une patience et une concentration rares chez de jeunes enfants. Nous prenions nos responsabilités avec grand sérieux et étudiions le cycle vital des araignées avec le fanatisme zélé que pouvait susciter l'élevage de créatures capables de nous tuer. L'amour que je porte depuis toujours aux araignées et aux insectes naquit au temps où, le nez collé aux bocaux, j'observais l'existence morne et terrifiante des veuves noires. Elles restaient suspendues, immobiles, dans les toiles sécrétées par leurs viscères. Elles vivaient accrochées aux fils à haute tension d'une existence en forme de bocal. Quand elles bougeaient rapidement, c'était pour tuer. Au fil des mois, nous regardions les femelles tuer et dévorer les mâles. Nous devînmes familiers du cycle saisonnier des veuves noires et le temps s'écoulait des sabliers rouges en toiles vibrantes et imparfaites. Nous voyions les poches d'œufs exploser en araignées toutes neuves qui s'égaillaient telles des graines orange et brunes à l'intérieur du bocal. La peur que nous avions d'elles se mua en fascination et en dévotion. La beauté de la structure économique d'une araignée ! Elles se promenaient dans leurs toiles avec le secret de ce tissage soyeux, de cette fine dentelle, inscrit dans leurs entrailles, elles étaient funambules dans leur bol d'air de Géorgie. Elles faisaient ce pour quoi elles étaient nées, et elles le faisaient bien.

Derrière la maison, une grande forêt d'arbres à feuilles caduques, circonscrite par un muret de pierre, s'étendait jusqu'à Briarcliff Road. De trois cents en trois cents mètres, des panneaux signifiaient l'interdiction de pénétrer. D'une voix atone et conspiratrice, notre grand-mère nous informa que « des gens très, très, très riches » vivaient dans cette propriété et que sous aucun prétexte, jamais, nous ne devions escalader le muret pour aller jouer dans cette zone interdite. Il s'agissait de la famille Candler, les héritiers Coca-Cola, et chaque fois que ma grand-mère parlait d'eux, on avait l'impression qu'elle évoquait une association collégiale regroupant de la noblesse de sang. À l'en croire, les Candler constituaient ce qu'Atlanta pouvait posséder de plus approchant en matière de famille royale, et elle ne tolérerait pas que nous profanions leur seigneurie ceinte de murs.

Cela ne nous empêcha pas d'aller du côté de ce fameux mur tous les jours après l'école, d'approcher ce royaume vert sombre et parfumé qui nous était interdit, de sentir l'odeur de l'argent à travers les branches des arbres. Nous mourions d'envie d'apercevoir serait-ce un membre de cette noble famille enchanteresse. Nous étions des enfants, et nous ne tardâmes pas à sauter la barrière pour faire quelques pas dans la forêt interdite, avant de regagner en courant la sécurité du muret de pierre. La fois suivante, nous devions pénétrer de dix pas avant de paniquer et de rebrousser chemin pour retrouver notre jardin à nous. Lentement, nous commençâmes à effriter le mythe des bois hors-la-loi. Nous connûmes bientôt le moindre arpent de cette forêt mieux que n'importe quel Candler. Nous en apprîmes les secrets et les limites, cachés dans ses bosquets et charmilles, sentant le vieux frisson de la désobéissance mettre en émoi nos jeunes cœurs assez braves pour ignorer les lois étranges des adultes. Entourés d'arbres, nous chassions les écureuils au lance-pierres, nous observions depuis les hautes branches les heureux enfants Candler qui chevauchaient leurs pur-sang avec sérieux et ennui le long des allées forestières, nous espionnions le jardinier en train de répandre de l'engrais sur les massifs d'azalées.

Une douce nuit de novembre, nous quittâmes secrètement certaine chambre de l'étage en nous laissant glisser le long du grand chêne qui régnait sur notre quart de maison, et nous traversâmes toute la forêt, jusqu'à la demeure des Candler. À plat ventre nous approchâmes en rampant dans l'herbe grasse de ce manoir Tudor et nous assistâmes, dans la lumière argentée des portes-fenêtres à la française, au repas de cette grande famille. Des domestiques apportaient la nourriture sur des chariots compliqués. Les Candler, droits et blêmes, mangeaient leur dîner comme s'ils assistaient à un service religieux, vu leur gravité et leur mine raide d'ecclésiastiques.

Avec une sainte stupeur, nous observâmes la consommation du repas, l'éclat des candélabres illuminant la table comme des boules de feu, la tendre lumière des chandeliers, la léthargie et la grandeur étriquée de l'opulence. Couchés dans un champ d'herbe fraîchement coupée, nous suivîmes le détail de ce repas ordinaire, empreint de lenteur. Ni rires ni conversation n'émanaient de la royale famille, d'où nous conclûmes que les riches étaient muets comme des carpes. Les domestiques exécutaient dans la salle un raide et mystérieux ballet de pingouins. Ils contrôlaient le rythme du repas, versaient du vin dans des verres à moitié pleins, naviguaient de fenêtre en fenêtre, semblables à des croque-morts et ignorants de notre présence. En cet instant précis, camouflés en créatures de la nuit, nous humions les arômes délicieux de ce repas, attentifs comme des Candler clandestins, initiés aux rites et coutumes extraordinaires des princes du Coca-Cola. Eux ne savaient pas que leur forêt nous appartenait.

La maison était connue sous le nom de Callanwolde.

Dans les bois de Callanwolde, nous trouvâmes un parfait substitut à l'île dont nous avait privés la guerre de Corée. Nous construisîmes une cabane dans l'un des chênes extravagants de Callanwolde. Nous reconstituâmes notre vie interrompue d'enfants de la campagne au beau milieu de la plus grande ville du Sud. Les cailles nous appelaient dès l'aube. Une famille de renards gris vivait sous un cotonnier déraciné. Nous pouvions venir dans cette forêt pour retrouver le souvenir de ceux que nous étions, de nos origines, de l'endroit où nous retournerions. Du jour où nous passâmes le mur et fîmes nôtre cet espace interdit, Atlanta devint une ville parfaite.

Ce fut seulement plus tard que je compris que j'aimais Atlanta parce que c'était le seul endroit au monde où j'eusse jamais vécu sans père. Entre-temps, Atlanta était devenue plus noire dans notre imagination. Entre-temps, les bois de Callanwolde étaient devenus un lieu terrifiant. Entre-temps, le géant était arrivé dans nos vies et les enfants qui ne craignaient pas les araignées allaient apprendre cette dure leçon qu'ils avaient beaucoup à apprendre et beaucoup à craindre du monde des hommes.

C'était en mars et les cornouillers commençaient juste de fleurir. La terre entière frémissait sous le vert tumulte de la maturation, des journées adoucies par le soleil, et nous courions les bois, à la recherche de tortues. Savannah le vit la première. Elle se figea, le doigt pointé en avant.

Il se tenait debout à côté d'un arbre recouvert de sumac vénéneux contre lequel il était en train de se soulager. C'était l'homme le plus grand, le plus costaud que j'eusse jamais vu, et j'avais grandi parmi des hommes d'une force légendaire – ceux qui travaillaient sur les docks des crevettiers de Colleton. Il jaillissait de terre comme une espèce d'arbre fantastique, grotesque. Son corps était massif, étonnant, colossal. Il avait les yeux bleus, pleins de vie. Une barbe rouge lui couvrait le visage, mais quelque chose en lui n'allait pas. Ce fut la façon qu'il avait de nous regarder, très différente de celle dont les adultes observent normalement les enfants, qui nous mit en alerte. Nous perçûmes tous les trois la menace de son regard absent. Ses yeux ne semblaient liés à rien d'humain. Il remonta la fermeture de sa braguette et se tourna vers nous. Il faisait nettement plus de deux mètres. Nous détalâmes.

Nous fonçâmes au mur de pierre que nous escaladâmes au plus vite avant de courir en hurlant jusqu'à notre jardin. Arrivés au portail de derrière, nous le vîmes à la lisière des bois, en train de nous observer. Le mur qu'il nous fallait franchir lui venait tout juste à la taille. Ma mère sortit quand elle entendit nos hurlements. Nous pointâmes le doigt sur l'homme dans les bois.

« Que désirez-vous, monsieur ? » cria ma mère en faisant quelques pas en direction de l'homme.

Elle aussi remarqua le changement sur son visage ; elle perçut la qualité démoniaque, chaotique de son regard.

« Vous », dit-il à ma mère, et sa voix sonna étrangement aiguë pour un homme aussi grand. Il n'avait l'air ni cruel ni déséquilibré ; il semblait simplement inhumain.

« Quoi ? demanda ma mère, effrayée par son absolu naturel.

— Je vous veux vous », dit le géant en faisant un premier pas vers elle.

Nous courûmes jusqu'à la maison et, pendant que ma mère verrouillait la porte, je le vis qui la regardait par le carreau de la cuisine. Je n'avais jamais vu un homme fixer une femme avec une telle intensité de désir brut avant de voir cet inconnu regarder ma mère. Je n'avais jamais eu l'occasion de lire dans des yeux cette haine innée des femmes.

Ma mère l'aperçut derrière la fenêtre et alla tirer le store.

« Je reviendrai », dit l'homme, et nous entendîmes son rire tandis que ma mère composait le numéro de la police.

Quand la police arriva, il avait disparu. Les policiers passèrent les bois au peigne fin mais la seule chose qu'ils trouvèrent fut notre cabane et une unique empreinte de pas laissée par une chaussure de taille cinquante. Notre mère nous fessa pour avoir violé les terres de Callanwolde.

Dans notre petite tête d'enfants, je crois que nous étions intimement persuadés d'avoir provoqué cette venue du géant, que ce géant était la manifestation de notre désobéissance délibérée et qu'il avait surgi de l'enfer, instrument de l'implacable justice divine, pour nous châtier d'avoir, en escaladant le muret, franchi la frontière interdite de Callan-wolde. Nous avions profané les terres des riches, pensions-nous, et Dieu avait envoyé son géant pour nous punir.

Plus jamais nous ne pénétrâmes dans les terres de Callanwolde, mais le géant avait déjà révélé la gravité de notre péché. Il lui restait à en exiger l'expiation. Il allait introduire Callanwolde dans notre maison. Il arriverait en inquisiteur du Seigneur et punirait la faute commise par les enfants Wingo d'une façon perverse et imaginative. Il ne châtierait pas les pécheurs pour leurs crimes, car il savait bien comment punir plus douloureusement les enfants. Quand il reviendrait, il s'en prendrait à notre mère.

Un secret supplémentaire fut inscrit au compte des intrigues sans fin de cette maison. Nous ne pouvions pas parler à Papa John de l'intrus venu de la forêt. « Il a le cœur tellement faible, chéri », m'expliqua ma grand-mère. Je pensais qu'il fallait le prévenir immédiatement car j'avais le sentiment largement justifié que nous aurions grand besoin de quelqu'un capable de vaincre deux cents Turcs pour nous soutenir, si le géant revenait. Mais ma grand-mère m'assura que ma mère et elles étaient assez grandes pour se défendre toutes seules.

Pendant la semaine qui suivit, nous fûmes prudents et vigilants, mais les jours passèrent sans incident et les rues d'Atlanta succombèrent à la blanche incandescence des cornouillers en fleur. Les abeilles bourdon-naient de béatitude entre le trèfle et les azalées. Ma mère écrivit au grand-père Wingo cette semaine-là, pour lui préciser la date exacte de notre retour sur l'île quand mon père serait revenu au pays. Elle lui demandait de faire nettoyer la maison par une Noire avant notre arrivée. Elle prit soin de lui transmettre le bon souvenir de ma grand-mère. Puis elle laissa chacun des enfants écrire : « Bons baisers, Grand-Père », en bas de la lettre. Elle expédia le tout à notre adresse sur l'île Mel-rose, sachant qu'il vérifiait plus fréquemment notre boîte à lettres que la sienne. En postant la lettre dans Rosedale Street le vendredi matin, à l'heure où nous partions pour l'école, elle laissa le battant rouge métal-lique levé pour attirer l'attention du postier. Ce fut seulement lorsque nous revînmes effectivement sur l'île, cet été-là, que nous apprîmes que grand-père n'avait jamais reçu la lettre. Et il fallut plus de dix jours encore avant que cette lettre fût distribuée.

Un dimanche soir, nous regardions la télévision dans la salle de séjour. Ma mère et ma grand-mère étaient installées dans des fauteuils marron trop rembourrés et suivaient le show *Ed Sullivan*. J'étais assis par terre entre les jambes de ma mère. Luke était à plat ventre et essayait de finir son devoir de maths tout en regardant l'écran. Savannah était sur les genoux de ma grand-mère. Ma mère me fit passer un saladier de pop-corn chauds. J'en pris une bonne poignée et fis tomber deux flocons sur le tapis. Je les ramassai et les mangeai. Puis je sentis la pièce se figer dans une mortelle frayeur et entendis Savannah prononcer ce seul mot : « Callanwolde. »

Il se tenait debout dans l'obscurité de la véranda d'où il nous fixait par le carreau de la porte vitrée. Je ne savais pas depuis combien de temps il nous regardait, mais sa présence avait une sorte d'immobilité végétale, comme s'il avait surgi de terre, tel un pied de vigne dissident, renégat. Ses yeux fixaient ma mère. Il était revenu pour elle, et pour elle seule. Sa chair était d'une pâleur morbide, couleur d'albâtre, et il emplissait l'encadrement de la porte, à la façon d'une colonne soutenant une ruine.

Posant une énorme main sur le bouton de porte, il le tordit avec violence et nous entendîmes le gémissement du métal. En même temps qu'elle se levait, ma mère dit à ma grand-mère : « Dirige-toi tout doucement vers le vestibule, et appelle la police, Tolitha. »

Ma mère avança en direction de la porte pour affronter l'inconnu.

« Que désirez-vous ? demanda-t-elle.

— Lila », répondit-il, et le choc de l'entendre prononcer son nom fit reculer ma mère d'un pas. Sa voix détonnait avec sa personne et était toujours aussi aiguë. Il lui adressa un immonde sourire et se remit à tourner le bouton de porte.

Ma mère vit alors son sexe, dénudé et gigantesque, qui se dressait à l'horizontale, rose comme la chair d'un cochon. La même vision arracha un hurlement à Savannah et je vis Luke se mettre debout.

« La police arrive », dit ma mère.

Tout à coup, l'homme brisa une des vitres de la porte à l'aide d'une brique et il introduisit son grand bras par le trou. Le verre le coupa et son poignet se mit à saigner. Ma mère voulut lui attraper le bras pour l'empêcher d'ouvrir la porte. Elle réussit à l'agripper un court instant, mais il l'expédia au sol d'un revers contre la poitrine. J'entendis les cris de Luke et Savannah, quelque part, mais ils me semblaient à la fois lointains et déplacés, comme des voix entendues sous l'eau. Mon corps entier perdit toute sensibilité, à la façon d'une gencive sous novocaïne. Il ouvrit un loquet et bagarra pour tourner la clé qui nous maintenait hors de sa portée. Il allait tordre cette clé, avec une plainte sourde et bestiale, lorsque Luke s'approcha, brandissant un tisonnier. Luke abattit son arme contre le poignet de l'homme. Ce dernier hurla de douleur et retira son bras. Il tenta de le passer à nouveau par la fenêtre, mais Luke était là qui l'attendait, prêt à manier le tisonnier avec toute la force de n'importe quel enfant de sept ans.

J'entendis quelque chose derrière moi, le bruit des chaussons de ma grand-mère sur le parquet ciré du vestibule. Je me retournai et la vis dans l'angle de la porte, un petit revolver à la main.

« Baisse-toi, Luke », ordonna-t-elle, et Luke de plonger à terre.

Tolitha tira dans la porte vitrée.

Le géant prit la fuite lorsque la première balle perça la vitre, juste à côté de sa tête. Il courut avec son sexe dénudé qui lui battait les cuisses. Il quitta la véranda et fila rejoindre la sécurité des bois de Callanwolde. Nous entendîmes les sirènes des voitures de police, dans le lointain.

Depuis la véranda, ma grand-mère hurla dans l'obscurité :

« Ça t'apprendra à baiser une fille de la campagne.

— Modérez votre langage, Tolitha, dit ma mère toujours sous le choc. Les enfants.

— Les enfants, ils viennent de voir un type se baladant la quéquette à l'air pour se faire leur mère. Alors ils ne sont plus à un écart de langage près. »

Quand l'incident fut clos, ma mère me trouva en train de manger des pop-corn et occupé à suivre *Ed Sullivan*, comme si rien ne s'était passé. Mais pendant deux jours, je fus incapable de parler. Papa John dormait et ne se réveilla pas de toute l'attaque, pas même au moment des coups de feu ou de l'arrivée de la police. Quand il s'inquiéta de mon silence, ma mère parla de laryngite et ma grand-mère corrobora son mensonge. Elles étaient de ces femmes sudistes qui se faisaient un devoir de protéger leurs hommes du danger et des mauvaises nouvelles. Mon silence, mon mutisme pathétique ne firent que renforcer leur foi en la fragilité et la faiblesse intrinsèques des hommes.

Une semaine durant, la police laissa une voiture de surveillance garée dans Rosedale Street, et des policiers en civil effectuèrent plusieurs tours de ronde chaque nuit autour de notre maison. Ma mère ne trouvait plus le sommeil et nous la surprenions qui rôdait dans notre chambre, passé minuit, pour vérifier et revérifier que les fenêtres de notre chambre étaient bien fermées. Il m'arriva une fois de me réveiller en pleine nuit et de la voir, nimbée de clair de lune, qui fixait les forêts de Callanwolde. Tandis qu'elle se tenait ainsi debout, je remarquai pour la première fois son corps dont j'observai, partagé entre la terreur et le sentiment de culpabilité, les formes douces et voluptueuses, admirant le galbe de ses seins épanouis et la cambrure de sa taille, pendant qu'elle scrutait les ténèbres du jardin sous la lune, inquiète d'une éventuelle approche de son ennemi.

Pour nous, le mot *Callanwolde* changea de signification et, suivant l'exemple de Savannah, nous nous mîmes à parler de l'homme en le nommant Callanwolde. « Est-ce que Callanwolde est venu cette nuit ? » demandions-nous pendant le petit déjeuner. « Est-ce que la police a enfin attrapé Callanwolde, Maman ? » demandions-nous à ma mère quand elle venait nous lire une histoire au lit. Ce mot devint un mot-portemanteau, un fourre-tout pour désigner tout ce que le monde contenait de mauvais ou de monstrueux. Lorsque, de sa voix douce, sœur Immaculata nous décrivait les terreurs de l'enfer, pour Savannah et moi elle traçait les limites et le périmètre de Callanwolde. Lorsque mon père écrivit dans une lettre que son avion avait été touché par un tir de fusil-mitrailleur et qu'il avait eu le plus grand mal à ramener l'avion à la base parce que le niveau d'huile baissait, parce qu'il perdait de l'altitude, parce qu'il laissait derrière lui un nuage de fumée noire et qu'il risquait d'exploser en vol, nous baptisâmes cette terrible équipée un Callanwolde. Il s'agissait d'une personne particulière, d'un lieu bien défini, d'un état général du monde subitement devenu redoutable, d'un destin incontrôlable.

Après deux semaines d'investigations vigilantes, la police assura à ma mère que l'homme ne reviendrait jamais plus.

Il revint le soir même.

Le téléphone sonna en fin de journée. Nous étions en train de regarder la télévision en mangeant des pop-corn, comme précédemment. Ma mère alla décrocher dans le vestibule et nous l'entendîmes saluer Mme Fordham, la vieille dame qui habitait la maison voisine. Je vis ma mère pâlir et la regardai raccrocher le combiné sur la petite table, avant d'annoncer d'une voix blanche et atone : « Il est sur le toit. »

Lentement nous levâmes les yeux vers le plafond et le bruit de ses pas sur les bardeaux du toit nous parvint faiblement.

« Ne montez pas là-haut, dit ma mère. Il risque d'être dans la maison. »

Elle appela la police.

Pendant dix minutes nous l'écoutâmes arpenter le toit sans se presser. Il ne fit aucune tentative pour entrer par l'une des fenêtres de l'étage. Cette visite n'avait aucun but, que celui d'affirmer encore une fois ses prétentions sur nos vies, et souffler un regain de panique dans nos cœurs. Puis le chant des sirènes se leva au loin dans la ville, il plana au-dessus d'Atlanta comme le cri d'anges rédempteurs. Nous entendîmes la course précipitée de ses pas sur le toit avant de sentir qu'il plongeait dans les bras du grand chêne qui poussait à côté de l'allée. Ma mère alla jusqu'à la rangée de fenêtres du salon de musique et le vit au moment où il remettait pied à terre. Il marqua un temps d'arrêt, regarda en arrière, la vit derrière la vitre. Il lui fit signe et sourit. Puis il courut à lourdes foulées imperturbables rejoindre le sombre refuge des profondeurs de la forêt.

Le lendemain, la police fouilla les bois de Callanwolde en compagnie de deux fins limiers, mais les chiens perdirent sa trace quelque part dans Briarcliff Road.

Il ne revint pas de deux mois.

Mais il était présent, même sans être là. Il occupait chaque alcôve ou recoin perdu de cette maison. Nous ne pouvions pas ouvrir la moindre porte sans nous attendre à le trouver tapi derrière. Nous en vînmes à redouter la tombée de la nuit. Les nuits où il n'apparaissait pas étaient psychologiquement aussi épuisantes que celles où il venait. Les arbres à l'extérieur de la maison perdirent leur saine et luxuriante beauté pour devenir grotesques à nos yeux. Les bois de Callanwolde étaient désormais son domaine, son havre de paix, et un lieu d'inépuisable terreur pour notre imagination. Chaque fenêtre encadrait insidieusement son portrait. Il nous suffisait de fermer les yeux pour voir son visage imprimé dans notre conscience comme sur un voile. Il effrita nos rêves de ses yeux meurtriers. La terreur creusa le visage de ma mère ; elle dormait le jour et errait la nuit dans la maison pour vérifier les serrures.

Avec la permission de ma mère, nous sortîmes les quarante bocaux de veuves noires de la cave afin de les transporter, dans un luxe d'attention et de sérieux, jusqu'à notre chambre du premier. Aucun des enfants de la maison ne supportait plus l'idée de descendre dans les profondeurs terrifiantes du sous-sol alors que Callanwolde menaçait la maison. La cave possédait de plus une issue directe vers l'extérieur et la police avait expliqué à ma grand-mère que cette porte constituait la voie la plus facile pour s'introduire dans la maison. Elle fut aussi soulagée que nous lorsque nous installâmes les bocaux d'araignées en longues rangées sur une étagère inutilisée, au fin fond de notre chambre. Le jour de la fête annuelle de l'animal domestique, à l'école du Sacré-Cœur, chacun de nous apporta sa veuve noire en classe et nous remportâmes collectivement le prix de l'animal le plus original.

Le soir, sous la lumière vive des lampes, l'intérieur de la maison devenait une espèce d'aquarium dans lequel nous flottions de pièce en pièce, sentant sur nous le regard de Callanwolde qui nous observait depuis la pénombre des grands chênes. Nous étions certains qu'il nous surveillait et nous jaugeait, certains qu'il était omniprésent et attendait son heure, certains qu'il guettait le moment idéal pour effectuer sa prochaine sortie contre nous. Nageant dans la lumière électrique de cette maison assiégée, nous étions dans l'expectative, en suspens dans l'atmosphère lourde et tendue de nos obsessions. La police effectuait deux rondes par nuit. Ils fouillaient les arbres et les buissons à la torche électrique. Ils entraient dans les bois. Puis ils s'en allaient et la nuit de nouveau lui appartenait.

Cette année-là, Luke n'obtint pas son passage dans la classe supérieure, ce qui fut une humiliation pour lui mais une grande joie pour Savannah et moi, puisque ainsi nous serions tous les trois dans la même classe lors de la prochaine rentrée, à l'école de Colleton. Cette année-là, je perdis ma première dent et Savannah et moi eûmes la rougeole. Cette année-là, une tornade emporta trois maisons dans Druid Hills. Mais dans notre mémoire, dans les ombres confuses de notre subconscient, cette année devint l'année de Callanwolde.

C'était une semaine avant que mon père ne revienne de Corée. Nous étions tous allés dans la chambre de Papa John pour lui souhaiter bonne nuit. Il était blême, décharné, et son médecin lui avait interdit de continuer à nous raconter des histoires, si bien que nous avions pris l'habitude de lui parler à voix basse. Nous avions été témoins de son déclin quotidien, de la déperdition de sa vitalité résolue, et il nous enseignait chaque jour un petit quelque chose de la mort, au fur et à mesure qu'il s'éloignait de nous. Ses yeux avaient déjà renoncé à leur éclat. Ma grand-mère s'était mise à boire beaucoup le soir.

Ma mère se sentait rassurée à présent que le retour de mon père était imminent. Nous voyions tous en mon père une figure héroïque, celle du rédempteur, du chevalier errant qui nous délivrerait du mal et de la peur de Callanwolde. Je ne priais plus pour la mort de mon père. Je priais pour qu'il soit à mes côtés. Je priais pour qu'il sauve ma mère.

Ce soir-là, quand elle nous lut un chapitre du *Poney rouge*, un vent violent rapprocha les arbres de la maison. Nous récitâmes ensemble notre prière et elle nous donna un baiser chacun. Puis elle éteignit la lumière et, bien que nous eussions entendu ses pas descendre l'escalier en colimaçon, son parfum demeura suspendu dans l'obscurité. Je m'endormis en écoutant le vent dans les branches.

Deux heures plus tard je m'éveillai et vis le visage dans la fenêtre, les yeux qui me regardaient. Il porta un doigt devant ses lèvres et m'intima le silence. J'entendis les bruits de la lame découpant le store comme on déchirerait une soie bon marché. Je ne fis pas un geste ni ne pipai mot. Une paralysie d'une exquise et impénétrable terreur envahit toutes les cellules de mon corps. J'étais cloué sur place par son regard et je restai figé dans mon lit, comme un oiseau avant l'approche du serpent.

Puis Savannah s'éveilla et poussa un grand cri.

Un brutal coup de pied fit voler la vitre en éclats.

Luke tomba de son lit en appelant ma mère.

Je ne fis pas un geste.

Savannah attrapa une paire de ciseaux sur sa table de chevet et, quand le grand bras pénétra par la fenêtre et se balada le long du rebord, à la recherche de la crémone, elle abattit contre lui les ciseaux dont la lame se ficha dans l'avant-bras. Il hurla de douleur et retira son bras. Puis il se mit à démolir tout le cadre de la fenêtre à coups de pied, projetant dans la chambre des éclats de bois et de verre brisé.

Sa tête, cruelle et léonine, scruta l'intérieur de la pièce, et il sourit quand il vit ma mère qui le regardait, du couloir où elle se tenait.

Toute tremblante, ma mère supplia : « Allez-vous-en, s'il vous plaît. Allez-vous-en. »

Savannah lui jeta une brosse à cheveux au visage. Il rit. Et il rit encore des efforts de ma mère pour maîtriser son tremblement.

Puis le premier bocal vint se briser contre le mur, juste au-dessus de sa tête.

Luke expédia le deuxième en plein dans le visage de Callanwolde ; il manqua son but et éclata contre le bord de la fenêtre.

Alors la tête disparut et nous vîmes une énorme jambe s'introduire lentement par la fenêtre, tandis qu'il essayait de se faire plus petit pour réussir à passer le reste de son corps par l'ouverture. Luke ouvrit quatre bocaux dont il vida le contenu sur la jambe de son pantalon. Savannah se précipita vers l'étagère et revint avec un autre bocal. Elle le jeta de toutes ses forces sur la jambe qui avançait, et le récipient se fracassa sur le plancher. Ma mère criait pour prévenir ma grand-mère. La seconde jambe de l'homme se glissa à l'intérieur de la pièce et il courbait l'échine pour entrer tout le corps à l'intérieur, quand la première veuve noire lui expédia une giclée de venin dans le sang. C'est le hurlement de douleur qu'il poussa alors dont nous devions plus tard garder le souvenir limpide. Dans la lumière qui venait du couloir, nous vîmes les jambes immenses battre en retraite, tandis qu'une petite colonie d'araignées, ivres de liberté soudaine, s'affolaient dans les plis et replis de son pantalon. Il les sentit courir sur lui et se laissa rouler en arrière sur le toit, pris de panique cette fois, tenaillé par la douleur, hors de lui. Nous entendîmes le choc de son corps sur le sol, sous la fenêtre. Il hurlait à présent, complètement déconcerté, il se roulait par terre et de ses mains immenses il se battait les jambes et l'aine à toute volée. Puis, se relevant, il regarda ma mère qui l'observait depuis la fenêtre saccagée, et il se remit à hurler avant de courir se réfugier dans les bois de Callanwolde, comme si le feu était sur lui.

Nous ne sûmes jamais combien d'araignées le piquèrent. Les chiens vinrent le lendemain et perdirent sa trace du côté de la station-service de Stillwood Avenue. La police donna l'alerte à tous les hôpitaux. Mais aucun géant de deux mètres vingt, portant une barbe rousse et souffrant de piqûres de veuve noire, n'essaya de se faire soigner dans un hôpital de Géorgie. Sa disparition fut aussi mystérieuse et ouverte à toutes les hypothèses que l'avait été son apparition soudaine.

Mon père fut de retour le week-end qui suivit et nous repartîmes le jour même pour l'île. Notre mère nous fit interdiction de dire un seul mot à notre père au sujet de l'homme qui avait si durement ébranlé nos vies. Quand nous lui demandâmes pourquoi, elle expliqua que notre père rentrait d'une guerre et qu'il avait bien mérité de retrouver une famille heureuse. De façon plus obscure, elle nous laissa entendre que notre père risquait de penser qu'elle n'était pas pour rien dans l'intérêt que lui portait Callanwolde. Mon père lui avait souvent dit qu'aucune femme ne se faisait violer sans l'avoir cherché. Elle nous raconta cela sur un ton neutre et ajouta qu'il y avait beaucoup de choses que les hommes ne pouvaient pas comprendre.

Luke, Savannah et moi passâmes les trois jours qui suivirent à tenter de rattraper les araignées disparues. Nous en trouvâmes une demi-douzaine dans la chambre, deux dans le grenier, et une dans mes vieilles chaussures de tennis. Plus jamais nous ne dormîmes dans cette chambre. Après notre départ, ma grand-mère continua de trouver des veuves noires un peu partout dans la maison. Quand Papa John mourut, elle les relâcha toutes au profond des bois de Callanwolde. Ni elle ni aucun de nous ne devions jamais tuer une seule araignée à dater de ce jour. Et l'araignée devint la première de la liste des espèces sacrées dans notre chronique familiale.

Bien des années plus tard, en feuilletant des coupures de journaux à la bibliothèque municipale d'Atlanta, je tombai sur une photo suivie de l'information suivante : « Otis Miller, 31 ans, a été arrêté à Austell, Géorgie, la nuit dernière. Il est soupçonné d'avoir violé et assassiné

Mme Bessie Furman, institutrice de la région, qui vivait séparée de son mari. »

Je fis une photocopie de l'article et inscrivis un seul mot en guise de titre : Callanwolde.

6

Nous passâmes devant les plantes vertes bien soignées et les grooms zélés du hall de l'hôtel Plaza pour gagner la Oak Room où nous choisîmes une table dans un coin discret. Il s'écoula cinq minutes avant que le serveur vînt s'occuper de nous avec un imperturbable mélange de condescendance et d'indifférence étudiées. Il nota nos commandes, non sans autorité, comme s'il s'agissait d'ordres de souscriptions à passer. J'envisageai de commander un tartare ou du museau de porc vinaigrette, mais il ne semblait pas déborder d'humour. J'annonçai donc un Martini avec un zeste de citron, sachant qu'il me l'apporterait agrémenté de la masse ronde d'une olive verte sacrilège. Le mot *citron* est toujours traduit par « olive » dans les bars d'une certaine catégorie d'hôtels de luxe. Le Dr Lowenstein commanda un verre de pouilly-fuissé.

Lorsque nos verres arrivèrent, je n'eus qu'à récupérer l'olive dans le Martini, et à la déposer dans le cendrier.

« Vous avez dit olive, affirma le serveur en s'éloignant.

— C'est une erreur que je commets toujours, dis-je.

— Vous n'avez pas un faible pour les garçons de café de New York ? demanda le Dr Lowenstein.

— Je crois que je préfère les criminels de guerre nazis, mais je ne suis pas certain. Faute d'avoir jamais rencontré de criminel de guerre nazi. » Je levai mon verre et dis : « À votre santé, guérisseuse d'âmes. Bon Dieu, docteur, comment supportez-vous de fréquenter quotidiennement le morne fardeau de la souffrance humaine ? »

Elle but une gorgée de vin, laissant la trace de son rouge à lèvres sur le verre, puis elle dit : « Parce que je crois toujours que je vais pouvoir les aider.

— Mais cela ne vous déprime pas ? demandai-je. Ça ne vous casse pas le moral à la longue ?

— Leurs problèmes ne sont pas les miens. J'ai bien assez de souci avec ce qui me concerne, moi.

— Ha ! m'esclaffai-je. Je parie que je serais ravi d'échanger avec vous.

— Vous avez tout compris, dit-elle. Vous êtes absolument certain que vous sauriez régler mes problèmes, mais vous avez du mal à faire face aux vôtres. C'est comme ça que je réagis par rapport à mon métier. Quand je quitte mon cabinet, à six heures du soir, je laisse tout derrière moi. Je ne pense plus une seule fois aux patients que j'ai vus dans la journée. J'ai appris à séparer ma vie professionnelle de ma vie privée.

— Voilà qui me semble bien froid et rigide, dis-je. Je serais incapable d'être psychiatre. J'écouterais ces histoires toute la journée et elles me rendraient dingue toute la nuit.

— Dans ces conditions, vous ne seriez d'aucun secours à qui que ce soit. Il faut maintenir une distance, Tom. Je suis sûre qu'il vous est arrivé de tomber sur des étudiants en proie à des problèmes psychologiques, lorsque vous étiez enseignant.

— Ouais, ça m'est arrivé, docteur », dis-je en buvant une gorgée de Martini, le goût salé du fantôme de l'olive âcre et honnie m'arrachant une grimace. « Et je trouvais ça insupportable ; j'arrive à admettre qu'un adulte ait des problèmes, mais quand il s'agit d'un môme, ça me tue. Je me rappelle une fille en particulier. Je l'avais en cours d'anglais, en seconde année, une gamine laide, mais très intelligente. Super-marrante. Résultats catastrophiques. Acné. Pourtant, elle semblait avoir du succès avec les garçons. Elle avait un charme à elle, avec une bonne humeur incroyable. Un jour, elle est arrivée en classe avec le visage tuméfié. Elle avait l'œil gauche fermé par un coquard. Sa lèvre était boursouflée au dernier degré. Elle n'a donné aucune explication, même lorsque les autres ont commencé à la charrier. Elle s'est contentée de renvoyer les plaisanteries. Je l'ai retenue à la fin du cours pour lui demander ce qui s'était passé. Elle s'appelait Sue Ellen. Elle a fondu en larmes dès que ses camarades n'ont plus été là. Son père les avait battues, sa mère et elle, la veille au soir. D'habitude, m'expliqua-t-elle, il les frappait de façon qu'on ne voie pas les marques. Mais ce soir-là, il les avait frappées au visage. Et moi j'étais là, docteur, en tant que professeur, à écouter cette môme extra me raconter comment son père lui bombait la gueule. Je ne suis pas le genre à savoir garder la distance professionnelle.

— Qu'avez-vous fait ? demanda-t-elle.

— Je ne suis pas certain d'avoir agi au mieux des intérêts de Sue Ellen, de sa famille, ou des miens, mais j'ai fait quelque chose.

— J'espère que vous n'avez pas succombé à une réaction d'impulsion.

– C'est peut-être ainsi que vous verrez les choses, dis-je. Voyez-vous, le visage de Sue Ellen m'a hanté toute la journée. Le soir, après l'entraînement, j'ai pris ma voiture, j'ai poussé jusqu'à l'île de Palms et j'ai trouvé la petite maison minuscule où habitait Sue Ellen. J'ai frappé à la porte. C'est son père qui m'a ouvert. Je lui ai dit que je désirais avoir un entretien avec lui au sujet de Sue Ellen. Il m'a envoyé me faire foutre. Puis j'ai entendu Sue Ellen qui pleurait, quelque part dans la maison. J'ai bousculé le bonhomme et je suis entré à l'intérieur. Elle était étendue sur le divan. Elle a levé les yeux pour me regarder et j'ai vu le sang couler de son nez. Elle était gênée et a dit : "Bonjour, m'sieur Wingo, qu'est-ce que vous venez faire au fond des bois ?"

— Je pense que vous auriez dû emprunter la filière normale, intervint le Dr Lowenstein. Prévenir les autorités adéquates.

— Vous avez raison, docteur, c'est évident. Et c'est l'une des raisons pour lesquelles vous êtes riche et respectée alors que je vais bosser en pull-over.

— Alors que s'est-il passé ?

— Je lui ai tapé dessus à bras raccourcis. Je l'ai expédié contre les murs de la maison. Je lui ai cogné la tête contre le plancher. Et puis j'ai entendu un bruit. J'ai eu l'impression d'émerger d'un rêve. Le bruit, c'était la voix de Sue Ellen qui m'encourageait à pleins poumons. L'autre bruit, c'était sa mère qui me criait d'arrêter. Quand le type est revenu à lui, je lui ai dit que si jamais il levait encore une fois la main sur Sue Ellen, je revenais et je le tuais.

— C'est la chose la plus violente que j'aie jamais entendue, Tom, dit-elle, atterrée.

— Moi, je ramène tout à la maison, dis-je en jetant un coup d'œil à mon verre. Je n'ai jamais su laisser mes dossiers au bureau.

— Je persiste à penser qu'il existe une façon de réagir infiniment plus efficace que celle que vous avez choisie. Êtes-vous toujours hyperémotif à ce point ?

— Sue Ellen est morte, Dr Lowenstein, dis-je en regardant au fond de ses yeux sombres.

— Comment ?

— Comme des tas d'autres filles, elle s'est choisi un mari ressemblant à son père. Je crois comprendre pourquoi. Ces gamines commencent par associer amour et souffrance. Ensuite, elles se mettent à rechercher des types qui les feront souffrir en étant persuadées qu'elles recherchent l'amour. Sue Ellen est tombée sur un des perdants de Dieu. Il l'a tuée au cours d'une scène de ménage. Il lui a tiré dessus avec un fusil.

— C'est horrible, dit le Dr Lowenstein. Mais vous voyez bien que votre type d'action n'a eu aucun effet positif. Cette violence-là n'excuse pas vos actes de violence à vous. Ces vies sont atroces. C'est désespérant.

— J'ai eu envie de parler de Sue Ellen à votre amie Monique, aujourd'hui. Par curiosité. Jamais encore je n'avais vu de femme aussi belle que Monique, jamais, de ma vie entière. J'ai toujours pensé que Sue Ellen devait son horrible destin au fait qu'elle n'était pas jolie.

— Ce n'est pas exact, Tom, et vous le savez.

— Je ne suis pas sûr, docteur. J'essaye de comprendre comment tout cela fonctionne. Pourquoi le sort sélectionne-t-il certaines personnes pour être à la fois laides et poursuivies par la malchance ? Un seul de ces fardeaux suffit à rendre le monde difficile. J'avais envie d'entendre l'histoire de Monique et de la comparer à celle de Sue Ellen, pour voir si elle souffrait autant qu'elle en avait l'air.

— La souffrance de Monique a autant de réalité pour elle que celle de Sue Ellen en avait pour Sue Ellen. J'en suis totalement convaincue. Personne n'a le monopole de la souffrance humaine. Les gens souffrent de façon différente et pour des motifs différents.

— Je ferais un psy minable.

— Je suis d'accord avec vous. Je pense que vous feriez un psy minable, répondit-elle, observant un temps de silence avant de poursuivre. Quel enseignement avez-vous tiré de cet incident avec Sue Ellen, Tom ? Quel est le sens de cette histoire pour vous ? »

Je réfléchis un moment et m'efforçai de chasser de mon passé le visage d'une fillette, morte, avant de répondre, pour finir :

« Aucun.

— Rien du tout ? dit-elle, étonnée.

— Écoutez, docteur, cela fait des années que je m'interroge à la lumière de cette histoire. Elle est révélatrice de ma personnalité, de ma conception de ce qui est juste et de ce qui ne l'est pas...

— Pensez-vous que vous avez eu raison d'aller chez elle et de flanquer une raclée à son père ?

— Non. Mais je ne pense pas non plus que j'avais complètement tort.

— Expliquez-moi un peu, je vous prie.

— Je ne sais pas si vous comprendrez. Quand j'étais tout môme et que mon père maltraitait un de ses enfants ou bien s'en prenait à ma mère, je me suis fait la promesse que jamais je ne laisserais un homme frapper sa femme ou ses enfants si je pouvais l'en empêcher. Cette résolution m'a amené à jouer un rôle actif dans nombre de scènes déplaisantes, voire abominables. Je suis intervenu contre des pères qui battaient leurs enfants dans des aéroports, je me suis immiscé dans des querelles conjugales dont les protagonistes m'étaient totalement étrangers, j'ai rossé le père de Sue Ellen. Il se passe quelque chose en moi que je suis incapable d'expliquer. Mais je crois que je suis en train de changer.

— Peut-être devenez-vous adulte.

— Non. Je pense qu'il s'agit de désintérêt.

— Vous est-il jamais arrivé de battre votre femme ou vos enfants ? interrogea-t-elle avec une ferveur soudaine.

— Pourquoi cette question, docteur ?

— Parce que les violents sont, en règle générale, particulièrement violents chez eux. Leur violence s'exerce presque toujours sur des êtres sans défense.

— Et vous avez décidé que je suis un violent ?

— Vous venez de raconter une scène où vous vous êtes comporté avec violence. Vous enseignez un sport violent.

— Non, dis-je en faisant tourner le glaçon à demi fondu au fond de mon verre. Je suis incapable de lever la main sur ma femme ou mes enfants. Je me suis juré de ne ressembler en rien à mon père.

— Ça a marché ?

— Non, dis-je en souriant. Je suis la réplique presque parfaite de mon père. Sauf sur ce point. J'ai le sentiment que les chromosomes ont un pouvoir redoutable.

— Il m'arrive de trouver qu'ils n'en ont pas suffisamment », dit le Dr Lowenstein. Elle termina son verre et fit signe au serveur. « Vous en prendrez un autre ?

— Volontiers. »

Le serveur arriva et se figea auprès de nous. Sa moue était censée indiquer qu'il était prêt à prendre une commande.

« Je voudrais un Martini on the rocks avec une olive, dis-je.

131

— Un autre vin blanc », dit le Dr Lowenstein.

Il fut très vite de retour. J'eus le triomphe de remarquer le zeste jaune d'un citron qui me faisait de l'œil entre les glaçons.

Le visage du Dr Lowenstein s'adoucit dans les angles et je vis des éclairs lilas dans ses yeux sombres lorsqu'elle porta son verre à ses lèvres avant de dire :

« J'ai parlé avec votre mère aujourd'hui, Tom. »

Je levai la main devant mon visage, comme pour parer le coup à venir.

« Par pitié, Lowenstein, je considérerais comme un acte de charité de votre part que vous évitiez de jamais me rappeler que j'ai une mère. Elle tient l'un des rôles principaux dans cette autopsie de ma famille et vous verrez que son unique fonction sur cette terre est de semer la folie. Elle est capable de traverser le rayon du frais dans un magasin d'alimentation et, après son passage, même les choux de Bruxelles sont frappés de schizophrénie.

— Vous la présentez comme un être merveilleux lorsque vous parlez d'elle, dit le Dr Lowenstein.

— Quand j'étais môme, je pensais qu'elle était la femme la plus merveilleuse qui soit au monde, convins-je. Je ne suis pas le premier fils à s'être trompé radicalement sur sa mère.

— Elle a été très gentille au téléphone, et elle semblait très affectée, dit-elle.

— Ce n'était qu'une façade, répondis-je. Elle aura lu jadis dans un manuel qu'il est de bon ton pour une mère de se montrer affectée quand sa fille se taille les veines. Son coup de téléphone est le résultat d'un calcul, d'une stratégie, il n'est pas dicté par l'instinct. »

Le Dr Lowenstein m'examina de son regard serein mais indéchiffrable et dit :

« Elle m'a dit que vous la détestiez.

— C'est inexact, dis-je. Simplement je ne crois pas un mot de ce qu'elle dit. Je l'ai observée pendant des années et j'ai toujours été époustouflé par le pouvoir qu'elle a de mentir. Je persiste à croire qu'une fois au moins dans sa vie elle va se planter et dire la vérité sur quelque chose. Mais ma mère est une menteuse de haut vol à qui l'on donnerait le Bon Dieu sans confession. C'est une adepte du menu mensonge autant que des gros mensonges à renverser les nations. »

Lowenstein eut un sourire pour dire :

« C'est drôle. Votre mère m'a dit que vous alliez sûrement me raconter une quantité de mensonges sur son compte.

— Maman sait que je vais tout vous raconter, docteur, dis-je. Elle sait que je vais vous révéler des choses trop douloureuses pour que Savannah s'en souvienne, ou qu'elle-même admette qu'elles ont existé.

— Votre mère a pleuré au téléphone quand elle m'a dit dans quel état d'esprit Savannah et vous étiez à son égard, dit le Dr Lowenstein. Je dois reconnaître qu'elle m'a beaucoup émue, Tom.

— Lorsqu'elle se met à pleurer, lui dis-je sur le ton de la mise en garde, ma mère serait capable de se faire embaucher comme crocodile

132

sur les bords du Nil pour dévorer les autochtones bien grasses qui battent leur linge au bord de l'eau. Les larmes de ma mère ne sont jamais que des armes qu'il convient de prendre en compte dans la mise au point d'une stratégie d'affrontement.

— Elle est très fière de ses enfants. Elle m'a raconté combien elle était fière que Savannah soit poète.

— Vous a-t-elle dit qu'elle n'a pas eu de nouvelles de Savannah depuis trois ans ?

— Non, dit le Dr Lowenstein. En revanche, elle m'a dit que vous étiez le meilleur professeur d'anglais qu'on ait jamais vu. Elle m'a raconté qu'une de vos équipes de football avait remporté le championnat d'État.

— Chaque fois que ma mère fait un compliment, on se met à carburer à toute allure avec l'espoir de prévoir l'instant précis où elle va vous poignarder dans le dos, dis-je, ravi qu'il existe une chose nommée vermouth en ce monde, et que je sois en train d'en boire un verre. Après vous avoir fait tous ces compliments merveilleux sur mon compte, docteur, elle s'est empressée de vous informer que j'avais fait une dépression nerveuse.

— Oui, dit le Dr Lowenstein, avec un regard de méticuleuse tendresse pour moi. Ce sont les mots exacts qu'elle a employés.

— Dépression nerveuse, dis-je. J'ai toujours aimé la façon dont cette expression sonnait. On pense à quelque chose de raisonnable, sans danger.

— Elle n'a pas fait une seule allusion à Luke, dit Lowenstein.

— Bien sûr que non. Le mot indicible. Nous y viendrons, à son silence au sujet de Luke. Lorsque j'en serai à ce chapitre-là, Dr Lowenstein, faites bien attention à Luke. Aucun de nous ne s'en doutait, du temps que nous étions occupés à grandir, mais de nous trois Luke fut celui qui vécut la vie essentielle, la seule qui importe, dis-je, épuisé par cette discussion sur ma mère.

— Quoi qui se soit passé, Tom, dit-elle, et il y avait un rien d'amour dans le ton de sa voix, vous vous en êtes très bien sorti.

— Il y a bien longtemps maintenant que je suis un objet de pitié pour ma famille, en Caroline du Sud, Lowenstein, dis-je. Je n'avais pas l'intention de vous parler de mon propre effondrement. J'allais garder secret cet épisode de l'histoire. Parce que je voulais m'exercer à être un homme complètement nouveau avec vous. J'ai essayé d'avoir du charme et de l'esprit, et j'avais le secret espoir que vous me trouveriez un peu de séduction. »

Sa voix se fit plus froide lorsqu'elle me répondit.

« Pourquoi tenez-vous à ce que je vous trouve séduisant, Tom ? Je ne vois pas en quoi cela serait susceptible d'aider votre sœur ou vous-même.

— Il n'y a aucune raison de vous inquiéter, Dr Lowenstein, grognai-je. Je n'ai pas très bien formulé ce que je tentais d'exprimer. Seigneur Dieu, je vous présente mes excuses. Je vois que j'ai mis en branle toutes les défenses féministes de votre système nerveux. Je voulais seulement être apprécié de vous parce que vous êtes une femme intelligente et belle. Il y a bien longtemps que je n'ai eu l'occasion de me croire séduisant, Lowenstein. »

De nouveau, je constatai un adoucissement et vis sa bouche se décrisper pour dire :

« Je suis dans le même cas, Tom. »

En la regardant, j'eus la stupéfaction de constater qu'elle exprimait une douloureuse vérité. Il y avait un grand miroir derrière le bar et je vis nos deux reflets langoureux juste au-dessous des verres de cocktail rutilants.

« Est-ce que vous vous voyez là-bas dans le miroir, Dr Lowenstein ? dis-je.

— Oui, dit-elle en se détournant de moi pour regarder du côté du bar.

— Ce n'est pas un visage séduisant que vous avez sous les yeux, Dr Lowenstein, dis-je en me levant pour partir. Quels que soient les critères d'évaluation que l'on se donne, c'est ce qu'on appelle partout dans le monde un beau visage. Et c'est un plaisir pour moi de le contempler depuis deux semaines.

— Mon mari ne me trouve guère séduisante, dit-elle. C'est gentil à vous de me dire ça.

— Si votre mari ne vous trouve pas séduisante, dis-je, c'est qu'il est homosexuel ou débile. Vous êtes fabuleuse, Lowenstein, et je pense qu'il est grand temps que vous tiriez plaisir de ce fait. C'est d'accord pour que je voie Savannah demain matin ?

— Vous avez changé de sujet, dit-elle.

— J'ai pensé que vous interpréteriez cela comme du badinage, dis-je.

— Était-ce du badinage, Tom ? interrogea-t-elle.

— Non, dis-je. J'envisageais seulement de m'y mettre, mais cela fait rire les femmes quand j'entreprends de les draguer, elles me trouvent ridicule.

— Une partie de l'équipe médicale juge que vos visites sont un facteur de trouble pour Savannah, dit-elle.

— C'est exact, répondis-je. La seule vue de mon visage lui est une souffrance. Mais il en irait de même avec n'importe quel Wingo.

— Son traitement a été modifié ces derniers temps, dit-elle. Je crois qu'on a réussi à maîtriser les hallucinations, mais son degré d'angoisse s'est aggravé. Pourquoi ne patientez-vous pas un peu avant d'aller la voir, Tom ? J'en dirai deux mots à l'équipe qui s'occupe d'elle.

— Je ne lui dis rien qui soit susceptible de la troubler, Lowenstein, dis-je, je vous promets. Je lui parle seulement de choses qui lui font plaisir. Je lui lis de la poésie.

— Vous a-t-elle dit quoi que ce soit, Tom ?

— Non, répondis-je. Est-ce qu'elle vous parle beaucoup à vous ?

— C'est venu très lentement, dit Lowenstein. Elle m'a dit qu'elle ne voulait plus que vous veniez la voir.

— En ces termes ? demandai-je.

— Exactement en ces termes, Tom, dit le Dr Lowenstein. Je suis navrée. »

Ma grand-mère Tolitha Wingo est en train de mourir dans un hospice de Charleston. Son esprit divague un peu, comme on dit, mais elle a encore de rares instants de lucidité parfaite qui permettent d'entrevoir la personnalité riche et lumineuse que son grand âge a voilée sous un suaire de sénilité. Les vaisseaux capillaires de son cerveau semblent se dessécher lentement, comme les torrents qui alimenteraient un fleuve en péril. Le temps n'a plus la même signification pour elle que pour nous ; elle ne le mesure plus en heures et en jours. C'est un vaste cours d'eau qu'elle parcourt depuis sa source jusqu'à son delta. À certains moments, elle est une petite fille qui réclame une nouvelle poupée à sa mère. Sans transition, elle devient une jardinière fort préoccupée de ses dahlias, ou bien une grand-mère qui se plaint que ses petits-enfants ne viennent jamais la voir. À plusieurs reprises, lors de mes visites, elle m'a pris pour son mari, pour sa meilleure amie, pour mon père, ou encore pour un fermier rhodésien nommé Philip et qui fut manifestement un de ses amants. Je ne sais jamais à quel niveau du fleuve je vais me trouver quand j'approche de son fauteuil roulant. La dernière fois que je suis allé la voir, elle m'a tendu les bras en disant d'une voix chevrotante : « Oh, Papa, Papa ! tu es venu me faire un câlin. » Je l'ai prise doucement sur mes genoux et j'ai senti la terrifiante fragilité de ses os tandis qu'elle posait sa tête contre ma poitrine en sanglotant comme une petite fille de huit ans consolée par un père mort depuis quarante ans. Elle ne pèse plus que trente-huit kilos. Et elle finira par mourir comme meurent tous les vieux en Amérique... d'humiliation, d'incontinence, d'ennui, d'oubli.

Certaines fois, elle me reconnaît, les jours où elle a l'esprit vif et folâtre, et la journée passe alors en rires et évocations de souvenirs. Mais lorsque je me lève pour partir, ses yeux expriment à la fois la peur et la trahison. Elle crampone alors ma main dans une dure étreinte veinée de bleu et supplie : « Emmène-moi avec toi, Tom. Je refuse de mourir au milieu d'étrangers. S'il te plaît, Tom. Je sais que ça au moins, tu le comprends. » Mes départs la tuent un peu davantage chaque fois. Elle me brise le cœur. Je l'aime autant que tous les êtres que j'aime au monde, pourtant je ne permets pas qu'elle vive avec moi. Je n'ai pas le courage de la faire manger, de torcher sa merde, de soulager sa souffrance, de combler un peu les profondeurs abyssales de sa solitude, de son exil. Parce que je suis un Américain, je la laisse mourir à petit feu, isolée et abandonnée des siens. Elle me demande souvent de la tuer comme un acte de bonté, de charité. Je trouve à peine le courage de venir la voir. À la réception de l'hospice, je passe une bonne partie de mon temps à chercher querelle aux docteurs et aux infirmières. Je crie et leur clame dans les oreilles qu'ils ont chez eux une femme extraordinaire, une femme qui mérite leur considération et leur affection. Je me plains de leur froideur et de leur manque de professionnalisme. Je prétends qu'ils traitent les personnes âgées comme des quartiers de viande pendus aux crochets d'acier des chambres froides. Il y a une infirmière, une Noire dans la cinquantaine qui s'appelle Wilhelmina Jones et travaille dans l'établissement. C'est elle qui essuie le choc des tirades de ma frustration. Un jour elle m'a dit : « Si elle est tellement extraordinaire, M. Wingo, pourquoi est-ce que sa famille l'a envoyée pourrir dans ce trou à rats ? Tolitha n'est pas un quartier de viande, et nous ne la traitons pas comme telle. La pauvre chérie est simplement devenue vieille, et elle n'est pas arrivée ici toute seule. C'est vous qui l'y avez traînée, contre son gré. »

Wilhelmina Jones a visé juste. Je suis l'architecte des derniers jours de ma grand-mère sur cette terre et, par une singulière absence de courage et d'élégance, j'ai contribué à faire qu'ils soient sordides, insupportables, privés d'espoir. Chaque fois que j'embrasse ma grand-mère, mes baisers sont le masque de l'artifice du traître. Quand je l'ai amenée à l'hospice, je lui ai raconté que nous partions faire une grande promenade à la campagne. Je n'ai pas menti... La promenade n'est pas encore terminée.

Lorsque Papa John Stanopolous mourut, à la fin de l'année 1951, Tolitha l'enterra dans les règles au cimetière Oak Lawn d'Atlanta, puis elle vendit la maison de Rosedale Road et s'embarqua dans une extravagante odyssée qui allait lui faire faire trois fois le tour du monde en l'espace de trois ans. Si étroit était le lien qu'elle établissait entre son chagrin d'avoir perdu Papa John et la ville d'Atlanta, qu'elle ne retourna jamais plus par là-bas, fût-ce le temps d'une visite. Elle était de ces femmes qui savent d'instinct qu'un extrême bonheur ne se répète pas ; elle sut fermer la porte comme il convenait sur le passé.

Tolitha voyagea en paquebot, toujours en première classe, et au cours de ces années de pérégrinations systématiques, elle visita quarante-sept pays. Elle envoya des centaines de cartes postales rendant compte de tous ces voyages, et ces cartes, rédigées dans sa calligraphie à peine lisible, constituèrent la première littérature du voyage qu'il nous fut donné de lire, tous autant que nous étions. Dans le coin supérieur droit étaient collés les plus lumineux et les plus merveilleux des timbres-poste, aquarelles et paysages miniatures représentant ces contrées obscures, ou bien de superbe reproductions des chefs-d'œuvre artistiques de pays d'Europe. Les nations africaines célébraient la lumière fabuleuse du soleil sur la forêt vierge et les grands espaces de la savane, sur leurs timbres chantaient des fruits resplendissants, des perroquets fièrement perchés sur un manguier, des mandrills cruels à la face bariolée et renfrognée, des éléphants franchissant à gué de larges fleuves, et des processions de gazelles traversant la plaine au pied du Kilimandjaro. Sans le savoir, elle fit de nous des philatélistes passionnés tandis que nous déchiffrions péniblement ces récits de voyages qu'elle rédigeait à la hâte au gré des tempêtes courant les latitudes subtropicales, à bord des navires dans lesquels elle sillonnait les océans. Chaque fois qu'elle

136

écrivait une lettre, elle glissait dans l'enveloppe une poignée de pièces de tous les pays du monde où elle avait pénétré. Ces pièces de monnaie, tangibles et exotiques, furent notre initiation aux joies tranquilles de la numismatique. Nous les rangions dans un bocal de gelée de raisin et les étalions sur la table de la salle à manger, en faisant correspondre chaque pièce avec son pays de provenance repéré sur la mappemonde que mon père avait achetée pour suivre les errances de Tolitha. À l'aide d'un crayon jaune pâle, nous coloriions chaque pays sur la carte dès qu'elle en avait franchi les frontières. Nous acquîmes ainsi une grande virtuosité dans l'évocation de noms de lieux aussi mystérieux que Zanzibar, le Congo belge, le Mozambique, Singapour, Goa ou le Cambodge. Ces noms dans nos bouches avaient goût de fumée ; ils renvoyaient des échos tintinnabulants du primitif et de l'obscur. Enfants, nous voyions en Tolitha bravoure, générosité et chance. Le jour où Savannah, Luke et moi fûmes confirmés par l'évêque de Charleston, un rhinocéros blanc heurta la jeep de ma grand-mère dans les plaines du Kenya. Pendant la première semaine de notre année de cours moyen, Tolitha écrivit une lettre décrivant la lapidation à mort d'une femme adultère en Arabie saoudite. Elle prenait des risques énormes dont elle nous contait allégrement tous les détails. Ayant remonté bien haut l'Amazone, elle regarda un banc de piranhas réduire un tapir à l'état d'os en l'espace de quelques minutes d'horreur. Les cris du tapir retentirent en écho contre les murs formés par une jungle impénétrable, jusqu'au moment où les poissons atteignirent la langue de l'animal. Cette langue fut leur dessert, ajoutait-elle méchamment dans l'un de ces petits détails exquis à donner le frisson dont elle agrémenta sa prose au fur et à mesure que son œil se faisait plus expert au fil de ses lentes pérégrinations autour de la planète. Des Folies-Bergère, elle écrivit qu'elle y avait vu plus de tétons sur scène qu'elle en avait jamais vu dans un élevage de vaches laitières. De Rome, elle envoya une carte postale représentant le macabre arrangement des crânes de moines empilés comme des pièces d'artillerie dans une petite chapelle des catacombes des capucins. Elle expédia des boîtes de coquillages ramassés sur la côte est-africaine, une tête réduite achetée pour « trois fois rien » au Brésil, à un chasseur de têtes repenti et édenté. Un Noël, elle offrit à mon père une langue de kérabau en saumure. Elle acheta et envoya par la poste une flûte à charmer les cobras, un morceau de la vraie croix, marchandé à un Arabe borgne, une dent de chameau, les crochets d'un surucucu, un pagne en provenance directe des parties d'un sauvage et que ma mère s'empressa de brûler en disant que nous avions suffisamment de microbes en Caroline du Sud pour laisser tranquilles ceux qui venaient d'Afrique. Tolitha avait un goût enfantin pour tout ce qui était bizarre, surréel, définitivement unique.

Elle se vantait d'avoir attrapé la diarrhée dans vingt et un pays. Pour ma grand-mère, une diarrhée sérieuse représentait une sorte de croix du mérite du voyageur, attestant d'une volonté de sortir du simple pittoresque pour aller affronter des contrées plus sauvages. En Syrie, elle dégusta une pleine assiettée d'yeux de brebis dont elle raconta qu'ils avaient très exactement le goût que l'on pouvait imaginer qu'avaient des yeux de brebis. Elle était plus aventureuse que fin gourmet, mais notait toujours scrupuleusement les détails de son alimentation. En divers endroits du monde, elle dîna de queue de caïman, de la chair vénéneuse du poisson-boule (qui lui laissa les doigts gourds), de filet de requin, d'œufs d'autruche, de sauterelles enrobées de chocolat, de civelles en saumure, de foie d'antilope, de couilles de bouc et de python bouilli. Après avoir étudié son régime alimentaire, qui se serait étonné de ses fréquentes crises de diarrhée ? On s'émerveillait surtout qu'elle pût ne pas vomir au milieu de chaque repas.

Pendant trois années ininterrompues, elle n'eut d'autre préoccupation que celle de voyager continuellement, de découvrir des choses hors du commun dans des lieux hors du commun, de s'étudier elle-même à travers le texte annoté de géographies étrangères. Plus tard, elle reconnut avoir voulu se constituer une bibliothèque de souvenirs chatoyants pour ses vieux jours qu'elle sentait proches. Elle voyagea donc pour connaître l'étonnement, pour devenir une femme autre que ce à quoi la destinait sa naissance. Sans qu'elle en eût l'intention, mais par l'exemple qu'elle donna, elle fut la première philosophe du voyage produite par notre famille. À force de vagabondages, Tolitha découvrit qu'il y avait des choses à apprendre sur les extrêmes et les tangences. Elle respectait la marginalité ; l'enthousiasme faisait la différence. Au solstice de l'été 1954, une aimable troupe de sherpas servit de guide à ma grand-mère pour une randonnée de deux semaines dans les montagnes de l'Himalaya où, un matin, à l'aube, sur le toit du monde au froid brutal, elle vit la lumière du soleil dévoiler les flancs enneigés du mont Everest. Un mois plus tard, elle observait la migration de serpents aquatiques dans les mers de Chine du Sud et reprenait le chemin de la maison.

Elle arriva à Colleton passablement épuisée et dépenaillée. De façon fort significative, c'est aussi sans le sou qu'elle débarqua dans notre ville. Ma mère n'allait pas manquer de faire les comptes haut et fort, non sans une certaine obsession du capital englouti, et de gémir que Tolitha était venue à bout de plus de cent mille dollars. Mais si ma grand-mère avait surpris les siens et ceux de sa ville natale en satisfaisant ainsi un goût inné du voyage, elle éberlua tout le monde lorsqu'il s'agit de se poser à nouveau. À notre insu à tous, elle avait renoué les relations diplomatiques avec mon grand-père, rallumé la part d'aménité ou d'affection que la Dépression avait éteinte, et elle lui avait écrit des lettres gentilles et fraternelles au fil de ses pérégrinations. Par tact ou par pudeur, lui n'avait jamais soufflé mot à quiconque de ces missives ; mon grand-père Wingo fut le seul de notre ville à ne pas être abasourdi lorsque ma grand-mère débarqua un beau jour à Colleton, après une absence de plus de vingt ans, et se rendit directement à sa maison de Barnwell Street où elle défit ses bagages, rangeant ses vêtements dans la commode qu'elle avait abandonnée il y avait si longtemps. « Même les pigeons voyageurs finissent par avoir besoin de se poser quelque part », dit-elle, et ce fut la seule explication qu'elle daigna offrir à quiconque.

Dix pleines malles de babioles exotiques aussi merveilleuses qu'inutiles la suivirent à Colleton et sa maison déborda d'objets extravagants qui avaient frappé son imagination un peu partout sur la planète. Le salon de mon grand-père, qui avait été jadis la quintessence du salon sudiste, s'emplit de masques et statues africains, d'éléphants en céramique de Thaïlande, de bibelots émanant de tous les bazars qu'elle avait dévalisés en Asie. Chaque objet avait derrière lui une histoire, un pays, une série d'aventures, et elle pouvait refaire le chemin parcouru simplement en laissant ses yeux naviguer dans cette pièce. Son secret, ainsi que nous devions le découvrir, était qu'une fois que l'on a voyagé, il n'est pas de fin au voyage, il se joue et se rejoue sans cesse dans la plus tranquille des chambres, l'esprit ne peut plus jamais s'en détacher.

Ainsi la cellule familiale de mon père se reconstitua-t-elle alors qu'il était âgé de trente-quatre ans.

Ma mère prenait un infini plaisir à dénigrer la vie et les heures de gloire de ma grand-mère. Il n'était pas une femme en vie que ma mère ne considérât comme une rivale, et le retour au bercail de ma grand-mère, après son batifolage intercontinental, alimenta le flot continu de ses indignations autosatisfaites. « Je ne comprends pas comment une mère a jamais pu trouver le cœur d'abandonner ses enfants en pleine crise économique, jetait-elle à mi-voix. Les hommes passent leur temps à abandonner leur famille, mais une *mère*, jamais. Une *mère* digne de ce nom du moins. Votre grand-mère a commis un crime contre la nature, contre toute loi naturelle, et pas une fois je ne l'ai entendue y faire la moindre allusion, encore moins se jeter aux pieds de votre père pour implorer son pardon. Et n'allez pas croire que votre père n'en a pas souffert. N'allez pas croire qu'il n'en a pas été affecté. Non, on peut même faire remonter tous ses problèmes à ce matin où il découvrit en se réveillant qu'il n'avait plus de maman pour s'occuper de lui et l'aimer. C'est pour cela qu'il est dérangé de la tête. C'est pour cela qu'il lui arrive parfois de se conduire comme un salaud. Et ensuite, Tolitha est partie dilapider l'avenir pour satisfaire ses propres caprices au lieu de l'investir sur un compte d'épargne. Elle est revenue ici sans un sou. Moi, à la place d'Amos, je l'aurais flanquée dehors avec pertes et fracas. Mais les hommes sont plus sentimentaux que les femmes. Vous pouvez me croire. »

Elle ne formulait ses indignations que devant ses enfants. Lorsqu'elle se trouvait en compagnie de Tolitha, ma mère ne tarissait pas de louanges sur son indépendance, son courage, son indifférence totale envers l'attitude de la ville à son égard. Tolitha se foutait royalement de l'opinion publique de Colleton. Du temps de mon enfance, elle était la seule personne à ma connaissance qui eût jamais divorcé. En bien des façons, elle fut la première femme moderne que Colleton eût produite. Elle ne fournissait ni explications ni excuses pour ses actes. Après son retour, coururent des rumeurs sur d'autres mariages en cours de voyage, rencontres à bord avec des messieurs solitaires, alliances de raison autant que de cœur, mais Tolitha ne dit rien. Elle se contenta de réintégrer la maison de mon grand-père et se mit à revivre avec lui comme mari et femme. Amos l'ennuyait toujours autant avec ses lubies religieuses. Mais il existait entre eux quelque chose d'ineffable, de douillet, de tendre. Mon grand-père fut ravi de la récupérer.

Il n'avait jamais posé les yeux sur une autre femme. Il faisait partie de ces hommes très rares qui ne sont capables d'être vraiment amoureux qu'une fois dans leur vie. Je crois que ma grand-mère, elle, aurait pu aimer une centaine d'hommes. En vieillissant et en apprenant à la connaître, j'ai fini par penser qu'elle l'avait sans doute fait. Elle était irrésistible pour un homme et constituait un danger pour toute femme croisant sa route. Elle avait un style excentrique, indéfinissable, original.

Aujourd'hui, je pense qu'elle est revenue parce qu'elle avait fait tout ce qu'elle avait envie de faire ; je crois aussi très fort qu'elle est revenue pour sauver ses petits-enfants de la furie de son fils et de la froideur affective de sa belle-fille. De toute façon, elle apporta une voix, une conscience, un bureau des réclamations vers lequel nous pouvions nous tourner en cas de crise. Elle comprenait la nature du péché et savait que sa forme la plus insaisissable était celle qui s'ignorait. Comme beaucoup d'hommes et de femmes qui commirent d'énormes et irréparables erreurs avec leurs enfants, elle se racheta en devenant une grand-mère exemplaire. Tolitha ne nous grondait jamais, ni ne nous marquait sa réprobation, ni ne marchandait en aucune façon son affection contre notre bonne conduite. Elle se contentait de nous adorer, dans toutes les manifestations charmantes ou horripilantes de notre enfance. De ses erreurs passées, elle avait tiré et codifié une éthique naturelle : l'amour n'était pas la demoiselle d'honneur obligée du désespoir ; l'amour n'impliquait pas la souffrance. Forte de ce savoir, elle était revenue tranquillement à la vie qu'elle avait abandonnée. Chaque fois que mon père nous battait, ma mère disait : « C'est seulement parce qu'il vous aime qu'il a frappé. » Chaque fois qu'elle-même nous tapait avec sa brosse à cheveux, son manche à balai ou ses mains nues, elle le faisait au nom et sous le signe de l'amour. Cet amour qui nous était dispensé se situait dans l'ombre de Mars, réfugié piteux de quelque Zodiaque altéré, en débandade. Mais ma grand-mère rapporta de ses lointains voyages une doctrine révolutionnaire : L'amour ignore les larmes ; il ignore les poings. L'amour ne laisse pas de bleus, il ne fait pas saigner. Au début, nous nous dérobâmes tous les trois lorsqu'elle voulut nous serrer dans ses bras, nous prendre sur ses genoux. Tolitha caressa nos visages, nos cheveux. Elle nous embrassa jusqu'à nous faire ronronner comme des chatons. Elle chantait nos louanges par des refrains de son invention. Elle nous disait que nous étions beaux. Elle nous disait que nous étions extraordinaires et que nous accomplirions de grandes choses.

Son retour renforça le matriarcat Wingo, déjà formidable. La lignée des Wingo produisait des hommes forts, mais aucun de nous ne soutenait la comparaison avec les femmes Wingo. Dans leurs yeux nous lisions la lueur métallique de la détermination du tsar, les froides certitudes du tyran. Dès le retour de Tolitha, commença une lutte de pouvoir qui ne devait se terminer que le jour où ma mère monta dans la voiture avec moi pour aller placer ma grand-mère à l'hospice de Charleston, vingt-cinq ans plus tard.

L'homme auprès duquel elle revint, Amos Wingo, était l'un des hommes les plus étranges que j'eusse jamais rencontrés, et certainement l'un des meilleurs aussi. Toute étude du personnage de mon grand-père tourne à la méditation sur la sainteté. Sa vie entière ne fut qu'un hymne de louange à la gloire du Seigneur, un hymne de louange long et ennuyeux. La prière était son unique passe-temps ; le Dieu grand, en trois personnes, son seul centre d'intérêt. Pour se pencher sur la biographie moins sage et plus séculière de ma grand-mère, il faut une certaine compassion pour l'impossibilité de vivre une vie entière aux côtés d'un homme voué à la sainteté. Les saints font des grands-pères merveilleux mais de piètres maris. Bien des années plus tard, ma grand-mère révéla que lorsqu'il lui faisait l'amour, mon grand-père ne cessait de gémir : « Merci, Jésus, merci, Jésus », en même temps qu'il la besognait. Elle affirmait qu'elle ne pouvait avoir l'esprit à ce qu'elle faisait quand il invitait Jésus entre leurs draps.

Quand nous étions tout petits, mon grand-père nous emmenait tous les trois à la jetée de l'île Melrose et il nous racontait l'histoire de sa vie spirituelle. Tandis que ses longs pieds minces pataugeaient dans le Colleton, je n'étais pas surpris le moins du monde d'entendre grand-père Wingo révéler le secret que Dieu était apparu en personne au jeune Amos Wingo et qu'il lui avait donné l'ordre de vivre une vie en accord avec la parole. Dieu honora souvent mon grand-père, tout au long de sa vie, de ces visitations impromptues et bavardes. Amos écrivit régulièrement de longues lettres au rédacteur en chef de la *Gazette de Colleton*, pour exposer en détail où chacune de ces visions était intervenue et rapporter mot pour mot les intentions exactes du Créateur. De ces lettres (que Savannah conserva précieusement), on pouvait conclure que Dieu s'exprimait sans grand souci des normes grammaticales et orthographiques, et qu'il nourrissait une étrange tendresse pour le parler vernaculaire sudiste. « Dieu parle comme un péquenot », dit Luke après la lecture de ces épîtres. En fait, Dieu parlait d'une voix qui ressemblait curieusement à celle de mon grand-père, et ces lettres décousues à ses concitoyens furent à la fois le fléau et la gloire secrète de mon enfance. Mais Amos lui-même reconnaissait qu'il était difficile de mener une vie normale quand Dieu l'interrompait constamment par des conversations spectaculaires et dévoreuses de temps.

Savannah fut la première à poser la question : « À quoi il ressemble, Dieu, grand-père ?

— Eh bien, Savannah, répondit mon grand-père, il est plutôt bien de sa personne. Il y a toujours beaucoup de lumière autour de lui, alors je ne le vois pas trop bien, mais les traits de son visage sont réguliers et ses cheveux plus noirs qu'on ne s'y attendrait. Un peu longs, en plus, et je me suis dit que je devrais peut-être lui proposer une coupe. Je ne lui demanderais pas un centime. Juste pour lui raccourcir un petit peu. Rafraîchir les côtés. »

Savannah fut aussi la première personne à jamais dire tout haut que grand-père Wingo était cinglé.

Mais dans ce cas, il s'agissait d'une folie douce, toute simple. Au plus fort de la Grande Dépression, Dieu lui apparaissait quotidiennement et sa famille dut vivre de ce qu'ils pouvaient pêcher dans le fleuve, point final.

Il abandonna son métier de barbier et cessa de vendre des bibles, persuadé que la Dépression était un signe céleste que la Seconde Venue du Christ était imminente. Il se mit à prêcher au coin des rues, à déclamer des psaumes peu orthodoxes sur le thème de la foi et de la perdition à quiconque se trouvait à portée de sa voix, s'égarant parfois dans les terrifiants arcanes grammaticaux de la langue inconnue qui jaillissait de ses lèvres comme une sorte d'épilepsie torturée de l'âme.

Grand-père Wingo était aussi d'humeur vagabonde, « le sang gitan », disait ma grand-mère, mais par ironie, car elle avait le sentiment qu'Amos ne mettait guère d'imagination dans ses voyages. Il se contentait d'aimer la route en tant que telle, et peu lui importait où elle le menait. L'appel se faisait entendre sans préavis et il quittait aussitôt Colleton à pied, parcourant le Sud plusieurs mois d'affilée, en vendant des bibles et en coupant des cheveux. Même au repos, il avait un tic nerveux agaçant – sa jambe droite était agitée de petites secousses, comme si un moteur ronflait en permanence sous son genou. Cette vibration de sa jambe était un rappel permanent qu'il pouvait n'être plus là le lendemain, parti vers le sud en direction de la Floride ou bien en route vers l'ouest et le Mississippi, pour y diffuser la parole de l'Esprit et talquer des nuques rasées de frais. Il déposait la parole de Dieu comme du pollen sur les étamines et les pistils de toutes les âmes humaines qu'il croisait dans l'exercice de son ministère errant et improvisé.

Au long des petites routes du Sud rural, il portait une valise emplie de ses vêtements et outils de barbier, et une autre, plus grande, pleine à craquer de bibles de toutes formes et de tous formats. Les moins chères étaient petites, noires et utilitaires, pas plus grandes que des souliers d'enfant. Mais les caractères étaient minuscules et risquaient de provoquer une myopie en cas de lecture trop fervente sous une lumière insuffisante. Il considérait de son devoir de pousser des modèles plus ostentatoires. La Cadillac des bibles était imprimée sur Naugahyde teinté blanc laiteux, avec des pompons dorés pour servir de marque-pages, somptueusement illustrée de peintures bibliques des « Grands Maîtres ». Mais le clou absolu de ce volume superbe était que les paroles de Jésus de Nazareth y étaient imprimées en encre rouge vif. Ces bibles très coûteuses étaient invariablement choisies par les familles les plus pauvres qui les achetaient grâce à un généreux crédit de longue durée. Dans le sillage de mon grand-père, nombre de chrétiens démunis se retrouvaient confrontés au dur choix d'honorer les traites mensuelles de leur bible au blanc rutilant, ou de remplir les assiettes de la table familiale. Le souvenir de sa présence pieuse et illuminée par Dieu devait rendre ce choix plus déchirant qu'il n'aurait dû. Ne pas s'acquitter d'une mensualité pour une bible équivalait pour mon grand-père à un péché majeur, inavouable, mais il ne se résolvait jamais à reprendre une bible une fois qu'il avait rempli gratuitement la chronologie familiale située au milieu du volume. Il croyait qu'aucune famille ne pouvait connaître de véritable sécurité ni se sentir vraiment américaine tant que le nom de tous ses membres ne figurait pas sur les pages d'une bible décente où Jésus parlait en rouge. Bien que cela ne facilitât pas toujours ses relations avec l'entreprise qui lui confiait les bibles, il refusait d'enlever la Parole de Dieu de la maison d'un pauvre hère. La société éditrice devait envoyer d'autres hommes sur les pas de mon grandpère pour récupérer les bibles ou encaisser les sommes dues. Mais grand-père Wingo vendait plus de bibles blanches que n'importe quel autre démarcheur, et c'est de là que venait l'argent.

Comme vendeur de bibles, mon grand-père devint une sorte de légende dans le Sud des petites villes. Il débarquait dans une commune minière ou bien dans une agglomération installée à la croisée de plusieurs chemins, et il commençait à faire du porte-à-porte. Si une famille n'avait pas besoin de bible, il devait bien se trouver un de ses membres pour avoir besoin d'une coupe de cheveux. Il pratiquait un tarif de groupe pour la famille au grand complet. Il adorait sentir le contact des cheveux humains entre ses doigts et les crânes chauves lui inspiraient une constante tendresse. Il parlait de la vie du Christ par-dessus le bruissement du rasoir et les épais nuages de talc qui se formaient quand il brossait les cheveux coupés sur les nuques de garçons et de fillettes gigotant tant et plus. Lorsqu'il prit sa retraite, la compagnie éditrice de bibles lui offrit un assortiment de tondeuses plaquées or ainsi qu'un certificat de reconnaissance qui accrédita un fait que nous suspections depuis le début : Amos avait vendu plus de bibles que quiconque dans l'histoire de cette maison spécialisée dans la vente au porte-à-porte. Dans son ultime hommage et par un étonnant accès poétique, elle le désignait comme « Amos Wingo – Le Roi de la Bible en Lettres Rouges ».

Mais en tant que commis voyageur dont le territoire couvrait cinq des États du Sud, mon grand-père abandonna souvent mon père aux soins inconstants et approximatifs de bonnes, de cousines, de tantes célibataires ou de toute autre personne qu'il réussissait à trouver pour s'occuper de son fils. Pour des raisons très différentes, aucun de mes grands-parents ne prit en charge la tâche fondamentale d'élever leur enfant unique. Il y avait un côté douloureusement solitaire, voire irréconciliable, dans la querelle qui opposait mon père à ce monde. Son enfance avait été un désastre licite de négligence, et mes grands-parents furent le bras pâle et irrépréhensible des crimes de mon père contre ses propres enfants.

Mes grands-parents étaient comme deux enfants mal assortis et leur maison recelait pour moi le double parfum du sanctuaire et du jardin d'enfants. Lorsqu'ils s'adressaient la parole, c'était avec la plus grande civilité. Il n'y avait pas de véritable conversation entre eux ; pas de propos légers ou badins, rien qui ressemblât à du flirt, aucun échange de commérages. Ils ne donnèrent jamais l'impression de vivre ensemble, même pas après le retour de ma grand-mère. Rien d'humain n'interférait dans leur affection réciproque et sans réserve. J'observais leur relation avec ce qui s'apparentait à une sainte terreur parce que je ne parvenais pas à imaginer ce qui la faisait fonctionner. Je sentais qu'il y avait de l'amour entre ces deux êtres, mais il s'agissait d'un amour sans flamme ni passion. Il n'y avait pas davantage de rancœurs ni de fièvres, une courbe de température parfaitement étale, un mariage sans contraintes climatiques, une force tranquille, une résignation, une suite de jours sans vent dans le Gulf Stream de leur vieillissement paisible. Le bonheur sans complication de leur compagnonnage conférait une sorte d'obscénité au mariage de nos propres parents. Il leur avait seulement fallu la bagatelle d'une séparation qui dura la moitié d'une vie pour atteindre la perfection aux yeux de l'autre. Je comptais sur eux pour élucider mon père et ne trouvai aucune réponse. Il n'était pas présent dans leurs yeux. Leur réunion avait donné naissance à quelque chose de totalement neuf et jamais vu. Jamais je n'ai entendu Tolitha ni Amos élever la voix. Nous ne reçûmes jamais d'eux la moindre fessée, et lorsqu'ils nous faisaient la plus petite observation, ils avaient presque l'air de s'excuser. Ils avaient pourtant créé l'homme qui devint mon père, me battit, battit ma mère, battit mes frère et sœur, sans que je trouve l'amorce d'une explication dans leur maison. Leur civilité, leur calme indéfectible précisément me gênaient. Impossible de me tourner de leur côté pour comprendre d'où je venais. Il y avait une pièce manquante, brisée, mystérieuse. D'une façon ou d'une autre, ces deux âmes paisibles avaient donné naissance à un fils violent qui à son tour m'avait donné naissance à moi. Je vivais dans une maison où le pêcheur de crevettes était redouté. Sans que cela fût exprimé à haute voix. Ma mère nous interdisait de révéler à quiconque en dehors de la famille que mon père nous frappait. Elle attachait une valeur cardinale à ce qu'elle appelait la « loyauté familiale » et n'aurait toléré aucune attitude susceptible d'être interprétée par elle comme une trahison ou un acte de sédition. Nous n'étions pas autorisés à critiquer notre père ni à nous plaindre de ses traitements. Mon frère Luke n'avait pas encore dix ans qu'il l'avait déjà par trois fois laissé sur le carreau après une correction. Luke était sa cible d'élection, le visage contre lequel il se tournait toujours. Ma mère était généralement battue lorsqu'elle intervenait en faveur de Luke. Savannah et moi prenions des coups quand nous tentions de nous interposer entre ma mère et lui. Un cycle s'était créé, fortuit et mortel.

Je vécus mon enfance persuadé qu'un jour mon père me tuerait.

Mais je vivais dans un monde où l'on n'expliquait rien aux enfants, sauf la suprématie du concept de loyauté.

J'appris de ma mère que la loyauté était la façon de faire bonne figure quand on fondait toute sa vie sur une accumulation de mensonges insignes.

Nous classions les années selon le nombre de fois où nous avions été battus par notre père. Bien que les corrections fussent déjà terribles, l'irrationalité du comportement de mon père était pire encore. Nous ne savions jamais ce qui allait le mettre hors de lui ; nous étions incapables de prévoir les bouleversements météorologiques affectant l'âme qui déchaîneraient le monstre sous notre toit. Il n'existait pas de ligne de conduite à laquelle se tenir, ni de stratégie à improviser, ni, à l'exception de ma grand-mère, de tribunal impartial auprès duquel réclamer une amnistie. Notre enfance passa à attendre ses attaques.

En 1955, il me laissa raide à trois reprises. En 1956, il m'assomma cinq fois. En 1957, il m'aima davantage encore. Sa passion pour moi s'amplifia en 1958. Chaque année son amour paternel croissait, tandis que je cheminais à reculons vers l'âge adulte.

Depuis l'année passée à Atlanta, je réclamais sa destruction à Dieu. « Tuez-le. Je vous en prie, Seigneur, tuez-le », murmurais-je à genoux. Mes pensées l'enterraient jusqu'au cou dans les sables mouvants tandis que je priais la lune de l'engloutir sous un raz de marée et je regardais les crabes lui courir sur le visage et lui dévorer les yeux. J'appris à tuer par mes prières, j'appris la haine quand je devais apprendre à louer Dieu. Je n'avais aucun contrôle sur ma façon de prier. Dès que je tournais mon esprit vers Dieu, le poison jaillissait de moi. Les mains jointes, je chantais le carnage et la dévastation dans l'enceinte de la cité et mon chapelet se transformait en garrot. Ces années furent pour moi des années dangereuses, des années de repli sur moi. Chaque fois que je tuais un cerf, c'était le visage de mon père que je voyais sous les bois ; c'était le cœur de mon père que j'arrachais et brandissais sous les arbres ; c'était le corps de mon père que je pendais à une branche pour le vider de ses viscères. Je me transformai en une boule de haine, un crime contre la nature.

Après le retour de ma grand-mère, je compris lentement qu'elle était une personne que mon père craignait, et je m'attachai donc à la destinée de la femme qui avait eu le courage d'abandonner les siens en pleine Dépression et qui ne s'était jamais excusée auprès de quiconque d'avoir agi de la sorte. Cette femme douce et mon grand-père, doux lui aussi, avaient créé un homme qui était un danger pour ses enfants. Ma mère nous inculqua l'idée que la solidarité suprême consistait à cacher nos blessures et à sourire du sang que nous voyions dans le miroir. Elle m'enseigna à détester l'expression *loyauté familiale* plus que n'importe quelle expression de notre langue.

Quand un enfant subit la réprobation de ses parents, surtout si les parents jouent de cette réprobation, il n'y aura jamais pour lui d'aube nouvelle lui permettant de se convaincre de sa propre valeur. Une enfance saccagée ne se répare pas. Le dindon d'une telle farce ne peut pas avoir d'autre espoir que celui de surnager.

7

Ce ne fut pas avant ma seconde semaine dans la cité que j'eus les premiers symptômes du syndrome new-yorkais. J'éprouvais toujours un sentiment d'inéluctable culpabilité à me la couler douce dans New York alors que tous ces musées et bibliothèques grandioses, toutes ces pièces de théâtre et tous ces concerts sublimes, tout ce vaste éventail de possibilités culturelles me tendaient les bras avec force promesses d'enrichissement. Je me mis à souffrir d'insomnies, j'avais l'impression que je devrais être en train de lire les œuvres complètes de Proust, ou bien d'apprendre une langue étrangère, ou de pétrir mon pain moi-même, ou de suivre un cours sur l'histoire du cinéma. New York stimulait toujours une glande d'autoperfectionnement qui sommeillait depuis longtemps en moi et se réveillait quand je franchissais l'Hudson. Je ne serais jamais assez bien pour New York, mais je me sentirais toujours plus à l'aise si je gravissais au moins quelques échelons pour être davantage à la hauteur de ses normes élevées.

Lorsque je ne trouvais pas le sommeil, lorsque le bruit de la circulation de la nuit s'avérait trop dissonant ou lorsque le passé surgissait comme une cité dévastée dans l'imminence repoussée du rêve, je quittais le lit de ma sœur et m'habillais dans l'obscurité.

Le matin qui suivit ma première nuit à New York, j'avais essayé d'aller courir du côté de Brooklyn, mais je n'étais pas allé au-delà du Bowery où je butai contre les corps endormis de clochards nauséabonds passant la nuit sur le pas de porte d'une cinquantaine de boutiques d'électricité qui noyaient la rue sous une pléthore de lustres et d'appliques divers. Le jour suivant, je partis courir dans la direction opposée et j'eus la surprise de pénétrer avant le jour dans le quartier aux fleurs, au moment où les camions déchargeaient leur cargaison parfumée d'orchidées, de lis et de roses. J'avais l'impression de courir au coude à coude avec une belle femme qui se serait enduit les veines d'eau de Cologne. J'avais humé bien des New York, mais jamais encore celui que dominait la douce souveraineté d'un millier de jardins assassinés. Dans le meilleur des cas, New York était la cité d'épiphanies fortuites et je me jurai d'être ouvert à de telles circonstances tandis que je courais la ville cet été-là.

Je dressai une liste de choses que je ferais avant de regagner la Caroline du Sud : je courrais six miles en moins de cinquante minutes ; je trouverais dans la bibliothèque de ma sœur dix grands livres que je n'avais pas lus et je les lirais ; j'enrichirais mon vocabulaire ; j'apprendrais à faire un *beurre blanc* sans m'en mettre partout ; je ferais un repas au Lutèce, au Four Seasons, à La Grenouille, à La Côte Basque, et à La Tulipe ; j'irais voir les Mets jouer contre les Atlanta Braves, et les Yankees contre les Boston Red Sox ; j'assisterais à trois représentations théâtrales et je verrais cinq films étrangers ; je tiendrais mon journal tous les jours et j'écrirais chez moi trois fois par semaine ; je ferais cinquante pompes et autant d'abdominaux chaque matin au réveil ; je raconterais au Dr Lowenstein toutes les histoires de ma famille susceptibles de l'aider à maintenir ma sœur en vie.

Au cours de cet été, je devais allonger périodiquement cette liste. Ma tâche était simple : en illustrant la chronique acerbe et brute du passé, je voulais retrouver le gamin vif, curieux et ambitieux que j'avais été du temps que je grandissais sur une île de Caroline du Sud et étais capable de nommer toute créature échouant sur le pont du bateau de pêche paternel lorsque j'y vidais les filets grouillants. Avec un peu de chance, j'espérais être de retour dans ma terre natale avec une forme éblouissante. Ma condition physique m'inspirait une énorme honte, mais j'étais un coach doué de talents hors du commun et je savais comment remédier à la situation. Je savais comment contraindre mon corps à faire amende honorable pour des années d'aimable négligence.

Il s'était écoulé une semaine depuis ma dernière visite à Savannah lorsque je remis sur le tapis la question de l'annulation de mon droit de visite, auprès du Dr Lowenstein. Elle m'avait fixé rendez-vous un mardi en fin d'après-midi mais sembla distraite et crispée durant toute la séance. Lorsque je la surpris à consulter sa montre à trois reprises au cours des dix dernières minutes de notre heure d'entretien, j'eus bien du mal à contenir mon agacement.

Il était presque sept heures quand elle se leva de son fauteuil, signifiant ainsi le terme de notre rendez-vous jusqu'à la prochaine fois. Elle me fit signe d'attendre un instant et se dirigea vers son bureau pour décrocher le téléphone.

« Allô, bonjour chéri, dit-elle avec légèreté. Je suis désolée de ne pas avoir pu t'appeler avant. J'étais coincée. On se retrouve pour dîner ? »

Avec l'épuisement son visage était devenu fragile, vulnérable. C'était une femme qui avait l'art de vieillir en beauté. N'étaient les rides délicates autour des yeux et de la bouche – l'empreinte de rides, le signe d'une harmonie davantage que d'une lutte avec les ans –, on aurait pu la prendre pour une adolescente. Elle portait ses cheveux noirs balayés sur un côté, et avait contracté le tic, nerveux mais fort gracieux, de repousser ses mèches somptueuses en arrière pendant qu'elle parlait.

« Je suis navrée que ta répétition se passe mal, chéri, dit-elle. Bien sûr que je comprends. Bernard sera à la maison demain soir pour le dîner. Il sera déçu si tu n'es pas là. Entendu. On en reparle plus tard. Au revoir. »

En se retournant, elle révéla un visage où se lisaient la souffrance et la déception, mais elle se reprit vite, me sourit, et se mit à consulter son carnet de rendez-vous pour voir quand elle pourrait me glisser dans son emploi du temps.

« Quand pourrai-je voir ma sœur ? demandai-je. J'ai fait le voyage jusqu'à New York parce que je pensais que cela lui ferait du bien de savoir qu'elle avait sa famille auprès d'elle. J'estime avoir le droit de voir Savannah. »

Le Dr Lowenstein se contenta de dire, sans lever la tête :

« J'ai un trou demain à deux heures. Est-ce que cela vous conviendrait, Tom ?

— Vous ne répondez pas à ma question, Dr Lowenstein, dis-je. Je crois que je peux faire du bien à Savannah. Je crois qu'elle a besoin de savoir que je suis toujours là, et que je suis venu pour essayer de l'aider.

— Je suis tout à fait désolée, Tom, dit le Dr Lowenstein. Je vous ai déjà dit que l'équipe qui la soigne a noté que vos visites étaient très néfastes à Savannah. D'autre part, vous savez que Savannah elle-même a demandé que ces visites soient suspendues un moment.

— A-t-elle expliqué pourquoi ? demandai-je.

— Oui, Tom, dit Lowenstein en croisant mon regard. Elle a dit pourquoi.

— Voudriez-vous avoir l'obligeance de m'exposer ses raisons, Lowenstein ?

— Tom, Savannah est ma patiente, expliqua Lowenstein. Et ce qu'elle me dit en tant que telle est confidentiel. J'aimerais que vous me fassiez confiance, que vous fassiez confiance à l'équipe qui...

— Pourriez-vous cesser d'utiliser le mot "équipe" pour parler de cette bande d'enfoirés, Lowenstein ? J'ai l'impression que vous avez réussi à la faire admettre à l'essai chez les New York Giants.

— Comment vous plairait-il que je les appelle, Tom ? dit-elle. J'utiliserai le mot qui vous fera plaisir.

— Dites "les autres enfoirés du Bellevue". Équipe mon cul. Il y a le psychiatre qui la voit une fois par semaine et lui colle assez de drogue pour anesthésier une baleine bleue. Il y a ensuite l'interne débile avec ses cheveux roux, plus cette armada de choc d'infirmières musclées et dépourvues d'humour, et je crois bien avoir rencontré également un thérapeute animateur qui va user des sourires pour inciter Savannah à fabriquer des cache-pots. L'équipe ! La putain d'équipe ! Qui y a-t-il encore qui participe à cette équipe nationale ? Ah, oui. Les garçons de salle. Ces brutes épaisses dont le quotient intellectuel correspond très exactement à la température de fusion de la glace sur l'échelle centigrade. Des criminels libérés sur parole et embauchés pour des clopinettes pour mater des fous. Pourquoi ne la sortez-vous pas de cet endroit, Lowenstein, pour la mettre dans un de ces établissements chics où les zinzins vont se perfectionner au ping-pong ?

— Parce que Savannah représente encore un danger pour elle-même et pour les autres, dit Lowenstein en se rasseyant dans son fauteuil. Elle restera à l'hôpital jusqu'à ce qu'elle ne soit plus une menace pour elle-même, jusqu'à ce qu'ils l'aient suffisamment stabilisée...

— Vous voulez dire jusqu'à ce qu'elle soit complètement droguée, Lowenstein, dis-je d'une voix plus forte que je n'aurais voulu. Vous voulez dire quand ils l'auront bien gavée de Thorazine ou de Stelazine ou d'Artane ou de Trilafon ou de n'importe quel autre putain de médicament au goût du jour. Stabilisée ! Ma sœur n'est pas un gyroscope, Lowenstein. C'est un poète et elle ne pourra plus écrire de poèmes lorsque ses veines charrieront davantage de drogues que de globules blancs pour lui irriguer le cerveau.

— Combien de poèmes pensez-vous que Savannah écrira si elle réussit à se tuer, Tom ? interrogea Lowenstein avec irritation.

— Cette question est déloyale, Lowenstein, dis-je en baissant la tête.

— Inexact, Tom, dit-elle. Elle est tout à fait loyale et fort pertinente, dirais-je. Voyez-vous, Tom, la première fois que j'ai vu Savannah après qu'elle s'était tailladé les poignets, j'ai été très reconnaissante envers "ces enfoirés du Bellevue", parce que aucune des thérapies que j'avais utilisées avec Savannah n'avait marché. Savannah éprouve la même phobie et la même défiance que vous à l'endroit des médicaments et elle a refusé catégoriquement de se laisser prescrire les produits qui auraient pu prévenir sa tentative de suicide. Je suis bien contente qu'elle se trouve aujourd'hui dans un hôpital où on lui fait prendre ses médicaments de force si elle ne veut pas se montrer coopérative. Parce que je veux que Savannah s'en sorte et qu'elle vive, Tom. Et je me fiche bien que ce soit avec des drogues, du vaudou, l'extrême-onction ou en lisant les tarots – je veux qu'elle vive, point final.

— Vous n'avez pas le droit de m'empêcher de voir ma sœur, Lowenstein, dis-je.

— Je m'en contrefous, répondit-elle.

— Dans ces conditions, qu'est-ce que je fais là, Lowenstein ? dis-je. À quoi ça rime ? Pourquoi est-ce que je passe mon temps à décoder une bande que vous avez enregistrée à l'apogée de sa période la plus délirante, quand Savannah débloquait à pleins tuyaux ? Je ne suis même pas vraiment sûr de comprendre ce que Savannah exprimait en hurlant tout ce charabia. Je sais ce que certains passages m'évoquent à moi, mais je ne sais pas s'ils ont la même signification pour elle. J'ai l'impression que c'est moi qui suis en thérapie avec vous. En quoi est-ce que la vision que j'ai de mon enfance atroce risque d'aider Savannah ? Être un petit garçon dans une telle famille fut horrible. Être une petite fille est inimaginable. Qu'elle vous raconte elle-même toutes ces histoires et laissez-moi repartir tremper du fil dans mon pays d'origine.

— Vous n'êtes pas mon patient, Tom, dit Lowenstein avec douceur. Je cherche désespérément à aider votre sœur. Vous ne m'intéressez que pour la lumière que vous êtes susceptible de jeter sur son passé. Son état est toujours désespéré. Je n'ai encore jamais vu une telle intensité de désespoir chez aucun patient. J'ai besoin que vous continuiez de m'aider avec Savannah. Nous n'avons pas besoin de nous apprécier réciproquement, Tom. Ce n'est pas cela qui importe. Nous voulons que votre sœur ait une vie à vivre.

— Combien vous faites-vous payer, Dr Lowenstein ? demandai-je.

— Pour moi l'argent ne compte pas. Je fais cela par amour de l'art.

— Ben voyons ! m'esclaffai-je. Un psychiatre qui ne se soucie pas de finance, c'est comme un lutteur sumo qui oublie ses paquets de graisse.

— Riez-vous de moi autant qu'il vous plaira, Tom, je m'en fiche comme d'une guigne, dit-elle. Vous pouvez même vous targuer de lumières supérieures concernant mes motivations profondes et penser que je joue une carte personnelle en essayant de restructurer le psychisme du poète et de lui restaurer son unité perdue. Je souhaite de tout mon cœur accomplir un tel service.

— Et Savannah, guérie par la magie de l'imposition des mains, écrirait d'interminables poèmes à la gloire des pouvoirs miraculeux de la psy qui sut exorciser les démons qui avaient pris possession de son âme fragile, dis-je.

— Vous avez raison, Tom, dit-elle. Je tirerais un crédit non négligeable de sa guérison si je réussissais à la sauver, si je parvenais à faire qu'elle trouve les ressources dont elle a besoin et se remette à écrire. Mais il est encore une chose que vous ne comprenez pas à mon sujet. J'aimais la poésie de votre sœur bien avant de soupçonner que je serais un jour son médecin. J'aimais, et j'aime toujours. Lisez donc ses poèmes, Tom...

— Quoi ? criai-je en bondissant de mon siège avec colère pour foncer sur elle. Vous me suggérez de lire la poésie de ma sœur ? J'ai dit que j'étais coach, docteur, je n'ai pas dit que j'étais un orang-outan. Et vous avez sans doute oublié un petit détail mineur concernant mon minable curriculum vitae. Je suis professeur d'anglais, Lowenstein, un professeur d'anglais hors pair, qui possède l'immense et surprenant talent de faire succomber des crétins sudistes n'ayant pas inventé l'eau chaude aux charmes de la langue qu'ils sont nés pour assassiner. Je lisais les poèmes de Savannah bien avant que vous ne commenciez vos tête-à-tête avec des névrosés incurables, ma chère.

— Excusez-moi, Tom, dit-elle. Je suis navrée. Je ne vous imagine pas lisant ces poèmes à cause de leur thématique. Ils sont à ce point écrits exclusivement sur et pour les femmes.

— C'est faux, soupirai-je avec lassitude. Bordel de Dieu. C'est faux et archifaux. Pourquoi est-ce que tout le monde est borné au dernier degré, dans cette foutue ville ? Pourquoi est-ce que tout le monde dit exactement la même chose de sa poésie ? C'est une vision réductrice de son œuvre. Une vision réductrice de n'importe quelle œuvre d'écrivain.

— Vous ne pensez pas que sa poésie s'adresse essentiellement à des femmes ? demanda-t-elle.

— Non, elle s'adresse aux gens. Aux hommes et aux femmes capables de sensibilité et de passion. Elle veut édifier, voire surprendre, mais il n'est pas besoin de participer d'une idéologie particulière pour la comprendre et l'apprécier. Ce n'est pas le message qui fait la qualité extraordinaire de sa poésie. C'est au contraire ce qu'il y a de plus banal et de plus trivial dans son œuvre. C'est ce qui l'affaiblit parfois en en tuant l'originalité et en la rendant prévisible. Il existe un million de femmes dans cette ville pour partager son ras-le-bol et exprimer les mêmes idées. Mais seule Savannah est capable de s'approprier la langue pour la faire décoller vers d'autres cieux, tel un oiseau, ou chanter comme un ange blessé.

— On ne pouvait guère s'attendre à ce que vous compreniez un point de vue féministe », lança sèchement le Dr Lowenstein.

Je levai soudain les yeux sur elle et quelque chose dans sa personne me parut à ce moment excessivement contraint, affecté.

« Demandez-moi si je suis féministe, docteur », dis-je.

Elle eut un rire sarcastique avant de dire, acerbe :

« Êtes-vous féministe, Tom ?

— Oui, répondis-je.

— Oui ? » répéta-t-elle. Et de se mettre à rire, le premier rire authentique, je crois, qu'il m'eût été donné d'entendre, venant de la courageuse et inébranlable Dr Lowenstein.

« Pourquoi riez-vous ? demandai-je.

— Parce que c'était bien la dernière réponse que j'attendais de vous.

— Le coup du Sudiste macho et compagnie ?

— Oui, répondit-elle sérieusement. Le coup du Sudiste macho et compagnie.

— Allez vous faire foutre, dis-je froidement.

— Je savais que vous étiez un phallocrate, répondit-elle.

— C'est Savannah qui m'a enseigné ce genre de réponse, docteur. Votre patiente féministe. Elle m'a appris à refuser de gober des conneries – qu'elles viennent de féministes, de racistes, de tiers-mondistes, de dompteurs de lions ou de jongleurs manchots, si je pensais qu'ils avaient tort. Faire confiance à mon intuition et les traiter de tous les noms si je voulais.

— Merveilleux, Tom, dit-elle. Et très avant-gardiste pour un entraîneur sportif.

— Quel est votre prénom, docteur ? demandai-je en l'observant. Il y aura bientôt trois semaines que je suis là et je ne connais toujours pas votre prénom.

— C'est sans importance. Mes patients ne m'appellent pas par mon prénom.

— Je ne suis pas votre foutu patient. Vous confondez avec ma sœur. Moi, je suis le Cro-Magnon qui lui sert de frère et j'aimerais vous appeler par votre prénom. Je ne connais pas une seule personne dans cette ville, mis à part quelques-uns des amis de Savannah, et je me sens très seul tout à coup, même que l'on m'interdit de voir ma propre sœur alors que je sens qu'elle a besoin de ma présence à ses côtés plus que de n'importe quoi au monde. Vous m'appelez Tom et j'aimerais vous appeler par votre prénom.

— Je préfère maintenir nos relations sur un plan strictement

151

professionnel », répondit-elle, et je me sentis pris au piège de l'atmosphère stérile et privée d'air de cette pièce, vaincu par une indigestion de pastels et de bon goût latent. « Bien que vous ne soyez pas mon patient, vous êtes néanmoins venu là parce que vous essayez de m'aider pour une de mes patientes. J'aimerais que vous m'appeliez docteur, parce que ça m'arrange d'être appelée docteur dans ce contexte précis. Et puis j'ai peur d'une familiarité excessive avec un homme comme vous, Tom. Je tiens à ce que tout ceci ne sorte pas du cadre professionnel.

— Très bien, docteur, dis-je, à la fois exaspéré et lassé par cette histoire. Je m'incline. Mais je veux que vous cessiez de m'appeler Tom. Je veux que vous utilisiez mon titre professionnel.

— C'est-à-dire ?

— Je veux que vous m'appeliez "coach".

— Le coach féministe.

— Oui, le coach féministe.

— Y a-t-il une part de vous qui hait les femmes, Tom ? dit-elle en se penchant vers moi. Qui les hait vraiment ?

— Oui, répondis-je en soutenant la noire intensité de son regard.

— Avez-vous une idée de la raison pour laquelle vous détestez les femmes ? demanda-t-elle, ayant repris son rôle de professionnelle inébranlable et implacable.

— Oui, je sais exactement pourquoi je hais les femmes. J'ai été élevé par une femme. Vous pouvez me poser la question suivante. Celle qui suit logiquement.

— Je crains de ne pas comprendre.

— Demandez-moi si je hais les hommes, madame le docteur féministe de New York, dis-je. Demandez-moi si je déteste les foutus bonshommes.

— Détestez-vous les hommes ? demanda-t-elle.

— Oui, répondis-je. Je déteste les hommes parce que j'ai été élevé par un homme. »

Quelques instants durant, nous nous tînmes mutuellement dans l'étreinte tendue d'une réciproque hostilité à visage ouvert. Je tremblais de partout à présent, et une immense tristesse campait de nouveau dans mon cœur. Je brûlais de ce désespoir qui fond subrepticement sur les êtres déshérités et sans défense. Quelque chose en moi était en train de mourir dans cette pièce, et je ne pouvais rien y faire.

« Je m'appelle Susan, dit-elle tranquillement.

— Merci, docteur, dis-je, manquant de rester bouche bée de gratitude envers elle. Je ne vous appellerai pas par votre prénom. J'avais seulement besoin de le connaître. »

Je notai un adoucissement du côté de ses yeux, tandis que nous amorcions tous les deux une retraite volontaire du champ des hostilités. Elle avait le tempérament vif mais était tout aussi prompte à reculer sans infliger de blessures supplémentaires. C'est avec grâce et une scrupuleuse intégrité qu'elle sauva quelque chose d'essentiel dans ce dangereux affrontement de nos volontés. Elle m'avait concédé une petite victoire sans conséquence et ce fut son recul volontaire qui en fit pour moi tout le prix.

« Merci, Lowenstein, dis-je. Vous avez traité la situation avec brio. Je me moque d'être pris pour un connard, mais je déteste passer pour un connard *phallocrate*.

— Pourquoi êtes-vous resté dans le Sud, Tom ? demanda-t-elle après quelques secondes.

— J'aurais dû le quitter, répondis-je, mais le courage m'a manqué. Parce que mon enfance était ratée, j'ai cru que si je restais dans le Sud, je pourrais la réparer en ayant une vie adulte réussie. J'ai un peu voyagé, mais rien n'allait. Je n'avais jamais suffisamment confiance en un lieu pour penser que je pourrais y faire mon trou. Alors, comme un con, je suis resté en Caroline du Sud. Ce fut moins par manque de cran que par manque d'imagination.

— Et puis ? demanda-t-elle.

— Et puis chaque année, je perds un peu plus de ce qui faisait ma richesse quand j'étais môme. Je pense moins, je questionne moins. Je n'ose rien. Je ne me fixe aucun objectif. Même mes passions sont aujourd'hui usées, pathétiques. J'avais rêvé jadis que je serais un grand homme, Lowenstein. Maintenant, le mieux que je puisse espérer est de remonter la pente pour redevenir un médiocre.

— Voilà qui ressemble à une vie désespérée.

— Non, rectifiai-je. Je dirais plutôt une vie ordinaire. Écoutez, je vous ai retenue très tard. Est-il envisageable que je vous invite à dîner pour me faire pardonner ma conduite inqualifiable ?

— J'avais rendez-vous avec mon mari, mais sa répétition ne s'est pas bien passée, dit-elle.

— Je connais un restaurant où je suis allé avec Savannah et Luke pour la sortie de son premier recueil.

— C'est où ? demanda-t-elle.

— La Coach House », dis-je.

Elle rit avant de dire :

« La Coach House ? C'était prémédité ?

— Non, pas du tout, convins-je. Savannah a cru à une blague et elle a dû m'expliquer le jeu de mots pourtant évident, mais j'avais lu un article disant que c'était la quintessence du restaurant new-yorkais.

— Je devrais rentrer à la maison, dit-elle. Mon fils arrive demain de son collège.

— Il ne faut jamais refuser une occasion de manger et de boire à l'œil, Lowenstein, dis-je. Ça porte malheur et c'est mal élevé.

— D'accord, dit-elle. Tant pis. C'est la quatrième fois en trois semaines que mon mari me pose un lapin. Mais il faut que vous me promettiez une chose, Tom.

— Tout ce que vous voudrez, Lowenstein.

— Il faudra que vous me répétiez pendant le dîner que vous me trouvez belle. Vous n'en reviendriez pas, Tom, si vous saviez combien de fois j'ai repensé à ces paroles que vous m'avez dites au Plaza. »

Je lui offris mon bras.

« Si la belle Susan Lowenstein veut bien accepter de dîner avec le Coach Wingo dans un lieu qui est la quintessence du restaurant new-yorkais ?

— Ce sera un plaisir pour la belle Susan Lowenstein », dit-elle.

Jusqu'en 1953, mes parents furent les seuls catholiques de la ville de Colleton. La conversion de mon père pendant la guerre, conversion qui fut le seul et unique acte de pensée radical de toute son existence, constitua un voyage périlleux et stimulant sur des mers doctrinales et opaques. Ma mère accepta sa propre conversion sans un mot de protestation. Comme lui, elle prit son sauvetage en Allemagne pour une preuve irréfutable que Dieu était vivant et se mêlait encore un peu des affaires de l'humanité. Et telle était la nature de la candeur de ma mère qu'elle crut que sa conversion au catholicisme signifierait une augmentation automatique de son prestige social. Elle apprendrait, lentement et douloureusement, que rien n'était plus étranger et incongru, dans le Sud profond, qu'un catholique romain.

Mes parents abordèrent leur nouvelle foi rugissante avec une ignorance intacte et étincelante. Ils ne connaissaient rien de cette architecture monumentale et complexe qui soutenait le Saint-Siège romain. Ils apprirent leur théologie par bribes, un dogme à la fois, et comme la plupart des convertis, ils déployèrent une scrupuleuse obstination dans leurs efforts pour devenir les premiers papistes pratiquants de leur portion de côte atlantique. Mais le fait de se repaître à l'envi de ce goûteux festin de dogmes ne les empêcha pas de demeurer d'irréductibles baptistes se parant des voiles et apparats criards d'une théologie trop mûre. Leur âme était semblable à un champ en été qui, accoutumé aux cultures indigènes, se voit subitement sommé de produire une végétation surnaturelle et stupéfiante. La conscience qu'ils avaient des règles de l'Église et autres codicilles plus obscurs resta pour le mieux sommaire.

Pendant des années, ma mère nous lut chaque soir après le dîner des passages de la Bible, sa jolie voix s'égaillant dans les arpèges haletants des gammes fixées par la Version du Roi James. Ce ne fut pas avant mes dix ans que ma mère apprit que son Église proscrivait la lecture de cette œuvre de prose post-élisabéthaine et musicale, exigeant l'étude des versets plus plats de la Version Douay-Rheims. Elle n'avait jamais entendu parler des lois de l'Imprimatur, mais elle eut tôt fait de s'adapter, et l'ultime phase de notre enfance résonne de la phraséologie pesante et besogneuse de la Bible catholique. Même la voix de ma mère, semblable à l'eau claire, ne sut pas apprivoiser les rythmes authentiques de la Version Douay. Elle sonnait toujours un peu faux, comme une guitare désaccordée. Mais ce que nous sacrifiions en poésie était compensé par la conscience d'avoir réparé une erreur théologique. Ma mère alla même jusqu'à affirmer qu'elle préférait la Version Douay-Rheims, dont elle avait reconnu l'authenticité dès l'instant où elle l'avait ouverte pour la première fois et, tournant les pages au hasard, s'était mise à lire le Deutéronome.

Telle était leur candeur que mes parents furent apparemment les seuls catholiques d'Amérique à prendre au sérieux la doctrine du pape au sujet du contrôle des naissances. Malgré l'échec de leur mariage, ils menaient une vie sexuelle saine et vigoureuse – pour autant du moins que le nombre des grossesses de ma mère fût une indication en la matière. Plus tard, je devais découvrir qu'ils firent un usage zélé de la méthode dite Ogino, consultant chaque soir le calendrier pour savoir s'ils allaient faire l'amour (leur langage des choses sexuelles demeura toujours chaste et obscur). Il y eut sans doute davantage d'enfants nés des vertus de la méthode Ogino au cours des années cinquante que de naissances dues à des relations sexuelles non programmées. Savannah, qui en savait beaucoup plus long que ses frères sur ce mystérieux chapitre, surnomma plus tard ma mère Notre-Dame des Menstrues. Le sobriquet n'amusa pas ma mère quand elle le découvrit, mais il ne manquait ni de style ni d'à-propos.

Quatre années de suite, de 1952 à 1956, ma mère fut enceinte. Elle porta chaque grossesse à terme et mit chaque enfant au monde mort-né. Nous enterrâmes ces demi-enfants qui n'eurent ni vue ni parole, sous le bosquet de chênes derrière notre maison, fabriquant de grossières croix de bois sur lesquelles nous gravions leurs noms pendant que ma mère pleurait dans son lit. Mon père ne participa jamais à ces petites cérémonies du chagrin, pas plus qu'il n'exprima jamais la moindre émotion que lui aurait inspirée la perte de ces enfants.

Il les baptisait pour la forme sous le robinet de l'évier de la cuisine, avant de les mettre à congeler dans des sacs de plastique, le temps que ma mère fût suffisamment bien pour quitter l'hôpital et rentrer à la maison.

« Celle-ci s'appelle Rose Aster, dit-il un jour de l'été 1956, tandis que nous regardions silencieusement, depuis la table de la cuisine. Elle n'aurait guère été utile sur un bateau de pêche de toute façon, j'imagine.

— Moi, je suis bien utile sur un bateau de pêche, dit Savannah, les yeux tristement fixés sur l'enfant mort.

— Sur un bateau de pêche, tu vaux pas un clou, Savannah, répondit-il. T'es tout juste bonne à couper la tête des crevettes. » Puis il baptisa la chétive Rose Aster au nom du Père, du Fils et du Saint-Esprit, d'une voix plate et atone, purgée de tristesse autant que de pitié, comme s'il disait le bénédicité avant un repas. Il sortit sur la véranda de derrière, plaça la toute petite fille dans un sac de plastique transparent et posa le tout sur les boîtes de crevettes et de poisson surgelés, dans le congélateur.

« Je n'ai pas eu le temps de dire bonjour à ma petite sœur, Papa », dit Savannah en le suivant derrière la maison.

Il souleva le couvercle du congélateur et dit :

« Eh bien, c'est le moment. Profites-en. Dis bonjour. Dis ce que tu veux. Ça n'a aucune importance, fillette. Rose Aster, c'est rien du tout, un bout de barbaque. Y a rien là-dedans. Tu entends ce que je te dis ? Ça ou cinq livres de crevettes mortes, c'est pareil. Y a pas de quoi dire des bonjours ni des au revoir. Un truc à planter en terre quand ta mère sera rentrée à la maison, c'est tout. »

Après le départ de mon père, le lendemain matin, je restai éveillé dans mon lit, et j'entendis une espèce de petit couinement d'animal non identifié, dans l'obscurité. J'étais incapable de dire s'il s'agissait d'une chatte sauvage qui se serait faufilée sous la maison pour y faire ses petits, ou bien d'un autre bruit. Quittant mon lit, je m'habillai sans éveiller Luke. J'allai jusque dans la salle de séjour où je reconnus que le bruit venait de la chambre de Savannah. Avant de frapper à sa porte, j'écoutai les sanglots violemment retenus par ma sœur, un effondrement meurtrier de l'âme qui deviendrait à la fois le sceau et le chant de gloire de sa folie. J'entrai dans la pièce sans faire de bruit, avec appréhension, et je la trouvai serrant quelque chose très fort contre sa poitrine. Il y avait tant de détresse dans ses pleurs que je faillis ne pas la déranger, mais la qualité âpre et à vif du chagrin pathétique de Savannah m'empêcha définitivement de rebrousser chemin. Je la retournai doucement et, dans une sorte d'ébahissement, ou par un accès de fraternelle pitié, je desserrai l'étau de ses bras, libérant le corps froid et inerte de Rose Aster.

« Laisse-moi la tenir dans mes bras, Tom, cria Savannah. Elle allait être notre sœur et personne n'a pris le temps de l'aimer un peu. Je voulais seulement lui parler un petit moment. Il faut qu'elle sache que le monde entier n'est pas comme eux.

— Ce n'est pas bien, Savannah, dis-je à voix basse. Tu ne peux rien lui dire du tout. Papa et Maman te battraient tous les deux s'ils savaient que tu l'as sortie du congélateur. En plus, tu risques de l'abîmer avant qu'on l'enterre.

— Il y a une chose que je peux lui dire, répliqua Savannah en m'arrachant le petit corps pour le serrer de nouveau contre son cœur. J'aurais même des tas de choses à lui raconter. Je me suis contentée de lui dire que nous aurions bien pris soin d'elle. Nous l'aurions protégée contre eux. Dis-lui ça, Tom. Il faut qu'elle le sache.

— Savannah, tu ne peux pas parler comme ça. Dieu entend tout. C'est un péché de parler de cette façon contre tes parents.

— Elle est la quatrième à mourir, Tom. Tu ne trouves pas que c'est un signe de Dieu, ça ? Je crois que ces pauvres petites créatures choisissent de ne pas vivre. Je crois qu'elles entendent ce qui se passe dans cette maison et qu'elles se disent : "Non merci, Seigneur, très peu pour moi." Elles ne savent pas que Luke, toi et moi, nous sommes gentils.

— Maman dit que nous sommes méchants, dis-je. Elle le répète tous les jours. Elle dit que nous sommes pires chaque année. Papa dit que si elle perd les bébés, c'est parce que nous sommes méchants et que nous ne lui laissons pas un instant de répit.

— Elle nous colle tout sur le dos. Mais tu sais ce que je pense, Tom ? Je pense que ce sont eux, les petits comme Rose Aster, qui ont de la chance. Je pense qu'ils ont été plus malins que nous. Ils savent que Papa

156

et Maman sont des salauds. Ils doivent sentir que leur heure approche et se dépêcher de se suicider dans le ventre de Maman. Je regrette qu'on n'ait pas été aussi malins, toi et moi.

— Laisse-moi remettre Rose Aster dans le congélateur, Savannah. Je crois que c'est un péché mortel de sortir un bébé du congélateur.

— J'essaye seulement de la consoler, Tom. Elle n'a même pas eu l'occasion de voir ce qu'il y a de beau dans le monde.

— Elle est au ciel maintenant. Papa l'a baptisée.

— C'est quoi le nom des autres ? J'oublie toujours.

— Il y a David Tucker. Robert Middleton. Ruth Frances. Et elle, Rose Aster.

— Nous aurions été une grande famille s'ils avaient tous vécu.

— Oui, mais ils n'ont pas vécu, Savannah. Ils sont tous au ciel et ils nous protègent. C'est ce que dit Maman.

— Ben on ne peut pas dire qu'ils font du bon boulot, dit-elle avec une surprenante amertume.

— Le jour va bientôt se lever, Savannah. Ça va sentir l'odeur de Rose Aster dans toute la maison et on va se retrouver dans un sacré pétrin.

— J'ai dormi toute la nuit avec elle. Elle a de si jolies petites mains, de si jolis petits pieds... avec les doigts et les orteils les plus minuscules que j'aie jamais vus. J'ai pensé toute la nuit combien il serait merveilleux d'avoir une petite sœur. J'aurais tué Papa et Maman s'ils avaient essayé de lui faire du mal.

— Papa et Maman l'auraient aimée, dis-je, troublé. Exactement comme ils nous aiment nous. »

Savannah s'esclaffa bruyamment avant de rétorquer :

« Papa et Maman ne nous aiment pas, Tom. Tu ne t'en es pas encore rendu compte ?

— C'est horrible de dire une chose pareille. Rien que la penser. Bien sûr que si, ils nous aiment. Nous sommes leurs enfants.

— Ils nous détestent, Tom, dit-elle, les yeux perdus et graves dans la lumière pâle. Ce n'est pas très difficile à voir. »

Elle souleva le petit cadavre dans ses mains et posa un tendre baiser sur le petit crâne chauve.

« C'est la raison pour laquelle Rose Aster est une veinarde. Je pleurais parce que je l'enviais. Je voudrais bien être avec elle et les autres. »

Doucement, je pris le corps bleu et pâle des bras de ma sœur, et je l'emportai vers la véranda de derrière. Le soleil commençait de se lever tandis que j'enveloppais de nouveau ma petite sœur dans du plastique, avant de la remettre entre le poisson et les crevettes.

Lorsque je revins, j'entendis Savannah se parler à elle-même d'une voix que je ne reconnus pas, mais cette fois je la laissai tranquille. Au lieu de la déranger, je me mis à allumer les fourneaux et déposai six tranches de bacon dans une poêle à frire. C'était mon tour de préparer le petit déjeuner et ma mère rentrerait de l'hôpital dans l'après-midi.

157

Nous enterrâmes Rose Aster en terre non consacrée à la fin de cette journée et avant que mon père fût rentré du fleuve. Mes grands-parents étaient allés chercher ma mère à l'hôpital pour la ramener en voiture à la maison, et elle était couchée dans son lit lorsque nous arrivâmes de l'école. Elle avait renvoyé mes grands-parents chez eux, prétextant qu'elle avait besoin d'être seule un moment.

Luke et moi creusâmes la tombe tandis que Savannah enveloppait le cadavre deux fois congelé dans un lange blanc et propre que ma mère avait rapporté de l'hôpital. Ma mère resta dans sa chambre jusqu'au moment où Luke retourna la chercher à la maison. C'est lourdement appuyée sur lui qu'elle sortit pour la cérémonie dans le jardin de derrière ; elle marchait comme si chacun de ses pas était à la fois incertain et atrocement douloureux. Elle s'assit sur une chaise de cuisine apportée par Savannah. Affligé et anémique, son visage exprimait autant de souffrance que celui d'une Madone byzantine éplorée, attendant sous une croix la mort de son enfant transfiguré. Le chagrin avait changé sa bouche en un mince horizon d'amertume. Elle ne nous avait pas dit un mot depuis notre retour de l'école ; elle ne nous avait pas davantage permis de lui dire combien nous étions désolés. Une fois assise, elle fit signe à Luke et moi de commencer l'inhumation.

Savannah avait couché Rose Aster dans la petite boîte en bois que nous avions préparée pour sa mise en bière. Cette boîte n'était guère plus grande qu'une cage de gros oiseau, et le bébé lui-même ressemblait à une espèce d'oisillon déplumé. Nous clouâmes le couvercle sur la boîte et posâmes le petit cercueil sur les genoux de ma mère. Elle pleura en fixant la boîte. Puis elle la souleva à peine et la couvrit de baisers. Elle regarda ensuite le ciel et hurla subitement sa colère et son désarroi : « Non, je ne vous le pardonne pas, Seigneur. Vous n'aviez pas le droit. Ce n'est pas permis, non. Cela fait maintenant quatre que j'enterre sous cet arbre, et je ne vous en donnerai pas un de plus. Vous m'entendez bien, Seigneur ? Je me moque désormais de votre Sainte Volonté. Ne vous avisez pas de me prendre encore un de mes enfants. Ne vous avisez pas de recommencer, non. »

Puis elle baissa les yeux et dit : « Amenez votre sœur, les garçons. Priez tous les trois avec moi. Nous venons de donner encore un ange aux cieux. Monte donc retrouver les bras du Seigneur, Rose Aster. Veille sur la famille qui t'aurait aimée, protégée, et gardée du mal. Tu seras désormais un des angelots de Dieu. Prends bien soin de cette maison où sont tes frères et sœurs. Il y a quatre anges Wingo maintenant et cela devrait suffire pour protéger n'importe quelle maison. Sinon, que Dieu nous aide tous. Mais cette décision est celle du Seigneur, certainement pas la mienne. Sa volonté sur terre est un mystère pour ceux de nous qui le vénèrent. Oh Dieu. Dieu. Dieu. Soyez maudit. »

Nous étions capables de dire le confiteor en latin, nous avions foi en la transsubstantiation et en la transmigration des âmes, pourtant existait en nous tous une chose étrange et mal digérée qui nous rendait plus sensibles à l'extase et à la folie qu'à la piété simple du catéchumène.

L'âme catholique est méditerranéenne et baroque et ne fleurit ni ne s'enracine aisément dans le sol inhospitalier du Sud profond.

« Le moins que vous puissiez faire est de prier pour votre sœur. À genoux. Je vous appellerai pour le dîner.

— L'orage arrive, Maman, fit la voix de Luke.

— Vous ne voulez même pas prier pour l'âme de votre sœur », dit ma mère d'une voix hagarde et épuisée.

Nous tombâmes à genoux, inclinâmes la tête et fermâmes les yeux, tandis que ma mère repartait en boitillant vers la maison. Le vent souleva la mousse dans les branches et des nuages sombres venus du nord fondirent sur nous avec colère. Je priai très fort pour la petite âme de Rose Aster. Cette âme, je la voyais comme une chose aussi légère et parfumée qu'un biscuit. Elle quitta sa tombe et s'éleva au-dessus de l'île dans la pluie et la tempête. Des éclairs soudains fournissaient des échelons pour son ascension. Le tonnerre salua cette relique infiniment petite et fragile de nos vies désespérées. La pluie se mit à tomber à verse et nous regardâmes du côté de la maison, attendant que notre mère nous appelle.

J'entendis Savannah répéter :

« Tu t'en tires bien, Rose Aster. Tu as de la chance de ne pas avoir à vivre avec eux.

— Si la foudre tombe sur cet arbre, elle n'aura plus qu'à nous enterrer tous les trois.

— Il faut prier, dis-je.

— Si Dieu avait envie de nous voir prier sous la pluie, il ne nous aurait pas laissés construire des églises, dit Luke.

— Ils sont fous tous les deux, dit Savannah qui avait toujours les mains jointes contre sa poitrine. Ils sont aussi fous l'un que l'autre, Seigneur, alors il faut que vous nous aidiez à nous tirer de là.

— Tais-toi, Savannah. Dieu n'a pas envie d'entendre ce genre de chose, dis-je.

— Il n'a peut-être pas envie, mais je les dirai quand même. C'est lui qui nous a mis ici entre leurs pattes, alors il doit bien savoir qu'ils sont dingues.

— Ils ne sont pas dingues, Savannah. Ce sont nos parents et nous les aimons.

— J'ai regardé la façon dont agissent les autres personnes, Tom. J'ai bien observé. Personne n'agit comme ils agissent. Ils sont carrément bizarres.

— Ouais, dit Luke, on n'a jamais vu prier pour un bébé mort sous la pluie battante.

— Nous avons envie que Rose Aster aille au ciel, insistai-je.

— Vas-y, dit Savannah. Donne-moi une seule raison pour laquelle Rose Aster n'y serait pas déjà, au ciel. Quelle sorte de Dieu enverrait Rose Aster en enfer, hein ?

— Cela ne nous regarde pas, dis-je pieusement.

— Des clous, que ça ne nous regarde pas ! Qu'est-ce qu'on fait dehors à se tremper jusqu'aux os si ça ne nous regarde pas ? La pauvre gosse est venue au monde morte, elle a été baptisée dans un évier, congelée avec cinquante kilos de crevettes et de maquereaux, alors je voudrais bien que tu m'expliques ce que cette malheureuse créature aurait pu faire pour mériter le feu de l'enfer, Tom Wingo.

— Cela regarde Dieu et pas nous.

— C'est ma sœur ! Alors ça me regarde ! Surtout si je suis obligée de prier pour elle en plein orage », dit Savannah, les cheveux sombres et emmêlés sous la pluie.

Je me mis à grelotter et l'orage à empirer. Essuyant l'eau qui me brouillait la vue, je regardai vers la maison en me demandant s'il était simplement possible que ma mère ignorât ce déluge. Je distinguais à peine la maison à cause de la pluie et retournai donc mon attention sur la petite tombe abandonnée.

« Pourquoi est-ce que Maman est toujours enceinte ? » interrogeai-je sans raison particulière et sans attendre non plus de réponse précise.

Les mains toujours jointes dans un simulacre de prière, Savannah soupira et dit sur un ton excessif :

« Parce qu'elle et Papa passent leur temps à avoir des relations sexuelles.

— Arrêtez de dire des cochonneries », menaça Luke tout en priant. Il était le seul dont l'esprit avait pu rester concentré sur le repos de l'âme de ma sœur.

« C'est vrai ? » dis-je. Ce fut la première fois que j'entendis cette expression superbe et particulière.

« Oui, c'est vrai, dit Savannah sur un ton sans réplique. Et ça me donne envie de vomir rien que d'y penser. Luke est parfaitement au courant, ajouta-t-elle. Mais comme il est timide, il ne veut pas en parler.

— Chuis pas timide. C'est que chuis en train de prier comme Maman vous a demandé à vous aussi.

— Tom et toi devriez arrêtez de dire *chuis*, Luke. Vous faites ploucs, tous les deux.

— On est des ploucs et toi pareil, répondit Luke.

— Parle pour toi, dit Savannah. Maman m'a dit en secret que nous descendions du gratin de l'aristocratie sudiste.

— Ben voyons, dit Luke.

— En tout cas je n'ai rien d'un plouc, dit Savannah en déplaçant ses genoux dans la terre humide et meuble. Maman dit que je ne manque pas de raffinement.

— Ouais, ricanai-je. T'étais même très raffinée hier soir quand tu dormais avec Rose Aster.

— Quoi ? » dit Luke.

Savannah me lança à travers la pluie un regard noir, déconcerté et innocent, comme s'il s'agissait d'une plaisanterie lui échappant.

« De quoi tu parles, Tom ?

— Je parle de quand je t'ai trouvée pelotonnée avec un bébé mort que tu étais allée sortir du congélateur la nuit dernière.

— Je n'ai pas fait ça, Tom, dit-elle sérieusement avec un haussement d'épaules devant Luke accablé. Qui irait faire une chose pareille ? Rien ne me flanque plus la trouille qu'un bébé mort.

— Je t'ai vue, Savannah, dis-je. C'est moi qui l'ai remise dans le congélateur.

— Tu as dû rêver, mon vieux, dit Luke.

— Comment veux-tu que j'aie rêvé un truc pareil ? demandai-je. Dis-lui, Savannah. Dis à Luke que ce n'était pas un rêve.

— Pour moi, ça ressemble à un cauchemar, Tom, dit-elle. Je ne sais pas de quoi tu parles. »

J'allais répondre lorsque nous reconnûmes le bruit du camion de mon père sur la route non goudronnée qui venait vers la maison. Nous inclinâmes tous les trois la tête afin de nous remettre à prier pieusement et profondément pour l'ange Wingo nouvellement oint. Il gara le camion juste derrière nous et nous entendions les essuie-glaces qui balayaient la pluie sur le pare-brise. L'espace d'une ou deux minutes, il nous contempla avec une stupéfaction muette et incrédule avant de dire :

« Vous êtes devenus débiles ou quoi, bande de crétins ?

— Maman nous a dit de prier pour Rose Aster, expliqua Luke. Alors c'est ce que nous sommes en train de faire, Papa. On l'a enterrée aujourd'hui.

— C'est vous trois qu'on va planter sous le même arbre si vous n'allez pas vous mettre au sec. Ça ne lui suffit pas qu'ils meurent tous à la naissance ; en plus, elle essaye de tuer ceux qui sont vivants. Grouillez-vous de rentrer à la maison.

— Maman va être fâchée si nous rentrons trop vite, dis-je.

— Ça fait combien de temps que vous êtes à genoux là, sous la pluie ?

— À peu près une heure, je crois, dit Luke.

— Sacré bordel de Dieu ! Pour ce qui est de la religion, il ne faut pas écouter votre mère. Quand elle était petite, elle ramassait des crotales pour prouver son amour de Dieu. J'ai baptisé Rose Aster. Elle se porte beaucoup mieux qu'aucun d'entre nous là où elle est maintenant. Allez, grouillez-vous de rentrer à la maison et je me charge de votre mère. Elle souffre de ce qu'on appelle la dépression post-partum. Ça arrive aux femmes qui perdent leur bébé. Il faut que vous soyez particulièrement gentils avec votre maman pendant quelques semaines. Apportez-lui des fleurs. Montrez-lui que vous tenez à elle.

— Est-ce que tu lui as apporté des fleurs, Papa ? demanda Savannah.

— J'ai failli. En tout cas, j'en ai eu l'idée », répondit-il en conduisant le camion vers la grange.

Tandis que nous nous remettions debout, trempés et grelottants, Savannah dit :

« Ça, c'est un type sympa. Son bébé meurt et il n'apporte même pas de fleurs à sa propre femme.

— Il y a au moins pensé, dit Luke.

— Ouais, ajoutai-je. Il a failli le faire. »

Nous entrâmes dans la maison en retenant un rire interdit et dissident, expression de l'humour mal à propos d'enfants portés sur les sombres traits d'esprit des malchanceux, le rire jaune de l'assujettissement. Ce fut un tel rire qui clôtura notre heure de prière sur le petit corps de notre sœur, ce fut ce rire défensif qui nous soutint tandis que nous marchions vers la maison et vers nos parents, laissant derrière nous le petit jardin des Wingo endormis. Ma mère planterait des rosiers sur chaque tombe, et ces rosiers donneraient des roses splendides et généreuses dont toute la couleur et la beauté avaient été volées au cœur de ces petits bébés. Elle les appelait « les anges du jardin » et ces anges racontaient leur histoire chaque printemps avec des fleurs.

Ce soir-là, ma mère n'avait pas quitté sa chambre, et nous avions tous soupé de tartines de beurre de cacahuètes et de confiture. Les trois enfants avaient confectionné ce que nous considérions comme un excellent repas de crevettes frites accompagnées d'un épi de maïs grillé, et nous l'avions porté sur un plateau, avec un bouquet de fleurs sauvages, sur la table de chevet de notre mère. Mais elle ne pouvait plus s'arrêter de pleurer et ne mangea qu'une seule crevette, sans toucher au maïs. Mon père était assis dans la pièce de devant et lisait de vieux numéros du *Southern Fisherman* – qu'il feuilletait avec irritation, non sans regarder périodiquement du côté de la chambre où sa femme était couchée et pleurait, et ses yeux brillaient à la lumière électrique comme s'ils avaient été passés à la vaseline. Il faisait partie de ces hommes incapables du plus petit geste de tendresse. Ses émotions ressemblaient à une chaîne de dangereuses montagnes obscurcies par les nuages. Lorsque j'imaginais son âme et tentais de visualiser ce qui existait et comptait réellement pour mon père, je ne voyais qu'une infinie surface de glace.

« Tom, dit-il en surprenant mon regard posé sur lui. Vas-y et dis à ta mère d'arrêter de verser des torrents de larmes. Ce n'est pas la fin du monde.

— Elle est malheureuse à cause du bébé, dis-je.

— Je sais pourquoi elle est malheureuse. Mais elle ne fait que pleurer sur le lait répandu maintenant. Allez, vas-y. C'est à vous les gosses de faire en sorte que votre mère aille mieux. »

J'entrai dans la chambre de ma mère sur la pointe des pieds. Elle était allongée sur le dos, des larmes ruisselaient le long de ses joues, et elle pleurait doucement, sans retenue. Craignant de l'approcher, je restai près de la porte, sans bien savoir ce que je devais faire. Elle me fixait avec le visage le plus mélancolique et le plus inconsolable que j'eusse jamais vu. Il y avait tant de désespoir et de découragement dans ses yeux.

« Papa demande si tu n'as besoin de rien, Maman, murmurai-je.

— J'ai entendu ce qu'il a dit, répondit-elle dans un sanglot. Approche, Tom. Viens t'allonger près de moi. »

Je grimpai dans le lit et elle appuya sa tête contre mon épaule, et ses larmes m'inondèrent le visage et je demeurai paralysé par cette soudaine intimité pleine de passion. Son corps pesait contre le mien et je sentis sur moi le poids de ses seins encore lourds du lait qu'elle ne pouvait utiliser. Elle m'embrassa le cou, la bouche, troussa ma chemise et me couvrit la poitrine de baisers. Je ne fis pas un geste mais guettai avec inquiétude les bruits dans la grande pièce.

« Je n'ai que toi, Tom, me glissa-t-elle avec conviction dans le creux de l'oreille. Je n'ai personne d'autre. Tout va reposer sur toi.

— Tu peux compter sur nous tous, Maman, dis-je tranquillement.

— Non. Tu ne comprends pas. Je n'ai rien du tout. Quand tu épouses un rien du tout, tu n'as rien du tout. Est-ce que tu sais ce que les gens de cette ville pensent de nous ?

— Ils nous aiment bien, Maman. Les gens t'aiment beaucoup. Papa est un bon pêcheur de crevettes.

— Ils nous prennent pour de la merde, Tom. Tu connais ce mot, n'est-ce pas ? Ton père l'utilise constamment. Ils nous prennent pour de la merde, la lie du fleuve. Le dessous du panier. Il faut qu'on leur fasse voir, Tom. Il faut que toi tu sois le meilleur. Luke ne peut pas parce qu'il est idiot. Savannah ne peut pas, parce qu'elle n'est qu'une fille.

— Luke n'est pas idiot, Maman.

— Disons qu'il a un retard scolaire si tu préfères, Tom. Le docteur pense que c'est à cause des forceps qu'ils ont utilisés au moment de sa naissance. C'est à toi et à moi qu'il revient de montrer à cette ville de quelle trempe nous sommes.

— De quelle trempe sommes-nous, Maman ?

— Que nous valons mieux que n'importe qui dans cette ville.

— C'est vrai Maman. Nous sommes les meilleurs.

— Mais il faut le leur prouver. Je voulais que cette maison soit pleine d'enfants. J'en voulais huit ou neuf que j'aurais élevés pour en faire des êtres intelligents et fiers et, avec le temps, nous aurions conquis cette ville. Je donnerai Savannah en mariage au garçon le plus riche de la ville. Je ne sais pas trop ce que je pourrai faire de Luke. Assistant du shérif peut-être. Mais toi, toi, Tom, c'est sur toi que repose mon espoir pour l'avenir.

— Je réussirai, Maman. Je te promets.

— Promets-moi que tu ne ressembleras en rien à ton père.

— Promis, Maman.

— Dis-le. Dis-le-moi.

— Je te promets de ne ressembler en rien à mon père.

— Promets-moi que tu seras le meilleur partout.

— Je serai le meilleur partout, Maman.

— Le premier de tous.

— Je serai le premier de tous.

— Je ne mourrai pas dans une maison comme celle-ci, Tom. Ça, je te le promets. Personne encore n'est au courant, sauf moi. Mais je suis une femme étonnante. Tu es le premier à qui j'en parle. Est-ce que tu me crois ?

— Oui, Maman, dis-je.

— Et je vais le prouver à tout le monde, y compris ton père.

— Oui, Maman.

— Tu ne laisseras jamais personne me faire du mal, n'est-ce pas, Tom ? Quoi que je fasse, je pourrai toujours compter sur toi, n'est-ce pas ?

— Oui, Maman, dis-je encore, et son regard me paralysa, tant par son opacité que par sa brûlante intensité.

— Tu es le seul en qui je puisse avoir confiance, murmura-t-elle. Je suis tellement isolée sur cette île perdue. Tellement seule. Il y a quelque chose qui ne tourne pas rond chez ton père. Il nous fera du mal.

— Mais pourquoi ?

— C'est un malade, Tom. Il est gravement malade.

— Alors il faudrait prévenir quelqu'un.

— Non. Nous devons faire preuve de loyauté. La loyauté familiale est ce qu'il y a de plus important. Il nous faut attendre le moment opportun. Prier pour lui. Prier pour que ses qualités prennent le pas sur ses défauts.

— Je prierai. Je te promets de prier. Est-ce que je peux retourner au salon maintenant ?

— Oui, Tom. Merci d'être venu me voir. J'avais besoin de te dire tout cela. Encore une chose, chéri. Une chose importante. Très importante. Je t'aime plus qu'aucun d'eux. Plus qu'eux tous réunis. Et je sais qu'il en va de même pour toi.

— Mais Luke et Savannah aussi ils t'aiment...

— Non, dit-elle durement, en m'attirant de nouveau contre elle. Savannah est une enfant odieuse. Elle a toujours été détestable depuis l'instant où elle est née. Méchante. Désobéissante. Luke est bête comme une oie. Tu es le seul qui compte pour moi. Ce sera notre secret, Tom. Maman et toi peuvent bien partager un secret, n'est-ce pas ?

— Oui, Maman, dis-je en me dirigeant vers la porte. Si tu as besoin de quelque chose, Maman, surtout appelle-moi, j'irai te le chercher.

— Je sais, mon chéri. Je l'ai toujours su depuis la nuit où tu es né. »

J'émergeai de cette pièce porteur d'un horrible poids, insupportable, et j'eus peine à soutenir le regard perplexe de mon frère et de ma sœur quand ils me virent sortir de la chambre de ma mère. J'étais ébranlé autant par la monstruosité de la confession que venait de me faire ma mère que par sa crudité, et je m'interrogeai sur une éventuelle relation avec la perte de son enfant. Elle avait fait de moi son prisonnier, grâce à l'amertume et à la sincérité de son aveu ; en me mettant dans la confidence, elle me faisait complice malgré moi de sa guerre non déclarée contre Luke et Savannah. Elle m'enfermait dans un dilemme insoluble : en acceptant de devenir son homme de confiance, je donnais aussi mon consentement à la trahison des deux êtres que j'aimais le plus au monde. Pourtant, en dépit de la brutalité de sa démarche, de son caractère pressant, de l'empreinte de ses lèvres sur mon cou et sur ma poitrine – autant de choses interdites dans ma conception d'un monde ordonné et convenable –, il était bien séduisant d'être l'enfant choisi par une

164

mère le jour précis où la perte d'un bébé la rendait quasiment folle. Je vécus cette élection comme emblématique, honorable, une preuve que j'étais quelqu'un d'important et d'extraordinaire. Par le caractère scandaleux de ses révélations, elle s'était assuré l'inviolabilité du serment que j'avais fait de respecter notre secret. Mon père n'aurait pas cru un mot de ce que je racontais si j'avais confessé, syllabe par syllabe, les propos que ma mère m'avait tenus dans cette pièce. Je ne pouvais pas davantage envisager de blesser mon frère et ma sœur en leur rapportant les termes exacts par lesquels ma mère les avait formellement répudiés comme alliés. Elle cherchait des seconds, pas des parents, et bien que sa méthode fût obscure à mes yeux, je compris que ma mère, que j'avais jusqu'à ce jour uniquement considérée comme une mère, avait un plan offensif de forme et de structure encore indéfinies, mais qu'elle envisageait de déclencher dans un certain avenir. Auparavant, je ne l'avais perçue que comme belle et inaccessible, mais je découvrais à présent une facette insatisfaite, voire rouée, derrière les plus jolis yeux bleus que je connaîtrais jamais. Je laissai un peu de mon enfance dans sa chambre et c'est le cœur troublé par une terreur d'adulte que je rejoignis le reste de la famille. Ma mère s'était lassée de sa solitude et de son martyre dans cette maison au bord du fleuve. À dater de ce soir-là, j'entamai une longue étude de cette femme que j'avais si longtemps sous-estimée. Je révisais presque quotidiennement mon opinion sur elle. J'appris à redouter les choses qu'elle laissait dans le non-dit. Elle venait de naître dans ma conscience, et pour la première fois de ma jeune existence, j'eus l'impression d'être vivant et instruit des choses de la vie.

Bien des années plus tard, je racontai à Luke et à Savannah les révélations que ma mère m'avait faites, ce soir-là, dans sa chambre. Je m'attendais à les voir scandalisés en apprenant le pacte secret par lequel ma mère m'avait enrôlé comme agent de son programme informulé à l'encontre des siens et de Colleton. Mais pas du tout, sa perfidie feutrée ne suscita aucune colère, seulement un profond amusement. Savannah et Luke réagirent par un commun et gigantesque éclat de rire lorsque je leur distillai l'information qui m'avait inspiré un tel sentiment de honte et de culpabilité. Ma mère était peut-être novice dans l'art de la conspiration, mais elle en maîtrisait les ruses et les stratagèmes avec un bonheur qui trahissait chez elle une affinité naturelle avec ce genre de comportement. Au cours de cette même semaine que marqua l'enterrement de Rose Aster, ma mère convoqua successivement Luke et Savannah, s'arrangea pour les voir à part comme elle avait fait avec moi, et les mit dans la même exclusive confidence. Elle leur dit exactement les mêmes choses qu'elle m'avait dites, qu'elle ne pouvait compter que sur eux, qu'il était impossible de se fier aux autres, qu'elle leur demandait un serment d'allégeance personnelle, l'engagement solennel qu'ils seraient toujours à ses côtés quels que fussent les épreuves, les conflits, les orages. Elle leur dit (nous comparâmes nos notes respectives) que j'étais peureux, inconstant et qu'on ne pouvait pas compter sur moi en cas de crise. Elle enrôla Savannah parce que Savannah était une femme et avait une compréhension intuitive de la difficulté et de l'injustice du statut de femme. Quant à Luke, il était fort, inébranlable, le parfait soldat – elle avait besoin de lui comme champion et comme intercesseur. Nous nous étions tous les trois laissé séduire par l'aveu sans fard que nous étions indispensables. Il n'y avait pas place pour un refus, et aucune possibilité de s'ouvrir à quiconque. Sa foi en nous nous plaçait dans un état de sainte terreur. En nous divisant, elle s'assurait le contrôle, une position imprenable, elle devenait la plus suave énigme de notre vie.

Mais à l'époque où Luke, Savannah et moi échangeâmes nos confidences, ma mère s'était déjà affirmée comme la femme la plus fantastique qui eût jamais arpenté les rues de Colleton.

Il pleuvait encore quand nous allâmes nous coucher ce soir-là. Mon père éteignit les lampes dans la maison et sortit fumer une pipe à l'abri de la véranda. Il semblait mal à l'aise avec nous lorsque ma mère n'était pas là pour orchestrer le rythme de la vie familiale. À plusieurs reprises, au cours de la soirée, il avait hurlé contre nous à cause d'un détail insignifiant qui l'avait agacé. Mon père n'était pas un être retors. En cas de véritable danger, on savait l'éviter d'instinct ; il avait un authentique talent de tyran mais pas de stratégie cohérente. Il était à la fois brutal et inefficace comme un homme qui resterait définitivement étranger à sa propre maison. Nous, ses enfants, nous étions traités comme de vagues travailleurs migrants que le hasard aurait posés là. Mon père fut la seule personne à ma connaissance pour qui l'enfance était une vocation honteuse dont on devait sortir le plus vite possible. Sa maladresse et ses extravagants coups de bluff en auraient fait un être adorable s'il n'était pas né violent et imprévisible. Je crois que mon père nous aimait, mais jamais il n'exista d'amour aussi lourd et pervers. Il considérait une paire de gifles comme un gage d'amour. Enfant, il s'était senti négligé et abandonné, et aucun de ses parents n'avait jamais levé la main sur lui. Il ne nous prêtait jamais la moindre attention, sauf pour nous réprimander ; il ne nous touchait jamais, sauf sous l'emprise de la colère. Le soir, au milieu des siens, mon père paraissait enfermé, et il m'en apprit long sur la solitude volontaire de l'humanité. J'avais commencé ma vie d'enfant comme prisonnier dans la maison de mon père ; je commencerais ma vie d'adulte en lui passant sur le corps pour franchir la porte.

Lorsque Savannah me fit venir dans sa chambre pour me parler, le même soir, la pluie faisait une jolie musique en tombant sur le toit de zinc. Je m'assis par terre à côté de son lit et nous regardâmes les éclairs en nappes embraser les îles vers le nord.

« Tom, dit-elle à voix basse, si je te pose une question très sérieuse, est-ce que tu me répondras ?

— Bien sûr.

— Il ne faut pas te moquer de moi ou me taquiner. C'est trop grave.

— D'accord.

— Est-ce que tu m'as vraiment trouvée couchée avec Rose Aster, ce matin ?

— Mais, évidemment, répondis-je, agacé. Même que tu as menti devant Luke.

— Non, je n'ai pas menti, Tom », dit-elle. Elle avait le visage contrarié dans l'obscurité. « Je ne m'en souviens plus du tout.

— Tu l'avais dans les bras quand je t'ai vue. Tu te serais fait tuer si Papa était arrivé.

— J'ai cru que tu étais fou quand tu nous as raconté ça dans le jardin, dit-elle.

— Ha ! Je voudrais bien savoir lequel de nous deux est le fou ?

— Je t'ai pas cru jusqu'à ce que je me couche dans mon lit, ce soir.

— Qu'est-ce qui t'a fait changer d'avis ? demandai-je.

— Il y a une tache mouillée dans mon lit.

— Elle était dans le congélateur. Elle avait plutôt fondu quand je suis arrivé.

— Tom, je ne me rappelle rien du tout. Ça me fait peur.

— Ça n'a aucune importance, Savannah. Je ne dirai rien à personne.

— Tom, il y a beaucoup de choses dont je ne me souviens pas après qu'elles ont eu lieu. Je suis obligée de faire comme si je me rappelais. Ça devient troublant.

— Quoi, par exemple ?

— Est-ce que tu te rappelles le jour, à Atlanta, où je t'ai frappé, en haut de Stone Mountain ?

— Tu parles. Une vraie plaie tu étais, ce jour-là.

— Moi, je ne me rappelle plus rien. Cette journée est complètement effacée dans ma tête, comme si elle n'avait jamais existé. Et le géant. Quand il est entré dans notre chambre et que Luke et moi, nous avons jeté tous les bocaux d'araignées...

— Je sais, et moi je suis resté couché dans mon lit sans rien faire.

— Moi, je ne me souviens plus de rien de ce qui s'est passé pendant cette nuit. Je ne sais que c'est arrivé que lorsque j'entends d'autres personnes le raconter.

— Tu parles sérieusement ?

— Tom, j'ai besoin de toi pour te souvenir des choses à ma place. Quelquefois je n'y arrive pas. Il y a trop de jours qui s'effacent de ma mémoire et ça me fait peur plus que n'importe quoi au monde. J'ai essayé d'en parler à Maman, mais ça l'a seulement fait rire et elle m'a dit que je ne faisais pas assez attention.

— D'accord. Je le ferai avec plaisir, Savannah. Mais il ne faudra pas que tu me traites de menteur ou que tu te moques de moi chaque fois que je raconte une chose qui est arrivée. Luke m'a pris pour un parfait imbécile quand j'ai dit ce que tu avais fait avec Rose Aster, aujourd'hui.

— Tom, je ne t'ai pas cru jusqu'au moment où j'ai senti cette tache humide dans mon lit. Et ma chemise de nuit aussi était mouillée. Pourquoi est-ce que j'aurais fait une chose pareille ?

— Parce que tu étais triste à cause du bébé, alors tu t'es dit qu'elle risquait d'être malheureuse toute seule. Tu ne pensais pas à mal. Tu prends les choses à cœur, Savannah. Maman dit que tu es hypersensible parce que tu es une fille et que cela t'occasionnera bien des chagrins dans la vie.

— Il y a quelque chose en moi qui ne tourne pas rond, Tom, dit-elle en me tenant la main en même temps qu'elle regardait la tempête secouer le fleuve. Il y a quelque chose qui ne tourne pas rond du tout.

— Mais non, dis-je. Tu es formidable. Nous sommes jumeaux. Nous sommes exactement pareils tous les deux.

— Que non ! Tom. Il faut que tu sois le jumeau qui se souvient. Je ferai tout le reste, je te promets. Mais il faut que tu me racontes les histoires, toi. J'ai commencé un journal intime. Tu me raconteras les histoires et moi je les écrirai. »

C'est ainsi que Savannah commença à écrire, emplissant un petit cahier d'écolière des notes et réflexions de sa vie quotidienne. Il ne se trouvait rien de révolutionnaire ni de comminatoire dans ces premiers écrits. Ils étaient pleins de fraîcheur enfantine. Elle racontait des conversations avec ses poupées préférées ou des camarades de jeux imaginaires. Déjà à cette époque, sa vie intérieure avait pour elle beaucoup plus d'importance que sa vie extérieure.

Ce fut cette année-là que ma mère nous fit apprendre la prière à notre ange gardien. Toute notre instruction religieuse releva du bourrage de crâne et la prière n'échappa pas à la règle. Au cours de cette même année, nous ingurgitâmes l'acte de contrition et l'acte d'espérance. Pourtant, notre mère ne parvint jamais à nous fournir d'explication satisfaisante sur qui étaient exactement ces anges gardiens. Ils n'avaient pas de nom et étaient installés en permanence sur notre épaule droite, d'où ils nous prévenaient tout bas chaque fois que nous foncions aveuglément vers une action susceptible d'offenser Dieu. Attachés à notre personne depuis le jour de notre naissance, ils n'abandonneraient plus leur poste, en léger surplomb au-dessus de notre omoplate, jusqu'au jour de notre mort. Ils géraient nos péchés en comptables scrupuleux. Sur notre épaule gauche officiait un ambassadeur de Satan, pendant maléfique de notre ange gardien. Ce démon, séraphin noir et beau parleur, essayait de nous entraîner vers les délices de la perdition.

Cette dualité créait une grande confusion théologique. Mais Savannah se fit un plaisir d'accueillir dans sa vie deux compagnons invisibles. Elle appela son bon ange Aretha ; l'ange noir reçut le nom de Norton.

Mais elle avait mal compris l'expression utilisée par ma mère pour nous parler de notre ange *gardien* et lorsqu'elle rédigea les dialogues entre Aretha et Norton, elle les désigna comme les « anges du jardin ». Ils étaient foule, ces anges du jardin, à hanter les abords de notre maison, telle l'âme d'azalées au-dessus de nos têtes. Il y avait aussi tous les enfants Wingo à naître en train de mijoter sous les épines des roses.

Les anges du jardin étaient sous l'obligation divine de nous aimer et de protéger notre maison. Ils disaient les vêpres dans les arbres et veillaient sur nous, non parce que Dieu l'exigeait, mais parce qu'ils nous chérissaient et ne pouvaient faire autrement. Elle recruta même Norton comme fantassin dans cette silencieuse armée d'occupation qui patrouillait les vents au-dessus du fleuve. Même un ange noir pouvait être l'objet potentiel des avances enthousiastes de Savannah. Savannah ne crut jamais que Norton était un agent de Satan ; elle prétendait qu'il était seulement presbytérien.

Les anges du jardin n'intervinrent cependant pas lorsque ma mère brûla le journal de ma sœur dans la cuisinière, après que Savannah y eut consigné mot à mot une altercation entre mon père et ma mère. Furieuse, ma mère brûla page par page une année de travail tandis que Savannah pleurait en la suppliant d'arrêter. Les mots d'un enfant partirent en fumée au-dessus de l'île. Quelques phrases prirent des ailes et retombèrent en fragments noirs dans le fleuve. Ma mère hurla que Savannah ne devait plus jamais écrire une seule ligne sur ma famille.

La semaine suivante, je découvris Savannah à genoux sur un banc de sable découvert par la marée basse. Elle écrivait fébrilement dans le sable, avec son index. Je la regardai depuis la rive pendant une demi-heure. Quand elle eut terminé, la marée était en train de s'inverser et l'eau commençait à recouvrir ses mots.

Elle se releva et se tournant vers la maison, elle vit que je la regardais.

« Mon journal », s'écria-t-elle joyeusement.

Il y avait un côté bien rangé et raffiné dans la Coach House qui lui donnait des allures de territoire connu. Un relais retient toujours un secret souvenir de l'art de restaurer des chevaux épuisés et de bonne race. Ses proportions sont harmonieuses, jamais ostentatoires, et je n'ai encore jamais vu de relais qui ne fasse un restaurant ou un hôtel charmants. La Coach House du 110, Waverly Place, était championne dans cette catégorie. Jusqu'à sa conformation qui en faisait un lieu plaisant à mon âme ; ce lieu exhalait un sérieux concernant la nourriture, et tous les serveurs semblaient avoir la compétence requise pour étriller un pur-sang si, au sortir des cuisines, ils s'étaient trouvés transportés aux temps révolus où les cabs défilaient sur les pavés de Greenwich Village. C'était le seul restaurant de New York que j'eusse découvert sans être téléguidé par Savannah, et Luke et moi l'avions invitée à dîner là pour fêter la publication de *La Fille du pêcheur de crevettes*. La Coach House nous avait servi un repas somptueux, tandis que Luke et moi passions notre temps à porter des toasts à notre sœur à qui nous fîmes signer un exemplaire de son livre à notre serveur, et un autre à Leon Lianides, le patron de l'établissement. Avant que nous repartions, M. Lianides nous fit porter à chacun un verre de cognac, offert par la maison. Dans ma mémoire, cette soirée portait allégrement tout le faste de notre célébration, tous les mets succulents d'un festin que nous vécûmes comme éternel, et tout l'amour qui circula sans contrainte entre nous trois lorsque nous nous étreignîmes dans une démonstration de l'affection parfaite et exceptionnelle qui nous liait. Je portai en moi cette soirée de bonheur enivrant et sans faille dont je ressuscitai souvent le souvenir au cours des années de tristesse, de souffrance, et de gâchis, et il surgissait des ombres avec un goût pétillant de champagne sur ma langue et du rire dans les yeux, renaissant chaque fois que la vie autour de moi partait en lambeaux, quand mon frère quitta le fleuve, quand ma sœur se mit à manier dangereusement les couteaux ; ce fut l'ultime moment de bonheur que nous devions connaître tous les trois ensemble.

Il pleuvait lorsque j'arrivai à neuf heures trente à la Coach House où j'avais rendez-vous avec Susan Lowenstein pour dîner. Le maître d'hôtel me conduisit à une table confortable, à l'étage, située en retrait sous plusieurs tableaux folkloriques vieillissant heureusement sur les murs de brique. Je commandai un Manhattan, en l'honneur de l'île sur laquelle je me trouvais, et ce fut seulement en trempant mes lèvres dans l'ignoble mixture que je me rappelai pourquoi je n'avais jamais été vraiment séduit par ce cocktail particulier. Le serveur se montra très compréhensif et m'apporta un Martini blanc pour me rincer le palais.

Seul, j'observai les petites manies des autres convives en train de passer leur commande et de converser dans la lumière mélancolique et impénétrable des bougies. Je me sentais en grande intimité avec moi-même tandis que je buvais tout seul, conforté par toutes les raisons complexes qu'un étranger pouvait invoquer lorsqu'une ville commençait à lui laisser pénétrer ses zones d'ombre les plus rares et les plus tentantes. Un bon restaurant me libérait des mornes œillères et de l'inexpérience rédhibitoire qui sont à la fois la gloriole et la mortelle trahison du provincial. Sur la nappe impeccable, j'avais la possibilité d'acheter ma place dans cette ville pour une soirée, et de composer un menu dont je pourrais me rappeler avec un plaisir sans mélange pendant le reste de ma vie. En sirotant mon Martini, j'évoquai tous les plats exquis qui se préparaient en ce moment précis dans Manhattan. En choisissant de dîner à la Coach House, je m'étais branché sur la générosité et le sublime de la grande cuisine d'une métropole. Bien que ma voix se levât souvent pour une interminable complainte décriant New York, il était des moments où la nourriture et le vin de cette ville stupéfiante et sans rivale réussissaient à faire de moi le plus heureux des hommes. Susan Lowenstein arriva près de la table sans se faire remarquer, pendant que j'étudiais une liste de hors-d'œuvre à la perfection sculpturale. Je perçus son parfum qui s'accorda avec modestie à celui des fleurs fraîches décorant la table, avant de la voir elle, en levant les yeux.

Elle avait un de ces visages qui sont différents chaque fois qu'on les regarde. En dépit d'un charme indéfectible en toute circonstance, il ne semblait jamais appartenir à une personne mais à une nation entière de belles femmes. Elle pouvait changer de coiffure et changer du même coup la façon dont elle était perçue par les gens. Sa beauté était insaisissable et indéfinie, et j'aurais parié qu'elle n'était pas photogénique.

Elle portait une robe blanche décolletée et je remarquai pour la première fois que la psychiatre de ma sœur était superbement bien fichue. Elle avait un chignon haut, de longs pendants d'oreilles en or qui miroitaient contre ses maxillaires, et un important collier en or massif.

« Lowenstein, vous êtes une femme dangereuse ce soir », dis-je.

Elle eut un rire ravi et me répondit : « Cette robe est un cadeau que je me suis offert à moi-même l'année dernière. Je n'ai jamais trouvé vraiment le courage de la porter. Mon mari trouve que j'ai l'air virginal en blanc. »

Je l'étudiai d'un regard généreusement approbateur avant de dire : « Le blanc ne vous donne pas l'air virginal du tout, Lowenstein.

— Qu'y a-t-il de bon à manger, ici, Tom ? interrogea-t-elle, mais le compliment lui arracha un sourire. Je suis morte de faim.

— Tout est bon, ici, Lowenstein, dis-je tandis que le serveur apportait la bouteille de chablis frais que j'avais commandée en précisant qu'elle fût apportée au moment où arriverait mon invitée. Leur soupe aux haricots noirs est réputée, mais je préfère leur bisque de homard. Ils réussissent le bar poché à la perfection. Il n'y a rien à redire non plus à leur façon d'accommoder et de présenter les viandes rouges. Les hors-d'œuvre sont fabuleux, surtout la truite fumée au raifort. Quant aux desserts, ils sont tout simplement divins.

— Comment se fait-il que vous soyez si connaisseur en gastronomie ? demanda-t-elle.

— Il y a deux raisons, dis-je en soulevant mon verre en même temps qu'elle. Ma mère était un vrai cordon-bleu de la cuisine sudiste mais croyait dur comme fer qu'elle pourrait s'élever dans l'échelle sociale en s'initiant à la cuisine française. Son statut social demeura précaire, mais ses sauces étaient fantastiques. Et puis, quand Sallie a commencé ses études de médecine, il a bien fallu que je me mette aux fourneaux. Je me suis surpris moi-même en y prenant goût.

— Si je n'avais pas les moyens de me payer les services d'une cuisinière, dit-elle, ma famille souffrirait de malnutrition chronique. Pour moi, une cuisine a toujours représenté une espèce de galère. Ce vin est excellent.

— C'est parce qu'il est très cher, Lowenstein. Je réglerai l'addition avec ma carte American Express et la note ira chez moi où elle sera payée par ma femme.

— Est-ce que vous avez eu des nouvelles de votre femme depuis que vous êtes à New York ? demanda le Dr Lowenstein.

— Aucune, dis-je. J'ai parlé plusieurs fois à mes enfants au téléphone, mais elle n'était jamais à la maison.

— Est-ce qu'elle vous manque ? dit-elle, et je vis l'or de son collier se refléter dans mon verre.

— Non, Lowenstein, dis-je. Il y a maintenant deux longues années que je suis un mari minable, et je suis ravi d'être un peu séparé d'elle et des enfants, le temps d'essayer de me reprendre et de redevenir quelque chose qui ressemble à un homme.

171

— Chaque fois que vous abordez des questions plus personnelles, Tom, dit-elle, il semble que vous mettiez encore plus de distance entre nous. Vous paraissez ouvert par moments, mais c'est une fausse impression.

— Je suis un mâle américain, Lowenstein, dis-je en souriant. Ce n'est pas mon rôle d'être ouvert.

— Et quel est le rôle du mâle américain, exactement ?

— C'est de rendre fou. C'est d'être indécryptable, de se maîtriser, d'être borné et insensible, dis-je.

— Vous seriez surpris par la variété de points de vue que j'entends, exprimés par des patients hommes ou femmes, dans le cadre de mon cabinet, dit-elle. À croire qu'ils parlent de citoyens de pays complètement différents.

— Il est un seul crime pour lequel une femme ne peut espérer être pardonnée, dis-je. Aucun mari ne lui pardonnera jamais de l'avoir épousé. Le mâle américain est une masse tremblotante d'insécurités. Si une femme commet l'erreur de l'aimer, il lui fera payer très cher ce total manque de goût. Je ne pense pas que les hommes puissent jamais pardonner aux femmes de leur porter un amour exclusif.

— Vous ne m'aviez pas dit que Sallie avait une liaison, Tom ? dit-elle.

— Si, dis-je, et c'est amusant. Cela m'a permis de remarquer ma femme pour la première fois depuis plus d'un an. Il a fallu qu'elle cesse de m'aimer pour que je réalise à quel point je l'aimais.

— Avez-vous dit à votre femme que vous l'aimez ? demanda-t-elle en buvant son vin.

— Je suis un mari, Lowenstein, dis-je. Bien sûr que non, je ne le lui ai pas dit.

— Pourquoi est-ce que vous plaisantez chaque fois que je vous pose une question sérieuse, Tom ? demanda-t-elle. Vous esquivez toujours les questions sérieuses par le biais de l'humour.

— Il m'est douloureux de seulement penser à Sallie, dis-je. Lorsque je parle d'elle, j'ai peine à respirer. Le rire est la seule stratégie qui ait jamais marché pour moi quand mon univers se casse en morceaux.

— J'aurais tendance à penser que les larmes sont beaucoup plus efficaces que l'humour, dit-elle.

— Dans mon cas, dis-je, les larmes semblent ne surgir qu'en des circonstances dérisoires. Je pleure en voyant jouer l'Olympics, en entendant l'hymne national, je pleure à tous les mariages et à toutes les cérémonies de remise de diplômes.

— Mais vous êtes en train de parler de sensiblerie, m'interrompit-elle. Moi je vous parlais de chagrin et de douleur.

— Chez les Sudistes, la sensiblerie n'est pas un défaut de caractère, Lowenstein. Un Sudiste peut être ému aux larmes par pratiquement n'importe quelle absurdité. C'est une chose qui le lie à tous les autres Sudistes et en fait la risée de tout individu né dans le Nord-Est. Je pense qu'il s'agit davantage d'un problème de climat que d'un problème de psychologie. Dans le Sud, le langage du chagrin est un langage appauvri. La douleur n'est admirable que vécue en silence. »

Elle se pencha sur la table pour me dire : « Chez Savannah, le langage de la douleur n'est certainement pas appauvri, Tom. Ses poèmes résonnent d'une angoisse à la force terrifiante qu'elle exprime brillamment. Et il n'y pas une once de sensiblerie dans sa poésie, pourtant elle est aussi sudiste.

— Oui, mais elle est chez les dingos, toubib, dis-je. Et moi je suis à la Coach House, en train de boire du chablis en compagnie de sa psy. Elle l'a payée le prix fort, son absence de sensiblerie. »

Je fus soulagé lorsque le serveur arriva pour prendre nos commandes.

Je voyais que j'avais fâché Susan Lowenstein par ma remarque malséante sur l'institutionnalisation de ma sœur. Il y avait pourtant un côté dérangeant dans cette curiosité invétérée pour un Sud capable de produire à la fois un poète suicidaire au talent magistral et un coach sur le déclin qui se trouvait être le frère jumeau du poète en question, femme de surcroît. Il était des moments où elle me scrutait avec tant de pétrifiante intensité qu'elle tenait alors de la géologue espérant découvrir une trace d'or dans le lustre du gneiss. De plus, j'avais la troublante intuition que le Dr Lowenstein me dissimulait quelque chose concernant la situation de Savannah. L'annulation de mon droit de visite me paraissait à la fois bizarre et vaguement inévitable, comme si Savannah avait réglé d'avance mon exclusion de son entourage, longtemps avant son entrée à l'hôpital. Chaque fois que je livrais au Dr Lowenstein un souvenir concernant ma famille, je m'attendais à lui entendre dire : « C'est exactement le souvenir qu'en a gardé Savannah », ou bien : « Voilà qui met très utilement en lumière ce que m'a raconté Savannah, Tom. » J'avais l'impression de crier à l'entrée d'une grotte sans écho où il m'était interdit de pénétrer. Ma tâche consistait à danser sur l'air de mon interrogatoire, au rythme de mon interprétation des hurlements déchirés de ma sœur. Je ne recevrais en échange ni confirmation, ni compliments pour ma sincérité, ni blâme pour mes mensonges. Je ne pouvais qu'attendre la prochaine question de Susan Lowenstein et repartir de là. J'étais en quelque sorte devenu le dépositaire du souvenir dans une famille où la mémoire vivait en concubinage fatal avec la souffrance. J'étais l'unique témoin disponible pour expliquer pourquoi la folie de ma sœur n'était que la réponse naturelle à un programme de ruine aveugle.

Portant mon attention sur le menu, je commandai pour commencer deux crabes mous sautés au beurre et jus de citron, servis dans un *beurre blanc* agrémenté de câpres. Lowenstein avait choisi la truite fumée comme hors-d'œuvre et le bar comme plat principal. Il n'y avait pas un seul des mets proposés sur la carte qui ne me tentât point, mais je finis par jeter mon dévolu sur des ris de veau aux morilles servis dans une sauce au vin.

« Des ris de veau ? s'enquit le Dr Lowenstein en levant un sourcil.

— Encore un élément de notre chronique familiale, dis-je. Il y est fait allusion de façon détournée sur les bandes. Un jour, ma mère a innové en les mettant au menu, et cela a provoqué une légère dissension entre mes parents.

— Vous parlez de votre mère avec un mélange à part égale de terreur et de mépris, dit-elle. Ça me laisse perplexe.

— C'est que cette répartition équitable me semble effectivement bien-venue pour évoquer ma mère, répondis-je. Il s'agit d'une femme belle et remarquable qui aura passé sa vie entière à chercher qui elle était réel-lement. Douée comme elle l'était pour l'assassinat, elle aurait dû se faire embaucher comme aiguiseuse de guillotine. Faute de quoi elle ne faisait que gaspiller ses talents.

— Est-ce que Savannah partage votre appréciation excessive des pou-voirs de votre mère ? » demanda-t-elle.

Une fois de plus, je me sentis poussé dans mes retranchements tandis que le Dr Lowenstein essayait de faire une nouvelle percée à chaque question.

« Vous êtes mieux placée que moi pour répondre à cette question, dis-je, alors que le serveur arrivait avec les hors-d'œuvre. Savannah est votre patiente et je suis certain qu'elle a des idées bien définies sur ce chapitre.

— Tom, dit le Dr Lowenstein, Savannah était ma patiente depuis deux mois seulement au moment de sa tentative de suicide. Il y a des choses que je ne peux pas vous révéler à propos de ces deux petits mois où nous nous sommes fréquentées, mais j'essaierai de vous en parler un jour. Il me faut la permission de Savannah et elle n'est pas en état de me l'accorder dans l'immédiat.

— En clair, vous ne savez rien du tout de Savannah, c'est cela, Dr Lowenstein ? dis-je.

— Non, Tom, je ne sais rien d'elle, dit-elle. Mais j'apprends constam-ment des choses stupéfiantes à son sujet. Et je sais que l'intuition qui m'a poussée à vous demander de rester à New York était bonne à cent pour cent.

— Savannah pourrait vous raconter ces histoires beaucoup mieux que je ne le fais, dis-je.

— Mais pourrait-elle me conseiller aussi brillamment que vous au res-taurant ? répliqua Lowenstein en mangeant une bouchée de truite fumée trempée dans la sauce au raifort.

— Non, Savannah fait partie de ces New-Yorkaises anorexiques qui se nourrissent exclusivement de salades, de fromage de soja et de boissons non sucrées, dis-je. Elle refuse de manger la moindre nourriture contenant un nid de vilaines calories ou une once de graisse animale. Un repas avec Savannah relève davantage de l'expérience ascétique que de la volupté.

— Un jour nous avons comparé nos régimes alimentaires toutes les deux, dit Lowenstein. Elle était capable de sauter deux repas par jour sans problème. Moi j'ai acheté tous les livres de régime amaigrissant publiés aux États-Unis au cours des dix dernières années, mais...

— Pour quoi faire, Lowenstein ? demandai-je en même temps que je mastiquais une pince de crabe mou saturée de beurre.

— Mon mari me trouve trop grosse », dit-elle, et il y avait une réelle souffrance dans cet aveu.

Je souris en continuant de déguster mon crabe tandis que le serveur nous versait un autre verre de vin.

« Pourquoi souriez-vous, Tom ? »

Je la regardai, en face de moi, avant de répondre : « Votre mari se trompe encore une fois. Vous n'avez rien de virginal et vous n'êtes pas grosse, Lowenstein, et il est proprement scandaleux que ni votre mari ni vous ne tiriez de véritable plaisir de cette vérité. »

Elle changea de sujet et se mit à parler de son enfance, mais elle avait entendu le compliment et l'avait apprécié. Elle évoqua la froideur de sa mère, une réserve tellement innée et incommensurable que Susan Lowenstein n'avait pas souvenir d'une seule circonstance au cours de sa vie où elle avait conquis l'approbation sans mélange de sa mère. Elle avait compensé par l'admiration de son père, précieuse mais d'un prix exorbitant. Il faisait partie de ces pères définitivement incapables de pardonner la sexualité sacrilège de leur fille. Elle fut sa préférée jusqu'au moment de sa puberté ; il la laissa tomber ensuite pour un frère cadet. Bien que ses deux parents eussent été fiers de la voir réussir ses études de médecine, ils se montrèrent l'un et l'autre consternés lorsqu'elle décida de se spécialiser en psychiatrie. Mais elle avait pensé que sa propre expérience d'une enfance ratée et privée d'affection l'aiderait à comprendre les patients qui viendraient la trouver avec le désastre de leur propre enfance malheureuse brillant dans leurs yeux. Elle croyait faire don de compassion à ces âmes épuisées qui n'avaient pas reçu leur compte de ceux qui les élevaient. Si la compassion ajoutée à la thérapie ne fonctionnait pas, il lui restait encore le recours de les adresser à la pharmacie du quartier pour essayer les drogues. En tant que psychiatre, elle se sentait semblable à un père tout-puissant, mais un père qui pardonnerait toujours à sa fille le crime de devenir une femme. C'était le pouvoir de la psychiatrie qui l'effrayait et l'attirait en même temps, l'irrésistible sérieux de sa relation à ses patients, la fragilité de chacune de ces alliances, et la responsabilité d'aborder de telles affiliations avec humilité et bonne foi.

Au fur et à mesure que nous bavardions en dégustant notre dîner, je perçus une fois encore un apaisement dans les traits de Susan Lowenstein, un lent abandon du professionnalisme résolu qu'elle affichait dans son cabinet. Quand elle parlait de ses patients, sa voix devenait plus souple, plus affectueuse, et je me mis à imaginer qu'il devait être véritablement merveilleux de craquer à New York et de se retrouver sous l'aile de son regard chaleureux et indulgent. Le professionnalisme pur et dur était une façade érigée en guise de protection contre la supériorité agressive de mâles tels que moi ou son père. Lorsqu'elle évoquait ce père qui l'avait vénérée puis abandonnée, Susan donnait l'impression qu'il s'agissait d'un cas unique à sa connaissance. Pourtant, quelque chose dans sa voix, une sorte de modulation trahissant une sagesse durement acquise, disait que l'histoire de son père était la plus vieille histoire du monde, et la plus désespérante aussi. Ce quelque chose me fit songer à toutes les femmes de ma vie – ma mère, ma sœur, ma femme et mes filles –, aux mille raisons me permettant d'affirmer que j'avais trahi chacune d'elles par l'écroulement stratégique de mon amour au moment où elles en avaient le plus besoin. Je ne pouvais pas entendre l'histoire du père de Susan sans frémir de honte à la pensée du mal que j'avais fait aux femmes de ma propre famille. Aux jours heureux, je dégoulinais d'amour comme une ruche volée suinte de bon miel. Mais dans les moments de douleur et de désarroi, je me retranchais dans une prison d'impénétrable solitude, et les femmes qui tentaient de m'atteindre là – toutes – battaient en retraite, horrifiées, tandis que je leur infligeais blessure sur blessure pour avoir osé m'aimer alors que je savais que mon amour à moi n'était que corruption. J'étais de ces hommes qui tuent leurs femmes avec lenteur. Mon amour était une forme de gangrène qui attaquait les tendres tissus de l'âme. J'avais une sœur qui avait tenté de se tuer et ne voulait pas me voir, une femme qui s'était trouvé un homme amoureux d'elle, des filles qui ne savaient rien de moi, et une mère qui en savait beaucoup trop. « Faut tout changer », me dis-je intérieurement cependant que j'écoutais Susan Lowenstein qui se détendait de plus en plus sous l'effet conjugué du vin et de l'ambiance feutrée de la Coach House. « Faut tout changer en toi, et radicalement. »

On nous apporta les plats principaux, superbes. Les ris de veau étaient tendres et succulents et les morilles avaient goût d'humus truffé, transformé en sombre chair fumeuse. J'entendis Susan gémir d'admiration en dégustant son poisson dont la chair blanche et brillante se détachait de l'arête en tendres filets. Ma bouche vivait une béatitude et je remerciai Dieu des scrupuleuses minutes des cuisiniers inspirés et de l'ineffable beauté des femmes, tandis que je contemplais Susan en train de manger et de boire un vin vieilli pour nous, et pour nous seuls, dans les vieux et généreux vignobles de France. Je commandai une seconde bouteille en l'honneur de ces généreux vignobles.

Susan me raconta qu'elle avait fait un rêve, la nuit précédente, dans lequel nous nous rencontrions par hasard dans une tempête de neige. Nous avions cherché refuge contre la tempête au Rockefeller Center et pris l'ascenseur qui montait au dernier étage. Nous avions regardé la ville devenir toute blanche en prenant un verre au bar de la Rainbow Room, et puis nous nous étions mis à danser un slow lorsque la tempête s'était déchaînée au point qu'on ne voyait plus la ville sous la neige.

« Quel rêve merveilleux, Lowenstein, dis-je. Moi je suis incapable de me souvenir d'un seul détail de mes rêves. Il m'arrive d'être réveillé par eux, et je sais alors qu'ils devaient être horribles, mais je ne me rappelle pas la moindre image.

— Vous manquez là une part importante et merveilleuse de votre vie, Tom, dit-elle. J'ai toujours pensé que les rêves étaient à la fois les lettres d'amour et les messages de haine de notre subconscient. Ce n'est qu'une question de discipline de se rappeler ses rêves.

— Je me passe volontiers des messages de haine, dis-je. J'en ai des piles entières que je m'écris à moi-même.

— Mais n'est-il pas assez surprenant que vous vous soyez trouvé dans un de mes rêves, dit-elle, alors que je ne vous connais que depuis si peu de temps ?

— Je suis ravi que vous ne l'ayez pas présenté comme un cauchemar, dis-je.

— Je puis vous assurer qu'il ne s'agissait pas du tout d'un cauchemar, dit-elle en riant. Au fait, Tom, est-ce que vous aimez les concerts ?

— Certainement, répondis-je. Sauf quand on joue de la musique moderne. Pour moi, la musique moderne ressemble toujours à un pet de truite dans de l'eau salée. Bien entendu, Savannah adore la musique moderne.

— Comment expliquez-vous qu'elle soit tellement ouverte à la culture moderne alors que vous y semblez si hermétique ? Je dois avouer, Tom, un certain agacement chaque fois que vous faites votre numéro du butor culturel intimidé par la grande ville. Vous êtes trop intelligent pour être convaincant dans un tel rôle.

— Je suis navré, Lowenstein, dis-je. Je suis le premier à être fatigué de mon rôle de détracteur de New York et de péquenot inculte. Je serais ravi que le fait de détester New York ne soit pas un cliché, mais une doctrine surprenante et inédite inventée par Tom Wingo.

— Chaque fois que j'entends quelqu'un comme vous dire qu'il déteste New York, je me dis automatiquement qu'il s'agit d'un antisémite, dit-elle.

— Si vous voulez bien m'expliquer le lien entre l'antisémitisme et le fait de ne pas aimer New York, Lowenstein. Je viens de Colleton, Caroline du Sud, et par moments ce genre de subtilité me dépasse.

— Il y a plus de Juifs à New York qu'en Israël, dit-elle.

— Il y a sans doute plus d'Albanais ici qu'en Albanie, et plus de Haïtiens qu'en Haïti, et plus d'Irlandais qu'en Irlande, Lowenstein. Il se peut même qu'il y ait davantage de Sudistes à New York qu'en Géorgie ; je ne sais pas. Je n'aime pas New York parce que c'est une ville immense et impersonnelle. Vous êtes toujours aussi parano ?

— Oui, dit-elle. J'ai toujours trouvé que la parano était une position parfaitement défendable.

— Alors vous comprenez ce que j'éprouve en tant que Sudiste quand je suis à New York, dis-je. Quelle opinion aviez-vous du Sud, Lowenstein, avant de me connaître et de connaître Savannah ?

— La même que maintenant, Tom, dit-elle. Je pense que c'est la région la plus arriérée, la plus réactionnaire et la plus dangereuse du pays.

— Mais est-ce que vous l'aimez, Lowenstein ? » demandai-je.

Elle rit, d'un rire éclatant, mais je continuai.

« Pour quelle raison y a-t-il des moments de l'histoire où il est admis

177

de détester les Juifs, ou les Américains, ou les Noirs, ou les gitans ? Il se trouve toujours un groupe pour mériter le mépris, à chaque génération. On devient même suspect si on ne les méprise pas. On m'a appris à détester les communistes quand j'étais jeune. Je n'en ai jamais vu l'ombre d'un, mais je les détestais, ces salauds. Je détestais les Noirs quand j'étais enfant, parce que dans le coin de planète où j'ai grandi, considérer qu'ils étaient inférieurs aux Blancs relevait de la croyance religieuse. Venir à New York et être détesté en tant que Sudiste blanc aura été une expérience intéressante, Lowenstein. Plutôt tonifiante et reposante, mais bizarre. Ça me permet de comprendre votre théorie sur la paranoïa.

— La raison pour laquelle je vous ai demandé si vous aimiez les concerts, Tom, c'est que mon mari en donne un le mois prochain, dit-elle. J'ai un billet et j'espère que vous accepterez mon invitation.

— Je serai très heureux de venir, dis-je, si vous me jurez qu'il ne jouera rien de moderne.

— Je crois que le programme est essentiellement baroque.

— Comment s'appelle-t-il ? demandai-je.

— Herbert Woodruff, dit-elle.

— Le grand Herbert Woodruff ? dis-je surpris.

— Herbert Woodruff, le seul, le vrai, dit-elle.

— Vous êtes mariée avec Herbert Woodruff ! Ça alors, Lowenstein. Vous partagez chaque soir la couche d'une célébrité mondiale.

— Pas chaque soir, hélas ! Herbert est en tournée la moitié de l'année. Il est très demandé. Surtout en Europe.

— Nous avons ses disques, dis-je. Nous en avons deux ou trois en tout cas. Avec Sallie, on se soûle en les écoutant. C'est formidable. Il va falloir que je téléphone à Sallie pour me vanter. Il est juif, docteur ?

— Non, dit-elle. Pourquoi cette question ?

— Je croyais que les Juifs étaient comme les catholiques, dis-je. Lorsque je n'ai pas épousé une catholique, mon père a réagi comme si j'avais été pris en train de pisser dans les burettes de l'autel.

— Mon père est le Juif le plus assimilé que je connaisse, dit le Dr Lowenstein avec sérieux. Nous n'allions jamais à la synagogue, nous ne fêtions pas la Pâque et nous faisions un sapin de Noël tous les ans en décembre. Je n'ai jamais soupçonné l'importance que sa religion avait pour lui jusqu'au jour où j'ai épousé un chrétien. J'ai cru qu'il allait faire faire shiva pour moi le jour de mon mariage.

— C'est quoi, faire shiva ?

— C'est porter le deuil, répondit-elle.

— Mais il doit être fier d'avoir un gendre célèbre dans le monde entier.

— Je n'en suis pas sûre, Tom, dit-elle. Il ne m'a jamais pardonné. Il n'a jamais vu son petit-fils.

— Voilà qui explique bien des choses, Lowenstein, dis-je. Je vous prenais pour une presbytérienne convertie au judaïsme. Pourquoi n'avez-vous pas pris le nom de votre mari quand vous vous êtes mariée ?

— Un choix de ma part, dit-elle, mettant un terme définitif à ce chapitre de la conversation.

— Quel âge à votre fils ? demandai-je, changeant de sujet.

— C'est ce dont je voulais vous parler, Tom. C'est la raison pour laquelle je suis ravie que nous ayons pu dîner ensemble ce soir.

— Votre fils ? demandai-je, étonné.

— J'ai un fils qui s'intéresse beaucoup à l'athlétisme, dit-elle.

— Vous rigolez.

— Pourquoi ce ton ? interrogea-t-elle, incapable de dissimuler son irritation.

— Seulement la surprise, dis-je. Je doute qu'il ait reçu beaucoup d'encouragements côté familial.

— Son père a eu un choc. Bernard vient de finir sa première année à Phillips Exeter. Nous avons reçu récemment le bulletin annuel de l'établissement et son père est tombé sur une photo de l'équipe de football de première année où figurait Bernard. Nous ne l'avons jamais autorisé à pratiquer des sports violents à cause des risques éventuels pour ses mains. Voyez-vous, nous souhaitons voir Bernard concentrer ses efforts sur ses cours de violon. C'est la raison pour laquelle nous faisons attention à ses mains.

— Ha ! ne pus-je m'empêcher de m'esclaffer. Un supporter inattendu dans la famille. »

Elle sourit. « Ce n'est pas drôle. Ce qui me contrarie le plus dans toute cette affaire, c'est que Bernard nous a menti. Ou du moins, il ne nous a rien dit. Il faisait aussi partie de l'équipe de basket junior. Il est manifestement doué.

— Pourquoi ne le laissez-vous pas pratiquer des sports d'équipe tout en continuant d'étudier le violon ?

— Mon mari désire que Bernard soit un musicien à part entière.

— Est-il doué pour cela ?

— Oui, il a des dons. Le problème, Tom, c'est qu'il n'est pas génial. Vous imaginez combien il est difficile de marcher dans les traces de Herbert Woodruff. J'ai toujours pensé que nous aurions dû lui faire étudier un instrument différent de celui de son père. Les comparaisons auraient été moins traumatisantes pour Bernard. Herbert a remporté son premier prix international alors qu'il n'avait que dix-neuf ans.

— On voit beaucoup de cas de ce genre en tant que coach. Je ne saurais vous dire le nombre de gamins qui font partie d'une équipe simplement parce que le père essaye de revivre sa jeunesse à travers son môme. C'est triste quand ça ne donne rien.

— Triste pour les pères ou pour les fils ? demanda-t-elle avec une gravité chagrine.

— Pour les fils, dis-je. Les pères, on s'en fout. Ils n'ont qu'à ne pas être aussi bêtes.

— Je ne pense pas que Herbert fonctionne de cette façon, répliqua-t-elle. Pas du tout. Je crois seulement qu'il n'existe pas d'autre instrument dans son imagination. Il adore tellement le violon qu'il ne conçoit même pas qu'on puisse ne pas partager cet amour. Surtout dans sa propre famille. Surtout son fils unique.

— Comment s'entendent-ils, tous les deux ? » demandai-je.

Son visage se rembrunit et quelque chose passa dans son regard. Elle choisit soigneusement ses mots et je perçus leur poids et leur gravité pendant qu'elle les prononçait.

« Bernard a beaucoup de respect pour son père. Il est très fier de lui et de la réussite de son père.

— Est-ce qu'ils sont copains, tous les deux ? Est-ce qu'ils tapent dans un ballon ensemble ? Est-ce qu'ils jouent à la bagarre dans le parc ? Est-ce qu'ils chahutent dans la salle de séjour ? Ce genre de truc. »

Elle rit, mais d'un rire contraint, nerveux. En lui parlant de son enfant, je touchais quelque chose d'essentiel pour elle.

« Je n'imagine pas Herbert en train de se rouler sur le tapis du salon. C'est un homme maniaque et très sérieux. De plus, il risquerait de s'abîmer les mains, et ses mains représentent toute sa vie.

— Mais, est-ce qu'il est marrant, docteur ? dis-je. Je crois que c'est ça, ma question. »

Elle prit un long temps de réflexion avant de répondre simplement.

« Non, je ne décrirais pas Herbert comme quelqu'un de marrant. Pas pour un adolescent en tout cas. Je pense que Bernard appréciera davantage son père quand il sera devenu un adulte.

— À quoi ressemble-t-il, Bernard ? »

Une fois encore, j'observai une sorte de recul dans son regard, comme un rideau tiré face à cet interrogatoire sur sa famille. L'idée me traversa l'esprit que ce psychiatre préférait écouter les autres raconter leurs tourments dans son cabinet, plutôt qu'exprimer ses propres sujets d'angoisse et d'inquiétude. Son visage était très pâle lorsqu'elle appuya sa tête contre le mur de brique, derrière elle. Elle ressemblait à ces élégantes au long cou dont le profil se détache sur le sombre fond d'agate des camées.

« Bernard est difficile à décrire, dit-elle dans un long soupir. C'est un garçon séduisant qui se croit laid. Il est très grand, beaucoup plus grand que son père. Il a des pieds immenses et des cheveux noirs bouclés. Il ne parle pas beaucoup, surtout aux adultes. C'est un étudiant médiocre. Nous avons dû faire jouer toutes nos relations pour le faire admettre à Exeter. Nous l'avons fait tester, et il a fait un score brillant, mais il est paresseux et je pense qu'il prend plaisir à blesser ses parents en obtenant de mauvais résultats. Que puis-je dire de plus, Tom ? Les années d'adolescence sont difficiles à vivre pour tout le monde.

— Est-ce que c'est un raté ? demandai-je.

— Non, fit-elle sèchement. Ce n'est pas un raté. C'est un adolescent absolument normal dont les deux parents exercent un métier. Herbert et moi avons sans doute commis une erreur en n'étant pas davantage présents pendant ses années de formation. Je le reconnais et en assume l'entière responsabilité.

— Pourquoi me racontez-vous cela, Lowenstein ? demandai-je.

— J'ai pensé, Tom, dit-elle en se penchant un peu au-dessus de la table, que puisque vous sembliez avoir pas mal de temps libre, vous pourriez peut-être entraîner Bernard deux fois par semaine.

— Ma première offre d'emploi depuis des lustres !

— Est-ce que vous accepteriez ? demanda-t-elle.

— En avez-vous parlé avec Bernard ?

— Pourquoi devrais-je le faire ? interrogea-t-elle.

— Il risque de ne pas avoir envie de travailler avec un coach, et par ailleurs, il est poli de poser la question. Pourquoi n'envoyez-vous pas Herbert faire un tour à Central Park et échanger quelques balles avec Bernard, voire improviser une petite partie ?

— Herbert a une sainte horreur des activités sportives, Tom, dit-elle en même temps que cette pensée la faisait rire. En fait il serait fou furieux de savoir que je cherche un coach pour son fils. Mais Bernard m'a annoncé qu'il ferait du sport l'année prochaine, que cela nous plaise ou non. Et puis je pense que vous auriez une influence positive sur Bernard, Tom, je crois que vous lui plairiez parce que vous êtes le genre de père qu'il a toujours rêvé d'avoir. Sportif, drôle, insolent. Et je donne ma tête à couper que vous ne jouez pas du violon.

— Vous n'avez jamais eu l'occasion d'entendre un de mes enregistrements. Wingo mettant la pile aux grands maîtres. Encore une fois, vous fonctionnez au cliché, docteur.

— Je peux vous retourner le compliment, dit-elle avec agacement.

— Certainement pas.

— Que si, Tom. Reconnaissez-le. Vous étiez en train de vous dire : la chère Dr Lowenstein, psychiatre et spécialiste des malades mentaux en détresse, elle n'est pas fichue d'avoir un fils équilibré.

— Ouais, admis-je. C'est ce que je me suis dit. Il doit bien y avoir une raison qui fait que les psy sont incapables d'élever un gosse. Je sais que c'est aussi un cliché, mais c'est tout de même un sacré problème, non ?

— Pas dans le cas présent, affirma-t-elle avec autorité. Bernard est seulement timide. Ses problèmes se résoudront avec l'âge. Je pense que si les psychiatres ont effectivement certains problèmes avec leurs enfants – et je vous prie de croire qu'il existe des exceptions –, c'est parce qu'ils en savent beaucoup trop sur les conséquences irréparables d'une enfance ratée. Cet excès de savoir les paralyse et ils ont peur de commettre le moindre faux pas. Ce qui était au départ scrupule exagéré peut se terminer en une sorte d'abandon. Cela dit, voyons quelles sont vos conditions financières.

— De l'argent ? dis-je. Ne vous inquiétez pas pour cela.

— Si. J'insiste pour que cette affaire reste sur un plan strictement professionnel. Quels sont les tarifs que vous pratiquez ?

— Les tarifs que je pratique ! Vous rigolez ou quoi ?

— Tom, je tiens à ce que nous fassions cela sur une base professionnelle. Combien prenez-vous de l'heure ? »

Elle avait sorti de son sac un carnet sur lequel elle écrivait des choses avec un mince stylo plume Dupont.

« Combien gagnez-vous en une heure ? demandai-je.

— Je vois mal le rapport, dit-elle en levant les yeux de son calepin.

— Le rapport, le voilà, docteur. Puisque vous tenez à ce que les choses se passent sur un plan strictement professionnel, je veux vous être agréable. J'ignore combien les gens gagnent à New York. J'ai donc besoin de chiffres pour me faire une idée.

— Je prends soixante-quinze dollars pour une heure, dit-elle.

— Parfait, dis-je avec un large sourire. Ça me va très bien.

— Je n'ai jamais dit que j'étais d'accord pour vous payer une telle somme.

— Écoutez, toubib, vu que vous êtes une amie de la famille, vous avez droit à une réduction. Je vous fais l'heure à soixante papiers ; ne me remerciez pas, le plaisir est pour moi.

— J'ai peine à croire que l'heure de travail d'un prof de football puisse se comparer à l'heure de travail d'un docteur en psychiatrie, dit-elle d'une voix égale – mais je n'appréciai guère l'accent péjoratif mis sur le mot prof.

— Vraiment ? Et pourquoi donc ? Où est la différence ?

— Vous n'avez pas idée du coût des études à la faculté de médecine.

— Oh que si ! C'est moi qui ai payé celles de ma femme.

— Quel a été votre salaire maximum, comme coach ?

— Une année, je me suis fait dix-sept mille dollars, avant impôts, répondis-je.

— Ce qui représente combien pour une heure ? demanda-t-elle.

— Eh bien, raisonnons sur trois cent soixante-cinq jours par an. J'enseigne et je fais le coach neuf mois dans l'année. Ensuite je suis coach de base-ball pendant l'été. Ce qui doit représenter – disons quarante-six papiers par jour. Reste à diviser par dix, pour dix heures par jour. »

Elle nota les chiffres sur son calepin et releva les yeux pour annoncer :

« Ça fait quatre dollars et soixante cents de l'heure. J'offre cinq dollars.

— C'est très généreux de votre part, dis-je.

— C'est le plus gros salaire que vous ayez jamais eu.

— L'humiliation, gémis-je, avec un regard circulaire dans le restaurant. L'humiliation constante et absolue. Quand un coach se mesure à un psy, il se fait mettre soixante-dix tickets dans la vue, tranquille.

— Marché conclu, dit-elle en refermant son petit calepin.

— Non, dis-je. À présent que je me suis fait massacrer sur ce terrain, je veux compenser cette débâcle en retrouvant un minimum de dignité. Je me ferai un plaisir de m'occuper de Bernard à titre gracieux, docteur. Une fois de plus je me suis fait balayer en essayant de faire du métier d'entraîneur sportif une activité lucrative. Dites-lui que nous commençons après-demain. Et maintenant, si nous commandions un dessert somptueux ?

— J'ai déjà beaucoup trop mangé.

— Oubliez les kilos que vous risquez de prendre, Lowenstein, dis-je. Tout de suite après dîner, on se débrouille pour dégoter un agresseur qui vous course jusqu'à Central Park. C'est une excellente méthode pour brûler ses calories après un repas new-yorkais.

— Oh, à propos, dit-elle. Vous vous souvenez quand vous avez rencontré Monique à mon cabinet ? Pourquoi lui avez-vous raconté que vous étiez avocat ? C'est elle qui me l'a répété le jour même.

— Elle ne m'a pas cru quand je lui ai dit que j'étais coach, répondis-je. Et puis elle était belle et j'ai eu envie de lui en mettre plein la vue. Et en plus, je me sentais seul à ce moment-là et je voulais poursuivre la conversation.

— Vous trouvez qu'elle est belle ?

— J'ai pensé que c'était la plus belle femme que j'aie jamais vue, dis-je.

— C'est très étrange, Tom. Cela fait deux fois qu'elle vient me trouver à mon cabinet dans un état de totale hystérie. Elle a une liaison avec un investisseur financier qui travaille pour Salomon Brothers – c'est du moins ce qu'elle me raconte.

— Son psy n'est pas en ville, dis-je. Existe-t-il une seule personne dans cette ville qui ne soit pas suivie par un psychiatre, ou bien est-ce que tous les psy finissent par fuir vers le New Jersey ?

— Elle joue de la flûte dans l'orchestre de mon mari, dit le Dr Lowenstein. Vous allez la revoir le mois prochain.

— Et merde. Elle va me poser des questions sur mon métier d'avocat, dis-je. Permettez-moi de vous offrir un verre de cognac, Susan. Vous avez raison, nous pouvons nous passer de dessert. »

Lorsque le cognac arriva, nous levâmes une fois encore notre verre en l'honneur l'un de l'autre et la saveur de ce breuvage me replongea brutalement dans le passé, la dernière fois que je m'étais trouvé dans ce restaurant en compagnie de mon frère et de ma sœur. En même temps que nous dégustions le cognac offert par le patron, Savannah avait sorti quatre nouveaux poèmes auxquels elle était en train de travailler et elle les avait lus à haute voix devant Luke et moi. Elle envisageait d'écrire son autobiographie sous forme d'un grand cycle de poèmes et nous lut ce soir-là l'histoire du marsouin blanc de Colleton, de la marche que mon grand-père faisait tous les ans pour le Vendredi saint, et du premier match de football de Benji Washington. Elle s'exprimait dans une langue riche et étincelante et tirait de sa vie des images brillantes comme on cueille des pêches dans un verger parfumé. Dits à voix haute, ses poèmes avaient la saveur d'un fruit offert, et ce soir-là, nous avions arrosé les fruits au cognac.

« À quoi pensez-vous, Tom ? interrogea Susan.

— Je songeais à la soirée que j'ai passée ici avec Luke et Savannah, dis-je. Nous étions tous les trois tellement heureux à cette époque.

— Que s'est-il passé ?

— La nature a horreur du vide, mais elle abomine encore davantage le bonheur parfait, dis-je. Susan, vous souvenez-vous que je vous ai parlé de ma dépression nerveuse ?

— Bien sûr, dit-elle doucement.

— Ce n'était pas une dépression nerveuse, dis-je. Il s'agissait d'un trop-plein de tristesse tellement immense que je pouvais à peine bouger ni parler. À l'époque je ne me croyais pas atteint de maladie mentale ; je n'ai pas changé d'avis. Pendant deux ans, je me suis débrouillé pour fonctionner avec et malgré le chagrin qui me rongeait le cœur. J'avais subi une perte effroyable et j'étais tout simplement inconsolable. Je m'occupais de trois équipes sportives et j'avais cinq cours d'anglais par jour si bien que mon travail me maintenait en vie. Et puis un jour, le poids de ma tristesse est devenu trop lourd à porter. J'étais en train de faire cours et je lisais *Fern Hill* de Dylan Thomas à une de mes classes ; cette lecture m'a tellement ému que j'en ai eu les larmes aux yeux. Le poème est très beau et provoque en **moi** une certaine émotion chaque fois que je le lis, mais cette fois les choses se passèrent différemment. J'étais incapable de m'arrêter de pleurer. Mes élèves étaient atterrés. J'étais atterré aussi mais je ne pouvais plus m'arrêter.

— Et vous n'avez pas songé à des symptômes de dépression nerveuse, Tom ? dit-elle doucement.

— Non, répondis-je. Je me suis dit que c'était la réaction normale à une immense tristesse. Ce qui était anormal, c'était d'avoir porté si long-temps le poids d'un tel chagrin sans pleurer. Une semaine plus tard, en me promenant sur la plage, j'ai croisé un homme qui ressemblait à mon frère et je me suis de nouveau effondré. Je suis resté plus d'une heure assis sur les rochers qui dominent le port de Charleston, à sangloter tout seul. Et puis l'idée m'est venue que je devrais être en train de faire quelque chose. Une chose importante, que j'avais oubliée, mais je ne savais même plus quoi. Ce soir-là, Sallie m'a trouvé sur la plage, gre-lottant de froid.

— Qu'aviez-vous oublié ?

— Un match. J'avais oublié que mon équipe disputait un match ce soir-là. Oublié que mon équipe à moi, celle que j'entraînais, que je formais, que je suivais pas à pas, disputait un match.

— C'est à ce moment-là que vous avez été viré ?

— Oui, c'est à ce moment-là que j'ai été viré, dis-je. Alors je suis resté chez moi, et j'ai refusé l'aide de tout le monde. J'ai laissé la tris-tesse m'envahir, et elle m'a complètement englouti. Au bout d'un mois, ma femme et ma mère ont réussi à me faire signer des papiers et elles m'ont emmené au dixième étage de l'hôpital universitaire où l'on m'a fait quelques électrochocs.

— Rien ne vous oblige à me raconter tout cela, Tom, dit-elle.

— Dans la mesure où je vais être le coach de Bernard, j'ai trouvé normal de vous informer que vous aviez affaire à un article esquinté.

— Êtes-vous un bon coach ? demanda-t-elle.

— Je suis un coach fabuleux, Susan, répondis-je.

— Alors j'ai beaucoup de chance que vous ayez fait irruption dans ma vie à ce moment précis, dit-elle. Merci de m'avoir parlé. Je suis heureuse que vous l'ayez fait ici plutôt que dans mon cabinet. Je pense que nous allons être de bons amis.

— Il y a quelque chose que vous ne me dites pas au sujet de Savannah, n'est-ce pas ?

— Il y a beaucoup de choses que je ne vous dis pas au sujet de Savannah, dit-elle. Il y a beaucoup de choses que je ne vous dis pas à bien des sujets. Lorsque j'ai fait allusion à Monique, il y a un instant, j'ai cru mourir en vous entendant me dire que vous la trouviez très belle.

— Pourquoi ?

— Je crois qu'elle a une liaison avec mon mari.

— Qu'est-ce qui vous fait croire une chose pareille ?

— Je connais bien mon mari, dit-elle. Ce que je ne comprends pas, c'est ce qui la pousse à venir chercher de l'aide auprès de moi. Est-ce de la cruauté, ou tout simplement de la curiosité ? Elle me fait toujours promettre de ne pas dire à Herbert qu'elle est venue me voir.

— Je suis désolé, Susan, dis-je. Peut-être vous faites-vous des idées.

— Je ne crois pas.

— Écoutez, Lowenstein. Je vous ai vue, et j'ai vue Monique. Monique est très mignonne, mais question personnalité, c'est zéro, et elle aurait tendance à être vacharde. Avec la robe somptueuse que vous portez ce soir, je ne pouvais manquer de remarquer que vous trimbalez une sacrée carrosserie. Vous êtes un peu sérieuse à mon goût, mais j'adore votre compagnie. Monique ne vous arrive pas à la cheville, chérie, dis-je.

— Pas chérie, Tom, sourit-elle. N'oubliez pas que je suis féministe.

— Monique ne vous arrive pas à la cheville, féministe, dis-je.

— Merci, coach, dit-elle.

— Voulez-vous que nous allions danser à la Rainbow Room ? — Pas ce soir, Tom, dit-elle. Mais si vous renouvelez l'invitation cet été...

— Est-ce que vous jurez de porter la même robe ? demandai-je.

— Il faut que je rentre chez moi, dit-elle. Vite.

— Vous ne risquez rien, Lowenstein. J'ai eu des électrochocs, dis-je en me levant de table. Venez. Je règle l'addition et je hèle pour vous un des chauffeurs de taxi de cette ville ; ils sont abominables, mais hauts en couleur.

— J'ai passé une soirée merveilleuse », dit Lowenstein tandis que j'ouvrais pour elle la portière du taxi, dans Waverly Place, sous une pluie légère. Elle me posa un doux baiser sur les lèvres, un seul, et je regardai la voiture disparaître dans la pluie et dans la nuit.

8

Quelques semaines après son retour-surprise, ma grand-mère s'en fut acheter son propre cercueil chez Winthrop Ogletree, et nous apprîmes qu'elle aimait se rendre au cimetière de Colleton pour converser avec les morts. À l'instar de la plupart des Sudistes, Tolitha avait fait du culte des ancêtres une sorte d'art mineur et personnel, et son intimité authentique avec les cimetières l'enchantait. Elle envisageait la mort comme une sombre longitude indécouvrable qui encerclerait la géographie secrète de la terre. Le sujet de sa propre mort l'emplissait de plaisantes rêveries de voyages à la fois imminents et imprévus.

Parce qu'elle ne fréquentait pas assidûment l'église ni ne professait ouvertement sa foi en Dieu, ma grand-mère pouvait se permettre d'adhérer à des pratiques spirituelles plus exotiques, des concoctions et stimulants plus vigoureux, afin d'ajouter un peu de piment à sa vision du monde. Elle gardait une confiance innocente dans les horoscopes, et elle organisait ses journées en fonction du fier alignement des étoiles, ainsi que des indications et insinuations obscures du Zodiaque. Avec une curiosité sans fin, elle sollicitait l'avis des diseuses de bonne aventure, elle croyait aux pouvoirs brillants des boules de cristal, aux allusions cryptiques contenues dans les feuilles de thé restées collées au fond d'une tasse, dans les feux verts donnés par des cartes de tarot correctement battues, et dans tout ce qui semblait suspect ou révolutionnaire dans une ville du sud des États-Unis. À Marseille, une gitane avait lu dans la paume de Tolitha, elle y avait étudié la ligne de vie brisée, fourchue, et elle lui avait prédit qu'elle ne survivrait pas à son soixantième anniversaire. Tolitha venait de fêter ses cinquante-six ans au moment de son retour à Colleton pour faire la paix avec le monde. Chaque jour elle consultait le I-Ching, que mon grand-père tenait pour un texte satanique, dans le meilleur des cas. Elle croyait à toutes les divagations et affirmations de la planche Oui-ja – aussi embrouillées et obscures fussent-elle. Sa foi était un catéchisme de vérités non digérées. Elle fréquentait les médiums, les guérisseurs et autres prophètes. Tous étaient les météorologues de son âme sereine et pleine d'allant. Jamais je n'ai connu femme plus chrétienne que Tolitha.

Mais elle prenait la sentence de mort prononcée par la gitane avec une gravité stoïque et surprise, et elle se mit à préparer son propre décès comme s'il s'agissait d'une expédition vers une contrée fabuleuse dont les frontières seraient longtemps restées fermées aux touristes. Quand vint le moment d'acheter son cercueil et de prendre les ultimes dispositions concernant son enterrement, elle insista pour être accompagnée par ses petits-enfants. Toujours pédagogue, Tolitha désirait nous apprendre à ne pas craindre la mort. Elle évoquait la prochaine acquisition de ce cercueil avec gaieté, et agissait comme si elle s'apprêtait à confirmer une réservation dans un hôtel, au terme d'un long voyage.

« Ce n'est jamais que la dernière étape de la vie. La plus intéressante aussi, j'imagine, dit-elle comme nous marchions dans la Grand-Rue, passant devant les vitrines et saluant d'un comment-ça-va voisins et inconnus.

— Mais tu es en excellente santé, Tolitha, dit Luke qui leva la tête pour la regarder dans le soleil. J'ai entendu Papa dire que tu viendrais pisser sur nos tombes à tous.

— Ton père est un rustre vulgaire, Luke. Je t'en prie, n'imite pas la façon de parler des pêcheurs de crevettes d'ici, répondit ma grand-mère en continuant d'avancer, droite comme un mât. Non, je ne survivrai pas à mon soixantième anniversaire. Ce n'était pas n'importe quelle gitane, celle qui m'a lu les lignes de la main. C'était la *reine* des gitanes. Je sollicite uniquement l'opinion de spécialistes. Jamais de toute ma vie je ne me suis adressée à un généraliste.

— Maman nous a dit que c'était un péché de se faire dire l'avenir par une gitane, dit Savannah qui tenait la main de ma grand-mère.

— Ta mère, elle n'a mis les pieds que dans deux États au cours de son existence, expliqua dédaigneusement Tolitha. Elle n'a pas comme moi un point de vue mondial.

— Est-ce que la gitane t'a dit de quoi tu mourrais ? demandai-je, en la regardant attentivement, inquiet de la voir tomber raide sur la chaussée.

— Arrêt cardiaque, annonça fièrement ma grand-mère, comme si elle venait de prononcer le nom d'un enfant chéri. Je tomberai comme une pierre.

— Est-ce que tu auras un enterrement de bouddhiste zen ? interrogea Savannah.

— C'est trop malcommode, dit Tolitha, avec un petit salut aimable pour Jason Fordham qui tenait la quincaillerie. Je voulais que votre grand-père m'emmène à Atlanta et abandonne mon corps nu au sommet de Stone Mountain pour que les vautours dévorent ma dépouille terrestre, mais cette idée l'a horrifié. C'est comme cela qu'on fait aux Indes. Et puis je n'étais pas certaie qu'il y ait assez de vautours en Géorgie pour que ça marche.

— C'est la chose la plus horrible que j'aie jamais entendue, Tolitha, dit Luke en la regardant avec une réelle admiration.

— Je déteste faire les choses comme tout le monde, les enfants. Mais qu'y puis-je ? Chaque société a ses coutumes.

— Tu n'as pas peur de la mort, n'est-ce pas, Tolitha ? demandai-je.

— Nous devrons tous en passer par là un jour, Tom, répondit-elle.

Moi, j'ai la chance d'être en mesure de préparer ma sortie afin que le choc soit moins grand pour ma famille. Je veux que tout soit prêt.

— Quel genre de cercueil as-tu l'intention d'acheter, Tolitha ? demanda Savannah.

— Une boîte en sapin. Rien de luxueux dans mon cas. Je veux que les vers arrivent à moi le plus vite possible. Voyons les choses en face, c'est leur gagne-pain, et je n'ai jamais souhaité empêcher qui que ce soit de gagner sa vie.

— Comment est-ce qu'ils nous mangent, les vers ? Ils n'ont pas de dents, interrogea Luke tandis que nous passions devant le salon de coiffure de Wayne Fender.

— Ils sont obligés d'attendre que la terre nous ait un peu ramollis », expliqua Tolitha dont la voix monta de quelques tons. Ce genre de détail sinistre réjouissait ma grand-mère et la rendait prolixe. « Tu sais, le croque-mort vide le corps de tout son sang et on se retrouve sec comme un épi de maïs. Ensuite il le remplit avec un liquide balsamique pour l'empêcher de pourrir trop vite.

— Pourquoi est-ce qu'ils ne laissent pas le sang à l'intérieur ? demanda Savannah, les yeux écarquillés d'horreur.

— Parce qu'on s'abîme trop vite quand on garde son sang.

— Mais puisque de toute façon ils nous mettent dans la terre, c'est bien pour qu'on pourrisse, dis-je.

— Ils n'ont pas envie que tu empestes pour ton enterrement. Vous avez déjà senti l'odeur d'un cadavre en putréfaction ?

— Ça sent comment, Tolitha ? demanda Luke.

— Ça sent comme cinquante kilos de crevettes archipourries.

— Aussi mauvais que ça ?

— Pire. J'ai la nausée rien que d'y penser. »

Nous arrivâmes au carrefour entre Baitery Road et la Grand-Rue où se trouvait l'un des deux feux de circulation de Colleton. Là-bas dans le port, les voiliers penchaient sous le vent, avec leurs voiles écrasées et rendues presque transparentes par la lumière du soleil. Un yacht de cinquante pieds vira de bord pour remonter le fleuve et donna quatre coups de corne rauques pour avertir le gardien du pont. M. Fruit, avec sa casquette de base-ball et ses gants blancs, dirigeait la circulation au carrefour. Nous attendîmes sa permission pour traverser la chaussée. M. Fruit se souciait peu de savoir si le feu était rouge ou vert. M. Fruit s'en remettait à son intuition et à son sens inné de l'équilibre et de la symétrie pour régler la circulation dans son coin de monde.

Fantastique, bizarre et vigilant, c'était un Noir grand et maigre, d'âge indéterminé, et qui semblait se considérer comme personnellement responsable de la ville de Colleton. Je ne sais toujours pas aujourd'hui si M. Fruit était un débile, un type à côté de la plaque, ou bien s'il s'agissait d'un aimable rêveur inoffensif qu'on laissait déambuler dans sa ville natale où il dispensait la joie d'un message sans parole à ses voisins. Je ne connais pas son véritable nom, je ne sais pas qui était sa famille ni où il passait la nuit. Je sais seulement qu'il était un autochtone et que nul ne contestait son droit de régler la circulation de la Grand-Rue.

À une époque, un nouvel adjoint tenta d'enseigner à M. Fruit la différence entre un feu rouge et un feu vert, mais M. Fruit avait résisté à toute tentative visant à réorganiser ce dont il s'acquittait à la perfection depuis des années. Non seulement il réglait les entrées et les sorties de la ville, mais sa présence adoucissait le mal tenace qui sévissait aux frontières invisibles de la conscience de cette ville. Le degré d'humanité ou de corruption de toute communauté pourrait s'évaluer à sa façon de traiter les M. Fruit de notre monde. Colleton s'adaptait tout simplement aux harmonies et ordonnancements de M. Fruit. Il faisait ce qu'il pensait devoir être fait, et il le faisait avec classe. « La façon sudiste, disait ma grand-mère. La meilleure. »

« Bien le bonjour », cria-t-il en nous voyant. « Bien le bonjour », répondîmes-nous. Il arborait un sifflet argenté autour de son cou et un ineffable sourire béat sur le visage. Il souffla dans son sifflet et agita ses grands bras en moulinets gracieux et excessifs. Il pivota sur lui-même et dansa en direction de l'unique voiture en vue, sa main gauche dessinant un angle droit avec son poignet osseux. La voiture s'arrêta et M. Fruit nous fit traverser en soufflant dans son sifflet, en synchronisation parfaite avec le pas de ma grand-mère. M. Fruit était né pour diriger la circulation. Il conduisait aussi tous les défilés de Colleton, joyeux ou solennels. Telles étaient ses deux fonctions dans la vie de la ville et il s'en acquittait très bien. Mon grand-père nous disait toujours que M. Fruit avait réussi aussi bien, compte tenu de ses dons, que n'importe qui à sa connaissance.

La ville de Colleton comptait une population de dix mille âmes tranquilles au moment de ma naissance, et chaque année elle en perdait une petite fraction. La ville avait été construite sur la terre des Indiens Yemassees, et le fait qu'il ne restait plus un seul Yemassee sur terre était considéré comme un titre de noblesse. Le mot *yemassee* possédait le lustre sombre et miroitant de l'extinction. L'ultime bataille entre natifs et colons s'était déroulée sur notre île, à l'extrémité nord de Melrose. La milice de Colleton avait pris la tribu par surprise en attaquant de nuit, et ils avaient massacré un maximum d'Indiens pendant leur sommeil ; puis, à l'aide de chiens, ils poussèrent les survivants à travers la forêt où ils les traquèrent comme du gibier pour les diriger, l'aube venue, vers les marécages qui bordent le fleuve. Ils précipitèrent alors les Yemassees dans les flots, non sans les tailler en pièces à coups d'épée et de mousquet, n'épargnant ni les femmes ni les enfants. Un jour, comme je cherchais des pointes de flèches en compagnie de Luke et de Savannah, il m'arriva de découvrir un petit crâne. Une balle de mousquet fit entendre un bruit métallique en roulant dans la calotte crânienne avant de sortir par la bouche lorsque j'extirpai le tout des broussailles.

Tandis que nous marchions le long de la rangée de somptueuses demeures blanches bordant la Grand-Rue, nous passâmes devant la maison où couvait la naissance du rêve le plus terrifiant de notre époque. Nous saluâmes Reese Newbury, occupé à contempler le fleuve depuis sa véranda. C'était l'homme le plus puissant de Colleton. Brillant juriste, il possédait l'unique banque de tout le comté où il était également propriétaire de vastes terres, et il présidait de surcroît le conseil municipal. Par ce salut, nous reconnaissions le futur qui nous attendait, par la grâce de la plus stupéfiante rêveuse de notre ville ; nous donnions un coup de chapeau souriant et sans malice à la chute de la Maison Wingo.

L'entrepreneur des pompes funèbres, Winthrop Ogletree, attendait dans le vestibule de la grande maison victorienne qui s'étalait à l'extrémité de la Grand-Rue et où il pratiquait son négoce. Habillé d'un costume sombre, il se tenait les mains jointes sur l'estomac, dans une attitude de piété de commande. Il était grand, mince, et il avait un teint de fromage de chèvre resté trop longtemps sur la table. Le salon mortuaire avait une odeur de fleurs fanées et de prières inexaucées. Lorsqu'il nous souhaita le bonjour, sa voix était reptilienne et onctueuse, et l'on comprenait qu'il n'était véritablement à l'aise qu'en présence des défunts. Il donnait l'impression d'être lui-même mort deux ou trois fois, afin de mieux apprécier les subtilités de sa vocation. Winthrop Ogletree avait un visage de vampire malchanceux qui ne parviendrait jamais à avoir son compte de sang frais.

« J'irai droit au but, Winthrop, s'empressa de dire ma grand-mère. Je vais mourir dans les mois qui suivront mon soixantième anniversaire et je ne veux pas être une charge pour ma famille. Je vais donc choisir le cercueil le moins cher pour la balade jusqu'au cimetière, et je n'ai pas envie d'entendre un baratin pour me faire mettre un million de dollars dans un costume en sapin. »

M. Ogletree arbora une mine à la fois blessée et offensée, mais il répondit d'une voix lénifiante :

« Oh ! Tolitha, Tolitha, Tolitha. Je ne suis ici que pour servir au mieux vos intérêts. Jamais il ne me viendrait à l'esprit de tenter d'influencer qui que ce soit pour quelque décision que ce soit. Mon seul rôle est de répondre à vos questions et de vous être agréable. Mais, Tolitha, j'ignorais que vous étiez malade. À vous voir, on croirait que vous allez vivre jusqu'à mille ans.

— Ouh ! Quel épouvantable destin, répondit-elle en jetant un coup d'œil dans la pièce de droite où un cadavre était exposé dans un cercueil ouvert. C'est Johnny Grindley ?

— Oui, il est parti vers un monde meilleur, hier matin.

— Vous êtes rapide en besogne, Winthrop.

— Je fais de mon mieux, Tolitha, dit humblement M. Ogletree en courbant la nuque. Il a vécu en bon chrétien et c'est pour moi un privilège de pouvoir lui offrir une sortie digne de lui.

— Johnny était le pire salaud qui ait jamais porté des lacets à ses chaussures, Winthrop », dit ma grand-mère en avançant jusqu'à la bière pour observer le visage cireux et inhumain de Johnny Grindley.

Et nous trois de nous agglutiner à sa suite autour du cercueil pour étudier le visage du cadavre.

« On dirait qu'il vient juste de piquer un petit somme, n'est-ce pas ? dit fièrement M. Ogletree.

— Pas du tout, il a l'air d'un macchabée, répondit ma grand-mère.

— C'est tout le contraire, Tolitha, protesta M. Ogletree, vexé. Je trouve qu'on a l'impression qu'il va se lever et se mettre à siffler une marche entraînante signée John Philip Sousa. Regardez l'animation de son visage. L'ombre d'un sourire. Vous n'imaginez pas combien il est difficile de placer un sourire sur le visage d'une victime du cancer. Je veux dire, il est toujours possible d'imprimer un faux sourire sur le visage d'un cadavre. Mais il faut un artiste pour qu'un tel sourire semble naturel.

— Moi, je ne veux pas qu'on me colle un sourire le jour où je tirerai ma révérence, Winthrop, dit Tolitha avec autorité. Vous feriez bien de le noter par écrit. Je n'ai pas envie d'avoir un sourire niais quand les gens viendront me regarder en douce. Et puis je veux que vous utilisiez mes produits de maquillage personnels. Pas votre saloperie à trois sous.

— J'achète ce qui se fait de mieux chez les parfumeurs, Tolitha, dit-il en se redressant de toute sa hauteur.

— Je tiens à être jolie dans la mort, continua Tolitha comme si elle ne l'avait pas entendu.

— Je veillerai à ce que vous soyez superbe, dit-il avec une nouvelle courbette modeste.

— Pauvre John Grindley, dit Tolitha en contemplant le corps avec une étrange tendresse. Savez-vous, les enfants, que je me souviens du jour où est né ce fichu Johnny, dans la maison de sa mère qui se trouvait au bout de Huger Street. J'avais huit ans et je m'en souviens aussi clairement que si ça remontait à quinze minutes. Voilà bien l'unique bizarrerie de la vie. J'ai toujours l'impression d'être une petite fille de huit ans enfermée dans un vieux corps. Johnny avait déjà une face de rat le jour de sa naissance.

— Il a eu une vie bien remplie, psalmodia M. Ogletree dont la voix était sérieuse comme un *ré* bémol majeur sur un orgue.

— Il n'a jamais rien fait d'intéressant de toute son existence, Winthrop, dit Tolitha. À présent conduisez-moi dans la pièce où sont exposés les modèles.

— J'en ai un qui est entièrement recouvert du mot "toi", Tolitha », dit M. Ogletree en même temps qu'il nous faisait monter un escalier en colimaçon. Nous laissâmes sur notre droite une chapelle non confessionnelle pour entrer dans nne pièce pleine de cercueils de formes et de dimensions variées. M. Ogletree se dirigea directement vers une boîte en acajou qui se trouvait au milieu de la pièce et qu'il effleura affectueusement de la main avant de déclarer :

« Il est inutile de chercher plus loin, Tolitha. Vous avez ici le seul cercueil digne d'une dame occupant la place que vous occupez au sein de notre société.

— Où puis-je voir un cercueil en sapin ? demanda Tolitha dont le regard balaya la pièce. Je ne veux pas être une charge pour ma famille.

— Aucun problème. Nous avons prévu des conditions de paiement très favorables. Vous versez seulement quelques dollars chaque mois et lorsque sonnera l'heure de votre départ vers un monde meilleur, votre famille n'aura pas à débourser un centime. »

Tolitha étudia le cercueil d'un œil perspicace pendant une longue minute. Elle passa la main sur la soie brodée qui capitonnait l'intérieur. Moi, je me dirigeai vers un autre cercueil dont la soie du couvercle était rehaussée, à sa base, d'un écusson représentant le Christ et les Apôtres le jour de la Cène.

« Il est sacrément beau, celui que tu regardes, Tom, dit M. Ogletree. Tu remarqueras que Judas n'est pas représenté. C'est une bonne idée de se faire enterrer en compagnie de Jésus et de ses disciples mais les fabricants ont jugé avec bon sens que Judas ne devait pas avoir place dans l'ultime demeure d'un bon chrétien.

— Moi, je le trouve rudement beau, dis-je.

— C'est moche, murmura Savannah.

— Moi je préfère le cercueil aux Mains Jointes, dit Luke de l'autre bout de la pièce.

— Les méthodistes semblent avoir un faible pour celui-là, Luke, dit un M. Ogletree ravi. Mais en réalité il n'est lié à aucune confession particulière. Ces mains pourraient être celles d'un bouddhiste ou d'un musulman en prière. Est-ce que vous me comprenez bien ? Mais je ne pense pas que Tolitha ait envie d'une quelconque image pour décorer son ultime demeure ; elle a toujours eu l'élégance de la simplicité, si vous permettez que je vous fasse un compliment, Tolitha.

— Ne vous donnez pas cette peine, Winthrop, dit ma grand-mère. Combien coûte le premier modèle que vous m'avez montré ?

— Le prix habituel tourne autour de mille dollars, dit-il d'une voix qui se fit basse comme pour prononcer une prière. Mais vu que vous êtes une amie de la famille, je vous le laisserai pour huit cent vingt-cinq dollars et seize cents, hors taxes.

— Je vais y réfléchir, Winthrop, dit-elle. À présent, si vous pouviez me laisser quelques minutes en tête à tête avec mes petits-enfants pour que nous discutions de tout cela ? Il s'agit d'une décision importante dont j'ai besoin de m'entretenir avec eux en privé.

— C'est bien naturel et je comprends tout à fait. J'allais du reste vous le proposer. Je serai en bas, dans mon bureau, Tolitha. Vous n'aurez qu'à passer avant de repartir. Si vous ne trouviez rien à votre goût dans ce qui est exposé ici, j'ai un catalogue de vente par correspondance où se trouve répertorié tout ce qui se fait dans le domaine aux États-Unis.

— Quel est votre article le moins cher disponible ici ? »

Winthrop Ogletree s'ébroua comme s'il voulait rejeter une saleté par les narines et il se dirigea, raide comme la justice, vers un coin sans éclairage de la pièce où il toucha, avec un rien de répugnance, un petit cercueil sans grâce et de la couleur d'un canon de fusil.

« Cet article piteux vaut deux cents dollars, Tolitha, mais jamais je ne pourrais laisser une femme de votre classe se faire enterrer dans une chose pareille. Il n'y a que les vagabonds sans identité et les Noirs de bas étage pour être mis en terre là-dedans. Non, vous ne voudriez pas faire honte à votre famille en étant vue dans une de ces choses ? »

Il regardait ma grand-mère comme si elle lui avait suggéré de l'enterrer jusqu'au cou dans de la fiente de poulet. Avec une large révérence, il se retira pour nous laisser conférer en privé.

Lorsque nous entendîmes son pas dans l'escalier, ma grand-mère dit :

« Je suis malade à l'idée que ce suceur de sang va me voir toute nue quand je serai morte.

— Quelle horreur, Tolitha, dit Savannah. Nous ne le laisserons pas faire. Nous l'empêcherons même de jeter un regard.

— Il faut bien qu'il voie les gens tout nus quand il leur coupe les veines pour drainer leur sang. Je suppose que ça ne changera plus grand-chose pour moi, à ce moment-là. J'aurais simplement préféré que ce soit quelqu'un d'autre. Ce Winthrop Ogletree, avec sa voix mielleuse, il vous poisserait les oreilles. Quand on a le souffle régulier, ça le déprime pour plusieurs jours. Tiens, tenez-moi ça, s'il vous plaît. »

Elle sortit un petit Brownie de son sac et le tendit à Luke.

« C'est pour quoi faire, Tolitha ? » interrogea Luke.

Ma grand-mère tira une chaise à dossier droit jusqu'au premier cercueil conseillé par Winthrop Ogletree. Elle retira soigneusement ses souliers et grimpa prestement sur le siège. Nous regardâmes. Je ne dis pas un mot. Tolitha monta dans le cercueil comme si elle prenait place dans une couchette de première classe des chemins de fer. Puis elle s'allongea et gigota un peu dans tous les sens pour s'installer confortablement. Elle remua les orteils et tenta de s'étirer. Puis elle ferma enfin les yeux et demeura parfaitement immobile.

« Je n'aime pas beaucoup les ressorts de cette boîte, finit-elle par dire, les yeux toujours clos.

— Ce n'est pas un matelas, Tolitha, dit Savannah. On n'est pas censé avoir le confort d'une literie d'hôtel.

— Comment diable est-ce que tu sais ce qu'on est censé attendre, toi ? demanda Tolitha. Après tout, je paye ce truc assez cher. Ils peuvent au moins faire en sorte que j'y sois bien. Surtout que je vais y rester un bon bout de temps.

— Vite, sors de là, Tolitha, suppliai-je en courant à la fenêtre, avant que quelqu'un ne te voie et que nous ayons tous des ennuis.

— Comment je suis ? demanda ma grand-mère, perplexe.

— Qu'est-ce que tu veux dire avec cette question ? répondit Savannah. Tu es superbe.

— Je veux dire, comment je suis dans le cercueil ? dit-elle, les yeux toujours bien fermés. Est-ce que ma robe va bien comme couleur, ou bien dois-je mettre la violette que je portais à Hong Kong à Pâques dernières ?

— Nous n'étions pas à Hong Kong à Pâques dernières, dit Luke.

— C'est exact. Bon, je pense que celle-ci fait beaucoup plus classique. J'ai horreur que les gens fassent frivoles une fois qu'ils sont morts. Prends quelques photos de moi, Luke.

— Je ne peux pas faire ça, Tolitha. Ce n'est pas bien.

— Écoute, je ne vais pas acheter ce machin tant que je n'aurai pas vu de quoi j'ai l'air à l'intérieur. Tu ne voudrais pas que j'achète une robe sans l'essayer, non ? »

Luke prit quelques photos, avec un haussement d'épaules à notre intention, tandis qu'il avançait la pellicule et cherchait des angles différents.

« Mme Blankenship arrive dans l'allée, Tolitha, dis-je à la limite de crier. S'il te plaît, sors de là.

— Je me moque bien de ce que pense cette vieille garce. Nous étions à l'école ensemble, elle et moi. Elle était bête comme une oie à l'époque et elle n'a toujours pas inventé l'eau chaude aujourd'hui. Maintenant, écoutez-moi bien, les enfants. Je veux être bien coiffée quand mon heure sera venue. Je veux que ce soit Nellie Rae Baskins qui me coiffe et *surtout pas*, j'ai bien dit *surtout pas*, Wilma Hotchkiss à qui l'on devrait tout juste permettre de balayer les cheveux, mais certainement pas d'y toucher. Vous direz à Nellie Rae que je désire une de ces nouvelles coiffures françaises très apprêtées dont j'ai entendu parler ces derniers temps. Un truc un peu tape-à-l'œil. Je veux que les commères aient de quoi parler quand je ne serai plus de ce monde. Et puis... est-ce que l'un de vous prend des notes ? Vous devriez noter cela par écrit, les enfants. Jamais vous ne vous rappellerez tout... je voudrais qu'on me teigne les cheveux en roux.

— En roux ! s'écria Savannah, suffoquée. Tu auras l'air ridicule en rouquine, Tolitha. Ça ne fera pas naturel. »

Tolitha, les paupières toujours hermétiquement closes et la tête reposant confortablement sur l'oreiller de satin, dit calmement :

« J'étais rouquine quand j'étais petite. J'avais une superbe chevelure rousse, et pas l'infâme ton cuivré de cette fille Tolliver qui habite dans Burnchurch Road. J'ai gardé une petite mèche de mes cheveux quand j'avais quinze ans, afin de pouvoir retrouver la couleur. Nellie Rae réussit bien les teintures. Wilma serait incapable de teindre un œuf de Pâques sans faire un vrai gâchis. Et d'ailleurs, Savannah, personne n'a envie d'être un macchabée qui a l'air naturel. Bon sang, je cherche seulement à mettre un peu de gaieté dans mon enterrement.

— Les enterrements ne sont pas censés être gais, répliqua Savannah. Mais sors vite de là avant que M. Ogletree ne revienne.

— Et ma bouche, elle est comment ? demanda Tolitha. Je la veux exactement comme ça, je crois. Prends une autre photo, Luke. N'oubliez pas, je ne veux pas que ce crétin d'Ogletree me colle un large sourire en travers du visage. C'est sa spécialité. Style ravi d'être là-haut avec

Jésus, et ce genre de sornettes. Moi, je veux avoir l'air sérieuse et digne, comme une reine douairière.

— C'est quoi, une reine douairière ? demandai-je.

— Je ne sais pas exactement, mais je sens que c'est une chose que j'aimerais être. Je regarderai dans le dictionnaire en rentrant à la maison. Fais-moi passer le poudrier, dans mon sac, Savannah chérie. Je voudrais vérifier mon maquillage. »

Savannah plongea la main dans le sac immense où elle pêcha un petit boîtier rond et doré qu'elle tendit à notre grand-mère gisante. Tolitha l'ouvrit d'un coup d'ongle et étudia son visage dans le petit miroir rond. Elle se remit un peu de poudre sur le nez et les joues, puis, satisfaite du résultat, elle fit claquer le couvercle du poudrier qu'elle rendit à Savannah, avant de refermer les yeux.

« Parfait. Mon maquillage est exactement comme il faut. Juste ce que je veux. Encore une photo, Luke. C'est cette teinte de rouge à lèvres que je souhaite voir utilisée. Ogletree se sert d'un truc à repeindre les voitures de pompiers. Il ne devrait pas avoir le droit d'exercer ses talents sur autre chose que les négros...

— Quelqu'un arrive, braillai-je en pointant le doigt sur la porte. S'il te plaît, Tolitha. S'il te plaît, sors vite de ce cercueil.

— Tu n'es vraiment pas joli quand tu es hystérique, Tom.

— Toi, tu ne devrais pas utiliser le mot *négro*, Tolitha, tança Savannah. Ce n'est pas gentil.

— Tu as raison, princesse. Je ne le ferai plus.

— Quelqu'un arrive, Tolitha, murmura Luke à l'oreille de ma grand-mère. Sors de là, s'il te plaît.

— Hi, hi, hi, gloussa Tolitha. Ça va être formidable. Un coup d'essai. »

Ruby Blankenship pénétra dans la pièce, royale et inquisitoriale, ses cheveux gris brossés sévèrement en arrière, et les yeux fichés comme deux raisins secs dans la pâte molle de sa chair. C'était une femme immense, gigantesque, qui faisait naître une terreur immédiate dans le cœur des enfants. À Colleton, elle était perçue comme « une présence », et elle se tenait sur le pas de la porte d'où elle nous observait avec cette intensité singulièrement ravageuse que les personnes âgées qui détestent les enfants ont su élever au rang des beaux-arts. Une part de sa notoriété locale était due à l'insatiable curiosité que lui inspirait la santé de ses concitoyens. Elle était l'hôte omniprésente de l'hôpital autant que du funérarium. Il fallait la retenir de force pendant les incendies. Elle avait un poste de radio émetteur chez elle et un autre dans sa voiture et on la trouvait toujours sur les lieux des accidents les plus meurtriers pour évaluer l'étendue du désastre.

« Qu'est-ce que vous faites là, les petits Wingo ? interrogea-t-elle en faisant une entrée pleine de panache dans la pièce. Il n'est rien arrivé dans votre famille depuis des années. »

Avant que nous ayons eu le temps de répondre, elle reconnut Tolitha qui reposait paisiblement, les deux mains jointes sur la poitrine.

« Cela a dû arriver brutalement. Je n'ai entendu parler de rien », dit Mme Blankenship.

Sans se préoccuper davantage de nous, elle traversa vivement la pièce pour aller se planter à côté du cercueil et examiner de près ma grand-mère.

« Regardez-moi ce sourire imbécile que notre pauvre Ogletree lui a collé sur le visage, dit-elle en pointant un index maigre et sans couleur en direction de Luke. Toute la ville part sous terre le sourire aux lèvres À part cela, il a fait du beau travail. Vous ne trouvez pas qu'elle a l'air très naturelle, les enfants ? On dirait presque qu'elle est vivante.

— Oui, m'dame, dit Luke.

— De quoi est-elle morte ?

— Je ne sais pas trop exactement, m'dame », répondit Luke dont la voix trahissait un réel désarroi tandis que son regard implorait notre secours. D'un hochement de tête négatif, Savannah et moi indiquâmes que nous n'étions pas dans le coup. Savannah se dirigea d'ailleurs vers la fenêtre d'où elle se mit à contempler le fleuve. Elle était dans un état proche de l'hystérie à en croire les soubresauts qui secouaient ses épaules. Moi, j'étais beaucoup trop mortifié pour apprécier le côté hilarant de la situation.

« Comment cela, tu ne sais pas trop ? insista Mme Blankenship. C'est le cœur qui a lâché ? C'est une sorte de cancer qu'elle aurait attrapé en Afrique ? À moins que ce soit le foie. Je parie que c'est le foie. Elle picolait beaucoup. Je suis sûre qu'aucun de vous n'était au courant. Elle a abandonné votre grand-père en pleine Dépression. Je me souviens du jour exact où elle s'est tirée. J'ai même porté un plat de ragoût chez votre grand-père. Je suppose qu'elle a certains comptes à rendre au Tout-Puissant. Quand a lieu l'enterrement ?

— Je ne sais pas trop exactement, m'dame, dit Luke.

— Tu ne sais pas quel jour ta grand-mère va être enterrée ? demanda Mme Blankenship.

— Non, m'dame, dit Luke.

— C'est arrivé quand ?

— Excusez-moi, m'dame, ça me rend trop triste d'en parler, dit Luke en se cachant brusquement le visage dans les mains tandis que l'envie de rire le faisait hoqueter.

— Il ne faut pas être triste, jeune homme, dit aimablement Mme Blankenship. La mort est une chose naturelle et viendra tous nous chercher un jour, avec sa faux et sa robe blanche, pour nous conduire devant le tribunal du Jugement dernier. Ce que nous avons de mieux à faire est de nous tenir prêts pour quand viendra le jour. Je sais que tu es triste parce que tu dois te dire qu'à l'heure qu'il est, ta grand-mère est sûrement en train de griller en enfer. Mais elle l'a bien voulu. C'est elle qui a choisi de vivre dans le péché et son exemple devrait nous servir de leçon à tous et nous inciter à essayer de vivre une vie meilleure sur la terre. Tiens, voilà des Juicy Fruit pour vous trois, dit-elle en sortant un paquet de chewing-gums déjà entamé de sa poche pour en

196

extraire trois, emballés de jaune, d'une main experte. Le chewing-gum aide à ravaler ses larmes et fait l'haleine fraîche. J'ai remarqué que de nos jours les jeunes enfants ont une haleine épouvantable. Tu sais pourquoi ? Parce que les mères ne leur apprennent plus à se brosser la langue. Je sais, tu me prends pour une folle. Mais ma mère m'a enseigné qu'il fallait se brosser la langue aussi vigoureusement que les dents. »

Comme elle tendait une barre de chewing-gum à Luke, ma grand-mère la stoppa dans son geste en lui attrapant le poignet au passage. Puis, s'asseyant toute droite dans son cercueil, Tolitha saisit le chewing-gum, le développa, le mit dans sa bouche, et se rallongea en mastiquant lentement.

Il y eut un instant de silence absolu dans la pièce avant le hurlement de Ruby Blankenship qui se précipita vers la porte. Nous entendîmes ses pas dans l'escalier dont elle dévala les marches trois à trois.

Tolitha sauta prestement hors du cercueil en prenant appui sur ses deux mains. Elle enfila aussi vite ses chaussures et, avec un sourire diabolique, nous murmura : « Je connais la sortie de service. »

Au rez-de-chaussée, Mme Blankenship était hystérique et nous l'entendîmes qui tentait d'expliquer à Winthrop Ogletree la scène dont elle venait d'être témoin, mais elle était trop bouleversée pour composer un récit cohérent. Nous suivîmes ma grand-mère dans le petit escalier dérobé qui donnait sur un petit jardin clos de murs de brique, derrière le salon mortuaire, et que nous traversâmes sur ses talons. Dès que nous fûmes en sécurité et hors de vue, nous nous laissâmes tomber tous les quatre dans l'herbe verte pour hurler de rire jusqu'à en avoir des crampes dans le ventre. Tolitha riait en agitant les jambes en l'air, découvrant sa culotte. Savannah et moi avions roulé dans les bras l'un de l'autre et tentions d'étouffer nos gloussements en enfouissant chacun notre visage dans l'épaule de l'autre. Seul, Luke riait silencieusement, mais il était secoué de soubresauts comme un chiot mouillé.

Mais le rire dont les éclats submergèrent la rue entière fut celui de Tolitha. C'était un rire étourdissant et musical, comme si une cloche se déchaînait dans son gosier. Un rire titanesque, passionné, qui semblait la parcourir de pied en cap, à la façon d'une déferlante.

Entre deux paroxysmes, nous l'entendions supplier :

« Je vous en prie, faites quelque chose. Arrêtez-moi. »

Lorsque je fus enfin en état de parler, je dis :

« Pourquoi, Tolitha ? »

Et elle de rire de plus belle, défaite, vaincue, avant d'articuler dans un souffle :

« Quand je ris comme ça, je fais toujours pipi dans ma culotte. »

Il n'en fallait pas davantage pour briser mon hilarité, tandis que le fou rire de Luke et de Savannah redoublait d'intensité.

« Je t'en prie, Tolitha. Ne fais pas pipi dans ta culotte. Tu es ma grand-mère », dis-je, mais le ton digne et suppliant de ma voix ne servit qu'à aggraver les circonstances. Ses jambes maigres battaient l'air à la verticale, comme les pattes d'un insecte blessé. Sa petite culotte blanche resplendissait au soleil.

« Baisse les jambes, Tolitha. On voit ton trucmuche, implorai-je.

— Je vais faire pipi. Je vais faire pipi. Je ne peux plus me retenir », cria Tolitha, ravie, en même temps qu'elle se mettait debout, sans cesser de rire.

Elle courut derrière une azalée, baissa sa culotte, et pleurait encore d'un rire incontrôlable en se soulageant bruyamment sur les fleurs.

« Doux Jésus, me lamentai-je, notre grand-mère qui arrose les massifs en pleine ville.

— Chut, mon garçon ! dit-elle lorsqu'elle se fut remise de ses émotions. Tais-toi et rends-moi ma petite culotte. »

Elle se rhabilla, puis sortit de derrière son azalée, dans toute la gloire de sa féminité retrouvée et de sa royale assurance. En provenance de la maison, nous entendions encore les vociférations de Ruby Blankenship dont l'écho se propageait par les vastes salles victoriennes.

Puis nous repartîmes bras dessus, bras dessous, parcourant la Grand-Rue en sens inverse, non sans laisser M. Fruit nous faire traverser la chaussée une fois de plus.

9

Le printemps venu, ma mère piquait une fleur de gardénia dans ses cheveux. Quand elle venait nous embrasser le soir, dans notre chambre, pour nous souhaiter une bonne nuit, il y avait toujours une fleur qui brillait comme un somptueux bijou blanc volé dans la serre d'un roi. Lorsque les gardénias arrivaient à épuisement sur leur arbuste et que les fleurs fanées jonchaient le sol, accrochant dans l'air le doucereux parfum de leur déclin, nous savions que les roses n'étaient pas loin. Nous pouvions annoter les journées de printemps et d'été grâce au jardin mobile installé quotidiennement dans la chevelure maternelle. Voir une femme lever les bras pour dresser une fleur dans ses boucles continue d'évoquer pour moi un acte d'une beauté et d'un raffinement indescriptibles. Dans ce geste sensuel, j'ai enfermé toute la tristesse et le regret des mères perdues. Et ce fut de cette coutume innocente et charmante que je reçus ma première inoubliable leçon sur la cruauté du système de classes et ses dégâts, chez moi, dans ma ville sudiste. Je devais en recevoir bien d'autres, mais aucune ne fut aussi douloureuse que la première ; et d'aucune je ne garde un souvenir d'une telle authentique clarté.

Ma mère arborait toujours ses gardénias pour faire les courses dans Colleton. Bien qu'elle effectuât rarement de nombreux achats, elle adorait les rites et politesses qui accompagnaient ce moment de la journée, avec les plaisanteries échangées par-dessus le comptoir, les derniers potins colportés joyeusement par les boutiquiers, et toutes les rues qui bourdonnaient du commerce entre voisins. Elle soignait toujours sa toilette les jours où elle allait en ville. Quand elle descendait la Grand-Rue, Lila Wingo était la plus jolie femme de Colleton, et elle le savait. C'était une joie de la voir marcher, de voir les regards des hommes, attentifs et respectueux quand elle approchait. Les yeux des femmes exprimaient autre chose au passage de ma mère. Je regardais les citoyennes de Colleton contenir leur admiration lorsque ma mère déambulait devant les vitrines, non sans prendre le temps d'admirer son propre reflet dans une vitre, et l'émoi qu'elle laissait dans son charmant sillage. Elle se déplaçait avec une assurance instinctive et sans faille où n'entrait que de la beauté. Un gardénia piqué dans ses cheveux et son maquillage apposé avec art, elle pénétra dans la boutique de vêtements de Sarah Poston un jour de mai 1955. Elle fit « Bonjour » à l'intention d'Isabel Newbury et de Tina Blanchard qui regardaient des robes pour le bal de printemps annuel de la Colleton League*. Mme Newbury et Mme Blanchard lui retournèrent poliment son salut. Ma mère choisit sur le portant une robe qu'elle n'avait pas les moyens de s'offrir et s'en fut l'essayer dans les cabines, au fond du magasin. Luke et moi étions en train de regarder les cannes à pêche à la quincaillerie Fordham. Depuis la cabine où elle se trouvait, ma mère entendit Isabel Newbury dire à son amie : « Cette Lila, elle irait facilement dans un gala une rose entre les dents, et en claquant des doigts comme une danseuse de flamenco. Elle a un sens inné des démonstrations d'un goût douteux. S'il ne tenait qu'à moi, j'arracherais ces fleurs qu'elle se met dans les cheveux et je lui apprendrais à se faire les ongles. »

Savannah se trouvait avec ma mère lorsque ces paroles furent prononcées. Isabel Newbury ne les avait pas vues se diriger vers le salon d'essayage. Ma mère sourit en portant un doigt devant ses lèvres. Puis elle revint sur ses pas pour se regarder dans la glace. Elle leva le bras pour retirer le gardénia de ses cheveux et jeta la fleur dans la corbeille à papier. Puis elle examina ses ongles. Elles restèrent une heure dans le salon d'essayage où ma mère feignit d'hésiter sur l'achat de cette robe définitivement au-dessus de ses moyens. Et à dater de ce jour, plus jamais nous ne la vîmes piquer une seule fleur dans sa somptueuse chevelure, et elle ne fut pas davantage invitée à un seul gala tout le temps que dura notre longue enfance. Ces gardénias me manquèrent, comme me manquèrent les instants où, passant près de moi, elle laissait dans son sillage quelques doux effluves de ce parfum irrésistible qu'elle portait sur elle comme une tunique et qui séduisait les abeilles autant que les fils pleins de vénération. Je ne puis aujourd'hui sentir un gardénia sans revoir ma mère avec mes yeux de petit garçon, et je ne peux pas songer aux ongles d'une femme sans haïr Isabel Newbury qui vola les fleurs ornant les cheveux maternels.

Il existe deux sortes de Wingo : les Wingo enclins au pardon, dont mon grand-père est l'exemple parfait, lui qui passa sa vie à absoudre ses voisins de tous les péchés et de toutes les offenses qu'ils perpétrèrent contre lui. Et puis il y a les autres Wingo, ceux qui sont capables de nourrir une rancune pendant un siècle, voire plus encore. Cette seconde catégorie, de loin majoritaire dans la famille, possédait une mémoire raciale, héroïque et sans merci, de toutes les blessures et de toutes les injustices. Déclencher une année la colère d'un de ces Wingo équivalait à s'assurer l'attention vengeresse de plusieurs générations de Wingo. Car chez ces Wingo-là, on transmettait ses rancunes à ses enfants, si bien que les querelles de famille et les vendettas en puissance s'inscrivaient dans notre sang comme autant de legs tuméfiés. J'appartiens au clan des Wingo de la seconde catégorie.

* La Colleton League est une sorte de club féminin regroupant les dames de la bonne société de Colleton. (N.d.T.)

À la barre de son crevettier, mon père nous initiait à cet aspect de notre héritage. Il nous répétait par exemple :

« Si vous ne pouvez pas dérouiller un ennemi à l'école, patientez vingt ans et flanquez la raclée à sa femme et à son môme.

— Ne jamais se laisser égarer de son but, hein, Papa ? répondait Savannah, reprenant un des clichés ressassés par ma mère.

— Il faut que les gens sachent à quoi s'en tenir, Savannah, répliquait-il. S'ils ont des doutes, on est quelquefois obligé de leur peindre des roses sur le bout du nez.

— Maman nous défend de nous battre, dis-je.

— Ha, rugit mon père. Votre mère ! Cette gonzesse est le vrai dur de la famille. Elle vous arrachera le cœur de la poitrine et le mangera sous vos yeux, si vous n'y prenez pas garde. »

Il disait cela avec une admiration sans nuance.

Une année s'était écoulée depuis ces emplettes fatidiques en ville lorsque ressurgit l'histoire des gardénias. Je sortais du réfectoire de l'école et me dirigeais vers mon casier quand je vis Todd Newbury et trois de ses amis montrer mes pieds du doigt. Todd était le fils unique d'Isabel et Reese Newbury, et il évoluait avec cette timidité propre à l'enfance. Tout chez lui respirait l'enfant gâté et hyperprotégé. Il se tenait au centre d'un petit groupe de garçons, à la mine bizarre mais complice. Dicky Dickson et Farley Bledsoe étaient fils de banquiers travaillant l'un et l'autre pour Reese Newbury. Marvin Grant était le fils de l'avocat conseil de la banque. Je les connaissais depuis toujours.

« Pas mal, les chaussures, Wingo », dit Todd au moment où je passai à côté d'eux. Et les autres de rire.

Je baissai les yeux et vis les chaussures de tennis que j'avais mises le matin. Elles n'étaient ni particulièrement vieilles ni particulièrement neuves ; juste déformées ce qu'il faut.

« Ravi que tu les trouves bien, Todd, dis-je, et les trois autres de rire de plus belle.

— On dirait que tu les as piquées sur le cadavre d'un négro, dit Todd. Je les sens d'où je suis. Tu n'as pas une paire de mocassins à te mettre ?

— Si, répondis-je, mais ils sont chez moi.

— Tu les économises pour le labourage de printemps ? interrogea-t-il. Dis-le donc, va, que tu n'as jamais eu une paire de mocassins de ta vie.

— Papa dit que tes parents n'ont pas de quoi se payer un os de jambon pour mettre dans la soupe, dit Farley Bledsoe. Alors je me demande où ils trouveraient l'argent pour acheter une paire de Bass Weejuns, Wingo.

— Ils sont chez moi, Farley, répondis-je. Je n'ai pas le droit de les mettre pour venir à l'école.

— Tu es un menteur, Wingo, dit Todd. Comme tous les sales bouseux de ton espèce que j'ai rencontrés dans ma vie. L'autre jour, j'ai entendu ma mère dire qu'on ne trouvait pas plus bas que les Wingo parmi les Blancs qui peuplent cette terre, et j'ai tendance à partager l'avis de ma mère. »

Il sortit de son portefeuille un billet de cinq dollars qu'il jeta à terre devant moi.

« Tiens, Wingo. Il n'y a pas de quoi te payer des mocassins neufs, mais puisque tu en as déjà une paire chez toi – n'est-ce pas, menteur –, achète-toi donc une nouvelle paire de tennis, ce qui m'épargnera d'avoir à subir l'odeur pestilentielle de tes pieds. »

Je mis genou à terre pour ramasser le billet de cinq dollars et le tendre à Todd Newbury en disant :

« Non, merci, Todd. Remets ça dans ton porte-monnaie. Je n'ai pas besoin de ton argent.

— J'essaie seulement de me conduire en bon chrétien, Wingo. Je veux aider les pauvres à se vêtir.

— Reprends-le, s'il te plaît, Todd. Range-le dans ton portefeuille. Je te le demande poliment.

— Pas maintenant que tu y as touché, sale bouseux. Tu y as mis tes microbes, dit Todd dont les bravades recueillaient le rire de ses pairs.

— Si tu ne le remets pas dans ton portefeuille, Todd, je vais te le faire bouffer, dis-je, et à la réaction de Todd Newbury, je sus pour la première fois de ma vie que j'étais costaud.

— Tu ne pourras pas nous rosser tous les quatre, dit Todd avec assurance.

— Bien sûr que si », protestai-je.

Je frappai Todd, lui fermai le clapet par trois grands coups portés au visage, dont chacun le fit saigner. Il s'écroula contre un mur et resta sur place à pleurer en contemplant ses amis avec une incrédulité meurtrie.

« Frappez-le. Il m'a fait mal, cria-t-il, mais les trois autres battirent en retraite.

— Bouffe le billet, Todd, dis-je, sinon je recommence à cogner.

— Tu ne peux pas me forcer, sale bouseux », cria-t-il, et je me remis à le frapper. Il était en train d'avaler ses cinq dollars quand un professeur m'attrapa au col et m'accompagna au bureau du proviseur.

Il y avait un grand charivari dans les couloirs au fur et à mesure que se répandait la nouvelle de cette bagarre. Le sang de Todd maculait mon tee-shirt blanc et c'est avec les preuves de ma culpabilité imprimées sur la poitrine que j'affrontai le proviseur, M. Carlton Roe.

M. Carlton Roe était un homme maigre et blond qui avait été champion d'athlétisme universitaire. Il était habituellement amène de tempérament avec cependant des sautes d'humeur quand on le provoquait. Il comptait parmi ces rares éducateurs dont toute la vie tournait autour de leur école et ne tolérait pas les coups de poing dans l'enceinte de l'établissement. Jamais de ma vie je n'avais eu de problème avec le proviseur.

« Bien, Tom, dit-il tranquillement lorsque le professeur fut sorti. Racontez-moi ce qui s'est passé.

— Todd a fait une remarque sur mes chaussures, dis-je, les yeux fixés sur le sol.

— Alors vous lui avez cassé la figure.

— Non, monsieur. Il a traité ma famille de sales bouseux. Il m'a donné cinq dollars en me disant d'acheter une paire de chaussures neuves.

— C'est à ce moment-là que vous l'avez frappé ?

— Oui, monsieur. C'est à ce moment-là que je l'ai frappé. »

Il y eut du bruit derrière la porte et Todd Newbury fit irruption dans la pièce, en serrant un mouchoir ensanglanté contre sa lèvre.

« Vous avez intérêt à ne pas le rater, M. Roe. Fouettez-le à le laisser raide. Je viens d'avoir mon père au téléphone et il envisage de s'adresser aux flics.

— Que s'est-il passé, Todd ? interrogea M. Roe. Mais je ne me rappelle pas vous avoir prié d'entrer dans mon bureau.

— J'étais à côté de mon casier, et je ne demandais rien à personne, quand ce garçon m'a sauté dessus par-derrière. J'ai trois témoins qui confirmeront ma version.

— Qu'avez-vous dit à Tom ? demanda M. Roe dont les yeux bruns restaient impassibles.

— Je ne lui ai pas dit un seul mot. Pourquoi lui adresserais-je la parole ? J'espère que tu te plairas en maison de correction, Wingo. »

Le téléphone sonna sur le bureau de M. Roe qui décrocha sans quitter Todd des yeux. C'était l'inspecteur qui appelait et j'entendis M. Roe dire : « Oui, M. Aimar, je suis au courant de la situation. J'ai les deux garçons dans mon bureau en ce moment même. Non. Si M. Newbury désire me parler, qu'il passe à mon bureau. Il s'agit d'une affaire scolaire, et je n'ai pas à me rendre à son bureau pour m'en entretenir avec lui. Oui, monsieur. Je m'en occupe. Merci de votre appel.

— Tu vas apprendre à ne pas te frotter à un Newbury, me dit Todd. Ça, je te le garantis.

— Silence, Todd, dit M. Roe.

— Vous feriez bien de ne pas vous adresser à moi sur ce ton, M. Roe. Mon père risque de ne pas apprécier du tout.

— J'ai dit silence, Todd, répéta-t-il. À présent, veuillez filer en cours et je me charge de M. Wingo.

— Allez-vous le corriger comme il le mérite ? demanda Todd en pressant son mouchoir contre sa lèvre.

— Oui, je vais le corriger comme il le mérite », dit M. Roe en saisissant une badine de bois qui se trouvait sur son bureau. Todd se retira avec un sourire à mon intention.

M. Roe se dirigea vers moi, la badine brandie. Il me fit lever, puis pencher en avant et serrer mes deux chevilles entre mes deux mains. Il prit son élan comme s'il allait me briser en deux. Puis il me frappa légèrement, affectueusement sur le postérieur, avec toute la douceur d'un évêque tapotant la joue d'un enfant confirmé.

« Si vous vous avisez une fois encore de déclencher une bagarre dans mon école, Tom, je vous arracherai la peau des fesses, vous pouvez me faire confiance. Et si d'aventure vous vous battez une autre fois avec Todd Newbury sans faire en sorte de lui clouer le bec un peu mieux que ça, je vous flanquerai une raclée à vous laisser raide. C'est compris ?

— Oui, monsieur, dis-je.

— À présent je vais frapper avec ma badine sur ce livre de géographie. À chaque coup que je porterai, vous pousserez un cri. Tâchez que le résultat soit convaincant. Parce que je dirai à Reese Newbury que je vous ai mis le postérieur en sang. »

Il cingla durement le livre, et je hurlai proprement. Ce fut dans le bureau de M. Roe, ce jour-là, que naquit ma vocation de professeur.

Ma mère m'attendait de pied ferme quand je rentrai de l'école, le même jour. Je l'avais déjà connue furieuse, mais jamais auparavant je ne l'avais vue à ce point hors d'elle. Elle commença à me gifler dès que j'eus franchi le seuil de la porte de derrière. Luke et Savannah essayaient l'un et l'autre de la retenir.

« Ah ! tu veux la bagarre, espèce de petit salaud sans envergure, hurla-t-elle en me frappant à tour de bras tandis que je me réfugiais en territoire neutre, entre la cuisinière et le réfrigérateur. Eh bien avec moi, tu vas être servi. Puisque tu as décidé d'être pareil à tous les autres, je vais te traiter comme eux. Tu veux me faire honte, à moi et à ma famille, n'est-ce pas ? Te conduire comme la racaille alors que je t'ai élevé correctement ?

— Je suis désolé, Maman, implorai-je en parant les coups.

— Laisse-le, hurla Savannah qui essayait de pincer les bras de ma mère. Il a déjà été battu par le proviseur.

— C'est rien du tout à côté de ce qu'il va prendre de moi.

— Arrête, Maman, dit Luke avec autorité. Arrête tout de suite. Il a eu raison de taper sur ce Newbury.

— Que vont penser les gens si je laisse mes enfants se transformer en jeunes brutes ? Les enfants bien élevés ne voudront plus vous fréquenter.

— Ce Newbury a insulté notre famille, Maman, expliqua Luke. C'est pour cela que Tom l'a frappé. J'aurais fait comme lui.

— Qu'est-ce qu'il a dit, sur notre famille ? dit ma mère dont la main s'immobilisa, coupée en plein élan.

— Il a dit que nous étions de sales bouseux », dis-je en baissant ma garde.

Elle me gifla à toute volée et je me remis en défense.

« Et toi, tu t'es empressé de prouver qu'il avait raison, espèce de pauvre crétin. Mon pauvre nigaud de fils ! L'ignorer, voilà ce qu'il y avait de mieux à faire. Tu aurais fait ainsi la démonstration que tu étais le meilleur des deux... mieux élevé, mieux éduqué. Tu te serais comporté comme l'homme civilisé que j'ai tenté de faire de toi.

— Oh, Maman, dit Savannah, tu recommences à parler comme la présidente des Filles de la Confédération.

— C'est moi qui dois marcher dans les rues de cette ville en essayant de garder la tête haute. À présent tout le monde va savoir que j'ai élevé des voyous et non pas des jeunes gens de bonne famille.

— Tu as envie que ce petit morveux de Newbury continue de dénigrer ta famille ? demanda Savannah.

— Chacun a le droit d'avoir ses opinions, dit ma mère qui en pleurait de rage. Je crois au Quatrième Amendement, à moins qu'il ne s'agisse d'un autre. C'est un droit garanti à tous les Américains, et ce qu'il pense devrait nous être totalement égal. Nous devrions aller sans honte et leur montrer que nous sommes trop intelligents et trop fiers pour nous soucier de l'opinion d'autrui.

— Moi je m'en soucie de l'opinion d'autrui », dis-je.

Elle me gifla encore en criant :

« Dans ces conditions tu aurais intérêt à te soucier un peu plus de la mienne, parce que je vais t'apprendre à te conduire dans le monde, quitte à ce que tu sortes à moitié mort de cet apprentissage. Je ne tolérerai jamais que tu te comportes comme ton père. Tu m'entends ? Jamais.

— C'est toi qui es en train de te comporter comme notre père », dit Savannah, et un silence mortel s'installa dans la maison tandis que ma mère se tournait pour affronter sa fille unique.

« Je me comporte de la seule façon que je connaisse, Savannah. Je frappe mon fils parce que je sais ce qu'il risque de devenir. Je connais le danger qui vous guette tous autant que vous êtes. Si je ne vous éduque pas correctement, si je ne vous dirige pas, si je ne vous pousse pas dans vos retranchements, alors, cette ville médiocre et puante, ce monde médiocre et puant vous dévoreront tout crus. Vous ne croyez pas que j'ai tiré les leçons de nos échecs ? Regardez-moi. Je suis quoi ? Rien. Rien du tout. Une femme de pêcheur sans le sou, vivant dans une maison minuscule, sur une île. Pensez-vous que j'ignore ce qu'on pense de moi et la façon dont on me regarde ? Mais je ne leur donnerai pas la victoire.

— Tu en fais trop, Maman, dit Savannah. Tu te donnes trop de mal à être ce que tu n'es pas.

— Je vous interdis de régler vos problèmes à coups de poing. Ça, c'est l'influence de votre père.

— Tom n'a fait qu'énoncer publiquement une vérité toute simple, Maman, dit Luke. Il est très facile de se moquer d'un Wingo, mais ce n'est pas ce qu'il y a de plus intelligent à faire. D'accord pour que les gens pensent que tous les Wingo sont de la racaille, mais ils n'ont pas intérêt à exprimer ce genre d'opinion.

— Se battre, c'est leur donner raison. Les jeunes gens de bonne famille ne se battent pas.

— C'est *ton* honneur que Tom défendait, Maman. Il sait que ce que les gens pensent de nous est important pour toi. Papa s'en fiche. Nous aussi, expliqua Luke.

— Je ne m'en fiche pas, dis-je.

— Si tu ne t'en fiches pas, dit ma mère en se tournant de nouveau

205

vers moi, eh bien tu vas m'accompagner chez les Newbury, et tu présenteras tes excuses à Todd, d'homme à homme. Et tu t'excuseras aussi auprès de sa mère. Elle m'a appelée aujourd'hui et elle a proféré les pires horreurs à notre sujet.

— C'est pour cela que tu es tellement furieuse, dit Savannah. C'est pour cela que tu voulais tailler Tom en pièces ? À cause d'Isabel Newbury ?

— Je ne lui ferai pas d'excuses, Maman, dis-je. Tu auras beau dire et faire, pour rien au monde je n'irai faire d'excuses à ce minable. »

La maison des Newbury était sise à l'ombre enveloppante d'un bosquet de chênes d'eau, sur un petit tertre en retrait de la Grand-Rue. Elle se trouvait au milieu de onze demeures d'époque ayant abrité l'aristocratie des plantations, avant que la guerre entre les États ne mît un terme définitif au système qui faisait vivre cette aristocratie. Avant la guerre, un parlement clandestin de sécessionnistes s'était réuni dans cette maison pour discuter de la création de la Confédération. L'arrière-grand-père d'Isabel Newbury présidait cette séance et avait péri plus tard dans un échange d'artillerie, au cours de la bataille de Tulafinny. Pendant la Guerre civile, Colleton tomba entre les mains de l'Union après l'engagement naval de Port Royal Sound, et l'armée unioniste réquisitionna la maison pour en faire un hôpital. Des soldats blessés avaient gravé leur nom dans le marbre des cheminées et le bois ciré des parquets pendant qu'ils attendaient leur tour pour être amputés. La maison tenait son originalité de cette liste tourmentée et encore visible d'hommes blessés, graffitis laissés par des soldats attendant sans anesthésie leur délivrance sous le bistouri des chirurgiens, dans une terre étrange et inhospitalière. Souffrance et histoire s'étaient fondues derrière la porte à imposte de chez les Newbury, et c'est cette litanie d'hommes anonymes, profanateurs du grain du marbre et des boiseries, qui conféra sa distinction et son immortalité à la maison où Todd Newbury vécut son enfance.

Tandis que nous traversions le jardin qui séparait la rue de la porte d'entrée, ma mère me murmura les ultimes instructions dans l'art aimable de ramper devant les dames.

« Tu lui dis seulement combien tu regrettes et comme tu donnerais tout au monde pour que rien de cela ne soit arrivé. Raconte-lui que tu n'as pas dormi de la nuit dernière tellement tu avais honte de ce que tu avais fait.

— J'ai dormi comme un bébé, dis-je. Je n'y ai pas pensé une seule fois.

— Chut, tais-toi maintenant. Je te dis ce que tu dois dire. Alors tu fais attention et tu écoutes. Si tu es vraiment poli, peut-être qu'elle te laissera voir les noms de tous ces pauvres bougres yankees gravés un peu partout sur la cheminée. C'est ce qui arrive quand on laisse des jeunes Yankees pénétrer dans une belle maison. Ils ont fait ces graffitis parce qu'ils n'ont pas été élevés correctement. Tu ne verras jamais un jeune Sudiste faire une chose pareille. »

Nous gravîmes les marches du perron et ma mère cogna le loquet de cuivre rutilant contre la porte de chêne. On aurait cru entendre une ancre battre contre une coque immergée. Debout dans la véranda baignée de soleil, je m'éclaircissais la voix, je tripotais ma ceinture, je dansais d'un pied sur l'autre. Je m'étais déjà trouvé dans des situations plus inconfortables, mais je n'aurais su vous dire lesquelles. J'entendis un pas léger venir vers la porte. Isabel Newbury se trouvait devant nous, dans le vestibule.

Isabel Newbury possédait la présence la plus réfrigérante qu'il m'eût été donné de connaître. Elle avait des lèvres minces et sans couleur, et sur sa bouche se lisait une désapprobation muette mais parfaitement explicite. Son nez, pointu et bien dessiné, était l'unique trait parfaitement réussi de son visage, et il se pinça gracieusement tandis qu'elle restait dans la pénombre du vestibule, comme si ma seule odeur lui était répugnante. Elle avait les cheveux blonds, mais il avait fallu donner un coup de pouce à la nature.

Pourtant, ce fut l'éclat froid de ses yeux outremer, sertis dans un réseau aride de lignes remontant vers les tempes, qui mobilisa mon attention muette ; on aurait dit les rayons du soleil sur un dessin d'enfant. Trois rides profondes lui striaient le front, à intervalles réguliers, et ces rides bougeaient de conserve quand elle fronçait les sourcils. Chacune des blessures et des contrariétés de sa vie avait inscrit son nom sur ce visage, laissant ainsi une preuve tangible de leur passage, à la façon des soldats anxieux avant de s'en remettre au chirurgien. Elle avait un an de moins que ma mère et je remarquai pour la première fois de ma vie que les êtres humains vieillissent différemment. La beauté généreuse de ma mère s'amplifiait chaque année et j'avais cru qu'il en allait de même pour toutes les femmes. Debout sur ce perron, muet et honteux, je sus instinctivement et de façon définitive pourquoi Isabel Newbury détestait ma mère, et sa haine n'avait rien à voir avec le fait que Maman était une Wingo. Le temps l'avait prématurément et cruellement marquée de toutes les barres de bâtardise et quintefeuilles de son indélébile héraldique. Elle était ceinte d'une aura souffreteuse, comme ces maladies qui prennent dans le cœur et se propagent jusque dans les yeux.

« Oui ? dit-elle enfin.

— Mon fils a quelque chose à vous dire », annonça ma mère. Sa voix exprimait l'espoir et le repentir, comme si c'était elle qui avait blessé Todd Newbury.

« Oui, Mme Newbury, dis-je. Je suis absolument désolé pour ce qui s'est passé hier, et je désire m'excuser auprès de Todd, de vous-même, et de M. Newbury. Tout était ma faute, et j'assume l'entière responsabilité de ce qui est arrivé.

— Il en est malade de remords, Isabel, dit ma mère. Ça j'en suis témoin. Il n'a pas fermé l'œil de la nuit. En fait, il m'a éveillée en pleine nuit pour m'annoncer qu'il allait venir ici, aujourd'hui, afin de dire combien il regrettait ce qui s'était passé.

— Comme c'est touchant, répondit la femme.

— Todd est-il là, Mme Newbury ? J'aimerais lui parler, si c'était possible, dis-je.

— Je ne suis pas certaine que lui ait envie de vous parler. Attendez un instant, je vous prie. Je vais lui poser la question. »

Elle referma la porte et je restai avec ma mère sur la véranda où nous échangeâmes un regard nerveux.

« La vue n'est-elle pas ravissante ? dit ma mère en marchant jusqu'à l'une des balustrades pour contempler la baie, entre les palmiers nains. J'ai toujours rêvé de vivre dans une de ces maisons. Lorsque ton père m'a amenée à Colleton, la première fois, il a promis qu'il m'achèterait une propriété comme celles-ci quand il aurait fait fortune. » Elle se tut un instant avant de poursuivre : « Il n'y a pas assez de crevettes dans cette partie du monde pour payer une telle maison.

— C'est aimable à elle de nous avoir fait entrer, dis-je, furieux.

— Oh, ça. Ce n'est rien. Nous l'avons sans doute surprise au point de lui faire oublier provisoirement ses bonnes manières.

— Elle l'a fait exprès.

— Tu n'aimerais pas passer les soirées ici, assis dans un de ces fauteuils en osier, à siroter du thé glacé en saluant tous les habitants de la ville à leur passage ?

— Je veux rentrer à la maison, dis-je.

— Pas tant que tu ne te seras pas excusé auprès de Todd. Je frémis encore de honte pour toi à la pensée de ce que tu as fait. »

La porte s'ouvrit à nouveau et Mme Newbury, sévère et spectrale au milieu des ombres, s'avança dans la lumière. Ma mère et moi nous tournâmes vers elle.

« Mon fils n'a rien à vous dire, mon garçon, dit-elle, et sa façon d'articuler le "mon garçon" n'avait rien d'affectueux. Il vous fait dire de sortir de chez lui.

— Si seulement Tom pouvait voir votre fils un instant, Isabel. Une toute petite seconde. Je suis certaine qu'ils se quitteraient bons amis.

— Bons amis ! Je ne permettrais pas que Todd ait des amis de cette espèce.

— Mais Isabel, insista ma mère, nous sommes amies, toutes les deux. Nous nous connaissons depuis tellement longtemps. Tenez, l'autre jour encore, je racontais à Henry une chose que je vous avais entendue dire lors d'une réunion de parents d'élèves, même que nous en avons beaucoup ri tous les deux.

— Nous nous connaissons, Lila. Je vis dans une petite ville. Je connais tout le monde, mais tout le monde ne peut se dire mon ami. Je tiens à vous dire que si jamais cette brute s'avise de toucher encore une fois à mon Todd, je porterai plainte. Je vous salue. Vous retrouverez bien la sortie, n'est-ce pas ?

— Certes », entendis-je ma mère répondre, et sa voix se raidit pour ajouter : « Nous retrouverons d'autant plus facilement la sortie que nous n'avons pas été conviés à entrer. Au revoir, Isabel, et merci du temps que vous nous avez consacré. »

Je suivis ma mère qui traversa la véranda, puis descendit les marches du perron, non sans se marmonner à elle-même des serments inaudibles. D'un pas vif, elle reprit le trottoir entre deux terre-pleins de pelouse impeccablement taillée. Son allure naturelle était plutôt celle de la flânene et toute accélération de sa part donnait la mesure exacte de son mécontentement. Lorsqu'elle prit à gauche pour retourner en ville, elle faillit percuter Reese Newbury et l'expédier sur la chaussée.

« Waou, Lila, dit-il. Je n'ai pourtant pas entendu la sirène des pompiers.

— Oh, bonjour, Reese, dit-elle, troublée.

— Quel bon vent vous amène par ici ? interrogea-t-il, mais sa mine se rembrunit dès qu'il repéra ma présence, juste derrière ma mère.

— Nos garçons ont eu une petite prise de bec hier, Reese. Vous en avez sans doute entendu parler.

— Oui, c'est le moins qu'on puisse dire, dit M. Newbury qui m'observait avec sévérité.

— Eh bien, je suis venue accompagner Tom pour qu'il fasse ses excuses. Il le souhaite de son côté et j'ai pensé que votre fils y avait droit.

— C'est très gentil à vous, Lila », dit-il, et ses yeux s'étaient radoucis pour regarder ma mère. Mais j'avais bien perçu l'éclat de fureur dans l'acier de son regard. « Les garçons se mettent parfois dans ce genre de pétrins. C'est ce qui fait leur valeur. C'est comme ça qu'ils deviennent des hommes.

— Je ne tolère pas ce type de comportement, Reese. Et je ne le supporterai pas venant de mes fils. Hier soir, j'ai battu Tom comme plâtre après le coup de fil du proviseur. »

Il me regarda de nouveau, un long regard d'appréciation, comme s'il me voyait pour la première fois de sa vie, comme si j'étais subitement devenu digne de son attention.

« Il faut une certaine grandeur d'âme pour reconnaître ses torts et s'excuser, mon garçon, dit-il. Il est sûr que ce n'est pas mon fort.

— Ce n'est pas non plus celui de votre fils, dis-je.

— Que voulez-vous dire ?

— Il n'a même pas daigné descendre pour entendre mes excuses, dis-je. Il nous a priés de sortir de chez lui.

— Suivez-moi, je vous prie », dit-il, et de tourner dans l'allée menant chez lui avant de gravir les marches du perron deux à deux.

Il disparut à l'intérieur de la maison sans nous attendre. Après un instant d'hésitation sur le pas de la porte, nous risquâmes quelques pas dans le vestibule où nous attendîmes les ordres. Un tapis d'Orient courait sur toute la longueur du hall, jusqu'à l'escalier d'acajou sculpté, au fond de la maison.

Ma mère me le désigna en disant : « Tapis d'Orient. Fabriqué dans un pays d'Orient. »

Puis, s'intéressant au lustre du plafond, elle murmura : « Anglais. Il vient d'Angleterre. Je m'en souviens de la Visite de Printemps.

— Pourquoi notre maison ne fait-elle jamais partie du programme de la Visite de Printemps ? répliquai-je à voix basse, histoire de risquer une plaisanterie.

— Parce que nous vivons dans un taudis, dit tranquillement ma mère.

— Pourquoi parlons-nous à voix basse ?

— Parce que lorsqu'on est reçu dans la maison de Reese Newbury, la correction exige une réserve de bon aloi.

— C'est notre cas ? Nous sommes reçus dans cette maison ?

— Bien sûr. Et c'est très aimable à lui de nous avoir invités. »

Nous entendîmes claquer la porte de derrière et vîmes M. Newbury arriver dans le grand vestibule depuis l'arrière de la maison.

« Isabel a dû sortir faire des courses, Lila. Elle vous prie de faire comme chez vous. Si vous preniez un petit verre de quelque chose – le bar se trouve à côté –, le temps que j'accompagne Tom là-haut pour qu'il voie mon fils. »

Il prit le bras de ma mère pour lui faire traverser la salle de séjour et l'emmener dans un petit salon aux boiseries somptueuses où les fauteuils de cuir brillaient et donnaient à la pièce un parfum de tannerie.

« Que prenez-vous, Lila ? dit-il en souriant à ma mère. Vos désirs sont des ordres, madame.

— Je crois qu'une goutte de vin sera parfaite, Reese. Cette pièce est ravissante. »

Il servit un verre de vin à ma mère qu'il installa ensuite dans un fauteuil à côté de la cheminée.

« Je vous en prie, faites comme chez vous, nous sommes de retour dans une seconde, dit M. Newbury d'une voix pâteuse comme du dentifrice. Nous autres messieurs allons tenir un petit conseil là-haut, dans mon bureau.

— Je ne saurais dire combien j'apprécie ce que vous faites, Reese, dit ma mère. C'est tellement aimable à vous de vous occuper de cela.

— J'aime bien les garçons qui ont du cran. C'est une qualité que l'on me prête aussi, n'est-ce pas ? dit-il en riant. Allons-y, Tom. »

Je le suivis dans l'escalier, ce qui me donna l'occasion de voir la chair blanche de ses mollets, au-dessus des socquettes. Il était de stature généreuse mais un peu molle.

Nous entrâmes dans son bureau, dont un mur entier était couvert de volumes reliés de cuir. Il me fit asseoir sur une chaise en face de son bureau et partit chercher son fils. J'étudiai les titres des livres : Thackeray – *Œuvres complètes*, Dickens – *Œuvres complètes*, Charles Lamb – *Œuvres complètes*, Shakespeare. Je ne levai pas les yeux quand Todd entra dans la pièce avec son père. M. Newbury fit asseoir son fils sur la chaise à côté de la mienne, puis il fit le tour de son bureau et s'installa dans son gigantesque fauteuil personnel. Il prit un cigare dans l'humidificateur et en circoncit une des extrémités d'un coup de dents, avant d'allumer l'autre à l'aide d'un briquet en or qu'il sortit de la poche de sa veste.

« Eh bien, vous avez quelque chose à dire à mon fils, je crois », me dit-il.

En regardant Todd, j'eus un choc à la vue de son visage boursouflé. Il avait les lèvres tuméfiées, un coquard sous l'œil droit, et je compris pourquoi il avait refusé de me rencontrer.

« Todd, dis-je, je tenais à venir te présenter mes excuses. Je suis absolument navré de ce qui est arrivé et cela ne se reproduira pas. J'espérais que nous pourrions faire la paix et devenir amis.

— Pour rien au monde je n'accepterais de te serrer la main, dit Todd en fixant son père.

— Pour quelle raison avez-vous frappé mon fils, Wingo ? » dit M. Newbury en soufflant un panache de fumée bleue dans ma direction.

Todd bondit pour répondre.

« Lui et son frère m'ont pris en traîtres dans la cour de l'école, Papa. Je marchais tranquillement sans rien demander à personne quand son frère m'a sauté dessus par-derrière, et lui s'est mis à me cogner sur la figure.

— Pourquoi votre frère n'est-il pas venu s'excuser avec vous ? demanda M. Newbury. Je n'ai jamais apprécié les règlements de comptes à deux contre un.

— Pourquoi est-ce que tu tiens tellement à mentir, Todd ? dis-je avec incrédulité. Tu sais parfaitement que Luke n'était pas dans le secteur quand tout cela est arrivé. D'ailleurs, Luke n'aurait pas eu besoin de moi. Il n'aurait fait qu'une seule bouchée de toi, et tu le sais très bien.

— Est-ce que tu dis la vérité, mon fils ? demanda M. Newbury à Todd.

— S'il te plaît de croire ce que raconte cette racaille plutôt que moi, Papa, grand bien te fasse. Cela m'est royalement égal.

— Il a traité ma famille de racaille, hier, M. Newbury, dis-je en regardant l'homme droit dans les yeux.

— Tu as dit quelque chose sur sa famille ? »

Todd balaya la pièce d'un regard furieux, puis répondit :

« Je n'ai fait que lui énoncer certaines réalités de la vie. Nous étions en train de plaisanter.

— Est-ce que tu as traité sa famille de racaille ?

— J'ai dit quelque chose dans ce genre. Je ne me souviens pas exactement. »

Tournant son regard inquisitorial sur moi, M. Newbury poursuivit :

« Vous vous êtes senti offensé et, avec l'aide de votre frère, vous avez cassé la figure à mon fils.

— Mon frère n'a rien eu à voir dans cette histoire.

— Wingo, tu mens comme un arracheur de dents, dit Todd qui bondit de sa chaise.

— M. Newbury, dis-je, en me tournant vers son père, je n'ai pas eu besoin de l'aide de mon frère pour attaquer Todd. Il est mou comme une chiffe. »

Il s'adressa à Todd tout en gardant son regard fixé sur moi.

211

« Pourquoi as-tu traité sa famille de racaille, mon fils ?

— Parce que c'est exactement ce qu'ils sont. Les Wingo ont toujours été des espèces de nègres blancs dans cette ville, cria Todd à mon intention.

— Vous comprenez pourquoi votre fils se fait casser la figure, M. Newbury ? dis-je avec colère. Il ne sait pas se taire quand il faut.

— Il n'a pas à se taire ici, Tom, dit M. Newbury. Il est chez lui dans cette maison.

— Et il ne me plaît pas que tu viennes empester ma maison, dit Todd.

— Parle plus bas, mon fils. Mme Wingo est à l'étage en dessous », conseilla M. Newbury à Todd. Puis il s'adressa à moi : « Que pensez-vous de votre famille, Tom ? Ça m'intéresse. Ça m'intéresse même beaucoup.

— Je suis fier de ma famille.

— Ah oui, et pour quelle raison ? dit-il. De quoi êtes-vous fier exactement ? Votre mère est jolie femme. Pas toujours aussi raffinée qu'il faudrait, bien qu'elle fasse son possible. Mais à part ça ? Votre grand-père est un doux dingue. Votre grand-mère pourrait être définie comme une prostituée, sauf qu'elle a réussi à embobiner quelques naïfs en déroute pour passer devant le pasteur. Votre père a toujours été un raté dans tout ce qu'il a entrepris. J'ai même connu votre arrière-grand-père qui n'était guère qu'un ivrogne inoffensif battant régulièrement sa femme jusqu'à la laisser à demi morte. Je ne vois pas là motif à vous mettre en rage contre Todd qui n'a fait que dire la vérité. Pourquoi ne tirez-vous pas les conclusions qui s'imposent et n'admettez-vous pas que votre famille, c'est de la merde ? Pour être un homme digne de ce nom, il faut avoir le courage de regarder les choses en face. Le courage d'affronter la réalité. »

Je le regardai dans un silence d'absolue stupéfaction, et il eut un sourire derrière son cigare.

« Même si vous ne voulez pas l'admettre, Tom, je tiens à ce que vous sachiez bien une chose. Si jamais vous vous avisiez de lever encore une fois la main sur mon fils, je veux dire toucher un seul cheveu de sa tête, vous finirez en charpie pour nourrir les poissons quelque part dans le fleuve. Ma femme voulait vous livrer au shérif, mais ce n'est pas ma façon de faire. J'aime agir à ma guise. Et à mon heure. Je vous retrouverai et vous ne saurez même pas qui vous tombe sur le dos. Sauf qu'en fait vous saurez. Vous serez assez malin pour deviner. Parce que je tiens à ce que vous tiriez un enseignement de cette expérience. Quand on est un Wingo, on ne touche pas à un Newbury. C'est une loi dans cette ville. Vous ne le saviez pas auparavant, maintenant vous êtes au courant. Vous me comprenez, Tom ?

— Oui, monsieur, dis-je.

— C'est bien, mon garçon. Maintenant, Todd, je veux que tu serres la main de Tom.

— Je ne veux pas lui serrer la main.

212

— Debout, mon gars. Je t'ai prié de lui serrer la main, ordonna son père. Mais avant la poignée de main, je veux que tu le gifles, et que tu le gifles de toutes tes forces. »

Todd contempla son père avec un regard de totale incrédulité, et je vis qu'il était sur le point de pleurer. Ce qui faisait deux garçons sur le point de pleurer dans cette pièce.

« Je ne peux pas faire ça, Papa. Il se vengera à l'école.

— Plus jamais il ne te touchera. Je te le promets.

— Je ne peux pas, Papa. Je t'en prie. Je suis incapable de frapper quelqu'un en plein visage.

— Tu le gifles, Todd, c'est tout. Regarde-toi dans la glace, regarde ce qu'il t'a fait. Fâche-toi, mon fils. Il t'a humilié. Alors claque-lui donc son vilain museau. Un Newbury ne laisse pas un type comme ça s'en tirer à si bon compte. Il est assis sur sa chaise, Todd, et il veut que tu le frappes. Il est venu dans cette maison, aujourd'hui, pour te permettre de prendre ta revanche. Il rampe devant toi parce qu'il sait qu'il n'est pas malin de se mettre les Newbury à dos.

— Je ne le ferai pas. Je ne le ferai pas, Papa. Pourquoi faut-il toujours que tu aggraves encore les choses ? Pourquoi ? »

M. Newbury quitta son fauteuil et posa son cigare dans un cendrier. Il fit le tour de son bureau, passa devant son fils et se tint devant moi. Je baissai les yeux et concentrai mon attention sur les motifs du tapis.

« Levez la tête, Tom », dit-il.

Je levai la tête et il m'administra une grande gifle, à toute volée.

Je me mis à pleurer et entendis Todd qui pleurait aussi. Puis M. Newbury se baissa vers moi pour me dire tout bas : « Ne racontez à personne que j'ai fait ça, Tom, jamais. Je l'ai fait pour votre bien. Si vous en parlez un jour à qui que ce soit, je chasse définitivement votre famille de cette ville. Et je vous en prie, mon garçon, n'ayez jamais plus la bêtise de vous en prendre à un Newbury. À présent, vous vous serrez la main tous les deux et vous devenez amis. Je souhaite vraiment que vous soyez amis. Restez un moment ici, le temps de vous calmer. Ensuite, vous vous laverez le visage, Tom, et vous me rejoindrez en bas. Je serai en train de faire la conversation à votre jolie maman. »

En larmes tous les deux, Todd Newbury et moi nous serrâmes la main tandis que son père quittait la pièce.

Je savais qu'il me fallait encore descendre et affronter les questions de ma mère sur notre entretien. Mon humiliation était totale et absolue, mais je ne voulais pas l'y mêler. De façon primitive, je pensais avoir percé le secret qui permettait aux hommes puissants d'établir et de maintenir leur pouvoir en ce monde. Je sortis du bureau pour aller dans la salle de bain adjacente où je séchai mes larmes et me lavai le visage. Je laissai l'eau couler un long moment et pissai consciencieusement de façon à arroser toute la pièce en me disant : « Tom Wingo, ou la racaille impénitente qui vous en donne pour votre argent. » Lorsque je revins dans la pièce, Todd était toujours en train de pleurer, la tête basculée

213

en arrière contre le dossier de cuir, et les larmes ruisselant sur ses joues rondes.

« Ne dis rien à personne, s'il te plaît, Tom. Je t'en supplie, ne raconte pas cette histoire aux gars de l'école, s'il te plaît. Ils me détestent déjà tous assez comme ça.

— Si tu ne te conduisais pas comme un minable, personne ne te détesterait, Todd, dis-je.

— Si, ils me détesteraient quand même. À cause de mon père. Tout le monde le déteste. Tu ne vois pas que je n'ai pas pu l'empêcher de faire ce qu'il a fait ?

— Je sais. Ce n'était pas ta faute.

— Il fait constamment ce genre de choses. Et moi, il faut bien que je m'en accommode.

— Pourquoi est-ce que tu lui as raconté que Luke m'avait aidé ?

— Parce que j'étais obligé. Il pouvait comprendre que je me sois fait casser la figure par deux types. Mais il m'aurait forcé à retourner t'attaquer à l'école s'il avait su que tu étais tout seul. Il est terrible quand il se met en colère.

— Mon père est pareil.

— Mais ton père à toi ne te déteste pas. Moi, mon père me hait depuis le jour de ma naissance.

— Pourquoi ?

— Parce que je ne suis pas beau. Parce que je ne suis pas fort. Parce que je ne lui ressemble en rien.

— À ta place, je serais content de ne pas lui ressembler.

— C'est l'homme le plus puissant de Caroline du Sud, dit Todd, sur la défensive.

— Et après ? Tu as dit toi-même que personne ne l'aime.

— Il dit qu'on a le pouvoir sur les gens dont on se fait craindre.

— Et il se retrouve tout seul dans cette grande maison, à taper sur les gosses qui osent se frotter à son fiston. Je suis très content pour toi que tu sois riche, puissant, et issu d'une vieille famille, Todd. Mais je ne voudrais pas être à ta place pour tout l'or du monde.

— Je n'aurais pas dû dire ce que j'ai dit sur ta famille, Tom.

— Effectivement, dis-je, tu n'aurais pas dû.

— J'ai un peu exagéré. Dans le genre racaille, il y a des douzaines de familles qui sont pires que la tienne à Colleton. Des centaines, même.

— Trop aimable, gros connard, dis-je, la colère me reprenant.

— Ce n'est pas ce que j'ai voulu dire. Je me suis mal exprimé. Je voulais dire, tu peux venir chez moi quand tu veux. J'ai une collection de timbres et un billard. On pourrait faire des trucs après l'école.

— Plus jamais je ne remettrai les pieds dans cette maison.

— Je pourrais te montrer où les pauvres Yankees ont gravé leur nom.

— Tu pourrais bien me montrer l'endroit où le général Sherman a chié un coup, je m'en foutrais comme de l'an quarante ; je n'ai rien à faire dans cette maison.

— Alors peut-être que je pourrais venir chez toi un de ces jours.

214

— Tu ne sais pas seulement où j'habite.

— Si, je sais. Tu vis sur l'île Melrose », dit-il. Et il se leva pour aller jusqu'à une gigantesque carte du comté, une carte de navigation où figurait en petits chiffres la profondeur de tous les fleuves et cours d'eau.

Je regardai cette carte et étudiai les contours de notre île, semblable à un diamant irrégulier et vert, serti dans une lisière d'eau bleue.

« Pourquoi y a-t-il une punaise rouge piquée sur notre île ? » demandai-je.

Toute la carte était lardée d'une phalange désordonnée de punaises identiques.

« Oh, ça ! Papa plante une punaise rouge sur tous les endroits qu'il a l'intention d'acheter. Les punaises vertes correspondent aux terres qu'il possède déjà.

— Il est propriétaire de tout ce foutu comté, dis-je. Pourquoi désire-t-il nos terres à nous ?

— C'est son péché mignon. Il dit que la terre, c'est de l'argent.

— Eh bien ce bout de terre-là ne sera jamais à lui. Ça, je te le promets.

— Il l'aura s'il a vraiment décidé de l'avoir, dit simplement Todd. Il obtient toujours ce qu'il veut.

— Tu viens si tu veux, Todd. Je ne peux pas t'en empêcher.

— Mais tu n'en as pas vraiment envie, n'est-ce pas ?

— Non, pas vraiment. Il faut que je descende rejoindre ma mère à présent.

— Tu sais ce que je n'arrive pas à comprendre, Tom ? Je ne comprends pas pourquoi, à l'école, les élèves te préfèrent toi plutôt que moi.

— La réponse est simple, Todd. Il n'y a pas de secret. Je suis beaucoup plus gentil que toi. Je dis bonjour aux gens sans m'inquiéter du métier exercé par leur papa. C'est une chose dont tu n'as jamais été capable. Tu ne dis bonjour à personne.

— Ça me gêne de dire bonjour comme ça, à n'importe qui.

— Très bien. Mais dans ces conditions ne te plains pas si tout le monde te range dans les sales cons.

— Je te raccompagne en bas. »

Ma mère était assise au salon, gloussant à tout ce que disait M. Newbury. Elle se tenait les jambes joliment croisées et sirotait son verre de vin. M. Newbury se montrait convivial et charmant tandis qu'il ponctuait ses histoires de gestes précis et solennels. En attendant qu'il eût terminé une de ses anecdotes, je pris le temps de mémoriser les traits de son physique. Il appartenait à la même catégorie d'humains aux yeux bleus que son épouse, sauf que les siens étaient pailletés de vert ; ils changeaient de couleur, ou paraissaient changer de couleur quand ils prenaient la lumière du soleil inondant la pièce grâce au jardin de derrière. Ses mains étaient petites, potelées et sans cals. Tous ses mouvements étaient empreints de léthargie, comme si une couche de soie isolait son système nerveux central. Il avait une voix profonde et glutineuse. Quand il parlait, les mots sortaient de sa bouche comme autant de messages d'autosatisfaction ronflante et pontifiante. Ma mère était bien entendu sous le charme et frétillait jusqu'aux orteils.

« Et je dis donc au gouverneur, Lila, oui je lui dis : "Fritz, vous savez bien qu'il est inutile de discuter de cela autour d'un verre. Venez donc jusqu'à Colleton la semaine prochaine, je vous recevrai à mon bureau et nous réglerons cette affaire." Le lundi suivant à la première heure, il était là, le chapeau à la main. Entendez-moi bien, j'ai le plus grand respect pour notre gouverneur – en réalité, je figurais dans son comité électoral – mais ma philosophie est que les affaires sont les affaires.

— Ce en quoi je vous approuve totalement, Reese, dit ma mère avec un bel enthousiasme. J'ai toujours été d'avis qu'il ne fallait pas mélanger l'amitié et les affaires. »

M. Newbury leva les yeux et nous vit, Todd et moi, debout sur le seuil de la porte. Il nous fit signe d'entrer. Avant qu'il eût le temps de prononcer un seul mot, ma mère s'étrangla en découvrant pour la première fois le visage de Todd.

« Oh ! Todd, mon pauvre chou, ta figure, dit-elle en quittant son fauteuil pour venir lui effleurer le visage avec sollicitude. Oh, je suis tellement désolée ; j'espère que Tom t'a raconté la correction sévère que je lui ai flanquée hier soir. Oh, Todd, pauvre chou.

— Ce n'est rien, Mme Wingo. Je l'ai bien cherché, dit Todd à mon très grand soulagement.

— Avez-vous eu une saine explication tous les deux ? interrogea gravement M. Newbury.

— Oui, monsieur, répondis-je.

— Si vous avez le moindre problème, Lila, dit M. Newbury en se levant à son tour pour nous raccompagner jusqu'à la porte, je vous en prie, n'hésitez surtout pas à faire appel à moi. Après tout, c'est à cela que servent les voisins. »

Arrivés sur le perron, M. Newbury posa la main sur mon épaule pour descendre les marches avec moi. Il me serra très fort l'épaule gauche, manière de me mettre en garde.

« Il faut un certain courage pour reconnaître ses torts, Tom. J'apprécie la démarche que tu as faite pour dissiper les malentendus. Je ne dirai rien à personne. Et je sais que tu agiras de même. Je ne regrette pas d'avoir fait un peu mieux ta connaissance. Je me suis toujours intéressé à la jeunesse. Les jeunes représentent l'avenir. Eh oui, l'avenir de toute cette ville.

— Au revoir, Tom, j'ai été heureux de parler avec toi, dit Todd, qui se tenait derrière son père.

— Au revoir, Todd.

— Bye bye, Reese. Todd, au revoir, mon chou », dit ma mère.

Après que nous eûmes parcouru presque un pâté de maisons, dans la rue, ma mère, grisée autant par le vin que par le fait d'avoir été reçue pendant une demi-heure chez les Newbury, dit : « J'ai toujours dit à qui voulait bien l'entendre que les hommes qui réussissent le mieux sont également les plus courtois. »

« Tom, pourquoi m'avez-vous raconté cette histoire ? » demanda le Dr Lowenstein. Je venais de parler pendant près d'une heure dans son cabinet. « Elle ne semble pas avoir grand rapport avec Savannah. Elle éclaire sensiblement les motifs qui ont fait de vous l'homme que vous êtes, mais en quoi concerne-t-elle sa trajectoire à elle ? Elle n'était même pas présente lorsque M. Newbury vous a frappé.

— Savannah est la seule personne à qui j'aie raconté cette histoire. Je n'ai rien dit ni à Luke ni à Papa, parce que j'avais peur qu'ils ne coincent Todd dans la rue et lui cassent les deux jambes. C'est donc à elle que j'ai parlé ce soir-là, et nous avons veillé tard dans la nuit pour essayer de comprendre le sens de ce qui s'était passé.

— Mais elle n'a pas été impliquée directement. Certes, elle a sympathisé avec vous, ce dont je ne doute pas. Elle a éprouvé la même blessure, la même humiliation, mais sans qu'il y ait d'impact direct sur sa vie à elle.

— D'une certaine façon, cette anecdote est essentielle dans son histoire personnelle, docteur. Vous ne le voyez pas maintenant, mais je vais y venir. Je raconte le plus vite possible. Je m'efforce d'éliminer les épisodes qui n'affectent que moi, mais tout cela me semble lié, à présent. Les pièces du puzzle commencent à se reconstituer dans mon esprit comme jamais auparavant.

— Mais vous ne rendez pas les choses limpides pour moi. Il faut que vous me signaliez les articulations dès qu'elles vous apparaissent. Je comprends que la paranoïa du statut social dont souffrait votre mère a profondément marqué Savannah. Vous m'en avez donné suffisamment d'exemples. Mais Savannah a-t-elle jamais eu à voir directement avec ces Newbury ?

— Ma mère vous a-t-elle jamais écrit ?

— Si, tout de suite après notre premier entretien téléphonique.

— Avez-vous cette lettre ? »

Elle se dirigea vers un classeur situé à côté de son bureau et revint avec une lettre.

« La voici. C'était une très jolie lettre m'assurant de son soutien.

— Ma mère écrit des lettres merveilleuses. Elle a un beau brin de plume. Le talent de Savannah ne vient pas de nulle part. Avez-vous remarqué l'adresse de l'expéditeur ?

— C'est à Charleston, dit-elle en manipulant l'enveloppe.

— Que remarquez-vous d'autre ?

— Non ! dit-elle, stupéfaite.

— Si », dis-je.

10

À Central Park, je contemplais la souffrance digne et muette d'un ours polaire, dans la canicule d'une journée de la fin juin. Derrière moi, l'immense regroupement d'immeubles sur la lisière sud de Central Park projetait des ombres longues de presque deux kilomètres, qui éclipsaient presque tout le soleil en le maintenant hors du zoo, sans pour autant soulager vraiment l'inconfort de cet ours. Un pigeon qui se laissait porter au gré des courants, entre l'hôtel Sherry-Netherland et le zoo, ne vit pas le faucon battre des ailes et effectuer un vol en piqué de deux cents pieds, toutes serres dehors. Le faucon brisa les reins du pigeon et de petites plumes atterrirent sur la cage du babouin. Comme moi, ce pigeon croyait sans doute que la citoyenneté new-yorkaise mettait au moins à l'abri des faucons, mais New York ne renonça jamais à ses droits de surprendre. Chaque fois que je traversais le zoo, je m'attendais à voir des animaux extraordinaires me fixer depuis les cages sinistres où on les tenait enfermés – des animaux dignes de cette ville, licornes affûtant leur corne en spirale contre les barreaux corrodés, ou bien dragons enflammant des pages du *Daily News* que le vent avait poussées dans les allées du parc. Au lieu de quoi il n'y avait que des daims piaffant sur la terre cuite par la chaleur et des ocelots grattant les puces de Manhattan dans leur pelage lustré.

Sortant du zoo, je traversai le parc en ligne droite pour me rendre à mon rendez-vous avec le fils de Susan Lowenstein. Je guettais l'apparition d'un autre faucon dans le ciel mais ne vis que les rangées de grands immeubles qui bordaient le parc partout alentour.

Bernard Woodruff m'attendait debout sous un jeune chêne, près de l'appartement de ses parents, qui donnait sur Central Park. En approchant de lui, je remarquai qu'il avait hérité le joli visage vif de sa mère, sauf pour ce qui était du nez, plus imposant, plus proéminent. Il était plus grand que je ne m'y attendais, et il avait des mains longues et graciles. Au repos, ses doigts rejoignaient presque ses genoux. Il possédait une somptueuse crinière de cheveux noirs qui ceignait son fin visage d'une généreuse auréole de boucles. Mais son attitude m'inquiéta immédiatement. Tout son visage exprimait l'insolence contenue. Je reconnus cette lippe adolescente, bravade anarchique et sarcasme vulnérable, par laquelle les garçons jeunes croient parfois, dans leur impuissance, réussir à masquer leur propre crainte d'être mis à nu. Bernard me fit face en jouant les durs, le gars de Manhattan à qui on ne la fait pas, le loubard rompu à la loi de la rue. Avant que nous eussions dit un seul mot, moi, le vieux coach, le vétéran qui avait vu défiler une génération entière de gamins, j'aperçus la lumière nocturne qui brillait par-delà les horizons de ses yeux sombres, j'entendis le grondement lointain de sa guéguerre arrogante contre le monde.

« Salut, Bernard, criai-je assez fort pour l'avertir de mon arrivée. Je m'appelle Tom Wingo. »

Il ne prononça pas une parole mais leva les yeux pour m'étudier d'un regard ennuyé et méfiant.

« Ouais, je me disais bien que c'était vous, dit-il quand je fus près de lui.

— Comment ça va ? dis-je en lui tendant la main.

— Pas mal », répondit-il, en regardant par-delà le trafic des voitures. Il ignora ma main tendue.

« Belle journée pour taper un peu dans une balle, non ? demandai-je.

— Pas mal, dit-il d'une voix dont l'hostilité m'indiqua que Bernard n'allait pas rendre évidente cette première rencontre.

— T'es là depuis longtemps ?

— Assez, dit-il aux voitures qui passaient davantage qu'à moi.

— Je me suis perdu, avouai-je. Je me perds à chaque fois dans Central Park. C'est toujours plus grand que dans mon souvenir.

— Personne ne vous a demandé de venir, dit-il en me lançant un bref coup d'œil.

— Erreur, champion, dis-je un ton plus bas et déjà las de son insolence larvée. C'est ta mère qui m'envoie.

— Elle passe son temps à me faire faire ce que je ne veux pas faire.

— Vraiment ? dis-je.

— Ouais, répondit-il. Vraiment.

— Et tu ne veux pas travailler avec moi.

— Ben vous avez tout compris, on dirait, lança Bernard. D'ailleurs j'ai déjà un coach à la fac.

— Tu as disputé des matches l'année dernière ? demandai-je, et je suis sûr qu'il perçut le doute dans ma voix.

— J'étais en première année seulement.

— Est-ce que tu as disputé des matches l'année dernière ? dis-je, répétant la question.

— Non. Vous êtes entraîneur où ça, au fait ?

— En Caroline du Sud.

— Waou ! s'esclaffa-t-il. Ça doit être passionnant.

— Passionnant, non, Bernard, dis-je, en manquant de m'étrangler. Mais je peux te dire une bonne chose. Les équipes que j'ai fait travailler, elles pourraient prendre n'importe quelle équipe de l'histoire de Phillips Exeter, et l'expédier au fond de l'océan Atlantique.

— Qu'est-ce que vous en savez ? demanda-t-il avec mépris.

— Parce que je ne travaille pas avec des gosses de riches que leurs parents envoient en internat pour en être débarrassés.

— Et alors ? » dit-il.

219

Je sentis que je venais de toucher un point sensible. Mais je n'avais pas l'intention de laisser Bernard s'en tirer si vite.

« Et mes gars à moi, Bernard, ils ne font pas du violon. Les gars qui jouent du violon, ils les bouffent tout crus.

— Ouais, répondit-il, mais je suppose que personne ne les oblige à jouer du violon, eux.

— Pas plus que je ne vais te forcer à apprendre le football avec moi. Je n'aime pas perdre mon temps avec des petits cons qui se croient plus malins que tout le monde. Moi je travaille avec des gars qui aiment le foot. Je ne prends pas des gars qui sont obligés par leur mère.

— Ma mère ne savait même pas que je faisais du football jusqu'à l'année dernière.

— L'année dernière, tu ne faisais pas de football, Bernard, dis-je, sidéré par la façon dont le gamin évitait de croiser mon regard. Tu m'as déjà dit que tu n'avais joué dans aucun des matches.

— Vous ne comprenez rien ! gémit-il. J'avais du retard sur tous les autres. Moi, je n'étais jamais allé dans une école où il y avait une équipe de football.

— Tu joues quelle position ?

— Quarterback.

— J'étais quarterback, répondis-je.

— Et après ? dit-il, toute la moitié droite du visage tordue par son rictus de mépris. Je suis juste venu vous dire que je n'avais pas besoin de vous. »

Je lui fis une passe latérale et il reçut adroitement le ballon. Puis je fis une dizaine de mètres en courant et lui dis : « Fais-moi une passe. » Il m'envoya la balle avec précision malgré un léger tremblement. Il avait une jolie position du corps, un toucher sensible. Je bloquai le ballon et, sans dire un mot, je tournai les talons et m'éloignai en direction de la sortie. Je sentais ses yeux sur moi.

« Hé, où allez-vous ? demanda-t-il.

— Je rentre chez moi », dis-je sans me retourner. Je l'entendis courir derrière moi.

« Pourquoi ?

— Parce que tu es trop nul, mon petit gars. Va donc faire du violon, ça fera plaisir à tes parents. En plus, je ne supporte pas ton attitude. Et si moi je ne la supporte pas, je vois mal comment tu pourrais un jour t'imposer comme meneur dans une équipe. Bouger un peu ton cul de pleurnichard pour devenir un quarterback.

— Écoutez, dit-il, c'est la première passe que j'ai l'occasion de faire depuis six mois. »

Mon humeur du moment ne me portait ni à l'indulgence ni à la charité. Je répondis donc :

« On aurait dit plutôt que c'était la première de ta carrière.

— Renvoyez-moi le ballon que je fasse un autre essai, dit-il, et pour la première fois je perçus un changement de ton dans sa voix qui me fit m'arrêter et me tourner de nouveau vers lui.

— D'abord il faut qu'on parle.

— De quoi voulez-vous parler ? demanda-t-il.

— De ta façon de parler, justement.

— Qu'est-ce qu'elle a, ma façon de parler ?

— Elle a que, pour le moment, tu te tais, Bernard, et tu m'écoutes, dis-je sèchement. Je me fiche royalement de ce que tu penses de moi, mon ami. Et je n'ai pas encore décidé si je vais accepter ou pas de te faire travailler. Mais lorsque je m'adresse à toi, je veux que tu me regardes en face. Comme ça. Ça ne coûte pas plus cher. Maintenant, la prochaine fois que je te tends la main et que tu fais celui qui n'a rien vu, je te broie méthodiquement tous les os de la main. Et quand tu auras à me dire quelque chose, je tiens à ce que tu me parles gentiment et avec respect. Cela dit... Je voudrais que tu m'expliques pourquoi tu es en bagarre avec le monde entier. Ce que tu diras restera entre nous et je n'en répéterai pas un mot à ta mère. Je te le promets. Mais tu es un sale petit con et j'aimerais t'aider à comprendre pourquoi tu es comme ça. »

Il respira un grand coup, tremblant, désemparé.

« Va te faire enculer, mon pote, dit-il d'une voix qui annonçait les larmes.

— C'est déjà fait. Je me suis fait enculer en acceptant de te rencontrer.

— Je n'ai rien à voir là-dedans, dit-il, contrôlant sa voix avec difficulté.

— C'est là que tu te trompes, Bernard, dis-je, prêt à porter le coup de grâce mais la mort dans l'âme tandis que ma voix se faisait plus froide et plus cinglante. J'ai rarement vu de gosse aussi mal dans sa peau de toute mon existence. Et je sais déjà une chose, à ton sujet, alors que je ne te connais que depuis cinq minutes. C'est que tu n'as aucun ami dans ce foutu monde. On doit se sentir seul pendant l'hiver, là-bas, à Phillips Exeter, non, Bernard ? Est-ce qu'ils sont toujours après toi, Bernard ? Est-ce qu'ils te cherchent ? Je sais que tu es rejeté, mais est-ce qu'en plus tu leur sers de tête de Turc, Bernard ? Est-ce que ta vie là-bas ressemble à un cauchemar ? Est-ce qu'ils te molestent, Bernard ? Vois-tu, je connais bien les garçons et je sais comment ils traitent les inadaptés. Comment s'appelle ton copain, Bernard ? Dis-moi son nom. »

Il se mit à pleurer, tenta de ravaler ses larmes, mais elles jaillirent de ses yeux comme le flot trop puissant par-dessus la digue. Ses épaules se secouèrent et il sanglota, cachant son visage dans ses mains. Les larmes coulaient entre ses doigts et inondèrent la pelouse.

Puis il redressa la tête et contempla ses mains trempées.

« Vous m'avez fait pleurer.

— J'ai été brutal avec toi, Bernard, dis-je. J'espérais te voir pleurer pour découvrir un peu d'humanité sous cette carapace.

— C'est votre méthode pédagogique ? interrogea-t-il non sans amertume.

— Avec un garçon comme toi, dis-je, oui. C'est ma méthode pédagogique.

— Elle ne me plaît pas.

— Ça, je m'en contrefous.

— Ma mère disait que vous étiez sympa, dit Bernard. Elle a menti.

— Je suis tout à fait sympathique avec les gens qui le sont aussi. Je suis charmant avec les gens qui m'aiment.

— Je lui raconterai ce que vous m'avez dit, menaça-t-il. La façon dont vous m'avez traité, tout.

— J'ai les genoux qui font des castagnettes.

— Elle pense que les adultes doivent traiter les enfants comme s'ils étaient adultes.

— Vraiment ?

— Oui, vraiment. Et elle ne va pas apprécier du tout, ça je peux vous le dire, ajouta Bernard, toujours incapable de maîtriser sa respiration.

— Eh bien allons la trouver, dis-je. On y va de ce pas, Bernard.

— Elle travaille. Elle est avec des patients, en ce moment.

— Et alors, insistai-je. Nous l'attraperons entre deux rendez-vous. Elle fait une pause de dix minutes. Tu pourras lui répéter tout ce que j'ai dit. Ensuite j'expliquerai mes raisons.

— Elle n'aime pas qu'on lui fasse perdre son temps quand elle travaille.

— Moi non plus, mon petit gars. Et tu viens de m'en faire perdre un sacré paquet.

— Parce que vous appelez cela un travail ? dit-il, de nouveau insolent.

— J'appelle ça le bagne, Bernard, dis-je en haussant le ton à mon tour. Une forme inhabituelle et cruelle de châtiment. De la torture. Je déteste entraîner des gamins dans ton genre.

— Qui vous a demandé de le faire ? dit-il, blessé.

— Ta mère. Alors allons la voir à son cabinet et réglons cette affaire.

— Non. Ça ne fera que m'attirer des ennuis.

— Mais non, Bernard, dis-je, incapable de tempérer le sarcasme. Elle te parlera comme si tu étais un adulte, c'est tout.

— Bon, eh bien je m'adresserai à mon père et vous aurez tous les deux des ennuis.

— Impossible en ce qui me concerne, Bernard.

— Vraiment ? dit-il en pointant l'index sur moi. Savez-vous qui est mon père ? Le savez-vous ?

— Non. Qui est-ce ?

— Il s'appelle Herbert Woodruff.

— Vous avez le même nom tous les deux, hein ? dis-je, lassé par Bernard.

— Savez-vous qui est Herbert Woodruff ? cria Bernard à mon endroit. Il est l'un des violonistes les plus célèbres du monde.

— J'ai toujours eu une peur bleue des violonistes, dis-je.

— Il connaît un certain nombre de personnes très influentes. Des

gens vraiment puissants, monsieur, dit Bernard, dont la voix était tellement outrée et pathétique que je crus qu'il allait se remettre à pleurer.

— Est-ce que c'est dur, Bernard ? dis-je avec lassitude. Est-ce que
c'est dur d'être un connard ? C'est une question que j'ai toujours eu
envie de poser, chaque fois que j'en ai rencontré un, mais je n'ai jamais
eu vraiment l'occasion. »

Il leva haut les mains, dans un grand geste étrange et incongru, avant
de dire :

« Voilà donc ce que vous pensez de moi, n'est-ce pas ? Vous ne me
connaissez pas. On ne connaît pas une personne pour avoir parlé un
quart d'heure avec elle.

— Nouvelle erreur, Bernard. Il est des circonstances où l'on sait tout
ce que l'on veut savoir de quelqu'un au bout de trente secondes. »

Il se tourna comme pour me planter là, puis s'arrêta, et sa respiration
de nouveau se fit plus difficile.

« J'aimerais autant que vous ne disiez rien à ma mère, dit-il
doucement.

— Entendu, répondis-je.

— Vous voulez dire que vous garderez le silence ? dit-il en se retournant pour me regarder.

— Exactement. Il s'agit d'une requête tout à fait raisonnable et tu l'as
présentée poliment. Je me fais un plaisir de récompenser les attitudes
correctes.

— Qu'allez-vous lui raconter lorsque vous la verrez ?

— Que tu es une merveille de fils qui a décidé en toute liberté de se
consacrer au violon au lieu de s'entraîner au football. »

De nouveau il regarda par terre et se mit à taper dans la poussière
avec sa chaussure de tennis.

« Je n'ai pas fait de football l'année dernière.

— Ta mère m'a dit que ton père t'avait reconnu sur une photo
d'équipe.

— J'étais responsable du matériel. J'ai posé ma candidature pour faire
partie de l'équipe, mais je n'ai pas été pris. Le prof nous a demandé de
plaquer des gars le premier jour. Je n'avais jamais plaqué qui que ce soit
de ma vie. Tout le monde s'est moqué de moi.

— Est-ce que tu te souviens des types qui se sont moqués de toi ?

— Bien sûr, mais pourquoi ? demanda-t-il.

— Parce que si tu me laisses t'apprendre à jouer au football, Bernard,
ces gars-là, ils vont rire jaune... Avec moi comme coach, tes plaquages
seront tellement rudes qu'ils auront l'impression d'être renversés par une
Buick quand tu les plaqueras à terre. Mais pourquoi avoir dit à ton père
que tu faisais partie de l'équipe ?

— Parce que j'avais envie qu'il le croie.

— Pourquoi, Bernard ?

— Je n'en sais rien, dit Bernard. Parce que je savais que l'idée lui
ferait horreur. Il déteste le sport. Ça le rend fou furieux que je m'y
intéresse.

— Tu n'es pas intéressé, Bernard. Tu viens de passer l'après-midi à me le prouver.

— Vous ne m'aimez pas beaucoup ? dit-il, entre le plaidoyer et la jérémiade.

— Bernard, dis-je, je ne t'aime pas du tout. Je n'aime pas la façon dont tu m'as traité. Je n'aime pas ton attitude. Tu es un sale gosse méchant et malheureux, et je ne sais pas si le football peut t'être d'un quelconque secours. Parce que la seule chose positive, dans le football, Bernard, j'ai bien dit la seule et unique chose positive, c'est qu'on peut s'amuser beaucoup en y jouant. Point final. Autrement, c'est un sport idiot et inutile. Apparemment, tu ne sembles pas savoir ce que s'amuser veut dire. Mais il y a encore plus important pour moi, c'est qu'apparemment aussi, je ne risque pas de m'amuser souvent en étant ton coach, Bernard. Parce que j'aime le métier de coach. Je le prends très au sérieux. Pour moi, le football est un plaisir et je n'ai pas envie que tu me le gâches.

— Mon père me faisait faire deux heures de violon par jour, dit-il avec force.

— Bernard, je préférerais de loin être capable de jouer du violon plutôt qu'au football. Si je savais jouer du violon, je ferais sortir les petits oiseaux des arbres tellement je jouerais bien de cette saloperie.

— Est-ce que vous jouez d'un instrument ? demanda-t-il.

— Non. Tu veux savoir ce que je sais faire ? Je suis encore capable d'effectuer une passe de quarante mètres. De quoi m'assurer un franc succès dans les dîners en ville. Écoute, Bernard, il faut que je m'en aille. J'ai été ravi de faire ta connaissance. Je regrette que nous n'ayons pas pu nous entendre. J'ai beaucoup d'affection pour ta mère. Je ne lui dirai pas un mot de ce qui s'est passé. C'est promis. »

J'abandonnai sur place ce gamin renfrogné et inconsolable pour me diriger vers la 5e Avenue en coupant par le parc. Je parcourus une vingtaine de mètres, tenant le ballon dans ma main droite et heureux de ce contact, heureux de sentir les coutures mordre les articulations de mes doigts. Bernard ne me dit pas au revoir, il ne dit rien du tout – jusqu'au moment où j'entendis sa voix me héler derrière mon dos :

« Coach Wingo ! »

On ne m'avait plus appelé Coach depuis tellement de temps que j'en fus à la fois surpris et ému. En me retournant, je vis ses mains à demi levées dans un geste de tristesse et de supplique. Sa voix trembla, se leva et se brisa tandis qu'il se battait pour faire sortir les mots, tandis qu'il cherchait à établir le contact.

« Apprenez-moi, dit-il, et les larmes perlèrent encore une fois. Apprenez-moi, s'il vous plaît. Je veux qu'ils arrêtent de rire. »

Je rebroussai chemin pour retourner vers lui, moi qui constituais un élément neuf et inconnu dans la vie de Bernard Woodruff. Quand je le rejoignis, j'étais son mentor, son coach.

« Ils vont saigner, dis-je à ce gamin. D'abord ils vont rigoler. Ensuite ils vont saigner. Je te le promets. À présent, à toi de me faire quelques promesses.

— Lesquelles ? demanda-t-il, soupçonneux.

— Pour commencer, il va falloir que tu la boucles, Bernard, dis-je. Ta façon de parler me déplaît.

— Bon, bon, dit-il bouche bée. D'accord.

— "Oui, monsieur" sera désormais la façon correcte de me répondre, Bernard, dis-je. Il est certaines règles de courtoisie et de politesse auxquelles nous allons dorénavant nous conformer. Lorsque nous nous retrouverons ici, sur le terrain, tu peux m'appeler monsieur ou Coach, comme tu voudras. Tu ne seras jamais en retard, sous aucun prétexte. Tu obtempéreras à tout ce que je te demanderai et tu le feras avec enthousiasme. Je te soumets immédiatement à un programme de musculation. Je vais te crever littéralement tous les jours. Je ne veux rien savoir ni de ta vie de famille, ni de tes leçons de musique, ni de ta vie sexuelle, ni de tes boutons, ni de quoi que ce soit. Je n'ai pas l'intention de devenir ton copain, ni d'essayer de t'en flanquer plein la vue. Je t'apprendrai à avoir l'air d'un footballeur et à te comporter comme tel. Je t'enseignerai à attaquer, plaquer, dégager, courir, passer, et mon enseignement sera efficace. Tu as une bonne stature, très bonne même. Je vais te donner de la force, Bernard. Tu vas devenir un dur, plus dur que tu n'aurais jamais osé l'espérer. Parce que le gars que tu vas bousculer en attaque, celui que tu vas plaquer, ce sera moi, Bernard.

— Mais vous êtes beaucoup plus costaud que moi.

— Silence, Bernard, dis-je.

— Oui, monsieur, répondit-il.

— Et puis, Bernard, une fois que je t'aurai fait courir jusqu'à épuisement, lever des poids jusqu'à ce que tu sois incapable de bouger, exécuter des pompes jusqu'à te laisser le nez dans le gazon, et me plaquer jusqu'à ce que tes bras soient paralysés par les crampes, alors il se passera une chose qui ne t'est encore jamais arrivée dans ta foutue vie.

— Quoi, monsieur ? dit-il.

— Tu ne jureras plus que par moi, Bernard », dis-je.

11

Ma mère n'arriva jamais tout à fait au terme de son œuvre d'auto-création ; elle était perpétuellement en cours d'achèvement. Rarement elle racontait une anecdote de son enfance qui ne fût un mensonge et elle pratiqua l'étude de son histoire personnelle avec l'œil audacieux et renégat d'un fabuliste. Jamais démontée par une incongruité aussi triviale que la vérité, elle fit de ses mensonges une part essentielle des identités de ses enfants.

Si je prenais mille jours de mon enfance, je trouverais mille mères soumises à mon inspection. Enfant, je n'eus jamais d'elle une perception limpide ; devenu homme, je ne reçus jamais d'elle un message clair. Je devins géographe à vie de ma mère en tant que personnage, mais sans parvenir jamais à résoudre les irrégularités observables aux antipodes ou dans les zones torrides. Elle était capable de sourire à un moment, et que ce sourire évoquât pour moi le timide commerce des anges, le même sourire pouvant me transporter l'instant suivant dans un erini-tage pour murènes ou un refuge pour terroristes. Elle fut toujours trop femme pour moi.

Dans le secret de mon cœur, elle édicta une série de règles de comportement, encore jamais testées, qui devinrent sa franc-maçonnerie personnelle de ruses et de desseins. Il n'était pas une seule personne à Colleton qui ne mésestimât les pouvoirs de Lila Wingo, elle y comprise. Il allait me falloir trente années pour comprendre que la femme qui m'avait élevé était une guerrière aux talents inaliénables. Plus tard, comme ils discutaient de la diversité de ses talents, ses enfants dressè-rent une liste des métiers dans lesquels aurait excellé notre mère. Elle aurait fait merveille, selon nous, comme princesse d'une obscure pro-vince himalayenne, comme assassin de menus fonctionnaires ministériels, comme mangeuse de feu, comme femme du P-DG de AT&T, ou comme danseuse du ventre chargée d'apporter au roi la tête des saints sur un plateau. Lorsqu'un jour je demandai à Luke s'il trouvait que notre mère était jolie, il me rappela que sa beauté avait été assez puissante pour faire sortir des bois un géant homicide à Atlanta, assez grande pour susciter l'obsession démoniaque de Callanwolde.

« Est-ce une preuve suffisante de sa beauté ? avais-je demandé.

— Pour moi, elle a été définitive », avait-il répondu.

Son enfance dans les montagnes de Géorgie avait été un cauchemar. Son père, alcoolique mal embouché, était mort d'une cirrhose lors de son douzième anniversaire. Sa mère travaillait dans l'équipe de nuit d'une usine de textile et partit du poumon lorsque Lila avait seize ans. Après la mort de sa mère, ma mère prit le car pour Atlanta, loua une chambre à l'Imperial Hotel, et se fit embaucher comme apprentie aux grands magasins Davison. Deux mois plus tard, elle rencontrait mon père et commit une erreur enfantine en tombant amoureuse du joyeux pilote beau parleur de Caroline du Sud. Mon père se présenta comme grand propriétaire terrien dans les basses terres, maraîcher à grande échelle possédant des intérêts dans les « industries poissonnières ». Il ne lui avoua qu'il était pêcheur de crevettes de son état qu'à leur arrivée sur l'île Melrose.

Mais ma mère avait d'ores et déjà entrepris le travail de révision de sa propre vie. Elle raconta dans Colleton que son père avait été un riche banquier de Dahlonega, en Géorgie, complètement ruiné au moment de la Dépression. Par un simple effort de volonté, sa mère – femme austère dont la photo montrait le visage plat et malheureux, aussi anodin qu'une côtelette – se transforma en grande dame raffinée ayant ses entrées dans le meilleur monde. « Le meilleur monde », répétait inlassablement ma mère bien des années plus tard. Sa voix évoquait alors une sous-culture, avare de ses privilèges, qui planait au-dessus d'un parcours de golf, installait sa langueur sur le bord des piscines turquoise, entre les chuchotements soyeux des beaux messieurs dans des crépuscules sans fin, et les sorbets servis par des mains gantées de blanc. Nous avions beau descendre de la crevette et du textile, nous commençâmes à échafauder une image erronée de nous-mêmes, fondée sur le miroitant palais de mensonges rêvés par notre mère. Savannah fut le premier poète généré par notre famille, mais Lila Wingo aura sans doute été la première à pratiquer l'art de la fiction.

Elle avait envers nous, ses enfants, une attitude contradictoire, nous voyant à la fois comme ses complices et comme ses ennemis. Elle fut la seule mère que j'eusse jamais rencontrée à tenir ses enfants pour responsables du choix malheureux qu'elle avait fait en matière de mari. Elle considérait notre naissance comme un crime que nous aurions commis envers elle. Pourtant il était extraordinairement exceptionnel de l'entendre se plaindre de son sort. Elle ne pouvait se résoudre à admettre, sauf dans de rares explosions de candeur, qu'une chose fût déplaisante. Elle possédait un glossaire héroïque d'expressions optimistes. En public, elle arborait une béatitude outrancière. Elle avait l'enthousiasme militant. Lorsque nous eûmes atteint l'âge scolaire, elle se porta volontaire pour toutes les œuvres charitables de Colleton. Dans la ville, elle fut rapidement connue comme une personne sur qui l'on pouvait compter en cas de besoin. En dehors de la famille, on voyait en elle une jeune femme aimable, belle, travailleuse et beaucoup trop bien pour mon père. Lila Wingo était tout cela, et en plus elle avait un bâton de maréchal.

De mon père, j'avais hérité un certain sens de l'humour, la dureté au travail, la force physique, un caractère dangereux, l'amour de la mer, et le goût de l'échec.

De ma mère je reçus des présents infiniment plus sombres et plus précieux : l'amour de la langue, la capacité de mentir sans remords, un instinct meurtrier, la passion de l'enseignement, la folie et le romantisme du fanatisme.

Toutes ces tendances échurent en partage à Savannah, Luke et moi, sous forme d'une mosaïque de gènes mortelle et variée. Dans une explosion de pure amertume, ma mère devait un jour résumer cela en s'écriant : « Luke le fanatique. Tom le raté. Savannah la cinglée. »

Entre-temps, ma mère avait signé la ruine de la ville et de la famille qui n'avaient pas su entendre les résonances redoutables contenues dans sa honte de n'être qu'une femme de pêcheur de crevettes.

Durant tout le temps de mon enfance, mon cœur fut plein de compassion pour ma mère et de rage rentrée contre mon père. Inutilement. Henry Wingo n'était simplement pas de son monde. Pendant que mon père avait ses humeurs, sa gigantesque force, ses idées malheureuses de fortune rapide, et ses poings, ma mère avait un plan. Elle nous prouva à tous que rien n'est puissant et invincible comme un rêve tout bête un peu long à naître. Elle désirait être une femme avec qui l'on doit compter, une femme qui tient les premiers rôles. À Colleton, elle avait un statut social bien défini à l'intérieur de la ville, mais elle refusa d'accepter cette douloureuse réalité. En 1957, elle se débrouilla pour faire proposer sa candidature à la Colleton League, et un mortel processus fut alors entamé.

La Colleton League. Elle avait été fondée en 1842 par l'arrière-grand-mère d'Isabel Newbury. L'objectif de la League, tel que stipulé dans ses statuts, était de promouvoir les bonnes actions et les projets dignes d'intérêt parmi tous les citoyens de Colleton. Les dames de la League seraient issues des meilleures familles et pourraient inclure, à tout moment, les femmes les plus remarquables résidant à l'intérieur des frontières administratives du comté de Colleton. C'est en vertu de ce dernier article que ma mère put nourrir l'espoir d'être un jour intronisée comme membre à part entière. Ce qui commença comme une aspiration ne tarda pas à devenir une inextinguible obsession. La candidature de ma mère pour être admise comme membre de la Colleton League fut rejetée à l'unanimité du comité directeur et Isabel Newbury avait déclaré d'une façon péremptoire et définitive qui avait fini par revenir aux oreilles de ma mère : « Lila Wingo ne sera jamais une recrue envisageable. »

Les effets dévastateurs de cette formulation délicate et lapidaire sur ma mère lorsqu'elle l'entendit ! On ne s'encombre ni de discrétion ni de protocole pour ces pacifiques autodafés de la vie sudiste et provinciale. Maman fut à la hauteur de son rôle, sans jamais se plaindre ; elle se contenta de poursuivre son entreprise de persuasion auprès des membres de la League pour les convaincre qu'elle serait un atout pour leur club.

228

Il lui fallut attendre 1959 pour voir sa première chance réelle de fournir à ces dames de la Colleton League la preuve de ses vertus.

En avril de cette année-là, la League annonça, par une publicité parue en pleine page dans un hebdomadaire, qu'elle invitait toutes les femmes de la ville à soumettre des recettes pour éventuelle publication dans un livre de cuisine qui réunirait les meilleures recettes du terroir. Ma mère vit là une occasion splendide d'impressionner, par ses talents culinaires, les membres du comité de rédaction de ce livre, où elle comptait un nombre non négligeable de ses détractrices résolues. Elle sortit de son placard tous les vieux numéros du magazine *Gourmet*. Tolitha avait offert à ma mère un abonnement à *Gourmet* en 1957, et ce fut ce magazine qui permit à ma mère d'accéder au monde de la gastronomie. Ce fut encore ce magazine qui fit de ma mère le plus fin cordon-bleu à avoir jamais tenu une casserole dans une cuisine de Caroline.

Elle ne se contentait pas de lire les numéros de *Gourmet* ; elle en faisait une étude exhaustive. Elle avait toujours été une cuisinière sudiste hors pair, du genre à réussir un tour de magie culinaire avec quelques biscuits, une poignée de haricots et un jeune poulet fraîchement plumé. Mais au fil de ses lectures attentives de *Gourmet*, elle observa que la confection des repas était une éloquente signature de classe sur le plan social. Lorsqu'elle eut compris qu'il existait mieux, en matière de gastronomie, que la cuisine sudiste, elle se lança dans une nouvelle opération à long terme relevant de son obsession de la promotion, ce qui l'éloigna encore davantage de mon père, et nous la rendit plus chère. Henry Wingo fonctionnait au régime viande-patates et voyait dans la sauce béarnaise de ma mère un complot des Français pour gâcher un excellent steak.

« Nom d'une pipe, Lila, t'as mis du vin là-dedans, dit mon père un soir que ma mère avait préparé un coq au vin. Le vin, c'est pas fait pour arroser les poulets. C'est fait pour s'humecter le gosier.

— Ce n'est qu'un essai, Henry. Je ne sais pas s'il vaut mieux que je propose toute une série de recettes, ou une seule. Qu'est-ce que ça donne ?

— Ça donne que ça a goût de poulet alcoolo, répondit-il.

— C'est un délice, Maman », dit Luke, et les clans furent nettement établis.

Durant plusieurs mois grisants, ma mère potassa ses numéros huilés et écornés de *Gourmet*, prenant des notes assidues de son écriture sensuelle, et utilisant le dîner pour expérimenter et improviser. Elle passa en revue sa vaste collection de recettes personnelles auxquelles elle se mit à apporter de subtiles corrections et améliorations, empruntant les éléments d'une recette pour donner plus de corps et de cohérence à une autre. Elle en arriva lentement au projet de concocter sa propre recette, un plat original et marquant, issu de sa seule imagination et de sa science – aiguë, pour être limitée – des aliments et de leurs propriétés. Les quatre brûleurs de la cuisinière fonctionnaient à plein temps et la cuisine était transformée en étuve tandis que sur les flammes bleues mijotaient les bouillons bruns et blancs qu'elle transformait ensuite en sauces onctueuses et veloutées collant à la lame du couteau comme de la peinture à l'huile. Pendant tout le mois d'avril et tout le mois de mai, les marmites exhalèrent des effluves d'os broyés et de moelle, de bœuf et de volaille, cuisinés avec les herbes fines et les légumes fournis à profusion par son potager. Ces odeurs se fondaient dans un sombre parfum aussi lisse que de la soie sur la langue. J'avais le nez en royal émoi en approchant de la maison. Je reconnaissais les généreux bouillons bruns, couleur de cuir tanné, les courts-bouillons clairets et subtils, et ceux où frémissaient des têtes de truite fleurant bon la portion de marais élevée au rang de denrée comestible.

En juin, nous rentrions à la maison épuisés, affamés et brûlés par le soleil, après une journée de bateau à pêcher la crevette. En sortant du camion, l'odeur des efforts de ma mère assaillait alors mes narines, et ma bouche, sèche et salée, reprenait vie comme un cours d'eau qui naît soudain ; le chemin qui menait à la maison devenait un terrain où s'affrontaient des effluves pour lesquels n'existait pas de glossaire adéquat. Dans la cuisine, ma mère ruisselait de sueur en chantant un chant des montagnes, toute au bonheur des talents qui faisaient son orgueil. Je n'ai jamais aussi bien mangé, ni avant, ni après. Je devais grandir de huit centimètres au cours de cet été et prendre cinq kilos de muscles bien durs. Et je les dus tout entiers au triste fait que ma mère n'était pas membre de la Colleton League.

Ce fut à la fin du mois de juin que ma mère se donna grand mal pour ce qu'elle appela « sa grande surprise de l'été ». Elle avait conclu un arrangement avec le boucher qui s'était mis à lui garder les morceaux et organes normalement jugés impropres à la consommation humaine. Les Wingo furent donc les premiers citoyens de Colleton à jamais manger des ris de veau préparés selon une recette du *Gourmet*.

Papa prit place en bout de table. Luke et moi allâmes prendre une douche et nous changer avant de le rejoindre. Savannah apporta les ris de veau de la cuisine et, le visage illuminé par un large sourire, elle commença par servir le chef de famille. Papa fixa un regard morose sur son assiette et se mit à donner des coups de fourchette dans ce qui s'y trouvait. Ma mère entra dans la pièce, prit place à l'autre extrémité de la table. À en croire l'expression de son visage, mon père semblait essayer de percer quelque secret des entrailles d'une bête sacrificielle. Maman était radieuse et la table était décorée d'un bouquet de roses fraîches.

« Qu'est-ce que c'est que ces trucs-là, Lila ? interrogea mon père.

— Ce sont des ris de veau cuits à la crème et au vin blanc, annonça-t-elle fièrement. Sauce française Wingo, recette originale.

— Moi je trouve que ça ressemble à de la chatte de Calcutta, dit mon père.

— Comment oses-tu parler de cette façon à table, et en présence de mes enfants ? dit ma mère, blessée. Nous ne sommes pas sur un bateau de pêche ici, et je ne tolère pas ce langage chez moi. D'autre part, tu n'as même pas goûté ces ris de veau, tu ne peux donc pas savoir si tu aimes ou pas.

— Ce truc n'est pas du riz, Lila. Je me fous royalement de ce que raconte ton petit livre de cuisine pour mangeurs de grenouilles. J'ai mangé du riz toute ma vie et cela n'y ressemble ni de près, ni de loin.

— Quel nigaud ! J'ai épousé le nigaud du village, se fâcha ma mère. Il s'agit d'une glande de veau, nommée thymus, mon ami.

— Chérie, dit-il, je n'ai pas envie de manger des roupettes de veau quand je pourrais avoir de l'entrecôte. Ce n'est pas trop demander. Cela fait trois mois que je bouffe ce genre de saloperies et j'en ai ma claque.

— C'est des couilles de veau, Maman ? demanda Luke en retournant un morceau de ris dans son assiette.

— Bien sûr que non, mais surveille un peu ton langage, Luke Wingo. Le thymus est une glande qui se trouve ailleurs sur le veau.

— Où ? demandai-je.

— Je ne suis pas certaine, dit ma mère. Mais loin, très loin des organes génitaux de l'animal. De cela je suis à peu près sûre.

— Pourquoi est-il impossible d'avoir un bout de viande rouge à la fin d'une journée de travail ? demanda mon père en reposant sa fourchette. Je n'en demande pas plus. Même du poisson frit, ou un frichti de crevettes en sauce. Nous mangeons de la viande dont les négros ne voudraient pas. Ni les chiens. Où est Joop ? Ici, Joop. Viens, mon chien. »

Joop était couché dans son fauteuil et il leva sa brave tête tachée de gris en ce dernier été de sa vie, avant de sauter lourdement au sol. Il approcha prudemment de mon père, l'œil laiteux à force de cataractes, tout tremblant à cause des filaires qui devaient le tuer.

« Ici, Joop. Au pied, s'énerva mon père. Foutu clébard, tu te bouges un peu le cul, oui ?

— On peut dire que Joop a de la jugeote, dit Savannah. Il a toujours détesté Papa. »

Joop s'immobilisa à un mètre ou deux de mon père et attendit la suite des événements. Papa était le seul être au monde pour lequel Joop ne s'était pas pris d'une affection sans réserve.

« Tiens, Joop, espèce de corniaud débile, tape-toi des ris de veau, mon pote. »

Mon père posa l'assiette sur le plancher et Joop approcha lentement. Il renifla les ris de veau d'un air méprisant et lécha un peu de crème avant de retourner se coucher sur son fauteuil.

« J'ai passé la journée entière à préparer ce plat, dit ma mère.

— Tu vois, dit mon père en se rengorgeant. Tu as la preuve vivante. Je suis censé manger de la nourriture à laquelle un chien refuse de toucher. Je me lève à cinq heures du matin, je me casse le cul pour attraper une ou deux crevettes, je bosse comme un docker nègre du matin jusqu'au soir, et quand je rentre le soir, il faudrait que je mange un truc dont le chien le plus con du monde ne veut pas.

— Si tu essayais de considérer la nourriture comme une aventure, chéri. Oui, une aventure. Je veux que les enfants fassent l'expérience de toutes sortes de cuisines différentes. Je m'efforce d'élargir leur horizon. Là, il s'agit d'un classique de la cuisine française. Un classique. J'ai trouvé la recette dans le *Gourmet*, expliqua-t-elle, d'une voix blessée, défaite.

— La France ! hurla mon père. Depuis quand est-ce que je suis français ? Les Français, je les hais. Tu as déjà entendu leur façon de parler ? Doux Jésus, Lila, on croirait qu'ils ont dix kilos de fromage coincés dans le trou de balle. Je suis américain, moi, Lila. Un Américain tout simple qui se remue pour arriver à gagner un dollar. J'aime la nourriture américaine – le steak, les patates, les crevettes, les gombos, le maïs et ce genre de trucs. Mais je n'aime ni les escargots, ni le caviar, ni le foie de grenouille, ni les couilles de libellule, ni les autres saloperies qui font se branler les Français. Je ne suis pas partant pour l'aventure question nourriture, chérie. Moi, je veux manger, c'est tout. Soit dit sans vouloir te vexer. »

Luke avait commencé à déguster ses ris de veau avec une délectation exagérée.

« Je trouve ce plat excellent, Maman, dit-il. En fait, je crois bien que je n'ai jamais rien goûté de meilleur. »

Je pris une petite bouchée prudente et fus surpris d'en trouver le goût plaisant.

« Sensass, maman, dis-je. Absolument sensationnel.

— C'est sublime, Maman, confirma Savannah. Calme-toi, Papa, je vais aller te faire frire un maquereau dans deux minutes.

— Même ce crétin de chien n'a pas voulu y toucher, dit mon père qui sentait la solidarité du noyau familial jouer contre lui.

— Lui, y mange rien si ça sort pas d'une boîte, expliqua Luke.

— Oh, la grammaire, Luke, protesta Maman qui avait retrouvé le sourire.

— Si tu donnais une boîte de Fido à Papa ? suggéra Savannah.

— Il pourrait se la disputer avec Joop », dis-je.

À ce moment-là, si ma mère nous avait servi du crottin de cheval au vin blanc, nous aurions clamé que nous trouvions ce mets d'une délicatesse exquise. Cela faisait partie d'un code éthique complexe et tacite qui nous amenait à faire front commun systématiquement avec notre mère, chaque fois que notre père se lançait dans une de ses diatribes gratuites contre les théories maternelles. Quand bien même il aurait eu cent fois raison, Henry Wingo ne put jamais rompre avec son image archétypale de tyran tonitruant. Cela l'isolait et l'enrageait en même temps, mais c'était sa destinée inamovible. Ses yeux perçurent la situation en voyant ses enfants savourer gaiement ces glandes fraîches comme pour défier l'homme de la maison.

« Bravo, dit-il, tu as réussi à monter tous mes enfants contre moi, Lila. Je suppose que je passe pour le grand couillon de l'histoire.

— On demande juste un peu de politesse, Papa, dit Luke gentiment. Maman s'est donné beaucoup de mal pour faire ce plat.

— Dis donc, grande gueule ? Moi aussi, je me donne beaucoup de mal pour que votre mère puisse préparer ses merdes. C'est moi qui gagne la croûte de cette famille de morfales. La croûte, pas les ris de veau. Et si j'ai envie de râler, j'ai gagné le droit de râler.

— Tu n'as qu'à le dire gentiment, Papa, dit Savannah d'une voix égale mais risquée. Tu peux être très gentil quand tu ne joues pas les tyrans.

— La ferme, dit Papa.

— J'ai le droit d'avoir une opinion, répondit-elle en finissant son assiette. Nous sommes en Amérique et je suis une citoyenne américaine. Tu n'as pas le droit de me dire de la fermer.

— J'ai dit : "La ferme", répéta-t-il.

— Ça, c'est un homme. Et courageux encore, railla ma mère, mal à propos.

— Toi, Lila, tu vas me préparer un repas correct, ordonna Papa. Et que ça saute. J'ai travaillé toute la journée et j'ai droit à un dîner digne de ce nom.

— Du calme, Papa », dit Luke sur un ton malheureux et conciliateur.

Et mon père de gifler Luke à toute volée. Luke lui jeta un regard surpris, puis il piqua du nez dans son assiette.

« Maintenant, apporte-moi de la viande, dit mon père. N'importe quoi du moment que c'est de la viande. Je vais apprendre à cette famille à témoigner un peu de respect au travailleur.

— Ça va, Luke ? demanda ma mère.

— Oui, M'man, répondit-il. Ça va très bien.

— Il y a un reste de hachis. Et du riz. Je vais te le faire chauffer, Henry, dit-elle.

— Je viens t'aider, Maman », dit Savannah.

Je reculai ma chaise et annonçai :

« Moi aussi. »

Luke fut le seul à rester dans la salle à manger avec mon père.

Je cherchai refuge dans la cuisine, car une longue expérience m'avait enseigné à éviter de me trouver dans le champ de mire de mon père lorsque celui-ci sortait de ses gonds.

« Tu veux bien me hacher un oignon, Tom ? demanda ma mère.

— Tout de suite.

— Et toi, Savannah, tu fais chauffer le riz, s'il te plaît chérie ? Il est dans un plat avec un couvercle, dans le Frigidaire.

— Je suis désolée, Maman, dit Savannah en ouvrant la porte du frigo.

— Désolée ? dit-elle. Il n'y a vraiment pas de quoi. C'est la vie que je me suis choisie. La vie que je mérite. »

Elle fouillait dans la réserve de conserves de l'arrière-cuisine d'où elle ressortit en tenant à la main une boîte d'aliments pour chiens. Ignorant nos regards incrédules, elle ouvrit la boîte, puis elle fit revenir les oignons dans le beurre.

« Hache-moi encore un oignon, Tom, je te prie, demanda-t-elle tandis que l'odeur d'oignon frit envahissait la cuisine. Et ajoute une ou deux gousses d'ail. »

Quand les oignons et l'ail furent translucides, ma mère ajouta le Fido dans la poêle et se mit à mélanger le tout vigoureusement. Elle sala et poivra la viande, ajouta un peu de sauce Worcestershire et de tabasco, ainsi qu'une cuillerée de coulis de tomates. Elle mit encore une poignée de ciboulette hachée avant de verser le riz de la veille et de faire rissoler le tout. Elle disposa cette mixture avec goût, sur une assiette propre qu'elle décora avec un hachis d'échalotes et de persil frais. Puis elle porta fièrement le résultat dans la salle à manger et le posa solennellement devant mon père.

Joop se réveilla une nouvelle fois, descendit lourdement de son fauteuil et approcha de mon père.

« Tu vois, ce crétin de chien sait ce qui est bon. »

Mon père déposa une bouchée de son plat sur un morceau de pain qu'il posa par terre pour le chien. Joop n'en fit qu'une bouchée et retourna se coucher avec un grognement de plaisir.

« Le goûter du Roi », dit Savannah en retournant s'asseoir.

Son autorité dûment rétablie, mon père goûta le hachis qu'il déclara à sa convenance.

« Voilà ce qui s'appelle de la nourriture, Lila. Simple, mais bonne. Je suis moi-même un homme simple et je n'en ai pas honte. Mais je sais ce qui est bon, et je sais ce qui est bon pour toi. J'ai là un repas convenable et je te remercie de la peine que tu t'es donnée.

— N'en parlons plus, chéri. C'était un plaisir, répondit ma mère d'un ton acide.

— Je déteste cette façon que nous avons de toujours nous disputer à table, dit Luke. J'ai toujours l'impression que je vais affronter le débarquement sur les côtes normandes chaque fois que je m'assois à cette table. »

Savannah répondit :

« Cela fait partie des joies de la vie de famille, Luke. Tu devrais commencer à avoir l'habitude. C'est le régime une cuillerée de petits pois pour donner des forces, et vlan ! un coup de poing en pleine figure.

— Je crois que ça suffit maintenant, mademoiselle, dit ma mère.

— Ça forge le caractère, Luke, dit mon père en piochant innocemment dans le Fido et en parlant la bouche pleine. Je regrette que mon père ne m'ait pas botté le cul quand je faisais des conneries, au lieu de me faire lire dix pages de Bible à voix haute.

— C'est grâce à la Bible que ton père connaît le succès éclatant qui est le sien aujourd'hui, lança ma mère, fielleuse.

— Je suis désolé de n'être ni un chirurgien du cœur ni un banquier en col blanc, Lila, dit mon père, mais il serait grand temps que tu cesses d'avoir honte de moi parce que je suis un pêcheur de crevettes.

— Je n'ai honte que d'une chose, c'est que tu ne sois pas le meilleur pêcheur de crevettes. Rien que sur le fleuve, il y en a dix, dont la moitié sont des Noirs, qui attrapent plus de crevettes que toi.

— Oui, mais eux ils n'ont pas toutes les idées qui me courent dans la tête. Leur cervelle ne risque pas d'exploser à force d'avoir des idées qui peuvent rapporter gros.

— Tu as perdu plus d'argent que certains n'en ont gagné au cours de leur vie entière.

— Ça, c'est parce que mes idées sont toujours en avance sur leur temps, Lila. Même toi, tu es obligée de le reconnaître. J'ai plus de ressource que la moyenne des types. J'ai seulement besoin de trouver un petit capital, et que Dame Fortune me donne un petit coup de pouce.

— Tu as l'âme d'un perdant et tu sens la crevette, dit cruellement ma mère.

— Je pêche la crevette pour gagner ma vie, dit mon père, et sa voix était lasse. L'odeur, c'est celle du pays.

— Si tu frottais une gousse d'ail sur ta poitrine, tu sentirais carrément les scampi, dit ma mère.

— J'adore l'odeur de crevette fraîche, dit Luke.

— Merci, Luke, dit mon père.

— Tu parles ! dit ma mère. Et si tu devais partager ton lit avec une crevette de près de cent kilos ?

— Vous voyez bien, dit Luke. Tout dégénère en bagarre.

— Difficile d'imaginer Papa en crevette, dit Savannah en regardant mon père qui terminait tristement son assiette de Fido.

— Pourquoi est-ce qu'on ne pourrait pas discuter, rire, se raconter les événements de la journée, comme font les familles qu'on voit à la télé ? Les pères sont toujours en costume-cravate pour venir à table, Papa, dit Luke.

— Tu me vois poser des filets en pleine tempête, avec mon costume et ma cravate, Luke ? D'ailleurs les types dont tu parles ne sont même pas des vrais pères. C'est des zinzins d'Hollywood.

— Peut-être, mais pour eux, l'heure du dîner est toujours agréable, insista Luke.

— Toi aussi tu serais heureux, si t'avais deux millions de papiers planqués dans ton coffre à la banque, dit Papa qui termina son assiette sur un rot d'animal satisfait. Voilà qui nous ramène au point de départ, Lila. Tu as bien compris, tu fais la cuisine pour un Américain, pas pour un putain de bouffeur de grenouilles.

— Je pourrais faire des cailloux en beignets bien gras, tu te les goinfrerais comme un sauvage, Henry. Mais il se trouve que j'essaie aussi d'éduquer ces enfants pour qu'ils sachent vivre dans le monde. Et je tente de progresser par la même occasion. Je suis à la recherche de la bonne recette, celle qui impressionnera les membres de la Colleton League qui ont rejeté ma candidature. Alors je vais me livrer à des expériences culinaires jusqu'à tomber sur la recette suffisamment originale pour leur faire comprendre qu'en fait je serais un atout dans leur organisation. »

Papa regarda ma mère droit dans les yeux, et il prononça les paroles qui n'avaient encore jamais été prononcées à notre table.

« Chérie, jamais elles ne te prendront dans leur Colleton League. Tu n'as pas encore compris ? Les Colleton Leagues, c'est fait pour ça, pour empêcher les gens comme toi d'en faire partie. Tu pourras réussir toutes les recettes françaises, italiennes, et ce que je sais encore, elles ne te prendront pas. Autant que ce soit moi qui te le dise plutôt qu'elles. C'est la réalité, il faut que tu t'y fasses.

— Maman, ne te donne pas la peine de leur envoyer une recette, dis-je. S'il te plaît, Maman, Papa a raison. »

Savannah intervint doucement :

« Maman, pourquoi est-ce que tu irais aider ces dames de la Colleton League en leur envoyant une recette ? Elles ne pensent qu'à t'humilier.

— On n'est humilié que si on veut bien l'être, répliqua-t-elle fière-ment. Je sais que je vaux autant que chacune de ces femmes, et au fond d'elles-mêmes, elles le savent aussi. À ma façon, sans faire de bruit, j'apporte autant à cette ville que n'importe laquelle de ces dames. Mais Rome ne s'est pas construite en un jour. Elles ont eu des avantages que je n'ai pas eus. Mais moi, j'exploite à fond le peu dont je dispose. Un jour, je ferai partie de la Colleton League. C'est sûr et certain.

— Mais pourquoi tiens-tu tellement à en faire partie, Maman ? demanda Savannah. Moi, je ne voudrais pas être membre d'un club qui ne veut pas de moi.

— Mais elles veulent de moi, dit-elle. Simplement, elles ne le savent pas encore. »

Mon père se leva et dit :

« Tu n'as pas la moindre chance d'être prise dans la Colleton League, Lila. Et c'est à cause de moi, chérie, toi tu n'y es pour rien.

— Oui, je sais, Henry, dit ma mère sans relever ce rare accès de gen-tillesse. On ne peut effectivement pas dire que tu constitues un atout. »

Pendant le reste de l'été, elle concentra ses efforts sur les produits du terroir. Et elle le fit avec un acharnement stupéfiant et héroïque. Elle prépara le poulet de dix façons différentes et chaque variation semblait faire naître une nouvelle volaille sous ses doigts vigilants. Chaque fois qu'il protestait, mon père finissait le repas avec du Fido au riz, mais même ce plat s'améliora avec le temps. Elle réussit des miracles avec du porc, et ma façon de regarder la viande du cochon en fut définitivement changée. Si sa recette de barbecue avait été publiée, la qualité de la vie dans le Sud que nous connaissions en eût été révolutionnée. Mais le bar-becue était trop étroitement lié à son passé et elle l'élimina de la compé-tition comme primaire et prosaïque. Nous avions de grandes discussions familiales sur le choix de la recette à envoyer aux dames de la Colleton League. Elle confectionna une mousse de crevette qui était pour moi la chose la plus succulente que j'eusse jamais portée à ma bouche. La pré-férence de Savannah allait à une bouillabaisse improvisée par ma mère à partir de la pêche du jour, faite sur le bateau de mon père. Mon père demeurait fidèle à son poulet frit. Ce fut un été heureux comme ne le fut aucun autre été de ma famille. Même lorsque Joop mourut, son trépas s'inscrivit dans une sorte de douceur, entre les larmes que nous versâmes sans arrière-pensée et la beauté tranquille de son enterrement. Nous l'avions retrouvé mort sur son fauteuil et nous décorâmes le cercueil que nous lui avions fabriqué de photos de Joop avec nous tous, depuis l'époque où il n'était qu'un chiot jusqu'à la dernière année de sa vie. Il avait toujours été notre compagnon et il représentait la meilleure part de nous, celle qui pouvait aimer sans espérer de récompense, ni rien attendre en retour. Nous le mîmes en terre à côté de nos frères et sœurs mort-nés, et nous enterrâmes avec lui deux boîtes de Fido, pour l'aider à faire le voyage, et pour que toute personne qui dérangerait un jour ses os sût que Joop avait été un chien tendrement aimé et soigné par une famille qui tenait à lui.

Le lendemain du jour où nous enterrâmes Joop, Luke attrapa un maquereau de douze livres, près de la jetée, juste avant le souper de dimanche. Maman le farcit de crevettes, de moules et de coquilles Saint-Jacques avant de le mettre au four avec du vin, de la crème fraîche et une poignée d'herbes fines cueillies au hasard. Lorsque nous le mangeâmes, la chair se détacha facilement de l'arête et les crustacés explosèrent dans un festival de saveurs où se mêlaient harmonieusement celles du vignoble, de la laiterie et de la mer. Deux heures avant d'être mangé, le maquereau se repaissait dans le Colleton. Luke avait trouvé dans le ventre du poisson une crevette entière avalée par ce dernier quelques secondes avant de mordre à l'hameçon. Luke avait pris la peine de nettoyer cette crevette que Maman ajouta à la farce comme porte-bonheur.

« C'est parfait, dis-je. C'est celle-là qu'il faut envoyer.

— Je ne sais pas, dit mon père. J'aime autant le poisson frit.

— On ne te servirait pas mieux dans un grand restaurant, dit Luke.

— Comment peux-tu le savoir, Luke ? intervint Savannah, taquine. Tu n'as jamais mangé dans un grand restaurant, à part celui où l'on sert du gruau de maïs.

— C'est un peu trop riche, dit ma mère en mastiquant lentement. Trop lourd et trop riche. Et un peu banal aussi. J'ai lu aujourd'hui que la simplicité était la clé de l'élégance en toute chose. Mais je pense qu'on peut aussi pécher par excès de simplicité.

— Exact, Papa est un bon exemple, dit Savannah.

— Ha ! s'exclama finement mon père. La simplicité, tiens donc ! Cela doit signifier que je suis le salaud le plus élégant de ces marais.

— Non, dit ma mère. Je suis sûre que cela veut dire tout autre chose.

— Est-ce que tu as trouvé d'autres recettes intéressantes aujourd'hui, Maman ? demandai-je.

— J'ai trouvé une recette de soupe à la napolitaine où l'on met des morceaux de poumon, de cœur et de trachée-artère de porc. J'ai décidé de ne pas la faire.

— Bravo, dit mon père, la bouche pleine de maquereau. J'ai envie de vomir rien que de t'entendre en parler.

— Pouah ! Quelle horreur ! fit Savannah.

— Je parie que c'est bon, dit ma mère. C'est l'idée qui fait horreur.

Je suis sûre que la première personne à manger un escargot a dû éprouver un petit haut-le-cœur de dégoût.

— Moi je suis sûr qu'il a dégueulé », dit Papa.

Au début du mois d'août, elle annonça avec des accents de triomphe tranquille qu'elle tenait enfin la recette parfaite. Elle avait décongelé huit canards sauvages tués par Luke au cours de l'hiver précédent. Le fond de sauce qu'elle prépara à partir des carcasses et des abattis de canard était noir comme du chocolat et d'un fumet capiteux et gorgé de soleil, mais un petit peu fort néanmoins. Elle en atténua le parfum par une rasade de vin rouge et un doigt de cognac. Puis elle passa deux heures assise, à se remémorer tout ce qu'elle savait de la saveur du canard sauvage. Et elle cuisina les canards en les faisant mijoter avec des navets, des oignons, des pommes acides et des raisins muscats cueillis sur la tonnelle. Elle prêtait attention aux mystères de l'équilibre et des justes proportions qui sont le secret de la réussite d'un plat. En nous mettant à table, ce soir-là, nous perçûmes son appréhension. Les raisins l'inquiétaient. Elle n'avait consulté aucun livre de cuisine ; elle s'était lancée dans l'inconnu sans ses numéros du *Gourmet* pour la guider. Avec pour seul recours les ressources de son garde-manger, elle avait inventé toute seule.

Moi, j'étais un peu inquiet à cause des navets, mais ma mère m'affirma que la chair du canard sauvage était la seule à pouvoir soutenir sans dommage le choc du contact avec le navet. En fait, mon souci était autre ; j'avais une sainte horreur des navets. Mais les fruits coupaient l'amertume des navets et les navets jouèrent impeccablement leur rôle en atténuant le côté doucereux des raisins. La viande avait la couleur des roses sauvages et même mon père renonça à son couplet quotidien pour vanter les mérites de la friture afin de déguster en silence. C'était une création de ma mère, une merveille, et nous nous levâmes pour l'applaudir à la fin du repas. Sa septième ovation debout de l'été.

Ma mère s'inclina pour saluer son public à qui elle envoya des baisers tandis que dans ses yeux brillait un bonheur rare dans notre maison. Dans un élan d'inhabituelle affection, elle fit le tour de la table pour nous embrasser successivement. Même mon père eut son baiser, et ils esquissèrent ensemble un pas de valse en direction du salon, tandis que ma mère riait et fredonnait une mélodie datant des jours bénis de leurs fiançailles à Atlanta. Ma mère semblait heureuse et naturelle dans les bras de mon père et, pour la première fois de ma vie, je m'avisai qu'ils formaient un très beau couple. Ce fut un été d'extravagante félicité, élégiaque presque, pour nous tous. Dans la cuisine, ma mère officiait aux fourneaux, telle une sorte de mage inspiré, et mon père emplissait de crevettes la cale de son bateau. Notre maison commença à ressembler à ce qu'on peut attendre que soit une maison, le port d'ancrage dont j'avais rêvé toute ma vie. Un été heureux et bronzé. Mes parents étaient beaux et je mangeais comme un roi après avoir travaillé toute la journée à sortir des crevettes de la mer.

Après le dîner, elle souriait intérieurement en inscrivant sur l'enveloppe l'adresse du comité de rédaction du livre de cuisine. Les portes de la maison étaient ouvertes et un vent frais venu du fleuve balayait les pièces. Je regardai ma mère lécher un timbre et le coller sur le coin supérieur droit de l'enveloppe. Puis je vis Savannah qui la contemplait tristement. Savannah qui leva les yeux sur moi. Nos regards se croisèrent brièvement, dans un aveuglant éclair de prémonition ajouté à cette télépathie dont jouissent parfois les jumeaux. Nous sentions notre mère prête une fois de plus à endosser le costume de victime, et nous ne pouvions rien y faire.

La réponse fut là sous huitaine. Nous sûmes qu'elle était arrivée parce que aucune odeur ne s'échappait de la cuisine ce soir-là quand nous montâmes l'allée qui menait à la maison. La maison que nous trouvâmes vide. Luke et moi sortîmes dans le jardin de derrière où Savannah était en train de consoler notre mère qui était allée pleurer toute seule, sous la tonnelle, après avoir reçu la lettre. Savannah nous tendit la missive.

Chère Mme Wingo,

Le comité et moi-même tenons à vous remercier pour la « vieille recette de famille » dite Canard Sauvage de Casa de Wingo* que vous nous avez soumise. Malheureusement, nous nous sommes toutes accordées pour souhaiter que notre livre de cuisine soit représentatif de ce qui se fait de mieux en matière de gastronomie régionale, et nous n'avons pas suffisamment de place pour inclure les propositions étrangères plus exotiques des cordons-bleus de notre ville.

En vous remerciant encore du temps et de la peine que vous avez bien voulu prendre, nous vous prions de croire, Mme Wingo, à notre considération distinguée.

Isabel Newbury.

P.-S. – Lila, il faut absolument que vous m'indiquiez le livre de cuisine duquel est recopiée cette recette. Elle a l'air divine.

J'explosai littéralement.

« Dis-lui que tu l'as trouvée dans le *Guide des champignons vénéneux en Amérique*, et que tu te feras un plaisir de lui servir ce plat lors de sa prochaine réception.

— Cette fois, la coupe est pleine, dit Luke. Je vais casser la gueule à son fils.

— S'il te plaît, s'il te plaît, dit ma mère entre ses larmes. Il est inutile d'être grossier et son fils n'a rien à voir là-dedans. Ce n'est rien, vraiment rien. Je suis sûre qu'elles ne prennent que certains noms et

---

* En « français » dans le texte. *(N.d.T.)*

239

certaines familles dans ce livre. Je suis déjà bien heureuse que ma proposition ait été prise en considération. C'est un grand honneur d'avoir pu envoyer une recette. Je ne vais pas me laisser abattre par ce genre de petit détail. J'ai trop de fierté pour leur donner le plaisir de voir ma déception. Vous avez remarqué quelque chose à propos du nom de mon plat ? J'avais peur que ça fasse un peu olé-olé.

— Moi, je ne comprends même pas ce qu'il veut dire, répondit Luke encore en train de lire la lettre. Je croyais que c'était du canard.

— J'ai pensé que le français ajouterait une note d'élégance, dit Maman en séchant ses larmes.

— Le nom est parfait et le plat merveilleux », dit Savannah.

Maman dit alors :

« Je crois qu'elles adoreraient si elles daignaient y goûter, tu ne penses pas, chérie ?

— Elles auraient du mal à y goûter, là où je le leur mettrais, Maman, dit ma sœur.

— Au cul, elle leur mettrait, à ces grosses, Maman, se fit une joie de préciser Luke.

— Peut-être savent-elles que j'ai des enfants vulgaires, dit ma mère en quittant le banc où elle était assise. Peut-être se disent-elles que si je ne suis pas capable de surveiller mes propres enfants, je ne mérite pas de faire partie de la League. »

Luke s'approcha d'elle et la souleva de terre. Il l'embrassa gentiment sur les deux joues. Dans ses bras, elle ressemblait à un mannequin dans un magasin pour enfants.

« Maman, dit-il en la tenant en l'air, je suis désolé qu'elles t'aient fait du mal. Je ne supporte pas de te voir pleurer. Si jamais elles s'avisent de recommencer, je me pointe dans une de leurs réunions, et je leur botte le cul. Je leur ferai bouffer du canard sauvage aux navets et aux raisins jusqu'à ce qu'elles s'envolent vers le sud pour y passer l'hiver.

— Ce n'est jamais qu'un club, Luke, dit ma mère, en rajustant sa robe tandis qu'il la posait délicatement sur l'herbe. Je vous jure, les enfants, que vous prenez les choses plus au tragique que moi. J'essaye seulement de gravir quelques échelons pour que vous, mes enfants, bénéficiiez d'avantages que je n'ai pas eus. Je pleurais parce que je croyais m'être trompée dans le nom de ma recette. Il y a quelque chose qui ne sonne pas tout à fait bien. Je n'en étais pas sûre jusqu'au moment où je l'ai vu, recopié par Isabel Newbury dans son petit mot. Comme s'il s'agissait d'une bonne plaisanterie. Comme si elle avait bien ri de cette dénomination. *Casa* est bien un mot français, n'est-ce pas, les enfants ?

— Oui », répondîmes-nous dans un accord touchant alors qu'aucun de nous ne connaissait le mot français pour dire maison.

Cette nuit-là, nous demeurâmes éveillés dans l'obscurité à écouter rugir les vents venus du nord, et se fracasser les vagues contre la digue qui longeait le fleuve. Sous le terrible grondement de la tempête, nous entendions les sanglots de Maman qui pleurait dans sa chambre et la grosse voix de mon père qui essayait sans succès de la consoler. Après le dîner, elle avait découvert que *casa* n'était pas un mot français et qu'elle aurait dû écrire *chez*. Elle pouvait supporter toutes les humiliations, sauf celles qui dévoilaient les gigantesques lacunes de son éducation.

« Si quelqu'un pouvait avoir l'amabilité de m'expliquer pourquoi Maman tient tellement à faire partie de la Colleton League ? demandai-je.

— Elle n'aime pas la personne qu'elle est, répondit Savannah.

— Où est-elle allée chercher ce genre d'idées ? demanda Luke. C'est cela qui m'échappe. D'où est-ce que ça lui vient ?

— Des idées qu'elles a ramassées en cours de route, expliqua Savannah.

— Et zut ! dit Luke. Elle va être élue présidente du Club de Jardinage l'année prochaine. Cela devrait suffire à son bonheur.

— N'importe qui peut adhérer au Club de Jardinage, dit Savannah. Il suffit d'être de race blanche et de savoir semer une graine. Non, il faut à Maman ce qu'elle ne peut pas avoir. Il n'y a que cela qui l'ait jamais intéressée. »

Puis la mauvaise saison s'abattit sur ma famille, saison funeste où nous fûmes trahis par le fleuve, nous et tous les autres Caroliniens qui vivaient de la mer. Elle commença en janvier, six mois après l'épisode du canard, et une chose est certaine, c'est que jamais auparavant nous n'avions connu un tel froid. Pour la première fois de notre vie, nous trouvâmes la neige à notre réveil, une couche de dix centimètres qui recouvrit toute l'île et gela l'étang. La lisière des marais était blanche, et lapins et mulots, à la recherche de graines pour leur subsistance, formaient des proies faciles pour les faucons. Le ciel resta âpre et gris et la température ne dépassa pas moins douze degrés dans la journée pendant une semaine entière. Les canalisations gelèrent, puis éclatèrent, et la maison fut privée d'eau deux semaines durant. Les lignes électriques cédèrent sous le poids de la glace, ce qui nous plongea dans l'obscurité. Nous vécûmes à la lumière douce des lampes à pétrole. Nous allumions de grands feux et ma mère faisait fondre la neige de nos chaussures sur le poêle quand nous rentrions de ramasser du bois. Il régnait une certaine gaieté, ainsi qu'une atmosphère de fête illicite et surprenante dans la maison, et les écoles furent fermées pendant cinq jours. Il ne se trouvait pas un seul chasse-neige dans tout l'État, pas plus qu'on ne pouvait compter un seul traîneau dans le comté de Colleton. Nous fîmes notre première bataille de boules de neige dans la cour devant la maison, et c'est là aussi que fut construit notre premier bonhomme de neige.

Un vieux Noir perclus de rhumatismes mourut de froid à moins de cinq kilomètres de chez nous. Sans laisser à la neige le temps de fondre complètement, une tempête glaciaire s'abattit sur les basses terres et nous connûmes la traîtrise de la glace. La nuit, nous entendions les craquements désespérés des arbres rompant sous le poids de leur scintillant et inhabituel fardeau. Leurs branches se brisaient avec une violence terrifiante, comme des os sains qui se fractureraient d'un seul coup sec. Nous ignorions que les arbres pussent mourir sous une pellicule de glace. Nous ignorions qu'ils pussent mourir de mort bruyante, dans un long chapelet détonant qui faisait résonner la forêt de la fantomatique puissance de feu d'une saison en guerre ouverte. Dans l'Atlantique, la température de l'eau descendit au-dessous de sept degrés et les crevettes qui avaient rendez-vous au printemps avec les filets de mon père commencèrent à mourir. Elles périrent ainsi par millions de millions sans que cette décimation fût connue de personne, jusqu'au mois de mars du moins, quand tous les crevettiers de Caroline se mirent à lever des filets vides. Les crevettes n'étaient pas revenues peupler en bancs compacts les estuaires et bras de mer. Elles arrivèrent apparemment seules, ou par deux, et les femelles prêtes à pondre qui investirent les marais portaient en même temps que leurs œufs la terrible responsabilité de la survie de l'espèce, tandis qu'elles rejoignaient leurs frayères coutumières. Ce fut cette année-là que la banque saisit dix-sept crevettiers qui furent vendus à l'encan. Après deux semaines de pêche acharnée et épuisante, de l'aube au crépuscule, mon père revint avec quarante malheureuses livres de crevettes. La mer était devenue stérile. Poissons et oiseaux marins se comportaient bizarrement. Les marées apportaient famine et pauvreté. Pour la première fois dans les annales de la mémoire moderne, la crevette devint une denrée rare et prisée sur les tables de Colleton.

En mai, mon père manqua la première traite du bateau de pêche et le lendemain, il mit le cap sur les eaux de Géorgie. Mais là-bas aussi, ses filets remontèrent de si maigres prises qu'elles ne suffisaient jamais à couvrir les frais de carburant. Il continua vers le sud, parlant avec d'autres pêcheurs de crevettes, prêtant l'oreille à des rumeurs de pêches miraculeuses dans les récifs de Floride et près du golfe. À Saint-Augustine, les autorités le prirent à pêcher dans un chenal fermé aux crevettiers à cause du gel. Il s'agissait à la fois d'un coup de dés et d'un acte de désespoir qui lui valut la confiscation de son bateau ainsi qu'une amende de cinq cents dollars. Il se fit embaucher comme mécanicien auto dans un atelier sur la nationale 17. Il lui faudrait six mois pour payer l'amende et ramener son bateau dans les eaux de Caroline. Il appela ma mère pour dire que c'était à nous de nous débrouiller avec les traites.

Luke, Savannah et moi prîmes alors l'habitude, qui devint un rituel, de nous lever à cinq heures du matin pour aller poser des nasses à crabes dans le fleuve. Nous devions vider les paniers en versant les crabes bleus qui s'y trouvaient dans un grand seau placé au milieu de la barque, puis regarnir en appât avec des déchets de poisson et du rouget frais. Au début, nous posions vingt nasses et, à la fin de l'été, nous en avions cinquante, réparties sur une trentaine de kilomètres de côte. Comme nous étions nouveaux, il nous fallait respecter les droits des professionnels de la pêche au crabe et installer nos nasses dans de lointains bras de mer, très éloignés de Colleton même. Nous couvrions de grandes distances dans tout le comté, laissant dans notre sillage des nasses en treillage métalliques qui signaient notre passage. Nous fixions des flotteurs blancs à la corde avant de lancer nos paniers appâtés, à la marée montante ou au jusant. On pouvait nous suivre à la trace, de bouée blanche en bouée blanche, dans les extrémités les plus sauvages et les plus reculées de notre comté. Au début, nous travaillions lentement, avec force mouvements gauches et inutiles. Mais nous progressâmes dans notre labeur, nous en apprîmes les rythmes, nous acquîmes une dextérité fondée sur nos erreurs initiales. Au cours du premier mois, il nous fallait dix minutes pour vider une nasse et remettre l'appât pour la marée suivante. Mais le deuxième mois, nous nous acquittions de la même opération en moins de deux minutes. Question de perfectionnement technique dans l'art de pêcher le crabe. Nos mouvements devinrent plus raffinés ; nous apprîmes la grâce et l'économie des gestes précis ; nous apprîmes que la pêche au crabe possédait, comme toute chose, sa beauté originelle, ses propres qualités de ballet. Le premier mois fut une opération blanche parce que tous nos bénéfices passèrent dans l'achat de nasses supplémentaires. Le deuxième mois, nous payâmes la traite du bateau de notre père. Les vieux pêcheurs de crabes observaient nos progrès tandis que nous apportions nos prises à la pesée. Au début, nous étions l'objet de leur dérision et de leurs moqueries. Dès le mois d'août, nous fûmes admis dans leur confrérie. Ils faisaient cercle pour admirer les mains rugueuses et calleuses de Savannah. Ils nous donnaient de bons conseils. Ils nous initièrent aux mystères de leur rude labeur. Plus tard, lorsque nous eûmes assimilé les rudiments du métier, leur silence nous tint lieu de compliment. Nous étions des enfants du fleuve, il était donc normal que nous fussions à la hauteur de nos origines.

Mais en dépit de tous les efforts que nous déployions sur les eaux, il nous fut impossible de calmer les inquiétudes de notre mère. Il n'y avait pas assez d'argent pour payer les factures. En septembre, l'électricité fut coupée sur l'île. Le visage de ma mère refléta l'anxiété et la fragilité sous le doux éclairage des lampes à pétrole. Puis ce fut l'assurance du bateau de pêche de notre père qui demeura impayée. On nous coupa le téléphone. À l'école, j'eus à subir les quolibets à cause de mes pantalons beaucoup trop courts pour moi. Ma mère essaya de trouver du travail dans toutes les boutiques de Colleton, mais sans résultat. Chaque soir, en sortant de l'école, j'allais jeter des filets pour pêcher notre dîner. Nous chassâmes le cerf hors saison, tuant des biches et des faons pour mettre de la viande dans nos assiettes. La terreur silencieuse mais explicite de notre mère nous mettait au désespoir. Elle refusait que nous parlions à quiconque, pas même à nos grands-parents, de la gravité de nos difficultés. Les frissons de son inaltérable fierté la rendaient incapable de solliciter l'aide de ses voisins. Elle se retira de la ville par une démarche primitive, aborigène. Dans l'incapacité de régler ses factures d'épicerie ou de quincaillerie, elle cessa tout simplement de se rendre en ville. Elle se referma sur elle-même. Ses silences se firent plus longs, plus difficiles à supporter. Elle cultiva son jardin avec une rage forcée. Notre maison fut placée sous le sceau de l'expectative. Nous attendions que notre chance tournât. Les crevettes revinrent peupler le fleuve et de nouveau les crevettiers ramenèrent des pêches fabuleuses. Mais notre père était toujours en Floride à tenter de réunir assez d'argent pour récupérer son bateau mis en cale sèche.

La veille de Thanksgiving*, nous entendîmes une voiture emprunter la chaussée à l'autre bout de l'île, et dix minutes plus tard, elle se garait dans la cour de notre maison ; quatre femmes impeccablement vêtues en descendirent, qui se dirigèrent vers notre porte. J'ouvris à Bettina Potts, Martha Randall, Thelma Wright et Isabel Newbury, l'état-major de la Colleton League, et Mme Newbury demanda à parler à ma mère.

Lorsque ma mère arriva sur le perron, quelque chose mourut dans ses yeux dès l'instant qu'elle les vit. Elle sécha ses mains contre son tablier et les pria d'entrer chez elle.

« Nous ne pouvons pas rester longtemps, Lila. Nous avons encore trois dindes à livrer avant la tombée de la nuit, dit Isabel Newbury sur un ton suave.

— Je ne comprends pas, dit ma mère tandis que ces dames s'installaient inconfortablement dans notre salle de séjour qu'elles inspectèrent à la dérobée.

— Vous n'êtes pas sans savoir que l'une des missions de la League consiste à distribuer des dindes de Thanksgiving aux familles les plus déshéritées du comté, Lila. Nous voulions nous assurer que vous et les vôtres ne passeriez pas les fêtes dans la gêne, dit Bettina Potts.

— Il doit y avoir un malentendu, Bettina. Tout va très bien pour nous.

— Pourriez-vous nous donner un peu de lumière, Lila ? dit Mme Newbury. On ne voit rien dans cette pénombre.

— Je vous remercie d'avoir pensé à nous, mesdames, dit ma mère qui dominait à peine sa colère, mais ce comté compte bien des familles qui ont infiniment plus besoin de votre charité que nous.

— Lila, ne voyez pas dans cette démarche un acte de charité, dit Thelma Wright. Considérez plutôt qu'il s'agit d'un geste de bonne volonté venant d'amies qui se soucient de vous.

— Je vous en prie, ne me faites pas ça, entendis-je ma mère articuler. S'il vous plaît, je vous le demande.

— Pensez un peu à vos enfants et à leur Thanksgiving, Lila, dit Mme Potts. Vous n'êtes pas toute seule. »

Puis j'entendis la voix de Luke qui tremblait de rage meurtrière. Il surgit de la cuisine en rugissant :

« Sortez immédiatement de chez ma mère.

— Ce jeune homme est bien grossier, dit Martha Randall, tandis que Savannah et moi émergions de la chambre où nous avions battu en retraite.

---

* Jour d'action de grâces, le quatrième jeudi de novembre, férié aux États-Unis et traditionnellement fêté en famille par un repas comportant de la dinde. (N.d.T.)

— Je ne vois pas le visage de vos enfants dans cette obscurité, Lila, dit encore une fois Isabel Newbury. Allumez donc une lampe, s'il vous plaît.

— Mon fils vous a priée de sortir, Isabel.

— Ce que nous allons faire dès que nous vous aurons remis la dinde, insista Bettina Potts.

— Vous n'avez qu'à la laisser dans la cour en partant. J'enverrai un de mes fils la prendre plus tard, dit ma mère qui eut le plus grand mal à retrouver son calme.

— Vous ne nous avez guère facilité les choses, Lila, dit Mme Randall.

— Je n'ai rien à vous envier sur ce chapitre, Martha », répliqua ma mère comme elles se levaient toutes les quatre pour partir.

Elles laissèrent la dinde congelée sur la pelouse et nous écoutâmes leur voiture quitter la cour.

C'est avec des larmes de rage plein les yeux que ma mère alla prendre sa carabine sur le râtelier de la salle de séjour. Elle attrapa une poignée de cartouches, chargea son arme, mit les autres dans la poche de son tablier. Elle sortit et contempla la dinde qu'elle devait à la charité et au mépris de la League de Colleton.

« Elles n'attendaient que cela. Patiemment, elles ont guetté le moment où cela arriverait, dit-elle en épaulant la carabine. Le premier coup fit rebondir la dinde sur place ; le second la fit exploser en mille morceaux.

« Je veux que vous gardiez bien cela en mémoire, les enfants. Elles sont toutes pareilles. Toutes autant qu'elles sont. »

Elle baissa le fusil et rentra à la maison.

Je ne me souviens pas du repas de Thanksgiving, cette année-là.

À la fin du mois de décembre, après que mon père fut rentré de Floride, une grosse tortue marine s'échoua dans le marais, à proximité de notre appontement. Elle était déjà morte lorsque nous la découvrîmes. Papa nous donna, à Luke et à moi, l'ordre de déblayer cette tortue avant qu'elle n'entrât en décomposition et empestât notre jardin. Au petit déjeuner du même jour, Savannah nous avait lu, dans la rubrique mondaine du journal, que Reese et Isabel Newbury se trouvaient à la Barbade, où ils passaient leurs vacances d'hiver en compagnie de leur fils Todd. Ce fut Luke qui établit le rapprochement entre la Barbade et la tortue. Je l'aidai à charger l'animal mort sur le Boston Whaler et, le soir, avant d'aller se coucher, Luke nous révéla son plan, à Savannah et moi.

Nous nous éveillâmes à trois heures du matin et sortîmes subrepticement de la maison en passant par la fenêtre de notre chambre. Sans faire de bruit, nous gagnâmes l'appontement et Luke ne mit le moteur en marche qu'après avoir laissé le bateau dériver de quatre cents mètres. Il mit alors le cap sur le chenal principal, direction les lumières de Colleton, de l'autre côté du fleuve. Puis il accéléra, pleins gaz, et nous fendîmes une mer pleine, légère et un peu agitée. Nous passâmes le pont en riant, mais nous fîmes silence à l'approche du quai, au bout de la

Grand-Rue. Luke coupa le moteur et nous glissâmes de trois cents mètres avant d'accoster, et ce fut moi qui sautai le premier à terre pour amarrer le bateau. Nous hissâmes la tortue hors du bateau et, non sans marquer plusieurs temps d'arrêt pour reprendre souffle, nous remontâmes les rues désertées de notre ville en direction de la maison des Newbury. Nous passâmes sous les chênes servant de vert baldaquin à la plus élégante suite de résidences particulières qui se pût trouver entre Savannah et Charleston. Des chiens aboyaient dans le lointain. Je me coupai la main contre une des bernaches accrochées à la carapace de la tortue. L'air était froid et derrière certaines fenêtres clignotaient des lumières de sapin de Noël.

Arrivés à la résidence des Newbury, nous déposâmes la tortue dans la cour de derrière et Luke partit inspecter les fenêtres. Il escalada une colonne et trouva une fenêtre de salle de bain ouverte, au deuxième étage. Savannah et moi entendîmes le loquet de la porte et Luke vint nous retrouver. Nous soulevâmes encore une fois la tortue et montâmes les escaliers le plus vite possible. Nous entrâmes directement dans la chambre des parents où Luke avait eu la judicieuse idée d'ouvrir l'immense lit à colonnes de Reese et Isabel Newbury. Nous installâmes la tortue dans les draps, la tête appuyée contre un oreiller, et nous bordâmes soigneusement les couvertures. Savannah poussa le radiateur au maximum. Luke tomba sur l'un des bonnets de nuit de Mme Newbury et il en coiffa coquinement la tête de la grande tortue. La chambre empestait comme la cale d'un crevettier. La tortue avait commencé de se décomposer. Nous étions de retour dans notre lit lorsque notre mère nous appela pour le petit déjeuner.

Les Newbury furent dans l'impossibilité d'habiter leur maison pendant six mois après leur retour de ce petit séjour annuel à la Barbade où ils ne retournèrent jamais plus. Dans la chambre surchauffée, la décomposition de la tortue avait été épouvantable, atroce. Le lit à colonnes fut brûlé avec toute la literie. Un mois durant, aucun domestique ne put pénétrer dans la chambre sans vomir. Reese Newbury promit mille dollars à quiconque fournirait une information de nature à permettre l'arrestation de la personne qui avait mis une tortue dans son lit. Un éditorial de la *Colleton Gazette* dénonça le crime. Je n'ai jamais vu ma mère plus heureuse que lorsqu'elle lut cet éditorial.

Pour son anniversaire, peu de temps après, Savannah offrit à ma mère un exemplaire du manuel de cuisine de la Colleton League. De notre part à tous les trois. Je lus la vieille blessure et la déception dans le regard de ma mère quand elle eut le livre entre les mains. Ce cadeau la troublait et je sus qu'elle se demandait si c'était une façon de nous moquer d'elle.

« Ouvre-le à la dernière page, Maman, dit Savannah. Luke, Tom et moi t'avons écrit une recette. »

Sur la dernière page, Savannah avait recopié la recette complète du Canard Sauvage Chez Wingo. En face, sur l'avant-dernière page, se trouvait une recette de notre invention :

Prendre une tortue, de préférence un peu faite. Choisir une nuit particulièrement noire et faire traverser le fleuve à cette tortue, en profitant du sommeil des parents. Prendre bien garde à n'être vu de personne. Trouver une fenêtre restée ouverte. Ouvrir la porte de derrière. Installer la tortue dans un lit à colonnes et monter le chauffage à fond. Laisser mijoter à petit feu jusqu'à cuisson complète – soit environ deux semaines. Servir avec des croûtons et un vin rouge corsé. Dire : Bon Anniversaire Maman. En souvenir de la dinde.

Nous t'aimons très fort,
Savannah, Luke et Tom.

Je tiendrai toujours cette recette pour le premier authentique poème de ma sœur. Ma mère commença par nous réprimander vertement, criant qu'elle voulait faire de nous des citoyens comme il faut, respectueux des lois, et non des petits voyous. Elle menaça de nous dénoncer à Reese Newbury et d'empocher la récompense de mille dollars. Elle dit que nous devions nous rendre au shérif, qu'une fois de plus nous avions déshonoré la famille et qu'à cause de nous elle allait encore être la risée de Colleton. Puis elle cessa de nous gronder et relut la recette. Et elle se mit à rire comme une gamine, sans pouvoir s'arrêter. Elle nous prit tous les trois dans ses bras et nous étreignit dans un geste d'inhabituelle tendresse physique. Et elle nous murmura, d'une voix où perçait autant l'exaltation que la colère :

« J'ai des sacrés gosses. Lila Wingo n'est peut-être rien du tout, mais sacré nom, elle a des gosses fantastiques. »

12

Au beau milieu d'une adolescence difficile, Bernard Woodruff fit du football un bonheur d'enseignement. Il était de ces garçons sans assurance, malheureux, à qui il ne fallait qu'un petit coup de pouce pour gagner l'admiration de leurs pairs. Il mourait d'envie d'être un athlète, et quel que fût l'entraînement que je lui imposais, il en redemandait toujours. Une part de cet entraînement consista du reste à acquérir la maîtrise de l'art difficile de se faire apprécier du coach et de forcer son respect par un enthousiasme insatiable.

J'expliquai à Bernard qu'un coach était un être primaire qui désirait voir tous ses poulains se comporter en animaux enragés sur le terrain, pour se transformer en parfaits gentlemen dans les couloirs du lycée. Sur le terrain, le coach avait un faible pour l'aura que confère l'intrépidité totale ; hors terrain, il privilégiait les vertus tranquilles de la courtoisie. Un coach attendait de son disciple qu'il malmenât durement celui qui avait le ballon, mais aidât ensuite à évacuer le blessé, et lui adressât un message amical à l'hôpital pour lui souhaiter un prompt rétablissement, dans un anglais grammaticalement parfait. « Si tu n'es pas un athlète hors pair, enseignai-je à Bernard, fais comme si. Les grands athlètes n'ont pas besoin de faire de cinéma, mais pour nous autres, c'est une nécessité », expliquai-je au cours de ma première semaine avec Bernard à qui je montrai comment se tenir et penser comme un athlète.

Je lui inculquai les principes essentiels de ce sport, en reprenant les choses de zéro et en procédant lentement, par étapes, afin de lui enseigner tout ce que je savais du football. Le premier jour, nous commençâmes par la position *three-point* et nous travaillâmes le départ couru, à partir de cette position, pendant une heure. Je lui montrai comment on lance un ballon correctement, comment on joue des bras, de combien de pas il faut reculer pour être en position protégée, comment on avance en direction du receveur quand on fait une passe, comment on couvre le ballon quand la protection a cédé. Je me lançai dans la tâche de longue haleine consistant à apprendre à Bernard à jouer toutes les positions, en attaque et en défense. Ma sœur refusait toujours de me voir et je disposais de beaucoup de temps. Retrouver l'enseignement fut un plaisir et je fus ravi de découvrir que Bernard était un bon sprinter, qu'il était capable de faire une jolie passe, et qu'il avait autant besoin d'un coach que moi d'une équipe à entraîner.

Je lui enseignai la stratégie de la passe face à un défenseur trop rapide, le *block* pour forcer le barrage d'une ligne défensive. Nous prenions les choses lentement, une à une, et nous les répétions quotidiennement jusqu'à ce que les gestes de Bernard sur le terrain cessassent de paraître appris, pour sembler instinctifs.

Nous avions rendez-vous tous les matins à huit heures ; il était toujours là, qui m'attendait, lorsque j'arrivais du Village par le Park que je traversais en petites foulées. Nous terminions nos séances d'entraînement par une série de sprints de quarante mètres où je prenais Bernard. Le premier jour, je l'emportai sur lui par six fois contre quatre. Le vendredi de la même semaine, il gagna sept fois sur dix. Après chaque séance d'entraînement, je lui offrais un Coca et le renvoyais chez lui se doucher avant sa leçon de violon. En étant son coach, je le soumettais à une discipline froide et ennuyeuse. Parce qu'il était motivé, il découvrit, ce qui fut pour lui une heureuse surprise, qu'il aimait cela. À la fin de la première semaine, Bernard commença à se percevoir lui-même comme footballeur. J'avais fait de lui quelque chose pour quoi il n'avait jamais été programmé. Il me renvoya l'ascenseur en me permettant de retrouver ma peau de prof. Sa façon de parler me chagrinait encore un peu et il posait trop de questions. Il mettait beaucoup trop de temps à assimiler le b.a.-ba de ce sport. Mais il persévérait et brûlait de passion pour le football. Il me transporta de joie, et grâce à lui je retrouvai le sens du mystérieux bonheur que j'éprouvais à enseigner à de jeunes garçons les rudiments d'un sport que j'avais pratiqué dans mon enfance. Qu'un gamin vienne me trouver de bonne foi, avec le désir d'apprendre le football, j'étais capable de faire de lui un joueur meilleur encore que celui qu'il avait rêvé de devenir un jour. J'étais capable d'allumer en lui une telle flamme, que tous les autres redouteraient comme la peste de le voir sur le même terrain qu'eux. D'ores et déjà, je pouvais dire qu'en ce moment même, à Newport et à Westchester, dormaient sur leurs deux oreilles des petits gars de Phillips Exeter qui allaient sacrément souffrir l'automne prochain, parce que Bernard Woodruff avait passé l'été à apprendre les finesses du football à Central Park.

Dix jours durant, je travaillai dur à la mise en forme de Bernard et à la mienne. Puis j'allai trouver sa mère pour la convaincre d'acheter une tenue à son fils.

À présent, chaque fois que je me rendais au cabinet de Susan Lowenstein, j'essayais de repérer les traits de son physique qu'elle avait transmis à son fils. Bernard avait hérité des longues jambes de sa mère, de ses lèvres charnues, des yeux sombres et expressifs, de sa peau de pêche. N'était sa mine constamment renfrognée, c'était un garçon d'une exceptionnelle beauté. Chaque matin, le premier exercice que j'imposais à Bernard était de s'entraîner à me sourire. Il réagissait comme si sourire relevait d'une intolérable gymnastique ; c'était le seul moment de la leçon qu'il avait en horreur.

J'entamais ma quatrième semaine à New York, et Sallie ne m'avait ni téléphoné ni écrit une seule fois. J'échafaudais des projets compliqués pour repeindre l'appartement de Savannah, j'avais déjà rempli tout un cahier de mon journal et j'en avais commencé un deuxième. Chaque semaine, j'écrivais une lettre à Savannah et je l'insérais dans le paquet de courrier arrivé pour elle à l'appartement, avant d'expédier le tout à l'hôpital Bellevue. Le matin, j'avais les séances d'entraînement avec Bernard ; en fin d'après-midi, je montais au cabinet de sa mère où je continuais de tracer le lien entre les cris de ma sœur, enregistrés sur bande, et l'histoire de son enfance. Je lisais des livres merveilleux pris dans la bibliothèque de trois mille volumes de ma sœur. Je mettais de l'ordre dans les décombres de ma vie. Pour la première fois depuis un an, je m'étais remis à faire des rêves où j'étais prof. Je me trouvais dans une salle de classe, le sujet du cours était Tolstoï, et j'étais en train d'expliquer à une classe composée de tous les étudiants qui avaient un jour apprécié le professeur que j'étais que la grandeur de Tolstoï tenait au fait qu'il avait été un homme de passion. Pourquoi donc, me demandai-je, avais-je une telle envie de parler des livres que j'avais aimés ? En rêve, c'était facile. Ces livres me faisaient honneur ; ces livres me changeaient. J'étais seul, et les plus grands écrivains me tenaient compagnie ; de leur voix propre, ils me racontaient tout ce qu'il y avait à connaître du monde. Quand j'émergeai de ce rêve, je me rendis compte que je n'avais plus de salle de classe où entrer chaque fois que j'étais conquis par un nouveau livre. J'avais besoin d'étudiants pour me réaliser. Je me remis à envoyer mon curriculum vitae dans tous les lycées de Charleston. Professeur, j'avais été un homme heureux. À présent, je n'étais plus qu'un être diminué.

Après ma narration des efforts infructueux de ma mère pour être admise à la Colleton League, Susan jeta un coup d'œil à sa montre.

« Je crois que la séance est terminée pour aujourd'hui, Tom », dit-elle. Puis après un temps d'arrêt, elle ajouta : « Savez-vous le détail qui me frappe le plus, par son étrangeté, dans toute cette affaire ? C'est le fait que votre famille était abonnée à *Gourmet*.

— Il faut que vous gardiez bien en mémoire que ma grand-mère est partie pour cette croisière de trois ans autour du monde et qu'elle en est revenue avec beaucoup d'idées bizarres, dis-je. Moi, j'ai été beaucoup plus étonné le jour où elle a offert à Savannah un abonnement au *New Yorker*. Qui aurait jamais imaginé que Savannah passerait un jour l'essentiel de sa vie adulte dans quelques-unes des boîtes à dingues les plus connues de New York ?

— Vous avez écrit des lettres à Savannah, Tom, dit Susan.

— Exact, Lowenstein, dis-je, furieux du ton de réprimande sur lequel avait été faite la remarque. Voyez-vous, il s'agit de ma sœur, et une longue tradition familiale veut que nous écrivions des lettres lorsque nous souhaitons assurer quelqu'un de notre affection et lui dire que nous pensons à lui.

— Les lettres la perturbent, dit-elle. Elle en a reçu une de votre mère hier. Il a fallu la mettre sous calmants.

— C'est bien compréhensible, dis-je. On a les doigts qui dégoulinent de culpabilité, après avoir lu une lettre de ma mère. En revanche, mes lettres à moi sont des chefs-d'œuvre de bienséance. J'ai une longue expérience de l'art de ménager la sensibilité des fous, fussent-ils de ma famille.

— Savannah n'est pas folle, Tom. Elle vit dans un état de perturbation profonde.

— Je voulais faire de l'humour, Lowenstein.

— Eh bien ce n'était pas drôle.

— Je reconnais que la plaisanterie ne volait pas très haut, Lowenstein, mais Bon Dieu, il n'est pas facile d'être drôle avec quelqu'un qui a subi une ablation du sens de l'humour.

— La plupart des choses ne me font pas rire, dit-elle. Je n'y peux rien.

— Si, vous y pouvez quelque chose, Susan, protestai-je. Puisque nous nous retrouvons face à face tous les jours, vous pourriez saisir cette occasion d'enrichissement de votre personnalité.

— Parce que vous, Tom Wingo, frais débarqué de votre Caroline du Sud, vous imaginez que vous pourriez être une source d'enrichissement pour moi ? répliqua-t-elle avec un grincement ironique dans la voix.

— Vous remarquerez que je m'abstiens de relever les insinuations sur mon pays natal, afin de ne pas dévier du sujet qui nous occupe. Sachez, Lowenstein, que je suis quelqu'un de très drôle. Vous pourriez donc, de temps à autre, lorsque je fais une plaisanterie ou lorsque je me fends d'un bon mot original et hilarant, réagir par cette chose toute simple que l'on nomme un sourire. Je ne vous demande pas de hurler de rire. À cette réserve près, je considère que vous êtes la perfection faite femme.

— Bernard m'a dit que vous l'obligiez à faire une série de sourires tous les matins, Tom », dit-elle. Et de sourire.

« Pourquoi souriez-vous ? lui demandai-je.

— Parce qu'il s'en plaint, dit-elle. Il se sent ridicule à faire ses vingt-cinq sourires avant que vous le laissiez toucher le ballon.

— Il est beau quand il sourit, dis-je. Il a une tête de tueur quand il arbore sa mine renfrognée.

— Vous aimeriez peut-être que je vous fasse vingt-cinq sourires au début de chacune de nos séances ? demanda-t-elle, taquine.

— Vous êtes superbe quand vous souriez, Lowenstein, dis-je.

— Et quand je ne souris pas, je suis comment ? demanda-t-elle.

— Éblouissante, dis-je. Mais je voudrais tellement vous voir profiter un peu de la vie, Bernard et vous. Au fait, Susan, pourriez-vous m'inviter à dîner chez vous, un de ces soirs, quand Herbert sera en tournée ?

— Pourquoi ? dit-elle, et je vis qu'elle trouvait mon audace inquiétante.

— Parce que Herbert n'est pas au courant qu'il a un fils quarterback. Et je présume que vous ne tenez pas à ce qu'il le sache.

— Il donne un concert à Boston demain soir. Cela vous conviendrait-il ?

251

— Je me charge de la cuisine, si vous permettez, dis-je. Je vais vous préparer un festin de roi.

— Puis-je vous poser une question, Tom ? dit-elle.

— À propos du menu ?

— Non, à propos de mon fils, répliqua-t-elle. Est-il doué pour le football ?

— Oui, dis-je. À ma grande surprise. Bernard n'est pas mauvais du tout.

— En quoi est-ce tellement surprenant ? demanda-t-elle.

— Il n'a pas été élevé dans le sérail de Bear Bryant, que je sache, dis-je.

— Qui est Bear Bryant ? demanda-t-elle.

— Vous plaisantez, n'est-ce pas, Lowenstein ? dis-je, proprement sidéré. Vous êtes en train de me mijoter un coup. Non, excusez-moi. D'où je viens, ne pas savoir qui est Bear Bryant serait un peu comme n'avoir jamais entendu parler de Yehudi Menuhin pour votre mari. C'est un entraîneur de football.

— Qu'est-ce qu'une ligne d'avantage ? demanda-t-elle.

— Pourquoi diable voulez-vous le savoir, Susan ?

— Parce que Bernard me prend pour la dernière des demeurées quand j'essaye de parler avec lui de sa récente passion pour le football, dit-elle. Bernard n'a pas d'autre sujet de conversation maintenant, et je n'entends plus parler que de *field-goal*, d'arrières qui *blitzent*, de *huddle* et autres bizarreries. À croire qu'il a subitement élu domicile dans un pays étranger.

— Vous possédez très bien le jargon, docteur, dis-je.

— Est-il nécessaire qu'il lève des poids, Tom ? demanda-t-elle.

— Oui, dis-je. Cela fait partie de la discipline à acquérir, Susan.

— Que pensez-vous de Bernard, Tom ? Et je vous demande une réponse sincère », dit-elle. Sa voix était tendue, crispée.

« Sincère jusqu'à quel point ?

— Sincère dans les limites qui me feraient me fâcher contre vous, dit-elle, et je crus qu'elle allait sourire, ce qu'elle ne fit pas.

— C'est un garçon charmant, Susan, dis-je.

— Soyez un tout petit peu plus sincère, Tom, dit-elle. Ne vous méprenez pas sur ma fragilité.

— Il est malheureux, Susan, dis-je, tandis qu'une ombre passait sur son visage. Il semble être malheureux comme les pierres pour des raisons qui me sont inconnues. D'une certaine façon, sa souffrance m'émeut, peut-être parce qu'elle fait écho à la mienne, peut-être parce que j'aperçois une issue possible pour Bernard alors que la mienne me semble sans appel.

— Il m'a raconté ce que vous lui avez dit le premier jour, dit-elle. J'étais folle de rage contre vous, Tom. Il m'a dit que vous l'aviez fait pleurer deux fois.

— Il m'avait manqué de respect, dis-je. Je suis incapable de m'occuper d'un garçon qui n'observe pas une attitude correcte à mon égard. J'ai exigé de lui qu'il soit courtois. Il n'en subira pas de trauma-tisme irréparable, je vous le promets.

— Il a été en thérapie pendant trois ans, Tom, dit-elle dans un souffle.

— Ça n'a guère donné de résultat, docteur, dis-je. Il y a quelque chose qui ne va pas. Bernard a tout du mal-aimé. Il est visible comme le nez au milieu de la figure qu'il n'a jamais de sa vie obtenu l'estime de quiconque. Le seul fait de respirer lui est parfois un déchirement.

— Je sais, dit-elle. J'ai pensé que l'internat risquait de lui être béné-fique. Je me disais que cela lui donnerait peut-être l'occasion de se faire des amis. Savez-vous qu'il n'a jamais passé une nuit hors de la maison, chez un camarade ? Il a toujours été un enfant difficile, depuis le jour de sa naissance. Jamais il n'a été câlin ni affectueux comme les autres bébés que je voyais dans le parc. Il y a une part de Bernard à laquelle je n'ai jamais eu accès de toute ma vie. Une sorte de solitude.

— Cette solitude vient-elle de vous ou de Herbert ? demandai-je.

— La solitude, elle vient de moi, dit-elle.

— Le football est un sport qui exclut la solitude, dis-je. Peut-être est-ce ce qui séduit Bernard. Je sais combien son engouement pour le football vous déplaît, mais cette activité fait vibrer en votre fils une certaine beauté. Et puis c'est son sport à lui. Il l'a choisi sans le consen-tement de ses parents. Lorsque je vous dis qu'à mon avis Bernard est malheureux, je ne vous mens pas. Mais le même gosse est heureux comme un roi quand je lui impose une série d'exercices ou que je le fais courir pour rattraper de longues passes.

— Tom, dit-elle. Je n'ai jamais regardé un match de football de toute ma vie.

— Vous n'avez rien manqué, Lowenstein, dis-je.

— Et je n'ai pas la moindre intention d'en voir un dans l'avenir, ajouta-t-elle.

— Vous prenez le pari ? dis-je. Je vous parie que l'année prochaine Herbert et vous ferez le voyage jusqu'à Phillips Exeter pour voir jouer votre fils. »

Elle émit une sorte de grognement avant de dire :

« Et cela se passera avant ou après mon divorce ? »

Je me baissai et sortis son sac de l'étagère derrière son bureau, pour le déposer au beau milieu de la pièce. Puis je fis lever Susan et la plaçai d'un côté du sac avant d'aller me poster juste en face, symétriquement.

« Parfait, Susan, dis-je en désignant le sac à main tandis que je me mettais en position three-point. Ce sac est un ballon de football. Vous êtes la ligne défensive, et moi je fais la ligne offensive. J'essaye de mettre le ballon à l'intérieur de l'en-but, derrière vous. Vous devez essayer de m'en empêcher. Votre équipe doit toujours rester de ce côté du ter-rain par rapport à la balle, tant que celle-ci ne circule pas dans le camp adverse. Mon équipe doit rester de l'autre côté tant que la mise en jeu n'est pas intervenue.

— Tom, tout cela est mortellement ennuyeux, dit-elle, mais elle riait.

— Si vous interrompez encore une fois le coach, Lowenstein, dis-je, vous vous retrouvez avec trois tours du réservoir de Central Park à faire au pas de course. L'endroit où se trouve la balle, sur le terrain, correspond à ce qu'on appelle la ligne d'avantage. Est-ce que vous comprenez ?

— Je n'ai pas compris un mot de tout ce que vous avez dit, répliqua-t-elle.

— Lowenstein, ne pas savoir ce qu'est une ligne d'avantage est contraire à l'esprit patriotique, dis-je.

— Peut-être votre pédagogie est-elle un peu rouillée, dit-elle.

— C'est possible, dis-je, mais je sais encore un certain nombre de choses. Regardez bien les yeux de Bernard, demain soir, après la grande surprise.

— Quelle grande surprise ? demanda-t-elle.

— C'est un grand soir dans la vie de tout athlète, dis-je. Demain soir, je distribue les tenues aux garçons qui sont admis dans l'équipe. Bernard a réussi l'examen. Voulez-vous que je vous apporte un livre d'initiation aux règles du football, Susan ?

— Surtout n'en faites rien », répondit-elle, se rapprochant de moi tandis que je me relevais. Elle m'effleura à peine le bras.

« Hors-jeu », dis-je, et je sentis sourdre en moi un désir, comme si la bête en voie d'extinction définitive se libérait des effets d'une longue et difficile hibernation.

13

Ma vie ne commença réellement qu'à dater du jour où je trouvai en moi la force de pardonner à mon père d'avoir fait de mon enfance une longue marche de la terreur. Passer l'éponge sur un simple larcin est chose aisée, tant que l'objet du délit n'est pas votre enfance. Je vous dirai sans ambages qu'il fut un père terrible et destructeur. Pourtant, et cela restera à jamais l'un des grands mystères inéluctables de la vie, je devais un jour en venir à éprouver pour cet homme-là une compassion inaliénable, doublée d'un amour usé et tremblant. Ses poings étaient les galions qui véhiculèrent sa loi et son autorité. Mais ses yeux étaient bien les yeux de mon père, et quelque chose dans ces yeux-là m'aima toujours, alors même que ses mains en étaient incapables. Il releva la gageure d'aimer comme il convient sa femme et ses enfants, sans aucun talent naturel. Le don paisible de la paternité n'avait jamais grandi en lui. Nous prîmes ses chants d'amour pour des hymnes guerriers. Ses tentatives réconciliatrices furent interprétées comme des cessez-le-feu éphémères et trompeurs dans une guerre d'usure sans merci. Il manquait totalement de finesse et de tendresse ; il avait miné tous ses ports, toutes les voies d'accès à son cœur. Ce fut seulement lorsque le monde eut mis mon père à genoux que je pus risquer une main en direction de ce visage, sans être mis en charpie. À l'âge de dix-huit ans, je n'avais plus rien à apprendre d'un État policier, et il fallut que je quitte son toit pour que cesse enfin ce siège interminable.

À la naissance de mon premier enfant, Jennifer, Savannah descendit de New York pour aider Sallie après sa sortie de l'hôpital. Nous célébrâmes l'arrivée de Jennifer au cognac, et Savannah me demanda, d'une voix empreinte d'une ineffable tristesse :

« Est-ce que tu aimes Papa, Tom ? »

Il me fallut un temps avant de répondre, et puis je dis :

« Oui. Je l'aime. J'aime ce sale con. Et toi, Savannah, est-ce que tu l'aimes ? »

Elle non plus ne répondit pas immédiatement, mais elle finit par dire :

« Oui, Tom. Aussi bizarre que cela puisse paraître. Moi aussi, je l'aime, et je me demande bien pourquoi.

— C'est peut-être un signe de déficience mentale, suggérai-je.

— Ou tout simplement celui que nous avons compris qu'il était qui il était, et qu'il n'y pouvait rien. En l'aimant, nous ne faisons qu'être qui nous sommes, et nous n'y pouvons rien non plus, dit-elle.

— Non, je continue à penser que c'est un signe de déficience mentale », dis-je.

Grand, la mine rubiconde, Henry Wingo semblait emplir toutes les pièces où il pénétrait d'une énergie débordante. Il se considérait comme un homme qui s'était fait lui-même, le sel de notre bonne terre sudiste. Lui faisaient défaut toutes les profondeurs limpides et incommunicables que donne parfois l'introspection. Sans la moindre prudence, il se lançait dans le monde à plein régime, exubérant et cyclothymique, plongeant dans les tornades presque irrésistibles que suscitait son passage. Il fut davantage une force de la nature qu'un père, pour autant qu'il sût jamais être ce père, et chacune de ses entrées dans la maison de mon enfance se solda par une menace de cataclysme mesurable sur l'échelle de Beaufort.

Mais faute de système établi permettant de calibrer la haine secrète que je vouais à cet homme, je m'initiai aux stratégies du silence et de l'esquive. J'appris auprès de ma mère l'art de mener les combats d'arrière-garde et sus vite pratiquer celui, mortel, du tireur embusqué, en observant mon père avec les yeux impitoyables et révoltés d'un enfant à jamais blessé. J'avais pour l'observer une vision télescopique brouillée par quelques mèches rebelles, mais fixée sur son cœur. Ce que je sais de l'amour humain, je le tiens d'abord de mes parents ; chez eux, l'amour était privation et dessèchement. Mon enfance fut placée sous le sceau du danger, du désordre et des menues mises en garde.

Apparemment, l'échec avait un effet stimulant sur mon père. Lorsque à chaque automne se terminait la saison de la crevette, Papa portait toute son attention sur d'autres façons plus créatives de gagner le pain familial. Son cerveau grouillait de projets impraticables pour gagner rapidement et facilement de l'argent. Plans, combines et montages divers jaillissaient de lui à jet continu, et il promettait à ses trois enfants qu'ils seraient millionnaires à la fin de leurs études secondaires. Il fondait sa vie entière sur le postulat que ses idées, brillantes et originales, nous donneraient à tous accès à des richesses et des honneurs inimaginables. Il apporta de plus à l'entreprise américaine un talent que bien peu partageaient avec lui : celui de ne jamais tirer la moindre leçon d'une erreur. Chacun de ses échecs, et il y en eut des douzaines, ne servit jamais qu'à le persuader que son heure était proche et que son temps d'apprentissage dans le rude milieu des affaires arrivait bientôt à son terme. Il ne lui manquait que la chance, nous répétait-il inlassablement.

Mais à la barre de son crevettier, quand l'aube distillait ses essences subtiles à la surface des eaux, et quand les treuils grinçaient sous le poids des filets, mon père maîtrisait à la perfection son environnement. Le temps passé sur le fleuve laissait ses marques, et mon père avait toujours paru dix ans de plus que son âge véritable. Chaque année, son visage torturé par le vent prenait un peu de mou dans les contours et le soleil du midi de Caroline aggravait les poches sous les yeux. Il avait la peau rêche et tannée, et l'on avait l'impression qu'une allumette frottée contre son menton mal rasé se serait enflammée. Ses mains étaient rugueuses, avec des paumes ponctuées de cals épais, couleur vélin. C'était un homme rude à la tâche et un pêcheur de crevettes respecté parmi les pêcheurs de crevettes, mais ses talents n'étaient pas amphibies ; ils ne le suivaient pas sur la terre ferme. Très tôt dans sa vie, mon père eut l'obsession de quitter le fleuve. Pour lui, la pêche à la crevette relevait toujours de la situation « temporaire ». Ni mon père ni ma mère ne purent jamais se résoudre à considérer la pêche à la crevette comme un mode de vie beau en soi. Ils se tenaient à l'écart de la confrérie des pêcheurs et se coupèrent de la sorte de toutes ces alliances naturelles qui sont monnaie courante entre pairs. Bien entendu, les pêcheurs de crevettes et leurs femmes étaient beaucoup trop ordinaires pour les goûts illusoirement entretenus, et sans compromis, de ma mère. Mes parents n'avaient pas d'amis intimes. Ensemble, ils vécurent leur vie entière à attendre que la chance tournât, comme si la bonne fortune était une sorte de marée miraculeuse qui viendrait un jour baigner et consacrer les marécages de notre île, nous baptisant aux onguents iridescents d'une destinée apprivoisée. Croire qu'il avait le génie des affaires était pour Henry Wingo un article de foi. Jamais intime conviction d'un homme sur son identité profonde ne fut plus douloureusement fausse, ni ne causa de tourment si long et inutile à lui-même ainsi qu'à sa famille.

Lorsqu'il ne fréquentait pas le fleuve, mon père était capable d'avoir des idées fantastiques qu'il mettait en œuvre de façon désastreuse, avec une facilité déconcertante. Certains de ses projets auraient pu aboutir, presque tout le monde en convenait : il inventa des machines à étêter les crevettes, nettoyer les crabes, vider les poissons, et toutes marchèrent dans une certaine mesure. Il n'y eut ni échec total, ni succès retentissant, seulement un tas de machines d'allure bizarre qui encombraient le petit atelier qu'il avait construit derrière la maison.

Pourtant, ce fut bien sur le fleuve que s'échafaudèrent les plans les plus fabuleux et les plus erronés de mon père, au fil interminable de libres associations d'idées, tandis qu'il pilotait son bateau dans les hauts-fonds des chenaux, sous les ténèbres du matin. Assis à la barre, il écoutait le bourdonnement du moteur Diesel sillonnant des voies d'eau non balisées qui rejoignaient le cours principal. Les marais constituaient une gigantesque mais invisible présence, et il poursuivait de longs monologues dans l'obscure alcôve de la cabine de pilotage, baigné par la douceur du matin qui précède l'éveil des oiseaux et le lever du soleil surgissant de l'Atlantique. Fait exceptionnel parmi les pêcheurs, il embarquait ses trois enfants chaque fois qu'il réussissait à ravir leur garde à notre mère, et je pense qu'il nous prenait avec lui pour rompre la solitude de la vie de pêcheur de crevettes.

Les matins d'été, dans l'obscurité étoilée, mon père nous tirait doucement du sommeil et nous nous habillions silencieusement avant de quitter la maison, en laissant l'empreinte de nos pieds doucement gravée dans la rosée du jardin. Installés à l'arrière du pick-up, nous écoutions la radio matinale tandis que mon père descendait la route non goudronnée qui menait au pont de bois, à l'autre extrémité de l'île. Nous respirions l'air des marais pendant que l'animateur radio lisait le bulletin météo et signalait les risques de perturbations entre le cap Hatteras et Saint-Augustine, donnait la direction des vents et leur force, et communiquait à tous les pêcheurs de crevettes, dans un rayon de cent cinquante miles, les chiffres exacts qu'ils avaient besoin de connaître. Chaque matin, je sentais infuser en moi cette énergie particulière consentie par la nature à ceux qui se lèvent tôt, alors que nous parcourions en voiture les sept kilomètres qui nous séparaient du quai des crevettiers. Lester Whitehead, le second qui travaillait pour mon père depuis quinze ans, était en train de remplir la cale de cinq cents livres de glace quand la camionnette arrivait sur le port. Les filets pendaient comme de sombres chasubles aux espars relevés. Tout le long du passage qui reliait le parc de stationnement au quai, nous reconnaissions les odeurs de fuel, de café tenu au chaud dans les cuisines, et le fumet enivrant du poisson frais. Nous passions devant les balances géantes auxquelles la maigre lumière donnait des reflets d'argent, à l'endroit où nous attendraient, lorsque nous rentrerions avec la pêche de la journée, les femmes noires capables d'étêter les crevettes tellement vite que leurs gestes échappaient à l'œil. L'odeur violente de crevettes et de poisson frais, tandis que nous marchions vers le bateau, me donnait l'impression d'être sous l'eau et de respirer les marées salées et immaculées par tous les pores de ma peau. Enfants de pêcheur, nous n'étions finalement qu'une forme de plus de la vie marine des basses terres.

Quand mon père donnait l'ordre et que nous entendions le soudain ronronnement du moteur, nous détachions l'amarre et sautions à bord pendant qu'il mettait le cap sur les bras de mer et chenaux de notre royaume aquatique semé d'îles. Nous laissions sur notre droite la ville de Colleton assoupie, avec les belles maisons et les magasins de la Grand-Rue, et mon père cornait pour avertir le gardien du pont tournant et le prier de laisser le passage au *Miss Lila* qui se dirigeait fièrement vers l'océan. Le bateau de mon père était une beauté de cinquante-huit pieds avec un tirant d'eau incroyablement faible, compte tenu de sa taille. Les trois enfants que nous étions durent apprendre à un âge précoce les principales données chiffrées du bateau paternel avant de se voir conférer le statut officiel de membres d'équipage. La pêche à la crevette suppose un culte sans faille pour la numérologie, et lorsque des pêcheurs discutent de leur bateau, ils jonglent avec une série de chiffres mystérieux qui définissent les potentialités de leurs embarcations respectives. Le moteur principal de mon père était un Buda 6-DAM-844, fabriqué par Allis-Chalmers Company, à Boston. Il développait une puissance de 188 chevaux à 2 100 tours-minute. Son réducteur de vitesse était un Capitol 3.88 : 1. L'arbre de transmission en cuivre entraînait une hélice Federal à quatre pales de 44 pouces sur 36. La grosse pompe de cale était une Jabsco de 1 pouce 1/4. La cabine de pilotage était équipée d'une barre Marty de 42 pouces, d'un compas Ritchie, d'une commande d'embrayage et d'une manette des gaz Marmac, d'un pilote automatique Metal Marine. Il y avait un sondeur Bendix DR16 et un émetteur radio Pearce Simpson Atlantic 70. Sur le pont du *Miss Lila* se trouvait un treuil Stroutsburg 515 1/2, du câble Wickwire et de la corde Wall Manila. L'ancre était une Danford de 65 livres et la corne une Spartan de 32 volts. Dans le langage des pêcheurs existaient d'autres noms de marques fournissant des informations précises : Oil City Brass pour les poulies, Surrette Marine pour les batteries d'accus, Dodge pour les palans, Timken pour les coussinets et des centaines d'autres encore. Comme tous les métiers, la pêche à la crevette avait besoin de son propre idiome de communication. Pour moi, ce langage-là était aussi réconfortant que le lait maternel et il constitua la musique de fond de la partie non immergée de mon enfance.

Tout cela signifiait que, correctement mené, le bateau de mon père pouvait attraper un sacré paquet de crevettes.

À la lumière des étoiles, nous passâmes ainsi auprès de lui un millier de matins radieux. Quand nous étions petits, il prenait l'un de nous sur ses genoux et le laissait piloter le bateau, corrigeant ses erreurs par une douce pression sur la barre.

« Je crois que nous devrions être un peu plus à tribord, chérie », soufflait-il à l'oreille de Savannah.

« Tu aurais peut-être intérêt à ne pas oublier le banc de sable à hauteur de Gander's Point, Tom. Voilà. Parfait. »

Mais il se parlait principalement à lui-même – de politique, d'affaires, de ses rêves, de ses désillusions. Parce que nous étions des enfants silencieux et parce que nous nous méfiions de l'homme qu'il était, revenu sur la terre ferme, nous apprîmes beaucoup sur notre père en écoutant sa voix quand il s'adressait aux ténèbres, aux fleuves et aux lumières des autres bateaux en partance pour les grands rendez-vous avec les bancs de crevettes. Sa voix matinale était infatigable tandis que nous poursuivions notre lent périple au travers des îles côtières. Pendant la saison, chacune de ses journées était l'exacte répétition de la précédente ; demain ne serait jamais que la reproduction du labeur d'aujourd'hui ; hier était toujours la répétition générale d'un millier de journées à venir, l'élaboration d'habitudes d'une excellence avérée.

« Bien, les enfants, dit-il en début de l'une de ces longues matinées, ici le capitaine. Capitaine et premier-maître du *Miss Lila*, bateau crevettier de cinquante-huit pieds, possédant une licence délivrée par l'État de Caroline du Sud pour naviguer sur les eaux entre Grand Strand et Daufuskie Island ; nous filons aujourd'hui est toute, au large du phare de Gatch's Island, et nous installerons nos filets à quinze pieds de profondeur, un demi-mile à tribord de l'épave du *Windward Mary*. Hier nous avons levé deux cents livres de blanche, calibre trente-cinquante. Qu'entend-on par calibre trente-cinquante, Savannah ?

— Cela veut dire que chaque livre compte entre trente et cinquante crevettes, Papa.

— Bravo, ma fille. Le vent soufflera du nord à une vitesse de treize kilomètres-heure et l'on signale des petites perturbations jusqu'à Brunswick, Géorgie, côté sud, et jusqu'à Wilmington, Delaware, côté nord. Le marché financier a enregistré une chute de cinq points, hier, avec des échanges modérés, parce que les investisseurs étaient inquiets pour les motifs qui inquiètent généralement les investisseurs. Reese Newbury a acheté hier cent hectares de terres arables à Clovis Bishop, à mille dollars l'hectare, ce qui, selon mes calculs, signifie qu'au cours actuel l'île Melrose vaut la bagatelle d'un demi-million de papiers. Le salaud m'en offrait vingt-cinq mille le tout, l'année dernière, et je lui ai demandé s'il rigolait. J'ai vachement bien fait. Il s'imagine que le vieux Henry Wingo ne connaît pas la valeur des terres dans ce comté. Je possède le meilleur morceau de terre de l'État et je le sais. Votre mère aussi le sait. Je suis tellement plus malin que Newbury et les autres connards que c'en est presque criminel. J'ai des projets pour notre île, les enfants. De grands projets. Des projets à long terme que je mettrai en œuvre dès que j'aurai accumulé un petit capital à investir dans l'opération. N'en parlez pas encore à votre mère, mais j'envisage de monter un petit élevage de chinchillas à côté de la maison. Il y a dans ce pays une tapée de ducons qui s'enrichissent grâce aux chinchillas, et je suis pas le genre de type à laisser passer un coup évident. Je suppose que vous autres, morveux, pourrez vous charger à tour de rôle de nourrir les petites bêtes pendant que je serai en train de conclure des marchés juteux avec les grands fourreurs de New York et d'aller déposer le magot à la banque. Qu'est-ce que vous en dites ? Malin, non ? Plutôt, oui. Je pensais à un élevage de visons, mais le chinchilla est beaucoup plus rentable. J'ai appris mes leçons. Oui, monsieur, si on n'apprend pas ses leçons, on ne peut pas aller se frotter aux gros bonnets. Votre mère se moque de moi, les enfants, et je reconnais que j'ai commis quelques erreurs, mais il s'agissait d'erreurs de programmation dans le temps. Les idées en tant que telles étaient géniales. Vous, les enfants, il faut que vous restiez de mon côté. Je suis tellement plus malin que le citoyen moyen que c'en est presque un crime. J'ai le caberlot qui carbure à plein régime en permanence. Je regorge d'idées et de projets. Parfois, je me réveille en pleine nuit pour en noter quelques-uns. Hé, les enfants, vous aimez le cirque ?

— On n'a jamais été au cirque, dit Luke.

— Bon, ben c'est une priorité dans le programme. Une priorité absolue. La prochaine fois qu'il en passe un du côté de Charleston ou de Savannah, on embarque dans le pick-up et on se prend des places au premier rang. Pour le moment, vous n'avez vu que les forains minables qui se produisent dans les petites villes, mais nous allons y remédier. Moi, j'aime le cirque Barnum and Bailey. Le fin du fin. Ne soufflez pas mot de ce projet à qui que ce soit. Si j'arrive à me faire une petite pelote en douce, je monte le coup tout seul. J'en ai ras le bol de voir des cons se servir de mes idées pour devenir millionnaires. Eh, attention à ce que tu fais, Luke. Tu as une bouée juste devant. Dès que tu l'as passée, tu obliques à quarante-cinq degrés sur ta droite, en direction de l'Étoile polaire. Très bien. Tu es un fils du pays, mon gars. Tu as un tas de rochers, ensuite ; même que le vieux Winn a éventré son bateau dedans il y a deux ans. Un jour, dans ce coin, j'ai levé deux cents livres à marée haute. Mais c'était plutôt inhabituel. Je n'ai jamais réussi à comprendre pourquoi un coin donnait mieux qu'un autre d'une année sur l'autre, mais le fait est là, c'est comme ça. Les crevettes sont bizarres. Elles ont leurs préférences naturelles, comme les gens. »

Il était lancé dans un soliloque aussi vieux que lui, un monologue en majeur et à bâtons rompus, qui ne s'adressait à personne en particulier. Il y avait tant d'aisance et d'éloquence dans ces discours matinaux que je l'imaginais déclamant de la même façon lorsque ses enfants n'étaient pas dans la cabine de pilotage. Il s'agissait de ses conversations et spéculations personnelles avec l'univers, et il ne se souciait pas davantage de la présence de ses enfants, attentifs et muets, que des étoiles de la ceinture d'Orion. Dans le bateau, lorsqu'il parlait, nous aurions aussi bien pu être des paysages, des natures mortes, ou des auditeurs inanimés. De la cuisine, au-dessous de nous, montaient les odeurs du petit déjeuner en train de se préparer, et ces coussins d'effluves infiltraient la voix paternelle. Pendant que Lester Whitehead était aux fourneaux, l'odeur de café, de bacon et de biscuits enrobait le bateau de longs drapés d'arômes pénétrants. À l'approche du détroit, nous livrions un petit déjeuner dans les rêves des dormeurs dont les chambres aux fenêtres ouvertes donnaient sur le fleuve. Le moteur bourdonnait sous nos pieds, une musique faisait vibrer les pièces de la carcasse de bois du bateau, le fleuve était couleur de fauve avant le lever du jour et susurrait à la ville la chanson de ces marées qui, glorieusement, nous menaient à la rencontre des brisants, par-delà ces îles marines qui étaient les plus belles du monde. Alors mon père était heureux et détendu. Pour nous, il n'était fréquentable sans risque que sur le fleuve. Pas une seule fois il ne nous frappa pendant que nous étions sur le bateau. Sur le bateau nous étions des travailleurs, frères des filets, et il nous traitait avec le respect qu'il accordait à tous les marins qui gagnaient leur vie sur les eaux.

Pourtant, aucune des réussites de mon père en tant que pêcheur de crevettes n'aurait su avoir de valeur aux yeux de ma mère. Dans son optique, mon père était un être vulnérable, faible et braillard. Il s'efforçait de ressembler à l'image de l'homme qu'il pensait qu'elle désirait qu'il fût. Il voulait plus que tout obtenir le respect sans restriction de ma mère. Ses efforts étaient infructueux et pathétiques, mais il ne pouvait s'empêcher de continuer. Leur mariage était discordant et tourmenté. Sa réussite sur les eaux finançait le désastre de ses projets économiques. Les banquiers riaient derrière son dos. Il devint la risée de la ville. Ses enfants en avaient les échos à l'école ; sa femme les entendait dans les rues de Colleton.

Mais sur le fleuve, Henry Wingo était en harmonie avec la planète, et

261

les crevettes paraissaient se faire un plaisir de remplir ses filets. Chaque saison, il levait des tonnes de crevettes et tenait le compte méticuleux et précis de ses prises. En consultant son livre de bord, il était capable de vous dire où il avait levé chaque livre de crevettes pêchée par lui dans les eaux du Colleton, avec l'état de la marée et les conditions météorologiques. « Tout le tralala », comme il disait. Le fleuve était le livre noir que mon père avait inscrit dans sa mémoire, pour le plaisir. Je pouvais faire confiance à l'homme quand il avait de l'eau sous les pieds et des crevettes dans ses filets. C'était pourtant sur les mêmes eaux qu'il concoctait les projets grâce auxquels il vivait sur la corde raide, en équilibre dangereusement précaire entre la ruine et ses rêves de fortune soudaine.

« L'année prochaine, j'envisage de planter des pastèques, annonça-t-il un soir au moment du dîner.

— Surtout pas, Henry, dit ma mère. Si tu te mets à cultiver des pastèques, une tempête de neige va s'abattre sur Colleton, ou bien un déluge, ou une attaque de sauterelles. Je t'en prie, ne plante rien, Henry. Trouve une autre façon de dilapider ton argent. Tu es la seule personne que je connaisse qui ne réussirait même pas à faire pousser du koudzou.

— Tu as raison, Lila. Comme toujours, tu as raison à cent pour cent. Je suis davantage technocrate que paysan. Je me sens plus à l'aise dans les affaires ou les principes économiques que dans l'agriculture. Je crois que je l'ai toujours su, mais je voyais tous les petits malins se faire du fric en cultivant des tomates, alors je me suis dit : Pourquoi ne pas me lancer là-dedans, moi aussi ?

— Écoute, Henry, évite de te lancer dans quoi ce soit. Si nous avons de l'argent de reste, tu peux toujours le placer à la Compagnie du Gaz et de l'Électricité de Caroline du Sud.

— J'ai acheté une caméra Bell and Howell à Charleston, aujourd'hui, Lila.

— Bon Dieu, mais tu comptes en faire quoi, Henry ?

— L'avenir est dans le cinéma », répondit mon père, les yeux brillants.

Tandis que ma mère commençait à pousser les hauts cris, mon père sortit tranquillement sa caméra portable toute neuve, brancha le cordon sur une prise, et enregistra l'intégralité de sa diatribe, histoire de divertir la postérité. Cette caméra, il la manipula inlassablement au fil des années. Il filma des mariages, des baptêmes et des réunions de famille. Il faisait de la publicité dans le journal local sous le label grotesque : « Wingo – Spécialiste en Cinématographie ». Son incursion dans le cinéma devait lui coûter moins cher que toutes ses autres entreprises. Quand il regardait à travers son objectif, mon père était un homme parfaitement heureux et parfaitement ridicule.

Mon père avait le courage de ses opinions, et ce fut Savannah qui remarqua que ce trait particulier de son indomptable nature était son plus gros handicap.

Il poursuivit donc une carrière brillante sur le fleuve, carrière dont la réussite fut amoindrie par son attirance futile et passionnée pour la libre entreprise. Il y eut d'autres projets avortés dont nous ne sûmes rien longtemps encore après notre accession à l'âge adulte. Il fut ainsi un actionnaire silencieux du terrain de golf qui s'installa à Myrtle Beach pour fermer au bout d'une saison. Il investit dans une baraque vendant des tacos* et tenue par un authentique Mexicain qui parlait un anglais très approximatif et ne savait pas faire les tacos. Mes parents avaient des querelles terribles à propos de l'argent et de la façon dont il était dépensé. Ma mère se moquait, elle criait, martelait des reproches, cajolait et suppliait, mais rien n'y faisait. Il était réfractaire à ses tendances à l'économie et à la modération. Ses arguments prenaient toujours la forme d'un récit édifiant pour commencer, et lorsque cette mise en garde échouait, elle passait aux hurlements et aux évocations de l'apocalypse qui ne manquerait pas de se produire s'il continuait de dilapider inconsidérément leur argent. Leurs crises et querelles annihilaient le peu de calme qui était naturel chez nous. Dans la mesure où leurs disputes étaient monnaie courante, nous ne vîmes pas le moment exact où le ressentiment et la rancœur de ma mère se transformèrent en haine mortelle pour mon père. Mais le cycle de sa rage impuissante commença tôt, et il s'écoula plusieurs années d'échanges infructueux avant que ma mère n'entrât en guerre ouverte avec ses propres et cinglantes représailles. Henry Wingo pensait que les femmes n'avaient en aucune façon voix au chapitre des affaires. Il existait deux types de Sudistes au masculin : ceux qui écoutaient leurs femmes et ceux qui ne les écoutaient pas ; mon père était ceinture noire dans l'art de faire la sourde oreille à ce que disait ma mère.

Lorsque vous grandissez sous le toit d'un homme qui vous aime et vous maltraite à la fois, sans saisir ce que son comportement a de paradoxal, vous devenez, par réflexe d'autodéfense, l'observateur assidu de ses habitudes, le météorologue de ses humeurs. Je fis le tour des défauts les plus évidents de mon père et compris très jeune qu'il relevait dans le même temps de l'opéra bouffe et de l'instrument contondant. S'il n'avait été cruel, je pense qu'Henry Wingo aurait été adoré de ses enfants, et cette adoration aurait été sans limites et capable de digérer l'étrange géodésie de sa fortune. Mais dès mon plus jeune âge, il s'était érigé en empereur vulgaire dans une maison où femme et enfants faisaient bien d'être sur leurs gardes. Il employait la tactique de la terre brûlée dans l'éducation de sa progéniture et dans la mise au pas d'une épouse à forte personnalité.

Dans un de ses premiers poèmes, Savannah le nommait « le seigneur de la tempête, le champion de la tourmente », et lorsqu'elle arriva à New York, elle prétendit, avec le sourire, que ses frères et elle avaient été

---

* Le taco est une sorte de sandwich mexicain constitué d'une crêpe garnie, roulée et généralement frite. (N.d.T.)

enfantés par un ouragan guerrier. Il évitait toute gracieuseté. Il redoutait la gentillesse comme une corruption susceptible de miner les scrupules fondamentaux qu'il tenait pour sacrés.

Il ne lui manquait que la cervelle, disait ma mère, à travers ses larmes.

« Le Génie paternel a encore frappé », me murmura Savannah à l'abri des portes closes, un jour de Noël, alors que ma mère venait de découvrir que mon père restait avec trois mille boîtes de cartes de Noël invendues, qu'il avait achetées et payées d'avance. Il n'avait placé que soixante-quinze boîtes en faisant du porte-à-porte à Charleston.

« Papa, c'est vraiment l'anti-Midas, dit Savannah. Tout ce qu'il touche se transforme en merde.

— Encore, il n'a pas dit à Maman qu'il avait acheté des milliers de cartes de Pâques, dit Luke. Je les ai trouvées dans la grange.

— Il perd toujours un maximum de fric, dit Savannah.

— Vous les avez vues, les cartes de Noël qu'il vendait ? demanda Luke depuis son lit.

— Non.

— Jésus, Marie, Joseph, les bergers, les Rois Mages, les anges – ils étaient tous noirs de peau.

— Quoi ?

— Exactement. Papa ne les vendait qu'à des familles noires. Il a entendu dire que ça se vendait comme des petits pains dans le Nord, alors il a cru qu'il allait refaire le coup ici.

— Pauvre Papa, dis-je. Il est vraiment débile.

— C'est fou l'assurance que ça donne de savoir qu'on a le sang d'un tel homme qui vous coule dans les veines, dit Savannah. Quelle humiliation !

— Lui est-il déjà arrivé de faire de l'argent ?

— Oui, en pêchant la crevette, dit Luke. Il est le meilleur pêcheur de crevettes de tous les temps. C'est bien dommage que ni l'un ni l'autre ne soit prêt à s'en satisfaire.

— S'il était content de son sort, il n'aurait pas besoin d'être génial, dit Savannah.

— Moque-toi de lui tant que tu voudras, Savannah, dit Luke, mais n'oublie jamais que ton père devient le roi Midas dès qu'il jette ses filets dans l'eau. »

Je crois que le mariage de mes parents aurait peut-être perduré par la simple force de l'habitude si mon père n'avait pas acheté la station-service, et si nous n'étions pas allés au cirque ambulant qui fit étape à Colleton pour la première fois de l'histoire. Je pense que leur vie commune aurait été vivable, à défaut d'être un bonheur permanent, si mon père avait appris à contrôler les impulsions qui le menèrent à tant de gestes excessifs et futiles. Et il prenait ses décisions les plus baroques sans concéder à ma mère la simple et banale courtoisie de lui demander son avis. Il traitait ses aventures économiques comme s'il s'agissait d'affaires secrètes, comme s'il était un agent de renseignements travaillant coupé de toute communication avec son autorité de tutelle, condamné à faire cavalier seul dans un environnement hostile. Chaque opération devait restaurer son honneur et son capital perdus. Il n'abdiqua jamais la foi qu'il avait en ses aptitudes à régénérer ses rêves par la conclusion positive d'une de ses improvisations extraordinaires. Chez mon père, les affaires constituaient à la fois une maladie et une fuite en avant ; un mal incurable, une forme de bluff permanent et d'autodestruction. Je crois que si quelqu'un lui avait fait cadeau d'un million de dollars, il aurait été capable d'imaginer mille façons de dilapider jusqu'au dernier cent de ce magot. Ce n'était pas son défaut cardinal – de ceux-là, il avait une bonne douzaine – mais ce fut certainement le plus dramatique, celui qui maintint sa famille dans une constante précarité. Sa confiance en lui-même était endémique et incorrigible. Pour se protéger, et pour nous protéger, ma mère mania la ruse pour ce qui était de l'argent, et les cachotteries pour ce qui était de lui. Ils minèrent totalement la superstructure de leur amour fragile par une vie entière d'échappatoires et de subterfuges. Chacun d'eux devint expert dans l'art de détruire le meilleur de l'autre. Par certains côtés, leur mariage était à la fois classique et emblématique de l'Amérique. Ils furent d'abord des amants pour terminer en ennemis implacables et irréductibles. Amants, ils donnèrent vie à des enfants ; ennemis, ils firent des enfants abîmés et meurtris.

Comme chaque fois qu'il avait une déclaration à faire, mon père attendit l'heure du dîner pour annoncer qu'il avait acheté la défunte station Esso, à côté du pont sur le Colleton. Il avait une foi implicite dans les bonnes manières de ma mère pendant les repas.

« J'ai une grande nouvelle, dit mon père, mais sa voix était lourde de doute et d'une rare vulnérabilité. Surtout pour les garçons.

— Merci pour la fille, dit Savannah en mangeant tranquillement sa soupe.

— C'est quoi, Papa ? demanda Luke. Tu m'as acheté un nouveau gant de base-ball ?

— Non. Celui que tu as est très bien. On était moins douillet de mon temps. On ne pleurnichait pas pour avoir un gant neuf tous les ans.

— Luke n'arrive plus à entrer la main dans son gant, Papa, dis-je. Moi non plus, d'ailleurs. Il a le même depuis qu'il joue dans les cadets.

— Je vous ai acheté une petite affaire, aujourd'hui, dit-il, évitant de croiser le regard de ma mère. J'ai toujours pensé que le secret de la réussite, c'était la diversification. Après cette saison de pêche dégueulasse, je me suis dit qu'on aurait besoin d'une solution de repli pour les mauvais jours.

— Qu'est-ce que tu as inventé, cette fois, Henry ? dit ma mère qui ne se contrôlait qu'au prix d'un gros effort. Qu'est-ce que tu nous as encore fait, et quand donc auras-tu enfin compris ? Tu n'en auras donc jamais assez ? Nous n'avons pas un sou d'économies à la banque, alors comment as-tu seulement envisagé d'acheter quoi que ce soit ?

— Les banques sont là pour prêter de l'argent, chérie. Elles sont faites pour ça.

— Mais elles prêtent à ceux qui en ont déjà. C'est ça, leur véritable rôle, répliqua-t-elle. Tu as donné quoi, comme nantissement, Henry ? Tu n'as pas encore hypothéqué le bateau ?

— Non, reconnut-il. Je n'ai pas encore tout à fait terminé de rembourser la dernière hypothèque. Il a fallu que je me montre un peu inventif pour décrocher le contrat. Du financement inventif, ils appellent ça.

— Qui c'est, ce "ils" ?

— Les pontes. C'est eux qui appellent ça comme ça.

— Vu que nous sommes pratiquement des indigents, il a fallu qu'il soit sacrément inventif, ce financement, dit ma mère dont la bouche griffait le visage d'une ligne étroite comme une estafilade de couteau sur un fruit. Tu n'as pas hypothéqué l'île, n'est-ce pas, Henry ? Dis-moi que tu n'as pas hypothéqué le seul bien tangible que nous possédions. Dis-moi que tu n'as pas hypothéqué notre avenir et celui de nos enfants ? Même toi, tu n'es pas assez bête pour cela, Henry.

— Je n'ai pas hypothéqué *toute* l'île, dit-il. Seulement vingt hectares à côté du pont. C'est tellement marécageux qu'on n'y ferait pas pousser des rutabagas. Je crois que je me suis bien débrouillé, si tu veux mon avis. Et je me suis dit qu'il était temps de se brancher sur d'autres secteurs. J'aurai même le fuel pour le bateau, en étant propriétaire de ma propre station-service.

— Et tu comptes t'y prendre comment pour traverser trois mètres de marécages avec ton bateau afin d'aller jusqu'à la pompe ? dit ma mère, furieuse. Ça, je ne le tolérerai pas, Henry. C'est au-dessus de ce qui est supportable. Avec les enfants qui seront bientôt partis faire leurs études.

— Leurs études ? Quelles études ? dit mon père. Je n'ai jamais fait d'études, moi. Ils n'ont qu'à aller travailler pour les gagner, leurs études, s'ils tiennent tant à étudier.

— Nos enfants feront des études supérieures. Nous cotisons depuis qu'ils sont tout petits à cette assurance, et je tiens à leur offrir au moins cela. Ils auront une chance que nous n'avons pas eue, Henry. Je ne veux pas qu'ils se trouvent pris au piège comme nous. C'est un sujet dont nous avons parlé au tout début de notre mariage et tu étais absolument d'accord avec moi.

— J'ai été obligé d'encaisser le montant de ces assurances, dit mon père. Ils ont exigé un versement comptant en espèces pour la station-service. Mais avec ce que je vais gagner, je pourrai leur acheter une université s'il n'y a que cela pour leur faire plaisir.

— Henry Wingo, tu as vendu l'éducation de tes enfants contre une station-service ? demanda ma mère, dont l'état de choc n'avait vraiment rien de feint. Tu as vendu leur terre et leur éducation pour le seul bonheur de pouvoir pomper de l'essence et vérifier les niveaux d'huile ?

— Les garçons pourront travailler là pendant l'été. J'ai fait promettre à Lanny Wittington qu'il tiendrait la station-service le reste du temps.

Nous voilà devenus patrons, Lila. Et les garçons pourront reprendre la station, un jour.

— Parce que tu t'imagines que j'ai envie de voir Tom et Luke gagner leur vie comme pompistes ?

— Moi, ça ne me dérange pas de faire le pompiste, Maman, dit Luke.

— J'ai d'autres ambitions pour toi, Luke. Pour vous trois, dit-elle.

— En fait, ce qu'elle voudrait, c'est que ses chers petits ne pompent que du super, ironisa mon père. Cela dit, inutile d'épiloguer sur le sujet. L'inauguration solennelle de la Wingo Esso a lieu mardi en huit. Ce sera la vraie fiesta. Lâcher de ballons, Coca-Cola à gogo, guirlandes, feu d'artifice, etc. J'ai même loué les services d'un clown de ce cirque ambulant pour amuser les enfants.

— Tu n'avais pas besoin d'embaucher un clown, Henry. Tu en avais un sur place en la personne du propriétaire de la station-service.

— Tu as toujours manqué de perspectives, Lila, dit mon père, piqué. Qui sait ce que j'aurais accompli si seulement j'avais épousé une femme qui croyait en moi.

— Moi, je sais ce que tu aurais accompli, Henry. Je le sais même très bien. Des clopinettes », dit ma mère en se levant pour quitter la table et filer dans sa chambre dont elle claqua la porte derrière elle.

Après son départ, mon père nous regarda tous les trois et dit :

« Il n'y aura donc personne pour me féliciter ? C'est pourtant un grand moment de l'histoire de la famille Wingo que nous sommes en train de vivre.

— Félicitations, Papa, dit Savannah en levant son verre de lait pour porter un toast.

— Cette fois, c'est la bonne, dit mon père. L'occasion que j'attendais. Ne vous tracassez pas pour votre mère. En fait, elle est très contente de ce qui arrive. Mais elle a toujours eu de la peine à exprimer ses véritables sentiments. »

Ce fut Savannah qui répliqua :

« Aujourd'hui, elle n'a apparemment pas eu beaucoup de mal à exprimer le fond de sa pensée, Papa. Elle croit que tu vas une fois de plus perdre ta chemise.

— Erreur. Ce coup-ci, je flaire le gros lot. L'heure de gloire de Henry Wingo va sonner. Patience. Cette station-service va démarrer en flèche et votre mère ira vêtue d'hermine, avec des rangs de perles fines qui lui tomberont jusqu'aux chevilles. Elle ne comprend pas qu'il faut savoir prendre des risques. C'est moi le téméraire de la famille. Je suis comme les flambeurs de chez nous. Je prends des risques que le citoyen du commun refuse de courir. »

La station-service achetée par mon père se trouvait juste en face de la station Gulf de Ferguson, celle qui marchait le mieux de tout le comté de Colleton, et de loin. Trois personnes avant mon père avaient tenté de faire décoller cette autre station-service, mais elles avaient échoué. Il n'existait aucune raison logique qui expliquât pourquoi les gens se servaient chez Gulf plutôt que chez Esso, à part ce concept mystérieux que l'on connaît sous le nom de situation. Dans les petites villes existe le phénomène du bon coin, par opposition au mauvais coin, et cette distinction tient davantage de la métaphysique que de la géographie. Tel angle de la rue convient mieux à une station-service que tel autre, point final. Mon père avait acheté celle des stations-service qui ne paraissait pas à sa place. Il comptait que son flair et ses talents d'animateur assureraient sa réussite, là où d'autres avant lui avaient si lamentablement échoué.

Il avait effectivement un don particulier pour organiser une grande fiesta, et il inaugura la Wingo Esso avec suffisamment de fanfare pour rameuter la moitié de la ville dans son coin de monde. Il avait persuadé le chef de la fanfare municipale de faire défiler l'orchestre du lycée dans la Grand-Rue en plein midi, derrière une troupe de majorettes menées par M. Fruit qui improvisa un shimmy personnel en marquant la mesure au sifflet, tête haute et visage offert au soleil, avant de piquer du nez au gré du tempo, au point de presque pouvoir embrasser ses lacets de chaussures. Lorsque l'orchestre prit le tournant de la station-service, mon père lâcha trois cents ballons gonflés à l'hélium, qui montèrent droit vers le ciel où ils planèrent au-dessus de la ville comme des fleurs égarées. Il distribua des sucettes et du chewing-gum aux enfants. Des fusées explosèrent depuis le toit, déversant au sol une pluie d'étincelles. Le clown du cirque arriva en retard et mon père fut à la fois surpris et ravi de découvrir qu'il s'agissait d'un nain. Le clown était ivre et cassa une douzaine de bouteilles de Coca-Cola avec lesquelles il essaya de jongler sur la remorque de notre pick-up. Lors de la cérémonie du couper de ruban, le maire de Colleton, Boogie Weiters, prononça un discours un peu exalté sur l'importance d'attirer des industries nouvelles dans le comté de Colleton. Le clown ivre cria que cela ne devrait pas être difficile, vu que le comté de Colleton n'avait jamais attiré la moindre industrie ancienne. La foule applaudit le clown, qui remercia par un spectaculaire équilibre sur les mains, exécuté sur le toit de la cabine du pick-up. Le corps des pompiers volontaires arriva ensuite avec son camion tout neuf, et se vit offrir un plein gratuit, car Henry Wingo tenait à faire savoir combien il appréciait le beau travail des pompiers pour protéger la propriété de chacun à Colleton. Un journaliste de la *Colleton Gazette* interviewa mon père et fit une photo de lui avec le clown assis sur son épaule. L'orchestre du lycée interpréta un pot-pourri de chants patriotiques et mon père fit lever le drapeau américain sur la station-service au moment où ils jouèrent *La Bannière étoilée*. En fin de journée, le drapeau prit feu à cause d'une fusée erratique, et le corps des pompiers volontaires éteignit le début d'incendie.

Ce soir-là, nous célébrâmes la réussite de la cérémonie d'ouverture de la station-service Wingo Esso en allant au cirque. Bien que ma mère eût refusé de participer à aucune des festivités de l'inauguration et de venir au cirque, je n'avais jamais vu mon père d'humeur aussi effervescente et gaie. S'il avait eu deux sous d'agilité, je suis sûr qu'il aurait sauté sur la piste. Sa démarche était empreinte d'une légèreté et d'une insolence nouvelles, et il caracolait parmi la foule qui se déplaçait au rythme de la musique de cirque. À l'extérieur du chapiteau, il lança autant de balles de base-ball que nécessaire contre des quilles, pour gagner un ours en peluche à offrir à ma mère. Il applaudit lorsque Luke et moi marquâmes des points gratuits dans un panier de basket-ball rudimentaire en fil de fer tordu.

Nous visitâmes ensuite la galerie des monstres où nous regardâmes avec stupéfaction la femme à barbe cracher du jus de pipe dans un flacon de liqueur du Dr Pepper. Luke serra la main du nourrisson centenaire et nous écoutâmes des sœurs siamoises chanter *Plus près de Toi mon Dieu*. Nous criâmes de joie lorsque Altus Rossiter, la brute locale, fut mis K-O par un kangourou équipé de gants de boxe.

Le propriétaire du cirque, Smitty Smith, se dérangea pour venir dire deux mots à mon père. Ils avaient fait connaissance sur le port de pêche le matin de l'arrivée du cirque à Colleton, et Smitty avait acheté toute la pêche du jour de mon père pour nourrir les cinq phoques présentés comme les vedettes du cirque. Smitty prétendait montrer le meilleur numéro de phoques de tout le sud des États-Unis, et ce qui se faisait de pire au monde avec un éléphant et un tigre. L'éléphant, parce qu'il était trop vieux, avait expliqué Smitty, et le tigre parce qu'il était trop jeune. Il n'y a rien de plus minable qu'un cirque ne possédant qu'un seul clown, avait dit mon père après que le nain était tombé ivre mort à l'arrière du pick-up, cet après-midi-là, mais lorsque nous le retrouvâmes à l'entrée du chapiteau principal où il racolait la foule en titubant, il réussissait un arbre droit acceptable.

Tirant notre père par la manche, nous allâmes nous asseoir tout en haut des gradins, au dernier rang. Une femme vêtue d'un costume à sequins dorés chevauchait un éléphant autour de la piste. L'éléphant était ridé par l'accumulation des ans et, lorsqu'il ploya les genoux pour faire sa révérence, il lui fallut l'aide de la femme, du clown et de Smitty pour se remettre debout. Cet éléphant semblait épuisé et usé jusqu'à la corde. Le clown jongla avec deux balles et Savannah dit qu'elle savait en faire autant.

« Je me demande combien il en voudrait de son éléphant, entendis-je mon père murmurer. Il serait formidable dans la station-service.

— Ouais, on lui ferait pomper le super avec sa trompe », dit Luke.

Les projecteurs convergèrent alors sur Smitty qui, coiffé d'un haut-de-forme et vêtu d'un smoking rouge éclatant, se mit à parler dans un micro qui grattait. Avec l'écho, on avait l'impression que quatre hommes étaient en train de haranguer la foule ; ses paroles se couvraient les unes les autres comme les vagues sur l'océan.

« Mesdames, Mesdemoiselles et Messieurs, je vais à présent entrer dans la cage de César, notre grand tigre du Bengale, arraché à sa terre natale, en Inde, après qu'il eut tué trois rajahs et treize villageois. Pas très rapides, les treize villageois. César est un nouveau venu dans notre famille du cirque, et il est encore un peu nerveux au contact des foules. Nous devons donc vous demander de faire silence complet pendant le numéro qui va suivre maintenant. César a lacéré notre précédent dresseur d'animaux, près de Aiken, en Caroline du Sud, et je suis obligé d'entrer moi-même dans la cage, car, comme vous le savez, Mesdames, Mesdemoiselles et Messieurs, le spectacle continue. »

Si l'éléphant était vieux et le kangourou un peu miteux, le tigre était un animal jeune, superbe. Il observa Smitty tandis que ce Monsieur Loyal pénétrait dans la grande cage, armé d'un fouet et d'une chaise. Tout, dans ce tigre, était menace latente. Il n'avait pas l'humilité habituelle des animaux du cirque, ce côté conciliant de vile servitude que font naître des années de dressage et d'exhibition sous les feux de la rampe. Le regard de ce tigre était un modèle de pure férocité. Smitty fit claquer son fouet au-dessus de l'oreille du tigre à qui il intima l'ordre de tourner autour de la piste. Le tigre ne bougea pas, mais il fixait Smitty avec une concentration qui dérouta le public. Le fouet siffla encore une fois et la voix de Smitty se fit de nouveau entendre, pardessus les murmures de la foule. Le tigre quitta son perchoir et se mit à tourner de mauvaise grâce autour de la cage, non sans un grognement hargneux pour manifester sa mauvaise humeur. Smitty lança ensuite son chapeau en direction du tigre à qui il cria : « Attrape. » Le tigre bondit sur le chapeau qu'il jeta en l'air et tailla en pièces en le lacérant de ses griffes sans lui laisser le temps de retomber à terre. Le fouet toucha le tigre sur l'épaule et Smitty coinça l'animal dans un angle avant de se pencher, furieux, pour étudier ce qui restait de son haut-de-forme qui ressemblait maintenant à des lambeaux de pneu rechapé. Manifestement, Smitty n'appréciait guère la perte de son chapeau. Le spectacle devint tout à fait secondaire par rapport à la haine, chatoyante et palpable, qui s'était installée entre le tigre et ce Monsieur Loyal.

Smitty enflamma un cerceau et, à force de coups de fouet répétés, il contraignit le tigre à sauter à travers le cercle de feu, tandis que son pelage lustré prenait des reflets iridescents dans les flammes. Le public applaudit. Smitty, ruisselant de sueur et brandissant sa chaise, approcha alors de César, fit claquer le fouet au-dessus des yeux jaunes du fauve, et il hurla un autre commandement ; mais César se jeta directement sur Smitty, déchirant l'air de ses griffes sorties. Smitty recula et le félin lui imposa une retraite précipitée et vertigineuse à l'autre bout de la piste, tandis que les moulinets des pattes du fauve faisaient passer dans la foule béate des frissons de terreur. Smitty courait à reculons, avec sa chaise brandie comme ultime rempart pour le protéger d'une décapitation certaine. Deux hommes de peine se précipitèrent alors vers la cage, armés de longs bâtons, pour stopper l'attaque furieuse du tigre et permettre à Smitty de sauver sa peau en sortant par la porte de la cage. César saisit au vol l'un des bâtons entre ses mâchoires, et il le brisa net en deux morceaux avant de regagner dignement le centre de la cage où il s'installa en position assise, royal. De rage, Smitty cingla plusieurs fois les barreaux de la cage à coups de fouet tandis que la foule se levait pour acclamer debout le félin indomptable. César se roula et s'étira voluptueusement dans les replis noir et or de sa robe. Puis il leva les yeux en entendant les jappements des phoques que l'on introduisait sur la piste. Les projecteurs se déplacèrent et le tigre s'effaça dans la nuit.

Les phoques se montrèrent vifs, enthousiastes, des amuseurs-nés qui bondissaient sous les spots en faisant tourner de gros ballons jaunes sur leur museau d'ébène. Smitty avait retrouvé sa superbe et il mena le numéro avec aisance et bonheur. Après chaque tour, il lançait aux phoques un poisson qu'ils attrapaient et avalaient d'une seule et même fluide goulée. Ils avaient la frimousse rusée, angélique et lisse. Et ils s'applaudissaient joyeusement eux-mêmes en battant l'une contre l'autre leurs nageoires avant.

« C'est mon poisson qu'ils mangent, ces phoques, les enfants. Le poisson que j'ai pêché, moi. Je trouve que cela mériterait d'être annoncé », dit mon père.

Les cinq phoques avaient nom Sambone, Hélène de Troie, Nabuchodonosor, Cléopâtre et Nashua, mais Sambone était manifestement la vedette de ce numéro léger et soyeux. Ils se déplaçaient comme des otaries mâtinées de dauphins, et une grâce pataude émanait de leurs aimables cabrioles. Tous les cinq se repassaient une balle de museau noir en museau noir, l'envoyant voler haut dans les airs pour retomber en douceur sur le museau du suivant qui exécutait les mêmes gestes précis afin de réexpédier la balle bien haut dans la lumière. Lorsque Cléopâtre finit par commettre une erreur d'appréciation et que la balle partit s'échouer dans l'ombre, elle bouda de n'être pas récompensée par un poisson. Puis les phoques firent encore une partie de bowling et une autre de base-ball avant que Sambone ne grimpât sur une petite estrade pour jouer *Dixie* sur une rangée d'instruments à vent. Les autres phoques l'accompagnèrent en jappant en mesure tandis que la foule participait en chantant à l'unisson. Nous en étions juste à « *Look away, look away* », lorsque nous entendîmes un énorme rugissement de César dans l'obscurité de sa cage toujours installée sur la piste de devant. À la fin de la chanson, les projecteurs s'écartèrent des phoques et nous vîmes le tigre, le museau écrasé contre les barreaux, donnant de vigoureux coups de patte hors de sa cage en grondant sa haine contre les phoques. Sambone fit comme si de rien n'était et reprit son exécution cacophonique de *Dixie*. Sans cesser de diriger les phoques, Smitty sortit de la piste centrale et écarta César des feux de la rampe en cinglant son museau féroce jusqu'à le contraindre à battre en retraite sans cesser de gronder.

« Ou bien il déteste les phoques, ou bien ces instruments lui écorchent les oreilles, dit mon père.

— À moins qu'il ne déteste *Dixie*, tout simplement », dit Savannah.

Pour le final, les phoques se déployèrent en un large cercle et recommencèrent à lancer la balle en l'air, mais ils l'expédiaient à plus de six mètres de haut, cette fois, chaque phoque essayant à tour de rôle de l'envoyer encore plus haut que son prédécesseur, et le cercle s'élargissant au fur et à mesure. Chaque fois que la balle semblait s'être égarée trop loin du périmètre imparti, un des phoques se lançait dans une course spectaculaire pour la rattraper, puis, prenant le temps de reprendre le contrôle de la balle, il l'expédiait de nouveau dans une imposante parabole vers l'autre bout de la piste. Une fois encore, ce fut Cléopâtre qui commit la faute et mit un terme au numéro. Nashua avait expédié la balle sur une trajectoire spectaculaire qui faillit lui faire toucher le trapèze suspendu au sommet du chapiteau. Cléopâtre manqua de peu la réception, et la balle quitta son museau pour aller se perdre dans l'obscurité. Sambone, qui disputait la partie avec toute la passion d'un centre de terrain, se lança dans le noir à la poursuite de la balle perdue et Smitty siffla le rassemblement pour le salut final.

À travers les acclamations du public, nous entendîmes tout à coup Sambone hurler à la mort. Les projecteurs basculèrent sur la piste de devant et saisirent l'instant précis où le tigre souleva le phoque pour l'amener contre les barreaux de la cage et lui arracha la tête d'un seul coup de mâchoire. Smitty était là, illuminé comme une ombre livide, et il fouettait le tigre. Les enfants s'échappaient de leur siège en courant et il y eut un grognement de tout le public lorsque le tigre posa Sambone à terre et, d'un magistral et unique coup de griffe, étripa le phoque. Les boyaux de Sambone se répandirent hors de son corps en un flot brillant, tandis que les mâchoires du tigre étaient rouges de sang. Dans un accès d'hystérie mêlée de répulsion, la foule se précipita vers les sorties, et les mères cachaient les yeux des enfants derrière leurs mains. Le tigre se mit à dévorer le phoque en présence de trois cents écoliers.

Ce fut cette nuit-là que mon père acheta le tigre.

Je crus que ma mère allait décrocher son fusil du râtelier et tuer à la fois César et mon père lorsque nous rentrâmes à la maison en remorquant la cage du tigre derrière le pick-up. César était encore en train de se repaître du phoque à demi dévoré lorsque ma mère commença à hurler contre Papa. Elle était moins furieuse que d'humeur assassine. Smitty allait abattre César lui-même après· le spectacle, quand mon père s'était interposé et lui avait proposé de le débarrasser du tigre. Quelqu'un avait oublié de nourrir le fauve, et mon père avait pu plaider pour que le tigre eût la vie sauve, insinuant qu'il n'avait rien fait d'autre que d'agir conformément à la nature. Mon père n'eut plus qu'à signer un chèque de deux cents dollars à l'ordre de Smitty qu'il réussit à persuader de lâcher le fouet, la cage et le cerceau pour le même prix. Sambone était le cœur et l'âme de son numéro de dressage, le seul phoque à savoir jouer *Dixie* au cornet. Les autres, avait expliqué Smitty sur le mode hystérique, étaient tout juste bons à lancer des baballes et avaler des poissons. Lorsque le clown se gaussa des prouesses de Smitty en tant que dresseur d'animaux, il se retrouva suspendu à un portemanteau de sa caravane. Le blasphème proféré par le nain ajoutait une note d'irréalité à l'acquisition de César. Tandis que nous étions là, dehors, dans la nuit, à regarder le tigre dévorer les entrailles du phoque qu'il avait réussi à faire passer entre les barreaux de la cage, Luke émit l'hypothèse que Sambone devait être le premier phoque de l'histoire à s'être fait manger par un tigre.

« Les phoques se soucient assez peu des tigres, dans la nature,

272

expliqua Luke en regardant le tigre, pendant que Papa en marchandait le prix avec Smitty. Ils ont d'autres problèmes.

— Je me demande si la leçon servira à tous les phoques du monde, rêva Savannah. Prenez garde aux tigres si l'envie vous prend de jouer *Dixie* au cornet. C'est bien de cette façon que les choses évoluent, non ?

— Moi, je me méfierais de n'importe quel animal de ce gabarit, dis-je, terrorisé. Je me demande bien ce que Papa a l'intention de faire d'un tigre du Bengale.

— Depuis la mort de Joop, nous n'avons plus de petit animal pour nous tenir compagnie à la maison, dit Savannah. Tu connais Papa. Il a toujours été sentimental. »

« Tu as donc recommencé, Henry, dit ma mère en contemplant le tigre à distance respectable. Nous allons une fois de plus être la risée de Colleton. J'exige que ce tigre ait disparu au lever du jour. Je n'ai aucune envie que les gens crient sur les toits que j'ai épousé le roi des crétins de Caroline du Sud.

— Écoute, Lila, je ne peux pas lâcher ce truc dans la nature. Il serait capable de bouffer l'une de ces charmantes familles qui nous montrent du doigt, nous les Wingo. C'est lui qui a tué le phoque dont il est en train de ronger les restes dans sa cage. C'est d'ailleurs comme cela que je l'ai eu pour trois fois rien.

— Je présume que tu ne pouvais pas laisser filer une occasion en or comme celle-là. C'est bien ce que je suis censée penser, n'est-ce pas, Henry ?

— C'est un gadget publicitaire, dit fièrement mon père, pour ma station-service. L'idée m'est venue presque instantanément au moment où j'ai entendu le hurlement du phoque. J'ai eu comme un éclair, bang, le coup de génie : voilà un bon truc pour attirer la clientèle.

— Papa va apprendre au tigre à jouer *Dixie* au cornet, dit Savannah.

— Mais non ! Il va lui jeter un phoque vivant tous les soirs, et les clients n'auront plus qu'à parier sur le vainqueur, le tigre ou le phoque.

— À moins que je ne décide d'offrir à ce tigre mes enfants à la langue trop longue s'ils ne ferment pas un peu leur clapet et ne se montrent pas plus respectueux envers leur père. Je suis d'excellente humeur, et je n'ai pas envie que l'on me cherche des crosses, vu ? Je peux vous enseigner deux ou trois choses sur la façon dont fonctionne le monde moderne, si vous voulez bien m'écouter. Nous venons d'acheter une station-service. Exact ?

— Exact, dit Luke.

— Esso fait de la publicité dans le monde entier. Exact ? Jusque-là, vous me suivez bien ? Ils dépensent des millions de dollars pour que d'aimables trous-du-cul aillent se servir dans une station Esso, alors qu'ils pourraient aussi bien faire le plein chez Shell, Texaco, ou Gulf. Vous me suivez toujours ?

— Oui, chef.

— Parfait, au café. Et quel est leur slogan publicitaire, je vous prie, en ce moment précis ? dit-il en élevant la voix sous le coup de l'enthousiasme. La phrase que l'on entend sur toutes les radios et les télévisions du monde libre ? La devise qui fait que les gens achèteront Esso et pas les autres saloperies ? Celle qui draine les populations entières devant les pompes Esso, où elles supplient qu'on leur vende la bonne essence, la seule, la vraie, parce qu'elles ont subi un brillant lavage de cerveau ? Ça y est ? Vous pigez ?

— C'est pas vrai ! gloussa Savannah, proche de l'hystérie. J'y suis ! J'y suis !

— Eh bien explique, Savannah, ordonna ma mère, impatiente.

— C'est facile, maman : Esso met un tigre dans votre moteur, dit-elle.

— Exact, exulta mon père. Et quel est le seul propriétaire d'une station Esso, dans tout ce putain de pays, qui aura un vrai tigre à côté de ses pompes ? Réponse : Wingo Esso. Henry Wingo, le génie du siècle. »

Henry Wingo le Génie du Siècle garda sa station-service pendant six mois, et l'expérience lui donna raison à propos du tigre. Il installa la cage en angle, juste à côté du pont, et les automobilistes pouvaient regarder le tigre gronder et tourner en rond pendant qu'on s'occupait de leur voiture. Les enfants demandaient à leurs parents de les amener voir le tigre, même quand la voiture n'avait pas besoin d'essence. César tenait les enfants en aussi haute estime que les phoques et il y eut quelque inquiétude, au début, à l'idée que César pourrait bien se mettre à croquer les préscolaires de la ville pour son quatre-heures, mais le tigre suscitait une rare vigilance de la part des mères de famille de Colleton. Langueur et accès de férocité sont les deux états d'âme prévalant chez le tigre, mais l'apparition de bambins déclenchait systématiquement, chez César, des crises d'extraordinaire sauvagerie. Il se précipitait alors contre les barreaux de sa cage, lançant au-dehors ses pattes avant, toutes griffes sorties, et les parents étaient alors prestement refoulés en arrière avec leur progéniture, couinant de peur, mais ravie. Mon père trouvait que César avait un comportement de chien enragé, tout en notant qu'il battait n'importe quel chien enragé d'au moins deux cents kilos.

Nourrir César constituait un petit problème dont mon père se fit un plaisir de se décharger sur ses deux fils. Je n'avais jamais eu le moindre préjugé défavorable à l'encontre des tigres, jusqu'au jour où je me rendis compte que César aurait plus tôt de me dévorer que d'avaler un cou de poulet. Et puis il n'était pas évident d'approcher la cage de César à l'heure des repas. Depuis le début, j'avais établi avec César des relations simples et nettes, fondées sur une solide et réciproque répulsion. En revanche, César devait s'attacher à Luke au point de le laisser lui gratter le dos à travers les barreaux, mais ce bel état de confiance fut le résultat d'une lente évolution et n'existait pas du tout durant les premiers mois où fonctionna la station Wingo Esso. Luke me faisait donc signe d'avancer devant la cage et de parler au tigre d'une voix apaisante, pendant qu'il essayerait de m'arracher la tête d'un coup de ses fabuleuses griffes. Tandis que je risquais ainsi ma vie, Luke se faufilait derrière la cage et glissait à travers les barreaux un enjoliveur plein à ras bord de cous de poulet et d'aliments déshydratés pour chats. Dès qu'il entendait Luke, César se désintéressait de mon côté de la cage et, avec une rapidité et une imprévisibilité que je n'avais encore jamais eu l'occasion d'observer dans le règne animal, il se retournait, et dans le même élan de violence, il tentait d'empaler Luke qui s'empressait de reculer en se précipitant à terre, où il atterrissait sur le dos.

« Il faut que tu l'occupes, Tom, disait Luke.

— Et tu veux que je fasse quoi, exactement ? Que je le laisse me ronger un poing ?

— Siffle *Dixie*, je ne sais pas, fais n'importe quoi, répondait Luke en brossant le gravier resté accroché sur son dos.

— Je n'ai aucune envie qu'il puisse m'assimiler de près ou de loin à un phoque ! »

Luke restait près de la cage à regarder César briser les cous de poulet, comme s'il s'agissait de beurre fondant sous la langue.

« Je te présente le prince du règne animal, dit-il. Le plus bel animal du monde.

— Si seulement Esso avait pu trouver un autre slogan publicitaire, gémis-je. Tu sais, Luke, un truc du genre "Esso met un poisson rouge dans votre moteur", ou bien "Esso met un hamster dans votre moteur".

— Tu oublies que ce sont des animaux inintéressants, Tom. Pas comme César. Lui ne se livre pas facilement. Et moi, j'aime bien. J'aime même beaucoup. César, il faut le mériter. »

La station-service Gulf, de Ferguson, se lança dans la première guerre à outrance des carburants de toute l'histoire de Colleton. Ferguson commença par baisser les prix de cinq cents au gallon et mon père n'eut d'autre choix que celui de s'aligner. Il tenta vainement, par tous les moyens, de rester ouvert, mais le bruit courait que Ferguson avait trouvé un puissant sponsor. Lorsque la banque saisit notre station-service, le prix du gallon avait chuté de trente à dix cents. Papa essaya de faire prendre le tigre avec le reste, comme bien corporel, mais la banque refusa. Une fois de plus, il y eut de terribles disputes, tristes et interminables, sous le toit des Wingo. Papa s'était débrouillé pour racheter l'hypothèque sur l'île, mais il avait perdu tout le reste. Nous nous trouvions de nouveau dans une situation financière désespérée, et encore une fois, notre solvabilité ne fut acquise que grâce à une saison de pêche exceptionnelle. Peu de temps après la fermeture de la station-service, Reese Newbury débarqua chez nous au volant de sa Cadillac et offrit d'acheter l'île entière pour cinquante mille dollars, à prendre ou à laisser. Mon père laissa. Une semaine plus tard, il découvrait que le partenaire financier qui avait silencieusement assuré la victoire de Ferguson pendant la guerre des prix n'était autre que Reese Newbury.

« Il a cru qu'il pourrait faire main basse sur mon île, dit mon père. Il a ruiné mon commerce parce qu'il voulait l'île. »

Mon père retourna donc au fleuve, ma mère se fit plus aigrie et plus taciturne, et les Wingo se retrouvèrent l'unique famille du comté de Colleton à posséder un tigre sachant sauter dans un cercle de feu, en guise d'animal de compagnie.

Tout au long de mon enfance, je devais me surprendre à observer mes parents lorsqu'ils étaient calmes et paisibles, chez eux. En secret, j'essayais de comprendre comment ils y parvenaient, quelles forces sinistres ou bienveillantes maintenaient intacte leur alliance militaire, quels éléments tendres ou explosifs étaient à l'œuvre sous la surface de l'amour étrange et incandescent qu'ils avaient l'un pour l'autre. Car je percevais toujours entre eux la chatoyante fureur d'un amour intense, même dans les pires moments, même dans les instants de grand danger. Quelque chose que je sentais, sans jamais pouvoir le toucher du doigt. J'étais incapable de saisir ce que ma mère voyait en mon père, ni pourquoi elle restait, à la fois maîtresse et prisonnière de sa maison. Entre eux, les messages étaient toujours complexes et confus, et je n'ai jamais réussi à sonder la profondeur de leur relation éminemment éruptive. Il était clair que mon père adorait ma mère, mais pour moi, les raisons pour lesquelles un homme se faisait une obligation de maltraiter ce qu'il aimait le plus au monde restaient opaques. Souvent, ma mère semblait n'avoir que du mépris pour tout ce que représentait mon père, mais ils avaient aussi des instants d'étrange complicité et je surprenais alors un échange de regards tellement chargés de passion et de compréhension mutuelle que je rougissais de l'avoir involontairement partagé avec eux. Je me demandais comment j'en arriverais un jour à aimer une femme et, dans un mélange de plaisir et de terreur, je me disais que quelque part dans ce monde riait et chantait une fillette qui plus tard deviendrait ma femme. Dans ma tête, je la voyais danser, jouer et papillonner, en préparation de ce jour terrible et merveilleux qui scellerait notre rencontre et cette déclaration, faite dans un élan de commune extase : « Je veux vivre avec toi et t'aimer toujours. » Combien de mon père déverserais-je dans la vie de cette fille chantante ? Combien de ma mère ? Combien de jours faudrait-il pour que moi, Tom Wingo, fils de la tempête, je fasse taire à jamais son rire et ses chansons ? Combien de temps me faudrait-il pour mettre un terme à la danse de cette fillette rieuse qui ne saurait rien des doutes et imperfections que j'apportais à la tâche d'aimer une femme ? J'aimais l'image de cette fillette bien longtemps avant de l'avoir jamais rencontrée, et j'aurais voulu lui dire de se méfier du jour où j'entrerais dans sa vie. Quelque part dans la vaste Amérique, elle attendait de quitter son enfance, innocente de son destin. Elle ignorait qu'elle était lancée sur une trajectoire qui l'amènerait à heurter de plein fouet un garçon tellement abîmé et éberlué qu'il passerait sa vie entière à tenter de comprendre à quoi était censé ressembler l'amour, comment il se manifestait entre deux êtres, comment il pouvait être vécu sans rage, ni larmes, ni sang. J'avais treize ans lorsque je décidai que cette fillette merveilleuse méritait mieux que moi et que je la mettrais en garde bien avant de m'immiscer dans son passage fulgurant et sa danse éblouissante.

Au cours de ces méditations sur la nature de l'amour, je me cramponnais à une histoire concernant mes parents et que mon père m'avait racontée mille fois tandis qu'il pilotait son bateau vers les brisants de l'Atlantique. C'était l'histoire de leur première rencontre à Atlanta, à l'époque où mon père était un jeune lieutenant venu visiter la ville pour la première fois, à l'occasion d'une permission, et que ma mère vendait des vêtements pour enfants dans les grands magasins Davidson's, à Peachtree. Le visage de mon père exprimait toujours la béatitude et sa voix le bonheur lorsqu'il racontait leur rencontre fortuite. Étranger dans la ville, il avait envie de connaître des filles d'Atlanta, et un coiffeur lui avait dit que les plus jolies du Sud se promenaient dans Peachtree Street. Il portait son uniforme et se sentait beau comme seuls peuvent se sentir beaux les très jeunes gens à la veille de partir à la guerre. Il repéra ma mère qui sortait de chez Davidson's après son travail, et il se dit que jamais de sa vie il n'avait vu de fille plus belle. Elle avait un cabas et un sac à main rouge, et elle traversa la rue au milieu de la circulation pour aller prendre l'autobus. Il la suivit, essayant de trouver une façon de l'aborder, de lui parler, de lui demander son nom. Il était timide avec les filles, mais il avait très peur que le bus arrivât et que la belle disparût à jamais de sa vie, sans lui laisser le temps de lui faire compliment de sa beauté ni d'entendre le son de son nom. Hardiment il se présenta, lui dit qu'il était pilote de l'armée de l'air, qu'il se trouvait à Atlanta en permission, et qu'il lui serait très reconnaissant de bien vouloir lui faire visiter un peu la ville. Elle l'ignora et scruta Peachtree pour guetter l'arrivée de l'autobus. Désespéré, il lui dit qu'apparemment elle n'avait pas l'esprit patriotique, que d'ici un an ou deux il partirait faire la guerre, qu'il y serait certainement tué, mais qu'il accepterait volontiers son sort si seulement elle acceptait de dîner avec lui. Il lui raconta des bêtises et tenta de la faire rire. Il lui dit qu'il était le petit frère d'Errol Flynn, que son père était le propriétaire des magasins Davidson's, qu'il formait des vœux pour qu'il se mît à pleuvoir afin de lui donner l'occasion de jeter son manteau sur une flaque et de lui faire ainsi un tapis où elle pourrait marcher sans se salir. Le bus était en vue et lui ne pouvait s'arrêter de parler. Comme toute demoiselle sudiste bien élevée, ma mère continua de l'ignorer, mais mon père remarqua qu'elle était amusée. De la poche arrière de son pantalon, il sortit une lettre de sa mère et prétendit qu'il s'agissait d'une recommandation signée de Franklin D. Roosevelt, certifiant que le lieutenant Henry Wingo était un homme de caractère, digne de la confiance de toute jeune Américaine, surtout s'il s'agissait de la plus jolie fille qui se fût jamais rencontrée dans Peachtree Street, à Atlanta. Ma mère rougit, monta dans l'autobus et paya son ticket, sans se retourner. Puis elle avança dans l'allée et alla s'asseoir près d'une fenêtre ouverte. Mon père vint se planter sous cette fenêtre et la supplia de lui donner son numéro de téléphone. Elle sourit et réfléchit. Le bus s'écartait lentement du trottoir et mon père suivit. Lorsque le conducteur enclencha la seconde, il se mit à courir comme jamais encore il n'avait couru de sa vie, mais il se fit distancer et perdit le visage de ma mère, encadré dans la fenêtre. Il courait toujours, bien que le bus l'eût pratiquement laissé sur place, lorsqu'il aperçut la tête de ma mère, penchée à la fenêtre, et entendit les premiers mots qu'elle lui adressa : « Macon, trente-sept, deux cent quatre-vingt-quatre. »

Chaque fois que mon père racontait cette histoire, Savannah murmurait tout bas : « Donne-lui un faux numéro, Maman. S'il te plaît, donne-lui un faux numéro. » Ou encore : « Oublie le numéro, Papa. Oublie-le vite. »

Mais il s'en était souvenu. Henry Wingo ne l'avait toujours pas oublié, tandis qu'il menait son bateau par les marées.

Dans le jardin derrière la maison, le tigre devint un motif de gêne pour ma mère, et une source de joie perpétuelle pour Luke. Aux yeux de ma mère, César symbolisait le plus maladroitement joué et le plus malheureux des coups de folie de mon père. Il était le vivant blason de la défaite, couché parmi des vieux os. Mais Luke, dans le même temps se découvrait une affinité naturelle et ingénue pour les tigres, et il entreprit un lent apprentissage visant à gagner à la fois la confiance de César et son affection. La théorie de Luke était que César avait été maltraité par Smitty et que le tigre, comme n'importe quel animal, répondrait à la douceur et à une longue période de gentillesse stratégique. Luke était maintenant le seul à nourrir César, et il lui fallut plus de deux mois pour pouvoir approcher de la cage sans que le tigre cherchât à l'attraper à travers les barreaux. Puis vint le jour ou je surpris Luke en train de gratter le dos de César avec un râteau. Le tigre ronronnait de béatitude et je fus le témoin, pétrifié, de la manœuvre de Luke pour passer le bras à l'intérieur de la cage et caresser la grosse tête fauve du tigre.

Trois mois après que nous avions ramené le tigre à la maison, Savannah me réveilla une nuit d'orage et me souffla tout bas :

« Tu ne vas pas en croire tes yeux.

— Il est deux heures du matin, Savannah, dis-je, fâché. Les jurys acquittent systématiquement les gens qui assassinent leur sœur après avoir été réveillés à deux heures du matin.

— Luke est avec César.

— Il peut bien être avec les Rois Mages si ça lui chante, je m'en fous. Moi, je veux dormir.

— Il a sorti le tigre de sa cage. Ils sont dans la grange. »

Nous sortîmes par la fenêtre et nous rendîmes silencieusement jusqu'à la grange. Doucement, nous regardâmes à l'intérieur par une fente dans la porte et, à la lumière d'une lanterne, nous vîmes Luke, armé d'une chaîne et d'un fouet, qui faisait tourner César en rond autour de la grange. Puis Luke enflamma des chiffons trempés dans le pétrole et commanda au tigre de sauter à travers le cerceau de feu.

« Allez, César », dit-il.

Et le tigre de traverser le cerceau comme le soleil un carreau de fenêtre. César exécuta un autre tour de grange et revint en rugissant pour, du même fluide mouvement, sauter à travers le cercle flamboyant dans un triomphe de force et de rapidité. Luke fit alors claquer le fouet trois fois consécutives, et le tigre se dirigea vers la porte ouverte de sa cage qu'il réintégra d'un seul bond. Luke le récompensa en lui donnant trois morceaux de gibier, et il alla nicher sa tête contre celle de César dès que les morceaux de viande eurent été engloutis.

« Il est fou, murmurai-je à Savannah.

— Non, dit-elle. C'est ton frère Luke. Il est sublime. »

14

J'ai grandi dans la hantise des Vendredis saints. Cette aversion saisonnière avait peu de rapport avec la théologie mais concernait totalement les rites du culte et l'étrange inclination que mon grand-père apportait à ses commémorations excessivement enthousiastes de la passion du Christ.

Le Vendredi saint était ce jour où, chaque année, Amos Wingo se rendait dans l'appentis derrière sa maison de Colleton et époussetait la croix de bois de quarante-cinq kilos qu'il avait fabriquée dans un violent accès d'extravagance religieuse, alors qu'il était un gamin de quatorze ans. Entre midi et trois heures de l'après-midi de ce jour anniversaire, il arpentait donc, de bas en haut puis de haut en bas, toute la longueur de la Grand-Rue, pour rappeler aux citoyens égarés et pécheurs de ma ville natale les souffrances inimaginables endurées il y a bien longtemps par Notre-Seigneur Jésus-Christ, sur ce triste mont qui surplombait Jérusalem. C'était le summum et l'instant grand-guignolesque de l'année liturgique de mon grand-père ; l'événement alliait les éléments de la sainteté à ceux de la déraison. Sa marche était toujours empreinte d'une certaine beauté démente.

J'aurais préféré que mon grand-père célébrât le Vendredi saint sur un mode plus tranquille, plus contemplatif. J'éprouvais une gêne profonde au spectacle de son corps anguleux et décharné ployant sous le poids de la croix, tandis qu'il peinait au milieu de la circulation dense, s'arrêtant à chaque croisement sans se soucier du mélange de mépris et de sainte terreur qu'il inspirait à ses concitoyens, la sueur délavant son habit et les lèvres constamment agitées par sa prière inaudible à la gloire du Créateur. Figure de majesté pour les uns, il incarnait le parfait bouffon pour les autres. Chaque année, le shérif lui mettait une amende pour obstruction de la circulation, et chaque année les paroissiens de l'Église baptiste faisaient une collecte spéciale pour payer l'amende. Au fil du temps, sa marche spirituelle et excentrique du souvenir était devenue une sorte de phénomène annuel vénéré qui s'était mis à attirer une foule considérable de pèlerins et touristes se pressant sur les trottoirs de la Grand-Rue pour prier et lire la Bible, tandis que le grand-père Wingo soufflait et peinait dans l'accomplissement de sa solennelle répétition de certaine marche, unique, qui avait changé l'histoire de l'âme occidentale. Chaque année, la *Colleton Gazette* publiait une photo de son chemin de croix dans la semaine qui suivait le dimanche de Pâques.

Quand nous étions enfants, Savannah comme moi le suppliions de donner son spectacle à Charleston ou Columbia, villes que nous considérions comme infiniment plus tapageuses et répréhensibles aux yeux du Seigneur que ne le serait jamais la tiède petite ville de Colleton. Ma grand-mère exprimait sa propre mortification en se retirant dans sa chambre avec une pleine bouteille de gin Beefeater et une collection de vieux numéros de la *Police Gazette* qu'elle avait réquisitionnés dans le salon de coiffure de Fender. Lorsque la marche était terminée, à trois heures de l'après-midi, il en allait de même pour la bouteille, et ma grand-mère restait dans un état comateux jusqu'au lendemain matin. Quand elle émergeait de sa migraine commémorative, elle trouvait mon grand-père à genoux, en train de prier pour sa chère âme alcoolique.

Durant toute la journée de la veille de Pâques, Amos ne quittait pas le chevet où reposait le corps inerte de sa femme qui avait mis au point son propre rituel, érigé en acte d'autodéfense pour protester contre la cérémonie de célébration qu'il tenait à observer. Il s'établissait une étrange euphorie dans l'antinomie de leurs conceptions. Le dimanche matin, écœurée par sa débauche mais ayant fait passer son message annuel, ma grand-mère, pour reprendre son expression, ressuscitait d'entre les « foutus morts », à temps pour accompagner mon grand-père aux services religieux du dimanche de Pâques. C'était la seule apparition de l'année qu'elle faisait à l'église, et cette apparition devint, à sa façon, une tradition de la vie spirituelle de la ville, au même titre que la marche de mon grand-père.

Lors de ma première année de lycée, le mercredi avant Pâques, j'allai jusque chez mon grand-père, après l'école, en compagnie de Savannah. Nous fîmes étape à côté de la pharmacie Long's pour acheter un Coca cerise que nous emportâmes au bord du fleuve où nous le sirotâmes, assis sur la digue, en regardant les étrilles jouer des pinces dans la vase, sous nos pieds.

« Encore un Vendredi saint en perspective, dis-je à ma sœur, j'ai horreur de ce jour. »

Elle sourit et me flanqua une bourrade dans le bras en disant :

« Il est bon pour une famille d'affronter le comble de l'humiliation une fois par an. Ça forge le caractère de voir toute une ville rire de votre grand-père, avant de rire de vous.

— Ça me serait égal si je n'étais pas obligé d'être présent », dis-je, le regard fixé sur le mouvement hystérique des crabes, juste au-dessous de nous. On aurait dit des pièces de vingt-cinq cents éparpillées au hasard dans la boue. « Papa t'a inscrite pour le stand de citronnade cette année. Il va une fois encore filmer les moments cruciaux de la longue marche.

— Grotesque, dit-elle. Cela fait cinq fois de suite qu'il filme la même chose. Il a cinq années de pellicule pour prouver devant n'importe quel tribunal que grand-père est zinzin.

— Papa prétend que c'est pour les archives familiales et qu'un jour nous le remercierons d'avoir gardé les traces de notre enfance.

— Il a raison, dit-elle. Exactement ce dont j'ai envie. Une histoire en images d'Auschwitz. Et bien entendu, tu considères que nous vivons dans une famille normale.

— J'ignore si c'est une famille normale ou non, dis-je. Je sais seulement que c'est la seule famille dans laquelle j'aie jamais vécu.

— Une usine à dingues. Souviens-toi de ce que je te dis. »

La maison de mon grand-père, à Colleton, était une construction toute simple, de plain-pied et à charpente de bois ; elle était peinte en blanc, avec des bordures rouges, et se trouvait sur un demi-hectare de terre située en bordure du Colleton. À notre arrivée, nous trouvâmes notre grand-mère dans la cuisine, en train de regarder mon grand-père bricoler sa croix dans la cour de derrière.

« Regardez-le, dit-elle d'une voix lasse, exaspérée, en nous le désignant dans la cour quand elle nous vit entrer. Votre grand-père. Mon mari. L'idiot du village. Il s'active sur son échalas depuis ce matin.

— Qu'est-ce qu'il y fait, Tolitha ? demandai-je en l'appelant par son prénom, conformément à ses désirs.

— Il met une roue, dit Savannah qui courut à la fenêtre en riant.

— Il a dit que les gens ne verraient pas d'inconvénient à ce qu'un homme de soixante ans équipe sa croix d'une roue. Vu que Jésus n'avait que trente-trois ans quand il a fait sa grimpette sur cette fameuse colline, nul ne devrait s'attendre à voir un homme âgé de soixante ans faire beaucoup mieux. Il devient plus zinzin chaque année. Je ne vais pas tarder à devoir le mettre à l'asile. Sûr et certain. La police de la route était encore là, la semaine dernière, pour essayer de le convaincre de rendre son permis de conduire. Paraît que c'est un danger public chaque fois qu'il monte dans sa Ford pour aller faire un tour.

— Pourquoi est-ce que tu l'as épousé, Tolitha ? demanda Savannah. Ça semble ridicule que des personnes aussi diamétralement opposées puissent vivre ensemble. »

Le regard de ma grand-mère se porta de nouveau vers la cour et la fenêtre vint s'inscrire en reflet sur ses lunettes, dans un trapèze de lumière reproduisant sur le verre ce qu'elle voyait en regardant dans la cour. La question l'avait prise au dépourvu et je sus que Savannah venait de toucher un domaine interdit, un mystère aux implications redoutables, antérieur à notre propre naissance.

« Je vais vous servir un thé glacé, finit par dire Tolitha. Il va venir traîner ici dans un moment, et je n'ai plus tellement l'occasion de vous voir ici, maintenant que vous êtes grands et que vous préférez aller flirter et ce que je sais. »

Elle prépara trois grands verres de thé et disposa des feuilles de menthe sur la glace pilée. Quand elle fut assise sur son tabouret, elle ajusta ses lunettes sur son nez.

« Je savais que votre grand-père était chrétien le jour où nous nous sommes rencontrés. Parce que, ici, tout le monde était chrétien à l'époque. Moi aussi j'étais chrétienne, sauf que j'avais quatorze ans quand nous nous sommes mariés et que j'étais trop jeune pour comprendre rien à rien. C'est seulement plus tard que je me suis rendu compte que j'avais affaire à un fanatique. Il avait fait en sorte que je n'en sache rien quand nous nous fréquentions, parce qu'il était excité comme un pou et avait surtout envie de me sauter.

— Tolitha, dis-je, gêné au dernier degré.

— Ce que tu peux être bébé, quand tu t'y mets, Tom, protesta Savannah. Tu réagis comme si tu venais d'être mordu par un serpent chaque fois que la conversation dévie sur le sexe. »

Rire de ma grand-mère qui continua :

« Je lui faisais un effet du tonnerre quand j'étais une femme-enfant, et tout au long de ces premières années, je n'ai guère entendu parler de Jésus quand nous étions au lit tous les deux.

— Tolitha, je t'en prie, pour l'amour de Dieu, suppliai-je, nous n'avons pas besoin de connaître tous les détails.

— Si, insista Savannah. C'est passionnant, justement.

— À part une excentrique dans ton genre, je vois mal qui tiendrait à entendre une description circonstanciée de la vie sexuelle de ses grands-parents.

— Et puis, les années passant, il s'est mis à prier Notre-Seigneur pratiquement vingt-quatre heures sur vingt-quatre, jusqu'à ce que ça lui porte sur le ciboulot. Il n'a jamais été fichu de gagner correctement sa vie. Il se contentait de couper les cheveux, vendre quelques bibles et baratiner sur le ciel, l'enfer et tout le saint-machin.

— Mais il est tellement bon », intervins-je.

Elle tourna la tête et contempla mon grand-père, par la fenêtre. Il n'y avait nulle ardeur dans ce regard, mais beaucoup de douceur et une ineffable affection. Il était toujours plié en deux sur sa croix, en train de fixer une roue de tricycle à la base.

« Les gens me demandent constamment quel effet cela fait d'être mariée à un saint. Je leur réponds que c'est très ennuyeux. Mieux vaut épouser un démon. J'ai tâté un peu du paradis, au cours de ma vie, et un peu de l'enfer aussi, eh bien je choisis l'enfer sans hésiter. Mais ce que tu dis est vrai, Tom. C'est un homme formidable.

— Pourquoi est-ce que tu l'as quitté pendant la Dépression ? interrogea Savannah, encouragée par sa franchise et cette mise au jour de vieux secrets. Papa refuse même d'aborder ce sujet.

— Je suppose que vous êtes en âge de savoir, dit-elle en se tournant vers nous, et sa voix se fit soudain triste, presque nostalgique. En pleine Dépression, il a abandonné son métier et s'est mis à prêcher la parole du Seigneur, en face de la pharmacie Baitery. Ça rapportait encore moins que le coiffeur ambulant. Il s'était fourré dans le crâne que la Dépression était un signe que la fin du monde était proche. L'idée n'avait rien d'exceptionnel. Beaucoup de jeunes gars pensaient la même chose à l'époque. Nous mourions de faim, ou presque. Ça ne m'allait pas tellement de crever la dalle. J'ai annoncé à Amos que je le quittais. Bien entendu, il ne m'a pas crue, parce que dans ce temps-là les gens ne divorçaient pas. Je lui ai dit de prendre bien soin de votre père, que sinon je reviendrais et je le tuerais, et j'ai fait du stop jusqu'à Atlanta. J'ai trouvé du travail aux magasins Rich's dans la semaine. Un peu plus tard, j'ai rencontré Papa John et je l'ai épousé dans les deux jours.

— C'est horrible, Tolitha, dis-je. Je n'ai jamais rien entendu de plus épouvantable.

— Le saint, c'est lui, là-bas, dans la cour, Tom, dit-elle en plissant les yeux derrière ses lunettes tandis que ses sourcils se touchaient, comme deux chenilles à peine dissymétriques. La femme, tu l'as ici, dans la cuisine, je ne suis pas fière du tout de ce que j'ai fait, mais je ne vous en cacherai rien.

— Pas étonnant que Papa soit complètement tordu, persiflai-je.

— Tais-toi, Tom. Ce que tu peux être conformiste, me lança Savannah avec malice. Tu ne comprends rien aux problèmes de survie.

— J'ai fait de mon mieux, compte tenu des circonstances. Apparemment le monde entier avait tendance à devenir un peu fou à cette époque, et je n'ai pas fait exception.

— Continue, dis-je, avant que grand-père ne rentre.

— Ne t'en fais pas pour lui. Il va faire joujou avec cette croix jusqu'à l'heure du dîner. Bref, le coup a été très dur pour votre père, j'en conviens. Il n'avait guère que onze ans, je crois, quand je l'ai amené avec moi à Atlanta, et il ne m'avait pas vue depuis quelque chose comme cinq ans. C'est à peine s'il m'avait reconnue, et en plus il ne comprenait pas pourquoi j'étais partie ni pourquoi il devait m'appeler Tolitha et pas Maman. La nuit, dans son sommeil, il appelait "Maman, Maman", et Papa John l'entendait, il en avait le cœur brisé. Il entrait dans sa chambre et chantait des chansons grecques à votre papa jusqu'à ce qu'il se rendorme. Votre papa qui ne connaissait pas Tolitha, et qui refusait de la connaître. Je m'y prendrais différemment aujourd'hui. Sincèrement. Aussi aujourd'hui n'est pas hier. Et on ne peut pas revenir en arrière.

— Il est difficile d'imaginer Papa en héros de tragédie, dit Savannah. Surtout si ce héros est un enfant. Je n'arrive déjà pas à le voir en petit garçon.

— Est-ce que tu as eu d'autres maris, Tolitha ? demandai-je.

— Tiens, tiens, rit-elle. Ta mère a encore raconté des choses.

— Non, m'empressai-je de nier. J'ai seulement entendu des ragots en ville.

— Après la mort de Papa John, j'étais à demi folle de chagrin. J'ai pris l'argent qu'il m'avait laissé, ce qui faisait un joli petit magot, je vous prie de le croire, et je me suis précipitée dans tous ces endroits dont on parlait : Hong Kong, l'Afrique, l'Inde. J'ai fait le tour du monde en paquebot. En cabine de première classe, d'un port à l'autre. Et j'avais toujours le même problème. Tout le monde avait un faible pour moi. Les hommes en particulier. Je suis faite comme ça. Les hommes adorent me tourner autour, comme si une odeur de miel se dégageait de moi. Je n'avais qu'à rester assise et les regarder faire la queue pour essayer de m'amuser ou de m'offrir un verre ou deux. J'ai épousé deux de ces vieux gamins. Celui qui a tenu le plus longtemps a tenu environ six mois. Oui, ce mariage a duré exactement le temps qu'il faut pour aller de Madagascar au Cap en bateau. Il voulait que je lui fasse des choses dégoûtantes, qui ne se disent pas.

— Quelles choses dégoûtantes qui ne se disent pas ? demanda Savannah d'un seul souffle en se penchant vers ma grand-mère.

— Non, non. Ne le lui demande pas, suppliai-je. Surtout ne le lui demande pas.

— Pourquoi ? répliqua Savannah.

— Parce qu'elle va nous le dire, Savannah. Elle va nous le dire et ce sera une chose horrible, gênante.

— Il voulait que je le suce dans la région de l'entrejambe », expliqua ma grand-mère, et je dus reconnaître qu'elle fit preuve, pour une fois, d'une certaine retenue. Car il fallait toujours qu'elle en dise un peu plus long qu'on n'avait envie d'en entendre.

« Quelle horreur ! s'exclama Savannah.

— Il avait des appétits bestiaux, dit Tolitha. Un vrai cauchemar.

— Pourquoi es-tu revenue avec grand-père ? » demandai-je, désireux de détourner la conversation de ces appétits bestiaux.

Son regard se posa sur moi et elle porta le verre de thé glacé à ses lèvres. L'espace d'un instant, je crus qu'elle ne voudrait pas répondre. Ou ne pourrait pas.

« La fatigue, Tom. Une grande lassitude. Et puis je commençais à me faire vieille. À paraître vieille, et à me sentir vieille. Je savais qu'Amos était toujours là, au bord du fleuve, que toujours il m'attendrait. Je savais que je pouvais débarquer ici et qu'il ne m'adresserait pas un mot de reproche. Il serait content de me revoir, c'est tout. Votre père est pareil avec Lila. Il ne s'est jamais intéressé qu'à une seule et unique femme dans toute sa vie. Exactement comme son père. Conclusion, les lois du sang font que le fanatisme se transmet plus facilement à la génération suivante que le je-ne-sais-quoi qui faisait que tout le monde m'aimait.

— Mais grand-père aussi, tout le monde l'aime, dis-je, dans un soudain accès de compassion pour l'homme qui se trouvait dans la cour.

— On l'aime parce que c'est un fanatique, Tom. Parce qu'il porte cette fichue croix tous les ans. Mais je te le demande : qu'a-t-on à faire d'un saint ? Moi j'aime mieux boire un verre et rigoler un bon coup.

— Mais tu l'aimes, grand-père, n'est-ce pas, Tolitha ? insistai-je.

— Si je l'aime ? » Elle tourna et retourna le mot dans sa bouche comme un bonbon sans saveur. « Oui, je suppose que je l'aime. Il faut bien que l'on aime ce à quoi on peut toujours revenir, le port d'attache qui vous attend fidèlement. L'autre jour, je réfléchissais au temps. Pas à l'amour, mais au temps, et les deux sont liés, mais je ne suis pas assez maligne pour expliquer en quoi. J'ai été mariée à votre grand-père et à Papa John pendant à peu près le même nombre d'années. Pourtant, quand je pense à ce qu'a été ma vie, j'ai l'impression de n'avoir été mariée à Papa John que pendant quelques jours. C'est ça mon bonheur avec lui. Avec votre grand-père j'ai l'impression d'être mariée depuis mille ans.

— Nous sommes en train d'avoir une conversation d'adultes, clama fièrement Savannah. Il y a longtemps que j'attendais le moment où je pourrais avoir une conversation d'adulte.

— Vos parents ne font qu'essayer de vous protéger des choses qu'ils pensent que les enfants ne doivent pas connaître, Savannah. Ils n'approuvent pas la vie que j'ai menée. Mais puisque cette conversation était une conversation d'adultes, je ne crois pas qu'il soit nécessaire de les mettre au courant.

— Moi je n'aurais jamais rien dit, répondit Savannah. Mais avec Tom... Il est tellement bébé, parfois. »

J'ignorai Savannah et demandai à Tolitha :

« Est-ce que tu crois que Papa s'est jamais remis d'avoir été abandonné quand il était petit ?

— Tu veux dire : est-ce que je crois qu'il m'a pardonné, Tom ? dit-elle. Je pense que oui. Tant qu'il s'agit de la famille, on avale tout. C'est une chose que tu apprendras quand tu seras adulte. Et ce n'est pas le pire de ce que tu auras à apprendre, loin de là. Tu n'envisagerais jamais de pardonner à un ami certaines choses que t'ont faites tes parents, oui, mais avec les amis, ce n'est pas pareil. Les amis, on les choisit, la famille elle t'est donnée.

— Il faut que j'aide grand-père à arranger sa croix, dis-je.

— Ouais. Et moi il faut que j'aille acheter de l'alcool, dit Tolitha.

— Tu as l'intention de prendre ta cuite du Vendredi saint ? demandai-je.

— Tom, ce que tu es grossier ! » dit Savannah.

Rire de Tolitha qui répondit :

« C'est la seule réponse civilisée que j'aie trouvée à sa balade. C'est aussi une façon de lui rappeler que je ne suis pas sa chose et que je ne le serai jamais. Une manière à moi de lui dire le ridicule de toute l'affaire. Bien entendu, il a eu, il y a quelques jours, un entretien avec Dieu qui lui a donné le feu vert, il est donc impossible de le raisonner.

— Il ne fait que se conduire en bon chrétien. Ce sont ses propres paroles, dis-je. D'après lui, si chacun agissait comme il convenait, la ville entière de Colleton prendrait sa croix et serait dehors avec lui pour l'accompagner dans son calvaire.

— Alors on n'aurait plus qu'à boucler toute la ville. Non, Tom. Je n'ai rien contre le fait de se conduire en bon chrétien. Tu peux me croire. J'espère que toi-même tu seras un bon chrétien plus tard ; mais il ne faut surtout pas prendre les choses trop au sérieux !

— Et toi, est-ce que tu te conduis en bonne chrétienne, Tolitha ? demanda Savannah. Tu crois que tu iras au ciel ?

— Je n'ai pas fait une seule chose au cours de ma vie qui devrait me valoir de rôtir en enfer pour l'éternité. Un Dieu qui agirait comme cela ne mériterait pas d'être appelé Dieu. J'ai fait ce que j'ai pu pour mener une vie intéressante, et je ne vois pas quel mal il y a à cela.

— Tu ne penses pas que grand-père aussi a mené une vie intéressante ? dis-je.

— Tom, tu poses de ces questions idiotes, gronda Savannah.

— Écoute bien, et n'oublie pas ce que je vais te dire, Tom. Chaque fois que tu te demanderas ce qui fait une vie intéressante, pense à ceci : pendant que ton grand-père coupait des cheveux et que ton père et ta mère ramassaient des crabes ou étêtaient des crevettes, moi je me baladais à cheval dans la passe de Khaibar pour entrer en Afghanistan déguisée en guerrier afghan. Je suis sans doute la seule personne que tu rencontreras à avoir fait une chose pareille.

— Oui, mais tu es revenue, Tolitha. À quoi bon tout cela si tu finis par te retrouver à Colleton ? Retour à la case départ, demandai-je.

— Cela signifie simplement que je me suis trouvée à court d'argent, dit-elle. Et que je n'ai pas vraiment réussi à faire ce que j'avais entrepris de faire.

— Pour moi, tu es la seule réussite de notre famille, Tolitha, dit Savannah. Je le pense vraiment. Tu es l'unique raison que j'ai de croire que je peux échapper à tout cela.

— Tu es une Tolitha cent pour cent, Savannah. C'est visible comme le nez au milieu de la figure depuis que tu es toute petite. Mais débrouille-toi pour jouer plus finement que moi. Moi, j'avais la fureur, l'audace, mais je n'avais pas l'intelligence. Les choses étaient plus difficiles pour les femmes, en ce temps-là. Beaucoup plus difficiles. Mais tâche de partir, si tu peux, Colleton est un doux poison, mais un poison quand même. Une fois qu'il a réussi à se glisser dans une âme, plus rien ne peut jamais l'en sortir. C'est drôle. De tous les endroits que j'ai vus en Europe, en Asie, en Afrique, certains étaient d'une beauté bouleversante, à pleurer. Mais aucun n'était plus beau que Colleton, et je ne mens pas. Non, pas un n'a pu me faire oublier les marais et le fleuve qui coule là-bas, sous nos yeux. L'odeur de cet endroit, on l'emporte dans ses os partout où l'on va. Je ne sais si c'est une bonne ou une mauvaise chose. »

Elle se leva et alluma le feu dans la cuisinière. L'après-midi avait été calme et le fond de l'air était soyeux et frais en début de soirée. Une péniche chargée de troncs remontait le fleuve, et nous vîmes mon grand-père saluer les mariniers. La péniche répondit par le rauque salut d'un coup de corne, et dans le même temps, le pont enjambant le fleuve entama sa lente et lourde partition par le milieu.

« Sortez dehors bavarder avec votre grand-père, les enfants, dit-elle. Je vais vous préparer un petit dîner, mais pour commencer, si vous alliez ramasser deux douzaines d'huîtres dans le fleuve, je pourrais les préparer en entrée en attendant que le poulet soit cuit. »

Nous sortîmes donc dans la cour, ce qui nous plongea dans l'univers bien différent du grand-père Wingo. Il était en train de dresser sa croix et, l'appuyant sur son épaule, il marcha dans l'herbe pour essayer la nouvelle roue. Elle grinçait légèrement.

« Bonjour les enfants, dit-il, content de nous voir. Je n'arrive pas à éliminer le grincement de cette roue.

— Bonjour grand-père. » Et de courir tous les deux l'embrasser sous la croix.

« À quoi ressemble la croix, les enfants ? demanda-t-il, inquiet. Parlez franchement. Ne craignez surtout pas de faire de la peine à votre grand-père. À votre avis, la roue fait-elle bien ?

— Superbe, grand-père, dit Savannah. Je n'avais encore jamais vu une croix montée sur une roue.

— L'année dernière, je suis resté couché une semaine après le chemin de croix, expliqua-t-il. J'ai pensé que la roue me rendrait les choses plus faciles, mais j'ai peur que les gens ne le prennent en mauvaise part.

— Ils comprendront, grand-père, dis-je.

— Cette croix a reçu la pluie pendant l'hiver et le grand madrier commence à pourrir de l'intérieur. Je risque d'avoir à en construire une autre pour l'année prochaine. Un modèle plus léger, peut-être, si je trouve la qualité de bois adéquate.

— Pourquoi est-ce que tu ne prends pas ta retraite, grand-père ? dit Savannah. Tu n'as qu'à laisser un jeune de la paroisse prendre la relève.

— J'y ai beaucoup réfléchi, fillette, dit-il. J'ai toujours espéré que Luke ou Tom prendraient ma relève après ma mort. Je prie notre bon Seigneur pour que les choses se passent ainsi. Il serait bien que la tradition reste dans la famille, tu ne crois pas ?

— Je suis certaine que Tom ne demanderait pas mieux, lança gracieusement Savannah. D'ailleurs moi aussi je prie Notre-Seigneur dans ce sens. »

Je pinçai Savannah dans le gras du bras et dis :

« Tolitha veut que nous allions jusqu'au fleuve ramasser quelques huîtres, grand-père. Tu viens avec nous ?

— Ça me ferait très plaisir, les enfants. Tom, si tu voulais bien avancer jusqu'au garage avec cette croix ? Il faut absolument que je trouve d'où vient ce grincement.

— Il n'attend que cela, dit Savannah. En plus, ça lui fera un peu d'entraînement pour le jour où il prendra la relève. »

Je pris la croix portée par mon grand-père et l'appuyai sur mon épaule droite pour lui faire traverser la cour en vitesse. J'entendais ma grand-mère s'esclaffer à mes dépens, dans sa cuisine.

« Une seconde, petit, dit mon grand-père. Je vois ce qui fait grincer. » Il se pencha pour huiler la roue avec une burette métallique rouillée.

« Je crois que ça devrait aller maintenant. Essayons encore ! »

Je repris ma marche boudeuse en m'efforçant d'ignorer le visage hilare de Savannah, et l'image de ma grand-mère gloussant derrière la fenêtre de sa cuisine. Mon grand-père était naturellement imperméable à toute forme de quolibets et d'humiliations.

« Je trouve que cette croix lui va bien, tu n'es pas de cet avis, petite ? dit mon grand-père à Savannah.

— Je les trouve divins, grand-père, répondit Savannah. Il est né pour porter cette croix, ce garçon.

— C'est lourd, dis-je pitoyablement.

— Il faudrait la porter sans la roue. C'est un travail d'homme, mais quand je pense à la souffrance de Notre-Seigneur, à tout ce qu'il a enduré pour moi, dit grand-père.

— Oui, Tom. Arrête de geindre. Pense à ce que le Seigneur a enduré pour toi, me lança Savannah.

— Viens par ici encore une fois, petit, dit mon grand-père. Je veux m'assurer que je suis venu à bout de ce grincement. »

Après avoir remisé la croix au garage, nous embarquâmes tous les trois dans le petit bateau vert de grand-père. Il démarra le moteur à la main, j'enroulai les cordages, et nous partîmes pour traverser le Colleton en direction du nid à huîtres, près de l'épave du *Hardeville*, sur l'île de St. Stephen. Le *Hardeville* était un vieux ferry à roues qui s'était échoué la nuit de l'ouragan, qui fut aussi celle de la naissance de Savannah et de la mienne. Ses grandes roues étaient enfouies dans la vase et, de loin, on aurait dit une pendule inachevée. Des milliers d'huîtres étaient accrochées au bas de la coque et, à marée haute, c'était l'un des coins de pêche les plus productifs et les plus prodigues du comté. D'aussi loin que je me souvienne, une famille de loutres avait élu domicile dans la coque encroûtée du navire, et la tradition avait fait de ces loutres des animaux inviolables, sacro-saints. Aucun chasseur n'avait jamais tenté de les capturer. Deux bébés loutres étaient en train de jouer à cache-cache entre les flancs du bateau embourbé lorsque mon grand-père coupa le moteur et laissa le bateau s'arrêter entre les bancs de sable découverts par la marée descendante.

« N'est-ce pas une gentille attention de Jésus que d'avoir placé des huîtres si près de ma maison ? Il sait que je les aime beaucoup », dit mon grand-père tandis que Savannah et moi nous penchions par-dessus bord pour décrocher les huîtres de leur refuge. Nous en sortîmes une douzaine, des grosses, de la taille d'une main humaine, et un bouquet de dix plus petites, que nous détachâmes à coups de marteau sur le devant du bateau. Je marchais dans la vase où j'enfonçais jusqu'aux genoux. J'avançais à pas prudents, choisissant les plus grosses huîtres que je lançais à l'intérieur du bateau.

« Quand je vois une huître, j'ai toujours l'impression qu'elle est en train de prier, dit grand-père. Les deux mains jointes, en action de grâces. »

Les huîtres étaient aussi coupantes et menaçantes, et je marchais d'un pas mal assuré, précautionneux, comme si je dansais sur un champ de lames. Je sentais les coquilles d'huîtres trancher le caoutchouc de mes tennis, tandis que je maniais les pinces et sortais les huîtres à la lumière tombante.

Après en avoir récolté quatre douzaines, je remontai à bord et renvoyai le bateau vers le fleuve d'une détente de jambe. Grand-père ne réussit pas à faire partir le moteur instantanément, et nous flottâmes à la surface des eaux nacrées, comme une feuille de chêne, tandis que les loutres tournaient autour de nous en cercles scintillants. Leurs sillages rapides remuaient l'eau en tourbillons plus nacrés, tandis que grand-père tirait et tirait encore la corde du démarreur, le front perlé de sueur. Dans l'épave, une loutre adulte au museau argenté grimpa sur l'un des bat-flanc, tenant une truite encore frémissante entre ses mâchoires. La loutre était assise sur son derrière et se mit à observer le poisson qu'elle tenait à présent entre ses pattes, avant de le dévorer comme un homme mange un épi de maïs. Savannah fut la première à voir Snow.

« Snow ! » cria-t-elle en se levant brusquement, au point de manquer de faire chavirer le bateau. Je rétablis l'équilibre en saisissant la coque à deux mains et en faisant porter le poids de mon corps d'un côté, puis de l'autre, jusqu'à ce que nous eussions retrouvé le fil du courant. Grand-père cessa de s'activer sur le démarreur et regarda en aval, dans la direction pointée par l'index de Savannah. Puis, à deux cents mètres de nous, nous vîmes le marsouin blanc émerger des vagues pour venir vers nous.

J'avais dix ans lorsque je vis pour la première fois le marsouin blanc, connu sous le nom de Snow* de Caroline, suivre notre crevettier comme nous rentrions au port, après une journée passée à ratisser les plages qui longeaient Spaulding Point. Il s'agissait de l'unique marsouin blanc jamais repéré près des côtes de l'Atlantique, de mémoire de pêcheur de crevettes, et certains membres de la confrérie prétendaient même que c'était le seul marsouin blanc à avoir jamais habité cette terre. Dans tout le comté de Colleton, aux interminables kilomètres de fleuves salés et de criques recouvertes par la marée, la vue de Snow était toujours un sujet d'émerveillement. On ne le voyait jamais en compagnie d'autres marsouins, et certains pêcheurs, dont mon père, en conclurent que, à l'instar des humains, les marsouins n'étaient guère tendres envers leurs monstres et que Snow avait été condamné, à cause de son étonnante blancheur, à errer dans les eaux vertes du Colleton, exilé et solitaire. Ce premier jour, il nous suivit pratiquement jusqu'au port, avant de faire demi-tour pour repartir vers le large. Snow conférait au comté le sentiment d'une certaine originalité, et tous ceux qui l'avaient vu en gardaient un souvenir impérissable. C'était comme la révélation que l'océan ne renoncerait jamais à sa capacité de créer et de surprendre.

Au fil des années, Snow était devenu symbole de chance pour la ville. Colleton serait prospère et florissante aussi longtemps que Snow honorerait ses eaux de ses visites. Il lui arriverait de disparaître pendant de longues périodes, pour revenir soudainement dans les eaux des îles de Caroline du Sud. Même le journal signalait les allées et venues du marsouin blanc. Son entrée dans le chenal principal et sa lente traversée sensuelle de la ville faisaient se presser tous les citoyens de Colleton sur les rives du fleuve. Les commerces s'arrêtaient et, dans un mouvement

---

* Snow signifie neige. (N.d.T.)

collectif, les habitants de Colleton cessaient leurs activités pour saluer son retour. Ses visites dans le bras principal du fleuve étaient rares, une apparition de lui constituait un bien précieux qui mettait la ville en arrêt. Il vous arrivait toujours comme un symbole, un monarque, un cadeau ; et toujours il venait seul, banni, et sur les rives du fleuve les gens criaient son nom, lui souhaitaient la bienvenue, saluaient son divin passage immaculé, formant la seule famille qu'il connaîtrait jamais.

Grand-père mit le moteur en route et engagea le petit bateau vers le chenal. Snow se dressa au-dessus du fleuve, devant nous, et son dos prit une blancheur de lis dans la lumière déclinante.

« Il nous accompagne, dit grand-père en manœuvrant le bateau vers le marsouin blanc. Si ce n'est pas la preuve de l'existence d'un dieu vivant, c'est qu'il n'y a aucune preuve possible. Il aurait pu se contenter d'un marsouin ordinaire, qui est déjà en soi une créature très belle. Mais non, il se donne encore le mal d'imaginer des choses toujours plus belles, pour le plaisir de l'œil humain.

— Je ne l'ai jamais vu d'aussi près, dit Savannah. Il est d'un blanc immaculé, comme une nappe. »

Pourtant ce n'était pas un blanc immaculé que nous avions devant les yeux quand il fit surface à vingt mètres de nous. D'imperceptibles marbrures de couleur miroitaient sur son dos comme il surgissait de l'eau, un fugitif éclair d'argent des nageoires, une évanescence de couleur impossible à cerner. On savait que jamais deux fois de suite il n'aurait la même couleur.

Nous le regardâmes tourner autour du bateau, passer au-dessous, se fondre dans l'eau comme du lait. Bondissant, il demeurait en suspens, et il avait alors la couleur des pêches et des hautes lunes, avant de s'enfoncer, retrouvant sa teinte laiteuse.

Tels sont les instants fugitifs de mon enfance dont je ne puis tout à fait reconstituer le souvenir parfait. Irrésistibles, emblématiques, je ne retrouve d'eux que des fragments, des frémissements de cœur. Je revois un fleuve, la ville, mon grand-père pilotant un bateau sur le chenal, ma sœur figée dans cet instant d'absolue béatitude qu'elle traduirait plus tard dans ses poèmes les plus percutants, le parfum métallique des huîtres cueillies, les braillements d'enfants sur le rivage... Quand vient le marsouin blanc, tous ces éléments sont présents, plus leur transfigura-tion. En rêve, le marsouin demeure dans les eaux de la mémoire, pâle divinité qui nourrit le jeu et le fond glacial de toutes les eaux noircies de mon histoire. Il y eut beaucoup d'aspects négatifs dans mon enfance, mais le fleuve n'y participait jamais, pas plus que les richesses inesti-mables qu'il donnait, à vendre ou à transformer.

Lors de notre passage sous le pont, je regardai derrière nous et vis les ombres de gens qui s'étaient rassemblés pour regarder Snow. On voyait leurs têtes par-dessus la balustrade en ciment du pont, groupées par paquets irréguliers, comme les perles d'un chapelet à demi brisé. J'entendis la voix d'une petite fille suppliant Snow de revenir sous le pont. Hommes et femmes s'amassaient à présent sur les docks flottants qui tanguaient avec la marée ; tous montraient du doigt le dernier endroit où le marsouin avait fait surface.

Une visite du marsouin blanc était pour mon grand-père comme le blanc sourire que Dieu lui adressait de sous les eaux.

« Merci, mon Dieu », disait-il derrière nous, dans l'une de ces prières improvisées qui jaillissaient spontanément de lui lorsqu'il était profondément ému par le monde extérieur.

« Merci, mon Dieu, pour tout cela. »

Je me retournai. Ma sœur se retourna. Et cet homme nous sourit.

Plus tard, bien longtemps après la mort de mon grand-père, je regretterais de n'avoir jamais réussi à être le genre d'homme qu'il était. Certes, je l'adorais quand j'étais enfant, et la sécurité protectrice que je trouvais en cet homme doux, vivant sans se poser de questions sur son appartenance au sexe fort, m'attirait. Pourtant jamais je ne sus l'apprécier à sa juste valeur. Je ne savais pas comment aimer la sainteté ; je ne connaissais ni la façon ni les mots pour rendre hommage à tant de naturelle innocence, tant de généreuse simplicité. Aujourd'hui, je sais qu'une part de moi aimerait bien avoir traversé le monde comme il l'avait traversé, champion d'une foi brûlante, bouffon et seigneur de la forêt, débordant de l'amour de Dieu. J'aimerais avoir connu le Sud qui était le sien, j'aurais remercié Dieu pour les huîtres et les marsouins, loué le Seigneur pour le chant des oiseaux et les éclairs illuminant le ciel, reconnu son image dans le reflet des flaques salées et les yeux de chats perdus. J'aimerais avoir parlé aux chiens qui gardent les maisons et aux passereaux des bois, comme s'ils étaient mes amis et mes compagnons de voyage le long des routes martyrisées par le soleil, j'aimerais avoir été ivre d'amour divin, gorgé de charité comme un arc-en-ciel qui, dans l'insouciance de ses mille couleurs fondues, tisse un lien entre deux champs éloignés par la grâce d'une courbe parfaite. J'aimerais avoir vu le monde avec ses yeux à lui, capables seulement d'émerveillement, j'aimerais l'avoir dit avec sa langue qui ne trouvait de mots que pour louer.

Je m'identifiais à cette créature solitaire, isolé dans sa différence, à ce marsouin blanc qui s'engageait dans la remontée du fleuve. Mais mon grand-père, ah ! je savais toujours ce que ressentait mon grand-père en voyant Snow remonter le fleuve. Il regarda le marsouin disparaître, décrivant un angle aigu pour suivre les bas-fonds du chenal dans un ultime éclair, avant de filer derrière un isthme de terre verte, à l'endroit où le fleuve s'incurve vers la droite.

Luke nous attendait, debout sur l'appontement. Le soleil l'éclairait de l'ouest, il fixa sur nous un regard sans visage, clair-obscur lointain, pilier d'ombre et de lumière. Lorsque grand-père coupa le moteur, Luke aida du pied le bateau à se ranger le long de l'appontement, et il attrapa la corde que je lui jetai.

« Vous avez vu Snow ? demanda-t-il.

— Il était fringant comme un jeune chiot, répondit mon grand-père.

— Tolitha nous a tous invités pour le dîner.

— Nous avons suffisamment d'huîtres, dis-je.

— Papa a apporté cinq livres de crevettes. Et Tolitha va les faire frire.

— Tu avais l'air d'un géant, sur l'appontement, pendant que nous étions sur le fleuve, Luke, dit Savannah. Je donnerais bien ma main à couper que tu grandis encore.

— Gagné, sœurette. Et je n'ai pas l'intention de me laisser embêter par des minus. »

Je commençai à regrouper les huîtres pour les balancer sur le quai, où Luke les mit dans une bassine. Nous amarrâmes ensuite le bateau avant de remonter vers la maison en coupant par les prés.

Savannah, Luke et moi restâmes dehors, sur la véranda, pour ouvrir les huîtres. Nous les mettions dans un saladier que ma grand-mère nous avait fait passer par la porte de la cuisine. J'ouvris une très grosse huître et la gobai directement, la gardant un instant en bouche, saisissant son jus sur ma langue et inhalant son parfum, avant de la laisser descendre le long de mon gosier. Il n'est pour moi aucune perfection supérieure à cette fraîcheur et au bouquet d'une huître crue. Le goût de l'océan pur fait chair. Nous entendîmes les voix de ma mère et de ma grand-mère dans la cuisine, voix sérieuses et intemporelles des femmes quand elles préparent le repas pour leur famille. Vénus, pâle pépite d'argent, se leva à l'est. Les cigales entamèrent leurs fous conciliabules dans les arbres. Quelqu'un alluma la télévision dans la maison.

« J'ai eu une conversation avec M. Sams, l'entraîneur de foot, aujourd'hui, dit Luke en ouvrant une huître d'un gracieux tour de poignet. Il m'a dit que le Noir vient vraiment dans notre école.

— Qui est-ce ? demanda Savannah.

— Benji Washington, le fils du croque-mort.

— Je l'ai déjà vu dans le coin, dit Savannah.

— C'est un négro, dis-je.

— N'utilise jamais ce mot, Tom, dit Savannah en me fusillant du regard. Il ne me plaît pas. Il ne me plaît pas du tout.

— J'utilise les mots que je veux, répliquai-je. Je n'ai pas à demander ta permission pour parler comme j'en ai envie. Il va semer la pagaille et bousiller notre dernière année de lycée.

— C'est un mot vilain, dégoûtant, dit-elle, et tu as l'air moche quand tu l'utilises.

— Il a dit ça sans intentions particulières, intervint doucement Luke, dans l'obscurité. Tom essaye toujours de se faire plus méchant qu'il n'est.

— C'est un négro, non ? Alors je ne vois pas pourquoi je ne dirais pas que c'est un négro, dis-je, plus méchant que jamais.

— Parce que c'est un mot que les gens gentils n'utilisent pas, espèce de sale abruti, dit-elle.

— Bon, bon, dis-je avec colère. Je suppose que pour les gens gentils "espèce de sale abruti" est un terme affectueux.

— C'est l'heure de se mettre à table, dit Luke, accablé. J'imagine que

293

c'est donc l'heure d'une nouvelle dispute. Bon sang, tous les deux, laissez tomber. Je regrette d'avoir soulevé la question.

— Ne prononce jamais ce mot, Tom, c'est un conseil que je te donne, dit Savannah.

— Je ne savais pas que tu étais devenue l'égérie du NAACP. Ça s'est passé quand ?

— Si vous ouvriez les huîtres et écoutiez les grenouilles, suggéra Luke. J'ai horreur de vous voir vous chamailler comme ça.

— Ne dis surtout pas ce mot en ma présence, Tom. Tu es prévenu. Je le déteste et je déteste les gens qui l'utilisent.

— Papa le fait sans arrêt, dis-je.

— Il a une excuse, il est idiot. Pas toi.

— Moi, je n'ai pas honte d'être un Sudiste, Savannah, dis-je. Je n'en dirais pas autant de certaines personnes de ma connaissance qui lisent le *New Yorker* toutes les semaines.

— Tu devrais avoir honte d'être de ce genre de Sudistes. Cette racaille de bas étage.

— Excusez-moi, votre altesse royale.

— Taisez-vous, tous les deux, dit Luke en regardant vers la fenêtre de la cuisine. » Les gâteaux de ma grand-mère bénissaient l'air du soir.

« Maman ne nous permet pas d'utiliser ce mot, Tom, et tu le sais.

— Tu n'as pas le droit de penser comme ce qui se fait de pire dans le Sud profond. Je ne te laisserai pas. Dussé-je te battre pour cela, dit Savannah.

— Je peux te laisser raide sur le carreau, Savannah, dis-je en la défiant du regard, et tu le sais.

— Exact, grosse brute. Tu peux le faire, persifla-t-elle, mais si tu lèves la main sur moi, le grand Luke, ici présent, te transforme en chair à pâté. Et à côté de Luke tu es faible comme l'agneau qui vient de naître. »

Je regardai mon frère qui nous contemplait en souriant. Il hocha la tête.

« Exact, Tom. Je ne laisserai jamais faire de mal à mon petit canard en sucre, dit-il.

— Dis donc, Luke, reconnais que c'est elle qui a déclenché la bagarre, non ? Je n'ai fait que lâcher une parole imprudente sur les négros.

— Ouais, reconnut-il, c'est elle qui a commencé et c'est elle qui est en train de gagner, petit frère, sourit-il.

— Tu es de parti pris, dis-je.

— Non, je suis seulement grand, reprit Luke.

— Va, Prince, dit Savannah en serrant Luke et en l'embrassant sur les lèvres. Péquenot, pilier de foot, mon prince.

— Pas de démonstrations physiques, Savannah, dit-il en rougissant.

— À supposer que j'aie frappé Savannah, dis-je. Attention ! il s'agit là d'une simple hypothèse. À supposer donc que je lui aie collé une tape sur la joue en situation de légitime défense, Luke. Tu ne ferais rien, n'est-ce pas ? Parce que tu m'aimes autant que Savannah, hein ?

— Je t'aime beaucoup, au point que ça me fait mal, dit Luke en ouvrant une huître. Tu le sais, Tom. Mais si jamais tu touches Savannah, je te mets en bouillie. J'en souffrirai encore davantage que toi, mais je te réduirai en chair à pâté.

— Tu ne me fais pas peur, Luke, dis-je.

— Si, je te fais peur, Tom, dit-il légèrement. Il n'y a pas de quoi en avoir honte. Je suis beaucoup plus costaud que toi.

— Tu te rappelles quand Maman nous lisait le *Journal* d'Anne Frank, Tom ? demanda Savannah.

— Bien sûr.

— Tu te rappelles ce que tu as pleuré à la fin de ce livre ?

— Ça n'a rien à voir avec ce dont nous parlons aujourd'hui. Je suis bien tranquille qu'il n'y avait pas un seul négro dans tout Amsterdam.

— Mais les nazis, Tom. Il y avait des nazis pour qui le mot "Juif" avait le même sens que le mot "négro" pour toi.

— Fous-moi un peu la paix, Savannah.

— Et quand Benji Washington franchira le seuil de la porte de cette école, le jour de la rentrée prochaine, je veux que tu te souviennes d'Anne Frank.

— Bon sang, laisse-moi ouvrir les huîtres tranquillement, tu veux.

— Elle t'a cané, mec. J'adore vous écouter quand vous vous disputez tous les deux. Au début, on a l'impression que tu vas bouffer la terre entière, Tom. Et à la fin tu te retrouves le bec cloué.

— C'est parce que je n'aime pas vraiment les disputes, dis-je. C'est ce qui fait la grande différence entre Savannah et moi.

— Ce n'est pas la principale différence entre nous, Tom, dit Savannah qui se leva pour se diriger vers la porte.

— Quelle est la principale différence, alors ? dis-je en me tournant vers elle.

— Tu tiens vraiment à la savoir ? Tant pis si tu en prends un coup ?

— Tu ne peux m'infliger aucun coup. Je sais à l'avance tout ce que tu penses, de toute façon. Nous sommes jumeaux, n'oublie pas.

— Ça, tu ne le sais pas.

— Eh bien ? dis-le.

— Je suis beaucoup plus intelligente que toi, Tom Wingo. »

Et de disparaître dans la cuisine, laissant Luke et moi terminer l'ouverture des dernières huîtres dans la pénombre. Le rire de mon frère résonna dans toute la véranda.

« Elle t'a rivé ton clou, mec. T'en as pris pour ton grade de paysan débile.

— J'ai placé deux ou trois bonnes répliques.

— Zéro, pas une.

— Anne Frank n'avait rien à voir avec ce bordel.

— À l'entendre, on était convaincu du contraire. »

À midi, le jour du Vendredi saint, mon grand-père souleva la croix de bois et la posa sur son épaule droite. Il était vêtu d'une aube blanche et portait une paire de sandales achetées dans un Prisunic de Charleston. Luke opéra quelques ajustements de dernière minute sur la roue, à l'aide de tenailles.

M. Fruit réglait la circulation en attendant que mon grand-père donnât le signal du départ de sa marche. Dans la mesure où il dirigeait la circulation et menait toutes les parades, M. Fruit avait toujours double travail le Vendredi saint. Pour des raisons qui n'appartenaient qu'à lui. M. Fruit considérait le chemin de croix de mon grand-père comme une parade. Une parade petite, peu réjouissante, mais une parade néanmoins. M. Fruit mit le sifflet à ses lèvres et mon grand-père hocha la tête. M. Fruit siffla la mesure et remonta la Grand-Rue au pas cadencé comme un tambour-major, et en levant le genou presque à hauteur du menton. Mon grand-père suivit à une dizaine de mètres. J'entendis deux ou trois personnes rire en voyant la roue. Au niveau de la pharmacie Baitery, je regardai mon père filmer la prochaine phase de la marche.

À mi-chemin environ de la rue, mon grand-père tomba pour la première fois. Une chute spectaculaire qui lui fit heurter durement la rue, tandis que sa croix s'écrasait sur lui. Il avait une passion particulière pour les chutes qui émaillaient cette marche de trois heures. La foule était toujours surprise et lui savait tomber. Mon père donna du zoom au moment où mon grand-père tomba, et il était évident qu'ils étaient convenus ensemble d'un système de signaux avant chacun des grands moments de la marche. Amos trébuchait avec beaucoup de talent et ses genoux cédaient sous son poids quand il essayait de se redresser. Grand-père ignorait tout du théâtre de l'absurde, mais il se débrouilla pour l'inventer année après année.

Après la première heure, la roue cassa et dut être retirée. Le shérif Lucas fit son apparition au feu situé près du pont et rédigea la citation annuelle pour entrave à la circulation. M. Fruit fit arrêter la marche et dirigea le mouvement de véhicules au carrefour pendant qu'une partie de la foule huait le shérif. M. Kupinet, un des diacres de la paroisse de grand-père, lut à haute voix des passages de la Bible relatant la marche de Jésus dans les rues de Jérusalem, sa crucifixion sur le Calvaire, flanqué de deux voleurs, les ténèbres qui obscurcirent la ville et le grand cri d'agonie : « Éli, Éli, lama sabachtani ? (Mon Dieu, mon Dieu, pourquoi m'as-tu abandonné ?) », et le centurion répéta encore une fois ce qu'il ne cesserait de dire dans les siècles des siècles : « En vérité, cet homme est bien le Fils de Dieu. »

Et mon grand-père allait et venait entre des boutiques vendant des chaussures, de l'immobilier et de la lingerie, le visage ruisselant de sueur mais le regard serein. Sachant qu'il servait son Dieu du mieux qu'il pouvait. Savannah et moi vendions de la citronnade devant la boutique de couture de Sarah Poston, et Luke était chargé d'interrompre mon grand-père au milieu de sa marche pour forcer Amos à avaler la version sudiste du verre de vinaigre. Luke jouait ensuite le rôle de Simon de Cyrène en l'aidant à supporter le poids de la croix pendant une pleine longueur de rue. Arrivé à la troisième heure, mon grand-père trébuchait pour de bon. Lorsqu'il tomba pour la troisième fois, il fut incapable de se remettre debout tant que Luke ne l'aida pas en déchargeant son corps du poids de la croix. Du sang dessinait une mince bretelle le long de l'épaule de son aube. Il se leva enfin, sourit et remercia Luke, promettant de couper les cheveux de mon frère plus tard dans la journée. Puis il continua de descendre la rue, titubant et vacillant de gauche à droite.

Je ne savais pas à l'époque et je ne sais pas à ce jour quoi penser du terrifiant amour de mon grand-père pour la parole de Dieu. Adolescent, je vivais sa marche comme une humiliation. Mais Savannah devait écrire sur cette marche des poèmes d'une beauté peu commune. Elle chanterait le « timide Oberammergau du coiffeur itinérant ».

Et lorsque la marche d'Amos Wingo se termina, ce jour-là, et que nous le récupérâmes, au moment où il tombait, pour l'amener au stand de rafraîchissements où nous portâmes un glaçon sur son visage avant de lui faire boire un verre de citronnade, j'eus le sentiment que la sainteté était la maladie la plus effrayante et la plus incurable de cette planète.

Il tremblait et il délirait, tandis que nous l'allongions sur le trottoir. Les gens se pressaient pour faire signer leurs bibles par grand-père. Mon père filma son effondrement.

Luke et moi le remîmes sur ses jambes et, passant ses bras autour de nos épaules, nous le portâmes de tout son poids pour le ramener à la maison, avec Luke qui répétait tout le long du trajet : « Tu es formidable, grand-père, tu es formidable. »

15

Le portier qui gardait l'entrée de l'immeuble du Dr Lowenstein me regarda arriver d'un œil méfiant. Il me dévisagea comme s'il savait que je nourrissais des intentions criminelles, mais voir le monde en ces termes faisait partie de son métier. Costaud, habillé en livrée à l'ancienne de mauvais goût, il nota mon nom avec un formalisme très grave avant d'appeler à l'étage. Le hall d'entrée était meublé en cuir patiné, ce qui donnait aux lieux l'espèce de morne élégance d'un club pour messieurs dont les membres auraient été à deux doigts de voter l'admission des dames.

Le portier désigna l'ascenseur et retourna à la lecture du *New York Post*. En dépit des deux énormes sacs de courses que je portais, je réussis à appuyer sur le bouton correct et l'ascenseur m'enleva dans un laborieux tremblement de câbles à une vitesse tellement faible que j'avais l'impression de me déplacer sous l'océan.

Bernard m'attendait sur le pas de la porte.

« Bonsoir, Bernard, dis-je.

— Bonsoir, coach, répondit-il. Qu'est-ce que vous avez dans ces sacs ?

— Le dîner et autre chose », dis-je en pénétrant dans le vestibule.

J'émis un sifflement en même temps que je jetais un coup d'œil circulaire sur les lieux.

« Mazette, quelle maison ! On se croirait dans une aile du Met*. »

L'entrée était meublée de sièges recouverts de velours, de vases en émaux cloisonnés, de dessertes, d'un petit lustre Waterford et de deux sévères portraits du XVIIIe siècle. J'apercevais aussi un piano à queue dans le salon, et un portrait de Herbert Woodruff en train de jouer du violon.

« Je déteste, dit Bernard.

— Pas étonnant qu'elle t'interdise de faire des haltères à la maison, dis-je.

— Le règlement a été changé hier soir. À présent, je peux faire des haltères quand mon père n'est pas là. Mais exclusivement dans ma chambre. Il faut que je cache mon matériel sous le lit, pour qu'il ne le voie pas.

---

* *Met* : Metropolitan Museum de New York. Ce musée abrite notamment de très belles collections de meubles. *(N.d.T.)*

— Si le cœur lui en dit, repris-je en regardant le portrait au-dessus de la cheminée, je pourrais lui fixer un programme de musculation pour que vous fassiez vos haltères ensemble. »

C'était un bel homme, à l'ossature fine, dont la bouche mince trahissait le raffinement, ou bien la cruauté.

« Mon père ? dit Bernard.

— Bon, on s'active un peu, Bernard. Laisse-moi déposer cette nourriture à la cuisine ; ensuite tu me montreras ta chambre. Je veux que tu sois équipé de pied en cap avant le retour de ta mère. »

La chambre de Bernard se trouvait à l'autre extrémité de l'appartement et elle était meublée aussi coûteusement et avec autant de goût que les autres pièces que j'avais vues au passage. Elle n'avait aucun des atours criards des chambres de garçon, pas de poster de rock-stars ou de champions sportifs, pas de désordre, pas de démesure. Je déchirai le sac de papier et dis à Bernard :

« Allez, champion, on fait le grand jeu. Mets-toi à poil.

— Pour quoi faire, coach ? dit-il.

— Parce que j'aime bien regarder des types se mettre à poil, répondis-je.

— Je ne peux pas, dit-il, profondément gêné.

— Il faut aussi que je t'apprenne à te déshabiller, Bernard ? dis-je. Parce que cela ne figure pas dans mon contrat.

— Est-ce que vous êtes homo, coach ? demanda-t-il sur un ton nerveux. Remarquez, ce n'est pas un problème, moi, ça ne me dérange pas. Que vous le soyez, je veux dire. Je crois que les gens doivent avoir le droit de faire ce qu'ils veulent. »

Je ne répondis pas mais exhibai une paire de superbes épaulettes de protection – marque Wilson – tout juste sorties de leur emballage.

« Elles sont pour moi ? demanda-t-il.

— Non, dis-je. Mais je voulais que tu les essaies avant que je les offre à ta mère.

— En quoi est-ce qu'elles peuvent bien intéresser ma mère, coach ? demanda-t-il tandis que je commençais à les fixer sur lui.

— Bernard, si on travaillait un peu ton sens de l'humour plutôt que tes passes ? Donne-moi deux heures par jour, et je tenterai de t'enseigner ce qu'est une plaisanterie.

— Veuillez m'excuser pour tout à l'heure. Je n'aurais pas dû vous demander si vous étiez homo, coach. Vous comprenez. Je me suis senti un peu gêné, rien que nous deux dans l'appartement, tout ça...

— D'accord, Bernard. À présent enlève-moi tout ça, petit. J'ai un repas à préparer, mais je veux d'abord te montrer comment s'habille un joueur de football. »

Susan Lowenstein était en retard. Installé dans un confortable fauteuil de son salon, je contemplais Central Park tandis que le soleil commençait à se noyer dans l'Hudson River derrière moi. Je sentais les effluves du gigot d'agneau en train de rôtir au four, embaumant la maison de son bon parfum. Je voyais mon propre et pâle reflet dans la baie vitrée, ainsi que l'éclairage baroque des lustres qui illuminaient d'une lumière rêveuse les autres pièces, dans mon dos. À la tombée du jour, la fenêtre donnait à la fois le miroir et le portrait fabuleux d'une ville qui plonge dans les ténèbres. Les immenses gratte-ciel du bas de la cité viraient au bleu saphir et au rose dans le soleil déclinant, avant de renchérir par leur propre embrasement intérieur. La cité entière s'offrait à mes yeux dans une forêt architecturale, transfigurée, religieuse et splendide. Épuisé, le soleil accrocha, dans son ultime soupir, un immeuble entier, et mille fenêtres eurent alors le bonheur de décliner toute la palette d'un récif de corail, avant que, sombrant progressivement de fenêtre en fenêtre, l'astre se perdît lui-même tandis que la cité entière se dressait, tel un oiseau de feu, dans la nuit chantante. La cité se dépouilla des derniers miroitements du couchant et, dans une béatitude gourmande et vengeresse, elle se transforma en un époustouflant candélabre de lumière asymétrique. De l'endroit où je me trouvais assis, et qui était maintenant complètement dans l'obscurité, la ville semblait constituée de bougies votives brûlant dans leur verre, d'éclairs et de tisons ardents. Dans la beauté de cette géométrie ascendante et de la fabuleuse métamorphose de ses formes, elle semblait amplifier le soleil couchant, faire mieux que lui.

« Désolée d'être en retard, dit Susan Lowenstein en arrivant. J'ai eu un problème avec un patient, à l'hôpital. Vous avez trouvé le bar ?

— Je vous attendais.

— L'agneau sent superbement bon », dit-elle. Puis, regardant sa ville par la baie vitrée, elle exulta. « Venez donc me dire, à présent, que vous n'avez pas sous les yeux une des plus belles choses que vous ayez vues dans votre vie. Je veux vous entendre vitupérer New York alors même que vous contemplez ce que New York peut vous offrir de plus beau.

— C'est fantastique, convins-je. Je ne vois pas ça tous les jours.

— Moi qui le vois tous les soirs, je continue à être totalement émerveillée.

— Sacré endroit pour regarder l'envers d'un coucher de soleil, dis-je, admiratif. Votre mari et vous avez un goût exquis, Lowenstein, et un paquet de pognon.

— Maman », fit une voix derrière nous.

Nous nous tournâmes ensemble et vîmes Bernard, en tenue complète de footballeur, avancer à pas de loup dans le salon, en chaussettes. Il avait dans les mains ses chaussures neuves, dont les pointes rutilaient. Dans cette lumière étrange, il paraissait gigantesque, difforme, né à un nouvel état pour lequel il n'avait jamais été programmé.

« Mon coach, M. Wingo, m'a apporté ceci aujourd'hui. Une tenue complète.

— Mon Dieu ! furent les seuls mots qu'une Susan Lowenstein abasourdie parvint à articuler.

— Eh bien, je ne te plais pas, Maman ? Allez, dis-moi que je ne suis pas beau. Tout va bien sauf le casque, et M. Wingo a dit qu'il l'arrangerait.

300

— Dr Lowenstein, dis-je, permettez-moi de vous présenter votre fils, Bernard-le-Tueur. On l'a baptisé "le flambeur du Mississippi", parce que c'est le roi de la passe en boulet de canon, avec un maximum de risques.

— Ton père va demander le divorce si jamais il te voit ainsi, dit-elle. Il faut que tu me jures de ne jamais te montrer à lui dans cette tenue, Bernard.

— Mais toi, qu'est-ce que tu en dis, Maman ? Tu me trouves comment ?

— Je trouve que tu as l'air d'un monstre, dit-elle en riant.

— C'est bon, Bernard, dis-je. Va t'habiller pour dîner. Nous faisons un festin de roi dans quarante-cinq minutes. Tu as fait tes haltères, aujourd'hui ?

— Non, monsieur, dit Bernard, encore submergé de colère contre sa mère, et écumant de rage.

— Essaye de passer à soixante-quinze livres. Je pense que tu es prêt pour franchir cette étape.

— Oui, monsieur.

— Autre chose, quand nous dînons ensemble, je m'appelle Tom. Je n'aime pas être appelé monsieur à l'heure des repas.

— Ça te change beaucoup, Bernard, dit sa mère. Je ne voulais pas être désagréable. Il me faudra seulement un peu de temps pour m'habituer à cette allure agressive.

— Tu trouves donc que j'ai l'air agressif, là-dedans, hein ? se réjouit Bernard.

— Mon fils, tu as l'air d'un vrai sauvage.

— Merci, Maman, dit Bernard avant de partir au pas de course, sur le tapis d'Orient, pour regagner sa chambre.

— Les compliments prennent parfois des formes bien étranges. Je nous sers un verre », dit-elle.

Le dîner fut une affaire feutrée, sans bavures, au début du moins. Bernard parla essentiellement de football – ses équipes favorites, ses joueurs préférés. Sa mère le regardait constamment comme si elle découvrait à sa table un enfant inconnu ; elle posa plusieurs questions concernant le football, révélant une ignorance tellement stupéfiante que les mots me manquaient quand je tentais de lui répondre.

Je remarquai une certaine tension entre la mère et le fils qui semblaient l'un et l'autre ravis d'avoir un hôte à dîner, pour détendre un peu l'atmosphère de nervosité qui marquait leurs relations. Cette tension stimula en moi la glande de l'amuseur public, et je me retrouvai dans le rôle du maître ès divertissements, le boute-en-train de service qui cache toujours un peu de cartes en réserve dans sa manche et une excellente plaisanterie prête à être servie dès qu'un silence s'installe. Un rôle que je détestais, tout en étant incapable de refuser de le tenir. Rien ne mettait mes nerfs à pire épreuve, au point de me faire frôler la névrose, que l'hostilité silencieuse entre deux êtres qui s'adoraient. Je passai donc la soirée à débiter des bons mots, découper le gigot avec l'adresse d'un chirurgien, servir le vin comme un sommelier entraîné au burlesque, tourner la salade avec entrain. Lorsque j'en fus à servir la *crème brûlée* et les expressos, j'étais épuisé, laminé par mes propres clowneries. Et tandis que nous dégustions le dessert, les vieux silences entre mère et fils reprirent le dessus et j'entendis le mortel cliquetis de l'argenterie contre les coupelles de verre.

« Pourquoi vous êtes-vous mis à la cuisine, coach ? finit par demander Bernard.

— J'y ai été obligé, lorsque ma femme faisait ses études de médecine. Je me suis donc acheté un bon livre de recettes et, pendant trois mois, j'ai fait subir des sévices indicibles à d'excellents morceaux de viande. J'ai cuit du pain que les oiseaux refusaient de toucher. Mais j'ai appris une chose, c'est que si j'étais capable de lire, j'étais aussi capable de faire à manger. Je me suis surpris moi-même en y prenant goût.

— Votre femme ne faisait jamais la cuisine ? interrogea-t-il.

— Elle était excellente cuisinière, mais elle n'avait guère le temps de s'occuper des fourneaux pendant ses études. Elle n'avait déjà même pas le temps d'être mariée. Les choses n'ont guère changé depuis qu'elle est docteur et que nous avons des enfants.

— Alors vos enfants ne voyaient jamais leur mère, eux non plus, quand ils étaient petits ? dit-il en regardant la sienne.

— Il y a eu une époque où Sallie n'était pas souvent là, Bernard, m'empressai-je de répondre. Mais elle n'aurait jamais été heureuse avec un tablier et une maison à tenir pour tout horizon. Elle avait trop d'intelligence et trop d'ambition, et puis elle adore son métier. Il lui permet d'être une meilleure mère.

— Est-ce que vous préparez encore beaucoup de repas, aujourd'hui ?

— Tous, Bernard, dis-je. Je suis au chômage depuis plus d'un an.

— Vous voulez dire que vous n'êtes même pas un véritable entraîneur ? » dit Bernard. Et je reconnus dans sa voix le désarroi de celui qui a été trahi. « Ma mère n'a même pas engagé un coach digne de ce nom ? »

Le docteur Lowenstein intervint sur un ton pincé, en se contrôlant à peine.

« Je crois que cela suffit, maintenant, jeune homme.

— Pourquoi ne travaillez-vous pas en ce moment ? demanda Bernard.

— J'ai été viré de mon emploi, dis-je en avalant une gorgée de mon café.

— Pourquoi ? insista-t-il.

— C'est une longue histoire, Bernard. Une histoire qui ne regarde pas vraiment les enfants.

— Un imposteur, dit-il à sa mère. J'ai pour coach un vulgaire imposteur.

— Bernard, je t'ordonne de faire immédiatement des excuses à Tom, dit sa mère.

— Pourquoi devrais-je m'excuser, s'il te plaît ? Il s'est fait passer pour un entraîneur sportif et je m'aperçois maintenant que ce n'est pas vrai. C'est lui qui me doit des excuses.

— Très bien, je m'excuse, Bernard, dis-je en plantant ma petite cuillère dans mon dessert. Je n'avais pas compris que, dans ton cas, un
coach en exercice s'imposait.

— Les adultes me tuent. Vraiment. J'espère n'être jamais un adulte.

— Tu ne cours pas grand risque, Bernard, dis-je. Il faudrait déjà que
tu évites de te noyer dans ton adolescence.

— En tout cas, moi je ne mens pas sur ce que je suis, répondit-il.

— Pour mémoire, Bernard, tu as raconté à tes parents que tu faisais
partie de l'équipe de football de ton université. Ce qui était faux. C'est
un petit mensonge, mais il permet de remettre les pendules à l'heure,
dis-je.

— Pourquoi faut-il que tu réagisses toujours de cette manière, Bernard ? demanda Susan au bord des larmes. Pourquoi te déchaînes-tu
systématiquement sur quiconque essaye de se rapprocher de toi ou de
t'aider ?

— Je suis ton enfant, Maman. Pas un de tes patients. Inutile de me
servir un baratin de psy. Si tu essayais de me parler normalement ?

— Je ne sais pas comment te parler, Bernard.

— Moi je sais, Bernard, dis-je tandis que le gamin furieux se tournait
de mon côté, écumant de rage, et la lèvre supérieure perlée de gouttes
de sueur.

— Vous savez faire quoi ? demanda-t-il.

— Je sais comment il faut te parler, dis-je. Ta mère ne sait pas, moi
je sais. Parce que je te comprends, Bernard. Tu t'en veux à mort d'avoir
gâché cette soirée, mais tu n'as pas pu t'en empêcher. C'était la seule
façon que tu avais d'atteindre ta mère et il fallait que tu lui fasses mal.
Très bien. C'est une histoire entre vous deux. Moi, je suis toujours ton
coach, Bernard. Et demain matin, nous avons rendez-vous à l'endroit
habituel, sauf que cette fois, tu seras en tenue de combat.

— Pourquoi devrais-je vous accepter comme coach ? Vous venez de
reconnaître que vous étiez un tocard.

— Tu verras bien si je suis un tocard ou non, Bernard, dis-je, affrontant cette triste esquisse d'homme. Et moi, je saurai demain si toi, tu es
ou non un tocard.

— Pardon ?

— Demain je saurai si tu as peur de frapper ou pas. C'est l'épreuve
de vérité. Si tu sais encaisser les coups et en distribuer. Demain, pour la
première fois de ta vie, Bernard, tu vas tâter d'un sport de contact.

— Vraiment, et je vais taper sur qui ? Un arbre, un buisson ou un
poivrot de Central Park ?

— Sur moi, dis-je. Tu vas essayer de me plaquer, Bernard. Et ensuite,
ce sera mon tour d'essayer de te plaquer.

— Mais vous êtes beaucoup plus grand que moi.

— Tu n'as rien à craindre de moi, Bernard, dis-je froidement, tu sais,
je ne suis qu'un tocard.

— Bravo pour le fair-play.

— Tu as peur quand je t'annonce que je vais te plaquer ?

— Non, dit-il sur le ton du défi. Pas du tout.

— Tu sais pourquoi tu n'as pas peur, Bernard ?

— Non.

— Eh bien je vais te le dire. Parce que tu n'as jamais joué au football, Bernard. Sinon tu saurais que tu as de bonnes raisons d'avoir peur. Mais je sais aussi que tu as très envie de jouer au football, Bernard. Pour je ne sais quelle raison tordue, c'est ce que tu désires le plus au monde, pas vrai ?

— Apparemment, dit-il.

— Si tu apprends à me plaquer, Bernard, dis-je, et si tu apprends à encaisser mes plaquages, tu peux être sûr d'être sélectionné dans l'équipe, l'année prochaine. Je te le promets.

— Tom, je pense que vous êtes trop grand pour plaquer Bernard.

— Oh, Maman, s'il te plaît, dit Bernard en implorant sa mère. Tu ne connais pas le b-a ba du football.

— D'abord, tu m'aides à débarrasser la table, Bernard, dis-je en me levant pour empiler les assiettes à dessert. Ensuite tu files te coucher pour être en forme demain.

— Je n'ai pas à enlever le couvert, dit-il. Nous avons une bonne pour le faire.

— Fiston, dis-je à Bernard, ne t'avise pas de me répondre encore une fois. Et tant que nous y sommes, évite aussi de nous refaire le numéro de ce soir, à ta mère et à moi. À présent tu ramasses quelques assiettes et tu te remues les fesses pour les porter à la cuisine.

— Tom, vous oubliez que Bernard est chez lui, et puis la bonne vient demain.

— Vous, Lowenstein, vous la bouclez. S'il vous plaît, vous la bouclez », dis-je, exaspéré, en me dirigeant vers la cuisine.

Après avoir souhaité une bonne nuit à Bernard, je revins au salon et ressentis l'immense solitude de cette pièce harmonieuse, où rien n'était laissé au hasard. Tout y était coûteux, et pourtant on n'y lisait aucune note personnelle. Même le portrait d'Herbert ressemblait à une interprétation idéalisée de l'homme, plus qu'à l'homme lui-même. Sur le tableau, il était en train de jouer du violon, et bien qu'on ne pût juger de la profondeur ni de la trempe de l'homme à partir de l'interprétation, on percevait néanmoins l'amour qu'il vouait à son art. Je vis que la porte vitrée coulissante donnant accès à la terrasse était ouverte, et ce fut là que je trouvai le Dr Lowenstein. Elle nous avait servi deux verres de cognac. Je m'assis et inspirai le parfum du Hennessy, qui s'épanouit dans mon cerveau comme une rose. Je bus la première gorgée et la sentis glisser le long de ma gorge, moitié soie, moitié feu.

« Eh bien, dit le Dr Lowenstein, est-ce que vous avez apprécié Bernard et Susan dans leur numéro de duettistes ?

— Vous vous offrez ce genre de scènes souvent ?

— Non, dit-elle. En règle générale, nous nous ignorons. Mais la pression est toujours là. Même notre courtoisie est assassine. J'ai des nœuds dans l'estomac pratiquement chaque fois que nous dînons en tête à tête.

Je trouve cela dur à vivre, Tom, d'être détestée par le seul enfant que j'aurai jamais.

— Comment ça se passe quand Herbert est là ? demandai-je.

— Il craint son père et il fait rarement des scènes comme celle de ce soir, dit-elle d'un air pensif. Bien sûr, Herbert n'autorise pas les conversations pendant le dîner.

— Je vous demande pardon ? » dis-je en la regardant.

Elle sourit et avala une longue gorgée de cognac.

« Secret de famille. Cérémonie familiale. Herbert aime se détendre complètement à table. Il écoute de la musique classique pendant le dîner afin de décompresser après une journée de travail. Nous nous sommes beaucoup disputés à ce sujet, et puis progressivement je m'y suis habituée. C'est même un soulagement pour moi depuis que Bernard est entré dans cette nouvelle phase d'agressivité.

— J'espère que vous oublierez que je vous ai dit de la boucler devant votre fils, dis-je à l'intention de la frêle silhouette brune. C'était ma hantise, tout à l'heure, dans la cuisine. La vaisselle allait être terminée et vous alliez me dire de débarrasser le plancher et de ne jamais remettre les pieds chez vous après que j'aurais fini d'essuyer la dernière petite cuillère.

— Pourquoi m'avez-vous dit de la boucler ?

— Je venais juste de reprendre le contrôle de Bernard, et je n'avais pas envie de vous laisser briser ce lien durement établi sous prétexte que vous ne supportiez pas de voir quelqu'un faire souffrir votre fiston.

— Il est très vulnérable. J'ai vu l'expression de son visage quand vous lui avez parlé avec cette rudesse. Il est très sensible.

— Nous le sommes tous, docteur. Mais nous avons eu nos dix minutes de duel à mort, tous les deux. Croyez bien que je n'ai pas du tout été à la fête.

— Il est enfant gâté, comme son père. Je crois que ce qui a le plus contrarié Bernard, c'est qu'il a vu d'emblée que nous sommes amis, vous et moi. Herbert aurait réagi de la même façon. Herbert n'a jamais manqué de mépriser systématiquement tous les nouveaux amis que je me faisais en dehors de lui. Il a toujours traité mes amis avec dédain et une grossièreté telle qu'en fait, je cessais de les inviter à dîner. Avant de cesser de les fréquenter. Herbert, bien sûr, s'est entouré d'une cour d'amis brillants et fascinants, qui sont devenus mes amis à moi aussi. Mais l'enseignement est clair. Il faut que ce soit Herbert qui les découvre et les fasse entrer dans notre cercle d'intimes. Est-ce que cela vous semble étrange, Tom ?

— Non, répondis-je. Ça ressemble à un mariage.

— Vous faites la même chose avec Sallie ? »

Je joignis les mains derrière ma nuque et fixai droit les étoiles de Manhattan, pâles comme des boutons au-dessus des lumières prodigues de la ville.

« Je suppose que oui, dis-je. J'ai haï certains des médecins et leurs épouses qu'elle ramenait dîner à la maison au fil des années. Si j'entends un docteur parler d'impôts sur le revenu ou de la médecine sociale en Angleterre une fois encore dans ma vie, je me fais hara-kiri sous vos yeux. Mais je dois dire qu'il m'est arrivé d'amener dîner certains amis du milieu sportif qui passaient la soirée à élaborer des stratégies de jeu sur les serviettes en papier, ou bien racontaient "le carton" qu'ils avaient fait à l'Université, et je voyais alors les yeux de Sallie se figer dans un mortel ennui. Nous nous sommes donc constitué un cercle d'amis ayant survécu aux bannissements mutuels. Parmi eux se trouvent un prof du lycée que Sallie adore et deux docteurs qui m'ont semblé être des types formidables. Bien entendu, l'un de ces types formidables est actuellement l'amant de Sallie, et il se peut, par conséquent, que je revoie le système à mon retour. Je commence à avoir un faible pour la méthode de Herbert.

— L'amant de Sallie est un de vos amis ?

— Étais. Je l'aimais bien, ce fumier, et bien que j'aie réagi comme si j'étais contrarié que Sallie soit allée pêcher un tel connard pour s'offrir une aventure, je la comprends parfaitement. Il est très beau. Il réussit. Il est brillant. Et il est drôle. Il fait collection de motos britanniques et fume des pipes en écume, deux vices que j'ai brocardés quand Sallie m'a mis au courant, mais je ne pouvais pas trop lui en vouloir.

— Pourquoi ?

— Parce que je comprends les raisons qu'a Sallie de le préférer à moi. Jack Cleveland est le type d'homme que j'aurais pu être, si j'étais resté dans le coup. Il est le genre d'homme qui existait potentiellement en moi.

— Quand avez-vous renoncé ?

— Je crois que tout a commencé le jour où je me suis complètement trompé dans le choix de mes parents. Je sais, vous ne croyez pas que les enfants choisissent quoi que ce soit dans ce domaine. Moi, je n'en suis pas si sûr. J'ai le sentiment intuitif que j'ai choisi de naître dans cette famille où je suis né. On passe ensuite sa vie à enchaîner les erreurs de jugement et les initiatives malheureuses. On se prépare à la catastrophe. On se trouve en état de péril à cause des choix que l'on a faits. Puis l'on découvre que le destin s'active aussi avec zèle à vous mettre en condition, à vous mener dans les régions où nul ne devrait être contraint de pénétrer. Lorsque l'on comprend tout cela, on a trente-cinq ans et le pire est passé. Non, erreur. Le pire est à venir parce que l'on connaît à présent l'horreur du passé. On sait désormais qu'il faudra vivre avec le souvenir de son destin et de son histoire pour le reste de ses jours. C'est la grande déprime, et l'on sait qu'il n'y a rien à faire.

— Croyez-vous que Savannah est dans ce cas ?

— Elle, elle a touché le flush royal, dis-je. Voyez où cela l'a conduite. Dans un asile de dingues, le corps bardé de cicatrices, et elle aboie contre des chiens qu'elle est la seule à voir. Moi, je suis son crétin de frère, en train d'essayer de vous raconter des histoires qui illuminent son passé et vous permettent de reconstituer le puzzle. Et pourtant, docteur, la plupart du temps, quand je pense au passé, je bute sur des espaces vierges, des trous noirs de la mémoire. Je ne sais pas comment entrer dans ses contrées obscures. Je suis capable de vous raconter pratiquement toutes les histoires qui se cachent derrière les fragments douloureux que vous avez enregistrés au magnétophone. Je peux généralement en expliquer l'origine. Mais les choses qu'elle a oubliées ? Les trous noirs ? J'ai l'étrange sentiment qu'il y a encore tellement plus à dire.

— Auriez-vous peur de me raconter ces choses, Tom ? » demanda-t-elle sans que je puisse voir son visage. Je ne voyais que les flèches de la cité qui se dressaient derrière elle, en superbes colonnes de lumière.

« Docteur, je vous raconterai tout, sans restriction. Ce que j'essaye d'exprimer, c'est que je ne suis pas certain de pouvoir vous en raconter assez.

— Vous m'avez été d'un immense secours, jusqu'à présent, Tom. Je vous promets. Vous avez d'ores et déjà élucidé certaines des énigmes qui m'ont troublée chez Savannah.

— Quel est le problème de Savannah ? Qu'est-ce qu'elle a ? demandai-je en me penchant vers elle.

— Combien de fois l'avez-vous vue au cours de ces trois dernières années, Tom ?

— Rarement, dis-je, avant d'avouer : zéro.

— Pourquoi donc ?

— Elle disait que ça la déprimait trop de voir la famille. Même moi.

— Je suis pourtant contente que vous soyez venu ici cet été, Tom », dit-elle.

Elle se leva avec les lumières de la ville qui brillaient dans son dos et vint prendre mon verre.

« Je nous en sers un second. »

Je la regardai disparaître dans l'appartement et je vis le coup d'œil qu'elle jeta au portrait de son mari avant de détourner aussi vite son regard. Je perçus alors, pour la première fois, la tristesse de cette femme posée et prudente qui était en train de jouer un rôle tellement crucial et nécessaire dans ma vie, en cet été plein de mélancolie. Je méditai sur ce rôle d'oreille, d'avocat, de guérisseur – ce rôle qui la faisait se lever chaque matin et s'habiller dans sa chambre, sachant qu'elle allait sortir et affronter la douleur et la souffrance de cette part de race humaine qui était venue la trouver par hasard ou sur recommandation. Et je me demandai encore si les leçons qu'elle tirait de ses patients pourraient jamais s'appliquer efficacement à sa vie personnelle. La maîtrise qu'elle avait de la doctrine de Freud assurait-elle son bonheur à elle ? Je savais bien que non, mais pourquoi donc son visage figé, impassible, m'émouvait-il autant chaque fois que je l'observais sans qu'elle le sût ? Ce joli visage, en forme de lune, paraissait refléter toutes les histoires grotesques qu'elle avait eu à entendre, tous les témoignages de blessures, de déchirures. Dans sa maison, sa solitude semblait prendre plus de profondeur. Elle était beaucoup plus détendue dans le cadre de son cabinet, protégée par son rempart de pedigrees ; là, parmi des étrangers, elle n'avait aucune responsabilité dans les événements sinistres qui avaient fini par briser la résistance nerveuse de ses patients. Dans cette maison, en revanche, ses propres échecs et ses chagrins personnels la poursuivaient en légions de fantômes. Son fils et elle s'abordaient mutuellement comme des émissaires de nations ennemies. Le pouvoir incarné par son mari éclatait partout, conséquence de sa renommée. Je ne me faisais aucune image claire de Herbert Woodruff à partir de ce qu'avaient pu dire de lui sa femme ou son fils. Les deux mettaient l'accent sur son génie ; les deux redoutaient son retrait d'affection et ses représailles sans pouvoir imaginer la forme que risquait de prendre sa formidable désapprobation. Il écoutait de la musique classique pendant le repas au lieu de parler avec sa famille, mais après avoir entendu les passes d'armes entre Bernard et sa mère, j'étais enclin à le comprendre. Pourquoi le Dr Lowenstein m'avait-elle parlé de la liaison qu'elle soupçonnait entre son mari et cette époustouflante beauté chagrine que j'avais croisée dans son cabinet ?

Le sexe, ce vieux prédateur-niveleur, semant ses vilaines et glorieuses graines jusque dans les maisons de la culture et des privilèges... Qui pouvait dire quels monstrueux hybrides ou quelle mortelle orchidée s'épanouissaient dans ces salons feutrés ? Les fleurs de mon jardin à moi, une vanité sudiste uniformément banale et rabougrie, étaient déjà suffisamment hideuses. Je croyais ne plus jamais penser au sexe une fois que je serais marié ou, plus précisément, y penser exclusivement en relation avec ma femme. Mais le mariage n'avait été qu'une initiation à un monde terrifiant de fantasmes, terrifiant par la fureur de flambées soudaines, par les trahisons secrètes, par l'incontrôlable désir que suscitent toutes les belles femmes de cette terre. J'ai parcouru ce monde, brûlant d'amour pour des femmes inconnues, et je n'y pouvais rien. Dans ma tête, j'ai couché avec mille femmes. Dans les bras de ma femme, j'ai fait l'amour à des beautés qui ne connaissaient même pas mon nom. J'ai vécu, aimé, souffert dans un monde dépourvu de réalité, mais qui existait pourtant dans quelque royaume fou, pas très loin de mes yeux. Le boue, le satyre et la bête rugissaient et hurlaient dans le périmètre de mon oreille. Cette partie de moi me faisait horreur ; je tremblais quand j'entendais le hennissement obscène d'autres hommes sujets à des fièvres semblables. Pour moi, baise égalait pouvoir, et je détestais le coin de mon être abritant cette vérité dangereuse et erronée. J'aspirais à la constance, à la pureté, à l'absolution. J'ajoutais au sexe un cadeau meurtrier. Toutes les femmes qui m'ont aimé, qui m'ont tenu sur leur poitrine, qui m'ont senti à l'intérieur d'elles, senti remuer en elles, murmurer leur nom, crier dans le noir, toutes, je les ai trahies en les transformant lentement et graduellement d'amantes en amies. Car si elles commençaient par être mes maîtresses, je faisais de toutes des sœurs à qui j'offrais les yeux de Savannah. Dès que j'avais pénétré une femme, à ma grande horreur, j'entendais la voix de ma mère, et quand bien même ma partenaire criait : « Oui, oui encore ! », son oui n'atteignait jamais la puissance du « non » glacial de ma mère. J'introduisais ma mère dans mon lit toutes les nuits de ma vie, et je n'y pouvais rien changer.

Ces pensées me vinrent à l'improviste, presque malgré moi. Le sexe, me dis-je tandis que je regardais Susan Lowenstein revenir vers la terrasse avec nos deux verres de cognac, là était le cœur du problème de ma vie d'homme, ratée et conflictuelle.

Elle me tendit mon verre, sortit les pieds de ses chaussures et s'installa dans un fauteuil en rotin.

Elle demeura un moment silencieuse avant de parler.

« Tom, dit-elle, vous vous souvenez lorsque vous avez évoqué le fait que vous étiez un homme très renfermé. »

Je gigotai dans mon siège et consultai ma montre.

« Je vous en prie, Lowenstein, n'oubliez pas le mépris éternel dans lequel je tiens les psychothérapeutes. Vous n'êtes pas à votre cabinet, ici.

— Excusez-moi. J'étais seulement en train de me dire, tout en remplissant nos verres, qu'au fur et à mesure que vous me racontez des histoires sur votre famille, Savannah émerge lentement. Luke aussi. Votre père aussi. Mais je continue à ne rien savoir ni comprendre de votre mère. Quant à vous, Tom, c'est vous qui restez le plus flou. Vous ne révélez pratiquement rien de vous-même à travers ces anecdotes.

— J'imagine que c'est parce que je ne suis jamais sûr de mon identité. J'ai toujours été plus d'une personne. Toujours essayé d'être quelqu'un d'autre, de vivre la vie de quelqu'un d'autre. Il m'est beaucoup plus facile d'être un autre. Je sais ce que c'est que d'être Bernard, docteur. C'est la raison pour laquelle je suis tellement ému quand je le vois souffrir. Je trouve facile d'être Savannah. Je sais quand les chiens sont sur elle. J'ai envie de prendre sur moi sa maladie, d'en charger mon âme à moi. En revanche, je ne trouve pas facile d'être moi, parce que cet étrange animal m'est inconnu. Voilà, cette écœurante révélation devrait combler la plus scrupuleuse des psy.

— Est-ce que vous pouvez être moi, Tom ? demanda-t-elle. Savez-vous ce que c'est être moi ?

— Non, dis-je en avalant ma gorgée de cognac, mal à l'aise. Je n'ai pas la moindre idée de ce que c'est qu'être vous.

— Vous mentez, Tom, dit-elle avec conviction. Je crois que vous êtes très perspicace à mon endroit.

— Je vous vois à votre cabinet où je fais le moulin à paroles pendant une heure. Il nous est arrivé de prendre un verre. À ce jour, nous avons dîné ensemble trois fois. Mais je n'ai pas eu assez de temps pour me faire une image nette de vous. Pour moi, vous êtes arrivée. Vous êtes belle, vous êtes médecin, vous êtes la femme d'un musicien célèbre, vous êtes riche, vous vivez comme une reine. Bernard, bien sûr, fait une petite ombre au tableau, mais globalement, vous appartenez à la toute petite élite qui plane cent coudées au-dessus du *vulgum pecus* de ce monde.

— Vous mentez encore, dit-elle dans l'obscurité.

— Vous êtes une personne très triste, docteur, dis-je. Je ne comprends pas pourquoi, et j'en suis profondément désolé. Si je pouvais vous aider, je le ferais volontiers. Mais je ne suis qu'un petit prof et un coach, moi, je ne suis ni prêtre ni médecin.

— Là vous ne mentez pas. Et je vous en remercie. Je crois que vous êtes le premier ami que j'aie depuis très longtemps.

— Euh, j'apprécie ce que vous faites pour Savannah. Sincèrement, dis-je, monstrueusement mal à l'aise.

— Vous est-il arrivé de vous sentir seul ?

— Lowenstein, vous parlez en ce moment au prince de la solitude, comme m'a appelé Savannah dans un de ses poèmes. Cette ville exacerbe le sentiment de solitude comme l'eau fait pétiller l'Alka-Seltzer.

— Moi, la solitude me tue, ces derniers temps, dit-elle, et je sentis son regard sur moi.

— Je ne sais pas quoi dire.

— Je suis très attirée par vous, Tom. Non, ne partez pas tout de suite. S'il vous plaît, écoutez-moi...

— Ne me dites rien, docteur, dis-je en me levant pour partir. C'est une chose à laquelle je ne peux même pas penser en ce moment. Il y a si longtemps que je me considère comme inapte à l'amour que la seule idée d'aimer me terrorise. Soyons amis. Soyons bons amis. Je ferais un chapitre épouvantable dans votre vie amoureuse. Je suis un *Hindenburg* ambulant. Un désastre absolu, quel que soit l'angle sous lequel vous voyez les choses. J'essaye en ce moment de trouver le moyen de sauver un mariage que j'ai peu de chances de sauver. Je ne peux même pas imaginer être amoureux d'une femme aussi belle que vous, aussi belle et aussi différente de moi. C'est trop dangereux.

« Il faut que je parte à présent, mais je vous remercie de m'avoir dit ce que vous m'avez dit. J'avais besoin d'entendre cela depuis que je suis arrivé à New York. Il est bon de se sentir séduisant et désiré de nouveau.

— Je ne suis pas très bonne à ce jeu, n'est-ce pas, Tom ? dit-elle en souriant.

— Non, dis-je. Vous êtes fantastique, Lowenstein. Vous avez été fantastique dans tous les domaines. »

Je la laissai sur la terrasse tandis qu'elle contemplait une fois encore les lumières de la ville.

16

L'été était presque là lorsque les étrangers arrivèrent à Colleton en bateau pour y entamer leur longue et inexorable poursuite du marsouin blanc. Ma mère était en train de cuire du pain et le parfum exquis des miches dorées, mêlé à celui des roses, transformait notre maison en fiole d'harmonieux et éphémères encens. Elle sortit le pain du four et le tartina généreusement de beurre et de miel. Le prenant tout chaud dans nos mains, nous l'emportâmes encore fumant jusqu'aux docks où nous le mangeâmes, les doigts dégoulinants de miel et de beurre fondu. Nous attirions l'attention de toutes les guêpes du secteur et il nous fallut un certain cran pour les laisser se balader sur nos mains où elles se gorgeaient des reliefs de notre tartine. Elles transformaient nos mains en jardins, et les vergers en ruches. Ma mère apporta le couvercle d'un pot de mayonnaise rempli d'eau sucrée, et le posa sur le quai pour apaiser les guêpes et nous permettre de manger en paix.

Nous avions presque fini notre goûter lorsque nous vîmes le bateau *Amberjack*, immatriculé en Floride, pénétrer dans les eaux du Colleton. Aucune mouette ne suivait le bateau, ce qui nous donna la certitude qu'il ne s'agissait pas d'un bateau de pêche. Il n'avait pas non plus la ligne impeccable et luxueuse d'un yacht, pourtant il transportait un équipage visible de six hommes que leur peau ambre brûlé, tannée par le soleil, désignait comme de vieux loups de mer. Nous devions apprendre le même jour qu'il s'agissait du premier bateau à jamais pénétrer les eaux de Caroline du Sud avec pour mission déclarée de sauver des poissons.

L'équipage de l'*Amberjack* ne fit pas mystère de ce qui l'amenait dans ces eaux, et leur but fut connu de tout Colleton dans la soirée même. Le capitaine Otto Blair expliqua à un journaliste de la *Gazette* que l'aquarium marin de Miami avait reçu une lettre d'un citoyen de Colleton, désirant rester anonyme, et disant qu'un marsouin albinos fréquentait les eaux de la région de Colleton. Le capitaine Blair et ses hommes avaient l'intention de capturer le marsouin, puis de le ramener à Miami où il servirait de curiosité pour les touristes, et de sujet d'étude pour la recherche scientifique. L'équipage de l'*Amberjack* était venu à Colleton dans l'intérêt de la science, en tant que biologistes marins, sur la foi d'un témoignage disant que l'une des créatures les plus rares des sept mers était spectacle courant pour les gens des basses terres.

Peut-être savaient-ils tout ce que l'on peut savoir des marsouins et de leurs habitudes, mais ils firent preuve d'une sérieuse méconnaissance du caractère des populations qu'ils rencontreraient dans les confins de Caroline du Sud. Les citoyens de Colleton étaient à la veille de leur donner quelques leçons gratuites en ce domaine. Un frisson collectif d'invisible rage traversa Colleton ; la population était inquiète et sur ses gardes. Le complot pour voler notre Snow de Caroline représentait pour nous un acte aberrant, innommable. Sans le vouloir, ils avaient apporté sur nos rives l'exquise et rare saveur de la solidarité. Ils allaient éprouver tout le poids de notre dissidence.

À leurs yeux, le marsouin blanc était une curiosité scientifique ; pour nous, il était la révélation de la beauté et de la générosité indicibles de Dieu, la preuve de la magie, l'extase de l'art.

Le marsouin blanc méritait que l'on se battît pour lui.

L'*Amberjack*, singeant les us et coutumes des crevettiers, sortit tôt le lendemain matin, mais il ne repéra pas le marsouin ce jour-là et ne posa pas de filets. Les hommes regagnèrent le port la mine déconfite, à l'affût des rumeurs relatives à de récentes apparitions de Snow, et ils se virent opposer un mur de silence.

Après le troisième jour, Luke et moi croisâmes leur bateau et nous écoutâmes l'équipage évoquer les longues journées infructueuses sur le fleuve à tenter d'apercevoir le marsouin blanc. Déjà, ils commençaient à mesurer le poids éloquent de la réprobation de la ville et semblaient très désireux de nouer le dialogue avec Luke et moi, afin de nous soutirer toute information éventuelle concernant le marsouin.

Le capitaine Blair nous fit monter tous les deux à bord de l'*Amberjack*, et il nous montra le vivier installé sur le pont principal, où ils gardaient les spécimens vivants en attendant de les placer dans les aquariums de Miami. Il nous montra les quelque huit cents mètres de filets qu'il utiliserait pour encercler le marsouin. Une main d'homme passait aisément entre les mailles de leur filet. Le capitaine était un homme cordial, entre deux âges, au teint buriné de profondes rides creusées par la brûlure du soleil. D'une douce voix, à peine audible, il nous expliqua comment, après l'avoir capturé, on entraînait un marsouin à se nourrir de poissons. Le marsouin jeûnait deux semaines et plus avant de daigner toucher une proie qu'il aurait ignorée en liberté. Le plus grand danger, quand on capturait un marsouin, c'était que l'animal s'emmêlât dans le filet et se noyât. La pêche au dauphin demandait un équipage rapide et qualifié pour éviter les noyades. Il nous montra ensuite le matelas de mousse de latex sur lequel ils installaient les marsouins quand ils les avaient hissés à bord.

« Pourquoi vous ne les mettez pas dans le bassin, capitaine ? demandai-je.

— C'est ce que nous faisons habituellement, mais nous avons parfois des requins dans le vivier, et puis il arrive qu'un marsouin finisse par se blesser en s'ébattant dans un bassin aussi petit. Il vaut souvent mieux les étendre sur ces matelas, en les aspergeant en permanence d'eau de mer, pour éviter le dessèchement de la peau. Nous les basculons d'un flanc sur l'autre pour maintenir une bonne circulation, et puis voilà.

— Combien de temps peuvent-ils vivre hors de l'eau ? demanda Luke.

— Je ne sais pas précisément, petit, répondit le capitaine. Mais le plus longtemps que j'en aie jamais tenu un hors de l'eau, c'était cinq jours, et il est arrivé à Miami en excellente forme. Elles sont costaudes, ces créatures. Et vous, les petits gars, quand avez-vous vu Moby Dick pour la dernière fois dans le secteur ?

— Moby ? dit Luke. Il s'appelle Snow. Snow de Caroline.

— C'est le nom qu'ils lui ont donné, là-bas, à Miami, les enfants. Moby le marsouin. Une trouvaille d'un type qui travaille dans la publicité.

— Un nom plus idiot que ça, j'ai jamais entendu, dit Luke.

— Il va rameuter des touristes, petit, répondit le capitaine.

— À propos de touristes, il y en a un bateau entier qui a repéré Snow hier matin dans le port de Charleston, alors qu'ils faisaient route vers Fort Sumter, dit Luke.

— Tu es sûr, petit ? demanda le capitaine, et l'un de ses hommes bondit pour venir suivre le reste de la conversation.

— Moi je ne l'ai pas vu, dit Luke, mais on en a parlé à la radio. »

Le lendemain, l'*Amberjack* levait l'ancre en direction du port de Charleston où il sillonna les fleuves Ashley et Cooper, guettant des signes de marsouin blanc. Trois jours durant, ils écumèrent les eaux entre Wappoo Creek et Elliott Cut avant de comprendre que mon frère Luke était un menteur. Ils avaient aussi appris à mon frère comment maintenir un marsouin en vie, le cas échéant.

Les hostilités ouvertes entre l'équipage de l'*Amberjack* et la population de la ville ne commencèrent pas sérieusement jusqu'à un certain soir de juin où les hommes d'équipage tentèrent de capturer le marsouin blanc au vu et au su de toute la ville. Ils avaient repéré Snow dans la baie de Colleton, à un endroit où l'eau était beaucoup trop profonde pour y jeter des filets avec des chances de l'attraper. Toute la journée, ils avaient suivi le marsouin en se tenant à distance respectueuse derrière lui, et cette traque d'une infinie patience fut récompensée lorsqu'il se dirigea enfin vers des estuaires moins profonds.

Tandis que l'équipage traquait le marsouin, les pêcheurs de crevettes de la ville signalaient en permanence la position de l'*Amberjack* en diffusant des messages sur leurs postes de radio. Chaque fois que le bateau changeait de cap, le regard de la flotte des crevettiers était sur lui, ses changements de position étaient notés, et les ondes saturées par des voix de pêcheurs passant le message de bateau en bateau, jusqu'à la ville. Les femmes des pêcheurs manipulaient leurs propres récepteurs, puis se ruaient sur le téléphone pour répandre la nouvelle. L'*Amberjack* ne pouvait effectuer la moindre manœuvre dans les eaux du comté sans que sa position exacte fût communiquée à un régiment d'auditeurs clandestins.

« Virage de l'*Amberjack* pour s'engager dans le Yemassee », entendîmes nous un jour à travers les parasites du poste de radio que ma mère laissait au-dessus de l'évier de la cuisine. « Apparemment, ils n'ont pas trouvé Snow aujourd'hui.

— Miami Beach vient de quitter Yemassee et semblerait s'apprêter à inspecter le Harper Dogleg, au nord de Goat Island. »

La ville suivait attentivement ces fréquents messages complices depuis les crevettiers. Pendant une semaine, le marsouin blanc ne se montra pas, et lorsqu'il le fit enfin, la ville fut alertée par un de ses pêcheurs.

« Ici le capitaine Willard Plunkett. Miami Beach a repéré Snow. Ils le poursuivent en remontant le Colleton et l'équipage est en train de préparer les filets sur le pont. On dirait que Snow a l'intention de faire un petit tour en ville. »

Le mot circula dans la ville à vitesse record, selon le vieux principe de la rumeur, et le pouvoir anticipé de cette rumeur draina la ville tout entière sur les quais du Colleton. Les gens avaient les yeux rivés sur le fleuve et devisaient tranquillement. Le shérif s'installa dans l'aire de stationnement, juste derrière la banque, et suivit à la radio les messages de pêcheurs. Les yeux de la ville entière ne quittèrent plus la boucle du Colleton par où allait se profiler l'*Amberjack*. Cette boucle se trouvait à un kilomètre et demi de l'endroit où le fleuve rejoignait trois de ses autres bras, avant de se jeter en apothéose dans le détroit. Pendant une minute, nous attendîmes l'apparition de l'*Amberjack,* et lorsque celle-ci eut lieu, un grondement monta dans la gorge de chacun. Le bateau vogua par-dessus les marais couverts par la marée montante. Un des hommes de l'équipage se tenait sur le pont avant, avec une paire de jumelles réglées sur l'eau, juste devant le bateau. Il se tenait parfaitement immobile, béat et statuesque, et sa parfaite concentration témoignait de la passion avec laquelle il accomplissait sa tâche.

Luke, Savannah et moi regardions depuis le pont, en compagnie de certains de nos voisins qui s'étaient rassemblés pour être témoins de l'instant où serait capturé le vivant symbole de la bonne fortune de la ville. La ville qui n'était mue que par la curiosité, jusqu'au moment où nous assistâmes à la somptueuse apparition de notre Snow de Caroline qui venait de prendre la dernière boucle du fleuve avant d'entamer sa fabuleuse et somptueuse promenade en ville. Il jetait des reflets d'argent chaque fois que le soleil captait l'affleurement de sa pâle nageoire dorsale au hasard d'une vaguelette. Sa traversée de la ville lui conférait une sorte de sublimité fragile, inconscient qu'il était de sa propre vulnérabilité. Poli par une lumière parfaite, il nous éblouissait une fois encore par sa beauté totale, généreuse. Le triangle de sa nageoire dorsale brisa la surface de l'eau, semblable à un cheveu blanc, à une centaine de mètres du pont, et la ville se mit à applaudir spontanément, à notre grande surprise, saluant ainsi l'apothéose du marsouin blanc.

L'étendard de la colère de Colleton se déploya au gré de vents secrets et notre statut d'observateurs passifs évolua imperceptiblement tandis qu'un cri de guerre, inconnu de nous tous, se formait sur nos lèvres. Tous les mots d'ordre et autres slogans de l'engagement fleurirent comme des graffitis sauvages sur les armoiries de l'inconscient collectif de la ville. Le marsouin disparut à nouveau, puis bondit encore à la rencontre des acclamations qui saluaient son passage. Il était mystérieux et lunaire. Sa couleur était une subtile alchimie entre lis et nacre. Le marsouin effectuait un ballet argenté sur les eaux gorgées de soleil. Levant les yeux, nous vîmes que l'*Amberjack* gagnait du terrain sur notre Snow cependant que l'équipage chargeait les filets sur un canot qui serait mis à l'eau.

Il fallait un preux guerrier à cette ville, et j'eus la surprise de le trouver debout à mon côté.

La circulation était bloquée sur le pont, dans la mesure où les automobilistes arrêtaient leurs véhicules sur place et venaient à la rambarde pour assister à la capture du marsouin. Un camion chargé à bloc de tomates en provenance de l'une des fermes de Reese Newbury était coincé sur le pont et klaxonnait en vain pour obtenir des autres conducteurs qu'ils regagnent leurs véhicules.

J'entendis Luke se murmurer à lui-même : « Non, ils n'ont pas le droit », avant de me quitter pour grimper sur la remorque du camion d'où il jeta des cageots de tomates dans la foule. Je le croyais devenu fou, mais je compris tout à coup, et je me mis à taper allégrement avec Savannah sur une de ces cagettes afin de l'ouvrir et de faire passer les tomates le long de la rambarde. Le chauffeur du camion descendit de la cabine et cria à Luke d'arrêter, mais Luke ignora ses hurlements et continua de distribuer les cageots de bois à ses amis et voisins qui tendaient les bras pour les récupérer. La voix du chauffeur frôla l'hystérie quand les gens se mirent à sortir des démonte-pneus de leur coffre pour faire sauter les couvercles. La voiture du shérif quitta l'aire de stationnement et s'en alla vers la route de Charleston, à l'autre bout de la ville.

Lorsque l'*Amberjack* fut à bonne distance, deux cents tomates s'écrasèrent sur le pont du navire en un tir végétal groupé qui jeta l'homme aux jumelles à terre. Les tomates étaient vertes et dures, et un autre homme de l'équipage, qui était occupé avec les filets, à l'arrière du navire, se tenait maintenant le nez à deux mains, tandis que le sang lui dégoulinait entre les doigts. La seconde salve de tomates survint immédiatement après la première, et le reste de l'équipage, médusé et inconscient, rampa vers la cale et les cabines pour se mettre à l'abri. Un démonte-pneu vint s'écraser contre un canot de sauvetage, sous les rugissements approbateurs de la foule. On faisait circuler les cageots de tomates, malgré les hurlements du chauffeur dont personne n'écoutait les protestations.

L'*Amberjack* disparut sous le pont et deux cents personnes se précipitèrent de l'autre côté, dans le délire et l'enthousiasme. Quand le bateau fut de nouveau en vue, nous reprîmes le bombardement de tomates, tels des archers en position dominante arrosant de flèches une infanterie mal déployée. Savannah lançait avec jouissance et précision, à son rythme, et selon son style personnel. Elle hurlait de plaisir. Luke jeta un cageot plein qui s'écrasa sur le pont arrière, expédiant les tomates comme des billes irrémédiablement gâchées, en ricochets, vers la cale fermée.

L'*Amberjack* n'était plus à portée que des bras les plus robustes lorsque le marsouin, dans un réflexe d'autopréservation, modifia sa trajectoire et revint vers la ville, passant à tribord du bateau qui le chassait. Il rejoignit nos acclamations et notre zèle protecteur. Nous le regardâmes passer dans les eaux du port, donnant aux vaguelettes les reflets grisonnants d'un rêve d'ivoire abstrait. Quand le navire amorça un long virage hésitant dans le fleuve, un nouveau stock de cageots fut distribué parmi la foule. Entre-temps, même le chauffeur s'était rendu à l'hystérie collective qui avait pris possession de tous, et il était debout, le bras armé et en position de tir, prêt à accueillir avec nous le retour imminent de l'*Amberjack*. Le bateau esquissa la manœuvre en direction du pont, puis il se détourna brutalement de nous et fila vers le nord, tandis que notre Snow de Caroline, le seul et unique marsouin blanc de la planète, regagnait l'Atlantique.

Le lendemain, le conseil municipal votait une résolution par laquelle Snow de Caroline était fait citoyen du comté de Colleton, stipulant que quiconque l'entraînerait hors des eaux du comté commettrait un crime. Dans le même temps, les institutions de l'État de Caroline du Sud prenaient un décret similaire interdisant la capture des espèces dites Phocaena et Tursiop dans les eaux du comté de Colleton. En moins de vingt-quatre heures, le comté de Colleton devint le seul endroit au monde où capturer un marsouin constituait un crime.

Ce soir-là, lorsqu'il arriva au port, le capitaine Blair se rendit directement au bureau du shérif Lucas pour exiger de ce dernier qu'il arrêtât toute personne ayant jeté une tomate sur l'*Amberjack*. Malheureusement, le capitaine Blair fut incapable de fournir le nom d'un seul de ces mécréants, alors que le shérif, moyennant quelques coups de fil, pouvait produire quatre témoins pour jurer devant le tribunal qu'il n'y avait personne sur le pont au moment du passage de l'*Amberjack*.

« Comment se fait-il alors que j'aie cinquante kilos de tomates sur le pont de mon bateau ? » avait demandé le capitaine.

Et avec un laconisme qui plut beaucoup dans les foyers de Colleton, le shérif lui avait répondu :

« C'est la saison des tomates, capitaine. Ces fichus trucs poussent partout. »

Cependant les hommes de Miami retrouvèrent vite leurs esprits et leur détermination, et ils conçurent un nouveau plan pour la capture du marsouin. Ils se tinrent hors de vue de la ville et ne pénétrèrent jamais plus dans le bras principal du Colleton. Ils hantèrent en revanche le secteur situé juste à la frange extérieure des eaux territoriales du comté, guettant l'instant parfait où Snow s'égarerait un peu hors limites et hors de la protection de lois récemment passées. Mais l'*Amberjack* était filé en permanence par les bateaux de la commission de surveillance de la pêche et des sports de Caroline du Sud, ainsi que par une petite flottille de bateaux de plaisance pilotés par les femmes et les enfants de la ville. Chaque fois que l'*Amberjack* trouvait la trace du marsouin, les petites embarcations manœuvraient pour se placer entre Snow et le bateau chasseur, et ils ralentissaient le moteur. L'*Amberjack* essayait de se faufiler entre les obstacles, mais ces femmes et ces enfants avaient piloté des petits bateaux toute leur vie. Ils freinaient la progression du vaisseau de Floride jusqu'au moment où le marsouin blanc s'éclipsait dans les eaux hospitalières de la baie de Colleton.

Chaque jour, Luke, Savannah et moi prenions notre bateau pour aller rejoindre la flottille de résistance. Luke allait se placer devant la proue de l'*Amberjack*, indifférent à ses coups de corne, et il ralentissait par étapes imperceptibles la course du baleinier. Malgré l'habileté avec laquelle il manœuvrait son bateau, le capitaine Blair ne réussit jamais à doubler Luke. Savannah et moi installions le matériel de pêche et nous remontions du maquereau pendant que Luke faisait tampon entre l'*Amberjack* et le marsouin blanc. Souvent, l'équipage venait à la proue du navire pour nous menacer et nous moquer.

« Hé, les mômes, dégagez de notre route avant qu'on se lâche pour de bon, hurlait un des hommes.

— Mais m'sieur, on fait rien de mal, on pêche, rétorquait Luke.

— Ah oui, et vous comptez attraper quoi ? ricanait l'homme exaspéré.

— Paraît qu'il y aurait un marsouin blanc dans ces eaux, disait Luke en ralentissant le moteur d'un gracieux geste du poignet.

— Vraiment, petit malin ? Ben vous êtes pas très costauds si vous voulez l'attraper.

— On a rien à vous envier, m'sieur, répondit Luke.

— Si on était en Floride, on vous foncerait dedans.

— Mais c'est pas la Floride, ici, m'sieur, au cas où vous auriez pas remarqué.

— Pécores ! » brailla l'homme.

Luke diminua encore les gaz et nous faisions pratiquement du surplace. Nous entendîmes les gros moteurs de l'*Amberjack* s'étrangler derrière nous, tandis que la proue était presque en surplomb de notre bateau.

« Il nous a traités de pécores, dit Luke.

— Moi, une pécore ? dit Savannah.

— Je suis vexé », dis-je.

Devant nous, le marsouin blanc s'engagea dans le Langford et le lustre d'albâtre de sa nageoire disparut derrière une bande verte de marécage. Trois autres bateaux attendaient à l'estuaire du cours d'eau, prêts à intercepter l'*Amberjack* si jamais il réussissait à doubler Luke.

Après trente jours de ralentissement et d'obstruction, l'*Amberjack* quitta la frontière sud des eaux du comté de Colleton et regagna sa base de Miami sans le marsouin blanc. Le capitaine Blair accorda une ultime interview pleine d'amertume à la *Gazette,* dressant la liste des nombreux obstacles que les citoyens de Colleton avaient érigés pour perturber la mission de l'*Amberjack.* Ce genre de manœuvre dissuasive, disait-il, ne saurait entamer l'intégrité de l'investigation scientifique. Mais pour leur dernière journée, lui et les hommes s'étaient fait canarder depuis l'île Freeman, et lui, en tant que capitaine, avait pris la décision d'interrompre la chasse. La flotte crevettière observa l'*Amberjack* lorsqu'il passa les dernières îles côtières avant de manœuvrer dans les brisants et de mettre le cap vers le sud, en direction de la haute mer.

Mais l'*Amberjack* ne retourna pas à Miami. Il parcourut quarante miles plein sud, puis bifurqua dans l'embouchure du Savannah et jeta l'ancre dans le port des crevettiers de Thunderbolt. Il y resta une semaine, le temps de se réapprovisionner et de laisser les passions se refroidir un peu dans le comté de Colleton, tout en restant branché sur les ondes courtes et en suivant les allées et venues du marsouin blanc grâce aux comptes rendus détaillés qu'en donnaient les pêcheurs de crevettes de Colleton. Après une semaine, l'*Amberjack* quitta le port de Savannah en pleine nuit et fila plein nord, au-delà de la zone des trois miles. Il put voguer en toute tranquillité, hors de vue des crevettiers qui pêchaient à proximité des côtes. L'équipage attendait un signal devant venir par radio.

Ils naviguaient ainsi depuis trois jours lorsqu'ils entendirent les mots tant attendus :

« Viens prendre souche flottante dans filets dans Zajac. Avis à tous les crevettiers. Attention si passez dans secteur. Terminé.

— Aucun danger, y a pas de crevettes dans le Zajac, capitaine, répondit la voix d'un autre capitaine de crevettier. T'es drôlement loin de chez toi, dis donc, capitaine Henry ! Terminé.

— Moi je prends les crevettes partout où je les trouve, capitaine, terminé », répondit mon père en regardant Snow pousser un banc de poissons vers une barre.

Le Zajac ne faisait pas partie du comté de Colleton et l'*Amberjack* mit cap sur l'ouest, et il fonça pleins gaz vers l'embouchure du Zajac tandis que l'équipage préparait les filets et que le capitaine Blair contemplait pour la dernière fois la côte de Caroline du Sud. Un crevettier de Charleston assista à la capture du marsouin blanc à onze heures trente ce matin-là. Il vit la panique de Snow charger contre l'encerclement des filets, il le vit se prendre dans les mailles et admira l'habileté et la rapidité de l'équipage lorsqu'ils le coincèrent dans leurs cordes et lui maintinrent la tête hors de l'eau pour l'empêcher de se noyer et le hisser dans l'un des canots à moteur.

Le temps que la nouvelle parvienne à Colleton, l'*Amberjack* était depuis longtemps ressorti de la zone des trois miles et voguait vers le sud pour rejoindre enfin Miami où il arriverait cinquante-huit heures plus tard. On fit sonner les cloches de l'église en signe de protestation. Expression de notre impuissance et de notre rage. Comme si le fleuve venait d'être désacralisé, dépouillé de toutes ses potentialités magiques.

« Souche flottante » était le mot de passe imaginé par mon père pour avertir le capitaine Blair et l'équipage de l'*Amberjack*. Il avait accepté de pêcher dans les eaux frontalières du comté jusqu'au moment où il verrait le marsouin blanc se diriger vers les eaux territoriales du comté de Gibbes, vers le nord. Mon père était le correspondant anonyme de Colleton qui avait écrit au seaquarium de Miami afin de les informer de la présence d'un marsouin albinos dans notre comté. Deux semaines après l'enlèvement de Snow, et une semaine après la parution de la photo dans la *Colleton Gazette* montrant l'installation du marsouin dans le bassin d'eau de mer de son nouveau domicile à Miami, mon père reçut une lettre de remerciement du capitaine Blair, accompagnée d'un chèque de mille dollars en rétribution de son assistance.

« J'ai honte de ce que tu as fait, Henry, dit ma mère qui contrôlait difficilement sa colère lorsque mon père brandit le chèque sous notre nez.

— Je me suis fait mille papiers, Lila, et ces billets verts sont ceux que j'ai gagnés le plus facilement de ma vie. Je voudrais bien croiser un marsouin albinos tous les jours, comme ça je passerais le reste de ma vie à manger du chocolat et à acheter des banques.

— S'il se trouvait une personne dans cette ville ayant quelque chose dans les tripes, elle irait à Miami rendre la liberté à cet animal. Tu n'as pas intérêt à ce que quiconque en ville sache que c'est toi le responsable, Henry. Les gens sont encore fous furieux de la capture de ce marsouin.

— Comment as-tu pu vendre notre marsouin, Papa ? demanda Savannah.

— Écoute, ma jolie, ce marsouin va passer son temps à faire du lard dans une ville riche, où il sera nourri de maquereaux de luxe et sautera dans des cerceaux pour amuser les enfants. Snow n'aura plus à redouter un seul requin jusqu'à la fin de ses jours. Il est en retraite à Miami. Il faut voir le côté positif des choses.

— Je crois que tu as commis un péché que Dieu lui-même ne peut te pardonner, Papa, dit Luke d'une voix sombre.

— Tu crois ça ? ricana mon père. Dis donc, je n'ai jamais vu un écriteau "Propriété de Colleton" accroché sur son dos, moi. Je n'ai fait qu'écrire au seaquarium que Colleton possédait un phénomène naturel susceptible de drainer des foules, et ils m'ont récompensé pour avoir eu l'œil.

— Ils ne l'auraient jamais trouvé si tu n'avais pas passé des messages radio chaque fois que tu le repérais, dis-je.

— Je leur ai servi d'agent de liaison dans le secteur. Écoutez, la saison de la pêche n'a rien de mirobolant cette année. Ces mille dollars vont mettre de quoi manger dans vos assiettes et des vêtements sur votre dos. Il y aurait de quoi payer une année complète d'études pour l'un de vous trois.

— Je ne toucherai pas une bouchée de nourriture achetée avec cet argent, dit Luke. Et je ne porterai pas davantage un caleçon payé grâce à ce fric.

— Ce Snow, il y a plus de cinq ans que je le regarde maintenant, dit ma mère. Un jour tu as puni Tom pour avoir tué un aigle chauve, Henry. Il y a beaucoup plus d'aigles sur la planète que de marsouins blancs.

— Le marsouin, je ne l'ai pas tué, Lila. J'ai fait en sorte qu'il trouve un havre de paix où il sera délivré de la peur. Je me considère comme un héros dans cette histoire.

— Tu as livré Snow à la prison pour de l'argent, dit ma mère.

— Ils vont en faire un marsouin de cirque, ajouta Savannah.

— Tu t'es renié et tu as trahi tes origines, dit Luke. Un homme d'affaires, j'aurais compris. Un rat diplômé et minable aux cheveux gominés. Mais un pêcheur de crevettes, papa. Un pêcheur de crevettes qui vend Snow pour de l'argent.

— Je vends aussi des crevettes pour de l'argent, Luke ! cria mon père.

— Rien à voir, dit Luke. On ne vend pas ce qui est irremplaçable.

— J'ai croisé vingt marsouins dans le fleuve, aujourd'hui.

— Et je jure qu'aucun n'était blanc, Papa. Aucun n'était unique, dit Luke.

— C'est notre famille qui est responsable de la capture de Snow, dit Savannah. C'est comme si j'étais la fille de Judas Iscariote, sauf que je suis sûre que j'aurais trouvé Judas beaucoup plus sympathique.

— Tu n'aurais pas dû faire ce que tu as fait, Henry, dit ma mère. Ça ne nous portera pas chance.

— Pour ce que j'ai eu comme chance jusqu'à présent, ça ne pourra pas être pire, répondit mon père. De toute façon, ce qui est fait est fait. On n'y peut plus rien changer.

— Moi si, je peux y changer quelque chose », dit Luke.

Trois semaines plus tard, dans la langueur de l'obscurité étoilée, alors que mes parents dormaient et que nous parvenait le doux chaos des ronflements de mon père, Luke nous murmura un plan. Il n'y avait pas là de quoi nous étonner, pourtant, longtemps après, alors que les années avaient passé, Savannah et moi en parlions encore, nous demandant à quel instant précis notre grand frère avait cessé de n'être qu'un gamin idéaliste et passionné pour devenir un homme d'action. Nous fûmes l'un et l'autre terrifiés et transportés d'allégresse par l'audace de sa proposition, mais ni l'un ni l'autre n'avions envie d'y souscrire. Luke continua ses exhortations tranquilles jusqu'au moment où nous fûmes prisonniers du magnétisme peu banal de son éloquence bonhomme. Sa décision était déjà prise et il passa la moitié de la nuit à nous enrôler comme recrues pour sa première équipée sauvage. Depuis la nuit où nous l'avions vu affronter seul le tigre dans la grange, nous savions que Luke était brave, mais nous étions maintenant confrontés à une autre possibilité : Luke était de surcroît un casse-cou.

Le troisième matin qui suivit cette nuit, et après que Luke eut tout préparé dans les moindres détails, nous roulions sur la nationale 17, plein sud. Luke avait le pied au plancher tandis que la radio marchait à fond. Ray Charles chantait son *Hit the road, Jack*, et nous chantions avec lui. Nous buvions de la bière sortie de la glacière et la radio était sur Big Ape, Jacksonville, lorsque nous traversâmes le pont du Memorial Eugene Talmadge à Savannah. Nous ralentîmes au poste de péage et Luke tendit un dollar pour l'aller-retour au vieil homme qui vendait les tickets.

« On va faire ses courses à Savannah, les enfants ? demanda le vieil homme.

— Non monsieur, répondit Luke. Nous sommes en route vers la Floride pour aller y voler un marsouin. »

Pendant cette fugue étrange, tête baissée, vers la Floride, tous mes sens flambèrent comme cinq brasiers incandescents derrière mes yeux. J'avais l'impression que si je pointais le doigt sur un palmier, il allait aussitôt prendre feu. J'étais électrique, chargé à bloc, en extase et mort de peur. Chaque chanson diffusée par la radio résonnait en moi comme si elle ne s'adressait qu'à moi. J'avais beau chanter très faux, je trouvais ma voix fantastique, tandis que nous suivions la route côtière et dévorions des kilomètres de routes bordées de chênes de Géorgie, conduits par Luke qui ne changeait les vitesses que pour ralentir à l'entrée des villes. Luke avait la vitesse dans le sang, et nous passâmes la frontière pour entrer en Floride deux heures après avoir quitté l'île Melrose, sans nous être arrêtés boire le verre de jus d'orange offert gratuitement en guise de bienvenue dans l'État de Floride.

La traversée de Jacksonville nous retarda passablement, mais le St. John était un fleuve superbe, le premier en tout cas que nous eussions jamais vu coulant vers le nord. Une fois trouvée la nationale A1A, nous dévorâmes de nouveau l'asphalte avec le chant des pneus sur le macadam et les apparitions éphémères de l'océan, sur notre gauche. Tandis que le vent chaud s'engouffrait dans la cabine, nous sentions que l'air de la mer était avec nous, dans notre course vers le sud, qu'il était au courant de notre mission, oui, au courant, et qu'il approuvait et qu'il soutenait activement.

Nous roulions vers le sud avec des cœurs de voleurs et des âmes de hors-la-loi, nous nourrissant chacun de la vitalité ébahie des deux autres. Je tournai la tête et vis Luke rire d'une remarque faite par Savannah, et je sentis le frôlement des longs cheveux de ma sœur contre ma joue, leur

321

doux parfum, et je fus empli d'un amour parfait, ineffable pour mon frère et ma sœur, un amour d'une telle rigueur et d'une telle densité que j'en percevais la saveur sur ma langue, que j'en sentais la glorieuse chaleur me brûler au profond de la poitrine. Me penchant, j'embrassai Savannah dans le cou et pressai l'épaule de Luke de ma main gauche. Il prit cette main et la serra très fort dans la sienne, puis me fit la surprise de la porter à ses lèvres dans un élan de tendresse sans pareil. Je me radossai et laissai l'odeur de la Floride pénétrer mes sens dans la lumière aqueuse de ce dimanche.

Après dix heures de conduite sans répit et deux arrêts pour faire le plein, la ville de Miami surgit au-dessus de l'océan au moment où nous passions devant le panneau signalant le champ de courses de Hialeah. Les cocotiers bruissaient dans la brise tiède et les senteurs des jardins envahis par les bougainvillées parfumaient lourdement les grandes avenues. Nous n'étions jamais venus en Floride de notre vie, et nous nous retrouvions soudainement roulant dans les rues de Miami, à la recherche d'un endroit où planter nos tentes sous les citronniers et les avocatiers.

« Qu'est-ce qu'on fait maintenant, Luke ? demandai-je. On ne peut pas se pointer en disant : "Bonjour m'sieurs dames, nous avons fait la route jusqu'ici pour voler votre marsouin blanc. Voulez-vous préparer ses bagages s'il vous plaît ?"...

— On ouvre l'œil, répondit Luke. On fait marcher notre cervelle. J'ai un début de plan. Mais il faut qu'on soit préparés. Première chose : on fait un repérage sur place. Il doit bien y avoir un veilleur de nuit, un vague zozo qui veille à ce que les petits enfants ne viennent pas en douce, le soir, pour essayer d'attraper Flipper avec une canne à pêche.

— Qu'est-ce qu'on va en faire, de ce veilleur de nuit ? demanda Savannah.

— Je ne tiens pas à être obligé de le tuer, dit Luke d'une voix égale. Et vous ?

— Tu es fou, Luke, ou quoi ? dis-je. T'es tombé sur la tête ?

— Il s'agit seulement d'un plan d'urgence.

— Pas question, Luke, dit Savannah. Si c'est ça ton plan d'urgence, nous on se retire.

— Je disais ça pour rire. Ils ont aussi une orque enfermée dans leur truc. On pourra la faire sortir, elle aussi, demain.

— On ne s'occupe pas de l'orque, Luke, dit Savannah. Je connais cette intonation dans ta voix. L'orque, c'est non.

— Peut-être qu'on pourrait libérer tous les poissons de leur foutu truc, pendant qu'on y est, dit Luke. Organiser la grande évasion, je veux dire. »

Nous empruntâmes la voie qui partait vers Key Biscayne et nous passâmes devant le seaquarium. Sur notre droite, Luke ralentit le camion pour traverser l'aire de stationnement, non sans observer l'unique lumière qui brillait dans le bureau d'un agent de sécurité. Il vint à la fenêtre, regarda dehors, le visage encadré par un halo de lumière électrique qui lui donnait une apparence anonyme et absurde. Une barrière de deux mètres quarante, garnie de barbelés, protégeait l'établissement des intrus. Luke appuya sur le champignon et nous sortîmes de l'aire de stationnement sur les chapeaux de roues, en soulevant le gravier dans notre sillage. Nous sûmes que nous étions à proximité du zoo lorsque nous passâmes par l'endroit où la route empestait comme la cage de César, en cent fois pire. Un éléphant barrit dans le lointain et Luke répondit par un barrissement de son cru.

« Ça ne ressemblait pas vraiment à un éléphant, dit Savannah.

— Moi qui pensais le contraire, dit Luke. Ça ressemblait à quoi, selon toi ?

— À un pet d'huître dans un haut-parleur », répondit-elle.

Hurlement de rire de Luke qui passa le bras sur l'épaule de Savannah pour la serrer contre lui. Cette nuit-là, nous dormîmes sur un banc, à Key Biscayne, et le soleil était déjà haut lorsque nous émergeâmes le lendemain, avant de rassembler nos affaires et de partir visiter le seaquarium.

Nous payâmes notre billet et passâmes les tourniquets. Pendant la première demi-heure, nous fîmes le tour du parc en longeant la courbe dessinée par la clôture coiffée de sa vilaine perruque de barbelés. Arrivé à côté d'un bosquet de palmiers contigu à l'aire de stationnement, Luke s'arrêta et dit :

« Je vais appuyer le camion contre ces arbres et percer une brèche à cet endroit.

— Et si on se fait prendre, Luke ? demandai-je.

— On est des lycéens de Colleton et on est venus ici pour sauver Snow, en réponse au défi lancé par nos camarades de classe. On joue les parfaits péquenots et on raconte que notre coup le plus osé à ce jour a été de cracher des pépins de pastèque sur les draps que notre mère mettait à sécher dans le jardin.

— Le garde à l'entrée avait un pistolet, Luke, dit Savannah.

— Je sais, ma belle, mais aucun garde ne va nous tirer dessus.

— Comment tu le sais ? demanda-t-elle.

— Parce que Tolitha m'a donné un flacon entier de somnifères. Tu sais, les pilules qu'elle appelle ses petits diables rouges.

— On est censés lui dire de faire "ah" et on lui colle une pilule dans le bec ? dis-je, craignant que le plan génial de Luke ne révélât quelques lacunes quant à l'exécution.

— Ça, je n'ai pas encore trouvé, petit frère, dit Luke. J'ai tout juste trouvé l'endroit où je vais percer une brèche.

— Comment on va sortir Snow de l'eau ? demandai-je.

— Même méthode. Les somnifères, répondit-il.

— Facile, dis-je. On plonge, on se démerde pour attraper à la nage un marsouin que des spécialistes ont eu un mal fou à capturer alors qu'ils disposaient des meilleurs équipements du monde, et on lui fourre quelques petites pilules entre les lèvres. Super, ton plan, Luke.

323

— Un bon paquet de petites pilules, Tom. Il faut qu'on soit sûrs à cent pour cent que Snow est complètement dans les vapes.

— Ce sera le premier marsouin de l'histoire à mourir d'une overdose de barbituriques.

— Non, j'imagine que Snow doit peser dans les deux cents kilos. Tolitha en fait cinquante. Elle prend une pilule tous les soirs. Nous en administrerons quatre ou cinq à notre marsouin.

— On n'a jamais vu de marsouin avaler des somnifères, Luke, dit Savannah. Tom a raison.

— Moi non plus, je n'ai jamais vu ça, admit Luke. En revanche, j'ai entendu dire que les marsouins mangeaient des poissons. Mais en supposant que ce poisson soit farci jusqu'à la garde de barbituriques, ma théorie est que le marsouin en question va être fin prêt pour le marchand de sable. »

J'interrogeai encore :

« Luke, est-ce que ça dort, un marsouin ?

— Je n'en sais rien, répondit-il. Nous allons apprendre beaucoup de choses sur les marsouins grâce à cette petite expédition, Tom.

— Et si ça ne marche pas, Luke ? » demanda Savannah. Luke haussa les épaules pour répondre :

« Ce ne sera pas notre faute, Savannah. Et nous saurons au moins que nous avons tenté quelque chose. Et puis on ne s'est pas amusés, jusqu'à présent ? Tous les gens, à Colleton, sont en train de pleurer la perte de leur marsouin pendant que toi, moi et Tom, on est à Miami en train d'organiser son évasion. Tu raconteras ça à tes gosses. Si nous réussissons à tirer Snow de là, on va défiler en décapotable sous les acclamations et les confettis. On aura une bonne raison de se vanter jusqu'à la fin de nos jours. Mais d'abord, il faut voir les choses. Pour le moment, vous ne les voyez ni l'un ni l'autre. Or c'est très important. Je vais vous aider. Fermez les yeux... »

Savannah et moi fermâmes les yeux et nous écoutâmes la voix de notre frère.

« Bon. Alors, Tom et moi, on est dans l'eau avec le marsouin. Nous le poussons vers l'endroit où Savannah attend avec le brancard. Le veilleur de nuit dort parce que nous avons drogué son Pepsi deux heures plus tôt. Vu ? Vous visualisez la scène ? On embarque le marsouin dans le pick-up et on met les voiles. Mais le plus important est pour maintenant. Écoutez bien. On est là, sur le quai de Colleton, et on prend Snow, on détache les cordes, on le relâche dans le fleuve où il est né, auquel il appartient. Vous voyez ? Est-ce que vous voyez la scène, Tom, Savannah ? »

Sa voix était hypnotique, extasiée, et nous ouvrîmes les yeux en même temps ; puis nous échangeâmes un hochement de tête. Nous voyions parfaitement, tous les deux.

Nous poursuivîmes notre long périple dans l'enclos du parc et reconnûmes l'*Amberjack* amarré à son port d'attache, à l'extrémité sud du seaquarium. L'équipage ne semblait pas être dans les parages, mais nous évitâmes toute approche du bateau. Nous dirigeant vers le pavillon des marsouins, nous passâmes sur un pont de bois suspendu à bonne hauteur au-dessus d'une douve claire et profonde où d'énormes requins décrivaient d'interminables cercles paresseux. Les requins nageaient en respectant des intervalles de vingt mètres entre eux, et il restait peu de place pour d'éventuelles tentatives de dépassement, apparemment peu désirées. Nous regardâmes un aiguillat et une jeune lamie faire un passage léthargique sous nos pieds, contemplés par la foule qui retenait son souffle. Leurs mouvements de guerre étaient tellement monotones, leur liberté d'improvisation à ce point réduite qu'ils semblaient amputés de toute féroce grandeur. Sous le regard des touristes, ils paraissaient aussi dociles et inoffensifs que des chiffes molles.

La foule était dense, bonhomme, et nous suivîmes une procession de bermudas et de nu-pieds à semelles caoutchouc en direction de l'amphithéâtre où l'orque Dreadnought* faisait son numéro à midi. Pour ce que nous avions pu en voir, la Floride était apparemment un lieu où d'aimables cohortes de gens se retrouvaient pour exposer des kilomètres de bras blancs et mous et de jambes épilées privées de soleil. Le soleil avait grillé l'herbe dont le vert n'était qu'un vague souvenir ; des jets d'eau automatiques arrosaient les pelouses bordant les allées de gravier, et des colibris à gorge rouge bourdonnaient parmi les lis. À l'approche de l'amphithéâtre nous vîmes un panneau disant : « Assistez au repas de Moby le marsouin ».

« Je crois que nous serons au rendez-vous », dit Luke.

Nous écoutâmes ce que les gens disaient tandis qu'ils prenaient place sur les gradins entourant un vaste aquarium contenant huit mille mètres cubes d'eau de mer. Lorsque tout le monde fut installé, un joli blond, bien taillé, aux épaules cuivrées, s'avança sur une sorte de promontoire de bois, en saillie au-dessus du bassin, et il salua le public. Une présentatrice raconta l'histoire de Dreadnought. L'orque avait été capturée dans un banc de douze cétacés, du côté du détroit de Queen Charlotte, au large de l'île de Vancouver, et expédiée ensuite à Miami par avion spécial. Le seaquarium avait payé soixante mille dollars pour avoir Dreadnought, et son dressage avait exigé ensuite une année entière. L'orque ne pouvait être incluse dans le numéro des marsouins, vu que le marsouin est l'un des mets préférés de l'*Orcinus orca*.

Pendant qu'il parlait, une trappe invisible s'ouvrit sous l'eau, et le passage d'une chose terrifiante troubla les profondeurs opaques du bassin.

Le jeune type bronzé scruta l'eau, d'où quelque chose montait vers lui. La plate-forme où il se trouvait était à six ou sept mètres de la surface de l'eau, et l'intensité de sa concentration était mesurable aux rides qui striaient son front large lorsqu'il se pencha en avant en tenant un maquereau par la queue. Il fit un geste circulaire de la main, auquel répondirent docilement des vagues concentriques soudaines qui agitèrent

---

* Dreadnought signifie cuirassé. (*N.d.T.*)

l'eau à partir du centre de l'aquarium. Puis l'orque plongea par le fond, sans perdre de vitesse, avant de jaillir comme une fusée pour saisir le poisson offert, avec la délicatesse d'une jeune fille acceptant un bonbon à la menthe. Et l'orque retomba en décrivant un arc très long. Son ombre cacha un instant le soleil et, lorsqu'elle toucha la surface du bassin, ce fut comme si un arbre venait de basculer dans la mer depuis une haute corniche.

En réaction, une grosse vague se brisa contre le rebord, douchant à l'eau de mer le public des vingt-trois premiers rangs. On assistait au numéro de Dreadnought et, pour le même prix, on avait droit à un bain, qui vous laissait les cheveux dégoulinants d'eau salée parfumée à l'essence de baleine.

Tandis qu'elle refaisait le circuit autour de son bassin, prête à reconquérir son instant de beauté bicolore sous le soleil de Floride en s'arrachant vers les lourdes senteurs de citrus et de bougainvillées, nous eûmes le temps d'apercevoir dans l'eau l'image zébrée, blanche par-derrière, ainsi que les surprenantes iridescences autour de sa tête toute noire ; elle avait la couleur d'une paire de chaussures de golf. La nageoire dorsale était érigée comme une pyramide sur son dos et fendait l'eau comme une lame sifflant au contact du nylon qu'elle déchire. Sa silhouette était nette et souple ; les dents étaient à leur place dans la gueule sinistre, et chacune avait la taille d'une lampe de chevet. Je n'avais encore jamais vu tant de puissance contenue, implicite. Dreadnought sauta une seconde fois et fit sonner une cloche suspendue au-dessus de l'eau. Elle ouvrit sa gueule et laissa le jeune homme blond lui brosser les dents avec un balai de concierge. Pour le finale, Dreadnought surgit de l'eau comme une fusée, crachant des litres d'eau de mer, les nageoires luisantes, et attrapa dans ses dents une corde pour hisser notre drapeau national en haut d'un mât, très haut au-dessus de l'aquarium. Chaque fois que le cétacé atteignait l'apogée de l'un de ses bonds acrobatiques, la foule l'acclamait avant de se préparer au gracieux plongeon aérodynamique qui suivait et projetait sur elle une monumentale vague d'eau de mer.

« Ça, c'est un animal, dit Luke.

— Tu t'imagines un peu poursuivi par une orque ? » dit Savannah. À quoi Luke répondit :

« Avec ça à tes trousses, Savannah, tu n'as pas cinquante solutions, mais une seule. Te soumettre. Te soumettre à ton destin.

— Je voudrais bien voir une orque de cet acabit à Colleton, dis-je en riant.

— C'est comme ça qu'on devrait exécuter les criminels, dit soudainement Luke. On leur donne un maillot de bain, on y glisse quelques maquereaux bien placés et on les prie de traverser le bassin à la nage. S'ils en réchappent, ils sont libres. Sinon, ils feraient faire de sensibles économies sur le budget nourriture du seaquarium.

— Bel exemple d'humanité, Luke, dit Savannah.

— Je songe aux criminels vraiment ignobles. Ceux qui pratiquent le meurtre à grande échelle. Hitler. Les gens qui tuent des bébés. Les vrais salauds de la planète. Je ne parle pas du menu fretin, des types qui traversent en dehors des clous et autres.

— Quelle mort atroce ! » dis-je en regardant le cétacé sauter dans un cercle de feu et éteindre les flammes grâce au remous qu'il créait en retombant.

L'ultime et colossal plongeon de Dreadnought nous inonda tous les trois, et nous suivîmes les centaines de touristes trempés en route vers le chapiteau des marsouins.

Après l'orque, les marsouins passaient pour des petits formats insigni-fiants et leur numéro, pourtant beaucoup plus courageux et accompli que celui de l'orque, parut léger à la suite du plat de résistance offert par Dreadnought. Leurs acrobaties étaient certes éblouissantes, mais elles n'étaient pas exécutées par des orques, voilà tout. Pourtant ils for-maient assurément une troupe heureuse et zélée lorsqu'ils jaillissaient de l'eau comme des pièces d'artillerie, à plus de six mètres de haut, avec leur corps lisse, couleur de jade. Le perpétuel sourire d'arlequin qui leur striait la tête donnait de la sincérité à leur aimable performance. Ils firent une partie de base-ball, jouèrent aux quilles, exécutèrent un pas de danse sur la queue, sur toute la longueur de leur bassin, lancèrent des ballons dans des cerceaux, et retirèrent des cigarettes allumées de la bouche de leur dresseur, dans une vaine tentative pour l'empêcher de fumer.

Nous trouvâmes notre Snow de Caroline dans son petit bassin per-sonnel et fermé, coupé de la compagnie des autres marsouins. Une foule vaste et curieuse se pressait autour de son enclos et il nageait de long en large, apparemment déconcerté et un rien ennuyé. Il n'avait pas encore appris un seul numéro, mais remboursait certainement ses frais de pen-sion comme objet de curiosité. La présentatrice décrivit la capture du marsouin blanc en des termes qui la faisaient passer pour l'aventure la plus dangereuse et la plus exotique depuis la découverte du passage du Nord-Ouest. À trois heures, nous vîmes arriver un gardien avec un plein seau de poissons pour le repas du marsouin blanc. Il en jeta un à l'opposé de l'endroit où nageait Snow. Ce dernier vira de bord avec une grâce étonnante et accéléra son rythme pour attraper le poisson à la sur-face de l'eau. Nous écoutâmes les touristes tenter de décrire sa couleur. Et nous, ses libérateurs, nous nous rengorgions d'orgueil, en entendant des étrangers louer sa pâle beauté lumineuse.

Nous assistâmes à tout le repas et remarquâmes que l'homme ne jetait jamais deux fois de suite le poisson au même endroit, ce qui consti-tuait une stratégie subtile de dressage du marsouin blanc. Dès qu'il avait imprimé un rythme d'allées et venues dans le bassin, il modifiait la tra-jectoire et l'amenait de plus en plus près de lui jusqu'à le faire sauter pour attraper le dernier poisson dans sa main. Le gardien était patient et adroit, et la foule applaudit le bond de Snow hors de l'eau. Le geste du gardien déposant le poisson dans la gueule ouverte de Snow évoquait celui du prêtre administrant l'eucharistie à une jeune communiante voilée de blanc.

« Il faut qu'on trouve un poissonnier, Tom, murmura Luke. Savannah, essaye de lier connaissance avec le gardien de nuit avant l'heure de la fermeture. Le seaquarium ne ferme pas avant huit heures.

— J'ai toujours rêvé de jouer les femmes fatales, dit-elle.

— Tu ne vas séduire personne. Occupe-toi seulement de lier amitié avec lui. Ensuite, tu endors ce saligaud. »

Dans Coconut Grove, nous achetâmes une demi-douzaine de merlans et un stock de poulet frit Kentucky. À notre retour au seaquarium, il restait une demi-heure avant la fermeture et nous trouvâmes Savannah en grande conversation avec le veilleur de nuit.

« Mes chers frères, dit Savannah, je viens de rencontrer un monsieur charmant.

— Elle vous embête, monsieur ? Parce qu'ils lui ont juste donné une permission d'une journée, à l'asile de fous.

— M'embêter ? Je n'ai pas souvent l'occasion de parler avec une aussi jolie personne. En principe, moi je suis là quand tout le monde est rentré chez soi.

— M. Beavers est de New York.

— Vous voulez un peu de poulet frit ? proposa Luke.

— Ce n'est pas de refus, dit M. Beavers en prenant un pilon.

— Avec un coup de Pepsi ?

— Non merci, je ne bois que du café. Holà ! C'est l'heure de fermer. Il faut que je fasse sortir tous les gosses. C'est un boulot solitaire. C'est le seul inconvénient. »

Il actionna une puissante corne de brume qui fut aussitôt suivie d'une annonce priant tous les visiteurs de quitter immédiatement l'enceinte du seaquarium et donnant les horaires d'ouverture du lendemain. M. Beavers franchit la porte de son bureau et donna plusieurs coups de sifflet en circulant entre l'amphithéâtre de l'orque et le chapiteau des marsouins. Savannah réchauffa le café qu'il avait déjà préparé, elle y versa le contenu de deux capsules de somnifère et tourna avec une cuillère pour dissoudre complètement la poudre.

J'accompagnai Luke qui suivit M. Beavers dans sa tournée autour du parc, pressant gentiment les touristes de rentrer chez eux et de revenir le lendemain. Il s'arrêta au bassin dans lequel Snow tournait inlassablement.

« Lui, c'est une aberration de la nature, dit-il, mais une très belle aberration. »

Au détour d'un chemin, il aperçut un jeune adolescent qui jetait un papier par terre.

« Mon jeune ami, lui dit-il, jeter ses papiers par terre est un crime contre le créateur de cette verte planète. »

Luke profita de ce qu'il s'intéressait au jeune contrevenant pour laisser tomber un merlan dans le bassin du marsouin blanc. Snow passa à côté deux fois avant de l'avaler.

« Combien de pilules tu as fourrées dans ce poisson ? murmurai-je.

— Assez pour nous tuer tous les deux », répondit-il.

M. Beavers sirotait son café lorsque nous prîmes congé. Je soufflai à l'oreille de Savannah, tandis que nous rejoignions le pick-up :

« Joli travail, Mata Hari. »

Luke arriva derrière nous et dit :

« J'ai chaud. Si nous allions nous baigner à Key Biscayne ?

— À quelle heure on revient chercher Snow ? demandai-je.

— Aux alentours de minuit », répondit-il.

Nous regardâmes la lune se lever, tel un pâle filigrane dans le ciel de l'est. Nous nous baignâmes jusqu'au coucher du soleil dans un Atlantique tellement différent de l'océan qui venait se briser contre notre bout de côte qu'il paraissait impossible qu'ils pussent avoir le moindre lien l'un avec l'autre. L'océan de Floride était bleu-vert et clair, alors que je n'avais jamais réussi à voir mes pieds quand j'avançais dans celui de chez nous, avec de l'eau jusqu'à la poitrine.

« Cette eau n'a pas l'air normale », dit Luke, exprimant exactement ce que je ressentais.

Pour moi, la mer avait toujours été un élément féminin, mais la Floride adoucissait les aspérités, apprivoisant les profondeurs azurées à force de transparence. Le mystère de la Floride s'accentua encore sur la plage, tandis que nous mangions des mangues pour la première fois. Le fruit avait à la fois une saveur étrangère et un goût indigène, comme la lumière du soleil, modifiée par un arbre à force de patience. Nous étions étrangers à une mer sans danger, dont les marées étaient imperceptibles et douces, dont les eaux lavande étaient transparentes et immobiles sous les cocotiers. La lune déroula sur l'eau un fil d'argent long de quelque cent cinquante kilomètres, qui finit par venir se nicher dans les tresses de Savannah. Luke se leva et extirpa sa montre de sa poche de jean.

« Si on est pris cette nuit, Tom et Savannah, vous me laissez parler. C'est moi qui vous ai embarqués là-dedans, c'est à moi que revient la responsabilité de vous tirer de là si on a des problèmes. À présent, prions le ciel que M. Beavers soit en train de compter les moutons. »

À travers la fenêtre de son petit bureau, nous vîmes M. Beavers la tête sur la table, profondément endormi. Luke recula le pick-up contre un bosquet, à côté de la clôture, et, agissant avec rapidité, il fit une brèche à l'aide de sa pince à métaux. Nous engouffrant par la brèche ainsi ouverte, nous filâmes entre les ombres, passant au-dessus du bassin des requins où nous entendîmes lesdites créatures agiter l'eau sous nos pieds dans leur circuit sans fin, en châtiment horrible de la faute d'être nées requins. Nous courions le long de l'amphithéâtre lorsque nous entendîmes le bruit d'implosion de la respiration de l'orque.

« Une minute, dit Luke en sortant un poisson du sac qu'il avait emporté pour le cas où Snow aurait besoin d'un petit casse-croûte en cours de route.

— Non, Luke, dis-je inquiet. On n'a pas le temps pour des bêtises. »

Mais Luke grimpait déjà les marches de l'amphithéâtre, ne laissant pas d'autre choix à Savannah et moi que celui de le suivre. Au clair de lune, nous le regardâmes monter sur la plate-forme et nous vîmes la grande nageoire émerger de l'eau, sous ses pieds. Luke avança à l'extrémité de la plate-forme et, singeant les gestes du dresseur blond qu'il avait vu opérer le jour même, il fit un geste circulaire du bras, et Dreadnought plongea au profond de son bassin, puis nous entendîmes le claquement de l'eau malmenée contre les bords de l'aquarium tandis que l'orque invisible prenait de la vitesse juste en dessous de notre frère. Luke plaça le merlan dans sa main droite et se pencha le plus loin possible au-dessus de l'eau. Le cétacé fit irruption comme un bolide et il attrapa le merlan sans même effleurer le bout des doigts de Luke. Puis, la chute superbe de l'orque la fit se coucher de côté, dans l'espace, découvrant le blanc brillant de l'abdomen, et elle arrosa vingt-trois rangs de gradins en entrant dans l'eau avec une vague fabuleuse.

« Idiot, idiot, idiot, murmurai-je quand Luke vint nous rejoindre.

— Formidable, formidable, formidable », dit Savannah, béate.

Nous courûmes jusqu'à l'*Amberjack* et nous nous rendîmes directement au coffre, sur le pont, où nous savions que l'équipage rangeait le matériel dont nous aurions besoin. Luke sortit les cordes et le brancard. Il jeta les matelas mousse à Savannah. Elle les prit et fonça au camion où elle les installa somptueusement dans la remorque. Luke et moi filâmes jusqu'au chapiteau des marsouins, et Luke dut se servir encore une fois de sa pince à métaux pour pénétrer dans l'endroit où se trouvait Snow.

Nous arrivâmes juste à temps. Il se trouvait en eau peu profonde et ne bougeait presque plus ; je crois bien qu'il se serait noyé si nous avions attendu une heure de plus. Lorsque nous entrâmes dans l'eau, il était tellement drogué qu'il n'eut aucune réaction. Nous l'attrapâmes sous la tête et sous le ventre, et nous le rapprochâmes du bord du bassin où nous avions préparé le brancard. Il était si blanc que ma main semblait brune à côté de sa tête. Il émit un tendre grognement humain tandis que nous le traînions à la surface de l'eau. Savannah arriva, et à nous trois, nous glissâmes le brancard sous lui alors qu'il était encore dans l'eau, et nous l'attachâmes solidement en trois endroits, avec les cordes.

De nouveau, nous passâmes entre les ombres des palmiers et des citrus, Luke et moi portant le brancard comme deux toubibs en zone de combat, c'est-à-dire profil bas, rapidité de mouvement. Nous ressortîmes par la brèche percée dans la malheureuse clôture et nous détachâmes Snow avant de le faire rouler en douceur sur les épaisseurs du matelas. Savannah et moi l'aspergeâmes avec l'eau de Key Biscayne, dont nous avions fait provision dans des seaux et dans notre glacière portative. Luke referma le hayon, courut à la cabine, mit le moteur en marche, quitta l'aire de stationnement et descendit la chaussée qui menait vers les lumières de Miami. Je crois que si nous fûmes jamais sur le point de nous faire prendre, ce fut au cours de ces deux premières minutes et sur cette route nationale quasi déserte, à cause des hurlements que nous poussions, nous les trois mômes Wingo de Caroline du Sud.

Nous eûmes bien vite quitté Miami pour toujours et, tandis que Luke roulait pratiquement le pied au plancher, l'air tiède nous balayait les cheveux au fil des kilomètres parcourus qui nous rapprochaient de la frontière de l'État de Géorgie. Au début, la respiration de Snow était erratique, avec un bruit de papier déchiré, et, une fois sur deux, comme il semblait avoir cessé de respirer, je lui soufflais de l'air dans la trachée. Il me répondait en inspirant tout seul, mais l'effet des somnifères ne se dissipa pas avant notre arrêt à Daytona Beach, pour prendre de l'essence. Mais à partir de là, il récupéra et termina le voyage en excellente forme.

Après avoir fait le plein, Luke mena le camion jusqu'à la plage et Savannah et moi descendîmes pour recharger les seaux et la glacière en eau de mer fraîche, et à peine avions-nous sauté de nouveau dans la remorque que Luke fonçait dans le sable pour retrouver la nationale.

« On va gagner, on va gagner, hurlait-il à notre intention par la vitre arrière. Encore cinq heures et on est chez nous, tranquilles. »

Nous douchions régulièrement le marsouin à l'eau salée, nous le massions de la tête à la queue pour entretenir la circulation du sang et nous lui susurrions les mots tendres que les enfants utilisent généralement avec leur chien. Il était souple, malléable, et son corps était lisse comme le satin au toucher. Nous lui chantions aussi des berceuses, nous lui disions des poèmes et comptines pour enfants, nous lui murmurions que nous le ramenions chez lui et que plus jamais il ne serait obligé de manger des poissons morts.

Au passage en Géorgie, Savannah et moi dansâmes de joie autour du matelas, et Luke dut ralentir de peur que notre pas de deux ne nous fît basculer par-dessus bord.

Ce fut juste à la sortie de Midway, en Géorgie, qu'un agent de la sécurité routière arrêta Luke pour excès de vitesse depuis plus de soixante kilomètres. Luke nous dit par la fenêtre arrière :

« Cachez la tête de Snow sous une plaque de mousse. Je règle le problème. »

Le soleil était déjà levé et l'agent était jeune et mince comme une dame. Il possédait l'arrogance exaspérante de la bleusaille. Mais Luke descendit aussitôt du camion en bredouillant quelque chose.

« M'sieur l'agent, l'entendis-je dire tandis qu'avec Savannah nous recouvrions la tête de Snow, je suis absolument désolé, je vous jure, mais j'étais tellement fou de joie d'avoir attrapé ce requin que j'étais pressé de rentrer le montrer à mon père, pour qu'il le voie encore vivant. »

Le policier avança jusqu'à la remorque et poussa un sifflement admiratif en regardant à l'intérieur.

« Sacré morceau, mais ce n'est pas une excuse pour foncer à cette allure, jeune homme.

— Vous ne comprenez pas, m'sieur l'agent, dit Luke. Il s'agit d'un record mondial. Je l'ai levé à la ligne, avec un moulinet. C'est un requin blanc. L'espèce des vrais mangeurs d'hommes. Celui-là je l'ai attrapé près de la jetée en face de l'île Saint-Simon.

— Avec quoi l'avez-vous eu ?

— Vous ne me croirez pas, mais il a mordu à une crevette vivante. L'année dernière, ils ont pris un requin blanc en Floride, eh bien ils ont trouvé une chaussette et un tibia humain dans son estomac.

— Il faut que je vous dresse un P-V, jeune homme.

— Je m'en doute, m'sieur. J'allais trop vite tellement j'étais content. Vous avez déjà attrapé un poisson de cette taille ?

— Moi je suis de Marietta. Un jour, j'ai levé une perche de six kilos dans le lac Lanier.

— Alors vous comprendrez ce que je ressens, m'sieur. Tenez, laissez-moi vous montrer ses dents. On dirait des lames de rasoir. Mon pauvre frère et ma pauvre sœur sont à demi morts à force d'essayer de faire tenir ce requin tranquille. Tom, montre à monsieur l'agent.

— Je ne tiens pas vraiment à voir les requins de trop près, jeune homme. Filez, maintenant, et tâchez de mettre un peu la pédale douce. Je suppose que vous êtes en droit d'être un peu surexcité. Moi, la perche que j'ai attrapée, ce fut la plus grosse sortie du lac Lanier ce jour-là. Mon chat l'a mangée avant que j'aie eu le temps de la montrer à mon père.

— Merci, m'sieur. Vous êtes sûr que vous ne voulez pas voir ses dents ? Il a une sacrée mâchoire.

— En tout cas, je préférerais être au volant que sur cette saloperie », dit l'agent de police, pour Savannah et moi, en retournant vers sa voiture.

Ma mère était en train d'étendre de la lessive quand nous débouchâmes comme des bolides sur la route non goudronnée, et Luke exécuta quelques embardées triomphales sur la pelouse avant de nous arrêter dans un ultime dérapage. Ma mère courut au camion et esquissa quelques pas de danse, les bras en l'air en signe de victoire. Luke descendit le camion jusqu'à la digue et nous basculâmes de nouveau le marsouin sur le brancard. Maman envoya valser ses chaussures, et nous entrâmes tous les quatre dans l'eau, nous enfonçant vers le profond. Nous tenions Snow dans nos bras pour l'immerger progressivement, en lui laissant le temps de se réhabituer à l'eau du fleuve. Puis nous le lâchâmes pour le laisser flotter tout seul, mais il semblait déséquilibré, peu sûr de lui. Luke lui maintint la tête hors de l'eau jusqu'au moment où je sentis un puissant coup de queue me repousser et il s'éloigna lentement de nous, dans une nage titubante. Pendant quinze minutes il ressembla à un animal à l'agonie, et nous avions mal de le voir souffrir ainsi. Debout sur le quai, nous priâmes pour lui, ma mère nous entraînant dans un rosaire sans chapelet à égrener. Snow pataugeait ; il semblait avoir peine à respirer ; son sens de l'équilibre ne fonctionnait plus, la coordination des gestes n'y était pas. Puis un changement s'opéra sous nos yeux. L'instinct revint, il plongea, par ce plongeon il retrouva la gracieuse aisance et le sens du rythme d'antan. Il ne réémergea qu'au terme d'une longue minute, et il avait déjà parcouru deux mètres vers le large.

« C'est gagné », hurla Luke, et nous nous étreignîmes en nous serrant fort les uns et les autres. J'étais épuisé, en nage, affamé, mais jamais de ma vie je ne m'étais senti aussi bien.

Il sauta encore une fois et, exécutant un demi-tour, il passa devant le quai où nous étions toujours.

Nous criâmes de joie, d'émotion et nous pleurâmes. Et nous improvisâmes une nouvelle danse sur le quai flottant de notre île, la plus belle du monde, en ce jour merveilleux, oui, le jour le plus merveilleux de la vie de Tom Wingo.

17

Le jour où Benji Washington intégra la terminale du lycée de Colleton, des équipes de télévision venues de Charleston et de Columbia filmèrent l'instant précis où il descendit de la Chevrolet vert pomme de ses parents pour entamer sa marche solennelle vers les cinq cents élèves blancs qui observaient son approche en silence. Ce jour-là, l'atmosphère de l'école était trouble, dangereuse, tendue. Les couloirs étaient chargés d'électricité, comme l'air marin avant un ouragan. La haine était inscrite au coin des salles et dans les alcôves. Le mot Négro apparaissait en graffitis rageurs et hâtifs, sur les murs de toutes les salles où le jeune Noir devait avoir cours, en attendant que le professeur, nerveux et dans ses petits souliers, entrât et fît disparaître le mot d'un petit coup de tampon. Dans chaque salle de cours, Benji Washington occupait le dernier rang, près de la fenêtre, et il passa l'essentiel de la première journée à regarder imperturbablement du côté du fleuve. Autour de lui les sièges restaient vides, formant une zone interdite dans laquelle aucun élève blanc n'aurait voulu ni pu pénétrer. Des rumeurs circulaient et enflaient dans les toilettes des garçons où les durs venaient fumer en cachette entre les cours. J'entendis un élève dire qu'il avait bousculé le négro dans la queue pour la cafétéria ; un autre se vanta de l'avoir piqué avec sa fourchette. Il n'avait répondu ni à l'une ni à l'autre provocation. Comme s'il n'avait pas de sentiments, comme s'il avait été entraîné à ne pas avoir d'émotions. On se murmurait des plans pour l'attirer seul derrière le gymnase. Des chaînes et des matraques firent leur apparition dans les vestiaires bordant le grand hall. On parla même d'un fusil. J'entendis Oscar Woodhead, plaqueur gauche à l'équipe de football, jurer qu'il aurait tué le négro d'ici la fin de l'année. On voyait des crans d'arrêt faire relief sur les fessiers des garçons plastronnant avec leurs cheveux gominés. Je n'avais jamais eu aussi peur de toute ma vie.

Mon plan était simpliste, comme l'étaient toujours tous mes plans. Je ferais en sorte d'ignorer purement et simplement Benji Washington, et je m'occuperais de mes affaires, naviguant au mieux dans les eaux polluées de cette population lycéenne surexcitée. J'étais capable de parler petit-nègre avec les meilleurs représentants de cette faune et d'avoir un répertoire de mille blagues racistes en réserve pour amuser mes contemporains si d'aventure ma loyauté envers le clan était mise en doute. Mais mon racisme se nourrissait de l'impérieux besoin que j'avais d'être conforme davantage que d'un quelconque véritable credo ou système de pensée. J'étais capable de haïr avec ferveur, mais à la condition exclusive d'être certain que ma haine serait au diapason des sentiments de la majorité. J'étais dépourvu de courage moral d'aucune sorte, et j'en étais bien aise. Malheureusement, ma jumelle ne partageait pas ces trésors secrets de la superficialité.

J'ignorais que Benji Washington serait à mon cours de littérature, en sixième heure, jusqu'au moment où je vis la troupe hostile qui l'avait escorté toute la journée rassemblée devant la porte. Je regardai si je voyais le professeur qui demeura invisible à l'horizon. Je me frayai un chemin dans la foule, à la façon d'un shérif qui affronte une foule en mal de lynchage dans les mauvais westerns.

Je vis le Noir assis à ce dernier rang, abandonné de tous, le regard fixé sur le lointain. Oscar Woodhead, installé sur le rebord de la fenêtre, lui disait quelque chose à l'oreille. Je m'installai au premier rang et je fis mine de noter quelque chose dans un carnet. J'entendais la voix d'Oscar qui disait :

« T'es un sale nègre. Tu m'entends, mec ? T'es un sale négro de merde. Mais c'est pas vraiment étonnant, hein ? Parce que tous les négros sont dégueulasses, pas vrai ? »

Je ne vis pas Savannah entrer dans la salle et je ne sus pas qu'elle était là avant d'entendre sa voix derrière moi.

« Bonjour, Benji, dit-elle sur un ton parfaitement enjoué. Je me présente, Savannah Wingo. Bienvenue au lycée Colleton. »

Et elle tendit la main.

Washington fut incontestablement l'occupant le plus abasourdi de la pièce, et lui serra la main sans enthousiasme.

« Elle l'a touché, piailla Dizzie Thompson sur le pas de la porte.

— Si tu as des ennuis, Benji, préviens-moi, dit Savannah. Si tu as besoin d'un coup de main, tu n'as qu'à siffler. Ces braves gens ne sont pas aussi méchants qu'ils en ont l'air en ce moment. D'ici quelques jours ils se seront habitués à ta présence ici. Cette place est occupée ? »

Je posai le front contre mon pupitre avec un gémissement inaudible.

« Aucune place à proximité immédiate de moi n'a été occupée de la journée, répondit Benji avant de regarder de nouveau du côté du fleuve.

— Eh bien, celle-ci va l'être, dit-elle en posant ses livres sur le pupitre, juste à côté de lui.

— Elle s'assoit à côté d'un négro, dit Oscar à haute voix. Je n'en crois pas mes yeux. »

C'est alors que Savannah me héla depuis le fond de la classe.

« Hé, Tom ! Prends tes affaires et arrive par ici. Hou ! Hou ! Tom, je te vois. C'est moi, Savannah. Ta petite sœur chérie. Bouge ton cul et viens derrière. »

Furieux, sachant qu'il était inutile de discuter avec Savannah devant ce monde réuni, j'obtempérai et portai mes affaires au dernier rang sous le regard de la classe réunie.

« Ouaf, gloussa Oscar. Moi je ne laisserais pas une fille me parler sur ce ton.

335

— Encore faudrait-il qu'une fille ait envie de te parler, Oscar, rétorqua Savannah. Parce que, un, tu es stupide, deux, tu as plus de boutons que le fleuve ne compte de crevettes.

— Pourtant ça ne te dérange pas de parler au négro, hein, Savannah ? cria Oscar.

— Si tu descendais au bureau d'orientation, tu pourrais vérifier que ton QI te classe au niveau des débiles profonds, crétin, dit-elle en se levant de son siège.

— Ça m'est égal, Savannah, dit doucement Benji. Je savais à quoi m'attendre.

— Toi le négro, tu n'as encore rien vu, dit Oscar.

— Pourquoi tu n'essaierais pas de gagner ta vie en vendant de l'acné aux gamins, Oscar ? dit Savannah qui s'approcha de lui les deux poings serrés.

— Salope à négros. »

À mon tour d'entrer dans la danse et je me lançai avec prudence dans l'arène, empli d'appréhension et priant pour l'arrivée de M. Thorpe, bien connu pour s'attarder en salle des professeurs.

« Ne parle pas comme ça à ma sœur, Oscar, dis-je humblement, avec une voix d'eunuque fraîchement opéré.

— Ah oui, parce que tu comptes faire quoi si j'insiste, Wingo ? gronda Oscar, ravi de s'être enfin trouvé un antagoniste mâle.

— Je préviendrai mon frère Luke, dis-je.

— T'es pas assez grand pour régler tes comptes tout seul ? demanda-t-il.

— Je suis moins grand que toi, Oscar. Tu me flanquerais la raclée si nous nous battions. Ensuite tu aurais Luke à tes trousses, et de toute façon il te démolirait le portrait. Je ne fais donc que sauter l'étape où je prends une raclée.

— Dis donc à ta grande gueule de frangine de la boucler, ordonna Oscar.

— Boucle-la, Savannah, dis-je.

— Va te faire mettre, Tom, répondit-elle suavement.

— Je lui ai dit, Oscar.

— On n'aime pas que nos filles causent à des négros, dit-il.

— Moi, je parle à qui je veux, Oscar, mon trésor.

— Tu sais bien que Savannah n'obéit à personne, dis-je à Oscar.

— Allons, Tom, tu viens ? » répéta-t-elle.

Je me dirigeai vers elle sans enthousiasme et serrai la main de Benji Washington.

« Il a touché la main du négro, couina Dizzie Thompson depuis le pas de la porte. Moi j'aimerais mieux mourir que toucher ça.

— Toi tu aimerais mieux mourir que te servir une seule fois de ta cervelle, Dizzie », lui dit Savannah. Puis se tournant vers moi :

« Approche un peu cette chaise de Benji, Tom. C'est là que tu vas t'asseoir.

— Je suis déjà assis devant, Savannah. Tu ne vas pas me dire où je dois m'asseoir, maintenant. Et puis je n'ai pas l'intention de me farcir les conneries de tous les ploucs de cette école sous prétexte que tu as lu Anne Frank quand tu étais petite.

— Approche la chaise, Tom, murmura-t-elle avec suffisance. Je ne plaisante pas.

— Je ne m'assoirai pas à côté de Benji, Savannah. Tu pourras me faire tous les ennuis que tu voudras.

— Tu es inscrit au football, Benji ? demanda-t-elle en se détournant de moi.

— Oui, dit-il.

— On va te faire la peau sur le terrain, mon pote, dit Oscar.

— Qu'est-ce qu'il fout, ce prof ? dis-je en regardant la porte.

— Tu feras la peau à personne, Oscar, ricana Savannah. Tu es peut-être costaud, mais j'ai entendu Tom dire que tu ne valais pas un clou sur un terrain de foot.

— Tu as dit ça, Wingo ?

— Non, bien sûr que non, Oscar », mentis-je. Oscar faisait partie de ces voyous obèses incapables de trouver un exutoire à leur violence asociale sur un terrain de sport. Les écoles sudistes étaient pleines de ces gros bras et autres manieurs de couteaux, incapables de plaquer ou de bloquer.

« Tom va s'occuper de toi à l'entraînement, dit Savannah. Pas vrai, Tom ?

— J'aurai assez de mal à m'occuper de moi », dis-je.

Savannah m'attrapa aux poignets et y enfonça profondément les ongles, me mettant à sang en quatre points.

« Si, petit frère, tu le feras. »

Et ce qui devait arriver arriva : Oscar jeta le gant.

« C'est une connasse, Wingo. Ta sœur est une connasse qui va avec les négros.

— Retire ça, Woodhead.

— Pas question, Wingo, et si t'es pas d'accord, on règle ça derrière la salle de musique après les cours.

— Il sera au rendez-vous, dit Savannah, et il va te mettre en compote, Oscar.

— Savannah ! dis-je.

— Quand il en aura fini avec toi, tu ne seras même plus bon à nourrir les crabes, continua-t-elle. Hé, Dizzie, cours vite téléphoner au service des urgences de l'hôpital. Préviens-les qu'Oscar va avoir besoin d'une chirurgie plastique massive tout à l'heure.

— C'est pas un bagarreur. Je suis sûr qu'il fait dans son froc, dit Oscar, m'appréciant à ma juste valeur.

— Luke et lui sont passés maîtres de karaté cet été. Ceinture noire, en plus. Il casse les planches en deux d'un coup de main, Oscar. Regarde-les bien, ces mains. Elles sont déclarées officiellement comme armes. C'est pour cela qu'il ne veut pas se battre. Il va en prison s'il te touche avec ces mains-là. »

Je levai mes mains mortelles et les étudiai songeusement, comme on apprécie deux pistolets de duel.

« C'est un truc comme le judo ? demanda Oscar, méfiant.

— Le judo estropie l'adversaire, dit Savannah. Le karaté *tue*. Il a pris des leçons chez un maître *oriental*.

— Les négros et les chinetoques. On ne fréquente plus les Blancs, chez les Wingo ? Je t'attends derrière la salle de musique, Wingo. N'oublie pas d'amener tes mains déclarées. »

La foule des grands jours était réunie derrière la salle de musique lorsque j'arrivai, cet après-midi-là, moi et mes mains déclarées. Je concentrai toute mon attention sur ma respiration et je songeai qu'il était bien agréable de respirer, et que cela me manquerait beaucoup une fois qu'Oscar m'aurait tué. Lorsque je fis une timide apparition, une vague soudaine d'acclamations monta de la foule et je vis Savannah, à la tête des neuf chefs d'équipes de supporters, se précipiter à ma rencontre. Je fus entouré et me dirigeai vers Oscar au milieu d'une nuée de crécelles, tandis qu'elles entonnaient le chant de victoire du lycée de Colleton.

Viva, Viva, Viva, vive Colleton
Ceux qui se battent avec courage
Ceux qui triomphent avec panache
Toujours vainqueurs, toujours plus braves
C'est les Vert et Or,
C'est eux les plus forts.

Un éclair de rage froide et brutale illumina les yeux d'Oscar. Il était entouré d'une bande de fils de pêcheurs de crevettes, des garçons que je connaissais depuis toujours et qui me regardaient, les manches roulées haut sur les bras, les lèvres pincées, formant le cercle de la solidarité trahie. Luke faisait face à Oscar. Je me dirigeai vers Luke, la nuée de crécelles me suivant comme une mer de chrysanthèmes. J'avais espéré me faire massacrer sous les seuls yeux de quelques maigrichons, fils du fleuve comme moi, et je n'avais pas prévu que Savannah ferait de mon assassinat une grande fête publique.

J'entendis Luke dire :

« Paraît que tu as traité ma sœur de connasse, Woodhead ?

— Elle parlait au négro, Luke, répondit Oscar qui me guettait par-dessus l'épaule de Luke.

— Elle peut se passer de ta permission pour parler à qui elle veut. Maintenant, tu présentes tes excuses à ma sœur, Woodhead.

— Je sais ce que tu essayes de faire, Luke », dit Oscar, et je notai la différence et les précautions oratoires dont il usait avec Luke. « Tu me cherches querelle pour que ta pédale de petit frère n'ait pas à se battre avec moi.

— Pas du tout. Tom va te corriger lui-même. Mais si d'aventure tu faisais du mal à mon petit frère, alors tu aurais affaire à moi, ce qui risque fort de te gâcher l'après-midi, Woodhead. Pour le moment, je veux que tu présentes tes excuses à ma petite sœur pour l'avoir traitée de connasse.

— Excuse-moi de t'avoir traitée de connasse qui va avec les négros, Savannah », lança-t-il à la cantonade. Le silence se fit du côté des crécelles tandis que les gars du fleuve riaient nerveusement.

« Je veux des excuses correctes, Woodhead. Des excuses sincères. Si elles n'ont pas l'air sincères, je t'arrache la tête.

— Je suis désolé d'avoir dit ça, Savannah, dit Oscar sur un ton bas. Vraiment désolé.

— Je n'ai pas trouvé ça très sincère, Luke », dis-je. Ma voix était absolument piteuse.

« Dis plutôt que tu ne veux pas te battre, fit Oscar.

— Tu veux que je me batte avec lui, Tom ? demanda Luke en regardant Oscar droit dans les yeux.

— Moi je ne suis pas pressé, je peux attendre mon tour, dis-je.

— C'est ta bagarre à toi, Wingo, me dit Artie Florence, un des gosses de pêcheurs.

— Laisse-moi dire deux mots à Tom, dit Luke. Après, il te casse la gueule. »

Luke m'entraîna à l'écart des autres en passant le bras sur mon épaule droite, pendant que Savannah continuait de chauffer la foule des supporters à grand renfort de chants guerriers.

« Tom, dit Luke, as-tu idée de ta rapidité ?

— Pourquoi, tu veux que je prenne la fuite ? interrogeai-je, incrédule.

— Non, je te parlais de tes mains. As-tu une idée de leur rapidité ?

— Je ne comprends pas.

— Il ne peut pas te toucher, sauf si tu commets une erreur. Il est costaud, mais pas rapide. Tiens-toi à distance de lui. Tourne-lui autour. Amuse-toi. Ne te rapproche surtout jamais. Tu cognes dès que tu vois une ouverture, et puis tu fais machine arrière aussi vite. Quand tu peux, use les bras.

— Les bras ?

— Ouais. Quand ses bras seront fatigués, ils seront lourds, et il les aura ballants. Il aura du mal à se mettre en garde. Dès que tu repères ça, tu fonces.

— J'ai peur, Luke.

— Tout le monde a peur, toujours avant un combat. Lui aussi il a la trouille.

— Pas autant que moi. Où il est, ce con d'Earl Warren, juste quand j'ai besoin de lui ?

— Tu es trop rapide pour avoir le dessous. Ne le laisse pas te foncer dedans ni te renverser à terre. Il te clouerait au sol et se mettrait à te marteler le visage.

— Seigneur. Est-ce que je peux taper Savannah, rien qu'une fois avant le début du combat ? C'est elle qui m'a flanqué là-dedans.

Pourquoi diable faut-il que je sois né dans la seule famille de Colleton qui aime les négros ?

— Tu t'en occuperas après. Commence donc par taper sur Woodhead. Et tiens tes distances. Il a un swing terrible. »

La foule recula pour nous faire de la place lorsque je fis quelques pas dans l'herbe pour aller affronter Oscar Woodhead. J'allais me faire mettre une raclée, à cause d'une décision de la Cour suprême datant de 1954, à cause de l'intégration, à cause de Benji Washington, et à cause de ma grande gueule de sœur. Oscar, souriant, leva les poings et vint vers moi. Le premier coup me prit au dépourvu. Un direct du droit qui faillit me percuter la mâchoire et me fit perdre l'équilibre. Il se jeta sur moi, martelant un coup sur l'autre avec un grognement animal, tandis qu'il me poursuivait dans l'herbe.

« Danse », ordonna Luke.

Je me dégageai sur sa gauche, à l'abri de sa redoutable droite. Un coup de poing manqua de peu ma tête. J'en arrêtai un autre avec le bras. Je tournai et m'écartai de lui. Pendant trois minutes je multipliai dérobades et esquives et je voyais monter sa rage tandis qu'il me poursuivait. Puis, inconsciemment, je me mis à l'observer. À suivre son corps de près, à épier son regard, je savais quand allait partir un coup. En revanche, lui n'avait aucune idée de quand j'allais attaquer, vu que je n'avais même pas tenté un coup, fût-ce pour le manquer.

« Reste tranquille et bats-toi, minable », dit-il haletant.

Je restai tranquille et il chargea. En chargeant, il changeait de sport et entrait dans un domaine que je connaissais et où j'excellais beaucoup mieux que lui. Les cracks des équipes adverses me chargeaient en ordre rangé depuis trois ans. Je fis un pas de côté au moment où il arrivait sur moi et je me surpris beaucoup en lui administrant au passage un sérieux coup sur l'oreille. Avec l'élan, il se retrouva par terre, et la foule explosa, tandis que les chefs de supporters, menés par une Savannah exultante, entonnaient encore une fois le chant de combat de l'équipe de Colleton.

Mais Oscar fut sur ses pieds en trois secondes. Furieux, il me talonna de nouveau. J'entendais sa forte respiration et percevais son envie d'en finir rapidement. J'esquivai six attaques, ou, pour être plus exact, je m'écartai pour les laisser passer, à coups de mouvements tournants et de rétropédalage. Puis je me mis à viser ses bras, tapant dur et fort sur ses poignets et ses biceps. Je fonçai d'un coup, et cette attaque le surprit et le fit reculer. Il balança une autre salve féroce et stérile en direction de mon visage et battit en retraite vers les hurlements de la foule tandis que je continuais de lui arranger les bras.

Puis il se fixa et tenta de me pousser contre le mur de l'école. Il commença de préparer ses coups soigneusement. Il me mit un direct sur l'arcade sourcilière, qui me paralysa la moitié droite du visage.

« Danse », hurla Luke, et après une feinte à gauche, je bougeai à droite, profitant de l'occasion pour lancer une droite qui le toucha sur le côté du visage, et je le vis trébucher en arrière tandis qu'il baissait sa garde.

340

« Vas-y », ordonna Luke.

Je fonçai sur lui et me mis à lui marteler des directs du gauche. Il tenta de relever le bras pour se protéger le visage, mais il en fut incapable et il resta les bras ballants, tandis que le sang commençait à ruisseler de ses lèvres et de son nez. Celui qui était en train de le frapper, c'était moi, moi qui ne me ressemblais pas et avec qui je n'avais rien à voir, cependant que je percevais le mouvement de mon poing gauche, et la constance qu'il mettait à massacrer la chair qu'il heurtait. Luke surgit ensuite dans mon champ de vision et arrêta la bagarre.

Je tombai à genoux et pleurai de soulagement, de peur, et aussi à cause de cette douleur qui me paralysait l'œil gauche.

« Tu as été très bien, petit frère, murmura Luke.

— Plus jamais je ne recommencerai, dis-je, les yeux ruisselants de larmes. J'ai trouvé ça horrible. Absolument horrible. Dis à Oscar que je suis désolé.

— Tu auras tout le temps de le lui dire. Il faut aller à l'entraînement. Je t'avais dit que tu étais rapide. »

Savannah me fit grincer une méchante crécelle dans les oreilles et dit : « Qu'est-ce qu'il y a qui ne va pas, Tom ? Tu as gagné.

— Je connais Oscar depuis que nous sommes petits.

— C'était déjà un con à l'époque, dit Savannah.

— Ça ne m'a fait aucun plaisir, dis-je avant de me sentir soudainement gêné en me rendant compte que soixante personnes étaient en train de me regarder pleurer.

— Un quarterback, ça ne pleure pas, dit Luke. Allez, dépêche, on va être en retard à l'entraînement. »

La première séance d'entraînement s'acheva ce jour-là, comme toujours avec le coach Sams, par une série de sprints de quarante mètres. Les gardes et les centres prirent le départ les premiers, lourds et gauches, au coup de sifflet du coach. Puis ce fut le tour du bloqueur de s'aligner et je vis Luke se détacher du lot mal assorti.

Je m'alignai avec les arrières et me trouvai au coude à coude avec Benji Washington.

« Paraît que tu es rapide, dis-je. C'était moi le plus rapide de l'équipe l'année dernière.

— L'année dernière », dit-il.

Le sifflet retentit et je me ruai vers le bout du terrain. J'avais pris un bon départ et jailli en tête, et j'entendais les pointes lacérer la terre sous mes pieds. Je courais aussi vite que je le pouvais, avec toute l'assurance d'un garçon qui avait toujours été le meilleur sprinter de sa classe depuis le jour de sa première année scolaire, lorsque Benji Washington me doubla sur la gauche et remporta la course en me faisant rendre cinq yards.

Pour le sprint suivant, je courus avec l'assurance de celui qui sait qu'il n'est plus que le second de la classe. Je vis le coach Sams vérifier son chrono. L'année précédente, il avait été l'un des membres du personnel enseignant les plus vociférants et intransigeants dans leur opposition à l'intégration. Son chrono était en train d'élargir ses perspectives sociales. Benji courait le quarante yards en 4 secondes 6. Mon meilleur temps était de 4 secondes 9, et encore, par vent fort arrière. Le sifflet retentit encore une fois de l'autre côté du terrain. Une fois encore je sprintai en direction du coach, et une fois encore je vis Benji me doubler pour franchir la ligne d'arrivée avec une grâce et une facilité déconcertantes.

« Ce sale nègre, il vole », entendis-je l'un des arrières déclarer avec plus d'admiration que de hargne.

Nous courûmes dix sprints et Benji remporta les dix. Je finis second dix fois. Le temps que le coach Sams siffle le moment de regagner les vestiaires, la configuration et les perspectives de la saison à venir avaient changé. Nous devions avoir une bonne équipe, grâce à la présence des vétérans de l'année passée. Désormais, nous avions ajouté l'être humain le plus rapide du Sud à notre pack d'arrières, et je songeai au champion de l'État.

18

Nous sommes en 1961, l'année la plus profondément vécue de notre vie, sur l'île Melrose. La crevette donne bien et le bateau de mon père rentre chaque soir avec ses caisses pleines à ras bord de poissons et de crevettes. C'est la meilleure saison depuis 1956, et l'optimisme joyeux et plein d'allant rend un muet hommage à la générosité de l'océan. Le cours de la crevette se maintient à deux dollars le kilo et mon père se conduit en riche quand il vérifie sa pesée sur la balance gémissante du port. Le soir, il parle de devenir propriétaire d'une flotte de crevettiers. Il raconte à ma mère qu'il a rencontré Reese Newbury à la banque et que Reese a déclaré devant une assemblée masculine que Henry Wingo avait pour épouse la plus jolie femme du comté de Colleton. Ma mère rougit, ravie, et dit qu'elle n'est jamais qu'une femme entre deux âges qui tire le meilleur parti de ce que Dieu lui a donné.

Savannah émerge de sa chambre vêtue de son costume de chef supporter pour le premier match. Elle a peine à dissimuler son plaisir. Sa pâle beauté crée une zone de trouble et de vibration. Son charme hors du commun opère en douceur tandis que nous nous tournons pour contempler son entrée. Notre approbation se terre dans les recoins de notre silence, dans la fragilité de notre stupeur. Elle s'est épanouie sous nos yeux, comme un secret qui mûrit lentement, et tandis qu'elle attend notre approbation, debout dans la salle de séjour, elle exécute une pirouette au ralenti, aimable là où une femme est aimable, le teint frais et immaculé comme un fruit neuf, les cheveux brossés, brillants et blonds comme une crinière de palomino. Luke se lève de son siège et se met à applaudir, je me lève et fais de même, et nous l'acclamons ainsi de concert. Elle lève les bras et vient vers nous, croyant que nous nous moquons, mais elle s'arrête en comprenant que nous manifestons en réalité notre admiration. Ses yeux se brouillent de larmes. Elle est la fille de tous mes rêves, mais elle n'avait jamais osé rêvé qu'un jour elle serait belle. Une parfaite économie de sentiment règne entre nous. Une fois encore, je suis submergé d'amour pour ma sœur et mon frère, et bouleversé par l'amour qu'ils me portent. Ma mère lève les yeux de ses fourneaux, et comprend qu'elle n'a pas part à cet instant. Mon père n'est pas suffisamment au courant pour désirer sa part. C'est le début d'une longue saison trouble dans la maison des Wingo. Celle de l'honneur, de la décence, de la mise à l'épreuve de nos qualités d'humanité, ou de notre absence d'humanité. Celle d'une heure, une seule heure d'horreur absolue par laquelle nos vies seront à jamais changées. Une saison de ruine, de meurtre et de carnage. Et quand elle finira, nous nous dirons tous que nous avons survécu à la pire journée de notre vie, que nous avons subi le scénario le plus effroyable que pouvait nous avoir réservé le monde. Et nous nous tromperons. Mais tout commence avec ma sœur qui exécute ses charmantes pirouettes pour ses frères. Tout commence par un instant de candide beauté. Dans trois heures nous disputerons notre premier match de football, et le mois de septembre est revenu sur l'île Melrose.

Mon frère fut le premier à établir la relation entre les tigres de Colleton et le tigre du Bengale qui rugissait chaque soir près de notre maison. Il loua César au club des supporters du lycée pour dix dollars le match, une somme dérisoire qui finançait à peine une semaine de cous de poulet, mais ce marché incita mon père à croire qu'il pourrait transformer César en investissement rentable.

« Qu'est-ce que vous en pensez, les enfants ? dit-il avant que nous ne partions pour le match. Je pourrais louer César pour des goûters d'anniversaire. Des fêtes d'Halloween. Je prendrais des photos de César en train de manger une part de gâteau. Ou un gosse à califourchon sur César, comme photo d'anniversaire, ce serait gentil. On pourrait fabriquer une selle.

— César ne mange pas de gâteau, dit Luke.

— Oui, mais il aime les enfants. On pourrait faire des photos de César en train de manger un enfant le jour de son dernier anniversaire. Ensuite on ferait des photos de la mère hystérique qui essayerait d'arracher son enfant unique des griffes du tigre. Après on prendrait César dévorant la mère, dis-je.

— La meilleure chose que l'on puisse offrir à César, c'est le sommeil éternel, dit ma mère que le problème de César avait le don de mettre en rage. Nous avons à peine les moyens de nous offrir un poisson rouge. Encore moins un tigre.

— Ha ! César s'est fait dix dollars pour un match grâce au club des supporters, non ? Six matches à dix dollars, ça fait soixante dollars de bénéfice net. Tu ajoutes les vingt-cinq dollars que je touche pour filmer la partie, et tu vois que l'argent tombe à flots.

— Pourquoi tu ne montes pas César, Papa ? suggérai-je.

— Moi je suis celui qui a les idées, répondit-il, vexé par cette proposition. D'autre part, je briserais les reins de cet animal. Je n'ai pas le format jockey. Vous savez, quand j'y pense, c'est Savannah la plus légère de la famille.

— Eh bien, n'y pense plus Papa, dit Savannah. Moi, je monte les éléphants. Laisse le tigre à Tom.

— Quel éléphant ? demanda Maman.

— Je suis certaine que Papa ne va pas tarder à acheter un éléphant, expliqua Savannah. Tu sais, pour collecter des fonds pour le Parti républicain. Ce genre de truc.

— Je persiste à penser que nous devrions nous débarrasser de César, dit ma mère. Ce serait la solution la plus humaine.

— Pas question de tuer César, dit Luke. Je vais trouver autre chose. Le coup des annonces, ce n'est pas terrible comme idée. Il est bientôt l'heure de partir pour le match. Il faut que je fixe la cage de César sur la remorque.

— Moi, je pars avec les enfants, déclara ma mère.

— Pourquoi ?

— Parce qu'il me reste encore un peu de dignité. Je ne vais pas assister à tous les matches en tirant un tigre derrière moi. Nous sommes déjà suffisamment la risée de cette ville sans en rajouter.

— C'est seulement pour encourager le moral de l'école, Lila, dit mon père. Pour aider nos petits gars à battre North Charleston.

— Tu te souviens quand tu as joué contre eux, en première année, Tom ? demanda Luke.

— Si je me souviens ? dis-je. Ils nous ont mis soixante-douze à zéro.

— Vers la fin du match, leur fanfare s'est mise à jouer *The Tennessee Waltz* et tous leurs joueurs valsaient tranquillement sur le terrain pendant que nous essayions de mettre au point une stratégie.

— Prêt, capitaine ? demandai-je.

— Prêt, capitaine ! répondit-il. Et je veux être celui qui valse à la fin de ce match.

— Et moi je tortillerai gentiment du cul, les gars », dit Savannah en flanquant une bourrade dans l'épaule de Luke, conformément au rôle de second plan qui est celui dévolu aux femmes dans le monde entier.

L'équipe, quarante gars en tenue complète, parcourut le long couloir qui menait du vestiaire à la salle de réunion. Les pointes de nos souliers raclaient le ciment et nous faisions autant de bruit qu'un troupeau de bisons dans une vaste plaine de silex. Les ampoules du plafond illuminaient nos maillots blancs ; des ombres gigantesques, projetées par l'éclairage étrange, dansaient sur le mur tandis que nous avancions dans la sinistre panoplie de surhomme de notre sport violent.

Nous pénétrâmes dans la salle de réunion et nous nous assîmes sans hâte sur des chaises pliantes. À l'extérieur, nous entendions le bourdonnement de la foule dans le long crépuscule. La fanfare jouait un potpourri de chants guerriers. Puis nous entendîmes le rugissement de César et, avec Luke pour diriger les chœurs, nous lui répondîmes par un autre rugissement. Et le coach de l'équipe prit la parole.

« Ce soir je saurai et toute la ville saura avec moi ce que mes durs ont dans le bide. Tout ce que vous avez montré, jusqu'à présent, c'est que vous saviez mettre des épaulettes et lever des filles pour le pince-fesses après le match, mais tant que je ne vous aurai pas vus à l'œuvre, je ne saurai pas si vous êtes des durs ou pas. Et un vrai dur, c'est un chasseur de têtes qui y va à coups de boule dans la poitrine de l'adversaire, et un type qui n'est pas content si cet adversaire respire encore à la fin du match. Un vrai dur ignore la peur, sauf quand il la voit dans les yeux d'un porteur de ballon qu'il s'apprête à faire exploser en deux. Un vrai dur aime la douleur, il aime les cris, la sueur, la châtaigne, mais il a la haine des planques peinardes. Il adore se trouver là où le sang gicle et les dentures volent. C'est ça, le sport, les gars. La guerre pure et simple. Alors ce soir, vous y allez et vous faites un carnage. Vous cognerez sur tout ce qui bouge, tout ce qui respire. Et si c'est des gonzesses, vous les niquez. »

Il y eut quelques rires dans la salle, mais guère. C'était la quatrième année de suite que M. Sams faisait exactement le même laïus avant le match, y compris la plaisanterie de rigueur qui n'avait pas varié. Il parlait du football comme s'il était rendu aux dernières extrémités hystériques de la rage.

« Alors, je les ai, mes durs ? hurla-t-il, les veines des tempes en ébullition.

— Oui m'sieur, hurlâmes-nous en retour.

— Des durs de durs ?

— Oui m'sieur !

— Des putains de tombeurs de têtes ?

— Oui m'sieur !

— Il va y avoir du sang ?

— Oui m'sieur !

— Vous allez leur mettre les tripes à l'air ?

— Oui m'sieur !

— Il va y avoir des os cassés sur tout le terrain ?

— Oui m'sieur !

— Prions », dit-il.

Et il entama le Notre Père, suivi par toute l'équipe.

Puis il céda la place à Luke et quitta la pièce pour nous attendre dehors. Luke se leva, massif avec ses épaulettes. Il jeta un regard circulaire sur l'assistance. Avec ses cent kilos passés, Luke était un des types les plus costauds du comté de Colleton, et sans doute le plus fort. Sa présence était apaisante. Son calme contagieux.

« Pour les nouveaux de l'équipe, commença Luke, il ne faut pas prendre M. Sams trop au sérieux. Il aime bien en rajouter. Il en a rajouté pas mal. Et puis il a oublié de vous dire une chose. Il a oublié de vous dire une chose à vous tous. C'est que si nous pratiquons ce sport, c'est d'abord et avant tout pour nous amuser. Et c'est le principal. On veut prendre notre pied, bloquer, plaquer, battre notre record de sprint et fonctionner ensemble, en équipe. Et à propos d'équipe, je tiens à aborder un sujet précis, dont nous aurions dû parler depuis le début de la saison. Oui, il faut parler de Benji. »

Il y eut des remous de mécontentement dans la salle et tout le monde se retourna pour chercher le jeune Noir. Il était assis tout seul, au dernier rang.

Il soutint le regard de ses coéquipiers avec la même dignité silencieuse

346

et résolue qui avait toujours été la sienne lorsqu'il circulait dans les couloirs du lycée. Il regarda Luke, imperturbablement.

« Bon, personne n'avait envie que Benji vienne dans notre bahut. Il y est venu quand même. On ne voulait pas de lui dans notre équipe non plus. Il est venu quand même. À l'entraînement, on lui en a fait voir de toutes les couleurs. On s'est mis à plusieurs pour le plaquer, le cogner, le dérouiller, essayer de le blesser... Bref, on a fait le maximum pour l'écœurer. Je n'étais pas le dernier. Il a tout encaissé. Alors aujourd'hui, je tiens à ce que tu saches, Benji, que tu fais partie de cette équipe de foot, et que j'en suis fier. Je pense que, grâce à toi, l'équipe est mille fois meilleure qu'elle n'aurait été sans toi, et je suis prêt à casser la gueule, ici et tout de suite, à quiconque n'est pas de cet avis. Benji, lève-toi et viens t'asseoir au premier rang. »

Benji hésita, et j'entendis la salle siffler. Il se leva et descendit l'allée centrale, les yeux de tous les gars rivés sur lui, son regard à lui ne quittant pas un instant celui de Luke.

« À présent, ce soir, North Charleston va s'en prendre à Benji. Ils vont te traiter de négro et tout le reste, Benji, et nous ne pourrons rien faire pour arrêter ça. Mais je tiens à ce que vous autres, vous sachiez bien que Benji n'est pas un négro à partir du moment où nous franchissons cette porte. Benji est un coéquipier. Et pour moi, il n'est pas de mot plus beau que celui-ci : coéquipier. Benji n'est plus un négro, et il ne le sera plus jusqu'à la fin de l'année. C'est un type de l'équipe de Colleton, comme nous autres. Alors si ceux d'en face l'attaquent, on leur fonce dessus. C'est comme cela que je vois les choses. Benji, j'espère que je ne t'ai pas trop mis dans l'embarras, mais il fallait bien que ces choses-là soient dites. Il fallait que ça sorte. Est-ce que quelqu'un n'est pas d'accord avec moi ? »

On entendit le son de la fanfare, la foule, le battement nerveux des pointes contre le sol, mais aucune voix dissidente ne se leva.

« Tom, tu as quelque chose à dire à l'équipe ? »

Je me levai, me tournai vers mes coéquipiers et dis d'une voix haletante et ravie : « On va gagner. »

Je porte toujours avec moi les souvenirs du temps où j'étais un athlète, avec ces nuits jubilatoires et déterminantes où je me droguais de terrain balisé et mesurais ma force, ma rapidité, mon tempérament à celui d'autres garçons. Je vivais pour les gratifications et les louanges dispensées par les foules rassemblées, pour la musique enivrante des fanfares, l'extravagance des groupies supporters s'agitant au rythme des tambours et psalmodiant à tue-tête les urgentes banalités du sport, avec un mélange d'exotisme et de ferveur religieuse. La vue de l'équipe adverse, casquée de noir et nerveuse, déclenchait un frisson de délicieux plaisir le long de ma colonne vertébrale. J'écoutais la cadence sympathique de leurs vigoureux encouragements comme un aveugle se pencherait sur une vitrine pleine d'oiseaux. Le sport. Le sport, le sport, chantais-je tandis qu'avec mon frère nous dirigions l'échauffement de l'équipe. Sur ce terrain vert de Colleton, je devais goûter à l'immortalité pour la première et dernière fois de ma vie. J'avais l'odeur salée de l'air venu du fleuve, avec la saveur piquante de cet espace infini des marées familières, rehaussée de l'épice supplémentaire qu'ajoutaient les récoltes mûrissant sur les îles marines. Mes sens s'aiguisaient, flambaient et je vivais totalement, comme une chose à peine humaine, regardant Dieu droit dans les yeux, le premier jour de l'Éden. Je sentais le souffle de Dieu couler dans mon sang comme la lumière. Je criais, exhortais mes coéquipiers, je savourais la joie d'être un garçon, un garçon doué pour le sport qu'il avait choisi, tandis que le sifflet de l'arbitre déchirait l'air et que Luke et moi avancions au centre du terrain pour le tirage au sort. L'arbitre lança un dollar d'argent bien haut en l'air et Luke cria « pile » et ce fut pile. Nous étions désignés pour recevoir.

Et ce soir-là, je levai mon poing à l'unisson avec Benji Washington lorsque lui et moi prîmes notre position d'arrières pour attendre la mise en jeu des Diables Bleus de North Charleston. Je vis leur botteur approcher du ballon et je vis leur équipe rompre les rangs, foncer, et le ballon monter en fusée vers les lumières, et je m'entendis hurler : « À toi Benji. »

Il intercepta en fond de terrain et courut, fonça jusqu'aux trente-cinq yards avant d'être accroché, et accroché sérieusement par deux joueurs de North Charleston. Il disparut sous une pile de maillots bleus. L'équipe de North Charleston, déchaînée, chauffée à blanc, se mit à crier haro sur Benji. Cinq cents fans de North Charleston avaient fait le déplacement vers le sud pour le match et, dans les gradins, côté visiteurs, on scandait : « Le négro, le négro, le négro. »

« On va te faire la peau, négro », cria leur arrière portant le numéro vingt-huit, à l'intention de Benji qui se releva lentement.

Ils se ruèrent sur Benji et le poursuivirent en meute violente et vociférante pratiquement jusqu'au *huddle**.

« Sale nègre. Négro, négro », criaient-ils sans le lâcher.

Ils étaient toujours en train de crier haro sur Benji quand j'annonçai la première remise en jeu de la saison. Mes coéquipiers étaient ébranlés, Benji dans un état de choc.

Tandis que nous nous mettions en position d'attaque, la ligne de North Charleston reculait systématiquement en défense, en braillant « À mort le négro ». Au moment où je me penchai en avant, leur numéro vingt-huit, encore lui, me hurla : « Laisse-moi Blanche-Neige. »

Je me redressai, pointai l'index sur leur arrière de sécurité et lançai aimablement :

_____

* Entre chaque phase de jeu, l'équipe attaquante dispose d'un temps de 25 secondes pour décider de la tactique à employer, effectuer ses changements de joueurs et remettre la balle en jeu *(snap)*. Ce moment s'appelle le *huddle. (N.d.T.)*

« Va te faire foutre, enculé ! »

Coup de sifflet de l'arbitre qui nous colla quinze yards de pénalité pour manquement à l'esprit sportif, avec un accent nasillard et traînant qui pouvait le faire passer pour un militant du KKK en vacances. La Caroline du Sud profond ne recrutait pas ses arbitres de foot parmi les juges à la Cour suprême.

« Hé, m'sieur l'arbitre, dis-je, si vous leur demandiez de cesser leurs hurlements contre le numéro quarante-quatre.

— Moi, je ne les entends pas hurler contre qui que ce soit, dit l'arbitre.

— Alors vous ne devez pas m'avoir entendu dire "Va te faire foutre, enculé" à leur arrière boutonneux. »

Deuxième coup de sifflet de l'arbitre qui nous fait reculer à vingt-cinq yards de notre ligne d'en-but. Jusqu'à présent, mes brillantes performances de capitaine nous avaient fait perdre vingt-cinq yards de terrain, et la remise en jeu n'était toujours pas faite.

« Silence et jouez, ordonna l'arbitre.

— Viens, viens chercher, négro, hurla encore le vingt-huit à l'intention de Benji. Viens que je te fasse remonter les couilles dans la gorge, sale nègre. Ce soir, on va se faire un négro. On va bouffer du nègre pour dîner. »

Les supporters de North Charleston continuèrent de scander « le négro » et le tumulte alla en s'amplifiant. Ceux de Colleton gardaient le silence, attentifs. Je reconnus les parents de Benji, assis tout seuls en haut des gradins. Sa mère avait détourné le visage pour ne plus voir le terrain. Son père regardait stoïquement, et je sus d'où Benji tenait son port royal et impassible.

Je fis signe que le temps était écoulé.

Mes coéquipiers arrivèrent au *huddle* profil bas, comme les espèces de corniauds qui vivent dans les poubelles des décharges publiques du comté. Moi, le quarterback à la perspicacité infaillible, je voyais bien que mon équipe n'avait pas encore trouvé sa cohésion. Leur apathie convenait bien à la rage qui montait en moi. J'avais envie de bouffer un poteau ou de leur faire une grosse tête. Depuis le bout du terrain, le long d'une allée, je vis la cage où dormait César, qui n'entendait rien à la malveillance des mots.

Je mis un genou à terre et parlai à mon équipe :

« Bon, les gars, c'est moi le quarterback. J'ai un petit laïus à vous faire. C'est Tom Wingo qui parle, pas n'importe qui.

— Le négro, le négro, le négro. »

Le mur de l'école renvoyait l'écho du tollé tandis que les citoyen de Colleton observaient un silence inquiétant.

« Bon, dis-je, maintenant je vais vous demander de faire un peu d'exercice. Benji, je sais que tu n'es pas à la fête. Aucun de nous n'est à la fête. Ça met les nerfs. Mais avant de leur montrer que toi et ton cul noir vous battez n'importe qui au sprint, on va régler une petite

349

affaire. Vous êtes mous, les gars. Je voudrais que ça chauffe un peu. Je voudrais vous entendre. »

Quelques cris, peu convaincants, montèrent de l'équipe.

« Luke, dis-je en attrapant mon géant de frère par les épaulettes avant de taper de la paume de la main contre son casque, Luke, fais rugir César.

— Quoi ?

— Fais rugir César », répétai-je.

Luke sortit du *huddle*, il se dirigea vers l'équipe de North Charleston et il regarda la cage qui se trouvait dans l'ombre. Il avança presque à la ligne d'avantage, et les yeux fixés loin, loin, vers le bout du terrain, il cria fort par-dessus les grondements de la foule, à l'intention du tigre de la famille Wingo, qui, fatigué des lumières et fatigué du football, dormait entre les arêtes de poisson et les restes de cous de poulets, jusqu'au moment où il reconnut la voix puissante et éraillée de l'être humain qu'il aimait le plus au monde, et cette voix criait : « Rugis César, rugis ! »

César approcha des barreaux de sa cage, lui qui n'était ni un gentil toutou, ni une plaisanterie, ni une mascotte, mais bien un tigre du Bengale, et il poussa un rugissement pour saluer et marquer sa fidélité au bloqueur le plus costaud de l'État.

Luke répondit par un rugissement humain affectionné à sa façon.

César rugit de nouveau, et ce rugissement-là traversa le terrain de football comme un avion, annihilant les minables « le négro » scandés par une foule dont la voix fut ratatinée. Il passa la ligne des cinquante yards, emplit nos oreilles, continua dans l'aire de stationnement où il buta contre le mur de brique du gymnase avant de revenir en écho, comme si un second fantastique félin venait de naître dans notre dos. César répondit à cet écho par son propre rugissement et je criai à mes coéquipiers :

« Allez, tas de merde, couilles molles, avortons. Répondez donc. Répondez à César. »

Ensemble, les gars de mon équipe se mirent à rugir comme des tigres à l'intention du tigre. Et ils rugirent ainsi plusieurs fois, et César, qui n'était pas un néophyte des feux de la rampe, lui qui était né pour se donner en spectacle et gardait l'instinct de star de la piste centrale, répondit de cette voix superbe et sauvage originaire des forêts humides de l'Inde. César, dont les parents avaient rompu le sommeil nocturne de tribus hindoues et secoué l'adrénaline des éléphants, César lança un message à l'âme de mon équipe. Alors la foule de Colleton se souvint de ce qu'était l'esprit du football, elle prit feu et flamme, et le tigre passa dans ses rangs, et le terrain trembla sous ses rugissements.

Je fonçai vers la ligne de touche et criai à M. Chappel, le chef d'orchestre, de jouer *Dixie*. Lorsque la fanfare joua les premières notes de ce morceau, César devint fou furieux. Je regardai l'équipe de North Charleston fixer ce tigre du Bengale adulte qui grondait, fou de rage, mordant les barreaux de sa cage et donnant des coups de patte vers l'extérieur, toutes griffes dehors : un parfait sujet d'étude sur les limites de la fureur. Luke se rua sur moi :

« Pourquoi as-tu fait ça, Tom ? dit-il. Tu sais que cet air met César hors de lui.

— Il cherche un de ces putains de phoques, dis-je, gonflé d'orgueil. Déguste cet instant, Luke. C'est l'arrêt de jeu le plus fantastique de l'histoire du football. »

J'avançai vers l'équipe de North Charleston qui regardait, figée, tandis que ses supporters restaient cois.

« Ho ! les gars, hurlai-je par-dessus le tumulte. Faites-moi encore chier, et je lâche ce tigre sur le terrain, vu ? »

Le sifflet retentit et nous eûmes une pénalité pour avoir retardé le jeu.

À la suite de quoi nous tînmes le *huddle*, mais quelque chose de magique s'était produit. Dans les yeux de mes camarades, je vis la flamme sacrée de la solidarité, du tous pour un, un pour tous, et de la fraternité, cette flamme qui fait la noblesse du royaume des sports. Elle brûle dans le cœur mais brille dans les yeux. Et je lus le rapprochement, la naissance d'une équipe.

« Le négro, le négro. Raôn, raôn. » Nous étions cernés par les voix.

Je dis :

« Première attaque de la saison pour les types de Colleton. La tactique feinte du quarterback. Sauf que je ne veux pas de bloqueurs. Pendant que les autres tocards m'arrangent les côtelettes, je veux que tous les membres de cette équipe, j'ai dit tous, sans exception, sauf Benji, tombent sur le paletot du gros salaud d'arrière qui porte le numéro vingt-huit. Moi, je me contente de les amuser un peu pour vous donner le temps de le choper. »

« Le négro, le négro. Raôn, raôn ! » faisait la foule.

Dès réception du ballon, j'exécutai un petit pas chassé, inélégant, en direction d'une vague ouverture à gauche, et deux cent cinquante kilos de chair de jeunes gars et de cuir me percutèrent simultanément de plein fouet, me jetant à terre, le visage écrasé dans l'herbe et le jaune de notre propre ligne de cinq yards. Le coup de sifflet retentit, et en me relevant je pus voir leur arrière numéro vingt-huit allongé sur le dos, en train de se tenir le visage et le genou. Notre équipe prit encore une pénalité de quinze yards pour brutalité non justifiée, et l'arbitre recula à mi-distance de nos buts. J'avais savamment orchestré cette retraite qui nous laissait à trente-deux yards derrière notre ligne d'avantage primitive. Mais je vis avec plaisir le numéro vingt-huit évacué sur une civière, saignant, selon le rapport ravi de Luke, par tous les orifices de son corps.

« Le négro va nous le payer », cria un de leurs arrières.

Pendant le *huddle*, je félicitai, un genou à terre :

« C'est bien, les gars, beau boulot. J'aime bien quand vous écoutez l'oncle Tom. Maintenant, pour l'attaque qui vient, on va tâcher de marquer un essai.

— C'est là que Benji entre en piste, jubila Luke.

— Non, pas encore, dis-je. Le maître stratège ne lance pas encore

351

Benji. Mais il va servir d'appât. Je t'expédie en plein milieu, Benji. Je vais leur dire que c'est toi qui as le ballon et leur montrer le trou par lequel tu vas t'engouffrer.

— Putain, dit Benji.

— C'est idiot, Tom, dit Luke.

— Mais je ne vais pas te le donner, le ballon. Je le passe en douce par la gauche. Je veux des bloqueurs en bas de terrain. À deux. Terminé. »

Comme j'approchais de la ligne, avant de poser mes mains sur le derrière évocateur de Milledge Morris, j'avançai encore une fois vers la monotone litanie des « le négro » et annonçai à voix haute à toute l'équipe de North Charleston :

« Vous voulez le négro ? Je vais le faire passer par le trou. » Et de désigner la brèche entre le centre et le joueur du garde gauche. « Et y en a pas un qui aura les couilles de l'arrêter. »

Je regardai leur défense arrière se déplacer de quelques pas en direction du trou indiqué pendant que je donnais la cadence.

« Paré, quatorze, trente-cinq, deux. »

Je montai en tenant le ballon bas, j'entendis le bruit des casques et des épaulettes du pack de défense s'ébranler derrière moi, et, plié en deux, je flanquai le ballon dans l'estomac de Benji lorsqu'il déboula. Je le regardai courir vers le trou puis me refaire en souplesse une passe arrière avant de disparaître dans les bras du Sud blanc.

Avec le ballon plaqué sur la hanche, je regardai en arrière, fis mine de ralentir en voyant le tas de maillots bleus plaquer Benji au sol. Puis je démarrai sur les chapeaux de roues et dévalai la zone latérale droite, sous le nez des supporters de North Charleston qui se rappelèrent subitement qu'il y avait aussi des joueurs blancs dans l'équipe de Colleton. Sur la ligne des vingt-cinq yards, je fus rejoint par Luke et nous courions ensemble, l'œil rivé au joueur de défense arrière qui avait eu le flair de ne pas croire les menteurs. Il bougea pour me barrer le passage sur le côté, et je fis mine de dévier sur la droite comme si je changeais de cap. Il ralentit, se raidit, et Luke le tua quasiment d'un blocage magistral tandis que je les enjambais l'un et l'autre sans ralentir le rythme et allais mettre la balle en touche sur notre ligne de vingt-cinq yards.

J'ai conservé le film de ce match tourné par mon père et j'ai regardé cent fois cette percée de quatre-vingt-dix-sept yards, et je la regarderai cent fois encore avant de mourir. J'observe le garçon que j'étais jadis, je m'émerveille de sa rapidité, tandis que je suis sa progression sur l'image grainée et surréelle, et je passe la main dans mes cheveux de moins en moins épais. J'essaie de revivre ce moment où je courais vers la zone d'en-but, pénétrant mon propre territoire, vainement poursuivi par une meute de maillots bleus déchaînés. La foule s'empara de moi à partir de la ligne des cinquante yards. Je le sentis dans mes jambes, ce bourdonnement de voix humaines me poussant à faire encore plus vite, à battre les records de ces jours de béatitude où je courais. Je courais et j'étais un fils de Colleton qui avait sa ville à ses pieds, et il n'est rien de plus beau au monde qu'un garçon en train de courir, rien de si innocent, rien de si naturel. J'étais doué, j'étais jeune et j'étais irrattrapable tandis que je dévorais les lignes les unes après les autres, suivi par un arbitre que je laissais dans la poussière. Rapide, preste, éblouissant dans la lumière, je courais et je passais devant les yeux de mon père qui hurlait en suivant ma course à travers un objectif ; je passais devant ma sœur jumelle qui sautait et se tortillait sur les gradins, savourant cet instant parce qu'elle me chérissait, moi ; je passais devant ma mère dont la beauté ne parvenait à mes yeux que par la honte d'être ce qu'elle était, de venir d'où elle venait. Mais en ce moment, mythique et élégiaque – elle était la mère de Tom Wingo et avait offert au monde ces jambes et cette célérité – et moi je franchissais la ligne des quarante yards pour franchir celle des trente dans la seconde qui suivit, je courais pour dépasser ma vie de gamin, vers la zone d'en-but. Mais en regardant ce film, je pense souvent que ce gamin ne savait pas vers quoi il courait en réalité, qu'il ne savait pas que ce n'était pas une zone d'en-but qui l'attendait. Quelque part dans ce sprint de dix secondes, ce garçon qui courait accéda à la métaphore, et l'homme mûr voyait aujourd'hui ce que l'enfant d'alors n'aurait su voir. Il serait bon à la course, toujours, et toujours aussi, il courrait pour échapper aux choses qui le faisaient souffrir, aux personnes qui l'aimaient, aux amis qui avaient le pouvoir de le sauver. Mais où donc courons-nous quand il n'y a ni foules, ni lumières, ni zone d'en-but ? Où un homme court-il ? disait le prof en regardant les films de lui enfant. Oui, où peut-il courir, l'homme qui a perdu l'excuse du sport ? Où peut-il courir, où peut-il se cacher, lorsqu'en se retournant il voit qu'il n'est poursuivi que par lui-même ?

Je traversai la zone d'en-but et lançai la balle en chandelle à plus de quinze mètres dans les airs. Puis je m'écrasai à terre en embrassant l'herbe verte. Je courus ensuite jusqu'à la cage de César dont je tambourinai les barreaux :
« Applaudis, espèce de salopard ! »
Impérial, il m'ignora.
Ce fut Luke qui me prit dans ses bras, me souleva de terre et m'entraîna dans un tourbillon. Nous l'avions enfin, notre valse à tous les deux.
Nous dégageâmes, et en voyant comment toute l'équipe tomba sur le porteur du ballon, je sus que ce serait notre grand soir. Dès leur première mise en jeu sur la ligne, Luke percuta la tête de l'arrière censé l'arrêter et le fit reculer de cinq yards dans l'herbe. Toute l'aile droite de notre ligne défensive était montée pour contrer les attaquants à coups de plaquages et de chocs divers lorsque ces derniers tentèrent un passage en force. Luke fonça et contraignit le quarterback adverse à reculer de sept yards à la troisième tentative. Toute notre équipe pétait le feu et nous nous donnions de grandes bourrades fraternelles, nous nous étreignions après chaque jeu et nous hurlions des encouragements au joueur

qui portait le premier coup. Le terrain voyait se déchaîner un jeu d'une force titanesque et inextinguible tandis que s'accomplissait une prise de conscience, une revanche, un destin.

Le tireur dégagea par un coup de pied de cinquante yards qui envoya le ballon sur la ligne des cinquante.

J'envisageai alors de lâcher la bride à Benji. Au moment où je marquais mon essai, Benji était sous la mêlée et se faisait arranger les yeux, moudre les jambes, de quoi faire monter sa haine.

« Benji, on va enseigner à ces jobards les mérites du Noir sur l'administration de l'éducation publique. Plaquage droite toute, à quatre. Partez. »

J'ai toujours eu un peu de remords à cause du jeune gars qui jouait juste en face de Luke. Au début de la partie, c'était un beau gars costaud qui pétait la santé. À la fin, il devait rester paraplégique pendant au moins une journée. Avec son gabarit et sa grâce remarquables, ce n'était pas un hasard si Luke s'était découvert des affinités naturelles avec les tigres.

Comme j'approchais de la ligne, le mot « négro » avait disparu depuis un moment du vocabulaire des Diables Bleus de North Charleston.

Je fis une passe pour Benji Washington, première fois qu'un Blanc servait le ballon à un Noir dans ce coin du monde. Il échappa au bloqueur (Luke avait dû manger cru le gars devant lui), esquiva un arrière qui tenta de le percuter de plein fouet, se débarrassa de l'ailier qui voulut le plaquer, puis, par une série de feintes stupéfiantes de souplesse et de rapidité, il dansa un moment entre les éléments de leur défense arrière, gesticulant, frénétique, insaisissable, avant de passer en force, à contre-courant, en revenant en arrière ; alors, débordant la défense sur la droite, il fonça et fit un démarrage en trombe vers la zone d'en-but, avec toute l'équipe de North Charleston à ses basques. Trois joueurs essayèrent de l'attaquer, mais les trois mésestimèrent sa vitesse. Tandis que nous autres, tortues, le suivions vers les buts, nous avions marqué notre deuxième essai en moins de deux minutes. Je sentis monter un plaisir mitigé chez les spectateurs de Colleton, et pendant un temps, il n'y eut plus que des applaudissements polis, surpris. Il s'agissait d'un public blanc, sudiste jusqu'à la moelle, embourbé dans toutes les traditions barbares de notre époque, et quelque chose en eux désirait voir perdre Benji, même si cela signifiait la défaite de toute l'équipe. Certains d'entre eux souhaitaient même probablement la mort de Benji. Mais à un moment donné de ce sprint fantastique de sept secondes, la résistance à l'intégration perdit un peu de sa violence à Colleton. Et chaque fois que Benji Washington se trouva porteur du ballon, ce soir-là, l'amour absolu des Sudistes pour le sport l'emporta un peu sur l'histoire douloureuse par laquelle l'être humain le plus rapide du sud des États-Unis avait atterri dans notre moitié de terrain.

Quand l'équipe assaillit Benji, à qui les grandes claques et autres démonstrations enthousiastes faillirent être fatales, il glissa à Luke :

« Putain, ce qu'ils sont lents, ces Blancs ! »

— Non, répondit Luke. C'est toi qui avais peur qu'ils t'attrapent. »

J'appris ce soir-là qu'avec Benji Washington dans le pack j'étais un bien meilleur quarterback que prévu. Je l'envoyai percer le mur de la défense ou le contourner trente fois au cours de la soirée. Je le regardai passer leur capitaine de défense, sécher l'ailier, feinter leur bloqueur. Dans le troisième quart-temps, je partis impromptu en flèche sur ma droite, regardai l'ailier se préparer à agir tandis que je simulais une passe latérale à Benji. Je m'engouffrai dans la brèche, passai le bloqueur gauche et obliquai vers la zone latérale jusqu'au moment où un arrière-ligne me percuta. En tombant, je lançai le ballon à Benji qui le rattrapa et, dans un triomphe de vitesse à l'état pur, avala successivement les lignes du terrain sur quatre-vingts yards, sans être touché par des mains humaines.

Pendant le quatrième quart-temps, North Charleston se ressaisit et marqua deux essais, acquis de haute lutte, difficilement. Les deux fois ils marquèrent au terme d'une poussée exténuante, et les deux fois leur offensive ne passa qu'in extremis après avoir été repoussée à deux reprises. Comme la pendule indiquait la fin imminente du match, et comme nous menions par 42 à 14, notre fanfare joua *The Tennessee Waltz* et, lorsque North Charleston émergea de son *huddle*, ce fut pour nous voir danser casque contre casque sur la ligne de remise en jeu, avec la foule qui chantait les paroles dans les gradins.

Puis le coup de sifflet retentit, terminant le match, et notre ville se rua sur nous. Ils firent irruption sur le terrain et nous repartîmes vers les vestiaires, écrasés et broyés par un millier d'élèves et de fans. Savannah me dénicha et m'embrassa sur la bouche, riant de me voir rougir. Luke me plaqua par-derrière et nous roulâmes ensemble dans l'herbe. Trois joueurs de North Charleston se frayèrent un chemin dans la foule pour venir serrer la main de Benji. Le capitaine de défense s'excusa pour l'avoir traité de négro. César se mit à rugir et la foule se joignit à lui. Mon père filma toute la scène. Ma mère sauta dans les bras de Luke et il la porta comme une jeune mariée jusqu'aux vestiaires, tandis que, les bras accrochés à son cou, elle lui disait qu'elle le trouvait merveilleux et qu'elle était très fière.

Dans les vestiaires, l'équipe jeta le coach, M. Sams, tout habillé sous la douche. Oscar Woodhead et Chuck Richards se saisirent de Benji qu'ils portèrent avec ce qui ressemblait à de la révérence jusqu'à la douche où il subit le baptême rituel dans les eaux de la victoire. Luke et moi fûmes également soulevés de terre et conduits à la douche jusqu'à ce que l'équipe entière, exultante et triomphante, se retrouvât dégoulinante sur le carrelage pendant que les photographes mitraillaient et que dehors, derrière la porte des vestiaires, nos pères grillaient des cigarettes en discutant le match.

Après ma douche, je vins m'asseoir sur le seul long banc de bois, à côté de mon frère, et je m'habillai sans me hâter, tandis que la douce douleur de l'après-match envahissait mon corps comme une drogue à effet lent. J'enfilai ma chemise et eus bien du mal à lever le bras gauche pour fermer le bouton du col. Mes camarades revêtaient leurs costumes et la pièce fleurait la vapeur, la sueur et la lotion après-rasage. Jeff Galloway, notre ailier gauche, vint me trouver en lissant soigneusement ses cheveux bruns.

« Tu vas au bal, Tom ? demanda-t-il.

— On va sans doute passer y faire un tour.

— Tu n'y vas pas dans cette tenue, j'espère ? interrogea-t-il, en regardant ma chemise.

— Non, j'ai laissé mes vrais vêtements dans la cage de César, Jeff, répondis-je. Bien sûr que j'y vais dans cette tenue.

— Vous, les gars, vous avez le pire goût de chiottes que je connaisse. Vous pourriez quand même vous mettre à la coule et acheter deux chemises correctes. En plus vous êtes les deux seuls types de l'école à ne pas porter de Weejuns. Enfin, tous les gars de l'équipe ont des mocassins Weejuns.

— Je n'aime pas ces godasses, dit Luke.

— C'est ça. Et je parie que tu préfères tes baskets merdiques, dit-il en riant pendant que je mettais mes lacets. C'est quelle marque ta chemise, Tom ? »

Il tira sur mon col pour lire l'étiquette.

« Belk's, ricana-t-il, incrédule. Une chemise de chez Belk's. Ça alors, ça la fiche mal. Vous méritez le pompon de l'élégance masculine, tous les deux. Tom, ça fait deux semaines que tu portes le même pantalon de toile.

— Faux, protestai-je. J'en ai deux que je porte à tour de rôle.

— C'est moche. Vraiment moche. Ça ne fait pas classe. C'est pas bon pour l'image.

— Elles te plaisent pas, nos fringues, Jeff ? demanda Luke.

— Je ne vois pas ce qui pourrait me plaire, Luke. Tous les deux, vous vous fichez manifestement de votre allure. Tous les gars, pratiquement, s'habillent après le match. On ne se contente pas de jouer un football de qualité. C'est nous qui faisons la mode à l'école. On traverse le hall ensemble et toutes les nénettes et les autres gugusses de la fanfare disent : "Tiens, voilà les gars de l'équipe, les mecs, les champions, et visez la classe !" Putain, Benji sait s'habiller et ce n'est qu'un...

— Un négro, termina Luke à sa place. Il est parti maintenant. Te fais pas de mouron. Il a gagné le match pour l'équipe, mais que ça ne t'empêche surtout pas de le traiter de négro.

— Benji est un garçon de couleur, rectifia Jeff. C'est un garçon de couleur qui n'a jamais été rien d'autre de sa vie, et à côté de vous, il est habillé comme un prince. Belk's, les mecs, c'est quand même plutôt embêtant que les deux capitaines de l'équipe achètent leurs fringues chez Belk's.

— Parce que tu les achètes où, tes vêtements, toi, Jeff ? demanda Luke. À Londres, en Angleterre ?

— Non, vieux. Moi et quelques autres on se tape le voyage à Charleston et on passe la journée à faire nos emplettes chez Berlin's et

Krawcheck's. Des magasins de vêtements pour hommes. Spécialisés. Pas comme chez Belk's. On n'achète pas dans un bazar qui fait tout. N'importe qui vous le dira. Tiens, chez Berlin's, ils ont tellement de ceintures en croco en stock qu'ils pourraient avoir un élevage de crocodiles. Vous devriez aller faire un tour dans ces boutiques, rien que pour voir. Vous avez besoin d'apprendre le bon goût.

— Je suis bien content de ne pas avoir le même goût que toi, Jeff, dit Luke en fermant la porte de son vestiaire. Personne ne t'oblige à porter mes vêtements, alors t'es dispensé de commentaires à leur sujet.

— Hé, là ! Je ne fais que formuler un conseil amical, dit-il. Je suis obligé de les voir, tes vêtements, donc j'ai le droit d'avoir une opinion. D'accord ? Tu sais que notre coach a édicté en règle que nous venions tous à l'école en costume, les jours de matches. Ça ne te plaît pas ? Costume trois-pièces le matin, on sue au turbin pendant le match, on se douche, une friction à l'eau de Cologne English Leather, et puis on va tomber les nénettes dans les bals en costume trois-pièces. J'ai eu le mien chez Krawcheck's pour moins de cent dollars.

— Il est merdique, dit Luke, qui prit le temps de regarder le costume bleu clair de Jeff.

— Hé, c'est ce qu'ils avaient de mieux à ce prix-là. Je suppose que ces pantalons de toile à la manque sont beaucoup plus chics.

— Moi, j'aime les pantalons en toile kaki, lança Luke avec aigreur.

— Bon, on se retrouve au bal, les lanceurs de mode. Vous ne me verrez sans doute pas, les gars. Je serai entouré de deux cents gonzesses essayant de me mettre le grappin dessus. Enfin, vous avez fait un match super, tous les deux », dit Jeff en quittant les vestiaires.

Nous entendîmes l'orchestre jouer un rock and roll dans la cafétéria de l'école. Je fermai mon vestiaire, remis le cadenas et Luke fit de même.

« Tu as envie d'aller au bal, Luke ?

— Et toi ?

— Pas particulièrement.

— Moi non plus. Surtout maintenant que je crois que tout le monde va nous regarder en pensant : "Tiens, c'est le pauvre minable qui porte des chemises de chez Belk's.

— Ça, ça m'est égal, mais je ne sais pas danser.

— Moi non plus », dit-il.

M. Sams, notre coach, passa la tête dans l'encoignure de la porte et dit :

« Extinction des feux, les gars. Tom et Luke, je vous croyais au bal. Vous risquez de vous faire violer après la partie que vous avez faite.

— On y va, m'sieur, dis-je.

— Ho, et vos costumes, ils sont où ? demanda le coach. J'ai demandé à tout le monde de s'habiller pour le match. Vous êtes capitaines, merde !

— On a oublié, m'sieur, dit Luke. On était trop excités par le match.

— Hum, hum, dit le coach en flanquant une bourrade à Luke. Hum, hum, sacré match ! Hum.

— Hum, fîmes-nous en écho.

— Hum, hum, hum, dit-il en nous souriant à tous les deux. Sacré match. »

Nous l'accompagnâmes jusqu'à la porte des vestiaires et le regardâmes manier l'interrupteur qui éteignit toutes les lumières sur le terrain.

Luke et moi nous dirigeâmes vers la musique.

Lorsque j'essaie de retrouver la voix de ma mère quand j'étais petit, je vais la chercher dans une grave et harmonieuse lamentation sur notre situation économique ; j'entends les refrains et ritournelles de sa foi tenace dans le fait que nous vivions notre vie dans le plus atroce dénuement. Je n'aurais su dire à l'époque si nous étions pauvres ou non. Je ne sais pas trop si ma mère était avide ou avaricieuse. Ce que je sais en revanche, c'est que je lui aurais plus facilement demandé de me donner le sein droit à téter qu'un billet de dix dollars. Le problème de l'argent faisait naître en elle une autre femme ; il la rabaissait également aux yeux de ses enfants. Non parce qu'elle n'en avait pas ; mais pour l'espèce de honte qu'elle suscitait en nous lorsque nous lui en demandions. Et puis je soupçonnais toujours que nous avions plus d'argent qu'elle ne voulait le dire. J'avais toujours peur qu'elle m'aimât moins que l'argent, tout simplement. Je n'ai jamais su.

Cette absence de costume vira pour moi à l'obsession et, le matin qui suivit le match avec North Charleston, j'allai la trouver après le petit déjeuner et lui dis :

« Maman, est-ce que je peux te parler ?

— Bien sûr, Tom », répondit-elle en continuant de mettre la lessive à sécher dans le jardin. Je me mis à l'aider.

« Je tiens à ce que tu te sentes toujours libre de me dire ce que tu as envie de me dire.

— Est-ce que je pourrais faire des petits travaux dans la maison ?

— Tu as déjà ta part de corvées.

— Je veux dire pour me faire un peu de sous.

— Je ne suis pas payée pour tout ce que je fais dans la maison, moi, Tom, dit-elle. Si je touchais un salaire pour la cuisine, le ménage, le blanchissage de toute la famille, il n'y aurait plus d'argent pour acheter à manger, ou bien est-ce que je me trompe ? Mais je ne songerais même pas à me faire payer mon travail. Je le fais par amour des miens.

— Moi aussi j'aime ma famille, dis-je.

— Tu sais que nous connaissons certaines difficultés, n'est-ce pas ? dit-elle tout bas, avec cette façon qu'elle avait de pratiquer l'aparté, entre la confidence et la conspiration, faisant de vous le complice de ses pensées intimes. Bien que la crevette donne à fond, l'achat de la station-service et du tigre par ton père nous met dans une situation très précaire. Il m'est pénible d'en parler parce que je sais que tu te fais beaucoup de souci pour moi. Mais nous frôlons constamment la catastrophe. J'essaie d'en parler à ton père. Mais que puis-je faire ?

— J'ai besoin d'acheter un costume.

— Ridicule, dit-elle la poche pleine de pinces à linge. Tu n'as pas besoin de costume.

— Si, insistai-je en ayant le sentiment que je venais de réclamer un yacht. M. Sams, l'entraîneur, veut qu'on soit en costume les jours de match. C'est le règlement. Luke et moi étions les seuls de l'équipe à ne pas être en costume hier à l'école.

— Eh bien, il s'agit d'un règlement ridicule que nous ne respecterons pas. Tu sais que la saison dernière a été très mauvaise pour la crevette, Tom. Tu sais combien ton père a perdu dans son affaire de station-service. Tu es au courant et pourtant tu n'hésites pas à me donner un sentiment de culpabilité en devant te dire non. Ce que tu ignores, c'est combien je dois bagarrer rien que pour nous éviter de couler. En fait, ce n'est pas que nous n'ayons pas l'argent pour acheter des costumes. C'est une question de priorités. Ton père sauterait au plafond s'il savait que tu as réclamé un costume en ce moment. Tu fais preuve d'égoïsme rien que d'y songer. Sincèrement, tu me surprends et je suis très déçue.

— Tous les autres garçons ont des costumes. On pourrait en acheter un d'occasion, quelque part.

— Tu n'es pas les autres. Tu t'appelles Tom Wingo et tu es vingt coudées au-dessus du lot. Ils sont peut-être mieux habillés, ces garçons, mais mes fils sont capitaines de l'équipe.

— Comment se fait-il que Savannah ait toujours de jolies robes alors que Luke et moi devons aller vêtus comme si nous allions pêcher la crevette ?

— Parce que Savannah est une fille, et qu'il est important pour une jeune fille de se montrer à son avantage. Et je ne me sens pas le moins du monde coupable des sacrifices que je fais pour que ma fille soit bien habillée. Je suis étonnée que tu t'en offusques et ne comprennes pas que c'est indispensable.

— En quoi est-ce indispensable ? Dis-le-moi, Maman.

— Si elle doit épouser un jeune homme de bonne famille, il faut qu'elle soit élégante. Un jeune homme bien n'aurait pas idée de convoiter une fille qui ne saurait pas s'habiller. Le vêtement est la première chose qu'un homme remarque chez une femme. Enfin, peut-être pas la première, mais une des premières.

— Et quelle est la première chose qu'une jeune fille remarque chez un jeune homme, Maman ?

— Certainement pas la façon dont il est habillé, se moqua-t-elle. L'habit ne compte pas chez un homme tant qu'il n'est pas dans les affaires ou ne travaille pas dans un cabinet d'avocats. Une jeune fille cherche un homme qui a du caractère, elle s'intéresse à ses projets, sa famille, ses ambitions.

— C'est ce que tu cherchais quand tu as épousé Papa ?

— Je croyais épouser un homme différent. J'ai été idiote, et je me suis bradée pour trois fois rien. Je ne veux pas que Savannah commette la même erreur que moi.

— Tu ne penses pas qu'une fille puisse être rebutée par la façon dont je suis habillé ?

— Bien sûr que non, à moins qu'elle ne soit superficielle, futile, sans intérêt.

— Alors pourquoi les hommes doivent-ils attacher de l'importance à la façon dont s'habillent les femmes ?

— Parce que les hommes sont très différents des femmes. D'un naturel beaucoup plus futile.

— Tu crois vraiment ce que tu dis, Maman ?

— Je sais que c'est la vérité. J'ai vécu plus longtemps que toi.

— Est-ce que tu peux me donner un peu d'argent pour faire des économies ?

— Je ne donnerai pas un sou. Je veux que tu apprennes à travailler pour gagner tout ce que tu auras. Tout ce dont tu as vraiment envie. Ce costume, tu l'apprécieras encore plus quand tu auras sué sang et eau pour l'avoir. Gagne-le, ton costume, Tom. Tu auras davantage de respect pour toi-même si tout ce que tu as ne t'est pas offert sur un plateau d'argent.

— On ne m'a jamais rien offert sur un plateau d'argent.

— Exact, Tom. Et cela n'arrivera jamais. En ce qui me concerne, du moins. Je sais que tu me trouves mesquine.

— Oui, Maman. Je ne peux pas m'en empêcher.

— Cela ne me gêne pas parce que je sais une chose que tu ne sais pas. Je sais que lorsque tous les garçons de l'équipe se rappelleront cette année, ils ne sauront même pas de quelle couleur était leur costume.

— Et alors ?

— Ils ne sauront jamais la valeur des choses. Mais toi, Tom, quand tu te rappelleras cette année, tu te souviendras toujours du costume que tu n'avais pas. Tu le verras, tu sentiras son toucher, et même son odeur.

— Je ne vois pas très bien, Maman.

— Tu sauras apprécier un costume le jour où tu finiras par en avoir un. Et tu te souviendras toujours de ta mère quand tu en porteras un. Tu te souviendras toujours que j'ai refusé de t'en acheter un et tu n'auras qu'à te demander pourquoi.

— Je te le demande à toi, aujourd'hui.

— Je t'apprends à apprécier la valeur de ce que tu ne peux pas posséder, de ce qui t'est inaccessible.

— C'est complètement idiot.

— Peut-être que c'est idiot, Tom. Mais ton premier costume, il va te faire plaisir. Ça, je te le promets.

— Maman, nous avons la meilleure saison de crevettes depuis 1956. Nous avons l'argent.

— Pas pour acheter des costumes, Tom. J'économise pour le prochain investissement stupide de ton père. Si cela ne tenait pas à lui, tu aurais tout ce que tu veux. Nous aurions tout ce que nous voulons. »

19

Dans l'appartement de Savannah, je me mis en quête d'indices susceptibles de m'éclairer un peu sur la vie secrète qu'elle avait menée avant de se tailler les veines. Son absence me donnait le loisir coupable d'acquérir une intimité de voyeur avec sa vie quotidienne. Des signes de laisser-aller balisaient avec évidence son dérapage vers les frontières profondes de sa folie. Je trouvai du courrier jamais ouvert, dont une collection de lettres de ma mère, de mon père, et de moi. Son ouvre-boîtes ne fonctionnait pas. Elle avait deux flacons de piment de Cayenne sur son étagère, mais ni marjolaine ni romarin. Dans sa chambre, je découvris une paire de tennis Nike jamais portées. Dans sa salle de bain, il n'y avait ni aspirine ni dentifrice. À mon arrivée, le garde-manger ne contenait qu'une seule boîte de thon au naturel et le congélateur n'avait pas été dégivré depuis des années. Savannah, qui avait toute sa vie été une obsédée de la propreté, avait laissé des couches de poussière s'accumuler sur ses rayonnages. Son appartement était celui d'une personne qui veut mourir.

Pourtant, cet appartement devait avoir des mystères à révéler, pourvu que je fusse assez persévérant pour les percevoir. Je m'entraînai donc à la patience et à la vigilance pour ne pas manquer le moindre détail susceptible de jeter un peu de lumière sur la syntaxe de sa folie.

L'après-midi du dimanche de ma sixième semaine à New York, je relus plusieurs fois tous les poèmes de Savannah, ceux qui étaient publiés et ceux que j'avais découverts chez elle. J'y cherchai des clés, des secrets inscrits en surimpression dans la luxuriance de ses vers iambiques. J'avais beau connaître les événements et traumatismes centraux de la vie de ma sœur, je sentais que quelque chose d'essentiel m'échappait dans son histoire, qu'elle s'était créé une sorte de vie désespérée et provisoire au cours des trois années passées loin de moi, et qu'il s'agissait d'un territoire dont l'accès m'était refusé.

Lorsqu'elle était petite, Savannah avait pris l'habitude de cacher les cadeaux qu'elle voulait faire. Ainsi n'étaient-ils jamais au pied du sapin, le matin de Noël, mais elle nous remettait des plans très élaborés pour guider notre quête. Un jour, elle avait caché une bague d'opale pour ma mère, bague qu'elle avait achetée avec l'aide de ma grand-mère, mais elle l'avait trop bien cachée dans les noirs marécages au milieu de l'île. La bague avait été déposée par ses soins dans le nid d'un bruant, parmi les brindilles et la mousse, dans le creux d'un arbre. Malheureusement ses directives écrites étaient floues et incertaines et elle ne réussit jamais à conduire ma mère jusqu'au fameux nid. Pour Savannah, l'opale serait à jamais le rappel des Noëls volés. Après l'épisode de la bague perdue, Savannah revint à une pratique plus traditionnelle de l'échange de cadeaux.

Plus tard, Savannah devait évoquer cette bague dans ses poèmes et elle en fit le plus parfait, le plus immaculé des cadeaux. Un cadeau parfait, écrivait-elle, est toujours trop bien caché, mais il ne l'est jamais au regard du poète. Dans ce qui devint une clé pour la compréhension de son approche de la poésie, elle désignait le poète comme « la maîtresse des hiboux ». Quand le poète fermait les yeux, l'aile déployée du grand duc jetait une ombre fauve sur la verte immensité des forêts. Il retournait vers les nids oubliés des bruants migrateurs, ce grand duc, il pénétrait le cercle parfait au cœur du cyprès, et il trouvait l'opale égarée, avec sa couleur laiteuse, teintée aux encres de violettes écrasées. Cette reine aux serres redoutables et à l'instinct irrépressible, car il s'agissait de la femelle du grand duc, prenait l'anneau dans son bec cruel maculé du sang de lapins estourbis, et elle s'envolait dans un dédale de rêves fabuleux, portée par des volutes d'air auxquelles le langage donnait un parfum, afin de restituer la bague perdue au poète, inlassablement, poème après poème. Rien n'était jamais perdu pour Savannah ; elle transformait tout en sensuels et mystérieux vergers de mots. Elle perpétuait dans sa poésie son amour du jeu, cachant ses cadeaux derrière un treillis de mots, faisant des bouquets de ses malheurs et de ses cauchemars. Il ne se trouvait pas de poèmes sombres dans l'œuvre de Savannah, seulement des fruits somptueux entourés de fleurs qui pouvaient expédier le gourmand dans un sommeil éternel grâce à quelques épines au cyanure, car même ses roses portaient des armes assassines. Tous ses poèmes avaient leurs énigmes, leurs pistes brouillées, leurs feintes et leurs pivots. Elle n'exprimait jamais une chose directement. Elle n'avait pu rompre avec l'habitude d'une vie et continuait de cacher ses cadeaux. Même lorsqu'elle écrivait sur sa folie, il fallait qu'elle la parât de séduction – un enfer gâché par le paradis, un désert semé de mangues et de fruits de l'arbre à pain. Elle pouvait écrire sur la mortelle lumière du soleil et en sortir triomphante, fière de son hâle. Sa faiblesse en tant que poète était singulière et profonde : elle était capable de se balader sur les hautes crêtes des Alpes, sa mère patrie, mais pas de rogner un peu les ailes qui l'enverraient au-devant des courants dangereux. La bague lui était toujours retournée au moment où elle aurait dû la déclarer perdue. Même ses cris étaient adoucis, tempérés, amenés à une pâle harmonie, comme le chant de l'océan enfermé dans un coquillage. Elle feignait d'entendre une musique lorsqu'elle posait son oreille contre un coquillage, mais je savais qu'il n'en était rien. Elle entendait les loups, et toutes les notes noires, et tous les madrigaux démoniaques, qui gagnaient une grâce exquise dès qu'elle les transcrivait en mots avec l'aide de son hibou fantomatique, et ses rêves d'opale. Elle chantait les nénuphars, flottant comme l'âme des cygnes sur les étangs des jardins

362

secrets des asiles de fous. Ma sœur était tombée amoureuse de la grandeur de la folie. Ses derniers poèmes, que je trouvai disséminés dans tout l'appartement, étaient autant de nécrologies d'une délicate beauté. Une nostalgie de sa propre mort avait fait sombrer son œuvre dans le grotesque.

Pendant mon séjour dans son appartement, je payai son loyer, ses factures, et relevai son courrier. Avec l'aide de son voisin, Eddie Detreville, je repeignis les murs dans une teinte chaude, couleur de lin. Je rangeai tous ses livres en les classant par thèmes. Sa vaste bibliothèque aurait fait le bonheur d'un bibliophile si elle n'avait traité ses livres d'exécrable façon. Quand j'ouvrais un volume, il était rare qu'elle ne l'eût pas profané en soulignant au stylo bille ses passages préférés. Je lui avais dit un jour que je préférais encore voir un musée bombardé qu'un livre graffité, mais elle avait balayé ce qu'elle considérait comme une preuve de sentimentalisme de bas étage. Elle écrivait sur ses livres pour ne pas en perdre les images et idées fulgurantes. Il s'établissait un fructueux échange entre ses lectures et son écriture. Elle avait pris la touchante habitude de collectionner les livres traitant de sujets dont elle ne connaissait rien. Je trouvai un volume, abondamment souligné, où il était question du cycle de vie des fougères, et un autre intitulé *Le Langage par signes des Indiens vivant dans les plaines*.

Il y avait également six ouvrages sur différents aspects de la météorologie, trois autres sur les déviances sexuelles au XIXᵉ siècle, un livre sur l'élevage des piranhas, un *Dictionnaire du marin*, et un long traité sur les papillons de Géorgie. Elle avait autrefois écrit un poème sur les papillons qui fréquentaient le jardin de ma mère sur l'île Melrose, et les notes que je lus en marge de ce gros volume m'éclairèrent sur les connaissances sans faille de ma sœur en matière de grands porte-queue, vanesses et autres trimènes.

Elle faisait bon usage de ses livres et aucun détail n'était trop opaque pour échapper à son attention passionnée. Si elle avait besoin d'une bête à bon Dieu dans sa poésie, elle achetait dix manuels d'entomologie pour trouver la coccinelle exacte et précise qu'elle recherchait. Elle créait des univers mystérieux à partir d'ouvrages tombés dans l'oubli. Parce qu'elle saccageait les volumes qu'elle lisait, je pus retracer l'historique de ses lectures en notant soigneusement les livres annotés et ceux qui étaient parfaitement vierges.

Fouiller sa bibliothèque et répertorier les sujets qu'elle avait soulignés ou commentés constituait une voie véritable pour accéder à la connaissance de ma sœur. C'était aussi un abus de confiance, mais je tentais par là de combler le vide de trois années au cours desquelles nous n'avions pas échangé le moindre mot.

Je commençai mon été par la lecture de tous les ouvrages de poètes comptant parmi les amis de Savannah, ou lui ayant dédicacé un exemplaire de leurs œuvres. La teneur de ces dédicaces à la fois brillantes et conventionnelles m'indiquait que la plupart d'entre eux avaient de l'admiration pour la poésie de Savannah, mais qu'ils ne la connaissaient pas bien personnellement. La vie de ces poètes américains s'écoulait généralement dans un anonymat obscur et fier, et après les avoir lus, je comprenais pourquoi. Tous étaient des troubadours de l'épiphanie microscopique. Ils écrivaient sur le calice des fleurs et les grenadiers, mais leur propos restait futile. Savannah n'était jamais plus heureuse que lorsque j'avouais ne pas avoir compris un de ses poèmes. Elle y voyait le signe absolu qu'elle n'avait pas galvaudé son talent. Après avoir lu ses amis, je me dis que tous les poètes modernes devraient être vaccinés contre l'hermétisme abscons. Cependant, les vers soulignés possédaient tous une sombre beauté incongrue, et je les recopiai dans un petit carnet tandis que j'essayais de reconstruire la vie de ma sœur à partir des voyages qu'elle-même avait faits dans sa bibliothèque personnelle.

À la lecture des derniers poèmes, je découvris que Savannah disait adieu au Sud en tant que sujet. Je retrouvais encore quelques chatoiements de son passé, mais ma sœur parvenait à devenir enfin ce qu'elle avait toujours désiré être – un poète new-yorkais. Je lus ainsi une série de poèmes sur le métro qui construisaient une neigeuse et digne symétrie au cauchemar de la ville après minuit. Il y avait aussi des poèmes sur l'Hudson, d'autres sur Brooklyn. Elle ne s'empressait plus de signer chaque poème dès qu'elle avait achevé d'y travailler. Elle les abandonnait en piles anonymes, un peu partout dans l'appartement. Seule demeurait l'intouchable sorcellerie polie de son talent pour la désigner comme leur incontestable auteur. Au cours des dernières années, sa poésie avait gagné de la puissance, elle était plus mélancolique, et plus belle encore. Pourtant, quelque chose pour moi demeurait troublant et obscur, et je serais sans doute resté sur ce malaise si je n'avais découvert le livre d'or, à la couverture bleue et blanche, sous la bible, sur la table de chevet de Savannah. Dans un losange vert, au centre d'une bande blanche, je lus ces mots : « Seth Low J.H.S. » J'ouvris le petit fermoir rouillé et m'arrêtai à la première page. S'y trouvait la photographie d'une certaine Renata Halpern, étudiante de dernière année. Le nom m'était vaguement familier, sans que je pusse le situer exactement. Le visage était avenant, timide, bien que déparé par une paire de lunettes des moins heureuses. Le sourire était artificiel, convenu, et je voyais presque la grimace du photographe débile annonçant la sortie du petit oiseau en riant de toutes ses vilaines dents. Sur la page suivante était inscrit le nom des professeurs : Mme Satin, Mme Carlson, Mme Travers. Renata Halpern avait obtenu son diplôme le 24 juin 1960. Elle n'avait pas de distinction particulière, mais Sydney Rosen, major respectée de sa promotion, avait signé son livre d'or. « À Renata, les toiles de nos nuits, À petits pas ou en bottes de quatre lieues, mais sans t'arrêter en chemin, marche sur les sentiers de la gloire. » La meilleure amie de Renata, douée d'une belle écriture soyeuse, avait écrit : « À Renata, la mi fa si la do ré, Brille, brille petite étoile, Nez poudré, joue fardée, Un peu de rimmel pour tes yeux de braise, Une touche de rouge sur tes jolies lèvres, Feront de toi la belle entre les belles. Félicitations à la "Reine de Cœur" de Seth Low. »

Merveilleux, songeai-je, que ma nouvelle amie, Renata Halpern, eût été en son temps Reine de Cœur de sa promotion à Seth Low, mais je me demandais bien comment sa vie avait pu croiser celle de Savannah. Ma sœur avait un rayonnage entier de ce genre de livres d'or abandonnés qu'elle avait trouvés chez des bouquinistes, au gré de ses promenades en ville. Elle adorait voler des petits morceaux d'intimité de personnes qui lui étaient parfaitement étrangères. Pourtant, ce nom avait des résonances connues et j'étais certain de l'avoir déjà vu quelque part.

Je revins vers la salle de séjour où je passai en revue tous les recueils de ses amis poètes. Puis mes yeux tombèrent sur la pile de courrier que ma sœur avait reçu au cours de la semaine écoulée, et je me souvins que c'était là que j'avais lu ce nom.

La *Kenyon Review* avait envoyé un exemplaire de son dernier numéro à Renata Halpern en adressant le paquet chez Savannah. J'avais d'abord envisagé, au moment où j'avais relevé le courrier, de voler purement et simplement la revue en question, mais j'avais craint de porter préjudice à une éventuelle amie de Savannah utilisant l'adresse de ma sœur comme boîte postale. J'ouvris l'enveloppe de papier kraft et trouvai, entre les pages de la revue, une lettre du rédacteur en chef de la *Kenyon Review*, adressée à Renata Halpern.

Chère Mme Halpern,
Je tiens à vous dire une fois de plus que c'est pour la Kenyon Review *un grand honneur de publier votre premier poème. Je profite de cette occasion pour vous rappeler que nous lirons avec plaisir tout manuscrit de vous qu'il vous plaira de nous confier à l'avenir. Nous tenons à publier un maximum de vos œuvres avant que les « grosses maisons » ne s'emparent de vous. Je ne doute pas que votre travail actuel soit des plus féconds.*
Très cordialement,
Roger Murrell.

P.-S. – Mazel Tov pour la publication de votre livre pour enfants.

Je parcourus le sommaire du numéro de la *Kenyon Review* et m'intéressai à la page trente-deux où j'entamai la lecture d'un poème de Renata Halpern. Au huitième vers, je me rendis compte que ce poème était de la main de ma sœur.

Les manteaux sont la musique totale que je couds de mes mains
  rêveuses,
mais seul le chasseur connaît le vrai hasard d'une fourrure.
Lui prend la robe striée du tigre, lui enfouit son visage dans la
  lumière d'étoile et la force de mille nuits du Bengale.
Ce pelage est une perfection de création littéraire, l'autel d'une bar-
  barie sacrée.
Le doux toucher de sa beauté se fait or sur le corps des coquettes.
L'hermine est preuve de l'espièglerie de Dieu quand il sollicite ses
  rêves laiteux de neige et de plumage,

*mais la robe du tigre est un chant nuptial à l'éminence
des lames.*

*Ma fille, prends tous les mots de sang, de lavande et de temps.
Fais-les surgir brillants et limpides à la lumière.
Traques-en les moindres défauts.
Sache que le tigre s'émerveille de l'intelligence des pièges savamment
placés
alors même que ses naseaux s'emplissent du parfum de la mort.
Il regarde sans effroi l'approche des inconnus armés de couteaux.
Royale et solennelle sera la femme qui portera sa robe.*

*De mes mains je dessine les manteaux prodigues
et les envoie comme des messages d'amour de Sigmund Halpern
à ces minces galantes qui honorent mon talent
chaque fois qu'elles se meuvent dans la volupté sans égale des
fourrures.
Pour toi, ma fille, j'ai choisi mon chef-d'œuvre,
l'unique poème du fourreur.
Ce présent est l'écriture que j'ai dérobée à l'échine du vison
tandis que je voulais louer les longitudes de ta silhouette délicate.*

*Mes peaux sont les nouveaux garants de ta beauté charmante.
Avant de rêver de manteaux, le poète doit savoir le blason de la
fourrure
et apprendre à créer de l'art avec le sang de frères, de tigres.*

Arrivé à la fin de ce poème, je me dis que tout cela pouvait s'expliquer, qu'il existait une solution simple, et que cette solution surgirait d'elle-même, le moment venu. Pour ce que je savais, ma sœur ne connaissait pas grand-chose des Juifs et rien du tout des fourreurs. Pourtant, j'étais certain que ce poème était de Savannah. Le tigre anéantissait tous les doutes, pour ne rien dire des stances superbes et inimitables de sa poésie. Je repris le livre d'or de Renata et feuilletai les premières pages. Il ne fallut guère de temps pour trouver. Profession de la mère : femme au foyer ; du père : fourreur.

Je savais que je venais de mettre le doigt sur une chose capitale dans la vie de ma sœur, mais je n'en connaissais pas la signification précise. Cette chose avait néanmoins à voir avec le rejet farouche de son histoire en Caroline du Sud. Le fourreur avait renvoyé la voix du poète vers l'île de son enfance, et pour moi les images étaient limpides et saisissantes. Elle abordait l'histoire qu'aucun de nous ne pouvait raconter, mais la façon détournée dont elle usait affaiblissait son art ; non qu'elle pratiquât le faux-semblant, mais elle tournait autour du sujet, tout en adoptant l'approche oblique. Elle suggérait, mais elle n'abordait pas de front. Si tu veux parler du tigre, Savannah, fais-le, mais parle du tigre, le seul, le vrai, dis-je en moi-même. Ne te cache pas derrière un foutu fourreur, Savannah. Refuse d'envelopper tes poèmes dans les peaux somptueuses et la fourrure magnifique d'animaux hibernants rompus par les mâchoires des pièges cruels. L'art du fourreur est de nous donner la chaleur ; celui du poète de mijoter dans ses propres élixirs délicieux. Le fourreur coud un manteau en assemblant des peaux de visons sauvages ou de léopards ; le poète, lui, ressuscite le vison et lui met un poisson frétillant entre les dents ; il rend le léopard à ses steppes et emplit ses narines de l'odeur des babouins en rut. Tu te caches derrière des fourrures et des manteaux cousus avec art, Savannah. Tu réchauffes la terreur, et tu lui donnes la beauté en la drapant dans la douceur de l'hermine, du mérinos et du chinchilla, alors qu'elle devrait se présenter nue et brute dans le froid.

Mais tu y viens, petite sœur, tu y viens, et je suis avec toi.

Je revins sur le post-scriptum du rédacteur en chef de la *Kenyon Review* et le relus attentivement : « Mazel Tov pour la publication de votre livre pour enfants. » Parlait-il du livre de la véritable Renata Halpern, ou bien ma sœur s'était-elle mise à la littérature enfantine en utilisant le même pseudonyme que celui sous lequel elle publiait ses poèmes ? Je passai une heure à inspecter consciencieusement toutes les bibliothèques de son appartement, à la recherche d'un livre pour enfants écrit par Renata Halpern. Je n'y trouvai pas un seul volume de littérature enfantine et me demandai comment ma sœur avait bien pu concevoir le projet d'écrire ce genre de texte. En désespoir de cause, j'allais abandonner mes recherches lorsque je me souvins que la *Kenyon Review* publiait toujours une courte notice biographique de ses auteurs en fin de numéro. Je me précipitai donc vers les dernières pages et, à la lettre H, je lus un bref portrait de Renata Halpern.

Renata Halpern vit à Brooklyn, New York, et travaille à la bibliothèque de Brooklyn Collège. Le poème qui paraît dans ce numéro est son premier poème publié. Son livre pour enfants, À la sudiste, a été publié l'année dernière par Random House. Elle prépare actuellement un recueil de poèmes.

Lorsque le vendeur me tendit le livre, au rayon littérature enfantine de la librairie Scribner, je tremblai à peine un peu. Le verso de la couverture ne portait pas de photo de l'auteur, et la jaquette illustrée représentait trois petites filles en train de nourrir des mouettes sur une jetée. Derrière les trois fillettes, très loin, contre un horizon d'arbres, se détachait une petite maison blanche toute pareille à celle où j'avais grandi. Même l'emplacement de la grange était identique, ainsi que le nombre impair des fenêtres sur la façade.

J'ouvris le livre, je lus la première page et je sus, avec une absolue certitude, que cette prose était de la main de Savannah.

Je ne doutai pas un instant d'avoir mis le doigt sur quelque chose d'essentiel et d'inestimable. Mais cette découverte ajoutait encore à mon trouble beaucoup plus qu'elle ne m'éclairait. La fusion avec Renata me semblait, de la part de Savannah, une autre forme de fuite, une autre façon de tourner autour de l'île au lieu de se donner les moyens d'y faire un débarquement en force. Je fonçai tout droit chez Eddie Detreville et tambourinai violemment à la porte de son appartement.

Quand il vint ouvrir, Eddie se contenta de dire :

« Le dîner, c'est à huit heures, mon chou. Tu n'as jamais que quatre heures d'avance. Mais si tu veux bien te donner la peine d'entrer.

— Ça va, Eddie, dis-je en obtempérant avant de me laisser choir sur son divan victorien. Tu m'as caché des choses.

— Vraiment ? ironisa-t-il. Je commence par te servir un verre, et ensuite tu me parles de ces choses que le vilain Eddie te cache. Martini ?

— Qui est Renata, Eddie ? interrogeai-je pendant qu'il s'activait au bar. Et pourquoi est-ce que tu ne m'avais pas parlé d'elle ?

— Si je ne t'ai jamais parlé d'elle, il y a une excellente raison à cela, répondit-il avec une équanimité enrageante. Je n'ai jamais entendu parler d'une créature répondant au nom de Renata.

— Tu mens, Eddie. C'est une amie de Savannah, une amie dont Savannah s'arroge le droit d'emprunter le nom pour signer ses propres œuvres.

— Dans ces conditions, si tu veux bien me la présenter, je serai ravi de faire sa connaissance. Tiens, Tom, ton verre. Je suggère que tu en avales une bonne gorgée, que tu laisses l'alcool te réchauffer le cœur, et ensuite tu m'expliqueras les raisons de cette fureur contre moi.

— Parce qu'il est absolument impossible que tu ne connaisses pas Renata. Je veux dire, elle devait bien venir voir Savannah. Elles se fréquentaient sûrement beaucoup et je vois mal comment Savannah ne t'aurait pas parlé de cette nouvelle amie extraordinaire qu'elle avait rencontrée. Elle n'aurait pas pris son nom s'il n'avait pas existé de lien très fort entre elles.

— Savannah et moi n'avons jamais jugé utile de nous immiscer dans l'intimité de l'autre, Tom. Pour des raisons que même toi, tu devrais pouvoir comprendre. »

J'ouvris le livre d'or de Seth Low à la page où se trouvait la photo de Renata et demandai :

« Est-ce que tu as déjà vu cette femme, Eddie ? Devant la boîte à lettres, ou bien en train d'attendre l'ascenseur ? »

Il regarda longuement la photo, puis secoua la tête en disant :

« Non, je ne l'ai jamais vue de ma vie. Mignonne, au demeurant. Dommage qu'elle soit de sexe féminin.

— Cette photo remonte à vingt ans. Réfléchis bien, Eddie. Le visage aura vieilli. Peut-être qu'elle a des cheveux gris maintenant. Des rides.

— Je n'ai jamais vu personne lui ressemblant de près ou de loin, Tom.

— Et ce livre ? dis-je, en lui tendant le livre de littérature enfantine. Je crois que c'est Savannah qui l'a écrit. Est-ce que Savannah t'a jamais montré ce livre ?

368

— Je ne suis pas un grand lecteur de livres pour enfants, Tom, dit-il. Tu n'as peut-être pas remarqué, mais j'ai quarante-deux ans. Je dois faire beaucoup moins avec l'éclairage tamisé. Dieu soit loué pour les rhéostats.

— Tu prétends donc que ta meilleure amie, Savannah, ne t'a jamais seulement montré ce livre ?

— Oui, camarade Sherlock. C'est ce que je prétends.

— Je ne te crois pas, Eddie. Je ne te crois pas, point final.

— Et moi, je me fous royalement que tu me croies ou pas. Pourquoi te mentirais-je, Tom ?

— Pour protéger ma sœur.

— La protéger de quoi, mon chou ?

— Tu sais bien, elle a peut-être une liaison homosexuelle avec Renata, et tu te dis que cette nouvelle me serait insupportable.

— Tom, dit-il, je serais ravi, enchanté, si elle avait une liaison homo-sexuelle, et il me serait parfaitement égal que la nouvelle te soit ou non supportable. Mais je t'en prie, fais-moi l'honneur de me croire quand je te dis que j'ignore tout de Renata et de ce livre.

— Je ne sais pas. Je m'étais dit que tu pourrais m'expliquer tout ce mystère. Je suis tellement habitué aux trucs complètement tordus avec Savannah, que je panique à mort quand j'ai l'impression qu'elle est peut-être encore plus tordue que je n'avais imaginé.

— Ces dernières années ont été atroces pour elle. Elle ne tenait même plus à me voir, Tom. Sincèrement, nous ne nous fréquentions plus guère. Sauf au moment où mon amant volage m'a quitté parce qu'il lui fallait de la chair plus fraîche. Là, elle a été superbe. Elle est toujours mer-veilleuse quand un ami traverse une sale passe.

— Toi aussi, Eddie. Je reviens à huit heures. Qu'est-ce qu'il y a au menu ?

— J'ai deux homards qui sont en train de grelotter tristement dans mon frigo. Je vais être contraint de les exécuter ; à la suite de quoi je te forcerai à manger ce que j'aurai assassiné.

— Merci, Eddie. Et pardon pour t'avoir fait cette scène.

— Ça a donné un peu de piquant à une journée qui eût été plutôt morne sans cela », dit-il.

Revenu dans l'appartement de Savannah, je décrochai le téléphone et appelai les renseignements. Quand l'opératrice répondit, je dis :

« Je voudrais le numéro de téléphone d'une famille Halpern résidant, ou ayant résidé, au trente-quatre, pardon, trente-trois de la 65e Rue, à Brooklyn.

— Vous avez le prénom ? me demanda-t-elle.

— Désolé, non. Il s'agit d'une ancienne camarade de classe et je ne sais même pas si elle habite toujours là.

— J'ai un Sigmund Halpern à cette adresse. C'est le deux cent trente-deux, soixante-treize, vingt et un. »

369

Je fis le numéro. Le téléphone sonna quatre fois, puis une femme répondit.

« Allô ? Je suis bien chez Mme Halpern ?

— Possible. Mais pas sûr, répondit-elle avec un accent soupçonneux d'Europe centrale. Qui est à l'appareil ?

— Mme Halpern, je m'appelle Sydney Rosen. Je ne sais pas si vous vous souvenez de moi, mais j'étais dans le même cours que Renata à Seth Low.

— Bien sûr que je me souviens de vous, Sydney. Renata ne parlait que de Sydney Rosen à l'époque. Elle avait le béguin pour vous, mais, comme vous le savez, elle était très timide.

— J'appelle pour avoir des nouvelles de Renata, Mme Halpern. Je cherche à retrouver la trace de la vieille équipe d'autrefois, et je me suis toujours demandé ce qu'était devenue Renata. »

Il n'y eut aucune réponse, le silence total.

« Mme Halpern, vous êtes là ? »

Elle pleurait, et il lui fallut un long moment pour réussir à articuler les mots suivants :

« Vous n'êtes donc pas au courant, Sydney ?

— Au courant de quoi, Mme Halpern ?

— Sydney, elle est morte. Il y a deux ans, Renata s'est tuée en se jetant sous une rame de métro dans Greenwich Village. Elle était tellement déprimée. Nous avons tout essayé pour l'aider à en sortir, mais rien n'y a fait. Nous avons le cœur brisé.

— C'était une fille merveilleuse, Mme Halpern. Je suis vraiment désolé.

— Merci. Elle avait beaucoup d'estime pour vous, Sydney.

— Veuillez assurer M. Halpern de ma sympathie.

— Je n'y manquerai pas. C'est très gentil à vous d'avoir appelé. Renata aurait été tellement heureuse. Vous êtes le seul de ses camarades de classe qui ait jamais appelé. C'est dire.

— Au revoir, Mme Halpern. Et bonne chance. Encore une fois, je suis désolé. Renata était tellement gentille.

— Mais tellement triste, Sydney. Tellement triste. »

Je raccrochai et fis aussitôt le numéro de Susan Lowenstein. Le téléphone sonna trois fois et Susan répondit en personne.

« Dr Lowenstein, dis-je, nous ne parlerons pas de ma famille demain.

— Pourquoi, Tom ? Qu'est-ce qui ne va pas ?

— Demain, vous allez me parler de la Reine de Cœur, Renata Halpern.

— Nous en parlerons », dit-elle.

Je raccrochai et ouvris de nouveau le livre pour enfants. Cette fois, je lus lentement, en prenant des notes scrupuleuses.

À LA SUDISTE

R. Halpern

Sur une petite île au large des côtes de Caroline du Sud vivait une maman aux cheveux noirs, toute seule avec ses trois petites filles aux cheveux châtains. La maman s'appelait Blaise McKissick, et elle était très belle, de cette beauté tranquille qui plaît aux enfants quand ils sont petits. Blaise avait transmis généreusement cette beauté à ses trois filles, si bien que leurs visages ressemblaient à trois variétés distinctes de la même fleur.

Le mari de Blaise, Gregory, s'était perdu en mer pendant une tempête au début du mois de juin. Il était parti vers le Gulf Stream pêcher l'albacore et le dauphin, et puis on ne l'avait pas revu. Voyant qu'il ne rentrait pas à la maison, Blaise avait alerté la garde côtière, et ses concitoyens avaient pris la mer à bord d'un tout petit bateau pour lui retrouver son mari. Pendant deux semaines, toutes les embarcations du comté avaient fouillé l'Atlantique, avec toutes ses anses, ses criques et ses bras de mer, dans l'espoir de découvrir une trace de Gregory McKissick ou de son bateau. Chaque soir, les trois fillettes attendaient leur maman au port, elles l'attendaient sous le soleil ou sous la pluie, guettant son apparition au milieu des brumes qui se levaient avec le refroidissement de l'air.

Après le quatorzième jour sans signe ni raison d'espérer, les recherches furent abandonnées et Gregory fut déclaré mort. On lui fit des funérailles et, conformément à la coutume des pêcheurs de ce village, Gregory McKissick fut enterré dans un cercueil vide, sous le chêne qui poussait à côté de la petite maison blanche. Toute la ville assista à la cérémonie. Les petites villes ont le cœur tendre. Mais après l'enterrement, les concitoyens de Blaise McKissick, leurs femmes et leurs enfants retournèrent à leurs vies et à leurs foyers. Le silence s'empara de la petite maison blanche où s'étaient tus les rires de jadis. Chaque soir, les fillettes regardaient leur mère se rendre sur la tombe, dans le jardin. L'air y avait le parfum de la coiffeuse où leur mère rangeait ses fioles de cristal et ses essences mystérieuses. Elle y passait toujours un moment avant de rendre visite à son mari. Quand elle traversait la maison, elle laissait dans son sillage un parfum de fleurs et de tristesse. Mais ce qui troublait davantage encore les trois petites filles, c'est que leur mère avait cessé de parler après la mort de son mari. Et lorsque les fillettes lui parlaient, elle souriait et essayait de dire quelque chose, mais aucune parole ne sortait de sa bouche.

Bientôt, elles s'habituèrent à ce silence et pleurèrent leur père de la même façon. Quand il leur arrivait de parler entre elles, c'était toujours à voix basse. Elles avaient l'impression que le son de leurs voix rappelait à leur mère l'époque où leur père était vivant. Elles ne voulaient pas aggraver encore son chagrin. Les jours s'écoulaient donc ainsi, muets.

Les trois fillettes étaient aussi différentes l'une de l'autre qu'il était possible de l'être. Rose McKissick était la plus vieille, la plus jolie, et la plus bavarde. À elle surtout le silence de la maison était insupportable, mais la mort de son père ne le fut pas moins. C'est elle qui l'avait connu le plus longtemps, et elle était sa préférée, étant la première-née. Il ne lui fut pas facile de cesser de dire tout ce qui lui passait par la tête. Elle avait besoin de parler de son père, de se faire une idée claire de l'endroit où se trouvait le ciel et de ce que son père faisait là-haut, besoin de savoir s'il avait le temps de parler avec Dieu, et de quoi ils pouvaient bien discuter ensemble. Mais elle n'avait personne à qui poser ces questions et cela lui faisait peur. Elle avait douze ans, ses seins commençaient à pousser, et elle aurait voulu parler avec sa mère de cet événement stupéfiant. Comprendre ce que cela signifiait. Elle aurait aussi aimé lui demander pourquoi il lui était si facile d'oublier le visage de son père. Déjà, Rose avait du mal à se le rappeler précisément tel qu'il était. Parfois, pendant son sommeil, elle le voyait clairement. Il riait, la prenait dans ses bras, lui racontait une de ses plaisanteries idiotes et lui cha-touillait les côtes. Derrière lui, elle voyait s'amonceler les nuages et elle savait que l'un d'eux contenait la terrible coutellerie de feu qui allait tuer son père. Les nuages noirs étaient devenus les ennemis des enfants McKissick et Rose vivait dans une maison où l'on redoutait la tempête. Mais pour elle, plus que pour quiconque, il était difficile d'apprendre le bonheur dans une maison silencieuse.

Lindsay McKissick n'avait jamais eu grand mal à se taire. Elle avait reçu ce don en naissant et l'avait cultivé sagement tout au long de ses dix années de vie. Comme sa mère, elle pesait chacun de ses mots avant de parler. Il ne s'agissait même pas d'une habitude. Comme elle l'avait expliqué après mûre réflexion, elle était « née comme ça ». À quoi elle avait ajouté : « Qui peut placer un mot quand Rose est là, de toute façon ? » Même du temps qu'elle était petit bébé, elle ne pleurait pas souvent. Elle possédait une sérénité qui dérangeait les adultes et les attirait à la fois. Les grands avaient toujours l'impression qu'elle les jugeait et les trouvait ridicules. Ce en quoi ils ne se trompaient généra-lement pas. Elle jugeait les adultes trop grands et trop bruyants. Elle était parfaitement heureuse d'être une enfant et d'avoir le temps devant elle. Pourtant, elle regrettait le temps qui lui avait manqué avec son père, mort avant de savoir combien elle l'aimait. Cette idée la rendait malheu-reuse et contribua à faire d'elle, qui était naturellement réservée, une fil-lette encore plus renfermée et silencieuse. Elle s'allongeait dans le hamac du jardin et fixait le fleuve. Ses yeux bleus paraissaient farouches, brû-lant de toute la fureur d'une eau pure ou de fleurs sauvages sous la tempête. Sauf qu'il n'y avait aucune fureur dans ces yeux-là, qui ne brû-laient que de l'amour pour un père qu'elle ne reverrait plus jamais, un père qui ne la connaissait pas et ne la connaîtrait jamais.

Sharon avait huit ans et ressentait tout le poids d'être la benjamine.

Chez elle, on ne la prenait jamais au sérieux, pensait-elle, et ce parce qu'elle était petite et fragile. Tout le monde l'avait appelée « Bébé » pendant six ans, jusqu'au jour où elle avait rappelé à chacun qu'elle avait un nom, et que ce nom était Sharon. Personne n'avait pris le temps de lui expliquer la mort de son père, sous prétexte qu'elle était trop petite pour comprendre. Le jour de l'enterrement, sa mère était venue dans sa chambre et, d'une voix tremblante, elle lui avait dit que son papa était parti dormir. Lorsqu'en guise de réponse elle avait demandé : « Il va dormir longtemps, papa ? », sa mère avait pleuré, si bien que, depuis, elle avait peur de poser des questions. Elle avait regardé l'herbe recouvrir la tombe de son père. Au début, il y avait seulement quelques brins, et puis un jour, il n'y eut plus que du vert, comme si on avait jeté un joli couvre-lit sur l'endroit où il dormait. De la fenêtre de sa chambre, elle pouvait voir la tombe, et le soir, l'idée qu'il s'ennuyait peut-être, tout seul, la contrariait. Quand le vent se levait sur le fleuve, elle grimpait sur son lit pour regarder du côté de sa tombe. Elle la distinguait grâce au clair de lune, mais pour elle, cette tombe n'avait pas grand-chose à voir avec son père. Alors elle essayait d'imaginer que des anges se retrouvaient là et l'aidaient à survivre à la solitude des nuits balayées par le vent. Mais rien n'y faisait, et elle se jurait à elle-même que si un jour elle avait une petite fille de huit ans, cette enfant saurait tout de la vie, de la mort, et des choses qui se trouvaient entre les deux. D'ailleurs ils verraient tous, quand elle aurait neuf ans. Parce que, à neuf ans, on l'écouterait, et elle aurait beaucoup de choses à dire.

L'île s'appelait Yemassee, du nom de la tribu indienne qui l'habitait avant la venue des Blancs qui s'en emparèrent. Avant de mourir, Gregory McKissick racontait à ses filles les histoires de la tribu fantôme qui continuait de hanter les forêts, la nuit tombée. On entendait encore le chef crier lorsque le hibou ululait dans les arbres. Les femmes cancanaient quand les cigales chantaient dans les bois entourant la maison. Les enfants indiens se promenaient sur le dos des chevreuils qui erraient dans l'île en troupeaux silencieux. Mais il n'y avait pas d'Indiens sur l'île, seulement des pointes de flèches qui remontaient à la surface du sol, chaque printemps, quand leur père labourait les riches terres, au centre de l'île. C'étaient comme des prières lancées pour les morts. Chacune des fillettes avait sa collection personnelle de pointes de flèches, symboles d'extinction recueillis par des enfants au visage pâle. Mais leur père leur racontait que les tribus avaient survécu dans les basses terres de Caroline du Sud à cause de mots. Une partie de la langue des Indiens survivait, par petits fragments aux formes symétriques, comme des pointes de flèches, comme des poèmes acérés. « Yemassee, disait leur père. Yemassee et Kiawah. Combahee, murmurait-il. Combahee et Edisto et Wando et Yemassee. » Les fillettes grandirent donc sur l'île, familières des pointes de flèches et des mots perdus des tribus d'antan.

Chacune des trois fillettes pensait à son père quand elle passait en revue sa collection de pointes de flèches. Les tribus étaient à jamais disparues, mais leur père aussi. Et lui n'avait pas laissé de pointes de flèches pour les aider à se souvenir de lui. Si seulement elles parvenaient à faire suffisamment silence, elles entendraient de nouveau sa voix. Il reviendrait sous forme de hibou, ou de merle moqueur, ou de faucon. Elles l'entendraient de nouveau. Elles le verraient. Elles en étaient certaines. Elles savaient. Les chamans avaient exercé leur magie sur ces îles, leur père le leur avait dit. Elles s'attendaient donc à voir leur père sur le dos d'un chevreuil, ou bien des grands dauphins verts qui jouaient dans les courants longeant leur île au gré de la marée.

Elles croyaient à la magie, ces fillettes, et elles la trouvèrent. Parce qu'elles étaient attentives et silencieuses.

Rose la découvrit un jour qu'elle réparait l'aile d'un oiseau, dans son hôpital animalier. Son hôpital, elle l'avait fondé lorsqu'elle avait recueilli les chiots d'une chienne sauvage écrasée accidentellement, un soir, par le camion de son père. Elle les avait adoptés, nourris avec un compte-gouttes, et dressés à être de gentils chiens bien élevés. Quand ils furent assez vieux, elle les plaça dans des maisons comme il faut, où l'on savait apprécier un chien capable de se tenir. Ce n'était qu'un début. Elle s'aperçut que tout le règne animal semblait avoir besoin de ses services. Bébés écureuils et oisillons passaient leur temps à tomber du nid. Les chasseurs, en braconnant hors saison, tuaient des mères opossums ou ratons laveurs, condamnant des petits à mourir de faim dans des endroits cachés. Quelque chose, toujours, la conduisait à ces arbres et ces souches où les orphelins attendaient le retour de leurs parents. Elle marchait dans la forêt et entendait des voix lui parler. « Un peu plus loin, Rose. Un peu à gauche, Rose. Près de la mare, Rose. » Et elle obéissait à ces voix. C'était plus fort qu'elle. Elle savait, elle, ce que c'était qu'être abandonné. Elle découvrit qu'elle possédait le don de soigner, de calmer la terreur des petites créatures, de soulager les blessés. Et rien de cela ne la surprenait. Ce qui la surprit, en revanche, c'est qu'elle savait leur parler à tous quand ils étaient sous sa protection. Un jour, elle vit un renard dans le fleuve ; blessé, poursuivi par des chiens, il nageait en direction de l'île Yemassee. Son sang teintait l'eau, dessinant comme une bannière dans son sillage. Les chiens l'avaient presque rattrapé quand il leva les yeux et vit Rose qui regardait depuis la rive.

« Aide-moi », dit le renard.

Il se fit un étrange gargouillis dans la gorge de Rose, inhumain, contre nature.

« Arrêtez », ordonna-t-elle aux chiens.

Les chiens la regardèrent, interloqués.

« Mais, nous faisons notre travail.

— Pas aujourd'hui. Allez rejoindre votre maître.

— C'est Rose, dit l'un des chiens.

— La fillette. La fillette aux cheveux châtains. Celle qui nous a sauvés quand notre mère a été tuée.

— Ah, oui, Rose, dit le deuxième chien.

— Merci, Rose, dit le troisième. Occupe-toi du renard. Heureusement que tu es venue.

— Pourquoi chassez-vous ?

— C'est notre nature, Rose », expliqua le premier chien tandis que tous les trois faisaient demi-tour et repartaient en nageant vers la rive opposée.

Le renard réussit péniblement à atteindre la terre ferme où il s'effondra aux pieds de Rose. Elle le porta jusqu'à la grange, nettoya ses blessures, et le soigna toute la nuit. C'était le cinquantième animal qui se tournait ainsi vers elle. Il lui parla de sa vie de renard. Rose fut très intéressée. Dans la maison, elle se sentait seule et triste. Dans la grange, jamais.

Dans la maison sans mots, Lindsay guettait le chant des prés. Elle aimait le bétail qui paissait dans les jolies pâtures du sud de l'île. Elle montait dans la remorque du pick-up de sa mère et lançait les ballots de foin, à intervalles réguliers de trente-cinq mètres, chaque fois que sa mère marquait un temps d'arrêt. Le troupeau venait autour de la camionnette, avec la sérénité avenante de leurs grosses têtes blanches – à l'exception du grand taureau, Intrepid, qui l'observait à distance, la jaugeant de ses farouches yeux sombres. Intrepid était robuste et dangereux, mais Lindsay soutenait son regard. Il était le seigneur de ces prés, elle le savait, mais elle voulait lui faire savoir qu'il n'avait rien à craindre d'elle. Elle adorait le troupeau, ses yeux le disaient clairement. Tu es des leurs, répondaient les yeux du taureau. Je n'y suis pour rien, répliquait-elle du regard. Moi non plus, répondait le sien.

Elle se promenait seule dans les pâturages, jouant avec les jeunes veaux, les appelant par leurs jolis noms qui lui chatouillaient agréablement l'oreille. Il y avait Petunia et Casper, Beelzebuth et Patisson, Rumplestiltskin et Washington DC. Elle maintenait toujours la distance avec Intrepid qui avait un jour failli tuer un imprudent, dans une ferme près de Charleston. Elle fermait soigneusement la porte de son enclos et circulait sans crainte entre les vaches et les veaux ravis de l'accueillir. Chaque fois qu'une vache mettait bas, elle restait dans le pré à son côté, lui murmurant à l'oreille, et, si nécessaire, l'aidant à la tâche. Elle avait de l'admiration pour la résignation de ces grosses bêtes pleines de patience. Elles faisaient de bonnes mères et organisaient leur vie avec simplicité. Mais Lindsay était attirée par la présence royale d'Intrepid. Comme son père à elle, il était silencieux. Seuls ses yeux parlaient. Jusqu'au soir où la magie bouleversa sa vie.

Elle dormait et la pluie chantait contre le toit de zinc. Elle rêvait, et dans son rêve elle était un veau se mettant gauchement sur ses pattes dans le soleil de sa première journée de vie. Sa mère était une vache à la jolie tête blanche et son père la regardait, version plus douce et plus tendre d'Intrepid. Elle entendit une voix qui ne la surprit pas. Ce qui la surprit davantage fut sa réponse, un aimable grognement jailli comme de la fumée de son rêve, et sa voix s'éleva dans la chambre, parlant le langage secret du troupeau.

« Il faut que tu viennes, dit une grosse voix. C'est une nécessité.

— Qui m'appelle ?

— Le roi du troupeau. Dépêche-toi. »

Elle ouvrit les yeux et vit par la fenêtre la grosse tête farouche d'Intrepid, dont la pluie brouillait les traits redoutables. Son regard froid croisa le sien. Elle se leva et alla jusqu'à la fenêtre qu'elle ouvrit. Contre son visage, la pluie était chaude. Elle grimpa sur le rebord pour commencer, et sur le dos d'Intrepid ensuite. Elle passa les bras autour du cou du grand taureau et se tint à sa fourrure. Puis elle se cramponna carrément quand il partit en trombe, traversant le jardin puis dévalant la route non goudronnée en direction des pâtures. Elle sentait sa force gigantesque dans l'obscurité. Tandis qu'elle chevauchait à l'ombre opaque des chênes, les mousses humides qui pendaient, telle la lessive secrète des anges de la forêt, lui frôlaient le visage. La terre s'éloigna d'elle et, entre les deux grandes cornes, elle vit la route s'incurver pour éviter les marais. Elle planta les talons dans les flancs de l'animal et laissa son corps aller à l'unisson de celui du taureau, tandis qu'elle sentait une paire de cornes s'épanouir dans sa chevelure châtaine, qu'elle se sentait devenir un peu taureau, dangereuse et chaussée de sabots de corne, devenir un peu seigneur des pâtures du Sud. Lindsay courait avec Intrepid, et pendant près de deux kilomètres, elle fut Intrepid courant à perdre haleine. Quand il arriva au pré, il ralentit. Puis il s'arrêta tout à fait, près des trois palmiers géants qui fermaient le pré sur sa bordure est. Margarita, la jeune génisse, était en train de donner le jour à son premier veau. Elle n'était pas bien à terme, et quelque chose n'allait pas. Intrepid ploya les genoux et, d'un bond, Lindsay sauta à terre pour courir vers Margarita. Il s'agissait d'un siège car elle vit les pattes du veau sortir du ventre de sa mère en formant un angle bizarre, et elle perçut le combat désespéré que menait la jeune vache. Lindsay empoigna alors les pattes du petit et les tira doucement vers elle. Pendant une heure entière, elle essaya de persuader le jeune veau de sortir du ventre maternel. Elle avait les cheveux trempés et sentait la présence silencieuse d'Intrepid, derrière son dos. L'odeur de sa puissance lui parvenait pendant qu'il la regardait. Sans bien savoir ce qu'elle faisait, elle sentit que quelque chose se remettait enfin en place, correctement. Une petite génisse reposait dans l'herbe, épuisée mais vivante. Margarita lécha son petit de sa longue langue argentée, et il se mit à pleuvoir. Lindsay baptisa le veau nouveau-né Bathsheba et frotta sa joue contre son tendre flanc.

Intrepid ploya de nouveau les genoux pour permettre à Lindsay de grimper sur son dos en prenant appui sur sa corne droite. Elle fit un retour triomphal chez elle, toujours sur le dos d'Intrepid, et toutes les vaches l'acclamèrent et l'honorèrent d'un doux meuglement. Le grand taureau courait silencieusement, mais Lindsay n'en avait cure. Elle posa le nez sur lui et inhala sa force humide. Elle lécha l'eau de pluie sur son cou et revint chez elle changée, devenue autre, farouche, belle. Elle réintégra sa chambre par la fenêtre, se sécha soigneusement et ne parla de rien à sa famille.

La puissance était venue à elle et elle n'en ferait pas mauvais usage. En parler serait la trahir. Mais c'était chose aisée dans une maison de silence, une maison sans mots.

Le lendemain, Lindsay refit à pied le chemin qu'elle avait fait la nuit précédente pour aller jusqu'au pré. Elle voyait les empreintes profondes laissées par les sabots d'Intrepid dans le sol meuble. Elle avait préparé un collier de fleurs pour passer autour du cou de Margarita. Mais en longeant le marécage, elle entendit un cri rauque et sinistre, un bruit qu'elle n'avait encore jamais entendu sur l'île. Puis elle sentit un son étrange sortir de sa propre gorge en guise de réponse. Cette fois, elle ne fut pas surprise mais confiante. Elle sentait entre elle-même et la nature sauvage une osmose qui la rendait invulnérable. Elle était vivante, ouverte à tout.

Un bruit effrayant sortit de son gosier, un grondement diabolique qui la fit sursauter. Mais c'était la réponse à la voix enfumée qui venait de l'appeler.

« S'il vous plaît », disait cette voix, et elle s'engouffra dans les bois où leur père avait interdit aux trois fillettes de pénétrer. Elle resta sur la terre ferme, enjambant l'eau et évitant les sols mouvants. Les têtes des mocassins d'eau émergeaient comme des petits périscopes noirs sur son passage. Eux ne lui parlaient pas ; ils ne faisaient pas partie de sa magie.

Au milieu du marécage, elle entendit un violent tapage et, au détour d'un cyprès, elle découvrit Dreadnought, le vieux sanglier, coincé jusqu'aux épaules dans les sables mouvants. Son père avait chassé Dreadnought pendant des années sans jamais seulement l'apercevoir. Plus le sanglier se débattait, plus la terre l'engloutissait profondément, doucement en son sein. Tout se passa comme pour le sauvetage du veau qui n'arrivait pas à naître. Les défenses de Dreadnought brillaient, sauvages, dans la lumière du soleil. Ses yeux étaient jaunes et son poil noir hérissé sur l'échine, dessinant comme une rangée de sapins sur la crête d'une montagne. Lindsay se saisit de la branche morte d'un sycomore et, à plat ventre, elle se mit à ramper sur le sol meuble jusqu'au moment où elle sentit qu'elle s'enfonçait à son tour dans les entrailles de la terre. Elle rectifia l'équilibre et tendit la branche en direction de Dreadnought.

« S'il te plaît. » Les mêmes mots qui parvenaient à ses oreilles.

Elle continua de progresser lentement, jusqu'à atteindre le museau du sanglier. Dreadnought attrapa la branche d'un coup de dents de sa mâchoire cruelle. Elle recula d'un pouce.

« Sois patient, ordonna-t-elle. Laisse-toi porter comme si tu flottais sur l'eau. »

Le sanglier relâcha la tension dans ses muscles, et les poils s'aplatirent sur son dos. Il se laissa flotter dans la boue meurtrière, et il sentit dans ses gencives la minuscule pression exercée par une fillette de dix ans. Avec patience, elle le tirait, de quelques centimètres seulement à la fois. Derrière elle, tous les sangliers de l'île s'étaient rassemblés pour assister à la mort de leur roi. Lindsay tirait tant qu'elle pouvait et se reposait lorsqu'elle en éprouvait la nécessité. Elle avait mal partout, mais la magie a ses devoirs. Enfin, Dreadnought réussit à poser un sabot sur une souche morte et tout son corps trembla quand il s'extirpa de la vase, hurlant son soulagement et sa délivrance à la forêt tout entière. Il avança prudemment le long de la souche, mais avant chaque pas, il s'assurait que le sol était ferme. Lucifer, le grand crocodile de cinq mètres, avança dans l'eau peu profonde et regarda le sanglier rejoindre la terre sèche.

« Trop tard, Lucifer, lui cria le sanglier.

— Il y aura d'autres occasions, Dreadnought. J'ai mangé un de tes fils la semaine dernière.

— Et moi, j'ai mangé les œufs d'un millier des tiens. »

Puis Dreadnought se tourna vers Lindsay. Un seul coup de ses défenses aurait suffi à la fendre en deux, des pieds à la tête. Cerclée par les sangliers, elle était sur le point de perdre sa foi en la magie. Mais le sanglier la rassura en ces termes, avant de s'en aller, suivi de sa harde farouche et noire.

« Je te suis redevable, petite. Tu m'as sauvé la vie. »

Et les cochons sauvages de se fondre comme l'ombre dans la forêt, tandis que tous les serpents de l'île tremblaient et se cachaient à leur approche. Lindsay essaya de parler au crocodile Lucifer, mais ce dernier disparut dans l'eau noire à dix mètres d'elle, sans faire une ride à la surface. « Tiens, je ne sais pas parler aux crocodiles, se dit-elle. Ouf ! » Mais c'était la première fois qu'elle était confrontée aux limites de son don.

Le silence de la maison dérangeait surtout Sharon, la benjamine. Elle avait envie de parler de son père, raconter sur lui ses histoires préférées. Il lui serait plus facile de ne pas l'oublier si sa mère et ses sœurs disaient ce qu'elles aimaient en lui. Quand elle aurait neuf ans, on l'écouterait. Ça, elle en était sûre.

Elle était aussi le genre d'enfant à garder le regard fixé sur le sol quand elle ne scrutait pas le ciel. Ce qui se trouvait entre les deux l'intéressait assez peu. Souvent, elle percutait des arbres quand elle marchait en suivant des yeux le vol des canards qui filaient plein sud ou plein nord, sur la route de leurs migrations. La liberté des oiseaux avait pour elle beaucoup de séduction et elle considérait comme une négligence, de la part de Dieu, de n'avoir pas doté Adam et Ève d'une paire d'ailes. À chaque coucher de soleil, elle descendait jusqu'au bout de la jetée, chargée de croûtes et de détritus pour nourrir les mouettes. Elle lançait haut·dans le ciel les morceaux de pain rassis, et les mouettes les attrapaient à la volée. Elle était alors cerclée de toute part par les battements d'ailes frénétiques et les cris impatients des oiseaux de mer. Une centaine d'entre eux l'attendaient chaque soir. Sa mère et ses sœurs l'observaient avec inquiétude depuis la véranda fermée par une moustiquaire.

Souvent, elle disparaissait complètement dans une nuée de plumes. Mais tous les oiseaux faisaient le bonheur de Sharon.

Les oiseaux, et les insectes. Sa mère avait des ruches et elle était la seule des fillettes à bien vouloir aider Blaise pour la récolte du miel. Pour Sharon, l'abeille était la perfection incarnée. Non seulement elle savait voler, mais en plus elle avait cette tâche merveilleuse qui consistait à passer la journée à visiter fleurs et jardins avant de rentrer, le soir, bavarder avec ses amies et fabriquer du miel. Mais ayant remarqué les abeilles, elle se mit à observer et admirer leurs voisins et voisines. Dans sa chambre pullulaient les petites boîtes d'insectes – scarabées fantastiques, mantes religieuses, sauterelles lui crachant du jus de tabac sur les mains, toute une colonie de fourmis sous verre et de papillons. Elle adorait la merveilleuse économie des insectes. Ils ne savaient pas faire grand-chose, mais ce qu'ils faisaient, ils le faisaient très bien. Sa passion lui avait valu le mépris de ses sœurs.

« Beurk, les vilaines bestioles ! s'était exclamée un jour Rose en entrant dans la chambre de Sharon.

— Aimer un chien ou une vache, c'est à la portée de tout le monde, avait répliqué Sharon. Alors que pour aimer un insecte, il faut être quelqu'un. »

Sa sœur avait ri.

La chose était arrivée alors que Sharon se promenait dans les bois, à la recherche de nouvelles colonies de fourmis. Elle avait avec elle un plein sac de biscuits au chocolat. Chaque fois qu'elle tombait sur une fourmilière, elle déposait à proximité immédiate un seul de ses petits gâteaux, et elle attendait avec ravissement le moment où des ouvrières butaient sur cette bonne aubaine et renvoyaient l'une d'elles porter la juteuse nouvelle. Alors les fourmis surgissaient guillerettement de la fourmilière, et elles mettaient le biscuit soigneusement en miettes qu'elles emportaient sous terre jusqu'à la dernière. Ce jour-là, elle avait déjà trouvé deux nouvelles fourmilières et en cherchait une autre quand elle entendit une petite voix qui l'appelait par son nom.

Son regard se porta dans la direction d'où était venue la voix. Elle vit une guêpe prise dans les rets argentés de la monumentale toile tissée par une araignée de jardin. Et l'araignée approchait de la guêpe, en se laissant glisser doucement sur un fil de la toile, à la façon d'un marin descendant le long d'un gréement. La guêpe poussa un nouveau cri en s'entortillant désespérément dans la toile. Sharon sentit des mots étranges se former sur sa langue. Sauf que ce n'étaient pas des mots. Il s'agissait de sons mystérieux et elle fut effrayée de s'entendre parler dans une langue qu'aucun humain sur terre n'avait jamais parlée.

« Stop », dit-elle.

L'araignée s'immobilisa, une de ses pattes noires déjà sur l'abdomen de la guêpe.

« C'est comme ça, dit l'araignée.

— Pas cette fois », répondit Sharon.

Elle prit une épingle à cheveux et libéra la guêpe. La toile, aussi fine que de la dentelle, tomba en lambeaux entre les branches de l'arbre. Elle entendit la guêpe chanter une chanson d'amour en s'envolant au-dessus des arbres.

« Excuse-moi, dit Sharon à l'araignée.

— C'est injuste, bougonna l'araignée. Je suis faite pour ça. »

Sharon fouilla dans les feuilles et trouva une sauterelle morte et la plaça dans la partie supérieure de la toile qui vibra à la façon d'une harpe dès qu'elle y toucha.

« Je suis désolée d'avoir abîmé ta toile. Je ne pouvais pas te laisser faire cela. C'est trop horrible.

— Tu as déjà vu une guêpe en train de tuer ? répliqua l'araignée.

— Oui, admit-elle.

— Ce n'est pas plus joli. Mais c'est comme ça.

— J'aimerais pouvoir t'aider à réparer ta toile.

— Mais tu peux. Maintenant, tu peux. »

Sharon sentit un tremblement dans ses mains, la naissance d'un pouvoir. Dans ses doigts, le sang se gorgea de soie. Elle toucha la toile abîmée et de sous ses ongles commencèrent à sortir des fils d'argent. Elle ne sut pas immédiatement. Au début, elle faisait des boucles quand il aurait fallu laisser filer droit. Mais l'araignée fit preuve de patience et elle eut bientôt tissé une jolie toile, tendue comme un filet de pêche entre deux arbres. Puis elle parla avec l'araignée de son travail solitaire ; il y avait un lézard qui habitait sous une souche de chêne, pas très loin, et il avait failli la manger deux fois. Sharon lui proposa de venir s'installer plus près de sa maison pour qu'elles puissent se voir plus souvent. L'araignée accepta et grimpa le long de son bras, jusque sur son épaule. Tandis qu'elle ramenait l'araignée près de chez elle, elle entendit les colonies de fourmis chanter sous terre, chanter ses louanges et celles de ses biscuits au chocolat. Des guêpes venaient lui embrasser les lèvres au vol, non sans lui chatouiller le bout du nez de leurs ailes. Jamais elle n'avait connu un tel bonheur.

Elle trouva un nouveau domicile, sans lézard, pour l'araignée, entre deux camélias, et ensemble elles tissèrent une toile encore plus belle que la précédente. Puis elle prit congé quand elle vit que le soleil allait se coucher. Elle entendait les cris des mouettes au bout de la jetée.

Planant entre les couches d'air comme cent cerfs-volants retenus par des ficelles de longueurs différentes, les mouettes l'attendaient. Elle sortit de la maison avec un sac entier de détritus que sa mère avait gardés pour elle. Elle courait dans l'herbe, et elle entendit des voix de scarabées et de criquets lui demander de faire attention où elle mettait les pieds. Il était presque impossible d'aller au quai sans mettre en danger une petite créature.

Quand elle atteignit l'extrémité de la jetée, elle lança une poignée entière de pain sec dans les airs. Tous les morceaux furent saisis au vol avant de toucher l'eau. Elle recommença, et une fois encore, l'air fut saturé de miettes et d'ailes. Elle ne fut pas surprise de comprendre ce que les mouettes disaient entre elles. Elles étaient querelleuses, grincheuses, prétendant que certaines d'entre elles avaient plus à manger que les autres. Plus haut dans le ciel, une orfraie tournait au-dessus de l'eau, guettant un poisson. Un petit mulet affleura à la surface et elle entendit l'orfraie crier « En avant » en même temps qu'elle effectuait un vol en piqué. Quand elle remonta, le poisson frétillait entre ses serres.

Il y avait aussi une mouette étrange qui la regardait. Plus grande que les autres, elle avait le dos noir, l'air sombre, une coureuse d'océan, et elle planait au-dessus de sa tête, attentive. Sharon lui dit bonjour sans obtenir de réponse. Quand le repas des mouettes fut terminé, elle souhaita le bonsoir à tout le monde. Alors l'oiseau au dos noir alla se poser sur le bout de la jetée, en travers de son chemin. La fatigue d'un long voyage se lisait dans ses yeux.

« Qu'est-ce que tu veux ? demanda Sharon.

— Ton père est vivant.

— Comment le sais-tu ?

— Je l'ai vu, dit la mouette fatiguée.

— Est-ce qu'il est en danger ?

— Il est en très grand danger.

— Alors repars, mouette. Je t'en prie, va vite l'aider. »

D'un coup de ses grandes ailes épuisées, la mouette s'envola dans le ciel et partit vers le sud. Sharon la regarda disparaître au loin avant de prendre le chemin du retour. Dans l'herbe, les criquets chantaient, et elle comprenait tout ce qu'ils disaient.

Arrivée à la maison, elle trouva sa mère aux fourneaux, en train de préparer le dîner. L'odeur des oignons rissolant dans le beurre emplissait toute la maison. Elle avait envie de répéter à sa mère ce que lui avait dit la mouette, mais elle ne savait comment expliquer son don. Pourtant elle était heureuse de savoir son père vivant. Elle aida ses sœurs à mettre le couvert. La radio marchait dans la cuisine. Blaise laissait le poste fonctionner toute la journée, pour le cas où l'on aurait des nouvelles de son mari. Mais aucune des informations données n'avait d'importance pour elle. Le cours du porc était en train de s'effondrer. Les pluies avaient endommagé la récolte de tomates. Et trois hommes s'étaient évadés du pénitencier d'État, en Colombie, après avoir tué un gardien. On pensait qu'ils se dirigeaient vers la Caroline du Sud.

C'était en fin d'après-midi, le lendemain. La forêt était silencieuse et les trois hommes observaient la maison depuis les bois. Chacun avait un visage qui ne devait plus savoir sourire. Ils surveillaient les allées et venues de la femme et des trois fillettes, aux alentours et à l'intérieur de la maison. Ne voyant pas trace d'homme, ils approchèrent doucement, sans se faire voir. Ce qui ne les empêcha pas d'être vus. L'araignée les observait depuis chez elle, entre les deux camélias. Un marcassin, fille de Dreadnought, remarqua leur manège. Une mouette épiait chacun de leurs mouvements. Une guêpe se déplaçait en même temps qu'eux au-dessus des arbres. Dans la grange, un chiot, récemment recueilli par Rose et qui savait à peine marcher, renifla l'air et s'interrogea sur ce qu'il sentait. L'odeur du mal venu troubler le calme d'un lieu paisible. Les trois hommes se dirigeaient vers la maison.

Ils firent irruption dans la maison par trois portes différentes, une irruption violente, sans échappatoire possible pour les quatre personnes se trouvant à l'intérieur.

Rose poussa un hurlement quand elle vit leur visage et les trois pistolets. Les fillettes coururent vers le fauteuil où était assise leur mère, en train de lire un livre.

Le plus petit se précipita vers le râtelier et décrocha les trois fusils qui s'y trouvaient, puis il jeta trois boîtes de cartouches dans un sac en papier. Le gros alla dans la cuisine et se mit à remplir un sac à poubelle de boîtes de conserve. Le grand braqua son arme sur Blaise et ses filles. Blaise qu'il dévorait littéralement des yeux.

« Que voulez-vous ? » demanda Blaise, et les fillettes perçurent la terreur dans sa voix.

« Dépêche, cria le petit depuis la cuisine. On n'a pas le temps de s'éterniser. »

Le regard toujours fixé sur Blaise, l'homme répondit :

« Avant de les tuer, je voudrais avoir un petit tête-à-tête avec cette gonzesse.

— On n'a pas le temps », protesta le gros.

Et le grand de s'approcher de Blaise qu'il saisit brutalement par le poignet pour l'attirer contre lui. Mais Rose passa soudainement à l'attaque, comme une furie. Elle se rua sur l'homme, toutes griffes dehors, et lui lacéra la joue, qui se mit à saigner. L'homme lui retourna une gifle magistrale qui l'expédia à terre, à genoux. Elle sentit les larmes lui emplir les yeux, mais elle posa la tête contre le sol et de sa gorge sortit une voix étrange où la colère se mêlait à la terreur. Une voix inhumaine, qui fit rire les trois hommes quand ils l'entendirent.

Mais dans la grange, le jeune chiot ne rit pas du tout. Il s'agissait d'une petite chienne recueillie le matin même par Rose. On l'avait abandonnée sur les marches de l'école où Rose l'avait découverte et ramenée chez elle. La petite chienne sortit de la grange et descendit vers le fleuve. Elle trébucha une fois en prenant ses grosses pattes de jeune chiot dans ses oreilles ballantes. Le souffle court, elle arriva à la jetée et donna de la voix, dans les aigus, pour appeler à l'aide. Ses jappements franchirent le fleuve mais restèrent sans réponse. Elle essaya de nouveau. Toujours rien. Sauf le renard que Rose avait jadis sauvé des chiens, qui entendit la petite chienne. Et le renard se mit à chanter près de sa tanière. Un chien de ferme, de l'autre côté du fleuve, entendit le message et le fit circuler de ferme en ferme jusqu'à la ville. Pendant ce temps, Rose continuait de crier, affalée sur le sol, persuadée que personne ne l'avait entendue.

Pourtant, au même moment, tous les chiens de la ville avaient commencé de se mobiliser dans les vastes espaces verts du comté. Ils se mirent à creuser des trous sous les clôtures qui les maintenaient enfermés, à s'échapper de leurs niches, à sauter par une fenêtre de chez leurs maîtres, tous autant qu'ils étaient. Toutes les routes du comté résonnaient sous cette migration massive des chiens. À la fourrière où les condamnés attendaient leur exécution, un chien errant coupa d'un coup de crocs les fils barbelés, et cinquante chiens qui devaient mourir dans la semaine se joignirent à la course effrénée vers l'île. Ils formaient une meute maigre et unie, mue par une ardeur commune.

Un homme méchant avait fait du mal à Rose, la fillette à peine devenue femme, celle qui aimait les chiens au point d'avoir pris le temps d'apprendre leur langage. La meute allait bon train. Elle avait une mission à accomplir.

Voyant sa sœur pleurer par terre, Lindsay attrapa un cendrier et le jeta contre l'homme qui l'avait frappée. Puis elle baissa la tête et chargea, au niveau des jambes.

« Je ne vous laisserai pas faire de mal à ma mère », cria-t-elle. L'homme lui redressa la tête de force et la frappa violemment, l'envoyant valser à l'autre bout de la pièce, le nez pissant le sang. Mais Lindsay ne pleura pas, contrairement à ce qu'escomptaient les trois hommes. En effet, ils l'entendirent hurler dans une langue disant le fond de l'angoisse absolue, une langue de stupeur et de fureur à laquelle ils ne comprenaient rien. Aucune fragilité dans le tremblement de sa voix – elle parlait la langue des cornes, des sabots, des défenses. Lindsay en appelait au troupeau qui paissait près des vieilles rizières, elle en appelait aux grands sangliers, sauvages et noirs, qui vivaient dans le centre de l'île.

Près de la maison, la jeune génisse, Bathsheba, celle que Lindsay avait aidée à venir au monde, s'était égarée un peu loin de sa mère. La petite génisse ne connaissait pas encore très bien ce langage nouveau pour elle, et elle ne saisissait que quelques mots de cette langue secrète où étaient contenus tous les mystères d'un monde neuf, fait d'herbes et de pâturages. Mais elle comprit que quelque chose de très grave était en train de se passer dans la petite maison blanche, et elle s'élança, sur ses pattes minces et chancelantes, le long du chemin qui coupait par le centre de l'île. Elle courut, courut, jusqu'au moment où, au sortir de la forêt, elle vit le troupeau en train de paître. Elle se précipita directement en direction du taureau, vers Intrepid, qui broutait en solitaire, à l'écart du troupeau.

Le taureau la regarda d'un air mécontent. « En voilà des façons, ma fille. Retourne donc auprès de ta mère.

— Fille, fit la génisse, à bout de souffle.

— Fille ? Quelle fille ? Toi ? répondit le taureau en martelant l'herbe.

— La fille aux yeux bleus.

— Tu veux dire la nôtre. Lindsay. Celle du troupeau.

— Oui. La fille du troupeau.

— Eh bien, qu'est-ce qu'elle a ? Parle vite, et correctement.

— Au secours.

— Comment ça au secours, ma fille ? Au secours de qui ? Où ? Quand ?

— La fille. Elle appelle au secours. Elle dit qu'elle a besoin de tout le troupeau. »

Un frisson de détresse parcourut le troupeau et Intrepid leva les yeux juste à temps pour voir le sanglier, Dreadnought, approcher discrètement de la génisse. Le taureau s'interposa aussitôt entre le sanglier et le troupeau, la corne menaçante.

« Porc », dit le taureau.

Le vieux sanglier s'immobilisa, hideux et cruel, face au mépris des bovins.

Derrière lui, émergeant des arbres, apparut sa tribu, dont les défenses brillaient comme des lances au soleil.

« Qu'est-ce que j'entends ? La petite fille aurait des ennuis ?

— C'est notre petite fille. Elle appartient au troupeau, dit le taureau.

— Elle aime notre espèce à nous, les porcs, insista Dreadnought.

— Elle nous aime, nous, les bovins, dit le taureau d'un ton féroce.

— Elle aime les deux, dit la génisse Bathsheba. C'est ce qu'elle a dit. Elle aime les deux. Elle appelle au secours. »

Alors le langage de l'espèce porcine et celui de l'espèce bovine se fondirent et les animaux se mirent en branle, dans une redoutable symétrie, et ils prirent la direction de la maison au bord du fleuve.

Blaise regarda sa fille Lindsay, étendue au sol, le nez en sang. Puis elle contempla les trois hommes armés et perçut l'odeur du mal répandu dans la pièce comme le parfum d'une fleur dénaturée. Dehors, le fleuve coulait calmement, comme si de rien n'était.

Elle dit à ces hommes :

« J'accepte d'aller dans la chambre avec vous trois, si vous ne touchez pas à mes filles. Si vous ne nous faites pas de mal.

— Comme si vous aviez le choix, ma petite dame », dit le grand, et il l'attrapa par son chemisier qu'il déchira à l'épaule. Alors la benjamine, Sharon, s'avança vers lui.

« Sortez immédiatement de ma maison », dit-elle en se dirigeant vers lui, mais elle se mit à bégayer dans une langue fabuleuse, récemment apprise et inintelligible pour les humains présents dans la pièce.

L'araignée de jardin grimpa avec la grâce d'une danseuse le long de sa toile brillante, puis sur le rebord de la fenêtre, et elle regarda ce qui se passait dans la salle de séjour de la maison. Elle entendit les paroles de Sharon et poussa le cri d'alarme. Elle sentit un tremblement dans la toile, sous ses pattes, et elle vit les ailes jaunes d'un monarque se débattre dans les rets du filet invisible. Comme le veut la terrifiante tradition des araignées, elle se dirigea sur sa proie, et le monarque chanta son chant de la mort. Les pattes noires de l'araignée effleurèrent le papillon, qui retrouva sa liberté. Il s'envola, ébloui, étourdi.

« Donne vite l'alerte, monarque. La petite fille a des ennuis. »

Le papillon s'envola très haut au-dessus de l'île et commença de psalmodier la mélodie de la détresse. Il entendit le cri d'alarme de l'araignée restée sur sa toile. Les fourmis entendirent aussi. Les cigales de même. Un million d'abeilles quittèrent les ruches et le butinage des fleurs pour voler vers la maison. Les guêpes lancèrent leurs avions de combat entre les arbres. Une mouette entendit l'alerte du grand monarque qu'elle répéta dans la langue des oiseaux, et autour de l'île, l'air fut obscurci par les ailes d'oiseaux marins en colère.

Les sangliers, les vaches et les chiens fonçaient à toute allure en direction de la maison, et tous remarquèrent la vie grouillant dans les feuilles, les insectes dans les arbres, la forêt entière parcourue par un flot gigantesque et continu de bestioles. La forêt était en mouvement. La terre était en mouvement.

L'homme qui était le plus grand poussa Blaise sans précaution vers le derrière de la maison. Les trois fillettes lui crièrent d'arrêter. Ce qui fit beaucoup rire les trois hommes. Ils rirent très fort. Ils rirent jusqu'au moment où ils entendirent le bruit, dehors. Ce fut d'abord un bourdonnement grave et sinistre qui prit vite de l'ampleur en grimpant dans les aigus. Les hommes se regardèrent entre eux, intrigués par ce bruit étrange. On aurait dit l'aube de la création, quand toutes les créatures du monde essayèrent leur voix pour la première fois. Toute la peur et toute la gloire de l'Éden éclatant dans un chant vengeur autour de la petite maison au bord du fleuve. Le chevreuil agile chevauché par des fantômes d'enfants indiens patrouillant les berges du fleuve. Le ciel noir d'ailes déployées. L'herbe couverte d'insectes de toutes les couleurs. Les beuglements du troupeau. Le martèlement des sangliers. Les piaillements des oiseaux.

Dans la maison, les hommes se figèrent.

Les fillettes continuèrent de parler dans leur nouvelle langue.

« Tuez-les, disaient-elles toutes trois, en version traduite. Tuez-les. »

L'homme qui était le plus grand se faufila jusqu'à la fenêtre, le pistolet pointé en l'air, et il regarda dehors. Il regarda et poussa un hurlement. Hurlement facile à traduire. Car il hurlait de terreur. Les deux autres allèrent le rejoindre et joignirent leurs hurlements au sien.

« Ils sont pour moi, tonna Intrepid, le taureau.

— On s'en occupe, commanda Dreadnought, le sanglier.

— Les abeilles et les guêpes vont leur régler leur compte, bourdonna une petite voix.

— Les chiens vont les tailler en pièces, dit un chien.

— Les oiseaux vont les envoyer nourrir les poissons », cria une vieille mouette qui planait dans le ciel.

Ce qu'ils voyaient par la fenêtre, les trois hommes, c'était tout le royaume animal dressé au grand jour pour les affronter. Mais ils ne virent pas l'armée silencieuse des fourmis se faufiler par les fentes des portes, grimper dans leurs jambes de pantalons, sous leurs chemises. Ils ne virent pas non plus les araignées tomber en parachute, du plafond dans leurs cheveux, ni les guêpes s'accrocher comme des pinces à linge dans leur dos.

Ils furent paralysés par l'imminence de leur propre mort. L'air s'emplit du terrible langage des bêtes, de battements d'ailes, de martèlements de sabots, du bruit des cornes heurtées, du bruissement des insectes, de la colère des ruches, de l'arrivée de meutes en désordre. Dans les derniers instants, on leur donna licence de comprendre, de traduire, mais pas de réagir. La forêt est sans merci. Ce n'est pas dans ses façons.

L'araignée de jardin grimpa le long de la chemise de l'homme qui était le plus grand, en suivant la colonne vertébrale. Lorsqu'elle atteignit le cou, elle choisit un endroit bien tendre, sous l'oreille. Elle dit adieu à Sharon et expédia son venin dans le sang de l'homme. Ce dernier poussa un grand cri et d'une seule claque écrasa l'araignée, mais toutes les guêpes, à ce signal, vrillèrent dans sa chair tandis que les fourmis mettaient les trois hommes en feu. Ils titubèrent dans la pièce en se tapant sur le corps. Ils se précipitèrent vers la porte, vers ce tumulte stupéfiant, et ils ouvrirent, se livrant ainsi aux sabots, aux crocs, aux ailes et aux mâchoires.

Blaise et ses filles restèrent assises sur le canapé, à écouter les cris des trois hommes. Blaise ne voulut pas laisser les fillettes regarder par la fenêtre. Parce qu'elles étaient humaines, elles éprouvaient de la pitié pour les trois hommes. Mais elles ne pouvaient rien faire, sauf refuser de regarder. Au bout d'un moment, les cris se turent, le silence revint sur l'île.

Quand Blaise regarda par la fenêtre, elle ne vit que de l'herbe, de l'eau et du ciel. Pas une seule trace des hommes, pas un lambeau de vêtement, pas un éclat d'os, pas une mèche de cheveux.

Ce soir-là, elles enterrèrent l'araignée dans le cimetière des animaux de la maison. Elles prièrent pour le repos de son âme, pour que sur des milliers et des milliers de kilomètres ses toiles tissent des liens entre les étoiles et les planètes, pour que les anges viennent dormir dans leur soie, pour que leur dentelle plaise toujours à Dieu.

Deux jours plus tard, le bateau de Gregory McKissick s'échoua sur l'île Cumberland, en Géorgie. Lorsqu'il fut de retour dans sa maison, il raconta l'histoire de sa dérive en mer pendant de longues semaines. Il serait mort, dit-il, sans une certaine mouette au dos noir qui laissait toujours tomber un poisson dans son bateau.

Après son retour, la maison redevint complète. Les fillettes grandirent et perdirent progressivement leur don. Elles ne parlèrent jamais du jour où étaient venus les trois hommes. Rose continua, sa vie entière, de s'occuper des chiens perdus. Lindsay ne perdit jamais sa tendresse pour les bovins et les porcins. Sharon garda son amour des oiseaux et des insectes jusqu'à la fin de ses jours. Elles aimaient la nature, elles aimaient leurs parents. De nouveau elles entendirent leur mère chanter. Et toutes vécurent heureuses.

À la sudiste.

20

Chaque fois que je suis en colère, mon mécontentement s'inscrit en code sur ma bouche qui se pince en un mince arc de cercle aux pointes tournées vers le bas. Je contrôle à la perfection le reste de mon visage, mais mes lèvres sont les traîtres qui divulguent mon dépit et ma colère au monde extérieur. Ceux de mes amis qui ont acquis l'art de déchiffrer ma bouche peuvent suivre l'évolution du climat émotionnel de mon âme avec une troublante exactitude. Pour cette raison, je ne puis jamais prendre compagnons ni ennemis par surprise, aussi capitale que soit l'entreprise qui nous réunit. Ils savent à l'avance quand il convient de battre en retraite ou d'avancer contre moi. Marquée par la colère, ma bouche devient hideuse.

Cela dit, même hors de tout courroux, je ne pouvais espérer rivaliser avec le calme hiératique de Susan Lowenstein. Elle était capable d'amortir mes accès de colère par un repli stratégique dans les neiges de sa parfaite éducation. Chaque fois que je l'agressais, elle battait en retraite dans la sécurité des vastes espaces de son intelligence. Elle était capable de me ratatiner d'un seul regard de ses yeux marron, qui fonctionnaient comme des rosaces de vitrail pour illuminer des souvenirs appartenant à une préhistoire glaciaire. Lorsque je perdais le contrôle de moi-même, sous ces yeux-là, j'avais l'impression d'être une aberration de la nature, un ouragan approchant une ville côtière n'offrant aucune aspérité à sa colère. Calme, j'avais le sentiment de pouvoir affronter le Dr Lowenstein sur un plan d'égalité ; mais si je m'énervais, je savais qu'elle pouvait me faire passer pour le parfait abruti sudiste.

Ma bouche se tordit en une grimace d'exquis mécontentement lorsque je me trouvai face au Dr Lowenstein et jetai le livre d'enfants en travers de la table basse, à l'intention de la thérapeute.

« Bon, Lowenstein, dis-je en m'asseyant, trêve de salamalecs et autres amabilités, du genre "Avez-vous passé un week-end agréable ?". On va droit au but. Qui est Renata, et qu'est-ce qu'elle a à foutre avec ma sœur ?

— Avez-vous passé un week-end agréable, Tom ? demanda-t-elle.

— Je vais porter plainte auprès de vos autorités de tutelle, Lowenstein, je vais vous faire suspendre. Vous n'avez pas le droit de me cacher quoi que ce soit concernant ma sœur.

— Je vois, dit-elle.

— Alors accouchez, docteur. Allez-y carrément, et vous aurez une petite chance de sauver votre carrière plutôt mal en point.

— Tom, dit-elle, vous n'ignorez pas la sympathie que j'ai pour vous en temps ordinaire. Mais je vous trouve positivement ignoble dès que vous vous sentez menacé ou vulnérable.

— Je me sens menacé et vulnérable vingt-quatre heures sur vingt-quatre, docteur. Mais le problème n'est pas là. Je veux seulement savoir qui est Renata. Parce que Renata est la clé de tout, n'est-ce pas ? Si je comprends ce que Renata vient faire là-dedans, alors je risque de savoir pourquoi j'ai passé mon été à New York. Vous êtes au courant pour Renata depuis le début, n'est-ce pas, Susan ? Vous êtes au courant et vous avez décidé de ne pas m'en parler.

— C'est Savannah qui a décidé de ne pas vous en parler, Tom, dit le Dr Lowenstein. Moi, je n'ai fait qu'accéder à ses vœux.

— Pourtant, cela m'aiderait à comprendre ce qui ne tourne pas rond chez Savannah, n'est-ce pas, Susan ? Est-ce que vous le niez ?

— Il est possible que cela vous aide, Tom. Je ne suis pas sûre.

— Alors vous me devez une explication, Lowenstein.

— Savannah pourra vous en parler elle-même, le moment venu. Elle m'a fait promettre solennellement de ne pas vous parler de Renata.

— Mais c'était avant que je sache qu'il existait un lien entre Renata et ma sœur. D'ailleurs, Dr Lowenstein, il s'agit d'un lien pour le moins bizarre. Savannah écrit maintenant des livres et des poèmes qu'elle publie sous le nom de Renata.

— Qui vous a parlé de ce livre d'enfants, Tom ? »

Je négligeai cette question et dis :

« J'ai appelé chez Renata à Brooklyn, et j'ai appris que Renata avait perdu la boule et s'était balancée sous un train il y a deux ans. C'est la mère de Renata qui m'a raconté son suicide. Alors il y a plusieurs conclusions possibles. Soit Renata a simulé un suicide parce qu'elle adore torturer sa gentille maman made in Brooklyn, soit il se passe des choses vraiment bizarres dans la tête de ma sœur.

— Avez-vous lu le livre pour enfants ? demanda le Dr Lowenstein.

— Évidemment, je l'ai lu.

— Qu'en pensez-vous ?

— Que voulez-vous que j'en pense, bordel de merde ? dis-je. Il parle de ma putain de famille.

— Comment le savez-vous ?

— Parce que je ne suis pas un imbécile. Parce que je sais lire et parce que j'ai trouvé mille choses, dans cette histoire, que Savannah, et elle seule, pouvait connaître. Je comprends facilement pour quelle raison Savannah a utilisé un pseudo pour cette histoire, Susan – ma mère l'assommerait sur place si jamais elle lisait ce truc. Savannah n'aurait pas besoin de se suicider. Ma mère viendrait lui arracher le pancréas avec les dents. Alors maintenant, qui est Renata ? Je veux savoir ce qu'étaient ses liens avec Savannah. Elles ont eu une liaison ensemble ? Vous pouvez me le dire. Savannah a déjà eu d'autres aventures avec des femmes. Je les ai rencontrées, nous avons rompu le pain complet ensemble, je leur ai servi des sandwiches aux germes de soja et des potages à base de pulpe de pomme de terre. Elle a toujours eu un faible pour les raclures, mâles ou femelles, de ce continent. Qu'elle baise avec qui elle veut, je n'en ai rien à foutre. Mais j'exige une explication. Cela fait des semaines que vous refusez de me laisser voir Savannah. Pourquoi ? Il doit bien y avoir une raison. Est-ce Renata qui fait souffrir Savannah ? Parce que si tel est le cas, je la retrouve et je lui fous la raclée du siècle.

— Vous frapperiez une femme ? demanda-t-elle. Je suis très surprise.

— Si elle faisait du mal à ma sœur, je la mettrais en charpie.

— Renata était une amie de Savannah. Je ne vous en dirai pas plus long.

— Déconnez pas. Écoutez, je ne mérite pas cela de votre part. J'ai fait tout ce que vous m'avez demandé. Je vous ai raconté toutes les histoires dont je me souviens à propos de ma famille et puis...

— Vous mentez, Tom, dit-elle d'un ton égal.

— Comment cela, je mens ?

— Vous ne m'avez pas raconté toutes les histoires. Vous ne m'avez pas raconté toutes celles qui comptent vraiment. Vous m'avez servi l'histoire de votre famille telle que vous aimeriez vous en souvenir et la conserver. Le grand-père haut en couleur, la grand-mère complètement extravagante. Un papa un peu bizarre qui battait tout le monde quand il était soûl, mais une maman qui était une vraie princesse et dont l'amour assurait la cohérence de la famille.

— Je ne suis pas encore arrivé à la fin, Susan. Je m'efforce de replacer les choses dans leur contexte. Le premier jour que nous nous sommes vus, vous m'avez jeté une poignée de bandes sur lesquelles Savannah hurlait des insanités. Une partie m'échappe. J'essaie de faire un tri, mais je ne peux pas vous raconter la fin si vous ne commencez pas par comprendre le début.

— Sur le début aussi, vous mentez.

— Comment le savez-vous ? Si je suis sûr d'une chose, c'est que je sais beaucoup mieux que vous ce qui s'est passé dans ma famille.

— Peut-être ne connaissez-vous vraiment bien qu'une seule version, voilà tout. Version très instructive qui m'a été très utile. Mais les choses que vous excluez, Tom, revêtent exactement la même importance que celles que vous laissez passer. Mettez un peu une sourdine sur la joyeuse paire d'Huckleberry Finn que vous faisiez, votre frère et vous, et dites-m'en un peu plus long sur la fillette qui passait sa vie à mettre la table. C'est cette fillette qui m'intéresse, Tom.

— Elle parle, dis-je. Savannah parle et vous refusez de me la laisser voir.

— Vous savez que c'est Savannah qui a pris la décision de ne pas vous voir, Tom. Mais vos histoires d'enfance lui ont été d'une aide exceptionnelle. Elles l'ont aidée à se souvenir de choses qu'elle avait refoulées depuis très longtemps.

— Elle n'a pas entendu une seule des histoires d'enfance en question.

— Si. Je les ai toutes enregistrées et je lui en fais écouter des passages quand je lui rends visite à l'hôpital.

— Watergate ! hurlai-je en me levant de mon siège pour me mettre à arpenter la pièce. Qu'on appelle le juge Sirica au téléphone. J'exige que ces bandes soient effacées, Lowenstein, ou qu'elles vous servent à allumer le charbon de bois la prochaine fois que vous ferez un barbecue sur votre terrasse.

— J'enregistre souvent des séances, Tom. Il ne s'agit pas d'une procédure inhabituelle, et vous m'aviez dit que vous étiez prêt à tout pour aider votre sœur. Je vous ai pris au mot. Alors je vous prie de vous rasseoir et de cesser vos tentatives d'intimidation.

— Je n'ai aucune envie de vous intimider. En revanche, j'envisage de vous flanquer une raclée.

— Asseyez-vous, Tom, dit le Dr Lowenstein, que nous réglions ce différend calmement. »

Je me laissai tomber lourdement dans le fauteuil rembourré et, une fois de plus, constatai le calme olympien de Susan Lowenstein.

« C'est votre égocentrisme de mâle toujours prêt à s'apitoyer sur son propre sort que je redoute le plus quand vous reverrez enfin Savannah, Tom.

— Je suis un mâle définitivement vaincu, docteur, dis-je, agacé. Vous n'avez pas d'inquiétude à avoir. J'ai été neutralisé par la vie et les circonstances.

— Impossible. Je n'ai encore jamais vu d'être de sexe masculin dont le comportement ne soit totalement régi par la nécessité d'être viril à n'importe quel prix. Et dans le genre, vous êtes un des pires qu'il m'ait été donné de rencontrer.

— Vous ignorez tout des hommes », dis-je.

Cette affirmation la fit rire, et elle dit :

« Informez-moi. Dites-moi tout ce que vous savez. Nous avons dix minutes devant nous.

— Là, vous êtes vraiment dégueulasse. La condition masculine n'est pas si confortable que vous semblez le croire.

— Et vous, vous me servez une ritournelle que je connais par cœur, Tom. La moitié de mes patients de sexe masculin essaient de gagner ma sympathie en me servant quelques mesures de cette pathétique complainte. Mon mari utilise la même stratégie éculée, sans savoir que j'y ai droit cinquante fois par semaine. Vous allez commencer par me faire le coup de l'angoisse de celui qui commande, n'est-ce pas, Tom ? Si vous saviez comme on se sent seul au sommet d'une pyramide, fillette. Et les affres de la responsabilité de chef de famille. Je connais par cœur.

— Lowenstein, dis-je, il n'y a qu'une seule chose qui soit vraiment difficile dans la condition masculine. Une chose que la femme moderne ne comprend pas. Une chose que Savannah et ses copines ultraféministes ne comprenaient sans doute pas. Elles nous engueulaient tout le temps, Luke et moi, quand nous montions à New York pour voir Savannah. Je pense que ma sœur estimait qu'il était profitable à ses deux pauvres péquenots de frères de se faire accuser des pires maux de la terre sous prétexte qu'ils étaient porteurs d'un pénis. Les ultraféministes ! Quelle engeance ! À cause de Savannah, je me suis fait agresser par des féministes de choc plus que n'importe quel Sudiste vivant. Elles s'imaginent qu'elles peuvent vous houspiller à volonté pendant quarante-huit heures, et qu'ensuite, en signe de reconnaissance, vous vous ferez une joie de vous coller la quéquette dans un mixeur et d'appuyer sur le bouton.

— La première fois que nous nous sommes vus, Tom, vous m'avez dit que vous étiez féministe.

— Je suis féministe, dis-je. Je fais partie de ces tristes crétins qui ont appris à monter un soufflé et tourner une sauce béarnaise à la perfection pendant que leur femme ouvrait des macchabées et apportait un peu de réconfort aux cancéreux. Je dis cela en sachant bien qu'un homme qui se dit féministe atteint les sommets du ridicule par les temps idiots qui courent. Quand je dis ça à mes copains, ils rigolent et me racontent la dernière histoire salace. Quand je dis la même chose à une femme sudiste jusqu'au bout des ongles, elle me regarde avec le plus souverain mépris en me disant qu'elle est ravie d'être une femme et ravie qu'on lui ouvre les portières de voiture. Et si je le dis à des féministes, alors là, je touche le fond de la perversité. Pour les féministes, il s'agit d'une ostentation pleine d'onctueuse condescendance, venant d'un espion velu infiltré par le camp ennemi. Pourtant, Lowenstein, je suis féministe, merde. Je m'appelle Tom Wingo, féministe, défenseur de l'environnement, libéral blanc, pacifiste, agnostique, et pour toutes ces raisons, je suis incapable de me prendre au sérieux, et personne d'autre n'y parvient non plus. J'envisage de retourner définitivement dans le clan des péquenots afin de retrouver une once de dignité personnelle.

— Il me semble que vous n'avez jamais cessé d'être un péquenot, Tom. Envers et contre toutes vos protestations.

— Non, le péquenot possède une intégrité.

— Vous alliez me dire quelque chose à propos de la condition masculine. C'était quoi ? demanda le Dr Lowenstein.

— Vous allez encore vous moquer de moi, dis-je d'une voix plaintive.

— C'est probable, reconnut-elle.

— Il n'y a qu'une seule chose qui soit vraiment difficile dans la condition masculine, docteur. Une seule. On ne nous apprend pas à aimer. C'est un secret auquel nous n'avons pas accès. Nous passons notre vie entière à chercher la personne qui pourra nous enseigner cette chose-là, et nous ne trouvons jamais. Les seuls êtres que nous soyons jamais capables d'aimer, ce sont d'autres hommes parce que nous comprenons la solitude engendrée par cette chose qui nous est refusée. Quand une femme nous aime, son amour nous terrasse, nous emplit d'horreur, nous laisse démunis et vaincus. Ce que les femmes ne comprennent pas, c'est que nous sommes dans l'incapacité de jamais leur rendre la pleine mesure de leur amour. Nous n'avons rien à donner. Nous n'avons jamais reçu la grâce de ce talent.

— Quand les hommes glosent sur le supplice de la condition masculine, dit-elle, ils ne parviennent jamais à échapper tout à fait au thème récurrent de l'apitoiement sur leur propre sort.

— Et quand les femmes parlent de la condition féminine, elles ne parviennent jamais à échapper tout à fait au thème récurrent du "c'est la faute des hommes".

— Il n'est pas facile d'être une femme dans cette société.

— Sniff-sniff. Laissez-moi vous dire une chose, Lowenstein. Être un homme, c'est très chiant. J'en ai tellement marre d'être fort, solide, raisonnable et royal, que la seule idée de devoir un jour faire de nouveau comme si j'étais tout cela me donne la nausée.

— Je n'ai guère eu l'occasion de constater chez vous aucune de ces qualités, Tom, dit l'imperturbable Dr Lowenstein. La plupart du temps, je ne sais ni ce que vous êtes, ni ce que vous voulez être, ni ce que vous représentez. Vous êtes parfois l'homme le plus adorable qu'il m'ait été donné de rencontrer. Mais à d'autres moments, toujours imprévisibles, vous devenez amer, renfermé, coincé. Aujourd'hui, vous me dites que vous êtes incapable d'aimer. Mais il vous arrive aussi de déclarer que vous aimez tout le monde. Vous avez clamé cent et cent fois l'amour que vous portez à votre sœur, mais vous êtes fou furieux contre moi lorsque j'essaye de faire tout ce qui est en mon pouvoir pour l'aider. Je ne peux pas vous faire totalement confiance, Tom, parce que je ne sais pas qui vous êtes. Si je vous parle de Savannah, je ne suis pas sûre que vous puissiez le supporter. Alors, si je vous demande une chose, Tom, je crois que ce sera de commencer à agir en homme. Je veux que vous fassiez preuve de force, de bon sens, de responsabilité, de calme. J'en ai besoin, et Savannah aussi.

— Docteur, susurrai-je, j'ai commencé cette discussion en vous posant une simple question concernant les liens existant entre Renata et ma sœur. Je considérais qu'il s'agissait d'une question honnête. Par je ne sais quel tour de rhétorique, vous avez réussi à me pousser en situation défensive tout en me donnant pour le con de base.

— Vous avez commencé cette discussion en faisant irruption dans cette pièce et en me jetant ce livre sous le nez. Vous m'avez hurlé dans les oreilles, et je ne suis pas payée pour supporter qu'on me hurle dans les oreilles. »

Je portai les mains devant mes yeux et sentis son regard impassible, professionnel, tranquille. Laissant retomber mes deux mains, je soutins le regard marron. Sa beauté, sombre, charnelle, dérangeante, me troubla, comme toujours.

« Je voudrais voir Savannah, docteur. Vous n'avez pas le droit de nous empêcher de nous voir. Aucun droit.

— Je suis son médecin, Tom, et je vous empêcherais de la voir pour le reste de votre vie si j'estimais que cela pouvait l'aider. Ce que je ne suis pas loin de penser.

— Qu'est-ce que vous racontez ?

— Savannah croit, et je commence à lui donner raison, qu'elle risque de devoir rompre toute relation avec sa famille si elle veut survivre.

— C'est ce qu'elle pourrait faire de pire, docteur.

— Je n'en suis pas si sûre.

— Je suis son jumeau, docteur, dis-je avec une certaine acidité. Vous n'êtes jamais que sa foutue psy. Cela étant, qui est Renata ? J'aimerais savoir et je pense avoir gagné le droit de savoir.

— Renata était une amie très chère de Savannah, commença le Dr Lowenstein. C'était quelqu'un de très fragile, d'hypersensible, de révolté. Elle était lesbienne, ultraféministe et juive. Elle n'aimait guère les hommes, je le crains...

— Seigneur, gémis-je. Apparemment, elle ressemble à la moitié des connasses que Savannah fréquente par ici.

— Taisez-vous, Tom, ou je ne continue pas.

— Excusez-moi. Ceci était tout à fait malvenu.

— Savannah a traversé une période de psychose aiguë, il y a un peu plus de deux ans. C'est Renata qui l'a prise en charge et l'a aidée à en sortir. Elles s'étaient rencontrées dans un atelier de poésie dirigé par Savannah à la New School. Lorsque Savannah a fait cette grave dépression, Renata a refusé de la laisser interner dans un hôpital psychiatrique en promettant de s'occuper d'elle tant qu'elle n'irait pas bien. Savannah était alors à peu près dans l'état où vous l'avez trouvée quand vous êtes allée la voir à l'hôpital, Tom. Mais Renata a réussi à la sortir de cette mauvaise passe. D'après Savannah, Renata était pour elle comme un ange gardien dévoué à sa personne. Un jour, Savannah fut en état de rentrer vivre chez elle ; trois semaines plus tard, Renata se jetait sous une rame de métro.

— Pourquoi ? demandai-je.

— Qui sait pourquoi ? Pour les mêmes raisons qui font que des gens tentent de se suicider. La vie leur est devenue insupportable et il ne semble y avoir qu'une seule porte de sortie. Comme Savannah, Renata avait toute une histoire de tentatives de suicide. Après la mort de Renata, Savannah a de nouveau sombré lentement. Elle a commencé à errer dans les rues, sans plus savoir où elle était ni ce qu'elle faisait. Elle se réveillait sur le pas de portes inconnues, après avoir passé la nuit dehors, en ville. Elle ne gardait aucun souvenir de ces longues fugues. Elle récupérait un peu, rentrait chez elle et essayait d'écrire. Et rien ne venait. Elle essayait de se rappeler son enfance, Tom, et aucun souvenir ne ressurgissait. Son enfance, elle ne la retrouvait que sous forme de cauchemars. Une nuit, elle a rêvé que trois hommes débarquaient dans votre île. Elle savait qu'il s'agissait d'un rêve important, capital. Elle savait qu'une chose comme celle-là était arrivée, mais trop de détails lui échappaient. Le conte pour enfants est directement inspiré de ce rêve.

« Savannah a décidé ensuite de signer le livre du nom de Renata pour rendre hommage à la mémoire de son amie. Elle a confié le manuscrit à un autre agent en vue d'une publication possible. Et c'est alors que lui est venue ce qu'elle croyait être la grande idée de sa vie, celle qui allait la sauver.

— J'en tremble à l'avance, dis-je.

— Elle a décidé de devenir Renata Halpern, Tom, dit Susan Lowenstein en se penchant imperceptiblement vers moi.

— Je vous demande pardon, dis-je.

— Elle a décidé de devenir Renata, répéta-t-elle.

— Attendez, pas si vite, docteur. Quelque chose a dû m'échapper.

— La première fois que Savannah est venue me consulter ici, Tom, elle m'a dit qu'elle s'appelait Renata Halpern.

— Saviez-vous qu'en fait elle était Savannah Wingo ? demandai-je.

— Non. Comment l'aurais-je su ?

— Vous avez ses livres, à côté, dans la salle d'attente.

— J'ai aussi les livres de Saul Bellow dans la même pièce, et je ne le reconnaîtrais pas pour autant s'il entrait dans mon cabinet en me disant qu'il s'appelle George Bates.

— Bon Dieu, dis-je. Je sens que la coupe est pleine. Et quand donc, je vous prie, avez-vous découvert que Savannah était Renata, non, que Renata était Savannah, non, que Savannah était Saul Bellow, bref, je ne sais plus ?

— Il est difficile de me rouler pour ce qui est de la judaïté.

— Elle vous a dit qu'elle était juive ? demandai-je.

— Elle m'a dit qu'elle s'appelait Renata Halpern. Lorsqu'elle m'a parlé de ses parents, elle me les a décrits comme deux survivants de l'Holocauste. Elle se rappelait même les numéros tatoués sur leurs bras. Elle m'a dit encore que son père était fourreur dans le quartier des tailleurs.

— Je n'y comprends plus rien. Les gens ont généralement recours à la psychothérapie parce qu'ils ont besoin d'une aide, non ? Alors pourquoi serait-elle venue chez vous en se faisant passer pour quelqu'un d'autre ? Pourquoi refuserait-elle une aide éventuelle fondée sur sa propre histoire plutôt que sur une histoire qu'elle a inventée de toutes pièces ?

— Je pense qu'elle voulait essayer sa nouvelle identité pour voir si elle maîtrisait bien son sujet. Je pense aussi qu'elle allait très mal à ce moment-là, quoi qu'elle prétendît être par ailleurs. Elle se défaisait de partout, Tom, et l'identité qu'elle annonçait ne changeait rien à cela. Renata ou Savannah, elle était au bout du rouleau. Le fait de prétendre s'appeler Renata n'était qu'un aspect de son mal profond.

— Quand vous a-t-elle dit qu'elle n'était pas Renata ?

— J'ai commencé à lui poser une série de questions sur son passé, auxquelles elle n'a pas pu répondre. Je lui ai demandé quelle *schul* elle fréquentait, et elle ne savait pas ce qu'était une *schul*. Je lui ai demandé le nom du temple et celui du rabbin de son enfance. Elle m'a dit que sa mère faisait une cuisine *casher*, mais elle n'a pas compris ma question quand je lui ai demandé si elle avait mangé des aliments *trayf*. Elle ne connaissait que très peu de mots yiddish, et pourtant elle affirmait que ses parents étaient originaires d'un *shtetl* en Galicie. J'ai fini par lui dire que je ne croyais pas à son histoire et que, si je devais l'aider, il fallait que je connaisse la vérité. Je lui ai également dit qu'elle n'avait pas l'air très juif.

— Raciste, vous êtes raciste, Lowenstein, dis-je. Je l'ai su dès l'instant où je vous ai vue.

— Votre sœur a un visage de parfaite *shiksa*, répondit-elle en souriant.

— Est-ce là une insulte inexpiable ?

— Non, simplement un fait indéniable.

— Comment a-t-elle réagi à votre intervention ?

— Elle s'est levée et est sortie de mon cabinet sans dire au revoir. Elle n'est pas venue au rendez-vous suivant, mais elle a téléphoné pour l'annuler. Lorsque nous nous sommes revues, elle m'a dit qu'elle s'était appelée jadis Savannah Wingo, mais qu'elle avait l'intention de prendre une nouvelle identité, de partir sur la côte Ouest et de vivre le reste de sa vie dans la peau de Renata Halpern. Jamais plus elle ne reprendrait contact avec aucun membre de sa famille. Aussi longtemps qu'elle vivrait. Il lui était trop douloureux de les voir, tous autant qu'ils étaient. Les souvenirs lui étaient devenus insupportables, disait-elle, et elle était en train de perdre ceux qu'elle avait. Elle refusait de continuer à vivre encerclée par tant de souffrance. Elle avait été inconsolable suffisamment longtemps. En devenant Renata Halpern, elle pensait avoir une chance de mener une vie raisonnable. En étant Savannah Wingo, elle serait morte avant un an.

— Bordel de Dieu », dis-je, et je fermai les yeux en essayant de nous revoir enfants, blonds et maigrichons, sous le soleil de Caroline du Sud. Une vision ressurgit devant moi : les oiseaux des marécages pêchent dans les estuaires et nous trois, enfants, nous sommes en train de nager dans le fleuve vert, plein et lisse comme une nappe. Quand nous étions encore très petits, nous avions un rituel que nous n'avons jamais révélé à âme qui vive. Chaque fois que nous étions malheureux, tristes, misérables, chaque fois que nos parents nous avaient punis ou battus, nous partions tous les trois jusqu'au bout de la jetée flottante d'où nous plongions dans l'eau baignée de soleil, puis nous faisions dix mètres à la brasse dans le chenal et nous formions un cercle en nous tenant par la main. Nous flottions ensemble, en nous serrant bien fort les mains pour que ce cercle parfait fût impossible à briser. Je tenais la main de Savannah d'un côté, celle de Luke de l'autre. Nous nous touchions tous, liés en un seul anneau de chair, de sang et d'eau. Puis Luke donnait le signal et nous inhalions tous les trois avant de couler au fond du fleuve, sans cesser de nous tenir fort par la main. Nous restions au fond jusqu'au moment où l'un de nous pressait plus fort les deux mains qu'il tenait et nous remontions d'un seul mouvement, jaillissant à la surface dans une explosion de lumière et de souffle retrouvé. Mais au fond de l'eau, j'ouvrais les yeux malgré l'ombre et le sel, et je voyais les silhouettes floues de mon frère et de ma sœur suspendues dans l'eau, comme des embryons, à côté de moi. J'éprouvais l'éblouissement du lien qui nous unissait, ce triangle d'amour muet, tandis que nous remontions, battant d'un même pouls, vers la lumière et la terreur de nos vies. Pendant que nous plongions, nous connaissions la sécurité et le silence de ce monde sans père ni mère ; il fallait que nous fussions trahis par nos poumons pour remonter vers le désastre. Les lieux sûrs ne pouvaient être que provisoires, le temps d'une visite ; ils ne constituaient jamais qu'une fugitive intuition de sanctuaire. Venait toujours le moment où il nous fallait retourner à notre vie réelle et affronter les peines et les blessures inhérentes à notre maison du bord du fleuve.

En cet instant précis, dans le cabinet du Dr Lowenstein, j'eus envie de chercher l'asile des courants lents, des profondeurs, des lits de fleuve. J'aurais aimé, avec ma sœur serrée contre ma poitrine, me laisser couler au fond d'une mer azurée, où je la tiendrais tout près de moi. Régénéré, je battrais ou détruirais tout ce qui ferait mine de la blesser. Quand je pensais à Savannah, ou quand je rêvais d'elle, j'avais toujours avec moi une imposante batterie d'armes tranchantes et efficaces pour la défendre. Mais dans la vie réelle, je n'étais pas seulement capable de faire bouclier pour protéger les tendres veines de ses poignets contre les guerres intérieures qu'elle menait contre elle-même.

« J'ai dit à Savannah, dit le Dr Lowenstein, que je ferais l'impossible pour l'aider. Mais il fallait que je sache ce qu'elle fuyait dans son passé, sinon je ne pourrais rien faire pour elle. Si elle ne résolvait pas d'abord les problèmes de Savannah Wingo, à mon avis, Renata Halpern n'avait guère de chances de fonctionner plus facilement.

— Pourquoi aidez-vous quelqu'un à devenir une autre personne ? demandai-je. Sur quel genre d'éthique ou, à défaut d'éthique, sur quelles statistiques thérapeutiques vous fondez-vous ? Comment diable pouvez-vous savoir que cela va dans l'intérêt de Savannah ? Et si vous vous trompiez, Lowenstein ?

— Je n'ai jamais eu connaissance d'un autre cas semblable à celui-ci, je ne m'appuie donc sur aucune littérature professionnelle. Pas plus que je n'ai accepté d'aider Savannah à devenir Renata Halpern. Je lui ai simplement dit que j'essayerais de l'aider à devenir une personne aussi structurée que possible. Les choix difficiles lui appartenaient à elle. Moi, je l'aiderais à faire en sorte que ces choix fussent positifs pour elle.

— Vous n'avez pas le droit de faire ça à Savannah, Dr Lowenstein. Vous n'avez pas le droit de l'aider à devenir quelqu'un qui ne reverra plus jamais sa famille. Vous ne pourrez jamais me faire accepter une thérapie consistant à transformer ma Sudiste de sœur en écrivain juif. Ce n'est plus de la thérapie, ce que vous faites. C'est de la magie noire, de la sorcellerie, un mélange de toutes les sciences occultes. Si Savannah désire devenir Renata Halpern, ce n'est jamais qu'une manifestation de sa folie.

— À moins que ce ne soit une manifestation de sa santé mentale. Je n'en sais tout simplement rien. »

Je me sentis d'un seul coup épuisé, vidé jusqu'au cœur même de l'âme, et j'appuyai ma nuque contre le dossier de mon siège, les yeux fermés, pour essayer de faire le point. Je luttai pour rassembler quelques arguments raisonnables à opposer à Susan Lowenstein, mais j'étais beaucoup trop éteint, aliéné, pour être raisonnable.

Finalement, je trouvai la force de dire ceci :

« Lowenstein, vous tenez là la raison pour laquelle je hais le siècle où je suis né. Pourquoi a-t-il fallu que je voie le jour au siècle de Sigmund Freud ? Je méprise son jargon, ses disciples fanatiques, ses obscures incantations au psychisme, ses improuvables et rêveuses théories, ses catégorisations à n'en plus finir de tout ce qui est humain. Je tiens donc à faire une déclaration solennelle, fruit d'une mûre réflexion et d'une longue délibération. J'emmerde Sigmund Freud. J'emmerde sa mère, son père, ses enfants et ses grands-parents. J'emmerde son chien, son chat, son perroquet, et tous les animaux du zoo de Vienne. J'emmerde ses livres, ses idées, ses théories, ses rêves éveillés, ses fantasmes cochons et la chaise où il s'asseyait. J'emmerde ce siècle, année par année, jour par jour, heure par heure, et j'englobe tout dans ce misérable avortement de cent années de temps que je balance dans l'odorante chaise percée de Sigmund Freud. Et pour finir en beauté, je vous emmerde vous, Lowenstein, j'emmerde Savannah, j'emmerde Renata Halpern, et j'emmerde quiconque ma sœur envisagerait de devenir dans le futur. Dès que je pourrai bouger, je vais quitter votre cabinet si parfaitement agencé, empaqueter mes maigres possessions, et demander à l'un de ces innommables et scrofuleux chauffeurs de taxi de me conduire à l'aéroport de La Guardia. Il rentre à la maison, le vieux Tom, retrouver sa femme qui est amoureuse d'un spécialiste cardiaque. Et pour tragique que soit la chose, du moins a-t-elle un certain sens à mes yeux, ce qui n'est jamais le cas en ce qui concerne Savannah et Renata.

— Vous avez terminé, Tom ? demanda-t-elle.

— Non. Dès que j'ai trouvé quelque chose de franchement insultant à votre endroit, je repars pour une autre longue diatribe.

— J'ai peut-être eu tort de ne pas tout vous dire dès le début. J'assume cette décision-là. Voyez-vous, Tom, j'avais certaines préventions à votre égard. Savannah vous connaît très bien. Elle sait que, bien que vous prétendiez vouloir l'aider, ses problèmes vous causent un sentiment de honte profonde, ils vous font peur, et vous seriez prêt à faire pratiquement n'importe quoi pour en être débarrassé, les nier, les rejeter dans l'ombre. Pourtant, elle sait également que vous avez un sens aigu de la famille et du devoir. Ma tâche a consisté à équilibrer ces deux contrepoids. Si j'avais pu faire sans vous, Dieu m'est témoin que je l'aurais fait. Je redoutais le jour où vous découvririez tout cela – je redoutais votre pharisaïsme et votre colère.

— Parce que vous attendez quelle réaction de moi ? demandai-je. Et si moi j'avais fait la même chose avec Bernard ? Si j'avais pris ce gamin à la tristesse pathologique, et qu'au lieu de lui servir de mentor je lui avais soufflé la manière de fuir la misère de sa vie familiale ? Change de nom, Bernard. Viens avec moi en Caroline du Sud. Tu feras partie de l'équipe de football et on va te trouver une gentille famille où tu pourras repartir de zéro.

— Ce n'est pas la même chose et vous le savez très bien. Mon fils n'a pas tenté de se tuer.

— Laissez-lui le temps, Lowenstein. Laissez-lui encore un peu de temps.

— Espèce de salaud », dit-elle, et je ne la vis pas attraper le *Dictionnaire de l'Héritage américain* qui se trouvait sur le guéridon et, avec une remarquable précision, le balancer dans ma direction.

Il m'atteignit en plein sur le nez, rebondit sur mes genoux et atterrit, ouvert, sur la moquette. Sous le choc, je baissai les yeux, vis la page 764, le titre « déplacement en charge ». Puis je vis mon propre sang effacer l'article concernant le mathématicien russe Nikolaï Ivanovitch Lobatchevski. Quand je portai la main à mon nez, le sang gicla entre mes doigts.

« Mon Dieu ! » s'exclama-t-elle, horrifiée d'avoir perdu son empire sur elle-même. Elle me tendit son mouchoir. « Est-ce que ça fait mal ?

— Oui, dis-je. Un vrai supplice.

— J'ai du Valium », dit-elle, en ouvrant son sac.

Je hurlai de rire mais le sang se mit à couler plus fort et je cessai.

« Croyez-vous que je puisse arrêter l'hémorragie en me fourrant deux Valium dans les narines ? Il est heureux pour l'humanité que vous n'ayez pas tenté de devenir médecin généraliste.

— Ça risque de vous calmer.

— Je ne suis pas énervé, Lowenstein, dis-je. Je saigne. Vous m'avez blessé. J'entrevois un gros procès pour faute professionnelle.

— Vous m'avez poussée au-delà des limites de ce que je peux endurer, dit-elle. Je n'ai jamais eu de réaction de violence de toute ma vie.

— Eh bien voilà qui est fait. Vous visez bien.

— Ça saigne encore.

— C'est parce que vous avez failli m'arracher le nez, dis-je en calant ma tête en arrière, contre le dossier. Si vous voulez avoir la gentillesse de fermer la porte derrière vous, lorsque vous sortirez, docteur, je me ferai un plaisir de me vider de mon sang.

— Je crois que vous devriez voir un docteur, dit-elle.

— Je suis chez un docteur.

— Vous m'avez bien comprise.

— Si vous descendiez jusqu'à l'hôpital psychiatrique et que vous me dégotiez un catatonique ? Je le serre contre mon nez pendant une heure ou deux et voilà. Allez, docteur, on se calme, maintenant. Ce n'est pas la première fois que j'ai le nez qui saigne. Ça passera.

— Je suis tellement désolée, Tom. Et je suis très gênée, dit-elle.

— Je ne vous le pardonnerai jamais, dis-je, et l'ineptie de cette scène manqua de nouveau de me faire pouffer de rire. Quelle journée, Bon Dieu ! Je me fais sonner par un dictionnaire, et en plus, j'apprends que

398

ma sœur est en train de s'exercer à être une Juive de Brooklyn. Ça fait un peu beaucoup !

— Quand vous ne saignerez plus, Tom, laissez-moi vous inviter à déjeuner.

— Ça va coûter très cher, Lowenstein, dis-je. Pas question d'un hot-dog chez Nathan, aujourd'hui. Ni d'une pizza au fromage. J'y suis ! Le Lutèce, La Côte Basque ou le Four Seasons. Et je ne commanderai que des plats flambés. Ça va vous coûter un maximum, Lowenstein. Préparez votre portefeuille.

— Pendant le déjeuner, je voudrais que nous ayons un entretien sérieux et raisonnable, Tom, dit le Dr Lowenstein. J'ai encore des choses à vous expliquer au sujet de Savannah, de Renata, de moi... »

Elle ne put continuer. Mon rire l'avait coupée net dans son élan.

Lorsque je franchis les portes du Lutèce, j'étais dans un état semi-comateux qui me donnait l'impression de me mouvoir comme dans un rêve de fugue, tellement je me sentais léger et comme étourdi après le saignement de nez et le voile levé sur le mystère de Renata. Mme Soltner salua Susan par son nom et elles échangèrent quelques mots en français de tous les jours, tandis qu'une fois encore je m'émerveillais de la facilité avec laquelle Susan évoluait entre les politesses et les menues courtoisies qui faisaient le charme de sa vie mondaine. Elle avait l'assurance naturelle et l'aisance de bon aloi d'un brillant sujet rompu à tous les arts que l'on peut cultiver dès lors que l'on a accès aux milieux adéquats et que l'on a l'argent facile. Elle était pour moi la première personne rencontrée à New York qui ne fût pas réduite en miettes ni rendue ridicule par l'autorité rugissante et plénipotentiaire de la ville. Née dans les grandes avenues, elle avait le geste économique et sûr. À mes yeux, sa confiance relevait du don exorbitant, mais il est vrai que je n'avais jamais côtoyé que des immigrants dans la ville de New York. Susan Lowenstein était le premier pur produit de la grande île que j'eusse rencontré, ma première Manhattanienne de souche. J'avais appris qu'existait une couche de passion sous-jacente derrière ces dehors bien lisses, et mon nez tuméfié en était le cuisant témoignage.

On nous conduisit à une table bien placée, Mme Soltner ne jetant qu'un unique regard perplexe au Kleenex dont j'avais tamponné ma narine gauche. Je me dis que selon toute probabilité elle n'avait que très rarement eu l'occasion d'escorter des clients qui saignaient du nez dans les salons feutrés du Lutèce. Je m'excusai et me rendis aux toilettes pour retirer l'immonde mouchoir de papier ; puis, après avoir vérifié que l'hémorragie était terminée, je me lavai le visage et regagnai la grande salle. J'avais le nez enflé comme une boule de pâte à chou. Je n'étais pas beau, mais j'avais faim.

Un garçon, qui paraissait avoir été amidonné dans l'arrogance, prit notre commande pour l'apéritif. Me penchant au-dessus de la nappe immaculée, je susurrai :

« Quand il aura apporté les verres, vous ne verrez pas d'inconvénient à ce que je trempe mon nez dans le mien, rien qu'un petit moment, n'est-ce pas ? L'alcool désinfectera la blessure. »

Elle alluma une cigarette et souffla un filet de fumée dans ma direction :

« Enfin, vous prenez la chose du bon côté. Je ne parviens toujours pas à croire que je vous ai jeté un livre à la figure. Vous pouvez être tout à fait exaspérant, parfois, Tom.

— Il m'arrive effectivement d'être con, de temps en temps. J'ai dit une chose impardonnable au sujet de Bernard et je méritais cent fois de me faire ratatiner le pif par un dictionnaire. C'est moi qui vous dois des excuses.

— Mon échec de mère avec Bernard est pour moi une torture permanente, Tom, dit-elle.

— Vous n'êtes pas une mauvaise mère. Bernard est un adolescent. Les adolescents sont, par définition, des inadaptés. Ils sont là pour faire des âneries et martyriser leurs parents. »

Le garçon nous donna les menus et j'étudiai le mien avec un mélange d'angoisse et de minutie. C'était la première fois que je déjeunais à deux pas des cuisines d'un chef de renommée mondiale, et je n'avais nulle envie de gâcher cette occasion en commandant un repas malavisé ou peu imaginatif. J'interrogeai donc méticuleusement Susan sur tous les plats qu'elle avait jamais goûtés au Lutèce, et reconnus que tout le plaisir du repas serait gâté si je commandais un plat seulement grandiose qui se verrait éclipsé par son choix à elle d'un mets sublime au-delà des mots. Pour finir, elle proposa de s'occuper entièrement du menu et je me radossai tandis qu'elle priait le serveur de m'apporter la mousse de canard aux baies de genièvre pour commencer. Pour suivre, elle choisit une *soupe de poisson au crabe* avec un clin d'œil à mon intention pour en garantir le sublime. La tête me tourna plaisamment lorsqu'elle nomma une suite d'entrées chaudes qu'elle décrivit comme la perfection absolue. Elle remarqua encore mon hésitation, une espèce de blocage, quand elle demanda un *râble de lapin* préparé par le chef Soltner.

« Du lapin ! m'étonnai-je. Ce lieu est donné pour un temple de la gastronomie par le gratin des guides spécialisés, et vous m'infligez la honte de commander un lapin de chou ?

— Vous allez déguster le meilleur repas de toute votre vie, dit-elle avec assurance. Faites-moi confiance sur ce chapitre.

— Voyez-vous un inconvénient à ce que j'annonce au serveur que je fais la rubrique gastronomique du *New York Times* ? demandai-je. Je voudrais pousser un peu notre ami André dans ses cuisines pour qu'il se surpasse.

— Je n'y tiens pas vraiment, Tom. Laissez-moi commander du vin, et ensuite j'aimerais que nous parlions un peu de **Savannah**.

— Puis-je demander au serveur de retirer de la table tout objet susceptible de m'être jeté à la figure ? À moins que vous ne m'autorisiez à porter un masque de catcheur ?

— Tom, est-ce que vos amis et les membres de votre famille ne trouvent pas que vous poussez les plaisanteries un peu trop loin ? demanda-t-elle.

— Si. Ils sont tous d'accord pour trouver mon humour détestable. Je vais être un mur pendant le reste du déjeuner, docteur, c'est promis. »

On apporta le vin, un château-margaux. Ma mousse de canard se matérialisa simultanément. Je goûtai le vin et il avait tellement de corps et de gouleyant que je sentis mes papilles gustatives chanter de plaisir lorsque je portai le verre à mes lèvres. L'après-goût persista comme une corde tendue sur ma langue ; j'avais la bouche semblable à un champ de fleurs. La mousse me fit éprouver le bonheur d'être vivant.

« Bon Dieu, Lowenstein. Cette mousse est fabuleuse, gémis-je. Je sens des bataillons de calories s'apprêter à investir ma circulation sanguine. J'aimerais bien qu'on me paye à grossir dans ce restaurant.

— Savannah a refoulé une grande part de son enfance, Tom, dit le Dr Lowenstein.

— Je vois mal le rapport avec cette mousse, répondis-je.

— Elle a complètement occulté des pans entiers de sa vie. C'est ce qu'elle appelle ses périodes blanches. Ces absences coïncident apparemment avec des moments où elle ne maîtrisait pas ses hallucinations. Comme si elles avaient une existence hors du temps, hors de l'espace, hors de la raison.

— Elle a toujours eu du mal à se souvenir des choses, dis-je.

— Elle m'a dit que ce problème l'avait poursuivie pendant toutes ses années de croissance, sans qu'elle puisse en parler. Son douloureux secret. Elle disait qu'elle s'était toujours sentie différente, vulnérable, et très seule à cause de cela. Elle est devenue prisonnière du temps perdu, des jours oubliés. Les derniers temps, elle était angoissée parce que sa poésie en souffrait. Elle sentait que sa folie prenait le dessus sur elle, qu'elle était submergée par sa puissance irrésistible. Ce qu'elle redoutait par-dessus tout, c'était de sombrer dans une de ses périodes sans mémoire et de ne plus jamais en revenir. »

Tandis que Susan Lowenstein parlait, je vis son visage s'adoucir imperceptiblement, une transformation causée par la passion qu'elle avait de son métier. Ce fut l'une des rares fois où je pus éprouver le zèle qu'elle apportait à son art, l'esprit dans lequel elle disait que son rôle était d'habiter parmi les âmes blessées, désenchantées. Sa voix était animée pour évoquer ces premiers mois au cours desquels Savannah fréquenta son cabinet pour venir parler de sa vie, de son enfance, de son travail, mais toujours avec ces incroyables blancs, ces trous de mémoire, ces impasses qui la coinçaient inéluctablement dans la frustration et les culs-de-sac. Quelque chose était en œuvre, tout au fond du subconscient de Savannah, qui censurait entièrement sa jeunesse. Chaque fois qu'elle se tournait vers son enfance, elle ne pouvait en sortir que des fragments décousus qui tous la ramenaient à une terreur débilitante et floue. À certaines époques, chaque fois qu'elle évoquait une image solitaire de cette enfance – un oiseau des marais saisi dans son vol alangui, la mise en route du moteur d'un crevettier, la voix de sa mère dans la cuisine –, elle pénétrait dans un royaume de ténèbres, dans l'intemporalité, dans une vie qui n'était pas la sienne. Cela avait duré pendant deux ans, puis, par un effort de volonté, elle s'était entraînée à concentrer son attention exclusivement sur sa vie à New York. Son cycle de poèmes, *Au vu de Manhattan*, fut écrit en l'espace de trois mois de fébrilité lorsqu'elle sentit ses pouvoirs lui revenir, lorsqu'elle sentit le retour bienvenu du poids du langage, lorsqu'une fois encore elle se crut le centre du monde, expédiant des chants d'amour et des requiems.

Ce fut l'écriture du livre pour enfants qui la réexpédia dans les harmoniques impondérables de sa folie. Quand cette histoire lui vint par le biais d'un cauchemar, elle la transcrivit, telle qu'elle l'avait rêvée, dans une explosion de créativité ininterrompue qui dura huit heures. En même temps qu'elle écrivait, elle se rendit compte qu'elle était en train de décrire un des fameux épisodes effacés de sa vie. Elle avait conscience des éléments manquants dans son histoire et sentait qu'ils étaient infiniment plus puissants que ceux qu'elle avait inclus. Les trois hommes touchaient une corde particulièrement sensible en elle, et quand ils approchaient de la maison, quelque chose en elle résonnait, très loin, comme la cloche d'une église désaffectée dans le vent. Elle étudia le conte comme s'il s'agissait d'un texte sacré longtemps perdu et contenant d'insondables allusions aux mystères de sa propre vie. Elle avait lu et relu l'histoire, persuadée d'être en présence d'une parabole, ou de l'esquisse d'une chose aux implications infiniment plus graves. Il lui était arrivé quelque chose, mais à part l'histoire qu'elle venait d'écrire, elle ne put en retrouver qu'un seul élément ; la statue de l'Enfant de Prague, rapportée de la Seconde Guerre mondiale par son père, et qui se trouvait sur une table, près de la porte d'entrée. Elle ignorait le rôle joué par cette statuette dans l'histoire, mais elle savait qu'elle devait être présente. Après le suicide de Renata, cette statuette était apparue, atroce, dans les hallucinations qui venaient toujours pendant les périodes de souffrance. L'Enfant de Prague joignait sa voix à celles du chœur qui parlait à l'intérieur d'elle, ligué aux chiens noirs du suicide et aux anges de la négation. Encore une fois, ces apparitions entonnèrent la pétrifiante litanie qu'elle entendait depuis son enfance, fustigeant son inutilité, la régalant d'hymnes et de cantiques assassins, souhaitant sa mort. Elle se mit à voir les chiens suspendus par des crochets à viande sur les murs de son appartement, le corps tordu par la douleur. Par centaines ils hurlaient, ces chiens crucifiés, et leurs voix sifflantes et mêlées lui criaient de se tuer. « Ils ne sont pas vrais. Ils ne sont pas vrais », se répétait Savannah, mais sa voix était noyée dans le tumulte démoniaque de l'accusation proférée par les chiens empalés. Elle quittait alors le fauteuil de sa salle de séjour et allait dans la salle de bain pour échapper à la meute. Là, elle trouvait les anges en leur menstruation, suspendus à la douche et au plafond, la nuque rompue, gémissant de délicieuse souffrance. Leurs voix, douces et délicates, l'invitaient à rentrer avec eux au bercail, dans la sécurité des vastes horizons, par les couloirs du sommeil sans fin, vers la longue nuit du silence, du mutisme, où les anges étaient entiers, imma-culés, aimables. Ils lui tendaient les bras dans un geste de solidarité et de possessivité. Leurs orbites étaient des trous noirs débordant de pus. Au-dessus d'eux, elle voyait les petits pieds de l'Enfant de Prague qui pen-daient du plafond, et son visage défiguré et meurtri qui parlait avec la voix de sa mère pour exiger d'elle le silence absolu. Chaque fois qu'elle sortait ses lames de rasoir et commençait à les compter, elle entendait le plaisir des chiens se tortillant à leurs crochets, l'extase de ces anges défi-gurés à la voix flûtée, obsédante. Chaque nuit, elle comptait les lames de rasoir et écoutait cette nation souillée clamer les lois de la tempête, mur-murer les complies du suicide.

« Je n'ai vu Savannah que pendant deux mois avant sa tentative de suicide, Tom, dit Susan Lowenstein. Je n'ai pas bien évalué le danger qu'elle pouvait présenter pour elle-même. La thérapie était tellement pas-sionnante. Une thérapie ne devrait pas apporter cette ivresse. Il est indis-pensable de rester calme, détaché, professionnel. Mais Savannah était un poète qui me parlait et m'éblouissait de mots et d'images. J'ai commis une erreur, Tom. J'ai eu envie d'être connue comme la psychanalyste qui avait permis à un poète de retrouver l'écriture. Je me suis lourdement trompée, par présomption.

— Ce n'était pas de la présomption, Susan, dis-je, tandis que mon couteau coupait le lapin dans mon assiette. L'histoire était trop bizarre, vous avez été dépassée, comme je l'ai été moi aussi.

— Je ne comprends pas.

— Prenons mon expérience, dis-je. J'apprends que ma sœur s'est tail-ladé les poignets sur l'île idyllique de Manhattan. J'accours aussitôt pour jouer mon rituel rôle de sauveur, de figure christique du XXᵉ siècle, un rôle que je suis capable d'interpréter, soit dit en passant, les yeux fermés et les mains attachées derrière le dos. Parce que cela me donne l'impres-sion d'être nécessaire. Je me sens supérieur. Le précieux jumeau enfourche son blanc destrier pour voler au secours de son adorable sœur, poète, cinglée, suicidaire.

— Et si je vous avais dit d'entrée de jeu, ce jour-là, que Savannah envisageait tout simplement de disparaître de New York pour aller vivre sa vie dans une ville inconnue sous le nom de Renata Halpern ? demanda-t-elle.

— Ça m'aurait fait pisser de rire, convins-je.

— Je n'en doute pas un instant, dit-elle. Vous n'avez pas fait mystère du mépris dans lequel vous tenez la psychanalyse dès notre première rencontre.

— J'ai grandi dans une ville bénie, docteur, dis-je. On ne savait même pas ce qu'était un psychiatre.

— Je sais, dit-elle. Ville bénie en effet. Si l'on en croit votre descrip-tion de Colleton, il semblerait que la ville entière souffre de psychose collective.

— Elle ne souffre plus de rien, aujourd'hui. » Je m'intéressai un peu au lapin avant de poursuivre. « Vous ne m'avez toujours pas expliqué pourquoi Savannah ne peut pas vous raconter les mêmes histoires que moi.

— J'ai essayé de le faire, Tom, mais vous n'écoutiez pas, ou bien vous n'avez pas cru mon explication. Sa mémoire est ponctuée de grands vides, de vastes pans entièrement refoulés et qui recouvrent parfois plusieurs années d'une seule traite. C'est Savannah qui m'a dit un jour que vous pourriez me raconter les histoires manquantes. Vous m'avez toujours souligné l'étrange intimité que vous aviez, Savannah et vous, en tant que jumeaux. Je n'en ai pas trop tenu compte au début parce que je pensais que vous faisiez partie de son problème. Mais vous m'avez amenée à réviser ce jugement.

— Merci.

— Vous avez rendu un monumental service à Savannah, du temps de votre enfance, Tom. Luke et vous la protégiez du monde, et particulièrement de son monde à elle. Elle n'a jamais été une enfant comme les autres, mais ses frères lui donnaient une apparente normalité. Tous les deux, vous lui avez tenu la main sur le chemin d'une enfance très difficile. Et vous, Tom, vous avez joué un rôle déterminant. Elle a commencé à souffrir de trous de mémoire très tôt dans sa vie ; des trous de mémoire qui permettaient de supprimer les souvenirs meurtriers. C'est ce que je désignerais sous le terme de processus de refoulement si je ne connaissais votre répulsion pour la terminologie freudienne. Savannah vous a très tôt assigné une tâche. Vous êtes devenu sa mémoire, sa fenêtre sur le passé. Vous pouviez toujours lui raconter ce qui s'était passé, où elle était allée, et ce qu'elle avait dit en refaisant surface après l'une de ses périodes sombres.

— Sans mémoire, demandai-je, comment aurait-elle pu devenir poète ?

— Parce qu'elle possède du génie, et que sa poésie vient de la souffrance d'être une créature humaine et de la souffrance de survivre en tant que femme dans notre société.

— Quand, selon vous, a-t-elle commencé à se décharger sur moi de la corvée du souvenir ?

— Elle a gardé beaucoup plus de souvenirs que vous de votre prime enfance, Tom. Elle se souvient de la brutalité de votre mère quand vous étiez tout petits.

— C'est des conneries, ça. Maman n'était pas parfaite, mais elle n'était pas non plus brutale. Elle confond Maman et Papa, dis-je en mastiquant lentement.

— Comment le savez-vous ?

— Parce que j'étais présent, Lowenstein, répliquai-je sèchement. Témoin oculaire, comme on dit.

— Mais avez-vous remarqué que, quand vous avez commencé pour moi cette longue chronique, vous l'avez fait débuter par le récit de votre naissance pendant la tempête, événement dont vous ne pouviez pas vous souvenir ? Vous ne faisiez donc que colporter un mythe familial mille fois entendu, ce qui est parfaitement normal, Tom. Et puis vous avez sauté six années pour arriver à votre première année d'école à Atlanta. Mais que s'est-il passé pendant ces six années ?

— On était des bébés. On vomissait, on chiait, on tétait notre mère, on grandissait. Comment suis-je censé me souvenir de ces choses-là ?

— Savannah s'en souvient. Elle ne s'en souvient que trop.

— C'est des conneries, docteur. De la déconnance absolue », dis-je, mais en même temps, je ne parvenais à faire surgir qu'une seule image de cette période de ma vie, et c'était la lune se levant à l'est, à l'appel de ma mère.

« Possible, mais la vieille psy que je suis y reconnaît une incontestable vérité.

— Pas de discours psy avec moi, Lowenstein. Je vous en prie. Vous devez me laisser repartir de cette ville sans que soit entamé le mépris absolu que j'ai pour votre profession.

— Tom, votre haine pour la psychanalyse ne me gêne pas, dit-elle fraîchement. Vous avez été parfaitement clair à ce sujet. Cela ne me trouble plus en rien. En fait, je commence même à vous trouver charmant et idiot sur ce chapitre.

— Écoutez, si nous remettions cette discussion à plus tard, dis-je avec un geste circulaire embrassant toute la salle. Nous sommes au Lutèce, Susan. J'ai toujours eu envie de déjeuner au Lutèce. J'ai lu des articles sur le Lutèce. Le *New York Times* décrit ce lieu comme un paradis gastronomique. J'adore me trouver dans un paradis gastronomique et y discuter de la nourriture. Ce vin est le liquide le plus délicieux qui ait jamais coulé par mon gosier. Le cadre est merveilleux. Élégance discrète. Bien entendu, je préférerais une élégance ostentatoire, vu mes origines de péquenot et compte tenu du fait que je n'ai pas évolué socialement au point de choisir le bon goût discret. Mais c'est chouette. Vraiment chouette. Alors, quand on déjeune au Lutèce pour la première et dernière fois de sa vie, on a envie de parler peinture, poésie, cuisine, voire faire un brin de philosophie. Le charme est rompu lorsque vous vous mettez à évoquer Savannah et ses anges aux orbites dégoulinantes de pus. Vous voyez ce que je veux dire ? Nous sommes dans un paradis gastronomique, mon nez me fait mal, et il me faut un peu de temps pour digérer tout cela. Vous comprenez, jusqu'à il y a trois heures, je croyais que Savannah était toujours cette frappée de Savannah, point final. C'est très, très difficile à avaler, Lowenstein. Mettez-vous un peu à ma place. Ce matin, vous me présentez ma sœur jumelle, que je connais assez bien depuis la bagatelle de trente-six années. Sauf qu'il y avait une petite surprise pour le frangin. Ce n'est pas vraiment votre sœur, Tom, elle s'appelle Renata Halpern. Et ce n'est pas tout, Tom, minute, tête de nœud sudiste. Elle a l'intention de déménager et de ne plus jamais vous voir de sa vie. Et comme je renâcle un peu d'avoir été mené en bateau depuis tout ce temps, sa chère psy, hyperprofessionnelle et bardée de diplômes, me balance un dictionnaire sur le tarin, à la suite de quoi je perds un demi-litre de sang. Ce repas est votre acte de contrition pour avoir versé mon précieux sang, et à présent je désire que nous parlions du dernier film sorti ou de la sélection du Livre du Mois.

— Parlons de son livre de littérature enfantine, proposa-t-elle.

— Ah ! La pierre de Rosette. Savannah a tenté d'écrire le mal, mais elle n'a pas pu. Elle l'a embelli. Elle s'est trahie et elle a trahi son talent en le rendant joli.

— C'est de la fiction, Tom. Une histoire.

— Ça ne devrait pas être de la fiction. Savannah aurait dû l'écrire comme un fait froid, brutal. Elle possède assez de talent pour bouleverser le monde entier avec cette histoire-là. Une histoire qui ne méritait pas d'être enjolivée et racontée aux enfants le soir pour les endormir. Une histoire qui aurait dû terrasser hommes et femmes, les mettre à genoux, tremblant de rage et de pitié. Savannah n'a pas rendu justice à l'intégrité de cette histoire. C'est un crime d'en avoir fait une aimable bluette qui finit bien. On devrait pleurer après l'avoir lue. Demain, je vous raconterai l'histoire. Et il n'y aura ni araignées qui parlent, ni gentils chiens, ni génisses bégayantes portant des messages au Roi des Taureaux, ni aucune fadaise du même tonneau.

— On ne demande pas à un artiste de dire la vérité, Tom.

— Mon cul.

— Vous m'avez bien comprise. Les artistes ont leur façon à eux de dire la vérité.

— Ou leur façon à eux de mentir. Et je vous jure que, dans cette histoire, Savannah ment.

— Elle a peut-être été au bout de la vérité qu'elle pouvait dire.

— Conneries, cher docteur. J'ai toujours su qu'un jour elle écrirait cette histoire. Ma mère, je le sais, a vécu dans la terreur permanente que Savannah écrive les choses noir sur blanc. Mais aucun de nous n'a jamais fait allusion ouvertement à ce qui s'est passé sur l'île ce jour-là. Quand j'ai commencé de lire son livre, j'ai cru qu'elle allait enfin lever le voile du silence. Puis j'ai vu l'instant où le courage lui a manqué : c'est quand les enfants ont un pouvoir magique. Nous, nous n'avions pas de magie pour nous protéger.

— Tom, dit le Dr Lowenstein, elle a mis tellement de vérité dans son écriture qu'elle a failli en mourir.

— Vous avez raison, dis-je. Mais accepterez-vous de lui transmettre un message de ma part ? Dites-lui que si elle décide de devenir Renata Halpern, j'irai la voir à San Francisco, à Hong Kong, ou dans n'importe quel lieu où elle aura choisi de vivre, sans jamais laisser percer pour quiconque que je suis son frère. Je serai un ami, un type du Sud qu'elle a rencontré à l'occasion d'une lecture ou d'un vernissage. Pour moi, le pire serait qu'elle disparaisse, comme ça. Je ne le supporterais pas, et personne n'est mieux placé que Savannah pour le comprendre. Je veux qu'elle vive. Je veux qu'elle soit heureuse. Je peux l'aimer même si je ne la vois pas. Je peux l'aimer quoi qu'elle fasse.

— Je lui dirai, Tom. Et puis je vais vous faire une promesse, Tom. Si vous continuez de m'aider, je vous rendrai votre sœur. Elle fait des efforts pour se sauver. De très gros efforts. »

Susan Lowenstein passa le bras par-dessus la table et prit ma main dans la sienne. Puis elle la porta à ses lèvres et mordit un bout de chair sur le dos de ma main, et c'est le souvenir le plus vivace que je garde de mon déjeuner au Lutèce.

21

Le soir même de mon déjeuner au Lutèce, j'appelai le domicile de ma mère à Charleston. Il ne me fallut que deux rasades de bourbon pour réussir à composer le sinistre numéro qui ferait surgir sa voix du présent et m'expédierait dans le tourbillon incontrôlable du passé. Au téléphone, il suffisait d'une ou deux minutes à ma mère pour rassembler ses esprits et s'atteler à la tâche sérieuse de saccager ma vie.

J'avais passé le reste de l'après-midi à étudier des cas de psychotiques, relatés dans des ouvrages que m'avait prêtés le Dr Lowenstein. Il ne s'agissait que d'âmes blessées, malheureuses, atrocement abîmées pendant leur enfance, et qui avaient érigé de savantes barrières pour se protéger de toute incursion insupportable dans leur vie. Une belle galerie d'hallucinations et de souffrance. Toutes ces personnes avaient eu la chance de naître dans la chaleur généreuse de familles monstrueuses. Une autosatisfaction lassante émaillait le texte et les commentaires rédigés par le psychiatre traitant. Tous les docteurs étaient des gens merveilleux, des rebouteux miracle de l'âme, qui replâtraient les esprits brisés et les rendaient de nouveau aptes à aller semer du gazon dans les banlieues. Toute une littérature triomphaliste, une orgie de consensus qui me laissa d'humeur maussade. Mais je reçus le message que Lowenstein essayait de me faire passer. Aussi terrifiant que pût me sembler l'état actuel de Savannah, il restait des raisons d'espérer.

Si Savannah avait de la chance, si Lowenstein était brillante, et si toutes les cartes étaient enfin mises sur la table, ma sœur risquait de pouvoir s'en tirer, cette fois encore, et de laisser derrière elle la sinistre démonologie de sa vie.

J'avalai une autre rasade de bourbon en entendant la sonnerie du téléphone, à Charleston.

« Allô, dit ma mère.

— Allô, M'man, répondis-je. C'est Tom.

— Oh, Tom, chéri. Comment va Savannah ?

— Savannah va bien, Maman. Je crois que tout va s'arranger.

— Je viens justement de lire que l'on avait fait des progrès stupéfiants dans le traitement des maladies mentales. J'ai découpé quelques articles dont j'aimerais m'assurer que tu les remettras à la psychiatre de Savannah.

— Je n'y manquerai pas, M'man.

— Et je tiens à ce que tu veilles en personne à ce qu'elle les lise intégralement. Est-ce que je peux appeler Savannah, maintenant ?

— Je pense que ça ne va plus tarder, M'man. Je ne suis pas sûr.

— Et toi ? Qu'est-ce que tu as fabriqué là-bas, pendant tout l'été ? Je trouve très sincèrement que tu négliges ta femme et tes enfants.

— Oui, je suis certain que tu as raison, M'man. Mais je vais bientôt rentrer... M'man, la raison de mon coup de fil, c'est que je voulais te prévenir que je vais raconter à la psy ce qui s'est passé sur l'île, ce jour-là.

— Il ne s'est rien passé ce jour-là, comme tu dis, dit ma mère d'une voix claire et calme. Nous avons fait un serment, Tom. Et je compte que tu tiendras ta promesse.

— C'était un serment idiot, M'man. Je sais que c'est une des choses qui empoisonnent Savannah et je pense que ça risque de l'aider et d'aider son docteur si je raconte tout. Cela restera confidentiel. Et puis c'est de l'histoire passée.

— Je ne veux même pas t'entendre y faire seulement allusion.

— M'man, je savais que tu allais essayer de jouer sur ma culpabilité. Je n'étais pas obligé de te téléphoner pour t'en parler. J'aurais pu me contenter de tout raconter au Dr Lowenstein. Mais je crois que ça risque d'être mieux pour tout le monde, y compris toi, si on brise un peu le mur du silence.

— Non, cria-t-elle. Tu ne peux pas en parler. Nos vies ont failli en être détruites.

— Elles l'ont été partiellement, M'man. Je n'ai jamais pu dire tout haut ce qui s'est passé ce jour-là. Sallie n'est pas au courant. Luke n'en parlait jamais. Savannah ne s'en souvient même plus. Et pourtant, nous portons ça en nous, cette horreur, cette ignominie, et il serait grand temps que nous la recrachions enfin.

— Tom, je te l'interdis.

— Je vais le faire, M'man. »

Il y eut un silence, et je sus qu'elle rassemblait ses forces.

« Tom », dit-elle, et je reconnus, filtrant dans sa voix, la vieille menace d'antan. Je me préparai donc à recevoir l'assaut. « Il m'est très pénible d'être celle qui va te l'apprendre, mon fils, mais Sallie a une liaison plutôt tapageuse avec un autre docteur de l'hôpital. On ne parle que de cela à Charleston.

— M'man, je ne doute pas un instant du plaisir que tu as éprouvé en étant celle qui m'annonçait la bonne nouvelle, et je te remercie pour ce croustillant potin, mais Sallie m'avait déjà mis au courant de cette affaire. Que te dire ? Nous sommes un couple moderne. Nous aimons les bains chauds, la cuisine chinoise, le cinéma étranger, et nous aimons baiser avec des inconnus. Cette histoire regarde Sallie, M'man. Pas toi.

— Et l'histoire que tu t'apprêtes à révéler, elle me regarde moi, dit ma mère. Si tu en parles à Savannah, Tom, elle finira tôt ou tard par l'écrire.

— Voilà donc ce qui te tracasse.

— Non, dit-elle. Ce qui me tracasse, ce sont les nouvelles et terribles blessures que tu t'apprêtes à ouvrir, Tom. J'ai tout oublié. Je n'y pense plus du tout. Et tu as juré de ne jamais reparler de ce jour-là.

— Ça ne peut faire de mal à personne.

— Si, à moi, et beaucoup. Je risque de perdre tout ce que j'ai. Je risque de perdre mon mari, s'il l'apprend. À ta place, Tom, j'aurais un peu plus de fierté. Il va falloir que tu racontes ce qui t'est arrivé à toi ce jour-là.

— Je le raconterai, M'man. Eh bien voilà. J'ai été ravi de bavarder avec toi. Comment vont les petites ? Tu les as vues récemment ?

— Elles semblent aller bien, du mieux que l'on puisse espérer pour trois gamines adorables qui se trouvent abandonnées par leurs deux parents. Souhaites-tu que je parle à Sallie pour lui dire combien je trouve sa conduite choquante ?

— Surtout pas, Maman, pour l'amour du ciel. C'est la pire chose que tu puisses faire. Laisse l'affaire suivre son cours. Je n'ai pas été un mari merveilleux, ces deux dernières années.

— Tu es le portrait craché de ton père.

— Je sais, M'man, ce qui veut dire en clair que je suis un moins que rien, mais je te serais très reconnaissant de ne rien dire à Sallie.

— C'est bien, dit ma mère. Dans ces conditions nous pourrions peut-être conclure un marché. Je me tais de mon côté, et tu te tais du tien.

— M'man, je fais cela pour aider Savannah. Je sais que tu n'en crois rien. Je sais que tu penses que je le fais uniquement pour te faire du mal, mais ce n'est pas vrai.

— Je ne sais jamais à quoi m'attendre, venant de mes enfants. Ils m'ont fait si souvent du mal, mes enfants, que je n'arrive même plus à y croire lorsqu'ils sont gentils avec moi. Je me demande ce qu'ils sont en train de manigancer, et comment ils vont me trahir. Si j'avais su comment vous alliez évoluer, tous autant que vous êtes, je vous aurais étouffés dans votre sommeil quand vous étiez bébés.

— Vu l'enfance que nous avons eue, c'eût été un acte de simple charité, dis-je en sentant le sang me monter dans les tempes et en tentant vainement de tenir ma langue... M'man, cette conversation est en train de dégénérer. Il vaut mieux arrêter les frais avant l'effusion de sang. Si j'ai appelé, c'est uniquement parce que j'avais le sentiment de te devoir une explication. Il s'agit d'un événement qui remonte à vingt ans. Il ne peut plus nous faire de tort aujourd'hui. C'était la main de Dieu.

— Je dirais plutôt du Diable, chéri, dit-elle. Sauf que je te conseille de continuer à faire comme si rien ne s'était passé. Cela vaudrait mieux pour Savannah. Tu connais son tempérament morbide. Et je sais que cela vaudrait mieux aussi pour toi et moi.

— D'où sors-tu cette théorie, M'man ? demandai-je. Où es-tu allée chercher qu'il suffisait de prétendre qu'une chose n'est jamais arrivée pour que cette chose perde tout pouvoir sur vous ?

— Simple question de bon sens. Tom, à ta place, je ne m'attarderais pas autant sur le passé. Je regarderais vers l'avenir. C'est ce que je fais, moi. Je ne regarde jamais en arrière. Sais-tu que je n'ai pas une seule fois pensé à ton père au cours des deux dernières années ?

— Tu as vécu mariée avec lui pendant plus de trente ans, M'man, dis-je. Alors il doit bien apparaître sous les traits du comte Dracula ou autre, dans tes cauchemars par exemple.

— Pas une seule fois, affirma-t-elle. Lorsque je dis adieu à un aspect de mon passé, je tire un trait définitif et je n'y pense plus jamais.

— Et Luke, M'man ?

— Eh bien quoi ? dit-elle.

— Penses-tu jamais à Luke ? dis-je, regrettant mes paroles et leur cruauté sans fard, à peine eurent-elles quitté mes lèvres pour voler vers Charleston par les fils du téléphone.

— Tu es un salaud, Tom », dit ma mère dont la voix se brisa en même temps qu'elle raccrochait doucement.

Je faillis la rappeler, mais il y avait entre nous trop de cadavres encore chauds. Rentrer dans les bonnes grâces de ma mère serait une tâche ardue, exigeant un doigté et une délicatesse qu'il m'était impossible de déployer au téléphone. Il y avait très longtemps que ma mère et moi n'avions plus de relations qu'antagonistes ; des années qu'elle ne pouvait prononcer un seul mot sans que j'y visse aussitôt une stratégie cachée, destinée à détruire mes résistances avant l'assaut feutré et suave qu'elle s'apprêtait à lancer contre mon âme. Il y avait une sorte de respect embarrassé, voire de l'adoration dans la haine que je lui vouais. Faute d'avoir su la comprendre, je devais voir dans toutes les femmes de la terre des inconnues et des adversaires. Faute de percevoir l'amour cruel et perfide qu'elle avait pour moi, je serais définitivement incapable d'accepter l'amour d'une femme sans éprouver une profonde terreur. L'amour viendrait toujours à moi sous les atours trompeurs de la beauté, défiguré par la douceur. Le monde peut vous faire pire que de vous donner une ennemie en la personne de votre mère, mais guère.

Je fis un numéro. Le téléphone sonna quatre fois et j'entendis la voix de Sallie qui répondit à l'autre bout.

« Allô, Sallie, dis-je. C'est Tom.

— Salut, Tom, dit-elle affectueusement. On a eu ta lettre aujourd'hui, et les trois filles sont installées sur la table de la cuisine, en train de t'écrire.

— Formidable. Sallie, ma mère vient de menacer de t'appeler pour t'exprimer sa haute réprobation morale. Elle est au courant pour ton toubib et toi.

— Tu ne lui as rien dit, n'est-ce pas, Tom ? Et merde. Il ne me manquait plus que cela.

— Bien sûr que non, je n'ai rien dit.

— Est-ce que tu lui as affirmé qu'il s'agissait de calomnies sans fondement et que ma vertu ne pouvait être mise en doute ?

— Non, dis-je. Dommage que je n'y aie pas pensé d'ailleurs. J'ai fait comme si nous étions des intellos libérés et que nous baisions comme des bêtes dans les banlieues. Je lui ai dit que j'étais parfaitement au courant.

— Comment a-t-elle réagi ?

— Elle a commencé par savourer avec une douce extase l'idée que son fils avait été réduit au statut de cocu content. Et puis elle a menacé de t'appeler pour te rappeler à tes devoirs moraux. J'ai préféré te prévenir. Elle prétend que tout le monde est au courant à Charleston.»

Sallie ne répondit pas.

«Es-tu arrivée à une décision, Sallie ? demandai-je, appuyant ma tête contre le dossier du fauteuil préféré de ma sœur. Je veux dire pour nous deux. Pour toi. Pour lui. Et pour ce qui sera la putain de fin du monde comme je le connais.

— Tom, pas ça.

— A-t-il parlé à sa femme, Sallie ? dis-je. C'est là que les choses vont devenir sérieuses – quand il aura parlé à sa femme.

— Il envisage de la mettre au courant la semaine prochaine.

— Alors, je ferais bien de rentrer.

— Je crains que ce ne soit pas une très bonne idée, Tom.

— Eh bien tu n'auras qu'à quitter la maison et t'installer à l'hôtel Francis Marion. Écoute, Sallie, j'ai envie que tu sois avec moi. J'ai envie que tu sois ma femme. J'ai envie de te faire la cour, de baiser sur la plage, sur la table de la cuisine, sur des capots de voitures, suspendu après le pont sur le Cooper. Je danserai les claquettes, je te recouvrirai le corps de crème fouettée que je lécherai lentement. Je ferai tout ce que tu voudras. Je te promets. J'ai beaucoup cogité depuis que je suis ici, et l'une des conclusions auxquelles je suis arrivé, c'est que je t'aime et que je vais me battre pour te garder.

— Je ne sais pas, Tom, dit-elle.

— Tu ne sais pas ! criai-je.

— Tom, c'est très joli tout ce que tu dis. Mais ce serait encore mieux si tu pouvais dire la même chose sans humour et sans jeux de mots. Tu sais, je ne crois pas que tu m'aies jamais dit que tu m'aimais sans faire comme s'il s'agissait d'une bonne blague.

— Ce n'est pas vrai, Sallie, et tu le sais. Je t'ai dit que je t'aimais, certaines nuits, avec un maximum de timidité et de gêne. Et ce n'est pas arrivé qu'une fois.

— Jack me le dit sans arrêt, Tom. Et il n'est jamais timide, jamais gêné. Il me le dit simplement, gentiment, sincèrement.

— C'est difficile de parler au téléphone. Embrasse les filles pour moi.

— Appelle demain matin de bonne heure, qu'elles puissent te parler.

— D'accord. Prends bien soin de toi, Sallie. Et je t'en prie, ne précipite pas les choses. Réfléchis bien.

— Je ne fais que cela, Tom.

— Au revoir, Sallie.»

En raccrochant, je dis : «Je t'aime, Sallie.» Simplement, gentiment, sincèrement, dans l'obscurité de cette pièce vide, sans faire d'humour ni de jeux de mots.

22

Le soir de la remise des diplômes, alors que nous étions en train de nous habiller pour assister à la cérémonie, ma mère sortit deux grandes boîtes qu'elle nous offrit, une à Luke et une à moi. De son côté, Savannah reçut un petit cadeau, à l'emballage élégant.

« Si j'étais riche, il y aurait en ce moment trois Cadillac rangées sur la pelouse, dit ma mère avec un fond de larmes et de nostalgie dans la voix. Et moi, je n'aurais eu qu'à vous remettre les trois clés.

— À propos d'être riche, il m'est venu une brillante idée l'autre jour... » enchaîna mon père, mais il fut stoppé net par le regard meurtrier de ma mère.

Savannah fut la première à ouvrir son paquet et elle sortit un stylo plume plaqué or qu'elle exhiba à la lumière.

« C'est pour écrire ton premier livre. À New York », dit ma mère.

Savannah embrassa très fort ma mère et dit :

« Merci, Maman. Il est superbe.

— Il était un peu cher. Mais je l'ai eu en solde. J'ai pensé que plus le stylo serait joli, plus tu écrirais de jolis poèmes.

— Je vais écrire de très beaux poèmes avec ce stylo, Maman. Je te promets, dit Savannah.

— Écris-en un sur ton cher Papa, dit mon père. Pour faire un grand poème, il faut un grand sujet. Comme moi.

— Encore une idée idiote, Henry, dit ma mère.

— Je suis sûre que je vais écrire des tas de poèmes sur vous, dit Savannah en nous souriant.

— Ouvrez vos cadeaux », ordonnna ma mère à Luke et moi.

Tous les deux ensemble, nous déballâmes notre paquet. Je fus le premier à ouvrir la boîte et voir la veste bleu marine, confectionnée par ma mère. Luke sortit exactement la même, en beaucoup plus grand, de sa boîte. Nous les essayâmes et elles allaient à la perfection. Pendant des mois, profitant que nous étions en classe, ma mère s'était installée à sa machine à coudre en vue de cet instant. J'allai jusqu'à la chambre de ma mère pour me regarder dans son miroir en pied. Pour la première fois de ma vie, mon image me plut.

Elle m'avait suivi, ma mère, surréelle et silencieuse comme un mouvement de nuages, et elle murmura :

« Je t'ai dit un jour que tu te souviendrais toujours de ta première veste.

— Comment je suis ?

— Si j'étais assez jeune, je succomberais moi-même à tes charmes, dit-elle.

— Maman, dis-je en rougissant, ne dis pas de cochonneries.

— Je ne fais que dire la vérité. Tu es plus beau que ne le fut jamais ton père, même à ses meilleurs jours.

— J'ai entendu, cria mon père depuis la salle de séjour. Et c'est un gros mensonge. »

La cérémonie avait lieu dans le gymnase et les étudiants de dernière année entrèrent deux par deux, aux accords solennels de *Pomp and Circumstance* d'Elgar. Lorsque fut appelé le nom de Savannah, major de la promotion et devant à ce titre prononcer le discours d'adieu, ma mère, ma grand-mère et mon grand-père se levèrent et l'acclamèrent bruyamment tandis qu'elle avançait vers l'estrade pour s'acquitter de cette tâche honorifique. Debout près de l'estrade, mon père filma l'intégralité de son allocution pour la postérité. Savannah commença son discours par ces mots : « Nous qui fûmes élevés par le chant des fleuves, ingénus et ignorant la timidité, notre enfance s'est écoulée au rythme de ces eaux, séduite par les charmes de la plus jolie des villes des basses terres de Caroline. » Elle fit dans l'impressionnisme et le flamboiement d'images indélébiles où tous se reconnaissaient. Ce fut la première manifestation publique du poète. Et elle se gargarisa de mots majestueux, comme un paon déploie la richesse des plumes de sa queue pour le seul plaisir de se pavaner. Savannah possédait le génie du finale et des grands adieux. Elle fit donc un ultime salut au monde que nous laissions derrière nous, et elle le fit à la façon de Savannah – inimitable, mémorable.

Le directeur des études, Morgan Randel, nous remit personnellement nos diplômes, l'un après l'autre, en nous souhaitant bonne chance pour notre avenir. Quelques modestes acclamations montaient de la foule transpirante à chaque diplôme remis, mais il y eut certains murmures dans les rangs lorsque Benji Washington s'avança vers M. Randel pour recevoir le sien. La promotion sortante ne murmura pas, mais, se levant d'un seul élan, elle fit une ovation à Benji qui prit solennellement possession de son diplôme et, avec la même imperturbable solitaire dignité, traversa l'estrade pour regagner son siège. Il fut surpris et gêné par ce tapage et, en me retournant, je vis sa mère enfouir son visage dans l'épaule de son mari, sincèrement soulagée que la longue épreuve de son fils fût enfin terminée. C'est l'histoire que nous applaudissons en ce moment, songeai-je, en même temps que j'acclamais Benji Washington. L'histoire, le changement, et un courage tellement surhumain que je n'en verrais jamais plus de pareil, que je n'en sentirais jamais plus la flamme claire, capable de brûler pour la soumission à un idéal. La clameur s'amplifia tandis que Benji allait se rasseoir et je me demandai combien il se trouvait de Benji Washington, ce même soir, dans tout le Sud, combien de ces fils et filles noirs, créés à l'image du Seigneur, à

414

être allés se colleter à la faune cruelle de gosses blancs à qui l'on avait enseigné depuis la naissance qu'il faut aimer Jésus et haïr les négros du fond du cœur.

Toujours en musique, nous sortîmes dans la chaleur du mois de juin. Je transpirais abondamment parce que j'avais tenu à porter ma veste toute neuve sous ma toge noire.

Il est minuit, le soir de la remise des diplômes, et nous sommes assis sur le pont de bois qui relie notre île et nos vies au continent des États-Unis. La lune frémit à la surface de l'eau montante, disque livide scintillant au fil du courant. Au-dessus de nous, les étoiles sont à mi-course de leur parfaite migration nocturne et les constellations renaissent dans le lumineux miroir des marées, sous nos pieds. De chaque côté de nous, le marais accepte l'approche du flot montant avec un végétal plaisir, un parfum ancien de désir apaisé et de renouveau. Dans les basses terres, l'odeur de marécage offense l'odorat des visiteurs, mais pour ceux qui sont nés là, cette odeur est la vivante essence de la planète. Nos narines frémissent à ce parfum de bercail, ce doux fumet de notre terre nourricière. Les palmiers resserrent les rangs à la pointe de chaque presqu'île, et les cours d'eau se divisent en ruisselets, comme une veine s'épanouissant en une corolle de capillaires. Une pastenague nage juste sous la surface, comme un oiseau dans un cauchemar. Le vent effleure l'île, messager au parfum d'ipomée, de chèvrefeuille et de jasmin. En l'espace d'un instant, l'odeur de la nuit change, s'éloigne, s'approfondit, s'éloigne encore. Piquante comme une vinaigrette, singulière comme une lotion capillaire.

Savannah est assise entre ses deux frères, jolie comme un cœur dans l'économie de ses lignes fragiles. Mon bras entoure les épaules de ma sœur et je tiens sous ma main, à peine, le cou massif de Luke. Luke avale une rasade de Wild Turkey et fait circuler la bouteille. Il a acheté ce bourbon non pas parce qu'il est cher, mais parce qu'il l'associe à la chasse des dindons sauvages par de froides matinées hivernales.

« C'est terminé, maintenant, dit Savannah. Et le sens de tout cela ?

— C'était un truc par quoi il fallait passer avant qu'on nous fiche la paix », suggéra Luke.

Attendri par le bourbon, je dis :

« Ce n'était pas si terrible. Je parie que plus tard nous évoquerons ces années comme la plus belle époque de notre vie.

— C'était l'horreur, dit Savannah.

— Oh, allez. Regarde le bon côté des choses. Tu t'arrêtes toujours à la face la plus sombre, dis-je en passant la bouteille à Savannah. Même quand le ciel est parfaitement bleu, tu es capable de crier à l'ouragan qui approche.

— Je suis réaliste, moi, dit-elle en m'enfonçant le coude dans l'estomac. Alors que tu n'es qu'un pauvre imbécile heureux. Tu es la seule personne que je connaisse à t'être épanoui au lycée.

415

— Je suppose que cela fait de moi un type épouvantable, n'est-ce pas ? répliquai-je.

— Je ne me fierai jamais à quelqu'un qui a pu s'épanouir dans un lycée, continua Savannah en m'ignorant. Je ne me fierais même pas à quelqu'un qui a seulement supporté le lycée. Je refuserais d'adresser la parole à quiconque aurait une tête à avoir fait partie de l'équipe de football d'un lycée.

— Moi, j'ai joué dans l'équipe de football du lycée, dis-je, blessé par sa condamnation sans appel.

— Je maintiens ce que j'ai dit, dit-elle en basculant la tête en arrière avant d'éclater de rire.

— Je ne comprends pas cette haine que tu as pour le lycée, Savannah, dis-je. Avec ta réussite. C'est toi qui as fait le discours de fin d'année, tu étais chef des supporters, déléguée des terminales, et tu as été élue personnalité numéro un.

— Personnalité numéro un ! cria-t-elle aux marais, un peu éméchée par le bourbon. Avec la concurrence que j'avais pour l'obtention de ce titre ! J'étais une des rares personnes de cet établissement à avoir serait-ce deux sous de personnalité.

— Moi, j'ai de la personnalité, dis-je.

— Toi, tu marques des essais, dit Savannah. Ce n'est pas avec ta brillante personnalité que ce monde risque d'être éclairé.

— Ouais, Tom, me taquina Luke, tu ne brilles pas par ta personnalité.

— Qui c'est ce gros malabar assis à ta gauche, Savannah ? dis-je en pinçant le cou de Luke. Il est trop gros pour appartenir à l'espèce humaine, trop bête pour être un hippopotame. Maintenant, ose dire qu'elle n'était pas belle, cette réplique. Ose dire que tu n'as pas en face de toi une personnalité hors pair.

— Je voudrais bien être un hippopotame, dit Luke. Rester peinard au fond des fleuves, et faire la loi une fois de temps en temps.

— Pourquoi est-ce que tu n'essayes pas d'aller te révéler à toi-même à l'université, Tom ? demanda-t-elle. Pourquoi ne prends-tu pas le temps de t'interroger sur l'âme qui sommeille à l'abri des épaulettes du footballeur ?

— Je sais précisément qui je suis. Je m'appelle Tom Wingo, né dans le Sud, forgé dans le Sud, et je suis un type comme tout le monde qui va mener la vie de tout le monde. J'épouserai une fille normale, et j'aurai des enfants normaux. En dépit du fait que je suis membre de cette famille de zinzins, et que j'ai un frère qui voudrait bien être un hippopotame.

— Tu es tellement superficiel que tu vas épouser la première fille à gros nichons qui se présentera, dit-elle.

— Elle a raison, dit Luke en avalant une lampée de bourbon.

— Et toi, Luke ? dit Savannah. Tu attends quoi ?

— J'attends quoi, de quoi ?

— De la vie, dit Savannah. On vient de nous remettre notre diplôme

416

et nous devons parler de notre avenir, faire des projets, combiner nos destinées.

— Je serai capitaine d'un crevettier, comme Papa, dit Luke. Papa ira à la banque à la fin de l'été pour m'aider à financer l'achat de mon propre bateau.

— Il est très bien vu à la banque, dis-je. Je parie qu'ils ne le laisseraient même pas financer l'achat d'un filet ou d'une canne à pêche.

— D'accord, il a quelques dettes à éponger avant que nous allions à la banque.

— Tu pourrais faire mieux, Luke, dit Savannah. Tu pourrais faire tellement mieux que cela. Tu les as écoutés et tu as cru tout ce qu'ils disaient sur toi.

— Pourquoi tu n'appelles pas les entraîneurs de Clemson pour leur dire que tu as décidé de jouer dans leur équipe, Luke ? dis-je. Les types, ils se sentiraient plus dans leur Fruit of the Loom.

— Vous savez bien que je suis incapable de faire des études supérieures, nous dit Luke. Je n'aurais déjà pas eu mes examens, cette année, si vous n'aviez pas triché pour m'aider. Je sais que je suis stupide, je n'ai pas besoin qu'on me le rappelle.

— Tu n'es pas stupide, Luke, dit-elle. Ça, c'est le mensonge qu'ils t'ont fourré dans le crâne et que tu as gobé tout rond.

— C'est gentil de dire ça, Savannah. Merci. Mais il faut regarder les choses en face. Dieu a oublié de me donner l'intelligence en même temps que les muscles. J'ai terminé avant-dernier de la promotion. Seul Viryn Grant a réussi à se classer derrière moi.

— J'ai travaillé au service d'orientation, à la fin de l'année ; j'aidais M. Lopatka à mettre les dossiers à jour. Pendant qu'il était parti déjeuner, j'ai fouillé et trouvé nos QI, dit Savannah.

— Sans blague, dis-je. C'est strictement confidentiel, comme information.

— Peut-être, mais j'ai tout vu. Et c'était très intéressant. Surtout concernant Luke. Sais-tu que tu as un QI supérieur à celui de Tom, Luke ?

— Quoi ? dis-je, vexé à mort.

— Youpi, s'écria Luke, ce qui chassa une poule d'eau de son nid, dans les hautes herbes. Fais passer le bourbon à Tom. Ça va lui gâcher tout le plaisir d'avoir son diplôme.

— Pourquoi cela ? demanda Savannah. Tout le monde sait qu'un QI, ça ne veut rien dire.

— Et le tien, il est de combien, Savannah ? demandai-je.

— Moi, j'ai cent quarante, ce qui me met en haut de l'échelle, avec les génies, dit-elle. Je suppose que mon honorable frère n'en sera pas surpris.

— Et moi, j'ai combien ? demanda Luke, et le ton triomphal de sa voix me fut insupportable.

— Toi, tu as cent dix-neuf, Luke. Et Tom, cent quinze.

— Je suis ton jumeau, protestai-je. Ton jumeau de merde. J'exige que l'on recompte.

— J'ai toujours trouvé que Tom avait la comprenette un peu lente, dit Luke, hilare.

— Arrête de nous beurrer la raie, Luke, dis-je, furieux et fâché. Je croyais que les jumeaux avaient automatiquement le même QI.

— Même les vrais jumeaux ont chacun leur QI, Tom, dit Savannah, qui s'amusait beaucoup. Mais je reconnais que tu n'as vraiment pas tiré le gros lot.

— Tu te rends compte que je suis plus intelligent que toi, Tom ! dit Luke. Ça s'arrose !

— Mais je fais un bien meilleur usage de ce que j'ai, dis-je.

— Ouais, c'est bien vrai, p'tit frère. Tu t'en es drôlement bien tiré avec le maigre QI que tu avais, répondit Luke, et Savannah et lui s'écroulèrent de rire sur le pont.

— Comme j'ai décidé d'être entraîneur de football, dis-je en attrapant le bourbon, je n'ai pas besoin d'avoir une intelligence haut de gamme.

— Tu n'as pas besoin d'intelligence du tout, dit Savannah. Quel gâchis, Tom.

— Pourquoi dis-tu cela ?

— Je voudrais engager une équipe de tueurs et assassiner tous les entraîneurs sportifs du monde entier. On se baladerait, et on torturerait toute créature, sans distinction de sexe, ayant dépassé l'âge de vingt et un ans, et surprise en sweatshirt, avec un sifflet pendu autour du cou.

— Quel genre de torture ? demanda Luke.

— Pour commencer, je leur passerais de la musique classique. Ensuite je les forcerais à faire une semaine de danse classique. Et puis, voyons, je leur ferais lire les œuvres complètes de Jane Austen. Et pour couronner le tout, je les obligerais à subir une opération pour changer de sexe sans anesthésie.

— Quelle violence, Savannah ! dis-je. Que d'étranges pensées circulent dans ta jolie petite tête !

— Si Tom a envie d'être entraîneur de football, qu'il le soit, intercéda Luke en ma faveur. Pourquoi est-ce qu'il ne pourrait pas faire ce qu'il veut ?

— Parce qu'il peut prétendre à beaucoup mieux, s'entêta Savannah en me regardant. Il se brade pour le Sud. Désolée, Tom. Tu es une victime du Mal Sudiste, vieux, et il n'existe aucun vaccin pour te sauver la peau.

— Je suppose que toi, tu vas faire des étincelles dans ton New York de merde, dis-je.

— Je serai renversante, dit-elle simplement.

— Maman veut toujours que tu acceptes cette bourse pour Converse, dit Luke. Je l'ai entendue en parler avec Tolitha, l'autre jour.

— Plutôt mourir que rester un jour de plus qu'il n'est nécessaire en Caroline du Sud. Vous savez quels sont les projets de Maman pour moi ? Elle veut que j'épouse un avocat ou un docteur que j'aurai rencontré à l'université, puis que je m'installe dans un trou perdu de Caroline du Sud, et que je ponde quatre ou cinq mouflets. Si ce sont des garçons, je devrai les élever pour en faire des docteurs ou des avocats. Si ce sont des filles, leur éducation visera à leur faire épouser un docteur ou un avocat. Pour moi, même ses rêves ont un parfum de mort. Mais je ne marche pas dans la combine. Je ferai ce qui me plaira. À Colleton, tout le monde s'attend à ce que vous agissiez de certaine façon, et la ville entière est là pour s'assurer que nul ne dévie d'un pouce de l'axe central. Les filles ne peuvent être que vives et jolies et tous les garçons sont des adjudants en puissance. Merci, moi j'en ai marre de cacher ce que je suis vraiment, ce que j'éprouve au fond de moi. Je pars à New York où je n'aurai pas à redouter de découvrir des choses sur moi.

— De quoi as-tu peur ? interrogea Luke, tandis qu'un héron de nuit, timide comme un papillon, s'envolait dans les marais.

— J'ai peur, si je reste ici, de terminer comme M. Fruit. Cinglée ou simplette, à mendier mon pain aux portes de service des restaurants et des bars. Je veux vivre dans un endroit où, si je passe par une crise de folie, personne ne le remarquera. Cette ville m'a rendue zinzin par le seul effort qu'il m'a fallu accomplir pour faire croire que j'étais comme tout le monde. J'ai toujours su que j'étais différente des autres. Je suis née dans le Sud, pourtant je n'ai jamais été Sudiste un seul jour de ma vie. C'est une chose qui a failli me tuer. Luke, Tom, je suis malade, malade de la tête depuis que je suis toute petite. Je vois des choses. J'entends des voix. Je fais des cauchemars horribles. Chaque fois que j'en parlais à Maman, elle me disait de prendre deux aspirines et de ne pas manger de dessert après dîner. Ça a été très dur de tenir jusqu'à maintenant.

— Pourquoi tu ne nous as rien dit ? demanda Luke.

— Qu'auriez-vous pu faire ? répondit-elle.

— On t'aurait conseillé de prendre trois aspirines et de sauter le dessert du soir, dis-je.

— Savez-vous ce que je vois dans l'eau, là, juste sous nos pieds ? dit-elle en fixant les flots baignés de lune. Je vois des centaines de chiens noyés, qui me regardent, les yeux grands ouverts. »

Je baissai les yeux pour regarder dans l'eau, et je ne vis que de l'eau.

« Oui. T'as peut-être raison de partir à New York, dis-je.

— Ta gueule, Tom, dit Luke en couvant Savannah d'un regard protecteur. Il n'y a aucun chien ici, baby chou. C'est ta tête qui te joue des tours.

— Quelquefois, je vois l'Enfant de Prague. Vous savez, la statue que Papa a rapportée d'Allemagne. L'Enfant Jésus a les yeux qui dégoulinent de pus et il me fait signe de le suivre. Quelquefois aussi, Papa et Maman pendent nus à des crochets de boucher, ils grognent en se montrant les crocs, avec des jappements de chiens.

— C'est pas la joie d'avoir un QI de cent quarante, on dirait, Savannah, dis-je.

— Ta gueule », répéta Luke avec plus d'autorité, et j'obtempérai.

419

Le silence s'abattit sur nous trois – étrange, dérangeant.

« Seigneur. Que de mystère ! Passe-moi le bourbon, Luke. Je te conseille de siffler la moitié de la bouteille au passage, Savannah. À vrai dire, si j'entendais ces voix, et si je voyais toutes ces choses, je ne dessoûlerais pas. Tu sais, chaque matin au réveil, tu te tapes un petit coup, et tu continues comme ça jusqu'à ce que tu t'écroules le soir.

— Si tu te faisais médecin, au lieu d'entraîneur, Tom ? dit Luke. Notre sœur est dans le pétrin, elle essaye de nous dire quelque chose d'important, et toi, tu ne trouves rien de mieux à faire que rester assis sur ton cul en faisant des vannes. Elle a besoin qu'on l'aide, pas qu'on rigole.

— Vous ne pouvez rien faire pour moi, Luke, dit-elle. Il y a longtemps que je me débrouille seule pour vivre avec. J'ai essayé que Maman m'amène voir un psychiatre à Charleston, mais elle a su que la consultation coûtait quarante dollars pour une heure.

— Quarante dollars de l'heure, sifflai-je. Pour que je file quarante papiers verts, moi, faudrait que ça soit branlette et gros cigare compris. Putain, je vais peut-être bien me faire psychiatre, finalement. Sur la base de dix heures de boulot par jour, six jours par semaine, cinquante semaines par an, je viendrais en aide à des gens qui voient leur maman pendue à un crochet de boucher. À ce rythme, j'émargerais à cent vingt mille dollars par an avant impôt. Je ne savais pas qu'on pouvait faire fortune en s'occupant des dingues.

— Tu es soûl, Tom, dit Luke. Je t'ai déjà conseillé de la boucler, sinon, je te fous à l'eau pour t'éclaircir les idées.

— Parce que tu crois que tu es capable de me foutre à l'eau ? dis-je en riant, complètement éméché. Tu parles à un gros calibre, mec. Un sacré calibre. Tu t'adresses à un mec qui joue en équipe universitaire, Luke. Pas un de ces jobards de collégiens aux joues couvertes de duvet.

— Excuse-moi, baby chou, dit Luke en pinçant la joue de Savannah. Il faut que j'apprenne à mon petit frère à avoir un peu de respect pour ses aînés.

— Ne lui fais pas mal, Luke. Il ne tient pas l'alcool.

— Moi, je ne tiens pas l'alcool ? criai-je, ravi, en avalant encore une rasade au goulot. Je prends n'importe quel type du comté et il roule sous la table avant que je sois soûl. Allez, couché, Luke. Je ne voudrais pas te faire honte devant les dames. »

Luke se dressa sur le quai et je me levai pour l'affronter, d'un pas mal assuré. Je me déplaçais dans une aura d'invincibilité éthylique qui ne m'empêcha pas de tituber en allant le défier. Dans un bel élan, je voulus lui faire une clé et eus tout juste le temps d'apercevoir clairement la Grande Ourse pendant que Luke me soulevait de terre et me propulsait en saut périlleux dans l'eau du fleuve. J'émergeai, étouffant et crachant de l'eau, et j'entendis le rire de Savannah traverser les marais.

« Vous autres, les footballeurs de l'université, vous faites chier, me dit Luke tandis que je nageais contre le courant pour regagner le pont.

— T'as pas intérêt à m'avoir esquinté ma veste toute neuve, Luke, sinon, on va passer l'été à se boxer.

— Tu ne devrais pas la porter par cette chaleur », dit Luke en même temps qu'il sautait me rejoindre dans l'eau. Nous nous empoignâmes dans le fleuve et il me fit boire plusieurs tasses sans me laisser le temps de faire ouf.

« Allez, Savannah, cria Luke. Enlève tes souliers et on rentre à la maison à la nage comme lorsqu'on était gosses. »

Je retirai mes chaussures, mon pantalon et ma veste et fis passer le tout à Savannah. Elle ôta sa robe de coton et se retrouva en petite culotte et soutien-gorge, sculpturale et belle sous le clair de lune.

Elle leva bien haut la bouteille de bourbon et cria :

« Portons les derniers toasts à l'avenir qui nous attend. Je commence par Tom. Qu'attends-tu de la vie, Quarterback ? »

Sans cesser de faire la planche, je regardai le blanc visage de ma sœur et dis :

« Moi, je serai un brave citoyen ordinaire.

— Alors buvons à l'ordinarité, dit-elle en avalant une gorgée. Maintenant, à ton tour Luke.

— Je suis né pêcheur de crevettes. Pêcheur de crevettes je resterai.

— Va pour la continuité. Je bois à la continuité, dit-elle.

— Et toi, New York ? demandai-je. Buvons à ton avenir à toi.

— J'ai l'intention d'écrire de la poésie et d'être dingue. Et je ne serai pas seulement dingue, mais carrément sulfureuse. Je me mettrai à poil pour aller suivre les parades dans la 5ᵉ Avenue. Je coucherai avec des hommes, des femmes et des animaux. J'achèterai un perroquet et je lui apprendrai à jurer. Et puis je ferai comme Papa, je filmerai le tout et j'enverrai les films à la maison pour que vous vous les passiez en famille.

— Passe-moi la bouteille », dit Luke en nageant vers le pont. Il prit le bourbon des mains de Savannah et sirota au goulot tout en se laissant dériver vers moi.

« À la dinguerie, dit-il avant de me tendre la bouteille, au-dessus du niveau de l'eau.

— À Savannah Wingo, hurlai-je. La plus dingue des femelles devant l'Éternel à avoir franchi Holland Tunnel.

— Bye bye Colleton, cria-t-elle à l'Atlantique tout entier. Bye bye le Sud. Bye bye le football. Bye bye les péquenots. Bye bye Maman. Bye Bye Papa. Bonjour la Grande Pomme. »

Tandis que j'achevais la bouteille, Savannah exécuta un plongeon parfait et pénétra dans l'eau sans faire pratiquement la moindre vague.

Et nous laissâmes le courant nous porter en douceur jusque chez nous.

Ce fut le plus bel été que je devais jamais vivre sur l'île et je me préparais lentement au départ. À ma grande surprise, je découvris que je ne savais pas vivre autrement qu'entouré des miens. Il ne m'était que très rarement arrivé de dormir loin des bruits familiers du sommeil des autres membres de la famille. Je n'étais pas tout à fait prêt à rompre avec la seule vie que j'eusse jamais connue, voire que je fusse censé connaître jusqu'à ce jour. On ne guérissait pas du fait de grandir, et la terreur du départ m'étreignait, s'insinuant jusque dans les plus petits gestes du cérémonial des adieux. J'essayais de formuler les mots secrets que mon cœur hurlait avec une passion muette et silencieuse. Un festin de dix-huit années de lumière et de chagrin touchait à sa fin, je ne supportais pas cette échéance, et il m'était impossible d'exprimer ce que je ressentais. Une famille est un élément naturellement soluble ; avec le temps, il se dissout comme le sel dans l'eau de pluie. C'est de nouveau l'été, silence et chaleur sont les rois ennemis de ces rives. Dans le journal, on annonça que des fourmis rouges avaient franchi le Savannah et établi une colonie en Caroline du Sud. Au large de l'île Kiawah, Luke ferra et captura son premier tarpon, après une heure de lutte. Le grand poisson sautait et dansait dans les vagues, aussi puissant qu'un cheval. Quand il eut enfin réussi à le faire entrer dans le bateau, Luke embrassa le poisson et, dans un élan de gratitude teinté de sainte terreur, il le relâcha. Savannah passa l'été à peindre des aquarelles et composer des poèmes à la manière de Dylan Thomas. Les journées s'achevaient sans bruit et les lucioles troublaient le crépuscule par le mystère de leurs lumineux messages codés.

Je tentais de rassembler les fragments de sagesse que m'avait donnés une enfance insulaire, de les ordonner en une sorte d'archipel vierge où je pourrais revenir à ma guise. Je comptais le lent passage des jours comme s'il s'agissait des perles d'un rosaire en train de me fondre dans les mains. Je m'éveillais de bonne heure chaque matin et voyais mon père s'en aller vers son bateau de pêche. Le soir, les lucioles planaient dans l'obscurité où elles dessinaient un mouvant Zodiaque, fruit du hasard. Tendus et gauches, nous affichions une mutuelle gentillesse dans la verdure estivale de ce mois de juin.

Aux yeux de ma mère, nous interprétions un texte sombre que nous traduisions comme la peur de vieillir, la perte d'un but dans la vie. Elle ne savait comment envisager le monde autrement que comme mère. Notre nouvelle liberté lui faisait perdre son identité. Nous étions gênés de l'abandonner à une vie en tête-à-tête avec mon père. Elle nous en voulait et prenait notre passage à l'âge adulte comme un acte de trahison, excluant tout possible pardon. Pas une seule fois, cet été-là, elle ne nous laissa seconder notre père sur le bateau. Elle exigea de nous que nous fussions des enfants à temps plein, pour un ultime été commémoratif. Elle avait trente-sept ans alors que sa vie de mère arrivait à son terme, et elle ne supportait pas la perspective de régner sur une maison désertée par les rires et les pleurs de ses enfants. Nous passions pratiquement tout notre temps avec elle tandis que les crevettes repeuplaient les estuaires et que les aigrettes, semblables à des statues de sel, dessinaient de petites colonnades dans les prés, au centre de l'île. Tout était dans l'ordre habituel, immuable, sauf que cet ordre était précisément à la veille d'être rompu, rompu de façon atroce, irréparable. Nous arrivions à l'instant où toutes les liturgies de l'habitude allaient être brisées par une confrontation singulière, définitive.

Le 19 juillet, ma mère fêta son trente-septième anniversaire et nous lui organisâmes une petite fête. Savannah confectionna un gâteau au chocolat, Luke et moi prîmes le bateau pour aller lui acheter en ville le plus grand flacon de N° 5 de Chanel vendu par Sarah Poston dans sa boutique de mode. Mme Poston nous affirma que seules les femmes vraiment « smart » portaient du Chanel. Comme elle était bonne vendeuse, nous achetâmes le parfum et la regardâmes nous faire un joli paquet-cadeau lavande clair.

Le soir de son anniversaire, ma mère dut s'y prendre à trois fois pour éteindre toutes les bougies et, comme la famille la taquinait, elle s'inquiéta de devoir cette faiblesse à une fatale maladie pulmonaire dont son grand âge serait responsable. Dans la lueur dorée des bougies, le visage de ma mère brillait d'une beauté singulière. Lorsqu'elle me sourit, je me sentis blanchi dans la grotte secrète de sa précieuse affection. Ce soir-là, elle m'embrassa et je goûtai la douceur sucrée du 5 de Chanel sur une veine minuscule de son cou. Tandis qu'elle me tenait dans ses bras, j'eus envie de pleurer et de crier toute la tendresse et l'ardeur animant un petit garçon résolu à aimer sa mère. J'aurais voulu lui dire que je comprenais tout, et que je ne leur en voulais ni à elle ni à mon père, pour la vie que nous avions eue sur cette île. Mais je restai silencieux, la tête appuyée contre son épaule, humant le doux parfum de ses cheveux.

Ce soir-là, Luke nous surprit tous en s'effondrant lorsque Savannah et moi évoquâmes notre départ de l'île à la fin du mois d'août. Comme ma mère, il refusait d'admettre que nos vies allaient changer, que notre enfance était irrémédiablement terminée, tel un morceau de musique perdu dans l'infini du temps, ineffable et muet. Luke tremblait en pleurant, mais de ce chagrin en forme de tendre adagio de souffrance émanait néanmoins une force. Voir Luke en larmes, c'était apprendre quelque chose de la mélancolie des rois, de la solennelle dignité du lion blessé, expulsé de son orgueil. J'aurais tant voulu tendre la main à mon frère, sentir son visage contre le mien. Ce fut Savannah qui prit Luke dans ses bras et lui jura que rien ne serait changé. Luke était enraciné dans l'île. Savannah et moi étions simplement nés sur l'île Melrose ; sans lien vital ni essentiel avec cette terre natale. Du moins était-ce le mythe qui nous soutenait, celui qui nourrissait notre rêve heureux de voyage au-delà des éclipses et mises au secret de la famille.

« Je peux connaître la raison de ces pleurnicheries ? demanda mon père.

— Luke est seulement triste que nous le quittions, expliqua Savannah.

— Je t'en prie, mon fils, un peu de tenue, dit mon père. Tu fais partie du clan des pêcheurs de crevettes à présent, Luke. Et chez les pêcheurs, on ne pleurniche pas.

— Suffit, Henry, dit ma mère, laisse-le tranquille.

— On peut dire que j'ai fait une famille de mauviettes, répondit mon père, une fois de plus seul contre tous. Et je déteste les mauviettes, moi. »

Ce soir-là, allongés sur le dos, sur le quai flottant, nous sentîmes le fleuve entier se gorger de la grandeur de la chose accomplie, tandis que ses eaux rencontraient les premiers frémissements marins. Baignés par la lumière chiche d'une nouvelle lune, nous distinguions toutes les étoiles qu'il avait plu à Dieu d'offrir au regard nu de l'homme dans notre morceau d'univers. La Voie lactée formait un fleuve blanc de lumière, juste au-dessus de moi, et en levant une main devant mon visage, je pouvais effacer la moitié de ce fleuve d'étoiles de ma seule paume. C'était marée descendante et les crabes-appelants étaient sortis de leurs cavernes boueuses, les mâles agitant leur grande pince dans un ballet d'une audace sinistre. Ils bougeaient en parfaite synchronisation avec les marées, avec les étoiles, avec les vents. Leurs moulinets indiquaient que le monde était tel qu'il devait être, de toute éternité. Par milliers, ils disaient à Dieu que la mer s'était retirée, que Pégase brillait à la magnitude voulue, que les marsouins célébraient la chasse dans les eaux vives, que la lune était fidèle au rendez-vous. Leur ballet était un rite, une affirmation, un cérémonial de divine confiance. À la façon d'un crabe-appelant, je levai le bras pour saluer le martial passage d'Orion dans sa course nonchalante en tenue de combat. Sa ceinture se trouvait à des millions de kilomètres de mes yeux, et pourtant elle me semblait plus proche que les lumières de ma maison.

Le 3 août, je dormis encore sur le quai, et le vent se leva de sud-est. Vers midi, la mer fut étale, et au tournant de la marée, les vents empêchèrent le recul des eaux, déclenchant un combat de titans. Le vent fit des ravages dans les vergers et les rangées de haricots. Après le déjeuner, Luke convia Savannah et moi-même à l'accompagner dans l'extrémité sud de l'île où il avait l'intention de passer l'après-midi à mettre de l'engrais aux pacaniers qui n'avaient plus donné de noix depuis deux ans. Je répondis joyeusement à mon frère qu'en ce qui me concernait les pacaniers de l'île Melrose pouvaient bien ne pas produire la moindre noix pendant encore cinquante ans, cela m'était bien égal, et que je n'allais certainement pas arpenter l'île par le temps qu'il faisait. Savannah et moi restâmes donc à tenir compagnie à notre mère, tandis que Luke sortait et empruntait le chemin des marécages, poussé par le vent.

Nous écoutâmes une station de radio de Géorgie, essayant vainement de reprendre en chœur les refrains de nos airs préférés. La chanson que ma mère aimait particulièrement cet été-là passa, et nous en roucoulâmes les paroles dans des micros imaginaires, pour le plaisir de foules subjuguées. À la fin de la chanson, chacun de nous applaudit la performance des deux autres, non sans saluer profondément, et à tour de rôle, notre public de fans en délire.

Le bulletin d'informations vint interrompre notre récital. Les informations nationales cédant imperceptiblement le pas aux nouvelles régionales, nous apprîmes que le gouverneur de Géorgie avait réclamé aux instances fédérales les fonds nécessaires pour prévenir une nouvelle progression de l'érosion de Tybee Beach, et que trois hommes s'étaient évadés du pénitencier de Reidsville, au centre de la même Géorgie. Ils étaient sans doute armés, dangereux, et se dirigeaient apparemment vers la Floride. Ils avaient tué un gardien au cours de leur évasion. La Société historique de Savannah venait d'élever une protestation contre la permission, accordée à un promoteur, de construire un hôtel dans le centre historique de la ville. Un homme avait été arrêté pour avoir servi de l'alcool à un mineur, dans un bar de River Street. La voix guillerette de ma mère se mêlait agréablement à ce bulletin d'informations.

La pluie se mit à tomber pendant que le spécialiste de la météorologie annonçait que les risques d'averses sur le secteur de Savannah, dans le courant de l'après-midi, étaient de quarante pour cent.

À la fin du bulletin, la station de radio diffusa les Shirelles et, avec un petit cri de ravissement, ma mère entraîna Savannah dans un tour de *shaq* à la mode de Caroline. Comme la plupart des athlètes de ma génération, j'avais appris à esquiver un plaquage bien avant d'apprendre à danser, et je fus le témoin, ravi et honteux à la fois, de leurs gestes gracieux et sensuels. Une sorte de timidité innée m'avait interdit de demander à ma sœur, autant qu'à ma mère, de m'apprendre à danser. La seule idée de leur prendre la main me gênait. Ma mère dirigeait sa cavalière et faisait tourner Savannah dans la pièce avec grâce et autorité.

Ce que nous ignorions alors, c'est que notre maison était surveillée. En toute innocence, ma mère tourbillonnait avec ma sœur tandis que je chantais avec les Shirelles, tout en tapant dans mes mains pour marquer le rythme. L'orage se déchaînait sur le fleuve, mais notre maison était placée sous le signe de la musique, de la danse, et du doux martèlement de la pluie sur le toit. Nous étions à la veille d'apprendre que la peur est un art très sombre qui exige un professeur parfait. Nous inscririons bientôt nos noms en lettres de sang sur les pages indifférentes du livre des heures. Les professeurs parfaits, ils étaient là. Mais tout commença par de la musique.

On frappa à la porte, et nous échangeâmes un regard étonné car nous n'avions entendu aucune voiture approcher de la maison. Je haussai les épaules et me dirigeai vers la porte.

J'ouvris et sentis aussitôt l'acier froid du canon de fusil sur ma tempe. Je levai les yeux. L'homme n'avait pas de barbe, mais je connaissais bien son visage. Par la lucarne du temps, je reconnus la cruauté et le magnétisme de ces yeux pâles.

« Callanwolde », dis-je, et j'entendis le hurlement de ma mère, dans mon dos.

Les deux autres firent irruption par la porte de derrière, et la radio signala une nouvelle fois l'évasion de trois hommes armés qui s'étaient échappés du pénitencier de Reidsville et se dirigeaient vraisemblablement vers la Floride. Leurs noms furent cités. Otis Miller, celui que nous avions jadis baptisé Callanwolde. Floyd Merlin. Randy Thompson.

425

Submergé par l'impuissance, par la peur, par une profonde lâcheté, je tombai à genoux et poussai un grand hurlement inarticulé de victime immolée.

« Je t'ai pas oubliée, Lila, dit le géant. J'en ai passé des années en prison, et c'est toi que je me rappelais toujours. J'avais gardé ça en souvenir de toi. »

Il exhiba les lambeaux souillés de la lettre que ma mère avait écrite à mon grand-père, depuis Atlanta, pendant la guerre de Corée, celle qui ne lui était jamais parvenue sur l'île.

Le gros bonhomme tenait Savannah à la gorge et l'entraînait de force vers sa chambre. Savannah se débattait et criait, mais il l'attrapa brutalement par les cheveux et la tira sans ménagement.

« Il serait temps qu'on se marre un peu », dit-il avec un clin d'œil aux autres avant de claquer la porte derrière lui.

« Je prends la femme, dit Callanwolde qui regardait ma mère avec une concupiscence tellement primaire et rustre que l'air de la pièce parut en être empoisonné.

— Tom, dit ma mère, aide-moi, je t'en supplie.

— Je ne peux pas, Maman », murmurai-je, mais je bondis soudainement vers le râtelier où étaient accrochés les fusils.

Callanwolde m'intercepta dans mon élan avant de m'expédier à terre d'une grande claque, et tout en se dirigeant vers ma mère, le pistolet braqué sur son visage, il prononça des paroles que je ne compris pas.

« Le gamin est à toi, Randy. Il m'a l'air tendre à souhait.

— De la viande fraîche, dit Randy en se dirigeant vers moi. C'est ce que je préfère, moi, la viande jeune et fraîche.

— Tom, dit encore ma mère. Il faut que tu m'aides.

— Je ne peux pas, Maman », dis-je en fermant les yeux tandis que Randy posait la lame d'un couteau contre ma veine jugulaire et que Callanwolde poussait ma mère par la porte de sa chambre où il la culbuta sur le lit où je fus conçu.

Randy m'arracha ma chemise par-derrière et me dit de défaire ma ceinture. Sans savoir ce qu'il voulait, j'obéis et mon pantalon glissa sur mes chevilles. J'appartenais au monde rural de la Caroline du Sud, moi. J'ignorais qu'un garçon pût être violé. Mais j'avais un professeur, à domicile.

« Joli. Joli tout plein, ça. Comment tu t'appelles, mon mignon ? Dis à Randy comment tu t'appelles. » Et il pressa davantage la lame de son couteau contre mon cou tandis que j'entendais les cris de ma mère et de ma sœur transpercer toute la maison. Il avait l'haleine âcre, métallique. Je sentis le contact de ses lèvres sur ma nuque. Il me suça le cou et sa main caressa mon sexe.

« Dis-moi comment tu t'appelles, mon mignon, avant que je tranche ta jolie petite gorge, murmura-t-il.

— Tom, dis-je d'une voix que je ne reconnus pas.

— Tu t'es déjà fait baiser par un mec, Tommy ? dit Randy, et j'entendis Savannah pleurer dans la chambre. Non, bien sûr que non,

Tommy. Je vais être ton premier, hein, Tommy ? Tu vas voir comme je vais bien t'enculer, Tommy, avant de te trancher la gorge.

— Pitié », dis-je quand il m'écrasa le larynx de sa main gauche au point que je crus perdre connaissance. Je sentis la lame glisser sur ma taille tandis qu'il lacérait mon caleçon. Puis, il m'attrapa par les cheveux pour me forcer à m'agenouiller. J'ignorais tout de ses intentions jusqu'au moment où je sentis son pénis contre mon cul.

« Non », suppliai-je.

Il me tira sauvagement les cheveux en arrière, et le sang gicla de mon postérieur sous la pression de son couteau, tandis qu'il me susurrait dans un râle :

« Je vais t'enculer en te saignant à mort, Tommy. Pour moi, c'est pareil. »

Lorsqu'il me pénétra, je voulus crier mais n'y parvins pas. J'étais incapable de donner voix à une telle dégradation, d'exprimer par des mots une honte aussi totale. Il avait un pénis énorme qui me déchira en forçant le passage en moi. Un liquide coula sur ma cuisse et je crus qu'il avait éjaculé, mais c'était mon sang qui ruisselait sur mes jambes. Il s'activa encore pour me pénétrer toujours plus profondément, et moi, j'écoutais ma sœur et ma mère crier mon nom pour me supplier d'intervenir.

« Tom, Tom, criait Savannah d'une pauvre voix épuisée. Il me fait mal, Tom. »

Mes yeux s'emplirent de larmes tandis que l'homme se mettait à me chevaucher gaillardement en murmurant :

« Dis que c'est bon, Tom. Dis que c'est bon et que tu aimes ça.

— Non, articulai-je tout bas.

— Alors je vais te couper la gorge, Tom. Je vais t'éjaculer dans le cul pendant que tu saigneras à mort. Dis-moi que c'est bon, Tommy.

— C'est bon.

— Mieux que ça, Tommy. Applique-toi.

— C'est bon », dis-je en m'appliquant.

Mon humiliation et mon impuissance étaient complètes et je sentis alors un changement s'opérer tranquillement dans mes artères, tandis que cet homme grognait et me transperçait au plus profond. Il ne remarqua pas l'instant ténu où une rage meurtrière prit possession de moi. Levant les yeux, je tentai de purger mon esprit de la terreur qui l'occupait. Mes yeux firent le tour de la pièce avant de se poser sur la glace biseautée surmontant la cheminée. Encadré dans le miroir, je vis le visage de mon frère Luke qui regardait l'intérieur de la pièce par les fenêtres sud. Je secouai la tête en articulant le mot « non ». Je savais que tous les fusils se trouvaient dans la maison et que notre meilleure chance était que Luke courût chercher du secours. Lorsque je regardai de nouveau, Luke avait disparu.

« Parle-moi, Tommy, susurra de nouveau Randy à mon oreille. Dis-moi des choses gentilles, mon cœur. »

Et puis je l'entendis, en dépit du vent. Je reconnus ce bruit surgi du passé mais auquel je ne pouvais donner de nom précis. Comme le cri d'un lapin arraché à la terre ferme du champ, empalé par les serres du faucon. Le vent se déchaînait avec rage à travers les arbres et les branches fouettaient le toit de la maison. Encore une fois j'entendis le bruit et encore une fois je fus incapable de le situer, ni d'en comprendre l'origine. Est-ce qu'ils l'entendaient aussi ? me demandai-je. Je gémis assez fort, pour couvrir le bruit mystérieux.

« J'aime ça quand tu gémis, Tommy, dit Randy Thompson. J'adore.

— Pitié. Pitié », cria ma mère tandis que de nouveau j'entendais le bruit, dehors, sous la pluie. Et cette fois, je le reconnus. C'était celui d'une roue tournant sur un axe mal graissé. Un bruit d'été finissant, dans l'ivresse de ces journées intempestives où Luke et moi nous attelions à l'inexorable préparation de notre dernière saison de football. C'était le bruit de notre régime de début août, quand Luke et moi avions endossé notre tenue de sport et entamé notre programme tout personnel d'endurcissement du corps, en vue des matches du mois de septembre. Tous les deux, nous prenions position derrière la cage du tigre et, ensemble, nous la poussions sur le bout de chemin entre la grange et la maison, aller et retour, jusqu'à tomber d'épuisement. Au cours de cette frénésie de mise en forme intensive, nous allions au-delà des limites de l'endurance humaine afin d'être plus costauds que la bande de sauvages qui nous fonceraient bientôt dessus, pour repousser les limites convoitées de la ligne de remise en jeu. Quotidiennement, nous infligions à nos corps la souffrance de cet implacable effort d'endurcissement, selon une discipline cruelle de notre invention. Nous poussions la cage inlassablement sur la route, dans un sens, puis dans l'autre, jusqu'à épuisement, quand nos genoux ployaient sous notre propre poids. La première semaine, nous ne tenions que quelques mètres d'une seule traite.

Au début de la saison, nous étions capables de pousser pendant quatre cents mètres avant de nous effondrer sur place, groggy par la chaleur du mois d'août.

À présent, j'entendais l'effort de Luke pour pousser tout seul la cage vers la maison, avec les roues qui s'enfonçaient dans le sol mouillé tandis que le grincement de l'axe de la roue gauche trahissait sa tentative.

Je criai très fort quand l'homme éjacula en moi, mêlant son sperme à mon sang.

En sortant de moi, il pressa davantage la lame du couteau contre ma gorge et dit :

« Maintenant, tu veux mourir comment, Tommy ? Qu'est-ce qui te fait le plus peur ? Le couteau, ou le fusil ? »

Il me coinça contre le mur et appuya son revolver sur ma tempe en même temps qu'il appliquait son couteau au creux de mon entrejambe.

Il dressa le fil de la lame contre mes testicules et dit :

« C'est le couteau, hein, Tommy ? Je m'en doutais. Je vais te les couper, Tom, et te les offrir sur un plateau. Qu'est-ce que t'en dis, Tommy ? Je vais te débiter en tranches, petit bout par petit bout. Je t'ai baisé dans le cul, Tommy. Tu m'appartiens, maintenant. Quand ils te retrouveront, tu auras mon foutre dans le cul, Tommy. »

Je fermai les yeux, et mes bras se tendirent, et son visage fut presque contre le mien ; pendant qu'il m'embrassait et que je sentais sa langue fouailler l'intérieur de ma bouche, ma main droite se posa sur un morceau de marbre froid. Il gardait les yeux ouverts quand il m'embrassait, mais lentement mes doigts se refermèrent sur le cou de la statuette de l'Enfant de Prague que mon père avait volée dans l'église du père Kraus, après la guerre, en Allemagne.

Savannah et ma mère pleuraient dans leur chambre.

J'entendis ma mère appeler encore une fois :

« Tom », et sa voix me brisa le cœur.

Et j'entendis aussi le bruit de la roue, puis un choc sourd contre la porte de derrière.

On frappa ensuite distinctement à la porte, comme si un voisin passait dire le bonjour.

« Ne bouge pas, Tommy. Si tu dis un seul mot, tu es mort », me murmura Randy Thompson.

Callanwolde surgit de la chambre de ma mère, en refermant la braguette de son pantalon. Ma mère gisait nue sur son lit, un bras sur les yeux. Callanwolde fut rejoint par le violeur de ma sœur qui débarqua en sous-vêtements, le slip gonflé par un reste d'érection. L'un et l'autre prirent position autour de la pièce et pointèrent leur arme sur la porte.

« Sauve-toi, Luke, sauve-toi », hurla ma mère depuis sa chambre.

Callanwolde ouvrit vivement la porte et vit la grille de la cage glisser en position ouverte.

L'homme qui venait de violer et de sodomiser ma mère se trouva face à face avec un tigre du Bengale.

Randy Thompson, qui m'avait violé, moi, resta pétrifié, le regard rivé à la porte béante de la cage, pendant que, rugissant dans la pénombre, César s'avançait vers la lumière de la pièce.

Je vis le tigre jaillir de l'obscurité et un coup de feu partit en même temps que Callanwolde poussait un hurlement. Il tituba en arrière, toujours hurlant, le visage coincé entre les mâchoires du tigre. Randy Thompson leva son arme tandis que j'empoignais la statuette de marbre et l'agrippais comme s'il s'agissait d'une sainte massue. Et pendant que César déchiquetait le visage de l'homme qui avait violé ma mère, des morceaux de cervelle de Randy Thompson giclèrent contre le mur de la salle de séjour. Je l'avais pratiquement décapité sous la violence du coup porté, alors que le goût de sa langue était encore dans ma bouche. À califourchon sur son corps, oubliant le tigre, le troisième homme, les hurlements, je m'acharnai sur le visage de Randy Thompson, jusqu'à lui faire perdre complètement allure humaine.

Floyd Merlin hurlait et tirait à tout-va, sans viser. Et blessé au niveau de l'épaule, César se mit à perdre du sang. Callanwolde gémissait faiblement sous le poids du tigre jusqu'à ce que, d'un coup de patte, César lui déchirât la gorge, mettant les vertèbres à nu. Floyd Merlin recula, toujours criant, toujours tirant. Le tohu-bohu était à son comble dans la maison, et l'odeur de la mort, mêlée à celle, doucereuse, de cervelle broyée, avec la radio qui diffusait une chanson de Jerry Lee Lewis, fit que Floyd Merlin sut, juste avant de mourir, qu'ils s'étaient trompés en choisissant de faire étape chez les Wingo. Sans cesser de battre en retraite, il tira sa dernière cartouche sur le tigre et me vit me dresser en brandissant la statuette. Me déplaçant vivement sur la gauche, je lui coupai la voie de la porte de derrière. Savannah s'était rendue à son placard, elle avait chargé son fusil avec une saine détermination, et c'est la femme la plus dangereuse du monde qui sortit en rugissant de la chambre. La jeune fille que Floyd Merlin avait violée posa la pointe de son fusil contre l'entrejambe de son violeur, et elle appuya sur la détente. Il fut coupé en deux, et j'étais à demi aveuglé par son sang et ses viscères lorsque Luke fit irruption devant moi, saisit une chaise de la salle à manger, et la brandit sous le museau du tigre.

« Pas un geste, dit Luke. Il faut que je fasse rentrer César dans sa cage.

— Si César ne rentre pas dans cette cage, je l'expédie au royaume des cieux », dit Savannah, en larmes.

Le tigre se tourna, perdant son sang, et avança d'un pas chancelant vers Luke. La mâchoire encore dégoulinante de sang, il était blessé, perdu. Il attaqua la chaise, et lui arracha un pied, mais Luke continua de le faire reculer vers la cage.

« Tout doux, mon brave. On rentre dans sa cage, César. Il a fait du beau travail, César.

— César est en train de mourir, Luke, dit ma mère.

— Non, Maman. Ne dis pas ça. Je t'en prie, ce n'est pas vrai. Il nous a sauvés. Nous devons le sauver à notre tour. »

Le tigre laissait des empreintes sanglantes sur le plancher, comme des roses soudaines et grotesques s'inscrivant dans les lames de parquet au fur et à mesure de sa retraite vers la porte. Il tourna une fois la tête, puis regagna difficilement la sécurité de sa cage. Luke ferma la porte à barreaux et la verrouilla solidement.

Puis toute la famille s'effondra, brisée, rompue, avec des gémissements d'anges blessés, tandis que le vent s'acharnait contre notre maison et que la radio continuait à diffuser, sans la moindre trace de pitié. Nous pleurâmes abondamment, nos mains, nos visages, les murs, les meubles et les planchers de notre maison encore maculés du sang de nos assaillants. La statue de l'Enfant Jésus gisait à côté de moi, ensanglantée. En moins d'une minute, nous venions de tuer les trois hommes qui avaient ruiné et ravagé notre foyer, ceux qui pèseraient de tout leur poids dans l'insouciant ordonnancement du cauchemar. Dans notre sommeil, ils surgiraient des cendres de notre terreur pour nous violer encore mille fois. Nimbés d'une immortelle grandeur, ils recolleraient les morceaux de leurs corps déchirés et feraient irruption dans nos chambres, khans maléfiques, ou maraudeurs, ou conquérants, et de nouveau nous sentirions leur haleine se mêler à la nôtre, de nouveau nos vêtements seraient arrachés à nos corps. Le viol est un crime contre le sommeil et contre la mémoire ; l'image qui en reste s'imprime en négatif irréversible dans la chambre noire de nos rêves. Tout au long de notre vie, ces trois hommes morts, massacrés, nous enseigneraient encore et toujours la permanence, la terrifiante persistance qui accompagne une blessure à l'âme. Nos corps guériraient, mais nos âmes avaient subi un dommage au-delà de toute réparation. La violence s'enracine profondément dans les cœurs ; elle ignore les saisons ; elle est toujours à maturité, toujours prête.

Mon corps tremblait pendant que je pleurais et portais les mains à mon visage pour me cacher les yeux, me barbouillant inconsciemment du sang de Randy Thompson. Je sentis son sperme couler le long de ma cuisse. Il m'avait dit une vérité avant de mourir : quelque chose en moi lui appartiendrait toujours. Il avait hypothéqué un bout de moi jeune garçon, il avait volé l'appréciation pure que j'avais d'un monde régi par un Dieu qui m'aimait et avait créé le ciel et la terre dans un acte de joie scrupuleuse et divine. Randy Thompson avait souillé mon image de l'univers, il m'avait initié avec une excessive efficacité à la vanité de vouloir à tout prix croire à l'Éden.

Pendant quinze minutes, nous restâmes effondrés sur le plancher de l'abattoir qui était notre maison de toujours, notre sanctuaire. Luke fut le premier à réagir.

« Je ferais bien d'appeler la police, Maman.

— Surtout pas, entendis-je ma mère répondre d'une voix furieuse. Nous sommes des Wingo. Nous avons trop de fierté pour raconter à quiconque ce qui vient de se passer.

— Mais il faut, Maman. Il y a trois hommes morts dans la salle de séjour de notre maison. Il faut bien que nous nous en expliquions à quelqu'un, dit Luke.

— Ce ne sont pas des hommes, dit-elle. Ce sont des bêtes. Des brutes. »

Et de cracher sur le corps de l'homme qui avait violé Savannah.

« Il faut conduire Tom chez le docteur, Maman, dit Luke. Il est blessé.

— Où as-tu été blessé, Tom ? demanda-t-elle, mais sa voix était désincarnée, métaphorique, et elle parlait sans passion, comme si elle s'adressait à des étrangers.

— Tom a été violé, Maman. Il saigne », dit Luke.

Elle rit, d'un rire déphasé, fou, et puis elle rétorqua :

« Un homme ne peut pas être violé par un autre homme, Luke.

— Ben faut croire que celui-ci, personne ne l'avait prévenu. Je l'ai vu faire des choses à Tom, dit Luke.

— Je veux que ces corps soient enlevés d'ici. Je veux que vous, les deux garçons, vous les emportiez tout au fond des bois et que vous les enterriez de telle sorte que personne ne puisse jamais les retrouver. Savannah et moi, nous laverons cette maison à grande eau. Je ne veux pas qu'il reste trace de ces animaux quand votre père rentrera, ce soir. Ressaisis-toi, Savannah. C'est fini, maintenant. Pense à quelque chose d'agréable, que tu t'achètes une nouvelle robe, par exemple. Et puis va t'habiller. Tu es toute nue devant tes frères. Tom, va t'habiller, toi aussi. Immédiatement et sans délai. Je veux que vous traîniez ces cadavres hors de la maison. Cesse de pleurer, Savannah. Je ne plaisante pas. Reprends tes esprits. Pense à quelque chose de joli – une croisière romantique sur le Mississippi. L'orchestre joue. Le vin coule à flots et la brise te rafraîchit le visage. Un monsieur riche sort sous le clair de lune et t'invite pour une valse. Tu as vu son visage dans les pages mondaines et tu sais qu'il est issu d'une des familles les plus fortunées de La Nouvelle-Orléans. Il élève des pur-sang et se nourrit exclusivement d'huîtres crues et de champagne...

— Maman, tu dis n'importe quoi, intervint doucement Luke. Laisse-moi prévenir la police, ils sauront ce qu'il faut faire. Et puis il faut que j'appelle le vétérinaire pour voir s'il peut soigner César.

— Tu n'appelleras personne, dit-elle, farouche. Il ne s'est rien passé. Tu comprends ? Vous comprenez, tous ? Il ne s'est rien passé. Votre père ne voudrait plus jamais me toucher s'il pensait que j'ai eu des relations sexuelles avec un autre. Aucun jeune homme convenable n'épouserait jamais Savannah si le bruit courait qu'elle n'est plus vierge.

— Bon Dieu, dis-je, incrédule, en contemplant le corps nu de ma mère et de ma sœur jumelle. Mais dites-moi que je rêve.

— Va t'habiller, Tom. À présent, dit ma mère, nous avons des tonnes de boulot.

— Maman, il faut raconter à quelqu'un ce qui s'est passé, supplia Luke. Vous avez tous besoin de voir un docteur. Et puis il faut soigner César. Il nous a sauvé la vie, Maman. Ces types allaient vous tuer.

— Moi, je pense à la situation de notre famille dans cette ville. Nous ne pouvons pas infliger une telle épreuve à Amos et Tolitha. Nous ne pouvons pas nous l'infliger à nous-mêmes. Je me refuse à sortir en ville alors que tout le monde sera en train de se demander si j'ai écrit à ce monstre pendant qu'il était en prison. Cette lettre, on va la faire jouer contre moi. On dira que j'ai eu ce que je méritais. Sauf que je ne leur donnerai pas cette joie. Je ne me livrerai pas à leur bon vouloir.

— Maman, dis-je. J'ai le trou du cul en charpie.

— Je ne tolère pas ce genre de langage sous mon toit. J'interdis que mes enfants utilisent des mots vulgaires. Je vous ai élevés pour que vous deveniez des citoyens convenables et raffinés. »

Luke et moi portâmes les corps des trois hommes jusqu'au pick-up pour les y empiler en un tas sinistre, sur le plateau arrière. Ma mère me tendit une serviette hygiénique que je tassai au fond de mon slip pour absorber l'hémorragie. Savannah et elle étaient en train de jeter de grands seaux d'eau savonneuse sur le plancher au moment où nous quittâmes la maison, et ma mère avait déjà allumé un feu, dans le jardin, pour faire brûler deux descentes de lit et un fauteuil irrémédiablement tachés de sang. Elle paraissait bizarre, vulnérable, comme folle, tandis qu'elle nous criait ses ordres. César, grièvement blessé, refusait de laisser Luke approcher de sa cage pour le soigner. Savannah pleurait et n'avait pas dit un mot depuis la fin de son supplice.

Nous enterrâmes les cadavres dans une tombe peu profonde au milieu de la forêt, près d'un arbre noyé dans le koudzou. Nous savions que ce koudzou aurait recouvert la tombe d'ici l'été suivant, et que les racines vertes s'entortilleraient dans leurs cages thoraciques. J'étais gêné vis-à-vis de mon frère à présent, j'avais honte qu'il eût vu ce qu'il avait vu, et nous travaillâmes dans le silence de l'épuisement. À mesure que s'estompait le choc de l'après-midi, une fatigue insurmontable au point d'être sédative prit possession de mon corps. Je m'assis à côté de la tombe et me mis à trembler, fragile, anéanti. Luke dut me soulever et me transporter jusqu'au camion.

«Je suis désolé qu'ils t'aient fait du mal, Tom, dit-il. Je regrette de ne pas être arrivé plus tôt. J'avais oublié quelque chose, sinon jamais je ne serais revenu à la maison. Je ne me souviens même plus de ce que j'avais oublié, d'ailleurs. J'ai vu les traces de leurs pas sur le chemin.

— Luke, Maman est folle.

— Non, elle n'est pas folle. Elle a seulement peur. Il faut qu'on marche avec elle.

— À l'entendre, on croirait que c'est notre faute. Personne ne nous ferait de reproche. Les gens nous plaindraient, s'ils savaient. Ils nous aideraient.

— Maman ne supporte pas que les gens la plaignent, Tom. Tu le sais. Et elle n'a jamais été capable d'accepter l'aide de qui que ce soit, pour quoi que ce soit. Elle est comme ça. Nous ne pouvons que nous aider entre nous, et aider Savannah.

— Ce n'est pas juste, dis-je. Pourquoi est-ce que dans cette foutue famille de merde il est rigoureusement impossible d'agir normalement ?

— Je n'en sais rien. On est un peu bizarres, c'est tout.

— Toute la famille se fait violer et nous zigouillons les trois types qui ont fait le coup. Quand je dis zigouiller, Luke, le mot est faible. On fait un vrai carnage, avec les murs de la maison éclaboussés de leur sang et de leurs boyaux. Et elle, elle exige que nous fassions comme s'il ne s'était rien passé.

— C'est bizarre, répéta-t-il.

— C'est dingue. C'est dément. C'est dégueulasse. Et sous prétexte qu'on a un père et une mère dingues, on est condamnés à être tordus toute notre vie, et on mettra au monde des enfants qui seront tordus et ainsi de suite jusqu'à la fin des temps. Savannah est déjà dans un sacré état, Luke. Comment elle va surmonter ça ? Dis-moi. Elle qui voit des chiens suspendus à des crochets à viande simplement parce qu'elle vit tous les jours avec Papa et Maman. Qu'est-ce qui va lui arriver, à Savannah ?

— Elle fera ce qu'elle a à faire. Comme nous autres.

— Et moi. Qu'est-ce qui va m'arriver à moi ? dis-je en me remettant à pleurer. Tu comprends, on ne se tire pas d'une journée comme celle que nous venons de vivre sans en payer le prix. Il y a deux heures, j'étais en train de me faire sauter par un type, Luke, et en même temps qu'il me niquait, ce type, il me mettait le couteau sous la gorge. J'ai cru que j'allais mourir. J'ai cru qu'il allait me saigner comme un porc dans la salle de séjour. Il m'a embrassé, Luke. Il m'a embrassé, et ensuite il avait l'intention de me tuer. Tu te vois tuer quelqu'un que tu viens d'embrasser ?

— Non, pas du tout.

— On ne peut pas laisser Maman faire ça, Luke. Ce n'est pas juste.

— Nous l'avons déjà laissée, Tom. Nous venons d'enterrer toutes les preuves. Il y aurait trop de choses à expliquer, maintenant.

— Les gens comprendraient, Tom. Nous étions tous en état de choc.

— Dans un mois, tu ne sauras même plus que c'est arrivé.

— Luke, je m'en souviendrais quand bien même je vivrais cinq cents ans.

— Mieux vaut cesser d'en parler. C'est arrivé, point final. Il faut que je trouve un moyen de soigner César. »

À notre retour, César était en train de mourir dans sa cage. Il avait le souffle court, et son grand corps fauve et noir était étendu de tout son long contre les barreaux. Quand Luke lui caressa la tête, César ne protesta pas. Luke nicha son visage dans les flancs du tigre dont il flatta l'éblouissante fourrure tout le long de l'échine.

« Tu étais formidable, César, murmura Luke. Tu étais formidable et nous n'avions pas le droit de te tenir enfermé dans cette petite cage merdeuse. Mais tu as fini par être un vrai tigre, César. Putain, un peu que tu nous as montré que tu étais un vrai tigre, vieux. Tu as été terrible, César, fantastique, et tu vas beaucoup me manquer. D'ailleurs tu étais le roi de tous les tigres qu'on ait jamais vus. Je te jure que c'est vrai. »

Luke leva son fusil et, le visage ruisselant de larmes, il tira une balle dans la cervelle de César.

Tandis que je regardais, incapable de consoler mon frère, je sus que jamais plus je ne verrais un gars de Caroline du Sud pleurer la mort d'un tigre du Bengale.

Ce soir-là, quand mon père rentra du port, nous avions enterré César, effacé toute trace du carnage de l'après-midi, fait disparaître tout signe extérieur de cette singulière et bouleversante affaire. J'avais pris le tracteur pour aller brouiller les empreintes laissées par les trois hommes sur la terre humide bordant la route de l'île. Nous avions retrouvé la voiture qu'ils avaient volée en Géorgie avec, sur la banquette avant, une carte routière où l'île Melrose était entourée d'un trait de stylo bille. Luke et moi avions poussé la voiture depuis le pont pour la noyer par cinq mètres de fond. La maison reluisait de la rage maternelle à laver tout vestige du passage des trois hommes dans nos foyers. Elle avait les genoux en sang de s'être épuisée à la paille de fer sur le plancher de chêne. La statue de l'Enfant de Prague fut mise à tremper dans un bain d'ammoniaque et de sang. Savannah passa plus d'une heure sous la douche où elle se récura, jusqu'à l'obsession, pour se laver de l'étranger. Ma mère donna ses directives à Luke et moi pour remettre les meubles en place. Rien ne devait être comme le matin. Nous lavâmes les rideaux, les fenêtres, et nous frottâmes les taches de sang sur les tapisseries et les bords élimés des tapis.

Ma mère se servit un verre en attendant le retour de mon père qui arriva ce soir-là en déclarant qu'il n'avait pris que vingt kilos de crevettes dans la journée. La maison fleurait l'ammoniaque et les produits de lavage, mais mon père, lui, sentait le poisson et la crevette, comme toujours, si bien qu'il ne remarqua rien. Pour mon père, le monde se réduisait à une seule et unique odeur, et il laissa devant l'évier de la cuisine un seau de poissons qu'il pria Luke et moi de bien vouloir vider, le temps qu'il prenne sa douche.

Ma mère cuisina les poissons avec goût et, pendant tout le dîner, mes parents devisèrent à propos tellement feutrés que je dus refréner une envie furieuse de hurler et de retourner la table. Savannah avait gardé la chambre et ma mère signala négligemment qu'à son avis, Savannah avait dû attraper un léger rhume. Mon père ne détecta rien qui sortît de l'ordinaire. Il était épuisé par une longue journée passée sur son crevettier, à lutter contre le vent qui s'était étrangement levé de sud-est. Je dus faire appel à toutes mes réserves de docilité pour ne pas tout déballer. Je ne pense pas que le viol m'ait atteint aussi profondément que mon adhésion à ces lois de dissimulation et de secret, mises en œuvre par ma mère. Au cours de l'heure que dura ce repas, j'appris que le silence pouvait être la forme la plus éloquente du mensonge. Et plus jamais je ne pus manger de carrelet sans penser au sang de Randy Thompson sur mes mains, à sa langue dans ma bouche.

Avant le retour de mon père, ma mère nous avait tous réunis dans la salle de séjour et elle avait arraché à chacun de nous la promesse solennelle de ne jamais révéler à âme qui vive ce qui était arrivé à notre famille ce jour-là. D'une voix à la fois éteinte et péremptoire, elle nous annonça qu'elle cesserait immédiatement d'être notre mère si nous rompions ce serment. Elle jura que jamais plus elle ne nous adresserait la parole si nous dévoilions un seul petit détail de cette horrible journée. Peu lui importait de savoir si nous comprenions ou pas ses raisons. Sachant bien ce qu'étaient les petites villes, elle connaissait la pitié et le mépris que pouvaient en attendre des femmes violées, et elle n'avait pas l'intention d'en tâter. Aucun de nous trois ne trahit jamais sa parole. Nous n'en parlâmes même plus entre nous. Il s'agissait d'un pacte secret et contraignant, contracté par une famille brillant par sa stupidité et que ses protocoles de déni conduisirent au désastre. Dans le silence, nous honorâmes notre honte secrète rendue indicible.

Seule Savannah rompit le pacte, mais avec une majesté sans parole, terrible. Trois jours après l'événement, elle s'ouvrit les veines des poignets pour la première fois.

435

Ma mère avait éduqué une fille qui savait se taire mais ignorait le mensonge.

À la fin de mon histoire, je relevai les yeux pour regarder Susan Lowenstein, de l'autre côté de la pièce. Au début, nous restâmes silencieux, puis je dis :

« Vous comprenez pourquoi le conte pour enfants de Savannah m'a mis hors de moi ? Je ne crois pas qu'elle ne se rappelle pas cette journée, et je ne veux pas qu'elle en fasse une jolie histoire.

— Vous auriez pu être tous massacrés.

— Peut-être n'est-ce pas ce qui pouvait nous arriver de pire.

— Ce que vous venez de me raconter est le pire qui puisse arriver à une famille. Je n'ai encore rien entendu d'aussi terrible.

— Je pensais la même chose, dis-je. Mais je me trompais. C'était seulement les hors-d'œuvre.

— Je ne comprends pas, Tom. Vous faites allusion à Savannah et à sa maladie ?

— Non, Lowenstein, dis-je. Je ne vous ai pas encore parlé de l'évacuation de la ville. Je ne vous ai pas parlé de Luke. »

23

Le coach occupe une place importante dans la vie d'un jeune garçon. C'est du reste la seule et unique composante noble de la vocation qui est la mienne et que l'on peut aisément qualifier d'inutile. Avec un peu de chance, un bon entraîneur sportif peut devenir le père idéal et impossible dont rêvent souvent les garçons à défaut d'en trouver un à domicile. Un bon coach façonne, exhorte, presse. Le spectacle de la pratique d'un sport est porteur d'une certaine beauté. J'ai passé presque tous les automnes de ma vie à faire bouger des hordes de gamins sur des surfaces d'herbe barrées de lignes blanches. Sous le soleil de la fin août, j'ai écouté la mélopée des gymnastiques, observé la gaucherie de garçons grandis trop vite et les yeux des petits surmontant leur peur, j'ai réglé la violence des plaquages et coordonné des attaques. Je peux mesurer ma vie au nombre d'équipes que j'ai fait jouer et je suis capable de citer le nom de tous les joueurs dont j'ai été le coach, à un moment ou à un autre. Patiemment, année après année, j'attendais l'instant où je saurais que j'avais enfin réussi à harmoniser toutes les qualités et faiblesses de garçons confiés à ma charge. Je la guettais, cette miraculeuse synthèse. Et quand elle était là, je contemplais mon terrain, mes gars, et dans un élan de toute-puissance créative, j'étais pris de l'envie de crier à la face du soleil : « Nom de Dieu, j'ai créé une équipe. »

Un garçon est précieux en ce qu'il se tient au seuil de sa génération, et qu'il a toujours peur. Le coach sait que l'innocence est sacrée, mais point la peur. Par le truchement du sport, un entraîneur peut fournir à un gamin une voie secrète pour accéder subrepticement au mystère de l'âge d'homme.

Je passai mon été en compagnie de Bernard Woodruff à qui je révélai ces passages secrets. Tout ce que je savais du football, je le lui enseignai au cours de nos séances de deux heures au milieu de Central Park. Il apprit à plaquer en me plaquant moi, et il apprit à plaquer correctement. Bernard n'avait rien d'un athlète naturellement doué, mais il n'avait pas peur de faire mal. Et il me fit souvent mal pendant nos entraînements, et moi je lui fis mal plus souvent encore. Il fallait un cran certain à un gamin de soixante-trois kilos pour s'engager physiquement contre un homme adulte et costaud. Nous jouions pour un public de grands immeubles, ceux qui se dressaient partout autour de nous.

Mais notre association connut une fin brutale un jour que j'enseignais à Bernard la façon dont un joueur d'attaque doit ouvrir le passage à son quarterback.

Nous étions dans Central Park et je me mis face à Bernard en position d'ailier défensif.

« On dira que cet arbre, derrière toi, est le quarterback, Bernard, dis-je. Si je parviens à toucher l'arbre, le quarterback est out. »

Il était prêt à l'affrontement, dans l'herbe et en tenue complète, mais je faisais une trentaine de kilos de plus que lui.

« Attention au pied. Tu ne dois pas te laisser déséquilibrer, tout en m'empêchant d'approcher ton quarterback, dis-je.

— Je veux jouer quarterback, dit-il.

— L'idée est que tu dois apprendre à jauger ta ligne offensive », dis-je. Je franchis la ligne, donnai une grande claque dans son casque, et le jetai à terre. Puis je touchai l'arbre et dis :

« Ton quarterback, il est furieux.

— C'est le joueur censé le protéger qui est furieux, dit-il. On recommence. »

La fois suivante, il me flanqua un coup de casque dans la poitrine pour repousser mon attaque. Je tentai un débordement par la gauche, mais il continua de me faire rebondir en arrière tout en reculant imperceptiblement, attentif à bien contrôler son centre de gravité par des flexions de genoux et une constante mobilité des pieds. Quand je voulus le prendre au sprint, il me fit la surprise de plonger sur mes chevilles pour me scier les jambes. Je heurtai lourdement l'herbe verte et restai le souffle coupé.

« Je crois que ce coup-ci, le quarterback est plutôt content, hein, m'sieur ? lança triomphalement Bernard.

— En tout cas, le coach a eu son compte, articulai-je péniblement en tâchant de me relever. Je me fais trop vieux pour ce genre de conneries. Tu as été formidable, Bernard. Tu viens de gagner tes galons de quarterback.

— Je vous ai mis la pile, sur ce coup, hein, m'sieur ? jubila-t-il. Pourquoi vous boitez ?

— Je boite parce que je suis blessé, dis-je en marchant prudemment afin de tester mon genou gauche.

— Les grands joueurs ne se laissent pas distraire par des petits bobos », ironisa-t-il.

À quoi je répondis :

« Qui t'a appris cela ?

— Vous-même, dit-il. Un petit sprint, m'sieur. Faut soigner le mal par le mal, comme vous disiez le jour où je me suis foulé la cheville.

— Tu me chauffes les oreilles, Bernard, grognai-je.

— Eh bien, voyons si vous arrivez à toucher l'arbre, m'sieur », dit-il avec un sourire d'une insupportable arrogance.

Je me remis en position face à lui, et mon visage à trente centimètres à peine du sien, je dis :

« Cette fois, je vais te régler ton compte, Bernard. »

De nouveau, il chercha le contact mais je le déséquilibrai d'une grande claque à main plate. Il récupéra vite et s'interposa pour m'empêcher d'atteindre l'arbre. Je m'appuyai de tout mon poids contre lui et le sentis chanceler sous la charge. Je m'apprêtais à le contourner quand il me plongea sans crier gare dans les pieds. Je partis encore une fois à terre, et sentis Bernard ricaner sous moi.

Nous étions tous les deux affalés dans l'herbe où nous luttions de bon cœur.

« Je crois que te voilà devenu un vrai footballeur, petit salopiot, dis-je.

— En vérité, entendis-je une voix d'homme répondre derrière moi.

— P'pa ! » fit Bernard.

Me tournant, je vis Herbert Woodruff, en train d'observer notre petit numéro improvisé de lutte au sol, avec ce qui n'était point exactement le comble du ravissement. Il avait les bras croisés sur la poitrine, raides et guindés comme les deux lames d'un canif de l'armée suisse. Il possédait la classe et la svelte élégance d'un danseur de flamenco, ainsi que la sombre beauté qui seyait au personnage. Son visage n'exprimait qu'une froideur réservée.

« Voici donc comment ta mère te laisse gaspiller cet été, dit-il sèchement à son fils. Tu as l'air parfaitement ridicule. »

Bernard avait triste mine et n'essaya pas de répondre à son père qui se faisait un point d'honneur d'ignorer ma présence.

« Le professeur Greenberg vient de m'appeler pour me dire que tu as déjà sauté deux leçons cette semaine, dit-il. Il n'a accepté de te prendre en cours qu'au nom de la considération qu'il a pour moi.

— Il n'est pas sympa, dit Bernard.

— Il est exigeant, corrigea l'homme. Comme sont toujours les grands professeurs. Le talent qui te manque, Bernard, tu dois le compenser par ton application.

— Bonjour, dis-je, interrompant la conversation. Je m'appelle Tom Wingo, M. Woodruff. Je suis l'entraîneur de Bernard. »

Je tendis la main et l'entendis dire :

« Je ne serre pas les mains. »

Puis levant ses belles et longues mains dans la lumière du soleil, il ajouta :

« Mes mains sont toute ma vie. Je suis violoniste.

— Vous préférez peut-être qu'on se frotte le nez ? » dis-je gaiement, espérant détourner son attention de Bernard.

Il m'ignora et poursuivit :

« La bonne m'a dit que tu étais ici. Maintenant file dans ta chambre. Tu feras trois heures de violon dès que tu auras appelé le professeur Greenberg pour lui présenter tes excuses.

— La séance d'entraînement de foot n'est pas terminée, protesta Bernard.

— Que si, Bernard, dit-il. Elle est même définitivement terminée, jusqu'à la fin de tes jours. Il s'agit encore d'une des petites machinations ourdies par ta mère et toi.

— Disons qu'il s'agit d'une occasion exceptionnelle, Bernard, dis-je. File chez toi faire du violon comme te l'a demandé ton père, et peut-être qu'on va trouver une solution. »

Bernard quitta Central Park en courant à petites foulées rapides, et je demeurai seul dans l'herbe, face à Herbert Woodruff.

« Il se débrouille pas mal du tout en football, M. Woodruff », dis-je tandis que nous regardions ensemble Bernard traverser la rue entre les nombreuses voitures.

Herbert Woodruff se tourna vers moi et répondit :

« Ça intéresse qui ?

— Ça intéresse Bernard, pour commencer, dis-je en contrôlant difficilement mon humeur. Votre épouse m'a chargé d'entraîner Bernard pour la durée de l'été.

— Elle a omis de m'en parler, dit-il. Mais je suppose que cela relève maintenant pour vous de l'évidence, monsieur... voulez-vous me rappeler votre nom, je vous prie ?

— Wingo. Tom Wingo.

— Ma femme parle fréquemment de vous, dit-il. Vous êtes son fameux Sudiste, n'est-ce pas ?

— Je vous ai vu au Festival Spoleto, à Charleston, dis-je. Vous avez été fantastique.

— Oui, dit-il. Je vous remercie. Connaissez-vous les chaconnes de Bach, M. Wingo ?

— Je ne connais pas grand-chose en musique, je l'avoue à ma grande honte, dis-je.

— Dommage, dit-il. Moi, à l'âge de dix ans, j'étais capable d'interpréter les chaconnes à la perfection, dit-il. Bernard n'a pu les mettre à son répertoire que cette année, encore son interprétation est-elle fade dans le meilleur des cas.

— Et sur un terrain de football, vous étiez comment, à dix ans ? demandai-je.

— J'ai toujours eu une sainte horreur du sport et de toutes les personnes y touchant de près ou de loin, M. Wingo, dit-il. Bernard le sait parfaitement. Probablement trouve-t-il le football exotique par comparaison avec les salles de concert où il a grandi.

— Je ne pense pas que le football puisse lui causer de tort définitif, dis-je.

— Son désir d'être violoniste risque d'être atteint de façon définitive, comme vous dites, rétorqua-t-il.

— Susan m'a dit que vous avez été fâché de découvrir que je l'entraînais.

— Ma femme est faible avec Bernard, dit-il. Moi, pas. J'ai vécu, moi aussi, une adolescence difficile, sans que mes parents se laissent jamais fléchir. Ils pensaient que la discipline était la forme la plus élevée de l'amour. Si Bernard a tellement besoin de se dépenser physiquement, il a les chaconnes. »

Je ramassai le ballon dans l'herbe et dis :

« Pourquoi ne venez-vous pas ici, de temps en temps, avec Bernard, taper dans une balle, avant le dîner ?

— Vous avez un sens de l'humour merveilleux, M. Wingo, dit-il.

— Je parle sérieusement, M. Woodruff, dis-je. Pour le moment, le football n'est qu'une passade dans la vie de Bernard, mais je suis certain qu'il serait ravi que vous manifestiez un peu d'intérêt pour cette passade. Cela risquerait même de précipiter la venue du moment où il se désintéressera complètement des sports.

— J'ai d'ores et déjà pris des mesures pour aller rapidement dans ce sens, dit-il. Je l'expédie faire un stage de musique dans les Adirondacks pendant le reste des vacances. Grâce à ma femme, vous avez eu le loisir de le détourner de sa musique.

— Cela ne me regarde pas, monsieur, dis-je, mais à votre place je ne m'y prendrais pas du tout de cette façon.

— Vous avez tout à fait raison, M. Wingo, dit-il en se raidissant dans sa dignité offensée. Cela ne vous regarde pas.

— Si vous l'envoyez à ce stage, dis-je, jamais il ne sera le violoniste que vous désirez qu'il soit.

— Je suis son père, et je vous assure bien qu'il sera le violoniste que je veux qu'il soit, dit-il en tournant les talons pour repartir vers son immeuble.

— Je suis son coach, dis-je à son dos. Vous venez de donner naissance à un footballeur, monsieur. »

Le téléphone était en train de sonner lorsque je rentrai à l'appartement de ma sœur. Je ne fus guère surpris lorsque j'entendis la voix de Bernard dans l'écouteur.

« Il a jeté ma tenue à la poubelle, dit Bernard.

— Tu n'aurais pas dû manquer tes leçons de violon », dis-je.

Il se tut un moment, puis il demanda :

« Avez-vous déjà entendu mon père jouer du violon, m'sieur ?

— Oui, dis-je. Et ta mère m'emmène l'écouter en concert la semaine prochaine.

— Il fait partie des quinze plus grands violonistes du monde, dit Bernard. C'est du moins ce que dit Greenberg.

— Je ne vois pas le rapport avec le fait que tu as séché tes leçons, dis-je.

— Moi, je ne serai même pas parmi les dix meilleurs du stage, m'sieur Wingo, dit-il. Est-ce que vous comprenez ce que j'essaie de vous expliquer ?

— Ouais, je comprends, dis-je. Quand est-ce que tu pars ?

— Demain, dit-il.

— Puis-je t'accompagner à la gare ?

— Ouais, ça serait super », dit-il.

441

Le lendemain nous prîmes un taxi pour Grand Central* et je surveillai ses bagages pendant qu'il prenait son billet. Nous marchâmes jusqu'au quai où devait arriver son train. Bernard portait son étui à violon, et moi sa valise.

« Tu as grandi cet été, dis-je lorsque nous nous assîmes sur un banc.

— Cinq centimètres, dit-il. Et j'ai pris quatre kilos.

— J'ai écrit à l'entraîneur de l'équipe de football de Phillips Exeter, dis-je.

— Pourquoi ?

— Pour lui dire que je t'avais entraîné personnellement pendant tout l'été, dis-je. Je t'ai recommandé comme candidat possible pour l'équipe universitaire junior à la prochaine saison.

— Mon père m'a interdit de refaire du football, dit Bernard.

— Excuse-moi, répondis-je. Je pense que tu aurais fait un footballeur du tonnerre.

— Vraiment ? interrogea-t-il.

— Tu es un vrai dur, Bernard, dis-je. Quand tu m'as flanqué par terre, hier, je mettais le paquet. Le paquet pour arriver à te passer dessus.

— Redites-moi ça, m'sieur, dit-il.

— Te redire quoi ?

— Que je suis un vrai dur, dit-il. Personne ne me l'avait encore jamais dit.

— Tu es un sacré dur à cuire, Bernard, dis-je. Je croyais bien que tu allais craquer dès la première semaine. Tu m'as étonné. Tu as encaissé tout ce que je te concoctais, et en plus tu en redemandais. Les entraîneurs adorent ça.

— Vous êtes le meilleur coach que j'aie jamais eu, dit-il.

— Tu n'en as jamais eu d'autre que moi, dis-je.

— Je voulais dire, prof en général, dit Bernard. J'ai eu des profs de musique depuis l'âge de cinq ans. Vous êtes le meilleur prof que j'aie jamais eu, m'sieur Wingo. »

Ce garçon m'émut et je fus incapable de parler d'un moment. Finalement, je dis :

« Merci, Bernard. Personne ne m'avait dit ça depuis longtemps.

— Pourquoi vous avez été viré ? demanda Bernard.

— J'ai fait une dépression nerveuse », dis-je.

Il ajouta aussitôt :

« Je suis désolé. Cela ne me regarde pas.

— Bien sûr que si, dis-je.

— On est comment quand on a une dépression nerveuse ? demanda-t-il encore avant d'ajouter : Pardon. Dites-moi de la boucler.

— Ça n'a pas été une partie de plaisir, dis-je en guettant le train.

_____

* La gare ferroviaire de New York. (N.d.T.)

442

— Pourquoi vous avez eu une dépression ? dit-il en me regardant en face.

— J'ai perdu mon frère, Bernard, dis-je en me tournant vers lui.

— Oh, je suis navré, sincèrement navré, dit-il. Vous étiez très proches ?

— Je l'adorais, dis-je.

— Je ferai une lettre, dit Bernard.

— Une lettre à qui ? interrogeai-je.

— Une lettre pour dire que vous êtes un prof fantastique, dit Bernard. Dites-moi seulement à qui il faut que je l'envoie. »

J'eus un sourire.

« Ne t'en fais pas pour la lettre. Mais il y a une chose que j'aimerais te demander, Bernard.

— Laquelle ?

— J'aimerais t'entendre jouer du violon.

— Facile, dit-il en ouvrant la serrure de son étui. Vous voudriez entendre quoi ?

— Une chaconne, par exemple ? » dis-je.

Il était en train d'interpréter sa chaconne quand le train entra en gare, et il la joua superbement, en y mettant une passion qui me surprit. À la fin, je lui dis :

« Si je savais jouer du violon de cette façon, Bernard, jamais je ne toucherais un ballon de foot.

— Qu'y a-t-il de mal à faire les deux ?

— Rien, dis-je. Écris-moi. J'aimerais avoir de tes nouvelles l'année prochaine.

— Promis, m'sieur », dit-il en rangeant son violon.

Je lui tendis un sac de chez Macy's.

« Qu'est-ce que c'est ? demanda-t-il.

— Un nouveau ballon de foot, dis-je. Il faudra que tu le fasses gonfler au stage. Ensuite, tâche de trouver un copain pour faire quelques passes. Et surtout, Bernard, essaie d'être un type sympa. Fais-toi des amis. Sois poli avec les profs. Sois gentil.

— Mon père vous déteste, m'sieur Wingo, dit-il.

— Mais toi, il t'adore, dis-je. Au revoir, Bernard.

— Merci pour tout, m'sieur », dit Bernard Woodruff, et nous nous étreignîmes sur le quai.

En rentrant chez ma sœur, j'eus un coup de téléphone de Herbert Woodruff pour m'inviter à souper après son concert, le samedi suivant. Je ne compris pas pourquoi Herbert Woodruff souhaitait avoir à dîner chez lui, avec ses amis, quelqu'un qu'il détestait, mais j'étais un type de Caroline du Sud qui ne comprendrait jamais rien au fonctionnement de la grande ville.

Susan était déjà installée dans son fauteuil lorsque je la rejoignis, quelques minutes avant le début du concert. Elle portait une longue robe fourreau, noire et soyeuse, et elle se pencha pour m'embrasser quand je m'assis à côté d'elle. Le noir ajoutait une note de sensualité à la beauté timide de Susan.

« Tom, vous ne connaissez pas nos amis Madison et Christine Kingsley, n'est-ce pas ? dit-elle tandis que je me penchais pour serrer la main de l'un des auteurs dramatiques les plus célèbres d'Amérique, accompagné de son épouse.

— Quelles autres célébrités connaissez-vous, Susan ? murmurai-je. J'aimerais les rencontrer toutes afin d'avoir de quoi me vanter quand je serai de retour en Caroline du Sud.

— Ils habitent au troisième étage de notre immeuble, dit-elle. Madison a fréquenté la même institution privée que Herbert. À propos, Herbert m'a raconté qu'il avait interrompu votre séance avec Bernard, dans le parc.

— Il n'a pas eu l'air de trouver cela drôle, dis-je.

— Méfiez-vous de Herbert, ce soir, Tom, me prévint-elle en me serrant le bras. Il peut être charmant, ou impossible, mais il est de toute façon imprévisible.

— Je ferai attention, dis-je. Avez-vous été surprise par cette invitation, Lowenstein ? »

Elle se tourna vers moi, ses longs cheveux noirs tombant librement sur ses blanches épaules. Elle avait une peau claire et nacrée, à la façon d'une chinoiserie particulièrement pâle. Dans son cabinet, elle dissimulait sa beauté grâce à une garde-robe classique et pratique. Mais ce soir, son charme échappait à tout masque elliptique. Sur le corps d'une belle femme, le noir faisait paraître toutes les autres couleurs stupides. Les yeux de Susan avaient cette mélancolie ambiguë à laquelle je m'étais accoutumé, sauf qu'à présent ils me contemplaient dans la lumière tamisée d'une salle de concert où s'épanouissait toute l'amplitude de sa généreuse féminité. Son parfum m'enivra de désir et j'éprouvai un peu de honte, mais guère, à sentir s'éveiller en moi une délicieuse et sensuelle inclination pour la psychiatre de ma sœur.

« Oui, dit-elle. J'ai été sidérée. Il faut croire que vous lui avez plu. »

Derrière le rideau, j'entendais les soliloques obstinés des instruments que l'on accordait. Quand le rideau se leva sous les applaudissements, parut Herbert Woodruff, solennel et immaculé, qui salua la foule et d'un geste pria son orchestre de se lever pour un salut formel au public présent.

J'avais presque oublié l'existence de la blonde flûtiste éplorée que j'avais rencontrée dans le cabinet de Susan, lorsque je la reconnus parmi les autres musiciens qui se levaient pour remercier le public de son ovation. Je me rappelai que je n'avais jamais vu de femme aussi belle, qu'elle s'appelait Monique, que je lui avais menti en lui racontant que j'étais avocat, et que Susan la soupçonnait d'avoir une liaison avec Herbert Woodruff. Elle s'assit, et je regardai la flûte monter jusqu'à sa bouche dans un fluide éclair d'argent. Les lèvres encore entrouvertes, elle prit une profonde inspiration, et lorsqu'elle expira, la musique fut, dans la félicité boréale du son. Avec ses doigts, avec son souffle, avec ses lèvres, Monique fit surgir Vivaldi dans la salle, Vivaldi juste né, et avec un geste soudain et passionné du bras, Herbert Woodruff lui répondit dans la langue de Vivaldi, tandis qu'ensemble ils donnaient corps au cousinage érotique de la flûte et du violon. Herbert tirait la musique de son violon comme un couturier déroule la soie sur sa table. Il tenait son menton posé sur les formes féminines du violon, et la musique parut portée par son sang, par ses muscles. Ses bras et ses poignets étaient dotés d'une puissance lucide, et pendant qu'il jouait, il tenait à la fois du danseur et de l'athlète. La musique coulait et se fondait ; elle posait des questions de miel et de lait, auxquelles elles répondaient par une tempête. L'orchestre de chambre transforma la salle de concert en un lieu où les papillons et les anges devraient naître à la vie. Deux heures durant, nous écoutâmes cette conversation entre instruments de bonne facture. Et Herbert Woodruff nous en apprit long sur l'envergure et la vigueur d'un homme de génie. Chacun de ses gestes avec le violon constituait une provision d'ordre sacré. Son art était un sacerdoce de technique, et c'était le mélange en lui de la passion et de la retenue qui transportait le public. Jamais de ma vie je n'avais à ce point été jaloux d'un homme. J'avais jadis été capable de propulser un ballon à cinquante mètres, mais jamais jusqu'à ce jour mon unique talent ne m'avait semblé si mesquin et insignifiant. Pas un membre de ma famille ne savait lire une seule note de musique, songeai-je, tandis que la dernière sonate de Bach déployait un sombre éclat dans la salle de concert.

Nous acclamâmes debout Herbert Woodruff et les trois musiciens dont le talent avait servi à rehausser, par effet de contraste, la transcendance de son génie personnel. Et tandis que j'applaudissais, je savais que là serait toujours mon fardeau, non pas dans le fait de ne point posséder de génie, mais dans celui d'en être pleinement conscient.

Il y avait quelque chose de déplacé et de troublant dans mon insertion au sein du cercle des intimes qui se retrouvèrent pour souper dans l'appartement de Herbert Woodruff. Susan et moi partageâmes un taxi avec les Kingsley, et je compris à ce moment seulement qu'il s'agissait d'une réunion en très petit comité. Susan était débordée et passa beaucoup de temps à donner des directives à l'employée de maison. Je servis un verre à Christine et Madison, et j'étais en train de leur parler de la vie en Caroline du Sud lorsque Herbert franchit le seuil de la porte avec Monique à son bras. Sa silhouette nerveuse était encore illuminée du succès de sa performance et ses veines n'avaient pas encore purgé le surplus d'adrénaline. J'avais souvent eu l'occasion de constater cet excès de tonus dans le joyeux épuisement d'un athlète au sortir du meilleur match de sa carrière. Herbert aussi se cramponnait à cet instant unique qui ne se reproduirait plus ; une sorte de béatitude éclairait son regard.

Il me fixa avec un sourire au charme inattendu et dit :

« Cher Sudiste, je suis ravi que vous ayez pu venir.

— Vous avez joué merveilleusement, dis-je.

— Nous n'avons jamais été aussi bons ensemble, dit Monique tandis que Herbert me la présentait.

— Nous nous sommes déjà rencontrés, dit Monique, et je sus au ton de sa voix qu'elle n'en dirait pas plus, à mon grand soulagement.

— Puis-je vous servir quelque chose ? demandai-je.

— Pour moi, Tom, ce sera un scotch avec des glaçons, dit Herbert. Et un verre de vin blanc pour la jolie Monique. Mais pendant que vous vous occupez du bar, Tom, j'aimerais jouer quelque chose rien que pour vous. Dites-moi ce que vous aimeriez entendre. Je n'ai pas envie de remiser le Stradivarius, il est encore un peu tôt. »

En même temps que je servais le whisky, je dis :

« Je ne connais pas grand-chose en musique classique, Herbert. Jouez ce qu'il vous plaira.

— Notre ami Tom est entraîneur de football en Caroline du Sud, Monique, dit Herbert en calant le violon sous son menton.

— Je croyais qu'il était avocat, dit Monique.

— Et moi je ne comprenais pas pourquoi Bernard était nul en violon, poursuivit Herbert, jusqu'au jour où j'ai découvert que Tom initiait Bernard à l'art viril du football. »

Madison Kingsley dit :

« Je n'imaginais même pas que Bernard pût savoir à quoi ressemblait un ballon de foot.

— Moi je trouve positif que Bernard montre enfin un peu d'intérêt pour quelque chose », ajouta Christine.

Je sentis l'atmosphère de la soirée se tendre autour de moi, mais je gardai le sourire et donnai son verre de vin blanc à Monique avant de poser le scotch de Herbert sur la table basse. Un Sudiste commet toujours l'erreur grossière de penser qu'il va pouvoir ressusciter les vieilles vertus de la politesse et ainsi devenir invisible dans toute société que sa présence met en péril ou en situation de déséquilibre. Et j'eus bien un sentiment de danger quand je sentis se fixer sur moi le regard de Herbert. Je compris subitement mon erreur d'avoir accepté l'invitation de Herbert, mais il était trop tard pour reculer et je n'avais d'autre solution que de plonger joyeusement dans les réjouissances post-récital. J'avais des pouvoirs caméléonesques, du moins le croyais-je, qui me permettraient de circuler entre la modestie et le sublime. Je me voyais déjà en auditeur héroïque, appréciateur grandiose de l'esprit développé par les autres, et je portais en moi l'instinctive sagesse du Sudiste qui sait rester à sa place. Je sus avec une précision absolue l'instant où je pénétrais dans des eaux trop profondes pour moi.

Sous ces zones de doute se trouvait une aire de magnifique sensibilité. Une rare propension à l'effusion s'était emparée de moi. J'avais passé trop de soirées solitaires dans l'appartement de Savannah. Subie à trop forte dose, la solitude m'entamait le moral. Le seul son agréablement feutré des voix humaines dans cette pièce me réchauffait le cœur et rendait plus supportables les grandes carcasses de solitude que la grande ville me suspendait toujours à l'âme. Et puis j'avais pour les propos tenus en privé par un homme célèbre, entre la poire et le fromage, cette curiosité qui caractérise les pièces rapportées. J'avais envie de profiter de cette soirée et de me gagner les grâces de ces gens par les manières innocemment chevaleresques que je devais à mes origines.

Herbert Woodruff interpréta *Dixie* sur son Stradivarius.

Jamais *Dixie* n'avait été joué avec un tel degré de perfection et d'ironie implicite. Herbert avait le geste plus large que nécessaire pour accentuer la satire. Quand il eut terminé, il me regarda avec un sourire malicieux et je vis que Susan avait quitté la cuisine et rejoint les salons. Elle semblait inquiète et furieuse.

« Eh bien, Tom, finit par dire Herbert, qu'en pensez-vous ?

— Je pense que Beethoven a écrit de vachement belles chansons », dis-je.

Susan profita des rires qui suivirent pour nous pousser vers la salle à manger en nous priant de prendre nos verres avec nous.

Herbert vida son verre de scotch et s'en servit un second avant de nous rejoindre. Il était assis en bout de table, avec Monique à sa gauche et Christine Kingsley à sa droite. La nourriture avait été joliment disposée sur de la porcelaine de Limoges. L'harmonie des couleurs semblait avoir dicté les choix culinaires, et le résultat était plus joli que goûteux. En revanche, le vin venait de Bordeaux et flatta parfaitement mon palais. À mon infini soulagement, la soirée avait retrouvé une part de son équilibre perdu. Herbert paraissait m'avoir oublié, engagé qu'il était dans une conversation privée avec Monique, de son côté de la table. Puis New York entreprit ce à quoi New York excellait et la conversation prit un tour animé et querelleur entre Herbert et Madison Kingsley.

La conversation était irrévérencieuse et osée. Chaque mot paraissait soigneusement choisi, nimbé de spontanéité, plein de mordant et prompt à se mettre debout. Je ris un peu trop fort de l'humour dévastateur de Madison maltraitant les autres auteurs dramatiques dont la célébrité atteignait tout juste la moitié de la sienne. Les femmes s'exprimaient brièvement, généralement pour glisser un commentaire brillant ou une preste variation sur les principaux thèmes évoqués par les deux hommes. En dépit de mes bonnes résolutions, je me surpris à apprendre par cœur, ou tenter de le faire, de longs fragments de la conversation entre l'écrivain et le musicien. Lorsque Herbert parla de participer à un gala de bienfaisance en compagnie de Yehudi Menuhin, le silence se fit dans la pièce tandis qu'il exposait les finesses et modulations de cette rencontre. Herbert était sérieux dès qu'il parlait de son art. Quand il eut terminé, Madison Kingsley évoqua les problèmes techniques qu'il rencontrait pour monter sa nouvelle pièce. Les deux hommes commencèrent à se sentir bien et la conversation prit imperceptiblement un tour compétitif. L'un et l'autre portaient volontiers l'aura de leur succès respectif et comprenaient sans peine que leur revenait à eux le rôle de parler, d'éblouir, de distraire. Ils étaient hommes de poids et de distinction, et je profitai de mon rôle de satellite et d'observateur, tandis que le repas continuait de se dérouler. Je croisai une fois le regard de Susan et souris au clin d'œil qu'elle m'adressa. Je n'étais pas préparé au moment où Herbert Woodruff allait redevenir agressif.

Madison Kingsley était en train d'exposer les grandes lignes de l'intrigue de sa nouvelle pièce, *Chronique météo d'une saison sèche*, traitant de l'antisémitisme à Vienne avant la dernière guerre. Il expliquait la difficulté de mettre en scène la vie d'un brave homme doublé d'un nazi convaincu. Madison était au beau milieu d'une phrase quand Herbert l'interrompit par une question s'adressant à moi.

« Y a-t-il beaucoup d'antisémitisme chez vous, à Charleston, Tom ? demanda-t-il.

— Des tonnes, dis-je. Mais les snobs de Charleston ne sont généralement pas racistes, Herbert. Ils détestent à peu près tout le monde.

— Moi, je n'arrive même pas à concevoir comment on peut vivre dans le Sud, dit Monique. Je ne comprends pas que des gens acceptent de vivre là-bas.

— Disons qu'on s'habitue une fois qu'on y est né, dis-je.

— Moi, je ne me suis jamais habituée à New York, dit Christine Kingsley. Et pourtant, je n'ai jamais vécu ailleurs. »

Mais Herbert n'en avait pas encore fini avec moi, et il dit :

« Vous, Tom, comment réagissez-vous, personnellement ? Je veux dire face à ce genre de situation. Quand vous voyez se dresser ce monstre hideux. Que faites-vous quand un de vos amis lance une remarque laissant entendre qu'il déteste les Juifs ?

— Herbert, dit Susan en reposant sa fourchette. Je te prie de cesser d'asticoter Tom.

— Excellente question, dit Madison. C'est le genre de problème que je tente de résoudre dans cette nouvelle pièce. Voyez-vous, mon personnage, Horst Workman, n'est pas antisémite, bien que nazi. Que faites-vous, Tom ? »

Sans me laisser le temps de répondre, Monique dit :

« Moi, je quitte toujours la pièce quand je suis confrontée à quelque manifestation de racisme que ce soit.

— Mais le sujet est Tom, dit Herbert. Que fait Tom Wingo ? Que fait notre hôte, entraîneur de football dans un lycée de Caroline du Sud ?

— Il m'arrive parfois de faire la même chose, dis-je avec un regard nerveux en direction de Susan. Ou bien alors, je leur saute dessus. Vous savez, en les prenant par surprise. Et puis je les flanque par terre, et avant que les autres antisémites de la salle n'aient le temps de venir à leur secours, je leur arrache les cordes vocales avec les dents, et je recrache le tout à travers la pièce. Je leur fais pas de cadeaux, moi, aux antisémites.

— Vous avez été parfait, Tom, dit gentiment Christine. Herbert, tu ne l'as pas volé.

— Très spirituel, Tom, dit Herbert, en applaudissant ironiquement. Mais à présent que la représentation est terminée, dites-nous ce que vous faites vraiment, dans la réalité. Cela m'intéresse sincèrement.

— Moi, ce qui m'intéresserait, ce serait que tu la boucles un peu, chéri », dit Susan.

Herbert s'était penché en avant, les deux coudes appuyés à la table, en position de mante religieuse. Ses yeux avaient l'éclatante concentration d'un prédateur. Rien n'était clair pour moi, mais je sentais confusément que je venais d'entrer dans un pas de deux à la fois usé et mélancolique entre Susan et Herbert. Il y avait une certaine insatiabilité dans la façon qu'avait Herbert de mener la conversation. J'étais certain que chacun, autour de cette table, avait déjà assisté à ce rituel de Herbert au cours d'autres dîners. Une violente tension magnétisa l'air ambiant tandis que je cherchais une sortie honorable pour rendre les armes. Sur les belles lèvres de Monique, je surpris l'amorce d'un sourire tandis qu'elle remarquait ma déconfiture. J'essayai de comprendre quelque chose à ce *dramatis personæ*. Pourquoi un homme amenait-il sa maîtresse à dîner chez lui, et comment une épouse pouvait-elle le tolérer ? Pourquoi Herbert mettait-il tant d'empressement à accomplir la mise à mort ? J'avais commis le crime inexpiable de servir de coach à son fils et d'avoir des liens d'amitié avec sa femme, mais j'étais nouveau dans la danse et je savais que Herbert allait m'en enseigner les moindres pas.

« Vous avez perdu votre langue, Tom ? finit par dire Monique pour rompre le silence.

— Susan, je dois prendre congé, dis-je en me levant.

— Non, Tom. Je vous en prie, Tom, dit Herbert. Vous vous croyez visé. Vous êtes entraîneur de football. Prenez la chose comme un sport d'après souper. Le sport préféré des New-Yorkais à l'intelligence méchante. Nous n'avons jamais eu de coach à cette table, ni de Sudiste, et il est bien naturel que nous essayions de comprendre comment vous fonctionnez. Ma femme est juive, Tom. Vous vous en doutiez probablement. Ne trouvez-vous pas plaisant qu'elle conserve le peu d'identité juive qu'elle ait jamais eu en se cramponnant à son nom de jeune fille plutôt dissonant ? J'ai dit à Susan que je vous soupçonnais d'être antisémite. Rien que de très banal. Je suis sûr que le Sud grouille d'antisémites.

— D'où êtes-vous originaire, Herbert ? lui demandai-je en me rasseyant.

— De Philadelphie, Tom, dit-il. C'est aimable à vous de poser la question.

— Je crois que ça commence à suffire, Herbert, dit Christine.

— Oh, s'il te plaît, Christine. Il faut que nous fournissions à Madison du matériau nouveau, sinon il deviendra démodé, dit Herbert en riant.

— Je ne suis pas antisémite, Herbert, dis-je, mais en revanche, j'ai en horreur les gens de Philadelphie.

— Excellent, monsieur le coach, dit-il, et il paraissait sincèrement ravi de cette repartie. J'ai l'impression d'avoir peut-être sous-estimé notre petit Sudiste. Mais nous revenons à la question douloureuse que vous avez si soigneusement évitée. Que faites-vous lorsque vous entendez une réflexion antisémite, chez vous, dans le Sud ?

— Je ne fais rien, finis-je par répondre. Exactement comme je ne fais rien lorsque je me trouve en compagnie de personnes détestant les Blancs du Sud. Je reste assis, et j'écoute.

— Pour moi le Sud, c'est comme l'Allemagne nazie, Tom, dit Herbert. J'assimile le Sud à la notion de mal. C'est ce qui le rend intéressant à mes yeux. Soit dit en passant, j'ai participé à la marche de Selma. Je connais donc le Sud. J'ai engagé ma vie pour faire changer le Sud. »

Je souris avant de répondre :

« Les Sudistes, noirs et blancs, vous en sauront éternellement gré, M. Woodruff.

— Si nous changions de sujet ? dit Susan dont la voix montait dans les aigus au fur et à mesure que croissait son désespoir.

— Mais pourquoi donc, chérie ? dit Herbert. C'est un sujet passionnant et infiniment plus intéressant que les bavardages qui nourrissent la plupart des dîners en ville à New York. Tu n'es pas de cet avis ? Et c'est à toi que nous le devons, Susan. C'est toi qui as découvert le petit Tom et l'as introduit dans nos vies ; c'est un homme qui suscite une tension et une réelle hostilité – des sentiments vrais, comme dirait ma psychiatre de femme. Nous éprouvons tous en ce moment de vrais sentiments, et nous en sommes redevables à notre ami Tom. Regardons les choses en face, la soirée était un peu morne avant que nous n'ayons fait se déboutonner le cher Tom. Qui sait dans quels abîmes de médiocrité nous risquions de plonger ce soir.

— Demande à Herbert de cesser son petit jeu, Madison, dit Christine.

— Ils sont grands garçons tous les deux, chérie », dit Madison. Et la gourmandise secrète du voyeur qui éclairait son visage me laissa penser que ce n'était pas la première fois qu'il encourageait des scènes de ce genre. « Ils peuvent cesser tout seuls.

— Pourquoi es-tu si curieux ? demanda Monique à Herbert sans même un regard pour moi.

— Parce que ce petit Tom est fascinant, répondit Herbert, et je commençai à me ratatiner sous l'hostilité de son regard. Ma femme ne parle pratiquement que de lui. Elle me rapporte certains de ses bons mots et autres litanies domestiques qui lui donnent des allures de Mark Twain des temps modernes. Et puis j'aime son petit numéro. Sa fierté genre syndrome Tara. Son côté mal embouché.

— Ne répondez pas, Tom, dit Susan dans cette atmosphère de meurtre éclairé aux chandelles. Tom est notre invité, Herbert, et je te prie de le laisser tranquille. Tu m'avais promis de ne pas faire cela.

— Tu as raison, chérie, dit Herbert. Quel manque de tact ! Tom est monté à New York parce que sa sœur, la célèbre poétesse féministe et rupestre, a récemment tenté de se tuer, alors qu'elle était entre les mains aimables et compétentes de mon épouse.

— Excusez-moi d'avoir donné cette information, Tom, dit Susan d'une voix pitoyable. L'erreur est humaine. Et il est assez fréquent de penser que l'on peut se fier à son propre mari.

— Susan, dis-je, par rapport à l'ensemble de la soirée, c'est vraiment un petit détail, du pipi de chat.

— Pas de mélodrame, chérie, dit Herbert en se détournant de moi pour se pencher vers sa femme. Nous savons tous combien tu es fière de ta clientèle littéraire d'écrivaillons psychotiques. Ma femme est la psy en vogue chez les artistes de renom vivant à New York, Tom. Elle ne cesse de citer incidemment leur nom, avant de faire celle qui ne l'a pas fait exprès. Ce que nous trouvons tous charmant.

— Susan est une merveilleuse psychiatre, dit Monique. Je parle en connaissance de cause.

— Pas la peine de prendre ma défense contre Herbert, Monique, dit Susan. Herbert fait partie de ces maris qui ont besoin d'un public pour attaquer et humilier leur femme. C'est beaucoup plus commun qu'on ne l'imagine. J'entends cela constamment en thérapie. Quant à vous, Tom, je vous prie d'excuser le comportement de Herbert. Il se trouve que vous êtes mon ami et il ne saurait y avoir de plus grand crime à ses yeux. Et en plus, vous plaisiez aussi à son fils.

— J'ai peine à croire que vous deux soyez vraiment amis, dit Monique avec un geste élégant de l'index pour souligner son incrédulité.

— Toi, Monique, tu fermes ta gueule, cria Susan en se dressant de sa chaise.

— Comment ? fit Monique abasourdie. Je ne faisais qu'exprimer un avis.

— Tu fermes ta sale petite gueule, répéta Susan, sans baisser le ton. Et toi, Herbert, si tu dis un mot de plus à Tom, je balance consciencieusement sur ta tête de nœud tous les plats qui se trouvent sur cette foutue table.

— Mon Dieu, mon Dieu, dit Herbert tout souriant. Les gens vont croire que nous avons des problèmes conjugaux. Il ne faudrait pas les laisser se méprendre.

— Et pour commencer, Monique, hurla le Dr Lowenstein au comble de la colère, lâche la bite de mon mari. Voilà, comme ça. Discrètement. Fais celle qui n'était pas en train de le branler sous la table pendant qu'il insultait mon ami. Ce petit manège, je te l'ai vu faire vingt fois déjà, et je commence à en avoir marre. C'est la raison pour laquelle je te place habituellement le plus loin possible de mon mari. Je supporte le fait que tu baises avec lui en privé, mais c'est trop me demander que d'accepter de te voir lui caresser la queue en public. »

Monique se leva de sa chaise, regardant successivement Susan, puis Herbert. Puis elle quitta la pièce d'un pas chancelant et se réfugia dans le vestibule. J'eus l'impression que Herbert ne contrôlait plus bien la situation. Quand il me regarda, je dis :

« On dirait que le vent a tourné, gros malin. »

Il m'ignora et, s'adressant à Susan, dit :

« Va immédiatement présenter tes excuses à Monique, Susan. Comment oses-tu humilier de la sorte une personne in...

— Continue, dis-le, hurla-t-elle. Une personne invitée sous notre toit. Je viens de te regarder humilier Tom sous notre toit. Je t'ai vu faire la même chose à tous les amis que j'ai invités dans cette maison. Ni Christine, ni Madison, ni moi n'avons jamais eu le cran de nous interposer parce que nous avions peur de te voir te retourner contre nous. Tu n'as qu'à y aller toi-même, présenter tes excuses à cette petite pute.

— Je pense que c'est à toi qu'il revient de faire un geste, Susan, dit-il.

— Vous passez une bonne soirée, vous autres ? demandai-je à Christine et Madison qui gardaient le regard rivé à leurs assiettes.

— Tu ne peux pas encore te mettre debout, n'est-ce pas, Herbert ? dit Susan en riant. Explique-nous pourquoi. Moi je le sais, Herbert. C'est parce que tu es en érection après la branlette qu'elle t'a faite sous la table. Allez, debout, Herbert. Que tout le monde voie bien. Elle manie brillamment la flûte, je suis sûre, et ce qui s'en rapproche de près ou de loin par la forme. Tout le monde autour de cette table sait que tu as une liaison avec elle depuis deux ans maintenant. Tout le monde sauf Tom. Nous formons un petit noyau tellement intime, solidaire. Solidaire au point que Christine et Madison vous ont reçus tous les deux dans leur maison de la Barbade, l'hiver dernier.

— Nous ne savions pas qu'elle viendrait, Susan, dit Madison.

— Nous parlerons de cela plus tard », dit Herbert.

À quoi Susan répliqua aussitôt :

« Nous en reparlerons quand tu auras rompu définitivement avec ta flûtiste.

— Simple badinage sans conséquence, ma chère, dit-il en retrouvant sa morgue. Mais j'ai meilleur goût que toi en ce qui concerne le choix de mes amis, et je le prouve quand tu veux.

— Une petite différence, Herbert, dit Susan. Je ne couche pas avec Tom.

— Même toi, tu n'aurais pas ce manque de goût, dit-il.

— Je t'en prie, Herbert, gémit Madison.

— Oh, la ferme, Madison, dit Herbert. Fais-nous grâce de cette mine contrite et chagrine. Comme si tu n'avais pas déjà assisté à une dispute entre Susan et moi. » Puis, se tournant vers Susan : « Ce qui te plaît, c'est d'être Mme Herbert Woodruff, dit-il. Le goût de la célébrité est ton péché mignon, chérie. Voyez-vous, Tom, j'ai fait le tour du caractère de ma femme. Elle n'est attirée que par les gens riches et célèbres. Vous, vous n'êtes rien. Mais votre sœur, ah ! oui, votre sœur fait monter votre cote. Car je répète : vous, vous n'êtes rien. Maintenant, Susan, va t'excuser auprès de Monique.

— Pas tant que tu n'auras pas présenté tes excuses à Tom, dit-elle.

— Je n'ai rien de plus à dire à ton petit copain », dit-il.

Je rompis ce court silence entre eux en disant :

« Moi, je peux forcer Herbert à nous faire des excuses à tous les deux, Susan.

— Tiens, vous êtes toujours là, Tom ? dit Herbert. Dommage pour vous. Comment avez-vous l'intention de vous y prendre pour me contraindre à vous faire des excuses ?

— Eh bien, dis-je, j'étais en train de passer en revue les diverses possibilités, Herbert. J'ai d'abord envisagé de vous faire monter et descendre les escaliers à coups de pompes dans le cul. Mais j'ai renoncé. Je ne ferais ainsi que prouver que je suis bien le barbare que vous voyez en moi. Vous flanquer une correction me procurerait une satisfaction personnelle, mais serait d'un goût douteux dans le beau monde. Alors j'ai eu une autre idée. Et je crois qu'elle témoigne de davantage d'intelligence, et d'infiniment plus de culture.

— Herbert ne s'est jamais excusé de quoi que ce soit auprès de qui que ce soit », dit Christine.

Je me dirigeai vers le buffet, à l'autre bout de la pièce et me servis un grand verre de cognac.

« Pour mener cette opération à bien, il faut que je sois un peu plus soûl », dis-je.

Le cognac descendit sans encombre. Je le sentis me chauffer les sangs.

Puis je sortis de la salle à manger pour me rendre dans le salon. Je passai rapidement devant le piano à queue et sortis le Stradivarius de Herbert Woodruff de son étui. Parfait, me dis-je, je suis fin soûl.

« Herbert, interpellai-je. Le vilain Sudiste a mis la main sur votre scie et vous feriez bien de vous pointer vite fait. »

Lorsque les autres convives me rejoignirent sur la terrasse, je tenais le violon en équilibre au-dessus du vide, depuis le huitième étage donnant sur Central Park.

« Il s'agit d'un Stradivarius, Tom, dit Madison Kingsley.

— Je sais, il me semble avoir entendu cette vérité cinquante ou soixante fois au cours de la soirée, dis-je guillerettement. Mignon petit bazar, hein ?

— Ça vaut trois cent mille dollars, Wingo, dit Herbert, et je crus repérer un léger étranglement dans sa voix.

— Pas si je le lâche, coco, dis-je. Là, il vaudra plus un clou.

— Tom, avez-vous perdu la raison ? demanda Susan.

— Cela m'est effectivement arrivé plusieurs fois, Susan, dis-je. Mais ce n'est pas le cas aujourd'hui. Faites des excuses à votre femme, Herbert. J'aime beaucoup votre femme, et je crois pouvoir dire qu'elle est la meilleure amie que j'aie jamais eue.

— Vous bluffez, Tom, dit-il, et je sentis un regain d'assurance dans sa voix.

— Peut-être que oui, dis-je. Mais il est plutôt saignant, comme coup de bluff, hein, connard ? »

Je lançai le violon en l'air et le rattrapai au vol en me penchant fort au-dessus du parapet.

« Il est assuré, dit Herbert.

— Possible, mon vieux. Mais vous n'aurez plus jamais de Stradivarius si vous laissez celui-ci s'envoler. »

Christine intervint :

« C'est une œuvre d'art, Tom.

— Faites vos excuses à votre femme, saligaud, dis-je à Herbert.

— Je suis désolé, Susan, dit Herbert. À présent, rendez-moi mon violon, Wingo.

— Pas si vite, grand malin, dis-je. Faites donc des excuses à vos amis pour leur avoir imposé votre petite amie à la Barbade.

— Veuillez m'excuser, Christine et Madison, dit-il.

— De la sincérité, Herbie, continuai-je. De la sincérité. Chassez ce petit ton ironique, ou votre joli violon va rebondir comme un ballon de plage entre les taxis.

— Christine, Madison, je suis sincèrement désolé, dit-il sans ironie.

— Nous acceptons volontiers tes excuses, dit Christine.

— Voilà qui est beaucoup mieux, Herbert, dis-je. La sincérité vous sied à merveille. À mon tour maintenant. J'attends vos excuses pour avoir manqué aux règles les plus élémentaires du savoir-vivre au cours du dîner de ce soir. Je regrette beaucoup que vous empêchiez votre femme d'avoir des amis. Mais cela vous regarde. En revanche rien ne vous donnait le droit de me traiter comme vous l'avez fait, espèce d'empaffé puant du bec. Rien au monde. »

Il regarda Susan, puis moi, et dit :

« Veuillez m'excuser, Tom.

— Encore un petit effort d'humilité, Herbert, dis-je sans joie. Il conviendrait de supporter l'humiliation de meilleure grâce. Allez, profil bas, et dans moins d'un instant j'aurai franchi le seuil de votre porte pour toujours. Sinon, les clochards du quartier pourront se faire des cure-dents avec votre violon.

— Je suis sincèrement désolé, Tom, et je vous prie de m'excuser », dit-il. Et il ajouta : « Susan, je tiens à préciser que mes sentiments seraient les mêmes s'il n'était pas en train de me menacer.

— C'est bien, Herbie, dis-je en lui tendant le violon. Si jamais je vous ai offensée, Susan, croyez que j'en suis navré. »

Je me dirigeai vers la porte et appelai l'ascenseur sans m'encombrer des courtoisies d'usage pour prendre congé.

J'étais en train de héler un taxi le long de Central Park quand j'entendis la voix de Susan Lowenstein, dans mon dos.

« Je comprends maintenant pourquoi vous êtes toujours triste, Susan, dis-je comme elle me rejoignait. Moi qui croyais qu'il s'agissait d'une attitude.

— Vous est-il jamais arrivé de faire l'amour avec une psychiatre ? demanda-t-elle.

— Non. Et vous, avez-vous déjà fait l'amour avec un entraîneur de football ? demandai-je.

— Non, dit-elle, mais j'ai bien l'intention d'y remédier d'ici demain matin. »

Et j'embrassai Susan Lowenstein si belle dans sa robe noire, là, dans la rue, en prélude à la nuit la plus merveilleuse que j'eusse jamais vécue à Manhattan.

Lorsque nous nous éveillâmes, le dimanche matin, nous refîmes encore l'amour et nous étions bien ensemble, et j'avais le soleil dans le dos tandis que nous nous agitions sur le lit de ma sœur. Et nous dormîmes encore jusqu'à dix heures, dans les bras l'un de l'autre.

Je me levai le premier et me dirigeai vers la fenêtre de la salle de séjour pour hurler à toutes les rues en contrebas : « J'aime New York. Oui, j'aime, j'aime, j'aime New York. »

Personne ne leva la tête et j'allai dans la cuisine préparer l'omelette du chef à Susan Lowenstein.

« Qu'est-ce qui t'a fait changer d'avis au sujet de New York, Tom ? cria Susan depuis la chambre.

— Ton méchant corps de pécheresse, braillai-je en guise de réponse. Ton corps superbe et fabuleux, avec la façon fantastique qu'il a de bouger, m'a fait prendre conscience de mon erreur. C'est la première fois que je suis amoureux à New York. C'est ce qui fait toute la différence. Je me sens formidablement bien, et rien ne peut gâcher mon bonheur aujourd'hui. »

Elle arriva dans la cuisine et nous nous embrassâmes pendant que le bacon rissolait sur le gaz.

« Tu embrasses bien, murmura-t-elle.

— Lorsque tu auras goûté mon omelette du chef, Lowenstein, dis-je, tu ne voudras plus jamais me quitter. Tu me suivras partout en me suppliant de bien vouloir jeter pour toi des œufs battus dans une poêle chaude.

— Tu as aimé faire l'amour avec moi, Tom ? demanda-t-elle.

— Il faut que tu te souviennes bien d'une chose, Lowenstein, c'est que je suis catholique, dis-je. J'aime baiser, mais seulement dans le noir, et seulement si je ne suis pas obligé d'en parler après. Je vais culpabiliser toute la journée tellement c'était bon.

— C'était vraiment bon ? demanda-t-elle.

— Pourquoi est-ce si incroyable, Susan ?

— Parce que tu viens de passer la nuit avec moi, dit-elle. Parce que tous les hommes que j'ai eus dans ma vie se sont toujours plaints de mes performances au lit. Et puis je suis névrosée et j'ai besoin d'être rassurée dans le domaine du sexe. »

Alors le téléphone sonna dans la salle de séjour, et je dis :

« Quelle catastrophe va encore me tomber dessus quand je vais décrocher ?

— Tu vas répondre ? » demanda-t-elle en empoignant une fourchette pour tourner le bacon.

Je pris le combiné et manquai de tomber à genoux lorsque j'entendis ma mère me dire bonjour.

« Ça, alors, dis-je. C'est toi, Maman.

— Je suis à New York, dit ma mère. Je m'apprête à sauter dans un taxi pour me faire conduire chez Savannah. Je voudrais avoir une conversation avec toi.

— Non, criai-je. Pour l'amour de Dieu, Maman. L'appartement ressemble à un chantier et je ne suis même pas encore habillé.

— Je suis ta mère, dit-elle. Je me fiche bien que tu sois habillé ou pas.

— Qu'est-ce que tu fais à New York ? demandai-je.

— Je veux parler avec la psychiatre de Savannah, dit-elle.

— Rien que ça. Tu veux parler avec la psychiatre de Savannah, répétai-je.

— Dis-lui que je n'ai qu'à enfiler mes collants, susurra Susan depuis la porte de la cuisine.

— Maman, on est dimanche, dis-je. Tous les psy sont partis passer le week-end dans leur maison de campagne. Tu ne trouveras pas un seul docteur psychiatre en ville aujourd'hui.

— Excusez-moi, monsieur, persifla Susan. Il se trouve justement que je suis psychiatre.

— Je veux te parler aujourd'hui, Tom, dit ma mère. Je n'ai jamais vu l'appartement de Savannah et je serais ravie de le visiter.

— Laisse-moi trente minutes pour faire un peu de ménage, Maman, dis-je.

— Pas besoin de te donner cette peine », dit ma mère.

J'entendis frapper à la porte de l'appartement.

« Au revoir, Maman. À tout à l'heure. Dans une demi-heure. »

Susan ouvrit la porte et je vis Eddie Detreville planté sur le paillasson, avec un paquet de croissants chauds.

« Bonjour, Sallie, dit-il. Je me présente, Eddie Detreville, le voisin de palier. Je sais tout de vous par Tom et Savannah.

— Bonjour Eddie, répondit-elle. Je m'appelle Susan. »

Je raccrochai et entendis Eddie maugréer :

« Il n'y a rien que je déteste autant que l'hétérosexualité de bas étage, Tom. »

Lorsqu'elle entra dans l'appartement, ma mère m'embrassa sur la joue, puis elle dit :

« Je sens un parfum de femme. »

Je refermai la porte avant de répondre :

« Le voisin de palier est homosexuel, Maman. Il sort juste d'ici où il est venu emprunter un peu de sucre.

— Je ne vois pas le rapport avec le parfum, dit-elle d'un ton dubitatif.

— Tu connais les homosexuels, Maman, dis-je. Ils ne tiennent pas en place, ils s'aspergent de parfum, et ils achètent des lévriers afghans.

— Je sais que tu es furieux que je sois à New York, dit-elle en entrant dans l'appartement.

— Au contraire, Maman, dis-je, trop content de la voir abandonner la question du parfum. Je danse de joie depuis que je connais la bonne nouvelle. Aimerais-tu que je te prépare l'omelette du chef ?

— J'ai déjà pris mon petit déjeuner au St. Regis, dit-elle.

— Est-ce que ton mari t'accompagne ? demandai-je depuis la cuisine. Ou bien est-il en voyage d'affaires pour acheter l'Indonésie ou ce que je sais ?

— Il savait que tu refuserais de le voir, répondit-elle. Il est resté à l'hôtel.

— Quelle perspicacité, dis-je en lui apportant une tasse de café. Il lit en moi à livre ouvert.

— Combien de temps as-tu l'intention de lui faire payer des péchés dont tu sais parfaitement qu'ils sont les miens ? interrogea-t-elle avant de dire : Très bon, ce café.

— Je lui pardonnerai probablement sur son lit de mort, Maman, dis-je. Je pardonne à tout le monde sur son lit de mort.

— Même moi ? demanda-t-elle.

— Toi, il y a longtemps que je t'ai pardonné.

— Permets-moi d'en douter, dit-elle. Tu me traites de façon abominable. Tu m'en veux encore tellement que tu n'arrives pas à me regarder en face.

— Je ne t'en veux pas à toi seulement, Maman, dis-je doucement. J'en veux à tout le monde. Je suis dévoré par cette rage titanesque, dévastatrice et sans limites contre tout ce qui vit sur la planète.

— Je n'aurais pas dû avoir d'enfants, dit ma mère. On fait tout pour eux, on sacrifie sa vie entière à leur bonheur, et ensuite ils se retournent contre vous. J'aurais dû me faire ligaturer les trompes à l'âge de douze ans. C'est le conseil que je donnerais à n'importe quelle jeune fille que je rencontrerais.

— Chaque fois que tu me vois, Maman, tu me regardes comme si tu voulais qu'un docteur pratique sur toi un avortement rétroactif, dis-je en portant les mains devant mon visage. Bon, trêve de bavardage, Maman. Quel monstrueux projet t'amène à New York ? Par quel faste d'enfer entends-tu me faire passer cette fois ?

— Tu entends ce que tu dis, Tom ? dit-elle. Qui t'a enseigné une telle cruauté ?

— Toi, Maman, dis-je. Et tu m'as aussi appris que l'amour que l'on porte à quelqu'un est parfois indestructible quand bien même cette personne ruinerait consciencieusement votre vie entière.

— Je suppose que cette remarque est censée réchauffer mon cœur de mère, dit-elle. Tout ce que tu dis vise à me blesser.

— Mon unique défense contre toi, Maman, je veux dire la seule arme avec laquelle j'entre en lice, c'est une triste sincérité.

— J'imagine que pour toi il est égal que j'aime mes enfants plus que tout au monde, n'est-ce pas, Tom ?

— Je le crois volontiers, Maman, dis-je. Si je ne le croyais pas de tout mon cœur, je t'étranglerais de mes mains nues.

— Et tu viens de déclarer que tu m'aimes ! dit-elle.

— Tu recommences à me mettre des mots dans la bouche, dis-je. J'ai dit que je te pardonnais. Je n'ai pas parlé d'amour. Dans le champ restreint de tes émotions, c'est la même chose. Pas pour moi, Maman.

— Tu dis des choses extrêmement cruelles, Tom, dit-elle avec des larmes dans les yeux.

— Je viens effectivement de faire preuve d'une cruauté inutile, Maman, concédai-je. Et je te prie de m'en excuser. Mais il faut bien reconnaître que nous avons une histoire commune et que cette histoire fait que j'ai parfaitement conscience que tu as sans doute une quelconque monstruosité en réserve dans ta manche.

— Ça te dérange que je fume ? demanda-t-elle en sortant un paquet de Vantages de son sac.

— Bien sûr que non, dis-je. Je me ferai un plaisir d'attraper un cancer du poumon s'il vient de ma propre mère.

— Tu as du feu ? demanda-t-elle.

— Maman, dis-je d'un ton las. Nous vivons à la veille de la libération généralisée de la femme. Il serait malvenu de ma part de me précipiter pour allumer ta cigarette alors que je sais que, dans ton esprit, une femme ne devrait même pas avoir le droit de vote.

— Inexact, dit-elle. Encore que je sois démodée à d'autres points de vue. Je suis ravie d'être une femme. J'adore qu'on me tienne les portes ouvertes, j'adore m'asseoir sur une chaise tenue pour moi par un galant homme. Je ne suis pas une brûleuse de soutiens-gorge, et je ne crois pas en l'Amendement sur l'Égalité des Droits. J'ai toujours pensé que les femmes étaient de loin supérieures aux hommes et je ne voudrais surtout rien faire qui pût donner à un homme l'illusion d'être mon égal. À présent, veux-tu allumer ma cigarette, je te prie ? »

Je grattai une allumette et elle toucha mon poignet pendant que je lui allumais sa cigarette.

« Dis-moi tout ce que tu sais pour Savannah, dit-elle.

— Elle est très mignonne en camisole de force.

— Si tu as envie de jouer les amuseurs publics, Tom – et crois bien que je serais ravie de te voir t'intéresser à un travail, quel qu'il soit –, je peux te louer un théâtre ou un night-club, cela t'évitera d'exercer tes talents sur moi.

— Savannah va très, très mal, Maman, dis-je. Je n'ai pu la voir qu'une seule fois depuis mon arrivée ici. J'ai raconté au Dr Lowenstein toutes les péripéties des années de croissance de Savannah, sans lui épargner les détails les plus horribles de notre enfance épique.

— Et bien entendu, tu as jugé nécessaire de lui faire le récit de cette journée sur l'île, dit-elle.

— Oui, dis-je. J'ai jugé nécessaire de raconter cet épisode auquel je prête une étrange importance.

— Penses-tu qu'il soit possible de compter sur la discrétion du Dr Lowenstein concernant ce détail ? » demanda-t-elle.

Je répondis :

« Habituellement, lorsque je révèle un de nos noirs secrets au Dr Lowenstein, le *New York Times* en fait mystérieusement état dès le lendemain dans ses colonnes. Bien sûr, qu'on peut lui faire confiance, Maman. C'est une professionnelle.

— J'ai trop de fierté pour révéler cet épisode honteux à une personne qui m'est parfaitement étrangère, dit ma mère.

— Moi je suis un être servile, Maman, dis-je. J'adore raconter toute l'histoire à des gens que je ne connais ni d'Ève ni d'Adam. "Salut, j'm'appelle Tom Wingo. Je m'suis fait sodomiser par un prisonnier en cavale, mais je l'ai tué en lui éclatant le crâne avec une statue du P'tit Jésus." Ça met tout de suite de l'ambiance. »

Ma mère me contempla avec une certaine froideur avant de demander :

« As-tu parlé au Dr Lowenstein de tes problèmes personnels, Tom ? Tu es très fort pour révéler tous mes secrets de famille, mais je me demande ce que tu dis des tiens.

— Il n'y a pas de grande révélation à faire, Maman, dis-je. Il est visible à l'œil nu que je suis une épave humaine, malheureuse et désespérée. Les détails ne pourraient qu'ennuyer l'auditoire.

— Lui as-tu raconté que Sallie et moi avons été contraintes de demander ton internement au dixième étage de l'hôpital universitaire, l'année dernière ?

— Non, mentis-je. Je préférais laisser croire au Dr Lowenstein que ma haine de sa profession m'était inspirée par l'ampleur de mes lectures plutôt que par expérience personnelle.

— Je pense qu'elle devrait savoir que les histoires qu'elle entend sont rapportées par quelqu'un ayant été interné dans un asile de fous, dit ma mère.

— Je préfère parler de l'unité psychiatrique d'un hôpital universitaire, Maman, dis-je en fermant les yeux. C'est infiniment plus positif pour l'image que je me fais de moi-même. Écoute, Maman, je sais que tu n'as pas apprécié mon petit séjour au dixième étage. Moi non plus. J'étais déprimé. Que puis-je te dire d'autre ? Déprimé, je le suis encore, mais je vais mieux. Malgré l'histoire entre Sallie et son toubib, l'été m'a fait du bien. J'ai fait le point sur l'ensemble de ma vie et celle de ma famille, et c'est un privilège plutôt rare, pour un homme, que de pouvoir s'offrir ce luxe par les temps difficiles que nous vivons. En de rares occasions, il arrive même que je commence à m'aimer de nouveau.

— Je vais dire au Dr Lowenstein que tu lui as menti au sujet du viol et de tout ce que tu lui as raconté, dit ma mère. Ensuite, je lui expliquerai qu'on a dû t'envoyer des décharges électriques dans le cerveau pour que tu sortes de ta léthargie.

— On m'a fait deux électrochocs, Maman, dis-je. Il m'a fallu très longtemps pour récupérer ma mémoire.

— Je dirai au Dr Lowenstein que cela t'a provoqué des troubles de mémoire et que tu as commencé à inventer des histoires, dit ma mère en éteignant sa cigarette.

— Maman, dis-je en lui en allumant une seconde, des viols, il y en a tous les jours en Amérique. Tu n'y es pour rien. C'était notre tour d'y passer, voilà tout. Chaque jour, il y a en Amérique des milliers de femmes qui se font violer. Les types qui font ça sont des dingos. Dans les prisons, le nombre de jeunes gars qui subissent des sévices sexuels est épouvantable. Un viol, c'est violent, horrible, et on ne s'en remet jamais. Mais ça n'a jamais aidé personne de faire comme si rien ne s'était passé.

— Je n'ai pas été violée, dit ma mère.

— Pardon ? dis-je.

— Tu n'as pas vu ce qui s'est passé dans la chambre, dit-elle, en même temps qu'elle se mettait à pleurer. Il ne m'a pas violée. Tu n'as aucune preuve.

— Des preuves ? Mais de quelles preuves ai-je besoin, Maman ? La raison qui fait que je n'ai pas imaginé un instant que vous étiez en train de discuter des films de Bogart est assez simple. Lorsque tu es sortie nue de la chambre, j'ai pensé qu'il n'y avait aucune ambiguïté. »

Les pleurs de ma mère redoublèrent et je lui passai un mouchoir.

« On leur a donné une leçon, hein, Tom ? dit-elle à travers ses larmes.

— Pour une leçon, c'est une sacrée leçon qu'on leur a donnée, Maman, dis-je. Ils n'en sont jamais revenus.

— C'était horrible ce qu'il m'a fait dans cette chambre, dit-elle en sanglotant.

— La dernière fois que je l'ai vu vivant, ce type, il essayait de faire sortir un tigre de la pièce sous prétexte qu'il avait mauvaise haleine, dis-je. Je crois bien que sa journée en a été gâchée. Le soir même il avait du koudzou qui lui poussait dans les orbites.

— C'est drôle comment fonctionnent les choses, Tom, dit-elle. Nous serions morts, aujourd'hui, si ton père n'avait pas acheté cette station-service. Nous avons dû notre salut au seul fait d'avoir un tigre.

— Luke aurait trouvé autre chose, Maman, dis-je. Luke trouvait toujours une solution.

— Pas toujours, dit-elle, et elle se tut. Est-ce que Savannah acceptera de me voir ?

— Elle ne veut voir aucun membre de sa famille dans l'immédiat Maman, dis-je. Elle en est à se demander si elle doit jamais nous revoir de sa vie.

— Sais-tu qu'il y a trois ans qu'elle ne m'a pas adressé la parole ? dit ma mère.

— Elle n'a pas eu de relations avec moi non plus, dis-je. Ni avec Papa. Il s'est passé des choses moches dans notre famille, Maman.

— Ce qui fait de nous une famille exactement semblable à toutes les familles de la terre, dit-elle.

— Savannah reste aussi persuadée que nous formons la famille la plus tordue qui soit dans l'histoire des familles, dis-je.

— Savannah peut difficilement être prise comme arbitre impartial, dit ma mère. Elle est à l'asile de fous.

— Je pense que ses arguments n'en ont que plus de poids, dis-je. Pourquoi es-tu montée à New York, Maman ?

— Parce que je voudrais que vous m'aimiez de nouveau, ta sœur et toi », dit-elle, et sa voix se brisa.

J'attendis qu'elle eût retrouvé le contrôle d'elle-même. Elle semblait fragile, profondément blessée. J'avais peine à croire que je réussissais à adorer une personne dont je me défiais si radicalement.

« Je ne puis rien faire pour changer le passé, articula-t-elle douloureusement. Si je le pouvais, je le ferais volontiers, et totalement, mais je n'ai pas ce pouvoir. Je ne vois aucune raison de vivre le reste de nos vies en ennemis. Je me suis rendu compte que je ne supporte pas le mépris de mes propres enfants. Je veux rentrer dans vos bonnes grâces. Je veux ton affection, Tom. Je crois que je la mérite.

— J'ai été fâché contre toi, Maman, dis-je. Je n'ai jamais cessé de t'aimer. Tu m'as enseigné que même les monstres étaient des êtres humains. Je plaisantais, Maman.

— La plaisanterie n'est pas drôle, renifla-t-elle.

— Je souhaite que nous nous réconciliions, Maman, dis-je. Je parle sérieusement. J'en ai sans doute plus besoin encore que toi. Je sais que tout ce que je dis te fout en rogne. J'essayerai de ne pas sortir de vacheries. Je suis sincère. À partir d'aujourd'hui, je vais tâcher de redevenir le fils merveilleux que j'étais.

— Accepterais-tu de dîner avec nous ce soir ? demanda ma mère. Ça me ferait tellement plaisir.

— Avec nous ? dis-je. Bon Dieu, Maman, tu m'en demandes beaucoup. Pourquoi ne pourrais-je pas recommencer à t'aimer tout en continuant de vouer une haine éternelle à ton mari ? Cela ne doit pas être si extravagant en Amérique. Je suis un beau-fils. Je suis donc dans mon rôle en détestant mon beau-père. Une sorte de prétention littéraire glanée au passage, tu comprends. Voir Hamlet, Cendrillon et les autres.

— S'il te plaît, Tom, dit-elle. Je te le demande comme une faveur. Je voudrais que tu sois ami avec mon mari.

— Parfait, Maman, dis-je. Je serai ravi de dîner avec vous deux.

— Tu m'as beaucoup manqué, Tom, dit-elle en se levant pour partir.

— Toi aussi, tu m'as manqué, Maman, dis-je, et nous nous étreignîmes longuement, et il était difficile de dire qui pleurait le plus tandis que le poids de toutes ces années perdues ajoutait au désespoir de ces retrouvailles physiques.

— Ne joue plus jamais les salopes, Maman », dis-je.

Elle rit entre ses larmes et répondit :

« J'ai parfaitement le droit d'être une salope. Je suis ta mère.

— Nous avons perdu de longues années, Maman, dis-je.

— Nous les rattraperons, Tom, dit-elle. Je regrette pour Luke, Tom. Je sais que c'est à cause de Luke que tu m'as détestée. Mais il ne se passe pas un seul jour de ma vie sans que je pleure en pensant à lui.

— Luke nous aura donné une bonne raison de pleurer, Maman, dis-je.

— Sallie voudrait que tu l'appelles, Tom, dit-elle. Je lui ai parlé juste avant mon départ.

— Elle va me quitter, Maman, dis-je. Je m'entraîne à vivre sans Sallie depuis le jour où je suis arrivé à New York.

— Je ne le pense pas, Tom, dit-elle. Je crois qu'elle s'est fait plaquer.

— Pourquoi n'a-t-elle pas décroché elle-même le téléphone pour m'appeler ? demandai-je.

— Je n'en sais rien, Tom, dit-elle. Elle a peut-être eu peur. Elle dit que tu commences à ressembler au Tom d'autrefois dans tes lettres et dans tes coups de fil.

— Le Tom d'autrefois, dis-je. Je déteste le Tom d'autrefois. Et je déteste aussi le nouveau Tom.

— Moi, j'aime le Tom d'autrefois, dit ma mère. Et le nouveau Tom va venir dîner avec mon mari et moi, et je l'aime à cause de cela.

— Sois patiente avec moi, Maman, dis-je. Ce que tu dis risque de me foutre encore souvent en rogne.

— Si nous nous promettons de nous aimer, Tom, le reste suivra.

— Je veux que ton mari me nourrisse somptueusement, Maman, dis-je. Je veux que cette réconciliation lui coûte beaucoup d'argent. Je veux que sa tension monte d'un coup et que son espérance de vie soit réduite d'autant quand on lui apportera la note.

— Nous avons réservé une table au Four Seasons, dit-elle. J'ai demandé une table pour trois.

— Dégueulasse, dis-je. Tu savais que j'allais craquer à tes charmes de vile séductrice. »

Je retrouvai ma mère au bar du St. Regis. Elle attendait seule. Ma mère leva soudainement les yeux et, en me retournant, je vis son mari pénétrer dans le bar. Je me levai pour le saluer.

« Bonjour, Tom, dit-il. Je vous suis très reconnaissant d'avoir pu vous libérer.

— J'ai été parfaitement stupide, dis-je. Je suis désolé. »

Et je serrai la main de mon beau-père, Reese Newbury.

24

Vers la fin du mois d'août 1962, je m'empressai de me présenter à l'entraînement de football de l'équipe des juniors de l'université de Caroline du Sud, ce qui fit de moi le premier membre de la famille à jamais avoir été admis sur un campus universitaire. Dans les chroniques familiales, même ces minuscules percées prennent des proportions gigantesques. Le jour donc où je faisais mon entrée à l'université, Luke écumait les eaux du Colleton dans le crevettier tout neuf qu'il avait baptisé le *Miss Savannah*, et déjà, il prenait plus de crevettes que mon père. Savannah ne devait pas partir pour New York avant le mois de novembre, encore le ferait-elle malgré les protestations véhémentes de mes parents qui désiraient la voir rester à Colleton jusqu'à ce qu'elle eût « la tête sur les deux épaules ». La loi du silence avait été respectée et je démarrai l'entraînement avec la honte secrète d'être sans doute le seul gars de l'équipe à avoir eu la chance insigne de s'être fait violer par un détenu en cavale. Je devins timide au moment de passer à la douche, inquiet que ma nudité ne révélât quelque stigmate de ma honte à mes coéquipiers. Je me fis le serment de recommencer ma vie, de retrouver l'enthousiasme sans bornes que j'avais perdu au cours de cette agression dans ma maison, de me distinguer dans tous les domaines de la vie estudiantine. Mais pour moi, la chance avait déjà tourné, et l'université allait m'enseigner que j'appartenais à ces tâcherons de la vie, avides d'excellence, mais à qui faisait défaut le talent.

Au cours de la première semaine d'entraînement, je m'entendis dire par le coach qui s'occupait de moi que je n'avais pas les qualités requises pour être quarterback dans une équipe universitaire, et il me cantonna dans les arrières de sécurité, à charge pour moi d'y satisfaire mes rêves d'athlète. J'allais renvoyer les tirs au pied et autres dégagements pendant trois ans, dans l'équipe de seconde division, et, en dernière année, après avoir intercepté trois passes contre l'adversaire, je fus admis dans la grande équipe, toutes années confondues. Mais jamais je n'eus l'occasion de faire une seule passe ni de risquer la moindre attaque depuis la ligne d'avantage. Les limites de mes talents étaient modestes et mes aspirations excédaient de loin mes capacités. J'étais connu comme battant, et au fil des années les entraîneurs se prirent d'affection pour moi. Quand les coureurs de l'équipe attaquante brisaient notre ligne de défense, je me rappelais à leur bon souvenir. Je les plaquais avec une témérité et une sauvagerie déterminée que n'interdisait pas un talent minimal. J'étais le seul à savoir que cette rage était l'œuvre de la terreur. Jamais je ne devais perdre ma peur viscérale du jeu, mais c'était là un secret que je ne partageais avec personne. Je fis de cette frayeur un atout qui m'aida à me trouver moi-même au cours de ces quatre années d'apprentissage sous une férule languissante. Je jouais avec la peur au ventre, mais sans déshonneur. C'était la peur qui me donnait cet amour du sport, cet amour de moi-même sachant transformer ma peur en acte de ferveur, voire de vénération.

Avant de fréquenter l'université, je n'avais aucune idée de l'image rustique et candide que je renvoyais aux autres. Les gars de l'équipe de première année venaient d'un peu partout en Amérique, et c'est avec une attention proche de la stupéfaction que j'écoutais parler les quatre New-Yorkais de la bande. Je n'imaginais pas qu'une telle assurance, une telle ostentatoire aisance pussent être l'apanage naturel de garçons de mon âge. Ils étaient pour moi aussi exotiques que des Turcs, et leur façon de parler, mordante et rapide, sonnait à mes oreilles comme un langage pernicieux et étranger.

J'étais tellement submergé par la nouveauté de cette vie estudiantine, par l'amplitude du changement qui faisait d'un gamin juste sorti de son île un jeune étudiant, que je nouai peu de relations au cours de la première année. Le pied léger et vigilant, je m'abstenais d'émettre des avis, réceptif à tout, et je m'efforçai d'acquérir du jugement en imitant les jeunes citadins sudistes, pleins de morgue et de superbe, et pour lesquels j'avais une admiration excessive. En seconde et troisième année, les garçons de Charleston avaient une démarche royale et je tentais de singer leurs manières élégantes, leur sophistication nonchalante, leur esprit aiguisé et urbain. Mon camarade de chambre était un garçon de Charleston, dont le nom était Boisfeuillet Gailliard, ou Bo, comme il aimait se faire appeler. Il puait la bonne famille et le privilège inné. Son nom évoquait pour moi un plat de cuisine française et un de ses ancêtres huguenots avait été gouverneur de la colonie avant la grande révolte contre le roi George. Je fus ravi de la bonne fortune qui m'avait attribué un tel camarade de chambre, et ma mère connut un moment proche de l'extase en apprenant qu'un Wingo avait lié son sort à celui d'un Gailliard de Caroline du Sud. Je sais aujourd'hui que Bo fut consterné de se voir imposer un compagnon si peu distingué, mais il était trop rompu aux bonnes manières de la bourgeoisie sudiste pour jamais laisser filtrer devant moi sa déception. En réalité, passé le choc initial, il parut me prendre sous son aile, comme une sorte d'objet social à policer. Il édicta une seule et unique règle entre nous : que jamais, sous aucun prétexte, je n'empruntasse ses vêtements. Il avait un placard rempli de costumes et de vestes fantastiques. Il sembla stupéfait par ma propre garde-robe, franchement chiche, mais encore une fois, il ne dit rien, ses yeux n'exprimant qu'une très légère surprise lorsque je lui montrai fièrement la veste que m'avait confectionnée ma mère quand j'avais décroché mon diplôme. Bo fut ravi d'apprendre que je pratiquais le football et me demanda si je pourrais obtenir des invitations aux matches, pour sa famille. Je lui répondis que j'en serais ravi et alimentai sa famille en billets gratuits pendant les quatre années qui suivirent, alors qu'il avait depuis longtemps cessé de partager ma chambre. Je ne le savais pas à l'époque, mais en la personne de Boisfeuillet Gailliard, j'avais pour la première fois côtoyé ce phénomène propre à la culture sudiste qu'est le politicien-né. Au cours de la première semaine, il m'annonça qu'il serait gouverneur de l'État à quarante ans, et je ne fus pas surpris de le voir prêter serment deux ans avant l'échéance prévue. Il m'avait demandé de repérer toute fille sur le campus susceptible de faire une première dame de l'État. Je promis d'avoir l'œil. Jamais encore je n'avais rencontré un garçon comme Bo Gailliard. J'étais un petit gars de la cambrousse et je n'étais pas encore passé maître dans l'art de flairer les connards à trois lieues.

Ce fut Bo qui me donna envie d'intégrer une fraternité* et je le suivis de pavillon en pavillon pendant la semaine fatidique, le voyant disparaître d'à côté de moi chaque fois que nous pénétrions dans les salles bruyantes et enfumées où se pressaient les jeunes Grecs élégants qui me semblèrent tous être les humains les plus amicaux que j'eusse rencontrés. J'eus le coup de foudre pour toutes les fraternités et pratiquement tous les frères y officiant, mais Bo me persuada que SAE était le fin du fin, la seule à considérer sérieusement. Je participai néanmoins à tous les dîners où étaient conviés les bizuths, je ris de toutes les plaisanteries et pris part à un maximum de conversations, donnant mon avis sur presque tous les sujets imaginables.

Quand vint le moment de remplir les demandes d'adhésion, je réfléchis longuement et inscrivis les cinq fraternités les plus recherchées sous la rubrique « choix prioritaires ». Les réponses des fraternités devaient arriver à partir de cinq heures de l'après-midi, et il y avait foule pour attendre devant la poste à l'heure de la distribution du courrier. On entendait des hurlements de joie quand un garçon ou une fille recevait son acceptation de la fraternité, ou de la sororité** de son choix. L'atmosphère était à la joie et aux réjouissances, si bien que je piétinais de bonheur anticipé en surveillant ma boîte à lettres.

À sept heures du soir, j'étais toujours là, en train d'examiner la boîte désespérément vide, me demandant s'il n'y avait pas eu une terrible erreur. À huit heures du soir, Bo me trouva encore en train d'attendre, inquiet et crispé, dans l'obscurité tombante du bureau de poste.

« J'ai cinq acceptations, mais d'aussi loin que je me souvienne, nous sommes SAE dans la famille. Viens, je t'offre une bière pour fêter ça.

— Non merci, Bo, dis-je. Est-ce que certaines acceptations risquent d'arriver demain ?

---

* Les fraternités sont des clubs d'étudiants très fermés, internes à chaque université, et fonctionnant par cooptation. Chaque fraternité se désigne généralement par trois lettres de l'alphabet grec. (N.d.T.)
** Les sororités sont la version féminine des fraternités. (N.d.T.)

— Diable, non, répondit-il en riant. Les gars deviendraient fous s'ils devaient attendre jusqu'à demain.

— Je n'ai reçu aucune acceptation, dis-je.

— Tu n'en es pas surpris, tout de même, Tom ? dit-il, sans malice.

— Si. Je suis très surpris au contraire, dis-je.

— Tom, j'aurais dû te prévenir, mais je ne voulais pas te faire de peine. Tu es devenu la risée de la promotion. Tout le monde parle de toi.

— Pourquoi ? demandai-je.

— Tu as porté la même veste à toutes les réceptions, toutes les réunions, toutes les occasions mondaines ou pas qui se sont présentées sur le campus. Puis quelqu'un a découvert que cette veste avait été confectionnée par ta mère, et ça a été la folie. Dans certaines sororités, les filles ont trouvé que c'était trop chou, mais il est certain que côté grec, on fait mieux. En clair, on n'a jamais vu un membre d'une fraternité qui se respecte se balader en costume fait maison. Ce qui serait parfait pour un tableau de Norman Rockwell ne correspond pas précisément à l'image rêvée pour une fraternité. Est-ce que tu as été refusé aussi par les Deka ?

— Je suppose que oui.

— Si tu n'as pas été pris par celle-là, Tom, c'est sans espoir. Mais il y a des tas de types très intelligents sur le campus qui ne veulent même pas entendre parler des fraternités, tu sais.

— Je regrette de ne pas avoir été assez malin pour être du lot.

— Laisse-moi t'offrir une bière.

— Il faut que je téléphone chez moi. »

Je marchai jusqu'aux cabines téléphoniques, près de l'entrée de la poste, et restai un moment assis dans l'obscurité pour retrouver un peu mes esprits malmenés avant d'appeler chez moi. Je n'étais plus que honte et orgueil blessé. Je tentai une analyse rétrospective de mon comportement pendant la série de réceptions étourdissantes auxquelles j'avais participé. Avais-je ri trop fort, fait des fautes de grammaire, péché par excès de flagornerie ?

J'avais toujours considéré comme un fait acquis que je plaisais. Mon succès auprès des gens ne m'avait jamais causé d'inquiétudes, mais à présent, il me préoccupait énormément. Si seulement je pouvais parler à certains des membres de ces fraternités, leur raconter la place de cette veste dans l'histoire de ma vie, ils comprendraient et reverraient leur position. Mais je percevais bien l'inanité d'une aussi pitoyable démarche. Mon seul problème était de ne pas avoir saisi la nature du milieu où j'essayais de me faire admettre. J'avais voulu devenir membre d'une fraternité, et j'avais trouvé la Colleton League en travers de mon chemin. De ma mère, je n'avais rien appris des périls de l'ambition.

J'appelai ma mère, et Savannah répondit.

« Salut, Savannah. Comment vas-tu ? C'est Tom.

— Bonjour, monsieur l'étudiant, dit-elle, la voix encore faible et marquée par l'épreuve qu'elle venait de subir. Je vais bien, Tom. Je vais un peu mieux chaque jour. Ne t'en fais pas. Je vais m'en sortir.

— Maman est là ? demandai-je.

— Elle est à la cuisine.

— Aucune fraternité n'a voulu de moi, Savannah.

— Ça t'ennuie vraiment, Tom ?

— Ouais. Ça m'ennuie même beaucoup. Je n'y peux rien, c'est ainsi. Moi, j'aime tout le monde là-bas, Savannah, et je me disais que je n'avais jamais rencontré de types aussi épatants.

— C'est des pauvres mecs, Tom. S'ils n'ont pas voulu de toi, c'est que c'est des pauvres mecs, dit-elle en baissant la voix pour que ma mère n'entendît pas.

— J'ai dû commettre une erreur. Mais je ne sais pas quoi. Un tas de types à qui je ne donnais pas une chance ont été admis. C'est bizarre, l'Université, Savannah.

— Je suis désolée. Tu veux que je vienne te voir ce week-end ? Les cicatrices de mes poignets sont tout à fait guéries.

— Non. Mais je veux seulement que tu saches combien vous me manquez, toi et Luke. Sans vous, je perds de ma valeur. Et le monde de sa saveur.

— Tu n'es pas sans moi. N'oublie jamais cela. Je te passe Maman.

— Je ne vais peut-être pas tout dire à Maman, Savannah.

— Compris. Je t'aime. Travaille dur.

— Tom, dit ma mère. C'était le grand jour. Tu dois être content.

— Euh, Maman, dis-je, j'ai beaucoup réfléchi depuis que je suis ici, et j'ai décidé de ne pas solliciter mon admission dans une fraternité cette année. J'ai l'intention d'attendre un an ou deux.

— Cette idée ne me semble pas vraiment excellente, dit-elle. N'oublie pas que les gens que tu fréquentes dans le cadre de ta fraternité sont ceux qui seront là pour t'épauler dans le monde des affaires lorsque tu auras passé tes diplômes.

— C'est ça, justement. La fraternité est un facteur de distraction par rapport aux études. J'ai participé à tellement de mondanités que j'ai négligé mon travail scolaire.

— Voilà un argument beaucoup plus convaincant. Bien que je n'approuve pas vraiment, ne t'y trompe pas. Je persiste à croire qu'il vaut mieux intégrer une fraternité dès la première année, mais naturellement, si tu es à la traîne...

— Oui, j'ai raté plusieurs interrogations la semaine dernière, et j'ai été convoqué pour un entretien particulier.

— Si tu perds ta bourse, nous n'avons pas les moyens de te payer tes études, Tom.

— Je sais, Maman. C'est pourquoi je pense que la fraternité devra attendre. Je crois que mes études auront priorité absolue sur ma vie mondaine pendant quelque temps.

— Écoute, tu es adulte maintenant et tu peux prendre tes décisions tout seul. Savannah va beaucoup mieux, Tom. Mais je voudrais que tu lui écrives pour tenter de la dissuader de monter à New York. Les rues sont beaucoup trop dangereuses pour une jeune fille venue du Sud, là-bas.

— Pas plus dangereuses que la vie sur une île, Maman, dis-je, et ce fut l'allusion la plus précise que je fisse jamais au viol en présence de ma mère.

— Parle-moi un peu de tes cours, Tom », dit-elle, changeant de sujet.

Quand j'eus raccroché, je restai une ou deux minutes dans la cabine, à me demander comment j'allais pouvoir soutenir le regard des garçons qui avaient si massivement voté mon exclusion. J'envisageai de faire transférer mon dossier dans une université moins importante, et plus près de chez moi. Dans ma tête, je cherchais à quelle heure il me faudrait regagner le dortoir pour ne pas avoir à affronter la compassion de mes camarades qui sauraient que je n'avais été accepté nulle part.

Je ne vis pas le passage de l'étudiante qui vint s'installer dans la cabine juste derrière la mienne. Je l'entendis introduire une pièce dans la fente et demander à l'opératrice un appel en PCV. Avant que j'eusse le temps de sortir de la cabine, je surpris un sanglot de total désarroi qui me figea sur place, m'interdisant de faire le moindre mouvement, de peur que la jeune fille ne sût ainsi qu'elle avait été épiée en cet instant de découragement.

« Oh, Maman, pleura-t-elle, personne n'a voulu de moi. Il n'y a pas eu une seule voix pour mon admission dans une sororité. »

Elle pleurait toutes les larmes de son corps dans cette cabine juste derrière la mienne et, la tête penchée en arrière, j'écoutais ses sanglots.

« Je ne leur ai pas plu, Maman. Elles n'ont pas voulu de moi. Non, tu ne comprends pas, Maman. Je ne leur ai rien fait, à aucune. J'ai été gentille, Maman. Très gentille, même. Tu me connais. Oh, Maman, je suis tellement triste. Triste et malheureuse. »

Pendant dix minutes, elle parla, et pleura, et écouta les mots de consolation prononcés par sa mère. Après avoir raccroché, elle appuya son front contre le téléphone et continua de pleurer. Je me penchai en dehors de la cabine et dis :

« Il m'est arrivé la même chose aujourd'hui. Vous voulez qu'on aille prendre un Coca ? »

Elle leva les yeux, surprise, les joues ruisselantes de larmes, et elle dit :

« Je ne savais pas qu'il y avait quelqu'un.

— Je viens d'appeler ma mère pour lui raconter la même histoire. Sauf que j'ai menti. Je n'ai pas eu le cran de lui dire que je n'avais été admis dans aucune fraternité.

— Ils n'ont pas voulu de vous ? dit-elle, en me regardant. Vous êtes pourtant très mignon. »

Je rougis, désarçonné par sa candeur.

« Alors, ce Coca, c'est oui ? balbutiai-je.

— Avec plaisir. Mais il faut que je me débarbouille d'abord.

— Je m'appelle Tom Wingo, dis-je.

— Et moi, Sallie Pierson, dit-elle entre ses larmes. Très heureuse de vous rencontrer. »

Et c'est ainsi que je fis la connaissance de ma femme.

Nous entamâmes notre vie commune à un moment de défaite personnelle et de naturelle envie de pleurer sur notre sort, ce qui nous marqua tous les deux d'inimitable façon. Cet ostracisme calma mes ardeurs et me permit de me situer plus précisément dans le vaste échiquier des choses. Ce fut pour moi la fin définitive de toute initiative exigeant un peu d'audace ou d'imagination. Je devins timoré, craintif, morne. J'appris à tenir ma langue, à baliser mes itinéraires, à considérer l'avenir d'un œil prudent. Finalement, je fus dépossédé d'un certain optimisme, de cette acceptation du monde et de tout ce qu'il pouvait m'offrir, alors que cela avait toujours été ma force et mon espoir. Malgré l'enfance que j'avais eue, malgré le viol, je trouvais le monde fabuleux, jusqu'à ce que la SAE décidât de ne pas m'admettre dans ses rangs.

De trempe différente était Sallie Pierson. Fille d'un couple d'ouvriers des filatures de Pelzer, Caroline du Sud, ce rejet ne comptait que comme un élément supplémentaire dans la longue série des catastrophes sociales qui s'étaient abattues sur elle depuis sa prime enfance. Qu'elle considérât une famille de pêcheurs de crevettes comme exotique et respectable donne la mesure de sa candeur en matière de hiérarchie sociale. Elle était arrivée à l'Université grâce à une bourse que l'usine de ses parents accordait chaque année à l'enfant d'ouvrier ayant obtenu les meilleurs résultats scolaires. Elle n'avait jamais eu que des mentions Très Bien pendant toutes ses études secondaires et ne devait descendre que deux fois à la mention Bien, du temps de son passage à l'Université. Lorsqu'elle étudiait, Sallie Pierson avait aux oreilles la musique des métiers à tisser et, dans sa tête, elle voyait l'image de ses parents, déformés par des années d'un rude labeur accompli dans le seul espoir que leur fille unique aurait la chance qui leur avait été refusée. Le soir de notre rencontre, elle me raconta qu'elle voulait être docteur en médecine et avoir trois enfants. Elle avait planifié sa vie comme on prépare une bataille. Après notre deuxième nuit ensemble, elle m'annonça que, sans vouloir m'effrayer pour autant, elle avait décidé de m'épouser. Elle ne m'effraya pas.

Jamais je n'avais rencontré de fille comme Sallie Pierson.

Tous les soirs, nous nous retrouvions en bibliothèque et nous travaillions ensemble. Elle prenait les études très au sérieux et me communiqua son zèle. De sept heures à dix heures, tous les soirs, sauf le samedi, nous restions à la même table de travail, derrière la section littéraire. Elle m'autorisait à lui écrire un billet doux chaque jour, mais pas plus. Au lycée, elle avait appris que le fait de se consacrer totalement à ses études apportait certaines satisfactions qui iraient en s'accroissant, pourvu que nous persévérions dans notre assiduité. Elle ne m'écrivait jamais de messages d'amour, mais dressait en revanche de longues listes des choses qu'elle attendait de nous.

Cher Tom,
Tu seras Phi Beta Kappa*, tu seras dans le Who's Who *des Universités américaines, tu seras capitaine de l'équipe de football, tu seras le premier de ton cours de littérature anglaise.*

Baisers, Sallie.

Chère Sallie (répondis-je en lui faisant passer le petit mot par-dessus la table),
C'est quoi, Phi Beta Kappa ?

Baisers, Tom.

Cher Tom,
C'est la seule fraternité dont tu puisses forcer la porte, paysan. Maintenant, travaille. Fini, les petits mots.

Baisers, Sallie.

Comme Savannah, Sallie comprenait le poids que prenaient les choses quand on les écrivait. La surprise fut grande, le soir où nous fûmes intronisés ensemble Phi Beta Kappa, deux ans plus tard. J'avais découvert, non sans étonnement, que j'étais le seul étudiant de mon cours, en première année, à avoir entendu parler de William Faulkner, pour ne rien dire d'une éventuelle lecture. J'adorais les cours de littérature et avais peine à croire à mon bonheur, moi qui vivais une vie où mon seul travail consistait à lire les plus beaux livres jamais écrits. Ainsi démarra pour moi une longue histoire d'amour avec le département d'études anglaises de l'université de Caroline du Sud, dont les membres refusaient de croire qu'un footballeur pût écrire une page d'anglais correct sans massacrer la langue. Ils ignoraient que j'avais grandi sous le même toit qu'une sœur qui deviendrait le plus grand poète du Sud américain, et ils ne savaient pas non plus que j'étudiais trois heures tous les soirs à côté d'une fille qui avait inscrit un seul et unique objectif sur la liste de ses projets : sortir major de la promotion.

Ma mère fut rien moins que ravie lorsqu'elle découvrit que je sortais avec une fille d'ouvrier, et elle fit tout ce qu'elle put pour décourager cette idylle. Elle m'écrivit une série de lettres où elle me décrivait le genre de femmes auxquelles je devrais m'intéresser le jour où je me mettrais en quête d'une épouse. Je lus ce courrier à Sallie qui donna raison à ma mère.

« Les filatures ne seront jamais un atout dans le paysage, Tom, dit

---

* Phi Beta Kappa est l'abréviation pour *philosophia biou kybernetes*, la philosophie, guide de la vie. Il s'agit d'un ordre d'excellence universitaire fondé en 1776 et décerné à l'échelon national. *(N.d.T.)*

Sallie. Je ne pourrai jamais t'apporter ce que ces autres filles pourront te donner.

— L'odeur de crevettes est assez tenace aussi, répondis-je.

— J'aime bien les crevettes, dit-elle.

— Et moi, j'aime le coton.

— On va leur montrer, Tom, dit-elle en m'embrassant. À nous deux, on va leur en remontrer à tous. Nous ne décrocherons pas tout, et il nous manquera toujours quelque chose, mais nos enfants, eux, auront tout. Nos enfants auront le monde entier. »

Ces mots-là, je les avais attendus depuis le jour de ma naissance, et en les entendant, je sus que j'avais rencontré la femme de ma vie.

Sur le terrain de football, je me battis pendant trois ans avec mon sentiment d'infériorité. J'étais entouré d'athlètes superbes qui me donnaient quotidiennement des leçons sur mes déficiences sur le terrain. Mais j'attendis la saison des matches dans la salle de musculation où je mis une indéfectible ardeur à modeler mon corps. En arrivant à l'université, je pesais soixante-douze kilos. En ressortant, quatre ans plus tard, j'approchais les cent kilos. En première année, je levais cent vingt kilos, en dernière année, j'étais à trois cent vingt. En deuxième et troisième année, je jouais les protections du porteur de ballon en attaque, et j'étais en troisième ligne en défense, jusqu'au jour où Everett Cooper, celui qui retournait les dégagements au pied, fut blessé au cours du match contre Clemson.

Lorsque Clemson mena au score, j'entendis l'entraîneur de notre équipe, M. Bass, crier mon nom.

Et mes années d'université devinrent un paradis.

Lorsque je reculai pour recevoir le ballon dégagé au pied, personne, à part Luke, Sallie et mes parents, ne connaissait mon nom dans les tribunes.

Le tireur de Clemson approcha du ballon et je vis le terrifiant mouvement de la marée de casques orange se déplaçant vers le bas du terrain, tandis que, accompagné par le rugissement de six mille voix, le ballon s'élevait dans le clair soleil de Caroline et parcourait soixante yards dans les airs avant réception, par mes soins, dans la zone d'en-but, et embarquement de cette saloperie là où il fallait. « Mesdames et messieurs, je vous présente Wingo », hurlai-je en fourrant le ballon sous mon bras avant de remonter le terrain comme une flèche, en empruntant la zone latérale gauche. J'encaissai un arrêt sur la ligne des vingt-cinq yards mais parvins à esquiver le plaquage de l'adversaire, et, surgissant de derrière par la droite, un autre joueur de Clemson plongea sur moi, mais il me manqua de justesse. Contournant alors un arrière de défense, je dus enjamber deux de mes partenaires qui venaient de faire chuter deux gars de Clemson. Je traversai tout le terrain en diagonale jusqu'à dénicher la garde offensive dont j'avais besoin et repérer la brèche pour laquelle j'avais adressé une prière au ciel. Lorsque se dessina l'ouverture, je fonçai en avant et sentis quelqu'un plonger pour me faire un plaquage arrière ; je trébuchai mais rétablis l'équilibre de ma main gauche, sans tomber, et je vis le buteur adverse, sur leur ligne des trente yards, c'est-à-dire le dernier joueur de Clemson qui pût encore m'empêcher d'atteindre leur ligne d'en-but.

Mais il y avait six mille personnes ignorant mon nom et quatre que j'aimais, dont les voix m'encourageaient dans ma course sur ce stade qu'on appelait la Vallée de la Mort, et je n'avais pas l'intention de me laisser plaquer par un buteur. Je baissai la tête et mon casque le heurta sur les numéros du maillot, et il fondit comme neige au soleil sous le divin regard du Seigneur, écrabouillé par le seul gars sur ce terrain qui connût le nom de Byron ou un seul des vers écrits par lui. Deux joueurs de Clemson me rattrapèrent à cinq yards et je leur offris une balade qui se termina par une roulade collective dans la zone d'en-but, au terme de cette course qui devait changer le cours de ma vie.

Le score était de treize à six, et il restait un quart-temps à jouer, lorsque j'entendis ces douces paroles prononcées par l'annonceur : « Le joueur numéro quarante-trois vient de réussir une course de cent trois yards, établissant ainsi un nouveau record des championnats de la côte Atlantique. »

Je regagnai la touche où je fus englouti par mes coéquipiers et les entraîneurs de l'équipe. Dépassant le banc, je restai debout à saluer comme un fou en direction du petit coin, en haut des gradins, où je savais que se trouvaient Sallie, Luke et mes parents, en train de m'acclamer à tout rompre.

George Lanier gagna le point supplémentaire en réussissant le coup de pied de transformation, et nous avions un retard de six points sur les Tigres de Clemson lorsque nous réintégrâmes le terrain pour le quatrième quart-temps.

À deux minutes de la fin du match, nous bloquâmes l'attaque de Clemson sur leur ligne de vingt yards. J'entendis un des entraîneurs adjoints hurler à Bass : « Donnez le coup à Wingo. »

« Wingo », cria l'entraîneur Bass, et je courus jusqu'à lui.

« Wingo, dit-il tandis que j'ajustais mon casque, remettez-nous ça. »

J'avais été touché par la grâce, ce jour-là, et l'entraîneur Bass avait prononcé des paroles magiques, incantatoires, et je cherchais dans ma mémoire une expérience semblable, tout en allant prendre position sur notre ligne de trente-cinq yards, fermant mes oreilles à l'extraordinaire ovation de la foule. C'est en voyant le centre mettre la balle en jeu au bénéfice du joueur qui dégagerait au pied que je me souvins d'un lointain coucher de soleil, alors que j'avais trois ans et que ma mère nous avait emmenés jusqu'au quai et avait fait surgir la lune d'entre les arbres de l'île, et puis la voix béate de ma petite sœur avait réclamé la répétition du miracle :

« Encore, Maman ! »

« Encore, Wingo, remettez-nous ça », dis-je en voyant la chandelle décliner lentement pour venir déposer le cadeau ovale entre les mains d'un garçon touché par la grâce pendant un jour de sa vie.

En attrapant le ballon, je regardai vers le haut du terrain.

Je pris le merveilleux départ de la course qui allait faire de moi le joueur de football le plus célèbre de Caroline du Sud pendant une année qui me serait chère jusqu'à la fin de mes jours. Je pris possession du ballon sur la ligne des quarante yards et fonçai sur la zone latérale droite, mais je n'avais d'autre perspective devant moi qu'un mouvant jardin orange prêt à m'affronter. Trois joueurs de Clemson arrivaient sur mon flanc gauche, prêts à me plaquer, quand je m'arrêtai net pour faire un démarrage en flèche de l'autre côté, repartant vers notre ligne d'en-but en essayant d'atteindre la partie gauche du terrain. L'un des joueurs de Clemson faillit m'accrocher à dix-sept yards de la ligne, mais il fut littéralement cassé en deux par une percussion vicieuse d'un de nos arrières, Jim Landon. Les deux autres arrivaient à accorder leurs foulées aux miennes lorsque je piquai vers le haut du terrain. En regardant ce qui se passait du côté des lignes de touche, je vis une chose surprenante se dérouler sous mes yeux. La ligne de protection de notre attaque s'était rompue après le coup de pied de dégagement, mais chacun de mes coéquipiers, en suivant la balle, avait observé mon changement de cap, avec onze joueurs de Clemson lancés gaillardement à ma poursuite. J'avais devant moi une sorte de couloir long de cinquante yards environ. Qu'un joueur de Clemson s'apprêtât à me toucher, et il avait un gars de Caroline du Sud qui s'interposait pour éviter le plaquage en le cisaillant aux genoux. J'avais l'impression de courir à l'abri d'une colonnade. La vie était belle pour moi, ce jour-là, et j'avais l'impression d'être le type le plus rapide, le plus gentil, et le plus mignon qui eût jamais respiré l'air limpide de Clemson. Lorsque j'atteignis leur ligne des trente mètres, en courant à une vitesse dont je ne me serais jamais cru capable, il ne restait pas un seul joueur de l'équipe adverse debout sur le terrain. En franchissant la ligne d'en-but, je me laissai choir sur les genoux et remerciai Dieu de m'avoir donné la vélocité par laquelle je pouvais goûter le privilège de me croire le roi du monde pour un jour, unique et glorieux, de ma jeune vie.

Après le point de la transformation réussie par George Lanier, puis l'arrêt de la poussée exercée par Clemson sur notre ligne des vingt-trois yards, suivi du coup de sifflet de l'arbitre indiquant la fin de la partie, je crus bien être tué par l'enthousiasme des supporters de Caroline du Sud qui envahirent le terrain. Je serais mort dans un instant d'absolue béatitude. Un photographe saisit l'instant précis où Sallie me repéra dans la foule et me sauta dans les bras pour m'embrasser sur la bouche, tout en continuant de hurler de joie. Ce cliché fit la une de tous les suppléments sportifs de l'État, le lendemain, jusqu'à Pelzer.

À minuit, ce soir-là, je sortais du restaurant Yesterday où mes parents nous avaient emmenés dîner et je me sentais mortifié que ce jour merveilleux fût terminé.

Au cours de la semaine qui suivit, des autocollants glorifiant le nom de Wingo fleurirent sur les pare-chocs des voitures d'un bout à l'autre de la Caroline du Sud. Herman Weems, journaliste du *Columbia State*, dans la colonne qu'il me consacra dans le numéro du dimanche suivant, me qualifiait d'athlète universitaire et écrivait que j'étais la plus fabuleuse arme secrète de l'histoire du football en Caroline du Sud. M. Bass, l'entraîneur de l'équipe, cité dans cet article affirmait : « Il n'a rien d'un footballeur hors pair, mais de cela je ne convaincrai personne à Clemson. »

Dans le dernier paragraphe, Herman signalait que je sortais avec l'étudiante la plus douée de notre promotion et que cette demoiselle abonnée aux prix d'excellence était par-dessus le marché ravissante. Ce fut le passage de l'article que préféra Sallie.

Il fallut encore quelques semaines pour que je fusse sollicité par une délégation de SAEs, dont Bo Gailliard, qui me demandèrent si je n'envisagerais pas, éventuellement, de faire partie de leur fraternité. Je déclinai poliment, comme je le fis pour les sept autres fraternités qui tentèrent de me recruter cette même année. Jamais le mot non n'avait été paré à mes yeux d'une telle exquise beauté. Les Tri Delts dépêchèrent un contingent des vedettes féminines de l'établissement pour persuader Sallie de rejoindre leur sororité. Sallie les envoya se faire foutre avec une verdeur qui me ravit.

Plus jamais je ne devais connaître une telle absolue béatitude. Je pratiquai un football honorable pendant le reste de ma carrière dans l'équipe de Caroline du Sud, mais j'appris que la nature est d'une rare avarice dès lors qu'il s'agit de déverser ses bienfaits. Si j'avais été doué d'un grand talent, j'eusse connu d'autres journées de triomphe. Mais je savais que j'avais déjà eu beaucoup de chance d'en vivre seulement une. Au plus bas de ma carrière d'étudiant, j'avais fait la connaissance de celle qui serait l'amour de ma vie ; à l'apogée de la même carrière, j'avais donné le meilleur de mes possibilités athlétiques et connu, l'espace d'un seul jour, la saveur de la célébrité. Une saveur plutôt fade, et j'en fus le premier surpris.

Une fois notre licence en poche, Sallie et moi nous mariâmes à Pelzer ; Luke fut mon garçon d'honneur et Savannah la demoiselle d'honneur de Sallie. Notre lune de miel se passa sur l'île Melrose, dans la petite maison de deux pièces que Luke s'était construite, sur l'hectare de terre dont Papa lui avait fait cadeau, près du pont. Savannah passa une semaine chez Papa et Maman, et Luke vécut sur son bateau tandis que je faisais découvrir à Sallie tout ce que je savais de la vie sur les basses terres.

Le soir, quand je reposais dans ses bras, Sallie me chuchotait : « Quand j'aurai fini ma médecine, nous ferons de jolis bébés, Tom. Pour le moment, notre seul boulot, c'est d'apprendre à aimer ça. »

Ensemble, au cours de ce long été, nous répétâmes, tendrement enlacés, le plus doux chapitre de l'histoire du monde. Doucement, nous arrachâmes un à un les secrets et les mystères timidement retenus par nos corps. Nous faisions l'amour comme nous aurions composé un long poème, écrit avec des flammes.

474

Quand s'acheva cette lune de miel, je travaillai comme second sur le crevettier de Luke. Sallie et moi étions debout avant l'aube pour aller rejoindre Luke au port. Luke suivait le bateau de mon père et je devais m'assurer que les portes de bois fonctionnaient correctement, sans emmêler les câbles. Lorsque nous avions la cale pleine de crevettes dûment recouvertes de glace, je nettoyais le pont tandis que Luke pilotait le *Miss Savannah* en direction du port. Luke me donnait dix cents pour chaque livre de crevettes vendue, et j'avais quelques économies à la banque lorsque je commençai ma carrière de professeur et d'entraîneur sportif au lycée de Colleton.

À la fin du mois d'août, la *Saturday Review* publia le premier poème de Savannah dans un numéro consacré aux jeunes poètes. Ce numéro sortit le jour même où Luke reçut par la poste sa notification d'incorporation dans les forces armées. Savannah avait écrit un poème contre la guerre à l'instant précis où cette guerre s'imposait concrètement dans la conscience de la famille.

Le lendemain soir, chez nous, Luke demanda :

« Vous en pensez quoi, vous deux, de cette histoire de Vietnam ?

— Sallie m'a fait quitter le corps des officiers de réserve dès que la guerre a commencé à chauffer, répondis-je, en tendant à Luke une tasse de café noir.

— Les maris morts font de mauvais pères de famille, dit Sallie. Tom n'a rien à faire là-dedans.

— Je ne vais pas pouvoir y échapper, dit Luke. J'ai appelé le vieux Knox Dobbins, hier, au conseil de révision, et il m'a dit qu'il n'y aurait plus de dispenses pour les pêcheurs. On est trop nombreux à pêcher la crevette dans le coin, paraît-il.

— Il a trouvé une façon radicale de faire baisser les effectifs, dis-je, furieux.

— Est-ce qu'ils vont t'incorporer toi aussi, Tom ? demanda-t-il.

— Les professeurs de sexe masculin ne sont pas appelés sous les drapeaux en Caroline du Sud, Luke, répondis-je. On se contente de leur payer des salaires de misère en espérant qu'ils ne chercheront pas un vrai boulot.

— T'as déjà parlé avec quelqu'un qui venait du Vietnam ? demanda-t-il.

— J'ai fait la connaissance d'un type qui tenait un restaurant chinois à Columbia, autrefois, dis-je.

— Il venait de Chine, Tom, dit Sallie. Ça n'a rien à voir.

— Pour moi, c'est la même chose, dis-je.

— Maman dit que je dois partir parce qu'on nous a inculqué l'amour de l'Amérique, dit Luke.

— Nous aimons effectivement l'Amérique, dis-je. Quel est le rapport ?

— Je lui ai dit que je n'aimais pas l'Amérique, dit-il. Je lui ai dit que moi, j'aimais Colleton. Je fais cadeau de tout le reste aux Vietnamiens, pour ce que j'en ai à faire. Quelle saloperie. Le pire, c'est que je vais être obligé de vendre le bateau.

— Non, ne le vends pas – Tom peut s'en occuper à ta place, dit Sallie. Dès que l'école sera finie, l'été prochain, il pourra sortir le bateau à ta place et au moins payer les traites.

— Tom a fait des études pour ne pas être pêcheur, Sallie, répondit Luke.

— Non, dis-je. Tom a fait des études pour avoir le choix d'être pêcheur ou pas. Je voulais avoir la liberté de décider, Luke, et ce sera un honneur pour moi de m'occuper de ton bateau jusqu'à ton retour.

— J'apprécie, Tom, dit-il simplement. Je serai content de savoir que le bateau m'attend, au pays.

— Ne pars pas, Luke, dit Sallie. Dis-leur que tu es objecteur de conscience. Raconte-leur n'importe quoi.

— Ils me colleront en prison, Sallie, dit Luke. J'aimerais mieux mourir qu'aller en prison. »

Alors que notre vie à Colleton commençait à prendre le tour ennuyeux d'une vie de prof sudiste, Luke fut arraché à cet univers-là pour aller jouer son petit rôle dans la seule guerre que l'Amérique eût été capable de mitonner pour notre génération. Pendant que j'enseignais dans la salle de classe et entraînais des gosses au football sur le terrain même où Luke et moi avions été capitaines, pendant que Savannah participait à toutes les manifestations pacifistes organisées sur la côte Est, Luke patrouillait les fleuves du Vietnam, ayant choisi la très mystérieuse branche d'élite de la marine, connue sous le sigle SEAL. Les autorités militaires n'étaient point stupides et n'entendaient pas gaspiller les talents du garçon le plus robuste et le plus sensé qui se fût engagé en cette période de révisions déchirantes pour l'Amérique. Tandis que je lançais des gamins sur le terrain en leur apprenant les techniques du plaquage, tandis que Savannah écrivait les poèmes qu'elle ferait figurer dans son premier recueil, Luke s'initiait au minage des eaux, aux parachutages à basse altitude, à l'art de tuer sans faire de bruit quand on opère derrière les lignes ennemies. Un kyste gênant s'était greffé aux vies américaines que nous menions, une harmonie complexe qui serait sollicitée le jour où le monde perdrait le contrôle de sa propre course et où les étoiles s'aligneraient en fabuleuses formes bestiales, conspireraient pour prendre ma famille au piège des eaux tranquilles de notre fleuve et nous découperaient en morceaux pour servir d'appât.

« SEAL, m'écrivait Savannah dans une lettre lorsqu'elle connut le corps d'armée où servait Luke. Sinistre augure, Tom, très sinistre augure*. C'est un vilain mot, un mot dangereux dans la mythologie familiale des Wingo. Te rappelles-tu la lettre où tu me racontais le match contre Clemson, celui où tu marquas les deux seuls essais de ta carrière universitaire ? Ce jour-là, un mot magique avait fonctionné en ta faveur. C'était le mot *tigre*. Tu jouais contre les Tigres de Clemson, et le mot tigre nous a toujours été bénéfique. Mais SEAL, Tom ? Te souviens-tu de ce qui est arrivé au phoque, dans ce fichu cirque ? Te souviens-tu de la façon dont les tigres traitent les phoques ? Je crois que Luke s'en va dans un pays de tigres avec la peau d'un phoque, et cela me terrorise, Tom. Les poètes traquent les signes et les symboles contenus dans les mots. Pardonne-moi, mais je ne pense pas que Luke survivra à cette guerre. »

Je suivis la guerre de Luke au fil des lettres qu'il m'adressa au lycée de Colleton. Il envoyait d'autres missives à mes parents, à mes grands-parents, à Savannah – des lettres enjouées remplies de pieux mensonges. À eux il décrivait des couchers de soleil sur la mer de Chine, les restaurants de Saigon, les animaux qu'il voyait à l'orée de la jungle, les plaisanteries de ses copains. Dans les lettres qu'il m'écrivait, il était comme un homme en train de se noyer. Il me racontait les opérations militaires pour faire sauter les ponts dans le Nord-Vietnam, les raids nocturnes sur les positions ennemies, les missions de sauvetage pour libérer des Américains faits prisonniers, les embuscades tendues aux petits convois de ravitaillement. Un jour il nagea pendant quatre heures pour remonter un fleuve et il trancha la gorge d'un chef de village coupable d'intelligence avec le Viêt-cong. Il s'était retrouvé unique survivant d'une opération de commando destinée à surprendre une colonne de l'armée régulière nord-vietnamienne en retraite. Son meilleur ami était mort dans ses bras après avoir marché sur une mine. Ce fut Luke qui le tua, pas la mine. Son copain l'avait supplié de lui faire une dose de morphine parce qu'il préférait mourir plutôt que de vivre comme un légume, sans jambes ni testicules. Il serait mort de toute façon, mais il mourut plus vite grâce à l'amitié de mon frère. « La nuit, je ne fais aucun rêve, Tom, m'écrivait Luke. C'est quand je suis éveillé, les yeux grands ouverts, que je vis des cauchemars. Il n'y a qu'un problème quand on tue des gens. C'est que ça devient trop facile. N'est-ce pas terrible ? »

Chaque fois qu'il tuait un homme, Luke me le racontait dans une prose froide et neutre, et il me demandait d'allumer un cierge pour le repos de cette âme quand j'aurais l'occasion de passer près de la cathédrale de Savannah. Nous avions tous été baptisés là, et cette cathédrale était devenue le lieu de culte préféré de mon frère. Avant le retour de Luke, j'allumai trente-cinq cierges sous la statue de Notre-Dame du Perpétuel Secours, et dans un embrasement de flammes vacillantes, je récitai

---

* Le mot *seal* désigne le phoque en anglais. (N.d.T.)

477

la prière des morts pour un bataillon d'inconnus. Auprès du reste de la famille, il entretenait la fiction selon laquelle il était en dehors de toute action. Ses lettres à mes parents ressemblaient à la prose d'une agence de tourisme résolue à convertir des clients réticents aux charmes exotiques de l'Orient. Dans la jungle, il cueillit des orchidées qu'il fit sécher entre les pages de la bible que mon grand-père lui avait offerte pour son départ, et il envoya le volume à ma mère comme cadeau de Noël. La bible avait une odeur de jardin enfoui quand ma mère l'ouvrit, et des orchidées séchées, semblables à des têtes de dragons timides, apparurent toutes les cent pages. Ma mère pleura pour ce premier Noël que Luke ne passait pas sur l'île.

« Des fleurs mortes, dit mon père. Luke est devenu le roi de la pacotille au Vietnam.

— Mon bébé à moi, hoqueta ma mère entre deux sanglots. Dieu merci, il ne court aucun danger. »

À Colleton, j'étais entré dans la vie de professeur, faite d'immuable régularité. J'enseignais à mes étudiants d'anglais la littérature et l'art de la dissertation pendant cinq heures chaque jour ; les initiant aux arcanes traîtres de la grammaire anglaise en même temps que je les obligeais à suivre *Silas Marner* et *Jules César*. Pour me punir d'avoir obtenu ma licence ès lettres avec mention Très Bien, le proviseur me confia les seconde année. Adolescents tourmentés par leurs hormones et totalement investis par des changements de leur corps auxquels ils ne comprenaient presque rien, les chers petits m'écoutaient avec une indolence proche du coma, tandis que je chantais les joies de la voie active, les pièges de la concordance des temps ou la perfidie de Cassius. J'utilisai des mots tels que *perfidie* beaucoup plus souvent que nécessaire au cours de cette première et périlleuse année d'enseignement. J'avais plus de traits communs avec une encyclopédie qu'avec un professeur, et les étudiants de deuxième année du lycée de Colleton eurent à souffrir de mon incapacité.

Pendant l'heure du déjeuner, je restais dans la salle des professeurs. Tout en mangeant, je corrigeais les devoirs abominables remis par mes élèves qui semblaient avoir reçu le don de détruire tout vestige de beauté ou de grâce de notre langue. Après les cours, je me changeais et enfilais mon survêtement, j'accrochais un sifflet autour de mon cou, et j'assurais l'entraînement de l'équipe junior de football jusqu'à six heures du soir. J'arrivais à la maison vers sept heures et me mettais à préparer le dîner. Sallie rentrait plus tard, épuisée par les longs trajets ; elle faisait sa médecine à la faculté de Charleston. Nous habitions une petite maison que nous avions louée à deux pas de chez mes grands-parents. Luke aurait voulu que nous occupions la sienne, sur l'île, mais Sallie avait aisément jaugé le caractère de ma mère et décidé qu'il n'y avait place que pour une seule femme à Melrose. Notre maison était petite mais elle se trouvait au bord de l'eau et nous pouvions aller nager depuis le quai quand la marée était haute. Le matin, je posais un panier pour attraper les crabes, avant de partir au travail, et je pêchais le bar à la saison, vers la fin septembre. Je jouais les chaperons à une sauterie organisée dans la cantine après un match, le soir même où ma sœur participait à un grand rassemblement pacifiste dans Central Park, pendant que de son côté mon frère participait au minage des accès à un fleuve du Nord-Vietnam.

Pendant les vacances de Pâques, mon père et moi installâmes le *Miss Savannah* en cale sèche pour écoper toute l'eau qui s'y trouvait. Puis nous grattâmes la coque pour retirer les bernaches qui y étaient accrochées, avant de repeindre, et nous donnâmes aussi un coup de pinceau sur les parties en bois. Je commandai les filets dont j'aurais besoin pendant l'été et nous réglâmes le moteur jusqu'à l'entendre ronronner comme un gros chat, avant de faire une sortie d'essai dans l'estuaire.

Cet été-là, pour la première fois de ma vie, ce fut en capitaine de crevettier que je me laissai séduire par le fleuve, un capitaine mal dégrossi au sein de la rude mais chaleureuse fraternité des pêcheurs.

J'étais amarré juste à côté du bateau de mon père et il me fallait traverser son bout de quai pour atteindre le *Miss Savannah*.

« Bonjour, capitaine, disait mon père.

— Bonjour, capitaine, répondais-je.

— Je te parie un demi que je te bats à la pesée de ce soir, provoquait-il.

— Je m'en voudrais de piquer sa bière à un vieillard.

— Il est trop bien pour toi ce bateau, capitaine », disait encore Papa en jetant un coup d'œil en direction du *Miss Savannah*.

Chaque matin de l'été, je reproduisis ainsi les rituels inconscients de mon enfance, quand je regardais mon père volubile en train de raconter inlassablement ses projets pour se prendre un million de dollars, tandis qu'il sortait son bateau à la rencontre des vastes bancs de crevettes. Sauf que j'étais aujourd'hui à la barre – pilotant le bâtiment dans des bras de mer que je connaissais comme le fond de ma poche, l'œil rivé à la jauge mesurant la profondeur dès que je m'égarais dans des eaux moins familières. Tous les matins, je suivais le bateau de mon père, et nous pêchions en duo.

Au lever du soleil, nous nous mettions d'accord sur nos positions respectives et je faisais passer le régime du moteur de 1 500 à 900 tours/minute, écoutant la complainte des poulies, tandis que Ike Brown, le matelot que j'avais embauché, commençait d'installer les filets pour les mouiller. Quand ils se déployaient au fond de l'eau, je sentais l'effet de frein exercé par ces filets qui parvenaient presque à immobiliser le bateau, et je réglais la vitesse pour maintenir une moyenne de un nœud et demi.

Au cours de ce premier été, je pris plus de treize tonnes et demie de crevettes, ce qui me permit de payer correctement Ike et de me rémunérer plus correctement encore, tout en payant la totalité des traites sur le bateau de mon frère. Quand il me fallut reprendre l'entraînement de football, le 20 août, j'avais formé Ike pour qu'il pût me remplacer, et il embarqua son fils, Irvin, pour lui servir de matelot. Plus tard, à son retour, Luke se porta garant pour la banque lorsque Ike acheta son propre bateau qu'il baptisa *Mister Luke*. Quand on donne un nom à un bateau, interviennent toujours des questions d'honneur et de sentiment.

Juste avant la reprise de l'entraînement au lycée, Savannah avait donné sa première lecture publique de poésie et Luke s'apprêtait à mettre un terme à sa carrière militaire – pour revenir au fleuve dont il était fils. D'invisible façon, tous les filets se mettaient en place, dans les eaux silencieuses, pour encercler la famille du pêcheur de crevettes.

Il faisait nuit sur la mer de Chine et les avions étaient en train de regagner le porte-avions après les raids sur le Nord-Vietnam, lorsque le contrôle radio central reçut un message urgent d'un pilote, signalant qu'il faisait un atterrissage forcé sur une rizière, à un kilomètre environ de la côte. Le pilote avait pu transmettre les coordonnées exactes de sa position avant que fût rompu le contact radio. Au terme d'une brève concertation sur le pont du porte-avions, le commandement décida d'envoyer une équipe à terre pour tenter un sauvetage du pilote.

Le lieutenant Christopher Blackstock fut désigné pour diriger cette mission et, lorsque son commandant lui demanda de choisir les membres qui feraient équipe avec lui, il ne prononça qu'un seul nom : « Wingo. »

Ils furent largués en mer après la tombée de la nuit dans un canot noir et ramèrent sous la pleine lune pour parcourir les sept kilomètres de mer agitée qui les séparaient de la plage. La lune est un mauvais présage, mais ils atteignirent la terre ferme sans incident, dissimulèrent le bateau sous des cocotiers, vérifièrent leur position, et s'engagèrent dans l'intérieur.

Il leur fallut une heure pour trouver l'avion qui était tombé au beau milieu d'une rizière où la lune se reflétait dans un millier de miroirs d'eau douce. Luke devait me dire plus tard qu'une rizière était la plus belle alliance qu'il eût jamais vue entre l'eau et le grain.

Dans cette rizière précise se vivaient à la fois la terreur et le danger, tandis que Luke et le lieutenant Blackstock rampaient sur le ventre le long d'une des bandes de terre séparant la rizière en carrés miroitants et symétriques. L'avion avait perdu une aile et gisait sur le flanc, brillant, avec les brins de riz qui lui grimpaient jusque sur le fuselage. Des brins de riz qui se mouvaient au vent et rappelèrent à Luke les marécages marins de Caroline, sauf que le parfum en était plus raffiné et sensuel.

« Ça, c'était du riz, Tom. Pas comme la merde de l'Uncle Ben. Il y avait de sacrés paysans qui créchaient dans ce coin de la planète.

— Tu pensais que le pilote avait une chance d'être encore en vie ? demandai-je.

— Non, après avoir vu l'avion, non, dit-il.

— Pourquoi vous n'avez pas fait demi-tour aussitôt pour filer vous mettre au sec sur le bateau ? »

C'était à Colleton, une année plus tard, et Luke rit en me répondant : « Nous étions des SEALs, Tom.

— N'importe quoi ! dis-je.

— Blackstock était le meilleur soldat que j'aie jamais vu, Tom, expliqua Luke. J'aurais rampé jusqu'à Hanoi s'il me l'avait demandé. »

Quand ils furent près de l'avion, Blackstock fit signe à Luke de le couvrir. Puis il grimpa sur l'aile restée intacte et scruta l'intérieur du cockpit. On bougea derrière une rangée d'arbres, à quatre cents mètres environ, et Blackstock eut juste le temps de plonger dans la terre humide et meuble avant que la première salve des AK-47 ne criblât le fuselage de l'avion. Luke vit cinq soldats de l'armée régulière du Nord-Vietnam venir vers eux en courant, à demi courbés entre les hautes rangées de riz. Il attendit le moment où le vent ferait de nouveau ployer les tiges de riz et quand vint ce moment, il leva son pistolet-mitrailleur, tira, et regarda les cinq corps s'effondrer lourdement. Puis ils eurent l'impression de voir tout le Nord-Vietnam se dresser pour les empêcher de rejoindre la mer.

Ils plongèrent dans un fossé tandis qu'un tir de mortier faisait voler en éclats l'avion endommagé, juste dans leur dos, puis ils coururent plein sud en suivant une bande de terre ferme, en même temps qu'ils entendaient des ordres criés en vietnamien, dans l'obscurité. L'avion était encore la cible des tirs dans la nuit et ils mirent un maximum de distance entre eux et l'épave avant de changer de cap et de ramper le long d'une de ces minces et friables bandes de terre, responsables de la disposition harmonieuse et symétrique des rizières. Ils entendirent les soldats approcher du périmètre où se trouvait l'avion, sous une puissance de feu renforcée. Une grenade à main explosa à cent mètres d'eux.

— Ils ne sont jamais qu'une centaine, Luke, chuchota Blackstock à l'oreille de Luke.

— Pendant quelques secondes, j'ai cru qu'ils étaient plus nombreux que nous, répondit Luke.

— Ces pauvres cons ne savent pas qu'ils ont affaire à des SEALs, murmura-t-il.

— Ça n'a pas l'air de les troubler beaucoup, si je peux me permettre.

— On fonce jusqu'aux arbres. Ensuite ils seront obligés de nous repérer dans l'obscurité », chuchota pour finir Blackstock.

Mais tandis qu'ils rampaient discrètement vers les ombres mouvantes de la forêt, les Nord-Vietnamiens avaient fouillé le voisinage immédiat de l'avion et découvert que les Américains avaient échappé à l'embuscade. Luke entendit des pas d'hommes courant, des bruits de pieds éclaboussant l'eau. Mais la rizière représentait une vaste étendue et la division en rectangles d'irrigation séparés par un canevas de longues bandes de terre rendait impossibles des recherches systématiques. Il fallut qu'une escouade de soldats nord-vietnamiens surgît en désordre de l'obscurité sur le bout de terre où ils se trouvaient, pour que Luke et Blackstock se laissassent rouler instinctivement de l'autre côté et restassent immobiles dans l'eau, pratiquement jusqu'au moment où les petits hommes en noir allaient marcher sur eux. Ils en tuèrent sept en l'espace de trois secondes, puis ils décampèrent et coururent dans l'eau, à travers les hautes tiges de riz qu'abattaient parfois les balles tirées sur eux. Quand ils atteignirent la lisière de la forêt, Blackstock se précipita vers la couverture offerte par la jungle. Luke entendit l'unique coup de feu tiré par un AK-47 depuis les arbres, entendit Blackstock faire usage de son fusil-mitrailleur pour arroser l'endroit d'où était parti le coup de feu, entendit enfin la chute de Blackstock. Alors Luke sortit de son coin de rizière, tirant au fusil-mitrailleur dans toutes les directions. Il s'allongea et tira ainsi jusqu'à l'épuisement de ses munitions. Puis il s'empara de l'arme de Blackstock et continua. Quand il eut vidé les deux chargeurs, il se mit à expédier des grenades à main à droite et à gauche. Comportement inefficace, il en convint plus tard, mais il voulait occuper l'ennemi.

Désarmé, il déroba Blackstock aux Nord-Vietnamiens qui l'avaient tué et, le chargeant sur ses épaules, il se mit en route vers l'océan Pacifique, avec un gros contingent des forces ennemies lancé à sa poursuite. Une fois en forêt, il marcha, l'oreille tendue. Chaque fois qu'il entendait ses poursuivants, il se contentait de s'arrêter pour repartir dès qu'il ne les entendait plus. Il mena sa retraite comme une longue chasse au chevreuil, et il fit appel à toute la science qu'il avait acquise de sa longue fréquentation de l'animal à queue blanche. Un seul geste suffisait à sauver un chevreuil ou le tuer ; tout dépendait de la sagesse du choix opéré par le chevreuil au moment où l'odeur des chasseurs pénétrait dans les bois. Pendant une heure, Luke demeura caché sous les racines d'un arbre tombé porteur d'un fruit étrange, comme il n'en avait encore jamais vu. Il écouta les voix, les bruits de pas, entendit des coups de feu, tirés près de lui, et à des kilomètres. De nouveau, il chargea Blackstock sur ses épaules et entreprit de ramener le commandant de leur mission à l'endroit où l'on entendait les vagues se briser sur la grève. Il lui fallut trois heures pour parcourir huit cents mètres. Luke ne paniqua pas. Il écoutait bien et s'assurait qu'il n'y avait personne pour l'entendre avant de faire un pas. Il se trouvait sur le territoire de son ennemi, raisonnat-il, ce qui donnait à ses poursuivants l'immense avantage de connaître intimement le terrain. Toutefois, cette terre n'était guère différente des côtes de Caroline du Sud et Luke se dit qu'il avait eu le temps d'apprendre une ou deux choses quand il était gamin. Et puis il faisait sombre et personne ne pouvait suivre une trace dans l'obscurité.

À quatre heures du matin, Luke arriva au bord du Pacifique. Il regarda une patrouille s'éloigner vers le nord, après l'avoir dépassé, fusil chargé. Il les laissa parcourir un bon kilomètre sur la plage avant de marcher en droite ligne vers l'océan, sans regarder à droite, ni à gauche. S'il était repéré, c'était la mort assurée. Mais s'il attendait qu'il fît grand jour, il n'aurait plus aucune chance. Il atteignit la mer, jeta Blackstock par-dessus une vague et plongea derrière lui. Il mit quinze minutes à franchir les brisants pour se retrouver en pleine mer. Mais une fois dans l'eau, il savait qu'il avait rejoint son élément naturel et que, dans l'eau salée, nul être vivant au Nord-Vietnam n'était de taille contre Luke Wingo.

Une fois en haute mer, il examina les étoiles et tenta de s'orienter. Puis il parcourut sept kilomètres à la nage, en remorquant le lieutenant Christopher Blackstock. Il fut récupéré par un bateau de patrouille américain à onze heures du matin, après avoir séjourné six heures et demie dans l'eau.

Luke fut convoqué devant l'amiral de la flotte du Pacifique pour faire son rapport. Luke expliqua que le pilote ne se trouvait pas dans l'épave de son avion, ce dont le lieutenant Blackstock était allé s'assurer de visu. Ils ignoraient si le pilote était mort, s'il avait été fait prisonnier, ou s'il avait réussi à sauter avant de s'écraser. Ensuite ils avaient rencontré une lourde résistance de la part de l'ennemi avec qui ils avaient échangé des coups de feu pendant leur repli vers la plage. Le lieutenant avait été fauché et tué par une rafale. Luke avait obéi à ses ordres en rejoignant leur base.

« Matelot, demanda l'amiral à Luke, pourquoi avoir ramené le corps du lieutenant Blackstock avec vous si vous saviez qu'il était mort ?

— Parce qu'on nous l'a appris pendant les classes, amiral, dit Luke.

— Appris quoi ?

— Les SEALs n'abandonnent pas leurs morts », répondit Luke.

Quand Luke rentra à Colleton, à la fin de son temps de service, nous allâmes nous asseoir sur le même ponton de planches où nous avions fêté la fin de nos études secondaires. Luke avait gagné une Étoile d'Argent et deux Étoiles de Bronze.

« As-tu appris à les haïr, ces Nord-Vietnamiens, Luke ? demandai-je en lui tendant la bouteille de bourbon. Est-ce que tu détestais les Viêt-congs ?

— Non, dit-il. Je les admirais, Tom. Ces gens savent cultiver la terre. Et en plus ce sont de bons pêcheurs.

— Mais ils ont tué tes amis. Ils ont tué Blackstock.

— Quand j'étais dans cette rizière, Tom, dit Luke, j'ai pensé que je devais être le premier Blanc à avoir jamais mis les pieds dans le coin. J'étais arrivé armé d'un fusil-mitrailleur. Ils avaient raison de vouloir me tuer. Je n'avais rien à faire là.

— Alors pourquoi est-ce que tu te battais ? demandai-je.

— Je me battais parce que je vis dans un pays où on te colle en prison si tu dis que tu ne veux pas te battre. Je gagnais le droit de revenir à Colleton, dit-il. Et plus jamais je ne quitterai cette île. J'ai gagné le droit de rester ici jusqu'à la fin de mes jours.

— Nous avons de la chance, en Amérique, dis-je. Nous n'avons pas à craindre une guerre sur notre propre territoire.

— Je ne sais pas, Tom, dit-il. Ce monde est tellement tordu.

— Il ne se passe jamais rien à Colleton, dis-je.

— C'est justement ce que j'aime, répondit-il. Colleton, c'est comme si le monde entier existait pour la première fois. C'est comme si on était né au Paradis terrestre. »

25

Bien que leur couple eût pu servir de manuel sur l'art de pratiquer la mésalliance, je croyais que la simple force de l'habitude avait rendu le mariage de mes parents indestructible. Parce que je prenais de l'âge, peut-être, et que j'avais maintenant mes enfants à élever, je cessai de remarquer la constante érosion de tout le respect que ma mère avait pu un jour témoigner à mon père. Ses enfants devenus adultes, ma mère reporta son exceptionnelle énergie sur des entreprises extérieures à son foyer. En grandissant, nous avions commis le crime de brouiller les distinctions qui permettaient à ma mère de se définir ; nous lui offrîmes du même coup l'occasion de sortir du carcan de cette fausse identité. Toute sa vie, ma mère avait attendu l'instant propice où ses instincts de femme de pouvoir et d'intrigue pourraient enfin s'affronter ouvertement à la dure réalité de la vie d'une petite ville. Quand l'heure sonna, elle ne fut pas prise au dépourvu. Avec sa seule beauté, Lila Wingo aurait pu troubler les rêves licencieux de bien des rois. Mais avec sa beauté *plus* sa ruse, elle aurait pu amener des anarchistes ou des régicides à lui apporter la tête d'une douzaine de monarques sur un plateau de porcelaine de Wedgwood bleu pâle, au milieu d'une garniture de roses et de persil.

Plus tard, nous devions nous interroger à voix haute pour savoir si ma mère avait préparé de longue date sa spectaculaire rupture avec le passé, ou bien si elle avait agi avec une sorte de génie inné et saisi l'occasion au moment où les événements la lui offraient. Il y avait fort longtemps que nous la soupçonnions d'être brillante, mais Savannah fut la seule à ne pas être autrement surprise que ma mère se révélât de surcroît téméraire et sans scrupules. Elle ne fournit jamais ni explications ni excuses. Elle accomplit ce pour quoi elle était née, et ma mère n'avait jamais été sujette à de brutaux accès de sincérité ou de retour sur soi.

Avec une impressionnante maîtrise tactique, elle s'affirma comme terroriste avouée de la beauté, reine de l'autodafé pacifique, et, sur le circuit, elle croqua vif Henry Wingo. Mais le prix qu'elle eut à payer fut élevé.

À son heure de gloire absolue, quand tous les honneurs, lauriers et autres richesses lui furent enfin échus, quand elle eut prouvé à tout le monde que nous avions sous-estimé sa valeur et son importance, mon père s'en fut en prison dans une ultime et tonitruante tentative pour gagner son admiration, et l'on apporta à ma mère, sur un plateau d'argent, la tête de son fils aîné. Ce fut la destinée de ma mère de connaître le goût de cendre, non de miel, des prières exaucées.

Un jour de 1971, j'étais à la pêche avec Luke, au large des Coosaw Flats, et nous dérivions vers le sud-sud-est, lorsque arriva l'appel de ma mère.

« Capitaine Wingo. Capitaine Luke Wingo. Demi-tour, Capitaine. Terminé.

— Bonjour, Maman, dit-il. Terminé.

— Dis à Tom qu'il sera père incessamment. Félicitations. Terminé.

— J'arrive, Maman. Terminé, hurlai-je dans la radio.

— Cela signifie également que je vais être grand-mère. Terminé, dit ma mère.

— Félicitations, Mamie. Terminé.

— Je ne te trouve pas drôle, mon fils. Terminé, dit ma mère.

— Félicitations, Tom. Terminé, dit mon père sur sa radio.

— Félicitations, Tom », passèrent dix autres capitaines de crevettiers sur leur poste radio tandis que je m'escrimais à replier les filets et que Luke mettait le cap sur Colleton.

En passant devant l'hôpital qui se trouvait au bord du fleuve, à l'extrémité sud de la ville, Luke approcha le bateau du rivage et je plongeai dans l'eau. Je gagnai le bord à la nage, réussis à me hisser sur la terre ferme, et c'est dégoulinant d'eau de mer que je courus vers la maternité. Une infirmière m'apporta une serviette et un peignoir de l'hôpital et je tins la main de Sallie jusqu'au moment où le Dr Keyserling dit que le travail était à son terme, et on l'emmena sur un chariot vers la salle d'accouchement.

Ce soir-là, à onze heures vingt-cinq minutes, naquit Jennifer Lynn Wingo, trois kilos deux cent trente grammes. Tous les pêcheurs du coin envoyèrent des fleurs et tous les professeurs du lycée vinrent voir le bébé. Dès le lendemain matin, mon grand-père lui offrait une bible blanche et il compléta son arbre généalogique sur les pages du milieu.

En traversant le hall, après avoir rendu visite à Sallie, ma mère rencontra une Isabel Newbury malade et morte de peur, qui avait été hospitalisée pour examens le jour même, parce qu'elle déféquait du sang. Mme Newbury était terrorisée et incapable de manger la nourriture de l'hôpital, si bien que ma mère se mit à lui porter ses repas à l'hôpital, chaque fois qu'elle venait voir Sallie et le bébé. Le premier diagnostic de cancer de l'intestin ne fut confirmé qu'après le transfert à Charleston. Ce fut d'ailleurs ma mère qui conduisit Mme Newbury à Charleston pour y subir les examens supplémentaires, et ce fut elle encore qui la réconforta après la douleureuse épreuve de son intervention chirurgicale. De tous mes enfants, ma mère garda toujours une préférence pour Jennifer, non parce qu'elle était la première-née, mais parce que sa naissance avait été la cause directe de sa grande et fortuite amitié avec Isabel Newbury.

Nul ne pourrait dire avec certitude quand débuta l'invasion de notre comté par les bandes de paisibles géomètres qui, armés de divers instruments de mesure, entreprirent une longue étude de sa topographie et de ses frontières. Mais la plupart des gens s'accordent à penser que ce fut au cours du même été que mon grand-père, Amos Wingo, eut son permis de conduire suspendu par la police de l'État. Amos avait toujours été, non sans héroïsme, un piètre conducteur, même du temps qu'il était jeune homme, mais en vieillissant, et ses facultés diminuant, il devint une menace permanente pour toute créature vivante qui risquait un pied sur une surface goudronnée dans les basses terres. Par une sorte de coquetterie atypique, il refusait de porter ses lunettes, et ne pensait d'ailleurs pas devoir être tenu pour responsable s'il lui arrivait de brûler un feu rouge qu'il n'avait pas vu.

« Ils les placent trop haut, expliquait-il à propos des feux de circulation. Je ne regarde pas les petits oiseaux quand je conduis, moi. J'ai l'œil fixé sur la route et mon esprit est avec le Seigneur.

— Tu as failli écraser M. Fruit la semaine dernière, lui dis-je. Il paraît qu'il a été obligé de plonger sur le bas-côté pour éviter de se faire renverser, grand-père.

— Je n'ai pas vu de M. Fruit, répondit Amos. De toute façon, il a toujours été beaucoup trop chétif pour régler la circulation. On ne devrait confier ce genre d'emploi qu'à des gros. M. Fruit devrait se spécialiser à présent qu'il vieillit. On ne devrait lui laisser que les parades.

— L'agent de police Sasser a dit qu'il t'avait pris en train de conduire du mauvais côté de la chaussée, sur la nationale de Charleston, dis-je.

— Sasser ! fulmina mon grand-père. Je conduisais déjà une voiture à essence avant qu'il soit né. J'ai expliqué à ce gamin que j'étais en train de regarder un champ noir de merles et que j'admirais le paysage que Dieu avait créé pour que nous l'admirions. D'ailleurs, aucun véhicule n'arrivait en sens inverse, alors où est le problème ?

— Il faudrait que je prenne le taureau par les cornes, que je le fasse interner, dit ma grand-mère. Il va finir par tuer quelqu'un au volant de cette automobile.

— J'ai le corps d'un homme moitié vieux comme je suis », dit mon grand-père, blessé.

Et ma grand-mère de répliquer :

« Nous parlons de la matière grise, Amos. J'ai l'impression de vivre avec Mathusalem, Tom. Il ne sait plus où il met ses dents avant de se coucher. L'autre jour, je les ai trouvées dans le frigidaire.

— Ils veulent que tu rendes ton permis de ton plein gré, grand-père, dis-je.

— Il y a trop de gouvernement maintenant, à Colleton, dit mon grand-père. On n'a jamais vu ça.

— Est-ce que tu veux bien me donner ton permis, grand-père ? demandai-je. Sinon, Sasser va venir le chercher en personne.

— J'en référerai à qui de droit, dit-il. J'en discuterai avec le Seigneur.

— Tu vois, Tom ? dit Tolitha. Je vais être obligée de le faire interner. »

Au terme d'entretiens qui traînèrent, en longueur, Jésus, et cela n'étonna personne, autorisa mon grand-père à conserver son permis, mais sous réserve qu'il porterait toujours ses lunettes. Pour Amos, le Seigneur était tout – agent de la circulation, médiateur et optométriste.

Deux jours plus tard, mon grand-père renversa M. Fruit au même angle de rue. Ses lunettes sur le nez, il avait tourné la tête pour observer l'équipe de géomètres qui étaient en train de relever des mesures sur la propriété adjacente à Baitery Street et à la Grand-Rue. Amos ne vit pas le feu passer au rouge, ni n'entendit les coups de sifflet désespérés de M. Fruit, et il fallut que ce dernier vînt s'écraser bruyamment sur le capot de sa Ford 1950 pour que mon grand-père s'avisât de freiner. M. Fruit s'en tira avec quelques plaies et bosses sans gravité, mais la police de l'État cessa de goûter le comique des excentricités de mon grand-père au volant.

L'agent de police Sasser confisqua le permis de conduire d'Amos sur place, et il découpa le document en petits bouts à l'aide des ciseaux d'un canif de l'armée suisse.

« Je conduisais déjà que vous n'étiez pas né, jeune Sasser, se plaignit mon grand-père.

— Et moi, j'ai envie de vivre assez longtemps pour devenir aussi vieux que vous, M. Wingo, répliqua Sasser. Mais il ne restera pas un seul survivant dans ce comté si je ne vous chasse pas de la route, monsieur. Il faut regarder les choses en face, M. Wingo. Vous êtes infirme, monsieur, et vous représentez un danger pour la société.

— Infirme ! reprit mon grand-père avec indignation tandis que M. Fruit gémissait de terreur et que surgissait l'ambulance, les sirènes fonctionnant à plein régime.

— Je vous rends service, M. Wingo, dit Sasser. Et je protège le bien public.

— Infirme ! répéta encore une fois mon grand-père. Faisons un bras de fer, Sasser, on verra bien qui est infirme, et la ville entière sera juge.

— Non, monsieur, dit Sasser. Je vais à l'hôpital pour m'assurer que tout va bien pour M. Fruit. »

Ma mère, qui descendait la rue pour se rendre à la pharmacie Long où elle allait faire exécuter une ordonnance pour Isabel Newbury qui était au plus mal, assista à toute l'altercation entre mon grand-père et l'agent de police Sasser. Elle s'était prudemment engouffrée dans le bazar Woolworth dès qu'elle avait entendu les cris de M. Fruit et vu la Ford d'Amos freiner en catastrophe. Elle ne tenait pas à être témoin quand un Wingo s'illustrait de la sorte en public. Plus tard, nous apprîmes qu'elle était ce jour-là la seule personne – homme ou femme –

dans toute la Grand-Rue à savoir pourquoi des équipes de géomètres effectuaient des relevés topographiques du comté de Colleton.

La semaine suivante, grand-père Wingo adressait une lettre à la *Colleton Gazette* pour se plaindre du traitement cavalier qu'il avait eu à subir de l'agent de police Sasser, raconter le scandale de son permis de conduire détruit publiquement à l'aide d'un canif de l'armée suisse, et annoncer son intention de prouver à Sasser et à Colleton qu'il n'était pas « infirme ». Il allait donc parcourir en ski nautique les soixante kilomètres de chenal rejoignant Colleton à Savannah, Géorgie, et mettait au défi ce « jeune chiot » de Sasser d'en faire autant. S'il réussissait cet exploit, il exigerait des excuses publiques de la part de la police, ainsi que la restitution immédiate de son permis de conduire.

Ma grand-mère commença promptement à se renseigner sur les disponibilités dans les maisons de santé de l'État. Mais Luke et moi prîmes un week-end pour mettre le Boston Whaler en état d'accomplir le trajet prévu. Mon grand-père était un homme simple, mais de glorieuses préoccupations l'avaient toujours sauvé de l'ennui. Amos avait introduit la première paire de skis nautiques dans ce comté et, à cinquante ans, il fut le premier homme de Caroline du Sud à jamais avoir skié pieds nus. Pendant dix années, il détint le record d'État de saut à skis, jusqu'au jour où lui fut opposé un faux rival spécialement importé de Cypress Gardens pour le Festival nautique. Mais il n'avait plus chaussé de skis depuis dix ans lorsqu'il fit paraître sa proclamation dans le journal.

« Tu vas y mettre des roulettes à tes skis, grand-père ? taquina Luke en même temps qu'il montait une paire de skis Head flambant neufs sur le bateau à bord duquel nous nous apprêtions à le remorquer depuis Savannah.

— C'est comme cela que les gens ont commencé à imaginer que j'étais sur le déclin, répondit Amos. Jamais je n'aurais dû monter la croix sur une roue.

— Je peux te conduire partout où tu auras besoin d'aller, Amos, dit ma grand-mère. Il n'est donc pas utile de prouver à la face du monde que tu es un idiot. Tout le monde sait que tu conduis comme un sabot, mais nombre de personnes ignorent que tu es ramolli de la cervelle.

— Il faut que je me concentre davantage lorsque je conduis, Tolitha, répondit mon grand-père. Je sais que je commets un certain nombre d'erreurs au volant, mais j'étais occupé à écouter les paroles du Seigneur.

— Est-ce le Seigneur qui t'a soufflé l'idée de cette balade à skis ? interrogea ma grand-mère.

— Où crois-tu que j'aurais été chercher ça ? dit-il.

— Je posais juste la question, Amos, dit ma grand-mère. Prenez bien soin de votre grand-père, les enfants.

— Compte sur nous, Tolitha, dis-je.

— J'ai un pari de cent dollars qui dépend de toi, Papa, dit mon père en donnant une claque dans le dos d'Amos.

— Je désapprouve les paris, tança Amos.

— Avec qui tu as parié, Papa ? demanda Luke.

— Avec ce petit salaud de Sasser, dit mon père en rigolant. Il dit qu'il sera au quai avec un nouveau permis déjà prêt, Papa, parce qu'il croit que tu n'arriveras même pas jusqu'à Stancil Creek.

— Stancil Creek est juste à la limite entre les deux États, à un ou deux kilomètres de Savannah, dit mon grand-père.

— Tu aurais dû aller voir le Dr Keyserling pour un contrôle », dit ma grand-mère à Amos. Pour nous tous, elle ajouta : « Il n'a jamais passé une seule visite médicale de sa vie.

— Vous allez réussir, Amos, entendis-je Sallie dire à mon grand-père. J'en suis sûre. Vous allez réussir.

— Touche ce bras, Sallie, dit fièrement mon grand-père, en gonflant le biceps. Le Seigneur n'a pas donné beaucoup d'intelligence aux hommes Wingo. Mais il leur a donné une sacrée force, et un goût très sûr en ce qui concerne les femmes.

— Je regrette qu'Il ne m'ait pas donné autant de discernement pour choisir les hommes, dit Tolitha. Tu es encore en train de te ridiculiser, Amos. Lila est tellement gênée qu'elle n'ose même pas se montrer.

— C'est pas pour ça, c'est parce qu'elle est en train de s'occuper d'Isabel Newbury, dit mon père. C'est une vraie sainte depuis qu'Isabel est tombée malade. Je ne la vois pratiquement plus. »

Luke sortit cinq billets de vingt dollars de son portefeuille et les tendit à mon père.

« Tiens, Papa, voilà cent dollars, dit-il. Cent dollars pour dire qu'Amos Wingo tiendra toute la distance sur ses skis entre Savannah et Colleton. Parie avec qui tu pourras.

— Votre sœur m'a appelé de New York hier soir, les garçons, dit Amos. Elle a dit qu'elle me mettrait dans un de ses poèmes si je réussis.

— Tu vas avoir l'air d'un fou en maillot de bain, Amos, dit Tolitha lorsque nous montâmes dans le camion.

— Pas quand j'aurai mon nouveau permis de conduire tout neuf en main, Tolitha, dit-il. Je n'aurai plus qu'à me faire une beauté et t'emmener pour une grande virée.

— Je préviendrai M. Fruit », dit Tolitha.

Tels furent les moments de surprise et de consécration qui me lièrent et me rendirent à jamais redevable aux souvenirs que je fais ressurgir d'une vie sudiste. Je redoute le vide de la vie, la vacuité, l'ennui et l'absence d'espoir d'une vie privée d'action. C'est l'état de mort-vivant de la vie de petit-bourgeois qui expédie la première décharge dans les nerfs et les pores béants de mon âme. Que j'attrape un poisson avant le lever du jour et je suis de nouveau en prise sur le bourdonnement vital de la planète. Si j'appuie sur le bouton de la télévision parce que je ne supporte pas de passer une soirée seul avec moi-même ou ma famille, je signe mon adhésion à la communauté des morts-vivants. C'est la part sudiste de mon être qui est le plus essentiellement, le plus farouchement vivante. Profondément sudistes sont les souvenirs qui nimbent l'Étoile polaire de l'authenticité qu'adulte, je suis susceptible de faire émerger en pleine lumière. À cause de notre intensité, j'appartenais à une famille où l'on avait un goût fatal pour les gestes théâtraux. Il y avait toujours eu une grande outrance dans notre réaction aux événements mineurs. Flamboyance et exagération furent toujours l'arrogant plumage arboré chaque fois qu'un Wingo se trouvait éclipsé sous l'éclairage d'un monde hostile. En tant que famille, nous étions instinctifs et non réfléchis. Nous ne pouvions jamais jouer au plus malin avec l'adversaire, mais il nous restait toujours la possibilité de le surprendre par le caractère inventif de nos réactions. Nous ne fonctionnions jamais aussi bien que comme connaisseurs du hasard et du péril accepté. Nous n'étions véritablement heureux qu'engagés dans la guerre personnelle qui nous affrontait au reste du monde. Même dans les poèmes de ma sœur, se percevait toujours la tension provoquée par l'imminence du danger. Tous ses poèmes paraissaient avoir été composés à partir d'une mince couche de glace et de pierres qui chutent. Ils possédaient mouvement, poids, éblouissement et virtuosité. Sa poésie évoluait dans les eaux du temps, farouches et exubérantes, comme un vieil homme s'avançant dans celles du Savannah, résolu à y parcourir soixante kilomètres sur des skis pour prouver qu'il était toujours un homme.

« Il va faire un petit peu plus froid que prévu, grand-père, criai-je en m'occupant du câble de remorquage, derrière le bateau. Le soleil est caché sous les nuages et on dirait qu'il va pleuvoir. Nous pouvons remettre à plus tard.

— On nous attend à l'arrivée, dit Amos en prenant la poignée qu'il agrippa vigoureusement.

— Okay, dis-je. Nous aurons le montant tout le temps, il n'y aura donc pas trop de problèmes avec les bancs de sable. On file tout droit chaque fois que c'est possible et au maximum de la vitesse que nous permettra ce bateau.

— Tu crois que je devrais y aller en slalom tout le long du chemin ? demanda-t-il.

— Tu auras besoin des deux skis avant l'arrivée, dis-je.

— Mais je pourrais quand même faire une petite démonstration, à la fin.

— Non, grand-père, dis-je. Et n'oublie pas, je vais te faire passer des oranges en cours de route.

— Je n'ai jamais vu ça, manger des oranges pendant qu'on est sur des skis.

— Tu ne te contentes pas d'être sur des skis, grand-père, dis-je par-dessus le ronronnement du moteur. Tu es parti pour soixante kilomètres, et il va te falloir du liquide. Alors, tu guettes les oranges. Si tu en reçois une sur la tête, nous n'aurons plus qu'à te faire des funérailles en mer.

— Voilà qui m'amuse beaucoup, dit-il.

— Il faut toujours écouter son entraîneur, dis-je en levant les pouces en signe d'encouragement. Prêt, vieillard ?

— Ne m'appelle pas "vieillard", dit-il.

— Je ne te traiterai plus de vieillard si tu es toujours debout quand nous arriverons à Colleton, lui criai-je tandis qu'il pointait ses skis vers le ciel.

— Comment m'appelleras-tu, alors, Tom ? cria-t-il.

— Je dirai que tu es un putain de vieillard », hurlai-je tandis que Luke enclenchait le départ et mettait le cap sur le sud en suivant le rivage où une petite foule s'était rassemblée pour assister au départ de mon grand-père. Ils l'acclamèrent quand il se dressa doucement à la surface de l'eau et, quittant le sillage du bateau, s'élança vers eux et les aspergea copieusement en prenant un brusque virage pour retrouver l'arrière du bateau.

« Pas de blagues, criai-je lorsqu'il se mit à sauter les remous créés par le bateau avant de foncer au fil de l'eau, en gardant la corde bien tendue, jusqu'à se trouver pratiquement à notre niveau.

— Il n'a pas perdu la main, le gaillard », dit-il en essayant de couvrir le bruit du moteur.

Il ne se décida à s'occuper sérieusement de trouver le rythme que lorsque nous entrâmes dans les eaux de Caroline du Sud, par le Stancil. Alors il se laissa dériver derrière le bateau qui fit désormais l'essentiel du travail. Je gardais un œil sur mon grand-père et Luke surveillait les bouées tandis que nous passions de petits îlots aux arbres joliment disposés sur les rives sans soleil, à l'heure où l'eau cessait d'être couleur de jade pâle pour prendre un gris métallique. On sentait la présence du soleil en quête d'une brèche dans la masse des cumulus, mais l'on voyait également les nuages d'orage essaimer en masses sombres et menaçantes, vers le nord.

Derrière nous, mon grand-père se tenait debout sur ses skis, les jambes et les bras d'une minceur fonctionnelle, comme des crayons à mine HB. Rien n'était mou chez Amos, et son corps abritait cette force étonnante que l'on prête généralement au fil de fer. L'effort pour résister à la tension du câble sculptait des formes en bas-relief sur ses avant-bras et ses triceps. Le visage, le cou et les bras étaient sombres ; les épaules étaient timides et pâles. Comme le jour déclinait et que la température chutait, la chair prenait des reflets bleutés, rappelant les nuances azurées des œufs des oiseaux sauvages. Avant le vingtième kilomètre, il était maigre, tremblant, vieux. Mais il était toujours debout, et il était merveilleux.

« Il a l'air d'un mort ressuscité, me cria Luke. Essaie de lui faire passer une orange. »

À l'aide d'un couteau de poche, je découpai un trou dans l'écorce d'une orange sanguine, et me rendis vers la poupe du bateau. Je lui tendis le fruit et il hocha la tête pour me signifier qu'il avait compris.

Je lançai l'orange bien droit, mais à cause d'une erreur d'appréciation de ma part, elle lui passa largement au-dessus de la tête et Amos faillit tomber en sautant pour tenter de l'attraper.

« Ne saute pas, grand-père, lui criai-je. Laisse venir. »

Trois oranges furent gâchées pour me permettre d'évaluer la distance ainsi que la vitesse, mais il attrapa la quatrième et Luke leva le bras pour saluer cette victoire, tandis qu'Amos suçait tout le jus contenu dans l'orange et la vidait du dernier résidu de pulpe avant de la laisser tomber dans l'eau, comme un chiffon de couleur vive, derrière lui. L'orange sembla lui ranimer les esprits et il exécuta quelques sauts, puis s'assit sur ses skis tout en tenant le câble d'une seule main, jusqu'à ce que nous calmions de nouveau ses ardeurs.

« Kilomètre seize », annonça Lake lorsque nous passâmes devant la bouée lumineuse indiquant l'entrée du Hanahan Sound.

Il est des occasions qui révèlent de quelle étoffe une famille est faite, et celle-ci fut instructive. Dans les yeux d'Amos brillaient le cran et la détermination distillés avec générosité dans le capital génétique des Wingo, et nous éprouvions de la fierté à nous savoir les fils du fils d'un tel homme. Au kilomètre trente, il tremblait et ses yeux profondément enfoncés étaient vitreux comme une gelée ratée. Mais ses skis continuaient de fendre l'eau comme des lames griffant la pureté lisse d'un émail. Il tremblait, il était épuisé, mais il était toujours debout, toujours en route pour Colleton.

Il tomba seulement après que nous eûmes atteint l'estuaire du Colleton et que les eaux furent troublées par l'orage imminent dont les éclairs commençaient à déchirer les nuages sur le front nord.

« Il est tombé, dis-je à Luke.

— Va le rejoindre dans l'eau, Tom », dit Luke qui mit le moteur au ralenti pour décrire un large cercle avec le bateau, afin de se rapprocher d'Amos.

Je plongeai près de lui en tenant une orange fraîchement ouverte au-dessus de ma tête pour éviter d'y faire pénétrer de l'eau salée.

« Comment ça va, grand-père ? dis-je comme je nageais pour arriver à sa hauteur.

— Sasser a raison, répondit Amos, et j'eus peine à entendre sa voix. J'ai des crampes.

— Où elles sont, ces crampes, grand-père ? dis-je. Ne te tourmente pas. Ce n'est pas donné à tous les skieurs nautiques de bénéficier de la présence constante de leur masseur personnel.

— Je ne suis plus qu'une immense crampe, dit-il. J'ai des orteils dont j'ignorais l'existence avant qu'ils soient pris par des crampes. J'ai même des crampes dans des dents qui ne sont pas à moi.

— Mange cette orange, étends-toi, et laisse-moi m'occuper de ce corps, dis-je.

— Inutile, dit-il. Je suis battu. »

Luke avait manœuvré de façon à approcher le bateau tout près de nous et j'entendais le ronronnement du moteur en même temps que je massais les bras et le cou de mon grand-père.

« Il dit qu'il va abandonner, Luke, dis-je.

— Pas question, dit Luke.

— Je suis liquidé, Luke, dit Amos.

— Dans ces conditions, tu vas avoir un sérieux problème, grand-père, cria Luke à l'intention d'Amos.

— Comment ça, Luke ? demanda mon grand-père en gémissant sous mes mains qui tentaient de réduire la tension qui lui nouait les muscles des bras.

— Je suppose qu'il est plus facile de faire les quinze kilomètres qui nous séparent de Colleton sur des skis que de couvrir la même distance à la nage », dit Luke.

En même temps qu'il prononçait ces paroles, il sortit son permis de conduire et ajouta :

« Il y en a un comme ça qui t'attend un tout petit peu plus loin sur le fleuve, grand-père. Et je voudrais bien voir la tête que fera ce petit merdeux de Sasser quand on va gicler sous son nez. »

Amos cria :

« Occupe-toi des jambes, Tom. Et toi, Luke, fais-moi passer une de ces délicieuses oranges. Je jure que je n'aurais jamais pensé qu'une orange puisse avoir si bon goût.

— Enlève tes skis, grand-père, dis-je. Je vais te masser les pieds.

— J'ai toujours eu de très jolis pieds, dit-il dans un demi-délire.

— Et costauds, grand-père, murmurai-je. Assez costauds pour tenir encore quinze kilomètres.

— Pense à Jésus montant au Calvaire, dit Luke dont la voix nous arrivait du ciel. Imagine un peu, s'il avait abandonné, grand-père. Où donc en serait le monde, aujourd'hui ? Il a su être fort quand il le fallait. Demande-Lui de t'aider.

— Il n'y est pas allé en ski nautique, au Calvaire, les petits gars, haleta mon grand-père. Les temps ont changé.

— Mais Il l'aurait fait, s'il avait fallu, grand-père, insista Luke. Il aurait fait n'importe quoi pour la rédemption du genre humain. Il n'a pas abandonné, Lui. C'est ce qui compte. Lui n'aurait jamais abandonné.

— Masse-moi encore le cou, Tom, dit mon grand-père, les yeux fermés et l'orange pressée contre la bouche. C'est très douloureux, fils.

— Détends-toi, grand-père, dis-je en tournant autour de lui pour lui masser les tempes et le cou. Laisse-toi flotter avec le gilet de sauvetage et décontracte tous ces muscles.

— Tu as toujours tenu les trois heures du Vendredi saint, dit Luke. Tu n'as jamais déclaré forfait de ta vie. Demain tu pourras emmener tout le monde faire une virée dans la Ford.

— Tu parles dans le vide, Luke, dis-je tandis que mes doigts maniaient les épaules de mon grand-père. Envoie la gourde que je donne à boire à grand-père. »

Il se laissa flotter dans mes bras comme un homme endormi, jusqu'au moment où il entendit Luke dire :

« Autant monter dans le bateau, grand-père. Grâce à toi, Sasser est l'homme le plus heureux de Caroline du Sud.

— Passe-moi le câble, fils, dit-il en ouvrant soudainement les yeux. Et que je n'entende plus d'insolences de la part de mes petits-fils.

— L'eau est un peu agitée à partir d'ici, grand-père, dis-je.

— Je n'en serai que plus content quand tu me remorqueras à travers la ville », dit-il.

Je remontai à bord et redonnai du câble à Amos, progressivement, jusqu'à ce que la corde fût bien tendue et parût relier le bateau à son nombril. Quand je vis les deux skis se dresser de chaque côté du câble, je criai : « Partez. » Luke enclencha l'accélérateur, et le bateau fit un démarrage en flèche dans les eaux agitées. Cette fois, Amos se dressa tel un homme à l'agonie, un être tremblant et blanchi par l'écume et l'épuisement. Il luttait avec le câble, avec les vagues, avec la tempête, avec lui-même. L'orage s'était déclaré et il pleuvait maintenant tellement fort qu'Amos se dissolvait derrière en une illusion de silhouette aux contours trop flous sur un négatif raté. Les éclairs cinglaient les petites îles et le tonnerre soumettait le fleuve à coups de tonitruants refus. La pluie me ruisselait devant les yeux et Luke pilotait à l'aveuglette, mais avec une connaissance parfaite des hauts-fonds et de la marée, tandis que je regardais la pauvre silhouette de mon grand-père mener son combat contre le temps et l'intempérie.

« On n'est pas en train de le tuer ? criai-je à Luke.

— Il mourra s'il ne gagne pas son pari, répondit Luke.

— Encore une chute », dis-je en voyant Amos rater une vague et perdre l'équilibre sur la suivante.

De nouveau Luke décrivit un cercle et j'entrai dans l'eau à côté de mon grand-père en me battant contre les turbulences pour nager derrière lui et me remettre à lui masser le cou et les bras. Il poussa un grand cri quand mes doigts touchèrent les muscles endoloris, le long des épaules et sous les bras. Il avait un manifeste problème de couleur, comme un makaire trahi par l'art du taxidermiste. Son corps était tout mou, vidé, et ses pensées s'égaraient tandis que je plongeais davantage pour m'occuper de ses pieds et de ses jambes.

« Je crois qu'on devrait le remonter à bord, criai-je à Luke qui se rapprochait au même moment.

— Non, rugit mon grand-père dans un souffle. On est à combien ?

— Il reste dix kilomètres, grand-père, dit Luke.

— À quoi je ressemble ? demanda-t-il.

— Abominable, répondis-je.

— T'as l'air comme un canon. N'écoute pas Tom, dit Luke.

— C'est moi l'entraîneur, dis-je.

— Mais c'est moi qui t'ai appris à skier, fils, dit Amos qui flottait sur le dos, avec le gilet de sauvetage dansant sur l'eau comme un bouchon.

— Même que tu m'as appris qu'il ne fallait jamais sortir à skis par un temps pareil, dis-je en enfonçant les mains dans ses cuisses crispées.

— En quoi j'ai eu bien raison, dit-il en riant. J'ai été un très bon prof, fils.

— Alors remonte sur ce bateau, ordonnai-je. Tu as été au maximum de tes possibilités, grand-père. Personne ne pourra t'accuser de ne pas avoir essayé.

— Le Seigneur me demande de continuer, dit Amos.

— Écoute le tonnerre, grand-père, dis-je. Le tonnerre dit que non.

— Il dit : "Non, ne t'arrête pas, Amos", répondit-il. Et j'écoute son conseil.

— Tom n'a jamais été doué pour les langues étrangères, grand-père, cria Luke en amenant le bateau tout près de moi et en m'aidant à remonter à bord tandis que grand-père rechaussait ses skis.

— Ça ne me dit rien qui vaille, dis-je.

— Dans dix kilomètres tu auras changé d'avis », répondit-il, et nous regardâmes Amos cramponner le câble et se préparer à prendre le départ de la dernière étape pour Colleton.

Luke remit les gaz et, une fois encore, mon grand-père dut se battre pour arriver à se mettre debout dans la pluie et les vagues coiffées d'écume, mais il se leva, dressé à la verticale par-delà le désir, par-delà la passion. Aller jusqu'au bout, voilà ce qui le faisait brûler. Le vieux goût du sport et de la compétition lui avait tonifié l'âme, et une telle flamme était inaccessible à toutes les eaux du ciel et de l'Atlantique qui lui anesthésiaient le corps.

Nous étions encore à trois kilomètres de la ville lorsque nous commençâmes à voir des voitures agglutinées sur la route qui longeait le fleuve, guettant notre arrivée. Quand ils virent qu'Amos était toujours debout sur ses skis, ce fut une symphonie de klaxons sur les rives, et les citoyens de Colleton saluèrent le triomphe d'Amos en allumant les phares pour lui rendre les honneurs. Amos répondit à ces manifestations par un grand geste crâne et, lorsque nous virâmes pour suivre la courbe du fleuve, il se remit à vouloir épater la galerie et exécuta quelques pirouettes pour renouer avec le style d'antan. Le bruit des avertisseurs était assourdissant lorsque nous traversâmes la ville en longeant la Grand-Rue, au point que même le tonnerre n'avait pas l'avantage. Le pont était noir de monde avec des parapluies, et une clameur salua le passage de grand-père, radieux. Luke filait vers le port où était amassée une autre foule. Il menait le bateau à pleine vitesse et exécuta un brutal demi-tour tandis que mon grand-père continuait sa course à tombeau ouvert vers la terre ferme, lâchant simplement le câble pour ne pas nous suivre dans notre nouvelle route. Il flotta ainsi, tel un homme marchant sur l'eau, jusqu'au quai où mon père le reçut dans ses bras.

Luke vira encore de bord et ce fut à l'écart des foules hurlantes que nous assistâmes à cet instant mémorable où Amos Wingo reçut son nouveau permis de conduire des mains d'un agent Sasser impressionné et souriant.

Nous manquâmes le moment plus ennuyeux où Amos s'écroula sur le parc de stationnement, amenant mon père à le conduire au plus vite au service des urgences de l'hôpital. Le Dr Keyserling le garda au lit pendant une journée entière et le soigna à la fois pour épuisement et refroidissement.

Un an plus tard, Tolitha envoya un jour Amos lui acheter une livre de farine tamisée et une bouteille de sauce Al pour la viande. Il était presque arrivé au rayon des sauces lorsqu'il s'immobilisa soudainement, émit un petit cri et bascula en avant sur un présentoir où étaient entassées des boîtes de porc aux navets en conserve. Amos Wingo était déjà mort avant d'atteindre le sol, ce qui n'empêcha pas l'agent de police Sasser de tenter vainement de le ranimer en lui faisant du bouche-à-bouche. On dit que Sasser pleura comme un enfant lorsque l'ambulance emporta le corps de mon grand-père vers l'hôpital. Mais, à Colleton, Sasser ne fut que le premier de la liste à verser des larmes ce soir-là. Toute la ville savait qu'elle venait de perdre une chose exquise et irremplaçable. Rien n'affecte davantage une petite ville que la perte du plus rare et du plus adorable de ses citoyens. Rien n'affecte davantage une famille sudiste que la mort d'un homme qui lui conférait équilibre et fragilité dans un monde perméable aux valeurs corrompues. Sa foi avait toujours été une forme de superbe folie, et son histoire d'amour avec le monde un hymne éloquent à la gloire de l'agneau qui le façonna. Il n'y aurait plus de lettres dans la *Colleton Gazette* où étaient transcrits mot à mot les bavardages du Seigneur avec Amos. Ces conversations se dérouleraient désormais en tête à tête pendant qu'Amos couperait les cheveux du Seigneur dans une demeure bercée par le doux chant des anges. Telles furent les paroles du prédicateur Turner Ball qui résonnèrent dans l'église de bardeaux blancs, le jour de l'enterrement de mon grand-père.

Le Sud mourut pour moi ce jour-là, ou du moins en perdis-je la part la plus vibrante et la plus éminente. Cette magie joyeuse que j'associe à l'incongruité acquise. Il avait capturé des mouches et des moustiques qu'il enfermait dans des bocaux pour les relâcher ensuite au fond du jardin, car il ne supportait pas l'idée de tuer une créature de Dieu.

« Ils font partie de la colonie, avait-il dit. Ils ont leur place dans le décor. »

Sa mort me contraignit à reconnaître la sagesse secrète qui naît naturellement de la vie contemplative. Sa vie était détachée des contingences matérielles et temporelles. Enfant, j'étais gêné par l'ardeur intempestive de sa piété. Adulte, je devais lui envier à jamais la grandeur et la simplicité de la vision qu'il avait de l'homme accompli et concerné. Sa vie entière fut soumission et dévouement à une foi immaculée. Lorsque je pleurai à son enterrement, ce ne fut pas uniquement sur la perte que je venais de subir que je versai des larmes. Un homme tel qu'Amos, on le porte avec soi, tel le souvenir d'une rose immortelle dans le jardin de l'ego humain. Non, je pleurais de savoir que mes enfants ne le connaîtraient jamais, je pleurais de savoir que je ne maîtrisais aucun langage suffisamment bien pour rendre compte de la parfaite solitude et de l'absolue charité d'un homme qui croyait et vivait sans exclusive la lettre du livre qu'il vendait au porte-à-porte, d'un bout à l'autre du Sud américain. Le seul mot pour désigner la bonté est bonté, et il est insuffisant.

Au milieu des *Alléluia* et *Louez le Seigneur*, six hommes porteurs de croix de bois flambant neuves se mirent à marteler de ces croix le plancher de l'église, en guise d'hommage à mon grand-père. Ils tapaient à l'unisson, créant un roulement figé, insondable, qui évoquait la sombre musique des cortèges de pénitents. Mon père se leva avec Tolitha appuyée contre lui, et il conduisit sa mère le long de l'allée centrale, où elle fut pour la dernière fois confrontée à Amos. Dans le cercueil ouvert, avec ses cheveux bombés et brossés en arrière, avec un léger sourire incongru sur le visage (signature indélébile de l'embaumeur, M. Ogletree), Amos ressemblait à un enfant de chœur grandi trop vite. Une bible blanche était ouverte à la page où Jésus prononçait ces mots imprimés en rouge : « Je suis la Résurrection et la Vie. » L'organiste joua *Plus près de Toi mon Dieu* et les fidèles chantèrent les paroles, tandis que Tolitha s'inclinait pour poser un ultime baiser sur les lèvres de mon grand-père.

Nous nous rendîmes à pied de l'église au cimetière. Je tenais la main de Sallie, et Luke accompagnait ma mère. Savannah aidait mon père à soutenir Tolitha. La ville entière, Blancs et Noirs, forma une silencieuse procession derrière nous. Les hommes qui portaient des croix les traînèrent au milieu de la chaussée. M. Fruit menait le cortège, sifflet aux lèvres et larmes ruisselant sur le visage. L'agent de police Sasser comptait parmi ceux qui tenaient les cordons du poêle.

Nous l'enterrâmes dans la lumière chiche d'une journée sans soleil. Quand Amos fut descendu dans sa tombe, Luke, Savannah et moi restâmes pour recouvrir son cercueil de terre. Lorsque ce fut terminé, nous nous assîmes sous le chêne vert qui ombrageait la concession de la famille Wingo. Nous pleurâmes et évoquâmes des histoires sur Amos et le rôle qu'il joua dans notre enfance. Notre grand-père, dans le sommeil sans rêve qui était le sien, là, sous nos pieds, nous parlait par le bourdonnement vibrant du souvenir. Les adieux sont un art véritable, mais nous étions trop jeunes pour en avoir acquis la maîtrise. Nous nous contentâmes de raconter des anecdotes sur l'homme qui nous coupait les cheveux depuis notre plus tendre enfance et qui avait réussi à faire de sa vie un psaume incorruptible au Dieu qui l'avait créé.

Finalement, Savannah déclara :

« Je persiste à dire, avec tout le respect que je lui dois, que grand-père était cinglé.

— C'est ce que tu appelles le respect ? demanda Luke.

— Souviens-toi, Luke, grand-père avait avec Jésus des conversation quotidiennes, dit-elle. Ce n'est pas exactement ce que les psychiatres entendent par un comportement normal.

— Putain, toi c'est avec des chiens et des anges que tu as des conversations quotidiennes, répondit Luke avec humeur. Je trouve qu'il est vachement plus normal de s'adresser à Jésus.

— Ça, c'est méchant, Luke, dit Savannah, l'œil triste et embué de larmes. Je ne veux pas que tu exposes mes problèmes au grand jour. Je vis des moments difficiles. Je passerai ma vie à avoir des moments difficiles.

— Il a dit ça sans intention particulière, Savannah, dis-je.

— Je n'aurais pas dû venir, dit-elle. La fréquentation de la famille est mauvaise pour moi. Dangereuse.

— Comment cela, dangereuse ? demandai-je. Est-ce la raison pour laquelle nous te voyons à peine, Savannah ?

— La dynamique de cette famille est monstrueuse, répondit-elle. Un jour, c'est vous qui serez pris, les gars, comme j'ai été contaminée moi-même.

— De quoi est-ce que tu parles, Savannah ? demanda Luke. On était gentiment en train de parler de grand-père et il faut que tu gâches tout avec tes conneries de psy à la mords-moi l'œil.

— C'est toi le suivant de la liste, Luke, dit-elle. C'est écrit sur ton front en capitales d'imprimerie.

— Quelle liste ? demanda-t-il.

— Aucun de vous n'a encore regardé en face la réalité de ce que fut notre enfance, et comme vous appartenez l'un et l'autre à la catégorie des mâles sudistes, il y a de fortes chances que vous ne le fassiez jamais.

— Je m'excuse d'être un mâle sudiste, Savannah, dit Luke. Mais tu voudrais que je sois quoi, un Esquimau ? Un Japonais qui plonge pour chercher les perles fines ?

— Je voudrais que tu regardes autour de toi et que tu voies ce qui se passe, Luke, dit-elle d'un ton égal. Tom et toi, vous ne voyez même pas ce qui est en train d'arriver sous votre nez, en ce moment même.

— Il faut nous excuser, Savannah, dis-je, mon irritation grandissant avec celle de Luke. Nous ne sommes que des mâles sudistes.

— Pourquoi est-ce que tu détestes les femmes, Luke ? demanda-t-elle. Pourquoi est-ce que tu n'as jamais de petite amie ? Pourquoi n'as-tu jamais de ta vie été sérieusement amoureux d'une femme ? Ces questions, tu te les es déjà posées ?

— Je ne déteste pas les femmes, répondit-il, et sa voix trahissait une authentique souffrance. C'est seulement que je ne les comprends pas, ma belle. Je ne sais jamais ce qu'elles pensent, ni pourquoi elles le pensent.

— Et toi, Tom ? demanda-t-elle. Comment tu te situes par rapport aux femmes ?

— Moi ? dis-je. Je les hais de toutes mes forces. Je crois que les bonnes femmes sont la lie de la terre. C'est du reste pour cela que j'en ai épousé une et que j'ai fait trois filles. La haine était ma motivation principale.

— Je comprends que tu sois sur la défensive, dit Savannah, parfaitement maîtresse d'elle-même.

— Je ne suis pas sur la défensive, protestai-je. Luke et moi ne faisons que réagir à ton insupportable prosélytisme, Savannah. Chaque fois que nous te voyons, nous devons subir des sermons sur le thème de la façon dont nous gaspillons notre vie en restant dans ce pays pendant que toi, à New York, tu mènes une existence fabuleuse et riche où tu te réalises pleinement au contact des esprits les plus brillants de notre époque.

— Ce n'est pas vrai, dit-elle. J'ai seulement une vision plus juste des choses dans la mesure où je ne suis à la maison qu'une fois tous les deux ans. Il y a des évidences qui me sautent immédiatement aux yeux alors que vous ne les voyez pas, parce que vous êtes le nez dessus. L'un de vous a-t-il eu l'occasion de parler avec Maman, ces derniers temps ?

— Ouais, dit Luke. Il ne se passe pas un jour sans que je lui parle.

— Sais-tu ce qu'elle pense ? interrogea Savannah sans relever l'ironie dans la voix de Luke. As-tu la moindre idée de ce qu'elle projette en ce moment ?

— Elle passe la totalité de son temps de veille au chevet de cette pauvre garce d'Isabel Newbury, dit Luke. Les trois quarts du temps, elle est tellement épuisée quand elle rentre qu'elle peut à peine faire quoi que ce soit, à part s'écrouler dans son lit.

— Sallie a l'air malheureuse, Tom, dit Savannah sans prendre le temps de souffler. Elle paraît épuisée.

— Elle est médecin et mère de famille, Savannah, dis-je. C'est déjà dur d'être l'un des deux, alors l'addition... Surtout quand le papa est prof et entraîneur sportif dans trois disciplines.

— Enfin, elle au moins ne sera pas obligée de jouer les femmes au foyer jusqu'à la fin de ses jours, dit-elle.

— Pourquoi cette vindicte soudaine contre les femmes au foyer ? dis-je.

— J'ai été élevée par une femme au foyer, dit Savannah. Et j'ai failli ne jamais m'en remettre.

— Moi, je me suis fait tabasser par un pêcheur de crevettes quand j'étais môme, dit Luke, ce n'est pas pour cela que j'en veux aux crevettes.

— Maman va divorcer d'avec Papa, dit Savannah. Elle m'a dit ça hier soir.

— La grande nouvelle, ironisa Luke. Combien de fois dans notre vie nous a-t-elle dit la même chose ?

— Pas souvent, répondis-je. Pas plus de soixante-huit millions de fois, en tout cas.

— Combien de fois, poursuivit Luke, Maman nous a-t-elle fait grimper dans la voiture et emmenés hors de l'île en nous jurant que jamais plus elle ne passerait une seule nuit sous le toit de Henry Wingo ?

— Pas souvent, dis-je encore une fois. Cela n'a pas dû arriver plus de vingt ou trente fois quand nous étions petits.

— Où serait-elle allée ? demanda Savannah. Comment aurait-elle fait pour nous vêtir et nous nourrir ? Comment aurait-elle pu survivre sans homme ? Maman s'est retrouvée coincée par le Sud, et c'est ce qui l'a rendue un peu méchante. Mais je crois que cette fois, elle va le quitter. Elle introduit une demande de divorce la semaine prochaine. Elle a pris un avocat qui est en train de faire les papiers.

— Est-ce qu'elle a déjà prévenu Papa ? demandai-je.

— Non, répondit Savannah.

— Les premiers intéressés sont toujours les derniers informés, Tom, dit Luke.

— Vous ne trouvez pas bizarre que Maman ait pu prendre cette décision importante sans qu'aucun de vous ne soit au courant ? dit-elle. Peut-on en tirer des conclusions sur la façon dont on communique dans cette famille ?

— Savannah, dit Luke, pourquoi est-ce que tu ne viens en Caroline du Sud que pour le plaisir de dire à Tom et à moi ce que tu penses de notre mode de vie ? Lui et moi, jamais nous ne soufflons le moindre commentaire sur ta façon de vivre, mais toi, tu as toujours mille choses à redire sur ce que nous faisons. Nous étions en train de dire adieu à grand-père, et il a fallu que tu transformes cet instant en séance de thérapie de groupe. Si Maman doit quitter Papa, c'est eux que ça regarde, et Tom et moi nous serons là pour les aider à s'en sortir le mieux possible. Toi, tu seras à New York, et tu nous téléphoneras pour nous dire que nous faisons un boulot de merde.

— Je déteste la communication, Savannah, dis-je. Chaque fois que nous communiquons avec toi, depuis quelque temps, ça se termine toujours en bagarre. Et toutes les fois que je communique avec un membre de la famille c'est pour en apprendre plus que je ne voudrais... ou beaucoup moins.

— Ça t'est égal que Maman divorce de Papa ? demanda-t-elle.

— Non, ça ne m'est pas égal du tout, dis-je. Maintenant que Papa ne me cogne plus dessus et n'a plus une once de pouvoir sur moi, je le trouverais presque pathétique. J'ai grandi en le haïssant de toutes mes forces parce que j'avais peur dès que j'étais dans sa maison, et parce qu'il est difficile de pardonner à quelqu'un qui t'a volé ton enfance. Mais je lui ai pardonné, Savannah. J'ai aussi pardonné à Maman.

— Moi, je suis incapable de leur pardonner, ni à l'un ni à l'autre, dit Savannah. Il y a eu trop de dégâts. Je subis les conséquences de leurs erreurs chaque jour de ma vie.

— Ils ne faisaient pas exprès, dit Luke en passant un bras autour de l'épaule de Savannah pour l'attirer contre lui. C'était des pauvres cons qui ne savaient même pas faire leurs conneries correctement. Des bricoleurs.

— Je ne voulais pas vous rentrer dedans aussi violemment, mes chéris, dit-elle. J'ai toujours peur que cette ville arrive à vous ravaler à son triste niveau.

— Ce n'est pas un péché d'aimer Colleton, dit Luke. Le seul véritable péché, c'est de ne pas l'aimer suffisamment. C'est ce que disait toujours grand-père.

— Regarde où ça l'a mené, dit Savannah en pointant le menton vers la tombe.

— Il y a pire endroit que le paradis, répondit Luke.

— Tu sais bien que tu ne crois pas au paradis, dit-elle.

— Si, j'y crois, dit-il. Et j'y suis déjà, Savannah. C'est la grande différence entre toi et moi. Colleton est tout ce que j'ai jamais désiré et tout ce dont j'aurai jamais besoin.

— Il ne se passe rien d'exaltant, ici, rien d'éblouissant, rien qui puisse soulever les foules, rien de stimulant, dit-elle.

— Qu'as-tu pensé pendant l'enterrement de grand-père, lorsque les six diacres se sont mis à marteler le plancher de leur croix au moment où tu commençais l'éloge funèbre ? demandai-je.

— Je les ai trouvés débiles, répondit-elle.

— Mais c'était quand même stimulant, non ? dit Luke.

— Non, c'était débile, point final, dit-elle. Et j'ai eu envie de prendre mes jambes à mon cou pour quitter cette ville au plus vite.

— Ils voulaient seulement exprimer devant tout le monde leur estime pour grand-père, dit Luke. Ils voulaient dire publiquement qu'ils l'aimaient.

— Ça ferait peut-être un bon poème, dit-elle, pensant à voix haute. Je pourrais l'intituler "Batteurs de Croix".

— Tu l'as fini, le poème sur la promenade à skis de grand-père ? demandai-je.

— Presque, répondit-elle. Il manque encore un peu de travail.

— Qu'est-ce qui demande tant de temps ? interrogea Luke.

— On ne bouscule pas l'art, répondit-elle.

— Ben ouais, dis-je. Espèce de corniaud. On ne bouscule pas l'art. » Savannah nous ignora l'un et l'autre et se mit debout avant de dire : « Il nous faut faire nos adieux à grand-père.

— C'est juste derrière que nous serons enterrés, dit Luke en se dirigeant vers un carré d'herbe verte. Là, c'est ma place. À côté, c'est pour vous deux, et il reste encore assez de place pour nos femmes et enfants.

— Tu es morbide et déprimant, Luke, dit Savannah.

— Moi, je trouve réconfortant de savoir où je finirai quand j'aurai avalé mon dentier, dit Luke.

— Je veux être incinérée et que mes cendres soient dispersées sur la tombe de John Keats, à Rome, dit Savannah.

— En toute simplicité, dis-je.

— Pas question, petite sœur, dit Luke affectueusement. Compte sur moi pour te ramener à Colleton, et te planter ici même afin de t'avoir à l'œil.

— Grotesque, dit-elle.

— Si nous rentrions à la maison, proposai-je. Le plus gros des esprits enfiévrés doit être reparti à l'heure qu'il est.

— Adieu, grand-père, dit doucement Savannah en soufflant un baiser en direction de la terre fraîchement retournée. Si vous n'aviez pas été là, Tolitha et toi, je ne sais pas ce que nous serions devenus.

— Si tu n'es pas au ciel, grand-père, dit Luke tandis que nous nous dirigions vers la sortie du cimetière, alors tout est de la merde. »

J'ai vécu dans un comté sans neige ni rhododendrons. J'ai passé mes années entre vingt et trente ans à entraîner des gamins à la fois rapides et gauches. Pour moi les saisons correspondaient à la succession de plusieurs sports. Il y avait la musique des ballons qu'un coup de pied expédiait en spirale vers les nuages à l'automne, puis le couinement du caoutchouc contre le parquet luisant quand de grands gaillards pivotaient sur place pour mettre la balle dans le panier de basket en hiver, et le fracas des battes Hillerich and Bradsby contre les balles de baseball à la fin du printemps. Le rôle de coach n'était pas pour moi une passion avortée. Quand tout allait bien, c'était l'art de donner un sens à une vie de gamin. Je n'étais pas le meilleur des entraîneurs, mais on pouvait trouver pire que moi. Je n'ai jamais hanté les cauchemars d'aucun enfant. Pas une seule fois je ne l'ai remporté contre une de ces équipes à la discipline de fer qu'entraînait le grand John McKissick de Summerville. Lui était un bâtisseur de dynasties, et moi j'étais un petit coach aux compétences et ambitions limitées. Je n'ai jamais été un obsédé de la victoire. J'avais joué dans des équipes ayant connu le succès et la défaite, et bien que gagner fût somme toute plus agréable, la victoire ne donnait pas cette fulgurance de sublime, cette ébauche de sagesse que l'on vivait dans un match où l'on avait mis tout son cœur pour voir ses efforts tourner court. J'apprenais à mes élèves que savoir perdre demandait du talent et savoir gagner était la marque du véritable adulte. Perdre, leur disais-je, était excellent pour donner le sens des proportions.

Je m'efforçais de vivre bien dans ce comté sans neige ni rhododendrons. Je me mis à m'intéresser aux oiseaux, à la chasse aux papillons que je pratiquai en amateur, à poser des araignées pour le passage annuel des aloses, à collectionner la musique de Bach à la sauce Caroline. Je devins l'un de ces Américains anonymes qui tentent d'entretenir leur intelligence et leur curiosité d'esprit en même temps qu'ils sacrifient à tous les rituels humiliants de la petite-bourgeoisie. Je m'abonnai à cinq revues offrant un rabais aux enseignants : *The New Yorker*, *Gourmet*, *Newsweek*, *The Atlantic* et *The New Republic*. J'estimais que ces choix me désignaient comme intellectuel libéral s'intéressant à des tas de choses. Pas une fois il ne me traversa l'esprit que ces choix mûrement décidés trahissaient le fait irréfutable que j'étais à la fois un bouffon et un cliché de mon époque. Savannah m'expédiait des caisses entières de livres achetés en discount chez Barnes & Noble. Elle était persuadée que j'avais bradé mon intelligence le jour où j'avais décidé de rester dans le Sud. Elle avait dans les livres une foi de boutiquière ; on pouvait les distribuer comme des billets verts et ils étaient échangeables contre mille cadeaux utiles. Je sais que Savannah était inquiète pour moi à cause de la fatale séduction qu'exerçaient sur moi le conformisme et la sécurité. Je crois qu'elle se trompait ; mon mal était infiniment plus étrange. Je traînais dans ma vie d'adulte la nostalgie d'une enfance volée. Je rêvais d'élever mes enfants dans un Sud dont j'avais été dépouillé par ma mère et par mon père. Ce que je désirais par-dessus tout, c'était une vie pleine de vigueur. J'avais un savoir à transmettre à mes enfants, et ce savoir-là n'avait rien à voir avec les grandes villes. Savannah ne comprenait pas que j'avais un besoin essentiel d'être un homme respectable, rien de plus. Le jour de ma mort, je voulais qu'en m'embrassant une dernière fois Sallie dise : « Je ne me suis pas trompée en le choisissant pour mari. » Telle était la seule flamme qui me portait, l'unique idée que je consignais pour en faire le principe premier de ma vie d'homme. Mon échec, pensais-je, était moins imputable à ce que j'étais qu'au jeu pervers des circonstances. Lorsque je pris la décision de retourner à Colleton, je n'imaginais pas un instant, et me l'eût-on prédit que j'aurais éclaté de rire, que Colleton disparaîtrait de la liste des villes et bourgades de Caroline du Sud. J'allais apprendre beaucoup de choses sur mon siècle. Des choses qui ne seraient jamais pour me plaire.

Trois semaines après l'enterrement de mon grand-père, je vis le camion de mon père garé devant notre maison, en rentrant de ma séance d'entraînement de football. Il avait mis un autocollant à l'arrière, représentant le symbole de la paix suivi de cette légende : « Empreinte laissée par la poule mouillée américaine. » Il était assis dans la salle de séjour et bavardait avec Sallie lorsque j'entrai. Jennifer était perchée sur les genoux de son grand-père pendant que Sallie changeait la couche de Lucy sur le canapé.

« Bonsoir, Papa, dis-je. Je te sers un verre ?

— Avec plaisir, fils. Ce que tu auras, tout me va. »

Sallie entra dans la cuisine tandis que je sortais des verres et je lui dis :

« Je te sers tout de suite, Sallie, ou tu préfères attendre d'avoir mis ces petits monstres au lit ?

— Il s'est passé quelque chose, me chuchota Sallie. Il pleurait il y a un instant.

— Mon père ? Pleurer ? dis-je à voix basse. C'est impossible. Seuls les êtres humains pleurent lorsqu'ils sont bouleversés par une émotion trop forte. Mon père est né sans émotions comme d'autres naissent avec un orteil en moins.

— Sois gentil avec lui, Tom, dit-elle. Très gentil. J'emmène les petites chez Tolitha. Il a besoin de te parler en tête à tête.

— Nous n'avons qu'à aller quelque part, Sallie, dis-je. C'est plus facile comme ça.

— Il a besoin de te parler tout de suite », répondit-elle, et elle s'occupa de préparer les filles.

En revenant dans la salle de séjour, je trouvai mon père la nuque appuyée contre le dossier du fauteuil. Il avait la respiration lourde et je ne l'avais jamais vu dans un tel état d'égarement. On aurait dit qu'il était ligoté sur la chaise électrique. Ses mains tremblaient, ses articulations étaient violettes.

« Comment ça marche, l'équipe ? demanda-t-il quand je lui tendis son verre.

— Ils marchent très fort, Papa, répondis-je. Je pense que nous avons une chance sérieuse contre Georgetown.

— Je peux te dire un mot, fils ? demanda-t-il.

— Bien sûr, Papa.

— Ta mère m'a quitté il y a deux jours de cela, dit-il, et chaque mot avait du mal à sortir. Au début je ne me suis pas trop inquiété. Je veux dire, on a toujours eu des hauts et des bas, comme tous les couples, mais en général on se réconcilie assez vite. Seulement j'ai reçu du papier timbré aujourd'hui. Elle demande le divorce.

— Je suis désolé, Papa, dis-je.

— Est-ce qu'elle t'a dit quelque chose ? demanda-t-il. Est-ce que tu savais ce qui se préparait ?

— Savannah m'avait un peu prévenu après l'enterrement de grand-père, dis-je. Mais je n'y avais pas vraiment cru, Papa.

— Pourquoi tu ne me l'as pas dit, fils ? dit-il d'une voix brisée. J'aurais pu lui acheter des fleurs, l'emmener dîner dans un restaurant chic à Charleston.

— Je me suis dit que ce n'était pas mes affaires, dis-je. Je pensais que c'était à vous deux de régler cela.

— Pas tes affaires ! cria-t-il. Je suis ton père et il s'agit de ta mère. Si ce n'est pas tes affaires, bordel, c'est les affaires à qui ? Qu'est-ce que je vais foutre, moi, tout seul, si elle me quitte, Tom ? Tu peux me le dire ? À quoi elle rime, ma vie, sans ta mère ? Pourquoi diable tu crois que j'ai trimé dur depuis que je suis né ? Je voulais lui donner tout ce dont elle avait rêvé. Les choses n'ont pas toujours marché comme je l'aurais espéré, mais j'ai essayé.

— Pour essayer, tu en as essayé des trucs, dis-je. Personne ne peut le nier.

— Si seulement j'avais pu tomber une fois sur le bon filon, jamais elle ne m'aurait quitté, dit-il. Tu n'imagines pas à quel point ta mère peut aimer l'argent.

— J'ai ma petite idée, Papa, dis-je.

— C'est pour cela qu'elle reviendra, dit-il. Elle ne sait pas ce que c'est que gagner sa vie, et je suis bien tranquille qu'elle a passé l'âge d'apprendre ce genre de truc.

— Maman est une femme supérieurement intelligente, dis-je. Si elle t'a quitté, Papa, je te jure qu'elle doit avoir un plan.

— Elle peut bien avoir tous les plans qu'il lui plaira, dit-il, elle n'a pas le premier sou pour les mener à bien, ces fichus plans. Pourquoi elle a fait ça, fils ? Je t'en prie, aide-moi, Tom. Pourquoi elle est partie ? Pourquoi elle m'a fait ça ? »

Il enfouit son visage dans ses énormes mains et éclata en sanglots si violents que les larmes roulèrent entre ses doigts et ruisselèrent sur le dos de ses mains et sur ses poignets. Il s'effondra comme s'il venait de s'enfoncer un piston dans l'une des valves du cœur. Ce n'était pas le spectacle du chagrin que j'avais sous les yeux, mais le supplice d'un homme sachant qu'il allait devoir payer au prix fort les arriérés de sa tyrannie sans faille. Il lui faudrait rendre compte de trente années d'un règne placé sous le sceau de la terreur tiède, et il n'avait aucun talent pour la contrition.

« Je l'ai traitée comme une reine, dit-il. La voilà mon erreur. J'ai toujours été trop bon avec elle. Tout ce qu'elle voulait, elle l'avait. Je l'ai laissée prendre des grands airs et se faire passer pour ce qu'elle n'était pas. Je gobais tout, moi, alors que j'aurais dû serrer la vis.

— Tu l'as rouée de coups, Papa, dis-je, comme tu nous as tous roués de coups. »

Il essaya de répondre mais sa gorge se noua. De gros sanglots jaillirent de lui comme autant de vagues se brisant contre une grève vulnérable. L'espace d'un instant, il me fit presque pitié, mais mes dix-huit années d'apprentissage de la tempête sous sa houlette me revinrent en mémoire. Tu peux pleurer sur ma mère, Papa, avais-je envie de lui dire. Pleure aussi sur mon frère et ma sœur, tant que tu y es. Et garde encore une larme pour moi, Papa. Des larmes, son corps n'en contenait pas assez pour absoudre les crimes qu'il avait allégrement commis, comme époux et comme père. Je ne pouvais pas accorder d'amnistie à l'homme qui ne m'avait touché, lorsque j'étais enfant, que pour m'expédier à terre d'un revers de main. Mais je fus stupéfait, quand il retrouva l'usage de la parole, de l'entendre dire :

« Jamais je n'ai levé la main sur ta mère, ni touché un cheveu de la tête de mes enfants.

— Quoi ? » hurlai-je littéralement, et il se remit à sangloter de plus belle.

Quand il eut retrouvé son calme, je m'agenouillai à côté de son siège pour lui chuchoter doucement :

« Voilà ce qui me rend dingue dans cette famille, Papa. Je me fous bien que tu nous aies battus. Je m'en contrefous même. C'est du passé et nous n'y pouvons plus rien. Mais je ne supporte pas que, lorsque j'énonce un simple fait relatif à l'histoire de cette famille, Maman ou toi prétendiez qu'il y a erreur, qu'il ne s'est rien passé. Il faut pourtant bien que tu saches, Papa, et je te le dis en fils affectionné, que tu as été une sombre brute avec Maman et une sombre brute avec tes gosses. Pas en permanence. Pas tous les jours. Pas tous les mois. Mais nous ne savions jamais ce qui allait te fâcher. Nous ne pouvions pas prévoir tes colères qui nous livraient à la hargne sauvage du plus costaud des pêcheurs de la ville. Alors nous avons appris à nous taire, Papa. Nous avons appris à marcher sur la pointe des pieds quand tu étais là. Nous avons appris à avoir peur en silence. Et Maman était pour toi une épouse loyale, Papa. Elle nous interdisait formellement de raconter à quiconque que tu nous battais. La plupart du temps, elle faisait comme toi et disait que les choses ne s'étaient pas passées comme nous nous les rappelions.

— Tu mens, Tom, dit-il soudainement. Tu es un sale menteur, et tu as laissé ta mère te monter le coup contre moi. J'ai été trop gentil. C'est même ma seule erreur, d'avoir été trop gentil. »

Je saisis son bras droit, défis le bouton de sa manche de chemise pour la remonter jusqu'au coude. Tournant sa paume vers le haut, je suivis du doigt une cicatrice, une sorte d'estafilade violette sur la peau qui couvrait les muscles de son avant-bras. Je regardai ce bras avec une

506

immense tendresse. La dureté du labeur en avait fait un objet d'une beauté lyrique. Les veines y étaient saillantes à la façon des racines des gros arbres sur des bandes de terre érodée. Il avait pris l'habitude de toujours porter un chapeau et des manches longues sur son bateau, parce qu'il savait que ma mère admirait la blanche pâleur des hommes qui ne travaillaient pas de leurs mains. Celles de mon père étaient rugueuses et maculées de graisse. On aurait pu prendre un rasoir et entamer les cals de ses pouces, le sang n'aurait jailli que si la lame s'était enfoncée d'un demi-centimètre. Ces mains-là m'avaient frappé, mais elles avaient aussi travaillé pour moi, et j'étais professeur aujourd'hui à cause d'elles.

« D'où te vient cette cicatrice, Papa ? interrogeai-je. Ton fils, le sale menteur, ton fils affectionné, voudrait savoir comment il se fait que tu aies cette cicatrice sur le bras.

— Qu'est-ce que j'en sais ? dit-il. Je suis pêcheur, moi. J'ai des cicatrices sur tout le corps.

— Excuse-moi, Papa, dis-je. Mais ça ne suffit pas.

— Qu'est-ce que tu essayes de me faire, Tom ? dit-il.

— Tu ne peux rien changer à ce que tu es aujourd'hui si tu es incapable de reconnaître ce que tu as été, Papa. Réfléchis un peu. D'où elle te vient, cette cicatrice ? Je vais t'aider. Savannah et moi sommes assis à table, dans la salle à manger. C'est le jour de notre dixième anniversaire. Il y a un gâteau posé sur la table. Non, excuse-moi. Il y en a deux. Maman tenait toujours à ce que nous ayons chacun notre gâteau.

— Je ne comprends rien à ce que tu racontes, dit-il. J'aurais dû aller trouver Luke. Tu essayes de me convaincre que je suis un salaud.

— Je t'ai seulement demandé d'où te venait cette cicatrice, Papa, dis-je. Tu m'as traité de menteur, alors je voudrais te prouver que je me rappelle dans les moindres détails la façon dont tu as récolté cette cicatrice. Elle m'a donné des cauchemars, cette cicatrice.

— Eh bien tue-moi. Je ne me rappelle pas. Ce n'est pas un crime de ne pas se rappeler quelque chose, cria-t-il.

— Parfois, si, c'est un crime, Papa, dis-je. Maintenant je te demande de me laisser te raconter cette soirée. C'est important, Papa. Il ne s'agit que d'une soirée parmi dix mille, mais tu risques d'en tirer quelques lumières sur les raisons pour lesquelles Maman est peut-être en train de te quitter.

— Je n'ai pas demandé à avoir des lumières, gémit-il. J'ai demandé qu'on m'aide.

— C'est exactement ce que je suis en train de faire », dis-je, et je commençai mon histoire tandis que mon père pleurait dans ses mains trop grandes.

Les choses commencèrent comme toujours, sans préavis ni échappatoire. Mon père s'était levé de table de bonne heure et regardait l'émission de Ed Sullivan à la télévision. La saison de la crevette, qui arrivait à son terme, n'avait pas été bonne, ce qui le rendait toujours dangereux et imprévisible. Il n'avait pas dit un mot pendant le dîner et s'était emporté une bouteille de bourbon dans la salle de séjour. Mais rien dans son comportement ne laissait planer la menace. Même son silence pouvait être anodin et imputable à l'épuisement physique plutôt qu'à une rage secrète en train de couver. Ma mère alluma dix bougies sur chaque gâteau, et Savannah se mit à applaudir de bonheur en disant :

« On est dans les nombres à deux chiffres, maintenant, Tom. Et on va le rester pour toujours jusqu'à nos cent ans.

— Viens à table, Henry, dit ma mère. Les petits vont souffler les bougies. »

S'étaient-ils disputés la veille ? Y avait-il entre eux une querelle mal vidée ? Je n'en sais rien, et cela n'a du reste aucune importance.

« Henry, tu m'as entendue ? répéta ma mère en se dirigeant vers la salle de séjour. C'est le moment de chanter *Bon Anniversaire* à Savannah et Tom. »

Mon père ne bougea pas de son fauteuil, ni ne manifesta d'aucune façon qu'il avait bien entendu ma mère.

« Laisse, Maman, ça ne fait rien, suppliai-je derrière les petites lumières de mes dix bougies.

— Lève-toi et viens souhaiter l'anniversaire de tes enfants », ordonna-t-elle en se déplaçant pour éteindre le poste de télévision.

Je ne voyais pas ses yeux, mais je vis ses épaules se raidir et il leva son verre pour le vider d'un trait.

« Ne recommence jamais ça, Lila, dit-il. J'étais en train de regarder cette émission.

— Tes enfants vont croire que tu ne les aimes pas beaucoup pour ne même pas vouloir leur dire *Bon Anniversaire*.

— Je te jure que tu vas sérieusement le regretter si tu ne rallumes pas tout de suite cette télé, dit-il d'une voix sans inflexion particulière.

— Ça ne fait rien Maman, dit Savannah. Rallume la télévision. S'il te plaît, Maman.

— Pas question, dit ma mère. Ton père pourra regarder la télévision autant qu'il lui plaira après que nous aurons coupé le gâteau. »

Et tandis que s'emballaient les moteurs de leur inextricable discorde, et que mon sang subissait les vibrations d'un cœur de dix ans, je regardai avec des yeux impuissants mon père se dresser comme un lion au regard éteint par la triste stérilité d'une vie sans victoire, et pousser brutalement ma mère vers le poste de télévision. Puis il l'attrapa par les cheveux et la contraignit à se mettre à genoux malgré les hurlements de ses enfants, encore à l'abri des bougies d'anniversaire.

« Rallume ce poste, Lila, dit-il. Et ne t'avise jamais plus de me dicter ma conduite sous mon propre toit. Je suis ici chez moi, et ta présence n'y est que tolérée.

— Non », répondit-elle.

Il lui cogna le visage contre l'écran dont je fus surpris qu'il ne se rompît pas sous la violence de l'impact.

« Non, répéta-t-elle avec le sang qui lui coulait des deux narines.

— Fais-le, Maman », hurlai-je.

Savannah se précipita vers le poste, réussit à se faufiler entre eux et, de nouveau, la voix de Ed Sullivan emplit la pièce.

« C'est elle qui a allumé, grinça ma mère. Pas moi. »

Mon père se baissa et éteignit le poste. Le silence était lourd d'un terrible désarroi contenu.

« Je t'ai dit de rallumer, Lila, dit-il. Tu donnes un très mauvais exemple à tes fils. Ils doivent apprendre qu'une femme est censée respecter l'homme sous son propre toit. »

Savannah remit encore une fois la télévision, mais elle monta le volume trop fort si bien que Ed Sullivan fit une entrée tonitruante dans notre maison. Mon père envoya une taloche à ma sœur qui s'écroula en travers de la table basse avant de rouler en position fœtale sur le tapis.

Ma mère se précipita alors vers Savannah et elles pleurèrent dans les bras l'une de l'autre, tandis que mon père se dirigeait posément et résolument vers elles. Il les dominait de toute sa hauteur quand six coups tirés par un revolver de calibre 38 détruisirent le poste de télévision dans une spectaculaire explosion d'éclats de verre et de bois.

Me tournant, je vis Luke debout sur le pas de la porte de notre chambre, en train de recharger calmement l'arme dont le canon fumait encore.

« La télévision est cassée, dit Luke. À présent, tu peux chanter *Bon Anniversaire* à tes enfants. »

Mon père se retourna lentement vers Luke avec une lueur d'animal borné dans la brutalité de son regard pâle. Il avança sur son fils, nimbé de l'aura du monstre absolu, tapeur de fils et cogneur d'épouse, lucide dans la rage qui l'animait et grondait en lui. Mais Luke avait rechargé le revolver et pointé le canon sur le cœur de mon père.

« Comment un homme peut-il se conduire comme tu le fais ? demanda Luke. Pourquoi faut-il qu'un gros costaud tape sa femme ou sa petite fille ? Pourquoi es-tu si méchant ? »

Mon père continua d'avancer vers Luke qui battit en retraite en direction de la cuisine, le revolver toujours braqué sur la poitrine de mon père. Le bruit que j'entendis était le hurlement unique né de la convergence des voix de ma mère et de ma sœur avec la mienne, pétrifiés que nous étions de mortelle horreur.

Quand mon père agrippa le poignet de Luke, parvenant à lui arracher son arme, il le frappa d'un grand coup de poing en pleine figure. Luke s'écroula sur les genoux, mais mon père le releva en l'empoignant par les cheveux, et frappa encore une fois son fils déjà à demi inconscient.

Je me retrouvai sur le dos de mon père, avec son oreille gauche entre mes dents. Il poussa un rugissement et je me sentis voler à travers la cuisine, avant d'atterrir sur les fourneaux. Je dégringolai sur le carrelage et me relevai pour voir ma mère lui griffer le visage de ses ongles. Je courus m'interposer, tentai de les séparer, et entendis les coups portés par mon père sur le visage de ma mère. Je tambourinai alors contre le

509

ventre et la poitrine de mon père, sentis les claques me pleuvoir sur la tête, et j'étais ivre du bruit des voix et des coups lorsque, en levant les yeux, je vis surgir en pleine lumière le couteau de boucher avec lequel ma mère s'apprêtait à couper les gâteaux d'anniversaire. Du sang me gicla au visage et m'aveugla, mais je ne savais pas qui, de mon père ou de ma mère, avait été poignardé. Savannah hurlait, je hurlais, et ma mère nous criait de quitter la maison, mais je n'arrivais pas à y voir clair, je ne savais plus où j'étais à cause du sang d'un de mes parents qui coulait dans mes yeux que je frottais pourtant de mes deux mains.

Luke me tira vers la porte et, à travers un voile écarlate, je vis mon père reculer en titubant contre la porte de sa propre chambre, avec le sang qui jaillissait d'une blessure sur l'avant-bras. Ma mère tenait dans ses mains le couteau sanglant et elle prévenait mon père qu'elle le lui plongerait dans le cœur si jamais il s'avisait de nous toucher encore une fois. Luke poussa Savannah et moi vers la porte de la maison en nous disant de courir jusqu'au camion.

« Si vous voyez Papa sortir de la maison, filez vous mettre à l'abri dans les bois », dit-il en fonçant chercher ma mère.

Ensemble, Savannah et moi nous dirigeâmes d'un pas chancelant vers le camion, nos voix s'élevant à l'unisson dans un seul gémissement aigu de terreur. Plus tard, je devais me rendre compte que Savannah croyait que j'avais été blessé au visage par le couteau de boucher. Le sang de mon père maculait tout mon visage, à la façon d'un masque, grotesque et sanguinaire. Mes mains ressemblaient aux éponges posées sur une table d'opération.

Dans la lumière qui venait de la maison, je regardai Luke et ma mère surgir ensemble sur le pas de la porte. Derrière eux, titubante et gémissant de sinistre façon, la silhouette de mon père s'encadra dans la porte au moment où ma mère montait dans la cabine du camion. Luke sauta dans la remorque tandis que ma mère fouillait dans son sac pour trouver les clés.

« Vite, Maman, cria Luke. Il arrive. »

Mon père zigzaguait dans l'herbe en se dirigeant vers nous, et s'il perdait davantage de sang à chaque pas, il se rapprochait néanmoins avec un entêtement méchant pendant que ma mère trifouillait un trousseau de clés.

« Il est presque là, Maman », cria Savannah au moment où le moteur se mit à tourner, puis toussa un peu avant d'exploser de vie pour nous arracher à ce bout de jardin et à l'homme titubant et perdant son sang.

Comme nous foncions sur le chemin de pierre qui menait au pont, ma mère nous jura :

« Plus jamais nous ne reviendrons, les enfants. Ça, je vous le promets. Nous ne retournerons plus jamais avec lui. Quelle mère faudrait-il que je sois pour laisser mes enfants grandir auprès d'un homme comme lui ? »

Nous restâmes deux jours chez Amos et Tolitha ; puis nous retournâmes à notre vie sur l'île. Mais avant ce retour, ma mère réunit ses trois enfants pour leur dire que jamais ils ne devaient raconter à quiconque ce qui était arrivé ce soir-là. Elle nous expliqua que la plus grande vertu au monde était la loyauté envers sa famille, et que seuls les gens très bien, l'élite, possédaient une telle vertu. Le soir de notre retour, mes parents se témoignèrent une tendresse inhabituelle. Il s'écoula presque six mois avant qu'il ne la battît de nouveau ou levât la main sur un de ses enfants.

« Jusqu'à ce jour, dis-je à mon père en larmes, j'ai toujours pensé que tu nous aurais tués tous les quatre si tu étais arrivé à temps au camion.

— Ce n'est pas vrai, dit-il pitoyablement. Il n'y a pas un seul mot de vrai dans tout ça. Comment peux-tu raconter de telles horreurs sur ton propre père ?

— Je n'ai pas besoin de me forcer, Papa, dis-je.

— Je ne me rappelle rien de tout ça, dit-il. Si c'est arrivé en vrai, je devais être soûl. Je ne devais plus savoir ce que je faisais. Voilà, je devais avoir perdu mes esprits parce que j'avais trop bu. Je reconnais que je ne tiens pas très bien l'alcool.

— Savannah non plus ne se souvient pas, Papa, dis-je. Je lui ai posé la question un jour. Quant à Luke il refuse d'en parler.

— Alors c'est peut-être ton imagination qui te joue des tours, fils, dit-il. Ouais, c'est ça. Tu as toujours adoré inventer des histoires sur les gens. Je parie que tu es de mèche avec ta mère et que vous avez mijoté ça ensemble pour le juge, non ?

— D'où te vient cette cicatrice, Papa ? demandai-je.

— Je t'ai dit, je suis pêcheur de crevettes, répondit-il. J'exerce un métier dangereux. Il est possible que ce soit avec le treuil, ou bien quand le câble s'est coincé...

— C'est un couteau de boucher, dis-je d'une voix égale. Et le poste de télévision, qu'est-ce que tu en fais, Papa ? Tu te rappelles avoir été obligé de racheter une nouvelle télé ? En bons Sudistes abrutis, on aurait plus facilement crevé de faim que passé vingt-quatre heures sans télévision, alors on n'a pas mis longtemps à remplacer le poste cassé. En fait, je crois que le nouveau était déjà là quand nous sommes revenus à la maison. Du reste, toute trace de sang ou de violence avait curieusement disparu. Comme toujours, nous avons continué en faisant comme s'il ne s'était rien passé.

— Eh bien, peut-être que c'est ce que nous devrions faire maintenant, fils, dit-il. Oui, faisons comme s'il ne s'était rien passé, encore que rien de ce que je pourrais dire ne te convaincra.

— Sauf que, cette fois, quelque chose vient de se passer, dis-je. En fin de compte, tu seras tout de même obligé de regarder en face l'homme que tu as été, parce que Maman t'a quitté. On ne peut pas faire comme si de rien n'était, n'est-ce pas ? La famille se trouve finalement confrontée au moment où il n'est pas possible de nier la réalité.

— Pourquoi est-ce que tu me détestes à ce point ? demanda-t-il, et il se remit à pleurer.

— Il est facile de détester un homme qui te battait quand tu étais gamin, Papa, dis-je doucement. Mais je ne te déteste que lorsque je suis contraint de me rappeler ces choses-là.

— Si je les ai faites, toutes ces choses, je suis désolé, Tom, dit-il en levant les yeux pour me regarder. Mais sincèrement je ne me souviens de rien. Je ne sais pas comment faire pour réparer.

— Tu pourrais commencer par me filer beaucoup d'argent. Des grosses coupures de préférence », dis-je.

Il me contempla, interloqué, et je dis :

« Je voulais seulement faire un peu d'humour, mon cher papa. À présent que souhaites-tu que je fasse pour toi ? Comment puis-je t'aider ? Ce que je sais, Papa, c'est que ce n'est pas ta faute si tu es un gros con de Sudiste. Tu es né comme ça.

— Pourrais-tu lui parler et voir ce qu'elle désire ? dit-il. Dis-lui que je suis prêt à tout si elle revient. Elle aura tout ce qu'elle voudra. Je le jure.

— Et si elle n'a aucune envie de revenir ? demandai-je.

— Mais qu'est-ce que je ferais sans elle ? demanda-t-il. Je serais quoi, sans ta mère ?

— Tu continuerais d'être le meilleur pêcheur de crevettes du comté, dis-je. Tu serais toujours propriétaire de l'île la plus jolie du monde.

— Mais j'aurais perdu la femme la plus jolie du monde, dit-il.

— C'est incontestable. Mais il y a un certain temps maintenant que tu fais tout ce qu'il faut pour la perdre. Où est-elle ? Je vais aller lui parler.

— Là où elle est en permanence, dit-il. En train de soigner cette salope de mère Newbury. Je ne comprendrai jamais pourquoi ta mère est tellement aimable avec la seule bonne femme de cette foutue ville qui l'ait toujours traitée comme de la merde.

— Moi, je comprends très bien, dis-je. Maman a attendu toute sa vie qu'Isabel Newbury ait enfin besoin d'elle.

— Mais moi aussi, j'ai besoin d'elle, gémit-il.

— Lui as-tu jamais dit, Papa ? demandai-je.

— Je n'avais pas à le faire, dit-il. Je l'ai épousée.

— Oh, je vois, dis-je. Suis-je grossier de poser une question aussi évidente. »

Il se remit à pleurer et je le regardai sans intervenir, pensant que le chagrin était peut-être la seule émotion susceptible d'exprimer la rédemption de Henry Wingo. Il y avait aussi une part de moi qui estimait froidement que ma famille avait bien mérité chacune de ces larmes qui avaient été bien longues à venir.

Lorsqu'il se reprit un peu, il dit :

« Tu sais que Tolitha a abandonné ton grand-père quand j'étais petit ?

— Oui, dis-je.

— On ne m'a jamais appris comment un mari était censé traiter sa femme, dit-il. Moi, je croyais que Tolitha avait quitté Amos parce que mon père était un faible. À mes yeux, il n'était pas vraiment un homme. Je n'avais pas envie qu'il m'arrive la même chose.

— Ma mère à moi n'a pas quitté mon père, dis-je en me penchant plus près de lui. Alors j'ai appris comment on traite une femme en regardant comment tu traitais Maman. J'ai appris qu'il est normal pour un mari de battre sa femme, Papa. J'ai appris qu'il est normal pour un père de battre ses enfants, de brutaliser toute sa famille chaque fois qu'il en a envie, parce que c'est lui le plus fort, parce qu'ils ne peuvent pas répliquer, parce qu'ils n'ont nulle part où aller. Tu m'as appris tout ce qu'il y a à savoir sur ce que c'est qu'être un homme, Papa, et je tiens à t'en remercier. Parce que cela m'a fait désirer être un homme comme ton père, Amos. Je veux être faible, doux et gentil avec toutes les créatures peuplant cette terre. Et en plus, Papa, j'aimerais mieux mourir que d'être un homme semblable à l'image que tu m'as donnée.

— Tu crois que tu vaux mieux que moi, dit-il. Ta mère aussi, elle s'est toujours crue supérieure à moi, encore qu'avec ses parents, les péquenots avaient des airs d'aristos.

— Je ne me crois pas supérieur à toi, dis-je. Mais je me crois beaucoup plus gentil, Papa.

— J'aurais dû m'adresser à Luke, dit-il. Jamais je n'aurais dû venir chez toi. Jamais Luke n'aurait dit des choses aussi abominables sur son propre père.

— Et il n'aurait pas été d'accord non plus pour aller parler à Maman, dis-je.

— Tu acceptes encore de lui parler ? demanda-t-il.

— Oui, dis-je. Je vois pour toi l'occasion d'apprendre quelque chose pour la première fois de ta vie. Qui aurait pensé que ce vieux gorille des montagnes allait pleurer parce que sa femme le quittait ? Et même si Maman ne revient pas, je vois l'occasion pour toi de devenir un bon père. Même que je serais plutôt content d'avoir un père pour la première fois de ma vie.

— Je n'aime pas demander quoi que ce soit aux gens, dit-il.

— C'est pour cela qu'il est très difficile de te donner quoi que ce soit, Papa, répondis-je.

— Hé ! dit-il. N'oublie quand même pas que c'est moi qui t'ai fait cadeau de la vie.

— Merci encore ! » dis-je en rigolant un bon coup.

26

Je me trouvais sur la terrasse de la résidence des Newbury, en train de regarder le clair de lune allumer les marais comme un rêve d'or altéré. Reese Newbury vint m'ouvrir la porte et, sur son visage, le clair de lune eut un effet tout différent. Il s'était arrondi aux angles depuis la dernière fois que je m'étais trouvé sur le pas de sa porte. Sous ses yeux, les poches avaient des allures de bagages fatigués. Mais le regard reflétait le même éclat brut de l'inébranlable sang-froid. Les yeux restaient la source de l'extraordinaire pouvoir résidant dans la pâleur blanche de ce corps enflé.

« Je voudrais dire un mot à ma mère, M. Newbury », dis-je.

Ses yeux clignèrent à la lumière des lanternes et de la lune avant de me reconnaître.

« Votre mère est un ange, Tom. Je ne sais pas ce que nous aurions fait sans elle. C'est vraiment une femme hors du commun, fils. J'espère que vous le savez.

— Certainement, monsieur. Je n'en ai jamais douté, dis-je. Voudriez-vous avoir l'obligeance de la faire prévenir que je suis ici ?

— Entrez. Entrez donc, je vous prie, dit-il, et je le suivis dans le confort feutré du vestibule de la maison.

— Elle est avec Isabel, chuchota-t-il. Elle ne quitte pratiquement jamais son chevet, même pas pour manger. Le docteur dit qu'il n'y en a plus pour longtemps. Le cancer s'est généralisé et... »

Il ne put continuer et ravala les mots qu'il allait prononcer. Tandis qu'il luttait pour retrouver l'empire sur lui-même, j'entendis les horloges de la maison décliner le passage des instants, au rythme des sons métalliques ponctuant l'agression des grandes aiguilles contre la soie du temps. Toutes ces horloges sonnèrent neuf heures, alors que nous parlions dans la pénombre, et le sombre glas sonné par chaque pendule, dans chaque pièce de la maison, livra l'heure dans le langage imbécile des carillons. Je me demandai si c'était le propre des demeures de mourants de donner un tel relief à la présence des horloges.

« Pourquoi ne pas monter l'attendre dans mon bureau, à l'étage, dit-il. Vous y serez tranquille pour parler avec votre mère.

— Je connais le chemin », dis-je en le suivant dans l'escalier moquetté.

Une fois installé dans son bureau, je me demandai s'il m'avait amené dans cette pièce délibérément. Mais je me dis que Reese Newbury avait tellement d'exécrables méfaits à son actif qu'il ne se souvenait probablement pas de la gifle qu'il avait administrée autrefois à un gamin de douze ans dont le seul tort avait été de se bagarrer avec son fils. Je retrouvai les mêmes rangées stériles de livres jamais lus, ainsi que la carte du comté où ses possessions étaient signalées par des punaises.

Ma mère entra dans la pièce et me dit dans un souffle :

« Isabel voudrait te voir, Tom. Elle est tellement contente que tu sois passé. N'est-ce pas gentil de sa part ? »

Les motivations de ce soudain plaisir d'Isabel tenaient pour moi du mystère éclatant, mais ma mère était apparemment ravie qu'Isabel daignât seulement savoir que j'habitais la même planète qu'elle-même. Ma mère me prit donc la main pour me guider dans le couloir sombre et silencieux.

« Nous y sommes », dit-elle, oubliant que j'avais autrefois participé à la livraison d'une tortue de cent kilos dans la pièce en question.

Mais toutes mes éventuelles rancœurs contre Isabel Newbury s'évanouirent lorsque je découvris sa pauvre silhouette cruellement déformée, soutenue par une montagne de coussins, pour lui permettre de rester assise dans son lit. J'étais capable de nourrir des haines définitives, mais même à mon pire ennemi je ne souhaiterais jamais une telle mort. Son corps avait capitulé, cédant à un recroquevillement nacré. Elle luisait de fièvre. Une odeur épicée de mort flottait dans la pièce, fragrances de médicaments, de fleurs et d'eau de Cologne distillées dans un parfum de mauvais vin.

« Votre mère a été la seule, Tom, dit-elle. Toutes les autres, je leur fais peur.

— Ce n'est pas tout à fait exact, Isabel, dit ma mère. Je ne fais que me conduire en amie. Et puis vous recevez plus de messages de sympathie et de fleurs qu'il n'est imaginable.

— Je me suis mal conduite envers vous et votre famille, Tom, dit-elle, avec une élocution très lente. Je m'en suis excusée auprès de votre mère des centaines de fois.

— Je vous ai dit que vous n'aviez aucune excuse à me faire, Isabel, intervint rapidement ma mère. Je vous ai toujours considérée comme une de mes amies. Il se trouve seulement que nous étions très requises par l'éducation de nos petites familles respectives et que nous n'avions guère le temps de nous voir.

— J'accepte vos excuses, Mme Newbury, dis-je. C'est très aimable à vous de les avoir présentées.

— Tom, quelle grossièreté ! dit ma mère.

— Merci de les avoir acceptées, dit Mme Newbury. Depuis deux semaines que je suis clouée dans ce lit, je réfléchis à ce qu'a été ma vie. Il y a des choses que je ne comprends pas. Je ne connais pas la personne qui a fait ces choses-là. Elle ne me semble avoir aucun rapport avec moi. C'est bien dommage de devoir mourir pour savoir tout cela.

— Chut ! Qui a dit que vous alliez mourir, Isabel ? dit ma mère. Je maintiens que vous allez vaincre ce mal, et ensuite vous partirez faire une longue croisière avec Reese.

— La seule croisière que je vais faire, elle est organisée par Ogletree et ses Pompes funèbres, répondit-elle.

— Ne parlez pas de cette façon, Isabel, dit ma mère en cachant son visage dans ses mains. Ne parlez pas de vous résigner. Je veux que vous vous battiez.

— La mort n'est que la dernière étape de la vie. Nous passons tous par là, Lila, dit Mme Newbury. Moi, ça n'aura pas été ma préférée, ça, je vous l'accorde.

— Comment va Todd, Mme Newbury ? demandai-je.

— Todd ? dit-elle. Todd est égal à lui-même. Égoïste, gâté. Il a épousé une fille charmante. Une Lee, de Virginie. Il passe ses loisirs à la tourmenter. Il n'est venu me voir que deux fois depuis que je suis malade. Mais il téléphone une fois par mois, sans se soucier de savoir si cela m'arrange ou pas.

— Il était là le week-end dernier, Tom, me dit ma mère. Il est visible que la maladie de sa mère lui brise le cœur. Il vous adore, Isabel. Mais il est comme beaucoup d'hommes. Il ne sait pas l'exprimer.

— Il l'exprime avec beaucoup d'éloquence, au contraire, dit-elle. Il ne vient pas me voir.

— Vous êtes fatiguée, dit ma mère. Vous devriez dire bonsoir à Tom, et je vous installerai pour la nuit.

— Pourriez-vous aller me chercher encore un peu d'eau glacée, ma chère Lila ? dit-elle en désignant la carafe sur la table de nuit. Je meurs de soif.

— Je reviens tout de suite », dit ma mère.

Lorsque nous entendîmes les pas de ma mère dans les escaliers, Isabel Newbury tourna vers moi ses yeux dévastés, mourants, et elle prononça les mots qui devaient changer ma vie à jamais.

« Mon mari est amoureux de votre mère, Tom, dit-elle. Et je suis d'accord.

— Quoi ? murmurai-je, abasourdi.

— Reese a besoin qu'on s'occupe de lui. Il est incapable de survivre tout seul, dit-elle avec aussi peu de passion que s'il était question de considérations météorologiques. Et puis votre mère a été tellement gentille avec moi, ajouta-t-elle. Je me suis prise d'une grande affection pour elle.

— Voilà qui est parfaitement grandiose, n'est-ce pas ? dis-je. Vous est-il venu à l'idée de songer à mon père ?

— Elle m'a tout raconté sur votre père, dit-elle. J'imagine que vous devez le détester autant qu'elle.

— Erreur, ma bonne dame, dis-je. Je l'aime mille et mille fois plus que Reese Newbury.

— Il s'agit d'un amour platonique, dit-elle. Soyez-en convaincu. Votre mère n'en est probablement même pas consciente.

— Mme Newbury, comment pourriez-vous tolérer dans le lit de votre mari une femme que vous aviez exclue du sommaire de votre putain de livre de cuisine ? demandai-je.

— Je n'apprécie guère la vulgarité, dit-elle d'une voix faible et crispée.

— Parce que vous avez le culot de me taxer de vulgarité, Mme Newbury ? dis-je. Vous qui servez de maquerelle à votre mari sur votre lit de mort.

— Je ne fais qu'arranger mes affaires, dit-elle. J'ai pensé que vous deviez être au courant. Je ne souhaitais pas que la nouvelle vous tombe dessus comme une surprise absolue.

— Ouais, j'ai horreur des surprises, dis-je. Ma mère est au courant de quelque chose ?

— Non, dit-elle. Reese et moi avons eu une discussion. Nous nous disons tout.

— Alors dites à Reese qu'il devra passer sur mon cadavre pour épouser ma mère, dis-je. Je suis prêt à avaler pas mal de couleuvres en ce monde, mais avoir Reese Newbury comme beau-père n'en fait pas partie. Être le demi-frère de Todd Newbury non plus. Qu'est-ce qui vous prend ? Vous n'avez cessé de cracher sur ma famille depuis que je suis né. Est-ce le dernier coup de patte ? Votre ultime manifestation de mépris à notre égard ? »

Ensemble nous entendîmes les pas de ma mère qui revenait. Mme Newbury porta un doigt devant ses lèvres en même temps que ma mère entrait de nouveau dans la chambre et lui servait un verre d'eau glacée.

« Vous en avez profité pour bavarder gentiment pendant que j'étais partie ? demanda ma mère. J'ai beaucoup parlé de toi à Isabel, Tom. Elle dit que jamais elle n'a rencontré de mère aussi fière de sa progéniture que moi, et je suppose qu'elle a raison. Mes enfants ont toujours été tout pour moi.

— Merci de votre visite, Tom, dit Mme Newbury en me serrant la main. J'espère avoir bientôt le plaisir de vous revoir.

— Je vous souhaite un prompt rétablissement, Mme Newbury, dis-je poliment. Si je puis vous être utile en quoi que ce soit, n'hésitez pas à me le faire savoir. Bonsoir, madame. »

Ma mère et moi étions assis face à face dans le bureau, et je songeais aux innombrables possibilités que j'avais de passer pour le roi des imbéciles. Si ma mère et Reese Newbury filaient le parfait amour sur le corps alité de l'épouse mourante, cela ne me regardait pas, surtout dans la mesure où l'épouse en question semblait heureuse de jouer le rôle grandiose et généreux d'entremetteuse dévouée.

« Pourquoi n'est-elle pas à l'hôpital, Maman ? dis-je, esquivant les vraies questions pour le moment. Elle est manifestement mourante.

— Elle veut mourir dans la maison où sont morts tous ses ancêtres, dit ma mère. Elle a exprimé la volonté de mourir dans son lit.

— Quel type de cancer a-t-elle ? demandai-je.

— Un cancer généralisé, dit ma mère. Mais ça a commencé par un cancer du rectum.

— Ce n'est pas vrai, Maman, dis-je. Même Dieu n'aurait pas eu ce trait d'humour.

— Oh ! je crois n'avoir jamais entendu de monstruosité aussi cruelle que celle que tu viens de prononcer, dit ma mère en se levant pour vérifier que personne n'écoutait derrière la porte. Isabel Newbury est pour moi une grande amie, Tom, et je ne tolérerai pas que tu lui manques de respect. Elle a déjà beaucoup souffert d'avoir été pratiquement abandonnée par ses autres amies dans l'épreuve qu'elle subit. Oh, bien sûr, elles passent la voir une ou deux fois dans le mois, et elles restent une heure, mais Isabel sent parfaitement qu'elles n'ont de hâte que de quitter son chevet.

— La véritable surprise, Maman, dis-je, c'est que Lila Wingo, l'une de ses pires ennemies, passe toutes ses journées, voire ses nuits, à prendre soin d'elle.

— J'ai toujours dit que le passé est le passé. Je n'ai jamais été une rancunière. Ce pauvre Reese est tellement malheureux. Il est bouleversé.

— Parfait, dis-je. Je suis ravi de le savoir bouleversé. J'ai toujours pensé qu'on pouvait jauger les qualités humaines de quelqu'un à l'intensité de sa haine pour Reese Newbury.

— C'est un homme incompris, dit-elle.

— Je le trouve on ne peut mieux compris, Maman, dis-je. D'ailleurs s'il attrape un cancer du rectum, on aura enfin la certitude que Dieu a bien un plan divin pour chacun de nous.

— Je t'interdis de continuer à parler de cette façon des Newbury, Tom, dit-elle, furieuse. Je parle sérieusement. Ils sont les amis les plus proches que j'aie à Colleton, maintenant. Je sais que cela peut te sembler étrange, mais ils me témoignent une gratitude presque pathétique pour l'aide que je leur apporte. Attention, je n'ai jamais été de ceux qui acceptent les marques de reconnaissance pour n'avoir fait que leur devoir de voisin. J'ai toujours payé de ma personne librement, sans rien demander en retour. Mais depuis que je suis venue à leur secours, j'ai compris dans quelle profonde solitude se trouvent Isabel et Reese. Sincèrement. Ils n'ont pas de vrais amis au sens où nous entendons ce mot, toi et moi. Ils ne sont entourés que de personnes qui tiennent à compter parmi leurs proches pour tirer avantage de leur fortune et de leur rang social. Bien sûr, raffinés comme ils sont, ils repèrent les hypocrites à une lieue.

— Je n'en doute pas. Ils doivent avoir une sainte horreur des miroirs, dans ce cas, dis-je. Maman, je suis venu ici parce que j'ai eu la visite de Papa tout à l'heure.

— Je sais bien que c'est ce qui t'amène, dit-elle. Je t'attendais, Tom.

— Il dit qu'il est désolé et qu'il fera tout ce que tu voudras si tu rentres à la maison, dis-je, avec un sentiment étrange en utilisant les mots maladroits de mon père.

— Je n'ai perdu que trop d'années de ma vie avec ton père, dit-elle. Est-ce que tu te rends compte que je ne l'ai jamais aimé, même lorsque je l'ai épousé ?

— Il a reçu les papiers aujourd'hui, Maman, dis-je. Je crois que cela l'a convaincu que tu ne plaisantais pas.

— Reese et Isabel m'ont laissé l'usage d'une petite maison dont ils sont propriétaires, dans Lanier Street. Ils ne me demandent même pas de loyer. N'est-ce pas vraiment gentil de leur part ? dit-elle.

— Pour papa, dis-je. Je lui dis quoi, Maman ?

— Tu n'auras qu'à lui dire, répondit-elle en se redressant de toute sa hauteur, oui, dis-lui que je regrette profondément de l'avoir rencontré, que je regrette d'avoir eu des enfants de lui, et que je serai la plus heureuse des femmes le jour où je serai débarrassée de lui pour toujours. » Je dis :

« Tu es certaine que tu ne veux pas opter pour une formulation plus virulente ?

— De quel droit réprouverais-tu ma décision ? dit-elle. Il fut un temps où tu me suppliais de divorcer. Qu'y a-t-il de changé pour toi ?

— Que je le trouve pathétique maintenant, répondis-je. Je n'y peux rien, Maman. Chaque fois que je le vois, il m'inspire une pitié profonde. Il possède cette aura incomparable de l'échec dont il n'a jamais réussi à se défaire. Je n'ai même pas l'impression d'avoir affaire à mon père. Il ressemblerait davantage à un vague tonton infirme auquel je rendrais visite une ou deux fois l'an, à l'occasion des vacances.

— Tu ne penses donc pas que je devrais le quitter ? demanda-t-elle.

— Je pense que tu devrais faire exactement ce dont tu as envie, dis-je tandis que nos regards se croisaient. Je pense que tu devrais faire ce qui te permettra d'être heureuse, Maman.

— Tu le crois sincèrement ?

— Pas vraiment, mais j'ai l'impression que ce sont les paroles que je suis censé prononcer, dis-je.

— Je peux donc compter sur ton appui absolu ? demanda-t-elle.

— Vous avez tous les deux mon appui absolu, dis-je.

— Tu accepteras donc de témoigner en ma faveur devant le juge ?

— Non, je ne témoignerai en faveur d'aucun de vous deux devant le tribunal, dis-je.

— C'est ce que tu appelles un soutien absolu ? demanda-t-elle, une partie de son visage obscurcie par l'abat-jour de la lampe.

— Maman, dis-je, j'aimerais que tu écoutes une chose. Je porte suffisamment les séquelles d'une enfance vécue entre Papa et toi comme parents. Cette famille m'a fait assez de mal. Je suis adulte, maintenant, et si tu n'y vois pas d'inconvénient, j'aimerais que vous mettiez un terme à ce mariage en évitant de faire couler mon sang pour savoir où sera jugé le divorce. Vous êtes assez grands, Papa et toi, pour mener à bien cette affaire sans y mêler vos enfants. Je vous y invite en tout cas fermement.

— Tu refuseras de témoigner qu'il te battait quand tu étais petit demanda-t-elle.

519

— Non, je dirai que je ne me souviens pas, dis-je.

— Je crois comprendre pourquoi tu as oublié, dit-elle, furieuse. Parce que cela se passait généralement quand j'essayais de m'interposer pour qu'il cesse de te frapper ou de taper sur Luke.

— Maman, je sais bien que de telles choses se sont produites, dis-je. Ce que je t'explique ne vise qu'à nous protéger une fois de plus. Il ne sera bon pour aucun de nous d'avoir à témoigner pour ou contre l'un de vous deux.

— Parfait, je me passerai de toi, dit-elle. Savannah a déjà dit qu'elle témoignerait devant le tribunal si j'ai besoin d'elle. À son avis, je suis une des femmes les plus maltraitées et les plus exploitées qu'il lui ait été donné de connaître, et elle fera n'importe quoi pour m'aider à commencer une nouvelle vie.

— Désolé de ne pouvoir t'aider, Maman, dis-je. Mais il faudra bien que quelqu'un soit là pour aider Papa à recoller les morceaux, quand tu seras partie.

— Comme il me fallait recoller les morceaux, moi aussi, chaque fois qu'il te fracassait le crâne quand tu étais petit, dit-elle.

— Maman, demandai-je, pourquoi est-ce que tu m'en veux d'être le fils de Henry Wingo ? Pourquoi m'en faire grief à moi ?

— Je te ferai grief d'une seule chose, Tom, dit ma mère. Je t'en voudrai toujours de m'avoir refusé ton aide, la seule et unique fois où je te l'aurai demandée. J'ai une chance d'être heureuse aujourd'hui pour la première fois de ma vie, et tu ne feras rien pour que j'accède à ce bonheur.

— Mme Newbury vient de me dire que M. Newbury est amoureux de toi, Maman, dis-je en fermant mes paupières.

— Elle n'a plus toute sa tête, la pauvre, dit-elle. Elle dit des choses, des choses insensées, qui n'ont absolument aucun sens. Mais c'est son cancer qui fait cela. Reese et moi nous contentons de rire quand elle commence à délirer. Nous n'y prêtons pas la moindre attention.

— Ce que tu fais ne regarde que toi, dis-je. Et tout ce qui peut faire ton bonheur fait également le mien. Je te le promets. Mais j'aimerais que tu me jures que tu ne vas pas rouler Papa en cours de route.

— Je ne veux que ce qui me revient, dit-elle. Ce que j'ai acquis par le mariage.

— C'est bien ce qui me fait peur, dis-je. Maman, je suis assis sur ce fauteuil pendant que nous parlons, et mes yeux sont constamment attirés par cette carte, au-dessus de ta tête. Je l'ai déjà vue il y a des années, quand tu m'avais amené ici pour présenter mes excuses après ma bagarre avec Todd Newbury. Todd m'avait expliqué que les punaises à tête verte indiquaient les terres détenues par Reese Newbury, et que les rouges signalaient celles qu'il tentait d'acquérir. La rumeur se répand que le gouvernement fédéral va arriver à Colleton avec un grand projet. Les spéculateurs fonciers sont partout. Il y a des gens qui risquent de se faire un beau magot.

— Je ne comprends pas de quoi tu parles, Tom, dit-elle sèchement.

— À voir le nombre de punaises vertes qui se trouvent sur cette carte, on dirait que Reese a réussi à acheter la quasi-totalité du comté de Colleton, dis-je.

— Tout le monde sait qu'il est le plus gros propriétaire terrien de Colleton, dit-elle avec une étrange pointe d'orgueil mal placé.

— Dis à Reese que je trouve un peu prématuré de sa part de mettre une punaise verte sur notre île qu'il ne possède pas encore, Maman, dis-je en montrant la carte. Et je trouve un peu gênant que tu envisages de céder notre île avant qu'elle soit légalement en ta possession. Parce que si tu obtiens cette île, Maman, cela signifiera que Reese Newbury a dû la voler pour toi. Et nous savons bien, Maman, que dans cette ville il peut le faire. Il a plus de laquais à sa botte qu'il n'en saurait compter, et la moitié sont des magistrats de cette ville.

— Je me moque royalement de cette île, dit-elle. J'ai failli y mourir de solitude et je serai ravie de n'y plus jamais remettre les pieds.

— Papa ne connaissait d'autre règle que l'abus de pouvoir, dis-je. Je n'ai aucune envie de te voir commettre la même erreur.

— La seule erreur que j'ai faite au cours de ma vie, c'est d'avoir été beaucoup trop gentille avec tout le monde, dit-elle.

— C'est amusant, répliquai-je. Papa dit exactement la même chose.

— Dans mon cas, dit-elle, il se trouve que c'est vrai.

— Maman, dis-je en me levant pour partir, pour ce que vaut mon avis, je pense que tu as raison. Il n'a jamais été l'homme qui te convenait.

— Je crois que j'aurais pu accéder au rang de première dame, dit-elle, complètement hors de propos.

— Quoi ? répondis-je.

— Simplement, je sens que je possède toutes les qualités requises pour faire une première dame digne et convenable dans notre pays. Je crois que j'aurais été un atout considérable comme épouse du Président, ou à la rigueur du gouverneur. J'ai un réel talent pour recevoir, bien que personne ne le sache. Et j'adore rencontrer des personnalités importantes. Il m'arrive quelquefois de songer à tout ce que j'aurais pu être si je n'avais pas rencontré ton père à Atlanta, ce jour-là.

— Je n'ai pas l'intention de prendre parti dans cette affaire, Maman, dis-je en me dirigeant vers la porte. Je sais que vous m'en voudrez sans doute beaucoup tous les deux, mais ce sera ma ligne de conduite.

— Tu es un perdant, Tom, dit tristement ma mère en m'embrassant avant de me laisser partir. Tu es un perdant, exactement comme ton père. Pendant des années, je me suis bercée d'illusions en prétendant que tu étais celui qui me ressemblait. Tu avais tellement de possibilités.

— Qui te ressemble le plus alors ? demandai-je.

— Luke, dit-elle. Il se bat pour obtenir ce qu'il veut. C'est un battant de naissance, comme sa mère. »

M'étant acquitté de ma tâche, je me levai pour partir et ma mère dit encore :

« Je te prie de ne pas répéter ce que t'a dit Isabel ce soir, Tom. On ne devrait pas être tenu pour responsable des propos que l'on tient quand on est mourant.

— Je ne dirai rien, Maman », promis-je, tandis que nous nous dirigions ensemble vers la porte.

J'embrassai ma mère dans le vestibule du rez-de-chaussée, puis je la tins à bout de bras pour l'examiner. Sa beauté m'émut profondément. J'étais fier d'être son fils. Mais en même temps, j'étais inquiet pour son avenir.

« Regarde, dit-elle, et elle m'entraîna dans la salle de séjour où elle me chuchota : Il y a huit pièces dignes de figurer dans un musée dans ce salon. Huit !

— Ça ne contribue pas à se sentir vraiment à l'aise, si ? dis-je.

— Je suis inquiète pour ton père, dit-elle soudainement. J'ai peur qu'il me fasse du mal si je persiste à vouloir divorcer.

— Il ne te fera rien du tout, Maman, dis-je. Je te le jure.

— Comment peux-tu être aussi sûr ? demanda-t-elle.

— Parce que Luke et moi, nous le tuerions si jamais il levait la main sur toi, dis-je. Tu n'as plus à t'inquiéter de cela, Maman, jamais. Nous ne sommes plus des petits enfants, Luke et moi. »

Mais ma mère ne m'écoutait pas. Ses yeux brillaient de plaisir et se lancèrent dans un lent inventaire de tous les articles se trouvant dans la salle de séjour.

« Tu veux essayer de deviner les huit articles qui pourraient figurer dans un musée, Tom ? » demanda-t-elle tandis que je quittais la demeure des Newbury.

Isabel mourut pendant son sommeil, après une période de terribles souffrances. Ma mère assista à l'enterrement parmi les membres de la famille.

Mon père contesta le divorce en arguant du motif singulier qu'il était catholique et que l'Église catholique ne reconnaissait pas le divorce. Ce que faisait néanmoins l'État souverain de Caroline du Sud. Savannah arriva de New York la veille du procès afin de se préparer à son rôle de témoin vedette en faveur de ma mère.

Savannah pleura tout le long de sa déposition, comme Lila et Henry Wingo. Le juge Cavender était un associé de longue date de Reese Newbury. Le procès se déroula dans la tristesse mais sans surprise. Mon père et ma mère se côtoyèrent dans les couloirs du palais de justice sans échanger le moindre signe de reconnaissance. Déjà, ils avaient entamé la froide pratique de se fondre en étrangers dès que l'autre se profilait à l'horizon. Leur histoire ressemblait à un enfant trouvé assassiné dans la neige. Le procès fut une veillée funèbre, une abstraction, et les emblèmes de leur mutuelle désaffection étaient leurs trois enfants, au désespoir de les voir mettre en pièces un mariage qu'ils s'accordaient à juger monstrueux. Les poings et la colère de Henry Wingo n'étaient rien devant le mépris facile dont la loi usait envers les maris qui maltraitaient leur femme. À la barre des témoins, mon père pleurnicha, mentit, tenta d'amadouer le juge. Il était terriblement humain et son numéro me fendit le cœur. Ma mère fut séduisante, calme, digne. Mais quelque chose dans sa voix sonnait artificiel, peu convaincu. Elle sembla réciter son texte à un auditeur secret, placé du côté de la fenêtre, au lieu d'adresser ses déclarations aux avocats ou bien au juge Cavender.

Le juge prononça immédiatement le divorce, dès qu'eurent été entendus tous les témoins. Puis il procéda au partage des biens. Henry Wingo conserva la propriété du crevettier, de la maison de l'île avec tous ses meubles, de toutes les économies du ménage, placées ou non sur un compte d'épargne, de tous les véhicules à moteur et du matériel de ferme, ainsi que de toutes les liquidités possibles. Mon père ne fut pas condamné à verser un centime de pension alimentaire, ni à honorer les dettes éventuelles contractées par ma mère depuis son abandon du domicile conjugal. Au moment où il semblait laisser ma mère dans un total dénuement, le juge annonça l'ultime et stupéfiante disposition du jugement.

Il concédait à ma mère la propriété unique et exclusive de l'île Melrose.

Un an plus tard, ma mère épousait Reese Newbury au cours d'une cérémonie intime, menée par le gouverneur de Caroline du Sud. Dans la semaine, elle assistait comme membre à part entière à sa première réunion de la Colleton League.

Le matin du remariage de ma mère, mon père mena son crevettier au-delà de la limite des trois miles et il vira vers le sud, en direction de la Floride. Pendant six mois nous n'eûmes plus de ses nouvelles, jusqu'au jour où Luke reçut une carte de Key West. Il disait qu'il attrapait des tonnes de crevettes, et qu'il avait enfin trouvé un bon moyen de faire de l'argent. Il ne faisait aucune allusion à ma mère ni à la date d'un éventuel retour. Il se trouvait en haute mer, à l'ouest de la Jamaïque, lorsque les émissaires du gouvernement fédéral finirent par rendre publics leurs projets concernant le comté de Colleton.

À Columbia, lors d'une conférence de presse tenue à la résidence du gouverneur et à laquelle assistaient Reese Newbury et ma mère, la commission de l'énergie atomique des États-Unis annonça que sa prochaine usine serait conçue, bâtie et gérée par la Y. G. Mewshaw de Baltimore, Maryland, et qu'elle serait construite à l'intérieur des frontières du comté de Colleton, Caroline du Sud. La totalité du comté serait achetée pour servir de site à ce que l'on désignerait désormais sous le nom de Plan Colleton. La finalité de ces nouvelles usines serait la fabrication de matériaux susceptibles d'être utilisés dans la production d'armes nucléaires, ou bien comme carburants essentiels au fonctionnement des centrales nucléaires. Le Congrès des États-Unis avait voté un budget de 875 millions de dollars pour lancer les opérations.

Un porte-parole de la commission expliqua que ce site avait été choisi à la suite d'une étude exhaustive de plus de trois cents autres sites sur l'ensemble des États-Unis. Il insista également sur le fait que pour libérer le terrain nécessaire à la construction de ces usines, ainsi qu'à la zone légale de sécurité, il serait impératif de parvenir à faire déménager quelque trois mille quatre cents familles au cours des dix-huit mois à venir. À l'échelon fédéral, ainsi qu'à celui de l'État, les mutuelles agricoles s'organiseraient pour prêter assistance aux familles expropriées. Ce déplacement de la ville de Colleton devait constituer une grande première dans l'histoire de la République, car c'était la première fois que le gouvernement fédéral passait par-dessus une instance locale. Les usines devaient être opérationnelles dans les trois années à venir et Colleton la jolie détiendrait alors le record mondial de la production de plutonium, et celui, hormis l'Union soviétique, de la fabrication de bombes à hydrogène.

« Je donnerai volontiers ma ville natale pour sauver mon pays des communistes russes », dit Reese Newbury devant les caméras de télévision.

Le gouvernement présenta ce projet comme l'investissement le plus lourd jamais consenti par le gouvernement fédéral au sud de la ligne Mason-Dixon. L'économie de Caroline du Sud allait y gagner des milliers de dollars et des emplois seraient créés entre Charleston et Savannah. Au nom de l'intérêt général, le gouvernement des États-Unis s'arrogeait la propriété de toutes les terres comprises dans les limites du comté de Colleton, non sans faire lourdement remarquer qu'il s'agissait du comté le plus pauvre et le moins peuplé de tout l'État. Le gouvernement allait dépêcher sur place des agents chargés d'estimer la valeur de ces terres afin de les payer à leur juste prix à leurs présents propriétaires. Le gouvernement nommait également une instance juridique spéciale pour trancher les éventuels différends entre les propriétaires et les agents chargés de l'estimation des biens. Le gouvernement s'engagea aussi à déplacer à ses frais toute maison ou bien mobilier, dans un rayon de trois cents kilomètres de Colleton.

Dans la mesure où une certaine identité historique avait été reconnue à Colleton, le gouvernement se montra désireux de transplanter la ville pratiquement en l'état, et une zone de deux cents hectares était déjà en voie d'aménagement dans le sud du comté de Charleston. La ville s'appellerait New Colleton, et la terre serait gratuite pour les expropriés du « vieux » Colleton. Un peu partout dans la presse locale, on se mit à parler de Colleton au passé. Les éditoriaux applaudissaient à la décision du gouvernement d'implanter un projet de cette envergure en Caroline du Sud et saluaient les habitants de Colleton qui acceptaient de se sacrifier pour la défense nationale. Le projet recueillit également le soutien chaleureux de tous les hommes politiques de l'État. Ce fut l'époque des platitudes fielleuses et des pieux mensonges sous paquet cadeau. Le maire de Colleton soutint le Plan Colleton sans réticence. De même pour le conseil municipal. Et pour toutes les instances politiques du comté, Reese Newbury avait arrosé tout le monde avant que la décision fût rendue publique et ils avaient tous joué la spéculation à outrance en raflant toutes les terres disponibles dans le comté.

Il y eut quelques explications orageuses entre notables autorisés et citoyens anonymes, mais l'abominable machine gouvernementale était en route et il ne nous fut même pas possible de ralentir la course du mastodonte lancé à l'assaut de notre comté. Des gens de Colleton adressèrent des lettres de protestation aux journaux et à leur député. Mais toutes les personnes qui avaient un peu de pouvoir étaient capables de voir, par-delà la perte temporaire d'une aimable bourgade, l'époque où le comté de Colleton ferait vivre toute une colonie d'ouvriers spécialisés et de scientifiques. Huit mille deux cents personnes seulement allaient être chassées de leurs foyers, mais le gouvernement promettait de faire preuve à la fois de sollicitude et de générosité pour aider les citoyens de Colleton à résoudre leurs problèmes de transplantation. Il n'y eut ni vote, ni référendum, ni consultation d'aucune sorte de la population locale. Un jour, au réveil, nous avions découvert que notre ville allait disparaître sans laisser de trace, dans les dunes de la mémoire. Il n'y avait aucun moyen d'inverser la décision, dans la mesure où notre droit à réparation du préjudice subi était lié à notre acceptation du principe même de l'opération gouvernementale – à savoir que Colleton devait être envoyé ailleurs au nom du sacro-saint progrès.

Le gouvernement tint une réunion, et une seule, pour expliquer à la population de Colleton comment aurait lieu la diaspora. Cette réunion fut convoquée dans le gymnase du lycée, dans la chaleur débilitante du mois d'août. La foule débordait dans la rue, et on installa des haut-parleurs pour permettre aux personnes restées dehors de suivre les débats. Un agent fédéral travaillant pour la commission de l'énergie atomique devait faire un discours et répondre aux questions. Il s'appelait Patrick Flaherty, il était mince, beau, soigné de sa personne. Il donnait l'impression d'un homme intouchable et tatillon. Il parla d'une voix neutre, sans accent. Dans le domaine de la loi, il représentait le gouvernement, la science, les vagues d'étrangers qui déferlaient sur le comté, et toutes les rengaines usées et autres fleurs de rhétorique destinées à minimiser le fait qu'il s'agissait de tuer notre ville.

Patrick Flaherty était l'incarnation parfaite de l'Américain moderne. J'écoutai avec stupeur quand il se mit à parler, anesthésié par son recours héroïque et sans faille à tous les clichés imaginables. Sa langue était un monument de banalité. Chacun de ses gestes, chacune de ses paroles suait la condescendance. Il était l'homme d'appareil par excellence, pas un point ne manquait sur ses *i*, et toutes ses phrases étaient des modèles de pontifiante vacuité. Tiré à quatre épingles, servile, libre du moindre zeste de compassion, Patrick Flaherty se tenait devant nous comme un chancre sur notre siècle aberrant, hallucinant. Sa voix répandit dans le gymnase toute une batterie de statistiques. Une voix sans âme, cuivrée, dont tous les mots semblaient couverts d'une brillante et mortelle couche de silice. En silence, nous l'écoutâmes expliquer comment notre ville allait être déménagée, maison par maison, brique par brique.

Puis il dit, en guise de conclusion :

« Je tiens à dire que les gens de Colleton ont une chance que doivent leur envier tous les autres citoyens des États-Unis. En effet, on vous offre la possibilité de prouver devant le monde entier que vous êtes des patriotes, et vous le faites volontiers car vous savez que, par votre sacrifice, la sécurité de l'Amérique va être mieux garantie. L'Amérique a besoin de plutonium, elle a besoin de sous-marins nucléaires, elle a besoin de missiles MIRV, parce que l'Amérique aime la paix. Plutonium s'écrit P-A-I-X. Nous savons que vous êtes nombreux à regretter le foyer que vous allez quitter, et, croyez-moi, aucune des personnes impliquées dans ce projet n'est insensible à votre sacrifice, braves gens. Il me va personnellement droit au cœur. Cela, je puis vous le dire. Mais nous savons aussi que si vous êtes très attachés à Colleton, vous l'êtes davantage encore à l'Amérique. Et, croyez-moi, si vous pensez être très attachés à Colleton, attendez un peu de voir ce que nous vous réservons à New Colleton. Une caserne des pompiers toute neuve, un nouveau tribunal, un nouveau commissariat, des écoles, des jardins. Nous faisons la promesse que New Colleton sera une des plus belles communes de l'Amérique, quand tout sera fini. Si vous tenez à la maison de vos ancêtres, nous nous ferons un plaisir de la transporter à New Colleton, à nos frais. Nous sommes là pour assurer votre bonheur. Parce que le jour où l'Amérique a eu besoin de vous, vous avez répondu oui à l'Amérique en soutenant le programme "Des Atomes pour la Paix" de la commission de l'énergie atomique. Je crois que, maintenant, vous devriez tous vous lever et vous applaudir vous-mêmes. »

Personne ne bougea. Il n'y eut pas un bruit pour rompre le silence du gymnase, sauf celui que fit Patrick Flaherty en tapant tout seul dans ses mains.

Agacé par cette absence de réaction, Flaherty demanda s'il se trouvait quelqu'un à Colleton qui désirât s'exprimer devant ses concitoyens.

Mon frère Luke se leva, à côté de moi, et il traversa tout le gymnase avec les yeux de la ville fixés sur lui. Il créa des zones de remous dans son sillage. Il se déplaçait avec une souplesse faite d'intensité, et son visage portait la sombre patine d'une blessure sublime de l'âme. Quand il se trouva devant le micro, il ignora les hommes politiques présents derrière lui. Il n'adressa aucun signe particulier à sa mère, assise dans une tribune réservée aux invités d'honneur. Soigneusement, il installa trois feuilles de papier jaune sur le pupitre devant lui. Et puis il parla.

« Quand je me battais en Asie, on m'a envoyé au Japon, une permission-détente. J'ai visité deux villes, là-bas – Hiroshima et Nagasaki. J'ai parlé avec des gens qui avaient eu la chance de voir les Atomes de la Paix en action. J'ai parlé avec des gens qui se trouvaient dans ces villes quand les deux bombes furent lâchées, en 1945. Un homme m'a montré la photo d'une toute petite fille en train de se faire dévorer par des chiens affamés, dans les décombres. J'ai vu des femmes avec des cicatrices atroces. J'ai visité un musée à Hiroshima et j'ai été malade à vomir d'être américain. Le plutonium n'a rien à voir avec la paix. C'est un nom de code de l'Apocalypse, de la Bête de Sion. Il fera au monde entier ce qu'il est en train de faire à Colleton. Bientôt on va faire de notre belle ville un lieu voué à la destruction de l'univers. Et je n'ai pas entendu un seul homme ni une seule femme de cette ville dire "Non". Alors la même question me poursuit : "Combien de moutons une ville est-elle capable de produire ?" Et je me pose aussi cette autre question : "Où sont les lions ? Où dorment-ils ?"

« Depuis que le gouvernement fédéral a proclamé son intention de voler ma ville, j'ai fait ce que tout Sudiste a tendance à faire : je suis allé chercher force et réconfort dans la Bible. Dans la Bible, j'ai tenté de découvrir un message de consolation en ces temps de détresse. J'ai relu l'histoire de Sodome et Gomorrhe pour voir s'il y avait une comparaison possible entre ces deux villes maudites et Colleton. Eh bien je dois vous avouer que je n'ai pas trouvé. Colleton est une cité de jardins, de bateaux de plaisance, de cloches qui sonnent chaque dimanche dans les églises. Je ne lui vois aucun défaut pouvant lui valoir d'être maudite. Son seul péché apparent est de donner naissance à des citoyens qui ne l'aiment pas assez, des gens prêts à la vendre à des étrangers pour trente pièces d'argent. Alors j'ai continué de lire la Bible avec l'espoir d'y trouver un message de Dieu qui me soit un soulagement pendant la grande colère des Philistins. Parce que, si je ne tente pas de sauver la seule ville au monde que j'aime vraiment, alors que Dieu me transforme en statue de sel pour n'avoir pas regardé en arrière. Car j'aime mieux être une statue de sel privée de vie, à Colleton, qu'un Judas Iscariote couvert d'or et du sang de sa ville, où que ce soit dans le monde. »

Pendant que Luke parlait, on sentait la conscience muette de la ville se lever d'entre les morts. On entendait le murmure de la révolte monter dans les chuchotements de la foule. La voix de Luke avait déclenché une sorte de carillon capable de résonner dans le cœur de tout homme, de toute femme ou de tout enfant viscéralement attachés à sa terre natale. La douceur même de sa voix était une accusation contre la léthargie qui s'était imperceptiblement abattue sur la ville, comme un voile de poussière. Lorsqu'il évoqua le nom d'Iscariote, on perçut le durcissement, l'arrachement, la clarté allègre qui surgissent des feux de la dissidence.

« Je n'ai pas trouvé dans la Bible ce que je désirais, jusqu'au moment où j'ai tout repris depuis le commencement. Alors j'ai entendu Dieu s'adresser à moi dans une langue que je comprenais et à laquelle je pouvais obéir. Beaucoup parmi vous croient à une interprétation littérale de la Bible. Moi aussi, je crois à une interprétation littérale de la Parole de Dieu. Mais nous savons tous que Dieu a deux façons distinctes de nous parler à travers la Bible, et qu'il ne faut pas confondre les deux. Il y a les textes de révélation et les prophéties. Les textes de révélation, ce sont les livres historiques qui parlent de faits historiques, comme la naissance de Jésus, sa crucifixion et sa mort sur la croix. Mais la Révélation elle-même peut devenir prophétie lorsque l'évangéliste prédit le Jugement dernier et la venue des Quatre Cavaliers de l'Apocalypse. Aucune

527

de ces choses n'est encore arrivée, mais nous savons qu'elles arriveront parce que c'est écrit au nom du Seigneur.

« C'est pendant que je lisais le récit de la Création que tout s'est éclairé comme dans une vision. La Genèse ne relève pas de la Révélation, c'est un livre prophétique. Je crois qu'elle annonce ce qui arrivera dans le futur et non ce qui s'est produit autrefois. Alors, est-il si difficile à ceux qui ont grandi au bord du Colleton et connu la beauté des saisons et des marais – oui, est-il si difficile pour nous de concevoir que nous sommes toujours au Paradis, que nous n'avons pas encore été chassés du Jardin d'Éden ? Qu'Adam et Ève ne sont pas encore nés, et que vous et moi nous vivons dans un paradis sans même le savoir ?

« Vous savez que Jésus aimait à s'exprimer par paraboles. Est-il possible que le Livre de la Genèse ne soit qu'une autre parabole, une façon pour Dieu de nous mettre en garde contre les dangers du monde en nous racontant une histoire ? Et si vous parvenez à croire avec moi, pendant un instant, que la Genèse est peut-être une parabole, réfléchissez à ceci : quand Ève lève la main pour toucher au fruit défendu et perd ainsi le Paradis, le bonheur parfait de l'Éden, est-il possible que Dieu s'adresse à nous, aujourd'hui, à Colleton ? Quelle est la chose qui va détruire notre foyer ? Quelle est la chose qui va nous chasser du Paradis pour nous envoyer vers des terres inconnues ? Quelle est la chose qui va nous arracher à tout ce que nous avons connu, aimé, au point d'en remercier Dieu chaque jour de notre vie ?

« Mes amis, mes voisins, j'ai lu la Genèse, et je crois tenir la réponse. J'ai prié Dieu pour qu'il me donne la sagesse et je pense avoir été exaucé.

« La Genèse est une Parabole et c'est Dieu qui veut traverser le temps pour mettre en garde les citoyens de Colleton et les citoyens du monde entier contre LA chose capable de détruire pour nous tous le Paradis.

« Ce n'est pas une pomme qu'Ève a cueillie, dit-il avant d'observer un temps de silence. Je crois que le fruit défendu, c'est le plutonium. »

Lucy Emerson, la caissière de la banque, se leva d'un bond en haut des gradins qui se trouvaient derrière moi et cria :

« Amen, mon frère. »

Et la foule poussa un long rugissement de solidarité.

Patrick Flaherty monta sur l'estrade et tenta de reprendre le micro à Luke. Mais le micro capta néanmoins ces paroles de Luke :

« Assis, monsieur le savant. J'ai pas fini. »

Il y avait de l'agitation dans la foule maintenant, une foule légère malgré le soleil, une foule changée par la puissance du verbe.

Luke continua :

« Je crois que nous avons en Colleton ce que recherchent tous les autres. Je crois que c'est une ville qui mérite qu'on se batte pour elle. Je crois même que c'est une ville qui mérite qu'on meure pour elle. J'ai été surpris, mes amis, de voir que nous avions laissé s'introduire parmi nous des étrangers ayant juré de détruire notre ville, de démonter nos maisons, de déterrer nos morts. Je croyais que nous étions des Sudistes et que l'amour que nous portons à notre terre faisait de nous des citoyens différents de tous les autres Américains. Puis je me suis souvenu qu'ils étaient sudistes et citoyens de Colleton, ceux qui ont introduit les étrangers dans notre ville, ceux qui ont vendu Colleton et son fleuve pour une poignée de dollars. »

Il se retourna et regarda ma mère, et les politiciens, et les hommes d'affaires de la tribune d'honneur.

Il leva le bras dans un geste de rejet et dit :

« Les voilà, les nouveaux Sudistes dont le cœur et l'âme sont à vendre, ceux que l'argent d'étrangers peut acheter. Ils peuvent aller vivre à New Colleton, ou au diable s'ils veulent. Ils ne sont plus ma famille. Ils ne font plus partie du Sud que j'aime.

« Je n'ai qu'une seule proposition. Je la fais, poussé par le désespoir car ils sont déjà en train d'abattre les arbres de l'île où je suis né. Rappelons-nous qui nous sommes, descendants d'hommes qui jadis ébranlèrent le monde parce qu'ils refusaient d'abdiquer leurs droits devant le gouvernement fédéral. Nos ancêtres moururent à Bull Run, à Antietam, à Charlottesville. Je pense qu'ils se battaient pour une mauvaise cause et je ne voudrais jamais qu'un homme soit mon esclave. Mais je ne veux pas non plus être, moi, l'esclave de quiconque, pas plus que je ne laisserai qui que ce soit me bannir de la terre que Dieu m'a donnée à ma naissance. On me dit que Luke Wingo devra avoir plié bagage et quitté le comté de Colleton dans un délai de un an, sous peine d'être puni par la loi de la terre. »

Il marqua un temps d'arrêt avant de dire, d'une voix égale et froide :

« Je vous promets une chose : c'est que Luke Wingo n'est pas décidé à partir. Et je vous jure qu'il faudra qu'ils viennent le chercher pour le chasser de cette terre, et, foi de Luke Wingo, ils vont avoir un sacré mal.

« J'ai parlé avec la plupart d'entre vous et je sais que vous n'êtes pas d'accord. Mais ils font pression et vous racontent que c'est votre devoir de patriote de traverser le pont, la queue entre les pattes, pour partir vers des terres étrangères. Ils savent que vous êtes sudistes, alors ils pensent que vous êtes idiots, et idiots vous l'êtes si vous partez sans vous battre. Ils vous racontent que toutes ces bombes, ces sous-marins et ces missiles seront utilisés pour tuer des Russes. Il n'y a pas une seule personne dans cette salle qui ait jamais vu de Russe. Quelle serait votre réaction si un maudit Russe débarquait chez vous ce soir et déclarait : "Nous allons évacuer chacun des habitants de cette ville à une soixantaine de kilomètres d'ici, démolir vos écoles et vos églises, diviser vos familles et profaner les tombes des êtres qui vous sont chers" ? Tout le comté serait jonché de cadavres de Russes, nous le savons bien, vous et moi. Qu'ils m'envoient en Russie tant qu'ils y sont, ce sera pareil. Moi, New Colleton, connais pas.

— Dis-nous ce qu'on doit faire, Luke, cria une voix.

— Dis-nous, Luke, reprirent d'autres.

— Je ne sais pas ce qu'il faut faire, dit-il. Mais j'ai quelques suggestions. Je ne sais pas si cela marchera, mais on pourrait essayer. Demain, on fait une pétition pour rappeler tous les élus du comté. On flanque les pourris dehors. Ensuite, on vote une loi interdisant tout nouveau projet fédéral de construction dans le comté. Ils sortiront des lois pour nous contrer, bien sûr. Et tout l'arsenal des lois du pays et de l'État sera là pour faire pression sur nous.

« S'ils persistent, alors j'aimerais proposer un décret de sécession du comté de Colleton par rapport à l'État de Caroline du Sud. Et, à la lumière de l'histoire, la Caroline du Sud est particulièrement apte à comprendre qu'on puisse avoir envie de faire sécession. Prenons en main notre destinée, et déclarons le comté de Colleton libéré définitivement de la production de plutonium. Si nécessaire, on décrétera Colleton État souverain. Donnons un délai de trente jours au gouvernement fédéral pour renoncer à la réalisation du Plan Colleton et à l'expropriation des gens. Crions les paroles de Thomas Jefferson dans la Déclaration d'Indépendance. Oui, crions-leur ces mots quand ils viendront frapper à notre porte : "Chaque fois qu'un gouvernement met en cause ces valeurs – la vie, la liberté, la poursuite du bonheur –, c'est le droit légitime du peuple de le modifier ou de l'abolir, et d'instituer un nouveau gouvernement." S'ils refusent encore de nous écouter, alors nous devrons déclarer la guerre. Nous serons faciles à vaincre. Mais nous aurons au moins gagné de quitter nos maisons la tête haute. Et dans cent ans, on chantera des chansons célébrant notre courage. Nous leur enseignerons à tous la puissance du refus.

« Si les agents du gouvernement fédéral continuent de vous harceler chez vous, continuent d'imposer le départ de tous les citoyens de Colleton, alors je vous dis à tous, amis et voisins que je connais depuis toujours : Battez-vous. Battez-vous.

« Quand ils sonneront à votre porte, ayez un brassard vert pour leur faire savoir que vous êtes des nôtres. Ce sera l'uniforme de notre protestation. Priez-les aimablement de sortir de chez vous. S'ils refusent, braquez-leur une arme sous le nez. S'ils persistent, tirez-leur une balle dans le pied.

« J'ai lu quelque part que, lorsque l'idée de droit commun a commencé à fleurir en Angleterre, le roi lui-même n'était pas autorisé à franchir le seuil de la porte de la maison du plus pauvre de ses paysans, sans la permission de ce dernier. Je réclame en notre nom à tous que le roi ne passe pas notre porte. Parce que personne ne l'a invité, ce salaud. »

Le shérif Lucas arriva sur Luke par-derrière et lui passa les menottes aux poignets. Puis avec l'aide de deux assistants, il poussa Luke sans ménagements vers la porte, et la réunion fut ajournée sans susciter la moindre réaction bruyante de la foule entassée dans le gymnase. Le sang et la rébellion couvaient dans ce silence, mais pas au point d'éclore.

Luke fut arrêté, on releva ses empreintes digitales, et il fut inculpé pour menaces terroristes proférées à l'égard de l'État de Caroline du

Sud. Luke déclara ne plus reconnaître l'autorité de l'État, ni celle du gouvernement fédéral, et dit se considérer comme prisonnier de guerre dans le cadre des hostilités ouvertes entre Colleton et les États-Unis. Il déclina son nom, son grade, son matricule et, citant les articles de la Convention de Genève relatifs au traitement des prisonniers de guerre, il refusa de répondre à toute autre question.

Le *Charleston News and Courier* publia le lendemain un article ironique pour raconter que le shérif de Colleton avait dû interrompre le premier meeting sécessionniste tenu en Caroline du Sud depuis plus de cent ans. Aucune pétition ne circula chez les commerçants de la Grand-Rue et on ne vit pas davantage de brassards verts portés pour exprimer un quelconque désaccord avec le Plan Colleton. Un seul homme avait pris à cœur les paroles de Luke, et cette personne était déjà emprisonnée dans une cellule donnant sur le fleuve.

La guerre de Luke était entamée.

Non sans réticence, j'accompagnai ma mère lorsqu'elle alla rendre visite à Luke dans sa prison, le lendemain soir. Elle me prit le bras tandis que nous nous dirigions vers la ville où de pâles lumières fleurissaient aux fenêtres des salles à manger. Les demeures qui m'avaient jadis semblé éternelles paraissaient aujourd'hui aussi fragiles et fugaces que des lettres d'amour écrites dans la neige. Un bulldozer était rangé sous un réverbère, donnant corps au destin de Colleton, arc-bouté qu'il était dans un mutisme trapu. Il tenait à la fois de l'insecte et du samouraï, et la crasse de ma ville saignait sur ses gencives. Comme je marchais en silence à côté de ma mère, je sentis se défaire dans mes mains le doux tissu familial. Les rues avaient cette odeur sucrée qu'exalte la pluie quand les jardins regorgent de longues coulées de glycine et de sages médaillons de roses, et je me demandai : Que vont-ils devenir, ces jardins ? Je ressentis la douleur provoquée par le sentiment d'une perte irréparable. Je souffrais parce que j'étais incapable de dire un seul mot à ma mère. Si j'avais été un homme, je l'aurais prise dans mes bras, ma mère, et je lui aurais dit que je comprenais. Mais dès lors que l'on a affaire à Tom Wingo, il est clair qu'il trouvera toujours un moyen de gâcher et de vilipender les vertus qui accompagnent généralement une maturité équilibrée. Elle brillait d'un lustre trompeur, ma maturité, comme l'artillerie rutilante d'un comté qui se rend sans combattre.

Avant de pénétrer dans la prison, ma mère serra fort ma main et dit :

« S'il te plaît, Tom, il faut que tu me soutiennes dans ce que je vais faire maintenant. Je sais que tu es furieux contre moi, mais je redoute ce que Luke est capable de faire. Je le connais mieux que personne, Tom. Luke a passé sa vie à se chercher une cause qui vaille de mourir pour elle, et j'ai bien peur qu'il croie l'avoir trouvée. Si nous ne l'arrêtons pas tout de suite, nous allons le perdre. »

La pièce était divisée en huit cellules égales. Luke regardait du côté du fleuve quand le shérif sortit pour nous laisser lui parler à travers les barreaux. La lune jouait dans ses cheveux et l'ombre portée des barreaux de la fenêtre donnait à son visage la régularité striée d'une octave de piano. La lumière se lovait sur les muscles de son cou, de ses épaules et, comme je l'observais, je sus que jamais je ne verrais de corps plus beau chez un homme. Il avait des muscles longs, étirés, couchés sur les os avec une symétrie parfaite et fonctionnelle. L'aura qu'il possédait était celle d'une froide physicalité. Sa colère était tangible, elle se lisait aussi dans les sinuosités de ses épaules crispées. Il ne se retourna pas pour nous voir.

« Bonjour, Luke, dit ma mère d'une voix incertaine.

— Salut, M'man, dit-il, les yeux toujours fixés sur le fleuve.

— Tu es fou furieux contre moi, n'est-ce pas, Luke ? dit-elle en essayant de ne pas en faire trop.

— Oui, Maman, dit-il. Tu es au courant depuis combien de temps ? Quand Newbury t'a-t-il cassé le morceau ? Quand t'est venue l'idée de dépouiller Papa de la seule chose qu'il ait jamais possédée ?

— Mon droit de propriété sur cette île, je l'ai bien gagné, dit-elle. J'ai sué sang et eau pour ce bout de terre.

— Tu l'as purement et simplement volé, dit Luke. Tu ne voudrais tout de même pas que tes enfants te disent merci ?

— Tu ne peux rien y faire, Luke, dit-elle. L'île, c'est terminé. Colleton, c'est terminé. Nous devons tous prendre un nouveau départ.

— Comment tu fais pour le prendre, ce départ, Maman ? demanda-t-il au fleuve. Comment tu t'y prends, toi, quand tu ne peux pas regarder en arrière ? Qu'est-ce qui se passe, quand on se retourne pour regarder par-dessus son épaule, parce qu'on veut savoir d'où on vient, ce qu'on est, et que la seule chose qu'on peut voir, c'est une pancarte "Défense d'entrer" ?

— Qui a écrit ce discours pour toi ? demanda ma mère. Le discours d'hier soir.

— Moi, dit-il. Personne d'autre ne pense comme moi.

— Dieu merci les gens ont un peu plus de bon sens, dit-elle. Mais qui t'a aidé à le rédiger ? Tu peux me le dire.

— Maman, tu me prends pour un imbécile depuis que je suis né, dit-il. Je n'ai jamais compris pourquoi. Mais tu as réussi à m'en persuader, moi aussi. Je me suis toujours senti idiot à l'école, idiot en compagnie de Tom et de Savannah. C'est seulement que j'ai sur les choses une vue que ne partagent pas la plupart des gens. Un angle de vue qui est différent. Les gens sont généralement très forts dans cent domaines différents. Moi, je ne suis intelligent que pour quatre ou cinq choses. Tu as raison sur un point. L'histoire de la Genèse qui est un livre prophétique n'est pas de moi. J'ai entendu Amos prononcer ce sermon dans la petite église qu'il fréquentait, avant sa mort. Ce sermon m'avait beaucoup plu.

— Tu es en train de me dire qu'Amos pensait que le plutonium était le fruit défendu de la Bible ? demanda ma mère d'une voix acide.

— Non, j'ai changé cette partie, dit Luke. Amos croyait que le fruit défendu, c'était l'air conditionné. Ça n'allait pas avec le message que je voulais faire passer.

— Le gouvernement sait ce qu'il fait, dit ma mère qui s'était radoucie. Ils ont besoin de cette usine pour la défense nationale.

— Depuis quand est-ce que le gouvernement sait tout, Maman ? dit Luke d'une voix lasse et découragée. Tu parles, comme il sait. Tu m'as dit la même chose quand je suis parti au Vietnam. C'est comme ça que je suis allé trucider des paysans, Maman, rien que des paysans, et pauvres à pleurer, en plus. Moi je tuais leur bétail, leurs femmes, leurs gosses... je tirais sur tout ce qui bougeait. Il m'est même arrivé de tuer des soldats, Maman, mais pas beaucoup, un ou deux de temps en temps. Et tout cela parce que le gouvernement sait ce qu'il fait. Aujourd'hui, je suis là pour te dire une chose, Maman, c'est que ton gouvernement de merde, il ne sait rien du tout. Les gouvernements, ils sont dégueulasses. De quelque bord qu'ils soient. J'ai eu l'occasion de m'en rendre compte. Quand ils donnent à manger aux pauvres, c'est parce qu'ils se disent que sinon les pauvres risqueraient de se soulever et de les égorger. Tout ce blabla sur la Russie. Tu sais ce que j'en pense, moi, de la Russie ? Eh bien, je dis que c'est de la merde. Et je dis que l'Amérique, c'est de la merde pareil. Le gouvernement pour lequel je me suis battu au Vietnam, c'était de la merde. Le Nord-Vietnam, c'est de la merde. Tu sais pourquoi je me suis battu au Vietnam, Maman ? Parce que si j'avais refusé, on m'aurait foutu en prison. Pas mal, comme choix, hein ? C'est aussi pour ça que je paye mes impôts. Parce que si je ne paye pas, on me fout en tôle. Et maintenant, si j'ai envie de retourner sur la terre où je suis né, ce gouvernement merveilleux me colle au trou. Hier, je n'ai rien fait d'autre que répéter les mots de la Déclaration d'Indépendance, et ce gouvernement de rêve me fout en cabane.

— Tu ne peux pas te battre contre la loi, mon fils, dit ma mère.

— Ah ! Vraiment ? Je me suis bien battu contre le Viêt-cong. Dis-moi un peu pourquoi je ne pourrais pas me battre contre la loi.

— Luke, tu fais comme si tu pouvais façonner le monde comme tu voudrais qu'il soit, dit ma mère en appuyant son front contre les barreaux de la cellule. Tu es tellement rigide, tellement entêté, tellement...

— Stupide, c'est ça, Maman ? dit-il en se déplaçant pour lui faire face. Je sais que c'est ce que tu penses.

— Non, stupide n'est pas le mot que je cherchais, Luke, dit-elle. Je voulais dire pur. Mais ta pureté n'engendre malheureusement pas la sagesse. Elle ne sert qu'à te faire tomber amoureux de causes perdues.

— Je ne considère pas que celle-ci soit une cause perdue, dit-il. Je dis non, c'est tout. J'ai encore le droit de dire non. On est en Amérique, que je sache. J'ai combattu dans une guerre pour avoir le droit de dire non. Je l'ai bien mérité, ce droit. Mon pays fait une guerre pourrie dans un pays pourri, et je marche, je dis oui. Mais on nous a bien expliqué que la raison de notre combat, c'était que nous devions défendre le droit des gens à vivre comme ils l'entendaient. Ça, on nous l'a répété et répété. Bien sûr, c'était un mensonge. Mais moi, j'ai choisi d'y croire. Je ne me suis pas battu dans cette guerre en pensant que mon propre gouvernement allait ensuite m'arracher à ma maison. Je me serais battu dans le camp du Viêt-cong, si j'avais imaginé ça un seul instant. Savannah et Tom ont dit non à la guerre. Je me suis battu pour qu'ils aient ce droit. Parce que tu as raison, Maman, je suis stupide. J'ai cru tout ce qu'on m'a enseigné sur l'Amérique. Personne n'aime ce pays plus que moi. Personne. Sauf que ce n'est pas le pays entier. Je me fous royalement de l'Idaho ou du Dakota du Sud. Connais pas. Chez moi, c'est mon comté. C'est ce que je vois de cette fenêtre. Ça ne fait jamais que cent kilomètres carrés de la planète Terre. Mais c'est ça, le pays que j'aime, c'est pour celui-là que je me suis battu.

— C'est pourtant ce que tu vas quitter, Luke, dit ma mère. As-tu entendu parler de ce pauvre M. Eustis ? Il a refusé de laisser les agents fédéraux s'occuper de sa ferme au bord du Kiawah, aujourd'hui. Apparemment il a pris ton discours d'hier soir au pied de la lettre. Le vieux Jones a voulu en faire autant, alors qu'il habite une caravane. Ils sont tous les deux en état d'arrestation, à l'heure qu'il est.

— Maman, je ne quitterai pas ma maison quand on me laissera sortir d'ici, dit Luke avec conviction.

— Tu te gargarises de mots, Luke, dit-elle. Si tu tentes de rester sur l'île, ils viendront t'arrêter comme ils s'apprêtent à le faire pour Eustis et Jones.

— Je ne suis ni le pauvre Eustis, ni le vieux Jones, dit Luke.

— Tu as été élevé dans le respect de la loi, dit ma mère.

— L'endroit où j'ai été élevé n'existe plus, dit-il. Ton mari et ces maudits politiciens étaient de mèche pour vendre mon pays.

— Reese n'a rien à voir dans cette histoire et je n'apprécie pas ces insinuations sur mon mari, dit-elle.

— Ça fait des années qu'il achète de la terre, Maman, dit Luke. Des années qu'il chasse de pauvres fermiers de ce comté. Il était au courant de très longue date. Il y a dix ans que la population du comté ne cesse de baisser parce qu'il pousse les gens à vendre leurs terres. Il t'a épousée pour obtenir le dernier morceau de terrain de taille non négligeable qu'il n'avait pas réussi à acheter directement. »

Ma mère passa le bras à travers les barreaux et gifla violemment mon frère.

« Il m'a épousée parce qu'il révère le sol où se sont posés mes pieds, dit-elle, furieuse. Et quand bien même mes enfants ne s'en seraient jamais rendu compte, je vaux bien ce respect et cet amour.

— Oui, Maman, dit calmement Luke. J'en ai toujours été persuadé. Je t'ai toujours trouvée merveilleuse, et j'ai toujours beaucoup regretté que Papa et toi, vous soyez si malheureux ensemble. Je suis ravi que tu sois enfin heureuse, et je comprends que tu n'as fait qu'agir comme tu pensais devoir le faire. Maintenant j'aimerais que tu comprennes que moi aussi, je dois agir à ma façon. J'ai beaucoup réfléchi à tout ça. Je n'ai pensé à rien d'autre depuis que la nouvelle a été annoncée.

— Que crois-tu pouvoir faire, Luke ? demanda ma mère.

— Je crois que je peux les arrêter, répondit-il.

— T'es fou, Luke, dis-je, prononçant ainsi mes premières paroles de la soirée. J'ai passé un accord avec le shérif. Il te laissera partir à condition que tu acceptes de te laisser interner à l'hôpital psychiatrique de l'État, en observation, pendant deux semaines. Je crois que tu devrais accepter.

— Pourquoi, Tom ? demanda-t-il.

— Parce que tu dis n'importe quoi, Luke, dis-je. Tu ne peux absolument rien faire contre ce qui est en train de se passer. C'est un fait accompli. Un chapitre clos, et il te faut envisager de commencer une autre vie.

— Tout le monde me dit qu'il n'y a rien à faire, dit-il. Les humains adorent se coucher sur le dos, comme des chiots.

— Quelles sont tes intentions ? demandai-je.

— Déposer une protestation, répondit-il, le cheveu cotonneux sous le clair de lune.

— Ça ne servira à rien, dis-je.

— Exact, Tom, dit-il en souriant. Et alors ?

— Alors, pourquoi tu le fais ? dis-je désespérément.

— Pour être en paix avec ma conscience, dit Luke. Pourquoi tu ne viens pas avec moi, Tom ? À nous deux, on leur en donnerait pour leur argent. Personne ne connaît mieux que nous les bois et les cours d'eau du comté. Si on s'y mettait, les types du Viêt-cong auraient l'air de débutants à côté de nous.

— J'ai une famille, dis-je avec irritation. Au cas où tu n'aurais pas remarqué. Je ne suis pas dans la même situation que toi..

— Tu as raison, dit-il. Nous ne sommes pas dans la même situation.

— Je n'aime pas beaucoup le ton sur lequel tu dis ça, dis-je.

— Le ton n'y change rien, répondit-il. Tu sais, Tom, je crois que, de nous trois, tu étais le plus prometteur. Mais en cours de route, de quelque chose, tu es devenu pas grand-chose. Et tu as toutes tes chances de terminer rien, rien du tout. Chacun n'a que trop de "oui" à dire avant d'en avoir épuisé sa réserve. »

Je lui criai :

« Je suis en train de te dire non.

— Erreur, petit frère, dit-il. Tu ne fais que dire oui aux autres.

— Tu n'arrêteras pas le gouvernement, Luke », dit ma mère.

Et Luke de tourner vers elle ses grands yeux tristes et lumineux ; ceux d'une panthère docile. Il dit :

« Je sais, Maman, mais je pense pouvoir être un opposant à la hauteur. »

27

Et le titre d'opposant à la hauteur, Luke Wingo ne l'usurpa pas.

Je ne parle plus désormais en tant que témoin, mais comme un être ébranlé qui tente de glaner des fragments, des bribes. J'écoutai beaucoup, et je donnai corps aux vagues rumeurs et insinuations qui coururent dans le temps de la simple année qui vit se consommer la dissolution de ma ville et celle de ma famille. Je tenais à jour le registre des dégâts. Qu'elle était jolie, la ville lovée dans sa boucle du fleuve, celle qu'ils démontèrent en l'espace d'une année ! Ah ! la beauté de Colleton dans son dernier printemps, offrant ses azalées comme une fillette lance le riz sur une noce désespérée ! Avec une générosité suffocante, Colleton mûrissait dans un écrin de jardins fleuris et la ville enfouissait sa souffrance sous un voile de suaves fragrances. Les hérons bleus se dressaient dans l'herbe des marécages, lestes dans leur immobilité éthérée. Une famille de loutres s'égaillait parmi les moutons d'écume, dans l'épave près du pont, et tous les arbres morts, le long du fleuve, grouillaient de timides colonies d'aigrettes. Les orfraies montaient des truites encore frémissantes aux oisillons qui les attendaient dans leurs nids en forme de chapeau, perchés sur les poteaux du téléphone. Dans les bras de mer dansaient les marsouins. Et les crevettes se dirigeaient vers les estuaires, pour la saison du frai.

Mais aucune flotte de crevettiers ne les attendait et pas un seul filet n'interrompit leur migration par millions de millions vers les espaces mouvants des marais.

Les eaux de Colleton, pour des raisons de sécurité, furent interdites à tous les crevettiers et autres bateaux de pêche. C'était le printemps, et le déménagement de la ville commençait.

Je les regardai déplacer les belles et vastes demeures de la Grand-Rue. Des centaines d'hommes, à l'aide de treuils, de poulies et d'immenses plans inclinés, sortirent les grandes bâtisses de leurs fondations et, usant de toute l'astuce et de tout le mystère de la physique, ils parvinrent à hisser et glisser ces maisons sur de monumentales barges, en attente sur le fleuve. Arrimées par du câble métallique, elles pouvaient entamer la remontée du Colleton en direction de Charleston. Je vis ainsi flotter la maison de ma mère, telle une pièce montée servie aux noces d'un bon roi. Ma mère qui se tenait avec Reese Newbury sur la véranda, et tous deux saluant la foule restée à terre. Ils sablèrent le champagne en l'honneur de la ville, dans des flûtes de cristal qu'ils jetèrent ensuite dans les eaux fauves. Le pont s'ouvrit et ma mère, sa nouvelle maison et son nouveau mari voguèrent miraculeusement sur des eaux animées par le soudain défilé d'une armada de belles maisons à colonnades blanches. Dans les semaines qui suivirent, il devint impossible de regarder du côté du fleuve sans y découvrir une maison familière fendant le marais avec une étrange dignité, glissant doucement loin du passé majestueux.

Les routes furent également encombrées de gros camions transportant des maisons aux quatre coins de la Caroline du Sud. Je fus surpris un jour par le passage d'une de ces maisons, juste à côté de moi, mais ce fut seulement après plusieurs minutes que je me rendis compte que je venais d'être le témoin du baptême de la route de la maison de ma grand-mère. Quelques instants plus tard, ce fut le clocher de l'église baptiste, semblable à un gros missile couché, qui passa auprès de moi. Je pris des photos avec mon Minolta et je les envoyai à Savannah qui composa un long poème sur l'effacement de sa ville. À travers l'objectif de mon appareil, je les regardai déménager l'église épiscopalienne dans son intégralité. Elle traversa le crépuscule avec tant de grâce qu'on l'eût crue aérienne. Je photographiai encore les travailleurs suant qui exhumèrent les cercueils pour les déporter, sous plastique, vers de nouveaux cimetières sans herbe, le long de l'autoroute joignant Charleston à Columbia. Si un bâtiment ne pouvait pas être déplacé, il était détruit et les matériaux vendus. Les chiens errants étaient abattus par des chasseurs porteurs de permis spéciaux. Les chats étaient capturés et noyés près du quai municipal. Les plants de tomates poussaient, inutiles et sauvages. Melons et pastèques pourrissaient sur pied dans les champs, à côté de cabanes abandonnées. Ils firent sauter à la dynamite les locaux de l'école et du tribunal. Ils rasèrent toutes les boutiques qui bordaient la Grand-Rue. Et le 1er septembre, la ville de Colleton était aussi morte que Pompéi ou Herculanum.

Pour les terres expropriées, le gouvernement paya un total de 98 967 000 dollars. Ma mère reçut 2 225 000 dollars pour la perte de l'île Melrose.

Sensible aux diversités d'appréciation au sein de sa famille divisée, ma mère prépara quatre chèques bancaires d'une valeur de cent mille dollars chacun. Savannah et moi acceptâmes les nôtres avec gratitude. Ma sœur put échapper au rôle peu glorieux d'artiste famélique. Cet argent remboursa l'emprunt finançant les études médicales de Sallie et nous permit d'acheter une maison sur l'île Sullivans. Mon père n'avait pas reparu depuis le jour du mariage de ma mère avec Reese Newbury, aussi déposa-t-elle la somme sur un compte épargne en attendant que mon père vînt toucher la part qui lui revenait.

Luke brûla le chèque sous le nez de ma mère, et quand elle pleura, il lui rappela qu'il s'appelait Luke Wingo, qu'il appartenait au fleuve et à Colleton, et qu'elle lui avait appris depuis toujours qu'un fils du fleuve ne se laisse acheter à aucun prix.

En juin, le chef des travaux envoya une équipe de démolition sur l'île Melrose pour détruire la maison où j'avais grandi. Il y avait donc douze hommes, trois camions et deux bulldozers pour mener à bien cette tâche. Quand l'un des ouvriers s'attaqua à la porte avec une pince à levier, un coup de feu parti de la forêt fit une entaille dans le bois, à cinq centimètres au-dessus de sa tête. Puis un tir en rafale se mit à arroser le jardin. Trois balles crevèrent les pneus des trois camions, et les hommes prirent leurs jambes à leur cou pour s'en retourner vers la ville.

Après leur départ, Luke sortit de la forêt et, utilisant des cocktails Molotov qu'il avait cachés dans la grange, il fit sauter les trois camions et les deux bulldozers dépêchés par des étrangers pour raser sa maison.

Les choses étaient maintenant sérieusement en branle.

Le lendemain, l'équipe revint, accompagnée d'un bataillon de la garde nationale qui fit une battue dans les bois, autour de la maison, avant de décréter que la voie était libre et que les opérations pouvaient commencer. Perché sur un arbre, de l'autre côté du fleuve, Luke les regarda détruire la maison où il avait grandi. Plus tard, il devait me dire qu'à ce moment-là il avait eu l'impression de voir sa famille entière mourir sous ses yeux.

Ainsi donc, ma ville fut délibérément transformée en ruines mais, à la différence des vestiges vivaces et éternels de civilisations anciennes, il ne subsista pas le moindre signe tangible de l'existence passée de Colleton. Ils arrachèrent à la terre jusqu'au dernier souvenir évocateur d'une ville. Le site de Colleton fut labouré et planté de pins blancs, sous les auspices du ministère de l'Agriculture des États-Unis d'Amérique. Chaque jour, six mille travailleurs, avec des badges spéciaux collés sur les voitures et les camions, affluaient par divers ponts pour rejoindre les chantiers de construction. Le 1er octobre, l'accès à Colleton fut définitivement fermé à tout citoyen non employé par la commission de l'énergie atomique. Le survol des sites classés fut interdit par les autorités de l'aviation civile. Les travaux avançaient rapidement sur les quatre chantiers distincts dispersés dans le comté.

Le gouverneur de Caroline du Sud annonça officiellement que tous les citoyens de Colleton avaient été relogés de façon satisfaisante dans d'autres villes ou localités de l'État, et que le Plan Colleton pourrait être opérationnel dans un délai de trois ans.

Nous, gens de Colleton, quittâmes notre pays comme autant de moutons dociles, bannis vers d'indicibles villes nouvellement créées, sans l'ombre d'un souvenir pour nous servir de mémoire nourricière. Nous parcourûmes la terre de Caroline sans la sagesse ni la souffrance accumulées de nos ancêtres pour nous servir de guide quand viendraient les dangers ou la folie. Toutes amarres rompues, nous dérivâmes vers les banlieues protégées des vents, à la lisière des grandes villes. Notre départ ne fut pas celui d'une tribu vaincue, mais l'exode d'une tribu laminée qui disparaît sous les voiles noirs et autres oripeaux de l'extinction. Seuls ou par couples, nous quittâmes cet archipel d'îles vertes auxquelles avaient été épargnées les pires mutilations et réparations de notre époque. En tant que ville, nous avions commis l'erreur de rester petits – et il n'est pas de crime plus impardonnable aux États-Unis.

538

Sans un mot, nous obtempérâmes aux ordres qui nous furent donnés. On loua notre altruisme. On nous combla de générosité pour mieux nous briser. On nous éparpilla, on nous expédia vivre au milieu d'étrangers. Nous traversâmes les ponts à genoux, rampant de gratitude et prêts à ramasser d'un coup de langue la moindre miette de compliment qui nous était jetée dans la poussière. Nous étions américains, sudistes et – trois fois hélas ! – héroïques, et stupides, et serviles, irrémédiablement. Aux faibles échoira peut-être la terre en héritage, mais certainement pas Colleton.

Un seul d'entre nous ne partit pas et fit entendre une petite protestation. Luke avait vendu son bateau à un pêcheur de crevettes de Saint-Augustine, et il se mit à organiser une base opérationnelle d'où il tenterait de ralentir les travaux de construction. Il prévoyait une petite action d'arrière-garde pour harceler et agacer la Mewshaw Company et ses ouvriers. Mais ses rêves insurrectionnels se mirent à gonfler après les premiers triomphes qu'il enregistra. Ses attaques contre les chantiers devinrent de plus en plus audacieuses. Et plus il osait, plus il réussissait. Il tira une dangereuse équation de ses premiers succès.

Le chef de la sécurité constata, au cours du premier mois de la phase de mise en œuvre du projet, la disparition de quatre tonnes de dynamite dans le principal site de construction, sur la frontière ouest du comté. Il eut le sentiment que la dynamite avait été subtilisée lentement, par étapes espacées. Soixante ouvriers du chantier de construction retrouvèrent les pneus de leur voiture lacérés, sur le parking en plein air qui jouxtait le chantier central. Dix bulldozers furent détruits par le feu en l'espace d'une seule nuit. La caravane du chef de chantier fut soufflée par une charge de dynamite. Quatre chiens policiers furent abattus dans le périmètre du chantier où ils patrouillaient.

Il y avait quelqu'un dans les bois, une personne armée, dangereuse, et les travailleurs du bâtiment commencèrent à se sentir nerveux le matin, quand ils passaient le pont pour se rendre au travail.

Ce fut à cette époque-là que mon père fit sa grande réapparition, dans l'un des petits ports obscurs de Caroline du Sud. Alors qu'il pêchait la crevette au large de Key West, il fut abordé par un homme élégamment vêtu qui arborait une montre Accutron au poignet, un diamant au petit doigt, et lui demanda s'il était intéressé par la perspective de se faire un paquet de fric. Trois jours plus tard, mon père voguait vers la Jamaïque où il avait rendez-vous avec un associé de l'homme au diamant, dans un bar chic de Montego Bay. Mon père ne manqua pas de remarquer que le second personnage portait aussi un diamant gros comme un haricot de Lima à l'auriculaire gauche. Henry Wingo avait passé sa vie à attendre le jour où il rencontrerait des types assez riches et assez vulgaires pour se couvrir les mains de bijoux de femme. Il ne connut jamais leur patronyme ; leur mauvais goût lui suffisait.

« La classe, devait dire mon père plus tard. La classe à l'état pur. »

Deux Jamaïcains entassèrent dans le bateau de mon père près de sept cents kilos de marijuana de première qualité, ce que mon père savait, et quatorze kilos d'héroïne pure, ce qu'ils avaient omis de lui signaler. L'un des Jamaïcains gagnait sa vie en conduisant la navette d'un hôtel de la côte, mais il ne dédaignait pas de faire des chargements de marijuana, chaque fois que l'occasion se présentait. L'autre Jamaïcain, Victor Paramore, travaillait comme indic pour le département américain du Trésor, et il fut le premier témoin appelé à la barre lorsque le dossier de mon père arriva au bureau des douanes de Charleston. Quand mon père aborda, quelque part entre Kiawah et les îles Seabrook, la plupart des inspecteurs du bureau des narcotiques de notre coin de planète étaient sur le quai pour l'accueillir. Ainsi se solda l'ultime tentative de mon père pour maîtriser les subtilités de l'aventure capitaliste.

Quand il passa devant le tribunal, mon père ne présenta aucun argument pour sa défense et il ne demanda pas l'assistance d'un avocat. Ce qu'il avait fait était mal, très mal, dit-il au juge, et il n'avait aucune excuse à invoquer, d'ailleurs il ne demandait pas à être excusé. Il méritait la peine maximale prévue par la loi pour le crime qu'il avait commis, parce qu'il avait causé la honte de sa famille et la sienne. Il eut une condamnation de dix ans avec une amende de dix mille dollars.

Ma mère paya l'amende sur l'argent qu'elle avait mis de côté pour mon père, après la vente de l'île. En l'espace d'une année, j'avais vu mon frère, puis mon père, jetés en prison.

Mais à l'époque où mon père fut incarcéré à Atlanta, j'avais peu d'espoir de jamais revoir mon frère Luke vivant.

« Plus grand. Il faut voir plus grand », devait se répéter Luke tandis qu'il hantait le comté pendant la nuit. Il était le dernier citoyen de la ville de Colleton, et il s'était bien juré de leur en donner pour leur argent avant de se laisser mettre la main dessus.

Une chose joua beaucoup en sa faveur au cours de ses premiers mois de rébellion. Le gouvernement n'était pas certain que Luke fût le saboteur des bois. Il était bien sûr le suspect principal, mais il n'avait été vu par personne susceptible de l'identifier formellement. À la façon du Viêt-cong qu'il avait fini par tellement admirer, Luke faisait siennes ces longues heures du petit matin, après minuit, transformant en cauchemar la vie de gardes mal payés. Il ne se déplaçait que pendant la nuit, dans son pays exilé, évitant les bateaux de patrouille sur les cours d'eau et les voitures de police qui sillonnaient les routes désaffectées. Au fil des semaines, un terrible sentiment de sacerdoce s'empara de lui, tandis qu'il parcourait les bois de son enfance tels qu'ils perduraient dans sa mémoire. Il entendit des voix, puis il se mit à voir les visages de sa famille se matérialiser dans les branches des arbres.

Toutes ces hallucinations – ou ces visions, comme il préférait les appeler – tendaient à l'applaudir et approuver l'efficacité de sa mission, de son errance sacrée dans la zone de guerre où il servait comme armée de libération à lui tout seul. Il s'inquiéta lorsqu'il commença à parler tout seul.

Mais il fut l'homme providentiel d'un précieux droit de naissance au cours de ces premières semaines de guerre contre l'État, et sa connaissance inégalable de tous les mystères des basses terres lui assurait une certaine sécurité. Les autres couraient derrière un enfant du pays qui s'était approprié tous les secrets que peuvent dire les fleuves en une vie d'homme. Il contrôlait les vastes étendues d'un territoire qu'il avait juré de garder libre. Il faisait le tour du comté entier, à pied et dans un petit voilier. Il notait la circulation sur l'eau, sur les ponts, tenait la comptabilité des wagons de charbon livrés dans le nord du comté. Il s'organisa une cache à Savannah, et une autre à Brunswick, Géorgie. Après chaque action, il quittait Colleton pendant trois semaines, le temps que les hommes lancés à sa poursuite se fussent fatigués de remonter des traces refroidies. Un peu partout dans les îles alentour, au fond de puits abandonnés, ou bien sous les fondations des maisons, il cachait des marchandises de contrebande, des armes et des vivres.

Ses premières actions furent du simple vandalisme, mais de haut vol néanmoins. Il avait contracté de bonnes habitudes avec les années, et à force de réflexion, il devint de plus en plus astucieux. Il examinait ses erreurs autant que ses petites victoires, engrangeant les informations pour les opérations à venir, amendant ses techniques avant de les perfectionner. L'isolement, l'autonomie absolue et la terrible nécessité d'être toujours concentré le rendirent à la fois prudent et redoutable. Au fin fond des bois proches des marécages, il chassa le chevreuil avec un arc et des flèches, et il s'émerveillait de ses propres aptitudes à l'immobilité, tandis qu'il attendait dans les arbres, à l'affût. Il se sentait vert, magique, en harmonie avec les arbres, avec les chevreuils, avec les îles. Il chassait avec la candeur ravie de qui aurait effectué un retour de mille ans en arrière, retrouvant les royaumes limpides et hors du temps où les tribus de Yemassees traquaient le chevreuil comme il faisait aujourd'hui. Luke éprouvait de la reconnaissance envers ces animaux qui le nourrissaient, et il sut pourquoi les hommes primitifs avaient révéré les chevreuils comme des dieux, pourquoi ils les peignaient sur les parois des cavernes, en guise de prière et de remerciement. Jamais il ne s'était senti si intensément vivant, authentique, nécessaire. Il avait toujours des visions, mais elles possédaient la délicate vibration des rêves. Il dormait le jour et chantait en dormant. Des avions de reconnaissance et des hélicoptères essayaient de le repérer dans son sommeil. Il rêvait de choses éblouissantes et miraculeuses, et il était heureux, en s'éveillant à la lueur des étoiles, de voir qu'au lieu de s'évanouir, ses rêves gardaient leurs contours dans des fresques dessinées sur le ciel avec de la lumière et du sang. Il se consumait de zèle révolutionnaire. Les idées jaillissaient de lui, elles couraient dans ses cheveux comme des fleurs sauvages.

D'une certaine façon, il avait l'impression d'être le dernier humain d'Amérique à être sain d'esprit. Il se récitait les chiffres de Hiroshima et de Nagasaki chaque fois qu'il était pris de doutes sur sa vocation. S'il était capable d'empêcher la construction d'un millier d'armes nucléaires, il serait théoriquement responsable du sauvetage de cent millions de vies humaines. Il se mit à écouter le conseil passionné d'une voix intérieure unique, au ton pressant. Cette voix édictait des lois de comportement, fixait des objectifs à long terme, déclenchait des opérations de guérilla. Luke pensait qu'il s'agissait de la voix de sa conscience, et il l'écoutait dans une sorte de béatitude tandis qu'il circulait, vivant et libre, dans un État sans État, découvrant avec plaisir qu'il accédait aisément aux joies du banditisme éclairé. Il volait des vivres, un bateau rapide de temps en temps, des armes, des munitions. Il pratiquait le plaidoyer à outrance pour un pays aimé qui était en péril. Ce n'était pas sa faute si sa vision prenait de l'ampleur au point d'inclure non seulement Colleton, mais la totalité d'une bien jolie planète.

Souvent il pénétrait dans le décor surréel de Colleton dévastée, il déambulait dans les rues effacées, nommait à voix haute chaque famille ayant vécu sur chaque arpent de terre labourée. Il se perdait dans la désolation rompue des cimetières et sentait la présence de petites blessures dans la terre, à l'endroit où ses concitoyens avaient jadis été enterrés. Il descendait la Grand-Rue, à jamais privée du bruit des commerces et des bavardages des voisins, à jamais privée des noirs et glorieux effluves de café, des escarmouches courtoises entre conducteurs. Luke sentait la présence vitale de la ville sous ses pas. Il sentait la pression épuisante qu'elle exerçait pour jaillir à nouveau, florissante et pleine de vitalité, avec l'aura allègre de la résurrection. Rêvant de nouveau, il croyait entendre la ville crier à son intention, débiter les longues élégies de son chagrin, chanter haut et fort un hymne de désarroi et de subversion, exiger la restitution de son identité perdue, enrouée à force de répéter la litanie puissante de l'extinction. Sous la lumière de la lune, il marchait vers la maison de notre grand-mère, furieux de ne plus trouver ce demi-arpent de terre au bord du fleuve. Tous les repères avaient été gommés et ce fut seulement en trouvant le chêne d'eau où Savannah, lui et moi avions gravé nos initiales, certain dimanche de Pâques, qu'il eut la certitude d'avoir trouvé l'endroit exact. Le koudzou et l'ivraie poussaient sur la terre meurtrie où Tolitha et Amos vécurent autrefois. Il repartit vers le quai flottant et buta sur quelque chose dans les hautes herbes. Il savait en se baissant ce qu'il allait trouver, et il hissa sur son épaule la croix de mon grand-père ; pensant lui rendre hommage, il porta cette croix jusqu'à la Grand-Rue qu'il parcourut en long et en large, en souvenir ému de mon grand-père. Il sentait le poids de la croix lui scier l'épaule, le bois imprimer dans sa chair la vérité de son grain intact, le marquer, le meurtrir, lui rappeler la justesse de sa mission.

Et comme il marchait dans la rue, la croix sur l'épaule, toutes les voix s'élevèrent ensemble, venues de nulle part, et elles l'acclamèrent, lui, le fils du fleuve, l'homme des basses terres, leur champion. Elles l'encouragèrent quand il jura qu'il ne laisserait pas cette chose arriver, qu'il ne se résignait pas à la mort de la ville qu'il aimait entre toutes. Et il promit à ces voix vibrantes et partisanes, au fleuve et à sa ville assassinée, qu'il ferait connaître ce message, qu'il insufflerait dans ce sol violé la vie nouvelle des cités, qu'il ressusciterait Colleton, à l'instar de Lazare, de cette terre saccagée.

« Ils sauront qui je suis, hurla Luke. Ils apprendront à connaître mon nom. Ils me respecteront. Et je les obligerai à reconstruire cette ville exactement telle qu'elle était. »

Il s'arrêta et les voix le quittèrent. Il posa la croix dans la terre et se sentit parcouru par les mélodies de la libération. Il se mit à danser dans la Grand-Rue qu'il descendit en valsant et en chantant. Puis il s'arrêta brutalement et annonça : « Ici. C'est ici que je vais construire la boutique de vêtements pour hommes de M. Danner. Et juste à côté, c'est l'alimentation générale de M. Schein, avec, immédiatement à droite, les vêtements pour femmes de Sarah Poston, l'échoppe à fleurs Bitty's Wall, et le prisunic Woolworth. »

Il sentait la terre trembler sous ses pieds, il sentait le fier bouillonnement de ces anciens commerces qui ne demandaient qu'à renaître. Il entendait la ville entière, grimpée sur les toits des magasins, jadis visibles, pour l'acclamer. Dans sa tête il reconstituait la rue telle qu'en son souvenir. Lorsqu'il quitta la Grand-Rue, ce soir-là, il se retourna et vit toutes les vitrines éclairées, toutes les guirlandes de Noël tendues au-dessus de la chaussée, un jeune garçon en train d'installer des lettres sur le fronton du théâtre, M. Luther qui balayait devant sa porte, et le shérif Lucas qui sortait du restaurant Harry's où il venait de déjeuner, même qu'il desserra son ceinturon en rotant.

Il était enfin devenu, pensait-il, un homme essentiel, un homme jailli du printemps, un homme de feu.

Il prit le temps de contempler avec fierté la ville qu'il avait créée.

Il entendit un bruit derrière lui. Il pivota et tira son revolver.

Il entendit le bruit une autre fois. Un bruit de sifflet.

Il vit la silhouette d'un homme venant vers lui en longeant le fleuve avec une joie ineffable.

M. Fruit.

En mars il passa la vitesse supérieure dans les escarmouches, atteignant à la guérilla en bonne et due forme par un acte qui, dans son esprit, devait être purement symbolique, mais ne le fut pas pour l'État. À trois heures du matin, le 14 mars, quatre bombes de fabrication artisanale, mais extrêmement puissantes, soufflèrent les quatre ponts qui reliaient les frontières est et nord de Colleton au continent. Une heure plus tard, deux autres bombes détruisaient les deux ponts de chemin de fer qui amenaient les trains de marchandises de la Southern Railway jusque dans le comté.

Un de ces trains, qui devait livrer une grande quantité de charbon sur le chantier, émergea tout rugissant de la nuit noire, en provenance de Charleston, vingt minutes après l'explosion. Le conducteur s'engagea sur le pont à pleine vitesse, et le train continua sur sa lancée, porté par l'air pendant une soixantaine de mètres, avant de s'abîmer par un spectaculaire plongeon dans les eaux noires du Little Carolina. Le conducteur et trois mécanos trouvèrent une mort immédiate et ce fut le premier sang versé dans la guerre que la presse se hâta de baptiser guerre de Sécession de Colleton.

Luke écrivit une lettre, qu'il adressa à quinze journaux de l'État de Caroline du Sud, où il déclarait Colleton, ainsi que les terres entourant Colleton dans un rayon de soixante-cinq kilomètres – soit une zone incluant trente îles marines, et plus de vingt-trois mille hectares de terre continentale – libérées de la fabrication de plutonium. Il présentait ses excuses aux familles des quatre hommes qui avaient perdu la vie dans l'accident de train, et disait qu'il donnerait n'importe quoi pour ramener ces hommes à la vie. Sa tâche était de protéger la vie humaine, pas de la détruire ni de la confisquer. Cette lettre était une version abrégée du discours qu'il avait prononcé devant ses citoyens de Colleton, le soir où Patrick Flaherty était venu leur expliquer à domicile comment allait être démontée leur ville. Il concluait sur un manifeste proclamant que la portion de territoire jadis connue sous le nom de comté de Colleton était désormais un État indépendant dont lui-même serait le gouverneur, le chef de la police, le chef militaire et, en attendant de pouvoir recruter une population, l'unique citoyen. Le gouvernement fédéral avait décrété que la terre appartenait aux habitants des États-Unis et Luke partageait cet avis, mais c'était de la façon de gouverner qu'il était question. Ce nouvel État, qui était grand comme la vingtième partie du Rhode Island, s'appellerait Colleton. Il donnait au gouvernement fédéral trente jours pour renoncer définitivement à son Plan Colleton et restituer aux habitants de Colleton toutes leurs terres indûment volées. Si le gouvernement n'acceptait pas d'annuler le projet en voie de réalisation, l'État de Colleton ferait officiellement sécession en quittant l'Union, et la guerre serait déclarée. Tous les travailleurs des chantiers seraient considérés comme une armée d'invasion, et deviendraient donc la cible de tirs hostiles.

Luke lançait également un appel à volontaires acceptant de servir dans une armée irrégulière chargée de surveiller les frontières de Colleton afin d'empêcher l'incursion d'agents fédéraux. Il leur ordonnait de pénétrer sur le nouveau territoire, seuls, de porter un brassard vert comme signe de reconnaissance, et d'établir des postes d'écoute ainsi que des avant-postes sur toute l'étendue du comté déclaré zone interdite. Quand ils seraient suffisamment nombreux, éparpillés entre les bois et les marécages, lui-même établirait le contact et ils commenceraient à fonctionner comme une petite armée. Mais pour commencer, chacun, homme ou femme, réaliserait seul une opération de guérilla pour bloquer l'acheminement du matériel et interrompre les chantiers de construction.

La lettre fit la une des journaux dans tout l'État. Elle était accompagnée d'une photo nous représentant, Luke et moi, levant un gigantesque trophée, après notre victoire au championnat de football de l'État, pendant notre dernière année de lycée, et d'une photo de Savannah, empruntée à la jaquette de *La Fille du Pêcheur de Crevettes*. La garde nationale se vit confier la tâche de protéger tous les ponts donnant accès au comté, et les travaux de remise en état des ponts détruits commencèrent immédiatement. La sécurité du chantier fut renforcée et un mandat d'arrêt lancé contre Luke. Je pense avoir rencontré tout ce que l'État de Caroline du Sud compte de flics et de représentants de l'ordre, après la publication de cette lettre. Luke était considéré comme un individu dangereux, armé et probablement fou. Les journaux à grand tirage sortirent des éditoriaux hystériques et le *News and Courier* rapporta ces propos soi-disant tenus par le sénateur Ernest Hollings : « Ce garçon est peut-être fou, mais apparemment, il n'y a effectivement plus guère de pont pour accéder à Colleton. » L'aumônerie de l'université de Caroline du Sud organisa une fête des brassards verts au profit des enfants handicapés. Dans le *Columbia State* parut une lettre à l'éditeur où Luke Wingo était désigné comme « le dernier des grands seigneurs de Caroline du Sud ».

Trois semaines après la publication de la lettre de Luke, un vieil homme de soixante-dix ans, ancien trappeur et dénommé Lucius Tuttle, fut surpris et arrêté à proximité immédiate du chantier principal du Plan Colleton. Le *News and Courier* rapporta l'incident mais se garda de révéler qu'au moment de son arrestation, l'homme portait un brassard vert et qu'il résista en tenant vingt policiers sous le feu de son fusil, jusqu'à épuisement de ses munitions. Dix femmes, appartenant au Mouvement des Femmes pour la Paix, s'allongèrent sur la chaussée devant un autocar conduisant les ouvriers au chantier. Elles portaient toutes un brassard vert et scandèrent : « Non, non, non au nucléaire » tout le long du chemin qui les amenait en prison.

Dans les milieux conservateurs de l'État, Luke était considéré comme un assassin et un illuminé. Mais il y eut des hommes et des femmes – en petit nombre, certes – pour voir en lui le dernier défenseur de l'environnement, le seul homme dans l'histoire de la République à avoir opposé une réaction somme toute plutôt saine aux tragiques bouffonneries de l'ère nucléaire. Au moment précis où l'opinion publique percevait différemment la rébellion de Luke, le gouvernement fédéral commençait à ne plus rire du tout et à vouloir mettre un terme rapide à cette guerre de Luke contre l'État. Comme guérillero, il s'était révélé exceptionnel et très malin, mais en tant que symbole, il risquait de saboter définitivement le Plan Colleton. Luke était devenu un risque, un dilemme explicite par son impact médiatique. En faisant sauter six ponts, il avait fait preuve d'un sens tactique aigu en sus de son génie subversif. Les agents du FBI affluèrent dans le comté de Colleton, ainsi qu'une équipe des Forces spéciales dépêchée de Fort Bragg, Caroline du Nord, et entraînée à la lutte anti-terroriste. Ils se mirent à organiser des ratissages nocturnes dans les îles avoisinantes. Luke mesurait le chemin parcouru par le prestige de ceux que l'on lançait contre lui. Il remarqua d'abord l'augmentation du nombre des vols de reconnaissance au-dessus des marais. La garde côtière renforça aussi ses patrouilles sur le fleuve. Leur engagement était un hommage rendu à sa personne. Il apprécia la valeur des hommes chargés de l'appréhender et de le livrer à la justice, et malgré les talents extraordinaires déployés pour le neutraliser, il conservait une bonne tête d'avance sur les forces de l'ordre, grâce à sa maîtrise du terrain, résultat d'une vie entière de familiarité avec lui.

J'appris à reconnaître un agent du FBI à cent mètres et plus, sans jamais être pris en défaut. Leurs signes distinctifs les rendaient aussi repérables qu'un Esquimau en plein désert. Ils avaient tous vu trop de films et lu trop de livres vantant leurs fabuleuses performances d'enquêteurs. Ils gobaient toutes les aimables salades que le FBI servait avec prodigalité à ses propres agents. J'ai toujours détesté les hommes à mâchoire virile, qui pratiquent la poignée de main énergique comme s'ils voulaient ressembler aux acteurs de série B des productions hollywoodiennes. L'inévitable complet couleur passe-muraille, cher à tous les agents du FBI, semble venir tout droit du même rayon de costumes pour hommes d'un magasin bon marché, leurs insignes étant encore l'élément le plus séduisant de leur garde-robe. Je fus interrogé par une douzaine d'entre eux au cours de la première année que Luke passa dans les bois de Colleton, et je n'y pris aucun plaisir. J'étais capable de tenir des propos carrément injurieux dès lors que j'avais affaire à des hommes susceptibles de tuer mon frère un jour ou l'autre. Le FBI jugea que je faisais preuve d'hostilité à leur égard et cette estimation suffisait à me réconforter les jours de dépression.

Il s'écoula près d'un an avant que le dossier de Luke fût confié à J. William Covington. Ce dernier fit son apparition au printemps, pendant une séance d'entraînement de football, alors que j'essayais de mettre au point une nouvelle tactique de débordement en attaque, pour exploiter au mieux la célérité d'un quarterback courant comme un chevreuil et passant avec une agilité tout aussi remarquable. Bob Marks, mon nouvel assistant, repéra Covington, assis dans sa Chevrolet de fonction, au moment où nous terminions la séance par une série de sprints.

« Encore les poulets, Tom, dit-il.

— L'année prochaine, je crois bien que je vais me résoudre à payer mes impôts », rétorquai-je en me dirigeant vers la Chevrolet.

Il sortit de la voiture quand il me vit arriver. J. William était le résumé parfait de ce qui caractérisait ses semblables. Quand bien même je l'aurais surpris en train de danser à poil dans les pâquerettes, j'aurais reconnu sans l'ombre d'un doute l'agent du FBI.

« Excusez-moi, monsieur, lui dis-je. Les membres de la secte Hare Krishna ne sont pas autorisés à diffuser leur littérature sur le terrain de football de cet établissement. L'aéroport* se trouve à un peu plus de vingt kilomètres à l'ouest de la ville si vous voulez. »

Ma remarque le fit rire et je fus surpris de ne trouver aucune affectation dans son hilarité.

---

* Aux États-Unis, la secte Hare Krishna est particulièrement active aux abords des aéroports. (N.d.T.)

« J'ai entendu dire que vous ne manquiez pas d'humour, dit-il en me tendant la main.

— Ce n'est pas vrai, répondis-je. On vous a dit que j'étais un fort en gueule.

— Dans votre dossier, il est dit que vous n'êtes pas coopératif, dit-il. Je me présente, J. William Covington. Mes amis m'appellent Cov.

— Et vos ennemis ?

— Ils disent Covington.

— Enchanté de faire votre connaissance, Covington, dis-je. Et pour ne pas sortir de ma tradition de refus de coopérer, je vais vous dire tout ce que je sais. Je ne sais pas où se cache Luke. Je n'ai pas eu la moindre nouvelle de mon frère. Il ne m'a ni écrit, ni téléphoné, ni câblé. Je ne lui fournis ni vivres, ni abri, ni aide d'aucune sorte. Non, je ne vous aiderai pas à mener votre enquête, sous aucune forme que ce soit.

— J'aimerais aider Luke à se tirer de ce guêpier, Tom, dit Covington. Tout ce que j'entends à son propos me le rend sympathique. Je pense être en mesure de négocier un arrangement avec le procureur de façon qu'il s'en tire avec une condamnation de trois à cinq ans.

— Et les trois hommes qui ont été tués dans le train ? demandai-je.

— Il est évident qu'il ignorait qu'un train allait passer, dit-il. Du temps que votre famille habitait Colleton, aucun train ne passait jamais sur ce pont pendant la nuit. C'est donc ce que j'appelle un cas d'homicide involontaire.

— Il risque d'en prendre pour plus de cinq ans avec les ponts qu'il a fait sauter, dis-je. Pourquoi le procureur accepterait-il de marcher dans cette combine ?

— Parce que je suis capable de persuader le procureur en question qu'en passant un marché, il risque de sauver tous les ponts de la partie sud du comté, dit Covington.

— Pourquoi venez-vous me raconter cela à moi ? demandai-je. Je ne vois pas en quoi je peux vous être utile.

— Parce que j'ai lu très attentivement le dossier de Luke, Tom, dit-il. Et il existe trois personnes susceptibles de dénicher Luke pourvu qu'elles en aient envie. Il y a votre père, qui, ainsi que vous le savez, est actuellement indisponible.

— Indisponible, dis-je. J'apprécie votre façon de formuler les choses, Covington.

— Les deux autres étant votre sœur et vous-même. Votre sœur écrit de très beaux poèmes. Je suis un de ses admirateurs, dit-il.

— Elle sera ravie de l'apprendre, dis-je.

— Puis-je compter sur votre collaboration ? demanda-t-il.

— Non, vous ne pouvez pas, dis-je. Vous n'avez pas entendu ce que je vous ai dit dès le début. Je ne vous aiderai pas à mener cette enquête, sous quelque forme que ce soit.

— L'entreprise Mewshaw Company offre vingt-cinq mille dollars de récompense à qui réussira à neutraliser votre frère, dit Covington. Est-il utile que je vous traduise le mot *neutraliser* ? Ils commencent à enrôler des types d'un calibre inquiétant pour votre frère. Deux Bérets Verts, titulaires l'un et l'autre de la Congressional Medal of Honor, sont d'ores et déjà arrivés dans le comté, et ils se sont lancés à sa poursuite. Ils ne le trouveront peut-être ni demain, ni après-demain, Tom, mais un jour viendra où quelqu'un finira par tuer Luke. C'est ce que je voudrais éviter. J'ai beaucoup d'admiration pour votre frère, Tom. J'aimerais lui sauver la vie. Et je ne peux le faire qu'avec votre aide.

— Jusqu'à ce jour, M. Covington, vous êtes la première personne envoyée par le FBI qui ne m'ait pas foutu hors de moi. Ce qui ne laisse pas de m'inquiéter. Pourquoi avez-vous décidé de devenir un flic du FBI ? Et d'où sortez-vous ce foutu prénom, J. William ?

— En fait, je me prénomme Jasper, dit-il. Mais j'aimerais mieux mourir que d'être appelé par ce nom. En fait, l'idée du J. William est venue de ma femme, parce que je travaillais pour un organisme fondé par un certain J. Edgar. Elle a pensé que ce prénom jouerait peut-être insidieusement en ma faveur chaque fois qu'il serait question de m'accorder une promotion. Je suis entré au FBI parce que j'étais un athlète minable, et comme la plupart des athlètes minables, j'avais vécu une scolarité secondaire douloureuse, doublée de doutes sérieux quant à ma virilité. Nous autres agents du FBI ne doutons jamais de notre virilité.

— Bonnes réponses, Jasper, dis-je. À la différence de vos semblables, vous me laissez quelques timides raisons de penser que j'ai affaire à un être vaguement humain.

— J'ai étudié votre dossier très attentivement, dit-il. Je savais que si nous ne trouvions pas un terrain de relative confiance mutuelle, vous refuseriez toute collaboration avec moi.

— Je n'ai pas dit que j'avais confiance en vous, Jasper, répondis-je. Et je vous ai déjà annoncé mon refus de coopérer.

— Ce n'est pas vrai, dit-il. Parce que vous parlez en ce moment à la seule personne au monde qui se soucie davantage de sauver votre frère que de l'abattre. »

J'observai le visage de J. William Covington. Un visage agréable, sensible, chevaleresque. Exactement ce qui éveillait en moi une méfiance gigantesque. Il croisa mon regard avec candeur – autre mauvais point contre lui. Il avait l'œil clair et serein.

« Je pense pouvoir vous aider à trouver mon frère, Jasper, dis-je. Mais je veux un engagement écrit.

— Vous aurez cet engagement écrit, avec ma parole qu'il sera respecté par tout le monde, dit-il.

— Je vais faire ce que vous demandez, mais jamais je ne vous aimerai, et jamais je n'aurai confiance en vous, Jasper, dis-je. Et en plus, votre costume ne me plaît pas.

— Je ne tiens pas non plus à connaître l'adresse de votre tailleur personnel », répondit-il en désignant mon pantalon kaki et mon sweat-shirt.

À la fin de l'année scolaire, Savannah descendit en avion à Charleston et nous passâmes plusieurs jours à rassembler des vivres et préparer notre expédition dans notre pays perdu. Le soir, avec Sallie et Savannah, j'étudiais la carte marine du comté. Le moindre cours d'eau y était indiqué et une multitude de chiffres minuscules donnaient la profondeur des eaux, à marée basse. Nos doigts se promenaient de chenaux en marécages, parcourant la plate géographie de notre enfance. Nous tentions de nous mettre à la place de Luke et de voir le monde comme il le voyait maintenant. Je pensais qu'il devait vivre dans les marécages du Savannah, au sud du comté, profitant de la nuit pour exécuter ses brèves sorties et actions de sabotage, et s'arrangeant pour être de retour avant l'aube dans le dédale impénétrable des marais.

Savannah ne partageait pas mon avis. Elle croyait que Luke avait un seul point de refuge à l'intérieur du comté, que ce point servait de base à ses opérations et qu'il s'agissait d'un endroit que nous connaissions tous. Elle me rappela que Luke était un être d'habitudes et elle ne l'imaginait pas menant une guerre pour libérer Colleton s'il ne pouvait pas y vivre.

« Tu ferais une sacrée guérillera », dis-je.

Je lui dis aussi qu'ils faisaient des battues dans toutes les îles avec des fins limiers et qu'il me semblait bien improbable que les chiens n'eussent pas découvert un camp retranché.

« Alors, c'est qu'il doit s'agir d'un endroit qu'ils ne connaissent pas, Tom, dit Savannah. Un coin connu de Luke seul.

— Ils connaissent tous les endroits connus de Luke, dis-je. N'importe qui peut se procurer cette carte dans n'importe quel port des États-Unis. L'Amérique est tout, sauf mal répertoriée par les cartographes.

— Dans ce cas, comment se fait-il qu'ils soient incapables de trouver Luke ? demanda-t-elle.

— Il se donne beaucoup de mal pour se cacher, dis-je en regardant la carte.

— Quel est cet endroit dont tu m'as parlé quand nous étions en fac, Tom ? dit Sallie. Votre père y allait pêcher ou un truc de ce genre.

— L'île des Poules d'Eau ! »

Savannah et moi avions crié ce nom simultanément.

Du temps de son enfance, mon père était allé chasser la poule d'eau dans les vastes marécages bordant l'Upper Estill. Un de ses amis maniait les rames de la barque entre les herbes recouvertes par la marée haute, débusquant le gibier caché dans les spartines luxuriantes. Il avait tué une douzaine d'oiseaux, quand il vit un modeste bouquet d'arbres de petite taille jaillis du marécage. La marée venait de tourner alors qu'ils ramaient pour atteindre la petite île non répertoriée sur les cartes, et ce n'est qu'après avoir accosté qu'ils s'avisèrent qu'il leur faudrait attendre la marée suivante pour pouvoir rejoindre le chenal principal. Ils se trouvaient à vingt kilomètres de l'habitation la plus proche et ils venaient de découvrir, accidentellement, l'un de ces sanctuaires secrets qui font le bonheur d'un gamin en lui offrant un port d'attache. Il s'agissait d'un petit quart d'arpent de terre ignoré par les cartes, quelques palmiers nains et un chêne unique et chétif. Une île manquée, oubliée dans une infinitude de marécages marins, pratiquement invisible du fleuve comme de la terre ferme. Ils vidèrent et plumèrent les poules d'eau, puis les plongèrent dans l'eau de mer. Ils montèrent ensuite leur tente, allumèrent un feu où ils mirent à rissoler quelques oignons dans trois cuillerées de saindoux, et, après les avoir roulés dans la farine, ils firent frire les oiseaux qui prirent une belle couleur de chocolat. Alors, ils ajoutèrent un peu d'eau et laissèrent mijoter le tout, jusqu'à obtention d'une chair tendre. Ils cueillirent ensuite quelques palourdes sur les hauts-fonds vaseux découverts par la marée, et ils les mangèrent crues en attendant la cuisson des poules d'eau. Les deux jeunes garçons étaient convaincus d'avoir trouvé un endroit où aucun homme avant eux n'était passé. Ils décrétèrent que cette île leur appartenait et, avec ses amis, mon père grava ses initiales dans le tronc du chêne. Avant de repartir à la marée suivante, ils baptisèrent leur découverte l'île aux Poules d'Eau.

Un jour, après que ma grand-mère eut quitté Amos pour aller vivre à Atlanta, mon père fit une fugue et ses camarades le retrouvèrent sur l'île aux Poules d'Eau, en train de pleurer la perte de sa mère. À la saison du frai, chaque printemps, mon père passait une semaine sur son île, à pêcher et dormir à la belle étoile. J'avais sept ans la première fois qu'il emmena ses trois enfants avec lui dans cette équipée annuelle. À l'époque, il avait déjà construit une petite cabane pour s'abriter de la pluie. Nous pêchions à l'anguille vivante et posions des filets pour attraper les aloses. Pendant une semaine, nous vécûmes de poisson grillé et de laitance d'alose au bacon. Chaque fois que je pensais à ces retraites avec mon père, je voyais des festins de poissons et de crustacés, et j'entendais le rire de mon père tandis qu'il pilotait le bateau dans ces hectares de marécages inextricables, porté par la marée jusqu'à ce bout de terre insignifiant qui nous retranchait du reste de la planète. Ce fut seulement après avoir découvert que son campement avait été fréquenté par d'autres pêcheurs qu'il renonça à son pèlerinage annuel sur l'île des Poules d'Eau. Lorsqu'elle perdit son secret, l'île perdit du même coup sa magie – et par conséquent sa valeur. En autorisant cette incursion d'étrangers, l'île aux Poules d'Eau avait trahi son découvreur. Aux termes de la philosophie paternelle, un lieu n'était inviolable qu'une fois. Il ne remit jamais plus les pieds sur l'île et, sensibles à l'authenticité de la déception de leur père, ses enfants l'imitèrent.

Mais Savannah et moi savions qu'il était possible de vivre une vie entière dans le comté de Colleton, d'y passer l'essentiel de son temps à pêcher et sillonner les cours d'eau et bras de mer les plus obscurs sans jamais seulement soupçonner l'existence de ce petit boudin de terre ferme en forme de cœur, serti comme un saphir au fin fond de la plus vaste étendue marécageuse sise au nord du comté de Glynn, Géorgie. Les seules personnes à partager avec nous cette précieuse information étaient mon père, mon frère, et les pêcheurs anonymes dont les traces innocentes avaient ruiné la virginité sacrée de l'ermitage secret de mon père.

Sur la carte, à l'intérieur d'une bande de cinquante kilomètres de marécages, je dessinai une croix marquant l'endroit où, selon moi, devait se trouver l'île aux Poules d'Eau. Je savais que le simple fait de parler d'île était déjà un abus de langage ; il s'agissait d'un petit bout de terre en passe d'être absorbé par le marais.

Le soir qui précéda notre départ pour Colleton, je lus une histoire aux trois filles avant de les border dans leur lit. Sallie partit pour l'hôpital où elle devait assurer la garde de nuit, et Savannah et moi nous servîmes un verre que nous sortîmes boire sur la véranda. Les lumières de Charleston étaient enrubannées de brume légère, de l'autre côté du port. Ma mère était venue dîner avec nous et le repas s'était déroulé dans un climat de tension insupportable. Elle rendait mon père et nous responsables de la défection de Luke. Elle nous dit que Reese Newbury avait proposé de payer les meilleurs avocats de Caroline du Sud pour assurer la défense de Luke, et se montra furieuse lorsque Savannah lui fit remarquer qu'un tel arrangement risquait de ne pas recevoir l'assentiment de Luke. Ma mère ne pouvait pas reconnaître que Reese Newbury était passé maître dans l'art abstrus de pratiquer l'humiliation sous couvert de gentillesse. Voir notre mère repartir en larmes ne nous procura aucune joie.

« À mon avis, Maman sera la grande figure tragique de toute cette histoire, quel que soit le sort final de Luke, dit Savannah comme nos regards étaient fixés sur Fort Sumter.

— Elle l'a bien mérité, dis-je. Elle n'a pas agi de bonne foi.

— Tu ne connais rien de la difficulté d'être femme, rétorqua sèchement Savannah. Après la vie qu'elle a menée, elle peut faire tout ce qu'elle veut, je n'y trouverai jamais rien à redire.

— Alors pourquoi agis-tu comme si tu la détestais de toute ton âme dès qu'elle se trouve dans ton environnement immédiat, Savannah ? demandai-je. Pourquoi es-tu incapable d'échanger avec elle une parole gentille ou de lui témoigner la moindre affection authentique dès que vous êtes en présence l'une de l'autre ?

— Parce qu'elle est ma mère et que c'est une loi naturelle doublée d'un signe de santé mentale quand une femme trouve en elle assez de force pour haïr sa mère, répondit-elle. Mon analyste prétend qu'il s'agit d'une phase par laquelle il est important que je passe.

— Ton analyste ! dis-je. Par combien d'analystes, thérapeutes, charlatans et connards en tous genres es-tu passée depuis que tu as quitté la Caroline du Sud ?

— J'essaye de vivre, Tom, dit-elle, blessée. Tu n'as pas le droit de saboter ma thérapie.

— Existe-t-il un seul citoyen qui ait réussi à vivre à New York sans se retrouver chez un psy ? demandai-je. Enfin, il doit bien se trouver un aimable couillon qui n'aura pas trouvé le temps de s'offrir cinquante minutes d'analyse dans les beaux quartiers de la cité entre deux avions à La Guardia.

— De toutes les personnes qu'il m'a été donné de croiser dans ma vie, tu es bien celle qui aurait le plus besoin de faire une analyse, dit-elle. Je voudrais que tu entendes le son de ta voix. Elle est pleine d'une colère que tu ne soupçonnes pas.

— Je ne sais pas comment m'y prendre quand je suis confronté à quelqu'un que j'aime beaucoup et qui a réponse à tout, dis-je. Maman détient toutes les réponses, tu connais toutes les réponses, et apparemment, il s'agit d'un mal endémique chez les femmes de cette famille. Est-ce qu'aucun doute ne t'effleure jamais ?

— Si, dit-elle. Je suis rongée de doute à ton sujet, Tom. Je nourris les plus grandes inquiétudes quant aux choix de vie que tu as faits. Je n'y vois aucun fil conducteur. Pas d'ambition, pas de désir de changement, pas de prise de risque. Tu es là à te laisser flotter au fil du courant, légèrement séparé de ta femme et de tes enfants, un rien aliéné de ton travail, sans savoir ce que tu veux ni où tu désires aller.

— C'est ce qui fait de moi un Américain, Savannah, dis-je. Je ne vois pas ce qu'il y a d'extraordinaire à ça.

— Tu rentres chez toi après avoir entraîné ton équipe de football, tu te sers un verre, et tu t'installes devant ton poste de télévision jusqu'à ce que tu sois assez fatigué ou ivre pour aller te coucher, dit-elle. Tu ne lis aucun livre, tu n'as pas de conversations, tu te contentes de végéter.

— Une conversation, j'en ai une en ce moment même, dis-je. Et c'est bien ce qui fait que je déteste les conversations.

— Tu détestes te regarder dans une glace, Tom, dit Savannah en se penchant pour me pincer le bras. Tu es en plein milieu d'une vie par laquelle tu te laisses porter sans réfléchir, et bientôt tu seras complètement bouffé par elle. C'est bien ce qui me fait peur.

— Pourquoi faut-il toujours que tu obliges les gens que tu rencontres à avouer qu'ils sont soit fous, soit malheureux ? demandai-je. À croire que tu ne peux envisager d'autre réponse valide à ce monde que la folie.

— J'ai entendu dire qu'il existait des gens parfaitement sains d'esprit, mais je n'ai jamais eu l'occasion de fréquenter de près des membres de cette tribu, répondit-elle. Ils sont comme les Incas. On lit beaucoup de choses sur eux, on étudie les traces qu'ils ont laissées, mais on ne peut jamais en interroger un personnellement pour percer son mystère.

— Savannah, dis-je, ils vont tuer Luke si nous ne le trouvons pas. Et s'ils tuent Luke, je ne sais pas ce que je vais devenir.

— Alors nous allons le trouver et le ramener, dit-elle.

— Ils ont embauché des types pour le chasser comme un vulgaire gibier », dis-je.

À quoi elle répondit :

« Si j'ai peur pour quelqu'un, c'est pour eux plutôt que pour Luke. Nous savons tous les deux qu'il est capable de se débrouiller dans les bois. Les choses ont toujours tourné à l'avantage de Luke. Je crois que s'il avait subi un seul échec, il n'aurait pas pris le maquis comme il l'a fait. Si nous nous étions fait prendre pendant notre expédition de sauvetage du marsouin. Si nous n'avions pas réussi à mettre la tortue dans le lit des Newbury. Si Luke n'avait pas été capable de sortir à la nage du Nord-Vietnam en remorquant le corps de son chef. Il a toujours eu foi en sa bonne étoile et le sort lui a toujours donné raison.

— Mais ce coup est absurde, dis-je. Il n'a aucune chance d'arriver à quoi que ce soit.

— Il a au moins réussi à capter leur attention, Tom, dit-elle. Tu penses souvent à lui ?

— J'essaye de ne pas y penser, dis-je. J'essaye d'oublier Luke et d'oublier Papa. Par moments, je fais comme si ni l'un ni l'autre n'avait jamais eu la moindre part dans ma vie.

— La vieille technique maternelle, dit Savannah en riant. La vérité n'est jamais que ce dont on a décidé de se souvenir.

— J'écris à Papa une fois par semaine. J'ai l'impression d'écrire à un correspondant d'Estonie, un inconnu que je n'aurais jamais rencontré. Il m'adresse en retour de longues lettres pleines d'affection et d'intelligence. Quel lien puis-je me trouver avec un père affectionné ? Les choses se corsent encore avec un père intelligent. Nous avons presque établi une sorte d'amitié épistolaire. Pourtant, lorsque j'évoque notre enfance, toute ma tendresse et toute ma gratitude vont vers ma mère. Je déborde littéralement d'amour pour elle, mais il suffit qu'elle soit là pour que je ne la supporte pas une seconde. Cette histoire avec Luke est en train de la tuer, et je suis incapable de l'aider en quoi que ce soit.

— Pourquoi est-ce que tu en veux tellement à Luke ?

— Parce que je crois que c'est un imbécile, dis-je. Parce que je crois qu'il est furieusement égocentrique, inflexible et égoïste. Mais il y a autre chose que je ne comprends pas, Savannah. Je lui envie depuis toujours cette liberté qui lui permet de se dresser dans toute la violence de ses certitudes, armé d'une passion que je n'éprouverai ni ne connaîtrai jamais. Je suis jaloux de Luke parce qu'il est capable de mettre tout le pays sens dessus dessous, par ce bonheur froid et impalpable qu'il apporte à chacun des foutus articles de la foi toute simple qui est la sienne. La raison pour laquelle je dois à tout prix l'arrêter, Savannah, c'est que tout au fond de moi, je crois à la justesse de la guerre personnelle qu'il mène contre le monde. Et j'y crois si profondément que son militantisme m'est un constant rappel de tous mes propres reniements. J'ai été laminé par les traites à payer, l'enseignement, les enfants, une femme dont les rêves et les ambitions dépassent largement les miens. Je vis ma vie dans un cocon où je regarde le journal télévisé de sept heures en faisant mes mots croisés quotidiens, pendant que mon frère mange du poisson cru et mène une guerre de résistance contre une armée d'occupation qui nous a volé notre seule patrie. Je me répète que je ne suis ni un fanatique ni un saboteur. Que je suis un bon citoyen. Que j'ai des devoirs et des responsabilités. Mais Luke m'a prouvé au moins une chose. Je ne suis pas un homme de principes, je ne suis pas un homme de foi, je ne suis pas un homme d'action. Et j'ai l'âme d'un collaborateur. L'âme qui a permis au gouvernement français de Vichy d'exister. Je suis devenu très exactement le genre d'homme que je hais plus que tout au monde. J'ai une pelouse bien tenue et je n'ai jamais eu d'amende pour excès de vitesse.

— Pour moi, Luke est une version moderne de Don Quichotte, dit Savannah. Il faut que j'écrive un long poème sur ce sujet.

— Je suis certain qu'il voit les choses de la même façon, dis-je. Mais je ne comprends pas en quoi cela a pu lui être utile, à lui ni à qui que ce soit. Quatre hommes sont morts à cause de Luke, et malgré tous mes efforts de rationalisation, le meurtre n'est décidément pas mon fort.

— Il n'a pas commis de meurtre sur ces hommes, dit-elle. C'était un accident.

— Tu irais l'expliquer à leur femme et à leurs gosses ? demandai-je.

— Tu fais du sentimentalisme, Tom, dit Savannah.

— Je suppose que leur femme et leurs gosses sont dans le même cas, dis-je.

— Luke n'est pas un assassin, me lança Savannah.

— Et merde, dis-moi comment tu appelles ça, Savannah.

— Luke est un artiste et un être totalement libre, répondit-elle. Deux choses que tu ne comprendras jamais. »

Nous avions attendu une nuit tranquille, éclairée par une lune qui nous aidât à naviguer. Au port de Charleston, lorsque nous embarquâmes pour Colleton, Sallie nous embrassa tous les deux, Savannah et moi, en nous souhaitant bonne chance.

« Ramenez Luke sain et sauf, dit Sallie. Dites-lui qu'il y a beaucoup de gens qui l'aiment et que les petites ont besoin d'un oncle.

— Promis, Sallie, dis-je en la serrant dans mes bras. Je ne sais pas combien de temps nous serons partis.

— Nous avons tout l'été devant nous, répondit-elle. Ma mère arrive demain pour s'occuper des petites. Lila doit les emmener à l'île Pawley le mois prochain. Pendant ce temps-là, je me crèverai la paillasse à sauver des vies et soigner l'humanité.

— Dis une petite prière pour nous, Sallie, recommanda Savannah tandis que je mettais le moteur en route et engageais le bateau dans l'Ashley. Dis-en une aussi pour Luke.

— Je croyais que tu ne croyais pas en Dieu, dis-je à Savannah comme nous dépassions doucement le poste de garde côtière à l'extrémité de la péninsule de Charleston.

— Je n'y crois pas, répondit Savannah, mais je crois en Luke et lui croit en Dieu, et puis je crois toujours en Dieu quand j'ai vraiment besoin de lui.

— Une foi très circonstancielle, dis-je.

— T'as tout compris, mon grand, répliqua-t-elle gaiement. Tu ne trouves pas ça merveilleux, Tom ? Nous voilà lancés dans une nouvelle aventure ensemble. Exactement comme le jour où nous sommes partis à Miami sauver le marsouin blanc. Nous allons trouver Luke. Je le sens. Je le sens dans mes os. Regarde en l'air, Tom. »

Je levai les yeux vers le point qu'elle indiquait dans le ciel et dis :
« Orion, le chasseur.

— Non, répondit-elle. Il faut que je t'enseigne à penser en poète, Tom. Ceci est le reflet de Luke qui se cache dans les basses terres.

— Savannah, je risque de dégueuler si tu persistes à parler de Luke comme du sujet de tes poèmes à venir, dis-je. Nous ne sommes pas en pleine poésie. Il s'agit d'une expédition – notre dernière chance de sauver notre frère.

— Une odyssée, alors, dit-elle pour me taquiner.

— Il y a une certaine différence entre l'art et la vie, Savannah, dis-je tandis que nous traversions le port de Charleston.

— Erreur, dit-elle. C'est un point sur lequel tu t'es toujours trompé. »

Je pilotai le bateau et nous dépassâmes les lumières du mont Pleasant, les ombres solitaires de Fort Sumter, les lumières de ma maison sur l'île Sullivans, les phares et le ronronnement du moteur du remorqueur se rendant à son rendez-vous avec un cargo du Panama. Et comme je lançais le bateau dans les brisants, avec l'île James à tribord, le clair de lune irisait les pompons des graminacées sur les dunes dessinées par les marées. Les vagues, incrustées de phosphore et de plancton, se rompaient doucement contre la proue. La mer clapotait et l'air était bizarre comme du lait. L'odeur brute de l'accouchement montait des marécages tandis que nous approchions de la mer sans vent. Abandonnant la monotonie d'îles successives, nous pénétrâmes dans la douceur d'un Atlantique criblé d'étoiles, avec la lune qui reposait contre les eaux dans son étole de brillante hermine.

Je mis le cap droit sur le Gulf Stream, est toute, vers les Bermudes, vers l'Afrique, et les lumières de Caroline du Sud disparurent dans notre dos. Puis je virai plein sud et filai vers le pays de ma naissance, non sans prier pour que me soit donné le pouvoir de délivrer mon frère de la tyrannie d'une vision absolutiste. Que je sache lui enseigner l'art du compromis et de la génuflexion devant l'autorité supérieure. Que je parvienne à lui apprendre à ne plus être Luke, que je parvienne à le domestiquer, faire qu'il ressemble davantage à Tom.

Savannah et moi nous tenions la main dans le bateau qui nous emmenait vers Colleton et le vent souleva les cheveux de ma sœur dont il fit une sorte de voile. Pendant deux heures, je surveillai les étoiles et le compas, jusqu'au moment où je reconnus le clignotement vert de la balise signalant l'entrée dans les eaux du Colleton. Ainsi pénétrâmes-nous de façon illicite dans les eaux interdites qui furent les témoins de notre premier souffle pendant l'ouragan de 1944.

Il était juste minuit passé et la marée était basse lorsque nous jetâmes l'ancre, côté sous le vent de l'île Kenesaw, en attendant le changement de marée. Nous calculâmes qu'il nous faudrait un montant d'au moins deux pieds pour espérer approcher l'île aux Poules d'Eau. Et lorsque la marée eut effectivement tourné, nous sentîmes que le bateau tirait contre l'ancre. À trois heures du matin, je mis le moteur en route et nous commençâmes à écumer doucement les cours d'eau les plus obscurs du comté. Le bourdonnement du bateau résonnait comme une rupture obscène du silence complet qui nous entourait. Il nous fallut une heure pour atteindre la grande bande marécageuse qui cachait en secret l'île aux Poules d'Eau. J'essayai trois minuscules cours d'eau qui se terminaient en cul-de-sac. Il me fallut chaque fois retourner au fleuve pour vérifier ma position et repartir sur une autre voie. Nous suivîmes encore deux menus rubans d'eau qui nous firent circuler dans les marécages avec un résultat analogue. Tandis que nous avancions ainsi en contrebas des terres de marais, la spartine élevait à notre droite ainsi qu'à notre gauche un mur herbeux impénétrable qui nous rendait impossible toute tentative d'orientation. Ce fut seulement à la pleine mer, et comme le soleil se levait à l'est, alors que nous touchions le fond du désespoir, que nous empruntâmes un cours d'eau que je pensais avoir déjà parcouru et qui nous échoua pratiquement sur l'île que nous recherchions.

Comme je soulevais le moteur pour le sortir de l'eau, Savannah sauta sur la proue du bateau avant de mettre pied sur la terre ferme. J'en avais juste fini avec la mise à sec du moteur quand j'entendis Savannah dire dans l'obscurité, derrière moi :

« Il est venu, Tom. Dieu soit loué, il est passé par ici.

— Il faut que nous cachions le bateau, Savannah, dis-je. Il n'est pas question de les laisser nous repérer en avion.

— Il nous a facilité la tâche », répondit-elle.

Sous le chêne rabougri par le vent et les palmiers serrés les uns contre les autres, Savannah se tenait debout au centre de la base opérationnelle de Luke. Il avait installé des filets de camouflage dans les arbres et, sous ces filets, monté une grande tente imperméable. Nous y trouvâmes des caisses de dynamite recouvertes d'une bâche cirée, ainsi que plusieurs bidons d'essence. Il y avait également des fusils, des boîtes de munitions et des conserves de bisque de crabe fabriquées par la Blue Channel Corporation. Il y avait encore un petit voilier et un autre petit bateau équipé d'un moteur huit chevaux. Savannah trouva trente et un bidons de quatre litres remplis d'eau douce.

Luke avait réparé la petite cabane de pêcheur construite par mon père. Il avait refait le toit, remplacé les lattes de parquet pourries. Son duvet se trouvait dans un coin, le centre de la pièce étant occupé par une chaise et une table. Une bouteille à moitié vide de Wild Turkey était restée sur la table, à côté du couvert dressé pour une personne. À droite de l'assiette, était posé l'exemplaire de *La Fille du Pêcheur de Crevettes* dédicacé à Luke.

« Luke a toujours eu un excellent goût littéraire, dit Savannah.

— Je m'étonne qu'il ne soit pas en train de lire le *Petit Livre Rouge* du Président Mao, dis-je.

— Il n'a pas besoin, dit-elle. Il le vit dans la réalité. »

Nous déchargeâmes rapidement le bateau avant de le tirer sous la tente camouflée. L'aube s'avançait dans les marais en volutes d'or. La marée montait toujours, gommant sur le sol meuble la cicatrice laissée par la quille du bateau. Nous installâmes nos propres duvets à côté de celui de Luke et je nous fis un peu de café sur un réchaud Coleman, alors que le soleil était tout à fait levé.

« Il n'est pas passé par ici depuis un bon moment, dis-je.

— Où serais-tu allé chercher, s'il n'avait pas été ici ? demanda Savannah.

— Je ne sais pas, répondis-je. Apparemment il n'y avait pas d'autre endroit possible. Colleton n'est pas un cadeau pour mener une guérilla. Il est trop facile de se laisser coincer sur une de ces îles.

— Il a l'air de se débrouiller très bien, dit-elle.

— Le type du FBI, Covington, m'a dit qu'ils ont bien cru l'avoir attrapé la semaine dernière. Ils l'avaient coincé juste au-dessus de l'endroit où se trouvait la ville, et ils ont mis cent hommes plus six chiens pour tenter de le débusquer.

— Comment a-t-il fait pour s'en tirer ? demanda-t-elle.

— Il faisait nuit. Il ne fait jamais un geste, pas même un pet, avant le coucher du soleil. D'après Covington, ils ont manqué de rapidité. Il pense que Luke a réussi à gagner les marais à la nage, qu'il a rampé jusqu'au fleuve, et qu'il s'est laissé porter par la marée. Ils avaient disposé des bateaux sur le fleuve, mais il est passé au travers des mailles du filet.

— Tant mieux. J'ai un faible pour les films où c'est le gentil qui gagne, dit-elle.

— Sauf qu'on bataille un peu pour savoir de quel côté sont les gentils, dis-je. Il a lancé un bâton de dynamite dans l'obscurité quand il a eu le sentiment qu'ils se rapprochaient trop. Ça a troublé les chiens et rendu ses poursuivants un peu nerveux.

— Il a blessé quelqu'un ? demanda-t-elle.

— Il a transformé un cotonnier en cure-dents mais, par miracle, personne n'a été blessé, dis-je.

— Que vas-tu dire à Luke quand il viendra, Tom ? demanda-t-elle en prenant la tasse de café que je lui tendais. Vu que tu sais qu'il croit en ce qu'il fait, de même que tu sais qu'il croit faire ce qui est moralement juste et correct, et c'est pour lui la seule chose qui importe, que vas-tu lui raconter pour l'amener à renoncer au combat ?

— Je vais lui décrire avec un luxe de détails le terrible chagrin qui sera le nôtre, à toi et à moi, le jour de son enterrement. Je vais lui parler de la femme qu'il n'a pas encore rencontrée, des enfants qu'il n'aura pas et de la vie à laquelle il renonce s'il persiste dans ses conneries à la noix, dis-je.

— Luke n'a jamais eu la moindre petite amie, dit Savannah. Je vois mal comment ce couplet sur l'épouse, le coin du feu, les pantoufles et les chères têtes blondes pourrait le convaincre de sortir de ces bois. Pour certains d'entre nous, Tom, la vie de petit-bourgeois américain est un arrêt de mort.

557

— Tu veux dire que ma vie est un arrêt de mort par exemple, Savannah ? dis-je.

— Pour moi, oui, Tom, dit-elle. Et je crois que ce serait également vrai pour Luke. Écoute, je ne cherche pas à te blesser en quoi...

— Dieu soit loué, Savannah, dis-je. Je n'imagine même pas la brutalité de tes propos si d'aventure tu envisageais de te montrer blessante. Mais nous autres, Américains endurant notre arrêt de mort de petits-bourgeois, nous sommes tellement abrutis et anesthésiés que nous survivons à tout, nous avons la peau assez dure pour ne pas être faciles à blesser.

— On est susceptible, on dirait, dit-elle.

— Je me réserve le droit d'être susceptible lorsque quelqu'un me traite de mort-vivant, dis-je.

— Ce n'est pas ma faute à moi si tu n'es pas satisfait de la vie que tu mènes, dit-elle.

— C'est ta condescendance que je trouve difficile à supporter, Savannah, dis-je. Cet air enrageant de supériorité que tu arbores dès que tu évoques les divers choix que nous avons faits. C'est le syndrome new-yorkais que tu as dû attraper à force de te congratuler avec tous les autres joyeux émigrants de petites villes qui ont fait le chemin jusqu'à Manhattan.

— Je dois être franche avec toi, dit-elle. Les Sudistes les plus formidables et les plus brillants que je connaisse se sont tous retrouvés à New York. Le Sud exige trop de renoncement à ce que l'on est vraiment pour envisager d'y vivre.

— C'est un sujet dont je ne veux pas parler, dis-je.

— Évidemment, Tom, répondit-elle. Il doit s'agir d'un sujet très douloureux pour toi.

— Pas du tout, rétorquai-je aussitôt. C'est simplement que je ne supporte pas ton aura d'autosatisfaction. C'est un sujet sur lequel tu dis un maximum de conneries, et en plus je te trouve un peu sadique.

— Moi, sadique ? Comment ?

— Tu prends plaisir à me dire que je suis en train de gâcher ma vie, dis-je.

— Je n'y prends aucun plaisir, Tom, dit-elle sereinement. Ça me fait beaucoup de peine de le dire. Je veux seulement que Luke et toi vous preniez tout ce que le monde a à offrir, que vous soyez ouverts à tout, que vous ne les laissiez pas vous voler votre âme et faire de vous des Sudistes.

— Tu vois ce soleil, Savannah ? dis-je en désignant du doigt l'autre bout du marais. Eh bien c'est un soleil de Caroline, un soleil qui nous a rôtis tous les trois, et tu peux bien vivre aussi longtemps que tu voudras à New York, je m'en moque, ce truc-là ne partira jamais.

— Nous avons changé de sujet maintenant, dit Savannah. J'ai peur que le Sud finisse par pomper tout ce qu'il y a de rare en toi. J'ai peur surtout qu'il nous tue Luke parce que Luke s'est laissé séduire par une vision du Sud comme paradis fatal.

— Quand Luke sera là, Savannah, dis-je, aide-moi à le convaincre de repartir avec nous, s'il te plaît. Ne le laisse pas t'embobiner et te faire partager son point de vue. Il défend une cause superbe, romantique en diable. Luke est un fanatique fantastique. Il est littéralement illuminé par cette foutue flamme romantique qui brûle en lui, ses yeux pétillent et il refuse d'entendre les arguments contradictoires. Le poète que tu es ne peut qu'adorer le guérillero incarné par Luke.

— Je suis venue pour t'aider, Tom, dit-elle. Je suis venue faire en sorte que Luke rentre à la maison.

— Il va te dire que justement, il est à la maison, *chez lui*, dis-je.

— Et c'est un argument massue, n'est-ce pas, Tom ? dit Savannah en prenant la cafetière.

— Tu l'as dit, Savannah, admis-je.

— Je renonce à mon personnage de New-Yorkaise qui critique tout, dit-elle. C'est juré.

— Moi, je ne jouerai plus les péquenots de choc, dis-je. C'est aussi juré. »

Après une grande poignée de main, nous entamâmes la longue attente de Luke.

Pendant une semaine, Savannah et moi vécûmes seuls, au beau milieu du vaste marécage. Nous passâmes le temps à reconstituer ces liens ténus et fragiles qui sont à la fois le mystère et le bonheur d'affronter le monde en jumeaux. Le jour, nous nous tenions cachés à l'intérieur de la cabane, et les heures s'écoulaient au rythme des histoires de notre vie, notre vie comme famille, inlassablement rabâchées. Nous reprenions toutes les anecdotes de notre petite enfance, celles dont nous avions gardé le souvenir, et nous tentions de faire la part des dégâts et des atouts, dans notre vie adulte, d'une éducation reçue sous le toit de Henry et Lila Wingo. Notre vie dans la maison au bord du fleuve avait été dangereuse et nocive, pourtant, nous nous accordions à lui trouver des aspects merveilleux. Elle avait en tout cas donné des enfants extraordinaires et vaguement étranges. Notre maison avait été un terreau pour la folie, la poésie, le courage, et une loyauté à toute épreuve. Notre enfance avait été dure, mais constamment passionnante. Malgré toutes les accusations terribles que nous pouvions porter contre l'un et l'autre de nos parents, ce qui les rendait différents des autres nous avait vacciné l'âme contre les ravages de l'ennui et de la morosité. À notre propre surprise, Savannah et moi étions prêts à dire que nous avions eu les pires des parents, mais que nous n'en aurions pas voulu d'autres. Sur l'île aux Poules d'Eau, tandis que nous attendions Luke, je pense que nous avons commencé à pardonner à nos parents d'être exactement ce qu'ils étaient voués à être. Nos bavardages débutaient par des souvenirs de brutalité ou de vilenie, et nous terminions toujours par des protestations inlassables d'amour compliqué, mais authentique, pour Henry et Lila. Enfin, nous étions assez vieux pour leur pardonner de n'être pas nés parfaits.

À la tombée du soir, Savannah et moi allions à tour de rôle jeter les filets dans la marée montante. Je la regardais faire, je voyais l'ombre circulaire du filet se déployer en cercle parfait, j'entendais le clapotis des eaux remuées comme par le plongeon d'un grand poisson invisible. Les crevettes frétillaient par milliers à la surface. Nous en pêchions plus que nous n'en pouvions manger. Je préparais des repas fabuleux que nous dégustions avec un plaisir infini. Je pris un jour un bar de cinq kilos que je fis griller doucement sur un lit de braises après l'avoir farci de crevettes et de chair de crabe. Pour le petit déjeuner, je faisais cuire des crevettes dans du saindoux et je les servais avec une sauce tomate sur du gruau de maïs.

Avant de nous coucher, nous restions assis sous les étoiles à boire du vin français, et Savannah déclamait de mémoire tous les poèmes qu'elle avait pu écrire. La plupart étaient des chants d'amour aux basses terres, et elle faisait honneur à notre langue, avec ces mots qui s'envolaient au-dessus des marais comme des papillons aux ailes d'argent, et se nourrissaient, étourdis, des mystérieux nectars sécrétés par le temps, la lumière des étoiles, les vents de l'Atlantique. Quand elle écrivait ses poèmes sur les Carolines, Savannah donnait aux mots une autorité immédiate en nommant correctement les choses. Sa poésie était parcourue de tangaras et autres gros-becs, et point seulement d'oiseaux. De cette terre, elle avait gardé un vaste trésor de mots précis où elle puisait pour son travail. Elle glorifiait le plaisant talent de mimétisme des macroglosses, exprimait son affection pour la virtuosité du merle moqueur, elle était capable de nommer toutes les formes de vie marine qu'un filet de crevettier pouvait drainer dans un chenal et elle connaissait trente variétés distinctes de roses et d'œillets. Sa familiarité avec les basses terres était innée et manifeste. Elle lui était aussi naturelle que des cheveux décolorés par le soleil à ceux qui passent leur vie sur une plage. Dans sa poésie, elle lançait des roses dans le flot brûlant de notre histoire partagée. Et quand les roses venaient à manquer, elle sollicitait les anges fous de ses cauchemars pour chanter les couteaux et les vulnérables veines bleues de ses poignets. Comme il en allait de tous les grands poètes féminins de notre siècle, l'impérissable beauté de son art se nourrissait de ses propres blessures et déchirements.

Assise dans l'obscurité, elle me disait certains de ses poèmes avec des larmes plein les yeux.

« Ne récite pas ceux qui te rendent triste, Savannah, disais-je en lui prenant la main.

— Ce sont les seuls qui valent quelque chose, répondait-elle.

— Tu devrais écrire des poèmes sur des sujets totalement merveilleux, des poèmes qui apporteraient joie et bonheur au monde entier, lui conseillai-je un soir.

— Je suis en train d'écrire des poèmes sur New York, dit-elle.

— Voilà de quoi susciter un véritable optimisme, dis-je.

— On arrête de jouer au péquenot, protesta-t-elle. Tu avais promis. Est-ce parce que j'adore New York que tu la détestes autant ?

— Je ne sais pas, Savannah, dis-je en écoutant le chant des cigales se parler d'île en île. J'ai grandi dans une ville de six mille habitants sans réussir à être le citoyen le plus intéressant de la ville. Je n'étais même pas la personne la plus intéressante au sein de ma propre famille. Je n'ai pas été préparé à une cité de huit millions d'habitants. Là-bas, quand je rentre dans une cabine téléphonique, il m'arrive de tomber sur une standardiste qui a plus de personnalité que moi. Je n'aime pas les villes qui me grognent : "Allez, bouge-toi le cul, Wingo", alors que je suis seulement sorti m'acheter un sandwich. Là-bas, il y a trop de trop pour moi, Savannah. Je crois que je peux me faire à tout, sauf au gigantisme, à la démesure. Ce qui ne veut pas dire que je sois une nullité.

— Mais c'est tellement symptomatique du provincial comme réaction, dit-elle. C'est ça qui me chagrine. Tu n'as jamais été un être prévisible.

— Inexact, ma chère sœur, dis-je. Rappelle-toi nos racines communes, je te prie. Notre père est un cliché sudiste. Notre mère est un cliché sudiste qui élève le cliché au rang du génie ou de la parodie. Luke est un cliché sudiste. Enfin, merde, Luke a fait sécession avec l'Union, non ? Moi, je suis encore un parfait cliché. Dans le Sud, on ne cultive pas les idées, mais les barbecues. Je suis définitivement embourbé dans l'argile rouge, mais je peux bouffer tous les barbecues du monde. Toi, tu as les ailes, Savannah. Et te voir embrasser le foutu ciel aura été un des plaisirs de la vie.

— Mais à quel prix, Tom ? dit-elle.

— Pense au prix que tu aurais dû payer si tu étais restée à Colleton, dis-je.

— Je serais morte, dit-elle. Le Sud tue les femmes de mon espèce.

— C'est bien pour cela qu'on vous expédie à Manhattan, les minettes, dis-je. Ça fait moins de frais d'enterrement.

— Le premier poème du cycle new-yorkais s'intitule : "Étude : She-ridan Square" », annonça-t-elle, et sa voix lança de nouveaux anapestes dans la nuit.

Pendant la journée, nous nous tenions à couvert, et Savannah passait son temps à noircir son journal intime. Elle notait toutes les histoires que je racontais au sujet de notre enfance, et ce fut à cette époque que je pris conscience de gigantesques et irréparables trous dans les souvenirs qu'elle avait de notre enfance à Colleton. Le refoulement était à la fois le motif central et le fardeau de sa vie. Sa folie exerçait une censure sauvage ; non seulement elle ruinait la qualité de sa vie quotidienne à New York, mais elle gommait aussi le passé qu'elle remplaçait par les blancs sourds de l'oubli. Ses journaux conservaient donc les éléments de sa vie. Elle y consignait des faits bruts et rien d'autre. Ils lui servaient de lucarnes roses sur le passé. Tenir son journal n'était qu'une technique supplémentaire inventée par Savannah pour sauver sa vie.

Chaque Noël depuis que j'avais quitté le lycée, Savannah m'avait envoyé un de ces très beaux carnets reliés de cuir qu'elle-même utilisait pour tenir son journal, et elle m'avait incité à y noter les détails de ma vie quotidienne. Les jolies reliures brunes occupaient une étagère entière

561

au-dessus de mon bureau, chez moi, et leur seule originalité était que je n'y avais jamais consigné le moindre fait, ni noté une pensée fugitive. Dans le livre de ma vie, pour des raisons qui me demeuraient obscures, je n'avais jamais rompu le serment du silence. J'avais donc une étagère entière de journaux accusateurs qui ne révélaient rien du tout de mon existence intérieure. J'étais doué pour l'autocritique, mais je voyais dans ce don la plus impardonnable des vanités émaillant la litanie de mes défauts. Sachant que je pouvais tenir le compte allègre de mes erreurs à longueur de journée ne diminuait en rien le fait que je ne pourrais jamais gommer cette note particulière de complaisance que j'apporterais à la tâche. Je me dis donc que je n'écrirais dans mon journal que lorsque j'aurais quelque chose d'original et d'intéressant à exprimer. Je ne souhaitais pas être le piètre biographe de mes propres échecs. Je voulais être porteur d'un message. Ces volumes vierges constituaient une éloquente métaphore de ma vie d'homme. Je vivais avec la redoutable certitude qu'un jour je serais un vieillard qui attend encore que la vraie vie commence. Déjà, je plaignais ce vieil homme.

Le soir de notre sixième jour sur l'île, nous nous baignâmes dans le cours d'eau, vers minuit, à la fin du montant. Nous nageâmes entre les herbes du marécage, nous savonnâmes nos corps nus, nous laissâmes le courant filer dans nos cheveux. L'eau était brillante, gouvernée par la lune. À voix haute, nous nous demandâmes pendant combien de temps encore nous pourrions attendre Luke sans retourner à Charleston faire des provisions. Nous nous séchâmes dans la cabane, et puis nous nous servîmes un cognac avant de nous coucher. Savannah aspergea la pièce d'insecticide et je lui tendis le flacon de citronnelle après m'en être enduit le corps. Les moustiques avaient empêché notre séjour de ressembler à des grandes vacances. Le sang que nous donnâmes aux moustiques, cette semaine-là, aurait suffi à satisfaire les demandes d'une petite antenne de la Croix-Rouge. Savannah décréta que ce monde serait beaucoup plus agréable si les moustiques étaient aussi succulents que les crevettes et pouvaient se ramasser dans un filet traîné par un bateau. Un vent frais se levait à l'ouest comme nous nous couchions.

Je m'éveillai avec un canon de fusil pointé sur la gorge. Puis je fus aveuglé par une torche électrique tandis que je me dressais dans mon sac de couchage.

Et j'entendis le rire de Luke.

« Che Guevara, je suppose, dis-je.

— Luke ! » s'écria Savannah, et ils se battirent avec les ténèbres pour se trouver l'un l'autre.

Leurs deux silhouettes s'enlacèrent au clair de lune et ils valsèrent sur le plancher de la cabane non sans expédier la chaise contre un mur au passage.

« Je suis drôlement content de ne pas vous avoir tués, tous les deux, cria Luke. Vous m'avez surpris.

— Nous sommes également ravis que tu ne nous aies pas tués, Luke, dit Savannah.

— Nous tuer ! dis-je. Ça alors ! Et pourquoi diable te serait-il venu à l'idée de nous tuer ?

— Le jour où ils trouvent cet endroit, petit frère, répondit-il, je suis fait comme un rat. Je n'ai même pas pensé que deux rigolos comme vous se souviendraient de ce coin.

— Nous sommes venus pour te persuader de rentrer avec nous, Luke, dit Savannah.

— Même toi et tes belles paroles, vous n'y suffirez pas, mon chou », dit Luke.

Nous sortîmes sous les étoiles et le regardâmes tirer son kayak sous la tente. Savannah avait pris la bouteille de Wild Turkey et elle lui en servit une grande rasade tandis que nous nous installions sur le petit perron, humant le vent venu des marais. Pendant dix minutes, aucun de nous ne prononça une seule parole, le temps pour chacun d'affûter ses arguments et ses déclarations d'amour aux deux autres. Je voulais trouver les paroles qui sauveraient la vie de mon frère, mais je n'étais pas certain des mots à employer. Ma langue était lourde comme une pierre dans ma bouche. J'avais la tête pleine d'affirmations, d'exigences absolues et de remarques féroces qui se bousculaient, hors de mon contrôle. Tous les préludes silencieux étaient dangereux et électriques.

« Tu as l'air en forme, Luke, dit enfin Savannah. La révolution semble te réussir. »

Rire de Luke qui répondit :

« Je ne suis pas un très bon révolutionnaire. Vous avez devant vous tous les effectifs de l'armée de révolution. Il faudrait que je travaille un peu le recrutement.

— Qu'essayes-tu de prouver, Luke ? demandai-je.

— Je n'en sais rien, Tom, répondit-il. Je crois que je voudrais prouver qu'il reste encore sur cette terre un être humain qui ne soit pas un mouton. C'est comme ça que tout a commencé en tout cas. J'étais tellement furieux contre Maman, contre la ville, contre le gouvernement, que je me suis embringué dans un processus sans en voir vraiment l'issue. Une fois que j'ai eu fait sauter les ponts et que les types ont été tués dans le train, j'avais passé le point de non-retour. À présent je passe le plus clair de mon temps à me cacher.

— As-tu envisagé d'abandonner ? demanda Savannah.

— Non, répondit-il. Il faut qu'ils sachent que leur plan a suscité une opposition loyale. Je ne regrette rien de ce que j'ai fait, sauf la mort de ces hommes. J'aurais seulement voulu être plus efficace.

— Ils ont lâché des gars qui sont à ta recherche dans toutes les îles du secteur, dis-je.

— Je les ai vus, dit-il.

— Paraît qu'ils sont costauds, dis-je. Il y a deux ex-Bérets Verts qui bouffent du lion tous les matins au petit déjeuner avant de te donner la chasse dans les bois.

— Ils ne connaissent pas le terrain, dit-il. Ça ne leur facilite pas la tâche. J'ai bien pensé à jouer au chasseur à mon tour et les tuer, mais je n'ai rien contre eux.

— Tu n'as rien contre des types qui sont payés pour te descendre ? dit Savannah.

— Ils ne font que leur métier, répondit-il. De même que le mien consistait à pêcher la crevette. Comment ça va, Papa et Maman ?

— Papa fabrique des plaques d'immatriculation pour payer sa dette envers la société, dis-je. Maman est un peu gênée, quand elle va à la poste, de trouver la photo de son fils aîné placardée parmi les avis de recherche, mais elle s'appelle Newbury, maintenant, elle pète dans la soie, et son haleine a toujours un vague relent de caviar.

— Ils sont tous les deux morts d'inquiétude pour toi, dit Savannah. Ils veulent que tu renonces et que tu rentres avec nous.

— Tout était parfaitement clair dans ma tête quand je me suis lancé dans ce truc, dit-il. Je pensais que mon attitude était l'attitude juste. Je pensais que c'était la seule réaction saine à avoir. J'ai agi selon ma nature. Je trouve difficile d'admettre que je me serais conduit comme un parfait crétin. Est-ce que vous savez que j'ai volé assez de dynamite sur cette île pour faire sauter la moitié de Charleston ? Mais aujourd'hui je ne peux même plus m'approcher suffisamment de leur foutu site pour faire sauter la gamelle d'un ouvrier du chantier. Ils ont failli me choper, les trois dernières fois que je m'y suis risqué. J'ai fait sauter un chenil plein de chiens policiers il y a un mois.

— Bon Dieu ! dis-je. Fini le style gendre idéal, hein, Luke ?

— Les chiens sont une sérieuse menace, Tom, dit-il. Ils me traquent avec des chiens.

— Tu as tous les défenseurs de l'environnement avec toi, dit Savannah. Ils n'approuvent pas la stratégie que tu as choisie, mais ils reconnaissent tous que c'est ton action qui les a mobilisés.

— Tous les membres du Club Sierra et de l'Audubon Society portent des brassards verts quand ils se réunissent, dis-je.

— Ta-ra-ta-ta, répondit-il. J'ai étudié la question de près. Je sais que vous êtes tous les deux persuadés que je n'ai jamais ouvert un traître livre de toute ma vie, mais je me suis livré à une étude approfondie du problème. Chaque fois que les intérêts du fric vont à l'encontre de ceux de l'environnement, c'est le fric qui l'emporte. Il s'agit d'une loi américaine, comme le droit de se réunir librement. Il y a un type qui va se faire des millions de dollars en fabriquant du plutonium dans ce comté, et c'est le seul argument qui tienne. Un autre type va se faire des millions de dollars en transformant ce plutonium en armes nucléaires. Vous savez tous les deux que la seule pensée de ces armes m'est insupportable. C'est contraire à moi. Pour moi, tous les politiciens, tous les généraux, tous les soldats et tous les civils qui fabriquent ces armes ne sont pas des êtres humains. Je me moque qu'on soit d'accord ou pas avec moi. Je suis fait comme ça, point final. Je parle en ce moment de la seule part de moi qui m'importe vraiment. Qu'ils vendent Colleton est une chose. Ça, j'aurais pu m'y faire. Vraiment. Si ça permettait de créer six mille emplois et de faire que les gens cultivent des tomates, des huîtres, ou des gardénias. Diable, j'aurais fait ce sacrifice. Si ç'avait été pour construire une aciérie ou une usine de produits chimiques, je n'aurais pas apprécié, mais j'aurais encore réussi à m'y faire. Mais profaner la mémoire de Colleton pour du plutonium. Désolé. Là, je ne marche plus.

— La plupart des gens te prennent pour un fou, Luke, dis-je. Ils pensent que tu es un meurtrier et un dément.

— J'ai d'horribles migraines, Tom, dit-il. C'est ma seule maladie.

— Moi aussi, j'ai des migraines, dis-je. Mais je n'ai pas tué quatre personnes.

— Ça ne faisait pas partie de mon plan, dit-il. Ce train n'était pas annoncé.

— Tu es quand même recherché pour meurtre, dis-je.

— Ils construisent des bombes à hydrogène, et ils me traitent de meurtrier, dit-il en avalant une longue rasade de bourbon. Tom, Savannah, ce monde est pourri.

— C'est pas ton boulot d'empêcher le monde de construire des bombes à hydrogène, dit Savannah.

— C'est le travail à qui, Savannah ? demanda-t-il.

— C'est toute ton analyse qui est simpliste, dis-je.

— Alors apprends-moi la complexité, répondit-il. Ce que je fais n'a pas grand sens à mes yeux, Tom. Mais ce que vous faites, toi et les autres, n'a aucun sens du tout.

— D'où te vient cet étonnant sens moral ? demandai-je. Pourquoi ne s'exprimait-il pas pendant la guerre du Vietnam, lorsque tu participais allégrement à des commandos de destruction et que tu étais furieux contre Savannah et moi parce que nous participions à des manifestations pacifiques ?

— Ils nous racontaient qu'on se battait pour que les Vietnamiens puissent être libres. Pour moi, c'était plutôt une bonne idée. Je n'avais rien à redire. Je ne savais pas que je me battais pour qu'à mon retour ils me volent ma maison.

— Pourquoi ne pas t'être contenté d'une manifestation non-violente contre le Plan Colleton ? demanda Savannah.

— Je me suis dit que cette méthode risquait davantage d'attirer leur attention, Savannah, dit-il. Je me suis dit également qu'elle serait plus efficace. Et puis j'ai cru que je serais assez fort pour virer tous ces salauds du comté. Je les ai sous-estimés, et je me suis surestimé. J'ai même pas réussi à leur mettre vraiment des bâtons dans les roues.

— Faire sauter les ponts leur en a foutu de sacrés, tu veux dire, dis-je. Ça au moins, je peux te le jurer, mon pote. Tu auras détourné un convoi de camions au cours de ta carrière.

— Vous ne comprenez rien, dit-il. J'ai cru que je pourrais flanquer en l'air toute leur opération.

— Comment ? demanda Savannah.

— Parce que je le voyais, répondit-il. Je voyais vraiment tout dans ma tête. Depuis que je suis né, si je réussis à voir quelque chose dans ma tête, cette chose, j'arrive ensuite à la réaliser. Avant de partir sauver le marsouin blanc, j'avais fait cent fois le voyage dans ma tête. Quand on s'est retrouvés là-bas, à Miami, je n'ai pas une seule fois été pris par surprise.

— Moi, j'ai été surprise, d'un bout à l'autre de l'aventure, dit Savannah. Je n'arrivais pas à croire que c'était moi qui remontais l'autoroute qui longe la côte, juchée sur un marsouin.

— Je croyais que je flanquerais une telle trouille aux ouvriers du chantier qu'ils n'oseraient plus mettre les pieds dans Colleton, dit Luke.

— Tu as réussi, dis-je. Ils sont morts de frousse, mais ils ont une famille à nourrir.

— Les choses sont plus faciles quand je suis seul, ici, sourit-il. J'arrive à me persuader de n'importe quoi. Vous vous souvenez, tous les deux, quand Maman nous lisait le *Journal* d'Anne Frank, alors que nous étions tout mômes ?

— Elle n'aurait jamais dû nous lire ce livre, dis-je. Savannah a fait des cauchemars avec des nazis qui enfonçaient la porte de chez nous pendant des années, après.

— Tu te souviens du jour où Savannah nous a traînés chez Mme Regenstein, après la lecture de ce livre ? demanda-t-il.

— Moi, je ne me souviens plus de rien, Luke, dit Savannah.

— Moi non plus, dis-je. Nous étions très jeunes quand Maman nous a lu ce livre.

— Mme Regenstein était une réfugiée d'Allemagne qui vivait avec Aaron Greenberg et sa famille. Elle avait perdu tous les siens en camp de concentration.

— Elle nous a montré son tatouage, dis-je, me souvenant.

— Non, Tom, pas un tatouage, dit Luke. Elle nous a montré le numéro qu'ils lui avaient mis sur l'avant-bras, au camp de concentration.

— Pourquoi cette histoire, Luke ? demandai-je.

— Pour rien, dit-il. C'est la première fois que j'ai pu mesurer la grandeur d'âme de Savannah.

— Raconte-moi, Luke, dit Savannah en le serrant dans ses bras. J'adore les histoires où j'ai un rôle héroïque.

— Tu as des sacs pour vomir dans ton campement rebelle ? demandai-je.

— Après avoir entendu l'histoire d'Anne Frank que nous lisait Maman, Savannah a passé trois jours à arranger une cachette dans la grange. Elle y a mis des provisions, de l'eau, tout. Sans oublier le petit tableau d'affichage pour qu'un autre enfant puisse y coller des images découpées dans le journal, comme faisait Anne Frank.

— Complètement ridicule, dis-je.

— C'est vrai, reconnut Luke. Mais l'intention y était, Tom. Ce n'est pas rien. La majeure partie de l'Europe n'a pas bougé quand ils ont su pour les Juifs. Nous, on avait une sœur de huit ans qui a installé une cachette dans notre grange, au cas où ça recommencerait. Mais ce n'est pas cette histoire dont je me souviens le plus.

— Je suis sûre que j'ai encore fait preuve d'un héroïsme scandaleux, dit Savannah, ravie.

— Non, tu as fait quelque chose de très gentil, dit-il. Tu nous as obligés à t'accompagner, Tom et moi, le jour où tu es allée rendre visite à Mme Regenstein. J'avais toujours eu un peu peur d'elle à cause de son fort accent, et je n'avais aucune envie d'y aller. Mais tu as tenu bon, Savannah. Nous étions derrière toi quand Mme Regenstein est venue ouvrir la porte. Elle a dit : "Guten Morgen, Kinder" quand elle nous a vus. Elle portait des lunettes à verres très épais, et elle était très maigre. Tu te rappelles ce que tu lui as dit, ce jour-là, Savannah ?

— Non, je ne me souviens même pas de cette histoire, Luke, dit Savannah.

— Tu as dit : "Nous vous cacherons", fit Luke. Tu as dit : "Vous n'avez pas de crainte à avoir si les nazis viennent à Colleton, Mme Regenstein, parce que nous sommes là, mes frères et moi, et nous vous cacherons. Nous avons installé un joli petit coin dans la grange, et nous vous apporterons de la nourriture et des journaux."

— Qu'a fait Mme Regenstein, ce jour-là, Luke ? demanda Savannah.

— Elle s'est effondrée, Savannah, dit Luke. Elle s'est mise à pleurer comme je n'avais encore jamais vu une femme pleurer. Tu as cru que tu avais commis une terrible bêtise, et tu as commencé à t'excuser. Mme Godberg est arrivée, et elle a calmé Mme Regenstein. Et puis elle nous a donné du lait et des gâteaux avant que nous repartions. Mme Godberg n'a plus juré que par nous, depuis ce jour.

— Je savais que j'étais une gosse formidable, dit Savannah. Merci de m'avoir raconté cette histoire, Luke.

— Je pourrais t'en raconter au moins trente où tu es absolument abominable, Savannah, dis-je.

— Qui l'a invité à venir sur cette île, lui ? demanda Savannah en me montrant du doigt.

— Pas moi, en tout cas, dit Luke.

— Nous sommes venus porteurs d'une proposition, Luke, dis-je. Les forces du mal sont prêtes à conclure un marché.

— Laisse-moi deviner, dit-il tristement. Si je signe l'armistice, ils me laissent tout l'État de Caroline du Sud.

— C'est presque ça, dis-je. Ils ont dépêché un dénommé Covington. »

Deux jours durant, dans un monde purifié par la présence de Luke, un monde secret, brillant du lustre argentin de matins odorants, aux senteurs de palme, nous laissâmes Luke nous conter sa modeste rébellion contre son pays. Un sentiment d'injustice avait armé son bras vengeur et il avait hanté sa terre natale dérobée. Son échec à changer le moindre détail avait transformé son engagement en obsession. Après une défaite aussi radicale, il ne pouvait plus renier son propre appel aux armes. Il était ainsi devenu la première victime de son inextinguible panache. Au début, il croyait être revenu à Colleton parce qu'il était le seul être de

567

principes qu'eût produit notre ville. Mais dans la longue solitude du combat privé qu'il menait, il avait fini par comprendre que sa propre vanité hargneuse avait fait d'une simple décision politique une affaire d'honneur bafoué. Il ne savait plus comment se désengager d'un combat dont il lui arrivait encore de sentir qu'il était la seule réaction que l'on pût attendre d'un homme de sa trempe. Luke n'avait pas le sentiment de s'être trompé ; il comprenait seulement qu'il avait agi tout seul et que c'était là son plus grand crime.

Sa voix ressemblait à une page de musique tandis qu'il racontait son histoire. Il nous parla de ses lentes errances dans le comté rasé, de ses rencontres avec des gardes armés, de ses disparitions dans les deux cachettes qu'il avait en Géorgie, après une opération réussie, de la dynamite patiemment volée sur le chantier de construction, des dangers qu'il courait chaque fois qu'il utilisait un bateau. Du Viêt-cong il avait appris l'art de se fondre dans les ténèbres et l'efficacité de la patience lorsqu'on se bat contre un ennemi qui détient la supériorité numérique. Il nous décrivit sa longue surveillance des quatre ponts qu'il avait fait sauter, sur la frontière nord du comté. Ils étaient à peine gardés, ces ponts, et il lui avait semblé incroyablement facile d'y installer des bombes à retardement qui explosèrent simultanément à deux heures du matin, lui-même étant de retour sur l'île aux Poules d'Eau avant le lever du jour. Il avait contribué à renforcer la sécurité des ponts d'accès au comté, nous expliqua-t-il, mais la mort des hommes du train avait changé la nature de sa protestation. Une fois qu'il avait fait couler la première goutte de sang, sa guerre contre le bien de l'État perdait toute résonance morale. S'il était indispensable de tuer, alors il regrettait d'avoir mal choisi les morts.

« J'aurais dû descendre les trois ingénieurs en chef de la Mewshaw Company qui dirigent le projet. J'ai eu chacun d'entre eux dans ma ligne de mire et j'ai envisagé de les abattre. Et puis je pensais à leur femme, leurs gosses qui seraient malheureux comme des pierres quand ils apprendraient que leur papa avait pris une balle entre les deux yeux, alors je baissais mon fusil. Je me suis retrouvé à la tête de la guérilla la plus absurde et la plus nulle que je connaisse. Je ne peux même pas rechercher le soutien de la population indigène vu que de population indigène, y en a pas. Il n'y a plus que des cicatrices dans le sol aux endroits où se trouvaient les maisons. Alors j'ai fait sauter quelques camions et tracteurs, et j'ai flanqué une peur bleue à quelques gardiens. Mon unique victoire, pour autant qu'elle mérite ce nom, c'est qu'ils ne m'ont pas encore mis la main dessus. Et je vous jure, bordel, que ce n'est pas faute d'essayer. »

Il ne se sentait pas vaincu, mais seulement pris dans une impasse. Les métaphores qui l'avaient soutenu aux premiers temps de sa lutte s'étaient usées et avaient perdu de leur puissance. Dans la solitude, il avait découvert que sa dissidence n'avait aucun fondement philosophique. Il avait fait souffler le vent de la passion sur les îles mais n'avait pas su construire un credo cohérent. Il fonctionnait sur des articles de foi contradictoires, romantiques, contestataires et excessifs. Il ne pouvait contraindre son siècle à la logique, et il n'y trouvait pas sa place. Il avait tenté de se conduire en homme d'honneur, un homme qui ne se laissait ni vendre ni acheter, et un matin, à son réveil, il s'était aperçu qu'un prix avait été fixé pour sa tête. Au fond de lui, il ne comprenait pas pourquoi tous les citoyens américains ne l'avaient pas rejoint sur les îles dès qu'ils avaient eu connaissance de la nature de son différend avec le gouvernement. Lui qui croyait comprendre l'âme américaine, il découvrait qu'il ne pouvait même pas sonder les profondeurs de la sienne. On ne lui avait jamais appris que la vente de sa propre terre et de son héritage de quelques sous était le sport des seigneurs en Amérique. Nos parents nous avaient élevés dans l'idée que pour un Sudiste rien n'avait plus de valeur que la terre. C'était cette terre et la vénération que nous avions pour elle qui marquaient notre différence, traçant la frontière fabuleuse entre nous et les autres Américains. Luke avait commis une erreur, pensait-il. Il avait eu foi en la sublimité de la manière sudiste, au lieu de se contenter d'en parler.

« Quand je suis revenu ici, tout au début, je me prenais pour le dernier Sudiste, dit-il. Depuis, je sais que je suis le dernier des crétins sudistes.

— Nous avons un capital génétique qui ressemble au loch Ness, Luke, dit Savannah. Nous verrons tous des monstres faire surface un jour ou l'autre.

— Si tu ne crois plus à ce que tu fais, dis-je, pourquoi diable est-ce que tu restes ici à jouer à la guéguerre ?

— Parce que j'ai peut-être tort sur toute la ligne, Tom, dit-il, mais eux ont encore plus tort que moi. Et tant que je suis dans le coin, ils devront se rappeler qu'il peut être dangereux pour la santé de voler une ville. J'ai même envisagé une attaque du chantier, en plein jour. Je commencerais par tuer les gardiens armés, ensuite, je descendrais vingt ou trente ouvriers qui travaillent à la construction du site. Je sais mener ce genre de guerre. C'est seulement que je n'ai pas le courage de faire les choses comme elles doivent être faites.

— Ils enverraient les marines si tu tuais autant de monde, dis-je.

— En agissant seul, je n'ai pas le courage de tuer des innocents, dit-il. Au Vietnam, je n'ai pu tuer ces innocents qu'avec le soutien du pays le plus puissant du monde. Je me suis très vite rendu compte qu'à moins d'être prêt à tuer des innocents, on ne peut pas gagner. On ne peut même pas se faire entendre.

— Tu n'as jamais été très fort sur les compromis, Luke, dis-je.

— Les compromis ! s'exclama-t-il. Il est où, ce foutu compromis ? Ils ne nous ont jamais dit qu'ils allaient construire leur usine à un bout du comté en nous permettant de continuer à vivre là où nous avons toujours vécu. Ils ont dit : "Dehors, pauvres cons, dehors !" Et je comprends bien pourquoi ils ont agi de la sorte, Tom. Si jamais ils ont un accident dans leur usine, alors tout ce qui se trouve en aval – depuis les crevettes jusqu'aux poulpes, en passant par les étrilles – luira dans la nuit pendant deux cents ans. Qu'ils se plantent une fois, et ils détruisent toute forme de vie marine sur un rayon de quatre-vingts kilomètres. Ils peuvent faire de ce marais entier un désert.

— Quand es-tu devenu radical à ce point ? demanda Savannah. C'est au Vietnam ?

— Je n'ai rien d'un radical de merde, Savannah, dit-il avec une conviction farouche. Je hais les radicaux de tout poil, qu'ils se disent libéraux ou conservateurs. Je me fous de la politique comme d'une guigne, et je déteste les politiciens et les gens qui vont manifester.

— Erreur, Luke chéri, dit Savannah. Tu es le plus fantastique manifestant que je connaisse. »

Il parla de ses fréquents retours à l'île Melrose où il se baladait sur les terres envahies par les mauvaises herbes, là où se trouvaient jadis notre maison, notre grange. Une nuit il avait dormi sur l'emplacement de ce qui avait été notre chambre. Il avait récolté le miel des ruches abandonnées, oubliées par les équipes de destruction lorsqu'elles étaient venues raser notre maison. Dans le jardin de notre mère, il avait cueilli des azalées, des roses et des dahlias pour fleurir la tombe invisible du tigre. Dans la partie sud de l'île, il avait tué, à l'arc, un sanglier en quête de pacanes.

Le deuxième soir, il raconta son retour sur le site de la ville, avec cette vision extraordinaire de la cité émergeant miraculeusement de la terre. Avec terreur et émerveillement, il évoqua les monologues de plus en plus fréquents qu'il avait avec lui-même. Ces méditations solitaires l'effrayaient, mais en même temps elles lui redonnaient un sentiment de clarté, de nécessité. Il évoqua aussi sa difficulté à retrouver la trace de la maison de nos grands-parents, et puis la croix d'Amos sur laquelle il avait buté dans le noir avant de la porter jusque dans la Grand-Rue, dans une étrange pénombre lunaire. Alors il en avait appelé à toutes les boutiques de la rue, les sommant de se dresser, et il avait assisté à leur lutte pour renaître sous ses yeux. La ville s'était levée dans la furie de l'extinction, il l'avait vue, de ses yeux vue. Ensuite, en se tournant, il avait vu M. Fruit arriver vers lui depuis le haut de la rue, déchu, égaré, exécutant toujours son espèce de ballet à l'exotisme dément, au croisement de rues où il avait passé sa vie entière. M. Fruit qui soufflait dans son sifflet et dirigeait une circulation fantôme dans la simplicité muette et l'absolue grandeur de son art. Mais lorsque M. Fruit se matérialisa, la ville ressuscitée s'évanouit dans un faux mirage de cauchemar et de poussière.

« La ville exista l'espace d'un instant, dit Luke dans une sorte d'effroi. Je ne sais comment l'expliquer. Pendant un court moment, j'ai senti l'odeur de café et de peinture fraîche, j'ai entendu les voix des commerçants de la rue et le bruit de leurs balais sur le trottoir. C'était tellement beau, tellement vrai. »

Savannah prit la main de Luke, l'embrassa et dit :

« Pas la peine de m'expliquer, Luke. Je vois des trucs comme ça depuis que je suis née.

— Mais je ne suis pas fou, protesta Luke. J'avais ça là, devant moi. J'ai vu les boutiques. Il y avait des petits écriteaux annonçant les soldes dans les vitrines. J'ai même entendu le perroquet dire bonjour chez le marchand de chaussures. Tous les feux de circulation fonctionnaient. Il faut que vous me croyiez, ce n'était pas un rêve.

— Je sais que ce n'était pas un rêve, dit Savannah. C'était seulement une gentille petite hallucination. Je suis la Reine des Hallucinations. Je peux t'en parler en connaissance de cause.

— Tu es en train de dire que je suis fou, dit Luke. La folle de la famille, ça a toujours été toi, Savannah.

— Non, Luke, dit-elle. Je suis seulement la seule à l'avoir toujours su.

— Mais c'était de la religion, dit Luke. J'avais l'impression d'avoir été touché par Dieu et qu'Il me permettait d'apercevoir l'avenir, à condition que je reste fidèle à ma mission.

— Il y a beaucoup trop longtemps que tu vis tout seul au fond des bois, dis-je.

— Mais M. Fruit, je ne l'ai pas rêvé, dit Luke.

— C'est la partie la plus étrange de ton hallucination, dit Savannah.

— Non. Il était bien là. Ils ont oublié M. Fruit, quand ils ont quitté la ville. Il a dû prendre peur quand ils ont commencé à démolir les maisons. Il aura fui dans la forêt où il se sera caché de son mieux. Il était moitié mort de faim et vêtu de guenilles quand je l'ai trouvé à son coin de rue, en train de diriger la circulation. Comment allez-vous expliquer à un homme comme M. Fruit ces histoires de plutonium et de droit de réquisition des sols au nom de l'intérêt général ? Il était presque mort de malnutrition quand je suis tombé sur lui. Je l'ai emmené dans une mission catholique, à Savannah, mais ça n'a pas été une mince affaire pour l'arracher à son coin de rue et le faire monter dans le bateau. Ils ont expédié M. Fruit à l'hôpital psychiatrique de Milledgeville. Personne n'a daigné m'écouter quand j'ai expliqué qu'il n'avait besoin que d'un nouveau coin de rue où il se trouve à l'aise. Il faut être né à Colleton pour comprendre M. Fruit. Ils n'ont rien voulu savoir. Je n'ai jamais pu leur faire comprendre l'importance de M. Fruit dans l'ordre général des choses. »

Savannah dit :

« Toi aussi tu as besoin d'assistance. Exactement comme M. Fruit. Tu es autant que lui une victime du fait qu'ils ont déménagé la ville.

— Ma vision de la ville fut un instant de lucidité, Savannah, dit Luke. Quand tu te mets à ton bureau pour écrire un poème, il faut bien que tu sois capable de voir un poème caché quelque part sur une page blanche. J'ai vu notre ville sur un morceau de terre sombre. C'est d'imagination que je parle, pas de maladie mentale.

— Il faut que tu reviennes avec nous, dit Savannah. Il est temps pour toi de commencer une vie. »

Il enfouit son visage dans ses mains gigantesques. Il y avait dans son chagrin un aspect animal, primitif. Son visage était léonin, royal, mais il avait le doux regard surpris d'un jeune daim.

« L'agent du FBI, ce Covington, demanda-t-il, tu as confiance en lui, Tom ?

— Autant que je puisse avoir confiance en un homme qui traque mon frère, dis-je.

— Il a dit que je ferais trois ans de prison ? demanda Luke.

— Il a dit entre trois et cinq ans, dis-je. C'est le marché qu'il a négocié.

— Je pourrai peut-être faire chambre commune avec Papa, dit-il.

— Lui aussi il veut que tu reviennes, dit Savannah. Il est très inquiet. Comme Maman.

— Peut-être que d'ici cinq ans on pourra tenir une réunion de famille, dit Luke.

— Disons à Auschwitz, dit Savannah.

— Dis à Covington que je me rendrai au pont de Charleston, Tom, dit Luke. J'aimerais que ce soit auprès d'un officier de la garde nationale. J'aimerais me rendre en soldat.

— Pourquoi est-ce que tu ne pars pas avec nous ce soir, tout simplement ? dis-je. Je pourrais appeler Covington depuis la maison.

— Je voudrais passer encore deux nuits seul ici, dit Luke. Je voudrais faire mes adieux à Colleton. Je serai au pont de Charleston vendredi.

— La marée arrive, Savannah, dis-je. Il ne faut pas tarder à partir.

— Laisse-moi rester avec toi, Luke, dit-elle, inquiète. J'ai peur de t'abandonner là tout seul.

— Je suis capable de me débrouiller comme un grand, sœurette, dit Luke. Tout ira bien. Tom a raison. Si vous n'attrapez pas la marée d'ici une heure, vous ne pourrez jamais repartir ce soir. »

Luke m'aida à tirer le bateau jusqu'à l'eau. Il embrassa Savannah en la serrant longtemps contre lui tandis qu'elle pleurait sur sa poitrine.

Puis il se tourna vers moi.

Je m'effondrai dès qu'il me toucha.

« C'est fini maintenant, Tom, dit-il sans me lâcher. D'ici trois ans nous rigolerons en repensant à tout ça. Tout a merdé, mais on peut encore faire des choses formidables. Je sortirai, et nous achèterons un grand crevettier, et nous attraperons plus de crevettes que n'importe quel foutu marin de la côte Est. On sera célèbres, on éclusera du bourbon dans les bars de pêcheurs, on prendra des cuites du tonnerre. »

Nous grimpâmes dans le bateau, Savannah et moi, et Luke nous poussa dans le courant. Savannah lui lança des baisers et nous le laissâmes, illuminé par la lueur parcheminée d'un beau clair de lune. Nous le laissâmes et nous empruntâmes les charmants boulevards traversant le marais, quittant pour la dernière fois de notre vie notre terre natale. Tout en pilotant le bateau dans l'étroit chenal, je fis une petite prière au fleuve. Une prière de gratitude. Le même Dieu qui m'avait affligé de parents bizarres et meurtris m'avait également fait cadeau du frère et de la sœur les plus merveilleux qui fussent pour équilibrer la balance. Sans eux, je n'aurais pas fait le voyage. Ni n'aurais choisi de le faire.

Comme il allait à son rendez-vous sur le pont de Charleston, Luke effectua un ultime pèlerinage sentimental sur l'île où nous avions grandi, dans une petite maison blanche au bord du Colleton. Il se trouvait sur les fondations de cette maison lorsqu'il fut tué d'une seule balle tirée par l'un des ex-Bérets Verts dont on avait loué les services pour le traquer dans le comté de Colleton. J. William Covington apporta la nouvelle chez moi, sur l'île Sullivans, le samedi, lendemain du jour où Luke manqua son rendez-vous avec le colonel Bryson Kelleher, sur le pont de Charleston.

Après la cérémonie de funérailles, Savannah et moi emmenâmes le corps de Luke bien loin au-delà de la limite des trois miles, et nous lui fîmes un enterrement marin, dans le Gulf Stream qu'il aima tant. Lorsque nous jetâmes le cercueil lesté par-dessus bord, Savannah lut un poème qu'elle avait composé en dernier adieu à Luke. Elle l'avait appelé « Le Prince des Marées ».

Quand elle eut terminé, nous rentrâmes sur Charleston, sachant que nous avions le reste de notre vie pour apprendre à vivre sans Luke. Nous avions des années devant nous pour apprendre à partir en morceaux, joliment.

Épilogue

Il reste certaines choses à dire.

J'ai pris mon temps pour raconter l'histoire de Luke à Susan Lowenstein et aucun des mots n'est venu sans peine. Toutefois, le fait de m'adresser à une femme aimée qui me murmurait tous les jours qu'elle m'aimait rendit ces instants moins difficiles. Cette femme avait éveillé en moi une chose demeurée beaucoup trop longtemps en sommeil. Non seulement je retrouvais la passion, mais je vivais aussi le retour de l'espoir, tandis qu'étaient balayées toutes les menaces de cataclysme dans les zones sensibles de la mémoire.

J'avais passé l'été à écrire des chants d'amour pour mes filles et des lettres d'amour à ma femme. Mes filles me manquaient cruellement et la seule mention de leur nom m'était une blessure. Mais elles au moins ne pouvaient m'expulser de leurs vies, et c'était Sallie que je croyais avoir définitivement perdue. Les lettres que je lui adressais avaient un seul et unique leitmotiv : personne mieux que moi n'était à même de comprendre les motifs qui l'avaient poussée à trouver un peu d'amour hors du foyer. Noyé dans l'amertume de mon chagrin, j'avais fait de ma femme une étrangère, une intruse, et, plus cruellement encore, je l'avais enfermée dans un personnage de veuve présidant aux destinées d'une maison vouée à l'inconsolable tristesse. Tom Wingo, né sur une île, s'était coupé de tous ceux qui l'aimaient pour voguer en solitaire sur les longs couloirs marins d'une attrition sans rêve. J'expliquais à Sallie que sa liaison avec le Dr Cleveland m'avait appris que j'étais encore capable de souffrir dans des recoins intimes pourtant dévastés par la mort de mon frère. J'avais mis un terme à ma longue glissade en chute libre et je sentais de nouveau en moi le battant prêt à reprendre ses droits. Je savais maintenant que la délivrance a souvent besoin du baiser de Judas en guise de prélude ; il est des circonstances où la trahison peut être en soi un acte d'amour. J'avais extirpé Sallie de mon cœur, et Jack Cleveland s'était empressé de lui ouvrir le sien. Cela ne me plaisait pas, mais je disais à Sallie que je comprenais parfaitement. Ses réponses étaient les lettres d'une femme meurtrie et pantoise. Il lui fallait du temps, disait-elle ; alors je lui donnai du temps et attendis sa décision. Jamais il ne m'était venu à l'esprit que la décision m'appartiendrait peut-être, et que je pourrais éprouver autre chose que de la joie en quittant New York.

Pendant les deux dernières semaines du mois d'août, Susan

574

Lowenstein loua un bungalow sur la côte du Maine, et ce fut en regardant un Atlantique infiniment plus froid et plus rude se déchaîner contre des falaises indifférentes et sauvages, que je lui fis le récit de la mort de Luke. Je lui racontai tout, y compris mon incapacité à trouver la moindre valeur à une vie dont mon frère serait absent. Dans ce pays purifié chaque hiver sous un vaste drap de neige, je chantai les louanges de l'esprit incarné par mon frère et pleurai sa mort, face à la verte beauté farouche d'un été dans le Maine. Je lui récitai tous les couplets lugubres et sans grâce de mon allégeance et de mon chagrin. J'étais incapable de mesurer le prix d'un amour si profond et si plein de blanche fureur pour une famille.

Lorsque j'en fus à l'enterrement marin de Luke, Susan Lowenstein me serra dans ses bras en me caressant les cheveux, et elle sécha mes larmes. Ce ne fut pas la psychiatre de Savannah qui m'écouta lui raconter l'histoire de Luke, mais mon amante, ma compagne, ma meilleure amie. Deux semaines durant, nous fîmes l'amour comme si nous avions passé notre vie entière à attendre de tomber dans les bras l'un de l'autre. Chaque jour, nous faisions de longues marches au bord de la mer, nous cueillions des fleurs, des mûres, nous grattions le sable pour surprendre des palourdes, jusqu'à ce que, se tournant vers moi et me griffant doucement le dos, elle murmurât : « Rentrons faire l'amour à la maison, faire l'amour et nous dire tout. » Et quel plaisir de tout dire à Susan Lowenstein !

Pour notre dernier soir dans le Maine, nous restâmes enlacés sur un rocher, une couverture sur les épaules. La lune jetait un drap d'acier sur l'océan et le ciel était clair et étoilé.

« Il ne te tarde pas de retrouver la grande ville, Tom ? dit-elle en m'embrassant sur la joue. Je suis lasse de tant de paix, de calme, de beauté, lasse de manger comme une reine et de faire l'amour comme une déesse. »

Je ris, et puis je dis :

« Si nous restons ensemble, Lowenstein, faudra-t-il que je devienne juif ?

— Bien sûr que non, répondit-elle. Herbert n'est pas juif.

— Tu sais, je n'y vois pas d'inconvénient, dis-je. Tout le monde le fait, dans ma famille. Souviens-toi de Renata.

— Ce petit séjour n'aura-t-il pas été un avant-goût agréable de ce que pourrait être notre vie commune ? dit-elle. Un prélude aux plaisirs futurs. »

Je commençai par ne pas répondre, et puis des images de ma femme et des enfants se dessinèrent dans l'obscurité, vives comme des lucioles.

« Avant de te rencontrer, j'étais dans un profond sommeil. J'étais mort et je ne le savais même pas. Lowenstein, faut-il que je t'appelle Susan, maintenant ?

— Non, répondit-elle. J'aime ta façon de dire "Lowenstein", surtout pendant l'amour. Je me sens belle de nouveau, Tom. Je me sens superbe. »

J'attendis un moment avant de dire :

« J'ai besoin de voir Savannah quand nous serons de retour.

— Le moment est venu, dit-elle. Pour tous les deux.

— J'ai des choses à lui dire. J'ai des choses à dire à tout le monde.

— J'ai peur de ce qui va se passer quand Sallie téléphonera pour dire qu'elle te reprend.

— Comment sais-tu qu'elle voudra me reprendre ? demandai-je.

— J'ai eu un aperçu sur la marchandise, murmura-t-elle. J'ai hâte de rentrer pour que nous retirions nos vêtements et que nous nous disions tout.

— Lowenstein, dis-je en l'embrassant. Tu as encore beaucoup de choses à apprendre des joies du plein air. »

Et je défis les boutons de son chemisier.

Savannah parut surprise de me voir quand une infirmière la fit entrer dans le parloir. Elle semblait gênée en m'embrassant, mais elle me serra très fort un long moment avant de dire :

« Ils t'ont laissé entrer.

— Lowenstein t'accorde une permission d'une journée, dis-je. Je serai tenu pour seul responsable si tu fais le saut de l'ange depuis le haut de l'Empire State Building.

— J'essaierai d'éviter », dit-elle avec une esquisse de sourire.

Je l'emmenai au musée d'Art moderne, voir une exposition des photos d'Alfred Stieglitz et de l'œuvre de Georgia O'Keeffe. Nous échangeâmes très peu de paroles pendant la première heure que nous passâmes ensemble, circulant côte à côte dans les salles. Trop de temps et trop de sang restés en sommeil dans les marécages de notre passé commun. Nous avions perdu des années volées par un destin implacable, et nous ne souhaitions ni l'un ni l'autre parler trop vite.

Sa première question me prit au dépourvu.

« Tu es au courant pour Renata Halpern ? demanda-t-elle comme nous regardions une scène de rue new-yorkaise photographiée par Stieglitz.

— Ouais, dis-je.

— Ça m'a semblé judicieux, à l'époque, dit-elle. Je n'étais pas en grande forme.

— Tu avais besoin de fuir, dis-je. C'est bien compréhensible. Surtout par moi.

— Vraiment ? dit-elle avec une nuance de colère dans la voix. Toi qui es resté dans le Sud.

— Sais-tu ce que le Sud représente pour moi ? répondis-je.

— Non, dit ma sœur, mais elle mentait.

— La nourriture de l'âme, Savannah. Je n'y peux rien. Je suis comme ça.

— C'est la médiocrité, un pays arriéré et étriqué, dit-elle. La vie sudiste est une condamnation à mort. »

Je détournai les yeux d'un portrait de Georgia O'Keeffe, jeune et belle, et dis :

« Je sais que c'est ta façon de voir les choses, Savannah. C'est une conversation que nous avons eue mille fois. »

Elle prit ma main qu'elle serra fort.

« Tu t'es bradé pour trop peu. Tu aurais pu faire beaucoup mieux que prof et coach. »

Je retournai la pression affectueuse et dis :

« Écoute-moi, Savannah. Pour moi, il n'est pas de mot de notre langue que je révère plus que celui de *professeur*. Pas un seul. Je suis aux anges quand un gamin parle de moi en m'appelant son prof, et il en a toujours été ainsi. Je me suis fait honneur à moi-même et à toute la famille en devenant un professeur. »

Savannah me regarda et dit :

« Alors, pourquoi n'es-tu pas heureux, Tom ?

— Pour la même raison que toi », dis-je.

Nous entrâmes dans la salle des Monet, et nous nous assîmes sur une banquette, au centre de la pièce, afin de mieux contempler les grandes toiles couvertes de mares et de nénuphars. C'était l'endroit que Savannah préférait au monde, et elle venait toujours là quand elle avait besoin de se remonter le moral.

« Lowenstein va bientôt t'autoriser à rentrer chez toi, dis-je.

— Je crois que je suis prête, répondit-elle.

— Si tu décides jamais de partir une autre fois, Savannah, laisse-moi t'aider.

— Il se peut que j'aie besoin de me tenir loin de vous pendant encore très longtemps, dit-elle.

— Je suis capable de t'aimer quoi que tu fasses, dis-je. Mais je ne supporte pas l'idée d'un monde où tu ne serais pas.

— Parfois il m'arrive de penser que le monde se porterait mieux sans moi, dit-elle, et la tristesse qui étreignait sa voix toucha une part de moi profondément enfouie.

— Nous n'avons plus prononcé le nom de Luke, quand nous sommes ensemble, depuis qu'il est mort », dis-je en prenant la main de ma sœur.

Elle appuya sa tête contre mon épaule et c'est d'une voix épuisée, terrorisée qu'elle me dit :

« Non, Tom. Pas encore, s'il te plaît.

— Le moment est venu, dis-je. Nous aimions tellement Luke, tous les deux, que nous en avons oublié notre amour réciproque.

— Quelque chose s'est brisé en moi, dit-elle, à la limite de l'étranglement. Quelque chose d'irréparable.

— Je sais, moi, ce qui peut le réparer », dis-je en lui montrant les fleurs rêveuses et immémoriales de Monet, flottant à la surface des eaux fraîches de Giverny. Savannah leva les yeux pour regarder les toiles immenses exposées dans cette pièce de Manhattan qu'elle aimait entre toutes, tandis que je disais : « Ton art. Tu peux écrire de très beaux poèmes sur ton frère. Tu es la seule à pouvoir nous rendre Luke. »

Elle se mit à pleurer mais je sentais qu'elle était soulagée d'un poids. « Mais il est mort, Tom.

— Parce que tu n'as pas encore écrit sur lui depuis ce jour-là, dis-je. Fais avec Luke ce que Monet a fait avec des fleurs. Utilise ton art. Rends-le-nous. Fais que Luke Wingo soit aimé du monde entier. »

Tard ce même après-midi vint le coup de fil de Sallie, celui que Susan Lowenstein avait appris à redouter. Elle commença à parler, mais sa voix se brisa.

« Qu'est-ce qui ne va pas, Sallie ? demandai-je.

— Il sortait avec deux autres femmes, Tom, dit-elle. Je m'apprêtais à te quitter, à lui dire de venir habiter chez moi avec les filles, et lui, il était en train de baiser avec deux autres nanas.

— La collection de motos de marque anglaise, dis-je. Les pipes en écume, c'était un snobisme inoffensif, mais quand un toubib se met à collectionner des motos, c'est le signe qu'il y a quelque chose de tordu dans son ego de mâle.

— J'étais amoureuse, Tom, dit-elle. Je ne veux pas te mentir.

— Tu as toujours eu un goût quelque peu suspect en ce qui concerne les hommes », dis-je.

Elle dit :

« J'ai l'impression d'avoir été utilisée, violée, je me dégoûte. Je ne savais pas trop comment on mène une liaison. Tout ça était nouveau pour moi et je suis sûre d'être passée pour la parfaite imbécile.

— Tu as été très bien, Sallie, dis-je. Personne ne sait faire ça correctement.

— Il a été monstrueux quand je lui ai posé des questions sur ses autres maîtresses, dit-elle. Il m'a dit des choses horribles.

— Tu veux que je lui casse la gueule ? demandai-je.

— Non, dit-elle. Bien sûr que non. Pourquoi ?

— J'aimerais beaucoup lui casser la gueule, dis-je. Je te laisserais regarder.

— Il a dit que j'étais bien trop vieille pour qu'il envisage seulement de m'épouser, dit-elle. Une de ses petites amies a dix-neuf ans.

— Il n'a jamais fait vraiment dans la profondeur.

— Et nous, Tom ? dit-elle. Qu'est-ce qu'on fait maintenant ? Tes lettres étaient merveilleuses, mais moi, à ta place, je ne me pardonnerais jamais.

— Il faut que je te parle de Lowenstein, Sallie », dis-je.

J'attendis Lowenstein devant son cabinet. J'essayais de trouver les mots qui convenaient lorsque je la vis descendre les marches du perron de l'immeuble cossu. Elle m'aperçut sur le trottoir d'en face, appuyé contre un lampadaire. Je fus ému par sa beauté, comme toujours, mais ce fut sa douceur qui me brisa le cœur quand elle vint vers moi. Lorsque j'essayai de parler, les larmes me vinrent aux yeux. Personne n'avait inventé la manière convenable de dire adieu à Lowenstein. Elle le vit et cria en traversant la rue :

« Non, Tom. Non. Ce n'est pas juste. »

Elle laissa tomber sa mallette sur le trottoir et me sauta au cou. La mallette s'ouvrit et des papiers s'éparpillèrent sur le bitume et sous une rangée de voitures. Elle essuya une larme sur ma joue et effaça une autre d'un baiser.

« Nous savions que ce jour viendrait. Nous en avons parlé. L'une des choses que j'aime en toi, Tom, c'est que tu es le genre d'homme qui retourne toujours auprès des siens. Mais je la hais quand même. Cette Sallie qui a eu la chance de t'aimer avant moi. »

Ses paroles me déchirèrent et je pleurai de plus belle, la tête appuyée sur son épaule. Elle me caressa les cheveux :

« Il faut que je me trouve un gentil Juif. Vous autres goys, vous me tuez. »

Et, à travers nos larmes, Lowenstein et moi éclatâmes de rire.

Elle était assise chez elle, dans son appartement, et elle regardait Bleecker Street, par la fenêtre. Elle avait le cheveu décoloré et la peau blême, bouffie. Elle ne se retourna pas à mon arrivée. J'avais fait mes valises la veille au soir et elles étaient rangées, devant la porte de la cuisine. Chez un fleuriste de la 8e Avenue, je lui avais acheté un gardénia en pot, tout fleuri. Je cassai une seule fleur, marchai jusqu'à elle, et piquai la fleur dans les cheveux de ma sœur.

Puis je lui posai la vieille question :

« À quoi ressemblait la vie dans votre famille, Savannah ?

— C'était Hiroshima, répondit-elle.

— Et à quoi ressemble votre vie depuis que vous avez quitté cette merveilleuse famille ?

— Nagasaki, dit-elle, toujours sans se retourner.

— Donnez-nous le titre du poème que vous avez écrit en l'honneur de votre famille, dis-je.

— "Histoire d'Auschwitz", dit-elle, et je crus qu'elle allait sourire.

— Et maintenant, nous arrivons à la question cruciale, dis-je en me penchant sur elle pour sentir le gardénia dans ses cheveux. Qui aimez-vous plus que tout au monde ? »

Elle attira ma tête contre son visage, contre mes larmes, et chuchota :

« J'aime mon frère, Tom Wingo. Mon jumeau merveilleux, formidable. Pardon pour tout.

— Ce n'est rien, Savannah, dis-je. Nous nous sommes retrouvés. Nous avons le temps devant nous pour nous user les mains à reconstruire les ruines.

— Serre-moi, Tom, dit-elle. Serre-moi fort. »

Quand le moment fut venu de quitter son appartement, je portai mes valises dans le vestibule où Eddie Detreville attendait, pour m'aider à descendre mes bagages. Je donnai l'accolade à Eddie, l'embrassai sur la joue, et lui dis que j'avais rarement connu d'homme aussi généreux et amical que lui. Puis je me tournai pour dire au revoir à ma sœur. Elle leva les yeux pour me regarder depuis son fauteuil, me jauger, et elle dit :

« Crois-tu que nous sommes des survivants, toi et moi, Tom ?

— Pour moi, je crois que la réponse est oui. Toi, je ne suis pas sûr, dis-je.

— La survie. C'est donc ça, le cadeau que t'aura fait la famille. »

Je l'embrassai, la serrai dans mes bras, puis me dirigeai vers la porte. En soulevant mes valises, je dis encore à Savannah :

« Ouais. Mais à toi la famille a fait un cadeau bien plus formidable.

— Ha ! fit-elle avec amertume. Et c'est quoi ?

— Le génie, dis-je. Elle t'a donné le génie. »

Ce soir-là, Susan Lowenstein m'emmena haut, très haut au-dessus de la ville, où nous dînâmes ensemble pour la dernière fois, au Windows on the World. Le soleil était déjà couché quand nous arrivâmes et il ne restait qu'une ultime lueur rubis, hachée par les nuages amassés. Au-dessous de nous, la ville reposait dans un écrin silencieux de cristal et de feu. De quelque angle que vous la regardiez, et autant de fois que vous la contempliez, New York n'était jamais la même. Il n'était rien de plus beau, dans le monde créé par Dieu, que l'île de Manhattan vue de haut, la nuit.

En buvant un verre de vin, je demandai :

« Tu as envie de manger quoi, ce soir, Lowenstein ? »

Elle me regarda un moment en silence avant de dire :

« J'ai l'intention de commander un menu parfaitement infâme. J'ai envie de tout, sauf de faire un bon dîner le soir où tu me dis adieu pour toujours.

— Je rentre en Caroline du Sud, Lowenstein, dis-je en me penchant pour lui prendre la main. Là où j'ai mes racines.

— Tu aurais pu faire des racines où tu voulais, dit-elle en tournant la tête pour regarder la ville. Tu as seulement décidé que ce ne serait pas ici.

— Pourquoi rends-tu les choses si difficiles ? Pourquoi ne veux-tu pas que nous nous quittions bons amis ? demandai-je.

— Parce que j'ai envie que tu restes avec moi, Tom, dit-elle. Je crois que tu m'aimes, je suis certaine de t'aimer, et je pense que nous avons une chance d'être heureux ensemble jusqu'à la fin de nos jours.

— Comme si je pouvais rendre quelqu'un heureux jusqu'à la fin de ses jours, dis-je.

— Tout ce que tu peux dire n'est qu'une excuse pour me quitter », dit-elle en saisissant brutalement la carte qu'elle se mit à étudier attentivement pour ne pas avoir à croiser mon regard.

Puis elle demanda :

« Quel est le plat le plus dégueulasse de cette carte ? C'est ça que je commande.

— Quelqu'un m'a recommandé le tartare d'anus de porc, dis-je.

— Ce n'est même pas la peine d'essayer de me faire rire ce soir, dit-elle, le visage toujours caché derrière la carte. Ce soir, tu me quittes pour une autre femme.

— Il se trouve que cette autre femme est la mienne, dis-je.

— Alors pourquoi avoir laissé les choses aller aussi loin entre nous, dit-elle, si tu savais que tu finirais toujours par retourner à Sallie ?

— Je ne le savais pas, dis-je. Je me disais que nous pourrions peut-être rester ensemble pour toujours.

— Que s'est-il passé ?

— Ma nature a refait surface, dis-je. Je n'ai pas eu le courage d'abandonner ma femme et mes enfants pour recommencer une nouvelle vie avec toi. C'est contraire à ce que je suis. Il faut que tu me pardonnes, Lowenstein. Une moitié de moi te désire plus que n'importe quoi au monde. L'autre moitié est terrorisée par un chambardement de ma vie. La seconde moitié est plus forte que la première.

— Mais tu m'aimes, Tom, dit-elle.

— Je ne savais pas qu'il était possible d'être amoureux de deux femmes en même temps.

— Tu as choisi Sallie.

— J'ai choisi d'honorer ma propre histoire, dis-je. Il m'aurait fallu plus de courage.

— Que pourrais-je faire pour que tu restes ? demanda-t-elle fougueusement. Dis-le-moi, je t'en prie. Je ne sais pas mendier, mais j'essaierai d'apprendre, tu verras. Dis-moi, s'il te plaît. »

Je fermai les yeux et pris ses deux mains entre les miennes.

« Fais que je sois né à New York, dis-je. Efface mon passé. Efface tout ce que j'ai connu et aimé. Fais que je n'aie jamais rencontré Sallie et que nous n'ayons jamais eu d'enfant ensemble. Fais que je n'aime pas Sallie. »

Elle eut un sourire avant de dire :

« Je pensais que je pourrais te faire rester si je réussissais à ce que tu te sentes assez coupable. Si je parvenais à ce que tu imagines avoir des responsabilités envers moi.

— Vous êtes sans vergogne, vous les psy.

— Si ça ne marche pas avec Sallie... », dit-elle, mais elle s'arrêta au milieu de sa phrase.

« Eh bien tu me trouveras en train d'aboyer sous tes fenêtres comme un toutou, dis-je. C'est bizarre, Lowenstein, en ce moment précis, je t'aime plus que je pense avoir jamais aimé Sallie.

— Alors ne me quitte pas, Tom.

— Il faut que j'essaye de construire quelque chose de beau sur les ruines, Lowenstein, dis-je en la regardant droit dans les yeux. Je ne sais pas si je réussirai, mais il faut que j'essaye. C'est ce que j'ai expliqué à Savannah quand je l'ai vue cet après-midi.

— À propos de ruines, Herbert a téléphoné, aujourd'hui, dit-elle en renvoyant d'un geste de la main le garçon venu prendre nos commandes. Il me supplie de lui donner encore une chance. Il a été jusqu'à me jurer qu'il avait rompu avec Monique.

— Tu n'aurais pas le numéro de téléphone de Monique à portée de main, des fois ? demandai-je.

— Ce n'est pas drôle, même dans l'optique de ton humour de bas étage, dit-elle.

— L'atmosphère est tellement lourde qu'on la dirait chargée de titane. Je voulais seulement l'alléger un peu.

— Je n'ai pas envie de l'alléger, dit-elle. Je suis malheureuse comme les pierres et j'ai bien le droit de me vautrer dans mon malheur.

— La pensée de Herbert en train de supplier me réjouit, Lowenstein, dis-je. Ça doit lui aller comme un gant.

— Il ne fait pas ça très bien, dit-elle. Je lui ai parlé de notre liaison. Il trouve inconcevable que je fraye avec un type comme toi.

— Décris-lui mes couilles de mammouth, à ce con, dis-je, un peu agacé. Ou raconte-lui comment je sais faire le coup du panier chinois pendant l'amour.

— Je lui ai dit qu'au lit c'était le nirvana entre nous, dit-elle en posant un regard vide sur la ville. C'est horrible le plaisir que je prends à le blesser, maintenant. Est-ce que tu as parlé de nous à Sallie, Tom ?

— Oui, dis-je.

— Finalement tu t'es servi de moi, Tom, dit-elle.

— Oui, dis-je. Je me suis servi de toi, Susan, mais seulement une fois que j'ai été amoureux de toi.

— Si tu m'aimais assez, Tom...

— Non, Lowenstein. Je t'adore. Tu as changé ma vie. Je me sens de nouveau un homme. Un homme séduisant. Sensuel. Tu m'as obligé à regarder les choses en face et tu m'as fait croire que je faisais ça pour ma sœur.

— C'est donc la fin de l'histoire, dit-elle.

— Je crois que oui, Lowenstein, répondis-je.

— Alors, que notre dernière nuit soit parfaite », dit-elle en m'embrassant la main, puis chaque doigt l'un après l'autre tandis que l'immeuble ployait sous un fort vent du nord.

Après dîner, nous allâmes prendre un verre à la Rainbow Room, au Rockefeller Center. Du champagne. Je l'embrassai avec toute la ville à nos pieds, et l'Atlantique qui remontait l'Hudson, et ma sœur, rentrée chez elle, en train de dormir dans son appartement de Grove Street. Nous allâmes passer la nuit au Plaza, mais nous la passâmes éveillés, à parler, à faire l'amour, à parler encore. Puisque nous n'avions pas de projet commun, il ne nous restait que huit heures à partager. Mais j'avais dit non. J'avais formulé mon refus.

En lui disant adieu, à La Guardia, je lui donnai un baiser et me dirigeai aussitôt vers la porte d'embarquement, sans me retourner. Mais elle cria mon nom, je me retournai, et je l'entendis qui disait :

« Tom, tu te rappelles le rêve que j'ai fait, toi et moi dansant dans la tempête de neige ?

— Je ne l'oublierai jamais », dis-je.

Susan pleurait, à présent, et la quitter me fut de nouveau un déchirement quand elle dit :

« Jure-moi une chose, monsieur le coach. Quand tu seras en Caroline du Sud, fais un rêve pour moi. Un rêve pour Lowenstein. »

Un an après mon été new-yorkais, je pris la voiture seul pour aller à Atlanta chercher mon père, le jour de sa libération du pénitencier fédéral. Je voulais lui laisser un peu de temps pour se composer une figure avant d'affronter l'amour immense et coupable d'une famille ébranlée qui ne savait trop comment l'accueillir pour son retour au bercail. Aucun de nous ne savait à quoi allait ressembler sa vie, après avoir perdu tant de temps, usé tant d'énergie. Il était plus maigre, il avait le teint cireux et la mâchoire saillante. J'étais avec lui pour aller reprendre ses effets personnels et faire signer sa levée d'écrou par le gardien. Un gardien qui lui dit que la prison le regretterait, et qu'il faudrait davantage de prisonniers comme Henry Wingo.

« La seule chose que j'aurai jamais réussie, dit mon père. J'ai été un super gibier de potence. »

Nous allâmes à un match avec les Braves et passâmes la nuit au Hyatt Regency. Le lendemain, nous partîmes de bonne heure, empruntant les petites routes pour rejoindre Charleston, lentement, prenant le temps de nous connaître de nouveau, celui de trouver les mots justes, inoffensifs, en évitant douloureusement les mauvais sujets.

Mon père paraissait plus vieux, mais moi aussi. Dans son visage, je vis le visage de Luke. Dans mon visage, qu'il étudiait timidement, je sus qu'il devait voir celui de ma mère. Mon visage lui était devenu une blessure, mais aucun de nous deux n'y pouvait rien changer. Nous parlâmes sport, enseignement. Les longues saisons bien nettes du football, du basket-ball et du base-ball, qui ponctuaient toutes les années de notre vie, fournirent à ce fils, à ce père le seul langage d'amour qui pût passer entre eux.

« Les Braves ne sont plus qu'à quatre jeux de la première place, Papa, dis-je comme nous passions le pont sur le Savannah.

— Va falloir que Niekro s'accroche sérieusement pour avoir la moindre chance. Aucun joueur, même dans les grandes équipes, ne peut rattraper son *knuckleball** quand il réussit à le faire valser correctement », répondit Papa, mais derrière la réponse, je perçus le cri brut, déchirant, du père qui tente maladroitement de mobiliser toutes les réserves d'amour qu'il peut avoir pour un fils. Un cri que j'entendis, c'était suffisant.

---

* Lancer de ballon qui utilise l'articulation des doigts et produit une trajectoire lente et imprévisible. (N.d.T.)

« Tu crois que tu vas avoir une bonne équipe cette année ? demanda-t-il.

— Je crois que nous risquons d'en surprendre plus d'un, dis-je. Tu pourrais peut-être me donner un coup de main, à l'entraînement.

— Je ne demande que ça », dit-il.

Savannah était arrivée de New York quand nous montâmes l'allée vers la maison, dans l'île Sullivans. Mes enfants sortirent dans le jardin et approchèrent timidement de leur grand-père.

« Attention, les filles, dis-je. Il cogne.

— C'est pas vrai, les enfants. Venez vite embrasser votre grand-père », dit-il d'une voix lasse et vaincue qui me fit regretter ce que j'avais dit.

Sallie arriva sur le pas de la porte, mince, brune, bronzée, sérieuse. Elle courut au-devant de mon père, lui sauta au cou, et elle avait des larmes plein les yeux tandis qu'il la faisait tourner, tourner, le visage enfoui dans son épaule.

« Nous sommes contents que vous soyez là, Père », dit-elle.

Puis Savannah sortit de la maison. Et il se passa alors quelque chose que je suis incapable d'expliquer, une chose que je ressentis au moment où ils coururent l'un vers l'autre, que je ressentis au plus profond de moi, en un lieu intouché qui vibra d'un mystère instinctuel, enraciné dans l'origine des espèces – indicible, encore que je fusse conscient que ce qui s'éprouve peut être nommé. Ce ne furent ni les larmes de Savannah, ni celles de mon père qui déclenchèrent cette résonance, cette farouche musique intérieure, faite de sang, de ferveur, d'identité. C'était la beauté et la peur de la parenté, des liens ineffables de la famille, qui faisaient chanter une flamboyante terreur et un amour paralysé à l'intérieur de moi. Mon père était là, source de toutes ces vies, source de toutes ces larmes, mon père qui pleurait maintenant, qui sanglotait, sans honte. Les larmes étaient de l'eau, de l'eau salée, et derrière lui je voyais l'océan, j'en sentais l'odeur, avec le goût de mes propres larmes, la mer et la douleur en moi, fuyant dans le soleil, et mes enfants qui pleuraient de me voir pleurer. L'histoire de ma famille était une histoire d'eau salée, de bateaux et de crevettes, de larmes et de tempêtes.

Et ma sœur, ma jumelle si belle, mon double cassé, ses poignets striés de cicatrices, autour du cou de mon père, ses yeux assombris par une vie entière de visions, elle qui s'emparait d'une langue assez puissante pour éclairer les hallucinations, transformer les cauchemars et l'horreur en cette poésie stupéfiante qui se consumait dans la conscience de son temps, transformer le chagrin en une beauté porteuse de vie. Et ma femme, qui avait épousé cette famille, qui avait dû apprendre la tolérance envers un vaste échantillon de démons familiaux, qui l'avait fait par amour pour moi, alors même que j'étais incapable de retourner l'amour d'une femme, que j'étais à jamais impuissant à lui donner le sentiment d'être aimée, désirée, indispensable, bien que cette chose fût ce que je voulais plus que tout au monde. Et mes enfants, trois filles, à qui j'étais capable de vouer un amour parfait qu'on aurait cru étranger à moi, parce que je voulais tellement qu'elles fussent radicalement différentes de moi, parce que je voulais être bien sûr qu'elles ne connaî-traient jamais une enfance comme la mienne, sûr qu'elles ne recevraient jamais de coups de ma main, qu'elles ne redouteraient jamais l'arrivée de leur père. Avec elles, je tentais de recréer mon enfance comme je la rêvais. Avec elles, j'essayais de changer le monde.

En fin d'après-midi, nous emportâmes la glacière et un panier à pique-nique dans le coffre du break, avant de rouler vers Charleston. Nous tournâmes en direction des quais de Shem Creek, et je rangeai la voiture à proximité de l'unique crevettier à ne pas être sorti du port.

« Tu sais piloter ce genre de truc ? demandai-je à mon père en lui montrant le bateau de pêche.

— Non, dit-il, mais je parie qu'il me faudrait pas longtemps pour apprendre.

— Il est enregistré sous le nom *Capitaine Henry Wingo*, dis-je. C'est un cadeau de bienvenue de Maman.

— Je ne peux pas accepter, dit-il.

— Tu écrivais que tu souhaitais retrouver le fleuve, dis-je. Maman a voulu faire un geste. Je trouve qu'elle a bien choisi.

— C'est un beau bateau, dit mon père. La crevette donne bien, cette saison ?

— Les bons pêcheurs ne se plaignent pas, dis-je. J'ai un mois devant moi avant la reprise de l'entraînement de football, Papa. Je te servirai de matelot en attendant que tu puisses en embaucher un.

— Je te payerai six cents la livre, dit-il.

— Un peu, espèce de vieux radin, dis-je. Dix cents par livre, oui, tu vas me donner. Les prix ont monté. »

Il sourit et dit :

« Tu remercieras ta mère.

— Elle voudrait te voir, dis-je.

— Ça, je ne sais pas, dit-il.

— Vous avez la vie devant vous, Papa, dis-je. Maintenant j'aimerais que tu nous fasses faire une balade sur le Wando. »

Nous entrâmes dans le chenal principal du port de Charleston une heure avant le coucher du soleil, et les cloches de l'église St. Michael tintaient clairement dans la lumière vacillante et l'humidité parfumée de l'air de la vieille ville. Mon père fit passer le crevettier sous l'énorme carcasse d'acier des deux ponts enjambant le Cooper, et nous croisâmes un cargo blanc chargé de fret, qui venait des docks et filait vers la haute mer. Nous fîmes tous bonjour et le capitaine donna de la corne pour nous saluer. Un virage à tribord nous amena dans les eaux du Wando, et la marée était tellement haute que mon père n'eut pas une fois besoin de consulter ses cartes. Nous parcourûmes ainsi un kilomètre ou deux avant d'arriver à un vaste marécage, juste dans une boucle, sans une maison à l'horizon.

« C'est bientôt l'heure, Tom, dit Sallie en entrant dans la cabine de pilotage.

— L'heure de quoi ? demanda mon père.

— Une surprise pour fêter votre retour et celui de Savannah, dit Sallie en regardant sa montre.

— Dis-nous, Maman, dirent les enfants.

— Non, répondit-elle. Ça ne serait plus une surprise. »

Nous nous baignâmes dans les eaux tièdes et opaques, plongeant depuis la proue du bateau. Après avoir bien nagé, nous dînâmes grâce aux provisions du panier, et nous arrosâmes le retour de mon père au champagne. Savannah approcha de lui, et je les regardai marcher vers la proue la main dans la main.

J'essayai de trouver quelque chose à dire, mais rien ne vint, aucune idée. Je m'étais appris à écouter les sombres battements du cœur et j'en avais tiré des enseignements utiles. J'étais arrivé où j'étais en ce moment avec ma famille réunie autour de moi, et je priai que tout continuât d'aller bien pour eux, je priai pour savoir me contenter de ce que j'avais. Je suis de fabrication et de destruction sudistes, Seigneur, mais je vous supplie de me laisser conserver ce que j'ai. Seigneur, je suis prof et coach. C'est tout, et c'est assez. Mais les sombres battements, Seigneur, les sombres battements. Quand ils résonnent en moi, je suis d'un coup capable d'hommage et d'émerveillement. Quand ils sont là, j'ai envie de mettre mes rêves en musique. Quand ils sont là, je sens un ange qui brûle dans mes yeux comme une rose, et des hymnes de méticuleuse louange s'élèvent des claires profondeurs sous-marines de la secrète béatitude ambiante.

Le marsouin blanc vient me rendre visite la nuit, il chante dans le fleuve du temps, avec un chœur radieux de mille dauphins, il m'apporte le salut charismatique du Prince des Marées, et il crie notre nom : Wingo, Wingo, Wingo. C'est assez, Seigneur. Assez.

« C'est l'heure, Tom », dit Sallie en se redressant pour m'embrasser sur les lèvres.

La famille entière se groupa à la proue pour contempler la fin du jour.

Le soleil, énorme et rouge, se mit à plonger dans le ciel occidental et, simultanément, la lune commença son ascension, sur l'autre rive du fleuve, avec ses propres nuances pourpres surgissant des arbres comme l'oiseau de feu. Le soleil et la lune parurent se saluer et évoluèrent en symétrique harmonie dans un époustouflant ballet de lumière, au-dessus des chênes et des palmiers.

Mon père observait le spectacle et je crus qu'il allait se remettre à pleurer. Il retrouvait la mer après la prison, et son cœur était un cœur des basses terres. Les enfants criaient en montrant le soleil, et de nouveau la lune.

Mon père dit : « La pêche sera bonne demain. »

Savannah vint me rejoindre et passa un bras autour de ma taille. Nous marchâmes jusqu'à la poupe.

« Formidable, la surprise, Tom, dit-elle.

— Je me suis dit que tu aimerais, répondis-je.

— Susan t'envoie ses amitiés, dit Savannah. Elle sort avec un avocat maintenant.

— Elle me l'a dit dans une lettre, dis-je. Tu as l'air en forme, Savannah.

— Je m'en sortirai, Tom », dit-elle. Puis, regardant encore une fois le soleil et la lune, elle ajouta : « L'intégrité, Tom. Tout revient. La boucle est bouclée. »

Elle fit demi-tour et, face à la lune qui se trouvait plus haut maintenant et virait à l'argent, elle se dressa sur la pointe des pieds, leva les bras vers le ciel et s'écria d'une petite voix fragile mais fière :

« Maman, encore, s'il te plaît ! »

Ces paroles de Savannah auraient pu servir de point final à cette histoire, mais non.

Chaque soir, à la fin de l'entraînement quand je roule en voiture dans les rues de Charleston pour rentrer à la maison, je laisse la capote de ma Volkswagen baissée. Il fait toujours sombre, la fraîcheur de l'automne est là, et le vent me souffle dans les cheveux. Arrivé en haut du pont, avec les étoiles qui luisent au-dessus du port, je regarde vers le nord et je regrette encore une fois que chaque homme et chaque femme ne puissent avoir deux vies. Derrière moi, la ville de Charleston mijote dans les froids élixirs de son incommensurable beauté, et devant moi, ma femme et mes enfants attendent mon retour à la maison. C'est dans leurs yeux que je lis ma vraie vie, ma destinée. Mais c'est la vie secrète qui me nourrit en cet instant, et alors que j'arrive au sommet de ce pont, je dis dans un murmure, je dis comme une prière, comme un regret, comme une louange, je dis sans savoir pourquoi je le dis, ni ce que cela signifie, mais chaque soir quand je rentre vers ma maison sudiste, ma vie sudiste, je murmure ces deux mots : « Lowenstein, Lowenstein. »

Impression réalisée sur CAMERON par

BUSSIÈRE CAMEDAN IMPRIMERIES

GROUPE CPI

à Saint-Amand-Montrond (Cher)
en mai 2002

Pour en savoir plus
sur les éditions Belfond
(catalogue complet, auteurs, titres,
extraits de livres),
vous pouvez consulter notre site Internet :

www.belfond.fr

N° d'édition : 3823. N° d'impression : 022306/1.
Dépôt légal : mai 2002.

Imprimé en France

Ville de Montréal

**Feuillet
de circulation**

À rendre le	
16 OCT. 2004	
0 9 NOV 2004	
2 1 DEC. 2004	
21-1-05	

06.03.375-8 (01-03) ✺